外教社 外国文学研究丛书

上海外国语大学重点科研项目
上海外国语大学"211工程"重点学科三期建设项目

张和龙 主编

英国文学研究在中国：
英国作家研究（上卷）

English Literary Studies in China :
The Studies of English Writers Volume I

上海外语教育出版社
外教社 SHANGHAI FOREIGN LANGUAGE EDUCATION PRESS

图书在版编目（CIP）数据

英国文学研究在中国：英国作家研究（上、下卷）/ 张和龙主编.
—上海：上海外语教育出版社，2014（2020重印）
（外教社外国文学研究丛书）
ISBN 978-7-5446-3780-0

Ⅰ.①英… Ⅱ.①张… Ⅲ.①英国文学－文学批评史－中国
②英国文学－作家评论－文学批评史－中国 Ⅳ.①I561.06

中国版本图书馆CIP数据核字（2014）第152910号

出版发行：上海外语教育出版社
（上海外国语大学内） 邮编：200083
电　话：021-65425300（总机）
电子邮箱：bookinfo@sflep.com.cn
网　址：http://www.sflep.com
责任编辑：张亚东

印　刷：上海信老印刷厂
开　本：850×1168　1/32　印张31.75　字数820千字
版　次：2015年5月第1版　2020年1月第4次印刷
书　号：ISBN 978-7-5446-3780-0 / I · 0272
定　价：90.00元　（上下卷）

本版图书如有印装质量问题，可向本社调换
质量服务热线：4008-213-263　电子邮箱：editorial@sflep.com

本书上卷作者

绪论：张和龙

第一章第一节：张和龙；第二节：杨开泛；第三节：曹航；第四节：李伟民；第五节：林元富、张和龙；第六节：张和龙

第二章第一节：张和龙；第二节：李淑玲；第三节：曹波；第四节：韩加明；第五节：葛桂录

第三章第一节：张和龙；第二节：杨柳；第三节：张和龙；第四节：张鑫；第五节：葛桂录；第六节：杨阳、张和龙；第七节：张和龙；第八节：李翼、张和龙

第四章第一节：张和龙；第二节：张和龙；第三节：张和龙；第四节：张和龙；第五节：闫琳；第六节：刘亚芬；第七节：朱瑞党、张和龙；第八节：路璐、廖昌胤；第九节：陆志国；第十节：张介明、张和龙

目 录

绪　论

一、学术史研究的兴起

19 世纪末 20 世纪初,严复的《论治学治事宜分二途》(1898 年)、梁启超的《论中国学术思想变迁之大势》(1902 年)等著述开启了近代中国学术史研究的先河。及至"五四"时期与 30 年代,学术史研究蔚然成风,其间名家辈出,著述纷呈,形成了国内学术史研究的第一次高潮[①]。20 世纪 90 年代,学术史研究在沉寂多年后又再次兴起[②]。在这股方兴未艾的研究热潮中,各类学术史丛书和著作如雨后春笋般纷纷涌现[③],学术史研究卓然而成一门"新兴的学

[①] 梁启超、王国维、钱穆、胡适、陈寅恪等著名学者在这一时期均有重要学术史著述问世。

[②] 1991 年 11 月,陈平原在《学人》杂志创刊号上开辟"学术史笔谈"专栏,该栏刊登的陈本人的《学术史研究随想》与靳大成的《关于现代学术史的思考提纲之一》等文章被认为是当代学术研究的肇始。

[③] 这些著述主要有陈平原主编、北京大学出版社出版的"学术史丛书"、季羡林作序的《20 世纪中国学术大典》、福建人民出版社出版的"20 世纪中国人文学科学术研究史丛书"、山东人民出版社出版的系列丛书《20 世纪的中国:学术与社会》、李学勤主编的 11 卷本《中国学术史》、张立文主编的多卷本《中国学术通史》、靳德行主编的《当代中国思想史丛书》等。

科"①。如果将 90 年代以来的这二十年称为"学术史时代"②，并不为过。

学术史研究的兴起是 20 世纪中国学术现代化进程的必然结果，它充分反映了当代学人对学术研究本身的自觉与自反意识。20 世纪是中国历史上极为重要的一个世纪，中国社会在寻求现代化的过程中，中国学术也完成了从传统范式向现代话语的全面转型。在新的学术理念与学术方法的带动下，中国学术在过去一百多年中取得了有目共睹的非凡成就。因此，回顾学术传统，反思现代知识体系，探讨学术范式的嬗变，评骘研究得失与学术思想变迁，对寻求学术创新与推动学术进步是必不可少的。

学术史研究是关于研究的研究，是一种"元研究"。陈平原在《"学术史丛书"总序》中曾对"学术史研究"的性质、特点与作用进行过界定："所谓学术史研究，说简单点，不外'辨章学术，考镜源流'。通过评判高下、辨别良莠、叙述师承、剖析潮流，让后学了解一代学术发展的脉络与走向，鼓励和引导其尽快进入某一学术传统，免去许多暗中摸索的工夫——此乃学术史的基本功用。"③李学勤在《中国学术史》的"总序"中也指出："学术有着自身的历史，同时又难免受到整个历史的影响和限制。研究学术的历史，从历史角度看学术，这就是学术史。"④就外国文学而言，学术史即是要从历史的角度考察外国文学研究在我国的发端、演变与发展的学术历程，对具体的学术成果、学术现象或学术问题进行梳理、辨别、讨论与评判，勾勒出完整且具有丰富内涵的学术研究传统与学科发展脉络。

我国对外国文学的翻译与研究肇始于 19 世纪下半叶，其间历

---

① 余三定：《当代学术史研究：新兴的学科》，《中山大学学报》，2011 年第 2 期，第 138 页。

② 参见陈建华：《中国俄苏文学研究史论》，重庆：重庆出版社，2007 年，第 1 页。

③ 陈平原：《学术随想录》，开封：河南大学出版社，2006 年，第 17 页。

④ 李学勤：《中国学术史》，南昌：江西教育出版社，2001 年。

经坎坷与波折，但成果斐然卓著。百年来的学术历程不仅见证了中国现代知识体系的形成，而且也深刻地影响了中国社会的现代化进程。有鉴于此，我国外国文学研究专家吴元迈先生曾在20世纪末发出倡议："我们的外国文学界应该创立一门独立的学科，'外国文学学'。它以外国文学研究为对象，为己任，亦即外国文学研究的研究。"①关于这一学科的目的与任务，吴元迈先生也指出："第一，对我国外国文学研究的历史和现状及当前的热点和重点、成就和问题、不同的学术观点和学派、发展的趋势和方向等，做出全面的客观的评估；第二，对各国的外国文学研究的历史和现状及其特点、方法、趋势和方向等做出分析；第三，对中国和外国的外国文学研究的主要课题和主要成果进行比较分析；第四，这样做，可以为我国外国文学研究（包括二级、三级学科在内）的各种研究规划提供较为合理和坚实的基础，克服外国文学研究规划中曾经出现过的'拼盘'现象和不必要的课题重复，加强外国文学研究的整体性和全局性，使之更为合理和系统，以推动和促进今后的外国文学研究工作的全面发展。"②归纳起来，这四点也是"外国文学学"的几个主要研究方向，即外国文学学科史与学术史、国别文学学科史与学术史、中外学术史比较研究、外国文学研究整体规划等。

　　近十多年来，外国文学领域内的学术史研究建树不断，各类研究成果竞相涌现。单从学术专著来看，具有代表性的成果就有龚翰雄的《西方文学研究》（2005年）、叶隽的《德语文学研究与现代中国》（2008年）、陈建华的《20世纪中国俄苏文学研究史论》（2009年）、陈众议的《当代中国外国文学研究》（2010年）与《塞万提斯学术史研究》（2011年）、李伟昉的《梁实秋莎评研究》（2012年）、李伟民的《中国莎士比亚研究》（2012年）等。2010年，中国社会科学院

①　吴元迈：《面向二十一世纪的外国文学——在中国外国文学学会第五届年会上的发言（1994年9月20日）》，《外国文学评论》，1995年第1期，第6页。

②　同上，第6页。

外国文学研究所的研究课题"外国文学学术史研究工程·经典作家作品研究史系列"完成结项，其中第一、第二系列由 16 部学术史研究专著、16 部配套译著组成，涉及英、美、法、德、俄、西等国 16 位经典作家的研究史论，代表了"外国文学学术史研究"的最新突破与重要成就。不难看出，中国的"外国文学学"呈现出了可持续的发展前景与值得期待的研究态势。

从已出版的著述来看，国内学界的研究思路与方向不一而足，呈现出了多样化的特点。从类型上看，可分为以下几种：一、外国文学学术断代史研究，如《当代中国外国文学研究》；二、区域文学学术史研究，如《西方文学研究》；三、国别文学学术史研究，如《20世纪我国俄苏文学研究史论》；四、外国经典作家学术史，如《塞万提斯学术史研究》；五、著名学者的个案研究，如《梁实秋莎评研究》。不过，外国文学的学术史研究仍然存在明显不足，如完整的外国文学学科史著作仍然付之阙如；除德、俄以外的其他国别文学学术史研究仍无突破；虽然以《塞万提斯学术史研究》为代表的经典作家学术史系列著作已经或即将面世，但更多外国经典作家的学术史仍无系统性的专题研究；对具体学者的个案研究尚未深入展开；除外国经典作家学术史外，其他类型的学术史研究仍然形只影单，还未形成规模。

总的看来，"外国文学学术史"研究所取得的成就极为引人注目，但其中仍有很多领域有待开拓，尤其是在国别文学学科史、学术史与经典作家学术史方面，值得探索与研究的空间巨大。

二、中国的英国文学研究及其学术史构建

英国文学研究在英国相当于是"国学"研究，在中国则是外国文学研究之一种。中国的英国文学研究工作可分为"英国文学翻译"与"英国文学评论"两个方面，但狭义的"研究"应该仅指后者。整体而言，我国的英国文学翻译史、译介史研究已经比较发达，代

表性的著述已经有很多。然而,国内尚未出版一部英国文学研究史、学术史或学科史方面的独立著述。中国百年来的英国文学研究并非乏善可陈,其成就有目共睹,因此在学术史层面上进行回顾与总结、反思与估价就显得十分必要。这正是构建中国的"英国文学学术史"的重要前提。

在"西学东渐"日盛的晚清,英国文学是最早被中国学者译介与研究的国别文学之一。清末民初,鲁迅、梁启超、王国维、林纾等中国近代学人"求新声于异邦",或启蒙或救国或建设新文学,使英国文学的译介与评论带有强烈的实用目的。20—30 年代,"新文化运动"推动了包括英国文学研究在内的学术研究的极大发展,国家在形式上的短暂统一也使外国文学翻译与研究一度出现令人欣喜的繁荣局面。就英国文学而言,莎评成绩最大,同时还出现了"拜伦热"、"雪莱热"、"王尔德热"、"萧伯纳热"。抗战爆发后,在救亡图存的主旋律中,学术研究的自足性、本体性受到极大干扰与影响,但是对英国文学的译介与研究并未出现有可能出现的"断层"现象。新中国成立后,包括英国文学在内的外国文学研究奉行"政治第一、艺术第二"的批评标准,政治化的研究模式成为学术主流。"文革"期间,极"左"思潮达到极致,学术活动几乎停止,学术研究处于"休克"状态,学界走过了一段"学术断裂期"。"文革"结束后,学界开始拨乱反正,政治上逐渐走向平稳与安定,思想解冻,文化活跃,英国文学研究得到全面恢复。自 80 年代中叶起,学术研究逐渐进入一段繁荣发展期。90 年代后期,高校扩招,英语专业迅猛扩张,跃居全国"第一专业",英美文学师资队伍十分庞大,英国文学研究与其他学科研究一样,进入了一段学风浮躁、良莠不齐的历史新时期。一百多年来,中国的英国文学研究走过了一段曲折而波动的学术历程,并取得很多引人瞩目的重要成就。回顾这一历史进程,确立学术传统,评估范式流变,反思研究得失,为英国文学的未来研究提供必要的学科史基础与学术史背景,正是学术史构建的主旨与要义所在。

一门学科的发展史与整个中国的学术发展史存在着不可分割的内在关联，考察两者之间的逻辑关系对学术史的构建显得尤为必要。因此，英国文学学科史、学术史的构建不仅要把握学科自身的内部发展规律，也要探讨作为整体的中国学术的发展规律，从而对学术史的分期与发展阶段做出严密而精确的描述，为英国文学研究提供微观与宏观上的学术史脉络与发展轨迹。季羡林在《〈20世纪中国学术大典〉序》中把 20 世纪的中国学术的发展分为五个阶段：一、20 世纪初到"五四"运动前夕，约为 1900 年—1917 年；二、"五四"运动十几年，约 1917 年—1930 年；三、1930 年—1949 年；四、1949 年—1978 年改革开放；五、改革开放至世纪末。① 这一分期也大致适用于外国文学学术史的历史分期。陈建华在《20世纪中国俄苏文学研究史论》中将中国俄苏文学研究的学术历程划分为五个阶段：清末民初、"五四"时期、20 世纪 20 年代末至 40 年代、新中国前 30 年、新时期以来。周小仪在《英国文学在中国的介绍、研究及影响》一文中把英国文学在中国的学术发展历程大致分为四个阶段：20 世纪上半叶、20 世纪中叶、20 世纪晚期和当代四个阶段②。陈建华、周小仪的历史分期虽然与季羡林的分期存在着一定的差异，但是在学理上是相通的。其相通之处在于学术史的分期充分体现了特定学科与政治制度、社会思潮、文化转型之间的密切关系，其差异之处则是在学科层面上试图反映学术自身的演变发展规律与内在特征。

可以说，英国文学在中国的研究历程既有其内部学术规律的支配，也在很大程度上受到百年来中国政治、社会、文化与思想等诸多因素的影响。陈平原在《"学术史丛书"总序》中说："无论是追溯学科之形成，分析理论框架之建构，还是分析具体的名家名著、

---

① 季羡林：《〈20 世纪中国学术大典〉序》，《光明日报》，2002 年 10 月 17 日。
② 周小仪：《英国文学在中国的介绍、研究及影响》，《译林》，2002 年第 4 期。

学派体系,都无法脱离特定时代的思想文化潮流。"①因此,探讨不同时代政治、社会、历史与文化语境的变化如何影响英国文学研究与接受的历史轨迹,对我们理解不同历史时期研究模式与价值立场的变化具有重要意义。例如,周小仪指出,20 世纪 20—40 年代,英国文学研究与启蒙主义、社会政治关系紧密,40—70 年代出现了以阶级斗争概念为基础的中国研究模式与批判传统;80 年代开始出现审美的复归,90 年代以来则出现了"非殖民化"的研究趋势。② 这是历史性的纵向探讨。此外,共时性的横向比较也非常重要。在同一个历史时期,不同的作家因为主旨与题材、风格与流派各不相同,在中国的研究与接受也会产生很大的差异。例如,建国"十七年"中,"现实主义"、"批判现实主义"、"革命浪漫主义"文学因具有"进步性"、"人民性"、"革命性"而备受青睐,现代派文学因"颓废"、"反动"则遭遇贬抑与批判,其学术逻辑是典型的阶级分析法,其背后是一元化政治意识形态的决定性影响。再如,新时期以来,"现代派"文学一度在外国文学研究界形成研究热潮,而"十七年"中学界热捧的一些"重要"作家,一些被视为"经典"或"进步文学"的作品(如《牛虻》),则受到国内研究界的冷落。由此可见,时代的变化带来了价值立场的变化,价值立场的变化又带来了研究对象与研究范式的变化。考察其流变过程及其内在动因,正是构建英国文学学术史的意义与价值所在。

陈众议在《塞万提斯学术史研究》一书中指出:"学术史研究不仅是一般博士论文的基础,同样也是任何经典作家、流派思潮研究的基础。没有学术史背景,就谈不上真正的学术研究。"③"学术史背景"可以是某一门学科乃至整个中国的学术发展历史背景,在"外国文学学术史"中还可以是经典作家的学术史背景。研究英国

---

① 　陈平原:《学术随想录》,开封:河南大学出版社,2006 年,第 18 页。
② 　参见周小仪:《英国文学在中国的介绍、研究及影响》,《译林》,2002 年第 4 期。
③ 　陈众议:《塞万提斯学术史研究》,南京:译林出版社,2011 年,第 5 页。

经典作家，就不能不了解该作家在中国的学术史，就不能不了解英国文学研究在中国的发展历程，因为单个作家的学术史与所属学科的学术史、发展史又是密不可分的。英国文学作为一门学科自有其特定的研究传统，具体作家与作品的研究也有特定的学术传承。在学术繁荣、信息爆炸的今天，任何研究都很难做到白手起家。所谓"填补学术空白"，只是相对于前人的研究而言。任何学术创新必然是相对于特定的学术传统而言，必然是站在前人的肩膀上取得的。"任何论文的写作都隐含着学术史梳理。不具备一定的学术史视野，哪怕是潜在的学术史视野，一切学术研究都是很难想象的。"①只有对学术史做深入的考察，才能在选择自己的研究课题时知道哪些是前人研究的薄弱环节，哪些是前人未曾涉足的课题，才有可能另辟蹊径，言前人之所未言，或对前人学术观点进行独到的补正或纠偏；才不会盲目地炒冷饭，或发生低水平重复的现象。对前人的研究，应该具有唯物主义与历史主义的态度，应实事求是、中允、客观地给予应有的尊重。拥有学术史的知识背景，对任何学术问题的探讨就会有所依托，就不会随意妄言"创新"、"突破"或"填补空白"。颜之推在《颜氏家训·勉学》中说："观天下书未遍，不得妄下雌黄。"就学术研究而言，这句话仍然是学界众人不得不恪守的至理名言。

三、学术史研究的历史回顾

历史地看，以"英国文学研究"为对象的"学术史意识"最早萌芽于民国时期，其成果主要是一些零散的评介文章，其中以介绍国外的经典作家研究状况为主，并形成早期特有的"译介模式"。例如，在莎士比亚学术史研究方面，张沅长可能是国内最早使用"莎

---

① 陈众议：《文学"全球化"背景下的学术史研究》，《当代作家评论》，2012年第1期，第56页。

学"这一概念的学者。他在《莎学》一文中梳理了莎剧研究在英国的学术历程,指出英国的"莎学""比中国的红学还要兴盛"①。陈铨在《十九世纪德国文学批评家对于哈孟雷特的解释》(《清华大学学报》1934 年第 4 期)一文中则全面介绍了莱辛、歌德、施莱格尔、叔本华等德国学者的莎评学术观点②。再如,关于拜伦学术史研究的成果则有张闻天翻译的《勃兰兑斯的拜伦论》(《小说月报》1924 年第 15 卷第 4 期)、诵虞翻译的《泰因的摆伦论》(《学灯》1924 年 4 月 28 日)等。这些零星的学术史研究成果基本上是经典作家的国外学术史译介,而对该作家在中国的译介与研究仍未进入学术史层面上的关注,其原因与当时英国文学研究尚不发达有很大关系。此外,国内英语学科的发展还处于历史的早期,部分高校的英文系创立伊始,专业研究队伍仍比较零散薄弱,虽然也有一些高质量研究成果,但交通不便、信息不畅、资料缺乏等,非常不利于学术史研究的早期发展。

　　新中国成立后,苏联学者对英国文学的研究成果被大量翻译成中文,学术史研究的"译介模式"得以延续,并出现了一些零散的文章。在经典作家学术史方面,则主要译介苏联的相关成果,如康斯拉特叶夫的《苏联关于英国文学史的论著》(《文史哲》1954 年第 4 期)、方元翻译的《普希金论莎士比亚》(《文艺理论译丛》1958 年第 3 期)、李邦媛翻译的《别林斯基论莎士比亚》(《古典文艺理论译丛》第 3 辑,1962 年)、伊瓦雪娃的《关于狄更斯作品的评价问题》(李筱菊译,《文史译丛》1956 年第 1 期)。在莎学方面,中国对英

① 　张沅长:《莎学》,《国立武汉大学文哲季刊》,1931 年第 2 期,第 293 页。
② 　此外,还有梁实秋的《哈姆雷特问题》(《文艺月刊》1934 年第 5 卷第 1 期)、周骏章翻译的《莎学述要》、仲持的《狄那摩甫论莎士比亚》(《文学》1936 年第 6 卷第 3 期)、以人翻译的《恩格斯论莎士比亚》(《东流》1936 年第 2 卷第 4 期)、金云育的《皮林斯基论莎士比亚》(《重庆国民公报艺术部队》1941 年 9 月 17 日第 58 期)、梁实秋的《莎士比亚在 18 世纪》(《益世报》1933 年 1 月 27—28 日、2 月 4 日)等。这些成果代表了国内早期莎士比亚学术史研究的发端。

国莎学译介的数量最多,对俄苏莎学译介的数量则居第二位。学界对西方的学术研究有一些评介,但态度与立场则完全不同。当时的研究立场以阶级划分,以英美为代表的西方学者,属于冷战中敌对阵营的一方,他们的研究成果大多被贬斥为"资产阶级学术"。袁可嘉、王佐良等人对英美"新批评"以及艾略特文学批评的极端批判,明显受到了当时极"左"思潮的影响。朱虹发表的《西方关于汉姆雷特典型的一些评论》一文,虽然对西方 17、18、19、20 世纪的汉姆莱特批评做出了详尽的评述,但明显是站在典型的无产阶级立场来评介"西方资产阶级"莎学的,并认为"俄国革命民主主义批评家"的莎评"更有参考价值"①。此文的政治批判意味非常明显,体现出了一种亲苏联、贬西方的学术价值观。

建国"十七年"中,在学术史研究方面取得重要突破的是 1959 年卞之琳等人发表的长文《十年来的外国文学翻译与研究工作》。这是"外国文学学"研究领域中的早期标志性成果。几位学者对中国的外国文学研究进行了理论性的深入论述,第一次梳理出了清末以来外国文学译介与研究工作的"优良传统",即"重视苏联社会主义现实主义文学,重视欧洲现实主义和积极浪漫主义文学,特别是俄国批判现实主义文学,重视东欧被压迫民族的文学。而总的说来,这种传统的特色是:既注重作品的思想性,又注意作品的艺术性;要求为革命服务,也要求为创作服务。这些特点也是为我国社会的实际需要所规定的。"②由于过于强调阶级分析,这篇文章带有浓厚的政治意识形态色彩与鲜明的时代特征。作者指出了外国文学研究工作方面所存在的问题,即"我们的一些研究工作者既表现了资产阶级文艺观点和治学方法的影响,也表现了类似庸俗

---

① 朱虹:《西方关于汉姆雷特典型的一些评论》,《文学评论》,1963 年第 4 期,第 124 页。

② 卞之琳、叶水夫、袁可嘉、陈燊:《十年来的外国文学翻译与研究工作》,《文学评论》,1959 年第 5 期,第 41 页。

社会学的倾向。"①当时学术界一味用阶级分析的视角来评判西方的文学研究显然不妥,但大胆指出当时学术研究的突出弊端,即"庸俗社会学"的倾向,也实属难能可贵。

值得注意的是,这篇长文较多涉及建国十年来的英国文学研究,并对其中不少学术成果的利弊得失进行了敏锐而中肯的分析。作者通过评点具体的学术研究成果,如杨绛的《斐尔丁在小说方面的理论与实践》、全增嘏的《读狄更斯》以及方重的《乔叟的现实主义发展道路》,对当时一些所谓"不当的"研究倾向进行了批评。这些"不当的倾向"主要有:把作品看成是社会现实的纯客观的反映,因而"曲解了现实主义的概念";为了某个特定目标而在小说里寻找例证,因而"不免自陷于牵强附会";把作品内容与重大历史事件"硬套"在一起,等等。撇开政治化的因素外,其中很多学术评价不失精当、准确。几位作者用批判的眼光对待国内外已有的学术研究,这代表了外国文学研究领域内"批判传统"的建立,对于今天不加鉴别、一味跟风乃至完全认同西方学术研究的弊病仍然具有很大的警示意义。

1979 年,黄梅等人发表的论文《英美文学研究三十年》则对新中国头三十年的英美文学研究进行了专题探讨,开启了英国文学学术断代史的研究模式。全文共分为三个部分:1949 年至 1959 年、1959 年至 1966 年"文革"爆发前、1966 年"文革"爆发后至 1979 年。作为国别文学学术史研究,它在体例上与卞之琳等人的文章明显不同,即探讨在总的外在学术环境影响下英美文学研究的波动与嬗变,也具体评析了这一时期英美文学研究的重要特征与学术影响源头。如作者在分析建国后第一个 10 年的英美文学研究时指出:"当时的文章几乎全部以经典作家为研究对象,尽管可以说是体现了各种复杂思想影响的交织,但其中占主导地位的

①　卞之琳、叶水夫、袁可嘉、陈燊:《十年来的外国文学翻译与研究工作》,《文学评论》,
　　1959 年第 5 期,第 75 页。

无疑是苏联的思想影响。"①在新的历史时期，作者在学理层面上对问题的探寻更加平和，也更加理性，既肯定成绩与正面经验，也反思"左倾"思潮严重干扰和破坏学术研究的教训；既为新时期出现的学术繁荣局面欢呼，也对未来学术事业的发展充满希望和信心。

进入 80 年代，国内学术界拨乱反正，学术环境大大改善，学术研究呈现繁荣局面，学术史的研究也得到更大的发展。检视新时期三十年的学术史研究，可以发现其主要成就体现在英国经典作家研究史论方面，并大多以"研究综述"的模式呈现，其主旨在于对英美经典作家在中国的学术研究进行回顾与总结。可以说，大多数英国经典作家在中国的研究史都得到了一定的梳理或探讨，不少作家的学术史研究已经形成较大的规模，尤其是莎学研究体现出了最为深入、最多样化的学术史研究风貌，其中既有学术简史，也有学术断代史（有的研究在时间跨度上只有一年或两年的研究综述，属于真正的当代学术史）；既有以问题为中心的研究，也有著名学者的个案研究；既有国内莎学研究，也有国外莎学评介。成果的形式既有为数众多的学术论文，其中不乏高质量的成果，如杨周翰的《二十世纪莎评》（《外国文学研究》1980 年第 4 期），也有不少颇具代表性的学术专著，如孟宪强的《中国莎学简史》（1994 年）、谈瀛洲的《莎评简史》（2005 年）、李伟民的《中国莎士比亚批评史》（2006 年）和李伟昉的《梁实秋莎评研究》（2011 年）等。

此外，中国三十年来的经济发展不仅带动了学术研究的发展与进步，也推动了国内学界积极参与国际学术交流，并不断发出中国自己的声音。由于英国经典名家在世界各国拥有大量的读者与持久的影响，英国文学在中国的研究也吸引了国际学术界的浓厚兴趣。中国学术界对英国著名作家的研究状况，换句话说，中国学者对相关作家的评论、批评与接受，一直是海外相关领域内的关注

---

① 黄梅、钱满素、王义国：《英美文学研究三十年》，《外国文学研究集刊》第 3 辑，北京：中国社会科学出版社，1981 年，第 434 页。

点。作为中国学者,由于熟悉中英两国语言与文化,因而在这一领域拥有无与伦比的学术优势。中国学者用英文撰写并发表在海外学术刊物上的英国作家学术史研究的论文有数十篇之多。这些成果是中国学者敢于发出自己的声音并把中国的学术成果向海外推介的重要尝试,也是中国学者进行国际学术交流、提升国内学术文化水准的重要途径。这些海外刊物上发表的英文论文涉及莎士比亚、多恩、弥尔顿、笛福、菲尔丁、勃朗特姐妹、彭斯、布莱克、拜伦、狄更斯、哈代、王尔德、吉辛、吉卜林、乔伊斯、劳伦斯、艾略特、萧伯纳、奥斯丁、贝克特等二十多位重要作家在中国的译介、研究与接受。它们也是中国英国文学研究走向海外的重要标志之一。

对于中国的英国文学研究,迄今尚无学者做过系统而全面的研究,学科史方面的著述暂付阙如。作为整体性的学术通史或断代史,也未见有独立著作出版。随着学术史研究在国内的兴起,对英国经典作家的学术史研究虽大有起色,但大多以研究综述为主,学术质量参差不齐。此外,由于英国文学是外国文学,中国学者对很多经典作家的研究经常从跨文化或比较文学的视角来探讨外来文学在中国的译介、传播与接受的历史或状况,其中也包含了不少研究史、学术史的内容,但学术史研究经常与译介、接受、传播与影响研究、中外文学关系研究交织在一起。外国文学研究史本身也是接受史的一部分,但学术史研究与接受史研究毕竟存在着较大的差异,因为接受史研究一般将各类学术成果或学术现象当做中外文学交流的中介,而学术史研究则是将各类学术成果或学术现象当做研究的本体。

四、本研究的思路、内容与方法

本研究将以英国文学研究的演变与发展作为结构框架,以经典作家的学术史作为主干内容,采用"总述"与"分述"的编写体例,对各个时期的英国文学及其主要作家在中国的研究进行学术史探讨。本研究包含了英国文学在中国的学科史、学术史以及学术背景史等方面的内容，不少章节以"问题意识"为主导展开论述，但主体部分则是英国经典作家在中国的研究史论。

正如一部文学史主要是经典作家的创作史一样，在国内一百多年的英国文学研究中，经典作家与作品研究始终是本学科研究的核心内容。英国文学在中国的研究史可以大致看成是英国经典作家在中国的研究史。本研究即是以中国各类英国文学研究成果为对象，重点梳理近四十位英国作家在中国译介、研究与接受的学术历程，几乎囊括了国内英国文学研究领域中的绝大部分学术成果。本研究是英国经典作家学术史的汇编，但也不是这些作家学术史的简单罗列。本书将这些作家置于英国文学史中各自的特定历史时期内，置于我国对特定时期英国文学研究的大背景中，试图突出我国对英国文学的整体研究状况，从而充分展示中国学术界百年来对英国文学研究的主要学术成就与发展演变的学术历程。

我们对英国作家的选择，一方面参考他们在英国文学史中的经典定位，另一方面还要看百年来他们在中国的译介与研究状况。部分英国作家虽然已经非常"经典"，但是在国内研究仍嫌不足，所以未能专列一节作专门的学术史探讨。有些重要作家只是在某个特定时期有较多的译介与研究，但是在其他更多时间则不被国内关注，整体的研究史尚不发达，所以只在总体评述部分顺带作简要梳理。在专节探讨时，侧重考察对象作家在中国的总体研究状况，其中也包括一定的译介、传播与接受情况，但主要以狭义的"研究"为主，即探讨与分析关于该作家的评论方面的学术成果。

在项目设计时，我们尽量以历史纵向的发展为线索，分段、分期对总体研究状况进行梳理，同时对每一个重要作家在国内的具体研究状况进行详细考察与评析，探讨的内容包括研究的起伏波动与发展脉络、研究特征与研究方法、接受环境对研究的影响、学术成就与不足、与国外相关研究的比较参照、总体的评价与展望等,总的精神和原则是相对全面而深入的学术史论述。在结构上,则主要根据几个重要历史时期(清末民初、民国、建国早期、新时期以来等),并视每个作家的具体情况,分三至五个部分,另设小标题。有些历史阶段,研究较少或没有研究的,一般只分析原因,或一笔带过。尤其是民国时期,研究较少的,则以梳理其译介状况为主。由于具体作家在国内研究情况各不相同,每一个小节的写法也未定于一格,有个别作家,尤其是当代作家,在国内的研究尚未形成鲜明的史脉,只能采用共时性的撰写模式。

从研究对象来看,本书主要以学术论文、专著为主,并辅以不同历史时期的政治、社会与文化背景评述,在不同的历史时期则采用不同的处理方式。民国时期,中国的现代学术处于起步而未成熟的阶段,翻译与评介文章也作为重要学术文献加以评析或介绍。近二十年来,由于各类文章以几何级数增长,只能根据一定的评判标准加以区分与鉴别,尽量筛选出特定研究领域的主导或重要成果,因而难免挂一漏万。此外,还有很多研究资料尚未尘埃落定,对其学术价值的判断难以确定,所以也无法一一涉及。建国前,我们的研究对象既包括为数不多的专业学者的研究成果,也容纳了很多现代作家的评论或随笔;建国后,则主要是专业学者的研究成果,并且对译介与研究进行明确区分,将研究论文与专著作为探讨的重点或焦点。新时期以来随着国内专业学位培养制度的不断发展,很多博士学位论文也经常被纳入探讨的范围。硕士论文则较少涉及,因为不少英国作家的硕士学位论文数以百计,而且质量极为参差不齐,很难一一判定分析。

陈众议指出:"每一部学术史研究著作通过尽可能竭泽而渔式的梳理,即使不能见人所未见、言人所未言,至少也能老老实实地将有关作家作品的研究成果(包括有关研究家的立场、观点和方英国文学研究在中国：英国作家研究（上卷）的竖排英文书脊：*English Literary Studies in China: The Studies of English Writers Volume 1*

法）公之于众，以裨来者考。"①由于近几年电子数据库的迅猛发展，本研究受益匪浅，因此更有条件地做到一定程度上的"竭泽而渔"。电子数据库的使用为资料的搜集提供了极大的便利，不仅省去很多钻图书馆、翻故纸堆的麻烦，也使一些先前不为人知的学术资料浮出水面。本研究的很多资料在相关领域还是比较齐全的，特别是民国时期的材料，很多文献第一次成为学术史的研究对象。不过，当代研究材料浩如烟海，获取比以往任何时候都要方便，但本研究并没有事无巨细、不加区分地全盘包揽进来，而是有所筛选与择取，突出重点，舍弃枝节。本研究在梳理相关研究者的"立场、观点和方法"时，毫无疑问都是采取"老老实实"的态度，并将能搜集到的材料做基本的呈现，虽然有些地方也难免有罗列与堆砌之嫌，但仍属史脉框架下的认真评析。

　　从整体结构与内容上看，我们根据国内学术研究的成就与特点将本研究分为几大部分，即对早期英国文学的研究、对 18 世纪英国文学的研究、对 19 世纪英国文学的研究（上、下）、对 20 世纪英国文学的研究（上、下）。这一前轻后重的结构总体反映了国内研究的重心与接受特点。在早期英国文学的研究中，莎士比亚研究始终力压群雄，对乔叟、弥尔顿等人的研究在不同的历史时期各不相同，近三十年来则很少成为学术研究的热点。相比之下，18、19、20 世纪的英国文学始终是学界关注的重点，研究热点也不断变化，尤其是对 20 世纪英国文学的研究更是当代学术研究的重中之重。20 世纪 50 年代，"厚古薄今"曾经遭到不应有的严厉批判，而当今学术的发展则有"厚今薄古"之势。尤其是当代英国文学，虽然尘埃尚未落定，但评论与研究早已琳琅满目。由于这些成果尚未成"史"，与学术史写作者处于一种共时性状态，评价与判断较为困难。因此，本研究对当代英国作家的研究状况涉及不多，主要选

---

① 　陈众议：《外国文学学术史研究：经典作家作品系列——总序》，《东吴学术》，2011年第 2 期，第 104 页。

择了几位诺贝尔文学奖获得者或国内已有较多研究的作家。

关于学术史的研究路径与方法,有的学者主张"以问题为中心的研究",反对撰写学术通史①;有的学者认为学术史研究不仅包括"以问题为中心的研究",而且也应该包括"学科史研究、著名学者的个案研究等方面。"②但"外国文学学"有其自身的特点,多层面、多类型、个性化的研究局面尚未形成,其研究路径不必定于一尊。在经典作家学术史中,"研究综述"或"研究述评"仍然是不可或缺的主要撰写模式。这一模式来源于学术研究中最基本的训练,即对文献资料的搜集与整理、归纳与分析。这也是我们通常所说的"文献综述"(literature review)。"研究综述"或"文献综述",即是"用系统、清晰与可复制的方法对研究者、学者与实践者已完成的著述进行界定、评价与整合。"③"文献综述旨在完整而准确地再现某一课题已有的知识与学术理论。"④从用途上看,"研究综述"一般可用于申请项目时的课题论证,用于学位论文的开题论证或成为其中的一节,也可以成为某一学科或某一课题的自足性论文,或进行学术评价,或表达学术新见,为其他研究人员提供重要学术参考。在外国文学中,针对某个作家的研究综述是国别文学学术史研究的重要组成部分,系统而完整的英国作家研究史则可以构成一部史传性质的英国文学学术史。正如学术论文有高下优劣之分一样,"研究综述"也同样存在高下优劣,但作为一种学术研究类型,它所具有的重要学术价值是毋庸置疑的。

从学术史的角度来看,"研究之史"与"研究综述"既相似又有

① 陈平原:《"当代学术"如何成"史"》,《云梦学刊》,2005 年第 4 期,第 8 页。

② 余三定:《学术史:"研究之研究"——兼评北京大学出版社"学术史丛书"》,《北京大学学报(哲社版)》,2005 年第 5 期,第 127 页。

③ Arlene Fink, *Conducting Research Literature Reviews: From the Internet to Paper*, Thousand Oaks: Sage, 2010, p. 3.

④ Paula Dawidowicz, *Literature Reviews Made Easy: A Quick Guide to Success*, Charlotte, NC: Information Age Pub., 2010, p. 5.

不同。有学者认为："作为一部以文学批评、研究为研究对象的'学术史'，在客观叙述各家学术的基础上，如何站在更高的高度，注意到研究范式与话语的转型，便成了一般的'研究综述'与真正意义上的'批评之史'的分界。"①这一说法不无道理。也就是说，"研究综述"达到一定的学术高度，可以构成真正意义上的"研究之史"。本研究则是带有史传性质的经典作家学术史，我们尽量选择具有代表性、可靠性与学术性强的学术史料，追求史脉梳理中的客观叙述，力图对各家学问优长作学术评价，对该作家的"研究之史"做带有"问题意识"的考察，并探讨研究范式的变化、话语的转型，或分析"热点"的形成及其背后动因，或梳理有争议性的学术观点，或提出"定论"中的未定点，等等。我们也希望尽量提供第一手的史料，同时厘清作家研究史的自身发展历程以及与宏观学术发展、与社会语境之间的关系。

陈平原在《学术史研究随想》中说："学术史的主要功用，还不在于对具体学人或著作的褒贬抑扬，而是通过'分源别流'让后学了解一代学术发展的脉络和走向；通过描述学术进程的连续性，鼓励和引导后来者尽快进入某一学术传统，免去许多暗中摸索的工夫。"②本研究也尽量不做"褒贬抑扬"，而是通过"分源别流"来梳理英国文学研究在中国的总体面貌与发展态势，让英国文学研究的后来者能尽快走进学术传统，了解英国经典作家的国内学术研究史，了解政治环境、意识形态、社会思潮、外来文化、理论流变等对学术范式与研究方法的影响，培养与提升问题意识与学术史意识，选择自己的学术路径与研究方向，并站在前人的肩膀上进行学术创新，从而推动学术不断进步与发展。简言之，学术史撰写的目的无外乎是回顾过去、面向未来、以史为师、以史为鉴。

---

① 何云波：《学术史的写法——兼评〈中国俄苏文学研究史论〉》，《俄罗斯文艺》，2008年第3期，第96页。

② 陈平原：《学术史研究随想》，陈平原主编《学人》第一辑，南京：江苏文艺出版社，1991年。

第一章

早期英国文学研究

第一节
总　述

　　本章的"早期英国文学"是指古英语文学、中古英语文学、文艺复兴时期的文学与 17 世纪文学。

　　古英语文学一般是指公元 7 世纪至 1066 年诺曼征服时期的英国文学，亦称安格鲁—撒克逊文学。长期以来，古英语文学研究在我国研究界一直是一个冷门。我国对古英语文学的评介肇始于新文化运动时期，并大多以史诗《贝奥武甫》为中心。1917 年，《学生》杂志第 4 卷第 6 期刊登了署名为"K. C. Chu"的英文文章"Story of Beowulf"，较早介绍了英国史诗《贝奥武甫》中的故事情节。1918 年，周作人在《欧洲文学史》中对这一史诗以及古英语文学做出了评述。此后 50—60 年间，大多数文学史著述在梳理英国文学的源头时几乎都要介绍古英语文学，但是独立而深入的评论文章却一直很少。一些零星文章，如西谛的《〈西特〉与〈皮奥伏尔夫〉》(《文学周报》1926 年第 226 期)与《皮奥胡尔夫》(《文学周报》1928 年第 251—275 期)，也以一般性的介绍或评述为主。这一状况一直持续到 80 年代，直至江泽玖发表了国内第一篇专题性的学术论文《英雄史诗 Beowulf 中的妇女形象》(《外国语》1982年第 5 期)之后，情况才开始发生变化。90 年代以来，国内主要的外国文学期刊，如《外国文学评论》、《外国文学研究》、《外国文学》，发表了多篇重要学术论文①，一些重要学术论著陆续出版，显示出这一领域的研究不断发展。总体来看，古英语文学研究虽然取得了较为突出的成就，但其中也存在一些明显不足。本章对此有专门论述，此处不再赘述。

在中古英语文学中，乔叟是首屈一指的文坛大家，一直被誉为"英国诗歌之父"。乔叟在民国之初被译介到中国。孙毓修的《欧美小说丛谈：孝素之名作》(《小说月报》1913 年第 4 卷第 1 期)可能是国内最早的乔叟评论文章。民国至 80 年代，我国对中古英语文学的总体评介大多来自一些文学史著述，其中以介绍或评述为主。独立评论文章相对较少，同样以介绍为主，如梁实秋的《农人皮尔斯之幻梦》(《绿洲月刊》1936 年第 1 卷第 1 期)评介了这一中世纪宗教长诗三个版本中的第二种。由于乔叟在英国文学史中的重要地位，我国对中古英语文学的研究主要以乔叟及其代表作《坎特伯雷故事》为核心。因此，在众多的中古英语作家当中，对乔叟的研究一枝独秀。由于其他作家的文学史地位相对较低，国内的相关研究则非常有限。新时期以来，中古英语文学研究，犹如古英语文学研究一样，在新的学术环境下快速发展，各类学术成果不断涌现，相关博士、硕士学位论文也日益增多，显示出了学界对这一研究领域日益增长的学术兴趣。及至新世纪以来的十多年中，中

---

① 仅《外国文学评论》就发表了 5 篇关于《贝奥武甫》的学术论文：冯象：《"他选择了上帝的光明"——评罗宾逊〈贝奥武甫与同位文体〉》，《外国文学评论》，1993 年第 1 期；王继辉：《〈贝奥武甫〉与魔怪故事传统》，《外国文学评论》，1996 年第 1 期；陈才宇：《西缪斯·希尼和他的新译〈贝奥武甫〉》，《外国文学评论》，2000 年第 2 期；肖明翰：《〈贝奥武甫〉中基督教和日耳曼两大传统的并存与融合》，《外国文学评论》，2005 年第 2 期；史敬轩：《火烧屠龙王：〈贝奥武甫〉传播归化语境寻疑》，《外国文学评论》，2012 年第 1 期。

古英语文学研究取得了不少重要学术成果,其中影响较大的学术专著就有李赋宁、何其莘主编的《英语中古时期文学史》(2003年)、陈才宇的《古英语与中古英语文学通论》(2007年)、肖明翰的《英语文学传统之形成:中世纪英语文学研究》(2009年)等①。可以预见,这一领域内的研究将不断拓展与加深,所取得的成就也会更加令人瞩目。

英国文艺复兴开始于14世纪,在16世纪达到辉煌的顶峰。莎士比亚是这一时期举世公认的大文豪,其声名早在19世纪上半叶就传入中国。欧洲文艺复兴作为一个文化整体则大致在清末被介绍到中国。② 作为欧洲文艺复兴的一个重要组成部分,英国文艺复兴在清末的相关著述中也经常被提及。及至"五四"新文化运动时期,我国对欧洲文艺复兴的介绍出现了一次高潮③,英国的文艺复兴也在这一时期获得了较多的关注。1918年,周作人在《欧洲文学史》的"文艺复兴期条顿民族之文学"一章中将英国文艺复兴纳入欧洲文艺复兴的大框架下,较早对这一时期的主要作家进行了评述。同样,郑振铎的《文学大纲:欧洲文艺复兴时代的文学》(《小说月报》1925年第16卷 第3期)也在"欧洲文艺复兴"这一整体概念下评述了英国的文艺复兴,并比较详细地介绍了莎士比亚的生平和创作。20—30年代,国内两部具有代表性的英国文学史著作,即欧阳兰的《英国文学史》(1927年)与金东雷的《英国文学史纲》(1937年),也专门设立一章评

①　陈才宇、肖明翰在著作出版之前发表了系列评论论文。此外,刘廼银也发表多篇评论文章,如《〈高文爵士和绿衣骑士〉中的解形母题》,《华东师范大学学报(哲社版)》,2004年第4期;《世俗的表象和宗教的精神:〈高文爵士和绿衣骑士〉的色情诱惑场景》,《外国文学研究》,2003年第4期;《〈忍耐〉中的宗教主题和世俗智慧》,《外国文学研究》,2004年第6期。

②　参见李长林:《国人对欧洲文艺复兴的早期了解》,《世界史研究动态》,1992年第8期,第28页。

③　参见李长林:《中国对欧洲文艺复兴的了解与研究》,《世界史研究动态》,1993年第7期,第34页。

述英国的"文艺复兴"，但同时又各自另立一章，即"意利沙伯时代文学"与"莎士比亚的时代"，对以莎士比亚为代表的 16 世纪的英国文学进行了详细评述。由此可以看出，当时对英国文艺复兴时期文学的研究主要集中于 16 世纪伊丽莎白时代，而莎士比亚则成为相关研究的重中之重。除了文学史著述外，一些文艺思潮类著述，如张伯符的《欧洲近代文艺思潮》（1931 年）、高滔的《近代欧洲文艺思潮史纲》（1932 年）等，也将文艺复兴看成是西方近代文艺思潮的肇始，其中对英国文艺复兴也做出了相应的介绍。不过，也有一些文艺思潮类著作，如黄忏华的《近代文学思潮》（1924 年），从古典主义开始论述，从而将文艺复兴从"近代文艺思潮"中排除。整个民国时期，尽管莎学研究取得了不俗的成就，但是对英国文艺复兴的认识大多是顺带论及，缺少独立而深入的专门评论。

50—60 年代，英国文艺复兴仍然被纳入欧洲文艺复兴的整体框架内，而这一时期苏联文艺观的影响深远而广泛。不少涉及欧洲文艺复兴的苏联学术著作被翻译成中文，如《苏联大百科全书选译——文艺复兴》（王以铸译，1955 年）、格里哥梁的《人道主义·文艺复兴时期的人道主义·社会主义的人道主义》（吴健飞译，1955 年）、普利谢夫的《中世纪文艺复兴期和十七世纪西欧文学教学大纲》（穆木天译，1951 年）、科斯敏斯基的《中世纪史》第 1 卷（朱庆永等译，1957 年）等。就英国文艺复兴而言，1959 年阿尼克斯特的《英国文学史纲》中译本的影响难以低估。作者将英国文艺复兴时期的文学称为"人文主义文学"，并从"进步"与"反动"的二元对立思维出发，指出"英国的人文主义是最进步的社会阶层的意识形态"[①]。在这一批评视角下，托马斯·莫尔被看成是"英国文艺复兴时期第一个伟大的人文主义者"，斯宾塞是"英国文艺复兴

---

① 阿尼克斯特：《英国文学史纲》，戴镏龄等译，北京：人民文学出版社，1959 年，第 72 页。

时期最伟大的诗人",其人文主义带有"贵族性质"①。在作者看来,这一时期的戏剧则是在"先进的人文主义思想与人民戏剧相结合的基础上产生的",那时出现了"一群号称'大学才子'的人文主义剧作家",而莎士比亚"属于当时先进人物的阵营","是人文主义的拥护者,他以自己的作品参加了反封建主义的斗争"②。此时兴起的"人文主义"批评视角带有强烈的政治意识形态色彩,具有鲜明的时代特色。1964 年,杨周翰等人的《欧洲文学史》(上册)在"英国文学与莎士比亚"一节中承续了这一思路,并把"人文主义"的视角延伸至对乔叟的评论,将他看成是英国人文主义思想"最早的代表者"③。

　　80—90 年代,一些文学书著述,如刘炳善的《英国文学简史》(1981 年)、陈嘉的《英国文学史》第 1 卷(1982 年)、王佐良与何其莘的《英国文艺复兴时期文学史》(1996 年)、侯维瑞主编的《英国文学通史》(1999 年),继续评析或强调英国文艺复兴时期文学中的"人文主义"主旨。部分著作开始将"人文主义"的视角延伸到 17 世纪英国文学,如王佐良与何其莘认为弥尔顿的《失乐园》"继承了人文主义的古典文学传统"④,侯维瑞也将弥尔顿看成是"文艺复兴人文主义的继承者"⑤。不过,政治化的批评思维也在不断式微,对这一时期文学发展总体脉络的评述开始借鉴西方批评界的学术研究成果。新世纪以来,学界对文艺复兴的研究已经突破了单一的文学史模式,而且经常就某个专题进行深入论述,其成果形式既有各类学术论文,也有一些有代表性的学术专著,如胡家峦

① 阿尼克斯特:《英国文学史纲》,戴镏龄等译,北京:人民文学出版社,1959 年,第 74、85 页。
② 同上,第 90、93、107 页。
③ 杨周翰等:《欧洲文学史》,北京:人民文学出版社,1964 年,第 180 页。
④ 王佐良·何其莘:《英国文艺复兴时期文学史》,北京:外语教学与研究出版社,1996 年,第 4 页。
⑤ 侯维瑞主编:《英国文学通史》,上海:上海外语教育出版社,1999 年,第 176 页。

的《历史的星空——英国文艺复兴时期诗歌与西方宇宙》（2001
年）与《文艺复兴时期英国诗歌与园林传统》（2008 年）、李正栓的
《英国文艺复兴时期诗歌研究》（2006 年）与《邓恩诗歌研究——兼
议英国文艺复兴诗歌发展历程》（2011 年）、陆扬的《文艺复兴诗
学》（2012 年）等。上述成果的重要特点之一即是从审美批评或诗
学角度探讨了文艺复兴时期的英国诗歌。

　　17 世纪是英国清教主义的时代、资产阶级革命的时代、王政
复辟的时代，是莎士比亚晚期戏剧创作与弥尔顿创作三大史诗的
时代，是文艺复兴人文主义走向衰落的时代，也是古典主义文学思
潮兴起的时代。国内对 17 世纪英国文学的总体认知与评论大多
围绕上述思路展开。1918 年，周作人的《欧洲文学史》较早将"17
世纪英国文学"当做一个整体，并将之分为前后两期，即"上承伊里
查白时代之余绪，下为奥古斯德时代之先驱"，介绍了当时的主要
作家，提及"古典派"、诗歌风格的承续与变化、戏剧的衰微以及清
教主义思想的兴起等。国内第一部英国文学史——王靖的《英国
文学史》（1920 年）将 17 世纪的英国文学称为"英国革命及复辟时
代之文学"，介绍了弥尔顿、班扬与德莱顿三大文学家。欧阳兰的
《英国文学史》将 17 世纪英国文学分为"清教徒时代的文学"与"王
政复古时代的文学"，所评述的作家也以弥尔顿、班扬、德莱顿为
主，但后一个时代则延伸至 18 世纪的诗人蒲伯与小说家斯威夫
特。郑振铎的《文学大纲》则认为"十七世纪的英国是清教徒的时
代"[①]，此书对弥尔顿、班扬的创作评点较多，对其他作家，如多
恩、德莱顿、伯顿、布朗、马维尔、赫里克、皮普斯等，也有简短介
绍。金东雷在《英国文学史纲》中以"清教徒时代"作为第 7 章的
标题，评述了弥尔顿、班扬以及其他作家，而德莱顿与笛福、斯威
夫特、蒲伯等人一道被置于第 8 章"古典主义时代"之中。不难
看出，"17 世纪的英国文学"作为文学史分期在民国时期尚未获

---

① 　郑振铎：《文学大纲》，上海：上海书店出版社，1927 年，第 1073 页。

得广泛认同,这可能与英美学界的影响有一定的关系。例如,在20世纪早期较有影响的威廉·郎(*William J. Long*)的《英国文学史》(*English Literature*,1909)中,17世纪的文学被分成"清教时代"与"王政复辟时期"两个部分。1909年至1937年,这一文学史教材曾在美国重印达15次之多,并传入中国,对当时的学界产生了很大影响。

50—60年代,学界对17世纪英国文学的认识受苏联文艺观的影响较大。在阿尼克斯特的《英国文学史纲》中译本中,作者将17世纪的英国文学分为"英国资产阶级文学"和"王政复辟时期的文学",其背后是"革命"与"反动"二元对立的政治化批评思维。这一批评思维也是当时不少外国文学研究著述(如杨周翰等人编写的《欧洲文学史》上册)的重要特征之一。在这一批评视角下,弥尔顿在建国早期被誉为"资产阶级革命诗人",备受重视,成为17世纪英国文学中被译介、被研究最多的作家,"进步"与"落后"的二元对立思维在其作品评介中也体现得最为充分。对17世纪文学的批评思路一直延续到80年代,如陈嘉的《英国文学史》第1卷将17世纪文学统称为"英国资产阶级革命与王政复辟时期的英国文学"[①]。80年代,这一领域最突出的研究成果是杨周翰于1985年出版的学术著作《十七世纪英国文学》。作者突破以往文学史著作只谈弥尔顿、班扬、德莱顿三大作家的做法,试图用"时代精神"把一批作家串联起来,超越了传统的国别文学断代史研究模式,至今仍然是这一领域高水平的学术著作。90年代,学界对17世纪文学的看法分为两种,一是侯维瑞主编的《英国文学通史》对"17世纪英国文学"的认同与接受,在此大框架下既评述了三大作家,也介绍了骑士派诗人、复辟时期的戏剧与散文等;另一种做法是王佐良主编的5卷本《英国文学史》,编者取消了"17世纪英国文学"的分类,将相关作家纳入英国文艺复兴与18世纪文学两大部分中。

---

① 陈嘉:《英国文学史》第1卷,北京:商务印书馆,1982年,第231页。

迄今为止，除了杨周翰的同名著作外，国内尚无其他以"17 世纪英国文学"命名的学术著作问世，其部分原因可能在于学界对"17 世纪文学"这一文学史分期存在较大分歧。

在早期英国文学中，乔叟、莎士比亚、弥尔顿是举世公认的文学大家，很早就被译介到中国。三人中，我国对莎士比亚的研究始终独占鳌头，成就突出。相比之下，弥尔顿与乔叟研究则较为逊色，近百年来起伏较大。多恩身为"玄学派"的领袖，早期不被关注，近二十年来其译介与研究迅速发展。本章对莎士比亚、乔叟、弥尔顿、多恩等人在中国的研究有专题评述，此不赘述。这一时期的其他名家，如莫尔、斯宾塞、本·琼森、马洛、培根、班扬、德莱顿等，都有一定的译介，有的作家中译本众多。在评论方面，莫尔、培根所受到的关注较多，其他作家则很少成为国内学术研究的重点或热点，研究的深度与广度相对不足。

托马斯·莫尔（Sir Thomas More，1478－1535）因经典名作《乌托邦》（*Utopia*，1516）而享誉世界文坛。莫尔的乌托邦理念早于民国时期就被介绍到中国，但作为文学家的莫尔所受到的关注远远不如作为思想家的莫尔。1918 年，周作人在《欧洲文学史》中较早评介了莫尔的《乌托邦》，认为它与培根的《新大西岛》皆源自柏拉图的《理想国》。1927 年，郑振铎在《文学大纲》中同样从"理想国"的角度评介了《乌托邦》，将莫尔看成是英国文艺复兴时期伟大的"思想家"。30 年代，左翼文艺思潮在国内阶级矛盾对立的背景下兴起，莫尔及其《乌托邦》受到了很多的关注。1933 年，璐茜在长文《柏拉图与莫尔乌托邦思想中共产观的比较》（《清华周刊》1933 年第 40 卷第 2 期）中将莫尔誉为"近代乌托邦的社会主义的始祖"，认为"现代的共产主义"更多受到了莫尔的影响[①]。1935 年，莫尔逝世 400 周年前后，国内的

---

① 璐茜：《柏拉图与莫尔乌托邦思想中共产观的比较》，《清华周刊》，1933 年第 40 卷第 2 期，第 43、44 页。

报刊上发表了不少介绍或评论文章①,对他的生平与创作进行介绍。1935 年,《新民》第 1 卷第 4—5 期刊登的《汤慕思·穆尔的〈乌托邦〉》一文将《乌托邦》看成是"西洋政治思想名著"。《图文》1936 年第 2 期在《二月份值得纪念的名人:摩尔》中将莫尔看成是"英国社会思想家"。戈宝权在《托马斯·摩尔的生平及其〈乌托邦〉的内容》(《新生周刊》1935 年第 2 卷第 1 期)中提出这部作品"兼有对于现世的批评和道德的教训"②。20—30 年代的文学史著作大多对莫尔做简短介绍。欧阳兰的《英国文学史》将莫尔看成是"大散文家"、"文艺复兴运动的一个健将"③。金东雷的《英国文学史纲》认为《乌托邦》是当时"沉寂"的文坛"异军突起的一部散文"④。由于自"十月革命"后,马克思主义在中国传播并产生巨大影响,对莫尔"乌托邦"思想的介绍与评论在民国时期一直未断,但主要是从社会与政治思想的层面进行解读与评论。

　　50 年代,中国革命取得成功,莫尔的"乌托邦思想"受到了更大的重视。1956 年,《乌托邦》一书由戴镏龄翻译成中文并出版。当时对这部作品的评论受苏联批评界的影响较大,如中译本的正文前收录了苏联学者沃尔金的《〈乌托邦〉的历史意义》一文,附录中另有苏联学者的文章两篇⑤。沃尔金将莫尔看成是"人道主义知识分子"、"空想社会主义的创始者和空想社会主义的伟大代表

---

① 　这些文章主要有戈宝权的《托马斯·摩尔的生平及其〈乌托邦〉的内容》(《新生周刊》1935 年第 2 卷第 1 期)、仲实的《托玛斯·摩尔去世四百年》(《大众生活》1935 年年第 1 卷第 1 期)、刘燕华的《托马斯·摩尔四百年忌纪念》(《中央时事周报》1935 年第 4 卷第 25 期)、刘麟生的《乌托邦的著者——摩尔》(《出版周刊》1936 年第 177 期)、志政的《摩尔的〈乌托邦〉》(《出版周刊》1936 年第 192 期)、萧华轩的《〈乌托邦〉作者摩尔逝世四百周年纪念》(《文化建设》1936 年第 2 卷第 3 期)等。

② 　戈宝权:《托马斯·摩尔的生平及其〈乌托邦〉的内容》,《新生周刊》,1935 年第 2 卷第 1 期,第 25 页。

③ 　欧阳兰:《英国文学史》,北京:京师大学文科出版部,1927 年,第 41 页。

④ 　金东雷:《英国文学史纲》,上海:商务印书馆,1937 年,第 81 页。

⑤ 　这两篇文章分别为彼得罗夫斯基的《莫尔小传》、马列因的《〈乌托邦〉的版本和翻译》。

者之一"①。阿尼克斯特的《英国文学史纲》则将莫尔看成是"文艺复兴时期第一个伟大的人文主义者"②。这一时期的社会与政治思想解读被赋予了更多的意识形态色彩。尽管沃尔金在文章中提到《乌托邦》的"文学形式"与"古希腊后期的游记体小说"十分相似③，阿尼克斯特也指出《乌托邦》"是一部对话形式的幻想小说"④，但是对这部作品的艺术与审美形式并没有做深入探讨。1963 年，德国左翼学者考茨基的《莫尔及其〈乌托邦〉》被翻译成中文⑤。作者自称在马克思主义唯物历史观指导下进行历史与传记研究，但政治化解读的模式依然清晰可见。国内学者施茂铭、林正秋编写的《莫尔和他的〈乌托邦〉》（1964 年）所沿用的是苏联的批评模式，将莫尔界定为"人文主义者"与"新兴资产阶级的代言人"，所探讨的重点是莫尔所构想的"理想社会"。这一研究思路一直影响到 80—90 年代对莫尔的评价，如陈嘉的《英国文学史》第 1 卷与侯维瑞的《英国文学通史》（1999 年）基本袭用"人文主义者"的既定评论以及政治与社会历史批评的视角。随着乌托邦文学与反乌托邦文学研究在国内的兴起，《乌托邦》开始被纳入"类型学"的研究框架内，政治思想层面的解读也开始表现出了新的研究特点⑥。

埃德蒙德·斯宾塞（Edmund Spenser，1552 - 1599）、克里斯托弗·马洛（Christopher Marlowe，1564 - 1593）、本·琼森（Ben Jonson，1572 - 1637)也是文艺复兴时期的重要文学家。除了在

---

① 沃尔金：《〈乌托邦〉的历史意义》，载《乌托邦》中译本，戴镏龄译，北京：三联书店出版社，1956 年，第 15 页。

② 阿尼克斯特：《英国文学史纲》，1959 年，第 74 页。

③ 沃尔金：《〈乌托邦〉的历史意义》，第 2 页。

④ 阿尼克斯特：《英国文学史纲》，1959 年，第 78 页。

⑤ 考茨基：《莫尔及其〈乌托邦〉》，关其侗译，北京：三联书店出版社，1963 年。

⑥ 张沛的《乌托邦的诞生》（《外国文学评论》2010 年第 4 期）一文很具有代表性，作者富有启发性地提出：乌托邦的建构构成了自身的反讽，即反乌托邦。

文学史、综合评介文章中得以一见外,国内主要学术期刊上很难瞥见他们的身影。斯宾塞因史诗佳作《仙后》(*The Faerie Queene*,1590－1596)、《牧羊人日历》(*The Shepheardes Calender*,1579)而名载英国文学史册,被后世誉为"诗人的诗人"(poets' poet)。1917年,周作人在《欧洲文学史》中较早介绍了斯宾塞及其诗歌《牧羊人日历》,认为"其思严肃而其文富美"。1924年,吴宓主编的《学衡》杂志刊登过斯宾塞的画像。自民国时期起,斯宾塞只在国内文学史著作中占得一席之地,独立评论与研究较少,长期以来未受到应有的重视。新世纪以来,胡家峦、刘立辉、熊云甫等人发表了系列研究论文,刘立辉与赵冬出版了两本系统而深入的学术专著,[1]斯宾塞在我国的研究出现了重要转折与值得关注的发展态势。马洛是英国文艺复兴时期"大学才子派"的杰出代表、16世纪英国戏剧的重要先驱,曾对莎士比亚的戏剧创作产生过很大影响。1917年,周作人在《欧洲文学史》中评析英国文艺复兴时期的戏剧时对马洛只字未提。20—30年代的文学史著述,如欧阳兰的《英国文学史》、金东雷的《英国文学史纲》,对马洛只有简短介绍。他的代表作《浮士德博士的悲剧》(*The Tragic History of the Life and Death of Doctor Faustus*,1589)于20世纪50年代被翻译成中文,但国内学界对他的独立评论与研究一直很少。新时期以来,马洛戏剧研究开始有了一定的起色,但仍然非常有限。本·琼森在生前是与莎士比亚齐名的戏剧家、诗人,孙毓修在1916年的《欧美小说丛谈》一书中也将他们俩并列而论,但是本·琼森在国内批评界长期不受重视。除了文学史著作对他略有评介外,学界只是在近几年发表了一些零星的评论文章。总体来看,其研究的深度与广度无以足观,至今尚未出现明显的进展。

---

[1]　即刘立辉的《生命的和谐:斯宾塞〈仙后〉内在主题研究》(2005年)、赵冬的《〈仙后〉与英国文艺复兴时期的释经传统》(2008年)。

弗朗西斯·培根（Francis Bacon，1561－1626）是 17 世纪早期英国著名的散文家、哲学家。早在 19 世纪下半叶，培根之名传入中国。1873 年，王韬在他的笔记《翁牖余谈》中介绍了他的"格致之学"，但是对其散文只字未提。1877 年，传教士慕维廉与中国助手沈毓桂合作翻译了培根的《新工具》，取名为《格致新法》，先连载于《格致汇编》上，后来又在《万国公报》上连载。《万国公报》1878 年第 505 期刊载慕维廉的《培根〈格致新法〉小序》一文，对培根的哲学思想作了简介，但没有提及他的散文。此后，培根主要作为哲学家、思想家而为国内知识界所关注。1907 年，王国维在《倍根小传》（《教育世界》1907 年第 160 期）一文中对作为文学家的培根有所介绍，称培根的随笔为"散文之诗"，并比较了中西随笔的差异，分析了培根随笔的特点，是国内较早涉及其散文的评论文章。民国时期，培根的很多散文被翻译成中文，在国内拥有了较大的读者群。一些文学史著述均将培根当做重要散文家加以评述，如欧阳兰在《英国文学史》中认为他是"散文家"，同时也是"大思想家"①。金东雷在《英国文学史纲》中将培根界定为"才高德薄的散文家"②。建国后，水天同翻译的《培根论说文集》（1951 年）是国内最早与最有影响的汉译培根散文著作之一。中译本的"绪论"译自英国《万人丛书》中的《培根文集》，其中分析了培根的散文特点，认为它们"含有当时的文章的各种特性——如辞藻之富丽、思想之繁复、趣味之隽永、机锋之精锐"③。1949 年以来，培根的散文译本数不胜数，一些散文名篇，如《论读书》（Of Studies），流传十分广泛。但是在学术研究层面，散文家培根始终不敌哲学家、思想家培根，如 1961 年培根诞辰 400 周年之际，培根被国内哲学界誉为"英国

---

① 欧阳兰：《英国文学史》，1927 年，第 64 页。
② 金东雷：《英国文学史纲》，1937 年，第 107 页。
③ 水天同：《培根论说文集·绪论》，上海：商务印书馆，1951 年，第 17 页。

唯物主义的始祖"[1]，而文学批评界未有评论文章纪念。此外，各个历史时期的文学史著作对培根青睐有加，但是独立而深入地研究其散文的成果一直不多。新时期以来的三十年间，关于培根散文的赏析与翻译评论方面的文章一直较多，独立而深入地研究其主旨内涵以及美学特征的学术成果很少，其原因可能在于国内学界对英国散文一向重视不足，所关注的程度远远不及小说、诗歌以及戏剧[2]。

约翰·班扬（John Bunyan，1628－1688）是 17 世纪英国著名的清教徒作家，其代表作《天路历程》（*The Pilgrim's Progress*，1678）是英国文学史中最著名的寓言佳作。这一作品早在 19 世纪中叶就由西方传教士翻译成中文，并出现了多个中译本[3]，是目前所知道的最早被介绍到中国的英国文学作品。《天路历程》最早是作为宗教宣传文学输入中国的，但由于晚清时期中国学人对西方宗教大多持排斥态度，这一著作并未引起较多关注。民国时期，班扬开始出现在各类文学史著述中，《天路历程》基本上被看成是散文作品。欧阳兰在《英国文学史》中称班扬为当时"最有想象的散文作家"[4]，金东雷的《英国文学史纲》也认为他是当时"散文的代表作家"[5]。一些其他出版物对《天路历程》的评价更多关注其宗教题材，并将之界定为"宗教小说"，如 1924 年商务印书馆出版的《欧美名著节本》即是如此。此外，广学会于 1928 年出版了贾立言编写的《本仁三百年诞辰纪念册》，编者主要将班扬看成是"英国宗

① 陆成一：《培根——英国唯物主义的始祖——纪念弗兰西斯·培根诞生四百周年》，《北京大学学报（社科版）》，1961 年第 1 期，第 11 页。

② 关于英国散文的研究成果，目前较有分量的著作只有王佐良的《英国散文的流变》（1998 年）。

③ 参见段怀清：《〈天路历程〉在晚清中国的六个译本》，《杭州师范大学学报（社科版）》，2012 年第 3 期。

④ 欧阳兰：《英国文学史》，1927 年，第 93 页。

⑤ 金东雷：《英国文学史纲》，1937 年，第 160 页。

教故事作家"，并介绍了他的生平以及《天路历程》中的故事内容。建国后，阿尼克斯特的《英国文学史纲》中译本将这部作品界定为"梦境寓言小说"①。此后的一些文学史著述，如陈嘉的《英国文学史》第 1 卷与侯维瑞主编的《英国文学通史》，大多沿用"宗教题材的寓言小说"这一定位。80—90 年代的评论文章较少，界定略有不同，如有的学者认为《天路历程》是"讽喻体小说"②。近十多年来，学界对这一作品的研究出现了新的动向，发表了一些具有较高质量的研究论文③，其特点主要是从比较文学研究的角度探讨了《天路历程》在晚晴中国的译介与接受。

约翰·德莱顿（John Dryden, 1631－1700）是英国王政复辟时期的诗人、剧作家与文学批评家，17 世纪英国古典主义的代表人物。英美文学史家经常将 1660 年至 1700 年之间这一时段称为"德莱顿时代"。民国时期，国内文学史著作一般将德莱顿作为 17 世纪的三大作家之一加以介绍或评述。郑振铎的《文学大纲》称之为当时"最大的诗人"，同时也写"畅美的散文"④，但介绍较为简短。欧阳兰在《英国文学史》中对德莱顿的介绍比较详细，认为他是当时"文学的首领"，而他所创作的诗歌、讽刺文、戏剧与散文"一时无两"⑤。金东雷的《英国文学史纲》则将德莱顿与蒲伯看成是英国古典主义时代的"两大诗人"，同时还评介了他的戏剧创作。

---

① 阿尼克斯特：《英国文学史纲》，1959 年，第 168 页。

② 李自修：《古朴素雅的讽喻体小说——析〈天路历程〉的语言艺术》，《外国语》，1988 年第 6 期。

③ 陈平原：《作为"绣像小说"的〈天路历程〉》，《书城》，2003 年第 9 期；宋莉华：《宾为霖与〈天路历程〉的汉译》，《上海师范大学学报（哲社版）》，2009 年第 5 期；吴文南：《英国传教士宾为霖与〈天路历程〉之研究》，福建师范大学博士论文，2008 年；褚潇白：《"门"的铭写：解读〈天路历程〉晚清方言译本中的图文修辞方式》，《中国比较文学》，2010 年第 3 期。

④ 郑振铎：《文学大纲：十七世纪的英国文学》，《小说月报》，1925 年第 16 卷第 4 期，第 233 页。

⑤ 欧阳兰：《英国文学史》，1927 年，第 99 页。

当时也有一些零星的短评文章,如韦纪德的《英国散文之父:德莱顿》(《礼拜六》1946 年第 51 期),指出他的散文"打破英国散文的韵律及形式",给英国散文带来了一种"通顺的'白话'的风格"[1]。建国早期,德莱顿的剧作《一切为了爱情》由许渊冲翻译,新文艺出版社 1956 出版。伍蠡甫主编的《西方文论选》(1958 年)收录了德莱顿的批评作品。阿尼克斯特的《英国文学史纲》中译本将德莱顿界定为"王政复辟时期英国古典主义最杰出的代表"[2]。这一定位一直影响到了 80—90 年代的一些文学史著述。新时期以来,国内学界发表了一些零星的评论文章[3],并出现了博士学位论文[4],但是从整体上来看,对德莱顿这样的古典作家的研究十分不足,对他的全部创作的认识仍然相当有限。

综上所述,20 世纪我国对早期英国文学的研究兴趣(莎士比亚除外),明显不如对 19 世纪、20 世纪英国文学的研究兴趣。新世纪以来,早期英国文学研究获得了长足发展,出现了纠偏与补偏的倾向,研究的范围不断扩大,内涵逐渐丰富,深度探讨显著增加。除了层出不穷、数以百计的学术论文外,国内还出版了不少扎实厚重的学术专著,代表了这一领域相关研究的系统性与深入性。莎士比亚研究自不必说,已出版的独立专著约有五十部。关于乔叟、弥尔顿、多恩等作家的深度研究著述也开始出现。即使在古英语文学与中古英语文学研究方面,学界也取得了不少重要学术成果。不容否认,国内对这一领域的研究也存在明显不足,但是随着社会的发展,学术的进步,相信学界一定会克服不足并取得更大的成就。

---

[1] 韦纪德:《英国散文之父:德莱顿》,《礼拜六》,1946 年第 51 期,第 10 页。

[2] 阿尼克斯特:《英国文学史纲》,1959 年,第 164 页。

[3] 这些论文主要有韩敏中的《德莱顿和英国古典主义》(《国外文学》1987 年第 2 期)、何其莘的《德莱顿和王朝复辟时期的英国戏剧》(《外国文学》1996 年第 6 期)、乔国强的《作为批评家和戏剧家的德莱顿》(《外语研究》2005 年第 4 期)等。

[4] 朱源:《李渔与德莱顿戏剧理论比较研究》,苏州大学博士论文,2007 年。

第二节
古英语文学研究

国内学界对古英语文学的兴趣可以追溯到新文学时期。周作人在其 1918 年出版的《欧洲文学史》中分析了古英语诗歌《贝奥武甫》（*Beowulf*）中"委心任命（wyrd）"的异教思想[①]。另外根据冯象的介绍，周作人在《知堂随想录》中提及他在日本时曾试图翻译《贝奥武甫》，后因兴趣转向古希腊悲剧，未能坚持。[②] 自周作人以来，国人对于古英语文学的兴趣有增无减，这一点仅从古英语诗歌《贝奥武甫》的中译本就可见一斑。据现有资料来看，目前国内《贝奥武甫》的翻译和编译版本有四个：《裴欧沃夫》、《贝奥武甫：古英语史诗》、《贝奥武甫：英格兰史诗》、《贝奥武甫降妖记》[③]。除此之外，梁实秋、李赋宁还节译了《贝奥武甫》[④]。国内最早的古英语文学评介出现于国内学者编写的文学史著作，这种评介方式一直延续到现在；针对具体古英语文学作品的评论，国内学者研究的重点是《贝奥武甫》，对于其它古英语诗歌和散文则关注较少。不过，迄今为止，国内学者的翻译和研究还没有得到国外同行的关注和重视。国际上最重要的两个古英语文献检索工具"盎格鲁—撒克逊研究目录"（*Anglo-Saxon England* Bibliography）和"古英语研究通讯目录"（*Old English Newsletter* Bibliography）均未收录国内

---

① 周作人：《欧洲文学史》，石家庄：河北教育出版社，2001 年，第 115—116 页。

② 冯象：《"他选择了上帝的光明"——评罗宾逊〈贝奥武甫与同位文体〉》，《外国文学评论》，1993 年第 1 期。

③ 《裴欧沃夫》，陈国桦译，北京：中国青年出版社，1959 年；《贝奥武甫：古英语史诗》，冯象译，北京：三联书店，1992 年；《贝奥武甫：英格兰史诗》，陈才宇译，南京：译林出版社，1999 年；《贝奥武甫降妖记》，史雄存编译，长春：吉林文史出版社，2003 年。

④ 梁实秋：《英国文学选》第 1 卷，台北：协志工业丛书出版股份有限公司，1985 年，第 2 页；李赋宁、何其莘《英国中古时期文学史》，北京：外语教学与研究出版社，2005 年，第 14—15 页。

学者的文章。① 但国内学者在古英语文学研究方面还是做了很多工作,已经成为国际古英语文学研究的一个重要部分。本节将从文学史中的古英语文学评介、古英语诗歌与散文研究两个方面对国内学者的研究进行梳理,并对国内古英语文学研究所取得的成就和存在的不足进行总结。

一、文学史中的古英语文学评介

谈及古英语文学的文学史分为三类:一是欧洲或西洋文学史;二是英国文学史;三是欧洲中世纪文学史和中世纪英国文学史。在古英语文本翻译为中文之前,国内读者主要是通过这些文学史认识和了解古英语文学,因而文学史在国内的古英语文学研究中占据了很重要的地位。欧洲或西洋文学史著作对古英语文学的论述一般比较少,通常只提到《贝奥武甫》,把它看成是欧洲中世纪早期文学发展的一个典型代表。周作人在 1918 年出版的《欧洲文学史》中把《贝奥武甫》放到"异教诗歌"一章下论述②;郑振铎在 1927 年出版的《文学大纲》中专门介绍了《贝奥武甫》,并给予很高评价,认为它"表现出北欧封建时代英雄时代的图画,其宏伟与完整都不下于荷马的两部大史诗"③;杨周翰等人编写的《欧洲文学史》则把《贝奥武甫》归入"英雄史诗"一类,与《罗兰之歌》等放在一起加以论述④;李赋宁主编的《欧洲文学史》第一卷也把《贝奥武甫》归入

① 有一个例外,"古英语研究通讯目录"(OEN Bibliography)收录了国内学者王继辉在普渡大学(Purdue University)撰写的博士论文《论盎格鲁—撒克逊文学和古代中国文学中的王权理念:〈贝奥武夫〉与〈宣和遗事〉的比较研究》,该博士论文后来由北京大学出版社出版。
② 周作人:《欧洲文学史》,石家庄:河北教育出版社,2001 年,第 115 页。
③ 郑振铎:《文学大纲》(一),石家庄:花山文艺出版社,1998 年,第 324—350 页。
④ 杨周翰、吴达元、赵萝蕤:《欧洲文学史》上卷,北京:人民文学出版社,1991 年,第 96—97 页。

"中世纪英雄史诗"的范畴①。在欧洲文学或西洋文学这样大的图景之下，古英语文学的发展自然未能得到完全的介绍与论述，因此古英语文学也只是作为欧洲中世纪文学的一个组成部分，对其介绍大多限于《贝奥武甫》。虽然《贝奥武甫》代表了古英语诗歌发展的最高成就，但是经历了近六百年发展的古英语文学远非《贝奥武甫》所能概括。

　　将古英语文学的发展缩略为《贝奥武甫》的情况到了英国文学史中则发生了变化。国内读者视野中的英国文学史可分为两类：一类是国外学者编写的、被翻译成中文的英国文学史；另一类是国内学者编写的英国文学史。前者对古英语文学的介绍比较详细；后者则更多表达了国内学者的观点。无论是在民国时期还是新中国成立后，都有不少国外学者编写的英国文学史著作被翻译为中文，这些译著对于普及古英语文学知识起到了不可估量的作用。1930 年，林惠元翻译出版了英国学者德尔莫（Denis Sefton Delmer）的专著《英国文学史》（*English Literature from "Beowulf" to Bernard Shaw*）。德尔莫原是德国柏林大学的教授，他的《英国文学史》是德国学校使用的教科书，该书第一章专门介绍古英语文学，对于盎格鲁—撒克逊人入侵不列颠、古英语的发展历史、古英语文学的体裁、古英语诗歌的韵律、古英语时期宗教和文学的关系、阿尔弗莱德国王（King Alfred）时期的散文等关于古英语文学的话题都有详尽的介绍和分析。② 1947 年，商务印书馆翻译出版了美国学者莫逊（William Vaughan Moody）、勒樊脱（Robert Morss Lovett）编写的《英国文学史》一书③，其中对古英语文学的介绍比较详细。除了重点介绍《贝奥武甫》之外，该书还论述了盎

---

① 　李赋宁等：《欧洲文学史》第 1 卷，北京：商务印书馆，1999 年，第 94—97 页。

② 　Denis Sefton Delmer，*English Literature from "Beowulf" to Bernard Shaw*. Berlin：Adamant Media Corporation，1932.

③ 　该书由柳无忌、曹鸿昭翻译，被指定为教学用书。

格鲁—撒克逊人的基督教化进程、宗教诗歌、哀歌等。[①] 1959 年，苏联学者阿尼克斯特的《英国文学史纲》中译本则从阶级斗争的角度分析了古英语文学的形成和发展，认为盎格鲁—撒克逊人入侵不列颠，瓦解了不列颠岛上原住民凯尔特人的氏族社会，建立起了英国的封建社会，而古英语文学作为这一时期的产物，自然是英国封建社会初期社会现实的反映[②]。英国和美国学者对于古英语文学的解读基本上继承了欧美国家的古英语文学批评传统，而苏联学者对于古英语文学的解读则开辟了马克思主义的文学批评传统。这些英国文学史的翻译对于学界了解古英语文学起到了极大的推动作用。

国内编写的英国文学史对于古英语文学的评介并不是一个循序渐进的过程，而是在曲折与徘徊中前进。民国时期编写的英国文学史对于古英语文学的介绍出现了一个小高潮。如果将周作人在 1918 年出版《欧洲文学史》视为国人研究古英语文学之发端，那么从 1918 年到 1949 年，国内学者出版了一系列英国文学史著作：王靖的《英国文学史》（1920 年），欧阳兰的《英国文学史》（1927 年），曾虚白的《英国文学 ABC》（1928 年），徐名骥的《英吉利文学》（1933 年），金东雷的《英国文学史纲》（1937 年），李祁的《英国文学》（1948 年）等。无论是作为普及读物的英国文学史（如曾虚白的《英国文学 ABC》），还是作为高等学校教材的英国文学史（如金东雷的《英国文学史纲》），这些英国文学史著作都对古英语文学有着独到的见解。比如说金东雷的《英国文学史纲》从社会背景、异教徒的诗歌和基督教的文学三个方面介绍古英语文学。虽然把古英语文学归类为异教徒的诗歌和基督教的文学未必恰

---

① 　William Vaughan Moody and Robert Morss Lovett. *A History of English Litera-ture* . New York：Charles Scribner's Sons. 柳无忌、曹鸿昭翻译所依据的版本不详，译者在序言中没有说明。

② 　阿尼克斯特：《英国文学史纲》，戴镏龄等译，北京：人民文学出版社，1959 年，第 1—13 页。

当，但是却体现了国内学者对于古英语文学复杂性的认识。曾虚白的《英国文学 ABC》简要介绍了古英语文学的发展，分析了古英语文学创作的社会历史背景以及古英语诗歌创作的口头性[①]，但是该书也有一点小小的纰漏，认为在 1066 年入侵英国的是凯尔特民族（Celtic），事实上诺曼人（Normans）很难被说成是凯尔特人。

1949 年—1980 年，国内出版的英国文学史专著比较少，因而对于古英语文学的介绍也处于低迷阶段。在中国内地，除了翻译前苏联学者编写的《英国文学史纲》之外，基本上没有英国文学史的著作面世；而在中国台湾，似乎也并不活跃，除了梁实秋编写的三卷本《英国文学史》（1955）之外，也没有其它著作出版。[②] 梁实秋的《英国文学史》对古英语文学的介绍非常详尽。他从"贝奥武夫"、"其他主要短诗"、"基督教的诗与散文"、"阿佛列王及其他"四个方面介绍古英语文学的发展。与只介绍故事情节和简要评论的文学史叙述方式不同，梁实秋的《英国文学史》还介绍《贝奥武甫》的手稿、故事的起源、诗歌的文体特征、诗歌的主题等国外学者经常讨论和关注的话题[③]。

1980 年以后，随着国内英语专业的发展和壮大，国内学者编写的英国文学史专著也逐渐增多。这一时期编写的英国文学史大多是高校英语专业的教材，以英语专业学生和教师为读者对象。由于古英语读起来有一定的难度，因而大多英国文学薄古厚今，对于古英语文学和中古英语文学都较少着墨。但是几部以研究为导向的英国文学史对古英语文学有比较多的介绍。比如：陈嘉编写的四卷本《英国文学史》（1982 年）的第一卷，侯维瑞主编的《英国文学通史》（1999 年），李赋宁、何其莘主编的

---

① 曾虚白：《英国文学 ABC》，上海：ABC 丛书社，1928 年，第 1—2 页。

② 关于 1949 年以后中国台湾地区出版的英国文学史著作，这里只查阅了内地可以查阅的。主要的检索工具为超星电子图书数据库。

③ 梁实秋：《英国文学史》第 1 卷，台北：台湾协志出版社，1955 年，第 1—46 页。

五卷本《英国文学史》第一卷《英国中古时期文学史》(2005)，和常耀信主编的《英国文学通史》(2010)。陈嘉的《英国文学史》侧重于介绍古英语的世俗性文本，对于宗教文本则较少着墨。2005年出版的《英国中古时期文学史》则更多带有研究的性质，该书用了三章的篇幅论述盎格鲁—撒克逊时期的英国文学，内容涉及古英语的发展、古英语文学发展的历史背景以及各类体裁的古英语文学作品。虽然只有三章，但三章的篇幅大概占了全书的一半，这也说明了古英语文学在英国中古时期英国文学中的分量。现在保存下来的古英语文本的创作时间及作者都存在很大的争议，所以该书作者从古英语体裁分类角度，分别介绍了古英语宗教诗歌、古英语非宗教诗歌以及古英语散文，此外还重点介绍了《贝奥武甫》和《马尔登之役》(*The Battle of Maldon*)、《布鲁南堡之役》(*The Battle of Brunanburh*)和《盎格鲁—撒克逊编年史》(*The Anglo-Saxon Chronicle*)[①]。侯维瑞主编的《英国文学通史》则从吟游诗歌、僧侣文学、古英语散文三个方面介绍古英语文学。该书的特点在于能把古英语文学的发展融入到整个英国文学发展的历史当中，看到英国文学在历史进程中的延续和发展。比如说编者把英国散文的源头追溯到古英语时期，这其实是拉近了古英语文学和读者的距离[②]。而常耀信主编的《英国文学通史》则从异教诗歌、宗教诗歌和古英语散文三个方面叙述古英语文学的发展。这样的叙述方式与侯维瑞主编的《英国文学通史》类似，但是该书加入了近些年国内学者的研究成果，还从语言发展的角度梳理了古英语文学的发展，这一点与《英国中古时期文学史》的叙述方式类似[③]。

　　近年来，随着国内学者研究的深入，国内还出现了专门的欧洲

---

① 李赋宁、何其莘：《英国中古时期文学史》，北京：外语教学与研究出版社，2005年，第8—111页。

② 侯维瑞：《英国文学通史》，上海外语教育出版社，1999年，第1—14页。

③ 常耀信：《英国文学通史》，天津：南开大学出版社，2010年，第10—77页。

English Literary Studies in China: The Studies of English Writers Volume I

中世纪文学史和中世纪英国文学史。从性质上说，前者是外国文学断代史，后者是国别文学断代史，二者对于古英语文学的剖析各有利弊。前者的优势在于把古英语文学的发展放在欧洲中世纪文学的大背景中，有利于横向对比和阐释古英语文学的发展，这符合国际上把古英语文学的发展作为中世纪研究一部分的趋势，也突出了古英语文学研究的跨学科性质，但不足之处在于无法系统论述古英语文学的发展。比如杨慧林和黄晋凯共同编写的《欧洲中世纪文学史》就把古英语文学纳入到中世纪文学发展的语言形成时期，从早期英雄史诗和早期基督教文学两个方面论述古英语文学的发展。后者的优势是可以系统地介绍和分析古英语文学发展的历史背景和体裁分类等，但不足之处在于无法进行横向比较①。如：陈才宇从史诗、战歌、诀术歌、箴言诗、哀歌、谜语诗、宗教诗、寓言诗、散文方面叙述古英语文学的发展与历史②；肖明翰则从宗教诗篇、英雄传说与史诗、抒情诗歌三个方面专门叙述古英语文学的发展史③。国内的外国文学研究有修史的传统，而文学史在向国内读者介绍古英语文学方面起着非常重要的作用，因而文学史中的古英语文学评介在国内古英语文学研究中有着非常重要而特殊的地位。

二、古英语诗歌与散文研究

国内学者研究的重点是《贝奥武甫》，对于其它古英语诗歌和散文关注较少。1949年以前，关于《贝奥武甫》的评论文章极少。1928年，西谛（郑振铎）在《文学周报》上发表《皮奥胡尔夫（英国史诗述略）》一文。有趣的是，《文学周报》把该文章归入童

① 杨慧林、黄晋凯：《欧洲中世纪文学史》，南京：译林出版社，2001年。
② 陈才宇：《古英语和中古英语文学通论》，北京：商务印书馆，2007年。
③ 肖明翰：《英语文学传统之形成》，北京：社会科学文献出版社，2009年。

话类。根据中国期刊网提供的检索结果[①]，1949 年到 2011 年，期刊网上共有 95 条关于古英语及古英语文学研究的文章，从数量上来说，这还不到国内英国文学研究文献总量的 1%。在这 95 篇期刊文献中，发表于 1949 年到 1979 年间的共 3 篇，分别介绍和研究盎格鲁—撒克逊时期国王赏赐土地的问题[②]、多伦多大学正在编写的《古英语词典》[③]和英语发展的历史[④]。整个 80 年代（1980 年到 1989 年）发表的古英语文学研究文章也不多，总共只有 6 篇[⑤]，其中江泽玖发表的《英雄史诗 *Beowulf* 中的妇女形象》一文可以看做是国内学者写的第一篇关于古英语文学研究的文章。

　　这一情况到了 90 年代发生了巨大的变化，从 1990 年到 2011 年，期刊网上共有 87 篇关于古英语文学研究的文章，其中发表于 1990 年到 1999 年间的有 20 篇，2000 年以来 57 篇。除此之外，国内还出版了第一部古英语文学研究专著[⑥]。在此期间，国内一些

---

① 获得该数据的步骤：一、以专业检索方式，输入检索语句，如"古英语"、"盎格鲁—撒克逊"，"贝奥武夫"、"贝奥武甫"、"裴欧沃夫"、"裴欧沃夫"，年限范围是 1911 年到 2011 年，检索的时间是 2011 年 3 月 2 日，检索的学科范围为"文史哲"；二、用以上述方式进行检索，获取检索结果；三、对所获检索结果进行筛选，把与古英语文学无关的条目排除在外，这样获取的文献条目为 95 条。

② 马克垚：《英国盎格鲁—撒克逊时期国王赏赐土地的问题》，《北京大学学报（哲社版）》，1963 第 1 期。

③ 华：《编写中的〈古英语词典〉》，《辞书研究》，1979 年第 2 期。

④ 郑应先、刘武：《英语的沿革》，《辽宁大学学报（哲社版）》，1979 年第 1 期。

⑤ 江泽玖：《英雄史诗 Beowulf 中的妇女形象》，《上海外国语学院学报》，1982 年第 5 期；刘红英：《北欧史诗中的英雄形象——贝奥武甫——兼论古代北欧人民的英雄观念》，《吉首大学学报（社科版）》，1983 年第 1 期；沈弘：《'Discipuli' 还是 'þegnas'？——古英语用语初探》，《北京大学学报（哲社版）》，1987 年第 4 期；郭家铨：《古英语概论（下）》，《四川外语学院学报》，1988 年第 3 期；陈才宇：《盎格鲁—撒克逊时期的诀术歌》，《外国文学研究》，1989 年第 2 期；李金达：《贝尔武甫》，《外国文学》1989 年第 5 期。

⑥ 王继辉：《论盎格鲁—撒克逊文学和古代中国文学中的王权理念：〈贝奥武夫〉与〈宣和遗事〉的比较研究》，北京：北京大学出版社，1996 年。

主要的古英语文学研究学者开始崭露头角，如在冯象翻译《贝奥武甫》后的第二年，《外国文学评论》重刊了他在海外发表的《"他选择了上帝的光明"——评罗宾逊〈贝奥武甫与同位文体〉》一文，该文详细介绍了国外《贝奥武甫》研究的历史与现状。王继辉发表了研究《贝奥武甫》的系列文章①，并于 1996 年出版专著《论盎格鲁撒克逊文学和古代中国文学中的王权理念：〈贝奥武夫〉与〈宣和遗事〉的比较研究》（*The Concept of Kingship in Anglo-Saxon and Medieval Chinese Literature — A Comparative Study of Beowulf and Xuanhe Yishi*）。陈才宇也发表了多篇古英语文学研究文章②。

　　《贝奥武甫》研究在国内的古英语文学研究中占据了首要位置。中国期刊网上的 95 篇文章中，42 篇是关于《贝奥武甫》的研究。1982 年江泽玖的文章《英雄史诗 Beowulf 中的妇女形象》揭开了国内《贝奥武甫》研究的序幕。该文分析了诗中威尔弗欧（Wealtheow）、海德（Hygd）、恶魔格伦特尔的母亲（Grendel's Mother）等女性形象，认为"《贝尔沃甫》中的妇女虽然不占据非常显要的地位，但他们的穿插，使这首英雄诗刚中有柔，粗中有细，更有人情味，更富于诗意"③。江泽玖之后，国内学者对《贝奥武甫》的研究涉及该诗的多个方面。

---

① 王继辉：《萨坦胡船葬与〈贝奥武甫〉》，《国外文学》，1995 年第 1 期，第 123—127 页；王继辉：《古英语〈创世记〉与弥尔顿的〈失乐园〉》，《国外文学》，1995 年第 2 期，第 76—85 页；王继辉：《〈贝奥武甫〉中的罗瑟迦王与他所代表的王权理念》，《国外文学》，1996 年第 1 期，第 22—27 页；王继辉：《〈贝奥武甫〉与魔怪故事传统》，《外国文学评论》，1996 年第 1 期，第 92—96 页。

② 陈才宇：《盎格鲁—撒克逊时期的箴言诗》，《杭州大学学报（哲社版）》，1991 年第 3 期，第 159—163 页；陈才宇：《盎格鲁—撒克逊时期的宗教诗》，《外国文学评论》，1992 年第 1 期，第 62—69 页；陈才宇：《盎格鲁—撒克逊时期的诀术歌》，《外国文学研究》，1989 年第 2 期，第 67—71 页。

③ 江泽玖：《英雄史诗 Beowulf 中的妇女形象》，《外国语》，1982 年第 5 期。

首先是《贝奥武甫》文本涉及的各类主题，如王权理念[①]、魔怪传统[②]、英雄与怪物的对立[③]、《贝奥武甫》的思想与艺术[④]。其次，对于国际《贝奥武甫》研究界经常讨论的日耳曼传统与基督教传统问题[⑤]，国内学者也开始发出自己的声音。如王继辉认为《贝奥武甫》的成书时间、传播方式等因素造就了该诗非基督教文化与基督教文化共存于一体的"民间史诗风格"，因而该诗既不是"纯粹的日耳曼英雄轶事"，也不是"简单的基督教故事"，而是一部"充满基督教精神的独特的英雄史诗"[⑥]。肖明翰则认为，在基督教意识形态占统治地位的语境中，《贝奥武甫》是"日耳曼异教术语基督教化"的一个成功范例[⑦]。再者，对于国际《贝奥武甫》研究界关心的诗歌结构问题，国内学者也提出了自己的看法。如刘㸌银考察了《贝奥武甫》结构元素的重复与变化，认为这样的重复与变化"有力地丰富了诗歌的主题，巧妙地帮助构成一种粗犷雄浑的风格"[⑧]。

国际《贝奥武甫》研究另外一个重点是比较研究。《贝奥武甫》的比较研究分为两种，一种是纵向比较，即《贝奥武甫》的来源问题

① 王继辉：《〈贝奥武甫〉中的罗瑟迦王与他所代表的王权理念》，《国外文学》，1996 年第 1 期，第 22—27 页；王继辉：《论盎格鲁—撒克逊文学和古代中国文学中的王权理念：〈贝奥武夫〉与〈宣和遗事〉的比较研究》，北京：北京大学出版社，1996 年。

② 王继辉：《〈贝奥武甫〉与魔怪故事传统》，《外国文学评论》，1996 年第 1 期，第 92—96 页。

③ 刘㸌银：《英雄与怪物：〈贝奥武甫〉中对人类理性的呼唤》，《华东师范大学学报（哲社版）》，2001 年第 5 期，第 162—168 页。

④ 陈才宇：《盎格鲁—撒克逊时期的宗教诗》，《外国文学评论》，1992 年第 1 期，第 62—69 页。

⑤ Bjork, Robert E. and John D. Niles. *A Beowulf Handbook*. Lincoln：University of Nebraska Press，1998，pp. 125‒149.

⑥ 王继辉：《再论〈贝奥武甫〉中的基督教精神》，《外国文学》，2002 年第 5 期，第 69—78 页。

⑦ 肖明翰：《〈贝奥武甫〉中基督教和日耳曼两大传统的并存与融合》，《外国文学评论》，2005 第 2 期，第 83—91 页。

⑧ 刘㸌银：《重复与变化：〈贝奥武甫〉的结构透视》，《英美文学研究论丛》，2002 年第 3 期。

(source study)①，这种研究探讨作者在创作诗歌时都借用了哪些先前已经存在的素材，或者说哪些先前已经存在的作品对《贝奥武甫》产生了影响。可能是由于来源问题的研究需要研究者懂得多种中世纪的语言的缘故，国内到目前为止并没有这样的研究。另外一种是横向比较，即平行研究，这是国内学者对《贝奥武甫》研究做出贡献的地方，也是国内《贝奥武甫》研究的最新动向。王继辉1996年出版的英文专著《论盎格鲁—撒克逊文学和古代中国文学中的王权理念：〈贝奥武夫〉与〈宣和遗事〉的比较研究》开了国内对《贝奥武甫》进行比较研究的先河。此后，陆续有比较研究的文章出现，如《贝奥武甫》与苗族史歌《张秀眉》的比较研究②，贝奥武甫与羿的比较研究③和《贝奥武甫》与壮族史诗《布洛陀》的比较研究④。除此之外，国内学者还对贝奥武甫的葬礼⑤、贝奥武甫的身份⑥、《贝奥武甫》的译本⑦、《贝奥武甫》电影改编⑧等问题进行了研究。

　　除了对《贝奥武甫》的研究与评述，国内学者对于其它古英语诗歌的研究不多。目前进入国内研究者视野的文本还包括古英语

---

① O'Keeffe, Katherine O'Brien, ed. *Reading Old English Texts*. Cambridge：Cambridge University Press，1997.

② 王家和：《不列颠民族英雄史歌〈贝奥武甫〉与苗族史歌〈张秀眉〉的对比研究》，《贵州民族学院学报（哲社版）》，2007年第2期，第101—104页。

③ 王法昌：《荣名的贝奥武甫与落寞的羿》，《潍坊教育学院学报》，2007年第1期，第43—45页。

④ 陆莲枝：《壮英史诗〈布洛陀〉和〈贝奥武甫〉的审美特色对比及思维解读》，《社科纵横》，2010年第1期，第103—104页。

⑤ 王继辉：《萨坦胡船葬与〈贝奥武甫〉》，《国外文学》，1995年第1期，第123—127页。

⑥ 王继辉：《再论贝奥武甫其人》，《外国文学研究》，2003年第1期，第57—61页。

⑦ 陈才宇：《西缪斯·希尼和他的新译〈贝奥武甫〉》，《外国文学评论》，2000年第2期，第154页；李成坚、邓红：《译者主体性的彰显——谢默斯·希尼英译〈贝奥武甫〉之风格解析》，《成都大学学报（教科版）》，2007年第8期，第156—159页。

⑧ 李若薇：《电影〈贝奥武甫〉的象征与主题》，《电影评介》，2009年第9期，第50页。

《创世记》①、《妻子哀歌》②、《创世纪 B》③。这里要特别提及的是陈才宇的研究,他从 1989 年便开始研究不同体裁的古英语诗歌,如诀术歌④、箴言诗⑤、宗教诗⑥等,而他于 2007 年出版的《古英语和中古英语文学通论》一书则是他这一系列研究的汇总。至于古英语散文,国内学者除了翻译部分散文作品之外,并没有从文学批评角度做进一步的研究。

至于 1949 年以后台湾地区的古英语文学研究,我们没有获得一手的资料。但根据台湾学者苏其康(Francis So K.H.)的介绍,台湾的中世纪研究以历史研究为主导,文学居于其次,而文学研究又主要是以中世纪后期为主,古英语文学只是在文学史中略有提及⑦。

三、成就与不足

从周作人在 1918 年出版《欧洲文学史》算起,国内的古英语文学研究已经走过了将近百年的历史。其间,国内学者在编写古英

---

① 肖明翰:《从古英诗〈创世记〉对〈圣经·创世记〉的改写看日耳曼传统的影响》,《外国文学》,2008 年第 5 期,第 80—89 页。王继辉:《古英语〈创世记〉与弥尔顿的〈失乐园〉》,《国外文学》,1995 年第 2 期,第 76—85 页。

② 王继辉:《古英语〈妻子哀歌〉一诗中的丈夫与妻子》,《国外文学》,2000 年第 3 期,第 54—58 页。

③ 王继辉:《古英语宗教诗歌〈创世纪 B〉中的凯德曼精神》,《国外文学》,2002 年第 2 期,第 72—81 页。

④ 陈才宇:《盎格鲁—撒克逊时期的诀术歌》,《外国文学研究》,1989 年第 2 期,第 67—71 页。

⑤ 陈才宇:《盎格鲁—撒克逊时期的箴言诗》,《杭州大学学报(哲社版)》,1991 年第 3 期,第 159—163 页。

⑥ 陈才宇:《盎格鲁—撒克逊时期的宗教诗》,《外国文学评论》,1992 年第 1 期,第 62—69 页。

⑦ K. H. Francis, "Medieval European Studies in Taiwan at the Turn of the Century." *Medieval English Studies Newsletter* (Japan) NS 8(2004), pp. 2 – 16.

语文学史、翻译古英语文本、评论和解读古英语文本方面做了大量的工作。从欧洲文学史到英国文学史，从中世纪文学史到专门的古英语文学史，从简单的作品介绍到专门的古英语文学研究专著，这些都体现了国内学者对于古英语文学研究的深入。

近些年，国内学术界不断引进国外原版的学术著作，这其中就包括古英语文学研究的专著。北京大学出版社于 2005 年引进出版了《古英语入门》（*A Guide to Old English*）一书，作为"西方语言学原版影印系列丛书"中的一种，该书对国内学习和研究古英语语言和文学都起了很大的推动作用。该书选编了很多古英语文本，国内读者可以利用该书提供的词汇表直接阅读古英语文本。《古英语入门》一书一直是英美国家最受欢迎的古英语教材。此外，外语教学与研究出版社还于 2007 年影印出版了《牛津英国史》（*The Oxford History of Britain*）[①]，于 2008 年出版了双语版《盎格鲁—撒克逊简史》（*The Anglo-Saxon Age: A Very Short Introduction*）[②]，中文由肖明翰翻译。学术著作的引进可以让国内读者接触到第一手的研究资料。

此外，国内学者还不断走出去，与英美国家的学者直接进行交流。根据沈弘在《古英语入门》导读中的介绍，1981 年李赋宁在康奈尔大学访学期间，遇到了《古英语入门》一书的作者布鲁斯·米切尔博士（Bruce Mitchell）[③]。在李赋宁的推荐之下，沈弘还于 1988 年以访问研究生的身份去了牛津大学，学习古英语。之后，沈弘于 1996 年到加拿大多伦多大学中世纪研究中心（Center for Medieval Studies）做博士后研究。王继辉在美国普渡大学（Purdue University）攻读博士学位时，研究方向是古英语，他的专著《论盎格鲁—撒克逊文学和古代中国文学中的王权理念：〈贝奥

[①] 摩根：《牛津英国史》，钟美荪译，北京：外语教学与研究出版社，2007 年。

[②] 布莱尔：《盎格鲁—撒克逊简史》，肖明翰译，北京：外语教学与研究出版社，2008 年。

[③] 布鲁斯·米切尔、弗雷德·鲁宾逊：《古英语入门》，北京：北京大学出版社，2005年，第 i 页。

武夫〉与〈宣和遗事〉的比较研究》即是在博士论文的基础上完成的。刘㺻银于 2003 年到牛津大学英语系访学,进行中世纪英国文学的课题研究,后来还邀请了牛津大学的戈登(Malcolm R. Godden)教授来华东师范大学讲学。[①]

　　这些与国外学界的交流推动了国内古英语文学研究朝着更专业化、国际化的方向发展。尽管中国学者的研究成果尚未纳入美国现代语言协会(MLA)的文献目录"古英语研究通讯目录",但国外学界已注意到中国学者在古英语文学方面的研究成果,而且也非常感兴趣。当然,相对于东亚邻国日本和韩国的学术研究,我国对古英语文学的研究仍然存在一定的差距。根据石小军的考证[②],日本的古英语文学研究始于 1906 年,这一年牛津大学学者约翰·劳伦斯(John Lawrence)[③]来日本东京帝国大学任教,带动了此后日本的古英语文学研究。日本于 1954 年就成立了"早期英文学会研究会"的学术组织,后来发展为"日本中世纪英语英文学会"(The Japan Society for Medieval English Studies)。此外,日本还有专门的古英语文学研究的学术期刊《中世英语语言文学研究》(*Studies in Medieval English Language and Literature, SIMELL*)。韩国也于 1991 年成立了"韩国中世纪和早期现代英文学会"(The Medieval and Early Modern English Studies Association of Korea),并出版专业学术期刊《中世纪英语研究》

---

① 戈登教授是国际著名的古英语文学研究专家,是国际古英语文学研究的专业杂志《盎格鲁—撒克逊英格兰》(*Anglo-Saxon England*)的主编。他于 2004 年访问华东师范大学,并做了"盎格鲁—撒克逊文明和近代英国社会"的讲座,此外还为英语系的学生授课,具体信息请参见华东师范大学《大夏人文》创刊号,http://www.skc.ecnu.edu.cn/Html/about/Journal/index.html。

② 石小军:《日本中古英语语言文学研究考》,《外国文学评论》,2008 年第 4 期,第 143—150 页。

③ 前文提到周作人早年在日本时曾试图翻译《贝奥武甫》。据推测,周作人是在日本接触到《贝奥武甫》的,这与约翰·劳伦斯来东京大学任教,推动日本的古英语文学研究不无关系。

（*Medieval English Studies*），后更名为《中世纪和早期现代英文研究》（*Medieval and Early Modern English Studies*）。[①] 日本和韩国的学者还积极参与国际上的古英语文学学术研究活动。如日本学者承担了多伦多大学《古英语词典》词条的编写工作[②]；韩国学者从 1999 年开始每年都参加在西密西根大学（University of Western Michigan）举行的国际中世纪研究大会（International Congress on Medieval Studies）和在英国利兹大学举行的国际中世纪研究大会（International Medieval Congress）。[③] 国内学界对于古英语文学的关注和研究已经走过了将近百年的历史，并取得了很大的成就，但必须承认，国内的古英语文学研究在专业化和国际化方面还有很长的路要走，而我们的邻国日本和韩国在古英语文学研究方面的实践也给我们提供了值得借鉴的研究方式和方向。

第三节
乔叟研究

乔叟（Geoffrey Chaucer，1334－1400）早在生前就被诗人霍克里夫（Thomas Hoccleve，ca. 1368－1450?）誉为"英语之父"。17 世纪的英国桂冠诗人德莱顿盛赞乔叟为"英国诗歌之父"。乔叟在清末民初被译介到中国，民国时期的知名度远低于后世许多实难望其项背的诗人们，建国后情况大为改观。一百年来，乔叟在中国的译介相当可观，研究成果也较为丰硕，并且在三个不同的历史时期表现出了不同的学术特点。第一个时期起于清末，直至

[①] 关于"韩国中世纪和早期现代英文学会"的历史与介绍，请参见韩国中世纪和早期现代英文学会的网页，http://hompi.sogang.ac.kr/anthony/mesak/index.htm。

[②] 石小军：《日本中古英语语言文学研究考》，《外国文学评论》，2008 年第 4 期，第 143—150 页。

[③] 参见韩国中世纪和早期现代英文学会的网页，http://hompi.sogang.ac.kr/anthony/mesak/index.htm。

1949 年。在这一时期,乔叟开始进入了中国读者的视野,前辈学者凭借深厚的学术造诣开创了中国乔叟研究的学术传统。第二个时期是 20 世纪的五六十年代,中国的乔叟研究在这段特殊的历史时期,诞生了一个独立自主的研究格局。第三个时期是 20 世纪 80 年代至今,这一阶段的乔叟研究继承了前两个时期积累起来的宝贵经验,研究手段更新,研究范围更广,研究视野更宽,从而进入一个新的发展阶段。

一、清末至 1949 年的乔叟译介与研究

　　"乔叟研究"(Chaucer Studies)在西方已有 600 多年的发展历史,而在中国只有一百多年的时间。1913 年,孙毓修在《小说月报》第 4 卷第 1 期上连载"欧美小说丛谈",其中有一节题为"孝素之名作"[①]。据现在掌握的资料来看,这是国内最早较为系统地介绍乔叟的文章。孙毓修在文中提及"孝素诗集之最传者,《坎推倍利诗》也",并对这部诗作的情节做了较为详细的介绍。当时汉英两种语言之间能相对应的译名尚未建立,国人对西方社会和西方文化较为陌生,加之此文充满陌生的诠释和生僻古怪的地名、人名,读来佶屈聱牙,因此难以引领读者进入乔叟的世界。

　　清末民初,林纾和陈家麟是中国乔叟译介史上具有里程碑意义的两个人。他俩合作翻译的"加木林"(Gamelin)[②]、"鸡谈"(The Nun's Priest's Tale)、"三少年遇死神"(The Pardoner's Tale)、"格雷西达"(The Clerk's Tale)、"林妖"(The Wife of Bath's Tale)、"公主遇难"(The Man of Law's Tale)、"死口能歌"(The Prioress's Tale)、"魂灵附体"(The Squire's Tale)和"决斗得妻"(The Knight's Tale)等九个故事,全部出自乔叟的《坎特伯雷

---

① 　孙氏将乔叟之名译为"孝素",另将《坎特伯雷故事》译为"《坎推倍利诗》"。

② 　即乔叟《坎特伯雷故事》中"厨师的故事"(The Cook's Tale)。

故事》，分别刊登在 1906 年 12 月至 1907 年 10 月的《小说月报》第 7 卷第 12 期至第 8 卷第 10 期上。其中的"林妖"一篇，署"英国曹西尔原著"[①]，余篇均未标明出处。林纾的创造性移译，让中国的读者接纳了乔叟。他用当时的文人乐于接受的文笔，向中国的读者展现了 14 世纪英格兰五光十色的社会生活图景，其轻松灵动而又富有弹性的文字，拓展了古文表达的常见套式，为当时的译界提供了一个可供借鉴的模式。

此后，随着西学在中国的不断传播，一批批用中文编写的英美文学教科书和论著，都有一定的篇幅介绍乔叟的生平、创作特点及其巨著《坎特伯雷故事》。其中具有代表性的几部著作，为乔叟在中国的译介起到了重要的作用。1924 年，王昌漠等人编著的《欧美文学名著节本》出版后受到了市场的追捧，因而初版后一版再版。在这部著作的上集第 2 卷"乔塞的《肯脱白来故事》"的引言中，作者称"乔塞"为"英国第一大诗家"[②]。该卷收入的七个故事，均为一千来字的情节概括。所收故事之原文底本，与林纾和陈家麟翻译时采用的版本相同，均为查尔斯·考顿·克拉克（Charles Cowden Clarke，1787–1877）为儿童编写的《散文本乔叟故事》（*Tales from Chaucer in Prose*，1833），但作者做了归化性的缩写[③]。

1927 年，欧阳兰在《英国文学史》第三章"14 世纪英国文学"中提及西方乔叟研究领域取得的一些研究成果。作者介绍了乔叟的生平，阐述了乔叟对英国文学的贡献及其作品特点，还论述了乔叟诗歌创作的三个时期及其创作风格，并将乔叟与其同时代英国的

---

① 林译"乔叟"之名为"曹尔西"。

② 王昌漠等人编著的《欧美文学名著节本》一书中"杰弗里·乔叟"的译名为"乔塞极福来"，"《坎特伯雷故事》"的译名为"《肯脱白来故事》"。

③ 林纾与陈家麟合译的原作底本，据马泰来在《林纾翻译作品全目》（载《读书杂志》1982 年第 10 期）一文中的考证，乃是查尔斯·考顿·克拉克为儿童编写的《散文本乔叟故事》。

另两位作家朗格兰（William Langland，1330？ –1440？）和高尔（John Gower，1330？ –1440）做了比较，认为与乔叟相比，朗格兰的写作"似乎有点像是迫于义务"，而高尔的作品"实在缺乏趣味"。此外，作者还对《刚忒保莱的故事》（即《坎特伯雷故事》）给予了高度的评价，认为乔叟是"14 世纪全时代最高的光荣"，他的伟大在于"他诗中的精神，幽默和描写的生动，巧妙新奇的事迹；他知道从何处起头，到何处结束。他的伟大，全在他叙述故事的艺术"①。20 世纪二三十年代出版的文学史著作，如王靖的《英国文学史》（1927）、曾虚白的《英国文学 ABC》（1928）、徐名骥的《英吉利文学》（1933）和金东雷的《英国文学史纲》（1937）等，均有一定的篇幅介绍乔叟，而其中的扛鼎之作乃是金东雷的《英国文学史纲》。

在《英国文学史纲》中，金东雷对乔叟的生平及其创作做了最全面、最系统的介绍和评论。该书洋洋近 40 万字，其中的第三章"乔叟的时代（公历 1350 年至 1485 年）"有近两万字。作者将乔叟置于 14 世纪英法百年战争的社会历史背景中加以考察，比较详细地介绍了乔叟文学创作的三个时期、创作风格的流变和艺术特点，重点论述了乔叟创作于第三时期的《坎特伯雷故事》②的形式、内容和艺术特色。此外，作者还将乔叟与其同时代的另外几位作家做了横向的比较，以突出乔叟作为"英国文学近世时期的开山祖师"的历史地位。

林纾之后的 20 世纪 20 至 40 年代中期，国内对乔叟的介绍多散见于各类学校英国文学史的课堂教学、英国文学史的论著以及介绍英美文学作品情节和故事内容的各种节本中，而真正学术意义上的研究成果，当时尚处于萌芽状态。但 40 年代后期方重的研究成果面世后，这一状况得到了改观。方重在乔叟的译介和研究

---

① 欧阳兰《英国文学史》一书中，"乔叟"的译名为"乔沙"，"郎格兰"的译名为"兰格伦"，"高尔"的译名为"古威"，《坎特伯雷故事》的译名为"《刚忒保莱的故事》"。

② 在金东雷的《英国文学史纲》中，《坎特伯雷故事》的译名为"《刚德勃莱故事诗》"。

领域中做出了承前启后的开拓性贡献。

方重在乔叟研究方面的开山之作是 1946 年由云海出版社出版的《康特波雷故事》。这部著作是方重在剑桥大学期间的研究成果。该书由序言"乔叟和他的康特波雷故事"及以下六篇故事组成："巴斯妇的自述"（The Prologe of the Wyves Tale of Bathe）、"林边老妪"（The Tale of the Wyf of Bathe）、"童子的歌声"（The Prioresses Tale）、"意大利故事"（The Tale of the Clerk of Oxenford）、"三个恶汉寻找死亡"（The Pardoners Tale）、"腔得克立"（The Nonnes Preestes Tale of the Cok and Hen，Chauntecleer and Pertelote）。此书篇幅不长，只有 112 页，然而其不同寻常之处主要在于以下三个方面：第一，书中所选的六则故事，不再是根据现代英语简写本的转述，而是从英国的乔叟学者斯基特（W.W. Skeat，1835 - 1912）编订的《乔叟全集》（*The Complete Works of Geoffrey Chaucer*，1894）中精选而出，根据乔叟的中古英语直接译出。虽有几处因篇幅所限而做了少量的删减，但译文在整体风格上，依然保持了原作的精髓。因而此书的出版让乔叟以其真实的面目走入了中国。第二，鉴于乔叟是一位叙事诗人，方重以散文翻译，译文注重叙事的艺术性，但遇到抒情的短诗，则照样以诗歌的形式对应。他的译文中规中矩，行文缜密清丽，造就了译本朴实平淡、自然无饰的语言风格和清澄深远的艺术意境。这一选择出于方重对于文本的精深理解和对英汉叙事文学手段宏观上的充分把握。第三，这本小册子集译介与研究为一体。序言洋洋近万言，占全书的五分之一，论述了乔叟所处的时代对于其诗歌创作的影响、乔叟诗风的流变过程、乔叟对于英国文学的贡献、乔叟诗歌的用韵特点及其种类以及乔叟诗歌的叙事特征。这篇序作梳理了西方在乔叟研究领域的发展状况，将对乔叟的介绍上升到了一个相对理论的层面，使读者在熟悉乔叟诗篇所述故事情节的基础上，更为详实地了解有关 14 世纪前后英国历史发展的脉络和与之相关的文学知识。两年后，方重将这篇序言略加修改，冠上"乔叟的地位和他的叙事技能"的标题,以论文的形式发表在《浙江学报》上[①]。方重的论文开创了我国乔叟研究的重要先河。

晚清至 20 世纪四十年代末,乔叟的译介和研究在中国走过了第一个时期。文人学者的不懈努力填补了我国在这个领域的空白。然而客观地说,当时这个领域里取得的成绩毕竟相当有限,研究成果无论在数量上还是在规模上均难以望国外研究之项背,其中既涉及学术研究的客观规律,也与当时动荡的社会现实不无关系。

二、50—60 年代的乔叟研究

新中国诞生后,社会主义文化事业与学术研究获得了前所未有的发展。在乔叟研究领域,方重仍然孜孜不倦地独自坚守,并在这一时期出版了两部独立研究成果:《坎特伯雷故事集》(1955 年)和《乔叟文集》(1962 年)。《坎特伯雷故事集》是在 1946 年《康特波雷故事》中译本的基础上增补修订而成的。它的问世是 20 世纪50 年代我国乔叟研究领域取得的一个伟绩。时隔七年后出版的《乔叟文集》也是我国乔叟研究领域的一座丰碑。该文集分为上下两卷,计 51 万 3 千字,收录了乔叟一生创作的七部叙事诗作[②],其中包括三部已完成的作品:《公爵夫人之书》(*The Book of the Duchess*)、《众鸟之会》(*Parlement of Foules*)、《特罗勒斯与克丽西德》(*Troilus and Criseyde*),四部未完成之作:《声誉之堂》(*The House of Fame*)、《恩纳丽达与阿赛脱》(*Anelida and Arcite*)、《善良女子殉情记》(*The Legend of Good Women*)、《坎特伯雷故事》(*The Canterbury Tales*),以及经鉴定确为乔叟创作于一生各个时段的短诗 20 首。

---

① 载《浙江学报》1948 年第 1 卷第 2 期。

② 方重所译,集乔叟创作作品之大全,却不包括乔叟生前用英文从法语和拉丁语译入的外国文学作品,如 13 世纪的法语文学名著《玫瑰传奇》(*Le Roman de la Rose*)和诞生于 6 世纪古罗马的《哲理定心论》(*Consolatio Philosophiae*)。

English Literary Studies in China: The Studies of English Writers Volume 1

《乔叟文集》的问世，是我国乔叟译介和研究领域的一件大事。作为第一部汉语的乔叟诗歌全集，它使我国的读者能够借助汉语直接阅读乔叟创作的故事。方重的研究成果主要体现在该文集长达 17 页的"译者序"和方重对所收作品的取舍、作品排列顺序的编定和他独创的注释体系之中。在"译者序"中，方重除了对乔叟其人其作作详细介绍外，还分别就国外流行的有关乔叟创作生涯三个阶段的划分做出了极具见地的评论，指出了乔叟文本研究方面前人的"得"与"失"，发表了对乔叟语言艺术和叙事风格的独到见解，并在乔叟著作文本的质疑、乔叟著作的筛选标准、乔叟诗作出处的研究和对乔叟文学贡献的总体评价等方面，系统而全面地展现了自己的评判标准。归纳起来，这部文集在乔叟研究方面所取得的成就，主要体现在以下三个方面：

首先，方重构建了中文《乔叟文集》的编排框架，包括篇目的选择、排列的顺序以及体现中国学者研究特色的"以我为主"的注释体系，进而为我国的乔叟研究树立了一个范式。历史上出现过的各类英文版的《乔叟全集》，皆由学者们根据搜集到的零散手抄存本，按各自的研究发现排成序列，而后补苴罅漏、详加注释而成。经过了几个世纪的大浪淘沙和学者累积的研究成果，现有四个版本被公认为是具有特色的权威版本。第一个是英国学者斯基特编订的出版于 19 世纪末的七卷本《乔叟全集》；第二个是美国学者罗宾逊（F. N. Robinson）编订的出版于 20 世纪 30 年代的《乔叟的诗作》（*The Works of Geoffrey Chaucer*）；第三个是经美国的费希尔教授（John H. Hisher）审定编辑的出版于 1977 年的《乔叟全集》（*The Complete Poetry and Prose of Geoffrey Chaucer*）；第四个版本是由美国学者、哈佛英语系教授本森（Larry D. Benson）编订的出版于 1987 年的《河滨乔叟全集》（*The Riverside Chaucer*）。这四个版本均在前人研究的基础上对以前的版本做了新的考证，对文句做了新的注释、新的解读，并以新的形式对作品重新编排，集中体现了乔叟研究领域的新发现和新进展，因而成为乔叟研究领域里最新的权威成果。方重欲将乔叟的作品全集引入中国，当时所面临的第一个难题便是中文版《乔叟文集》翻译所依据版本的选择和在编排、注释等方面的取舍。方重没有完全采用1946年的译本《康特波雷故事》所依据的斯基特版《乔叟全集》，而是改用罗宾逊所编、牛津大学1957年版《乔叟全集》作为基本框架。方重所参考过的版本还包括：斯基特编订的1912年初版和1946年重印本，他的美国恩师塔特洛克（John Strong Perry Tatlock）与玛凯1943年在美国纽约出版的今译本，孟莱（J. M. Manly）编纂的美国1928年版注释本，1934年尼哥尔生（J. U. Nicolson）和1935年、1946年希尔（Frank Ernest Hill）两人在美国出版的今译诗体本。《乔叟文集》在篇目的排列上吸收了鲁宾逊编排方式的合理之处，但方重将乔叟的代表作《坎特伯雷故事》移至各长篇作品的最后，以契合他在"译者序"中对乔叟创作生涯三个时期划分的评述。此外，方重在注释上也竭尽详细之能事，遇到典故、人名、历史事件、地名、双关语和习俗，总是化繁为简，让中国的读者易于理解。《乔叟文集》体现了方重乔叟研究的丰硕成果；它的成功问世标志着世界上第一部由中国学者独立完成的中文版乔叟诗歌全集的诞生。这部集译介与研究为一体的《乔叟文集》为我国的乔叟研究奠定了一个坚实的基础，同时也标志着我国的乔叟研究已初具规模。

　　第二，方重在"译者序"中对学界盛行的乔叟创作生涯"三个阶段说"所做的独到而精当的点评丰富并发展了这一学说的内涵。19世纪后期，出生于荷兰的德国乔叟学者布林克（Bernhard Egidius Konrad Ten Brink，1841－1892）依照乔叟诗歌创作的特点，佐以其诗风所受到的影响和他一生的仕途沉浮，提出了著名的"乔叟创作生涯三个阶段说"，即1355至1370年为他的法国时期、1370至1385年为意大利时期、1385至1400年为英国时期。这一观点一经提出，英美学术界便纷纷响应，布林克也因此在乔学界名声大噪。方重认为："这样的划分方法并不能使我们明了作家的各个创作时期的特点，我们必须把时代的演变与作家的生平结合起来,适当地划分阶段,才能更了解作者写作的发展过程。"①他潜心研究了多部乔叟年谱,在该文其后所示的列表中,将乔叟的创作生涯分为三个时期,即早期(1372 年以前)、中期(1372 至 1386)和晚期(1387 至 1400),并将乔叟在上述三个时期中完成的诗歌作品与其生平的有关事迹、当时的历史事件平行对应起来,使读者对这三个时期的作品与乔叟所处的时代背景一目了然。此外,方重将乔叟的中期和晚期各自再细分为两个时期,即中期分为 1372 年至 1380 年和 1380 年至 1386 年;晚期分为 1387 年至 1392 年和 1393 年至 1400 年。他认为这样的划分比之前按国名进行的划分更合理,也更可靠,因为即便是乔叟在斯基特所界定的"法国时期"中所创作的作品,其独特的英国性和意大利写作风格已见诸其中。方重指出:

> 乔叟一生的头三十年是他创作的准备阶段。在这个阶段中,他的写作似乎还没有定向;进入中期后,诗人把中世纪的诗坛传统、希腊神话的再创造以及春光的自然景色都融化为一体;作品无论在形式上还是在内容上,都很多样化,体裁也日渐丰富。乔叟创作生涯的晚期,即他生命最后的 13 年中,乔叟概括生活的能力和艺术天才达到了高度的发展。在《坎特伯雷故事》的戏剧性叙述部分,他能刻画性格,为近代的现实主义小说开拓蹊径。他珍惜旧有的形式,灌输新鲜的内容,绘制出一幅又一幅能表现当时时代风貌的现实主义图画②。

第三,熟悉西方的文学评论套路,却能始终坚持走自己的路。方重早年留学美国,后也曾去英伦从事文学的研究和教学工作,因而对于西方一战前后盛行的现代主义思潮与文学批评中流行的理论视角非常熟悉。面对西方这些时髦的研究手段和研究方式,他始终不为所动。早在 1934 年,由他翻译的拉姆塞(A. A. W. Ramsay)的《心理学与文学批评》一文就见诸《国立武汉大学文哲

---

① 方重:《乔叟文集》,上海:上海文艺出版社,1955 年,译者序,第 VII 页。
② 同上,第 XVII 页。

季刊》。① 然而,我们阅读方重一生所写的论文及其翻译文字,却丝毫见不到直接来自西方的相关影响。方重在积极汲取西方优秀学术传统的基础上,致力于秉承我国知识分子"注重文本,精于注疏"的学术传统。他的译文属于"归化"的一路,文字古朴,而又不失清丽;他的论述中规中矩,所论多能切中要害,所述亦是恰到好处。其实,西方近、现代出现的形形色色的学术研究"视角"或研究手段,若用以解析和评论与之同时代出现的文学创作,倒是有其一定的用处,但将其硬套于乔叟这样的古典作家的研究,难免有牵强人意、貌合神离之嫌。再者,西方近、当代的某些学术"视角",往往会因为人为地放大或凸显某一元素,而难以避免地忽视文学作品中其它元素的存在。这种失衡的放大或凸显容易导致对作品整体意义的把握产生偏颇。

20 世纪 50 年代,学术期刊上还出现了李赋宁、方重和杨周翰三位学者从不同角度探讨乔叟诗歌的学术论文。1957 年 9 月,李赋宁在《西方语文》杂志第 1 卷第 2—3 期上发表了《乔叟诗中的形容词》一文。李赋宁将乔诗中的形容词划分为不同类别并加以分析与评述,指出乔叟诗歌有别于他人的新颖之处,并且从句法的角度深入地讨论了乔叟诗歌中形容词与所修饰名词之间的关系与位置的问题,指出乔叟在创作时喜用源自法文的词汇,以求保留诗歌的异国情调,而在翻译时,则更多地运用本土表示色彩的英文简单词汇,以张扬和渲染色彩的丰富性;除此之外,乔叟还时常赋予颜色以象征的意义,并注重通过创造性地拓展词汇的词性,通过各种语言与修辞技巧使诗歌呈现出"楼衣勒所赞美的那种'春天的'芳香"②。这篇论文以语言学的视角和研究方法对乔叟的诗作进

---

① 这篇文章收入 1939 年 4 月由商务印书馆出版的学术文集《英国诗文研究集》中。

② 李赋宁:《乔叟诗中的形容词》,《西方语文》,1957 年第 3 期,第 263 页。楼衣勒(R. Lowell),美国批评家,目前一般译为"罗威尔"或"洛威尔"。关于"春天的芳香"等语,出自其著作《我书斋的窗户》(*My Study Windows*,1871)。

行了别开生面的论述。这种跨学科的研究方法彰显了深厚的语文学功底，代表了国内乔叟研究的一个重要传统。

1958 年，方重在《上海外国语学院季刊》创刊号上发表了长篇论文《乔叟的现实主义发展道路》。全文分为四个部分："乔叟的时代"、"1381 年前后的乔叟和他的创作"、"乔叟的后期创作"与"总结与批判"。方重在引言中指出，该文旨在说明两个问题："第一，明确乔叟现实主义的发展是一个逐渐发展的过程，是历史社会的变动反映在他各阶段的文学作品中的一个过程；第二，说明 1381 年农民起义运动对他的创作过程起了一种什么样的作用。"[1]20 世纪 50 年代以前，西方乔学界多注重文本研究，不太将乔叟作品研究与作者的生平加以联系，更少有人将他的创作与其所处的社会历史现实联系起来加以考察。方重以辩证唯物史观的视角，以一个新中国学者的远见和学识，为乔叟研究注入了一股新鲜的空气，但是他的评价也带有当时特有的学术政治化的印迹。在第四部分中，方重对西方的"资产阶级学者"进行了批判："第一，关于乔叟的创作过程。资产阶级学者大多不能从他现实主义逐渐发展的这一点上去看，因此他们机械地、表面地、简单化地把他的创作分为三个时期 …… 第二，资产阶级学者对乔叟的作品如果不是一字一句去考证、推敲，就是把每篇作品孤立起来依据各个人的兴趣爱好去决定它的高低。他们不知道从它的现实意义去看，也不知道从时代在创作中的真实反映去发现艺术作品的本质。"[2]

此外，杨周翰在《西方语文》创刊号上发表了书评《方重译〈坎特伯雷故事集〉和〈特罗勒斯与克丽西德〉》，对方重两个中译本的翻译问题提出商榷意见。杨周翰点评了方译的艺术特色，认为"译文总的说来极其忠实，而且能够达到'雅'的地步"；"选择的版本也是最好的版本，而且探本求源，从中古英语直接译出，不乞灵于现

---

① 方重：《乔叟的现实主义发展道路》，《上海外国语学院季刊》，1958 年第 2 期，第53 页。

② 同上，第 57 页。

代英语译本,缩短了作者和读者之间的距离,使译文更能保存作品的真面目,这也是值得读者感谢的"①。作者言辞诚恳,在充分肯定方译的基础上善意地指出了一些误译和漏译之处,并提出了改译的建议。

50 年代的这三篇学术论文代表了当时乔叟研究领域里的高水平。三位中国学者以过硬的学术背景、深入细致的文本研究、精深独到的学术见解、实事求是的研究作风以及脚踏实地的研究方法,不仅为国内乔叟研究注入了活力,而且也开创了中国学者研究外国文学的学术传统。

三、80 年代以来的乔叟研究

80 年代,中断十年的外国文学译介与研究事业重新得以恢复,乔叟研究也进入百花齐放的新阶段。1979 年 9 月,上海译文出版社重版了由该出版社的前身(即"上海新文艺出版社")于 60 年代出版的《乔叟文集》。方重为重印的《乔叟文集》重新修改了"译者序"。文中有两处修改,分别是关于"乔叟"译名的选择和关于《坎特伯雷故事》译名的说明:1."作者的译名取音译加意译,'叟'字象征为英国文学始祖之意。"②2."本书书名原译为《坎特伯雷故事集》,现在觉得这样容易和短篇小说集混同起来,而这本书虽然可分为二十几个短篇,但是整个作品又具有内在的有机联系,和一般的短篇小说集是不同的。因此,这次删去了'集'字③。《乔叟文集》的重版客观上推动了新时期我国乔叟研究的进一步发展。

80 年代初期,一些由中国学者编写的英国文学教科书和英国

---

① 杨周翰:《方重译〈坎特伯雷故事集〉和〈特罗勒斯与克丽西德〉》,《西方语文》,1957 第 1—3 期,第 109 页。

② 方重:《乔叟文集·译者序》,上海:上海译文出版社,1979 年,第 18 页。

③ 同上,第 19 页。

文学史的学术专著相继出版，有关乔叟研究的专著和论文也频频可见。1982 年，陈嘉主编的四卷本《英国文学史》和与其配套的作品读本《英国文学选读》由商务印书馆出版后，成了不少大专院校的指定教材。其中有关乔叟的介绍和《坎特伯雷故事》的摘选及其详细的注释让中国的高校学生得以读懂乔叟的中古英语原文。此外，学术刊物上有关乔叟研究的文章也纷纷出现，内容涉及对《乔叟文集》翻译的评论以及对《坎特伯雷故事》艺术特色的剖析。这一时期有代表性的学术论文主要有郭世绪的《浅谈译文保存原著时代特色的问题——就汉译〈乔叟文集总引〉与译者商榷》[《新疆师范大学学报（哲社版）》1984 年第 2 期]、聂文杞的《从象牙塔走向现实主义——论乔叟和他的〈坎特伯雷故事〉》[《武汉大学学报（社科版）》1984 年第 3 期]、江泽玖的《〈坎特伯雷故事〉总引的人物描写》(《外国语》1985 年第 1 期)、陆洋的《乔叟式框架结构——论〈坎特伯雷故事〉的结构形态》(《广西师范学院学报》1985 年第 2 期)、韩敏中的《谈兰格朗和乔叟》(《外国文学》1985 年第 2 期)、王建开的《诗与艺术——〈乔叟特罗勒斯与克里希德〉一诗的结构分析》(《贵州教育学院学报》1989 年第 2 期)、鲍屡平的《论〈骑士讲的故事〉的四个方面》[《杭州大学学报（哲社版）》1988 年第 1 期]等。上述论文的一个显著特点在于注重文本解读。这一时期的论文数量不多，但学者们实事求是的治学态度和脚踏实地的研究方法推动了我国乔叟研究的健康发展。

20 世纪 80 年代，鲍屡平在《杭州大学学报（哲社版）》上连续发表了五篇有关乔叟研究的学术论文①，为我国的乔叟研究做出

---

① 除了上文提及的《论〈骑士讲的故事〉的四个方面》外，鲍屡平教授在《杭州大学学报》上发表的另外五篇论文分别是：《论〈坎特伯雷故事集·总引〉中的人物和人物描写》，1983 年第 1 期；《〈修女长的教士讲的故事〉论析》，1986 年第 1 期；《〈巴斯妇人的开场语和故事〉评释》，1987 年第 2 期；《〈商人讲的故事〉论析》，1989 年第 4 期；《〈售免罪符者的开场语和故事〉评释》，1986 年第 2 期。此外，另有一篇《〈自由农讲的故事〉论析》于 1989 年 12 月收入《浙江省外文学会论文集》。

了重要贡献。1990 年,他将论文集于一册,经修改和扩充后出版了《乔叟诗篇研究》一书。这可能是国内第一部研究乔叟的学术专著。在本书序言中,作者自称他的研究"主要是个人精读原作后的若干体会。通过对各诗的仔细分析,就人物、环境、情节、主题、表现手段等陈述了不少意见。这些意见,未必都恰当,当似乎较具体明确,不怎么空洞朦胧"①。鲍屡平将自己为这本论文集所写的题为《谈乔叟的创作》的论文置于篇首,深入浅出地论述了乔叟其人其作。他沿用了方重有关乔叟文学创作生涯三个阶段划分的新论,将乔叟研究者们所崇尚的经典文本考证的学术传统及其基本常识介绍给了中国读者,并就所论故事的艺术特征做出了详尽的解说和评论,且每每所论,皆附以大量的例证。鲍屡平的著述代表了 20 世纪 80 年代中国乔叟研究领域所取得的重要成就。

　　进入 90 年代后,一批更具特色的学术著作的出版为乔叟在中国的译介与研究起到了积极的推动作用。其中最具代表性的有李赋宁编著的《英语史》(1991 年)、王佐良编著的《英国诗史》(1997 年)和侯维瑞主编的《英国文学通史》(1999 年)。李赋宁的《英语史》是国内至今为止唯一一本由中国学者为中国学生编写的古英语和中古英语的教科书,也是打开乔叟古英语文学作品的一把实用的钥匙。王佐良的《英国诗史》中有关乔叟及其诗作的评述不乏精妙之语,是中国传统学者为文之道的一个典范。作者首先对乔叟的生平进行梳理,尔后结合作品,从文内到文外,对诗歌的形式和内容再行论述和点评。这种将对诗人的身世与作品结合起来,并对作品夹叙夹议的论述手法,开创了乔叟研究一个新的学术风格。侯维瑞的《英国文学通史》中有关乔叟的部分写得较为丰满,其所提供的史料,在当时最为翔实,是读者了解乔叟其人其作及其创作生涯发展进程的一扇重要窗口。

　　1999 年,黄杲炘用诗体翻译《坎特伯雷故事》出版。黄杲炘是

---

① 　鲍屡平:《乔叟诗篇研究·序》,杭州:杭州大学出版社,1990 年。

方重之后首位用诗歌形式翻译乔叟《坎特伯雷故事》的中译者。同年,刘迺银的学术专著《巴赫金的理论与〈坎特伯雷故事集〉》（*Reading the Canterbury Tales: A Bakhtinian Approach*）出版。该作以其博士论文为基本框架改编而成。刘迺银采用巴赫金的"狂欢理论",对乔叟的《坎特伯雷故事》做出了新的解读与阐释,认为巴赫金的理论对解读《坎特伯雷故事》具有很大的适用性:第一,巴赫金重视社会意识氛围以及文化历史环境与文学文本相互作用的重要性;第二,他的"狂欢理论"强调"杂语性"（Heteroglossia）是对话的基本条件,狂欢化导致对价值观念的重审,作者与主人公之间存在一种不同意识间的对话关系。刘迺银在著作中重点讨论了《总序》和作品中的香客乔叟、磨坊主和巴斯妇人等几个人物形象,展示了他们各自的身份和叙述方式,认为作品语境变化导致意义的相对性与不稳定性,探讨了话语中的双声现象以及不同话语和声音之间的对话形式。该书以全新的批评视角研究乔叟,是90年代国内乔叟研究的重要代表作。

进入21世纪后,乔叟研究领域迎来了一大批风格迥异、形式多样的学术成果。2000年,吴芬用诗体形式翻译了乔叟的《特洛勒斯与克丽西德》,这在国内还是第一次。同年,上海外语教育出版社原版引入了由伯以塔尼和曼（Piero Boitani & Jill Mann）合著的剑桥文学指南《乔叟研究》（*The Cambridge Companion to Chaucer*）。《乔叟研究》收集了该领域世界著名学者的15篇论文,或探讨乔叟作品的主题和风格,或追溯乔叟创作的文学渊源和历史背景,或剖析诗人色彩多样的诗作在风格和结构方面的尝试和实验。这本英文著作的引进为我国的乔叟研究开拓了更加宽广的学术视野。

21世纪前十年,学术杂志上发表了上百篇乔叟研究论文,其中有代表性的论文有空草的《乔叟和他的时代》(《外国文学评论》2000年第4期)、宗瑞华的《乔叟与英国文艺复兴》[《西南民族大学学报(社科版)》2008年第3期]、沈弘的《乔叟何以被誉为"英语诗歌之父"?》(《外国文学评论》2009 年第 3 期)、李安的《乔叟〈公爵夫人之书〉中的自然》(《外国文学研究》2009 年第 4 期)、曹航的《新质的诞生:乔叟〈众鸟之会〉的独创性因素解读》(《英美文学研究论丛》第 13 辑)、肖明翰的《〈贞女传奇〉的得与失》[《四川师范大学学报(社科版)2006 年第 1 期]等。肖明翰是新时期乔叟研究领域取得最突出成就的学者。据不完全统计,他在近十年内共发表了 9 篇高质量的学术论文,是这一时期乔叟研究领域中写作最勤、学术成果最丰的学者之一。他的乔叟评传《英语文学之父:杰弗里·乔叟》以乔叟的生活经历为经,以乔叟所处时代的社会、政治、经济、文化和文学状况为纬,以乔叟传世的七部主要诗作及其译作和短篇诗作为坐标,系统地探讨了乔叟文学创作的发展历程,是新时期乔叟研究的一部重要学术专著。

　　20 世纪 80 年代至今的 30 年来,我国的乔叟研究不断地走向深入,而且硕果累累。在乔叟诗作的翻译方面,出现了吴芬和黄杲炘翻译的两个单部作品的诗译版本。学术研究方面,出版了鲍屡平、刘㬊银和肖明翰撰写的三部学术专著。有关乔叟研究论文的数量,则达一百多篇。从研究思路与批评视角来看,也出现了百花齐放的学术态势。值得高兴的是,越来越多的年轻学者也加入到乔叟研究的队伍。随着我国学术研究不断发展,我国的乔叟研究领域一定会出现越来越多的学术价值更高的学术成果。

第四节
莎士比亚研究

　　中国接受、传播莎士比亚的历史表明,莎士比亚可能是中国学界研究最多的少数几位外国作家之一。中国从"五四"前后到 21 世纪初,总共发表有关莎士比亚的文章 1500 多篇,其中 1975 年以前发表 350 多篇,1976—1985 年发表约 600 篇,1986—1988 年发表 100 多篇,1989—2003 年发表 600 多篇。自改革开放以来至

2009 年,国内每年发表的莎学论文都居外国作家之首,并出版莎学专著三十多种,出版了朱生豪、梁实秋、方平等人翻译的莎士比亚全集多种,出版莎士比亚辞典 6 部。孙家琇、张君川等都出版了莎士比亚辞典,张泗洋还出版了《莎士比亚大辞典》。1978 年至今,《外国文学研究》、《外国文学评论》、《国外文学》等几本主要外国文学刊物上所发表的莎学论文达到 150 多篇。中国高等学校学报上每年发表的莎学论文约三四十篇。建国以来的 60 年间,中国在莎士比亚翻译研究方面共发表了 150 多篇莎作翻译研究论文。国内曾经刊登莎学文章的学术刊物达几百种之多。莎学研究一直是国内外国文学研究界的"显学"。

一、莎士比亚最初的东渐

莎士比亚的名字第一次引进中国和林则徐不无关系。林则徐为了了解西方国情,请人译述了英国人慕瑞(Hugh Murry)的《世界地理大全》(*Cylopedia of Geography*),并编辑成《四洲志》于 1836 年出版。[①]《四洲志》一书中记载了世界五大洲 30 多个国家的地理和历史,是中国当时一部较有系统的外国地理志。《四洲志》第 28 节在谈到英国情况时称:"在威弥利赤建图书馆一所,有沙士比阿、弥尔顿、士达萨、特弥顿四人,工诗文,富著述。"[②]"沙士比阿"即为莎士比亚。莎士比亚的名字最初传入中国,发轫于中西文化的交流与碰撞,出于中国人渴望"睁眼看世界"以改变贫弱中华帝国的现状,出于中国人自觉与自愿了解世界并主动去"拿来"的愿望。

伴随着船坚炮利的外来势力,莎士比亚的名字通过传教士再

---

① 戈宝权:《莎士比亚在中国》,《莎士比亚研究》创刊号,杭州:浙江人民出版社,1983 年,第 332—342 页。

② 林则徐:《四洲志》,张曼评注,北京:华夏出版社,2002 年,第 117 页。"士达萨"今译"斯宾塞","特弥顿"今译"德莱顿"。

一次进入中国。1856 年,上海墨海书院刻印了英国传教士慕维廉(William Muirhead)的《大英国志》,其中提到"舌克斯毕",即今天通称的莎士比亚。1879 年,曾纪泽出使英国,在伦敦观看《哈姆莱特》,有关情况记载于他的《使西日记》中。1882 年,美国牧师谢卫楼(Davelle Z. Sheffield)的《万国通鉴》云:"英国骚客沙斯皮耳(即莎士比亚)者善作诗(戏)文,哀乐罔不尽致,自侯美尔(现通译荷马)之后,无人几及也。"1896 年,上海著易堂书局翻印了英国传教士艾约瑟(Joseph Edkins)编译的《西学启蒙十六种》,对莎士比亚的生平作过简介。① 英国和美国的传教士在译述中虽然将莎士比亚的名字传入中国,但是在中国文化界并没有产生什么影响。1904 年《大陆》杂志刊登了《希哀苦皮阿传》(即莎传)。莎剧介绍到中国来,以上海达文社用文言文翻译的、题名为英国索士比亚著的《澥外奇谭》为最早。② 1904 年,国内出版了林纾、魏易合译的《英国诗人吟边燕语》。1916 年林纾、陈家麟合作译述了五个莎剧。清末民初的京剧改良家汪笑侬第一次以诗体的形式对莎剧进行了评论。③ 中国人认识到莎士比亚在文学上的价值以后,国内对莎士比亚作品的翻译、评介和演出就开始了。从某种意义上说,莎士比亚戏剧的翻译和介绍标志着一个国家和民族接受外来文化的程度。

1921 年和 1924 年,田汉用现代汉语翻译了全本的《哈孟雷特》和《罗密欧与朱丽叶》。田汉之所以翻译莎士比亚,用他自己的话来说就是:"莎翁的人物远观之则风貌宛然,近视之则笔痕狼藉,好像油画一样。所以引起了我选择译《莎翁杰作集》的志愿。"④从

---

① 戈宝权:《莎士比亚在中国》,《莎士比亚研究》创刊号,杭州:浙江人民出版社,1983 年,第 332—342 页。

② 戈宝权:《谈我国最早翻译的莎士比亚作品》,《光明日报》,1964 年 4 月 23 日,第 4 版;有关《澥外奇谭》的提法,可参见李伟民:《中国莎士比亚批评史》,北京:中国戏剧出版社,2006 年,第 319 页。

③ 孟宪强:《中国莎学简史》,长春:东北师范大学出版社,1994 年,第 384—386 页。

④ 田汉:《田汉全集》第 19 卷,石家庄:花山文艺出版社,2000 年,第 171 页。

此，学界对莎作的翻译活动一直延续到今天，其中较为重要的莎译家有：朱生豪、梁实秋、曹未风、孙大雨、虞尔昌、卞之琳、方平等人。1911 年天笑将莎士比亚的《威尼斯商人》改编成《女律师》，可以称为莎剧在中国最早的改编本。《奥瑟罗》、《韩姆列王子》等莎剧，都是陆镜若从日本"贩运"回来的。在外国作家中，国内出版个人专号最多的为莎士比亚。由章泯、葛一虹编辑的《新演剧》（1937 年第 1 卷第 3 期）出版了以莎士比亚为中心的莎士比亚特辑；由欧阳予倩、马彦祥编辑的《戏剧时代》（1937 年第 1 卷第 3 期）出版了莎士比亚特辑；由田汉编辑的《戏剧春秋》（1941 年第 1 卷第 5 期）出版了莎士比亚纪念辑，目录里注明了"莎士比亚逝世 325 周年纪念辑"；由张契渠编辑的《文潮月刊》（1948 年第 4 卷第 6 期）出版了莎翁专辑；由梁之盘编辑的《红豆漫刊》（1935 年 3 卷第 1 期）出版的"英国文坛十杰专号"评介了包括莎士比亚在内的 14—20 世纪的 10 位作家。① 此后一直到 1981 年，《外国文学》杂志才开始重新出版莎士比亚专号。

晚清思想界的几位代表人物，如严复、梁启超以及稍后的鲁迅、李大钊等，都曾在著作中提到莎士比亚的名字。严复在《天演论·导言十六·进微》中说："词人狭斯丕尔之（即莎士比亚）所写生，方今之人，不仅声音笑貌同也，凡相攻相感不相得之情，又无以异。"②严复特别欣赏莎剧不朽的生命力和对人物情感的描写。梁启超于 1902 年在《饮冰室诗话》中将 Shakespeare 定译为"莎士比亚"，从此沿用至今。"五四"和新文化运动时期，鲁迅与当时各种文化派别的斗争也涉及对莎士比亚的看法。鲁迅认为："莎剧的确是伟大的"，"一本《凯撒传》，就是作政论看，也是极有力量的。"③鲁迅在《坟·科学史教篇》中说："盖使举世惟知识之崇，人生必大

---

① 参见王建开：《五四以来我国英美文学作品译介史 1919—1949》，上海外语教育出版社，2003 年，第 144—145 页。

② 严复：《严复集》第 5 册，北京：中华书局，1986 年，第 1335 页。

③ 鲁迅：《鲁迅全集》第 6 卷，北京：人民文学出版社，1973 年，第 123 页。

归于枯寂……故人群所当希冀要求者，不奈端（即"牛顿"）已也，亦希诗人狭斯丕尔（Shakespeare）……"①鲁迅认为莎士比亚是文学界的代表，将其与科学界的牛顿相提并论，可见他对莎士比亚的重视。至于鲁迅对莎士比亚的不恭敬和讽刺，则是对"中国文士们"拿心目中的"莎士比亚"教训人、吓唬人，即所谓"体面"、"够呛儿的事情的有力反击"。② 与鲁迅本身对莎士比亚在世界文学史上的看法没有关系。

这一时期的中国莎学评论还来不及对莎剧进行深入研究，只是在文学论争中以莎士比亚作为论争的武器。同时，这一时期的中国莎学通过介绍苏联莎学的成果接受了马克思主义美学的一些基本观点。

二、民国时期的莎剧研究

自 20 世纪 20 年代开始，中国的莎剧研究开始摆脱了林纾等人关于"莎士比亚是诗人，莎剧是故事、小说"的认识。民国时期，学界对于经过大肆删减的仅有故事情节的莎剧演出颇有微词，认为《汉孟雷特》"是上海的一位新剧大家依了《吟边燕语》里的情节而编的，莎氏的剧本以兰姆姐弟编撰的故事，已经成了哄小孩子的东西，又成了林琴南先生的史汉文笔'七颠八倒'的一译，哪里再经得起上海新剧家的改动、点缀……《汉孟雷特》的故事不是莎氏的锻造，莎氏不过把这故事造成了他的伟大的剧本……现在上海的新剧家也把这故事造成了他的剧本，与莎氏简直没有丝毫的关系。"③这标志着当时对莎士比亚的认识已经超越了前人，在认识上将莎剧回归到了戏剧的本体，对于正确认识莎剧具有非常重要

---

① 鲁迅：《鲁迅全集》第 1 卷，1973 年，第 52 页。

② 同上，第 44—45 页。

③ 《莎士比亚名剧〈汉孟雷特〉》，《晨报副刊》，1914 年第 6 卷第 29 期。本文作者不详。

English Literary Studies in China: The Studies of English Writers Volume I

的意义。根据一般的认知，剧本对于舞台演出具有重要作用，但是任何事物如果强调到了极端，反而会走向它的反面。剧本是一剧之本，这句话在很多时候只说对了一半，剧本创作完成，其实对于舞台演出来说，只是完成了一半，另一半要靠导演和演员在舞台上的天才创造，剧本完成可以说仅是"一剧半本"。

如果从戏剧比较的眼光来看，当时的一些莎剧论者已经具有了比较的意识。因为"中国人刚刚接触西方戏剧时的潜意识和特殊视角，体现了一种'比较'和对中西戏剧差异识别的意念。"① 可以说这些论述已经具有了中西戏剧比较的视角，通过将莎剧与其他外国戏剧家、中国戏曲比较，他们已经拥有了一种广阔的视野。莎士比亚和莫里哀都是世界著名的戏剧家。在 20 世纪 30 年代，莎士比亚在中国的名声已经超过了莫里哀。有感于此，汪梧封把莎士比亚与莫里哀放在一起进行比较，目的是引起人们对莫里哀戏剧的关注，但是讨论的结果却相反。他说，莎氏的戏剧虽有不及莫氏的地方，但总体来说，莎氏戏剧在艺术成就上仍然高于莫氏。他提出以诗论则莎高于莫；以戏论，则莫胜于莎；论者在这里显然强调的是莎剧的文学性质以及诗的意蕴，而相比之下，莎剧在戏剧性上则不如莫里哀的戏剧。但是涉及悲剧的比较，论者也看到了莎氏的悲剧创作成就远高于莫里哀。以"所写人物的异真，想象的高远，哲理的切实深刻，写作时只以观众为目标，作品当时大受欢迎，不留意于刊印剧本"②。所以汪氏反而认为，莎士比亚在戏剧艺术创作成就上高于莫里哀。

从中西角度进行比较的则有赵景深。他的《汤显祖与莎士比亚》一文可以说是较早的一篇从戏剧比较的角度探讨莎剧和汤显祖戏剧的中西戏剧比较研究论文。莎剧与汤剧二者之间有诸多的

---

① 田本相：《中国现代比较戏剧史》，北京：文化艺术出版社，1993 年，第 15 页。
② 汪梧封：《莎士比亚与莫里哀》，《光华大学·半月刊》，1934 年第 3 卷第 4 期，第 9—16 页。

相同之处:生卒年相同,在戏曲界都占有最高的地位,在题材上都是取材于前人的多,自己创作的少,莎士比亚不遵守三一律,汤显祖不遵守音律,都是不受羁勒的天才。这种不受约束的创作手法,自身就体现出一种"合和"的审美原则,远远胜于"虚饰"的艺术,在悲剧写作上都达到了一个高峰。汤显祖和莎士比亚都在戏曲界占有无可撼动的艺术地位。赵景深将汤显祖与莎士比亚进行比较,对于读者从中西文化、戏剧和审美的角度更清晰地认识二者的审美原则提供了思考,即汤显祖和莎士比亚戏剧之间诸多的内在审美机制具有一致性。

当时的戏剧家焦菊隐则没有局限于莎剧"文学性"与"戏剧性"之间的论争,而是超越了这些具体的论争。对他来说,莎剧属于舞台是毫无疑问的,关键是如何演出的问题以及莎剧在精神生活中的巨大作用。他看重的是戏剧对社会、现实的作用和影响力。他的《关于〈哈姆雷特〉》一文也强调了演出莎剧对于莎学研究的意义:"在19世纪的俄国人看来,(莎剧)是多么亲切,多么需要。在沙皇统治已衰颓但仍发挥着混乱的残暴的时代,莎士比亚对痛苦中的俄国人,更成了一个伟大的同情者、启发者和鼓励者"。[①] 所以,他举例说,19世纪的俄国作家,都在加倍地注意莎士比亚,研究、讨论莎士比亚。革命后的俄国人民,对于莎士比亚,更有着极深的爱好。虽然莎氏的时代和新兴世纪有相当距离,但一方面他的作品的普遍性对今日现实社会仍然具有暴露的力量,另一方面他的人生哲学,一种抗议的、奋斗的乐观的哲学,又给苏联人民所走的路线提供了有力的思想资源。焦菊隐显然清楚,以戏剧的形式忠实地描写本民族的现实生活是话剧借鉴外国戏剧的内容与艺术经验,"表现本民族的现实生活的优秀传统,这在现实发展中经过磨砺而愈益显示出其坚实的艺术生命力,"而这正是莎剧对于中

---

① 　焦菊隐:《关于〈哈姆雷特〉》,《戏剧生活》,1942年第1卷第3—4期,第3页。

国的意义之所在。[①]

民国时期，戏剧家对莎剧为舞台艺术的认识给我们重要的启示。正如徐云生所说，莎士比亚的戏剧没有一本不是专为万千平民观众而写的。[②]

三、早期莎学家朱生豪与梁实秋

在中华民族优秀外来文化宝库中陈列着 6 部《莎士比亚全集》，其中朱生豪翻译的《莎士比亚全集》占有重要的位置。朱生豪译莎"为中华民族争一口气"，替近百年来中国翻译界完成了一件最艰巨的工程，实现了鲁迅"于中国有益，在中国留存"的殷切期望。在日本侵略者的炮火之中，朱生豪闭户家居，摈绝外务，专心一意，致力译莎，虽贫病交加，然矢志译莎的决心毫不动摇，最终译就了 31 部莎剧。朱生豪完全可以和日本的平内雄藏博士、德国的希雷格尔和匈牙利的亚各尼（John Arang）的译莎功绩相媲美。朱生豪为中华民族建立了一座世界优秀文化的代表——莎士比亚不朽的丰碑。

"朱生豪翻译莎士比亚之所以能够取得如此重大的成功，其重要条件就是他的诗人素质，正是这种诗人素质沟通了两颗伟大的心灵，融合了两个民族语言艺术的创造天才。朱生豪译莎取得巨大成功最根本的原因，是他的爱国思想。"许国璋联系朱生豪的境遇说：朱生豪既缺图书，又无稿费可言，以一人之力，在不长时间里完此译事，是由于什么动力？首要的是天才的驱使。朱译似行云流水，即晦塞处也无迟重之笔，译莎对他肯定是乐趣，也是动力，境遇不佳而境界极高。朱译不同于他人，也高于他人。[③] 朱生豪以

---

① 焦菊隐：《俄国作家论莎士比亚》，《文艺生活》，1941 年第 2 期，第 24—31 页。
② 徐云生：《研究莎士比亚的伴侣》，《文学季刊》，1935 年第 2 卷第 1 期，第 291 页。
③ 许国璋：《梁实秋谈翻译莎士比亚》，《外语教学与研究》，1988 年第 1 期，第 1—3 页。

他的诗人气质和他所具有的中国古典文化和中国古典诗词修养成就了翻译莎作的豪举。朱生豪读诗,也写诗,古体、近体、长短句和新诗均各具风骨,不落俗套,正是他对中国古典诗词的挚爱,工于旧体诗词且擅作新诗,才沟通了中外两个杰出人物的心灵。著名词学家施蛰存认为:朱生豪旧体诗词作得那么好,译莎才能达到达与雅,胜人一筹。朱生豪钟情于英国诗歌,是一位天才的诗人。他译莎追求的是"神韵"、"意趣",以"诗情"译莎,反对"逐字逐句对照式硬译",更多采用了"意译"。方平认为:以文字的妥帖流畅而言,朱译本为第一。朱生豪以诗人译诗,华美艳丽的语言、浓墨重彩的译笔善于表达出浓郁的诗意。但是,有时为了追求文学性和舞台效果,文辞华美、渲染过分、增饰较多,有时"雅"而有余,"信"而不足。[①] 朱生豪能用优美典雅的汉语来表达莎士比亚诗剧中的灵魂,他自然的声音贯穿于诗歌创作和翻译莎士比亚的实践中,保持了诗情和神韵。

　　梁实秋译莎开始于抗战前夕和抗战中。1930 年胡适就任中华教育文化基金董事会编辑委员会主任委员,在他拟定的一项庞大的文化计划中,其中一项就是翻译莎士比亚戏剧。胡适认为把莎士比亚打扮成小说家实在是"萧士比亚的大罪人"。他要彻底改变把莎士比亚看作是一个小说家的错位,还莎士比亚戏剧家、诗人的本来面目。胡适拟请梁实秋、陈通伯、叶公超和徐志摩翻译莎剧,由于多种原因,最后只剩梁实秋一个人孤独地开始了这漫长的工作。1930 年梁实秋赴青岛大学任国文系主任兼文学院院长。他利用空闲时间翻译莎剧,他自己规定每天译 2000 字,两个月翻译一个莎剧。他最早译成的是《哈姆雷特》、《马克白》、《奥赛罗》、《威尼斯商人》、《如愿》和《暴风雨》。梁实秋译莎孜孜紧扣原作,积铢累寸不轻易改动原文。他说:"莎士比亚就是这个样子,需要存

① 方平:《一个诗的时代——谈莎士比亚和他的剧中人物、他的观众的语言观》,《外国文学研究》,1990 年第 4 期,第 5—14 页。

English Literary Studies in China: The Studies of English Writers Volume I

真。"梁实秋的翻译原则是把原文中的"无韵诗"一律译成散文，而"原文"中之押韵处则悉译为韵语。① 他不回避难译之处，尽最大努力传达莎氏原意。梁实秋在译莎时尽量遵循原文，忠实而委婉，信实而可靠，采用的是"直译"的方法。梁实秋在译莎时不是写《雅舍小品》的散文家，而是一个严谨的学者。除了译莎外，1964 年莎士比亚诞辰 400 周年时，梁实秋主持编写了《莎士比亚四百周年诞辰纪念集》。梁实秋是 30—40 年代发表莎评最多的人，是当时最有成就的莎评家。

四、苏联对中国莎学的影响

作为世界莎学研究的一个重要组成部分，中国莎学的发生、发展与外来莎学思潮的影响有密不可分的联系。除了英国莎学以外，俄苏莎学在中国的传播与接受是所有外来莎学理论难以望其项背的。俄苏莎学理论为中国莎学家理解莎士比亚的思想，探悉莎作艺术的审美标准和审美方式，研究莎作的主题、形象、结构、背景和艺术特色等奠定了最初的基础，甚至成为中国莎学研究所遵循的最显赫的理论。俄苏莎学理论被介绍到中国，使中国翻译、研究莎作的人，第一次接触到域外莎学理论。中国发表的第一篇译自外国作家的莎研文章，即是登载在《奔流》1928 年第 1 卷第 1 期上的屠格涅夫著、郁达夫译的《哈姆雷特与堂吉诃德》。

从 20 世纪 20 年代开始，中国莎评通过对俄苏莎评的译介，特别是对马克思主义莎评的译介，打开了中国人的眼界。联系自己国家和民族的命运，中国人对莎作有了更深的体会。二三十年代对俄苏莎学的介绍，已经从总体到细微处对"莎士比亚的剧作有了较系统的观照"。这一时期缺乏厚重的中国莎学著述，

---

① 梁实秋：《槐园梦忆》，海口：海南出版社，1999 年，第 390—408 页。

莎氏也在文艺、思想论争中被涂上了各种油彩。施蛰存在《我与文言文》中谈到"文学遗产"时对苏联莎学作了歪曲的理解："苏俄起初是'打倒莎士比亚',后来是'改编莎士比亚',现在呢,不是要在戏剧季'排演原本的莎士比亚'了吗？……岂不令人齿冷！"[①]施蛰存的这段话,表明他对俄苏莎学了解得并不多。实际上,重视、推崇莎士比亚乃俄苏莎学在近代以来的传统。鲁迅在《文艺风景》创刊号上发表了《莎剧凯撒传里所表现的群众》,针对所谓"第三种人"抨击"左翼"文艺赞美民众的态度给予了还击：莎剧确实是伟大的,它实在已经打破了文艺和政治无关的高论了。1922年5月11日,鲁迅在孔德学校集会上和俄国盲诗人爱罗先珂受邀观看了燕京女校学生演出的莎剧《无风起浪》。鲁迅领导的《译文》杂志在1934年到1936年间刊载了苏联莎学家和戏剧家的多篇莎学论文,反映出其对苏联莎学的关注。从20年代开始翻译的俄苏莎评对于发展中的中国莎学起到了重要的指导作用,俄苏莎评的译介使我们知晓了如群星璀璨的俄国文学巨擘对莎士比亚的推崇,也为中国莎学评论提供了马克思主义美学指导原则。1934年茅盾的《莎士比亚与现实主义》转述了苏联莎学家狄纳摩夫1933年的论文《再多些马克思主义》的基本观点,提倡在文学创作和文学研究上应该遵循马克思主义文艺创作原则。

　　在莎剧演出上,中国也深受俄苏莎剧演出理论的影响。20世纪50—60年代,斯坦尼斯拉夫的戏剧理论对中国话剧的发展产生了重大的影响,几个主要莎剧的演出都得到了苏联专家的指导。苏联莎学权威莫罗佐夫的《莎士比亚在苏联》、《莎士比亚传》以及阿尼克斯特的《英国文学史纲》、《莎士比亚和他的戏剧》等一系列论著对中国莎学研究产生了相当大的影响。他们的莎评中译本几乎成了中国大学外文系、中文系讲授外国文学和莎士比亚戏剧不

---

① 　施蛰存:《我与文言文》,《现代》,1934年第5卷第5期,第570页。

可缺少的参考书。中国作家协会文学讲习所也开设了莎士比亚讲座。除了赵澧在文学讲习所开设莎士比亚课程以外，在西方文学单元的课程中，孙家琇讲《奥赛罗》、《李尔王》，曹禺讲《罗密欧与朱丽叶》，吕荧讲《仲夏夜之梦》，吴兴华讲《威尼斯商人》，卞之琳讲《哈姆雷特》。从他们的著述中，中国读者对俄苏莎学研究、俄苏莎学史、莎士比亚及其戏剧创作获得了不同于西方莎学的比较完整的莎学知识，特别是从马克思、恩格斯高度评价莎士比亚的论述中，并且逐步加深了中国读者对莎剧巨大的思想艺术成就的认识。理论和实践上的准备为20世纪最后20年中国莎学的勃兴做好了准备。

自20世纪70年代以来，中国莎剧表演已经走向成熟，标志为"中国这个学生"离开了"苏联这个老师"，在排演莎剧时鲜有苏联莎学专家指导。无论是大型的莎剧节时20多种莎剧一齐上演，还是平时零星的演出，中国人完全能够依靠自己的力量排出异彩纷呈的莎剧。中国莎学所取得的令世界瞩目的成绩和中国莎学的发展反而引起了俄罗斯莎学界的惊异。中国对俄苏莎学译介的数量仅次于对英国莎学译介的数量，在世界各国莎学在中国的传播中居于第二位，而在莎学理论的引进上有时反而超过了对英国莎学理论的引进。更为重要的是，在对莎作的评论、研究中，中国莎学学者更倾向于俄苏莎学家的结论，特别是从苏联莎学评论中，学到了马克思主义莎学研究方法，尽管这种莎学理论有时是以"左"的面貌出现的。

在中国人接受俄苏莎学的过程中，苏联莎学体系中的马克思主义莎评引起了中国文学家和中国莎学学者的注意，并且对中国莎学的形成、发展产生了重大影响。苏联开创的马克思主义莎学的主要特点是："1）力图贯彻唯物主义观点，把莎作放到历史发展和阶级斗争中去考察；2）强调莎作的历史进步意义，反对把它同中世纪意识形态和艺术方法联系起来看；3）强调莎氏之人民性；4）与以上诸点相联系，强调莎氏的乐观主义；5）强调莎氏的现实主义。"①这种研究方法缺乏辩证的观点,带有那个时代的特色。构成苏联马克思主义莎学的这些特点,对中国莎学研究产生了深刻的影响,在相当一段时期左右着中国莎学研究的方向,而且至今仍然对中国莎学研究起着指导、参考作用。

但是,随着中国莎学研究近年来取得的长足发展、对莎作理解的日趋深刻、对马克思主义的独自钻研以及对苏联马克思主义莎学在某些方面正确性的怀疑,经过多年的思考、比较、研究,结合莎士比亚作品的实际,中国莎学研究者开始反思种种问题:苏联的马克思主义莎学是否完整、准确地理解了马克思主义的精髓? 联系历史和时代的影响,苏联马克思主义莎学中有没有"左"的影子? 是否在苏联的莎学研究中存在着简单化地理解马克思主义的问题,是否有贴标签曲解马克思主义的现象? 是否有为了适应政治形势将莎士比亚挪入特定的政治理论范畴为苏联当代政治服务的倾向? 等等。以上这种研究倾向可以说在苏联莎学和中国莎学中都不难找到它的影子。② 从中国莎学的发展看,苏联莎学中阿尼克斯特等人的莎学理论对中国莎学研究产生了相当广泛的影响,成为研究者、学习者研究莎作的指导书。从这些理论中,中国莎学学者开始获得对莎士比亚及其戏剧的较为系统、完整的认识。③马克思、恩格斯对莎士比亚的高度评价成为指导中国莎学研究者解析莎作的有力武器。这种影响不仅过去存在、现在存在,而且在未来的中国莎学研究中也将继续发挥应有的影响。④ 不过,中国莎学研究在总结苏联马克思主义莎学研究经验的基础上,已经初

---

① 杨周翰:《莎士比亚评论汇编》(下),北京:中国社会科学出版社,1990 年,第 14—15 页。

② 参见李伟民:《俄苏莎学理论在中国的传播》,复印报刊资料《戏剧戏曲研究》,1998 年第 1 期,第 19—24 页。

③ 李伟民:《前苏联马克思主义莎学与阿尼克斯特的马克思主义莎学理论述评》,《四川戏剧》,1998 年第 5 期,第 11—17 页。

④ 李伟民:《马克思主义莎学的集大成者——论阿尼克斯特的莎学理论兼及中国莎学》,《解放军外国语学院学报》,2007 年第 2 期,第 86—91 页。

步构筑了自己的莎学理论体系，逐渐形成具有鲜明中国特色的莎学研究理论、方法，并在超越前人的基础上，对马克思主义莎学的发展做出自己的贡献。

五、50—60 年代政治环境对莎学的影响

20 世纪 50—60 年代，中国的莎学研究中突出阶级与阶级斗争的特点极其鲜明，除了苏联莎学的影响外，中国的政治环境也是主导原因之一。

在新中国成立后的政治环境中，中国的莎学研究迅速抛弃西方莎学理论及其观点，开始以苏联马克思主义莎学为指导，对莎士比亚进行评论和研究。连续不断的政治运动所造成的政治环境要求莎学研究者进行研究时把着眼点放在政治、阶级与阶级分析上，进而要求通过学习马克思列宁主义、毛泽东思想，在莎学研究中从阶级观点出发，突出其社会内容。中国莎学学者通过研究认为莎士比亚"对当时社会上阶级矛盾和阶级斗争的反映是不够深刻的"。这一时期为数不多的莎学论文力图模仿苏联马克思主义莎学的基本观点，分析莎作，在研究中较多地采用了社会学批评的方法，在莎学研究中将研究视角主要投向莎剧产生的时代背景及莎剧中的社会矛盾和阶级关系，重点揭示了莎剧对封建势力及资产阶级的揭露与批判以及莎剧中所体现出来的政治观、历史观、社会观和伦理观等思想内容。这些莎评基本上是把莎剧视为现实主义杰作来进行研究的，肯定了其中的人文主义思想，并指出莎作中的阶级局限性。[1]

20 世纪 50 年代，苏联专家叶·康列芙斯卡娅领导上海戏剧学院表演师资进修班的 70 多个学员经过一年半的学习，在即将结

---

[1] 李伟民：《阶级、阶级斗争与莎学研究——莎士比亚在二十世纪五六十年代的中国》，《四川戏剧》，2000 年第 3 期，第 9—13 页。

业时,围绕一系列课程,排演了《无事生非》等,并将《无事生非》的排演和"反右"斗争联系在一起,宣称"通过伟大的反右派斗争,这个系的毕业同学近一百人都表示要坚决服从国家的统一分配……以自己的实际行动粉碎右派分子挑拨离间的阴谋"。[①] 北京话剧界演员、导演和舞台美术工作者一千多人,在 1957 年 10 月 9 日、10 日举行了扩大的辩论会,针对"右派分子"孙家琇等人所提出的言论,进行了理论性的分析和批判,认为这些"右派分子"经过首都话剧界的同志们摆事实,说道理,被批驳得"理屈词穷",他们也受到了舆论的严正谴责[②]。在辩论会上发言的有欧阳予倩、刘艺明、夏衍、田汉、张庚、李纶、陈其通、吴雪等。[③]

1957 年"反右"斗争严重扩大化以后,"双百"方针受到了严重的干扰和冲击。在中国莎学发展史上,有相当一批莎学家没有逃过 1957 年的厄运,在这批莎学家中有孙家琇、孙大雨、袁昌英、张泗洋等。《戏剧报》公开批判孙家琇是莎士比亚的《奥赛罗》中野心家"埃古"的形象,以"正中要害"的方式批"孙家琇是穿着裙子的'埃古'"。这种猛烈的批判可视为孙家琇一生为研究莎士比亚所付出的沉重的"政治代价"。[④] 在当时的政治大环境中,他们抨击孙家琇的莎学研究,说她是在从事反党反社会主义的罪恶活动,将她的研究成果诬陷为反党宣言,认为她以莎士比亚三百年前对当时黑暗的社会统治进行战斗的诗句来影射今天的社会主义社会。在当时特定的社会环境下,政治上上纲上线的大批判鲜明地折射出时代、社会扭曲的人格色彩。

---

① 覃柯:《孙家琇、徐步右派小集团现出原形——首都话剧界反右斗争的新战果》,《戏剧报》,1957 年第 17 期,第 4—6 页。

② 李缀:《反击右派分子孙家琇》,《戏剧报》1957 年第 14 期,第 13 页。

③ "文革"结束以后,随着新时期的到来,当时很多批判孙家琇的同志在不同场合表达了对孙家琇的歉意,而孙家琇也认为这完全是时代造成的,与个人没有关系。

④ 李伟民:《光荣与梦想——莎士比亚在中国》,香港:天马图书有限公司,2002 年,第348—354 页。

卞之琳、赵澧、陈嘉和吴兴华等人的莎学研究强调以马克思主义为指导，"为斗争生活服务"，将阶级斗争的理论应用于莎学研究中，挖掘莎作中所蕴涵的阶级斗争和阶级矛盾，刀光剑影，血雨腥风，把莎学研究看成是莎士比亚时代的阶级斗争史。这种阶级斗争的莎学研究是当时政治环境中中国莎学研究者的唯一选择。"千万不要忘记阶级斗争"的最高指示，不但是人们在政治生活中必须遵循的准则，也是学者在从事学术研究时必须牢牢把握的政治大方向。在他们的笔下，从"政治"的角度研究莎剧是首选目标，阶级之间的对立是研究中的重头戏，指出莎剧中的资产阶级思想并对其给予批判是研究者义不容辞的责任。60 年代中国阶级斗争的弦越拉越紧。其时的莎学界批判《罗密欧与朱丽叶》中的"资产阶级恋爱观"，批判"莎氏企图否认其阶级性，宣扬所谓有普遍意义的人性论"，批判"历来许多资产阶级批评家都是拿有没有反映普遍人性的思想来作为衡量作品的艺术价值的标志"这种人性论思想。1964 年 3 月 12 日，《人民日报》袁先禄的《莎士比亚生意经》为纪念莎士比亚诞辰 400 周年泼了冷水，对英国的"莎士比亚企业"的赚钱活动进行了严厉批判。50—60 年代，政治意识形态对中国的莎学产生了难以估量的影响。

六、改革开放之后的莎学研究

1978 年，被"文化大革命"耽搁多年的《莎士比亚全集》终于问世，这是中国出版的第一套外国作家全集。《莎士比亚全集》的出版为中国莎学走向辉煌奠定了坚实的基础。从 20 世纪 70 年代后期到 20 世纪末期，各种莎剧译本大量印行，我国莎学家开始出现在世界莎学会议的学术讲坛上，莎剧演出规模宏大，中国莎士比亚研究会在 1984 年成立，莎学研究蓬勃兴旺，显示了在遭到长久禁锢之后中国莎学爆发出的强大生命力。从 20 世纪 70 年代末期到 20 世纪结束的近三十年中，是中国莎学研究迅猛发展的时期。在这一时期,中国莎学组织从无到有,老一辈莎学家在经历了"文化大革命"以后,焕发出青春,在莎学研究中摆脱了以往的束缚和思想禁锢,在中国莎学研究、翻译和演出领域带领中青年学者开创了中国莎学研究的辉煌时代,为 21 世纪中国莎学研究的继续发展指明了前进的方向,树立了光辉的榜样。

1979 年、1981 年,杨周翰主编的《莎士比亚评论汇编》(上、下)出版,成为我国译介外国莎学研究成果集大成的研究著作。在这一时期,除了《莎士比亚全集》(1978 年)由人民文学出版社出版外,以下作品也相继出版:方平的《莎士比亚喜剧五种》(1979 年),曹未风翻译的《汉姆莱特》(1979 年)等四种译本,曹禺翻译的《柔蜜欧与幽丽叶》(1979 年),林同济翻译的《丹麦王子哈姆雷的悲剧》(1979 年),卞之琳的《莎士比亚悲剧四种》(1988 年),梁宗岱的《莎士比亚十四行诗》(1983 年),屠岸的《莎士比亚十四行诗集》(1981—1988 年),孙大雨的《罕秣莱德》(1991 年)、《黎琊王》(1993 年)等,李霁野的《妙意曲》(1984 年),方平的《维纳斯与阿董尼》(1985 年),孙法理的《两个高贵的亲戚》(1992 年),梁实秋翻译的《莎士比亚全集》(1995 年),等等。1957 年,台湾世界书局出版了台湾大学虞尔昌与朱生豪合译的《莎士比亚全集》,译林出版社出版了多人根据朱生豪译本校订、翻译的《莎士比亚全集》(1998 年),杨烈翻译了《莎士比亚精华》(1996 年),曹明伦翻译了《维纳斯与阿多尼》(1995 年)、《莎士比亚十四行诗集》(1995 年),梁宗岱翻译了《莎士比亚抒情诗选》(1996 年),辜正坤翻译了《莎士比亚十四行诗集》(1998 年),陈才宇等翻译了《莎士比亚诗全集》(1996 年),阮珅等人翻译了《莎士比亚经典名著译著丛书》(1999 年),方平主编、主译了《新莎士比亚全集》(2000 年),郑土生等人编著了《莎士比亚戏剧故事全集》(2001 年)。从 20 世纪 70 年代末期到 20 世纪结束,这些重要的莎剧译本相继出版,其中既有散文译本,也有诗体译本。这些莎作译本凝聚着不同译者的心血和翻译理念、翻译特色，将中国莎士比亚作品的翻译和研究推向了一个新的阶段，使中国成为世界上少有的拥有众多不同特色和多种莎士比亚全集和译本的国家之一。

1981 年，孙家琇主编的《马克思恩格斯与莎士比亚戏剧》出版。此后，国内出版的莎学著作数十种，其中主要有：张可的《莎士比亚研究》（1982 年），方平的《和莎士比亚交个朋友吧》（1983 年），苏联莎学权威阿尼克斯特的《莎士比亚传》（1984 年）和《莎士比亚的创作》（1985 年）中译本，孟宪强辑注的《马克思恩格斯与莎士比亚》（1984 年），索天章的《莎士比亚——他的作品及其时代》（1986 年），中国莎士比亚研究会编辑的《莎士比亚在中国》（1987 年），孙家琇的《论莎士比亚四大悲剧》（1988 年），裘克安的《莎士比亚年谱》（1988 年），贺祥麟等著的《莎士比亚研究文集》（1982 年），张泗洋等人的《莎士比亚引论》（1989 年）和《莎士比亚戏剧研究》（1989 年），卞之琳的《莎士比亚悲剧论痕》（1989 年），赵澧的《莎士比亚传论》（1989 年），徐克勤编著的《莎士比亚名剧创作欣赏丛书》（1989 年），孙福良、曹树钧的《莎士比亚在中国舞台上》（1989 年），王佐良的《莎士比亚绪论：兼及中国莎学》（1991 年），孟宪强编辑的《中国莎士比亚评论》（1991 年），陆谷孙主编的《莎士比亚研究专辑》（1984 年），涂溁和的《简明莎士比亚辞典》（1990 年），亢西民、薛迪之的《莎士比亚戏剧赏析辞典》（1991 年），孙家琇主编的《莎士比亚辞典》（1992 年），张君川主编的《莎士比亚辞典》（1992 年），张泗洋主编的《莎士比亚大辞典》（2000 年）等。1985 年，吉林省莎士比亚协会成立后，出版了《莎士比亚三重戏剧：研究、演出、教学》（1988 年）、《莎士比亚在我们的时代》（1991 年）；1989 年武汉莎士比亚研究中心成立，阮珅主编了《莎评辑录》（1991 年）、《莎士比亚新论：武汉国际莎学研讨会论文集》（1994 年），薛迪之有《莎剧论纲》（1994 年）；1994 年，东北师范大学莎士比亚研究中心成立，出版了《中国莎学年鉴》（1995 年）；台湾学者马汀尼有《莎剧重探——历史剧及其风格化演出》（1996 年），彭镜禧有《发现莎士比亚——台湾莎学论述集》(2000年)。中国莎士比亚研究会携"1994上海国际莎剧节"的东风,编辑了《1994上海国际莎士比亚戏剧节论文集》(1996年)。[①] 在1998上海国际莎学研讨会召开之际,中国莎士比亚学会会长方平出任国际莎协新一届执行委员会委员。

　　1980年1月18日,以曹禺为团长、英若诚等人为团员的中国代表团访问了莎士比亚的故乡斯特拉福,并将中国刚刚出版的由朱生豪等人翻译的《莎士比亚全集》和曹禺本人翻译的《柔蜜欧与幽丽叶》赠送给那里的莎士比亚研究中心,英若诚还用英文朗诵了莎士比亚十四行诗。1980年8月,复旦大学林同济应邀参加了在斯特拉福举行的第十九届国际莎学会议。1981年,裘克安参加了在莎士比亚故乡举行的第三届世界莎学会议。1982年、1984年北京大学的杨周翰、复旦大学的陆谷孙和索天章、上海戏剧学院的汪义群先后参加了第20、21届国际莎学会议。1986年,复旦大学的索天章、杭州大学的张君川和任明耀参加了第四届世界莎学会议。北京外国语学院的王佐良参加了1988年的第二十三届国际莎学会议。1984年12月3—5日,中国莎士比亚研究会在上海戏剧学院宣告成立,中共中央书记处书记胡乔木被推选为名誉会长,曹禺被推选为会长。时任上海市长的江泽民为中国莎士比亚研究会题词。在中国莎士比亚研究会成立期间,中国老一辈莎学家汇聚一堂,参加会议的有:孙大雨、卞之琳、杨周翰、张君川、孙家琇、裘克安、索天章、方平、陈恭敏、江俊峰等人,会议决定创办《莎士比亚研究》,定期举行莎士比亚戏剧节。1992年,中国莎士比亚研究会在上海师范大学召开"纪念朱生豪80诞辰学术报告会",台湾英美文学会会长朱立民参加了会议,这是海峡两岸的莎学学者的首次莎学交流。1996年4月,"中国莎学代表团"赴美国参加了第六届

---

① 　李伟民:《中国莎士比亚研究著作与论文的引文分析与评价》,载孟宪强《中国莎学年鉴》,长春:东北师范大学出版社,1995年,第326—339页。

世界莎士比亚大会。这是我国第一次由国家行政部门批准组成的"中国莎学代表团"参加世界莎学大会。至此，中国莎士比亚研究会与国际莎士比亚协会建立了经常性联系，国内的一些重要莎学研究成果开始引起国际莎学界的重视。

从 20 世纪 80 年代到 20 世纪末，中国约发表莎学文章一千余篇，出版莎学论著四十余种。这一时期，中国的莎士比亚评论成果在各种刊物上不断发表，而且角度多样，数量巨大。《外国文学研究》成为设置"莎士比亚研究"栏目时间最长、发表莎学研究最多、最受莎学研究者关注的刊物之一。同时，一批外国文学、戏剧刊物，如《外国文学评论》、《国外文学》、《四川戏剧》等，也发表了相当数量的莎学文章。[①] 1983 年，《莎士比亚研究》创刊号甫一出版，就得到了外国文学界的重视，受到了莎学研究者的好评，到 1994 年共出版了四期。中国莎士比亚研究会编辑的《中华莎学》1989年—2002 年共出版了 9 期。2011 年，由中国外国文学学会莎士比亚学会（筹）、四川外语学院莎士比亚研究所编辑的《中国莎士比亚研究通讯》2011 年总第 1 期出版。这一时期，中国莎学研究开始引起国际莎学研究的注意，一些中国莎学研究论文被收入美国《莎士比亚季刊》的"论著目录"和《世界莎学年鉴》。部分高校的英文系和中文系开设了"莎士比亚研究"课程。这一时期的莎学研究已经逐渐摆脱了 20 世纪五六十年代的"阶级与阶级斗争"和苏联莎学研究中"左"的观点，结合哲学、美学、文艺理论、戏剧学、比较文学、宗教学等深入探讨了莎作的特色，在前人研究的基础上又有所前进，并对某些沿袭已久的莎学观点提出了质疑，给予了新的解释。

---

① 李伟民：《中国高等学校学报莎士比亚研究论文的引文分析与评价》，载李伟民《光荣与梦想——莎士比亚在中国》，香港：天马图书有限公司，2002 年，第 232—254 页。

七、多角度的莎士比亚研究

随着"文革"后三十多年来社会环境与文化氛围的不断宽松，国内学术研究的不断发展，国内莎学研究的视角与模式也发生了巨大的变化。仅以 2008 年为例，我们就可以看到，外国文学研究类的刊物上刊登了一批论证严谨、扎实厚重的莎学研究论文，其研究的视角多元并存，各显神通，而且彰显出了莎学研究的当代价值。

首先，从生态美学、审美批评、道德伦理与宗教等视角进行研究。王忠祥的《"人类是多么美丽"——〈暴风雨〉的主题思想与象征意义》（《外国文学研究》2008 年第 4 期）从生态美学视角结合伦理学批评，论证了《暴风雨》的主题和象征意义。梁工在《仅次于莎士比亚戏剧文学经典——哈罗德·布鲁姆论"J 书"》（《外国文学评论》2008 年第 4 期）一文中提出：在布鲁姆的视野中，"J 书"是仅次于莎士比亚的文学经典，其作者也许是所罗门王宫廷中的一位女官。"J"是亚卫文献作者的简称，后者源于亚卫，亚卫本是犹太人，基督徒和穆斯林的上帝。"J 书"是构成摩西五经的四种原始文献之一。与其相映成趣的是它赖以存身的摩西五经传世本。布鲁姆的"J 书"研究体现了他对前人圣经阐释的"强误读"。布鲁姆对"J 书"和莎剧的比较与分析贯彻了审美批评原则。倪苹的《莎士比亚悲剧中的天意观》（《江西社会科学》2008 年第 9 期）提出，《哈姆莱特》和《李尔王》等莎剧展现了基督教天意观所面临的危机，基督教的天意信仰同异教中的命运观念是并存的。李伟民的《道德伦理层面的异化：在人与非人之间——莎士比亚的悲剧〈李尔王〉的伦理学解读》（《外国文学研究》2008 年第 1 期）从道德伦理层面对莎士比亚的《李尔王》进行分析，看到了在父权和王权的双重作用下，在家庭伦理与社会伦理及君王对道德伦理的选择方面，《李尔王》表现出对人性美的赞扬，对非人性的批判。

其次，从意识形态、人文主义、女性主义、性意识、新历史主义

English Literary Studies in China: The Studies of English Writers Volume I

等多个层面进行探讨。郝田虎的《论历史剧〈托马斯·莫尔爵士〉的审查》（《外国文学评论》2008 年第 1 期）在追溯该剧中包含的莎剧因素的基础上，探讨了伊丽莎白时期审查官的角色定位以及戏剧审查与国家意识形态之间的微妙关系。宁平的《君主人文意识的觉醒——再议莎士比亚的君主思想》（《辽宁师范大学学报》2008 年第 1 期）认为莎士比亚历史剧中的君主人生价值和自身尊严的人文主义关怀构成了莎士比亚君主思想的又一维度。郝田虎的《〈泰尔亲王配力克里斯〉与〈伦敦四学徒〉中的地理和意识形态》（《外国文学研究》2008 年 1 期）运用"差异地理学"的概念从意识形态、历史背景方面对两部戏剧进行了比较。李伟民的《莎士比亚的长诗〈鲁克丽丝受辱记〉与女性主义视角》[《东北师范大学学报（哲社版）》2008 年第 2 期]认为《鲁克丽丝受辱记》中贞女鲁克丽丝的贞洁形象是源于男性视野下观照的贞女。莎士比亚在《鲁克丽丝受辱记》中张扬了人性，将人性在"德"与"美"中表现出来，将人性与美德联系起来，并赋予"真"的人性以崇高地位。邵雪萍在《〈泰特斯·安德洛尼克斯〉中的主要女性人物形象分析》（《国外文学》2008 年第 2 期）中提出莎士比亚在对该剧中女性人物的刻画中使用了"对比中相互映衬"的方法。女性人物均有共同的意象和遭遇，文章追溯了该剧产生的社会背景。焦敏的《法律、秩序与性意识形态——莎剧〈一报还一报〉中的性意识形态》（《外国文学研究》2008 年第 4 期）探讨了《一报还一报》中法律希望对身体与欲望进行规范从而产生的冲突，冲突最终以欲望尤其是男性欲望作为一种内在、本质的生物特性不可抑止地胜出而告终。许勤超、刘昱君的《新历史主义莎士比亚批评述评》（《戏剧文学》2008 年第 3 期）结合历史对莎剧文本中所含的权力关系进行了分析，揭示了莎作中蕴涵的政治意蕴。

再次，论述莎剧中的各种艺术表现手法，如神话移位、动态人物塑造、历史艺术化、矛盾修饰法、修辞与反讽、谐语、戏中戏等。张薇的《〈暴风雨〉中的古希腊神话原型》（《外国文学研究》2008 年第 6 期）认为莎剧深受古希腊神话影响，《暴风雨》吸收了古希腊神话的因素。莎士比亚更多地采用移位的神话，对剧情有推动作用。李艳梅的《莎士比亚历史剧人物塑造方法探析》(《外国文学研究》2008 年第 4 期）认为，莎士比亚在历史剧中运用"浮雕式"、连贯性、类型与个性以及情境中的动态映衬等多种方法，塑造了众多鲜活、生动的人物形象。桂扬清《莫把历史剧当历史——从莎士比亚的历史剧看历史剧与历史》(《外语研究》2008 年第 2 期）提出历史剧是以史实或历史故事为题材的戏剧，是一种艺术，编写者自然要对历史进行艺术加工，但也不能置历史于不顾。曾艳兵的《莎士比亚戏剧中的"矛盾修饰法"》(《外国文学研究》2008 年第 3 期）则强调莎士比亚戏剧中的"矛盾修饰法"通常由两个相互对立的方面组合而成，用来表达人物极为矛盾复杂的心理状态。蒋显璟的《英国人文主义的两朵奇葩——莎士比亚的〈维纳斯与阿都尼〉和马洛的〈希洛与李安达〉》(《英美文学研究论丛》2008 年第 2 期）分析比较了莎氏和马洛的两首"神话——艳情小史诗"《维纳斯与阿都尼》和《希洛与李安达》，认为两者均创造性地运用了希腊神话，关注美和现世人生乐趣，颠覆传统性别角色并喜剧性地运用修辞术和反讽等艺术手法。徐亚杰、王丽艳的《谐趣与莎士比亚戏剧的文化解读》[《东北师范大学学报（哲社版）》2008 年第 1 期]认为，莎剧中的谐语含有凯尔特文化中的神怪故事、古希腊的人本意识、世俗人本意识"模仿说"，"适度"原则影响了莎剧谐趣的思想内涵和审美向度。田俊武、朱茜的《从〈仲夏夜之梦〉的戏中戏管窥莎士比亚戏剧史》(《戏剧文学》2008 年第 9 期）认为，莎氏对起源于柏拉图和亚里士多德的模仿论持否定态度，主张在戏剧作品中制造一种戏剧错觉，而不是传统意义上的模仿错觉。他借助通常的模仿艺术来反证表演仅靠模仿现实生活是远远不够的。

　　此外，这个阶段还出现了如下成果：李锋、张宇的《论〈仲夏夜之梦〉中的二元对立结构》(《山东外语教学》2008 年第 3 期），张文英的《从语用学视角解读〈李尔王〉中的"言"与"意"》(《外国语言文学研究》2008 年第 2 期），黄坚的《〈理查二世〉中历史真实与艺术虚构的关系》（《四川戏剧》2008 年第 6 期），田俊武、廖娟的《谈莎士比亚戏剧中的自杀现象》（《四川戏剧》2008 年第 6 期），田俊武、袭新智的《心与心的距离：重读〈罗密欧与朱丽叶〉与〈奥赛罗〉》（《四川戏剧》2008 年第 1 期），等等，此不赘述。

八、莎士比亚戏剧舞台研究

莎剧舞台研究包括剧本改编研究与舞台演出研究。这里也以 2008 年的研究成果为例。李伟民的《互文与戏仿：莎士比亚的悲剧〈三千金〉》（《戏剧艺术》2008 年第 3 期）认为在中国莎士比亚传播史上，将莎剧完全中国化的改编构成了莎剧在中国传播的一种形式。20 世纪 40 年代，顾仲彝根据莎士比亚悲剧《李尔王》改编并创作的《三千金》就属于完全中国化的莎剧。《三千金》是一个互文与戏仿并重、改编与创作兼有的中国化的莎士比亚悲剧《李尔王》。李伟民的《变异与融通：京剧莎剧的互文与互文化》[《上海师范大学学报（哲社版）》2008 年第 4 期]认为，以歌舞演故事的京剧莎剧是在变异与融通之中达到了京剧与莎剧的互文性解读，同时中西文化也在这种交流中达到了互文化的和谐。京剧的艺术形式可以表现莎士比亚悲剧之中蕴涵的人文主义理想。

2008 年中央戏剧学院的《戏剧》刊登了一系列介绍国内外莎剧舞台演出的文章。有些文章虽然刊登在 2008 年《戏剧》的专刊上，但是对于了解国内外的莎剧舞台演出仍然有一定的资料价值。赵庆庆的《加拿大戏剧的莎士比亚情节和戏仿解密》（《戏剧》2008 年第 2 期）根据莎士比亚戏剧在加拿大发展的史实，介绍斯特拉福莎士比亚戏剧节和夏季莎士比亚戏剧节，剖析了加拿大剧坛莎氏情节成形的过程，评析女剧作家安玛丽·麦克唐纳（Ann-Marie MacDonald）获得总督奖的戏仿莎剧之作《晚安，苔丝狄梦娜（早安,朱丽叶)》。拉文德·卡尔的《印度舞台上的莎士比亚戏剧》(第一届亚洲戏剧论坛专辑《戏剧》,2008 年)梳理了印度的莎剧演出的特点,印度莎剧中的意象、诗体台词、时空的自由转换、叙述性歌队、夸张的舞台动作、独白与旁白都与古典梵剧的伟大遗产不谋而合。根据 1964 年印度国家图书馆的统计,用印度各种语言翻译或改编的莎士比亚戏剧有 2000 部之多。立木烨子的《莎士比亚与日本戏剧:聚焦表演形式的变化》(第一届亚洲戏剧论坛专辑《戏剧》,2008 年)介绍了日本明治时代以来莎剧被介绍到日本的经过,认为在日本戏剧史上,莎剧一直是现代戏剧灵感的源泉和基础。

吴斌在《皆大欢喜——中戏舞台上的莎士比亚》(第一届亚洲戏剧论坛专辑《戏剧》,2008 年)中综述、介绍了中央戏剧学院五十多年教学实践中大量上演的西方戏剧,其中莎剧上演的频率最高,莎剧上演了 10 部以上。该文介绍了几次影响较大的莎剧演出,如徐晓钟导演的《马克白斯》吸收中国民间舞蹈"红绸舞"的意象,既延伸了人物下场的惆怅心情,又为马克白斯夫妇嗜血前行提供了某种诗意暗示;该文也对演出中运用的"流行音乐与中山装"进行了介绍。李伟民的《从莎士比亚悲剧〈哈姆雷特〉到京剧〈王子复仇记〉的现代文化转型》(《戏曲艺术》2008 年第 3 期)提出,京剧莎剧《王子复仇记》实现了京剧与莎剧之间的互文。通过这种互文性的改写,莎剧《哈姆雷特》的人文主义精神的主题在得到表现的基础上,实现了形式的替换与重塑。李伟民的《人性的演绎:在王袍加身与脱落之际——李默然塑造的李尔王》(《四川戏剧》2008 年第 1 期)对我国著名话剧表演艺术家李默然扮演的李尔王这一形象进行了艺术分析。邱懿君的《一场"跨文化"的狂欢:记粤剧〈豪门千金〉》(《上海戏剧》,2008 年第 10 期)认为改编自《威尼斯商人》的《豪门千金》是一部跨文化的戏剧。来比希的《明明不是李尔王》(《上海戏剧》2008 年第 12 期)对《明》剧移植《李尔王》在形式上的自由、轻松、喜悦和幽默进行了评论。

九、近十多年来出版的莎士比亚研究著作

近十多年来出版的莎士比亚研究著作主要有：周骏章的《莎士比亚散论》（1999），苏福忠的《莎士比亚语言精髓录》（2001），李伟民的《光荣与梦想——莎士比亚在中国》（2002）、《中国莎士比亚批评史》（2006）、《中西文化语境里的莎士比亚》（2009），曹树钧的《莎士比亚的春天在中国》（2002），易红霞的《诱人的傻瓜——莎剧中的职业小丑》（2001），任明耀的《说不尽的莎士比亚》（2001），徐鹏的《莎士比亚的修辞手段》（2001），袁德成、李毅的《从莎士比亚到品特》（2002），吾文泉的《莎士比亚：语言与艺术》（2002）。这些著作从批评史、语言学、比较文学、演出、文本等各不相同的视角探讨了莎剧的艺术成就。

近十多年来，国内出版的重要莎学著作还有：罗益民的《时间的镰刀：莎士比亚十四行诗主题研究》（2004），陆谷孙的《莎士比亚研究十讲》（2005），阮珅的《莎士比亚论稿》（2006），桂扬清的《莎翁作品译文探讨》（2004），张冲的《莎士比亚专题研究》（2004），彭镜禧的《细说莎士比亚论文集》（2004），李伟昉的《说不尽的莎士比亚》（2004），史璠的《莎士比亚戏剧赏析》（2000），刘小枫等编著的《莎士比亚笔下的王者》（2004），徐群晖的《莎士比亚的心理学阐释》（2003），郑土生的《莎士比亚研究和考证》（2005），阮珅的《莎士比亚论稿》（2006），裴克安的《莎士比亚年谱》（2006）和《莎士比亚评介文集》（2006），李伟昉的《莎士比亚诗歌精选评析》（2006），华泉坤、洪增流、田朝绪的《莎士比亚新论——新世纪，新莎士比亚》（2007），田民的《莎士比亚戏剧：从亨利克·易卜生到海纳·米勒》（2006），杨俊峰的《莎士比亚词汇研究110例》（2007），张沛的《哈姆雷特的问题》（2006），孟宪强的《三色堇：〈哈姆雷特〉解读》（2007），梁工主编的《莎士比亚与圣经》（2006），仇蓓玲的《美的变迁——论莎士比亚戏剧文本中意象的汉译》（2006），奚永吉的《莎士比亚翻译比较美学》（2007），吴辉的《影像莎士比亚——文学名

著的电影改编》(2007),肖四新的《莎士比亚戏剧与基督教文化》(2007),辜正坤等翻译的《俗世威尔——莎士比亚新传》(2007),潘望翻译的《莎士比亚的政治》(2008),顾钧翻译的《莎士比亚戏剧中的人物》(2009),张可、王元化翻译的《读莎士比亚》(2008),程雪猛、祝捷的《解读莎士比亚戏剧》(2008),严晓江的《梁实秋中庸翻译观研究》(2008),王瑞的《莎剧中称谓的翻译》(2008),张冲、张琼的《莎士比亚选读》(2009),张冲、张琼的《视觉时代的莎士比亚:莎士比亚电影研究》(2009),李伟民的《中西语境里的莎士比亚》(2009),王忠祥、贺秋芙的《莎士比亚戏剧精缩与鉴赏》(2009),张丽的《莎士比亚戏剧分类》(2009),张薇的《莎士比亚精读》(2009),李艳梅的《莎士比亚历史剧研究》(2009),熊杰平、任晓晋的《多重视角下的莎士比亚——2008莎士比亚国际学术研讨会论文集》(2009),曹树钧等主编的《二十一世纪莎学研究》(2010)。

作为"中国(杭州)莎士比亚论坛"的成果,洪忠煌主编的《莎士比亚与二十一世纪》论文集在会后出版。2004年12月,复旦大学召开了"莎士比亚与中国:回顾与展望"全国莎学研讨会,会后出版了学术论文集《同时代的莎士比亚》(张冲主编)。2006年9月,四川外语学院、电子科技大学、西南大学三校共同发起了成都莎学研讨会,会后出版了论文集《中国学者眼里的莎士比亚》。2007年11月20—22日,朱生豪故居修复开放仪式暨莎士比亚学术研讨会,在朱生豪的家乡浙江嘉兴隆重举行,会后出版了供内部交流的莎士比亚论文集。此外,根据朱生豪、梁实秋、方平翻译的《莎士比亚全集》编辑的各种悲剧与喜剧集也出版了多种。继辜正坤的《莎士比亚十四行诗集》1998年出版后,王勇、金发桑、艾梅等分别翻译的莎士比亚十四行诗中译本(2003—2004)也得以面世。

由于莎士比亚研究的不断繁荣与发展,学界也开始对国内的莎学研究进行回顾、梳理、评述与反思。这方面的代表著作有谈瀛洲的《莎评简史》(2005)、彭镜禧主编的《发现莎士比亚:台湾莎学论述选集》(2004)、彭镜禧的《细说莎士比亚论文集》(2004)、李伟民的《中国莎士比亚批评史》(2006)。其中李伟民的著作长达 40 多万字，是迄今为止我国第一部专论中国莎士比亚批评史的莎学专著。李著从莎学发展史的角度出发，史论结合，涉及众多莎剧经典著作在国内的研究与接受，清晰地梳理了中国莎士比亚批评的脉络，探讨了中国莎士比亚批评的主要特点，对中国语境下的莎学研究进行了"全景式"的解读。

十、熠熠闪光的中国莎剧

建国 60 年的时间里，包括话剧、京剧、昆曲、川剧、越剧、黄梅戏、粤剧、沪剧、婺剧、豫剧、庐剧、湘剧、丝弦戏、花灯戏、东江戏、潮剧、汉剧等十七个剧种排演过莎剧。外国戏剧改编为这么多种类的中国戏剧，这可谓是绝无仅有的。如果将戏剧改编看成是一种文学批评手段的话，那么国内不同剧种对莎剧的改变与演出代表了具有中国特色的、形式不同的诠释与解读。综观建国 60 年来中国舞台上的莎剧，可以看出，以 1986 年为界，中国舞台上的莎剧演出主要分为三个阶段，并呈现出三种不同的模式。第一阶段为建国初期至 1986 年，中国舞台上的莎剧演出主要以话剧为主，主要采用斯坦尼斯拉夫斯基的现实主义创作方法排演莎剧，即莎剧表演力求演员在角色创造中，完成各自的单元任务时，要有完成一个最高任务的目标，即"激发演员—角色的心理生活动力和自我感觉诸元素的创作意向的基本的、主要的、无所不包的目标"。这时候的莎剧演出尽管也融入了中国的表演思想，但主要还是处于学习阶段，但是较之 1949 年前中国舞台上的莎剧演出已经有了质的飞跃。第二阶段为 1986 年至本世纪初：莎剧排演中，采用现实主义创作方法演出的莎剧尽管还占有主导地位，但是大量出现了以戏曲形式演出的莎剧。这类莎剧以"形式兼带精神"，将中国戏曲艺术与莎剧结合起来；在戏曲理论、布莱希特戏剧理论的指导、影响下，出现了一批具有浓郁浪漫主义色彩的莎剧。第三阶段为近十年的莎剧改编与演出:莎士比亚戏剧进入了商业演出的范围,有关团体借莎剧的故事或主题改编莎剧(包括影视剧作品),或以戏仿形式演出莎剧。其中既有正规的演出,也有校园莎剧的演出,包括已经进行了数届的中国大学莎剧比赛[①]。

　　建国六十年中国舞台上的莎剧,首先取得重要成绩的是话剧形式的莎士比亚戏剧。这类话剧形式的莎剧尽管在表现主题上各有侧重,但是都力图从现实主义的角度挖掘出蕴涵在莎剧中的深邃的人文主义精神,在具体落实语言动作化和文学形象的视觉化方面取得了较高成就。话剧莎剧在中国莎士比亚戏剧的演出中被视为正统的莎剧演出,为莎剧在中国舞台上树立"经典"的地位奠定了基础,并且产生了一批有经典因素的话剧莎剧。例如,李默然创造的《李尔王》把深邃的思想和现实主义的性格刻画结合起来,突出了刚愎、自信、骄横、愚昧的性格特点;中央戏剧学院徐晓钟、郦子柏导演的《麦克白》所突出的是"那个时代的残酷渗入我们的感觉和想象之中","血腥"的戏剧象征语汇隐喻了悲剧的戏剧内涵;陈薪伊导演的《奥赛罗》则营造了奥赛罗三个层次的心理空间:理想层次、世俗层次、黑暗复仇层次;雷国华导演的《奥赛罗》是一出性格悲剧,且强调其普遍意义,即揭示了人类某些根本性弱点;等等。尽管这些话剧莎剧在主题的表现、艺术手法上侧重点有所区别,但无一不是严格按照现实主义的创造方法来演绎莎剧的,力图在深入挖掘莎剧中的人文主义精神的同时,较好地阐释莎剧内在的进步因素。

　　对于有着悠久戏剧传统、众多剧种的中国戏曲舞台来说,采用中国戏曲改编莎剧成为一些剧团检验自己剧种和导演、表演水平的一种方式。戏曲与莎剧的结合可以说是在 20 世纪 80 年代中期(即 1986 年的中国莎士比亚戏剧节期间)异军突起的。当时,借首

---

① 　这些比赛已经不属于正规的演出了,是青年学生凭热情、兴趣与练习英语的现实需要而进行的业余演出活动,艺术上的价值非常有限。

English Literary Studies in China: The Studies of English Writers Volume I

届中国莎士比亚戏剧节的东风，25台莎剧一齐呈现在中国舞台上，不但有在现实主义思想指导下演出的莎剧，也有在浪漫主义思想指导下演出的莎剧；不但有话剧形式的莎剧，也有戏曲形式的莎剧演出。在这一阶段中，采用昆曲、越剧、黄梅戏、川剧和丝弦戏改编莎剧都有成功的范例，如昆曲的《血手记》、黄梅戏的《无事生非》、越剧的《王子复仇记》等。而采用京剧这种艺术形式改编的《哈姆雷特》则生动地呈现了一种现代审美意识。经过改编的京剧《王子复仇记》富有现代意识，它调动京剧表演的各种艺术手段，演绎《哈姆雷特》中的人性，这就要求导演和演员采用陌生的异域文化——京剧这种艺术形式，利用原作的故事，讲述一个现代人灵魂、人格的挣扎过程。这样的改编正是具有现代莎剧意识的具体体现。此外，无论是京剧《歧王梦》，还是越剧《王子复仇记》、丝弦戏《李尔王》，其表演也是现代舞台意识的生动呈现。事实证明，中国的京剧和各种地方戏用来表现莎剧具有独特的优越性。京剧"是一种具有民族艺术特点的写意型表演体系……优秀的写意艺术比拙劣的写实艺术可以说更真实"①。

新世纪以来莎剧演出更为活跃，而且已经不仅仅局限于前面两种形式的莎剧演出，而是融入了后现代元素的莎剧演出，出现了互文、戏仿与解构的莎剧演出，尽管对这种演出还存在着种种不同意见，但是这种解构式的先锋莎剧的演出却受到了年轻一代的欢迎，它在艺术形式上显得更好看了，同时反映了观众追求感官刺激、追求享乐、追求多元的文化需求。林兆华的《哈姆雷特》被誉为中国最具先锋实验精神的戏剧作品之一。他将文艺复兴时代的一出具有强烈人文主义精神的悲剧，建构为当代人和当代生活的悲剧，成功地将文艺复兴时代的人文主义精神移植到20世纪人类所面临的尴尬和两难之中，通过对人性的深入发掘与天才链接，以对悲剧和经典《哈姆雷特》的隐喻认知解构了原有的"人文主义精

---

① 王元化：《思辨录》，上海：上海古籍出版社，2004年，第467—470页。

神"，建构了"人人都是哈姆雷特"的感悟，利用人们已经熟悉的经典，将观众带入经过解构的莎剧之中，为观众提供了认知经典莎剧与人性的新视角，将人性中的美与丑、善与恶、爱与恨、生存与死亡、平凡与伟大以及平和与焦虑展现给了中国观众。林兆华对《哈姆雷特》"人文主义精神的解构"与对忍受着荒诞处境折磨、像吮吸母乳一样吮吸母亲的痛苦的神经质的城市孤儿形象的建构，在某种意义上拓展了我们对于莎士比亚戏剧特别是对《哈姆雷特》的理解。[①] 正如杜清源所认为的，林兆华的《哈姆雷特》的演出，"起码在两个方面突出地显示了他们的创造意识：一是对哈姆雷特艺术形象的重新解释及表现方式；二是对'墓地'一场意蕴的开掘，及由此而表现出的新的舞台景观。"[②]

近年来，国内的戏剧舞台上已经不满足于完全遵循现实主义风格或浪漫主义风格演绎莎剧的路数，而是借用莎剧的故事，大胆吸收各种艺术形式来演绎莎剧，对莎剧演出进行商业包装。由著名导演田沁鑫编剧、导演，郝平、陈明昊主演的《明》因对莎士比亚的《李尔王》改编的角度和风格的改变而引起了较大的争议。由林兆华导演、濮存昕主演的《大将军寇流兰》（改编自莎士比亚的《科利奥兰那斯》）以"深入到人类社会更为本质的思考"映照我们生存的世界的面貌，进而透视世界本身，该剧通过大段诗化的独白及演员奔放不羁的表演与舞美设计的空间感、仪式感以及摇滚乐队的活力，把悲剧英雄马修斯的性格刻画得异常细腻，但却在整体上颠覆了莎士比亚对人性的深刻把握，造成了人文精神的失落。

十一、台湾地区的莎学

我国台湾地区开始莎士比亚研究是在 20 世纪 50 年代中后

---

① 陈吉德：《中国当代先锋戏剧》，北京：中国戏剧出版社，2004 年，第 62 页。

② 杜清源：《舞台新解》，载林克欢《林兆华导演艺术》，哈尔滨：北方文艺出版社，1992 年，第 228—237 页。

English Literary Studies in China: The Studies of English Writers Volume I

期。这一时期从事莎作翻译和评论的主要是从大陆去台的学者、教授，其中以梁实秋和虞尔昌为代表。1947 年秋渡海去台湾大学外文系执教的虞尔昌，在台湾物力艰窘的环境中，授业之余，日居斗室，埋小几翻译莎剧。他的夫人邵雪华则席地而坐，伏在门板上誊清译稿，通宵达旦，从无怨尤，以 10 年功夫终于完成 10 部莎士比亚历史剧。1957 年 4 月，台北世界书局出版了朱生豪和虞尔昌合译的 5 卷本《莎士比亚戏剧全集》。这本全集包括朱生豪翻译的27 个剧本和虞尔昌翻译的 10 个历史剧。每个历史剧均附有译者写的"本事"。全书附有"莎士比亚评论"和"莎士比亚年谱"。1961年，台北世界书局又出版了虞尔昌译的中英文对照编排的《莎士比亚十四行诗》。

梁实秋除了翻译了《莎士比亚全集》以外，还著有《永恒的剧场——莎士比亚》，由时报文化出版事业有限公司出版。1964 年莎士比亚诞辰 400 周年时，梁实秋主持编写了《莎士比亚四百年诞辰纪念集》，由台湾中华书局出版。台湾商务印书馆出版了李慕白的《莎士比亚入门》。作家与作品丛书也列有《莎士比亚》专章。1968 年台湾师范大学上演了梁实秋译的《奥赛罗》。1989 年台湾高雄师大召开了"第一届中美莎士比亚研讨会"。仅莎士比亚十四行诗的译本，台湾就出版了不下 7 个译本，它们是：虞尔昌译本；洪北江编译《莎士比亚语粹十四行诗合集》，台北洪氏出版社，1962年 12 月；梁实秋译本；施颖洲译《莎翁声籁》（中英对照），台北皇冠杂志社，1973 年；梁宗岱译《十四行诗》，台北国家出版社，1990 年9 月；杨耐冬著译《莎士比亚情诗》，台北文经出版社，1983 年 3 月；陈次云译《莎士比亚商籁体》，台湾《中外文学》1991 年各期。台北良友书局 1971 年出版了朱立民的《美国文学·比较文学·莎士比亚》。这本书中还收入了黄美序的《〈罗密欧与朱丽叶〉中的喜剧艺术》、彭镜禧的《从表现角度看〈亨利四世上篇〉哈乐与富士塔的关系》、廖炳惠的《谁需要奥菲丽亚》、苏其康的《〈仲夏夜之梦〉的浪漫人生观》。台湾《中外文学》等杂志还发表了数百篇莎评文章。《中外文学》两次刊出《莎士比亚专辑》。

从 20 世纪六十年代开始，台湾研读莎士比亚的人数不断增加，莎剧演出的种类和数量也比以前多，研究水平也有所提高。1970 年—1980 年，台湾发表莎研论文 29 篇；1981—1990 年，发表莎研论文 52 篇；1991—2000 年发表论文 99 篇；1970—2000 年在台湾发表、出版的莎学论著共计 211 篇（部），刊登莎学论文最多的刊物为《中外文学》，同时大陆莎学学者李伟民在台湾人文社会科学研究会的《人文学报》上发表了《他山之石与东方之玉——评〈中国莎学简史〉》（《人文学报》1997 年第 26 卷第 6 期），方平的《〈新莎士比亚全集〉译后记》在《中外文学》1999 年第 28 卷第 2 期发表。大陆学者张冲主持了 2005 年第 4 期《中外文学》的"莎士比亚专号"，其中张冲发表《适时的莎士比亚》，王建开发表《艺术与宣传：莎剧译介与 20 世纪前半期中国社会进程》，张琼发表《〈两位高贵亲戚〉中的矛盾与错位》。在台湾开设"莎士比亚课程"、发表莎学论文较多的有梁实秋、朱立民、颜元叔、彭镜禧等人①。

除了前面提到的莎学论著外，台湾地区还出版了朱立民的《爱情仇恨政治——汉姆雷特专论及其它》（1993 年）、朱炎主编的《美国文学比较文学莎士比亚——朱立民教授七十寿庆论文集》（1990年）、吴青萍的《莎士比亚研究》（1964 年）、李慕白的《莎士比亚入门》（1988 年）、马汀尼的《莎剧重探——历史剧及其风格化演出》（1996 年）、梁实秋的《文学因缘》（1964 年）②、陈冠学的《莎士比亚识字不多？》（1988 年）、赵天华的《莎士比亚笔下的爱神》（1961年）、颜元叔的《莎士比亚通论：悲剧》（1996 年）、《莎士比亚通论：历史剧》（1995）、"国立"高雄师范大学主编：《中美莎士比亚研讨会》（台北文鹤，1995）、邱锦荣的 *Metadrama: Shakespeare and*

---

① 朱立民曾多次提到他在台湾大学讲授莎士比亚的经过。参见单德兴、李有成、张力：《朱立民先生访问录》，台湾："中央"研究院近代史所，1996 年，第 159—167 页。

② 本书收入莎学论文 7 篇。

Stoppard（台北书林，2000）、李启范的 *The Plays within the Plays in Shakespeare*（Taipei：Hai Kuei Cultural Enterprises，1985）、斯蒂尔（Eugene Steele）的 *Shakespeare and the Italian Professionals*（台北书林，1993）。

在研究方法上，台湾的莎学研究不再局限于莎士比亚的语言、意象、结构、版本等文本范畴。最近出版了大批莎学著作，如：彭镜禧主编的《发现莎士比亚——台湾莎学论述选集》，余光中的《锈锁难开的金钥匙》，赵星皓的《〈鲁克丽丝失贞记〉里的后设戏剧元素》，谢君白的《驯服之必要：〈驯悍记〉表演策略观察》，彭镜禧的《编剧者的梦魇：戏谈〈仲夏夜之梦〉》，张静二的《〈威尼斯商人〉的"彩匣"情节》，张小虹的《镜像舞台/阶段：〈第十二夜〉中的性别辨（误）识》，颜元叔的《莎悲剧之综合评论》，胡耀恒的《我对〈汉姆莱脱〉的三点看法》，廖炳惠的《谁需要奥菲丽亚?》，林镇志的《"然而她非死不可，否则她会背叛更多的男人"：德斯底蒙娜的"背叛"和奥赛罗的"正义之剑"》，阮秀莉的《三面马克白·多重莎士比亚：威尔斯、黑泽明和波兰斯基的〈马克白〉》，马汀尼的《隐遁逍遥于历史法则之外——论〈亨利四世〉》，王仪君的《征服的愿望：试论〈亨利五世〉中帝国主义、国族主义与身份认同》，陈玲华的《〈冬天的故事〉：花卉飘香的牧歌悲喜剧》，林明泽的《走出暴风雨：后殖民情境中"卡力班"认同的困境》，王淑华的《政治与戏剧：中国莎学新探》、王婉容的《莎士比亚与台湾当代剧场的对话》，林璄南的《戏剧写作与作者身份——以"莎士比亚"为例》，彭镜禧的《台湾出版莎士比亚学术论文目录初编（1970—2000）》等，其研究范围与角度有很大的拓宽。无论是研究诗歌，还是研究戏剧，这些作者并不局限于传统对作品内容或形式的欣赏分析，而是从剧场演出、影视改编、戏剧观念、女性主义、性别研究、新历史主义、后殖民主义、文化与跨文化研究等领域出发，从不同的角度研究莎士比亚。彭镜禧的《细说莎士比亚论文集》（台湾大学出版中心，2004）收入他历年发表的莎学论文 17 篇，其研究也颇有特色。

　　近年来,台湾地区的莎学方兴未艾。台湾的《中外文学》等杂志除了发表莎评文章二百多篇外,《中外文学》还两次刊出《莎士比亚专辑》。此外在《中外文学》等专号,如"戏剧研究专号:文本、演出、戏剧史"上以及台湾大学出版的《台大语言与文学研究》等刊物上也有莎学论文发表。彭镜禧翻译的《哈姆雷》(2001年)由台北市联经经典出版社出版。杨世彭翻译的《仲夏夜之梦》(2001年)、《李尔王》(2002年)分别由台湾猫头鹰出版社和木马文化事业有限公司出版。陈琳秀翻译的《罗密欧与朱丽叶》(2001年)由台湾华文网有限公司崇文馆出版。台湾学者的《细说莎士比亚:论文集》(其中收入方平先生的"序")也即将出版。此外,台湾大学、清华大学(台湾)、淡江大学等高校的外文系均开设有"莎士比亚"课程。

第五节
多恩研究

　　约翰·多恩(John Donne,1572-1631)是17世纪初英国"玄学派"的代表人物,他的诗歌集中体现了该流派的典型特征:"不入诗"的意象、诡秘的辩术和突兀的奇喻(conceit)等。无论是他那含有色情成分的爱情诗,还是充满冥想的宗教诗,都有诗人对灵魂与肉体、爱情与人生、现实与天国的惶惑和苦苦思索。然而,由于多恩打破了伊丽莎白晚期的诗学传统,他的诗从一开始就引起争议。本·琼生指责多恩的"格律不合调子",故"该吊死",而"本的儿子"汤玛斯·加莱(Thomas Carew,1595-1640)却褒他为"智慧王朝"的"国王"、"阿波罗的首席"。17世纪后半叶,被誉为"英国文学批评之父"的德莱顿批评多恩"好弄玄学",18世纪的约翰逊博士则贬斥多恩"把杂乱无章的想法用蛮力硬凑在一起"。多恩的诗在18、19世纪几乎被人遗忘。20世纪20年代,多恩的诗被重新编订,在T.S.艾略特和"新批评派"的推崇下,"多恩在英国诗人中的地位很快从一个怪才上升为一个公认的大师。"①在新批评鼎盛时期，多恩成了"任何讨论文学传统与发展所不容忽视的名字"②。有意思的是，在新批评成为强弩之末、形式主义湮没在 20 世纪 60 年代之后各种批评理论的情况下，国外对玄学派诗人的研究热情却有增无减。1982 年，美国北卡罗来纳州立大学英语系创立了以多恩研究为主的《约翰·多恩年刊》（*The John Donne Journal*）。近几十年来，西方以各种理论视角，如女性主义、后殖民主义、新历史主义等为切入点，对多恩的诗作进行了重新解读，大大拓宽了多恩研究的视野。

相对于多恩诗歌的历史争议与 20 世纪英美的"多恩热"而言，多恩研究在我国一直是一个被忽略的领域。20 世纪早期的中国读者，如果熟悉 T. S.艾略特和英美现代派诗歌，那么对约翰·多恩的名字不会陌生。然而，当时只有个别学者尝试进行翻译与评介。多恩诗歌的译介与研究主要始于 20 世纪 80 年代，零星的成果散见于高校教材、文学史著述以及个别学术期刊中。进入 90 年代，我国多恩研究无论在规模还是在质量上都有了飞速的发展。新世纪以来，多恩诗歌吸引了更多研究者的关注。多恩研究在我国起步较晚，时间不长，但取得了可喜的成就，并形成了自己的特色。

一、姗姗来迟的多恩研究

作为 17 世纪初英国诗歌的杰出代表，多恩在 20 世纪上半叶的中国并未引起人们的关注。徐名骥、金东雷等人的英国文学史著述均只字未提多恩。由于艾略特对多恩诗歌的高度肯定与认

---

① Abrams，M. H. ed. *The Norton Anthology of English Literature*，Volume 1，Sixth Ed. New York：W. W. Norton，1993，p. 82.

② F. R. Leavis，*Revelation: Tradition and Development in English Poetry*. London：Penguin，1936，p. 11.

同,艾略特作为现代派诗人传入中国时,尤其是 30 年代燕卜森等人在北京大学讲授"现代英国诗歌"时,多恩作为一个"副产品"开始进入国内学人的认知视野。梁玉春可能是国内最早评介多恩的学者。他在长文《谈英国诗歌》(1930 年)中对多恩作过简要介绍,认为他是"史本塞诗派的反动者"、"反伊莉莎白时代作风的诗人";他将"古怪的幻想"融入诗歌中,"另开一诗派",被约翰逊称为"玄学的诗人"[①]。此外,民国时期较早尝试翻译多恩诗歌的是梁实秋和卞之琳。梁实秋翻译了《跳蚤》与《狂喜》,而卞之琳虽然试译了 Go and Catch a Falling Star 和 Valediction 两首诗,但并未发表。40 年代,梁实秋翻译的《英国文学史》(第一卷)(协志工业丛书,1944 年)有对多恩的简略介绍,但是影响不大。50—60 年代,因为艾略特在政治上被贬斥为"反动"、"颓废"的诗人,作为"副产品"的多恩在"文革"前就已经销声匿迹了。

　　20 世纪 80 年代,改革开放后的中国掀起了一股翻译外国文学的热潮。在逐步多元化的社会氛围下,多恩诗歌也被大量翻译成中文。当时,裘小龙在《世界文学》(1984 年第 5 期)上集中翻译了多恩的 6 首爱情诗歌:《成圣》、《别离辞:节哀》、《太阳升起了》、《破晓》、《告别辞:哭泣》和《圣骨》,将多恩打造成了一个"爱情诗人"的形象。此外,卞之琳的《英国诗选》(1981 年)、王佐良的《英国文学名篇选注》(1983 年)、《英国诗选》(1988 年)等著作均收有多恩的诗歌。不过,在高校广泛使用的英国文学教材中,情况则各不相同,如陈嘉的《英国文学选读》(1981 年)只选有多恩的诗歌"Death Not Be Proud"一首,而杨岂深主编的《英国文学选读》(1981 年)则完全将多恩的诗歌排除在外。

　　裘小龙可能是国内最早对多恩诗歌进行深入研究的学者。他将多恩的六首爱情名诗译成中文时,发表了《论多恩和他的爱情诗》一文。裘小龙指出:"多恩在我国外国文学研究中尚是一个较

<hr>

[①]　梁遇春:《谈英国诗歌》,《现代文学》,1930 年第 1 期,第 50 页。

生疏的人物"，然后把诗歌文本与多恩的生平以及文艺复兴后期的社会背景结合起来，深入分析了多恩爱情诗的主要特点，如诗人"对爱情至上的赞颂，对感官享受的欣赏，对人生短促的感慨，对及时行乐的歌咏，从表面上看像抹上了一片颓废、没落甚至虚无主义的色彩，其核心恰恰是对人生真正的意义的强烈追求。"①裘文在批评方法上有较浓烈的马克思主义阶级分析的气息。例如，裘文认为："在当时的历史条件下，多恩作品里的这些描写是人文主义思想的新的发挥，是对中世纪传统的有意识的反叛和挑战，也是对当时已出现的资产阶级新教的虚伪的不满和蔑视。"②不过，他把《挽歌十九：上床》中签约、占有和殖民的意象解读为"象征着情人的相互占有"③，可能不一定会为后来者所认同。裘小龙还翻译了艾略特那篇导致多恩被"重新发现"的《玄学派诗人》④一文，并结合上述成果就多恩和现代主义诗人进行了比较和评价⑤。裘小龙的研究着重放在其爱情诗歌方面，但是对"玄学派"之说也并不隔膜，其研究具有很高的深度，成为国内多恩研究的重要发轫者。他的研究为后继者的译介与研究奠定了坚实的基础。

此外，多恩的名字也开始进入当时较有影响的文学史著作中，如刘炳善的《英国文学简史》（1981 年）、陈嘉的《英国文学史》（1983—1986 年）、吴伟仁的《英国文学史及选读》（1988 年）等。刘炳善的著作专辟一个小节，介绍"玄学派"诗人多恩、马维尔（Andrew Marvell，1621 - 1678）与赫伯特（George Herbert，1593 - 1633），刘炳善认为这一流派诗歌的特点是"内容上的神秘主义与形式上的诡谲奇巧"。刘炳善是国内较早专门论述"玄学派诗歌"的学者。陈嘉则结合英国文学诗剧繁盛的历史背景，将多恩

① 裘小龙：《论多恩和他的爱情诗》，《世界文学》，1987 年第 5 期，第 194—222 页。

② 同上，第 214 页。

③ 同上，第 214 页。

④ 裘小龙：《玄学派诗人》，《外国文学报道》，1988 年第 4 期。

⑤ 裘小龙：《现代主义的缪斯》，上海：上海文艺出版社，1989 年，第 52—90 页。

置于"非戏剧诗"的大框架中论述,详细介绍了他的爱情诗集《歌谣与十四行诗》;同时也指出多恩开创了一个新的诗歌流派,即"玄学派",而且其追随者众多,对后来的"骑士派"诗人也产生过很大影响。刘、陈二人的著作皆用英文写成,是当时国内高校英文专业普遍采用的教材,因此"玄学派"之说在此后的学术圈内影响很大,几乎掩盖了多恩诗歌的其他内涵。

值得一提的是,杨周翰也是 80 年代多恩研究的重要学者。在王佐良等人主编的《英国文学名篇选注》中,他为多恩的 5 首诗歌(Song or Go and Catch a Falling Star,The Canonization,A Valediction: Of Weeping,A Valediction: Forbidding Mourning,Holy Sonnet VII)做了详细而经典的注解。但是在名作《十七世纪英国文学》(1985 年)中,杨周翰撰有"邓·约翰的布道文"一节,对多恩进行了专题论述。在本节中,他并没有对多恩的诗歌创作进行评析,而是将笔锋指向他的布道文,深入浅出地阐述其艺术内涵与文学本质。杨周翰认为:"如果'诗可以怨',邓的布道文很大程度上是'怨',所以应该把它看做是诗,是文学。"[①]杨周翰称他的著述"只是想起一点拾遗补阙的作用"[②],这固然不假,但是其新颖独特的研究思路和渊博而晓白的文字表述对后来的研究者不乏有益的启示。

二、90 年代的多恩研究

如同国内学界对英国其他作家的研究一样,90 年代的多恩研究也进入了一个快速发展期,而且涌现出一批高质量的学术成果。90 年代初,我国影响很大的学术期刊《外国文学评论》陆续刊载了多恩研究的多篇文章。陆建德的《"破碎思想的残片"——约

---

① 杨周翰:《十七世纪英国文学》,北京:北京大学出版社,1985 年,第 147 页。
② 同上,第 319 页。

翰·多恩和荒原》①是从现代主义诗人艾略特的批评出发梳理 20世纪多恩学术史的重要代表作。陆文辨章学术，考镜源流，对学术史料的详尽梳理，对作品与文本的精辟分析，在学界独树一帜，反映了国内学界从此前的"苏联模式"向"英美学院模式"的转变。章燕的《蕴含在奇想、思考和矛盾中的真情：论约翰·多恩的爱情诗》②和衡孝军的《试论玄学派诗歌在英国文学发展中的历史地位》③则基本沿用了 80 年代多恩研究的两个方向，即爱情诗与玄学诗，进行探讨。前者以多恩的三首爱情诗歌《别离辞：节哀》、《葬礼》和《心醉神迷》为评析对象，从多恩学术史的角度论述其爱情诗歌的艺术特点，后者则从英国文学发展史的角度探讨以多恩为代表的玄学派诗歌的历史贡献，力图矫正多年来国内学界对玄学派诗歌的"贬斥"态度。这些文章是多恩研究在中国兴起的重要标志。

约翰·多恩在我国还被译为"邓恩"、"堂恩"等，而傅浩第一个在自己的研究论文中根据"Donne"这一名字约定俗成的读音将其译为"但恩"的人。这种"正名"并非标新立异，因为多恩有时会用自己的名字作双关语④，有的多恩研究的专著也喜欢用多恩的名字起一个耐人寻味的书名，如"John Donne Undone"⑤。的确，多恩研究中的类似的误解也应当澄清，比如，他的《歌与十四行诗》（*Songs and Sonnets*）并不是严格意义上的十四行诗；多恩和其他的"玄学派"诗人并没有研究"玄学"，他们也不是一个清一色的有组织的"流派"，他们之间的承袭关系比"玄学派"这个名称要复杂

---

① 陆建德：《"破碎思想的残片"——约翰·多恩和荒原》，《外国文学评论》，1992 年第 1 期。

② 章燕：《蕴含在奇想、思考和矛盾中的真情：论约翰·多恩的爱情诗》，《外国文学评论》，1991 年第 2 期。

③ 衡孝军：《试论玄学派诗歌在英国文学发展中的历史地位》，《外国文学评论》，1991 年第 2 期。

④ 傅浩：《约翰·但恩的艳情诗和神学诗》，《外国文学评论》，1995 年第 2 期。

⑤ Thomas Docherty. *John Donne Undone*. London and New York：Methuen，1986.

得多。傅浩则系统地介绍了多恩神学诗中最为著名的"敬神十四行诗"（Holy Sonnets）。除了对这组诗的不同版本进行考证外，他还简要分析了多恩敬神诗的冥想结构和题材特征，并首次将这19首组诗全部译成汉语①。

此外，傅浩还就多恩的爱情诗和宗教诗的特点进行比较，主张用"艳情诗"来称多恩的爱情诗。在他看来，尽管多恩好哲学思辨，而且看似虔诚，但是他的"艳情诗不能算作真正的哲学诗，他的神学诗也难说是纯粹的宗教诗"②。这种分析纠正了把多恩的爱情诗和宗教诗一分为二的对立分类。不少英美学者就反对现代主义旗手T·S·艾略特和克莱恩·哈特对多恩诗歌的片面解读，认为"克莱恩·哈特以色情的眼光看他（多恩）的宗教诗，而艾略特则带着宗教的虔诚读他的爱情诗"③。他们指出，多恩诗中的性爱描写总有一种与末世论（eschatological）复活有关的宗教象征意义，体现了它独特的"色情的精神性"（erotic spirituality）④。傅浩在上述研究基础上，结合在《名作欣赏》和《诗双月刊》上发表的研究成果，出版了《约翰·但恩：艳情诗与神学诗》⑤一书。这是国内第一部较为全面的多恩诗歌的中译本，也是国内多恩研究的一个重要突破。

与此同时，张旭春也开始了他在多恩诗歌中的"张力"研究，并把多恩与中国诗人李商隐的诗作进行比较。他在《四川外语学院学报》上陆续发表了多篇研究成果，其中主要有《曲喻张力结构——比较研究李商隐和多恩诗歌风格的契机之一》⑥、《反讽及反讽张力——比较研究李商隐和多恩诗歌风格的契机之二》⑦。

---

① 傅浩：《约翰·但恩的"敬神十四行诗"》，《国外文学》，1994 年第 4 期，第 98—104 页。
② 傅浩：《约翰·但恩的艳情诗和神学诗》，《外国文学评论》，1995 年第 2 期，第 79 页。
③ Frontain Raymond-Jean & Frances M. Malpezzi, (ed.). *John Donne's Religious Imagination: Essays in Honor of John T. Shawcross*. Conway, AR: UCA Press, 1995, p. 19.
④ Ibid., pp. 3 - 7.
⑤ 傅浩：《约翰·但恩：艳情诗与神学诗》，北京：中国对外翻译出版公司，1995 年。
⑥ 载《四川外语学院学报》1995 年第 3 期。
⑦ 载《四川外语学院学报》1997 年第 1 期。

他还分别用"历史性内心张力"和"哲学心理结构"对上述观点逐一做了论证，发表了《内心张力——作为历史存在的约翰·多恩》[①]和《内心张力——作为哲学存在的李商隐和约翰·多恩》[②]等文。张旭春运用文学符号学的论证方法，比较、分析了多恩和李商隐的文本，认为这两位诗人的作品中存在着相似的曲喻（conceit，亦译"奇喻"）和反讽的文本张力结构。他的论证中结构主义色彩浓厚，但并没有囿于文本本身。例如，他的"历史性内心张力"一说就是以作为创作主体的多恩所经历的"内部和外部的矛盾冲突"为依据的，即多恩在婚姻、仕途和信仰方面所遭受的打击和 17 世纪新旧力量相互碰撞的历史语境。从总体上看，该系列研究联系紧密，视角新颖，是多恩研究中的新尝试。

多恩生活在一个"新哲学怀疑一切的时代"。他既深谙托勒密的天文学、经院哲学、中世纪的习俗，又目睹了哥白尼"新哲学"的崛起、"新大陆"的发现与科学的发展。新旧力量的碰撞既令他惶惑迷惘，也给他提供了挖掘意象的源泉。正因为如此，他选择的意象纷繁复杂、丰富多彩。现在人们一般都认为，这些意象所体现的不是诗人刁僻古怪的个性，而是巧智与情感的巧妙融合。然而，对于不尽熟悉多恩那个时代的现代读者，多恩的意象，特别是那些构建多恩式奇喻的各种形象和概念，往往显得突兀隐晦。因此，对多恩意象以及它们所蕴含的哲学、神学、道德和价值观等的宏观研究，成了多恩研究的最迫切的课题，而对这个课题研究最深入、成绩最辉煌的，当属北京大学胡家峦教授。

胡家峦对"玄学派"诗人关注已久。他在 90 年代初曾陆续撰文介绍多恩的诗作，发表的文章有《一个新世界的发现：读约翰·邓恩的〈早安〉》[③]和《第三种类型的'亚当'——读约翰·邓恩〈病中赞上

---

① 载《四川外语学院学报》1996 年第 2 期。

② 载《四川外语学院学报》1998 年第 3 期。

③ 载《名作欣赏》1993 年第 5 期。

帝〉》[①]。其后，他着重研究英国文艺复兴时期的宇宙观，把多恩和伊丽莎白时代诗歌中的意象放在这种宇宙观中加以考察。他认为，就文艺复兴时期的英国文学而言，卓越的诗人总是力图以自己独特的方式来反映传统宇宙模式，"如果对西方传统宇宙论没有足够的了解，就很难透彻地领会他们所采用的宇宙意象的内涵及其在诗歌中的作用，从而也就很难准确地把握作品的内容或形式，也很难深入地挖掘作品的主题和结构"[②]。因此，他把诗歌文本中的意象分析和传统的宇宙观揭示相结合，先后发表了一系列论文[③]，逐步"还原"那个时代的"世界图景"，并结合上述成果出版了专著《历史的星空：英国文艺复兴时期诗歌与西方传统宇宙论》（2001 年）。可以预见，无论对于多恩和伊丽莎白时期文学的研究者，还是对于那些有志于用新历史主义视角重新审视文艺复兴时期的文学却又陷入蒂利亚德（E. M. W. Tillyard）所描绘的托勒密天文学和"存在之链"的迷宫的学者来说，这部著作都可以提供极为有益的学术指导。

三、新世纪以来的多恩研究

新世纪以来，由于高校扩招，高教师资队伍，尤其是外语师资

---

① 载《名作欣赏》1996 年第 4 期。

② 胡家峦：《历史的星空：英国文艺复兴时期诗歌与西方传统宇宙论》，北京：北京大学出版社，2001 年，自序第 3 页。

③ 胡家峦的系列论文包括：《圆规："终止在出发的地点"——文艺复兴时期英国诗人宇宙观管窥》，《国外文学》，1997 年第 3 期；《金链："万物的奇妙联结"——文艺复兴时期英国诗人宇宙观一瞥》，《国外文学》，1999 年第 1 期；《圣经、大自然与自我——简论 17 世纪英国宗教抒情诗》，《国外文学》，2000 年第 4 期；《天人对应与自我探索——文艺复兴时期英国诗人宇宙观探微》，《国外文学》，2000 年第 2 期；《两棵对称的"树"——文艺复兴时期英国诗歌园林意象点滴》，《国外文学》，2002 年第 4 期；《英国文艺复兴时期时间观》，《四川外语学院学报》，2001 年第 4 期；《篱墙：花园与旷野——文艺复兴时期英国园林诗歌研究》，《四川外语学院学报》，2004 年第 4 期；《艺术与自然的"嫁接"——文艺复兴时期英国园林诗歌研究点滴》，《国外文学》，2004 年第 3 期。

队伍急剧扩大，硕士、博士学位开始"大跃进"，高校学术考核提出量化要求，从而导致学界浮躁与急功近利的学术风气。学界对英国各类作家的研究均有扎堆现象，像约翰·多恩这样奇特而极富个性的作家，自然也吸引了大量研究者的关注。简单搜索一下国内的外国文学期刊与高校学报，有关多恩的研究论文估计在一百篇以上。一些较有深度、也较有影响的研究成果不断问世，其视角和立意常常令人耳目一新。

新世纪之初，多恩研究中最令人瞩目的是张德明的《玄学派诗人的男权意识和殖民话语》①一文。作者提出，单从纯艺术角度去研究多恩诗歌构思的巧智（wit）和奇喻是有失偏颇的，这是因为"奇喻巧智的源头还是来自现实的、物质的生活本身，受到时代的、民族的整个话语系统和知识系统的制约。……文本……摆脱不了'世事性'（worldliness），与世事有着'剪不断，理还乱'的关系"。如果打破文本的封闭结构，就不难发现，"文本不是无声的理想，而是生产的事实，它的产生和维持依赖于多种力量的协调。文本的制作是一个有关文化、政治的复杂的操作过程，体现了知识和权力之间的结合"②。作者从萨义德后殖民主义和福柯的权力话语理论出发，以多恩的《挽歌十九：上床》③（Elegy 19：To His Mistress Going to Bed）为分析样本，对这首诗中巧智和奇喻所蕴含的男权中心话语和殖民话语进行了详细的揭示。

李正栓的研究著作《陌生化：约翰·邓恩的诗歌艺术》（2001年）和晏奎的专著《生命的礼赞》（2005年）也是多恩诗歌研究的重

---

① 载《浙江大学学报（社科版）》2001 年第 5 期。

② 张德明：《玄学派诗人的男权意识和殖民话语》，《浙江大学学报（社科版）》，2001 年第 5 期，第 37 页。

③ 英诗原文见 Abrams, M. H. (ed.). *The Norton Anthology of English Literature*, Volume 1, Sixth Ed. New York：W.W. Norton & Company，Inc. 1993, pp. 1101 – 1102. 据考证，《挽歌十九：上床》写于 16 世纪末，详见 Sandy Feinstein，"Donnes' Elegy 19：The Busk between a Pair of Bodies." *Studies in English Literature: 1500 – 1900*. 1994(34/1), p. 77.

要成果。前者将维克多·什克洛夫斯基的"陌生化"理论引入多恩的诗歌研究,把陌生化视为一种思维模式,进而探讨多恩奇喻所蕴含的思想和情感、多恩诗歌的意象运用和表现形式等。此书"令人折服地论证陌生化理论的确可以用来概括和统领对玄学派诗歌的认识,它渗透在该诗派诗歌主题、意象和语言的方方面面",被认为是"我国迄今邓恩研究中较有分量的新成就"①。而后者则将多恩的三首长诗《灵的进程》、《第一周年》、《第二周年》称为"灵魂三部曲",然后从"纵向研究"、"横向研究"和"背景研究"三个层面对多恩诗歌进行了深入的研究,探讨了"灵魂的歌声"、"人文关怀"和"宇宙人生意识"等三个方面的主题内涵。这两本著作均是在博士学位论文或前期系列研究成果②的基础上增补充实而成,视角新颖,原创性强,表现出了较高的学术水准。

　　此外,国内学界也不失时机地对国内外的多恩研究进行有益的梳理。晏奎在海外的《约翰·多恩年刊》(*John Donne Journal*)上发表"A Glory to Come: John Donne Studies in China"一文,向海外读者展示了国内近三十年来的多恩研究成果。宴文指出,国内的多恩研究深受中西两种学术传统的影响,其中以 80 年代的杨周翰和裘小龙为主要代表;同时又从比较研究、主题研究、文本分析以及理论探讨四个方面,对国内的多恩研究进行了综述和评析。陆珏明的《约翰·多恩:从西方到中国》(《中国比较文学》2007年第 4 期)则比较详细地回顾了约翰·多恩在西方和中国的研究与接受历程,归纳出了西方多恩研究的四大时期(17 世纪的辉煌期、18 世纪的冬眠期、19 世纪的复苏期和 20 世纪的狂热期)与国内研究的三个时期(20 世纪 80 年代的发轫期、90 年代的发展期和

---

① 　参见刘意青:《诗园蹊径:读李正栓教授的诗歌评论集〈陌生化:约翰·邓恩的诗歌艺术〉》,http://www.xinhui.com/xinghui/new/shiyuan.htm。

② 　这两篇文章分别是晏奎的《互动:多恩的艺术魅力》(《北京大学学报》2001 年第 1期)与《论多恩的宇宙人生意识》(《云南师范大学学报》2001 年第 3 期)。

新世纪的持续发展期）。类似的成果还有罗朗的《诗名沉浮三百年》[1]等。

如同学界对英国其他作家的研究一样，这一时期的多恩研究也难免出现参差不齐、良莠夹杂的现象。关于多恩的爱情诗与宗教史，关于"玄学派"，关于多恩对"奇喻"（conceit）的运用，关于多恩与中国诗人的比较，均有不少论文问世。这些研究虽然切入点各不相同，论证的方法不尽一致，研究的范围也有所拓展，但是在选题上却有雷同或相似之处，在深度上也有待提高。这类论文数量众多，此处不再一一罗列。

多恩与本·琼生同为 17 时期初英国重要诗人。本·琼生的诗作在学界早期有一定关注，但是 80 年代以来却归于沉寂。多恩却正好相反。近 20 年来，国内学界对前者的兴趣远远大于后者。从长期缺席中国到近年的研究热潮，代表了多恩诗歌在中国经典化的复杂过程。这一过程既受到政治、社会等因素的影响，也取决于多恩诗歌内在的艺术特质。国内的多恩研究尽管历史不长，但成果丰硕。这些成果既有对西方理论视角的借鉴，也有对中西文化的兼容并蓄（如杨周翰的研究）；既有极其专业化的研究，也有雅俗共赏式的评析（如王佐良在《英国诗史》中对多恩诗歌的分析）；既有深入的专题论文，也有系统性的学术著作。

不过，我国的多恩研究毕竟时间较短，学术底蕴单薄，各类课题的研究仍然处于一个发展过程中，因此也暴露出一些明显的问题与不足。多恩的诗歌题材极为广阔，其中既有爱情诗、宗教诗，也有哀歌、讽刺诗；其诗歌样式较多，既有长诗，也有十四行诗；其诗歌数量也数以百计，内容极为丰富。然而，迄今为止，国内尚无多恩诗歌全集的中译本出版，对其诗歌的认识仍不够全面，缺少对其诗歌进行总体性研究的成果；虽然其几首经典诗歌已经有大量研究，但是其他诗歌却缺乏深入探讨。已有成果的选题重复较多，

---

① 载《天津外国语学院学报》2002 年第 4 期。

研究有雷同现象,甚或有抄袭之嫌。当代西方的批评理论可以为多恩研究提供各种崭新的视野,使人们透过无声的诗歌文本进入多恩诡秘的内心世界和那个变幻莫测的时代,领略权力结构与创作主体、主导意识形态和个体经验之间的张力。如果能适时借鉴西方理论视角,立足中国文化与现实土壤,中国的多恩研究将会取得更大的发展。

第六节
弥尔顿研究

弥尔顿(John Milton,1608－1674)是17世纪英国著名的诗人和政论家,以《失乐园》(*Paradise Lost*,1667)、《复乐园》(*Paradise Regained*,1671)和《力士参孙》(*Samson Agonistes*,1671)三大杰作享誉世界文坛,其代表作《失乐园》与古希腊的《荷马史诗》、但丁的《神曲》并称西方三大史诗。在英国文学的历史长河中,弥尔顿的地位仅次于莎士比亚。晚清时,这两位大诗人的名字通过传教士几乎同时传入中国。一百多年来,国内对莎士比亚的研究长盛不衰,数量极为可观,而对弥尔顿的译介与研究则较为逊色,其传播与接受的程度明显不如莎士比亚。弥尔顿研究专家陆佩弦认为,这其中的原因在于:一是情节曲折、高潮迭起的剧本总是比宗教史诗更具有吸引力;二是弥尔顿诗歌语言之艰涩远胜于莎士比亚、乔叟、斯宾塞等人。[①]其实,除了语言与文本层面外,社会历史语境的变化与文化语境的差异也是非常重要的影响因素。相对于很多英国作家而言,弥尔顿在国内一直是一个冷门,迄今为止仍然不是英国文学研究的热点和关注的焦点。

---

① 　Bei-Yei Loh."Milton in China."*Milton Quarterly*. Volume 26,Issue 2,1992:42－45.

一、早期译介与接受

弥尔顿是最早被介绍到中国的几位英国作家之一。1837 年，近代中文报刊《东西洋考每月统记传》刊载《论诗》一文，作者在介绍欧洲诗歌时提到"诸诗之魁，为希腊国和马（即荷马）之诗词，并大英米里屯之诗。"[①]"米里屯"即是当时弥尔顿的中译名。此文不仅对《失乐园》称赞有加，而且还简要评论了其诗歌的特点，指出其诗歌的伦理与美学功用："夫米里屯当顺治年间兴其诗，说始祖之驻乐园，因罪而逐也。自诗者见其沉雄俊逸之槩，莫不景仰也。其词气壮，笔力绝不类，诗流转圜，美如弹丸，读之果可以使人兴起其为善之心乎，果可以使人兴观其甚美矣，可以得其要妙也。其义奥而深于道者，其意度宏也。"[②]《东西洋考》为外国传教士所创办，其编纂者和撰写者也以外国传教士为主，上述评介并不能代表国内学人对弥尔顿的主动认知与接受。

进入近代以后，中国学人在"睁开眼睛看世界"的同时，也开始接触到了以莎士比亚、弥尔顿为代表的英国文学名家。1840 年，林则徐将英国人慕瑞所著的《世界地理大全》翻译成《四洲志》。《四洲志》是近代中国第一部有关世界历史、地理的著述，其中记述英吉利时称："有沙士比阿、弥尔顿、士达萨、特弥顿四人，工诗文，富著述。"[③]1843 年，魏源的《海国图志》借用《四洲志》的内容，也提到了莎士比亚、弥尔顿等四位英国文学家的名字。林则徐和魏源等人的著译历史性地打破了国人积习已久的文化封闭心态，但是对莎士比亚、弥尔顿等人的认识还停留在"只知其名、不识其人"的编译阶段，更谈不上任何形式的独立评价和深入了解了。此外，晚清学者梁廷枏（1796—1861）在名著《海国四说》（1844 年）中也提

①　黄时鉴整理：《东西洋考每月统记传》，北京：中华书局，1997 年，第 195 页。

②　同上，第 195 页。

③　林则徐：《四洲志》，张曼评注，北京：华夏出版社，2002 年，117 页。

到过弥尔顿,并将《论始祖驻乐园事诗》(即《失乐园》)誉为"诗中之冠"①。

　　1854 年,创办于香港的中文月刊《遐迩贯珍》刊登了弥尔顿的十四行诗《论失明》的中译文,这是目前学界所发现的最早的汉译英诗②。译者模仿中国古典四言诗体译成此诗,但译者的身份至今尚无定论。不过,从弥尔顿在诗中所表达的对上帝的信仰以及译者对原文的理解来看,西方传教士在译介的择取中起到了关键性的作用。从译诗的表达风格以及当时外国文学译介的特点来说,此诗的翻译可能有中国学人的参与和协助。同期的《遐迩贯珍》在译诗前配有简短的弥尔顿小传,提到其诗风"一扫近代芜秽之习",称《失乐园》乃"前无古后无今之书"。③ 1855 年,艾约瑟(Joseph Edkins) 编写的《中西通书》载文对《失乐园》作详细介绍。1856 年,英国传教士慕维廉(William Muirhead)和中国学人蒋剑人合作编译的《大英国志》在上海出版,其中"高门乞中兴记"一节指出《失乐园》洋洋洒洒"凡十二卷",称弥尔顿乃"一代诗人之冠"。1861 年,日本学者将中文版《大英国志》翻译成日文,弥尔顿的名字经由中国开始在日本传播。④ 1880 年代,日本汉学家冈本监辅受《大英国志》的影响,在编纂出版的《万国史记》中称"诗家密尔敦作《失乐园》诗,为一代宗匠。"由于《大英国志》和《万国史记》在当时的文人学士中影响较大,它们的简短评介对促进弥尔顿在中国与日本的传播起到了重要作用。⑤

---

① 梁廷枏:《海国四说》,北京:中华书局,1993 年,第 7 页。
② 参见沈弘、郭晖:《最早的汉译英诗应是弥尔顿的〈论失明〉》,《国外文学》,2005 年第 2 期。
③ 参见沈国威等编著:《遐迩贯珍》,上海:上海辞书出版社,2005 年。
④ 日文第一次出现弥尔顿的名字是 1841 年的一本英语语法书。《大英国志》日译本是弥尔顿的名字第二次在日本出现。
⑤ 参见郝田虎:《弥尔顿在中国:1837—1888,兼及莎士比亚》,《外国文学》,2010 年第 4 期。

20 世纪初，国内学界基本上将弥尔顿看成是与莎士比亚齐名的大诗人，并给予较多的介绍与关注。梁启超非常看重弥尔顿诗歌所具有的意境、风格与夺人气魄。在晚清文学界，他大力提倡"诗界革命"，即"必取泰西文豪之意境、之风格，熔铸之以入我诗，然后可为此道开一新天地"①，而英国大诗人莎士比亚、弥尔顿和拜伦即是他眼中的大文豪。他在《饮冰室诗话》（1902 年）中指出："近世诗家，如莎士比亚、弥儿敦、田尼逊等，其诗动亦数万言，伟哉！勿论文藻，即其气魄固已夺人矣。"②1914 年，胡适在《哀希腊》的"译诗题记"中也将弥尔顿与莎士比亚、拜伦相提并论，并肯定其至高无上的文学史地位："裴伦在英国文学史上，仅可称第二流人物。然其在异国之诗名，有时竟在肖士比（即莎士比亚）、弥尔敦之上。"③梁启超、胡适等近代大家对弥尔顿只是信手点评，惜无专文论述。新文化运动前后，周作人在《欧洲文学史》（1918）中认为弥尔顿三大诗作"皆取《旧约》故事，以伟美之词，抒崇高之思，盖合希伯来与希腊之精神而协和之者也。"④周作人用"两希精神"来评价《失乐园》是非常富有创见的，在当时产生过很大影响⑤。可惜周作人对弥尔顿的评析也极为简短，未能深入展开。

弥尔顿的诗歌大多以宗教题材见长，传入中国后不时遭遇责难或误读。1888 年，杨象济在《洋教所言多不合西人格致新理论》一文中较早关注《失乐园》的圣经故事题材，并对"洋教所言"颇有微词。⑥ 他从西方"格致家言"即西方近代科学的角度，指责《失乐园》中的宗教故事有违西方的科学常识。1908 年，鲁迅在《摩罗诗

---

① 梁启超：《新中国未来记》，桂林：广西师范大学出版社，2008 年，第 104 页。

② 梁启超：《饮冰室诗话》，北京：人民文学出版社，1959 年，第 4 页。

③ 胡适：《尝试集》，杭州：浙江文艺出版社，1997 年，第 85 页。

④ 周作人：《周作人自编文集：欧洲文学史》，石家庄：河北教育出版社，2002 年，第149 页。

⑤ 1920 年，王靖在《英国文学史》中介绍弥尔顿时曾引用周作人的评断。

⑥ 参见郝田虎：《弥尔顿在中国：1837—1888，兼及莎士比亚》，《外国文学》，2010 年第4 期。

力说》中提到弥尔顿时,也注意到了《失乐园》取材于《旧约》的特点:"英诗人弥耳敦(即'弥尔顿'),尝取其事作《失乐园》(*The Paradise Lost*),有天神与撒但战事,以喻光明与黑暗之争。撒但为状,复至狞厉。是诗而后,人之恶撒但遂益深。"[①]鲁迅对诗歌中的宗教题材并未持否定态度,但是却将《圣经》中的撒旦与《失乐园》中的撒旦几乎混为一谈。1918 年,周作人在《欧洲文学史》中追述了英国清教革命的时代背景,对宗教的态度则较为中性:"清教思想,蕴蓄已久,渐由宗教推及政治,终有一六四二年之革命。文学中有 Milton 与 Bunyan 二人为代表。"[②]

晚清至民国初年,国内对弥尔顿的译介只有一些印象式的介绍,几乎没有专题文章进行深入评介。此外,在当时的外国文学翻译浪潮中,除了《论失明》外,尚无发现弥尔顿的其他诗作被翻译成中文。他的代表作《失乐园》中译本直至 30 年代才问世。究其原因:一是弥尔顿的宗教题材不如雪莱、拜伦等人的诗歌题材那样合乎当时的接受语境;二是弥尔顿的诗歌用典深奥,语词晦涩,不易翻译,也不易被接受;三是自林纾翻译的《巴黎茶花女遗事》(1899年)轰动一时后,人们对小说的译介与接受兴趣远远大于诗歌。

二、"五四"时期的弥尔顿研究

"五四"新文化运动之后,国内的弥尔顿译介与接受开始获得了长足的发展。1920 年,田汉在《妇女杂志》上发表《吃了"智果"以后的话》一文,这是国内最早对《失乐园》进行探讨的重要文章。田汉援引西方新兴的女性主义批评理论,对《失乐园》和易卜生的《玩偶之家》进行了深入细致的比较研究,指出"易卜生所写之娜拉

---

① 鲁迅:《鲁迅全集》第 1 卷,北京:人民文学出版社,1993 年,第 73 页。
② 周作人:《周作人自编文集:欧洲文学史》,石家庄:河北教育出版社,2002 年,第149 页。

与弥尔敦所写之夏娃实有共通之精神"。田汉反驳了西方流行的夏娃偷吃智慧果乃女性弱点的观点，并立足于中西文化的不同背景，对西方基督教的女性观提出了严厉的批评："宗教家归咎人类之堕落是因为始祖夫妇之不服从上帝的戒命。又归咎亚当之同归堕落，是因为夏娃之受蛇的诱惑，犯了擅食智果之罪。基督教对于女子之轻蔑，都源于这种迷信可笑的观念来。""现在的中国的女子只知骂佛教和孔子教的女性观，却不知道骂基督教的女性观。"①田汉同时还在文中发出了妇女解放的大声疾呼。此文长约两万字，不仅采用了令人耳目一新的女权主义批评视角，而且还容纳了中西比较文化的学术视野。1922 年，吴宓在《诗学总论》(《学衡》第 9 期)中也将弥尔顿纳入中西比较文化的学术视野之中。吴宓指出弥尔顿在早期诗歌中使用韵脚，而作《失乐园》时"犹效拉丁古诗而用长短音律"，并且主张"诗不必有韵"。吴宓以弥尔顿为例来说明英语诗歌韵律的演变与发展，同时自觉地使用比较文学的研究方法，较早地探讨了中英诗歌韵律的差异。不过，吴宓虽然对弥尔顿极为推崇，但是受文章主旨的限制，涉及弥尔顿的评论极为简短。

1924 年，弥尔顿诞辰 250 周年，徐调孚、田汉、梁指南等人在《小说月报》、《少年中国》、《文学》等刊物上撰写纪念文章，对弥尔顿的生平与创作进行了详细的介绍。此外，20 年代的几部英国文学史著作，如王靖的《英国文学史》、欧阳兰的《英国文学史》、曾虚白的《英国文学 ABC》，也设有专章或专节介绍弥尔顿及其作品。当时的译介者们基本认同弥尔顿是英国仅次于莎士比亚的大诗人，充分肯定或重申了他的重要文学地位，如曾虚白称弥尔顿是"英国第二大诗人"，梁遇春认为他是十七世纪"最大的诗人"，郑振铎则把他看成"共和时代的最大诗人，完全可以与莎士比亚比肩而立"。当时的评论文字也一致认为《失乐园》是西方最伟大的史诗

---

① 田汉：《吃了"智果"以后的话》，《少年世界》，1920 年第 1 卷第 8 期，第 9、19 页。

之一,对其诗歌艺术给予很高评价。如徐调孚(即徐名骥)在《今年纪念的几个文学家》一文中指出:"《失乐园》和《得乐园》是他最著名的代表作品,也是世界文学上的不朽的伟大著作。"[①]梁指南称"12 卷的不朽之作《失乐园》"可以与古希腊史诗《伊利亚特》和《奥德赛》、但丁的《神曲》相媲美,甚至比它们更胜一筹。梁指南认为其"晚年那三大著作,尤其是《失乐园》,为密尔敦生平杰作",其思想、艺术与风格等"处处表现其稀世的超群的天赋之诗才,实为英国空前绝后的优美的抒情叙事诗品,使密尔敦享不朽之名而为世界之光荣的伟大的诗人"。[②] 这些文章与著述对弥尔顿在国内的传播与影响发挥了重要的作用。

　　从接受的角度来看,弥尔顿仍然被学界看成是一位著名的宗教诗人。他所使用的宗教题材以及他本人在英国清教革命时期的传奇经历,使当时的学界习惯于从宗教层面来认识其人其作。周作人较早在《欧洲文学史》中提到弥尔顿的"清教思想"。张越瑞在《英美文学概观》中直接称弥尔顿是"清教诗人"[③]。郑振铎在《文学大纲》之"十七世纪英国文学"中称《失乐园》是荷马和维吉尔之后"最伟大的史诗",表现了"清教徒的神与人的关系观"。[④] 除了诗歌的宗教内涵外,部分学者开始关注其诗歌的艺术特征,将弥尔顿解读为一位具有鲜明艺术特色的大诗人。曾虚白在《英国文学ABC》中引用英美学者的著作,对弥尔顿的诗歌做了较为全面的评析。他提到弥尔顿早年写过抒情诗、颂体诗、挽歌,"是英国四大松奈德体诗(即十四行诗)诗人"之一,并指出其诗歌艺术有两大特点,一是取材卓绝,立意高超,二是诗句完美,尤其是《失乐园》中的诗句,"都是音韵、诗情和意思的交响乐",因而对后世的诗人产生了很大的影响。

①　徐调孚:《今年纪念的几个文学家》,《小说月报》,1924 年第 15 卷第 6 期,第 6 页。
②　梁指南:《密尔顿 250 周年纪念》,《文学周报》,1921 年第 153—154 期,第 4 页。
③　张越瑞:《英美文学概观》,上海:商务印书馆,1934 年,第 42 页。
④　郑振铎:《17 世纪的英国文学》,《小说月报》,1925 年第 16 卷第 4 期,第 61—62 页。

在当时的很多学者眼里，弥尔顿还是一位伟大的爱国诗人。在《密尔顿与中国》一文中，田汉介绍了弥尔顿的生平经历以及英国资产阶级革命的时代背景，指出弥尔顿早年身处革命的环境下，为争取政治与宗教的正义和自由而奋斗，不得不放弃撰写"国民的大叙事诗之理想"。在田汉眼里，弥尔顿显然是一位伟大的爱国者。田汉在开篇引用华兹华斯的《怀弥尔顿》一诗，分析其中对"停污积垢"的英国现实的感慨，指出华兹华斯对弥尔顿的怀念，其目的在于唤起"诗界的先贤密尔敦的在天之灵挽狂澜于既倒"。正如华兹华斯一样，田汉探究弥尔顿与时代的关系，赞叹弥尔顿"崇高伟大的精神"，其目的是反观国内混乱不堪的现实，希望借弥尔顿来将中国从污秽的现实中拯救出来："密尔敦处成功则如彼，失败则如此，丢开他的《失乐园》等崇高伟大、千古不朽的诗篇不管，他这种崇高伟大的精神，不大足以药今日中国之人心，而拯救我们出诸停污积垢的池沼吗？"[1]田汉借怀念弥尔顿抒发爱国热情，表达对现实的不满，对中国文艺界寄托了深切的期望。

在《密尔敦二百五十年纪念》一文中，梁指南同样立足于当时的国内现实，直接称弥尔顿为"尽力为国的爱国者"，并指出怀念弥尔顿的现实意义所在："我们纪念他，'不止追怀钦慕而已，我们还须自其遗留的作品，以重温我们冷漠的心血，奋厉我们颠疲的心志'。……密尔敦的诗歌里面不但表现天然之'美'而已，并且将他那种瑰琦的英雄的行为和高洁的神圣的思想灼然直白于纸上。他是个勤苦的学者，尽力为国的爱国者，爱慕自由的热心者。他把他在诗歌里面表现的思想和行为熔混在一起，而将生命铸成一首'真的诗'，而存留。"[2]梁指南最后呼吁中国的"诗人"不要无病呻吟高唱"颓唐的肉麻的假诗"，而应该把自己的宝贵生命铸成一首"真的

---

① 田汉：《密尔顿与中国》，《少年中国》，1924 年第 4 卷第 5 期，第 11 页。

② 梁指南：《密尔敦二百五十周年纪念》，《文学周报》，1921 年第 154 期，第 1—3 页。

诗","以拯救沧亡垂死的人心"①。在"五四"新文学时代,田汉与梁指南如当时的大多知识分子一样,重视文学与现实的关系,强调文学的感染力与感召力。他们十分欣赏弥尔顿身上所体现出来的巨大的精神力量,典型地反映了当时普遍存在的功利主义文学观。

三、30—40年代的弥尔顿研究

30年代是继"五四"之后外国文学研究的另一个重要历史时期,弥尔顿也成为当时学界关注的重要作家之一,尤其是《失乐园》中译本问世之后,曾在圈内引起广泛关注和学术争鸣。总的来说,这一时期的弥尔顿研究在三个方面值得关注。首先,弥尔顿作为"宗教诗人"的形象进一步加强,其宗教内涵获得更加客观的评价,学界的态度也不再是简单的责难或批评。梁遇春在《谈英国诗歌》中指出:弥尔顿"用最美的形式把清教徒严正克己、虔信朴实的精神完全表现出来。"②1937年,金东雷在《英国文学史纲》中为弥尔顿专设一节,题为"革命的大诗人"。金东雷所说的"革命"即是英国的清教革命,他将17世纪的英国命名为"清教徒时代",认为弥尔顿"慧心独具,能把清教徒真正可贵的精神,从文学方面宣泄出来,自成一格"。③ 对于宗教诗人的评价,高昌南的反思与分析更加冷静而理性:"一般人总觉得密尔顿作品的神学气太重,清教徒思想离开我们太远",但是以神学或道德的观念去评论弥尔顿的诗歌是相当可笑的。④

其次,《失乐园》第一个中译本问世,在学界引起热烈的学术争

---

① 梁指南:《密尔顿二百五十周年纪念》,《文学周报》,1921年第154期,第1—3页。

② 梁遇春:《谈英国诗歌》,《现代文学》,1930年第1卷第1期,第152页。

③ 金东雷:《英国文学史纲》,上海:商务印书馆,1937年,第153页。

④ 高昌南:《诗人密尔顿》,《读书顾问》,1935年第4期,第224页。

鸣。1930 年，商务印书馆出版了傅东华翻译的《失乐园》，其中只完成了 6 卷。1934 年，朱维基翻译的《失乐园》全本也由上海第一出版社出版。由于傅译本的"错谬"较多，引发了梁实秋的批评与勘误，傅东华本人随后撰文为己辩护，形成了当时弥尔顿译介的一个亮点。梁朱之争主要涉及中西文化视野下中英诗歌的差异以及诗歌是否可译的问题。梁实秋对中译本的批评建立在对无韵诗体的认识基础之上。在《傅东华译的〈失乐园〉》一文中，梁实秋认为："在《失乐园》的诗体中，我们可以看出弥尔顿对于音节之巧妙的布置及其爱好自由的精神之一贯。""'无韵诗'的妙处在于一方面富于韧性，不似有韵体之板滞，而另一方面又有规律，不似散文之松懈。"在梁实秋看来，傅东华的中译文则像"弹词，像大鼓书，像莲花落，但不像米尔顿"。① 梁实秋的翻译观非常强调对原文从内容到风格上的"忠实"，即译谁像谁，因而认为傅东华用弹词、大鼓书、莲花落等中国文学样式来翻译弥尔顿的史诗是不妥当的。

　　针对梁实秋的批评，傅东华在《关于〈失乐园〉的翻译》一文中做出回应："所谓译什么人要像什么人的企图，岂非更是痴人的妄想？若不是妄想，那便是批评家用以抨击别人的一种便利的借口。"他不仅对梁实秋的"忠实论"进行反驳，而且自称是一个"诗歌不可译论者"。在他看来，"要用一种文字去模仿另一种文字的音节，是根本不可能的。"而他翻译《失乐园》的目的，就是要让"中国人读起来觉得'有趣'，觉得'顺口'，觉得如弹词，大鼓书，莲花落一般容易读"② 梁实秋的批评主要是从英国文学中的无韵诗体出发，以原文为中心来讨论翻译问题，来评价译诗的质量。傅东华则是从读者接受的角度来讨论诗歌翻译的，可能是国内最早对"忠实论"进行消解的学者之一。其实，诗歌本身是否可译、如何译、如何

---

① 梁实秋：《傅东华译的〈失乐园〉》，《图书评论》，1933 年第 2 卷第 2 期，第 35—42 页。

② 傅东华：《关于〈失乐园〉的翻译》，《文学周刊》，1933 年第 1 卷第 5 期，第 684—693 页。

评价译诗的质量,时至现在仍然争议未定,聚讼不已。①

　　针对《失乐园》的中译本,梁实秋主要在两个方面提出了商榷意见,一是关于诗体问题,一是关于文字问题。其实,这也是梁实秋从两个方面对这部史诗所做出的独立评价。梁实秋认为:《失乐园》的诗体是"无韵诗体",之前只在戏剧中出现,很少在诗歌中使用,表现出了弥尔顿对诗体发展的认识和推动。关于弥尔顿的文字,梁实秋认为一是"简练",二是"多颠倒的句法",三是拉丁的成分,所以对普通读者来说是非常困难的。虽然弥尔顿在时代上晚于莎士比亚,但是在文字方面比莎士比亚还要艰涩。因此从跨文化的角度来看,弥尔顿是最容易被误解也最不容易被翻译的英国诗人。梁实秋的商榷意见既是对《失乐园》艺术特点的探讨,也是从中西文化的宽广角度对中英诗歌差异所做出的评析。梁文还引用了不少最新的英文著作,把论断建立在可靠材料的基础上,表现出了很高的中西学术素养与深厚的批评功底。

　　第三,国内出现了第一篇弥尔顿研究的专业性学术论文。1934 年,归国学者张沅长在《文艺丛刊》上发表了《密尔敦之中国与契丹》一文②。这篇论文引证西方学术资料,采用西方学术规范,是一篇具有比较文学研究视野的研究论文。张沅长从《失乐园》第十一卷中涉及契丹、汗八里、中国北京等地名的几行诗歌出发,来说明弥尔顿以及当时西方对中国地理位置的认知迷误,即将契丹与中国看成是两个国家。张文指出,当时认为中国和契丹是两个国家的学者不止弥尔顿一人。张沅长一方面大量引用外文资料,分析西方学界对中国与契丹概念的演变,另一方面也指出:很

①　梁实秋还在文章中对译本的 9 处"错谬"进行批评,傅文则设法为自己辩护,梁实秋又以"来函形式"回应(《梁实秋先生来函:关于傅译〈失乐园〉》,《图书评论》,1933年第 2 卷第 4 期)。此外,朱维基也撰文加入到《失乐园》中译本的探讨中。参见朱维基:《评傅译半部〈失乐园〉》,《诗篇》,1933 年第 1 期;《谈弥尔敦〈失乐园〉的翻译》,《十月谈》,1933 年第 11 期。

②　张沅长:《密尔敦之中国与契丹》,《文艺丛刊》,1934 年第 1 卷第 2 期。

多"欧洲人所搜寻的契丹是马可·保罗所讲的契丹，就是中国"；培根在《新大西洲》（1624 年）中早就认为中国和契丹为一国；Gonzalez de Mendoza 在 *Historie of China* 中明确提到"附近异族称呼这个国家的名字有几个"。张文同时也引用弥尔顿的《莫斯科纪略》（*A Brief History of Moscovia*，1670 年）一书，指出作者根据前人的记载叙述了从俄国到契丹的旅途情形，也并不完全认为二者是同一个国家。此前，张沅长曾在《英国十六十七世纪文学中之"契丹人"》[①]中探讨西方人对中国的文化认知与文化偏见，而《密尔敦之中国与契丹》继续探讨弥尔顿与欧洲人对中国的地理认知，与前文的思路、主旨一脉相承。这两篇文章材料丰富，见解精辟，学术性强，既是当时探讨中英文学关系的重要研究成果，也是现代西方学术范式影响中国的一个重要佐证。

　　30 年代末至 40 年代底，由于受战争的影响，学界对弥尔顿的关注大为减少，只发表了一些零星的短文，如江上风的《密尔顿的〈失乐园〉》（《新学生》1942 年第 6 期）、一真的《失乐园和西游记》（《妇女月刊》1948 年第 7 卷第 2 期）等。值得一提的是，一真的短文较早提到了英美学界对《失乐园》主旨的争论，即很多人认为弥尔顿写这本书是用来"证明上帝的无上权威"的，而另外一些人则暗示他是一个"叛徒"，因而对撒旦形象给予了较大的肯定："本来魔鬼失去了天堂乐园，咎由自取，值得写来做人类的前车之鉴，但安知作者没有替魔鬼鸣不平的意思？书中，我们至少可以看到魔鬼有着可爱的性格。他倔强，高傲。……同时他能甘心受地狱里的痛苦，而不慕天堂里的豪华安逸。"[②]此外，作者还用吴贯中笔下的孙悟空来类比弥尔顿笔下的撒旦，用中国的《西游记》来佐证《失乐园》中的"叛逆"主题，并表达了个人对"造反"或"反抗"的看法："人的智慧确乎事实上在叫人造反，叫人明白一切信仰都不可

----

① 　载《国立武汉大学文哲季刊》1931 年第 2 卷第 3 期。
② 　一真：《失乐园和西游记》，《妇女月刊》，1948 年第 7 卷第 2 期，第 57 页。

靠……人应当信赖自己,反抗别人所加给我们的恶劣环境"。① 作者并没有作简单的比附,或者平行的异同罗列,而是将《西游记》作为阐释《失乐园》主旨的论据,并联系现实,立足现实,影射现实,指出弥尔顿所反抗的对象即是"骗人的宗教和吃人的君权",从而呼应了当时国内现实的需要。文章中所表达的反宗教思想在建国后得到充分的演绎与发展。

四、50—60 年代的弥尔顿研究

1949 年,中国社会发生巨大变革,外国文学研究领域也发生了翻天覆地的变化。在主导政治意识形态与苏联文艺观的双重影响下,西方现代主义作家受到严厉批判,苏联以及欧美的现实主义作家受到大力推崇。此外,由于毛泽东提倡"革命浪漫主义与现实主义相结合"的文艺思想,拜伦、雪莱等英国"积极浪漫主义诗人"也备受外国文学界的青睐。作为英国第二大诗人,弥尔顿虽然在流派风格上既不属于"积极浪漫主义"诗人,也不属于现实主义作家,但是其"革命"的个人经历及其作品中的"叛逆"与"战斗"主题,仍然使他成为当时外国文学研究界所关注的重要作家之一。

50 年代,弥尔顿的多部作品被翻译出版,形成了弥尔顿译介的一个高潮。1950 年,广学会出版朱维之翻译的《复乐园》,1957 年由新文艺出版社再版,1959 年上海文艺出版社又出新版。1958 年,人民文学出版社再版了商务印书馆 1937 年初版的《失乐园》。同年,殷宝书翻译的《弥尔顿诗选》由人民文学出版社出版。这部诗集的中译本囊括了多篇弥尔顿的重要诗作,如《快乐的人》、《幽思的人》、《考玛斯》(选译)、《十四行诗》10 首、《失乐园》(节选)、《复乐园》(选译)、《力士参孙》等。杨熙龄翻译的早期作品《科马斯》(*Comus*,1634)也于 1958 年由新文艺出版社出版。此外,商

---

① 一真:《失乐园和西游记》,《妇女月刊》,1948 年第 7 卷第 2 期,第 58 页。

English Literary Studies in China: The Studies of English Writers Volume I

务印书馆还于 1958 年、1959 年分别出版了弥尔顿的政论著作《论出版自由》、《为英国人民声辩》等。

与翻译热潮相呼应的是，学界密集发表了多篇具有较高学术质量的研究论文，如朱维之的《弥尔顿和〈复乐园〉的战斗性》[《南开大学学报（社科版）》1956 年第 1 期]、殷宝书的《诗人弥尔顿的革命精神》（《文学研究》1958 年第 3 期）、杨周翰的《英国资产阶级革命诗人弥尔顿——弥尔顿诞生三百五十周年纪念》（《文艺报》1958 年第 24 期）、殷葆瑹的《密尔顿的〈力士参孙〉》（《读书》1957 年第 4 期）。其中有些文章是配合当时国内学界纪念"世界文化名人"或纪念弥尔顿诞生 350 周年等活动而写的。此外，一些中译本所刊载的序言对弥尔顿其人其作也进行了一定的评价，如殷宝书的《弥尔顿诗选·译者序》、杨熙龄的《科马斯》"译后记"、高崧在《为英国人民声辩》中译本中的代序《反封建的革命斗士——英国伟大的诗人和政论家弥尔顿》、孙大雨的《欢欣·序》等。

上述弥尔顿研究成果主要从思想性、艺术性以及局限性等几个方面着手研究，表现出了那个时代特有的程式化评价模式。首先，从思想性来看，国内学者大多认同弥尔顿在英国资产阶级革命时期的政治活动经历，并且从反抗性、革命性以及战斗性等角度来解读他的三大史诗。杨周翰认为《失乐园》是"一首洋溢着革命热情的史诗"。殷宝书从《失乐园》中的撒旦形象"清楚地想象到英国资产阶级革命者当年的战斗精神和革命气魄"[①]。朱维之从《复乐园》与《力士参孙》中看到了一种不屈不挠、不畏死亡的战斗精神。殷葆瑹认为《失乐园》从正面刻画了一位革命者的形象，反映了诗人对革命的最后信念。这些学者主要立足于国内的现实语境，从作家生平以及他所处的社会历史背景出发，以阶级分析为着眼点进行政治化的解读。其作品中的主题思想主要是政治思想，如朱维之指出："弥尔顿的思想，代表了十七世纪新兴资产阶级民主主

---

① 殷宝书：《弥尔顿诗选·译者序》，北京：人民文学出版社，1958 年，第 9 页。

义的思想；他的理想，代表了当时一般人民的理想；他的政治思想是十八世纪法国启蒙思想家的启蒙者。"①在他们看来，弥尔顿之所以被看成 17 世纪英国的伟大诗人，是因为其本人的革命经历以及诗歌中的革命精神与政治倾向，由此出发，人们对弥尔顿的诗歌创作给予了充分的肯定与赞美。前苏联学者阿尼克斯特在《英国文学史纲》中所提到的"二重性"，即弥尔顿的人文主义思想与宗教思想，国内学界只有零星提及，并没有给予应有的重视。

在艺术性方面，学界对弥尔顿的诗歌有精到而细致的分析。朱维之从形象和风格两个方面对《复乐园》的艺术特点做出深入评析。在他看来，《复乐园》的形象具有现实性，它的题材虽然是借用《圣经》里的故事，内容却是当时英国和欧洲大陆的现实社会，其风格绚烂而不失平淡，结构严整而紧凑，无韵诗体的运用达到了登峰造极的地步，而且词条丰富，用典频繁。殷宝书则具体而准确地提到弥尔顿善于描写宏大的场面，善于表达强烈的情感，善于运用高度艺术化的语言，并提出"弥尔顿的艺术，可以说达到了极高的境界，英国诗人能与他媲美的，实在不多。"殷葆瑹对弥尔顿诗歌艺术的评价更是不遗余力，甚至将他的文学地位置于莎士比亚之上："艺术作品的伟大，不只在于反映现实，还在于有高度艺术性。弥尔顿之所以成为英国伟大诗人，正因为他把这些反映现实的思想表现在高度艺术的文本里，任何读者在接触这一诗剧时，他的最深刻的印象是诗剧的高度技巧的抒情语言。像描写参孙的痛苦、歌队对神的抱怨、达莱拉的爱国情思、歌队的复仇的愿望、参孙的瞎眼的痛苦等段落，都是英国诗歌登峰造极的艺术，虽莎翁也不能超越的。"②

弥尔顿毕竟是"资产阶级"大诗人，而不是"无产阶级"进步作

---

① 朱维之：《弥尔顿和〈复乐园〉的战斗性·代序》，上海：新文艺出版社，1958 年，第 I 页。这篇文章原载于《南开大学学报（社科版）》1956 年第 1 期。

② 殷葆瑹：《密尔顿的〈力士参孙〉》，《读书》，1957 年第 4 期，第 30 页。

家，大多学者还从阶级分析的视角出发，批评了弥尔顿在思想与艺术方面所存在的局限性。殷宝书认为他表现出了资产阶级的两面性，个人英雄主义思想很严重，看不见人民以及人民的力量。杨熙龄批评弥尔顿"不了解人民群众是历史的创造者"①。朱维之则将他对人民力量的忽视看成是他的"历史局限性"，同时指出其语言运用上的缺失，即"大量运用《圣经》的语言，给他的进步思想、感情都蒙上宗教的外衣。"②这些所谓的"局限性"是当时政治化解读的产物。从这些"局限性"也可以看出当时政治化解读本身的局限性，即过多受到时代政治氛围的影响，脱离了弥尔顿诗歌的本体层面，对弥尔顿诗歌只作单向的、程式化的政治解读。不过，这些研究成果大多具有鲜明的中国立场，其严谨的学风与认真的态度仍然是弥足珍贵的。值得一提的是，孙大雨是国内较早关注其早期诗歌的学者，他较早地跳出了程式化的政治解读模式，将《快乐的人》和《沉思的人》界定为笔致轻灵、气氛宁静的"田园诗"，指出它们是"诗人年轻时的杰作，轻盈可喜，矫捷天成，和他晚年经过了苦斗后的作品颇有所不同。"③孙大雨的评介代表了一种较为不同的审美取向。

五、具有中国特色的当代弥尔顿研究

"文革"结束后，外国文学研究拨乱反正，英国文学译介与研究也进入一个新的历史时期。中断十年的弥尔顿研究也得到了恢复，三十年来已经形成具有中国特色的弥尔顿研究。80年代早期，其作为"革命诗人"的形象仍然一如既往，而且被进一步拓展。学界大多使用"革命"或"进步"话语，侧重弥尔顿诗歌的政治性内

---

① 殷宝书：《诗人弥尔顿的革命精神》，《文学研究》，1958年第3期，第61页。
② 朱维之：《弥尔顿和〈复乐园〉的战斗性·代序》，上海：新文艺出版社，1958年，第 XXII 页。
③ 孙大雨：《欢欣》"题记"，《诗刊》，1957年第3期，第59—60页。

涵。这一研究特点既延续了 50—60 年代的学术思路，也与西方学界所谓的"撒旦主义派"遥相呼应。英国的雪莱与俄罗斯的别林斯基是"撒旦主义派"的重要代表，他们对撒旦的形象基本作正面解读，尤其强调《失乐园》中的革命性内涵。苏联的文学史教材也大多采用这一派的观点，这直接影响了国内对弥尔顿的主流评价。范存忠在《英国文学史提纲》中的小节标题即为"弥尔顿与英国革命"，他在评介《失乐园》时，指出撒旦具有叛逆的性格，弥尔顿是站在叛逆者的一边的。刘炳善在《英国文学简史》中设专节讨论弥尔顿，认为他是伟大的革命家、伟大的史诗诗人；弥尔顿在诗歌中使用了伟大的无韵诗体，因而是伟大的艺术家。陈嘉在《英国文学史》中则提出弥尔顿既是一位清教诗人，也是一位文艺复兴人文主义者，而《失乐园》的主题则表现了他的清教主义与人文主义之间的矛盾性。这种带有明显政治倾向的解读不仅集中指向弥尔顿的三大史诗，而且也扩展到他的十四行诗。高嘉正在评析十四行诗《致斯金纳》和《失明》时认为其"字里行间闪耀着他那高尚的思想情操和顽强的革命精神"[1]。

　　与"撒旦派"不同的是，西方正统或主流批评界基本上认为撒旦是反面角色，而且比较重视史诗中的宗教思想与上帝正义等命题。80 年代的国内学者也注意到了"撒旦派"之外的"正统派"以及"调和派"所关注的主题内涵。如梁一三对西方各派的特点与不足进行了深入的剖析，认为"正统派"占主导地位，但却重述了《失乐园》作为政治史诗的论点。他的结论仍未能跳出"革命性"的范畴[2]。刘皓明则提出《失乐园》、《复乐园》等巨著远远超越了党派宣传的狭隘，成为真正雄浑、深刻、复杂、博大的史诗[3]。裘小龙梳

----

[1]　高嘉正：《不衰的革命精神——从两首有关失明诗看弥尔顿》，《吉首大学学报（社科版）》，1984 年第 1 期，第 116 页。

[2]　梁一三：《试论〈失乐园〉的性质及其主题——兼述诗人的思想倾向》，《外国文学研究》，1984 年第 4 期。

[3]　刘皓明：《瞽者的内明》，《读书》，1999 第 6 期。

理了西方学界对《失乐园》以及撒旦形象的争论以及我国主流学界
"撒旦派"观点的来源，指出撒旦绝对够不上是一个真正的英雄，而
是一个充满矛盾的形象。裘小龙的观点与西方的"调和派"有相近
之处，但他同时从黑格尔的"恶是历史动力"的论断出发，指出撒旦
的身上体现了文艺复兴时期的一个重要思想，即"无穷的追求"[①]。
除了裘小龙外，金发燊也较早地梳理了西方学界关于亚当与夏娃
堕落的 6 种观点，并立足于 16—17 世纪英国文艺复兴人文主义思
潮的时代背景，从"求知欲"的角度提出了自己的看法，与裘小龙的
论述有异曲同工之处[②]。

　　杨周翰的《弥尔顿〈失乐园〉中的加帆车——十七世纪英国作
家与知识的涉猎》(《国外文学》1981 年第 4 期）则是一篇具有中国
特色的比较文学研究论文。作为 17 世纪英国文学专家，尤其是弥
尔顿研究专家，杨周翰独树一帜地从弥尔顿诗歌中的"中国加帆
车"意象着手，追溯了 15、16 世纪欧洲资本主义的兴起以及随之而
来的海外探险热潮，梳理了文艺复兴时期西方海外知识的来源以
及弥尔顿诗歌中所容纳的丰富的地理知识，进而对史诗《失乐园》
的性质、主旨与风格进行了独到的分析。他在论文中提出了与众
不同的独到见解，即弥尔顿的史诗不同于荷马史诗，属于"文人史
诗"或"第二代史诗"，其主题更接近维吉尔的《伊尼德》和但丁的
《神曲》，而诗歌中"地名的堆砌"不仅具有宏伟的空间感，而且具
有宏伟的历史感、时间感。此文不同于他早年的弥尔顿研究论
文，其比较文学研究模式既不是照搬法国学派的影响研究模式，
也没有袭用美国学派的平行研究模式，而是在一个更广阔的西
方文化以及中西文化交流的大背景下考察文学，因而在国内的
弥尔顿研究乃至英国文学研究领域中独树一帜，其学术价值不
可低估。

---

①　裘小龙：《论〈失乐园〉和撒旦的形象》，《外国文学研究》，1984 年第 1 期。
②　金发燊：《〈失乐园〉中亚当和夏娃堕落的原因》，《外国文学研究》，1981 年第 4 期。

　　进入 90 年代,关于《失乐园》的主题以及撒旦的形象、人的堕落等问题,学界表达了更多的学术新见,不仅跳出了弥尔顿进入中国以来的主流批评话语,而且出现了更多新颖的视角与论述,其诗歌更深层次的内涵得到了不断的开掘。王继辉从人物、情节、主题等方面探讨盎格鲁—撒克逊长诗《创世纪》对《失乐园》的影响①。肖四新认为《失乐园》既是弥尔顿借用神话的题材对英国资产阶级革命所做出的历史记录与反思,同时也是他用宗教意象对人类本性、人与宇宙的关系以及人类命运的象征性表述。在《失乐园》中,无论是上帝、撒旦,还是亚当、夏娃的形象,都具有双重的象征意蕴②。在《〈失乐园〉中的自由意志与人的堕落和再生》一文中,肖明翰认为弥尔顿继承了犹太—基督教和古希腊—文艺复兴人文主义两大传统,继承了宗教改革运动关于个人价值和信仰自由的思想,认为撒旦的形象非常成功,他的身上体现了意志的自由,而将天使的堕落和人类的堕落进行对比,认为人类的堕落乃是"幸运的堕落",它不仅使人成为正真意义上的人,而且还会最终为人类带来远比伊甸园更为幸福的乐园。③ 肖明翰的另一篇论文则认为弥尔顿在诗剧中把参孙基督教化了,并细腻地表现了参孙精神复生的过程④。

　　除了《失乐园》等三大史诗外,弥尔顿的悼亡诗、十四行诗等诗歌在新时期也受到了更多的关注,并且出现了多篇具有较高学术质量的论文。杨周翰的《弥尔顿的悼亡诗——兼论中国文学史里的悼亡诗》一文将弥尔顿的悼亡诗和我国具有代表性的悼亡诗进行比较,并追溯自《诗经》以降的悼亡诗,从文学表现形

---

①　王继辉:《古英语〈创世记〉与弥尔顿的〈失乐园〉》,《国外文学》,1995 第 2 期。

②　肖四新:《人文理性的呼唤——也谈〈失乐园〉的主题》,《西安外国语学院学报》,1997 年第 1 期。

③　肖明翰:《〈失乐园〉中的自由意志与人的堕落和再生》,《外国文学评论》,1999 年第 1 期,第 69—76 页。

④　肖明翰:《试论弥尔顿的〈斗士参孙〉》,《外国文学评论》,1996 年第 2 期。

式上考察弥尔顿的《利西达斯》与我国悼亡诗的异同①。胡家峦认为悼亡诗《利西达斯》细致地分析了《利西达斯》的各种表现手法，指出这首诗不仅反映出弥尔顿心目中的理想诗人的形象，而且表明了他所追求的崇高诗歌的基本特征。② 黄宗英认为弥尔顿对英国体十四行诗进行了改造，是英国第一位因写"独立的十四行诗"而成名的伟大的十四行诗诗人，并且从主题、形式以及格律等方面进行分析与论述。③ 这些研究文章与弥尔顿的史诗研究不同，明显从"外部研究"转向"内部研究"，更多从审美艺术形式上来探讨诗歌传统与艺术特征，表现了"去政治化"的学术倾向。

　　相对于众多的英国作家而言，弥尔顿很少成为国内学术界研究的热点。在民国、建国初以及新时期等几个重要时期，弥尔顿研究非常平稳，既未因政治环境的变化而受到刻意的打压，也没有受浮躁学风的影响而出现一窝蜂的扎堆现象。虽然相对于很多英国作家而言，弥尔顿研究的成果数量较少，但研究的质量却极为突出，一些论文代表了国内研究界的高水平。进入新世纪以后，弥尔顿研究呈稳步增长的态势④，高质量的成果不时出现。沈弘等人考证出《论失明》是国内最早的汉译英诗⑤。张隆溪对西方的弥尔顿批评提出质疑，认为《失乐园》打破了西方史诗传统，具有深刻的哲学与宗教蕴涵⑥。刘立辉的系列论文探讨了弥尔顿诗歌的诗

---

① 杨周翰：《弥尔顿的悼亡诗——兼论中国文学史里的悼亡诗》，《北京大学学报（哲社版）》，1984 年第 6 期。

② 胡家峦：《论弥尔顿的〈黎西达斯〉》，《北京大学学报（哲社版）》，1990 年第 4 期。

③ 黄宗英：《英国十四行诗艺术管窥——从华埃特到弥尔顿》，《国外文学》，1994 年第 4 期。

④ 近几年也开始出现泥沙俱下的"井喷"现象。

⑤ 沈弘、郭晖：《最早的汉译英诗应是弥尔顿的〈论失明〉》，《国外文学》，2005 年第 2 期。

⑥ 张隆溪：《论〈失乐园〉》，《外国文学》，2007 年第 1 期。

学、宗教以及神秘主义等多个主题层面[①]。此外，沈弘的专著《弥尔顿的撒旦与英国文学传统》(2010 年)与郝田虎的两篇论文[②]深入中英两国弥尔顿研究的历史与传统，前者从英国文学传统出发来审视弥尔顿在创作《失乐园》时所受到的影响，后者则探讨弥尔顿诗歌在中国的接受、传统与影响，代表了当代弥尔顿研究在深度与广度上的创造性拓展。不难看出，尽管弥尔顿研究在新世纪以来还未成为显学，但却保留了稳健踏实的研究作风，很多研究成果具有鲜明的中国特色。未来的弥尔顿研究值得期盼。

---

① 刘立辉：《弥尔顿两首早期诗歌的宗教解读》，《外国文学研究》，2001 年第 2 期；《弥尔顿的诗学观》，《外国文学评论》，2001 年第 3 期；《弥尔顿早期诗歌中的神秘主义倾向》，《国外文学》，2001 年第 2 期。

② Hao, Tianhu. "Ku Hung-ming, An Early Chinese Reader of Milton." *Milton Quarterly*. Vol.39, No.2, 2005. 郝田虎：《弥尔顿在中国：1837—1888，兼及莎士比亚》，《外国文学》，2010 年第 4 期。

第二章

18 世纪英国文学研究

第一节
总　述

　　18 世纪是英国文学承前启后的一个重要时代，既延续了 17 时期英国的古典主义思潮，也开启了英国现实主义文学思潮。民国时期，国内对 18 世纪英国文学较早做出全面评论的主要有周作人的《欧洲文学史》（1918 年）与郑振铎的《文学大纲》（1927 年）。《欧洲文学史》设有"十八世纪英国之文学"一节，集中介绍了诗人蒲伯、汤姆森、考柏、布莱克以及小说家笛福、斯威夫特、斯特恩、哥尔斯密等人。《文学大纲》也有"十八世纪的英国文学"一节，这部分内容曾于 1925 年发表在《小说月报》第 16 卷第 5 期上。郑振铎几乎评述了当时所有重要作家，如蒲伯、斯威夫特、笛福、理查逊、菲尔丁、斯特恩、哥尔斯密、约翰逊博士、格雷、彭斯等。国内第一部英国文学史，即王靖的《英国文学史》（1920 年），设有"英国十八世纪之文学及文学家"一章，在简短的概述之后介绍了笛福、斯威夫特等十几位英国文学家。此后，其他文学史著作，如欧阳兰的《英国文学史》（1927 年）与金东雷的《英国文学史纲》（1937 年），则借用英美文学史著作中的

"约翰逊时代"或"古典主义时代"的分期理念,对这一时期的作家作集中评述。

20世纪20年代,18世纪的英国文学作为"古典主义时代"的文学开始为国内学界所关注。茅盾在《文学上的古典主义、浪漫主义和写实主义》(《学生》1920年第7卷第9期)中将文艺复兴之末至浪漫主义运动之初的这一段时期称为"古典主义统治的时代"(The period of classical rule),其中包含了整个18世纪。陈培森在《英国古典主义时代的文艺》(《山朝》1927年第1卷第2期)中将16—17世纪的莎士比亚、弥尔顿、德莱顿与18世纪的约翰逊、哥尔斯密、蒲伯等人均称作英国古典主义作家。郑振铎在《何谓古典主义?》(《小说月报》1923年第14卷第2期)中认为:"英国的古典主义文学与英王的复位同时由法国灌输进来。当时反动的英国人,对于法国的典范极为崇拜,而对于依利沙白及约克伯时代的英国文学,则极为反对。"[1]郑振铎提到17世纪的德莱顿,却认为约翰逊博士是18世纪英国作家中即英国古典主义文学之大成者。金东雷在《英国文学史纲》中认为英国文学上的古典主义即是"英国文学开倒车的时代"[2]。上述各种观点代表了早期学界对18世纪英国古典主义的理解,其中不难看出西方文艺批评的影响。不过,从郑振铎与金东雷所使用的"反动"与"开倒车"等词语中可以做出推断,他们的评价也受到了当时国内外左翼文学思潮的影响。

18世纪是英国小说兴起的时代。20—30年代出现了不少相关评论文章。柳无忌在《十八世纪英国小说概况》(1927年)一文中较早对18世纪的英国小说做整体论述,并将这些小说家看成是"现代写实派"。柳无忌提出18世纪的小说是"最平民的文学",小说家们"用真实的态度,观察社会上种种人类的生活与心理,不加一些雕饰与浮夸,照映出人生本来的面目,以引起人们的情感与兴

---

[1]　郑振铎:《何谓古典主义?》,《小说月报》,1923年第14卷第2期,第6页。

[2]　金东雷:《英国文学史纲》,上海:商务印书馆,1937年,第172页。

趣,这派小说已走到现代写实派的路上来了。"①柳无忌认为理查逊、菲尔丁、斯摩莱特、斯特恩、哥尔斯密等人"建设了散文体的小说,完成了近代小说的基础。概括讲,英国的十八世纪,可谓为小说的创生时代"②。他将上述几人称为"五大小说家",并一一介绍评析。柳无忌对笛福与斯威夫特两位小说家也作了简略的介绍,其中认为《鲁滨逊漂流记》是"以客观法写成的小说,虽其中事物荒诞无稽,然其所用的方法与体裁,确实十分真实",从而将笛福确定为"第一个写实派小说的作者"③。而在柳无忌看来,斯威夫特的《格列佛游记》与《木桶的故事》则是"文笔流利的散文",其中对英国社会的深刻讽刺是有"相当价值的"④。不过,柳无忌对笛福与斯威夫特两人文学地位的评价明显低于上述"五大小说家"。此外,当时学界未能对"散文"与"小说"做出明确区分,其原因可能在于对英文"prose fiction"一词未能准确理解。例如,金东雷在《英国文学史纲》中认为:在 19 世纪末英国开启的古典主义的时代,英国的散文非常发达,小说被看成是"散文"之一种,报纸、杂志的兴旺是"促进散文发达的第一个原因",而小说的普及是"促进散文发达的第二个原因"⑤。金东雷将笛福与斯威夫特看成是 18 世纪英国散文而非"小说"的代表作家。同样,一梅在《十八世纪的英国散文及其作者》一文中也认为:"十八世纪的英国文学完全是散文时代。"⑥

　　18 世纪包括英国在内的欧洲兴起了一股"中国热"。中国文化不仅对英国以及其他国家的文学产生了很大影响,而且也经常

---

① 柳无忌:《十八世纪英国小说概况》,《白露》,1927 年第 2 卷第 4 期,第 3 页。

② 同上,第 4 页。

③ 同上,第 5 页。

④ 同上,第 6 页。

⑤ 金东雷:《英国文学史纲》,1937 年,第 178 页。

⑥ 一梅:《十八世纪的英国散文及其作者》,《青年月刊》,1936 年第 3 卷第 2 期,第 38 页。

成为欧洲文学家们文学想象的重要对象。因此,国内一些曾经留学英美的学者开始使用现代比较文学的研究方法,从文学影响的角度对 18 世纪的英国文学进行探讨,并发表了一些具有现代学术特征的重要研究成果。方重的学术长文《十八世纪的英国文学与中国》[①](《国立武汉大学文哲季刊》1931 年第 1—2 期)探讨了 18 世纪英国文学对"中国形象"的建构。钱钟书在牛津大学撰写的学位论文《十七、十八世纪英国文学中的中国》(1937 年)中研究了 18 世纪英国作家对中国的文学想象。此外,陈受颐的《十八世纪欧洲文学里的赵氏孤儿》(《岭南学报》1929 年第 1 卷第 1 期)、范存忠的《十七八世纪英国流行的中国戏》(《青年中国季刊》1941 年第 2 卷第 2 期)也是当时颇具代表性的论文。由于这些学者大多具有留学英美的学术背景,他们所采用的视角不仅具有现代比较文学研究的学术特点,而且也代表了早期国内英国文学研究在学理与学术范式层面所受到的英美批评界的影响。此外,当时对 18 世纪英国文学的认知与总体评价也以译介与接受国外的研究为主。1935 年,《安徽大学月刊》刊载谭文山译的《十八世纪的英国文学 1700—1800》(1935 年第 2 卷第 8 期)。此文节译自美国学者威廉·朗(William Long)的《英国文学史》中的第九章"十八世纪的英国文学"。这一文学史教材在 1909 年至 1937 年期间曾在美国重印 15 次,基本上代表了英美学界对 18 世纪英国文学评价的主流观点,即古典主义的时代,也即是"现代小说"与浪漫主义诗歌最早兴起的时代。

　　18 世纪是欧洲启蒙主义运动的时代,18 世纪英国文学也经常被界定为启蒙主义时代的文学。这一重要定位或批评视角在 50—60 年代成为学界主流,而且明显是受到了苏联文艺观的重要影响。1959 年,阿尼克斯特的《英国文学史纲》中译本中,18 世纪

---

① 此文是方重先生在斯坦福大学就读期间准备申请博士学位的论文 *China in Eighteenth Century English Literature*,后因故未能完成,回国后经修改在国内发表。

被看成是"启蒙主义时期"。启蒙主义被认为是当时的"进步思潮"，而"启蒙主义者是英国社会中资产阶级民主主义阶层的思想家"①。著者还将18世纪英国文学分为"初期启蒙主义"与"成熟启蒙主义"，其中现实主义小说也被整合在"启蒙主义"这一总体的批评框架之下。受此影响，国内的评论界在延续古典主义与现实主义的研究视角之外，又融入了启蒙主义的批评理念，其中对相关作家的评论带有鲜明的时代特征与政治化色彩。1964年，杨周翰等人编写的《欧洲文学史》上册中，编者一方面重申蒲伯、约翰逊是当时英国古典主义文学的代表人物，笛福、斯威夫特、理查逊、菲尔丁等人是"最能体现时代精神"的现实主义小说家；另一方面也认为："这一时期英国的启蒙思想家和作家以理性为武器反对封建残余，对资本主义制度进行批判，对受压迫、受剥削的人民表示同情。"②著者给18世纪的英国文学戴上一顶"启蒙主义"的大帽子，但在对相关作家具体评述时并未给以认真的呼应。"启蒙主义"这一带有社会历史批评特征的视角一直影响到新时期以来学界对18世纪英国文学的评论。比如，陈嘉的《英国文学史》第2卷、侯维瑞的《英国文学通史》、吴景荣和刘意青主编的《英国18世纪文学史》等，都将启蒙运动当做影响18世纪文学发展的主流社会思潮或重要历史背景。

18世纪的英国涌现出了一大批杰出的小说家。笛福因经典名作《鲁滨逊漂流记》（1719年）而享誉世界文坛，被学界看成是英国现实主义小说的奠基人。斯威夫特凭借《格列佛游记》（1726年）等以讽刺见长的佳作而成为英国文学经典大家。菲尔丁的代表作《汤姆·琼斯》（1749年）则将英国现实主义小说推向了一个新的高度。作为18世纪英国现实主义小说的始创者与开拓者，这三位作家很早就被译介到中国，并受到广泛关注。国内学界对他

---

① 阿尼克斯特：《英国文学史纲》，1959年，第172页。

② 杨周翰：《欧洲文学史》（上），北京：人民文学出版社，1964年，第276页。

们的研究已有一百多年的历史,并取得了很多重要学术成果。本章对此有专节论述,此不赘述。

相比之下,百年来国内学界对18世纪其他小说家的研究则较为逊色。理查逊、斯特恩、哥尔斯密、斯摩莱特等人长期以来不太受重视。直至本世纪以来,情况才出现显著好转。一些关于18世纪英国小说的最新学术专著,如黄梅的《推敲"自我":小说在18世纪的英国》(2003年)、曹波的《人性的推求:18世纪英国小说研究》(2009年),开始将这些小说家与笛福、斯威夫特、菲尔丁等人置于同等重要的地位而加以探讨。尤其是在理查逊与斯特恩的小说研究方面,还出现了不少较有学术深度的评论文章。

塞缪尔·理查逊(Samuel Richardson,1689－1761)是英国书信体小说的开创者,其代表作《帕梅拉》(*Pamela*,1740)、《克拉丽莎》(*Clarissa*,1748)曾在英国与欧洲大陆风行一时。民国时期,理查逊之名进入中国。1917年,魏易在《泰西名小说家略传》中较早介绍了理查逊。1927年,柳无忌在《英国情感派小说创造者理查逊》(《白露》1927年第8期)中把他界定为"情感派小说家"。不过,当时独立评介文章极少,只有一些文学史著作对理查逊有一定的评述。欧阳兰的《英国文学史》简短地提到理查逊,认为《帕梅拉》是英国第一本"真正的小说",因为在编者看来,此前的《鲁滨逊漂流记》与《格列佛游记》与其说是小说,不如说是"传记"。徐名骥在《英吉利文学》中称理查逊是"英国近代小说的创始者"[①]。金东雷在《英国小说史纲》中为理查逊单列一个小节,也认为他是英国近代小说的先驱,其地位与菲尔丁旗鼓相当。建国早期,理查逊很少被国内学界关注。1959年,苏联学者阿尼克斯特的《英国文学史纲》中译本对理查逊评价较高,指出他为英国小说的艺术发展奠定了基础,是英国感伤主义小说的第一个代表人物。80年代,理查逊大多出现在文学史著作与综合性的外国文学著述

---

① 徐名骥:《英吉利文学》,上海:商务印书馆,1933年,第48页。

中，几乎没有单篇论文对之进行介绍或评论。当时对理查逊的评价基本上是马克思主义批评视角下的社会—历史评论，有的评论还带有"左"的痕迹。陈嘉在《英国文学史》第 2 卷中认为理查逊的心理描写为英国小说做出了重要贡献，但过度的感伤情调冲淡了作品对社会的抗议。李赋宁在《中国大百科全书·外国文学》（1982 年）的"理查逊"词条中提到《帕梅拉》在文学史上被称作第一部现代英国小说。在李赋宁看来，理查逊一方面能深刻洞察人的心灵活动，另一方面又继承了笛福的现实主义小说传统，使感伤主义与现实主义相结合，从而产生了"现代小说"这个新的文学类型。

80 年代开始，西方对理查逊的评价传入中国。狄德罗是西方最早对理查逊的小说给以高度评价的批评家，其《狄德罗美学论文选》于 1984 年被翻译成中文，其中收录《理查逊赞》一文。同年，艾弗·埃文斯的《英国文学简史》被翻译成中文，其第十一章"从理查逊到司各特的英国小说"主要评述了理查逊在艺术形式上对英国小说所做的贡献，代表了英美学界对理查逊的评价。1992 年，美国学者伊恩·瓦特的《小说的兴起：笛福、理查逊、菲尔丁研究》被翻译成中文，其中将理查逊看成是"自觉的文学开创者"[①]。同年，刘意青在《外国文学评论》第 4 期上发表《现代小说的先声——塞缪尔·理查逊和书信体小说》一文。此文可能是国内第一篇讨论理查逊小说创作的专题学术论文。作者梳理了西方的理查逊研究与评论的复兴，对其中的学术争议做出回应，充分肯定书信体小说在文学史中的重要地位与作用，认为其小说中的心理描写对现代意识流小说的创作产生了重要启发。90 年代以来，各类英国文学或文学史著作均把理查逊当做 18 世纪重要小说家加以评述。本世纪开始，《外国文学评论》等国内主要学术期刊还刊登了多篇关

---

① 伊恩·瓦特：《小说的兴起：笛福、理查逊、菲尔丁研究》，高原等译，北京：三联书店，1992 年，第 236 页。

于理查逊的学术论文①,标志着国内的理查逊研究进入一个新的历史阶段。

劳伦斯·斯特恩(Laurence Sterne,1713 – 1768)是18世纪另一位重要小说家,其代表作主要有《项狄传》(*Tristram Shandy*)与《感伤的旅行》(*A Sentimental Journey*)。民国时期的文学史著作,包括金东雷的《英国文学史纲》,对斯特恩或简短介绍,或一笔带过,对其重要性的认定远不及同一时期的其他小说家。建国早期,斯特恩也只是出现在阿尼克斯特的《英国文学史纲》中译本中。他被看成是英国18世纪英国文学发展的第三时期即感伤主义文学时期的代表作家。阿尼克斯特将他与莎士比亚进行比较,来说明其小说的现实主义特点,并在最后指出:"启蒙主义时期英国现实主义发展的灿烂时期以斯泰恩的创作宣告结束。以笛福开始、以斯泰恩告终的现实主义小说的伟大传统暂时衰落。"②这一定位一直影响到国内80—90年代对斯特恩的评价。范存忠、陈嘉等人的文学史著作以及一些探讨英国感伤主义的评论文章,如杨金才的《英国感伤主义文学之见》(《外国文学研究》1994年第1期),基本上将他看成是英国感伤主义文学的代表作家。斯特恩的两部小说直至90年代之后才被分别翻译成中文,但是在研究层面突破性成果较少。值得一提的是,李维屏在专著《英美意识流小说》一文中较早提出,斯特恩在《项狄传》中所采用的"标新立异的表现手法

---

① 这些论文主要有李维屏的《评理查逊的书信体小说艺术》(《外国文学评论》2002年第3期)、吕大年的《理查逊和帕梅拉的隐私》(《外国文学评论》2003年第1期)、刘戈的《理查逊与菲尔丁之争——〈帕梅拉〉和〈约瑟夫·安德鲁斯〉的对比分析》(《外国文学评论》2004年第3期)、李小鹿的《言语的反抗——〈帕梅拉〉中平等意识的解读》(《国外文学》2003年第2期)、朱卫红的《贞洁·美德·报偿——论〈帕梅拉〉的贞洁观》(《外国文学研究》2006年第3期)、胡振明的《多重矛盾中的"美德楷模"——〈帕梅拉〉中的对话性》(《外国文学研究》2007年第6期)、黄梅的《"英雄"的演化:从茉儿到帕梅拉》(《英美文学研究论丛》2009年第2期)等。

② 阿尼克斯特:《英国文学史纲》,1959年,第251页。

以及他强调感性的创作原则使现代意识流作家受到了深刻的启迪"。① 2000 年，刘意青在专著《英国 18 世纪文学史》中指出："斯特恩在过去五十年我国的文学教学中基本上被除了名，但作为一个叙事技巧上别具一格又先于时代的小说家，他理应获得一席地位。"② 新世纪以来，我国对《项狄传》的研究出现了第一次繁荣。一方面，有关 18 世纪英国小说研究的专著不断问世，其中不少都涉及了斯特恩及其《项狄传》。另一方面，专门研究《项狄传》的期刊文章和硕士、博士学位论文也不断涌现，不仅数量可观，其深度和广度也达到了前所未有的地步。从研究的视角来看，其中既有有宗教的、哲学的、历史文化的视角，也有女性主义的、叙事学的视角，不一而足，表现出了可喜的发展态势。③ 此外，我国对《感伤的旅行》的研究也开始出现了一定的起色。

奥利弗·哥尔斯密（Oliver Goldsmith，1730－1774）因小说《威克菲牧师传》（*The Vicar of Wakefield*，1766）而跻身英国文坛名家之列。这部小说早在 1913 年就被翻译成中文，译名为《双鸳侣》，由商务印书馆出版。民国时期分别有伍光建的译本《维克斐牧师传》（1931 年）与唐长儒的译本《威克斐牧师传》（1941 年）。20 世纪上半叶，国内学界对哥尔斯密有一定的关注。1928 年，《学衡》第 65 期推出"英国诗人兼小说戏剧作者戈斯密诞生二百年纪念"，刊登素痴翻译的两篇文章《戈斯密书札汇编》与《戈斯密论文新集》。同年，梁遇春在《新月》第 1 卷第 9 期上发表《高鲁斯密斯的二百周年纪念》一文。上述纪念文章均将他看成是 18 世纪英国重要文学家。1931 年，范存忠的《约翰生、高尔斯密与中国文化》（《金陵大学金陵学报》1931 年第 1 卷第 2 期）则代表了比较文学研究视角下对哥尔斯密的重要研究。不过，当时的文学史著述对

---

① 李维屏：《英美意识流小说》，上海：上海外语教育出版社，1996 年，第 20 页。

② 刘意青：《英国 18 世纪文学史》，北京：外语教学与研究出版社，2000 年，第 280 页。

③ 参见王文渊的《国内〈项狄传〉研究综述》，《陇东学院学报》，2012 年第 2 期。

他并不重视。欧阳兰的《英国文学史》只提到他是一位"领袖诗人"，对他的小说只字未提。金东雷在《英国文学史纲》中将哥尔斯密划入"约翰逊一派"的作家中，对《威克斐牧师传》只做了简短评介。建国早期，伍光建的译本《威克菲牧师传》于1958年被再版重印。1959年，阿尼克斯特的《英国文学史纲》中译本将哥尔斯密纳入"启蒙主义文学"的大框架下，认为感伤主义是启蒙主义思想发展的新阶段，而哥尔斯密是英国启蒙主义民主传统的继承者。1964年，范存忠在《南京大学学报》年第1期上发表长文《中国的思想文物与哥尔斯密斯的〈世界公民〉》，指出《世界公民》是在18世纪中叶的思想氛围中写成的，表达了启蒙运动者的思想倾向，而哥尔斯密对中国思想文物的介绍目的在于讽刺社会、批判社会。这篇长文旁征博引、深入浅出，可能是迄今为止哥尔斯密研究中为数不多的重要论文之一。新时期以来，哥尔斯密可能是最不受关注的18世纪英国小说家之一。除了一些文学史著作有所评述之外，哥尔斯密研究论文仍然屈指可数。

　　托比斯·斯摩莱特（Tobias Smollett，1721－1771）开创了英国流浪汉小说传统，曾对狄更斯的小说创作产生过重要影响，其代表作有《蓝登传》（*The Adventures of Roderick Random*，1748）和《佩雷格林·皮克尔传》（*The Adventures of Peregrine Pickle*，1751年）。与哥尔斯密一样，斯摩莱特也不太被国内评论界所关注。民国时期，除了金东雷的《英国文学史纲》作过简短介绍外，其他相关著述或一笔带过，或只字不提。欧阳兰在《英国文学史》中将他的两部代表作界定为"冒险小说"。1959年，阿尼克斯特的《英国文学史纲》中译本将斯摩莱特当做重要作家单列一个小节进行评述，认为他与菲尔丁一样"属于18世纪中叶的启蒙主义民主派"[①]。受此影响，斯摩莱特在国内主要文学史著作中往往占得重要一席。1961年，杨周翰为自己翻译的《蓝登传》所作的序言《斯

---

① 　阿尼克斯特：《英国文学史纲》，1959年，第232页。

末莱特和他的《蓝登传》》可能是国内早期难得一见的评论文章[①]。1981 年，陈嘉在《英国文学史》第 2 卷中认为《蓝登传》继承了西方流浪汉小说传统，是英国第一部海洋小说。1983 年，范存忠在《英国文学史提纲》中较早提及其作品中的流浪汉小说特征。此后多年来，除了一些文学史著作或综合性学术著作对斯摩莱特有所评述外，独立研究论文极为少见。他的另一部重要小说《佩雷格林·皮克尔传》在国内更是乏人问津。

亚历山大·蒲伯（Alexander Pope，1688－1744）是 18 世纪英国古典主义诗歌的重要代表人物。他的代表作品主要有《劫发记》（*The Rape of the Lock*，1714）、《批评论》（*An Essay on Criticism*，1711）、《人论》（*An Essay On Man*）等。蒲伯是最早被译介到中国的英国诗人之一。1898 年，严复所译赫胥黎的《天演论》中有蒲伯《人论》一诗中的一段诗节，可能是蒲伯诗歌最早的汉译。1898 年，西方传教士李摩提太（Timothy Richard）与任廷旭合作将蒲伯的《人论》翻译成中文，译名为《天伦诗》。《天伦诗》可能是英国诗歌在中国最早的全译本，而《天伦诗·序》可能是中文中最早对蒲伯的评介文字，其中提到蒲伯"撰〈天伦诗〉以训世，专咏天人相关之妙理，诗分四章，章各数节，条目详明，辞旨深远，刊行之后，脍炙人口"。1918 年，周作人在《欧洲文学史》中提到蒲伯在德莱顿之后成为"文坛盟主"，认为其代表作《劫发记》"以史诗体裁，咏琐屑之事"。郑振铎在《文学大纲》中认为："十八世纪的英国文学，开始于大诗人蒲伯。"[②]20 世纪上半叶，蒲伯在中国学界受重视的程度远不及 17 世纪的弥尔顿，更不如后来的浪漫主义诗人。不过，当时的文学史著作，如曾虚白的《英国文学 ABC》、徐名骥的《英吉利文学》、金东雷的《英国文学史纲》等，基本上将他看成是 18 世纪英国最重要的诗人加以介绍。除了文学史著述外，还有

---

① 此文后来收入作者 1983 年出版的文集《攻玉集》中。

② 郑振铎：《文学大纲》，1927 年，第 1231 页。

一些零星的评论文章,如梁实秋的《谈谈蒲伯》(《新月》1929 年第 1 卷第 11 期)、柳无忌翻译的英国作家切斯特顿(G. K. Chesterton)的《蒲伯与讽刺的艺术》(1946 年)等。民国时期基本上将蒲伯认定为古典主义大诗人,并且是以讽刺艺术见长的文学家。

　　建国后,国内对蒲伯的研究受到苏联文艺观的影响。1957年,王佐良的《读蒲伯》一文侧重于艺术层面对诗歌的评价,较早逸出了政治化评论的框架。1959 年,阿尼克斯特的《英国文学史纲》中译本认为蒲伯是英国第一个优秀的启蒙主义诗人,并将他的诗歌分为田园诗、哲理诗、讽刺诗。这一来自苏联的评论观点影响了国内后来的蒲伯研究。1981 年,陈嘉在《英国文学史》第 2 卷中将蒲伯的《批评论》看成是表达诗歌美学理论的新古典主义宣言。80年代开始出现一些零星的评论文章,主要对他的批评思想进行评述,如应非村的《蒲伯论文艺批评》[①]和支荩忠的《蒲伯〈批评论〉述评》[②]。可以看出,相较于其他英国重要诗人,整个 20 世纪国内对蒲伯的研究明显不足。新世纪以来,情况出现了显著的改观。除了文学史著作,如王佐良的《英国诗史》、刘意青的《英国十八世纪文学史》,继续将他当做重要诗人收评外,国内出现了以蒲伯为研究对象的博士学位论文[③]以及不少学术研究论文,这代表了国内蒲伯研究的重要开端。

　　托马斯·格雷(Thomas Gray, 1716 - 1771)是 18 世纪另一位重要诗人,但在中国所受到的关注程度远不如蒲伯。20 年代初,郭沫若将他的代表作《墓畔挽歌》(Elegy Written in a Country Churchyard)部分诗行翻译成中文,并在"小引"中将他看成是"浪漫主义的先驱"。1937 年,金东雷在《英国文学史纲》中将格雷划

①　载《华东师范大学学报(哲社版)》1984 年第 5 期。

②　载《扬州大学学报(社科版)》1984 年第 1 期。

③　马弦:《和谐与秩序的诗化阐释——蒲伯诗歌研究》,华中师范大学博士论文,2007 年。

入"新古典主义派作家"。整个民国时期，格雷如同小说家哥尔斯密一样，一般只出现在相关的文学史著作中，其他独立评论极为罕见。建国后，学界对格雷的认知发生变化。阿尼克斯特的《英国文学史纲》中译本将格雷看成是感伤主义诗歌的杰出代表。这一评价影响深远。"文革"后的文学史著作基本采用这一定位，如陈嘉的《英国文学史》。1990 年，王佐良在《英国诗史》中将格雷看成是新古典主义的典范作家，回归民国时期的评价与定位。不过，新时期以来的三十年中，格雷研究论文极少，这位颇具创作特色的诗人仍然没有获得应有的重视。

18 世纪后期，英国出现了另外两位重要诗人，即威廉·布莱克与罗伯特·彭斯（Robert Burns，1759－1796）。这两位诗人长期以来被看成是英国"前浪漫主义"（Pre-Romantic）的杰出代表。布莱克于 20 世纪早期被译介到中国，一百年来受到国内学界的广泛关注，尤其是新世纪以来，对他的研究依然比较活跃，本章将有专节论述。相比之下，彭斯所受到的关注情况稍显不同。晚晴时期，《万国公报》上可能最早提到苏格兰诗人"白恩士"（即"彭斯"），认为他"诗名素著，人颇钦仰"[①]。民国时期，彭斯的诗歌开始被介绍到中国，如《青年进步》1919 年第 27 期摘登了"苏格兰诗家彭士"的译诗一首。1921 年，《礼拜六》刊发了彭斯的名诗《一朵红红的玫瑰》（A Red，Red Rose，1794）新旧两种诗体的中译文，译诗前的介绍文字称彭斯是"英国大诗人，与拜轮齐名，善情诗"[②]。1926 年，《学衡》第 57 期刊登了吴芳吉翻译的彭斯诗歌 13 首，并附有《彭士列传》。1943 年，袁水拍在《中原》杂志第 3 期上将他的 10 首诗歌翻译成中文。当时的文学史著作均将彭斯当做大诗人加以或长或短的评介。金东雷将他界定为伟大的"乡村诗人"，认

---

① 《大英国事：铸立诗人像》，《万国公报》，1877 年第 432 期，第 18 页。
② 《彭斯情诗：颖颖赤墙靡（旧体诗）》，曼殊译，《礼拜六》，1921 年第 102 期；《彭斯情诗：一朵红玫瑰（新体诗）》，枕绿、秋镜合译，《礼拜六》，1921 年第 102 期。

为"他的伟大和莎士比亚不相上下"①。徐名骥提到彭斯"有苏格兰的莎士比亚之称",并简短地介绍了他的抒情诗、叙事诗、讽刺诗。欧阳兰称他为"浪漫主义者"②。曾虚白在《英国文学 ABC》中将彭斯与华兹华斯、拜伦三人单列一个小节,作为"浪漫派"的三大作家,对他的生平与诗歌创作做了详尽评述。曾虚白称彭斯为"苏格兰最伟大的诗人","是将伊丽莎白时代的精神和革命精神糅合在一起的一个作家"③。

1959 年,彭斯 200 周年诞辰,国内发表了多篇重要学术论文,如袁可嘉的《彭斯与民间歌谣——罗伯特·彭斯诞生 200 周年纪念》(《文学评论》1959 年第 4 期)、王佐良的《伟大的苏格兰民族诗人彭斯》(《世界文学》1959 年第 1 期)、范存忠的《苏格兰诗人罗伯特·彭斯》(《南京大学学报》1959 年第 2 期)、杨子敏的《罗伯特·彭斯——伟大的人民诗人》(《诗刊》1959 年第 5 期),掀起了国内彭斯研究的一个高潮。袁可嘉称彭斯为"苏格兰农民大诗人",认为其"讽刺诗的矛头指向统治阶级和教会,出色地打击了敌人;他的抒情诗歌大都描写人民的生活和爱情,目的在鼓舞人民。"④王佐良认为彭斯"完全不同于一般英国文学史上出现的文人:他是一个劳动人民自己的诗人"⑤。杨子敏将彭斯誉为"伟大的人民诗人"⑥。范存忠则提出"彭斯是一个爱自由、爱民主、拥护革命的诗人"⑦。建国十七年,因为政治意识形态与苏联文艺观的影响,彭斯评论中的政治色彩十分浓厚。民国时期的"乡村诗人"身份已被

---

① 金东雷:《英国文学史纲》,1937 年,第 224 页。

② 徐名骥:《英吉利文学》,1933 年,第 132 页。

③ 曾虚白:《英国文学 ABC》,上海:世界书局,1928 年,第 57、60 页。

④ 袁可嘉:《彭斯与民间歌谣——罗伯特·彭斯诞生 200 周年纪念》,《文学评论》1959 年第 4 期,第 39 页。

⑤ 王佐良:《伟大的苏格兰民族诗人彭斯》,《世界文学》,1959 年第 1 期,第 144 页。

⑥ 杨子敏:《罗伯特·彭斯——伟大的人民诗人》,《诗刊》,1959 年第 5 期,第 78 页。

⑦ 范存忠:《苏格兰诗人罗伯特·彭斯》,《南京大学学报》,1959 年第 2 期,第 1 页。

"人民诗人"、"农民诗人"所取代。在人民/敌人、农民阶级/统治阶级的二元对立思维模式下，彭斯诗歌的解读中出现了非常明显的政治化主基调。

"文革"结束后，学界对彭斯诗歌的评价仍然保留了建国早期的政治化痕迹。一些评论文章，如牛庸懋的《苏格兰农民诗人彭斯》（《河南大学学报》1978 年第 3 期）、高嘉正的《杰出的农民诗人——彭斯诗歌浅评》（《吉首大学学报》1986 年第 2 期），仍然沿用建国早期"农民诗人"的批评标签。一些文学史著作，如陈嘉的《英国文学史》，也不时强调彭斯对统治阶级的憎恨、对劳动人民的同情。此外，在政治化解读之外，一些研究者开始在诗歌艺术层面进行探讨，表现出了非政治化的审美批评倾向。范存忠在《英国文学史提纲》中对彭斯诗歌的民歌渊源及其朴实无华、生动自然的抒情诗特征均有简短评述。值得一提的是，王佐良对彭斯诗歌的翻译做出了重要贡献，是国内彭斯诗歌最重要的译介者之一。除了 50 年代翻译了部分诗歌以外，80 年代继续发表新译，如《新译彭斯诗一束》（《世界文学》1984 年第 4 期）。在《英国诗史》中，王佐良将彭斯置于英国浪漫主义诗歌发展史的大框架中，开始消除政治化解读的既定模式，并从审美层面分析了彭斯诗歌的艺术特点以及他为浪漫主义诗歌所做出的重要贡献。不过，80—90 年代国内对彭斯的研究仍十分有限，高质量的成果较少。新世纪以来，许多英国作家的研究出现繁荣景象，而彭斯研究仍然处于低潮，国内的主要外国文学期刊上几乎见不到彭斯研究论文，其他期刊上刊登的文章数量也寥若晨星。这其中的原因值得思考。

萨缪尔·约翰逊（Samuel Johnson，1709－1784）则是 18 世纪英国著名的散文家与文学批评家，英国文学史著作经常用"约翰逊时代"（The Age of Johnson）来命名 18 世纪文学的一个阶段（1744—1784）。约翰逊作为"大文豪"的声名很早传入中国。1922 年，《学衡》第 12 期刊登了约翰逊博士的肖像。1925 年，郑振铎在《十八世纪的英国文学》中称他是"他的时代的最伟大的文人"、"当时文人的领袖"。范存忠分别于 1931 年与 1947 年发表了两篇学术论文,即《约翰生、高尔斯密与中国文化》(《金陵大学金陵学报》1931 年第 1 卷第 2 期)、《鲍士伟尔的约翰生传》(《社会公论》1947 年第 1 卷第 4—5 期),对约翰逊的生平与创作做出重要评述。1934 年,梁实秋编译的《约翰孙》(国立编译馆)一书概述了约翰逊作为 18 世纪英国文学评论家、诗人的生平与创作。民国时期的文学史著作,如曾虚白的《英国文学 ABC》、金东雷的《英国文学史纲》,也大多借用了西方著述中关于"约翰逊时代"的文学史划分方法。80 年代,范存忠发表《中国的思想文化与约翰逊博士》(《文学遗产》1986 年第 2 期)重续早年比较文学视角下的约翰逊研究,成为国内约翰逊研究的重要学者。但是与 18 世纪的众多小说家相比,约翰逊所受到的重视程度明显不足。

理查德·谢立丹(Richard Sheridan,1751－1816)是这一时期的重要戏剧家,其代表作《造谣学校》早在 20 年代就出现了两个中译本,于 1929 年分别由伍光建翻译(上海新月书店出版)与薛兆龙翻译(商务印书馆出版)。梁实秋在伍光健的中译本序言中较早介绍了他的"风俗喜剧"创作特征,并指出谢立丹并不是英国文学史上"第一流的作家"[①]。此后,谢立丹除了在文学史著作中占得一席之地外,多年来只有一些零星评论文章,如陈瘦竹的《"风俗的明镜"——谢立丹的世态喜剧名著〈造谣学校〉》(《文史哲》1982 年第 5 期)。作为 18 世纪屈指可数的英国戏剧家,谢立丹被当时异军突起的小说家们的光芒所遮蔽,而清末民初以来我国对小说这一新兴文类兴趣浓厚,自然也不太注意这样一个带有"孤案"性质的戏剧家。

---

① 梁实秋:《造谣学校·序》,上海:新月书店,1929 年,第 6 页。

English Literary Studies in China: The Studies of English Writers Volume I

第二节
笛福研究

丹尼尔·笛福（Daniel Defoe，1660－1731）是 18 世纪英国著名的政论家和文学家，被称为"英国小说之父"。笛福的《鲁滨逊漂流记》于 1719 年出版之后，不但在本国极受欢迎，还在其他国家引起了一股翻译热潮。到 19 世纪末，这本书的各种版本、译本乃至仿作竟出现了 700 版之多①。而此时的中国正值"求新声于异邦"的清末思想启蒙运动时期，对英国文学的大规模译介正在进行。② 就是在这样的大背景下，《鲁滨逊漂流记》于 1902 年被沈祖芬（跛少年）第一次翻译成了中文，译名为《绝岛飘流记》，从而使这部世界名著开始了在中国的"漂流之旅"。在此后的一个世纪中，笛福的作品一直受到我国翻译评论界的喜爱和重视，但在不同时期，人们对笛福及其作品的认识和评价差别很大。我国对笛福的研究历程一般可分为三个阶段：新中国成立前主要是对《鲁滨逊漂流记》的翻译，对笛福的认识比较粗略与肤浅；1949 年至1989 年间，阶级分析方法占据主导地位，笛福被认为是"资产阶级的代言人"；九十年代以后，评论界对笛福作品开始了"后现代"话语下的解读，女性主义、后殖民主义等批评颠覆了传统的观点，使人耳目一新，而艺术层面的分析使经典作品散发出更持久的魅力。

一、早期译介与研究

真正让《鲁滨逊漂流记》获得现在的译名并不断传播开来的是

---

① 魏颖超：《英国荒岛文学》，北京：外语教学与研究出版社，2001 年，第 223 页。

② 周小仪在《英国文学在中国的介绍、研究及影响》中指出："英国文学在中国的大规模译介还是在 19、20 世纪之交。林纾曾译出 156 种西方文学作品，其中英国文学作品就有 93 种之多。"（《译林》2002 年第 4 期，第 189—195 页。）

　　林纾与曾宗巩,他们合译的《鲁滨逊漂流记》和《鲁滨逊漂流续记》分别于 1905 年、1914 年由上海商务印书馆出版,在当时引起了相当大的反响。继林纾与曾宗巩的译本之后,1921 年,上海崇文书局推出了严叔平翻译的《鲁滨逊漂流记》简写本。据初步统计,1931 年到 1948 年间,该小说就出现了 11 种译本,翻译者有以后成为知名翻译家的顾均正、徐霞村等人,也有彭兆亮、李嫘、张葆庠、殷熊、汪原放、范泉等一般译者。此时的《鲁滨逊漂流记》不但受到翻译者的青睐,还受到出版界和读者的偏爱,出版频率之高,发行数量之大,都非其它外国文学作品能比。顾钧正、唐锡光的合译本在 1934 年至 1948 年间就出了 11 版,由范泉缩写的《鲁滨逊漂流记》仅 1948 年就出了 3 版。除此之外,笛福的另一名著《荡妇自传》[①]也于 1931 年由上海北新书局出版,译者为梁遇春。这一时期的译介工作虽然取得了辉煌成绩,但其局限性也很明显。首先,译介作品集中,除了梁遇春的《荡妇自传》,其它都是对《鲁滨逊漂流记》的复译;其次,出版地点集中,各类相关版本几乎都来自当时的经济文化中心上海;第三,大部分译本的目标读者是青少年学生,其中的简写本、缩写本比较受宠,可见当时人们关注的是该书的新奇性和趣味性。

　　翻译与出版的热潮也引发了学院派的兴趣,笛福及其作品迅速走进了大学课堂,当时很多外国文学史教材,如 1933 年出版的《欧洲文学发达史》(V. W. Friche 原著)、1935 年出版的《西洋文学讲座》(英国文学部分)、1936 年出版的中译本《英国小说发展史》(Wilbur L. Cross 原著)、1937 年出版的《英国文学史纲》(金东雷著)等,都对笛福和他的主要作品做了介绍。《英国文学史纲》不但介绍了笛福的生平,还对他的文学成就给予了充分肯定,将笛福誉为“散文的健将”、“小说的创始人”,他所创办的“《评论报》是以

---

①　即 *Moll Flanders*,该小说在 1958 年再版时改译为《摩尔·费兰德斯》,目前一般采用这一译名。

他一人为台柱的，在英国新闻界实在是开山祖师"。对于《鲁滨逊漂流记》，作者认为："这是一部遗世独立的小说。大约特弗（即笛福）心中很厌恶当时的政治，意欲托而逃世，作此自遣。……他写小说之所以能够成功。全赖他作风的真实，因此，不论男的、女的、老的、少的都喜欢读。他能吸引读者第二原因是因他的笔法平易，使人觉得非常有趣，他的作风颇和彭扬（即班扬）相似，……不过，彭扬的文字引人入胜，志在启发读者的人生观和宗教思想，特弗仅在使读者感到有趣而已。"①显然，金东雷是用中国文人惯有的眼光去审视西方文学的，他将《鲁滨逊漂流记》看做是《桃花源记》一类的避世小说，没有领会到该小说所蕴含的深刻社会内涵，这是对笛福的曲解与误读。不过，作者对该书写作风格和语言文字特点的评价，还是非常深刻和准确的。

除了教材，研究笛福及其作品的论文也开始散见于各类报刊上。陈受颐的文章《鲁滨孙的中国文化观》②就对笛福在《鲁滨逊漂流续编》和《感想录》中流露的对中国文化的诋毁态度进行来了全面考察。在进行了细致的分析和广泛的比较后，作者得出了以下结论：1. 笛福对于中国文化的攻击和鄙夷，是其个人思想和性情的表现，不是受任何人的驱使或暗示；2. 笛福对于中国文化的态度，自 1705 年刊发《凝结录》起至写《漂流记续编》之时，十五年间，未曾变化；3. 他不止单用一种书籍为参考，每种之中都有选用，都以他的成见为取舍的标准；4. 他之对中国表现不满，可以用他的宗教信仰、爱国热情、商业兴趣、报章文体作一解释，他向来有与人不同的癖性。该文以宽容的态度和客观的笔触论述了笛福的中国文化观，资料之丰富，论证之充分，堪称民国时期笛福研究的典范。

---

① 金东雷：《英国文学史纲》，上海：商务印书馆，1937 年，第 178—199 页。

② 此文刊登在《岭南学报》1930 年第 1 卷第 3 期上。

二、50—80 年代的笛福研究

新中国成立后的四十年间,对笛福作品的译介在速度上比较缓慢,但在质量上和广度上都有所突破。1958 年,人民文学出版社出版了《摩尔·费兰德斯》,1959 年再版了徐霞村翻译的《鲁滨逊漂流记》,同时推出方原的新译本,两个译本虽然相隔多年、风格不同,却相得益彰。1960 年和 1979 年出版的《笛福文选》介绍了他的政论性文章①。他的两部重要作品《海盗船长》和《罗克萨娜》也分别于 1980 年和 1984 年翻译出版。

这一时期,"批判地继承"西方文化的观点成为中国文艺工作和文学研究工作的基本原则,阶级分析法是文学批评中最普遍的研究方法。我国对笛福的研究基本上集中在《鲁滨逊漂流记》上,鲁滨逊作为资产阶级开拓者的形象凸显出来,笛福自然也被认为是"资产阶级的代言人"。1959 年,徐霞村翻译的《鲁滨逊漂流记》由人民出版社再版时,杨耀民为其作了一篇很长的序言。这篇序言不但对笛福的生活背景、阶级地位、政治思想、宗教信仰进行了详细论述,还在对比现实中的塞尔柯克与小说中的鲁滨逊的基础上,考察了作为"资产阶级代言人"的鲁滨逊的典型性格。杨耀民认为:鲁滨逊是个新人,是中小资产阶级心目中的英雄;他是喜爱劳动的人,用自己的双手创造了整个自己的小王国;鲁滨逊又是一个殖民主义者,他在荒岛上的种种行为都渗透着占有、掠夺的思想,并最终将荒岛变成了自己的领地②。另外,杨耀民还从艺术手法上分析了小说的风格和语言,认为小说塑造的人物真实、形象,语言自然流畅,但在艺术上还不是很精练,结构也比较简单。这篇文章洋洋洒洒,文笔流畅,引用了许多珍贵材料,对笛福和《鲁滨逊

---

① 1960 年商务印书馆出版了何青翻译的《笛福文选》;1979 年又出版了徐式谷选译的《笛福文选》,这是两本不同的选集。

② 杨耀民:《〈鲁滨逊漂流记〉序言》,北京:人民文学出版社,1959 年。

漂流记》进行了细致、深刻的研究。作者站在马克思主义立场上，用历史的、阶级的分析方法，既考察了笛福、鲁滨逊们的"先进性"，又看到了他们身上的缺点和"阶级局限性"，可以看成是当时国内笛福研究的"前沿性"研究成果。

"文革"后，最早论述笛福和他的《鲁滨逊漂流记》的是金留春。他的文章《资产阶级海外拓殖者的形象——读〈鲁滨逊漂流记〉》主要分析了鲁滨逊这一人物形象，认为这一形象反映了上升时期资产阶级的思想感情和他们的阶级本质，鲁滨逊既是一个具有冒险精神和实干精神的资产者，又是具有强烈私人占有欲的殖民主义者[①]。另外，他还论及笛福本人的思想倾向及其小说在英国文学史上的地位。金留春对《鲁滨逊漂流记》的评论没有超越前人，其观点与杨耀民的观点有不少相似之处。不过，茅盾在随笔《笛福的〈鲁滨逊漂流记〉》中则提出了一个崭新的观点，认为此书"礼赞了资产者的个人主义和自由主义的作品"[②]。可惜的是，他只是一笔带过，并没有做深入探讨。

80 年代，随着《海盗船长》、《鲁滨逊漂流续记》、《罗克萨娜》及散文《论妇女教育》和《消灭不同教派的捷径》等著作陆续被翻译出版，论及这些作品的文字也逐渐增多。1980 年，张培均、陈明锦为《海盗船长》所撰写的《译本序言》，对该小说进行了简略的叙述和评论。该书原名《辛格顿船长》，而译者翻译时却改成了《海盗船长》。关于其原因，译者在序言中指出："帝国主义早期的侵略行径，实质上就是做海盗、做土匪。……《海盗船长》叙述的海盗生涯，就是帝国主义行径的缩影。…… 是当时整个资产阶级尔虞我诈、弱肉强食的真实写照"[③]。译者鲜明的阶级立场和强烈的主观

---

① 金留春：《资产阶级海外拓殖者的形象——读〈鲁滨逊漂流记〉》，《世界文学名著选评》第 2 集，南昌：江西人民出版社，1979 年。

② 茅盾：《笛福的〈鲁滨逊漂流记〉》，《世界文学名著杂谈》，天津：百花文艺出版社，1980 年，第 279—281 页。

③ 张培均、陈明锦：《〈海盗船长〉序言》，南宁：广西人民出版社，1980 年，第 5、6 页。

色彩影响了译名的选择，也奠定了全书的翻译基调，造成对原著的部分误读。1983 年笛福的文章《论妇女教育》和《消灭不同教派的捷径》翻译出版时，随文有一篇《作者与风格》的介绍性文章。该文对笛福驾驭语言的本领给予了极高的评价，认为"在文字风格上，笛福有他自己鲜明的个性。他的语言通俗自然，具体直接，是十八世纪初期英国散文的杰出代表。……他那生动活泼的想象、准确敏锐的观察以及细致周到的描绘，都使他那貌似平凡的文字远远高出许多修辞能手，至今仍被认为是英国文学中最有生气的语言"①。《罗克萨娜》这部小说不是笛福最著名的作品，因此也没有得到我国译者的重视，直到 1984 年才出现了第一个中译本。在这之前，人们只是在介绍笛福时简单提及，并没有真正研究这部作品。该小说第一个译本的《译者前言》可以认为是第一篇以它为研究对象的文章。这篇前言介绍了小说的故事情节，简单剖析了罗克萨娜的特点：虚荣，放荡，追名逐利，过着淫乱糜烂的生活，认为小说旨在告诉人们：贫穷是犯罪的根源，为物质利益进行利己的斗争是人类生存的规律。由于是导读性的文字，加之短小简单，该序言显得单薄、肤浅，并没有真正对这部小说展开全面的研究论述。

　　这一阶段的批评界基本上是站在无产阶级和人民大众的立场上，用批判的眼光来审视笛福作品的，大多采用一分为二的方式分析作品的"进步因素"和"落后、反动因素"，突显了作品的社会批判功能，但是对作品的艺术特点关注较少，批评视角比较单一。

三、90 年代以来的笛福研究

　　进入 90 年代，翻译界和出版界对笛福作品的热情空前高涨，出现了第二次译介高潮。据初步统计，1990 年至 2010 年的 20 年

---

① 　高健编译：《英美散文六十家》，太原：山西人民出版社，1983 年，第 73 页。

间，仅《鲁滨逊漂流记》就有 280 多种不同的全译本、简写本和改写本。特别是 2005 年以来，每年出版的《鲁滨逊漂流记》译本都在 10 种以上，2010 年多达 21 个版本。纵览近年来在市场大潮中涌现的众多中译本，质量过硬、特点鲜明者少，相互抄袭、粗制滥造者多。此外，1997 年，笛福的历险小说《走出非洲》、《海盗船长辛格顿》经过尹爱萍的改编，由西安未来出版社出版。2003 年，《伦敦大瘟疫亲历记》由内蒙古人民出版社第一次出版。2004 年和 2008 年，新疆人民出版社分别出版了英维对照版和维吾尔语版的《鲁滨逊漂流记》，2009 年喀什维吾尔文出版社还推出了该小说的新译本。值得一提的是，《摩尔·弗兰德斯》和《罗克萨娜》也分别出版了多个新译本。

80 年代后期以来，我国的文学批评显示出了理论化的重要特点。大量西方文艺理论涌入国内，后现代理论成为文学批评的重要批评话语，后殖民主义、新马克思主义、新历史主义、女性主义等不同批评流派纷纷登台，阶级分析方法逐渐退居幕后，文学批评出现了崭新的气象。在这种大背景下，笛福研究也呈现出前所未有的繁荣景象。根据不完全统计，1990 年至 2010 年间，我国主要外国文学期刊与高校学报上所发表的笛福研究论文近百篇。根据文章的研究视角和理论倾向，可以将它们大致分为以下几类：

（1）女性主义批评。张在新在《笛福小说〈罗克萨娜〉对性别代码的解域》一文中从传统的男性社会对罗克萨娜的"定域"入手，论证了她与既定的社会道德抗争，一步步将强加于她的旧的性别代码彻底"解域"的过程①。这篇论文视角新颖，论证翔实，基本上否定了以往人们对罗克萨娜的定位，把她变成了一位勇敢、彻底的女权主义者。该文也是目前国内深入研究《罗克萨娜》的代表性论文。关合凤通过对摩尔·弗兰德斯和罗克萨娜两位女性形象的解

---

① 张在新：《笛福小说〈罗克萨娜〉对性别代码的解域》，《外国文学评论》，1997 年第 4 期。

读分析了笛福的妇女观,并对他形成这些观念的原因进行了研究,最后认定笛福"实质上还是一个具有先进平等观点的父权传统之继承者"①。陈明明的《男权中心社会的牺牲品》一文主要从女性主义的角度出发,探讨了摩尔·弗兰德斯在实现梦想的同时沦为小偷、娼妓和资产阶级父权制牺牲品的原因,认为尽管摩尔在奋斗的过程中形成了一种独立的"个人斗争精神",但却不能摆脱"家庭"对于妇女的观念的束缚,因而也只能称得上是个"解放了的人",而并非一个"解放了的妇女"。她的堕落主要是外部环境造成的,她是男权中心社会的牺牲品。②

女性主义批评理论的引进不仅开拓了笛福批评的新视野,使人们对经典作品有了全新的认识,而且彻底颠覆了几十年来摩尔·弗兰德斯和罗克萨娜在中国读者心中的形象,实际上也是对笛福的道德教诲意图的否定。在女性主义批评视角下,过去被认为是冷酷、虚荣、追名逐利、淫荡无耻的女人,摇身一变成了具有强烈反叛意识、敢于向男权社会挑战、勇敢追求自由和幸福的女权主义英雄。这也许是笛福所始料未及的,也是许多老一辈批评家所无法理解的,但是新的时代赋予作品新的精神,不同的读者表达各自不同的感受,各种批评话语兼容共存,才能推动文学批评的不断发展。

（2）后殖民主义批评。主要文章有吴瑛的《解读笛福和他的〈鲁滨逊漂流记〉》(《武汉大学学报》2002 年第 1 期)、王莎烈的《自我在帝国语境中的情感体验》(《吉林师范大学学报》2003 年第 3 期)、蹇昌槐的《〈鲁滨逊漂流记〉与父权帝国》(《外国文学研究》2003 年第 6 期)、赵一娜的《殖民化的缩影:鲁滨逊·克鲁梭的后殖民视角解读》(《外国文学》2004 年第 3 期)等。其中蹇昌槐的论

---

① 关合凤:《父权文化传统的反叛者还是继承者——论笛福的妇女观》,《河南大学学报》,2001 年第 6 期,第 79—82 页。

② 陈明明:《男权中心社会的牺牲品——评丹尼尔·笛福之〈摩尔·弗兰德斯〉》,《四川外语学院学报》,2001 年第 3 期。

文最具代表性。该文从后殖民的视角来观照鲁滨逊和他创造的神话。作者认为笛福将一个荒岛精心制作成一个父权帝国，并将鲁滨逊包装成一位文化超人，这种夸大自己阶级的创造力量的帝国叙事，表现了强烈的种族自恋情节；笛福对"食人生番"的描述是对土著他者进行的肆无忌惮的野蛮化书写，折射出了作者转嫁灾祸的深层文化心理，同时释放了欧洲文明中来自森林时代的文化记忆。最后，作者指出有必要对《鲁滨逊漂流记》这样的经典文本进行彻底的后殖民重构。后殖民主义批评理论传入我国后，对外国文学研究产生了很大影响。用后殖民主义的视角来审视《鲁滨逊漂流记》这样具有强烈殖民主义色彩的文学作品是十分必要的。

（3）艺术审美批评。这一类研究内容庞杂，但大多从不同的侧面探讨了笛福作品的艺术与审美特点，主要论文包括伍厚恺的《欧洲近代小说的先驱：笛福》（《四川大学学报》1996 年第 4 期）、高奋的《开创小说的传统——论笛福的小说观》（《外国文学评论》1999 年第 3 期）、田俊武的《荒岛小说一双璧 观念手法浑不同》（《四川外语学院学报》1999 年第 3 期）、钟鸣的《〈鲁滨逊漂流记〉的双重解读》（《外国文学研究》2000 年第 3 期）、陶家俊的《从叙述结构论〈摩尔·弗兰德斯〉对资本主义个体价值的肯定》（《四川外语学院学报》2002 年第 5 期）等。

伍厚恺将笛福的小说分为"航海历险小说"、"骗子冒险小说"和"雏形的历史小说"三类，并分别就《鲁滨逊漂流记》和《摩尔·弗兰德斯》的艺术特色、人物形象、社会寓意进行了阐述。该文引证颇丰，综合了当时国内外对笛福作品研究的最新成果，可以说是对笛福及其研究的一次全面综述。高奋从小说创作的真实性和小说的道德教益作用两个方面论述了笛福关于小说创作的思想观点，认为笛福否定了传统的虚构创作，创立了一种类似于"让客观事实自己说话"的现实主义创作模式。他承袭了以往道德教诲的观念，但在处理方法上却取得了突破，在不损害小说真实性的情况下将道德观念渗透到叙事形式之中。田俊武对《鲁滨逊漂流记》和《蝇王》两部荒岛文学作品进行反向对位分析，为《鲁滨逊漂流记》的研究开辟了新的途径，令人耳目一新。陶家俊则侧重分析了《摩尔·弗兰德斯》的叙事结构，阐述摩尔·弗兰德斯这一女性人物终生追求金钱实质上是对资本主义个体价值的肯定。

（4）翻译与比较文学研究。这一类文章主要有：李今的《晚清语境中汉译鲁滨逊文化改写与抵抗》（《外国文学研究》2009 年第 2 期）、崔文东的《翻译国民性：以晚清〈鲁滨逊漂流续记〉中译本为例》（《中国翻译》2010 年第 5 期）、刘戈的《笛福与斯威夫特的"野蛮人"》（《外国文学评论》2007 年第 3 期）、段枫的《一个结构性的镶嵌混合：〈仇敌〉与笛福小说》（《当代外国文学》2004 年第 4 期）和任海燕的《探索殖民语境中再现与权力的关系——库切小说〈福〉对鲁滨逊神话的改写》（《外国文学》2009 年第 3 期）等。李今对《鲁滨逊漂流记》的第一个中国译本进行了认真的分析，认为沈祖芬是把鲁滨逊作为哥伦布式的英雄来塑造的，该译本是中西文化理想价值观相互调和的产物。崔文东则比较了沈祖芬、秦力山和林纾在翻译《鲁滨逊漂流续记》时所采用的不同翻译策略，认为三部译作冲击了本土传统，也颠覆了种族主义话语，但在文化上却屈从于西方，体现了历史的悖论。其他三篇论文也各有特色，力图把笛福及其作品放在世界文学的宏大背景下，在跨文化与互文性的比较阅读中获得崭新的阐释。

除了上述文章，还有一些英国文学方面的专著也常常论及笛福和他的作品，如王佐良的《英国散文的流变》（1994 年）和黄梅的《推敲"自我"——小说在 18 世纪的英国》（2003 年）都专设一章，用来讨论笛福。尤其是后者的《笛福笔下的精神漂流》几乎用了 50 页的篇幅来研究这位英国小说的开山鼻祖。作者首先关注的还是鲁滨逊，从他出走的动机、他处理人际关系的方式和他的语言风格三个方面证明了"鲁滨逊是西方文化中具有高度概括性和象征意义的原型现代人"①。然后以《鲁滨逊的"在场"与"不在场"》为题对比了处在荒岛的鲁滨逊所经历的"宗教皈依"和他缺席期间巴西财产的增值这个一直被忽视或误解的问题，使我们看到了资产阶级所面临的心理压力和矛盾以及解决这些问题的努力，指出"在笛福这里，内在矛盾是以无比坦率和尖锐的方式表现的，被摒除在外的东西和被直接陈述的内容都意味深长"②。而这种创业神话和"再教育"寓言之间的深刻矛盾到了《罗克萨娜》那里则变得更为显豁而尖锐，竟使作品分裂为两个几乎无法共存的故事和结局。黄梅的论述高屋建瓴，俯瞰笛福的一生，纵横于各部作品之间，细致地透视了他在作品中对"人性"的推求，认为笛福笔下的男女主人公的追求和悔过构成了小说中对资本主义逐利行为的正面的表述和反面的拷问，而他本人也没有逃脱这种命运。

从以上分析可以看出，近 20 年来的笛福批评已经走向了多元化，人们对待经典作品有了更冷静的思考和更深层次的挖掘，经典作品正是在这种不断的解读和批评中获得新生，散发着永久的魅力。

第三节
斯威夫特研究

斯威夫特（Jonathan Swift，1667－1745）出生于爱尔兰，就读于都柏林的三一学院，1714 年离开英国政坛回到都柏林就任帕特里克大教堂的堂主，在对英国政治、社会的腐败冷嘲热讽的同时为爱尔兰人民的利益仗义执言。根据爱尔兰官方的观点，他是"早期爱尔兰小说创作的代表人物"，因为凡是"在爱尔兰产生的文学作

---

① 黄梅：《推敲"自我"——小说在 18 世纪的英国》，北京：三联书店，2003 年，第 51 页。
② 同上，第 61 页。

品或爱尔兰人创作的文学作品"就是"爱尔兰文学"①。于是,国内近年出版的著作中已有少数人称其为"爱尔兰作家"。不过,当时爱尔兰是英国辖下的殖民地,而且斯威夫特主要活跃于英国文坛,因此无论依据当时的广义国家观念,还是按照现行的狭义划分原则,将他收入英国文学史都是情理之中的。况且,彻底清除两百年来文化霸权的痕迹不是轻而易举的。本节不介入归属之争,也不参与持续殖民与去殖民的角力,只是依据一个半世纪来的惯例,将斯威夫特列为英国作家,梳理其主要作品在中国传播的状况及研究的主要成果,为其中国之行勾勒出较为清晰的路线图。

一、译介的变迁

斯威夫特讽刺作品的传入始于其代表作《格列佛游记》(*Gulliver's Travels*,1726)的汉译。最早的译本《谈瀛小录》"其实是改写,"②而且只译出了《小人国》一部,1872年5月连载于《申报》,开节译本的先河。第二个译本《僬侥国》(后改为《汗漫游》)将四部基本译出(第三部只译出《飞岛国》部分),也未署明译者,1903年7月至1906年3月刊于《绣像小说》第5至71期;该译本采用白话文,并配有少量自绘插图,受众较广,开全译本和插图本的先河。第三个译本是林纾的《海外轩渠录》,包括《小人国》和《大人国》两部,1906年首次以单行本的形式由商务印书馆出版,流传甚广,因重在"启蒙"、"救国",多有漏译、添译和改译,开英国文学经

---

① 见 http://baike.baidu.com/view/543806.htm。在"去殖民化"的过程中,政治上已经独立的爱尔兰越来越注重文化身份的独立,在17世纪以来著名英语作家的归属认识上常跟英国有出入。都柏林作家博物馆把在爱尔兰出生、后来活跃于英国文坛的作家定义为"占据英国文坛的爱尔兰作家。"

② 单德兴:《格理弗中土游记——浅谈〈格理弗中土游记〉最早的三个中译本》,《文化研究月报》,2002年第19期。参见 http://www.chinese-thought.org/whyj/006346.htm 所载全文第1页。

典本土化和在功能理论框架下进行编译的先河。此后，斯威夫特在中国的译介进入了第一个兴盛期。除北京未名社和上海世界书局等印的难以考证的译本外，伍建华的节译本《伽利华游记》1934年由商务印书馆出版；黄庐隐的节译本《格列佛游记》1935年由中华书局推出，是译著名与作者名与现今通行译名完全一致的最早译本，奠定了文学名著英汉对照版的传统；钱歌川作序的《小人国》英文简写本1936年由该书局推出，开创了面向学生的名著导读版的传统；张健的译本《格列佛游记》1948年由正风出版社出版（1979年由人民文学出版社再版），内容完整、忠实，是第一个真正意义上的全译本。至此，斯威夫特代表作译本的主要类型已基本齐备。

由于中、爱两国相似的历史背景和借讽刺时弊实现救亡图存目的的迫切的现实需要，斯威夫特的作品顺理成章地受到了中国现代作家的青睐和模仿。就整体而言，鲁迅对英国文学的兴趣并不浓厚，但对斯威夫特的作品（尤其是林译《海外轩渠录》）却感同身受，赞赏有加，创造出跟背弃人类、认同慧驷的格列佛较为类似的"狂人"形象。周作人阅读过《格列佛游记》的译本及原文，将该书与清代李汝珍的传奇《镜花缘》进行了比较，还将该书列为年轻人必读书目。在《真疯人口记》中，他对知识界进行了冷嘲热讽，其手法源自斯威夫特对飞岛国哲学家和拉格多科学家的讥讽；他甚至模仿"格列佛船长给他的亲戚辛浦生的一封信"，写了一个质疑"疯人"是否真的疯狂的"编者跋"。老舍也明显受到了斯威夫特的影响，从英伦回国三年后，就模仿《格列佛游记》等奇幻小说创作了游记体小说《猫城记》。小说中，叙事者看似在替猫国歌功颂德，实则暗含讥讽，手法出自格列佛竭力颂扬英国的强大和国人的睿智却遭到大人国君王一针见血的批驳和奚落的情节。"猫人"的形象无疑也借鉴了"耶胡"（yahoo）的特征。此外，钱钟书的《人·鬼·兽》和张天翼的《鬼土日记》等，也多方面借鉴了斯威夫特的作品。可以说，斯威夫特在整个中国现代讽刺文学中都留下了深深的印记。

20世纪80年代以来,随着意识形态的转变和《国际版权公约》的推行,斯威夫特代表作在中国的译介和传播进入了第二个兴盛期。据粗略统计,除外语教学与研究出版社、中央编译社和华东师范大学出版社推出的三种英文原版外,各级各类出版社推出的一般译本多达55种,节译本(即《小人国与大人国》)多达13种,插图本及漫画本多达17种,而中英文导读本和普通简写本也分别达10种、8种之多,可谓盛况空前。在市场经济的大潮中,斯威夫特的代表作成了各出版社争相瓜分的超级大蛋糕。更有甚者,2008年前后经国家教育部或各省教育机构授权纳入中小学语文"新课标"的该作品的简写节译本竟达16种之多,其接受程度在任何英国文学经典的中国化过程中都绝无仅有。仅就译本及其类型的数量而言,斯威夫特在中国传播之广可见一斑。但毋庸置疑的是,多数译本都是多次误读的结果,多雷同、改编,少原创、忠实。事实上,严谨、忠实、具有学术价值的全译本为数不多,仅有人民文学社刊印的张健译本、上海译文社出版的孙予译本和南京译林社推出的杨昊成译本等。而且,跟20世纪中叶之前的译本相比,除严肃的全译本外,近期各类译本针砭时弊、改革图存的意图明显淡化,借奇幻之名抢占市场、顺带寓教于乐的目的则显而易见。随着读者期待视域的变化和发起者对市场的迎合,斯威夫特作品的本来面貌在普通读者的眼前发生了扭曲,甚至"逐渐被打入了育儿室"[①],其中国之行的路线图也繁复起来。

斯威夫特代表作的译介和传播固然兴盛,却是"中外翻译史上罕见的误译"和误读的活生生的案例,甚至可以说,其"中译史本身便是一部误译史"。[②] 这部英国文学史上政治性最强、科幻性最突出、讽刺最犀利的游记体寓言故事,一经多数译者的"创造性叛

① 黄梅:《推敲"自我":小说在18世纪的英国》,北京:三联书店,2003年,第100页。
② 单德兴:《格理弗中土游记——浅谈〈格理弗中土游记〉最早的三个中译本》,《文化研究月报》,2002年第19期。参见 http://www.chinese-thought.org/whyj/006346.htm 所载全文第1页。在原语境中,简写、节选的现象也是司空见惯的。

逆"，就改弦更张或者改头换面，成了妇孺皆知的外国"儿童文学"经典。至今，除列入中小学"新课标"的译本外，国内给《格列佛游记》直接冠以"儿童文学"、"少年文学"甚至"童话"故事之名的简写节译本就多达 23 种，营造出原作面向的是少年儿童以及"小人国与大人国"就是格列佛远游的所有国度的假象。在市场的左右下强调奇幻成分，固然突显了原作文学性的一个方面，却付出了让这部经典在异国他乡的生命发生畸变的代价。在"娱乐"和"另类"至上的社会，甚至格列佛唯恐避之不及的"耶胡"都摇身一变，成了家喻户晓的"雅虎"，还在广告中幻化成无形的动作（"你'雅虎'吗？"）。有意或无意的误译与误读携手，造成了文学经典接受路线的拐向。这一案例印证了"读者反应批评"家的观点——作品一经诞生，其意义和生命就托付给各色读者了，因为"文学作品的本质在于作品效应史的永无止境的展示之中……作品的意义存在于本文与读者的相互作用之中。"①甲为乙证，乙为甲证，外加市场经济的暗相推动，误译和误读现象层出不穷，将斯威夫特经典的域外人生点缀得五彩斑斓。于是，就在泛滥开来的误译和误读中，英国的"英国文学经典"终于成了"中国的英国文学经典。"②

二、内部研究

20 世纪末之前，国内的相关评述不够兴盛，除了 50—60 年代杨耀民、张月超、杨仁敬等人发表的学术论文③外，主要限于译序、

---

① 金元浦：《接受反应文论》，济南：山东教育出版社，1998 年，第 210 页。

② 曾艳兵：《中国的英国文学经典之生成与演变》，《汉语言文学研究》，2010 年第 1 期，第 57 页。

③ 杨耀民的《〈格列佛游记〉论》（《文学研究》，1957 年第 3 期）、张月超的《英国讽刺小说家斯威福特》（《西欧经典作家与作品》，1957 年）、杨仁敬的《〈格列弗游记〉的讽刺手法》[《厦门大学学报（哲社版）》1962 年第 4 期]等论文比较关注斯威夫特小说中的讽刺艺术，带有当时政治化解读的深刻印记。

导读、报刊短文等,多为介绍性、感想式的零散叙说。这些评述和翻译活动是相伴而生的,推动了斯威夫特讽刺作品在中国的传播,但学术性和连贯性都不强,因此整个 20 世纪可以说都只是相关评述的发生期。值得注意的是,近年来与译介出现"井喷"相似的是,斯威夫特代表作在中国的评述盛极一时。进入 21 世纪以来,除难以统计的硕士论文和读后感一类的普通评述外,外语类核心期刊与高校社科学报上刊登的相关论文数达十篇之多,至少有五部学术著作专辟相关章节进行探讨①。近百年来,斯威夫特在中国的"人气指数"依然高登榜首,与英国小说的奠基人笛福不分伯仲。不过,热闹的表象之下,研究深入、阐释严密因而具有较高学术价值的相关论文数量不多。许多文章对斯威夫特及其代表作的讽刺艺术、科幻色彩、批判意识、理性反思、古典主义、乌托邦思想等方面进行了力所能及的解读,但多拘泥于一般的印象式或传记式评述。

　　从研究特点来看,不少论文主要侧重文本内部的分析,其论述丰富了相关内部批评体系的建构。孙绍先从启蒙文学与科学理性的角度出发,阐释了《格列佛游记》对科学理性的调侃和对其中"人性和道德关怀的缺失"的忧虑②;颜静兰从讽刺的角度揭示《格列佛游记》的主题及艺术风格,并讨论了象征、影射、反语、幽默等多

① 这五部著作分别是黄梅的《推敲"自我":小说在 18 世纪的英国》、曹波的《人性的推求:18 世纪英国小说研究》、侯维瑞与李维屏的《英国小说史》、李维屏的《英国小说艺术史》与《英国小说人物史》。李维屏的系列"文学专史"著作对斯威夫特的生平、创作思想、作品的艺术形式、主题和人物形象等都进行了系统的评价,但因为内容交叉,本节不专门进行探讨。

② 孙绍先:《论〈格列佛游记〉的科学主题》,《外国文学研究》,2002 年第 4 期,第 102 页。该文的出发点(第一段结尾)有一个粗浅的常识性错误:"《格列佛游记》绝不是科幻作品,因为它给予读者的不是对所描述奇迹的向往与欣赏,而是一种怪诞。"既然如此,谈其"科学主题"就是无中生有了。"飞岛国游记"不是科幻游记吗?事实上,大多数科幻作品都对科学的滥用表示深切的忧虑,而不是盲目地对科学的前景顶礼膜拜。

种讽刺技巧；①吕玉梅也对《格列佛游记》中对比、影射、反语、夸张、滑稽模仿等讽刺手法的运用及讽刺语气的变换进行条分缕析，从微观的角度探讨了其中的讽刺艺术；②星丛则从幻想文学史的角度出发，论述了《格列佛游记》作为乌托邦幻想小说的特征和意义，认为该作品"综合了正面乌托邦和反面乌托邦的双重幻想"，呈现出"反面—正面—反面—正面"的叙事结构，③体现了作者对科学理性和启蒙运动的质疑。

　　"内部批评"的最高成就是黄梅的著述。在《推敲"自我"：小说在18世纪的英国》一书的第三章中，她先从"南海泡沫"对新古典作家的影响入手，简要分析了18世纪英国盛产讽刺文学的原因及讽刺文学对政治、经济要素的接受，进而指出"童话性是局部的特征；尖锐深邃的讽刺才是其灵魂"④，从而过渡到对斯威夫特讽刺作品的深度阐释。至于社会批评，她没有像"新批评"论家那样把文本孤立开来，而是以"利立浦特的朝廷处处令人想起英国"政坛为先，继而指明在大人国，英国社会成了"被指名道姓地批评的对象"，第三部游记"是直接针对英国皇家学会的"，而第四部游记结尾的反殖民话语则批判的是"英国人征服世界的伟业"，显示出历史批评和文化批评的深度。至于文学论争，她认为格列佛的经历和叙事是"对鲁滨逊们的评论"，而斯威夫特也俨然是"启蒙的抵制者和'现代精神'的敌人"。至于人物形象，黄梅认为格列佛"并非自始至终仅仅是传达讽刺的工具"，而是"具有某种感情深度，这使他或多或少成为'圆形'人物"。为此，她独辟蹊径地分析了格列佛的情感经历，阐明其从"客观、中立甚至迟钝、木讷的观察者"身份

① 颜静兰：《讽刺权贵，嘲弄暴政——斯威夫特的〈格列佛游记〉》，《华东理工大学学报（社科版）》，2003 年第 3 期。
② 吕玉梅：《〈格列佛游记〉的讽刺艺术》，《平原大学学报》，2004 年第 4 期。
③ 星丛：《斯威夫特的双面乌托邦》，参见 http://book.douban.com/review/1633831/，2009 年 1 月 26 日。
④ 黄梅：《推敲"自我"：小说在18世纪的英国》，北京：三联书店，2003 年，第 100 页。

到"对英国式文明"作"直白的抨击"的反对派身份的显著变化。此后,她再次跃升到"叙事"和"创作"的层面,探讨了"叙述的方式由准航海日志"向"'狂欢式'的怪诞奇想"的相应转换及由此给叙事者和作者带来的"人类憎恶者"的骂名,并在对蒲伯的评价的分析中,以讽刺者对人性及自身的全面怀疑终结了自己的"推敲"。总之,黄梅的著作论述细密又洒脱,宏阔又深透,常跨越"故事"、"叙事"和"创作"三个层面,对斯威夫特本人及其小说与政治散文的代表作进行了精辟的分析,是国内相关领域的扛鼎之作。

曹波在对"故事"和"叙事"两个层面的论述中也有独到见解。在《人性的推求:18 世纪英国小说研究》一书的第四章中,他首先探讨了斯威夫特的一般政治性寓言故事,指出"受创作意图的主导,故事中的人物成了政治观念的化身。"[①]然后,他分析了斯威夫特代表作中人性的普遍堕落和四组漫画式人物群雕,认为这些"人物群雕所具有的,主要不是文学意义,而是……社会意义",可以分为"个体人物"和"群体人物"两类。在该章的主体部分,曹波对国外权威的观点——"把格列佛当做遭受了悲剧性异化……的小说人物,这一点是错误的"——提出了异议,认为那是"夸大格列佛的叙事功能、忽略其人物特性的结果"。为此,他借助文本细读和精神分析学,细致论述了格列佛的异化过程:他的经济意识、计算习性和簿记倾向都表明,起初他是一个鲁滨逊式的"经济人";经过数次疏离和潜意识的认同,他逐渐确立了新的身份,把慧骃当做"认同的镜像",完成了"从'经济人'向'政治人'的过渡"。曹波没有局限于人物心理的分析,而是从"故事"层次跃升到"叙事"层次,探讨格列佛"政治意识的崛起"及其叙事态度的转变,指出从竭力维护祖国的形象到直接批判人性的堕落,再到反对殖民主义,这种"语气的变换说明,政治意识的崛起左右了格列佛的叙事",甚至《格列

---

① 　曹波:《人性的推求:18 世纪英国小说研究》,北京:光明日报出版社,2009 年,第 76 页。

佛游记》都成了"英国第一部关于人物'异化'的小说"。① 之后，他又为格列佛的"污秽政治学"做了合理的辩护，认为其"污秽学"其实是一种"狂欢化"的"指向政治的叙事艺术"，将肮脏的生理活动述诸笔端，不过是"嘲弄人是'理性的动物'的启蒙思想"的手段而已。至此，他维护了作者的叙事艺术，指出斯威夫特对笛福的戏仿和对荒诞派作家贝克特的影响。总之，曹波的著述系统发展了黄梅的观点，在"故事"和"叙事"两个层面有所突破。

三、平行比较研究

除了"内部研究"外，不少论文可归入平行比较的研究模式。例如，陶家俊、郑佰青探讨了《格列佛游记》和索尔·贝娄的小说《赛姆勒先生的行星》中共同的"反社会人性母题"，认为两部小说中的"反理性话语……恪守了独特的文学批判精神：批判理性的张狂，反思理性内在的否定逻辑。"②不过，"慧马国游记"是一部乌托邦幻想游记，而贝娄的小说多批判现实主义色彩，两者的可比性不强，而且所引"相似的场景"并不相似，"第三种批判意识"也所指不明。他们认为，慧马"把格列佛变成了一个立志要爬行的呆子"，因为格列佛"完全没有自己的主见和判断力"，这是跟他们力图论证的"反理性话语"背道而驰的误读，忽略了讽刺的对象不是纯理性的慧马或"轻信的"格列佛，而是全无理性的"耶胡"这一事实。此外，张瑄从"面具人格手法的运用"入手，探讨了《格列佛游记》和斯特恩的《多情客游记》在叙事艺术上的异同，认为格列佛和约里克都是"不可靠的叙事者"。③ 对《格列佛游记》和中国文学进行比较

---

① 曹波：《格列佛的异化：从经济人到政治人》，《外语教学》，2008 年第 5 期，第 85 页。

② 陶家俊、郑佰青：《论〈格列佛游记〉和〈赛姆勒先生的行星〉中的反社会人性母题》，《外国文学研究》，2004 年第 4 期，第 142 页。

③ 张瑄：《面具人格：格列佛与约里克形象塑造的一个范例》，《郑州大学学报（哲社版）》，2006 年第 4 期。

的论文不在少数,但略有创见或略微深入的不多,其中蒋玉兰从儿童文学视角出发,分析了前者与《镜花缘》在奇幻世界、历险故事、游戏精神和夸张艺术等四个方面的异同,[①]而刘骥等则"从乌托邦文学角度"分析了前者与《镜花缘》的异同。[②] 甚至还有论者比较了《格列佛游记》与吴敬梓的《儒林外史》在讽刺艺术上的异同,或《利立浦特游记》与唐代传奇《徐玄之》作为奇幻文学的异同。就整体而言,平行研究虽然兴盛,但逻辑严密、富有创见的论述仍然不多。

平行研究较为深入的是刘戈的论文《笛福和斯威夫特的"野蛮人"》。刘戈从"《鲁滨逊漂流记》和《格列佛游记》中都出现了主人公在异域遭遇野蛮人……的情节"这一共同点出发,仔细探讨了"来自文明社会的旅行者所代表的'理性'和野蛮人的'非理性'之间"的"激烈的冲突",指出"笛福在小说中鼓吹理性和进步,利用合理化逻辑为欧洲的殖民扩张披上合法的外衣;而斯威夫特却通过消解文明人和野胡之间的差别,对欧洲人的理性神话进行了深刻的讽刺与批判。"[③]刘文首先分析了两部小说共同的创作背景,指明后者是对"《鲁滨逊》之类作品的讽刺和戏仿",显露出开展互文性研究的迹象,然而又旋即指出,两者中最突出的矛盾是"理性和非理性的对立",即文明的"我们"与野蛮的"他们"之间的冲突,走的显然是平行研究的路线。在分析了《鲁滨逊》与"理性神话"和"欧洲中心主义"的渊源后,刘戈还论述了《格列佛游记》对文明与野蛮、理性与非理性间的对立的消解,认为其"讽刺的重点其实在于人对自己本性的无知以及因无知而表现出的傲慢与虚荣上"。此处的研究倾向于"比较"研究,而非"对比"研究。最后,作者指出

---

① 蒋玉兰:《从儿童文学视角比较〈格列佛游记〉和〈镜花缘〉》,《浙江师范大学学报(社科版)》,2003 年第 5 期。

② 刘骥等:《〈格列佛游记〉与〈镜花缘〉中的乌托邦文学现象解读》,《东北农业大学学报(社科版)》,2009 年第 5 期。

③ 刘戈:《笛福和斯威夫特的"野蛮人"》,《外国文学评论》,2007 年第 3 期,第 120 页。

这两位作家对"理性神话"的矛盾态度，认为这种矛盾是"时代的矛盾"和摆在读者面前的"永久性话题"，"从另一个侧面反映了理性本身的悖论"①。总之，刘戈的论文对同时代的两部代表作中最突出的二元对立进行了较为深入的阐释，突显了两位作家对待理性和文明的不同态度及其在整个"理性神话"史中的地位，是一篇说服力较强的专题性比较研究论文。

在平行比较中，互文性研究——即对《格列佛游记》、莫尔的《乌托邦》、培根的《新大西岛》、笛福的《鲁滨逊漂流记》等前期著作的改写的研究，或者对乔治·奥威尔的《1984》、尤金·扎米亚京的《我们》、老舍的《猫城记》等后期作品的启发的研究——也比较常见。例如，黄梅精辟地指出：《格列佛游记》作为一个整体，是对一种文学题材、体裁和风格的全面戏仿，"即"对鲁滨逊们的评论"。② 不过，营造相似是为了突显不似，因为格列佛的历程毕竟是一种"与鲁滨逊的漂流迥然不同的精神历程"。③ 可以说，就两部小说的互文性展开的论述，是她的创见和深刻所在。曹波则进一步挖掘，指出格列佛最初是鲁滨逊之类的"经济人"，经过痛苦的异化蜕变成了"政治人"，"构成了笛福笔下创业英雄的对立面"；④接着，他上升到"叙事"层面，声称"笛福与斯威夫特各走一端，塑造了对立的两类典型人物：企图颠覆理性的'政治人'，并竭力表现理性的'经济动物'。⑤此外，李洪斌以鲁迅、周作人、老舍等名家的创作为例，分析了"斯威夫特对中国现代讽刺文学的影响，"⑥尤其是有关《格列佛游记》对老舍《猫城记》的启发，其论述略有互文性研究的意味，

---

① 刘戈：《笛福和斯威夫特的"野蛮人"》，《外国文学评论》，2007 年第 3 期，第 120 页。
② 黄梅：《推敲"自我"：小说在 18 世纪的英国》，北京：三联书店，2003 年，第 106、107 页。
③ 同上，第 108 页。
④ 曹波：《格列佛的异化：从经济人到政治人》，《外语教学》，2008 年第 5 期，第 85 页。
⑤ 同上，第 85 页。
⑥ 李洪斌：《斯威夫特对中国现代讽刺文学的影响》，《佳木斯大学社会科学学报》，2008 年第 5 期，第 86 页。

可惜未及深入,语焉不详。总的说来,国内的互文性研究目前仅限于《格列佛游记》与《鲁滨逊漂流记》及少数几部中国现代讽刺作品的关系研究,而且多夹杂在内部批评和平行研究当中,没有形成独立的分支,因而大有拓展和系统化的空间。

斯威夫特的政治寓言作品在中国的译介和研究已有将近 140 年的历史。虽然误译、误读的现象层出不穷,译本的数量和类型却雄辩地证明了其作为讽刺文学和奇幻文学的超常价值及异域之行的长期效应。相关译介在 20 世纪上半叶和 21 世纪初两度步入兴盛期,尤其近年在市场经济和教育体制的刺激下,重复译介的规模及入选中小学课本的速度都令人咋舌。整个 20 世纪,国内对斯威夫特的研究尚处于蛰伏期,研究成果比较零散,未能构成一定的体系,只是在 21 世纪初的十多年间出现"井喷"现象,构建了一个初步的内部批评与传统的外部批评兼顾、平行研究与交互研究并重的批评体系。客观地说,相关研究只在《格列佛游记》与《鲁滨逊漂流记》的文体关系、两位主人公对待"理性神话"的不同态度、格列佛的异化、斯威夫特的讽刺艺术等方面有所突破,构成了斯威夫特中国之行的路线图的基点。然而,对于英国文学史中这样一位举足轻重的小说家而言,国内的研究仍远远不足,未来值得探讨的空间十分巨大。

第四节
菲尔丁研究

菲尔丁(Henry Fielding,1707－1754)是 18 世纪英国著名小说家、英国小说的重要奠基人之一,其代表作《汤姆·琼斯》(*Tom Jones*,1749)展示了非凡而卓越的小说叙事技巧,曾对 18—19 世纪的英国小说产生了深远的影响。20 世纪初,中国学者开始对菲尔丁进行翻译和研究。早期的翻译主要是出于译者兴趣,研究很少。中期受苏联学者影响,菲尔丁作品的翻译和研究得到政府重视，在 1954 年前后的菲尔丁去世 200 周年纪念中形成高潮。改革开放以来，菲尔丁研究发展较快但有待深入，翻译方面则受读者市场影响，《汤姆·琼斯》先后出现四个中译本，《阿米莉亚》等作品也有了中译本，菲尔丁研究进入一个新的历史时期。

一、20 世纪上半叶的菲尔丁研究

18 世纪英国小说家亨利·菲尔丁在 20 世纪初被介绍到中国。1920 年，正在美国留学的吴宓发表《红楼梦新谈》，引用哈佛大学菲尔丁研究学者麦格纳迪尔在《〈汤姆·琼斯〉导言》中"采诸家之说，融会折中，定为绳墨"提出的小说杰作的六大特点来评论《红楼梦》：宗旨正大、范围宽广、结构严谨、事实繁多、情景逼真和人物生动[1]。这是我国比较文学研究的开拓性论文，也让国人初步了解了菲尔丁。后来吴宓在清华大学开设的"文学与人生"研究课中也把菲尔丁列为重点作家，尤其是在"人生—道德—艺术（小说）：小说与人生"和"阅读萨克雷《英国 18 世纪幽默作家》札记"两讲中，他大量引用菲尔丁小说阐述的道德伦理观点，对于菲尔丁在中国的传播起了重要作用[2]。

1921 年 5 月，林纾在陈家麟协助下翻译的菲尔丁（译名"斐鲁丁"）小说《从阳世到阴间的旅行》，以《洞冥记》为书名由上海商务印书馆出版，这是菲尔丁作品中译的最初尝试。张俊才在《林纾评传》"附录（二）"所列 24 种未刊稿中有《洞冥续记》，译稿存商务印书馆，后来焚于战火[3]。查《民国时期总书目·外国文学卷》得知伍光建翻译的《大伟人威立特传》1926 年出版，1933 年重印；他翻译的《约瑟·安特路传》1928 年出版，1933 年重印。《约瑟·安特

---

[1] 吴宓：《红楼梦新谈》，《中国比较文学研究资料 1919—1949》，北京：北京大学出版社，1989 年，第 306 页。

[2] 吴宓：《文学与人生》，王岷源译，北京：清华大学出版社，1993 年，第 31—58 页。

[3] 张俊才：《林纾评传》，天津：南开大学出版社，1992 年，第 321 页。

路传》虽然有不少删节,但毕竟第一次向中国读者介绍了菲尔丁创作的"散文体喜剧史诗"。1937 年,上海大通书社出版了由殷雄翻译的白话本《从阳世到阴间的旅行》,中文译名为《灵魂游历记》[①]。虽然这些翻译介绍还相当有限,在当时产生的影响也不大,但毕竟使菲尔丁开始为国人所了解。除了《鲁滨逊漂流记》的作者笛福和《格列佛游记》的作者斯威夫特之外,菲尔丁是 20 世纪前半叶中国读者开始了解的第三位 18 世纪英国小说家。

此外,应该指出的是,菲尔丁幽默、诙谐的反讽手法已经开始在中国知识界产生影响。钱钟书在英法留学期间曾经深入研究中国文学在 18 世纪欧洲的影响,他自然也关注 18 世纪欧洲文学。在他回国以后创作的小说《围城》中,幽默、反讽是基本叙述手法,《围城》与《汤姆·琼斯》的风格很接近。林海 1948 年在《观察》周刊发表《〈围城〉与〈汤姆·琼斯〉》,对两部小说的艺术手法及作者的创作观进行了有趣的比较探讨。他指出:"钱钟书和菲尔丁根本的相通之处,便是题材无关紧要,要紧的是处理这题材的手腕。"[②]关于钱钟书与菲尔丁艺术手法的比较是很值得深入探讨的问题。

二、建国早期的菲尔丁研究

1954 年适逢菲尔丁逝世两百周年,世界和平理事会把他定为当年纪念的四大世界文化名人之一。当时的苏联学术界对菲尔丁评价很高,甚至发行了菲尔丁纪念邮票。受苏联影响,我国也举办了隆重的纪念活动。10 月 27 日,在北京首都青年宫举行了纪念大会,主办单位有中国人民保卫世界和平委员会、中国人民对外文化协会、中国文学艺术家联合会、中国作家协会和中国戏剧家协会

---

① 北京图书馆:《民国时期总书目·外国文学卷》,北京:书目文献出版社,1987 年,第 64—65 页。

② 林海:《〈围城〉与 *Tom Jones*》,《中国比较文学研究资料 1919—1949》,北京:北京大学出版社,1989 年,第 372 页。

等。出席大会的各方面负责人中有茅盾、罗隆基、楚图南、阳翰生、洪深等。老舍主持大会，郑振铎作了"纪念英国伟大的现实主义作家菲尔丁"的主题报告。10 月 28 日《光明日报》在头版以《我保卫世界和平委员会等团体举行大会，纪念亨利·菲尔丁逝世二百周年》为题作了详细报道。当时我国仅有的两家全国性文学杂志都发表了译文和纪念文章。《人民文学》1954 年第 6 期刊登了潘家洵译的《汤姆·琼斯》第三卷和萧乾的读书札记《关于亨利·菲尔丁》；《译文》杂志 1954 年 10 月号发表了萧乾译、潘家洵校的《大伟人魏尔德传》第四卷。潘家洵在翻译《汤姆·琼斯》小说中的人名时为了突出作家的道德寓意，采取了意译的方法，如把 Allworthy 译为"甄可敬"，把 Square 译为"方正"等。李赋宁为《中国大百科全书·外国文学卷》所撰的"菲尔丁"词条就采用了潘家洵的译名。从上面提到的译文和评论中可以清楚看到潘家洵和萧乾两位前贤的作用。当时全国知名的大学文科学报《文史哲》在 1954 年第 12 期发表了黄嘉德撰写的纪念文章《菲尔丁和他的代表作〈汤姆·琼斯〉》，论文约 13,000 字。该文第一部分简述菲尔丁生平和作品，第三部分指出菲尔丁及其作品的意义，作为论文主体的第二部分从基本内容、主题和人物描写、情节和体裁结构等方面对《汤姆·琼斯》进行了比较全面的分析。这些翻译和论文标志着我国菲尔丁研究第一个高潮的到来。

作为 1954 年纪念活动的一部分，伍光建的节译本《约瑟·安特鲁传》由作家出版社重排出版。紧接着王仲年翻译的全本《约瑟夫·安德鲁斯的经历》1955 年由上海平明出版社出版。同年，景行、万紫翻译的《大伟人华尔德传》出版，而萧乾译的《大伟人江奈生·魏尔德传》则在 1956 年由作家出版社出版。除伍光建的节译本外，两部小说的其他三个译本都曾多次再版或重印。王仲年译的《约瑟夫·安德鲁斯的经历》和景行、万紫译的《大伟人华尔德传》分别在 1957 年和 1962 年两次重印。因为萧乾不久被划为"右派"，他翻译的《大伟人江奈生·魏尔德传》也随之遭殃，而文革以后,随着译者的平反复出,译本随之解禁,并迅速走红:人民文学出版社1981年重印,1992年河南人民出版社再版,1997年译林出版社出版了修订本,一次印数就达一万册。菲尔丁的代表作《汤姆·琼斯》卷帙浩繁,翻译工作难度很大,潘家洵翻译的第三卷毕竟只是全书的十八分之一。李从弼于20世纪50年代中后期翻译《汤姆·琼斯》,其译稿后来由萧乾在20世纪60年代中期修改完成。如果没有"文革"十年动乱的影响,这部菲尔丁代表作的中译本在20世纪60年代就可以问世。除了菲尔丁的小说以外,英若诚翻译的剧本《咖啡店政客》1957年由人民文学出版社出版,这也是迄今为止我国翻译的唯一的菲尔丁剧作。

为了促进菲尔丁研究的开展,苏联批评家叶利斯特拉托娃著《菲尔丁论》(原为苏联高尔基世界文学研究所编写的《英国文学史》的一章)1954年由李相崇译出,发表在《译文》杂志9月号上;此后李从弼的译本由新文艺出版社在1957年出版单行本。

杨周翰以《关于现实主义创作的理论》为题翻译的《约瑟夫·安德鲁斯的经历》的序言和《汤姆·琼斯》的五篇序章,1958年发表在《文艺理论译丛》杂志上。在批评方面,杨绛1957年在《文学研究》第2期上发表了《菲尔丁在小说方面的理论和实践》,对菲尔丁的小说理论进行了深入探讨,指出其来源是亚里士多德的《诗学》,又带有明显的时代特征。关于菲尔丁提出的"散文体喜剧史诗",杨绛写道:"史诗可用散文写,这点意思菲尔丁也有根据。对他起示范作用的塞万提斯在《堂吉诃德》里就有这句话;塞万提斯是采用西班牙16世纪文艺批评家品西阿谟(E. L. Pinciano)的理论。菲尔丁熟读《堂吉诃德》,不会忽略了这句话。"[①]这是对菲尔丁小说理论进行深入探讨的可贵尝试,遗憾的是不久开展的"反右"运动和文学研究中的泛政治化倾向使文学批评走了弯路,《文学研究》1958年第4期专门发表了杨耀民的文章《批判杨绛先生

---

① 杨绛:《春泥集》,上海:上海文艺出版社,1979年,第75页。

English Literary Studies in China: The Studies of English Writers Volume 1

的〈菲尔丁在小说方面的理论和实践〉》。① 张月超在 1957 年出版的《西欧经典作家与作品》中有"英国现实主义小说的奠基者菲尔丁"②一文，对菲尔丁的小说创作进行了全面介绍，并着重分析了他的代表作《汤姆·琼斯》。他指出："菲尔丁继承并发展了西欧文学中优秀的讽刺传统，吸取它的精华，结合他自己的时代的具体内容，创造出了出色的讽刺小说……他并不像拉伯雷、斯威夫特那样以怪诞的幻想形式来描写人生，而是如实描写它。他比塞万提斯是一个更自觉的现实主义者……过去小说中理想主义倾向和幻想的成分在他的作品里完全绝迹了。"③大约同时，范存忠发表了《菲尔丁的〈阿美丽亚〉》，对这部经常遭到非议的小说进行了中肯的分析，实事求是地指出了其成就和历史局限。他写道："彻底地揭露社会现实，深入地分析社会问题——这些，我们认为是《阿美丽亚》的特征，也是菲尔丁现实主义创作的进一步发展……可是，这小说毕竟不是一部没有缺陷的作品。主要缺陷在于：提出问题、分析问题，都从现实出发；而解决问题，并不能走现实主义的道路。"④针对英美批评界对《阿美丽亚》何以未能成为另一部《汤姆·琼斯》的种种推测，范存忠指出："这些解释初看起来，都似言之成理，但却很片面，作家对于社会的认识过程被忽略了，作品的社会意义被抹杀了。"虽然菲尔丁在创作《阿美丽亚》时身体状况很差，"但他的作品并没有智力衰退的表现。正相反，他对社会现实的观察比以前更锐利了，他对社会问题的分析也比以前更深刻、透辟了。菲尔丁的最后一部小说绝不是江郎才尽之作。"⑤

　　这些批评文章由于受到历史的局限，对菲尔丁的评价往往有过于拔高的倾向，如把他视为"启蒙主义激进派"的代表等，但对菲

---

① 孔庆茂：《杨绛评传》，北京：华夏出版社，1998 年，第 137—138 页。
② 此文原载《新建设》1954 年第 10 期。
③ 张月超：《欧洲文学论集》，南京：江苏人民出版社，1981 年，第 242 页。
④ 范存忠：《英国文学论集》，北京：外国文学出版社，1981 年，第 36—37 页。
⑤ 同上。

尔丁小说在中国的传播和影响起了重要作用。萨克雷的《论菲尔丁的作品》1961年在《古典文艺理论译丛》发表,使国内读者得以了解到深受菲尔丁影响的19世纪大小说家对其前辈的批评观点。菲尔丁逝世两百周年纪念活动及后来的译介研究是我国研究菲尔丁的第一个高潮,是西方作家很难得到的殊荣。这一时期最主要的工作是翻译介绍,不仅翻译菲尔丁的著作,而且翻译有关批评资料,这在当时是十分必要的。它为广大读者提供了阅读菲尔丁小说作品的方便条件,也引起了学者的广泛兴趣。这时的研究论文还比较少,且多以综合介绍菲尔丁的成就为主,但杨绛关于菲尔丁小说理论的论文和范存忠关于《阿美丽亚》的研究已经显示了相当的深度,只可惜由于"极左"思潮的冲击,后来的研究走了一些弯路。

三、改革开放初期的菲尔丁研究

1966年开始的"文革"使我国的外国文学介绍和研究处于全面停滞状态,直到1976年"文革"结束以后才逐渐走向正轨。改革开放初期外国文学介绍和研究主要集中在现当代文学,这是完全可以理解的。1981年《国外文学》第2、3期发表了张谷若翻译的《汤姆·琼斯》的18篇"序章"和杨周翰的文章《菲尔丁论小说和小说家》。杨周翰在文章中开宗明义地指出:"几年来我们介绍了不少现代派作家,介绍了科幻小说、侦探小说、畅销书。这些使我们开阔了文学视野,也值得我们借鉴,但给人的印象似乎是古典的优秀的作家相形之下介绍得少了。这些作家有的已介绍过,有的则根本没有介绍过,介绍过的也还有待于全面和深入发掘。下面披露的是英国18世纪小说家菲尔丁的一组文章,希望重新引起读者的兴趣。"①从这段话的最后一句可以看出,杨周翰认为菲尔丁属

---

① 杨周翰:《菲尔丁论小说和小说家》,《国外文学》,1981年第2期,第22页。

于已经介绍过的，但"还有待全面和深入发掘"。

从 20 世纪 80 年代初开始，菲尔丁研究进入了一个蓬勃发展的新时期，而萧乾的贡献是最引人注目的。1982 年萧乾发表了两篇重要论文。一篇是发表在《外国文学研究》第 4 期的《一部散文的喜剧史诗——评〈弃儿汤姆·琼斯的历史〉》，另一篇是发表在《名作欣赏》第 5 期的《〈大伟人江奈生·魏尔德〉的实质》。作为这两部菲尔丁小说的中文译者，萧乾以他对文本和菲尔丁生活时代的全面把握，对这两部小说的精髓进行了深入阐述。这两篇论文后来成为他在 1984 年出版的专著《菲尔丁——英国现实主义小说奠基人》的重要组成部分。这部专著虽然篇幅不长，但在我国英国文学研究史上是填补空白的重要批评著作。全书共八章，前四章分别介绍时代背景、早年生活、戏剧创作以及小说创作的准备、酝酿、探索；后四章分别论述菲尔丁的四部主要小说。萧乾在全书结尾一段中写道：菲尔丁"为 18 世纪的英国留下了几幅史诗般的生活图景，为欧洲现实主义小说开辟了崭新的天地。他还根据自己的创作实践和体会，较有系统地阐发了他的美学观点，提倡以生活为创作的根据，主张作家应力求反映生活的本质"①。同样是在1984 年，萧乾、李从弼合译的《弃儿汤姆·琼斯的历史》由人民文学出版社出版。

就在萧乾、李从弼合译的《弃儿汤姆·琼斯的历史》出版的同时，老翻译家张谷若也在独自进行着《汤姆·琼斯》的翻译工作。《弃儿汤姆·琼斯史》于 1993 年由上海译文出版社出版。《弃儿汤姆·琼斯史》译本序言由张谷若的女儿张玲教授撰写。张译本继承了其早期译作的一贯传统，为了方便读者，添加了许多有关英国历史文化的注释。虽然有些注释之必要与否或可商榷，但是其良苦用心和严谨态度为年轻一代学人、译者树立了榜样。1995 年在

---

① 萧乾：《菲尔丁——英国现实主义小说奠基人》，上海：上海译文出版社，1984 年，第 109 页。

第二届全国优秀外国文学图书奖评比中,张译《弃儿汤姆·琼斯史》获得二等奖。拥有萧乾和张谷若两位著名翻译家分别翻译的《汤姆·琼斯》,可以说菲尔丁是幸运的,中国读者是幸运的。

前文提到杨绛于1957年发表的论文《菲尔丁在小说方面的理论和实践》是菲尔丁小说理论研究方面的重要成果。1980年朱虹在《英美文学散论》中对杨绛的论文给予了高度评价。她指出:"杨先生在肯定菲尔丁从生活实际出发的同时,在我国的外国文学研究工作中第一个详尽地考察了菲尔丁的小说理论、它的具体内容以及它对前人的继承和发展。这不仅有助于我们获得对菲尔丁的更全面的认识,而且也提示着我们要重视艺术形式的继承性问题。"[1]杨周翰的《菲尔丁论小说和小说家》评价了菲尔丁在18世纪小说家中的地位和他关于小说创作的基本观点。李赋宁在20世纪80年代初为《中国大百科全书·外国文学卷》撰写"菲尔丁"词条时,对菲尔丁的创作成就进行了简明而准确的评述。1989年,李赋宁又在《国外文学》发表了论文《菲尔丁与英国小说》。他在论文开头写道:菲尔丁的创作"标志着小说这一文学类型已开始进入成熟阶段。小说不仅叙述故事,而且逐渐把重点转移到结构和人物性格上面。"[2]关于菲尔丁的贡献,李赋宁指出,"菲尔丁的巨大贡献还是在小说艺术的理论和实践方面……在《约瑟夫·安德鲁斯》问世之前,小说这个文学类型和牧歌传奇以及史诗文学没有什么区别:令人难以置信的人物和事件、说教式的散文和异域奇境的背景充斥在文坛上。菲尔丁完全背叛了这个文学传统,他的写作内容是现实世界中的真实生活——自然而熟悉的环境,令人相信的人物,可能发生的事件。此外,他还善于运用幽默和反面讽刺的手法达到说教的目的,因此他成功地实现了寓教诲于娱乐之

---

① 　朱虹:《英美文学散论》,北京:三联书店,1984年,第309页。

② 　李赋宁:《英国文学论述文集》,北京:外语教学与研究出版社,1997年,第184页。

中这一古代就已树立起来的文学理想。"①

四、80 年代后期以来的菲尔丁研究

除了老一辈的研究成果，从 20 世纪 80 年代后期开始，一批年轻学者进入菲尔丁研究领域，他们的研究内容主要体现在三个方面：一是对菲尔丁小说理论的探讨；二是对菲尔丁作品的分析；三是对菲尔丁与中国文学的比较。虽然大家仍然主要从现实主义小说的角度来看菲尔丁，但对其小说艺术、叙事技巧等方面的研究有了新的发展。1996 年陈晓兰在《贵州大学学报》第 1 期发表《离乡、漂泊、返家——18 世纪英国小说的叙述模式》，文章从西方文学漂泊到返家的传统入手，认为"18 世纪英国的现实主义小说是这一传统的普遍而深刻的发扬"②。高奋在与殷企平等合著的《英国小说批评史》的第一编第三章专门研究菲尔丁的小说理论。她在这一章开篇写道："在 18 世纪的英国，只有一个人提出了一套比较完整的小说理论：他就是大名鼎鼎的小说家亨利·菲尔丁。"③高奋从关于小说的界定、虚构与真实、小说的形式、小说家的资格、读者的作用等五个方面论述了菲尔丁对小说理论的贡献。她在关于"读者的作用"一节中指出，菲尔丁"在所有作品的前言、序章中都不放弃与读者交流的机会，一面不断地告诫、指导并教育读者，促使他们逐渐接受他的新观点，抛弃旧观念；一面摆出读者至上的姿态，建立作者与读者之间互相信赖的合作关系。菲尔丁无疑是最早注意到读者在小说中的作用的作家之一"④。

在对菲尔丁小说的研究方面，《汤姆·琼斯》无疑仍然是批评

---

① 李赋宁：《英国文学论述文集》，北京：外语教学与研究出版社，1997 年，第 184 页。

② 陈晓兰：《离乡、漂泊、返家——18 世纪英国小说的叙述模式》，《贵州大学学报》，1996 年第 1 期。

③ 殷企平等：《英国小说批评史》，上海：上海外语教育出版社，2001 年，第 38 页。

④ 同上。

家最为关注的对象,对《汤姆·琼斯》的评论超过了对其他菲尔丁小说批评的总和,涉及《汤姆·琼斯》的叙事结构、讽刺与幽默、善恶斗争主题和现实主义艺术等等。在《论〈汤姆·琼斯〉的叙事结构》一文中,钟鸣反驳了把《汤姆·琼斯》简单归结为流浪汉小说的观点,认为"菲尔丁的小说容量大大突破了传统的流浪汉小说。一般说来,传统的流浪汉小说叙述的是主人公个人的遭遇,情节在一主一仆之间展开。而菲尔丁的《汤姆·琼斯》描绘的广阔的社会生活画面是时代精神的反映。他不仅描写外在的社会现实,而且描写人生、精神及道德的规则。"[①]王治国在《外国文学研究》发表的论文《菲尔丁笔下崇高和邪恶斗争的记录:读〈弃儿汤姆·琼斯的历史〉》先简论菲尔丁的创作和影响,然后重点分析琼斯、索菲娅和布利非三个主要人物形象中体现的正义与邪恶的斗争[②]。蔡圣勤的论文《从解构主义看亨利·菲尔丁的小说》尝试利用德里达的解构理论对《汤姆·琼斯》进行分析,"认为它与解构主义理论有许多吻合之处"[③]。虽然论文的某些观点显得比较牵强,但这种尝试是值得赞赏的。

对于菲尔丁其他小说的研究国内还比较少见,因此应该特别指出刘妞银的贡献。1987年,他在《南京师大学报》发表了《论菲尔丁的小说〈大伟人江奈生·魏尔德传〉》。论文分三个部分,先探讨了菲尔丁创作动机,然后分析小说的政治讽刺意义,在第三部分对以往的批评提出了自己的反思。在他看来,"《魏尔德传》中,菲尔丁涉及土地贵族和资产阶级联合专政下的社会经济不平等与阶级剥削等社会问题。西方学者对此往往避而不谈,苏联学者则常

---

① 钟鸣:《论〈汤姆·琼斯〉的叙事结构》,《江西师范大学学报(哲社版)》,1997年第1期,第53页。

② 王治国:《菲尔丁笔下崇高和邪恶斗争的记录:读〈弃儿汤姆·琼斯的历史〉》,《外国文学研究》,1995年第3期,第70—76页。

③ 蔡圣勤:《从解构主义看亨利·菲尔丁的小说创作》,《武汉理工大学学报》(社科版),2001年第4期,第341页。

常断章取义地进行解释，模糊菲尔丁的原意。而国内的一些文学史或专著在这一点上又完全接受了苏联学者的观点。"①经过对具体文本的分析，他指出："菲尔丁目睹现实生活中社会经济的不平等，对下层广大劳动人民寄以一定同情，与此同时又在思想上肯定洛克的政治学说，主张'制定并且执行公正健全的法律来保护财产和维护公道'，把地主资产阶级看做是社会不可缺少的有益部分。菲尔丁把讽刺矛头指向统治阶级的最上层，深刻揭露并批判了他们的营私舞弊、腐朽堕落，同时又肯定当时社会的基本秩序。"②这种评论是比较公允的。1994 年刘㖟银又在该学报发表了《论菲尔丁的小说〈约瑟夫·安德鲁斯〉》的论文，把菲尔丁小说同理查逊的《帕梅拉》进行了对比分析。他认为："如果说帕梅拉与 B 少爷之间的关系牵涉的主要是婚姻中的门第观念，那么现在安德鲁斯面临的实质上是阶级的选择：要么选择鲍培爵士夫人，做她的情夫，从而可能跻身于上流社会，由此捞点好处；要么选择贫家姑娘芳妮，安于贫困，保持自己的道德纯洁。安德鲁斯选择了后者，成为一个忠于爱情的人物。"③菲尔丁的这两部小说不仅社会批判意义很强，而且在小说艺术方面各有特色，值得认真研究分析。

　　或许是受到吴宓早年把《汤姆·琼斯》与《红楼梦》相比较的启发，不少论文从比较文学的角度研究菲尔丁的作品。1984 年，杨恒达发表了《菲尔丁在小说结构上对欧洲各种文学形式的借鉴》，以比较宽阔的视野探讨菲尔丁的小说。他指出："菲尔丁之所以能在结构方面对欧洲小说发展做出巨大贡献，正是因为他继承和借鉴了古人和同时代人作品中的有益的东西，并加上自己的独创……在结构上对菲尔丁小说有影响的以往文学形式主要是史

---

① 　刘㖟银：《论菲尔丁的小说〈大伟人江奈生·魏尔德传〉》，《南京师大学报》（社科版），1987 年第 4 期，第 45 页。

② 　同上，第 46 页。

③ 　刘㖟银：《论菲尔丁的小说〈约瑟夫·安德鲁斯〉》，《南京师大学报（社科版）》，1994 年第 3 期，第 73 页。

诗、长篇叙事散文(包括流浪汉小说和家庭小说)和戏剧。"①1991
年,刘寒之在《菲尔丁和吴敬梓讽刺艺术的异同》一文中比较两人
的讽刺艺术特点,认为"菲尔丁往往是直接地毫无怜惜地加以嘲
讽,毫不掩饰自己的感情,有时干脆自己亲自闯进书里发表意见;
吴敬梓则采用'皮里阳秋'的笔法,只是客观地描写现实,把自己的
感情深藏在后,如鲁迅所说的'婉而多讽'"②。许爱军的论文则比
较了贾宝玉和汤姆·琼斯的爱情生活经历,并进而分析两位作者
对于爱情与色欲之区别与联系的观点,得出结论说:"贾宝玉和汤
姆·琼斯是两位在爱情和妇女问题上有着类似观点的作家所创作
出来的既淫且情的角色,他们之间有着许多共同之处。"③这些研
究论著对于我们全面认识菲尔丁小说创作的成就和他在英国文学
史上尤其是小说史上的地位都有重要意义。

新世纪以来,菲尔丁著作的翻译方面涌现出了一些新成果。
在 20 世纪 80 年代和 90 年代萧乾、李从弼合译的和张谷若译的
《汤姆·琼斯》分别出版之后,2001 年延边人民出版社出版了邢建
华和华德详合译的《弃儿汤姆·琼斯》;该译本一年之后又由中国
戏剧出版社出版了三卷本。正在进行世界文学名著重译工程的译
林出版社 2004 年出版了黄乔生翻译的《汤姆·琼斯》。同年,译林
出版社还出版了吴辉译的《阿米莉亚》,使菲尔丁的最后一部小说
终于有了中译本。虽然《阿米莉亚》的叙事风格不同于早期的"散
文体喜剧史诗",但要真正理解菲尔丁晚年小说艺术和思想意识的
发展,《阿米莉亚》却是不可不读的。至此,菲尔丁的四部主要小说
都已经有了中文译本,为深入研究提供了有利的条件。

---

① 杨恒达:《菲尔丁在小说结构上对欧洲各种文学形式的借鉴》,《比较文学论文集》,
天津:南开大学出版社,1984 年,第 279 页。
② 刘寒之:《菲尔丁和吴敬梓讽刺艺术的异同》,《沈阳师范学院学报(社科版)》,1991
年第 2 期,第 48 页。
③ 许爱军:《贾宝玉与汤姆·琼斯的爱情观比较》,《国际关系学院学报》,1997 年第 4
期,第 62 页。

近年来,国内菲尔丁研究取得了一些可喜的成就。国内几大主要期刊上发表了不少研究成果,如刘戈的《理查逊与菲尔丁之争——〈帕梅拉〉和〈约瑟夫·安德鲁斯〉的对比分析》(《外国文学评论》2004 年第 3 期)、吕大年的《18 世纪英国文化风习考——约瑟夫和范妮的菲尔丁》(《外国文学评论》2006 年第 1 期)、韩加明的《〈阿米莉亚〉中贵族与平民形象分析》(《国外文学》2007 年第 2 期)与《从容对死亡,风趣说人生——读菲尔丁遗作〈里斯本海行日记〉》(《英美文学研究论丛》2009 年第 2 期)等。此外,国内还出现了以菲尔丁为研究对象的博士论文[1],论文作者以此为基础发表了系列研究成果[2]。上述研究成果视角各不相同,各有新意,代表了国内菲尔丁研究的最新动向与发展趋势。

综上所述,改革开放三十年来对于菲尔丁小说的研究取得了长足的进展,不仅老一代学者做出了突出的贡献,新一代年轻学者也逐渐成长起来,并表现出了相当强的研究能力与潜力。当前存在的主要问题是不少研究比较空泛,一般介绍性的成果比较多,深入而富有新意的探讨较少。由于受到后现代理论的影响,很多学者尝试用新的理论解读、研究菲尔丁,但也有硬套理论的倾向。作为中国学者,既要了解并吸取英美学者研究的新成果,也要发挥我们在中国文化传统中研究英国文学的特有角度的优势。除了对菲尔丁的小说从小说传统、人物性格和叙事特点等方面进行研究,对他生活的社会时代进行探讨之外,我们可以更多地采取比较的方法进行研究,探讨诸如中英小说不同的叙事特点、小说人物的不同表现形式、小说世界与现实社会关系的不同处理方法等等。我们对菲尔丁的小说关注较多,但是不应忘记他也是 18 世纪 30 年代

---

[1] 杜娟:《论亨利·菲尔丁小说的伦理叙事》,华中师范大学博士论文,2008 年。

[2] 杜娟:《伦理权威与宗教救赎:论亨利·菲尔丁小说中的密友形象》,《外国文学研究》,2009 年第 1 期;《论菲尔丁小说中的合理利己主义思想》,《武汉大学学报(社科版)》,2009 年第 4 期;《性格悖论与道德选择——论亨利·菲尔丁小说中的女性解救者形象》,《外国文学研究》,2011 年第 1 期。

最重要的戏剧作家。菲尔丁的戏剧创作近来在国外学术界很受重视,出现了一些有影响的专著,国内还没有人真正研究过他的戏剧,这个空白理应得到弥补。菲尔丁的生活经历是十分复杂的,他不仅是重要的小说家和剧作家,而且是律师和治安法官,也是有影响的报人,还曾经创办职业介绍处等。要充分和全面地理解菲尔丁,我们还应该从他的小说创作与他的治安法官生涯、小说创作与办杂志等方面进行探讨。在总结以往菲尔丁研究的成果时,不应忘记前苏联的研究曾对我国产生的重要影响。虽然前苏联研究有很多局限,但在分析文学与社会的关系等方面也做出了一些成绩,是不应当全盘否定的。这个问题不仅涉及菲尔丁研究,也涉及对我国整个英国文学研究的总结回顾,应该引起重视。

第五节
布莱克研究

布莱克(William Blake, 1757 – 1827)是英国浪漫主义诗歌的伟大先驱。布莱克于 20 世纪初走进中国,并在不同时期、不同方面受到很多的推崇与赞美。布莱克首先是以一个神秘诗人的形象为民国时期的我国读者所崇拜和接受。新中国成立后的五六十年代,他在读者心目中是以一个杰出的进步诗人的形象出现的,其作品深刻的人民性思想、人道主义精神以及现实主义表现手法受到了当时人们的普遍推崇和肯定。80 年代以后,人们更着重从艺术性角度或者创造性地运用多种现代批评方法,剖析其诗作的哲理内涵、非理性因素和神话体系的文化意蕴,以引导读者顾及诗人思想中的深层范畴,认识和接受其作品中那无处不在的"魔鬼的智慧"。

一、民国时期的布莱克评介

周作人是国内布莱克研究的先驱,第一个撰文向中国读者介绍布莱克。1919 年，周作人在《少年中国》上发表了《英国诗人勃来克的思想》一文，首次介绍了布莱克诗歌艺术的特性及其艺术思想的核心。周作人认为，布莱克是诗人、画家，又是神秘的宗教家；他的艺术以神秘思想为本，用诗与画作表现的器具；他特别重视想象（imagination）和感兴（inspiration），其神秘思想多发表在预言书中，尤以《天国与地狱的结婚》一篇为最重要。周作人还第一次译出布莱克长诗《无知的占卜》的总序四句："一粒沙里看出世界，一朵野花里见天国。在你掌里盛住无限，一时间里便是永远。"①这是我们现在一提起布莱克就首先会想到的名句警言。除此而外，周作人在文中还翻译出布莱克的一些短诗，让中国读者初次领会到了这位神秘诗人作品的特质和魅力。周作人首次对布莱克思想的介绍，让当时人开了眼界。田汉在《新罗曼主义及其他》中说："周作人先生介绍英国神秘诗人勃雷克的思想，真是愉快。"同时田汉也译出了布莱克那四句意味深长的话："一沙一世界，一花一天国。君掌盛无边，刹那含永劫。"②此外，徐蔚南在《小说月报》上发表了一首题为《勃莱克》的诗，并在诗中引用布莱克《地狱的箴言》中的诗句③，借此揭示出布莱克诗"力之美"的独特风格。尽管当时布莱克的作品绝大多数没有翻译过来，但通过周作人的介绍和徐蔚南的诗篇，布莱特已在当时的读者心中树立了一个不同寻常的诗人形象。

随着布莱克百周年忌日的到来，中国对布莱克的评介也进入第一个高潮期。1927 年的《小说月报》第 18 卷第 8 期刊有布莱克

---

① 周作人：《英国诗人勃来克的思想》，《少年中国》，1919 年第 1 卷第 8 期，第 47 页。

② 田汉：《新罗曼主义及其他》，《少年中国》，1920 年第 1 卷第 12 期，第 52 页。

③ 诗中的首、末两节有这样的诗句："伟大的勃莱克呵！/我看你的 Life-Mask：/眉头皱着，眼儿瞑着，口儿闭着，/这正表象你彷徨于想象的世界！/你说：'孔雀底傲慢，神底光荣！/山羊底贪欲，神底恩宠！/狮子底忿怒，神底知识！/女儿底裸体，神底事业！'/哦！这是你的伟大呀！/这是你的力呀！/这是你的深呀！/你越了时代，破了周围，/创造了你永远的勃莱克呀！"诗人对布莱克的崇拜之情是溢于言表的，而诗中引号里的四句话即出自布莱克的《地狱的箴言》。

像，并发表了赵景深和徐霞村的两篇纪念文章。赵景深在其文章《英国大诗人勃莱克百年纪念》中介绍了诗人的生平与创作情况，突出了他作为神秘诗人的一面，称他天生一双神秘的眼睛，能够看见别人所不能看见的东西，同时惟其有窥看幻象的天赋，他的诗歌都才穿上了幻想的衣裳。① 徐霞村的文章《一个神秘的诗人的百年祭》也指出布莱克的诗和画充满了神秘的想象和异象，认为他是英国第一个象征派艺术家；作为一个喜欢创新的艺术家，他终能给予艺术以解放，给予艺术以无限②。这一期《小说月报》还刊载了《关于勃莱克研究书目》，收录了 1863 年至 1927 年有关布莱克研究的重要英文书目 23 种，涉及作品集、传记、批评理论等，它在展示国外布莱克研究成果的同时，也为我国研究这位伟大的诗人提供了必要的参考书目。另外，赵景深除了在本期《小说月报》上发表纪念文章外，还在 1927 年的《北新半月刊》第 2 期上翻译了英国批评家富理曼（John Freeman）的一篇纪念布莱克的文章，又在《文学周报》第 288 期上写了一篇《诗人勃莱克百年纪念》，主要论及布莱克的叙事诗《彭·威廉》（William Bond）。此文对诗歌中的象征形象作了精到的分析，认为这首反映布莱克恋爱观的诗篇或许正是诗人自己的写照。

同样，为了纪念布莱克，1927 年的《语丝》杂志分三期连载了徐祖正的长文《骆驼草——纪念英国神秘诗人白雷克》。徐祖正称布莱克"是富于独创精神、深掘到真正的浪漫精神源泉的神秘诗人"③，并特别强调英国浪漫诗人不把全部精神投入政治运动不一定是轻视政治。此外，他还着重从人道精神、崇尚自然和关心性爱问题三方面讨论了布莱克作为浪漫主义先驱者的成就，这对了解和把握布莱克有很大帮助。1927 年 9 月 5 日，上海的《泰晤士报》

---

① 赵景深：《英国大诗人勃莱克百年纪念》，《小说月报》，1927 年第 18 卷第 8 期，第 69 页。
② 徐霞村：《一个神秘的诗人的百年祭》，《小说月报》，1927 年第 18 卷第 8 期，第 73 页。
③ 徐祖正：《骆驼草——纪念英国神秘诗人白雷克》（上），《语丝》，1927 年第 148 期，第 141 页。

也刊发了一篇来自伦敦的电讯，报道了英国纪念布莱克的情况。英伦对布莱克的纪念活动引起了中国文学家的注意。梁实秋读了《泰晤士报》这篇电讯后写了《诗人勃雷克——一百周年纪念》一文，着重对布莱克诗里的幻想和诗里的图画两个问题提出了自己的看法。梁实秋首先批评了一些诗人与批评家对布莱克的趋炎附势的一味夸赞，指出一般所谓诗人与批评家是不够力量对布莱克评头论足的。关于布莱克诗中的幻想，梁实秋认为其"想象的质地，不是纯正的冲和的，而是怪异的病态的。……勃雷克看见的东西，我们在生热病的时候也可以看得见。病态的幻想，新鲜是新鲜的，但究竟是病态的"。关于布莱克诗中的图画，梁实秋说："有诗才的人，同时兼擅绘事，永远是一件危险的事。危险，因为他容易把图画混到诗里去，生吞活剥地搬到诗里去。……勃雷克诗里的图画成分，不但是多，而且是怪的。……在这一点，真不愧是浪漫的先驱。"最后，梁实秋指出："我们五体投地地佩服他的天才，但是要十分惋惜，他没能把他的不羁的幻想加以纪律，没能把他的繁丽怪僻的图画的成分，加以剪裁。在这百年的忌辰，我们赞美他的诗的完美之处，我们更愿在他的诗的不完美处体会出可以进而至于完美的法门。"[①]梁实秋对布莱克的这种评价，是符合他强调理性、秩序、节制的古典主义文学观的。他在《文学的纪律》文中曾指出："文学的活动是有纪律的、有标准的、有节制的。……在想象里，也隐隐然有一个纪律，其质地必须是伦理的常态的普遍的。"[②]梁实秋对布莱克的评价与众不同，他所强调的是想象力的限度，这与他本人的文学观不无紧密的关系。

1927 年布莱克的百年祭辰纪念之后，国内学界围绕布莱克

---

① 梁实秋：《诗人勃雷克——一百周年纪念》，《文学的纪律》，均见其所著《文学的纪律》，上海：新月书店，1928 年，第 84、85 页。另外，对布莱克诗歌艺术颇有微词的不只是梁实秋一人。费鉴照在《新月》月刊第 2 卷第 6、7 期合刊上一文也指出布莱克在诗里"创造神仙世界，拿影像欺骗读者的心灵，引诱他们到达蓬莱瀛洲里去。"

② 同上，第 11、20 页。

诗歌发生了一场火药味甚浓的论战。这次论战的主题是：布莱克是浪漫主义者还是象征主义者？论战的一方是哈娜，以《民国日报》副刊《文艺周刊》为阵地；另一方是博董，以文学研究会创办的《文学周报》为阵地。论战的起因是哈娜在《文艺周刊》第 4 期至第 8 期上发表的长文《白莱克的象征主义》，引起博董的异议。博董在《文学周报》第 307 期发表文章《勃莱克是象征主义者么》，认定布莱克属于浪漫主义者，并区分了布诗中的象征（即"本来的象征"）与象征主义的象征（即"情调象征"）两者之间的差异。此文得到了哈娜的回敬与辩驳。博董又写了《浅薄得可笑的哈娜》一文坚持己见。针对哈娜在《文艺周刊》上接连不断的反批评，博董也在《文学周报》上相继写了《三论勃莱克》、《哈娜的译诗》、《再抄一点书赠给哈娜》、《勃莱克确是浪漫主义者——示可怜的哈娜》等文章，提供数种中外著作做例证，说明布莱克绝非象征主义者。[①] 这一场两人之间拉锯式的论争，尽管现在看来并不值得，因为其论题的是非再清楚不过，但在当时这好几个回合的笔战至少让人们了解了作为修辞手法的"象征"与作为文学运动的"象征主义"之间的区别，弄清了所谓文学上的一种主义有哪些必要的因素，同时也促使人们进一步去注意与了解布莱克。

在我国介绍布莱克的第一个高潮期中，特别要提的是一篇长达三万五千字的论文，这就是邢鹏举的《勃莱克》。这篇文章在1929 年《新月》第 2 卷第 8、9、10 期上连载，代表了当时探讨布莱克思想、诗画艺术的最高水平，即便到现在仍有很大的参考价值。此文用诗一般的语言称赞布莱克的许多诗集都是美不胜收的杰作。对于布莱克的魅力，邢鹏举说："我们平心静气地论起勃莱克来，只觉得他那种伟大的精灵，还不时地挑拨着我们的心弦，起了一种不可思议的共鸣作用。他好像是个光芒万道的北斗辰星，我

---

① 博董这些文章发表在《文学周报》1928 年第 322—325 期上。

们看得见，可是抓不住他。"① 而他的诗，完全是生命的宣言、心灵的妙曲、抒情的意想。邢文还详细剖析了布莱克关于想象、自然、人生的观念，并指出布莱克解释宇宙的唯一方式，便是从神奇的想象出发，参透了艺术的美质、自然的象征和人生的神秘，他把诗的天才、真的现实和爱的活力，都送到伟大的永恒界去，此即布莱克所创设的"艺术的宗教"。文章最后总结认为，布莱克确是一个伟大的诗人，对于他，诅咒便是赞美，怀疑便是崇拜，排斥便是拥护。② 总而言之，邢鹏举在这篇长文中对布莱克做了相当高的评价，对其思想观念做了透彻的分析，写了对其诗歌的深刻的感悟，把握住了布莱克复杂思想的核心和诗画艺术的精髓。这一时期也有其他著作论及布莱克，如滕固在《唯美派的文学》中把布莱克称为近代唯美运动的先锋，认为他用神秘的金锤打开了美的殿堂③；林惠元译的《英国文学史》则把布莱克称为浪漫主义的先驱者，指出他比华兹华斯更早用简单的言语来表现诗人的深思。④

此外，徐志摩也是当时布莱克诗歌的重要译介者。布莱克有一首非常有名的诗 The Tiger，《诗刊》1931 年第 2 期上发表了徐志摩翻译的这首题为《猛虎》的名诗。《猛虎》一诗的译文是徐志摩的得意之作。他自认为体会到了原诗的精神，也表述了原诗的力量，同时在译诗中也展现了自己的诗风，诗集《猛虎集》的题名即由此而来。这一选择本身就表明了徐志摩对布莱克的认可与接受。这首诗的象征艺术吸引了徐志摩，这在他的《地中海》、《石虎胡同七号》等诗中都有所展示。徐志摩还为布莱克象征艺术的"神秘性感觉"辩护过，并引用布莱克《天真的占卜》中的诗句来阐明自己信奉神秘主义的观念。

---

① 邢鹏举：《勃莱克》（上），《新月》，1929 年第 2 卷第 8 期，第 4 页。
② 同上。
③ 滕固：《唯美派的文学》，上海：光华书局，1927 年。
④ 德尔莫：《英国文学史》，林惠元译，上海：北新书局，1930 年。

综上所述,1919 年周作人首次介绍布莱克以来,布莱克在民国时期的中国学界基本上是以一个神秘诗人的形象出现的。其中除了梁实秋等人根据自己的文学观批评了布莱克没有约束、规划自己的幻想以外,大部分介绍性、纪念性和研究性文章都给予布莱克很高的评价。邢鹏举那篇长文尤为突出,它让我们真正窥见了布莱克这位神秘诗人的独特魅力。不过,这一时期布莱克的许多诗篇尚未得到译介,很大程度上影响了普通读者对其诗歌艺术魅力的欣赏与理解。

二、建国早期的布莱克研究

建国初期,我国的外国文学研究在"学习苏联"的口号下翻译介绍了苏联以及其他各国进步作家的文章和论著,"阶级分析方法"比较盛行。当时对布莱克的介绍与研究也受到很大影响。1955 年,《译文》发表了英国评论家阿诺德·凯特尔的文章《过去文学的进步价值》。文中谈及布莱克的名诗《伦敦》时说,该诗"是资产阶级社会的一幅丑恶图画,……它使我们更深刻了解资本主义的性质,引起我们的深切的愤怒,这样就把我们在精神方面组织起来,使我们更有力量参加摧毁资本主义的工作。"[①]1956 年,《文史译丛》创刊号上登载了译自苏联大百科全书的《英国文学概要》,其中也把布莱克看做是与反动势力对抗的民主作家。1959 年,前苏联文学史家阿尼克斯特的《英国文学史纲》中译本同样认为布莱克借助象征手法来表现他的深刻的进步民主思想。

1956 年"双百"方针的提出使外国文学研究领域内初步形成了一个欣欣向荣的局面。加之 1957 年又适逢布莱克诞生二百周

---

① 　阿诺德·凯特尔:《过去文学的进步的价值》,杨宪益译,《译文》,1955 年第 10 期,第 197 页。

年，世界和平理事会号召全世界人民纪念这位杰出的诗人兼画家，我国对布莱克的介绍和研究在此影响下，进入第二个高潮时期。布莱克被看成是一个杰出的进步诗人，为我国读书界、批评界所广泛关注。1957年，人民文学出版社出版了《布莱克诗选》。与此同时，批评界在有限的几年内发表了多篇评论文章，如卞之琳的《谈威廉·布莱克的几首诗》(《诗刊》1957年7月)、袁可嘉的《布莱克的诗——威廉·布莱克诞生二百周年纪念》(《文学研究》1957年第4期)、范存忠的《英国浪漫主义的先驱——威廉·布莱克》(《江海学刊》1960年第1期)、戴镏龄的《论布莱克的〈伦敦〉》[《中山大学学报(社科版)》1957年第3期]，这些成为建国早期布莱克研究的重要成果。

卞之琳在《谈威廉·布莱克的几首诗》一文中探讨了"进步诗人"布莱克创作的诸多方面，是当时我国研究布莱克的一个概括。卞之琳认为，布莱克"一贯站在人民一边，同情民主和自由的要求；同情民族解放，妇女解放；同情被压迫的国内外劳苦大众，同情被作为奴隶贩卖的黑人；他一贯支持革命，拥护和平，反对战争；他支持美国人民和法国人民的被迫进行的武装斗争；他反对专制暴政，反对一切'国王和教士'，反对一切'吞食者'，反对资本主义发展带给劳动人民日益加重的剥削和压迫……。"①他在分析布莱克作品时，紧密联系我国当时的社会主义建设情况，带有鲜明的时代特色与政治色彩。

袁可嘉的长篇论文《布莱克的诗——威廉·布莱克诞生二百周年纪念》发表在1957年的《文学研究》上，其基本观念与卞之琳的文章十分相似，着重从思想性角度论述了布莱克诗歌作品的几个主要方面，如：反对侵略战争；歌颂美国、法国革命；抨击统治阶级、教会和礼教；革命的人道主义；作为进步诗人的局限性等。文章还结合作品详细分析了布莱克诗中深刻的人民性和现实主义手

---

① 卞之琳：《谈威廉·布莱克的几首诗》，《诗刊》，1957年第7期，第87—88页。

法的特点,并特别强调了进步诗人的人道主义思想问题,最后认为布莱克不愧是英国革命浪漫主义诗歌的伟大先驱。[1] 在《布莱克诗选》的译序中,袁可嘉也同样强调了布莱克诗作、画品表现出的人道主义精神和对现实社会的批评,又指出布莱克晚年倒退一步从革命人道主义回到一般人道主义的倾向,其标志是越来越多地宣传"忠恕之道",但这又并非其思想的主流。

1960 年,范存忠在《英国浪漫主义的先驱——威廉·布莱克》一文中也是把布莱克作为英国进步浪漫主义作家看待,指出布莱克在内容与形式方面都是最富于独创性的,其作品中出现的神话式的巨人形象以及人化的自然力量,实开欧洲文学史上"巨人主义"的先河,而作为一个"探索者",布莱克既探索资本主义社会的奥秘,也探索揭露这个社会的艺术,在他探索性的作品中,他引导读者背弃黑暗现实,为追求美好的理想而斗争,因而也就成为英国第一个进步浪漫主义者,与后来的拜伦、雪莱并驾齐驱[2]。

由上可见,与民国时期布莱克在中国的神秘诗人形象不同,新中国成立后的五六十年代,布莱克在读者心目中是作为一个杰出的进步诗人的形象出现的。学界着重从思想方面对布莱克给予高度肯定,尤其重视诗人作品中深刻的人民性思想、人道主义思想(特别是革命的人道主义思想)以及现实主义的表现手法,等等,同时对布莱克诗作在思想与艺术方面的所谓局限性做了批评。《布莱克诗选》的出版也是这位伟大诗人进入中国的旅途中一件值得纪念的事情。当然,这一时期我们对布莱克作品的思想阐述并非无懈可击,从艺术性角度对其作品的深刻分析则远远不够,而这正是下一阶段布莱克研究中的重要内容。

---

[1]　袁可嘉:《布莱克的诗——威廉·布莱克诞生二百周年纪念》,《文学研究》,1957 年第 4 期。

[2]　范存忠:《英国浪漫主义的先驱——威廉·布莱克》,《江海学刊》,1960 年第 1 期。

三、新时期以来的布莱克研究

80 年代后，布莱克在中国的研究与接受进入了一个新的历史阶段。人们更着重从艺术的角度去展现布莱克诗作的独特魅力，并创造性地运用多种现代批评方法，深刻剖析其诗歌中丰富的哲理内涵，特别是对其后期作品中的非理性因素以及神话体系的文化意蕴做了探讨，从而揭示布莱克思想的复杂性、深刻性和超越性。

在这一时期，首先值得注意的是王佐良的长文《英国浪漫主义诗歌的兴起》。此文把布莱克当做整部英国诗史上的第一流大诗人，认为 20 世纪西方文学研究的重要成果之一正是对于他的重新发现和阐释。作者还特别分析了布莱克诗歌中不同属性的形象与形象的连接迭嵌的"现代"手法，指出这正表现了布莱克想象力的飞腾。文章最后对布莱克的评价也非常中肯："无论就内容上的尖锐性和表现上的有力与美丽来说，他的短诗都是前无古人的，而他的长诗，连形式都是一种独创，其深刻的内容是在今后若干年内都会有人去发掘的。毫无疑问，布莱克是整个英语诗史上最重要的诗人之一。"①王佐良在这篇长文中对布莱克的切合实际的评价，为新时期的布莱克研究做了良好的铺垫。从 80 年代初期到中期的几篇文章，如牛庸懋的《略谈布莱克的两首诗》、冯国忠的《从〈天真之歌〉到〈经验之歌〉》、蔡汉敖的《介绍一位自学成才的诗人威廉·布莱克》等②，对布莱克及其作品的评价多承续以往的学术观点，也为我国读者在时隔 20 多年后再接受布莱克起了一种桥梁作用。

1988 年《读书》杂志刊载张德明的文章《魔鬼的智慧——谈

---

① 　王佐良：《英国浪漫主义诗歌的兴起》，《外国文学研究集刊》，1980 年第 2 辑，第 66 页。

② 　牛庸懋文载《河南师大学报》1982 年第 5 期；冯国忠文载《读书》1984 年第 5 期；蔡汉敖文载《山西师大学报》1986 年第 4 期。

"在地狱里采风"的布莱克》是中国深入研究布莱克的第三阶段到来的重要标志。文中指出布莱克的主要兴趣是凭借一系列他自称为"先知书"的散文诗和长诗,把"宗教神秘主义、社会批评、感官的强度和哲学的思辨奇妙地熔于一炉"①。他的一部预言式的奇书《天堂和地狱的婚姻》是其思想的"真正诞生地和秘密"②,它为诗人构建神秘的象征主义体系奠定了思想基础。而在诗人创作的一系列预言式长诗中则用象征的符号体系来阐释当代历史事件,努力找到其中隐含的个性结构,揭示出人类的命运前途。

　　布莱克诗歌之所以难以理解,还有一个原因是诗中有浓厚的非理性因素,从这一点看来,布莱克的诗歌精神不自觉地预言了现代主义的诞生。张炽恒的文章《布莱克——现代主义的预言者》对这一问题做了很好的阐述。作者认为布莱克诗中的"非理性"虽然与现代主义主张的非理性不同,但其本质都是对以前的宗教、哲学和艺术传统的反叛。因而,"他为自己狂放不羁的天性所驱,为自己的非理性的宗教哲学观所驱,真诚地沉浸在自己的'神秘'的用象征的手法创造的天地里。正是这种非理性和真诚,使他的思维、情感经常陷入混乱之中;也正是这种非理性的真诚,使全体现代派诗人,在他那儿获得了启示和灵感。……他的创作实践,以其超越时代的精神,预言了现代主义的诞生。"③

　　在阐释布莱克作品方面,《名作欣赏》1994 年第 1 期发表了题为《〈病玫瑰〉的创造性阅读》的译文。该文用形式主义、心理分析、原型和道德哲学几种批评方法阐释了布莱克名诗《病玫瑰》的不同侧面,提供了创造性阅读的多种可能性,从而对研究者运用新方法研究传统作品在方法论上具有指导性意义。丁宏为的《重复与展

---

①　张德明:《魔鬼的智慧——谈"在地狱中采风"的布莱克》,《读书》,1988 年第 8 期,第 108 页。

②　同上,第 109 页。

③　张炽恒:《布莱克——现代主义的预言者》,《外国文学评论》,1989 年第 4 期,第 106 页。

开：布莱克的〈塞尔〉与〈幻视〉》涉及布莱克思想的深层面，论述也很有深度。文章联系诗人思想及其他作品，通过对诗人这两篇早期作品的细读分析，指出应把《幻视》视为《塞尔》主题的接续与展开，从而否定了西方评论界有关这两首诗的流行观点[①]。杨小洪的论文《布莱克〈伦敦〉探微》则用现代批评方法对这首诗做了详细剖析，着重从语言的歧义性与表现的多维性、语象的反逻辑性与潜在的阐释模型、性的觉醒及其挑战、血腥的割礼和生命的枯萎等几个方面揭示了《伦敦》一诗的深层意蕴[②]。他在《布莱克〈经验之歌〉的系统结构》一文中，借鉴系统论方法对布莱克诗作进行探讨，揭示出了这些诗篇中的意象——象征子系、叙事子系、社会角色子系等意蕴颇深的层面结构，也对《伦敦》中的历史场景做了精到的剖析[③]。胡建华的文章《布莱克的"人类灵魂的两种对立状态"》也论述了布莱克心目中的"全人"形象[④]。以上这些文章都为我国的布莱克研究向纵深拓展做了许多有效的工作，也为后来者更深刻地理解和接受布莱克诗中那种"魔鬼的智慧"积累了经验。

近年来，对布莱克诗歌的研究与评论出现了新的阐释动向与发展趋势，较有代表性的论文有丁宏为的《灵视与喻比：布莱克魔鬼作坊的思想意义》（《外国文学评论》2007 年第 2 期）、蒋显璟的《论威廉·布莱克的神话体系》（《文艺研究》2011 年第 9 期）、陆建德的《诗人与社会——略谈大江健三郎与威廉·布莱克》[《上海师范大学学报（哲社版）》2012 年第 2 期]等。丁宏为从"灵视"（vision）与"喻比"（allegory）两个概念出发，通过细读布莱克的诗歌文本，阐发了布莱克"魔鬼作坊"的思想意义。蒋显璟把布莱克的

---

① 丁宏为：《重复与展开：布莱克的〈塞尔〉与〈幻视〉》，《外国文学评论》，1993 年第 1 期。
② 杨小洪：《布莱克〈伦敦〉探微》，《杭州师院学报》，1995 年第 4 期。
③ 杨小洪：《布莱克〈经验之歌〉的系统结构》，《外国文学评论》，1996 年第 3 期。
④ 胡建华：《布莱克的"人类灵魂的两种对立状态"——从〈天真与经验之歌〉到〈天堂与地狱结婚〉》，《外国文学》，1996 年第 3 期。

自创神话体系置于当时的历史文化背景中，指出其本质在于讲述人类的异化。陆建德则重申布莱克在预言诗中对权威、社会习俗和成见的蔑视和对自然力量的歌颂，并由此分析布莱克预言诗对日本作家大江健三郎的重要影响。这些研究成果对于多角度理解布莱特的诗歌极为有益，代表了国内布莱克诗歌研究的最新成就。

　　经过近百年来的译介、研究与接受，国内对布莱克这样一位伟大的浪漫主义先驱诗人有了较为真实而全面的认识。布莱克早已不再是最初进入中国时的"疯子"形象，其作品中的神秘主义思想也受到了比较客观的评价。尤其是近三十年来，其作品复杂的思想内涵与核心层面更是得到了较多客观而理性的探讨。不过，"天才艺术家"布莱克一直是 20 世纪西方英国文学研究中的"显学"①，但是他在中国所受到的重视程度仍远远不足。与莎士比亚一样，布莱克也是难以穷尽的，他更属于未来的世纪，恰如他自己所说的那样："时代是相同的，但天才始终高出于时代之上。"②

---

① 蒋显璟：《论威廉·布莱克的神话体系》，《文艺研究》，2011 年第 9 期，第 45 页。
② See Alexander Gilchrist, *The Life of William Blake*, Volume I, London：Macmillan, 1880, p. 311.

第三章

19 世纪英国文学研究(上)

第一节
总 述

18 世纪末至 19 世纪早期,英国浪漫主义兴起,涌现出了一大批杰出的诗人,如华兹华斯、柯勒律治、骚塞、拜伦、雪莱、济慈、司各特。前三位诗人被学界称为"湖畔派诗人",其中华兹华斯可能是最早被译介到中国的英国浪漫主义诗人。1900 年,梁启超在《清议报》上发表的《慧观》一文最早介绍华兹华斯。1902年,他在对话体小说《新中国未来记》中称拜伦是"英国近世第一诗家"。他可能也是国内拜伦的最早译介者。1907 年,王国维的《英国大诗人白衣龙小传》把拜伦当做浪漫主义大诗人,并做出评传式的批评。同年,鲁迅的著名论文《摩罗诗力说》更是开启了英国漫主义诗歌研究的重要先河。此外,清末民初时期的一些重要学人,如马君武、苏曼殊、胡适,也都是英国浪漫主义诗歌的重要译介者。由于他们的主要译介对象是拜伦,因而形成了国内第一波"拜伦热"。这一时期译介与评论的主基调是高举文学革命与启蒙主义的思想大旗,秉持功用主义的文学思想,着重强调拜伦以及其他浪漫主义诗人作品中的反抗、叛逆与争取自由的价值取向，而苏曼殊所代表的审美主义批评倾向则不太为人所关注。此后一百多年来，英国浪漫主义诗人经常成为外国文学译介与批评的热点或重点，政治解读与审美批评的二元张力贯穿始终，涌现出了不少引人注目的学术成果。

"五四"新文化运动时期，英国浪漫主义诗歌在中国的译介与评论掀起了一次高潮，一些主要诗人在 20 年代受到了国内学界的极大关注。当时的代表性论文有周作人的《诗人席烈的百年祭》、宋春舫的《近世浪漫派戏剧之沿革》、沈雁冰的《文学上的古典主义、浪漫主义和写实主义》等。1921 年，胡愈之在《东方杂志》上发表《英国诗人克次（即济慈）的百年纪念》，较早对济慈进行评介。1923 年，创造社在《创造季刊》上推出"纪念雪莱专号"，发表多篇重要文章，如张定璜的《Shelley》、徐祖正的《英国浪漫派三诗人拜轮、雪莱、箕茨》、郭沫若的《雪莱的诗·小序》与《雪莱年谱》，对雪莱进行了集中的译介与评论，形成国内雪莱译介与评论的第一次热潮。1924 年拜伦一百周年之际，文学研究会在《小说月报》第 15 卷第 4 期上推出"拜伦纪念专号"，发表各类译介与评论文章近三十篇，引发了第二次"拜伦热"。当时发表的不少评论文章具有很高的学术价值，如王统照的《拜伦的思想及其诗歌的评论》、沈雁冰的《拜伦百年纪念》、汤澄波的《拜伦的时代及拜伦的作品》、耿济之的《拜伦对于俄国文学的影响》等。当时对浪漫主义的译介与评论主要以拜伦、雪莱为对象，所看重的大多是他们诗歌中的抗争与反叛意识，审美层面的关注明显不足。

学界对英国"浪漫主义"文艺思潮做整体性的探讨或理论性的思考，晚于对浪漫主义诗人的译介与评论，并且经常融入对西欧浪漫主义文学的整体论述之中。浪漫主义被视为西方近代文艺思潮从古典主义向自然主义演变与发展中的重要一环，如胡愈之在《近代文学上的写实主义》一文即是将浪漫主义看成是欧洲近代文艺变迁的四大历史时期之一。文学研究会与创造社是"五四"新文化运动时期出现的两大文学团体，尽管所秉持的文学理念完全不同，但是对西方浪漫主义文学的评价不无相似之处，并经常涉及"文学革命"或"革命文学"等论题。沈雁冰在《文学上的古典主义、浪漫主义和写实主义》一文中将浪漫主义与古典主义进行了详细比较，认为其主旨在于"极力推尊思想自由、个人主义和返于自然"，但同时认为浪漫主义文学尽管与法国革命同时产生，但是算不上"彻底的革命文学"。① 在《拜伦百年纪念》中，沈雁冰指出之所以纪念拜伦，是因为"他是一个富于反抗精神的诗人，是一个从军革命的诗人"。② 汤泌则认为英国浪漫主义文学是19世纪初英国文学革命的结果，即"推倒古典派的文学，而创造平民的文学"，并将华兹华斯、柯勒律治、拜伦、雪莱、司各特等浪漫主义诗人看成是"当时文学界革命的巨子"。③ 在提倡"文学革命"的文化氛围中，周作人在《诗人席烈的百年忌》中将雪莱、拜伦定义为"革命诗人"。诵虞也将拜伦、雪莱称作"19世纪的两个革命诗人"④。当时大多数评论文章围绕拜伦、雪莱的叛逆性格与反抗精神展开。不过，由于中国处于现代学术形塑的早期，在文学革命与文学启蒙主义思想的影响下，对浪漫主义诗歌的评论还不时存在明显的误读与误判，如郭沫若认为浪漫主义"一方面要反抗宗教，而同时又要反抗王权"，并将莎士比亚、弥尔顿也看成是"这一派文学的伟大代表"。⑤

在英国浪漫主义诗人中，"湖畔派诗人"华兹华斯等人所受到的关注程度明显逊色于拜伦、雪莱，被译介与评论的程度很难与他们平分秋色。由于这两组浪漫主义诗人在诗歌创作与政治态度方面存在明显的差异，身处特殊文化与思想语境中的国内学人必然

---

① 沈雁冰：《文学上的古典主义、浪漫主义和写实主义》，《学生》，1920年第7卷第9期，第8、10页。

② 沈雁冰：《拜伦百年纪念》，《小说月报》，1924年第15卷第4期，第2页。

③ 汤泌：《十九世纪初叶英国文学革命运动的概观》，《复旦》，1922年第14期，第37—38页。

④ 诵虞：《十九世纪的两个革命诗人：拜伦与雪莱》，《民国日报·觉悟》，1924年第4卷第27期，第1—2页。

⑤ 郭沫若：《文学与革命》，《创造月刊》，1926年第1卷第3期，第8页。

有所选择与舍弃。20年代初期的"拜伦热"、"雪莱热"之后，从未出现过对"湖畔派诗人"推崇或追捧的热潮。整个20年代至30年代初，相关独立评论文章寥寥可数。关于华兹华斯，比较重要的评论文章有陈永森的《自然诗人华士华斯评传》（《绮虹》1931年第1卷第7期），该文较早将华兹华斯看成是"自然诗人"。不过，一些综合性评论文章与文学史、文艺思潮著作对"湖畔派诗人"都有相当篇幅的介绍或评述，较少有厚此薄彼的现象。1925年，张资平在《晨报副刊》上发表系列文章介绍欧洲浪漫主义文学，其中"英国的浪漫主义"一节从浪漫主义诗歌的发展角度对他们做出区分，认为"湖畔诗人"是英国浪漫主义诗歌的开山鼻祖，而拜伦、雪莱、济慈三人将英国浪漫主义推向高潮。欧阳兰称华兹华斯以及柯勒律治、骚塞三人为"湖畔三诗友"[1]。吕天石尊"湖边诗人"为"浪漫运动领袖"[2]。徐名骥在《英吉利文学》中认为19世纪早期是英国浪漫主义的全盛时期，誉之为"英国诗歌的黄金时代"[3]，20年代中后期起，国内的"拜伦热"、"雪莱热"也逐渐归于理性，对拜伦、雪莱评论从一味赞美转入反思与批评。在《现代中国文学之浪漫的趋势》（1926年）一文中，梁实秋批判了国内文坛对西方浪漫主义的过分崇拜。

　　30—40年代，由于受国内动荡的学术环境的影响，国内所发表的浪漫主义评论文章数量减少，但是却表现出了新的特征，说明当时对浪漫主义的批评与研究进入一个新的阶段。"五四"时期，对浪漫主义的译介与评论主要以新文学作家为主，而这一时期却出现了"学院派"的研究论文。一些曾留学欧美的专业学者分别发表了多篇重要论文，如曾觉之的《浪漫主义试论》（《中法大学月刊》1933年第2卷第3—5期）、吴达元的《拉马丁与拜伦》[《清华大学

---

[1]　欧阳兰：《英国文学史》，1927年，第132页。
[2]　吕天石：《欧洲近代文艺思潮》，上海：商务印书馆，1931年。
[3]　徐名骥：《英吉利文学》，1933年，第16页。

学报（自然科学版）》1936 年第 2 期]、方重的《诗歌集中的可罗列奇（即柯勒律治）》（《国立武汉大学文哲季刊》1933 年第 1 期）、费鉴照的《济慈心灵的发展》（《国立武汉大学文哲季刊》1931 年第 3 期）、郑朝宗的《论雪莱的〈诗辩〉》（《文艺先锋》1944 年第 1—2 期）、张贵永的《从英国先期浪漫主义到赫尔德的历史思想》（《国立中央大学文史哲季刊》1945 年第 1 期）等。这些论文受到欧美批评界的影响，较少带有文学启蒙或文学功用主义的色彩，而是从较为纯粹的学理层面，对某一个学术课题作"学院化"的探讨。

民国时期，拜伦、雪莱一直备受关注，译介与研究名列前茅。在"湖畔派诗人"中，华兹华斯受到的评价最高，在综合性的评论文章中受到的评价一直最高，1947 年还出现第一部评论著作，即李祁的《华茨华斯及其序曲》。值得一提的是，柯勒律治自 20 世纪初一直少有译介与评论，但是在 30 年代却获得了很大关注。除了上述方重的重要论文外，1934 年柯勒律治逝世百年之际，《文艺月刊》第 6 卷第 5—6 期推出"柯立奇（即柯勒律治）、兰姆百年祭特辑"，其中刊登了柳无忌的《柯立奇的诗》、巩思文的《兰姆与柯立奇的友谊》以及柯勒律治多篇诗歌中译。这是民国时期对柯勒律治最集中的一次译介，其中柳无忌的长文《柯立奇的诗》是当时柯勒律治的重要评论文章。30 年代，学界也发表了不少关于济慈的评论文章，尤其是费鉴照发表了多篇论文，如《济慈心灵的发展》[①]、《济慈与莎士比亚》[②]、《济慈的一生》[③]、《济慈美的观念》[④]等，费鉴照由此成为当时最重要的济慈研究学者。"湖畔派诗人"中的骚塞一般只在一些文学史著作中有所涉及，译作与评论难得一见。

以苏联学界为代表的左翼文艺思潮对浪漫主义的评价于 30

---

① 载《国立武汉大学文哲季刊》1931 年第 2 卷第 3 期。
② 载《文艺月刊》1934 年第 6 卷第 4 期。
③ 载《文艺月刊》1935 年第 7 卷第 4 期。
④ 载《文艺月刊》1935 年第 7 卷第 5 期。

年代传入中国。周扬的《高尔基的浪漫主义》(《文学》1935年第4卷第1期)、周起应的《关于〈社会主义的现实与革命的浪漫主义〉》(《现代》1934年第4卷第1—6期)等文章已经对"进步的浪漫主义"、"革命浪漫主义"等概念进行阐发。国外一些相关文章被翻译成中文，如《苏俄的浪漫主义》[①]、《社会主义的写实主义与革命的浪漫主义》[②]、《新现实主义与革命的浪漫主义》[③]以及高尔基的《论浪漫主义》[④]等，其中对"革命浪漫主义"均有分析。不过，苏联批评界对浪漫主义的评价对30—40年代英国浪漫主义诗人的研究影响不大。

建国后，苏联文艺观以及政治意识形态开始对国内英国浪漫主义的研究产生了决定性的影响。1959年，阿尼克斯特的《英国文学史纲》中译本将英国浪漫主义分为两个时期，将浪漫主义诗人在政治上分成两个互相对立的阵营，认为第一个阵营对资产阶级文化抱否定态度，怀念封建宗法式的生活方式，第二个阵营则是进步的革命的阵营。1956年，在《文史译丛》创刊号上刊载的《英国文学概要》中，作者将"湖畔派诗人"界定为"反动浪漫主义"，指出拜伦"自始至终是一个反抗反动势力的战士"，雪莱是"革命诗人"，而济慈同情法国革命，但诗歌较少涉及政治问题。《文史哲》1956年第1期刊登了伊瓦申科的《18世纪末19世纪初的英国浪漫主义文学思潮》中译文。1958年，苏联学者伊瓦肖娃的《19世纪外国文学史》第1卷被翻译成中文，其中同样将湖畔派诗人称为"反动浪漫主义"，认为他们的诗歌反映了"反动贵族"对法国资产阶级革命和产业革命的敌对态度，而拜伦、雪莱等是"带有革命倾向的浪

---

① Living Age：《苏俄的浪漫主义》，《文化建设》，1934年第1卷第2期。

② 上田进作：《社会主义的写实主义与革命的浪漫主义》，王笛译，《文学杂志》，1933年第3—4期。

③ 吉尔波丁：《新现实主义与革命的浪漫主义》，赫戏译，《文艺科学》，1937年第1期。

④ 高尔基：《论浪漫主义》，灵珠译，《中苏文化杂志》，1946年第17卷第5—6期。

漫主义作家"，属于"进步的英国浪漫主义"。^① 这些译介成果奠定了这一时期浪漫主义诗歌研究的基本模式，即采用辩证分析方法与阶级分析视角，对相关作品作进行较多的政治化解读，较少在艺术与审美形式上进行深入分析。

这种"革命"与"反动"的二元批判模式与政治化解读思路在 60 年代翻译的苏联著述中同样比较普遍。1961 年，《现代文艺理论译丛》第 2 辑刊登了苏联学者叶里斯特拉托娃的长文《评反动文艺学对英国浪漫主义问题的接受》，论者认为"现代反动文艺学和批评界对革命浪漫主义遗产，特别是它的最卓越的两位代表——拜伦和雪莱——的态度，充满了不可掩饰的敌意"，并且对西方批评界推崇华兹华斯、柯勒律治等"反动浪漫主义"加以谴责，指出"现代主义批评家故意地和恬不知耻地歪曲了英国浪漫主义的真实历史"。^② 伊瓦肖娃的《19 世纪外国文学史》将湖畔派诗人看成是"19 世纪前 30 年英国文学中反动浪漫主义的最典型的代表者"^③，并将拜伦的诗歌称为"革命浪漫主义"。伊瓦肖娃也提到高尔基的划分，即积极浪漫主义与消极浪漫主义，指出雪莱是"英国革命浪漫主义的一位最伟大的代表者"^④，济慈则是当时最优秀的"抒情诗人"，"在全欧反动时期进步作家中占有光荣的一席"^⑤。

50—60 年代，拜伦、雪莱因被界定为"革命的"、"积极的"、"进步的"浪漫主义诗人而受到全力的推崇，译介与评论极为活跃。而湖畔派诗人被贬斥为"反动的"、"落后的"或"消极的"的浪漫主义诗人，译介与评论几乎绝迹。50 年代，国内学界就如何正确地对

① 伊瓦肖娃：《19 世纪外国文学史》，杨周翰等译，北京：人民文学出版社，1958 年，第 475—476 页。

② 叶里斯特拉托娃：《评反动文艺学对英国浪漫主义问题的接受》，《现代文艺理论译丛》，1961 年第 2 辑，第 187—190 页。

③ 伊瓦肖娃：《19 世纪外国文学史》，第 499 页。

④ 同上，第 604 页。

⑤ 同上，第 671 页。

待西方文化遗产展开争鸣，其中对"拜伦式英雄"的争鸣极为引人关注，但是在政治意识形态主导的环境中，学术批评完全被政治批判所取代，学理层面的论述难以取得令人满意的成果。60年代初，毛泽东提出文艺创作应该将革命的现实主义和革命的浪漫主义紧密结合起来，这对国内的拜伦与雪莱研究产生了很大的影响，如，范存忠发表的《拜伦与雪莱：革命现实主义与革命浪漫主义相结合》(《文学评论》1962年第1期)一文为配合时势，考察了拜伦与雪莱的诗歌中"进步现实主义"与"积极浪漫主义"相结合的问题。50—60年代，从事英国浪漫主义文学研究的不少学者曾经留学英美。一方面，在政治意识形态层面，苏联文艺观被追捧，文艺批评中采取"政治第一、艺术第二"的理念，更多地对浪漫主义诗人作政治化的解读。但另一方面，由于受英美批评传统的影响，相关研究往往也能从英国文学乃至西方文学发展史的大背景着手，着眼于诗歌的艺术层面，并且旁征博引，对问题进行深入透彻的分析，批判意识很强，形成了具有中国特色的学院化风格。

　　"文革"结束后，尽管学界对英国浪漫主义的研究开始拨乱反正，但是高尔基对英国浪漫主义的两种倾向，即"消极的"和"积极的"的评论，对当时的学术研究，尤其是一些外国文学史教材的编写，影响依然很大。高尔基提出："在浪漫主义中还必须把两个极端不同的流派区别开来：消极的浪漫主义——它或者粉饰现实，企图使人和现实妥协；或者使人逃避现实，徒然堕入自己内心世界的深渊，堕入'不祥的人生之谜'、爱与死等思想中去——堕入不能用'思辨'、直观的方法来解决，而只能由科学来解决的谜里去。积极的浪漫主义则力图加强人的生活意志，在他心中唤起他对现实和现实的一切压迫的反抗。"[①]这一评价对80年代的几部英国文学史著作影响较大。刘炳善的《英国文学简史》与陈嘉的《英国文学史》基本沿袭"积极"与"消极"的区分。建国早期的政治化解读还

———————

① 高尔基：《论文学》，北京：人民文学出版社，1978年，第163页。

有其他一些学术研究成果,如 1979 年杨周翰等人的《欧洲文学史》下册。与此同时,"湖畔派诗人"也开始脱去"反动的"的外衣与标签,受到同等的对待与重视。当时对英国浪漫主义诗歌的研究既有政治化的阐释,也有不少"去政治化"的努力与尝试。郑敏于 80 年代初在《英国浪漫主义大诗人华兹华斯的再评价》中对"假马克思主义"与"外国教条主义"进行了批判,较早地撕去贴在华兹华斯身上的"消极的反面的浪漫诗人"的标签。[①] 罗钢在《浪漫主义文艺思想研究》(1986 年)一书中虽然也袭用"资产阶级的文学运动"以及"积极浪漫派"、"消极浪漫派"等批评概念,但是从艺术本质与内容、艺术真实、艺术的社会意义、艺术家、艺术批评理论等五个方面对浪漫主义文艺思想做出了阐述,所代表的也是艺术形式与审美层面上的"去政治化"批评模式。

90 年代对英国浪漫主义的研究出现了一些代表性的著作,如王佐良的《英国浪漫主义诗歌史》(1991 年)与《英国诗史》(1993 年)、张剑的《艾略特与英国浪漫主义传统》(1996 年)。王佐良从浪漫主义诗歌演变与发展的历史出发,较早对"积极"与"消极"的标签进行突破。在《英国浪漫主义诗歌史》中,他从历史唯物主义的角度,也从诗歌艺术本体的层面,来研究浪漫主义诗歌,既有全局性的评论,也有对具体诗人与作品的阐释与解读,此书成为国内最早也极为重要的一部英国浪漫主义诗歌断代史。此外,苏联学界对浪漫主义的研究继续被译介到中国,如苏联学者季亚科诺娃的《英国浪漫主义文学》于 1990 年被翻译成中文[②],但苏联文艺观的影响不断式微。从学术影响源头来看,英美批评界的研究成果开始成为学术研究与价值判断的重要资源,一些重要批评著作自 80 年代后期起陆续被翻译成中文,如韦勒克的《近代文学批评史

---

① 郑敏:《英美诗歌戏剧研究》,北京:北京师范大学出版社,1982 年,第 67 页。

② 季亚科诺娃:《英国浪漫主义文学》,聂锦坡、海龙河译,沈阳:辽宁大学出版社,1990 年。

1750—1950》第 2 卷之"浪漫主义时代"①、艾布拉姆斯的《镜与灯——浪漫主义文论及批评传统》②、格兰特与弗斯特的《现实主义·浪漫主义艺术历程的追踪》③等。从研究特点看，单一政治化的批评模式完全被突破，多元化的研究思路开始形成，并充分体现在数以百计的专题性学术论文中。这一时期学界的研究对象主要以华兹华斯、柯勒律治、拜伦、雪莱、济慈五大诗人为主，骚赛、司各特的诗歌研究较少。

新世纪以来的十多年间，对英国浪漫主义文学运动与五大诗人的研究很繁荣，各类论文与专著层出不穷，研究视角各有千秋，涌现出了不少颇具特色的研究成果，如张旭春的《政治的审美化与审美的政治化——现代性视野中的中英浪漫主义思潮》（2004年）。张旭春将英国浪漫主义文艺思潮置于现代性的研究视野之中，以启蒙政治的审美化为中心展开深入探讨。对浪漫主义诗歌的研究如同其他领域的研究一样，急功近利的现象也未能幸免，研究质量参差不齐。本章对五大诗人的学术史进行讨论时有所涉及，此处不再赘述。

浪漫主义时期，英国出现了两位重要的小说家，即司各特与奥斯丁。司各特于 1905 年被译介到中国，民国时期被看成是与莎士比亚、拜伦、狄更斯等人齐名的大文豪。建国六十多年来，学界对司各特的研究一直不温不火，但也出现了不少较有质量的研究成果。奥斯丁的作品于 30 年代被译介到中国，明显晚于司各特。国内学界对她的评价经历了一个褒贬不一、起伏不定的漫长过程。阿尼克斯特的《英国文学史纲》中译本对她只字不提，影响了特定

---

① 韦勒克：《近代文学批评史 1750—1950》第 2 卷，杨自伍译，上海：上海译文出版社，1989 年。

② 艾布拉姆斯：《镜与灯——浪漫主义文论及批评传统》，郦稚牛等译，北京：北京大学出版社，1989 年。

③ 格兰特、弗斯特：《现实主义·浪漫主义艺术历程的追踪》，关鸣放等译，西安：陕西人民出版社，1989 年。

时期国内学界对她的评价。新时期以来的三十年中，奥斯丁逐渐成为学界重要关注对象。可以说，百年来司各特与奥斯丁在中国的研究与接受经历了完全不同的学术历程。就他们的创作特征而言，很长一段时间内所采用的是浪漫主义与现实主义二元批评思维。近十多年来，研究的视角表现出了多元化的发展趋势。本章对奥斯丁、司各特在中国的研究有专门论述。

除了司各特与奥斯丁外，雪莱的夫人玛丽·雪莱（Mary Shelley，1797－1851）是当时另一位重要小说家，她因创作科幻小说《弗兰肯斯坦》（*Frankenstein*，1818）而成为当代英美批评界的研究热点，关于她的研究著作与评论文章不断涌现。受此影响，玛丽·雪莱及其代表作《弗兰肯斯坦》也引起了国内学界的兴趣，近几年出现了一些研究成果，其未来发展的动向值得跟踪与关注。

查尔斯·兰姆（Charles Lamb，1775－1834）是英国浪漫主义时期的重要散文作家，其代表作有《伊利亚随笔集》（*Essays of Elia*，1829）与《莎士比亚故事集》（*Tales from Shakespeare*，1807）。1904 年，林纾、魏易最早将后者翻译成中文，译名为《吟边燕语》。20—30 年代，其散文也陆续被翻译成中文。梁遇春是当时兰姆散文的重要译介者，也是兰姆研究的先驱。梁遇春在自己所翻译的《小品文选》（1930 年）的"序"中认为兰姆是 19 世纪"最出色的小品文家"，他的《伊利亚随笔集》是"诙谐百出的作品"，是从"崭新的立脚点去看人生，深深地感到人生的乐趣"。[①] 他的遗作《查理斯·兰姆评传》（《文艺月刊》1934 年第 5—6 期）也对兰姆的生平与创作做了全面介绍。当时学界对兰姆的评价很高。毛如升在《英国小品文的发展》一文中称兰姆是 19 世纪小品文写作中"称得起是领袖的作家"[②]。方重在《英国小品文的演进与艺术》（《国立武汉大学文哲季刊》1937 年第 4 期）一文中将兰姆的散文

---

① 梁遇春：《小品文选·序》，上海：北新书局，1930 年，第 6 页。
② 毛如升：《英国小品文的发展》，《文艺月刊》，1936 年第 9 卷第 3 期，第 157 页。

看成"英国文学史上小品艺术的最高峰",称他是"小品文里的莎士比亚"①。一些英国文学史著作也大多将兰姆当做经典散文作家,给他很高的评价,如金东雷在《英国文学史纲》中将他推崇为"英国出类拔萃的散文家"②。不过,当时对兰姆散文以评介为主,缺乏深入的探讨。建国早期,兰姆几乎无人关注。阿尼克斯特的《英国文学史纲》中译本中,对兰姆只字未提。80年代,兰姆散文在停顿多年后再次被翻译过来,一些刊物上出现了零星的评论文章。学界继续对兰姆散文给以高度评价,对其艺术定位也清晰起来,基本上认定其为"浪漫派散文"。刘炳善在《兰姆和他的随笔——〈伊利亚随笔选〉译序》[《河南大学学报(社科版)》1986年第5期]中指出19世纪"随笔散文成为浪漫主义文学运动的一个分支"③。1998年,王佐良在《英国散文的流变》中仍然将兰姆界定为"浪漫派散文诸家"之一。整体而言,新时期以来的三十多年中,兰姆散文的研究仍然相当不足。

与兰姆相比,其他英国浪漫派散文作家(如哈兹里特、德·昆西、利·亨特)在国内的研究更加有限。此外,几位浪漫主义诗人也撰写名篇佳作,如华兹华斯的《抒情歌谣·序》、雪莱的《诗辩》、柯勒律治的《文学传记》与文学演讲录等。这些作品既有文学性的,也有批评性的。本章对这几位诗人的学术史评述均有涉及。

第二节
拜伦研究

拜伦(George Gordon Byron,1788-1824)是19世纪欧洲浪

---

① 方重:《英国诗文研究集》,上海:商务印书馆,1937年,第97页。
② 金东雷:《英国文学史纲》,上海:商务印书馆,1937年,第288页。
③ 刘炳善:《兰姆和他的随笔——〈伊利亚随笔选〉译序》,《河南大学学报(社科版)》,1986年第5期,第76页。

漫主义运动的领军人物。他在学生时代即已开始写诗，首部诗集《闲暇的时刻》(*Hours of Idleness*，1807)出版后受到《爱丁堡评论》的攻击，但他以《英国诗人和苏格兰评论家》(*English Bards and Scotch Reviewers*，1809)一诗予以回击，初步显示出了卓越的文学才能与睿智的讽刺锋芒。1812 年，他以长诗《恰尔德·哈罗尔德游记》(*Childe Harold's Pilgrimage*)闻名于诗坛，但是批评界对他时有苛责，例如《唐璜》(*Don Juan*，1819 - 1824)被认为不道德，《该隐》(*Cain*，1821)被斥为离经叛道。20 世纪 20 年代，现代批评家仍然对拜伦有所贬抑。尽管如此，拜伦一直被认为是英国最伟大的诗人之一，其诗歌的题材范围极为广泛，几乎每种诗体皆有佳作；他善于夹叙夹议，长于讽刺，以口语入诗的特长无人能及。

拜伦是最早被译介到我国的外国作家之一，并且一直受到学界的追捧与推崇。1902 年，《新小说》第 2 期刊出了拜伦的画像，称他为"英国大文豪"。据现有资料来看，这是拜伦进入中国的最早文字记录。此后的一百多年来，我国对拜伦的译介和研究几乎从未间断过，但译介的背景、动机与目的并不相同，批评的视角、内容与方法也迥然有别，在不同的历史时期则呈现出了完全不同的研究特征与学术风貌。总体来看，拜伦在中国的研究可大致分为三个重要时期，即二十世纪初到"五四"前后、"建国十七年"至"文革"、20 世纪 80 年代以来。第一个阶段处于国赢民弱、内忧外患的时代，以救国强民、争取独立自主为核心的民族主义意识不断发展，这一时期对拜伦的译介与接受也因此带有强烈的功利主义色彩，其叛逆的性格与充满个性的作品被当做富国强民与激励自我的振奋剂以及振作衰败的国民性的强心针。在评介的主旨与方法上，则着重突出拜伦的抗俗尚战、追求自由的战斗精神，并联系当时的中国现实进行相关阐发，以达到警醒国人、振奋精神的社会目的。第二阶段是"建国十七年"至"文革"，拜伦的诗歌被认定为革命的积极浪漫主义，因符合主流政治意识形态而受到极大关注和追捧。当时对拜伦的研究以政治解读为主，带有鲜明的中国特色，与西方正统的学院派研究拉开了距离。第三阶段是改革开放以来，文化与思想界的禁区不断被打破，对拜伦以及众多外国一流作家的译介形成了一个高潮。对拜伦的研究则逐渐抛弃单一的政治化模式，不少研究者开始认同和接受西方的批评模式，在方法上或沿用英美新批评的文本细读，或在具体的批评实践中热衷于审美结构分析等。这一阶段的研究已经十分规范化，但对西方学者的观点往往不加批判地全盘接受，赞扬之声远远高于批评之声。

一、清末民初对拜伦的译介

清末民初，拜伦是最受国人关注的几位外国诗人之一。梁启超、马君武、苏曼殊、鲁迅、王国维等中国近代知识分子是拜伦最早的译介者。梁启超在 1902 年创办的《新小说》第 2 期上，刊出了拜伦和雨果的照片，称他们为"大文豪"，并予以简要介绍，称拜伦是"英国近世第一诗家也，其所长专在写情，所作曲本极多。至今曲界之最盛行者，尤为拜伦派云。每读其著作，如亲接其热情，感化力最大矣。摆伦又不特为文家，实为一大豪侠者。当希腊独立军之起，慨然投身以助之。卒于军，年仅三十七。"[1]梁启超虽然注意到了作为"第一诗家"的拜伦专长于"写情"，但是拜伦帮助弱小民族抵抗暴政之义举，让身处半殖民地半封建中国的梁启超倍加关注。在梁启超的眼中，拜伦的"大豪侠"身份远远重于"第一诗家"的身份。当时，作为备受欺凌的弱国子民，梁启超无暇注意或深究拜伦诗歌的文学价值。在《新中国未来记》（1902—1903）中，梁启超还引译了拜伦《哀希腊》的第 1、3 两节，称此诗"是为激励希腊人所作，在我们今天看来，倒象有几分是为中国人说法哩！"[2]梁启超对拜伦的译介是从现实的需要出发，即为拯救积弱积贫的中国，呼

① 《新小说》，1902 年第 1 卷第 2 期，第 13 页。
② 梁启超：《饮冰室合集·文集之十一》，北京：商务印书馆，1989 年，第 19 页。

唤民众投身于维护中国主权与独立的斗争。因此，作为"人"和"诗人"的拜伦并不重要，作为帮助弱小民族获得解放的英雄和战士的拜伦，作为国家民族主义表征的拜伦才是真正重要的。

可以看出，梁启超的译介所关注的是作品的思想性和教化功能，重"豪侠"、轻"诗家"的背后是功利主义的文学价值观。出于同样的文学价值观，马君武在《十九世纪二大文豪》中所景仰的也是一个侠肝义胆、仗剑扶弱的"豪侠"形象。在他看来，拜伦是"使人恋爱，使人崇拜，使人追慕，使人太息"的"大文豪"，但随后笔锋一转，认为他实际上是"大侠士也，大军人也，哲学家也，慷慨家也"，"闻希腊独立军起，慨然仗剑从之，谋所以助希腊者无所不至，竭力为希腊募巨资以充军实，大功未就，罹病遂死。"[①]在马君武的眼里，"侠士"的身份是重于"文豪"的身份的。梁启超早年主张变法改良，后来转向反清，而马君武一直鼓吹反清革命，因此梁、马二人对追求自由、反抗暴政的拜伦青睐有加。也正是出于强烈的爱国热忱与现实关怀，马君武完整地翻译出了《哀希腊》一诗，并在译诗的题记中感叹"裴伦哀希腊，今吾方自哀不暇"，其译介动机与出发点由此可见一斑。

1907年，鲁迅发表的长文《摩罗诗力说》是对拜伦最早的系统性评论。出于类似的功利主义审美价值观，鲁迅所看重的也是拜伦抗俗尚战的一面，并以此为支点来试图反思平和、中庸、豁达与隐逸的中国传统文化。鲁迅认为拜伦及其诗歌的精神"其力如巨涛，直薄旧社会之柱石。"[②]鲁迅对拜伦一生经历所做的总结是："所遇常抗，所向必动，贵力而尚强，尊己而好战，其战复不如野兽，为独立自由人道也，此已略言之前分矣。故其平生，如狂涛如厉风，举一切伪饰陋习，悉与荡涤，瞻顾前后，素所不知；精神郁勃，莫

---

① 《新民丛报》，1903年第28期，第75页。

② 鲁迅：《鲁迅全集》第1卷，北京：人民文学出版社，1993年，第99页。

可制抑,力战而毙,亦必自救其精神;不克厥敌,战则不止。"①鲁迅以离经叛道的姿态挑战和否定传统秩序,大力倡导通过必要的革命来打破传统、激活思想、解放人性。他看重文学改变国民素质、提升国民觉悟的功能,因此,为自由和人道而战斗的拜伦形象引起了他的强烈共鸣。对于拜伦的"摩罗精神",鲁迅主要阐释了以下两个方面:其一是反抗旧俗习见、充满刚健抗拒之美的破坏挑战力,借以打破国人对平和中庸传统旧俗的盲目信仰,向中国文化注入反抗与创新的活力;其二是拜伦贵力而尚强、尊己而好战、蔑视传统、张扬个人意志的战斗精神,突出其对一切强权不屈服也不倚助、具有强大个人意志的一面。鲁迅出于激励国人的目的,希望当时麻木沉闷的社会中产生不苟随世俗、别具真挚、勇于力排众议的精神界战士,惊醒世人,冲击旧社会的柱石,唤起国人的反抗意识和爱国精神。

梁启超、马君武、鲁迅等人对拜伦的关注,或在于其慷慨从戎的义举,或在于其反抗叛逆的精神。而苏曼殊眼里的拜伦则明显不同。苏曼殊对拜伦的译介比较全面,《文学因缘》(1908年)、《潮音》(1911年)、《拜伦诗选》(1914年)等著译作品影响深远,其中《赞大海》、《哀希腊》、《去国行》、《答美人赠束发带诗》等拜伦诗歌译文在当时独步文坛。由于与拜伦有着相似的信念、性格和经历,苏曼殊注重诗学的、审美的拜伦远远胜过政治上的拜伦。他在两首七绝中写到了拜伦,颇有以拜伦自况之意。一首称"词客飘蓬君与我,可能异域为招魂"②,另一首称"丹顿拜伦是我师,才如江海命如丝"③,感叹两人相似的才情与遭际。苏曼殊向人们描绘的拜伦形象主要包括其慷慨悲歌的豪情,其才高命薄的遭际,尤其是其率性不拘、不中庸守常而宁求极端的浪漫气质。在苏曼殊的译介

---

① 鲁迅:《鲁迅全集》第1卷,北京:人民文学出版社,1993年,第81页。
② 苏曼殊:《燕子龛诗笺注》,成都:四川人民出版社,1983年,第53页。
③ 同上,第45页。

中，那个为普希金和莱蒙托夫所模仿的"恶魔"似的、睚眦必报的拜伦被忽略或回避了。可以说，他译介拜伦并不是要客观地了解他，而是要在拜伦身上寻找自我（或是心目中的自我），并通过译介来表达个人的美学思想和艺术追求。因此，苏曼殊向我们所展示的是感性的、审美的、革命的、热爱自由而富有艺术家浪漫气质的拜伦。

拜伦也是最早进入国学大师王国维学术视野的重要外国作家之一。1907 年，他在自己主编的《教育世界》中发表了《英国大诗人白衣龙小传》一文，对拜伦的生平与创作进行了专门的探讨。与苏曼殊相似的是，王国维所采用的也是非功利的审美主义批评视角，对拜伦的性格特征、欲望情感以及性情为人与诗歌之关系进行了深入的分析，并提出："白衣龙之为人，实一纯粹之抒情诗人，即所谓'主观的诗人'是也。"①王国维准确地抓住了浪漫主义诗歌的重要创作特点，即诗歌是强烈情感的自然流露，认为"其多情不过为情欲之情，毫无高尚之审美及宗教情。然其热诚则不可诬，故其言虽如狂如痴，实则皆自其心肺中流露出者也。"②王国维所提出的"主观的诗人"与他在《莎士比传》中所提出的"客观的诗人"是相对应的。他对拜伦以及莎士比亚等英国作家的解读，代表了与梁启超、鲁迅等人完全不同的美学路径，也在一定程度上奠定了其后期美学思想的基础。他在《人间词话》中所探讨的"主观诗"、"客观诗"、"主观之诗人"、"客观之诗人"即来源于其早期的外国文学批评实践。

清末民初，中国以"驱除鞑虏，恢复中华"为标志的种族/民族主义的勃兴是由亡国灭种的民族危机所激发的。正如鲁迅所说，任何充满反抗呐喊之声的作品，都能引起国人的共鸣。拜伦的作

---

① 王国维：《王国维哲学美学论文辑佚》，佛雏校辑，上海：华东师范大学出版社，1993年，第 288 页。
② 同上，第 289 页。

品迎合了当时救国于危难的呼声。其时《哀希腊》几个译本的出现正说明了当时对拜伦的译介是切合历史需求和知识分子的心理需求的。值得注意的是,清末民初对拜伦的介绍着重于拜伦"为群体"的一面,尤其是他为助希腊独立而献身的义举。在当时人们的眼中,拜伦是一位为正义奋不顾身的"大豪侠",译介的社会与政治目的不言而喻。

二、"五四"时期的"拜伦热"

"五四"前后,国内对拜伦的译介更加广泛而深入。邱从乙和邵洵美翻译了《拜伦政治讽刺诗》,杨德豫翻译了《拜伦抒情诗七十首》,查良铮翻译了《拜伦诗选》。1924 年 4 月 10 日,《小说月报》第 15 卷第 4 期刊登了"诗人拜伦的百年祭"专号。专号集中发表了拜伦诗歌中译文 9 首(篇)以及有关于拜伦生平、著作的介绍文章,其中涉及拜伦在文学史上的地位与影响。这些译著者大多是当时文坛著名作家或学者,如郑振铎、沈雁冰、王统照、赵景琛、徐志摩等。"纪念号"上发表的论文主要有西谛(即郑振铎)的《诗人拜伦的百年祭》、沈雁冰的《拜伦百年纪念》、王统照的《拜伦的思想及其诗歌的评论》、甘乃光的《拜伦的浪漫性》、徐志摩的《拜伦》等。同年,王统照主编的《文学旬刊》也刊登了"摆仑纪念号",发表了多篇拜伦诗歌的翻译。1926 年《创造月刊》第 1 卷第 3、4 期刊登了梁实秋的《拜伦与浪漫主义》,第 1 卷第 4 期刊登了徐祖正的《拜伦的精神》;1928 年,《熔炉》第 1 期刊登了赵景深的《摆仑和阿迦丝朵的恋爱》,《贡献》杂志第 2 卷第 8 期刊登了华林的《拜伦的浪漫主义》等。此前的 1923 年,《创造季刊》第 1 卷第 4 期所推出的"雪莱纪念号"中,还刊登过徐祖正的《英国浪漫主义三诗人:拜轮、雪莱、箕茨》一文。这些纪念活动与评介文章是当时国内"拜伦热"的最好体现,同时也表明拜伦在当时得到了全面的引介与评析,并在学界引起了巨大的反响。正如叶维在《摆仑在文学上的位置与其特点》一文中所说："摆伦的生时，人都畏惧他、敬重他，拿他当做诗中的'拿破仑'，他的作品的发生是文学界伟大的事迹。像这一类的文学实在是无法准确地统计，足见拜伦对当时中国的影响了。"①

"五四"运动是一场以启蒙为核心价值的文化运动，它与西方文艺复兴有很多相似之处，其基本特征是批判的态度，即"对固有之伦理、法律、学术、礼俗等封建制度之遗的彻底批判"，目的是建立"自身为本位的个人独立平等之人格"。②"五四"运动的最大成就或第一要义是"个人"的发现。作为一种个体本位文化，"五四"文化一诞生就成为中国传统群体伦理本位文化的对立面，对其构成了一次几乎是致命的冲击。③"五四"作家对拜伦的欣赏，一方面在于他所特有的强烈的反抗精神，与"五四"的时代精神极为相似；另一方面也在于他在反抗和叛逆的基础上追求完全自由的个人价值观。拜伦本人的风格以及他那些高扬个人主义的作品在当时进步思想的着力渲染下充当了砸烂中国几千年来的封建枷锁的武器。

这一时期拜伦译介者、研究者们大多默认了以欧洲为中心的现代价值体系，同时彻底贬抑传统的民族文化和民族性，实际上是对作为"他者"的西方价值的主动认同和内化。对西方价值观的盲目推崇在"五四"时期典型地表现在对"人"和"个人"的价值重构上。传统儒家以"仁"、"义"、"礼"、"智"、"信"为理想的"人"的构想以及崇尚理性、内敛、秩序、平稳、和谐、中庸的价值观被称为"封建遗毒"，遭到批判与彻底摒弃，拜伦式的张扬个性、崇尚绝对自由的西方个人主义精神正好可以取而代之。从清末民初到"五四"前后，对拜伦的译介大多具有工具性的目的，即外反侵略以争取民族独立，内反封建以唤醒国人的自由独立精神。虽然这是对文化和

① 叶维：《摆仑在文学上的位置与其特点》，《文学旬刊》，1924年第35期，第1—2页。
② 郁达夫：《郁达夫全集》第6卷，广州：花城出版社，1983年，第143页。
③ 参见葛红兵：《"五四"文化的内在矛盾》，http://www.confucius2000.com/poetry/54whdnzmd1.htm.

文学的现代性的追求,但是它始终以西方作为自身的价值参照。不过,与世纪初的"拜伦热"相比,后一时期学界在批评传统的同时也有较为清醒的理性认识。正如沈雁冰所说:

> 中国现在正需要拜伦那样的富有反抗精神的震雷暴风般的文学,以拯救垂死的人心,但同时又最忌那些狂纵的、自私的、偏于肉欲的拜伦式的生活;而不幸我们这冷酷虚伪的社会又很像是制造这种生活的工厂。我但愿盲目的"拜伦热"的时代已经过去,我们现在纪念他,因为他是一个富于反抗精神的诗人,是一个攻击旧习惯道德的诗人,是一个从军革命的诗人;放纵自私的生活,我们的青年是不肯做的,正像拜伦早年本不肯做,而晚年——虽然他的生活是那样短暂——是追悔的。[1]

30—40年代的中国处于战乱时期,外国文学的译介与研究深受影响,"拜伦热"也逐渐消退。这一时期拜伦作品的译介数量,较西方其他作家或诗人仍然为多,朱维基、柳无忌、王统照、杜秉正等后来的翻译名家大多在此时开始了对拜伦的译介。当时的评论文章与此前相比则大为减少,而且比较零散,大多流于简单的介绍,如灵珠的《诗魔拜伦》(《人世间》1943年第1卷第5期)、蓝漪的《拜伦的浪漫诗》(《蓝百合》,蓝漪编辑,上海争荣出版社,1945年)等。20—30年代的文学史著作,如欧阳兰的《英国文学史》(1927年)、徐名骥的《英吉利文学》(1934年)和金东雷的《英国文学史纲》(1937年),基本上将拜伦当做浪漫主义的重要作家加以评述,但这些著述或限于篇幅,或受制于体例,对拜伦的评述并未有明显的超越或创新。

三、建国"十七年"的政治化解读

1949年新中国成立后,由于受政治意识形态的影响,"政治标准第一、艺术标准第二"成为当时文艺批评界必须遵循的重要法

---

[1] 沈雁冰:《拜伦百年纪念》,《小说月报》,1924年第15卷第4期,第2页。

则，对外国文学的译介与研究主要以现实主义和革命浪漫主义作家为主。拜伦作为欧洲"革命浪漫主义"诗人的首席代表，完全符合主流意识形态的评判标准，因此受到了国内学界极大的关注。

50 年代，拜伦的代表作品大多被翻译成中文。1949 年 12 月，杜秉正翻译出版了《海盗》和《科林斯的围攻》（文化工作出版社，后者为长篇叙事诗集）；1950 年 5 月，杜秉正翻译的《该隐》也由文化工作出版社出版。1955 年，刘让言翻译出版了《曼弗雷德》（平明出版社），梁真（查良铮）翻译出版了《拜伦抒情诗选》（平明出版社）。此外，杨熙龄译出了《恰尔德·哈罗尔德游记》（新文艺出版社，1956 年初版；上海文艺出版社，1959 年 3 月新 1 版），朱维基译出了《唐璜》（全二册，新文艺出版社，1956 年 12 月初版；上海文艺出版社，1959 年 9 月新 1 版）等。这一时期对拜伦的翻译更加规范，更加系统，学术的目的性更强。而拜伦的诗作之所以能够得到广泛的译介，其主要原因即是受到了当时主流政治话语的褒扬与肯定。

这一阶段的文学批评超越了单纯、无保留的对西方文化的介绍和赞美，更加重视人民性和阶级性等社会学观念，大力提倡文学的工具性与社会功能。学术界对拜伦的研究主要采用的是以阶级分析为主的社会学批评方法。《文史哲》1956 年第 1 期刊登了伊瓦申科的《18 世纪末 19 世纪初的英国浪漫主义文学思潮》。此文奠定了本时期拜伦研究的基本模式，即站在无产阶级的立场上，采用一分为二的辩证分析方法以及社会学的阶级分析法，而不太关注作品的艺术与审美形式。这一批评模式在很多评论文章中均有不同程度的体现，如陈鸣树的《鲁迅与拜伦》（《文史哲》1957 年第 9 期）、杜秉正的《革命浪漫主义诗人拜伦的诗》（《北京大学学报》1956 年第 3 期）、范存忠的《论拜伦与雪莱的创作中现实主义与浪漫主义相结合的问题》（《文学评论》1962 年第 1 期）、安旗的《试论拜伦诗歌中的叛逆性格》（《世界文学》1960 年第 8 期）、杨德华的《试论拜伦的忧郁》（《文学评论》1961 年第 6 期）等。而这一模式的任何偏离都会遭遇商榷、指正或政治式的批判。陈鸣树的《鲁迅与拜伦》一文较为客观地分析了拜伦对鲁迅早期文艺思想的深刻影响以及这一影响在鲁迅一生的战斗道路中所起的作用,但这篇文章受到了安旗的批判,被指责为"模糊了无产阶级革命精神和已经过时的资产阶级革命精神的本质区别",其目的是"企图为资产阶级使社会主义向资本主义和平演变的阴谋效劳",文章的作者也被扣上了"修正主义者"、"资产阶级文人"的帽子。[①]

当时对"拜伦式英雄"的争鸣极为引人关注。1958年,王佐良在《文艺报》第4期上发表了《读拜伦——为纪念拜伦诞生170周年而作》一文,较早从社会历史的角度对"拜伦式英雄"的局限性进行了批判。1964年7月12日,袁可嘉在《光明日报》上发表《拜伦和拜伦式英雄》一文,随即引发了一场激烈的争论。叶子在《究竟怎样看待"拜伦式英雄"——对〈拜伦和拜伦式英雄〉一文的质疑》(《光明日报》1964年12月6日)中就袁文提出商榷。袁可嘉撰写《对〈究竟怎样看待"拜伦式英雄"〉的答复》(《光明日报》1964年12月27日)做出回应。随后,罗力发表《如何看待拜伦作品中的"民主性"精华》(《光明日报》1965年1月3日)继续探讨拜伦作品。1965年4月,《光明日报》社的白玉民针对这场争议写出《西方文学遗产与资产阶级个人主义》一文,做了总结性的讨论。这场争论的焦点在于如何正确地对待西方文化遗产的问题。

这一阶段拜伦的评论与研究大多对于其符合社会主义政治立场和阶级立场的方面(如爱国主义、热爱弱小民族、反抗强暴等革命思想)给予了高度的评价,但同时也指出其与中国民族文化传统和社会主义意识形态不相符合的成分,如个人主义和资产阶级的人道主义等,称之为"思想局限性"。当时的研究者已经认识到了这种用阶级分析的方法评价文学作品的做法所存在的缺陷。1963

---

① 安旗:《试论拜伦诗歌中的叛逆精神》,《世界文学》,1960年第6期,第37页。

年，杨周翰在《欧洲文学史研究中的一些问题》一文中指出：当下的研究把是否反映现实作为评价的标准，缺乏从方法的角度进行研究，在研究中不注重作品的审美形式，以至于《唐璜》在研究者手中已经变成了诗体长篇小说而不是一首长诗了。① 但是在当时的情况下，中国的外国文学研究界只能以苏联文艺界的批评标准作为参照和借鉴。这一阶段以阶级分析为主要模式的文学研究不再重复"五四"时期西方式的启蒙主义视角，超越了对西方文化毫无保留的赞美，从阶级性、人民性的角度首次尝试建构民族主义国家的价值体系。"虽然以牺牲文学性为代价，但它为中国批评主体的创立留下了创造的空间，第一次具有了一种原创性。"②

"文革"期间，外国文学作品一律被视为"封资修"的文艺"大毒草"，连有资格充当反面教材的作品也是寥寥无几，拜伦自然也在人们的视野中消失了。不过，对拜伦情有独钟的学者［如查良铮（穆旦）］在逆境中仍然默默耕耘着。查良铮在 1955 年曾以梁真的笔名翻译出版了《拜伦抒情诗选》，其中收录拜伦诗作 60 首之多，这是国内首部集中翻译拜伦抒情诗的著作。1958 年，他以"历史反革命罪"遭到管制，1962 年管制结束后开始翻译《唐璜》，直至"文革"结束。1981 年，查译《唐璜》得以出版。万马齐喑的"文革"中，对拜伦的"地下研究"并未停止过。③

四、"文革"结束后对单一批评模式的突破

"文革"结束后，英国文学的译介和研究在范围、规模和深度上都超过了以往任何一个时期。改革开放之初，拜伦仍然是国内学

---

① 杨周翰：《欧洲文学史研究中的一些问题》，《文艺评论》，1963 年第 3 期，第 102—103 页。

② 周小仪：《比较文学研究在中国的发展及其意识形态功能》，《外国文学评论》，2001 年第 4 期，第 65 页。

③ 参见倪正芳：《拜伦与中国》，西宁：青海人民出版社，2008 年，第 185 页。

界所关注的重要外国作家之一。不过,当时对拜伦的不少评介与研究延续了此前的政治化解读模式,并且围绕马克思关于"拜伦活得再久一些就会成为一个反动资产者"这一论断,对拜伦的诗歌主题与艺术特色进行意识形态化的阐释与评述。由此类研究可以看出,当时外国文学研究界仍然处在以阶级分析法为指导的批评模式的惯性之下,尚不能摆脱对作家的阶级立场与阶级身份的分析和定性。不过,由于学术研究氛围逐渐宽松,学界可以大胆地发表自己的观点而不用担心被扣上政治上的"帽子"。此外,西方批评理论在90年代不断传入中国,开始对国内的拜伦研究产生较大的影响,不少研究成果开始转向系统的西方研究范式,表现出了摆脱既定批评模式的倾向。

首先,在政治化批评模式的惯性下,拜伦仍然被看成是"积极浪漫主义"的杰出代表。一些评论文章,如申奥的《浪漫主义诗人拜伦》(《读书》1980年第5期)和潘耀瑔的《拜伦的〈恰尔德·哈洛尔德游记〉》[《武汉大学学报(社科版)》1981年第3期],继续用"积极"、"进步"等标准来探讨拜伦的诗歌主题与风格。另有一些研究成果在沿用既定的批评模式时,也试图超越单一的政治化解读。1981年,范存忠出版的《英国文学论集》一书收录了《论拜伦与雪莱创作中现实主义和浪漫主义相结合的问题》一文。此文曾在《文学评论》1962年第1期上发表过,其政治化解读的痕迹十分明显,但其系统性、深入性与学术性体现了颇具中国特色的研究模式。它与冯国忠的《拜伦和英国古典主义传统》(《国外文学》1982年第3期)一文完善了学界对拜伦的整体认识,代表了学界对50—60年代占主导地位的文艺观与批评模式的突破。这两篇文章详细分析了拜伦诗歌所包含的古典主义、浪漫主义与现实主义风格,论证了拜伦对现实主义和古典主义的继承与发展,并从宏观的角度把握拜伦诗歌的创作风格和创作特色。此外,孙席珍的《论〈唐璜〉》(《外国文学研究》1979年第4期)则从微观的角度出发,通过深入分析,指出《唐璜》是拜伦"从积极浪漫主义向批判现实主义发展的伟大的里程碑"①。

这一阶段出现了一大批对拜伦诗歌的主题与艺术手法进行探讨的论文，其研究的主旨与范围更加多样化。李赋宁在《拜伦的唐璜》[《北京大学学报（英语语言文学专刊）》1990 年第 3 期]一文中指出：《唐璜》的主题是对欧洲的贵族社会、贵族政治进行无情的讽刺。王化学在《〈曼弗雷德〉与"世界悲哀"》（《外国文学评论》1989 年第 3 期）中认为，拜伦的诗剧《曼弗雷德》就是对人类所面临的悲剧式劫难的深刻展示，而"世界悲哀"准确、深刻地揭示了该诗剧的主题思想。该作者的另一篇论文《一部波澜壮阔的讽刺史诗》（《聊城师范学院学报》1984 年第 3 期）对《唐璜》做了详尽的分析，指出这部史诗的主题是揭露当时欧洲上层社会的丑恶现象。除了对拜伦作品的主题进行分析解读之外，很多文章还从叙事结构、诗歌修辞、音韵特色等方面分析拜伦的诗歌。

对拜伦作品的文本批评是这一阶段研究的主流，其研究特征主要表现为在研究理论、方法论、研究方式等方面与同期西方学界的研究不断趋同，并经常对西方学术观点不加批判地接受与认同。西方学者的观点被大量引入，被用来支持批评家自己的观点或被详细讨论。综观上述文章后所列的参考文献，其中勃兰兑斯的《拜伦传》、雨果的《论拜伦》和《别林斯基选集》中关于拜伦的论述几乎是必不可少的。而且不少作者几乎完全接受了这些西方学者的选择、趣味和观点，放弃了自身的文化立场，缺乏独立的哲学思想和方法论，缺乏主动的批判精神。这种研究虽然越来越规范化，但是其批判性较上一个时期（20 世纪 50—70 年代）明显降低。

拜伦对中外作家的影响是这一时期拜伦研究的另一个重点，其中对中国文人的影响研究则集中于拜伦对鲁迅、苏曼殊和梁启超的影响。在拜伦对鲁迅的影响的研究方面，高旭东发表了一系

① 孙席珍：《论〈唐璜〉》，《外国文学研究》，1979 年第 4 期，第 122 页。

列富有见解的论文,如《拜伦的〈该隐〉与鲁迅的〈狂人日记〉》(《外国文学研究》1985 年第 5 期)、《拜伦的〈海盗〉和鲁迅的〈孤独者〉〈铸剑〉》(《湖北大学学报》1985 年第 6 期)、《拜伦〈曼弗雷德〉对鲁迅的影响》(《外国文学研究》1986 年第 8 期),深入论述了拜伦作品对鲁迅的《狂人日记》、《孤独者》、《铸剑》《彷徨》、《伤逝》、《野草》、《过客》、《起死》等作品的影响。高旭东指出,鲁迅作品的"力之美"深受拜伦的影响,但是在当时黑暗的中国,鲁迅比拜伦更加冷静地剖析一切,更加深刻地思索一切,其作品所体现的是深沉的、内向的"力之美",而不是拜伦作品中明显的、外向的"力之美",因而带有深深的民族特色。此外,邵迎武的《苏曼殊与拜伦》(《外国文学研究》1986 年第 8 期)、余杰的《狂飙中的拜伦之歌——以梁启超、苏曼殊、鲁迅为中心探讨清末民初文人的拜伦观》(《鲁迅研究月刊》1999 年第 9 期)、袁荻涌的《苏曼殊研究三题》(《贵州师范大学学报》2001 年第 2 期)等论文也探讨了拜伦的精神以及拜伦诗歌对苏曼殊等人的影响。

　　值得关注的是,这些关于拜伦与中国作家关系的研究文章完全采用"影响研究"的模式来处理复杂的文学现象,试图从中国作家作品中的主题、创作手法、情节、意象与拜伦作品之间的相似点着手,寻找影响的证据,以证明拜伦对中国某个作家的影响。其中对文化背景的分析是为了说明借鉴影响的真实性和合法性,忽视了接受者的选择和创造性内容。论者潜在的或者说不言而喻的预设前提就是 20 世纪中国文学中出现的"新"的东西,都是本国文学传统和个人因素所无法解释的,所以是外国文学的影响。狭隘的"影响"观念指导下的中外文学关系研究与中国文学的发展面貌呈现出在西方文学面前被迫应对、亦步亦趋甚或东施效颦的窘迫情态,从而遮蔽了中国文学的自发性和中国作家的创造性。

　　这一时期对拜伦作品的审美批评和形式主义研究方法表现出了与西方学界眼光保持一致的努力,很大程度上带有英美新批评派文学批评实践的色彩，具体表现在对西方学术权威的一厢情愿的全面认同和引证以及对文本不加批判的审美分析等方面。由于忽视了审美批评的意识形态性，此时的中国学者不自觉地认同了欧洲中心主义的视角，承认了所谓强势文化的楷模作用，从而使中国民族身份和民族意识出现了认同危机。把文学中某种因素当做普遍有效的法则，其结果往往是按照某种强势文化的标准审视文学现象，认同现有的、以西方为主导的世界秩序，导致民族身份的逐渐丧失。

五、新世纪以来的拜伦研究

新世纪以来，拜伦研究一方面延续了之前的常规研究模式，如对拜伦作品的主题、叙事、结构等层面的研究，另一方面也使用各种西方批评理论视角，如叙事学研究、酷儿理论、伦理学批评、审美主义批评、后殖民主义批评等，来分析和解读拜伦的作品，并取得了不少研究成果。（一）叙事学研究，如杨莉的系列文章：《拜伦诗歌的叙事节奏及其时间观》（《江西社会科学》2010 年第 6 期）、《拜伦对西方叙事传统的继承与创新》（《江西社会科学》2009 年第 6 期）、《论诗歌叙事中的空间标识——以唐璜为例》（《社会科学辑刊》2009 年第 5 期）；（二）女性主义批评，如左金梅的《从怪异理论看拜伦的〈唐璜〉》（《四川外语学院学报》2007 年第 1 期）；（三）伦理学解读，如褚蓓娟的《解构与重构——该隐的拜伦式伦理观》（《浙江工业大学学报》2008 年第 4 期）；（四）审美批评，如张旭春的《雪莱与拜伦的审美先锋主义思想初探》（《外国文学研究》2004 年第 3 期）；（五）后殖民批评，杜平的《不一样的东方——拜伦、雪莱的东方想象》（《四川外语学院学报》2005 年第 6 期）。

对拜伦的译介学与影响研究则是这个时期的一大热点。很多学者立足于后殖民、全球化的文化语境，试图探讨中国本土文学及文化身份在拜伦的译介过程中的重要作用,并发表了一系列富有创见的文章,如廖七一的《梁启超与拜伦哀希腊的本土化》(《外语研究》2006年第3期)与《〈哀希腊〉的译介与符号化》(《外国语》2010年第1期)、宋庆宝的博士论文《拜伦在中国——从清末民初到"五四"》(北京语言大学,2006年)、戴从容的《拜伦在"五四"时期的中国》(《苏州大学学报》2003年第1期)、罗文军的《最初的拜伦译介与军国民意识的关系》(《中国现代文学研究丛刊》2010年第2期)、李公文和罗文军的《论清末拜伦译介中的文学性想象》(《西南大学学报》2010年第2期)、倪正芳的《徘徊在主流话语的边缘——20世纪30—70年代拜伦在中国》(《作家》2008年第2期)等。这些文章虽然着重点不尽相同,但其相似之处在于注重中国近现代的政治、历史、文化语境在择取、塑造、传播拜伦形象上的作用,及其对拜伦在我国的译介与研究的复杂性的影响,从而使对拜伦译介的研究超越了单向流入、全盘拿来、单纯影响的论述,具备了文化互动与交流的性质。此外,倪正芳的专著《拜伦与中国》(2008年)比较深入而系统地梳理了一百年来拜伦在中国的传播与接受的历史,论述了国内拜伦译介、研究与接受的社会、政治、文化原因。

值得一提的是,2010年国内的学术刊物上发表了多篇拜伦研究论文,提出了一些引人瞩目的学术新见。廖七一的《〈哀希腊〉的译介与符号化》(《外国语》2010年第1期)认为国内对《哀希腊》的翻译、挪用和模仿使之转化为民族救亡与个人精神追求的符号象征,参与了中国近现代文学甚至民族精神思想的建构。蒋承勇在《"拜伦式英雄"与"超人"原型——拜伦文化价值论》(《外国文学研究》2010年第6期)中从超人原型的角度探讨了拜伦所倡导的新文化价值观与超人哲学之间的精神联系;杨莉的《拜伦长篇叙事诗中的叙述者》[《上海师范大学学报(哲社版)》2010年第6期]从叙事学的角度来分析拜伦诗歌中的叙述声音从单一到多元的变化以及叙述层次的不断丰富;张鑫的《浪漫主义的游记文学观与拜伦的

"剽窃"案》（《国外文学》2010 年第 1 期）以浪漫主义的游记文学史观为切入点，着重讨论浪漫主义关于文学式借用与有罪式剽窃观念的形成，以及拜伦剽窃案的文学影响和对后世创作的意义。上述论文喻示着拜伦研究的一种新态势，即不拘泥于某种批评理论，而是以具体问题或个案文本为出发点，对相关论题进行深入论述的多元化批评倾向。

由于时代背景和社会文化语境的变化，一百年来中国的拜伦译介和研究呈现出了不同的特点。就接受和研究的立场而言，清末和"五四"时期的研究极度贬抑传统文化和传统的民族性，对拜伦及其作品全盘接受、高度赞美；建国初期的研究强调阶级性和人民性，过于注重拜伦作品对封建主义和资本主义本质的揭露，大多忽略其艺术价值。在 20 世纪 80 年代之后，对拜伦作品的研究大多采用审美批评和形式主义的研究方法，在很大程度上带有英美新批评派等西方文学批评实践的色彩。新世纪以来，在经济全球化不断深化，文化同质化危机之下，拜伦研究则反映了中国学者对于传统、西方、自身现代性等问题的全新的思考。这些研究开始考虑到文本及其译介的社会、历史语境和文化身份，试图突破西方的知识价值框架，建构以我国的文化为基本出发点的话语体系和阐释框架，用以解释自我以及自我与西方的联系等问题。这种基于非西方立场的批判模式将使中国的拜伦研究拥有更加独立的主体性与价值立场。

第三节

雪莱研究

雪莱（Percy Bysshe Shelley，1792－1822）是 19 世纪英国著名的浪漫主义诗人，与拜伦、济慈齐名于世界文坛。他在短短的一生中创作了大量诗歌作品，其中以抒情诗最为有名，影响了包括维多利亚诗人和前拉斐尔诗人在内的几代英国诗人。雪莱生前因性格叛逆而备受非议,如美国作家马克·吐温曾对他颇有微词,但是他的诗才一直受到更多著名作家(如阿诺德、王尔德、哈代、萧伯纳、叶芝、艾略特等人)的追捧。据现有资料来看,雪莱之名最早于1906 年传入中国。当时的《新小说》刊有雪莱的肖像,并将他与歌德、席勒并称为欧洲大诗人。两年后,鲁迅在《摩罗诗力说》中对雪莱以及其他浪漫主义诗人进行了系统的介绍和评价,代表了国内雪莱批评的正式开端。此后的一百多年中,国内学界对雪莱的译介与研究赓续不断("文革"除外),所取得的学术成果极为可观。

一、20 世纪初期的雪莱研究

鲁迅可能是国内最早对雪莱进行深入评论的作家。1908 年,鲁迅在《河南》月刊第 2、3 期上发表《摩罗诗力说》一文,其中第 6 节专门论述雪莱的生平、思想和创作。目前看来,鲁迅的评论文字要早于国内对雪莱诗歌的翻译。此文将雪莱与拜伦同列为"摩罗诗派",即"撒旦诗派"。"摩罗"是湖畔派诗人骚塞用来攻击拜伦、雪莱等人的充满恶意的用语,而鲁迅借用并重新诠释了这一术语,提出"摩罗诗人"即是"立意在反抗,旨归在动作,而为世所不甚愉悦者"[1],从而摒弃了其中的否定性内涵,突出和强调了拜伦和雪莱等人诗歌中的叛逆与革命内涵。在鲁迅眼里,雪莱是"摩罗派"最重要的诗人之一,而"摩罗派"诗歌彰显"人生之诚理",能"超脱古范,直抒所信,其文章无不函刚健抗拒破坏挑战之声"[2]。

鲁迅对雪莱的评价受勃兰兑斯的影响较大,主要立足在"积极浪漫主义"的层面上,"立意在反抗"是鲁迅论述的重点。鲁迅首先从雪莱生平入手:雪莱因"狷介"的性格而与社会格格不入,早年就

---

[1] 鲁迅:《摩罗诗力说》,《鲁迅全集》第 1 卷,北京:人民文学出版社,1981 年,第 66 页。此文最初发表于 1908 年《河南》月刊第 2、3 期上,署名"令飞"。

[2] 同上,第 73 页。

萌发"反抗之征兆"，因撰《无神论之必要性》一文，遭学校开除。《伊斯兰的起义》寄托了雪莱的抱负："篇中英雄曰罗昂，以热诚雄辩，警其国民，鼓吹自由，挤击压制，顾正义终败，而压制于以凯还，罗昂遂为正义死。是诗所函，有无量希望信仰，暨无穷之爱，穷追不舍，终以殒亡。盖罗昂者，实诗人之先觉，亦即修黎（即雪莱）之化身也。"①鲁迅从雪莱的诗中解读出正义、自由、真理乃至博爱等思想，赞美其反抗旧习、倡言革新的精神："凡正义、自由、真理以至博爱希望诸说，无不化而成醇，或为罗昂，或为普洛美迢，或为伊式阑之壮士，现于人前，与旧习对立，更张破坏，无稍假借也。旧习既破，何物斯存，则惟改革之新精神而已。"在评析诗剧《解放了的普罗米修斯》时，鲁迅以盗火英雄普罗米修斯为故事，歌颂了爱、正义与理想。

在《摩罗诗力说》中，年轻的鲁迅出于对现实的强烈不满，"别求新声于异邦"，希望借雪莱来张扬反抗与战斗的精神，批判保守的旧传统旧文化，期待中国也能出现如雪莱这样"精神界的战士"。鲁迅探讨雪莱诗歌的审美特征，但更加推崇雪莱的人格与精神：雪莱"以妙音，喻一切未觉，使知人类曼衍之大故，暨人生价值之所存，扬同情之精神，而张其上征渴仰之思想，使怀大希以奋进，与时劫同其无穷。"雪莱对大自然的热爱、与大自然的互动，也受到鲁迅的高度评价。在鲁迅的眼里，雪莱的成就足以与莎士比亚相媲美："心弦之动，自与天籁合调，发为抒情之什，品悉至神，莫可方物，非狭斯丕尔（即莎士比亚）暨斯宾塞所作，不有足与相伦比者。"鲁迅也提到了"无韵之诗"，即雪莱所使用的无韵诗体形式，可惜因为与文章的主旨联系不大，没有得到深入探讨。

鲁迅的《摩罗诗力说》开国内雪莱评论之滥觞，对雪莱的综合评论具有纲领性的意义，对后来学界对雪莱的认识和研究产生了深远的影响。从 20 年代的"雪莱热"一直到建国后特殊政治环境

---

① 鲁迅：《摩罗诗力说》，《鲁迅全集》第 1 卷，北京：人民文学出版社，1981 年，第 84 页。

下,"叛逆"与"革命"的主旨一直是学界评论雪莱的主旋律。鲁迅对其诗歌基本特点有准确的把握,如"立意在反抗"、"无韵之诗"、对大自然的热爱等等,但他对雪莱诗歌的解读受到了当时社会与文化语境的影响,"叛逆诗人"的形象更多源于社会现实的需要。此外,鲁迅的材料并非直接来自英文,而是来自日本学者的著作,因此对雪莱诗歌的解读与日本学者的观点有雷同之处,而且偏重于宏观议论,缺少细腻、感性的诗歌文本分析。

苏曼殊是早期雪莱译介与研究的另一位重要学者。1908年,他在《文学因缘》上翻译的雪莱《冬日》一诗,可能是国内最早的雪莱诗歌中译文。在《潮音·自序》①一文中,苏曼殊对拜伦和雪莱进行了细致的比较。正如对拜伦的解读一样,苏曼殊对雪莱的解读同样超越了当时的功利主义思想,更加突出了其诗歌中超功利审美的一面。苏曼殊称雪莱是"哲学家的恋爱者":"他不但喜爱恋爱的优美,或者为恋爱而恋爱,他也爱着'这哲学里的恋爱',或'恋爱里的哲学'。"苏曼殊盛赞雪莱的诗"像月光一般,温柔的美丽,睡眠般恬静,映照在寂寞沉思的水面上。"②雪莱在恋爱中"寻求涅槃",而且自制力强,内心充满对缪斯们的崇仰之情。柔美而深沉、宁静而高远——这是苏曼殊所认识的浪漫主义诗人雪莱的另一面。

因为个性与审美观的差异和译介外国文学动机的不同,苏曼殊与鲁迅所解读的雪莱形象形成了强烈的对比。出于内心的感悟和艺术的直觉,苏曼殊从雪莱的爱情诗、抒情诗中找到心灵的寄托,并试图从"宁静与高深之中去找寻'爱的涅槃'"③。鲁迅则心怀救国救民的时代使命与经世致用的传统思想,虽然也提到雪莱

---

① 苏曼殊:《苏曼殊全集》(四),北京:当代中国出版社,2007年。
② 此译文出自柳无忌的汉译《汉译·自序》,参见《苏曼殊作品集》,开封:河南大学出版社,2004年。
③ 李欧梵:《中国现代作家的浪漫一代》,王宏志等译,北京:新星出版社,2005年,第72页。

的"抒情"一面，但是一笔带过，最终专注于"反抗"与"叛逆"的主旨与思想。两种截然相反的文学态度是早期一代文人学士的内心写照。国人最初对雪莱的认识与理解，是从两个截然不同的视角出发的，雪莱也以两副完全不同的面孔出现在国人眼前。但由于20世纪中国特殊的接受语境以及鲁迅在中国文学史中的重要地位，"反抗"与"叛逆"的视角长期成为雪莱诗歌解读的主流。

二、20 年代："浪漫主义热"背景下的雪莱研究

20 世纪 20 年代，国内出现了译介英国浪漫主义文学作品的热潮，更多的雪莱诗作被翻译成中文。当时的译介主体基本上以活跃于文坛的新文学作家为主，其中有郭沫若、周作人、郑振铎、胡适等人。1920 年，郭沫若首次翻译雪莱的代表作之一《致云雀》，译名是《百灵曲鸟》。1922 年，雪莱逝世百年纪念，不少刊物翻译了更多的雪莱诗歌，并发表很多纪念文章，形成了一股译介雪莱的热潮。整个 20 年代，陈南士在《诗》上、周作人在《晨报副刊》上、郑振铎在《文学周刊》上、郭沫若和成仿吾在《创造》季刊上推出"雪莱纪念专号"，顾彭年在《小说月报》、田世昌在《国学丛刊》上、陈铨在《学衡》杂志上、胡适在《现代评论》纪念增刊上，都发表了雪莱诗歌的多种译文。与译介同步的是，很多期刊发表了系列文章，对雪莱及其诗歌进行了分析和评论。评论者们凭借文学家的敏锐，从时代语境与个人审美趣味出发，揭示出了一个多面的浪漫主义诗人形象：叛逆与革命的雪莱，优美与抒情的雪莱，或双面合一的复杂的雪莱，其中既有对雪莱的无限崇拜，也有对雪莱的尖锐批评。

如同拜伦一样，雪莱首先是作为"摩罗"诗派的代表人物进入中国的。在鲁迅文章的影响下，雪莱的革命诗人形象挥之不去，而且成为占主导地位的评论定位。不过，在具体论述的过程中，各人的着力点与各人所探讨的问题又各不相同。在 1922 年 7 月 18 日

的《晨报副镌》上，周作人发表了《诗人席烈（即雪莱）的百年忌》一文。周作人称雪莱是英国19世纪的"革命诗人"，精辟分析了拜伦与雪莱革命思想之不同：一为破坏，一为建设；并以其长诗《伊斯兰的起义》、《解放了的普罗米修斯》和《无政府的假面》为依据，论述其革命精神的本源是一种理性的、无暴力的反抗，而雪莱的美学思想在于"社会问题以至阶级意识，可以放到文艺里去"，即一种"政治审美化"[①]的思想。周作人文章引译不少诗歌原文，说理性强，其深度不逊色于鲁迅的《摩罗诗力说》，是国内较早对雪莱诗歌进行细致分析的重要文献。作为文学研究会的元老，周作人此前还翻译了雪莱的政论诗《英国人之歌》（《晨报副刊》1922年5月31日），诗中号召英国民众反抗政府暴行。周作人的译介昭示了其本人的思想动向与解读的旨趣。

1923年，《创造季刊》第1卷第4期推出"雪莱纪念号"，其中刊登了两篇重要文章，即张定璜的《Shelley》与徐祖正的《英国浪漫主义三诗人：拜轮、雪莱、箕茨（即济慈）》。张定璜的长文介绍了雪莱的生平、诗歌与创作思想。作者以雪莱的叛逆性为主旨，认为雪莱是"爱自由、爱人类、爱艺术"的诗人，并高度评价雪莱的"无神论"思想，指出其一生所反对的是一切虚伪、丑恶的宗教形式。而徐祖正则将雪莱和拜伦、济慈三位诗人划为浪漫主义的撒旦派（恶魔派），与鲁迅的论述一脉相承。徐文则详细分析了雪莱等人与华兹华斯等湖畔派诗人的不同，其中对雪莱等人诗歌的探讨被放在了浪漫主义思想发展演变的大背景下展开，并重点突出其诗歌所表现的反抗与叛逆精神："他们的共同色彩是反抗，反抗的对手有二：其一为文学中的形式和内容；其二为他们所处的社会"[②]。徐文认为浪漫主义打破了新古典主义的清规戒律，提出了"诗歌艺术

---

① 张旭春：《1925年前英国浪漫主义在中国的传播及分析》，《比较文学与世界文学》，北京：北京大学出版社，2005年，第251页。

② 徐祖正：《英国浪漫主义三诗人：拜轮、雪莱、箕茨》，《创造季刊》，1923年第1卷第4期，第13页。

化，艺术生活化"的美学理念。徐祖正以叛逆和反抗为出发点，最终从政治化的艺术观转向审美化的人生观，对雪莱诗歌的理解向前迈出了一大步。

20 年代中后期，徐志摩、朱湘、于赓虞、李惟建等人翻译了很多雪莱的爱情诗和挽歌，如《爱的哲理》（"Love's Philosophy"）、《致月亮》（"To the Moon"）、《有一个字常被滥用》（"One Word Is Too Often Profaned"）、《哀歌》（"Lament"）等。译介选择的差异反映了对雪莱诗歌认知的变化。雪莱的《哀歌》被成仿吾等人多次翻译，诗歌对时光飞逝、青春不再的歌咏引起了中文读者强烈的共鸣。此外，1926 年，光华书局还出版了刘大杰编选的《雪莱的爱情诗》一首。陈南士在翻译两首抒情诗译文的"跋语"中说："他是英国诗人里最超越的天才；他的诗里面的美，不是自然的美，也不是人生的美，乃是一种空幻的美，不可捉摸的。"①可以看出，除了叛逆、反抗、革命的形象外，雪莱还有优美、抒情的另一面。苏曼殊所开启的超功利的解读，在当时也有不少同道者。

与周作人不同，中国新文学"浪漫的一代"从雪莱诗歌中解读出浪漫、优美与抒情以及对大自然的讴歌等主旨内涵。郭沫若是中国浪漫主义诗歌的代表作家。在"雪莱纪念专号"（《创造季刊》1923 年第 1 卷第 4 期）中，郭沫若所翻译的《西风颂》广为传诵，其中"冬天来了，春天还会远吗？"一句成为绝响。从《雪莱的诗·小序》中可以看出，郭沫若对雪莱极为推崇，认为他是"自然的宠子，泛神宗的信者，革命思想的健儿"②。在译诗《西风颂》前的一段说明文字中，郭沫若介绍雪莱创作此诗时"暴风骤雨、雷电交加"的情景，认为"诗人即感受大自然的灵动而成此杰作。原诗音调极其雄厚，真如暴风驰骋，有但丁之遗风。"③读雪莱的名篇《致云雀》，郭

① 陈南士："跋语"，《诗》，1922 年第 1 卷第 2 期，第 42 页。
② 郭沫若：《雪莱的诗·小序》，《三叶集》，上海：亚东图书馆，1920 年，第 19 页。
③ 同上，第 20 页。

沫若也产生了强烈的共鸣，认为这是"一篇绝妙的抒情小曲"，同时引用加拿大批评家德·米勒的评论高度赞美雪莱："透彻了美之精神，发挥尽美之神髓的作品。充满着崇高皎洁的愉悦之诗思，世中现存短篇诗无可与比者。"[①]此外，郭沫若所编写的《雪莱年谱》完善了早期雪莱研究的资料整理。与郭沫若一样，胡梦华对雪莱评论既强调其革命精神，也推崇雪莱诗歌中的音乐性。在《英国诗人雪莱之道德观》中，他不仅注意到了其诗歌中迥然不同的另一面，即雪莱《云雀歌》中的"甜美的音乐"，而且还为雪莱的革命精神和道德观进行辩护："他的革命精神诚然到了极顶，然而却没有一个说他是不道德的。"[②]

作为新文学的代表人物，徐志摩则从审美主义的角度对雪莱进行了评价。1923 年 11 月 5 日，徐志摩在《文学周报》第 95 期上发表《读雪莱诗后》一文，认为他的《解放了的普罗米修斯》"太浓厚伟大了"，所以更喜欢他的小诗，因为它们"很轻灵，很微妙，很真挚，很美丽"[③]。雪莱之所以伟大不仅在于对自由的热爱，而是对"理想的美有极纯挚的爱"，"以美为一种宗教的信仰"，认为"美是宇宙的精神"，"有柏拉图主义的意味"[④]。徐志摩的评论所代表的同样是超功利主义的解读，具有审美主义的特征，对于完善雪莱诗歌的认识有积极意义。

自身立场不同，对雪莱诠释与解读的视角就会产生差异。作为文学研究会的成员，周作人着重于社会批判，创造社的郭沫若着迷于雪莱诗歌中的浪漫情怀，而新月派的代表徐志摩则将雪莱引为师尊，自觉模仿[⑤]。可以看出，当时对雪莱的认识开始从单一化

---

① 郭沫若：《雪莱的诗·小序》，《三叶集》，上海：亚东图书馆，1920 年，第 20 页。
② 胡梦华：《英国诗人雪莱之道德观》，《学灯》，1924 年 3 月 12 日、13 日。
③ 徐志摩：《徐志摩散文集》，北京：西苑出版社，2006 年，第 146 页。
④ 同上，第 147 页。
⑤ 徐志摩本人的创作深受雪莱影响，如《再别康桥》中的"康河的柔波里的水草"，即来自雪莱的《西风颂》。

向多面化、更加立体化的方向转变。

三、走向成熟与理性：30—40 年代的雪莱研究

20 世纪 30 年代，西方文坛纷纷向"左"转，国内对外国文学的译介转向了苏联文学，国内的"雪莱热"开始降温。从雪莱诗歌的翻译来看，其数量明显少于 20 年代。抗战爆发使雪莱的译介与评论深受影响。不过，至 40 年代末，雪莱的主要诗歌基本上都有了中译本。战争必然给外国文学的翻译与研究带来很大的冲击，但是凭借更多的中译本，学界拓宽了研究的视野，对雪莱的认识更趋成熟和理性。

这一时期，雪莱作为浪漫主义的重要诗人进入各类文学史著述中[①]。金东雷在《英国文学史纲》（1937 年）的第十章"浪漫主义的时代"中为雪莱专设一节。此节主要分为三个部分：雪莱的生平、作品简介与艺术风格。在作品提要中，金东雷称雪莱是"英国文学上富有天才的抒情诗人"，并沿用"摩罗"一说，将雪莱和拜伦、济慈一道称作"撒旦派诗人"。金著主要评析了《恶魔》、《解放了的普罗米修斯》和《钦契》三首诗作，指出《解放了的普罗米修斯》是一部抒情史诗，里面充满着革命的热情，而《钦契》则是一部写实的诗歌。金东雷认为，雪莱的诗歌富于幻想和幽思，他的短诗富有灵性、"洁净"，如莲花一般出淤泥而不染；其诗歌的精神是"梦的幻想"，将古典思想诗歌化，笔法超然物外，语言优美。金著将"抒情诗人"与"革命诗人"的雪莱正式写进中国人的文学史，为此前 30 年国内对雪莱的研究与接受作了一个阶段性的小结。

不过，与此前一味钦慕与敬仰不同的是，非议和批评的声音也开始出现。梁实秋较早对雪莱以及浪漫主义诗歌发出了批评的声

---

① 王靖的《英国文学史》（上海：泰东图书局，1920 年）和欧阳兰的《英国文学史》（北京：京师大学文科出版部发行，1927 年）均有关于雪莱的评介。

音。在《现代中国文学之浪漫的趋势》(1926 年)一文中,梁实秋注意到浪漫主义文学中的"新颖"与"奇异",分析了浪漫主义与古典主义的不同,并批判文坛对西方浪漫主义的过分崇拜。在《浪漫主义的批评》(1934)一文中,梁实秋更是认为雪莱《诗辩》中的观点(如"诗歌是想象的表现")是"趋于极端"的;同时猛烈抨击雪莱的"美即是善"与济慈的"美即是真"等理念,认为"这是浪漫思想混乱的极致"。针对郭沫若的观点,即雪莱是世界上"最温柔文雅最不自私的人",赵景深在《雪莱不是美丽的天使》(《小说月报》1928 年第 19 卷第 1 期)一文中提出异议。他引述英文材料《雪莱:生平与创作》(*Shelley: His Life and Work*, Walter Edwin Beck 著),对文坛所存在的"雪莱崇拜"现象进行了批评与反思:"雪莱固然是美丽的天使,但也是凶恶的天使,他是理智和情感并重的。他自由、温和与宽厚,也有自私与暴虐;他写过永传不朽的杰作,也写过第二流的作品。"[①]

30 年代,雪莱诗歌中有关暴力与非暴力的问题引起了学界的争议。1933 年,陈希孟在《新时代月刊》上发表《拜伦与雪莱》一文,探讨两位诗人的诗歌对现实的反抗主题,指出了两位诗人的不同之处:拜伦的反抗手段是破坏性的,没有系统性的计划,"只凭着一腔的热情拼命与现实的恶势力捣蛋",而雪莱的反抗是非暴力的,是"在文艺上高声呐喊"。30 年代中国左翼思潮兴起,"暴力革命论"为不少知识分子所认同和接受,而雪莱诗歌中所蕴含的"非暴力"思想一度引起异议。陈希孟则着力为雪莱的"非暴力"进行辩护:"不能说雪莱的非暴力反抗手段是乞怜的逃避、道学式的感化、怕死怯懦的表示。"他的解读是在"叛逆论"的基础上重新评析雪莱的"非暴力",与当时的主流思潮唱反调,表达了独立的见解,从中也可以一窥当时的社会与文化氛围。

作为天才诗人,雪莱信奉无神论思想,性格不羁,早年发生婚

---

① 赵景深:《雪莱不是美丽的天使》,《小说月报》,1928 年第 19 卷第 1 期,第 255 页。

姻纠纷，而且英年早逝，其人生经历引发国内学界的强烈兴趣，带动了早期雪莱传记研究，其中也夹杂着一些道德上的非议。自 20 年代末起，独立著作、文学史著述以及不少论文均涉及雪莱的生平介绍，探讨其生平与创作、生平与思想之间的关系。1929 年，孙席珍编著的《雪莱生活》对雪莱的生平与创作有详尽论述，其中有四章专门讲述雪莱的婚姻与恋爱。1930 年，于赓虞的《雪莱的婚姻·小引》，先发表在《益世报》上，1932 年重新发表在《青年界》上。1937 年，金东雷的《英国文学史纲》有较多篇幅介绍雪莱的生平。1941 年，魏华灼翻译的《雪莱传》（安德烈·莫洛亚著）出版。其中值得关注的是于赓虞与赵景深就雪莱的婚恋问题所展开的辩论。在《雪莱不是美丽的天使》一文中，赵景深曾以雪莱的婚姻问题作为雪莱"自私"与"暴虐"的依据。于赓虞在《雪莱的婚姻·小引》中进行了有力的反驳，为雪莱进行了有力的辩护，并深入地揭示了雪莱其人的多面性与复杂性：雪莱的一生，既是"活龙"，又是"猛虎"，既是"天使"，又是"恶魔"；"雪莱不是神而是人"。相对于赵景深的评论，于赓虞的分析更加平和，更加理性。

此外，吴宓的《徐志摩与雪莱》（《宇宙风》1936 年）与郑朝宗的《论雪莱的〈诗辩〉》（《文艺先锋》1944 年第 1—2 期）这两篇文章也值得关注。吴宓的长文主要通过回忆往事来悼念徐志摩，其中涉及作者与徐志摩在哈佛时的相识、研读与译介雪莱的诗歌，尤其涉及雪莱诗歌对徐志摩的影响。此文可以作为研究英国浪漫主义诗歌与中国新文学之间关系的一份重要史料。郑朝宗的文章可能是国内第一篇论述雪莱《诗辩》的独立学术论文。此前学界已经有人评析雪莱的诗论，或泛泛而谈，或一笔带过，而郑朝宗的论述则较为完整深入。郑文分为"诗之性质"与"诗之效用"两大部分，即诗歌的本质与诗歌的作用，认为雪莱《诗辩》最突出的要点是：诗歌是对想象的再现，而想象的产生来自于艺术的灵感；诗歌是世界上"最有用之物"，可以增进人类道德，推动社会革新等等。郑朝宗对《诗辩》有准确而清晰的分析与探讨，评述结合，有深入的阐发，对其价值和作用给予了很高的评价，有助于当时学界对雪莱其人其作的全面认识。

四、50—60 年代的政治化解读

建国后，外国文学翻译出现高潮，英国现实主义作家和以拜伦、雪莱为代表的浪漫主义作家受到追捧。雪莱的主要作品，如《解放了的普罗米修斯》《伊斯兰的起义》《钦契》《致云雀》《诗辩》等，均被正式翻译成中文，许多译本已经成为中文经典。译者大多是国内知名翻译家，如邵洵美、查良铮、汤用宽、王科一、杨熙龄等。如果说民国时期的雪莱译介与评论主要以作家和翻译家为主，那么从 50 年代开始，拥有外国文学专业背景的学者开始登上了雪莱研究的舞台，如周其勋、郑启愚、袁可嘉、范存忠等。相比而言，研究的深度更进一步，系统性、规范性和学术性大为增强。从研究特点来看，50—60 年代的雪莱研究出现了以政治化解读为主的趋势，具有鲜明的时代特色。究其原因，一是马克思主义开始成为占主导地位的意识形态，二是国内的文艺批评深受苏联文艺观的影响。

1958 年，苏联文学批评家阿尼克斯特的《英国文学史纲》由人民文学出版社出版。作者在前言中称："只有密切联系任何时期发生的阶级斗争和这个国家的社会政治历史，才可能了解英国文学的发展。"[1]此书为当时的英国文学研究确立了普遍的政治基调。作者将英国浪漫主义分为积极与消极两大类型，前者是革命的、进步的，后者则是反动的、保守的。就雪莱而言，他将崇高的社会理想与美的概念结合起来，是"时代最进步的美学观点的表达者"。此书从压迫与剥削的角度来分析雪莱的政治抒情诗，"变革"与"进步"成为作者诠释雪莱诗歌的主基调，雪莱被看成是"第一个用崭

----

[1] 阿尼克斯特：《英国文学史纲》，戴镏龄等译，1959 年，第 1 页。

English Literary Studies in China: The Studies of English Writers Volume I

English Literary Studies in China: The Studies of English Writers Volume I

新的、社会主义的态度来对待生活和人的精神世界的诗人"①。此书确立了一个完全政治化的雪莱形象，对当时国内的雪莱研究产生了深远的影响。

由于政治意识形态与左翼文艺激进思想的影响，雪莱受到文学界和学术界的大力推崇，"革命诗人"的形象被过度强化。在《读雪莱的〈西风颂〉》(《文学知识》1960 年第 1 期)一文中，袁可嘉从"革命"和"暴力"的角度评析其诗歌的主题思想，认为雪莱"借西风横扫落叶的威势来比喻革命力量清除反动政权；借西风吹送种子来比喻革命思想的传播，寄托诗人对于未来的希望。"②袁文采用一分为二的手法，指出雪莱思想上所存在的不足和局限：1)由于时代和出身的限制，雪莱的革命思想基本上属于空想社会主义的范畴，其中还带有抽象和虚幻的性质；2)雪莱对革命是否应采用暴力的问题始终摇摆不定，这是他一生思想中的重要缺点。不过，袁文认为《西风颂》对暴力的歌颂是确定无疑的，由此充分肯定了此诗的"革命性"内涵。

不少学者借助苏联的文艺观，对雪莱有更加深入、更加学术化的诠释和论述。在《试论雪莱的〈解放了的普罗米修斯〉》(《中山大学学报》1956 年第 3 期)中，周其勋开篇指出：

> 雪莱是一位十九世纪伟大的革命浪漫诗人，一百三十多年以来，一向被西方资产阶级歪曲着，蔑视着。以"诗终究是人生的批评"一语为标榜的马修·阿诺尔德(即阿诺德)，论到雪莱时，就做出了这样的结论："雪莱是一个美丽的和不切实际的安琪儿，在空中毫无效果地拍着他的光亮的翅膀"。可是我们知道，雪莱的诗，恰恰相反，是现实的反映，人生的批评。③

他主张借用"苏联的先进经验来指导"我们的工作，把雪莱著作中

---

① 阿尼克斯特：《英国文学史纲》，戴镏龄等译，1959 年，第 338 页。
② 袁可嘉：《读雪莱的〈西风颂〉》，《文学知识》，1960 年第 1 期，第 22 页。
③ 周其勋：《试论雪莱的〈解放了的普罗米修斯〉》，《中山大学学报》，1956 年第 3 期，第 100 页。

的革命精神和艺术加以发扬光大。他沿用"反动的浪漫主义"和"革命的浪漫主义"之划分,认为《解放了的普罗米修斯》是"革命浪漫主义诗人"雪莱一生的杰作。周其勋还从"思想性"与"艺术性"的角度来进行评价,其论述方法明显受苏联影响,具有鲜明的时代特色。不过,除了典型的政治化解读之外,此文大段引译了原作中的诗句,同时援引很多英美批评著作作为论证材料,并给出详细的注释,从而将马克思主义文艺批评视角和西方现代学术范式有机地结合起来,是一篇非常规范的雪莱研究论文。

　　这一时期的外国文学研究中,政治影响非常明显。毛泽东提出:革命的现实主义和革命的浪漫主义相结合的艺术方法,是繁荣和发展社会主义和共产主义文艺的艺术方法。① 在这一口号的指引下,文艺批评界出现了大量论述"相结合"的理论文章,它们对雪莱研究也产生了很大的影响。范存忠受时代潮流的推动,发表了《拜伦与雪莱:革命现实主义与革命浪漫主义相结合》(《文学评论》1962年第1期)一文,考察了拜伦与雪莱的诗歌中"进步现实主义"与"积极浪漫主义"相结合的问题,认为雪莱的代表作《麦布女王》和《解放了的普罗米修斯》即是这两种艺术方法相结合的重要作品。范文指出"积极浪漫主义"与"现实主义"并不是两种互相排斥的艺术方法,而雪莱诗歌将革命浪漫主义与革命现实主义完美地结合起来,因而具有鲜明的社会主义文艺特色。同样,在《雪莱的〈柏洛美休士的解放〉》(《安徽师范学院学报》1957年第1期)中,郑启愚开宗明义地指出雪莱是"伟大的革命浪漫主义诗人"。这两篇文章虽然未脱政治化解读的轨道,有些论述未免牵强附会,但两位作者均系留学归国学者,有深厚的学术功

① 参见周扬:《新民歌开拓了诗歌的新道路》,《红旗》,1958年6月1日。该文说:"毛泽东同志提倡我们的文学应当是革命的现实主义和革命的浪漫主义相结合,这是对全部文学历史的经验的科学总结,是根据当前时代的特点提出的一项十分正确的主张,应当成为我们全体文艺工作者共同奋斗的方向。"此外,《文艺报》、《文艺研究》等报纸和刊物也发表了很多关于"相结合"的文章。

底，其论证的严密性、说理的透彻性和引述的丰富性，与周其勋的论文一样，代表了现代西方学术范式在中国特殊语境下的小试牛刀。

五、80 年代：政治化解读的延续与超越

"文革"十年，"革命诗人"雪莱的研究同样遭遇中断的厄运。"文革"结束后，文化界拨乱反正，雪莱诗歌翻译开始勃兴，各种诗集、诗选纷纷出版，几乎所有的重要诗作均有中译本，部分诗歌有多个版本流传于世。同时，雪莱研究也开始拨乱反正，进入了一个快速恢复期，无论从成果的数量上看，还是从研究的深度和广度上，都有很大的超越。左翼立场下的政治化解读方式被继承下来，同时也出现了一些非政治化解读的倾向和趋势。大多数研究者仍然沿用积极浪漫主义与消极浪漫主义的划分，对湖畔派诗人持批评或抨击的态度，对拜伦和雪莱等人的"革命性"持讴歌和赞赏的态度。对雪莱诗歌的解读主要侧重其"积极性"与"革命性"，即反抗暴政、反抗压迫、争取解放的政治主题，但是其诗歌的其他层面也获得了较多的关注和探讨。

"文革"后的几年，极左文艺思潮逐渐衰微，但是对雪莱的研究仍然是以马克思主义文艺理论为预设立场，政治化的解读倾向仍然比较明显。张江来的《"猛进而不退转"的诗人雪莱》（《广西师院学报》1979 年第 1 期）很具有代表性。"猛进而不转退"出自鲁迅的《摩罗诗力说》，所强调的即是雪莱的革命诗人的一面。张文引用马克思与恩格斯对雪莱的评语①，分析了欧洲的工人运动与民族解放运动，认为雪莱在诗中站在反封建主义和资本主义暴政的革命人民一边。在分析《解放了的普罗米修斯》时，张文则肯定普

---

① 马克思称赞雪莱"是一个真正的革命家，而且永远是社会主义的急先锋"；恩格斯赞扬雪莱"是个天才的预言家"。马、恩的评语为当时许多文章重复引用。

罗米修斯坚贞不屈的斗争精神："雪莱运用这则神话来象征19世纪初期广大人民反对专制暴君的一切压迫者、争取解放的斗争，使这个诗剧具有较深广的现实意义"；同时又从当时流行的革命立场和批评范式出发，指出了雪莱的时代局限性："他始终对工人阶级是资本主义社会掘墓人的本质特征认识不足，也没有上升到无产阶级有组织地武装夺取政权的高度，他对人类社会的理想仍然是空想社会主义的幻想。"①车英的《雪莱和他的〈伊斯兰的起义〉》（《武汉大学学报》1981年第2期）一文采用了相同的理论思路和分析方法。作者认为雪莱批判了这个"时代的流行病态"，点燃了"自由和正义"的理想火炬，激发了人民"对美好事物的信心和希望"，揭示出了"善"必战胜"恶"的正义原则。此文对《伊斯兰的起义》的评析与张江来对《解放了的普罗米修斯》的分析方法如出一辙，即"革命性"与"局限性"一分为二的分析方法，即一方面充分肯定《伊斯兰的起义》是一篇以革命为主题的富有战斗力的诗篇，表达了当时欧洲最先进的思想和美学观点，表现了雪莱坚强的革命意志和对未来的坚定信念，另一方面也指出诗存在着不少局限性，如在革命暴力问题上，雪莱有明显的保守与消极心态。

　　"政治化"解读基本上贯穿了整个80年代，但表现的程度各有不同。有些学者在突出革命性的同时，对雪莱诗歌的其他层面进行更加细致的分析，对"浪漫主义"有更加深入的理解。任以书、李万钧、王侃中等人的论文比较具有代表性。这些论文基本上以"革命诗人"雪莱为出发点，但具体论述的过程和分析的细节各有不同。任以书的《雪莱自然抒情诗歌的思想体系探讨》（《外国语》1983年第1期）指出"浪漫主义诗歌的突出标志之一是描写大自然"，而雪莱对自然的描绘是与当时对社会的反抗分不开的，其三

---

① 张江来:《"猛进而不退转"的诗人雪莱》,《广西师院学报》,1979年第1期,第88、90页。

篇自然抒情短诗"虽然歌颂了自然，但它们却不是单纯的自然诗歌，它们的内容远比自然的描绘更为深沉、更富于哲理，它们的境界远比一般的抒情诗歌更为宏大与全面。"① 李万钧的《读华兹华斯的〈致杜鹃〉与雪莱的〈致云雀〉》（《福建外语》1984 年第 2 期）以华兹华斯和雪莱为代表，分析了两位诗人对时代的不同反应，即一个是"天才的预言家"，一个是"遁世的歌者"，但此文对《致云雀》的格调、主题与象征意义进行了详细的分析和解读，其中不乏独到之处。王儞中的《浪漫主义诗人雪莱的理想主义瑰丽诗篇》（《杭州大学学报》1982 年第 1 期）详细分析了雪莱浪漫主义诗篇的五大艺术特点，即激荡的情思、丰富的想象、生动的比喻、美丽的语言、巧妙的对比，超越了当时的政治化解读。

王佐良是当时国内研究浪漫主义诗歌的重要学者之一。他首先摒弃了教条和偏激的政治化解读模式，不再为迎合意识形态或现实政治需要而作违心之论。他对浪漫主义诗歌的分析更加全面而深刻，评价也更加客观而中肯。在《英国浪漫主义诗歌的兴起》和《英国浪漫主义诗歌的发展》② 两篇文章中，王佐良突破了学界普遍流行的"消极"与"积极"之分，将浪漫主义的兴起看成是英国诗史上具有开创意义的一章，指出华兹华斯等人的出现标志着第一代浪漫主义诗人的兴起，而拜伦、雪莱等第二代诗人的出现则极大地推动了浪漫主义的发展。第二代浪漫主义诗人的最大特色在于他们的诗歌"绝不是柔和的，感伤的，而有一个坚实的思想核心，即对于人的命运的关心。在这点上他们是启蒙主义的真正的继承者、法国革命理想的有力传播者。他们作品的感染力最终来自一种结合，即抒情式的理想与人世苦难感的结合。"③ 王佐良通过细

---

① 任以书：《雪莱自然抒情诗歌的思想体系探讨》，《外国语》，1983 年第 1 期，第 61 页。

② 这两篇文章分别刊登于中国社会科学院外国文学研究所编的《外国文学研究集刊》1980 年第 2 辑和 1982 年第 6 辑上。

③ 王佐良：《英国浪漫主义诗歌的发展》，《外国文学研究集刊》，北京：中国社会科学出版社，1982 年第 6 辑，第 85 页。

读大量的诗歌文本,将"新一代浪漫主义诗人"雪莱构建成了一个"政治诗人,哲理诗人,抒情诗人"的多面体。

《诗辩》是雪莱文艺理论的代表作,国内学界一直比较关注,80年代也不例外。刘彰的《试论雪莱〈诗辩〉的美学思想》(《南京大学学报》1980 年第 1 期)从《诗辩》所涉及的几个浪漫主义理论问题出发,探讨"19 世纪英国积极浪漫主义的代表之一雪莱美学思想上的一些特色",对雪莱的美学思想有深入的剖析,但未能超越当时的政治化解读。例如,作者认为雪莱"以鲜明的接近唯物主义的美学观与湖畔派抽象的神秘主义相对立"。刘文以阶级斗争为论述主线,认为代表不同阶级利益的消极和积极浪漫主义两大派别,即湖畔派和恶魔派诗人,"在诗歌创作和美学方面进行了针锋相对的斗争"。华兹华斯和柯勒律治在《抒情歌谣集·序言》中所宣扬的是"唯心主义和蒙昧主义的美学观";而在《诗辩》中,雪莱"运用当时比较进步的思想武器,给予以渥滋华斯为代表的反动文艺思潮以迎头痛击"。作者最后指出其美学思想"受到了历史和阶级方面的种种限制"。

相比之下,朱刚的《试评华兹华斯与雪莱的诗论》(《安徽大学学报》1984 年第 1 期)则较少受政治意识形态的影响。朱文在研究的思路上另辟蹊径,比较了华兹华斯的《序言》和雪莱的《诗辩》,从诗人、诗歌的作用和诗歌语言三个方面论述两位大诗人文艺思想的异同。此文从当时的社会历史背景出发,对《诗辩》的分析有所创新,并且较早地从理论的角度来探讨英国浪漫主义思潮的内在差异。两人的思想差异则是论述的重点,而作者的态度基本上是贬低华兹华斯,认为华兹华斯封闭在个人的小天地中,受限于个人的想象。而对雪莱则持肯定和赞赏的态度,如作者认为"诗人的精神应该是时代的精神,诗人的作品应该是时代的号角"。这种观点虽然带有时代与社会文化的痕迹,但是对政治化解读的超越也比较明显。

80 年代,比较文学研究在国内兴起。由于雪莱诗歌较早在国内传播，且对中国现代作家产生过重要影响，因此比较文学的研究视角一直颇受青睐。王永生的《鲁迅论拜伦与雪莱》(《宁波师院学报》1984 年第 2 期)追溯了 20 世纪初鲁迅对雪莱的评价，阐明拜伦和雪莱对鲁迅早期文艺观形成的重要作用。本文所采用的是马克思主义的文艺批评立场，如作者认为鲁迅"对于拜伦和雪莱能以朴素的阶级观点，做较为切实的评价，对于资产阶级民主主义战士、积极浪漫主义诗人的进步思想及其局限，进行了一分为二的分析"[①]。此文虽然探讨了鲁迅的文艺批评原则、文艺批评方法与外国文学的关系，但未能摆脱当时流行的政治化解读的套路。

陆草的《苏曼殊与拜伦、雪莱之比较》(《中州学刊》1987 年第 4 期)则探讨近代作家苏曼殊与拜伦、雪莱的关系。苏曼殊是国内拜伦和雪莱的最早译介者之一。与鲁迅、梁启超、王国维等人注重文学作品的社会作用不同，苏曼殊较早关注文学意识的觉醒与诗人自我的裂变。陆文从个人气质、艺术风格与哲学观点等三个方面进行了平行研究，分析苏曼殊与英国浪漫主义诗人拜伦、雪莱的相似与契合，其中对雪莱的理解突破了政治化解读的框架，摆脱了功用主义美学观的束缚，从微观的角度分析了中西文化异同，探讨了西方文学思潮对近代知识分子的影响，但是没有具体涉及苏曼殊在西风东渐的大背景下如何接受雪莱以及西方文化的影响。邓阿宁的《泰戈尔与雪莱》(《重庆师院学报》1987 年第 1 期)比较雪莱与泰戈尔的文艺思想与创作特征的异同，也是在政治化解读之外另辟蹊径，这有助于完善当时学界对雪莱的深入认识。

六、雪莱研究的繁荣期

经过 70 年代末和整个 80 年代的全面恢复，雪莱研究在 90 年代及新世纪前十年进入一个繁荣期。雪莱研究突飞猛进，论文数

---

① 王永生：《鲁迅论拜伦与雪莱》，《宁波师院学报》，1984 年第 2 期，第 27 页。

量急剧增加，各种译本和著述竞相出现。单一的政治化解读模式完全消退，多元视角的研究开始成为主流，雪莱诗歌以其丰富而复杂的艺术内涵展现在人们面前。关于浪漫主义的艺术特色，学界开始跳出"积极"与"消极"、"革命"与"保守"的政治思维定式，有更多理性、客观与包容性的评论。雪莱不再只是"政治诗人"，而且也是"哲理诗人"、"抒情诗人"，对雪莱具体诗作的评论也完全跳脱了"革命性"的藩篱。

　　这一时期，有不少学者摆脱前人的窠臼，独创一格，不断向雪莱诗作的纵深处掘进。例如，在《是巫术，还是艺术？》一文中，徐广联认为"雪莱的诗之所以有旺盛的生命力，其首要原因应该是这些佳作的复义性——意义的多重性。"① 王守仁则指出《解放了的普罗米修斯》表达了诗人对未来理想社会的憧憬，而诗人的乐观理想主义与"必然性"思想有紧密关系。② 周昭宣的《试析雪莱诗歌的哲学意蕴》[《河北师范大学学报（社科版）》1995年第1期]从几个哲学范畴入手，对雪莱诗歌的哲学内涵进行了剖析，指出雪莱不仅是一个浪漫主义抒情诗人，也是一个学者型的哲理诗人。张德明在《〈西风颂〉的巫术动机》（《外国文学评论》1993年第4期）中将颂歌体的复活与诗人对自身、对诗歌价值认识的变化联系在一起，并"大力强调诗人作为先知、预言家和教士的神圣责任"；同时认为《西风颂》从一种"普遍性的巫术动机"出发，履行诗人、巫师与先知三位一体的神圣使命。这几篇论文表现出了与此前完全不同的开阔视野和独特的阐释视角，而且立论有据，见解深刻。

　　关于雪莱的文艺思想，研究《诗辩》是学界切入雪莱浪漫主义诗歌创作与文艺思想的重要途径。与此前的研究相比较，90年代的部分研究突破了诗歌本质与功用的层面，显得更加深入，更有独

English Literary Studies in China: The Studies of English Writers Volume I

---

① 徐广联：《是巫术，还是艺术？——论雪莱〈西风颂〉的多重内涵意义》，《文艺理论研究》，1993年第5期，第136页。

② 王守仁：《论雪莱的剧诗〈解放了的普罗米修斯〉中的"必然性"思想》，《外国文学研究》，1992年第4期。

到之处。在《雪莱的〈为诗辩护〉及其柏拉图主义》(《吉林大学社会科学学报》1991年第3期)一文中,杨冬指出雪莱之所以撰文为诗歌进行辩护,是为了回应皮考克对诗歌的抨击。杨文认为:皮考克的反诗歌立场是与柏拉图把诗人逐出理想国的观点是一致的,而雪莱对诗歌的赞颂,把诗歌视为无所不包的人类创造力本身,视为宇宙万物的精华之所在,其"泛诗论"的思想也来自柏拉图《会饮篇》的影响。在《诗歌与科学:世纪末重读雪莱〈诗辩〉的震动与困惑》(《外国文学评论》1993年第1期)中,郑敏将对《诗辩》的重读置于后工业化时代的语境中,从阐释主体的内心感受出发,探讨了《诗辩》中向来不为人所关注的深层内涵,即:西方物质文明的负面影响,后工业时代人类所面临的各种问题,人性深处的贪婪、愚昧、动物欲望与崇高信念之间的矛盾等。郑敏较早探讨文学与科学之间的关系,提出科学的发展会带来社会的巨大进步,但却经常引起文学家们无尽的忧虑和深思。身处世纪末中国社会巨大发展的现实语境中,郑敏对雪莱《诗辩》的重读不仅说理透彻,反思深刻,而且具有发人深省的现实意义。

国内的雪莱研究最早从鲁迅开始,基本上立足于社会历史语境,大多作宏大主题的阐述,较少着眼于文本的具体细节,而作语义、意象等微观文本考察的就更少。陆建德的《雪莱的流云与枯叶——关于〈西风颂〉第2节的争论》(《外国文学评论》1993年第1期)则承接新批评的衣钵,从《西风颂》中的"流云"和"枯叶"两个意象着手,展开细致入微的考证与辨析,开了当代雪莱研究之新气象。陆文指出雪莱之所以被人称颂,大多是因为他"高蹈奇伟的风格和缠绵排恻的愁思",而《西风颂》"堪称这一崇高诗体的杰作"。与学界很多从高处、大处着眼的论文不同,陆文主要针对该诗第二节以"流云"和"枯叶"为中心的几个用词和比喻,梳理了一个半世纪以来英美学界的争论,指出这些学者大多认为雪莱"忠实地师法自然";同时陆文还把对《西风颂》的理解扩展到雪莱的其他诗歌作品,提出了强有力的论据,探讨其中的"互文性"关系,有力地廓清了英国批评家李维斯所提到的几个问题，对"流云"与"枯叶"的关系做出了更加新颖、透彻的剖析。这是中国的英美文学研究领域难得一见的细心考证与精巧思辨之佳作。此外，肖四新的《论雪莱诗歌中的蛇意象及其象征》[《湖北民族学院学报（哲社版）》1996年第4期]分析雪莱诗歌中运用最广泛、最突出、最典型的"蛇"意象，揭示这一意象所蕴含的复杂而深刻的象征内涵，与陆文有异曲同工之妙。

比较文学研究学者对雪莱的研究在80年代之后也有新的贡献。如顾国柱的《郭沫若与雪莱》（《郭沫若学刊》1991年第2期）探讨郭沫若的早期美学观与雪莱的关系。顾文认为：郭沫若是国内最早译介雪莱诗作的学者之一，其美学思想与雪莱有不解之缘，尤其是其早期美学观明显受到雪莱《诗辩》的影响。顾文指出："郭沫若对文艺的整体性美学认识，是以雪莱的艺术本质观为基础的。"雪莱把艺术置于一切科学之上，认为艺术是最神圣的东西；郭沫若同样尊崇艺术与艺术家的地位；与雪莱一样，郭沫若看重文艺的社会职能；同样强调和夸大文艺的社会作用；郭沫若对直觉、想象与灵感的认识同样受到雪莱的影响。高旭东的《鲁迅与雪莱》（《外国文学评论》1993年第2期）认为鲁迅将雪莱称为"恶魔"，是对雪莱的推崇。而较之拜伦的巨大影响，雪莱对鲁迅的影响就显得很小。高文主要从两个方面来探讨鲁迅与雪莱的关系，一是鲁迅眼中的雪莱及其诗歌；二是鲁迅如何受到雪莱的影响。此外，周顺贤的《雪莱对现代阿拉伯文学的影响》（《阿拉伯世界》1993年第1期）也是一篇很有特点的文章，指出雪莱对阿拉伯文学的影响巨大，其作品被译成阿拉伯文，其数量仅次于莎士比亚。

2000年，7卷本《雪莱全集》中译本出版，代表了国内雪莱译介的一个新阶段。同时，由于国内高校的扩招和高校师资队伍的扩大，从事英美文学的学者急剧增加，对雪莱的研究也出现了"喷涌"之势，其中不乏优秀之作，但受急功近利的学术氛围的影响，粗制滥造者也不在少数。这一时期的不少论文采用新颖独特的视角，切入了雪莱诗歌的不同层面，令人印象深刻。这些研究明显呈现多元化的特征，研究视角和研究方法引人注目，兹大致归纳如下：

1. 审美先锋主义。张旭春的《雪莱和拜伦的审美先锋主义思想初探》(《外国文学研究》2004年第3期)从"现代性五副面孔"之一的审美先锋主义出发，探讨了两位浪漫主义诗人的审美先锋主义特征，指出艺术先锋派与政治先锋派的不同。

2. 文本细读。袁宪军的《艺术对历史的消解：解读雪莱的〈奥西曼迭斯〉》(《北京第二外国语学院学报》2005年第6期)通过"细读"的方法来分析十四行诗《奥西曼迭斯》的主题，同时也隐含着解构主义的批评视角。

3. 影响与接受研究。张静的《自西至东的云雀——中国文学界(1908—1937)对雪莱的译介与接受》(《中国现代文学研究丛刊》2006年第3期)探讨民国早期雪莱诗歌在中国文学界的译介与传播；林达的《想象的追逐——吴宓诗歌中的雪莱》(《保山师专学报》2006年第3期)探讨吴宓诗歌中的雪莱如何被精心构建成一个"他者"的形象。

4. 科学主义。徐凌的《雪莱与科学》(《自然辩证法通讯》2007年第2期)探讨了雪莱的科学观、对科学技术的反思以及用诗的视野引导科学技术的理想。徐文与此前郑敏的《诗歌与科学》一脉相承。

5. 原型与互文研究。彭涛的《死亡—永生之门》(西南大学学位论文，2007年)从挽歌的起源与发展变化对弥尔顿的《黎西达斯》和雪莱的《安东尼斯》进行比较分析，指出他们的诗歌合理运用神话故事和神话人物，寄托了诗人对亡者的哀悼，也表现了死亡与永生的主题。

6. 新历史主义。周凌枫的《新历史主义观与传记的雪莱形象》(《名作欣赏》2007年第24期)是新历史主义与传记批评视角下的雪莱研究，指出雪莱的传记作家对传主的塑造是一种主观建构，传主形象通过文本的叙述呈现给读者。

7. 后殖民主义。张德明的《雪莱〈奥西曼底亚斯〉的"语境还原"》[《绍兴文理学院学报(哲社版)》2009 年第 5 期]指出雪莱通过诗性想象力塑造了一个东方暴君形象,同时借助这个形象对欧洲的殖民事业和殖民主义表述作了微妙的反讽。此文所采用的即是后殖民主义的批评视角。

由于这一时期研究论文达数百篇,其中还有女权主义、精神分析、生态批评、原型批评、后结构主义批评等阐释视角。不少研究成果未能取得明显突破,重复选题现象较为普遍,质量参差不齐,难以一概而论。

雪莱在中国的译介、研究与接受的过程,也是雪莱在中国经典化的过程。一百年来,国内对雪莱的研究深受社会历史与时代语境的影响以及政治意识形态的干扰。从清末民初的功利主义批评到民国时期的道德主义批评,从建国早期的政治化解读到新时期以来多元化视角的阐释,国内的雪莱研究一直处于不断演变与发展之中,其中既有值得回顾和不可忽视的学术成就,也存在一些不足与值得反思之处。随着国内学术环境的不断改善,未来的雪莱研究将更加精彩纷呈。

第四节
济慈研究

约翰·济慈(John Keats,1795－1821)是"浪漫主义诗史上一个承先启后的关键性人物",[①]曾对众多著名作家产生过不可低估的影响。"在我死后跻身英国诗人之列"[②]——这个济慈生前看似遥不可及的伟大愿望,也毫无悬念地很早就实现了。历经时间

---

① 王佐良:《英国诗史》,南京:译林出版社,1997 年,第 324 页。

② John Keats, *Selected Letters of John Keats*. Ed. Grant F. Scott. Harvard: Harvard University Press, 2005, p. 218.

淘洗和岁月历练，济慈的声名曾有起伏波折，但从未湮灭。济慈的门徒、维多利亚时期的诗人丁尼生（Alfred Tennyson）推崇济慈为英国 19 世纪最杰出的诗人。现代派诗人艾略特认为济慈是最接近现代风格的伟大诗人。在欧洲的其他国家，济慈的声望亦是如日中天。罗马的"济慈—雪莱纪念馆"中有一"公示"曰："拜伦于 19 世纪在意大利名声很大，雪莱的声誉稍逊于拜伦。济慈当年在意大利没有得到爱国者的称赞，也没有得到诗人们的尊敬。但是今天，济慈已被认为是上述三位诗人中之最伟大者。"欧金尼奥·蒙塔莱（Eugenio Montale，1896－1981）把济慈列入"'至高无上的诗人'之列"。① 余光中曾说，一百多年来，济慈的声誉与日俱增，如今远在浪漫派诸人之上。王佐良也说："华兹华斯和柯尔律治是浪漫主义的创始者，拜伦使浪漫主义影响遍及全世界；雪莱透过浪漫主义前瞻大同世界。但他们在吸收前人精华和影响后人诗艺上，作用都不及济慈。"②近来国内有学者还列出了"不能忘记济慈的八个理由"③。可以看出，济慈在国内也受到了越来越多的关注和重视。

一、国内济慈研究量化分析

为了让读者能直观地看出济慈研究在中国的变化情况，我们首先采用量化分析模式，从不同角度展示中国济慈研究的数量变化。数据采集主要依据"中国知识资源总库"（以下简称"中国知库"）的六大数据库，同时佐以必要的其他来源作补充。④

"中国知网"显示，1980 年以来以济慈为主题的研究共有近

---

① 转引自屠岸：《永远的济慈》，《文汇报》，2009 年 6 月 8 日。
② 王佐良：《英国浪漫主义诗歌史》，北京：人民文学出版社，1991 年，第 158 页。
③ 傅修延：《济慈评传》，北京：人民文学出版社，2008 年，第 1—12 页。
④ "中国知识资源总库"收集的主要是 1980 年以后的数据，而中国的济慈研究也主要集中在 1980 年以后。

800篇。但是这些研究并不是并行分布于各个时期，而是呈现出较大的数量差异。80年代的济慈研究将近30篇，90年代急增到120多篇，新世纪的济慈研究呈现出稳中有增的情况，共有超过500篇论文发表。数字非常明显地显示出国内济慈研究的急速增长趋势。"中国知库"中的"优秀硕士论文全文数据库"显示，近10年来国内以济慈研究为主题的硕士论文达到了70多篇。而同一时期的济慈研究博士学位论文只有2篇，部分涉及济慈的也只有6篇。1999年以来"中国重要会议论文全文数据库"收录的济慈研究有6篇，收录在"中国重要报纸全文数据库"中的济慈研究有7篇。

　　70年代以前的济慈研究，"中国知库"收录较少，不到10篇。民国时期的国内济慈研究主要集中在作品译介和简评上，尤以20到40年代为甚。50到60年代除了几部译著外，鲜有关于济慈研究的作品问世。这一期间的济慈研究论文和涉及济慈的各类文学史纲共有30余篇（部）。值得一提的是，从1921年最早的济慈研究到今天，国内已经出版的济慈研究专著非常稀少，只有2部。下文将按时间顺序对国内济慈研究作一个全面的回顾。

二、20—40年代：以译介为主的阶段

　　现有资料显示，中国的西方浪漫主义介绍与研究始于1902年。① 但是1917年文学革命前后的英国浪漫主义研究主要集中在拜伦身上，间或有雪莱和华兹华斯的介绍，而济慈基本处于未知状态。胡愈之于1921年在《东方杂志》上发表的《英国诗人克次

---

① 　在1902年12月出版的《新小说》第2期上刊登有拜伦和雨果的照片，同时还有梁启超撰写的对两位作家的生平简介。在不久后出版的《新中国未来记》中，梁启超又采用"曲本体裁"翻译引用了拜伦的长篇叙事诗《端志安》（即《唐璜》中的《哀希腊》）。

（即济慈）的百年纪念》一文，可能是国内最早的济慈研究文章。①
虽然在六大浪漫主义诗人中，早期的国内济慈研究并不占主要地
位，但是随着越来越多的济慈诗歌与书信的译介以及对其作品在
广度与深度上的挖掘，加上国际上济慈研究热潮的到来，中国的济
慈研究也呈现出与日俱增的局面，济慈在六大诗人中的地位也得
到了逐步提升。国人对济慈的热衷可以从日渐客观、理性的研究
上窥得端倪。何兆武在《上学记》中说道："记得或许温德（R.
Winter）教授曾说过，真正能达到艺术的最高境界的只有雪莱、济
慈的诗篇和肖邦的音乐"。② 这基本代表了济慈研究在中国渐入
佳境后的总体认知。

　　国内济慈作品的初步译介与文学、美学史料介绍，主要起源于
1921 年济慈的百年祭辰。③ 这一年《东方杂志》刊登了胡愈之的
《英国诗人克次的百年纪念》，文章从四个方面全面介绍并深入探
讨了济慈及其诗歌：唯美主义先驱、短命诗人、感情生活和后期诗
歌特色等，从而拉开了国内济慈研究的大幕。1923 年傅东华翻译
了美国学者佩里（Bliss Perry）编著的《诗之研究》一书。该书第一
章关于"艺术冲突"的讨论提到了济慈的《秋颂》。1925 年 2 月出
版的《小说月报》第 16 卷第 2 期刊登了徐志摩用散文体翻译的《济
慈的夜莺》一文。12 月张资平的《文艺史概要》的第二章"英国的
浪漫主义"部分详论了拜伦、济慈和雪莱，并评价说读济慈的诗歌
"有深夜望冷月之感"。④ 1927 年，欧阳兰在《英国文学史》一书中
分三个层次介绍了济慈及其诗歌特色。从此直至 40 年代初，国内

① 胡愈之：《英国诗人克次的百年纪念》，《东方杂志》，1921 年第 18 卷第 8 期。
② 何兆武：《上学记》（修订版），北京：三联书店，2008 年，第 108 页。
③ 20 世纪 20 年代刮起过一股纪念第二代浪漫主义诗人百年祭辰之风，除了 1921 年
　的"济慈纪念"之外，还有始于 1923 年 9 月《创造季刊》上所刊登的"雪莱纪念专
　号"，以及 1924 年《晨报副刊》第 32 期刊登的"摆仑纪念专号"和《晨报每年纪念增
　刊号》上的"摆仑底百年纪念"等。
④ 张资平：《文艺史概要》，武昌：时中书社，1925 年，第 23 页。

的济慈研究基本延续以个别作品译介为主、以诗歌美学为视角的模式，并主要以教材和文学史料编写的方式出现。在随后的十几年里，在近 20 部教材中都有济慈研究的内容出现。其中较为全面和有影响力的有：1928 年曾虚白编写的《英国文学 ABC》第 7 章提到济慈的身世和诗歌；1929 年曾虚白编写、蒲梢修订的《汉译东西洋文学作品编目》中的英国诗选部分编入了济慈的《夜莺颂》和《美丽而不仁慈的妇女》；1930 年方壁在《西洋文学通论》中将济慈与拜伦和雪莱共论；1931 年吕天石在《欧洲近代文艺思潮》中论述了济慈的唯美倾向和诗歌特色；1933 年费鉴照在其编著的《浪漫运动一册》中将济慈定位为最重要的"浪漫的忧郁"的代表；1934 年出版的《英美文学概观》和《英国近代诗歌选译》都对济慈有较详细的介绍，并有对《夜莺颂》、《无情的妖女》等诗歌的翻译；1937 年金东雷的《英国文学史纲》的第 10 章第 7 节专门论述了"作为唯美主义先驱"的济慈及其对后世的影响，是同类书中最深入、全面的一部。

在这个以译介为主、美学是瞻的济慈研究阶段，除了占主要地位的各类文学教科书外，还有一些济慈研究论文出现，为中国的济慈研究开阔了视野、加深了理解。1934 年 10 月，《文艺月刊》第 6 卷第 4 期刊登了费鉴照的《济慈与莎士比亚》一文，着重论述了莎士比亚对济慈诗歌创作的影响，是国内少有的讨论济慈心智成长的文章。1935 年 1 月，傅冬华在《文学》第 4 卷第 1 期上发表《英国诗人济慈》一文，指出阅读济慈诗歌的准备及"妙悟"式审美态度。4 月的《文艺月刊》第 7 卷第 1 期上又刊登了费鉴照的《济慈的一生》，该文是截止到此时最完备的济慈生平介绍文章。5 月费鉴照在《文艺月刊》第 7 卷第 4 期上发表《济慈美的观念》一文，集中探讨济慈情感美，以及他诗歌中美感与形式的关系。此外，1930 年 5 月《北新半月刊》第 4 卷第 10 期刊登的李建新翻译的《济慈致薛丽的信》，包含济慈写给女友范妮的三封信，这几乎是国内最早的济慈书信翻译。

新月派诗人闻一多、徐志摩和朱湘都曾译介和研究过济慈。在论及诗歌中的唯美主义思想时，闻一多屡次以济慈为例铺陈延展。他曾说："我想我们以美为艺术之核心者不能不崇拜东方之义山、西方之济慈了。"①1925 年 4 月《京报副刊》发表了闻一多的《泪雨》一诗，篇末还有朱湘的"附识"，其中论到："《泪雨》这诗没有济慈诗歌那般美妙的图画，然而《泪雨》不失为一首济慈才做得出的诗。"②朱湘的第一部译诗集《番石榴集》中有济慈的《秋颂》、《夜莺颂》和《希腊古瓮颂》等在内的六首名诗翻译。他还从自然意识的角度概括了济慈的绝笔之作《灿烂的星》。徐志摩曾翻译过多首济慈诗歌，并对其中的高深意境赞赏有加，而且徐志摩自己的诗歌如《杜鹃》中也有济慈夜莺歌的影子，实际上"徐潜意识里已经将二者混同为一了"。③

20—40 年代的国内济慈作品翻译也是以其"百年祭辰"为契机而大规模兴起的。在这些早期的济慈翻译中，做出较大贡献的主要是新月派诗人和活跃在文学研究一线的学者。朱湘在 20 年代中期就翻译了济慈的《希腊古瓮颂》和《夜莺颂》等名篇，1925 年 2 月的《小说月报》刊登了徐志摩翻译的《夜莺歌》，1931 年 11 月《文艺月刊》发表了方玮德翻译的济慈三首颂诗歌，1940 年《西洋文学》第 4 期上发表了多首汉译济慈诗歌。其次像《文艺杂志》和《山雨半月刊》上也都有汉译济慈诗歌刊载。文学作品选读教科书或诗集上也有大量济慈诗歌翻译，像 1929 年出版的《汉译东西洋文学作品编目》中收录了《夜莺歌》和《美丽而不仁慈的妇女》等诗歌，1934 出版的《英国近代诗歌选译》中有《夜莺歌》等作品。

这一时期的国内济慈研究有两大特点：作品解读基本上是以《夜莺颂》、《希腊古瓮颂》和《秋颂》等名篇为主；探讨的主题也基本

---

① 闻一多：《闻一多全集》（三），北京：人民文学出版社，1948 年，第 26 页。

② 朱湘：《〈泪雨〉附识》，《京报副刊》，1925 年 4 月 2 日。

③ 江弱水：《浪漫派诗禽的子遗》，《浙江学刊》，2003 年第 6 期，第 36 页。

上以诗歌结构、语言和美学意境为主。此间的大多数知识分子在接触和研究济慈时都有"借光自照"的初衷。他们作为过渡型文人，在自我创造的初始阶段，自觉地担负起了向国内引荐优秀外国作品的重任，并从济慈身上汲取了许多丰富的养分。在比较与自创的过程中，刚刚起步的国内济慈研究以译介为主要形式，是在思想启蒙运动风起云涌的大背景下的一种"求新声于异邦"的一部分。它的整体特色是着重学术考证和作品欣赏，有一定的学术性、可读性，但系统性不强。

三、50—60 年代：政治解读时期

新中国成立后，由于受当时特殊的政治和社会环境影响，外国文学研究界出现了服务于政治需要和阶级斗争的学术趋势。以1958 年 8 月《西方语文》第 2 卷第 3 期的题为《一定要把社会主义的红旗插在西语教学和研究的阵地上》的系列笔谈为标志，国内外国文学研究的政治分野与阶级意识被空前放大。1959 年 10 月，阿尼克斯特的《英国文学史纲》被翻译出版，作者主张"只有密切联系任何时期发生的阶级斗争和这个国家的社会政治历史，才可能了解英国文学发展"[1]，这一文艺批评思想对当时中国的英国文学研究产生了重大影响。以"积极的、革命的"与"消极的、保守的"标准对英国浪漫主义诗人划分完成后，[2]在一片对文学工具性功能的强调声中，国内的济慈研究出现了不景气的局面。这一方面是因为前期研究中对济慈诗歌唯美倾向的过度强调掩盖了其诗学思

---

[1]　阿尼克斯特：《英国文学史纲》，戴馏龄等译，1959 年，第 8 页。

[2]　高尔基曾说："必须分清楚两个极端不同的倾向：'消极浪漫主义'——它或者粉饰现实，想使人和现实妥协，或者就使人逃避现实，坠入到自己内心世界的无益的深渊中去。而'消极浪漫主义'则企图坚强人的生活意志，唤起他心中对于现实、对于现实中一切压迫的反抗心。"参见高尔基：《我怎样学习写作》，戈宝权译，北京：三联书店，1951 年，第 11、12 页。

想的博大精深；其次因为在英国古典诗人和具有"革命性、反叛性"的拜伦、雪莱和布莱克等作为译介主体的映衬下，济慈研究显得相对偏少。因此，这一时期的国内济慈研究鲜有亮点和特色。唯一值得一提的是 1958 年查良铮编译的《济慈诗选》出版，该书收录了包括《夜莺颂》、《希腊古瓮颂》和《蝈蝈和蟋蟀》等 65 首名诗。[①] 这也是最早的济慈诗歌的中译本。在坚持"忠实原文"的基础上，查译《济慈诗选》不仅文笔秀丽，而且意境传神，准确地再现了原文的美学色彩，让译文读者与原文读者一样能身临其境地感受到诗歌喷薄的美学魅力，对后世济慈诗歌的译介和研究产生了巨大的推动作用。

四、70—80 年代：突出比较的美学研究

改革开放以来，中国的济慈研究呈现出了快速反弹、欣欣向荣的态势。在继续倡导"五四"以来"多元共生、精神解放"的研究思潮的背景下，国内的济慈研究也第一次真正走出了以文本译介及政治模式为主的狭隘范围，在广度与深度上达到了空前的繁荣。从研究主题与视角来看，形成了以比较研究为主体、以诗歌美学为方向、以文本细读为特色的研究模式。这一时期在各类学术刊物上刊登的较高水平的济慈研究共有 40 余篇，其中比较研究就占了近三分之一。1979 年薛诚之就撰文探讨闻一多在诗歌创作上与济慈的亲和关系，指出他在"早期西洋诗歌学习里，最赞赏的是英国诗人济慈"。[②] 李鑫华探讨了闻一多与济慈诗歌思想中的"美感与悲剧意识"的异同，指出济慈"是真正对闻一多诗歌创作起很大影响"的一位外国诗人。[③] 吴伏生比较了李贺

---

① 济慈:《济慈诗选》，查良铮译，北京：人民文学出版社，1958 年。
② 薛诚之:《闻一多和外国诗歌》,《外国文学研究》，1979 年第 3 期，第 70 页。
③ 李鑫华:《美与悲——闻一多与济慈诗歌探微》,《湖北师范学院》，1986 年第 4 期，第 94 页。

与济慈,从"中西文化传统如何影响诗人的思想和创作"这一角度,分析了"他们在人生观、艺术观上所具有的代表性"。[①] 其他的论文(如《论闻一多新诗的艺术风格》、《从几位诗人的创作看西方浪漫主义的特征》、《济慈美学思想初探》和《五四新诗所受的英美影响》等)也都从比较研究的角度探讨了济慈对中国新诗创作的影响。[②] 济慈与浪漫主义诗人之间的比较研究也是这个时期比较研究的另一个亮点。王佐良对华兹华斯和济慈曾做过对比研究,指出前者"崇高的诗歌理论"与后者"深刻与丰富的诗学思想"都是值得中国读者关注的。[③] 朱怀沛则以书信译介着手,论述了济慈与雪莱的交往。[④]

本时期国内济慈研究的第二个重点是对其诗歌美学的探索。朱炯强发表了多篇研究济慈诗歌美学的文章,较系统地论述了以颂诗为主的济慈诗歌,认为"济慈的诗歌艺术最完美地体现了浪漫主义的诗歌特色"。[⑤] 鲍屡平以《伊莎贝拉》为例,探讨了济慈抒情诗中的"语句美、声韵美"。[⑥] 赵瑞蕻则在细读济慈十四行诗的基础上,论述了济慈具有革新意识的创作思想与博大精深的诗歌理论。[⑦] 刘治良在探讨济慈诗歌创作成因的基础上,指出济慈诗歌美学的源泉在于他"创造性的想象力和批判性的智力"。[⑧] 朱炯强

① 吴伏生:《李贺与济慈》,《辽宁大学学报》,1989年第5期,第96页。

② 参见邝维垣:《论闻一多新诗的艺术风格》,《暨南学报》,1983年第1期;卞昭慈:《从几位诗人的创作看西方浪漫主义的特征》,《新疆师范大学学报》,1982年第2期;傅延修:《济慈美学思想初探》,《江西师范大学学报》,1982年第4期;黄维梁:《五四新诗所受的英美影响》,《北京大学学报》,1988年第5期。

③ 王佐良:《华兹华斯、济慈、哈代》,《读书》,1987年第2期,第68、73页。

④ 朱怀沛:《两位伟大诗人的交往》,《世界文学》,1986年第4期。

⑤ 朱炯强:《谈约翰·济慈和他的抒情诗》,《外国文学研究》,1981年第4期,第70页。

⑥ 鲍屡平:《济慈叙事诗〈伊莎贝拉〉的分析研究》,《杭州大学学报》,1980年第1期,第60页。

⑦ 赵瑞蕻:《试说济慈的三首十四行诗》,《外国文学研究》,1980年第2期,第30—37页。

⑧ 刘治良:《济慈诗歌创作成因探源》,《贵州大学学报》,1989年第4期,第39页。

编撰的我国第一部以济慈为研究对象的介绍性散论著作《济慈：1795—1821》也在 1984 年出版。

五、90 年代：突出诗论的颂诗研究

90 年代,国内济慈研究呈现出以颂诗为内容、以诗歌理论为对象、以比较研究为补充的总体格局。十年中发表的济慈研究论文近 120 篇,其中的诗歌理论研究论文和以颂诗为主题的研究论文占半数以上。90 年代的济慈颂诗研究渐近高潮,六大颂诗皆有涉及,研究视角与挖掘深度宽泛且深邃。颂诗研究基本呈现出以下几点态势:首先,《秋颂》代替了《夜莺颂》开始成为颂诗研究中的主角,在所有颂诗研究论文中,《秋颂》研究占了近三分之一。许德金结合济慈的诗论,力证《秋颂》达到了"济慈自身对诗论所做的一贯主张",体现了诗人的"完整性"原则。[①] 赵亚麟认为"《秋颂》近乎完美无缺,完全达到了济慈审美追求的最高境界"[②]。其次,出现了一批六大颂诗的综合研究论文。罗益民从音韵、叙述、措辞和神话思维结构等方面先后探讨了六大颂诗,发表了多篇高质量的论文。[③] 史钰军运用诗歌篇章修辞理论,论述了六大颂诗独特的诗歌结构及其形成过程。[④] 第三,其他两颂研究依然突出,研究水平和数量都引人注目,并且都与诗人的创作理念联系了起来。奚宴平重新审视了《夜莺颂》"独特的艺术魅力,以展示浪漫主义的历

---

① 许德金:《济慈的诗论及其〈秋颂〉》,《解放军外国语学院学报》,1996 年第 1 期,第 57 页。

② 赵亚麟:《济慈与他的〈秋颂〉》,《贵州大学学报》,1997 年第 1 期,第 75 页。

③ 参见罗益民:《济慈颂歌的感性美》,《外语教学与研究》,1997 年第 1 期;罗益民:《济慈颂歌的音韵结构分析》,《固原师专学报》,1997 年第 2 期;罗益民:《济慈颂歌的叙述结构》,《四川外语学院学报》,1997 年第 4 期;罗益民:《济慈颂歌疑问语式的语用学解读方法》,《外国文学评论》,1998 年第 3 期。

④ 参见史钰军:《济慈六大颂诗结构的研究》,《浙江师范大学学报》,1999 年第 2 期;史钰军:《济慈六大颂诗诗体初探》,《浙江大学学报》,1999 年第 1 期。

史性贡献和美学意义"。① 冯文坤对《希腊古瓮颂》进行了释义学分析，指出在该诗歌中"济慈评价了历史主义和唯美主义二者在释义学上的主张"。②

对济慈诗歌理论和美学思想的研究也是本期国内研究的一大特色。这些研究主要以济慈早期提出并贯穿其诗学创作始终的"Negative Capability"为主。③ 有单独论述该思想起源、精髓与特色的，如《试论约翰·济慈的"消极感受力"》；④有探讨该思想与现代诗歌创作思想之契合关系的，如《济慈的"客体感受力"说与现代诗歌美学的关系初探》；⑤有将该思想与中国古代哲学美学思想对照研究的，如《"消极能力"与"心斋"、"坐忘"》。⑥ 比较研究——尤其是与中国现代诗人之间的比较——也在本期国内济慈研究中占重要地位。一如初期的国内济慈比较研究，90年代国内学者依然关注济慈与朱湘、李贺、闻一多和徐志摩等现代派浪漫诗人之间的对比研究。《济慈与朱湘：他们的名字写在水上》一文不仅对两位

① 奚宴平：《济慈及其〈夜莺颂〉的美学魅力》，《外国文学评论》，1993年第2期，第85页。
② 冯文坤：《关于〈希腊古瓮颂〉阅读的释义学分析》，《外国文学研究》，1995年第4期，第78页。
③ 在一封写给弟弟的信中，济慈提出了自己最主要的诗学理论negative capability："我和戴尔克细致讨论了各种各样的问题，没有争辩。一些事情开始在我思想上对号入座，使我立刻思索是哪种品质使人有所成就，特别是在文学上，像莎士比亚就大大拥有这种品质——我的答案是消极的能力，这也就是说，一个人有能力停留在不确定的、神秘的与疑惑的境地，而不急于去弄清事实与原委。譬如说吧，柯勒律治由于不能满足于处在一知半解之中，他会坐失从神秘堂奥中攫取的美妙绝伦的真相。"（《1817年12月21日至27日致乔治和托姆·济慈》）对Negative Capability的主要译法有："天然接受力"（周珏良），"反面感受力"（周珏良），"反面感受力"（王佐良），"否定的能力"（梁实秋），"消极的才能"（袁可嘉），"消极认识力"（张思齐），"客体感受力"（章燕），"消极的能力"（傅修延），"延疑力"（李偶）等。
④ 冯文坤：《试论约翰·济慈的"消极感受力"》，《西华师范大学学报》，1992年第2期。
⑤ 章燕：《济慈的"客体感受力"说与现代诗歌美学的关系初探》，《北京师范大学学报》，1998年第4期。
⑥ 李聂海：《"消极能力"与"心斋"、"坐忘"》，《学术研究》，1999年第6期。

诗人个体作了微观对比研究，而且将英美浪漫派与中国新月派作了宏观比较。① 《李贺与济慈作品的艺术特色》一文从六个不同方面分别论述了两位诗人的诗歌艺术及其对后世的影响。② 《执着于美的追求——论闻一多的〈红烛〉与济慈的诗》一文认为，《红烛》所表现的独特审美经验与济慈的诗歌思想渊源颇深。③ 这一时期国内济慈研究的一个新现象是，出现了济慈与国外知名作家的对比研究。赵凡深入地研究了王尔德与济慈在艺术结构上的异同以及前者复兴文学、追求纯美的动机。④ 张跃军认为，济慈在威廉斯的创作生涯中起了重大的作用，威廉斯的早期诗歌具有典型的济慈风格。⑤ 1997 年屠岸翻译的《济慈诗选》的出版是我国济慈研究中具有里程碑意义的大事。该译本不但"达到了诗人与匠人的结合、洋化与归化的平衡"，⑥也是目前国内最全的一部济慈诗歌选译集。

六、新世纪：颂论结合的综合研究

新世纪的国内济慈研究真正进入了一个百花齐放、百家争鸣的鼎盛时期。在近十年的时间里，国内济慈研究论文就有近 500 篇，而且出现了众多以济慈为主题的研究生学位论文，并有一本真正意义上的济慈研究专著问世。在前期研究热点未消的情况下，新世纪国内济慈研究的综合性更加突出，利用各种"后学"与文论

---

① 张玲霞：《济慈与朱湘：他们的名字写在水上》，《烟台大学学报》，1990 年第 4 期。
② 朱徽：《李贺与济慈作品的艺术特色》，《外国语》，1994 年第 2 期。
③ 贺雪飞：《执着于美的追求——论闻一多的〈红烛〉与济慈的诗》，《宁波大学学报》，1997 年第 2 期。
④ 赵凡：《美的寻找与失落——从济慈与王尔德的艺术结构谈起》，《河南师范大学学报》，1990 年第 4 期。
⑤ 张跃军：《威廉·卡洛斯·威廉斯的"济慈时代"》，《浙江大学学报》，1999 年第 5 期。
⑥ 李永毅：《诗人·匠人·洋化·归化——评屠岸先生译著〈济慈诗选〉》，《中国翻译》，2002 年第 5 期，第 82 页。

解读作品,联系当今文学研究流行观念的探悉渐成气候,济慈书信、十四行诗与抒情诗、宗教思想和作品翻译等前期鲜有涉及的话题出现规模化研究。在繁多、复杂的万象研究中,国内的济慈研究基本上呈现出以综合模式为主,以颂论结合为视点,以比较研究和诗歌美学研究为接续,以翻译和生态等新兴领域为补充的总体方式。

从成果产出来看,新世纪的国内济慈颂诗研究占了总量的近四分之一。以前的独立诗歌文本解读减少了,取而代之的是以下三个新的研究视角:颂诗整体解读,生态视阈下的《秋颂》研究,《希腊古瓮颂》中的"真"与"美"研究。六大颂诗的整体研究中有从修辞入手的,如《论济慈颂诗中的联觉意象》;①有的从弘扬人文艺术精神的角度肯定颂诗中包含的积极审美追求,如《济慈"三颂"新论》。②《秋颂》与生态批评的结合是这一时期济慈颂诗研究的新特色。李小均指出,济慈颂诗不仅关注生态,《秋颂》还构成了生态和谐的缩影。③ 新世纪的国内《希腊古瓮颂》研究主要以其包含的美学思想为主,呈现出与当下文学理论相结合、与中国古典诗歌美学相比较的趋势。袁宪军等学者论述了《希腊古瓮颂》中包含的美学思想以及济慈心目中的"真"与"美"的关系和实质。④ 李常磊等分别从当下热门的历史主义、圆形理论、生态女性主义和立体绘画等角度,深入解读了《希腊古瓮颂》,得出了一些比较新颖的结论。⑤

---

① 申富英:《论济慈颂诗中的联觉意象》,《外语教学》,2000年第1期。

② 傅修延:《济慈"三颂"新论》,《江西社会科学》,2007年第2期。

③ 李小均:《生态:断裂与和谐——从〈夜莺颂〉到〈秋颂〉》,《四川外语学院学报》,2004年第1期。

④ 参见:袁宪军:《〈希腊古瓮颂〉中的"美"与"真"》,《外国文学评论》,2006年第1期;王淑芹:《济慈〈希腊古瓮颂〉的美学解读》,《山东社会科学》,2006年第5期。

⑤ 参见:李常磊:《〈希腊古瓮颂〉对福克纳历史观的影响》,《解放军外国语学院学报》,2008年第3期;安晓红:《圆形理论视阈下的〈希腊古瓮颂〉》,《衡水学院学报》,2008年第3期;谭琼林:《绘画与改写:透视济慈的古瓮颂在美国现代诗歌中的去浪漫化现象》,《外国文学研究》,2010年第2期。

南键翀指出，在《希腊古瓮颂》中回响着老子古典诗学思想的余音。①

　　除颂论结合的主导研究之外，比较研究也是新时期济慈研究的重要模式之一，从科研数量上来看仅次于前者。济慈与新月派诗人之比较研究余热未退，新的比较研究又层出不穷。这些研究除具有前期相关研究的特色外，在比较对象和题材范围上又有新的突破。首先，在比较对象上出现了将济慈诗歌美学与庄子、王国维、陆机等中国古代哲学家与诗人的思想艺术相比较研究的新现象。②　其次，比较的题材已经从狭窄的诗歌美学扩展到作品之间的对比，从济慈与中国古典诗学间的对比延伸到其与外国作家间的对比。前者有《卢挚〈秋景〉与济慈〈秋颂〉之比较》、《济慈〈秋颂〉与〈诗经·良耜〉里的秋天》等著述，③后者则有《莎士比亚〈一报还一报〉中的"消极感受力"》、《比较克里利的诗歌尺度与济慈的"消极的能力"》等论文。④

　　十四行诗、抒情诗与传奇诗是济慈作品中的重要组成部分，是他最终"跻身英国诗人之列"的明证，却长期备受冷落，鲜有关注。新世纪国内济慈研究中出现了令人可喜的一面，那就是先前鲜有论及的十四行诗与抒情诗开始出现在读者的视野内。这方面的研

---

① 南键翀：《"大音希声、大象无形"与约翰·济慈〈希腊古瓮颂〉中诗学思想之比较》，《西安外国语大学学报》，2007 年第 2 期。

② 参见李正栓：《济慈的"消极能力"与庄子的"物化"论》，《河北师范大学学报》，2007 年第 5 期；黄赞梅：《济慈"两个房间"说与王国维"两种境界"说比较》，《江西社会科学》，2006 年第 10 期；张鑫：《济慈与陆机诗歌艺术比较研究》，《青海社会科学》，2008 年第 4 期。

③ 参见彭休春：《卢挚〈秋景〉与济慈〈秋颂〉之比较》，《西南民族大学学报》，2004 年第 9 期；朱芳：《济慈〈秋颂〉与〈诗经·良耜〉里的秋天》，《世界文学评论》，2008 年第 5 期。

④ 参见肖飚：《莎士比亚〈一报还一报〉中的"消极感受力"》，《西安工程科技学院学报》，2007 年第 3 期；刘朝晖：《比较克里利的诗歌尺度与济慈的"消极的能力"》，《深圳职业学院学报》，2010 年第 2 期。

究主要以《灿烂的星》和《冷酷的妖女》等名篇为对象，运用文本细读、比较阅读、女性主义、神话原型等理论等，赏析与解读诗中的唯美倾向、生命意识和生活哲理。① 新世纪对济慈书信和宗教观的涉入是一个全新的方向，填补了国内济慈研究上的一个空白。这方面的代表性论著有《心灵的朝圣者——约翰·济慈的宗教观》和《济慈书信的启示》等。② 新世纪还是济慈作品译介的鼎盛时期，有多个诗歌和书信翻译版本推出，其中最为突出的要数傅修延翻译的《济慈书信选》和任士朋、张国宏翻译的《济慈诗选》。③ 而傅修延编著的《济慈评传》在 2008 年的出版则填补国内研究长期以来无专著的空白。④ 十年来 70 余篇以济慈为研究对象的硕士论文的出现表明，济慈研究开始出现年轻化和更加多样化的趋势。这些研究多以济慈诗歌美学为主题，在文本细读的基础上融入了比较研究、修辞研究和文化解读等方法，得出了许多不乏洞见的结论。张鑫与杨春红等两位青年学者专做济慈研究的博士论文的推出，也给国内济慈综合研究提供了一些启示和可资借鉴的出发点。⑤

　　发轫于 20 世纪 20 年代的国内济慈研究，在经历 30、40 年代的初步繁荣，50、60 年代的式微，70、80 的反弹和 90 年代的兴盛

---

① 参见马士奎：《从〈明星〉看济慈的生命意识》，《临沂师范学院学报》，2000 年第 2 期；刘治良：《悲伤欢乐都是歌——读济慈的五首十四行诗》，《贵州大学学报》，2004 年第 4 期；郭伟锋：《济慈〈圣亚尼节前夕〉的非唯美解读》，《社会科学论坛》，2005 年第 4 期；游牧：《〈恩弟米安〉与济慈诗歌的神话唯美主义》，《东疆学刊》，2009 年第 4 期。

② 参见罗益民：《心灵的朝圣者——约翰·济慈的宗教观》，《四川外语学院学报》，2003 年第 2 期；刘新民：《济慈书信的启示》，《四川外语学院学报》，2008 年第 4 期。

③ 约翰·济慈：《济慈书信选》，傅修延译，北京：东方出版社，2002 年；约翰·济慈：《济慈诗选》，任士朋、张宏国译，合肥：安徽文艺出版社，2006 年。

④ 傅修延：《济慈评传》，北京：人民文学出版社，2008 年。

⑤ 张鑫：《济慈追寻经典化之路与浪漫主义后世书写传统》，上海外国语大学博士论文，2009 年；杨春红：《美的政治：论济慈美学与诗歌中的自然与异教精神》，北京外国语大学博士论文，2007 年。

后,终于在新世纪达到了历史新高。回顾近一个世纪的研究可以发现,在大量成果背后依然存在一些缺憾:一是令研究者乐此不疲的颂诗研究文本单一,新意待出;二是传奇与史诗鲜有涉及,书信与抒情诗论述乏力;三是综合研究欠缺,专著出版匮乏。在这些并不理想的济慈研究事实面前,国内学者还需在纵深层次上多下工夫。综合本文分析,我们提出以下几点研究建议,希冀能为国内济慈研究真正走上一条量质齐优的道路带来一些启发:一是走出"影响的焦虑",开辟济慈研究新视点。"影响研究"曾主导了一个时代的浪漫主义解读模式,也使济慈研究的方法与成果得到了极大的丰富,在广大专家学者中产生了重要影响。但这是一种朝向过去与诗人先辈的影响模式,对于经典化成因与研究动态的分析缺乏面向未来的成分。二是走出"内在化"(internalization)模式,开辟内外结合的研究方式。在艾布拉姆斯(M. H. Abrams)和布鲁姆所身体力行的浪漫主义诗歌"内在化"范式的引领下,国内曾一度出现解读济慈颂诗的"内在化"热潮,并唯"诗人内心感受"是瞻,不敢越雷池一步,专注于内的同时,却忽视了对外部影响因素的研究。三是走出"模仿之风",提倡个性研究。历年研究成果显示,国内济慈研究的跟风现象十分突出,雷同研究、相似成果频出,有个性、抒差异的论文并不多见。既然在济慈研究的数量上已达到了新的历史高度,模仿与学步式的研究终究不利于外国文学事业的开拓和多样化思想的培养。四是关注国外研究进展、借鉴先进方法,发扬"对话性研究"。与国内研究相比,济慈的国外研究受到了评论界的持续关注,并先后经历了以艾布拉姆斯为代表的政治—历史范式、以布鲁姆为代表的内在性范式、以德曼(Paul de Man)为代表的解构主义的语言范式和以列文森(Majorie Levinson)为代表的新历史主义范式。近年更是出现了以威廉姆斯·卡莱尔(Williams Clair)、安德鲁·弗兰塔(Andrew Franta)、露西·纽陵(Lucy Newlyn)和安德鲁·本涅特(Andrew Bennett)等为代表的倡导济慈研究"外在化"的模式,将经典化过程与当时的阅读伦理和出版体制相联系的新方法。① 这些都值得国内济慈研究借鉴与思考,最好能在坚持本土特色的同时,形成对话性研究的新局面。

第五节
华兹华斯研究

威廉·华兹华斯(William Wordsworth,1770 - 1850)是 19世纪英国浪漫主义大诗人,"湖畔派诗人"的翘楚。1798 年,华兹华斯与柯勒律治合著的《抒情歌谣集》(*Lyrical Ballards*)在伦敦出版。这本在当时并不起眼的诗集揭开了英国文学史上崭新的一页,代表着英国诗歌新纪元的诞生。从此,英国文学史上浪漫主义诗歌运动便正式开始了。在这本划时代的诗集问世一百多年以后,华兹华斯走进了中国,正好赶上了中国文学史上同样划时代的新文学运动。近一百年来,中国现当代作家、翻译家、研究者在不同时期,从不同角度,在不同程度上翻译、介绍和研究了华兹华斯的诗歌美学主张及其诗歌作品,并取得了相当可观的学术成就。

一、华氏诗歌与诗论的早期译介

华兹华斯的诗作与诗论曾给英国诗歌带来全新的诗风,影响极大。进入 20 世纪,华兹华斯也带着他那股清新的诗风和独特的诗歌主张走进了中国。据现有资料来看,华兹华斯的名字最早为

---

① See Williams Clair, *The Reading Nation in the Romantic Period*. Cambridge:Cambridge UP,2004. Andrew Franta, *Romanticism and the Rise of the Mass Public*. Cambridge: Cambridge UP, 2007. Lucy Newlyn, *Reading, Writing, and Romanticism: The Anxiety of Reception*. Oxford:Oxford UP, 2000. Andrew Bennett, *Romantic Poets and the Culture of Posterity*. Cambridge:Cambridge UP, 1999.

我国读者所知是在 1900 年。该年 3 月 1 日《清议报》刊载了梁启超题为《慧观》的文章。文中谈及"观滴水而知大海，观一指而知全身"的"善观者"时，即举华兹华斯为例："无名之野花，田夫刈之，牧童蹈之，而窝儿哲窝士（即华兹华斯）于此中见造化之微妙焉。"并高度评价这些善观者"不以其所已知蔽其所未知，而常以其已知推其所未知。是之谓慧观。"①

华兹华斯的诗歌最早进入中国是在 1914 年，这一年 3 月出版的《东吴》杂志第 1 卷第 2 期上发表了陆志韦翻译的华氏两首诗《贫儿行》和《苏格兰南古墓》。其中，《贫儿行》译文采用的是我国七言歌行体形式，明显受到白居易《琵琶行》行文风格的影响，反映的是一种同情下层人民的人道主义思想。《苏格兰南古墓》的译文采用五言古诗形式，其行文意蕴也颇受我国一些吊古伤怀之诗文的影响。因此，陆志韦把华兹华斯的诗歌介绍到中国来时，从选择到翻译，从内容到形式，都自觉或不自觉地受到了中国古诗文化传统的深刻影响。

中国新文学作家正式接受华兹华斯，最先是从他的诗歌主张的引进开始的。新诗革命的倡导者胡适就引证华兹华斯来说明他的文学革命的理论主张。1919 年他在《谈新诗》一文中说："英国华次活（即华兹华斯）等人所提倡的文学改革，是诗的语言文字的解放。……这一次中国文学的革命运动，也是先要求语言文字和文体的解放。"②而胡适在《文学改良刍议》中所倡导的"八事"内容也与华兹华斯的诗歌主张多有某些暗合之处。

对华氏诗论比较详细介绍的是田汉。1919 年他在《诗人与劳动问题》长文中把华氏称为第一流的诗人，是"19 世纪英国罗曼主义文学的第一登场人"③。该文已提及华氏诗学理论中的几个关

---

① 梁启超：《慧观》，《饮冰室自由书》，《清议报》，1900 年第 37 期，第 2385 页。

② 胡适：《谈新诗》，《中国新文学大系建设理论集》，上海：良友图书公司，1935 年，第 295 页。

③ 田汉：《诗人与劳动问题》，《少年中国》，1919 年第 1 卷第 8 期。

键词,如情绪(情感)、自然、空想(想象),对华氏关于诗的定义和崇高地位以及诗人的杰出地位等也有所介绍。以上这些诗学主张与华氏诗作一起对"五四"新文学,特别是对创造社和新月派同仁的文学思想及其创作实践,都产生了不小的影响。

创造社是浪漫主义流派的代表。尽管创造社并未鼓吹过浪漫主义,但前期创造社主要作家郭沫若、郁达夫等人富有浪漫主义艺术情调的创作,都非常重视情感自我表现的因素,对大自然也表示出由衷的向往和赞美,这其中与他们对华兹华斯的借鉴接受是分不开的。郁达夫对英国作家是比较冷淡的,很少人能赢得他的赞扬,但华兹华斯却成了他的知音。华兹华斯的诗作描写对大自然的体悟,让郁达夫增加了他原来得自于卢梭的对自然的信任与神往,况且华氏诗中那种感伤的韵味也正合于他的忧郁情怀。这样华兹华斯就带着他那忧郁的牧歌第一次进入中国小说家的作品中。郁达夫小说《沉沦》开头写主人公手捧一本华兹华斯诗集,在乡间小道上缓缓独步,而那满目的乡村景致、入耳的鸡鸣犬吠,竟能让他眼里涌出两行清泪来,就是因为自然之美印证了他孤冷可怜的情怀,诱发了他伤感悲哀的情绪。小说中作者还让主人公放声读诵并翻译华兹华斯《孤寂的高原刈稻者》中的两节诗。华氏这首名作是他诗歌主张的实践,是一幅清雅的素描,一首恬静的牧歌。我们仿佛看到了高原田野里农家姑娘孤独的身影,听到她忧郁的歌声。而这正是《沉沦》主人公内心世界的写照,只不过这种忧郁孤独的境况一直伴随着他走到了生命的尽头。因为自然之美和华氏自然诗篇并不能疗救小说主人公的情感创伤,也不能安抚他那痛苦的心灵,所以《沉沦》主人公虽手捧华氏诗集,但无法进入作品的诗心,也就不能真正理解和接受华兹华斯与大自然的魅力,以平息他那孤独忧郁的心绪。

华兹华斯也是郭沫若所倾心的西方浪漫诗人之一。郭沫若曾说:"我自己对于诗的直感,总觉得以'自然流露'的为上乘,若是出

English Literary Studies in China: The Studies of English Writers Volume I

English Literary Studies in China: The Studies of English Writers Volume 1

于'矫揉造作'，只不过是些园艺盆栽，只好供诸富贵人赏玩了。"①
这段话很容易让我们联想到华兹华斯那句有关诗的著名定义。华
兹华斯所主张的关于诗与散文语言没有本质区别的观点，也在郭
沫若言论中有所体现。同时，郭沫若借鉴华氏这种力求打破诗歌
传统形式的束缚以便更自由地抒发胸中情感的诗学主张，认为这
种主张正与"五四"新文学打破旧诗格律、创造新诗形态的历史要
求合拍。另外，郭沫若还引证华氏诗作阐明自己对某些问题的看
法。比如 1920 年他在谈及儿童文学的特点时，就以华氏诗篇《童
年回忆中不朽性之暗示》为例证，说明"儿童文学不是些鬼画桃符
的妖怪文学"②。我们知道，郭沫若浪漫主义美学观点的哲学基
础是德国古典美学。经过柯勒律治的中介作用，后者也成了英
国浪漫主义美学思想的基础。华兹华斯当然也受到了德国古典
哲学的影响，可以说这成了郭沫若接受华兹华斯的一个契合点。
上述华氏诗作对孩童的称颂与德国浪漫主义诗人歌德"对于小
儿的尊崇"相一致，而郭沫若对后者更为倾心，受他的影响也
更大。

　　华兹华斯重情感和想象力的诗学主张在新月派诗人闻一多那
里也得到了回应。受其影响，闻一多对诗歌典型化方面的一个主
张就是要注重想象、强调激情。华兹华斯说过，所有的好诗都是强
烈情感的自然流露，但这种强烈的情感并不是当场写下的，而是经
过"冷静的追忆"才入诗的。闻一多在《评本学年（周刊）里的新
诗》、《给左明先生》等文中也曾说过类似的话。华兹华斯非常强
调想象力，闻一多对此也颇有同感。他曾认为重视"幻象"是"天
经地义的真理"，并说幻象在中国文学里素来似乎很薄弱，新诗
里尤其缺乏这种质素，所以读起来总是淡而寡味。可以说正是
华兹华斯的诗论帮助闻一多确立了中国新诗创作要特别重视情

---

① 　郭沫若：《三叶集》，上海：亚东图书馆，1920 年，第 45 页。
② 　郭沫若：《儿童文学之管见》，《民铎杂志》，1920 年第 4 期，第 3 页。

感和想象的理论主张。如果说闻一多主要是在诗歌创作主张方面表达了对华兹华斯的认同，那么新月派的另一重要诗人徐志摩则在体悟大自然魅力方面与华氏相通，因而在创作实践等多方面承受了华兹华斯的影响，同时他也是较早翻译华氏诗作的著名诗人。

1922年1月31日徐志摩翻译了华氏一首重要抒情诗作《葛露水》(Lucy Gray or Solitude)，并在1923年6月10日《晨报副刊》上撰文《天下本无事》，认为"宛茨宛士（即华兹华斯）是我们最大诗人之一"，又在《征译诗启》中说："华茨华士见了地上的一棵小花，止不住惊讶与赞美的热泪；我们看了这样纯粹的艺术的结晶，能不一般的惊讶与赞美？"他还把华氏诗作称为"不朽的歌"（《话》），把华氏隐居的Grasmere湖当做自己神往的境界（《夜》），而把"爱"看作赖以生存的第一大支柱的人道爱的理想，显然是受到华氏名言"We live by love, admiration and hope"的影响。正是在大自然中寻求自我的存在与生命的和谐这一点上，徐志摩与华氏的精神息息相通。华氏写自然之美以及自然与人生和谐的诗篇特别多，徐志摩的很多诗篇同样如此，其中《云游》在构思上就与华氏名诗《黄水仙》极为相似。与华氏利用描绘大自然表现自己精神世界的手法相同，徐志摩也一直试图通过自然图景揭示出自己的人生哲学。在欧洲文化氛围陶冶中成长起来的徐志摩，一开始就对华氏诗歌产生了无限缱绻之情。在他所欣赏和接受的西方诗人中，华兹华斯占着一个突出的位置，华兹华斯成为他心路历程中的一个知音。

与闻一多、徐志摩在多方面认同华兹华斯相比，梁实秋对华氏则颇有微词。他在长文《现代中国文学之浪漫的趋势》中明确反对华氏"孩子乃成人之父"的著名观点，这与他强调理性、秩序、节制的古典主义文学观是一致的。他曾说过："在理性指导下的人生是健康的、常态的、普遍的，在这种状态下所表现出的人性亦是最标准的；在这标准之下所创作出来的文学才是有永久价值的文学。"①因此，梁实秋所持观点的前提就是理性。而华兹华斯在个人情感危机和法国大革命失败后普遍存在的理想危机的双重压力下，对理性产生了怀疑，他在反思中试图寻求人类真正的自由与归宿，最终放弃了社会能在理性的基础上靠政治得以改造的幻想，完全转向过去——童年，企求在童年的回忆中找到欢欣、自由与新生的希望，进而认为童年到老死是至真至善逐渐销蚀的过程，所以成人应恢复孩童本真的天性。"孩子乃成人之父"，实质是要把所有希望寄托于过去，把这种精神的复归作为自己的安身立命之所，也作为拯救现实的唯一出路，以此形成华氏的人生追求与社会理想。不过，这种排斥理性的人生追求与社会理想恰与梁实秋讲求理性的古典主义理想大相径庭，因而也促使梁实秋对华氏这些观点大加贬斥。

作为"五四"新文学运动的反对者，学衡派也对华兹华斯表现出极大的兴趣，不过其认同和接受的旨趣则与创造社、新月派同仁有所差异。《学衡》杂志第 7 期曾刊有华兹华斯肖像。第 9 期上吴宓在所写的一篇《诗学总论》中引用过华兹华斯的诗作和诗学主张。后来吴宓曾在清华园根据希腊神话传说中海伦的故事，仿华兹华斯《雷奥德迈娅》（Laodamla）作《海伦曲》一首，长达 112 句。在《余生随笔》中，吴宓也曾提及华兹华斯与我国田园诗人陶渊明的类似之处，而为吴宓所欣赏的近代诗人黄遵宪的《人境庐诗草自序》，也被他拿来与华兹华斯《抒情歌谣集再版序言》相提并论。

1925 年，《学衡》杂志第 39 期新增的"译诗"栏推出了华兹华斯《露西》组诗第二首的八种译文，标题为《威至威斯佳人处僻地诗》（She Dwelt among the Untrodden Ways），这恐怕是绝无仅有的译介现象。"编者识"还非常精到地介绍了华氏诗歌的风格。然后便提供了贺麟、张荫麟、陈铨、顾谦吉、杨葆昌、杨昌龄、张敷荣、

① 梁实秋：《文学的纪律》，上海：新月书店，1928 年，第 19—20 页。

董承显等八人翻译这同一首诗的译文。[①] 这八种译文的题目各异，未必尽合华氏原作诗意，但都是采用五言古诗的形式来译华氏这首名诗的。自觉维护文言之优美雅致的特色是学衡派之一贯主张，即便译诗也是如此。这八首译诗都毫无例外地将华氏笔下那个孤栖幽独、芳华凋零的女郎露西与中国诗歌传统中极具比兴、寄托意蕴的失偶"佳人"形象加以迭合。译诗还融进了原诗所没有的诸如空谷、僻地、兰、菊、草木等中国诗歌常用意象，使得这些译诗无论在意蕴内涵还是抒情格调上都更接近汉魏古诗的风调。在译诗中我们感受到曹植《杂诗·南国有佳人》、李白《古风·美人出南国》、杜甫《佳人》等诗的韵味，其中顾谦吉译诗中竟有三句直接出自杜甫《佳人》诗。因此，八首译诗的作者都自觉或不自觉地从中国诗歌传统文化的角度，对华氏诗中那个幽凄而逝的露西进行了再创造，使她成为我们传统眼光所熟知、所期待的"佳人"形象。这种译介过程中的创造性误读现象很值得分析与研究。从中可以看出，学衡派更多地看到华氏诗歌与中国古诗有相似的意象联系，并借助于华氏诗歌的译介，凸显了中国古诗文化传统的价值，在客观上也起到为古代文化传统进行辩护的目的，以实践《学衡》"昌明国粹、融化新知"的办刊宗旨。

二、30—40年代的华兹华斯译介与研究

经过"五四"新文学运动，我国的新诗创作取得很大成绩，但也存在不少问题。1934年朱光潜在《人间世》第15期诗专辑上发表的《诗的主观与客观》一文，就是针对当时诗坛存在的某些问题有感而发的。朱光潜在文中接受了华氏诗论的重要内容，详细分析了为何有了情趣而又不能流露于诗的原因，认为感受情感又能在

---

① 华兹华斯：《威至威斯佳人处僻地诗》，陈铨等译，《学衡》，1925年第39期，第107—110页。

沉静中回味就是诗人的特殊本领，并引用华氏诗学主张来告诫当时中国的青年诗人应从主观经验中跳出来看自己，而不要赤裸裸地表现出心中的情趣。

要真正理解华氏诗歌，一般离不开其诗歌中的宗教信仰问题。1941 年，朱维之在《基督教与文学》一书分析了华氏思想中"孩子乃成人之父"的重要观点，认为小孩的天真、自然、活力、深邃，足以暗示不朽，而人们之所以崇拜自然，是因为大自然显露了上帝的神秘。此书还从基督教福音书的角度看待华氏田园诗的精神及其对下层人民的同情①。朱维之为我们勾画了一个标举"自然宗教"思想的华兹华斯的形象。同样，对华兹华斯的诗作结构的理解与把握也是当时学界关注的一个重要方面。1947 年，袁可嘉在《诗与意义》一文中以华氏诗作为例，说明那些以崇尚自然、采用朴素的人民语言标榜自己的诗歌存在着丰富复杂的立体结构组织，指出华氏关于大自然的抽象思想观念，是被情绪地表现出来的，而不是观念的诗化②。该文第一次注意到了华氏诗歌的深层结构问题及其哲理表现的方式，对深刻剖析华氏诗艺颇有助益。

民国时期对华兹华斯生平经历、思想观念与创作概况等方面的介绍，也出现了不少著述。其中最早比较详细地介绍华兹华斯的是郑振铎在《小说月报》上刊登的一篇谈论 19 世纪英国诗歌的文章③。另外还有不少文学史著作对华兹华斯做了比较多的介绍。1939 年，上海商务印书馆出版了丹麦文学史家勃兰兑斯《十九世纪文学之主潮》（第四册，英国的自然主义）的中译本，全面深刻地分析了华兹华斯的思想、理论和创作。值得一提的是，这一时期出现了研究华兹华斯诗作的第一本著作，即李祁写的《华兹华斯及其序曲》④。

---

① 朱维之：《基督教与文学》，上海：青年协会书局，1941 年，第 239 页。
② 袁可嘉：《诗与意义》，《文学杂志》，1947 年第 2 卷第 6 期，第 39 页。
③ 郑振铎：《文学大纲·19 世纪的英国诗歌》，《小说月报》，1926 年第 17 卷第 5 期。
④ 李祁：《华兹华斯及其序曲》，上海：商务印书馆，1947 年。

　　华兹华斯的一些名作陆续被译成中文,不少刊物发表了华氏的译诗,不少作品多次被选入各种诗歌选本之中,还出版了华兹华斯的诗集,如张则之、李香谷合译的《沃兹沃斯诗集》(北平建设图书馆,1932年)和《沃兹沃斯诗三篇》(上海商务印书馆,1936年)。这两本译诗集都是英汉对照本,并附有作者传略与译者自序、跋语等内容。这些译诗可让当时的中国读者通过中文直接阅读欣赏和理解接受华兹华斯的诗歌。

　　综上所述,从民国时期华兹华斯在中国的译介与接受情况可以看出:首先,华兹华斯生平与创作的全面介绍和研究虽取得一些成绩,但大多直接或间接取自外国的相关著作材料,表明我们的华兹华斯研究尚处于翻译介绍的时期。其次,在作品译介方面,学界翻译、介绍了华兹华斯的一些诗歌作品,散见于各种报刊、文章和诗歌选本之中,尽管其中不乏名作,有的诗篇还出现多种译文,但华氏绝大多数诗歌都未得到译介,因而很大程度上制约了普通读者对华兹华斯的全面认识和理解。再次,对我国新文学创作观念与实践影响最大的是华兹华斯的诗歌理论主张,尤其是对诗歌语言、诗体形式创新的主张,以及重视情感与想象力的观念,这些都对我国新诗创作产生了很大影响。最后,在对华兹华斯的选择、认识与批评之中也凸显出接受者群体和个人的观念主张及其期待视野,因而使得20世纪上半叶华兹华斯的中国之旅呈现出比较丰富的色彩,为20世纪下半叶进一步研究与接受这位浪漫主义大诗人起了良好的铺垫作用。

三、建国早期的华兹华斯研究

　　1949年,中华人民共和国的诞生标志着我国进入了一个崭新的历史时期。不过,这并没有给华兹华斯在中国的传播与接受带来新的机遇。相反,在特定的历史环境下,人们似乎完全忽视了建国前他对中国新文学发展的贡献,而是把他作为一个批判的对象,纳入到读者的认识视野之中，由此他的声誉也随之降到了最低点。

新中国成立以后，我国的外国文学研究受苏联一些学术和研究方法的影响，比较注重作品的现实性和人民性，同时又片面强调政治标准，强调作家的政治态度和作品的政治意义、社会意义和历史意义，像华兹华斯这样的诗人难免被划为政治上反动的消极浪漫主义诗人，其艺术成就被全部抹杀，在很长一段时间内出现了译介与研究方面的空白。

1949年，《文艺报》发表了卞之琳的文章《开讲英国诗想到的一些体验》，这篇文章可以看做是建国后我国学术界对华兹华斯评价的开端。文中提到英国浪漫主义诗人时，认为他们"都或多或少是革命的，都觉得为自己也就是为人类争自由。……他们要求自由，可是愈干只有离目标愈远。他们愈成熟愈疏远他们年轻时候的理想。他们逐渐逃避了现实。……渥茨渥斯不再指望以反抗争自由，本来小有收入的，也就悠然地'回到自然'"[1]。由此可见，当时卞之琳对包括华兹华斯在内的英国浪漫主义诗人颇有微词，认为他们走的是一条脱离现实的道路。

在两个世纪交替的英国，面对法国大革命的巨大冲击，华兹华斯不像拜伦、雪莱那样参与斗争，发挥诗人的战斗作用，而是隐遁偏僻湖区，将关注的中心投向宗法制的生活及道德感情，政治上也由激进转向保守，在晚年宣扬宗教思想。如果从这样一种政治革命的层面去看华兹华斯，将之划分为消极逃避现实斗争的一派，也是可以理解的，同时这也是建国前主张为人生派的文学研究难以接受他的重要原因。其实，这是犯了一种机械片面、形而上学的错误，其源头则来自苏联学术界。

1956年，《文史译丛》创刊号上刊载了译自《苏联大百科全书》的《英国文学概要》，其中对英国浪漫主义文学的评价既反映了苏

---

[1] 卞之琳：《开讲英国诗想到的一些体验》，《卞之琳文集》（中），合肥：安徽教育出版社，2002年，第418页。此文原载《文艺报》1949年第1卷第4期。

联学术界的基本观点，也构成了我国学术界相当长时间内评价浪漫主义诗人的指导性思想。文中认为英国浪漫主义有两种对立的倾向，属于"反动的"浪漫主义流派的有诗人华兹华斯、柯勒律治、骚塞。"他们起初都推崇法国革命，但不久就拿避开社会斗争的反动思想，拿追求个人道德完美的理想来和革命对立起来，而根据他们的意见，艺术和宗教是追求个人道德完美的主要工具。怪诞神秘的事物，感情的对自然'恩惠'的自发性宗教崇拜，就成为他们的美学创作原则。"①

苏联学术界的这些观点对当时学界的影响是明显的。1958年 6 月，晴空在《我们需要浪漫主义》一文中也指出："历史上是有一些作家和诗人，他们站在和历史的发展相抗衡的立场上，迷恋过去的生活，发出悲哀的叹息，他们以浪漫主义的调子唱他们的歌，但那是消极的反动的浪漫主义。"②另外，1962 年，范存忠在《论拜伦和雪莱创作中现实主义和浪漫主义相结合的问题》一文中谈及浪漫主义运动时，也把它分为两个不同的集团，其中一个就是代表资产阶级落后阶层并与封建贵族相接近的集团，他们背弃了启蒙运动的理性主义的思想与现实主义的艺术手法。③ 而在那暴风雨袭击的年代，像华兹华斯这样的诗人却在平静的乡村生活，在落后的生产关系中找到安身之处，他们代表的则是消极的或反动的浪漫主义。因此，独尊现实主义或革命现实主义和革命浪漫主义相结合，批驳与 18 世纪启蒙时期与现实主义背道而驰的消极的浪漫主义，成为这一时期学术界对包括华兹华斯在内的"湖畔派"诗人评论的基本原则。

值得一提的是，新中国成立后的 17 年间，华兹华斯诗作的译介工作基本处于停滞状态，但却有华氏诗论的完整翻译介绍。

① 《英国文学概要》，《文史译丛》创刊号，1956 年，第 128 页。
② 晴空：《我们需要浪漫主义》，《诗刊》，1958 年第 6 期，第 76 页。
③ 范存忠：《论拜伦和雪莱创作中现实主义和浪漫主义相结合的问题》，《文学评论》，1962 年第 1 期。

1961 年出版的《古典文艺理论译丛》刊载了曹葆华译的华兹华斯的《抒情歌谣集》1800 年版序言及附录以及 1815 年版序言。在《译后记》中，曹葆华对华氏及其诗学主张的简要评价也同样与当时学术界的观点一致，打上了那个时代的烙印。比如他指出华氏离开法国后，"摈弃资产阶级革命和启蒙运动的思想，并且谴责革命暴力，宣传阶级调和，完全成了反动的浪漫主义者"[①]。

　　总之，从建国初期到 70 年代末，我国学术界受到"极左"思潮的影响，对华兹华斯的评价极为片面，而且是不公正的、不客观的。

四、"拨乱反正"时期的华兹华斯研究

　　1978 年 11 月全国外国文学研究工作规划会在广州召开，会上杨周翰的发言标志着"文革"结束后外国文学研究已开始进入实事求是的"拨乱反正"阶段。针对以往国内长期把浪漫主义分为"积极"和"消极"这两种对立的倾向，杨周翰认为具体事物应该具体分析，那样一种粗线条的概括不符合实际情况。他的发言还特别提到了华兹华斯，认为对他的评价要一分为二："他固然害怕雅各宾专政，脱离了斗争，但拿破仑的侵略战争也是使他失望的一个原因。"[②]

　　1980 年，王佐良在《英国浪漫主义诗歌的兴起》一文中对华兹华斯的诗歌艺术成就做了细致深刻的高度评价，此文直到今天仍是一篇很有分量、颇有见地的著述。文中首先认为在 18—19 世纪之交，英国诗史上出现了一个大的转折点，而就在这个转折点上出现了一批英国诗史上的第一流大诗人，华兹华斯就是其中很重要的一位。王佐良注重华氏对原作的阅读，特别强

---

①　曹葆华：《古典文艺理论译丛·译后记》，北京：人民文学出版社，1961 年，第 42 页。

②　杨周翰：《关于提高外国文学史编写质量的几个问题》，《外国文学研究集刊》，1980 年第 2 期，第 5 页。

调从诗艺技法入手增强对作品内容的明确丰富的了解，令人耳目一新。文章在对华氏许多诗歌名篇进行分析时阐明了华氏诗作的艺术魅力，呈现了一个活生生的华兹华斯。1981年，赵瑞蕻的《读华兹华斯名作花鸟诗各一首》与郑敏的《对英国浪漫主义大诗人华兹华斯的再评价》[①]是"文革"结束后不久，在学术界、文艺界批判极"左"思潮和文化专制主义的过程中，较早重新评价华兹华斯的两篇专论文章。赵瑞蕻分析了华氏诗歌描绘自然美的鲜明特性，并把华氏关于自然的诗篇与我国古典诗歌（如李商隐和王维的诗句）做了比较，探索异同，总结中外诗人反映自然、描绘自然的共同规律。用比较文学的观点和方法研究华氏，赵文可以说是开风气之先。郑敏的文章则对"消极浪漫主义诗人"的标签进行了批驳，充分肯定了华兹华斯诗歌创作的艺术造诣与巨大影响。

　　然而，以上几位学界前辈对华氏的高度评价，并没有及时得到其他研究者的积极响应。这其中的原因是多方面的。其中一个重要因素就是，在华氏诗作尚未大量译介的情况下，我国一般研究者和读者对华氏的认识仍然受当时出版的外国文学教材和教参内容所限，在介绍华兹华斯时均把他看做是一个消极浪漫主义诗人，认为他是拜伦、雪莱等积极浪漫主义诗人斗争的对象，因为他"用自己的诗作把读者引向神秘的世界，鼓吹宿命论，脱离现实，逃避斗争"[②]。这种在当时几乎成了定论的评价，左右了80年代初期一些研究者的批评理念。

　　80年代中叶开始，学界开始对华兹华斯作比较客观、切合实际的评论。刘彭的论文《华兹华斯简论》（《徐州师院学报》1984年第1期）没有再给华氏戴上一顶"消极"的帽子，也没有那种任

[①]　这两篇文章均刊登在《南京大学学报》1981年第4期上。

[②]　上海师范大学中文系：《欧洲近代文学思潮简编》，合肥：安徽人民出版社，1980年，第137页。

意贬低华氏的武断评价，而是通过其思想发展过程及当时历史社会状况做了比较合乎实际的分析评价，称华氏是当之无愧的英国浪漫主义诗歌开创者和19世纪的杰出诗人。林晨的论文《华兹华斯与〈抒情歌谣集〉》（《外国文学研究》1984年第4期）对华氏的评价也比较客观，认为诗人的自然观带有人性色彩，是人性的自然，它并不只局限于对自己生命的观照，而且还表现为以自然为中介的人类心灵的理想。茅于美的文章《英国桂冠诗人》（《外国文学研究》1984年第4期）则反对在"桂冠诗人"与"御用文人"之间划等号，认为对此应持历史唯物主义的态度。文中对华氏晚年被封"桂冠诗人"一事所做的合乎实际的评论，澄清了我国学术界以往对华氏此事上的不正确态度。由此可见，这几篇文章已开始客观、正确地评价华氏及其诗歌理论与创作实践，为以后我国学术界继续评价、理解与接受华氏做了有益的工作。

另外，在80年代，一些刊物也纷纷发表华兹华斯诗作的阅读欣赏文章，重现了这位伟大诗人作品的艺术魅力。在翻译方面也进入高潮，华氏优美的诗作出现在各种抒情诗选集中。比较集中的有两本诗集，一是顾子欣翻译的《英国湖畔三诗人选集》，书中收录华氏诗作中译75首。王佐良在这本诗集的序言中对华氏诗歌的艺术成就做了很高的评价，认为华氏诗歌因为清新美妙，所以最不易翻译，何况他又在简单中有深意、纯朴中有奇美。同时，也正因为难译，所以诗人的名字在中国虽不陌生，但作品介绍有限，这就不易看出其真正的成就和确实存在的缺点。王佐良的这些话正好从一方面表明了以往我们对华氏评价偏颇的原因所在。黄杲炘译的《华兹华斯抒情诗选》也是一本比较全面地介绍华氏抒情诗作的诗集，收译诗140首。黄杲炘在《译者前言》中同样高度评价了华兹华斯的诗艺成就，认为华兹华斯是继莎士比亚之后对英国诗坛做出巨大贡献的绝无仅有的一位诗人，是一位在作品中始终表现出民主思想的诗人。

五、华兹华斯研究的新阶段

在 80 年代纠正"左倾"与全面探索的基础上,90 年代华兹华斯的译介和研究进入一个新的阶段。1991 年译林出版社出版了谢耀文译的《华兹华斯抒情诗选》,收入华氏诗作 232 首。1990 年人民文学出版社出版的杨德豫译的《湖畔诗魂》以及其他很多抒情诗选集中都收了华氏的不少诗作。在研究方面,尽管这一时期的文章并不是很多,但都有一定的深度,而且也主要集中在对华氏自然诗歌的研究探讨上。一般认为,相当大一部分华氏诗歌是尽情歌咏美丽的大自然,并在对大自然的执著厚爱中去发现、追寻某种自然精神,从自然中获得快乐,以自然来启迪人生和拯救日渐沉沦、堕落的世人的灵魂。这样的理解不无道理,但研究者通过深入辨析发现,其自然诗中也存在很多不和谐因素,对其自然诗的深入探讨将有助于全面了解诗人的哲学思想、人生观与自然观。

段孝洁的论文《从华兹华斯的诗歌创作看其哲学思想》(《南京师大学报》1993 年第 1 期)探讨了华氏诗作背后以"明智的消极"为核心的哲学思想,并追溯了这种哲学思想复杂的历史及社会根源和文化背景。章燕的论文《自然颂歌中的不和谐音》(《外国文学评论》1993 年第 2 期)指出,华氏并非一位单纯为赞美自然而写作的诗人,他希望在自然中探求生活的真谛。他也并不是为逃避社会现实而转向自然,而是为解决社会问题和人生问题才投向自然的。他在回归自然的同时,内心深处感受到万物以及整个世界的困惑,并为此始终焦灼不安,在心灵上有着如基督徒所承受的忍辱负重那样的精神重压,使得其诗中那美丽的自然景象不时透露出一种不和谐的色调。王捷的《华兹华斯自然诗创作溯源》(《上海师大学报》1995 年第 3 期)联系华氏本人性格、生活环境、创作经历和英国诗歌传统,对其自然诗形成的原因做了溯源性探讨。此外,聂珍钊的论文《华兹华斯论想象和幻想》(《外国文学研究》1997 年第 4 期)探讨了华氏诗论对想象力和幻想力的高度重视问题，指出华兹华斯正是借了想象与幻想的力量，才使自己丰富的感情实现了艺术升华，变成伟大的诗。严忠志的《论华兹华斯的诗歌创作观》（《四川外语学院学报》1996 年第 2 期）一文则对华氏诗歌创作理论做了很有深度的比较全面的思考分析。以上这些研究文章代表了 90 年代我国华兹华斯研究的较高水平。

华兹华斯的很多诗歌类似于我国古代的田园诗，因此，80 年代以来把华兹华斯与我国古代诗人（尤其是田园诗人）相比较并找到其异同点，成为华氏研究的重要内容。其中把华兹华斯与陶渊明进行比较研究的文章有近 10 篇之多。曹辉东的《物化与移情——试论陶渊明与华兹华斯》（《南京大学学报》1987 年第 1 期）则标志着我国研究者在对陶渊明与华兹华斯表面相似性认识的基础上，开始从中西不同文化背景的角度去深入探讨两位诗人内在的相异之处。文章认为华氏诗中贯穿着诗人的哲学沉思，华氏常作形而上抽象意义的追求，字里行间充满哲理的玄思，这与陶渊明代表的中国山水诗"欲辩已忘言"的审美特征与艺术风格完全不同。欧洲浪漫诗人注意自我感情的流露，强调自我意识和知性的探求，在对外物的"移情"中达到的只是"有我之境"。而以陶渊明为首的中国山水田园诗却以"空灵"为最高审美原则，努力达到的是非个性的"无我之境"。其他文章还有徐志啸的《自然诗人：陶渊明与华兹华斯》（1987 年）、王晓秦的《华兹华斯和陶渊明的比较研究》（1989 年）等。

1991 年，《东西方文化评论》第 3 辑刊登兰菲的论文《华兹华斯与陶渊明》，这是一篇很有理论深度和论述力度的学术论文。文章首先指出华氏自然观与审美观和陶渊明的美学观有极为相近的一面，接着从"退隐田园与回归自然"、"自然之道与宇宙精神"、"天人合一与主体移转"、"哲学诗人及其艺术境界"四个方面做了深刻的比较分析。在文章"结语"中，作者认为两位诗人都在寻求精神家园的过程中获得了人生的意义，并在多方面表现了两者的异中之同和同中之异。在自然哲学观方面，陶受道家和玄学影响，所达境界是存在于人世之中又超越人世和自然而与本体相通，去体验那自然之道、宇宙之心。华氏则从自然中看到了宇宙精神，看到了上帝的呈现，这些与其代表的西方文化精神一脉相承。在人与自然的关系上，陶注重物我双向交流，通过"虚静"去体认生生不息的宇宙之"道"。而在华氏那里，自然成为人观赏和神思的对象，可给客体染上主体的情思与色彩。文章对问题的分析透彻而精辟，是对这两位著名诗人进行"平行研究"的代表性成果。此外，还有部分研究者对李商隐与华兹华斯、王维与华兹华斯、华氏自然诗哲学思想与中国老庄道家思想进行探讨，限于篇幅，此处不再赘述。

　　新世纪以来，国内华兹华斯研究出现了一片繁荣景象。各类评论文章层出不穷，总数在五百篇左右。在西方批评理论的影响下，研究的视角更加多元化，并出现了不少很有深度的研究论文。此外，学界还出版了多部华兹华斯研究与浪漫主义研究的学术专著，如苏文菁的《华兹华斯诗学》（2000 年）、丁宏为的《理念与悲曲——华兹华斯后革命之变》（2002 年）、张旭春的《政治的审美化与审美的政治化——现代性视野中的中英浪漫主义思潮》（2004年）、陈才艺的《湖畔对歌：柯尔律治与华兹华斯交往中的诗歌研究》（2007 年）、赵光旭的《华兹华斯"化身"诗学研究》（2010 年）等，说明国内这一领域的研究工作进入了一个系统而全面的新阶段。不过，在如此繁荣的背后也存在一些问题，如研究质量良莠不齐、对理论生搬硬套、与国外的华兹华斯研究交流不足、选题重复、等等。

　　自 20 世纪初进入中国以来，华兹华斯在中国的研究与接受已过百年。这一曲折的历程见证了政治环境与社会思潮的变化对学术研究的巨大影响。西方批评界曾较多关注华兹华斯诗歌中的诗学内涵与美学思想，近 20 年开始转向政治历史批评，而中国对华兹华斯的研究自民国起几经变迁，建国后从早期的政治与意识形态批评转向近年来的美学与诗学研究，出现了中西学界华兹华斯研究"耐人寻味的错位"①。因此，对于华兹华斯这样一位来自异域文化传统的伟大诗人，要想真正理解其诗歌的价值、内涵与意义，还需要国内研究者们坚持不懈的努力。

第六节
柯勒律治研究

柯勒律治（Samuel Taylor Coleridge，1772－1834）是 19 世纪英国浪漫主义运动的重要诗人，其诗歌代表作主要有《古舟子咏》（*The Rime of the Ancient Mariner*，1798）、《克里斯特贝尔》（*Christabel*，1797－1800）、《忽必烈汗》（*Kubla Khan*，1816）等。柯勒律治自 20 世纪初被介绍到中国以来②，一直是作为浪漫派诗人的陪衬角色出现的，译介者、研究者对他的兴趣远不如拜伦、雪莱、济慈以及同为"消极浪漫派诗人"的华兹华斯，这一状况一直持续到 20 世纪 90 年代才开始发生转变。新世纪以来，国内柯勒律治研究渐行深入，学界继续对柯勒律治的诗作与诗论进行深入的探讨，同时还发掘出柯勒律治诗人之外的哲人身份，为柯勒律治在国内的研究开辟出了新的方向。

一、柯勒律治的早期译介与研究

"浪漫派"刚刚进入中国人的视野时，尚无定译。英文"Romanticism"一词在 19 世纪末 20 世纪初传入我国时，一种译法是梁启超和王国维从日语中转译的"理想派"，与"写实派"对应。另

---

① 章燕：《新中国 60 年华兹华斯研究之考察与分析》，《北京大学学报（哲社版）》，2012 年第 3 期，第 107—108 页。
② 辜鸿铭是国内译介柯勒律治的先驱，曾翻译过其代表作《古舟子咏》。由于此诗的中译本未曾出版，施蛰存认为其翻译时间大约在 1900 年前后。

一种是鲁迅于 1907 年在《摩罗诗力说》一文中,采用梵文之意,音译为"摩罗诗派"或"罗曼派"。当时两种译法并行于文坛上,直到20 世纪 20 年代初,"浪漫主义"才开始被学界所使用。鲁迅在《摩罗诗力说》中主要介绍了拜伦、雪莱等八位浪漫主义诗人,济慈(原文作"契支")与骚塞(Robert Southey,1774 – 1843)也略有论及。这是"浪漫派"诗人被介绍至国内最早的文字之一。不过,在英国浪漫主义诗人中,鲁迅对拜伦和雪莱青睐有加,却选择性地"遗漏"了包括柯勒律治在内的其他诗人。鲁迅的文章旨在激励国人的"反抗"意识及革命热情,其背后是强烈的文学功利主义思想,而耽于"想象"的柯勒律治,与崇尚"自然"的华兹华斯、孱弱秾丽的济慈一道,自然被排除在外。

　　"五四"前后,国内掀起了一股译介浪漫主义诗歌的浪潮,拜伦、雪莱仍然是评介与研究的重点,不少杂志还特设纪念专栏刊登系列翻译与评介文章。有些文章在探讨拜伦、雪莱诗歌的同时,也经常对柯勒律治等人进行点评。在《英国浪漫派三诗人拜轮、雪莱、箕茨》一文中,徐祖正对英国浪漫主义诗人做过整体描述,其中提到柯勒律治的名字:"在拜伦、雪莱、济慈以前,英国的浪漫主义早已极盛,湖畔诗人的胡慈华士(即华兹华斯)、郭力其(即柯勒律治)、苏瑞(即骚塞)及别派的史各脱(即司各特),都是这主义的健者。"[1]徐祖正归纳了浪漫主义诗歌的特点,指出浪漫主义打破了古典主义的传统,但徐文所秉持的仍然是《摩罗诗力说》中的批评理念,对柯勒律治等人的评价政治意味很浓。在他的眼里,柯勒律治等人虽然在文学上有"改革之功",但思想上"摆脱不掉旧习惯";由于受法国大革命的影响,他们将年轻时的社会理想"溶化到文学里去",他们的作品远离当时的社会现实,"风靡一时的佳作渐被民众所冷遇",他们的诗歌"近于谈理说教",最后沦为"神仙怪谈

---

[1]　徐祖正:《英国浪漫派三诗人拜轮、雪莱、箕茨》,《创造季刊》,1923 年第 4 期,第13 页。

之类"，因此当"撒但派举起旗子，湖畔派的城垒立即倒壤"。①

　　虽然徐祖正撰文之目的是为了介绍英国文学花园中浪漫主义"花枝"上的"三朵好花"，崇拜和向往"把旧社会、旧制度完全推翻，重造一个理想的新社会"的革命精神，但从今日的眼光看来，徐文介绍"好的"浪漫派之余，无意间也做出了更加重要的贡献：把当时学界有意或无意"遗漏"的"消极浪漫派"诗人柯勒律治带入了中国学人的考察视野。20 世纪 20 年代，虽然还没有"积极浪漫主义"与"消极浪漫主义"之说，但国内已经对两种不同的浪漫主义诗歌做出了明确的区分。徐文的态度虽然厚"积极派"而薄"消极派"，但他对"消极派"的认识比较深刻，用"神仙怪谈"来评价柯勒律治的诗歌也是某种意义上的"恰如其分"。可见，当时研究者并没有完全将"消极派"束之高阁，"名不见经传"只是因为其政治倾向"消极保守"而不见容于当时的主流文艺思潮。

　　与引人瞩目的"拜伦热"和"雪莱热"相比，柯勒律治显得非常落寞。不过，当时仍有部分研究者对柯勒律治给予了一定的关注。1925 年，在《晨报副刊》上，张资平发表了有关浪漫主义的系列文章。在《英国的浪漫主义》一文中，张资平不仅正面肯定了华兹华斯和柯勒律治作为英国浪漫派诗人"开山鼻祖"的地位，而且还单辟一段对柯氏做出积极、全面的评价，指出了柯勒律治与华兹华斯的区别："湖畔诗人之一的柯尔利支（即柯勒律治）也是英国浪漫主义的开拓者。他和涡慈涡斯（即华兹华斯）不同之点就是他为奔放不羁的热情诗人，换句话说，他是不适宜于英国土地的诗人，他是具有德国式的反抗的气概的诗人。他的一生生活是很不规律的，他的作品也多断片的，但他赋有神秘的空想。他激烈地撞击文艺之警钟，把沉郁的英国的文艺界唤醒过来；其功实不可没。"②这段

---

① 徐祖正：《英国浪漫派三诗人拜轮、雪莱、箕茨》，《创造季刊》，1923 年第 4 期，第 13—14 页。

② 张资平：《英国的浪漫主义》，《晨报副刊》，1925 年第 1247 期，第 69 页。

文字不仅论及柯勒律治的文学地位，而且一反当时对拜伦、雪莱压倒一切的崇拜，对华兹华斯和柯勒律治做出了充分的肯定与实事求是的评价。

1933年，方重在《"国立"武汉大学文哲季刊》发表了《〈诗歌集〉中的可罗列奇》[①]一文。这是民国时期柯勒律治研究第一篇非常重要的学术论文，其篇幅之长、论点之精、涉及问题之广、引述原文材料之多均卓然于同时代的相关评论。文章共25页，其主线是介绍、评析《抒情歌谣集》中柯勒律治的四首长短诗作，并将《古舟子咏》作为关注重点。方重极为推崇《古舟子咏》，他认为《抒情歌谣集》虽然只有四篇柯氏的作品，但凭借这一篇长诗，柯氏的文学地位即能与华兹华斯并驾齐驱。方重分析了《古舟子咏》中奇异的布局、精美的结构、"活神活现"超自然的世界以及诗歌中的情感因素等。在回应华兹华斯针对《古舟子咏》所提出的批评后，方重指出这首诗与众不同的艺术特色："全诗不长，却很精美，爱的世界是何等陶醉！浪漫而不超自然，想象趋于优美而不趋于奇异。"[②]方文的评论不受单一视角、单一评判标准的挟制，结合后来柯勒律治研究在中国的发展道路来看，显得尤为珍贵。在研究方法上，方重尤为重视版本间的比对，不少论述都是从两个版本间的增删、某首诗作的弃留出发的，与他对乔叟诗歌的翻译、评论一脉相承。

1934年，柯勒律治逝世百年纪念，《文艺月刊》于12月第6卷第5、6期合刊上推出"柯立奇（即柯勒律治）、兰姆百年祭特辑"，其中刊有柳无忌的《柯立奇的诗》、巩思文的《兰姆与柯立奇的友谊》以及柯勒律治的《古舟子歌》（曹鸿昭译）、《克利斯脱倍》（柳无非译）和《忽必烈汗》（苏芹荪译）等诗歌译作。这是民国时期对柯勒

---

①　方重：《〈诗歌集〉中的可罗列奇》，《"国立"武汉大学文哲季刊》，1933年第1期，第129—155页。此文后来收入方重的著作《英国诗文研究集》（商务印书馆，1939年）。

②　方重：《〈诗歌集〉中的可罗列奇》，《英国诗文研究集》，上海：商务印书馆，1939年，第180页。

律治最集中的一次译介，其中柳无忌的长文《柯立奇的诗》对其诗歌进行了全面的探讨，不仅涉及"他在法兰西革命初期迎接大时代的歌咏"，而且也包括"后来在浪漫传奇中追求快乐与真理的作品"①。柳文分为三个部分，即"柯氏的时代及其所受影响"、"柯氏的诗——诗的中心思想及浪漫成分"和"柯氏写诗的技术——他对于诗的信条"。柳无忌认为，其早期诗歌乃模仿与练习之作，表达了"悲郁的情感与对自由的崇拜"；在全盛时期他创作了《古舟子行》、《克丽斯脱倍》、《忽必烈汗》和其他描摹"自然与爱"的短诗。同时，他对柯勒律治诗歌中的格律、内容、主题、意象等进行了全面的论述，并深刻地分析了其诗歌的艺术特征。柳文对柯勒律治的评析不乏独到之见，是早期柯勒律治诗歌研究的重要论文之一。

　　1935年，汪倜然在《黄钟》（第6卷第1期）发表了另一篇重要论文《辜律勒己的怪诗》，将柯勒律治"最伟大的作品"《古舟子咏》称为"怪诗"。汪文指出，文章题目中的"怪"字并无贬义，其用意不在贬斥柯诗之"怪"，而是张扬柯诗之"新"："华茨华斯与辜律勒己（即柯勒律治）之出这部《抒情歌曲集》（即《抒情歌谣集》），目的是在出一些不同时尚之新的诗歌"②。汪文比较了华兹华斯与柯勒律治的创作差异，认为"前者欲以神奇之笔，写平凡之事；而后者则欲以神奇之笔写神奇之事。比较起来，要算辜律勒己成功些"，而《古舟子咏》"所取的题材奇，写得奇，但是读者却不禁要相信他，所写的是真实。"③面对"奇与凡"这个论及两位浪漫主义开宗诗人时不可能规避的问题，汪文显然更为青睐"奇"，认为"奇"便是"真"，甚至好于以"凡"写"真"。在当时的文艺风潮和气候下，作者对柯诗的评价与判断可谓独具慧眼。

---

①　范存忠：《西洋文学研究·序》，北京：中国友谊出版公司，1985年，第3页。

②　汪倜然：《辜律勒己的怪诗》，《黄钟》，1935年第6卷第1期，第27页。

③　同上，第27页。

二、民国时期文学史著作中的柯勒律治

与报刊上对柯勒律治的零星评介不同的是,民国时期各类英国文学史或欧洲文学史、文艺史著作都把柯勒律治当做重要作家收录其中,虽然在篇幅上经常小于拜伦、雪莱、济慈、华兹华斯等人,但其中的评论不乏超前的眼光和敏锐的判断。1920 年,王靖最早在《英国文学史》中专设一节对柯勒律治进行了简评。1927 年,郑振铎的《文学大纲》对柯勒律治的生平进行了介绍,认为《古舟子咏》是"一篇最好的最完美的作品",认为他所写的是"怪诞的故事",文风浓郁,其想象"杂乱而丰伟绚丽",因而不同于华兹华斯"恬淡明洁的风格"。① 郑振铎不仅较早对"湖畔派诗人"与拜伦、雪莱等人进行了区分,而且也对柯勒律治与华兹华斯之间的差异做出评断,指出两人早年与拜伦、雪莱一样爱慕自由、反抗压迫,但华兹华斯后来"遁入恬淡",而柯勒律治最后却成了一个"梦想者"②。

1928 年,曾虚白在《英国文学 ABC》的第七章"浪漫派时代"中论及柯勒律治和其他浪漫派诗人。同一章第二小节在评介各个诗人的作品特色时指出:"柯利治(即柯勒律治)幻想着空间的乐园","《古舟子咏》是他最好的一篇",其中对"音韵的运用、音步的支配",使全诗成为"一曲迷荡心神的音乐,足称得浪漫诗中的上选了"。③ 作者引用了史文朋(Algernon Charles Swinburne,1837 - 1909)之语来佐证《忽必烈汗》和《克里斯特贝尔》二诗之妙:"这两首诗的妙处,只能在静默的倾倒及惊喜中领会得出。"④曾虚白还对柯勒律治的文学批评进行了介绍与评价,如《莎士比亚演讲》(*Lectures on Shakespeare*)"是研究莎士比亚最完善的作品",而

---

① 郑振铎:《郑振铎全集》第 12 卷,石家庄:花山文艺出版社,1998 年,第 9 页。
② 同上,第 9 页。
③ 曾虚白:《英国文学 ABC》,上海:世界书局,1928 年,第 48 页。
④ 同上。

《文学传记》（*Biographia Literaria*）"是发挥他浪漫派正宗诗体的主张，和表示他和华次免绥（即华兹华斯）的主张异同的地方"。①

　　1934 年，在商务印书馆出版的《万有文库》丛书中，有三部文学史著作都对柯勒律治做了介绍，而且各有侧重。其一，徐名骥的《英吉利文学》介绍了他和华兹华斯的不同："辜勒律己是位梦想的带着浓厚的神秘色彩的诗人；他和华兹华士虽同号称为湖畔诗人，可是他和华兹华士是完全不同的。华兹华士要使平凡的变为新奇，辜勒律己却要使神奇的化为平凡，所以他用浓郁的文句、丰富的想象来写怪诞的故事，造成了异样的风格。"②两位诗人虽同为"湖畔诗人"，但诗风、创作侧重点均有很大不同，但后者长期以来却被视为前者的分身和追随者，徐名骥在三十年代就提出了这样的判断，其判断之敏锐可见一斑。徐名骥还指出《古舟子咏》是"充满着超现实的神秘的奇迹"③，提及《克里斯特贝尔》、《忽必烈汗》以及短诗《爱》（Love）、《少年和老年》（Youth and Age）等，呈现出了一个立体多面的浪漫派诗人柯勒律治。

　　其二，张越瑞编译的《英美文学概观》也指出柯勒律治与华兹华斯的创作差异，即"渥兹华士首先写原始的，天然的，哥尔利治写形式上的，想象的"④，评析了柯勒律治的诗歌特点与灵感来源："哥尔利治因那些长短不一的、未完成的诗章而获得文学的高名，但也渐渐沉湎于鸦片的嗜好，虽说他那流畅的、和谐的音节不必导源于此，然他所以能创造阴森的、怪异的诗境，却不能说与他的嗜好绝对没有关系。"⑤

　　其三，吕天石的《欧洲近代文艺思潮》同样谈到了柯勒律治和华兹华斯两个人的分野："哥尔利治是将神秘不可思议的题材现实

---

① 曾虚白：《英国文学 ABC》，上海：世界书局，1928 年，第 48 页。
② 徐名骥：《英吉利文学》，上海：商务印书馆，1933 年，第 19—20 页。
③ 同上，第 20 页。
④ 张越瑞：《英美文学概观》，上海：商务印书馆，1934 年，第 60 页。
⑤ 同上，第 61 页。

化,威至威氏是将自然及人生中平常事实神秘化。"①吕天石指出
"想象"在柯勒律治诗作中的统领地位,其想象是偏于梦想和神奇
方面,并考证了柯勒律治诗歌与德国"理想派哲学"的渊源关系:
"近代有人解释浪漫主义为'惊奇的再生'(renascence of
wonder),那么哥尔利治是浪漫运动新时代的创造人了。他以后
与威至威士共游德意志,醉心德国理想派哲学,尤其崇仰康德,他
回国后就致力德国理想派哲学的宣传,及反抗英国传袭的思想道
德,后来所作的诗,在文学史上就不重要了。"②

　　1937年,金东雷在《英国文学史纲》第十章第三节"湖畔诗人"
中评述了柯勒律治的生平、诗作和诗论。与此前的几部文学史著
作一样,金著也探讨了柯勒律治和华兹华斯在风格与思想上的区
别,如"顾勒律己努力于把幻想的事件染上浓厚的神秘的色彩,以
'惊异'来感动读者",而"华慈华士主张以'乡村生活作诗材,以'日
常语言'作诗的文字","华兹华士主张不必以音律的正确与否做诗
的好坏底标准,而柯勒律治主张"韵律是诗的唯一生命"。③　金东
雷还指出柯勒律治在人生的不同阶段表现出了不同的创作风格:
"他的少年时代富于热情、富丽、幻想;中年时代在玄想中比较有主
观力、理解力,尤其是富于批评性;到了老年,则他观察一切东西比
较透彻,他底文章作风也倾向于秩序、哲学等方面了。"④不难看
出,金东雷对柯勒律治的评价准确而客观,不过不失。

三、从忽视到纠偏: 20世纪下半叶的柯勒律治研究

　　建国后,英国文学研究者的兴趣高度集中在了现实主义作家

---

① 吕天石:《欧洲近代文艺思潮》,上海:商务印书馆,1934年,第52页。
② 同上,第53页。
③ 金东雷:《英国文学史纲》,上海:商务印书馆,1937年,第238—239页。
④ 同上,第239页。

与革命浪漫主义作家身上，而华兹华斯、柯勒律治等"消极"浪漫主义诗人遭到不同程度的忽视。当时对英国浪漫主义诗歌的研究深受苏联文艺观的影响。1956 年，《文史译丛》创刊号上刊载了译自《苏联大百科全书》的《英国文学概要》，其中对英国浪漫主义文学的评价反映了苏联艺术界的基本观点，也奠定了我国英国文学研究界相当长时期内研究浪漫派诗人的指导思想。《概要》将浪漫派诗人明确地分为两种，认为华兹华斯和柯勒律治是"反动的"。这样的评断为国内知识界所完全认同和接受。晴空在《我们需要浪漫主义》（《诗刊》1958 年 6 月号）中认为：华兹华斯、柯勒律治等诗人与历史的发展相抗衡，"迷恋过去的生活"，因而是一种"消极的反动的浪漫主义"。[1]

1959 年，苏联学者阿尼克斯特的《英国文学史纲》被翻译成中文，此书将湖畔派诗人划为"保守的浪漫主义"，但是并没有全盘否定，一方面认为他们早期"批评资产阶级的文明，并肯定社会的正义观念"，另一方面指出他们在法国大革命后"投向反动阵营"，在创作中"公开维护英国统治阶级的反动政策"。[2] 在对柯勒律治的评述中，《史纲》既有肯定，如赞扬柯勒律治是一个"大胆的实验者，他以新颖的诗体丰富了英国的诗歌"，其诗歌"以高度的音乐性和丰富的节奏色彩著名"；但也有批评，如"他的诗歌并不能打动作者的心弦；他的诗充满了模糊的象征主义和超自然现象，而对世界上人与人之间的实际关系则很少加以描写。弥漫在他创作中的唯心主义哲学，把诗人引上一条绝路。"[3]相对于该书对现代派作家的抨击，作者对华兹华斯、柯勒律治的评断虽然比较偏颇，但并没有极端的言论。相比之下，苏联科学院高尔基世界文学研究所编著的《英国文学史》则充满了"落后"、"反动"、"反革命"等简单化的判

---

① 晴空：《我们需要浪漫主义》，《诗刊》，1958 年第 6 期，第 75 页。
② 阿尼克斯特：《英国文学史纲》，戴镏龄等译，北京：人民文学出版社，1959 年，第 285—286 页。
③ 同上，第 292 页。

断。这些著述对国内的浪漫主义接受与研究产生了不容忽视的重要影响。

1979 年，杨周翰等主编的《欧洲文学史》下卷对"湖畔派诗人"的评价未脱苏联文艺观的影响，不少评价与上述著作的观点极为相似："湖畔派诗人华兹华斯、柯勒律治、骚塞在法国革命初期对法国革命还表示欢迎，雅各宾专政时期，他们又感到恐惧，生怕法国人民的革命行动会影响英国人民，因而开始转变，仇视革命和民主运动，颂扬统治阶级的国内外反动政策"，"华兹华斯和柯勒律治都曾系统地阐述自己的文学主张，他们强调作家的主观想象力，否定文学反映现实，否定文学的社会作用。"①在很长一段时间之内，这段文字几乎成了我国评价英国湖畔派诗人的定论，它以各种形式出现在各种外国文学史著述之中。② 1980 年，在朱维之主编的《外国文学简编》中，浪漫主义则被分为"积极浪漫主义"与"消极浪漫主义"，但关于"消极浪漫主义"，作者一笔带过，作者重点分析的仍然是雪莱和拜伦，"湖畔派诗人"被学界忽视的情况可见一斑。

20 世纪 80 年代，英国文学的翻译与研究不再局限于古典作家、作品，大量现代主义作家、作品也成了译介和研究的对象，而柯勒律治在一定程度上继续被学界所忽视。80 年代，卞之琳在翻译、编选《英国诗选》时剔除了柯勒律治的诗篇，其理由是"内容怪诞"③。顾子欣译的《英国湖畔三诗人选集》虽然收录了柯勒律治的诗歌，但王佐良在短序中称"浪漫主义是一个复杂的现象"，只简单地强调了柯勒律治的"想象力"，将他誉为"英国文学史上最敏锐的文论家之一"。④ 柯勒律治的诗歌不被重视，但文论则被较多地翻译成中文。1979 年，中国社会科学出版社出版的《外国理论家

---

① 杨周翰等主编：《欧洲文学史（下）》，北京：人民文学出版社，1979 年，第 42—43 页。

② 曾艳兵：《中国的英国文学经典》，《天津师范大学学报（社科版）》，2010 年第 2 期，第 66 页。

③ 卞之琳：《英国诗选：莎士比亚至奥顿》，长沙：湖南人民出版社，1983 年，第 3 页。

④ 顾子欣：《英国湖畔三诗人选集》，长沙：湖南人民出版社，1986 年，第 1—3 页。

作家论形象思维》收入杨绛译的《文学生涯》片段；1980 年，中国社会科学出版社出版的《欧美古典作家论现实主义和浪漫主义》也选译了柯勒律治的《文学生涯》；1984 年，人民文学出版社出版的《十九世纪英国诗人论诗》中辟有"柯尔立治"一章；1985 年三联书店出版的《英国作家论文学》选入了吕国军翻译的柯勒律治文论名篇《关于莎士比亚和弥尔顿的演讲》和《寓意》。1989 年作家出版社出版辜正坤编选的《英国浪漫派散文精华》，收录《文学生涯》和《该隐游踪》节选。这一时期对柯勒律治的译介显然以文论为主，评论文章比较少见。

90 年代，柯勒律治研究取得突破，重要研究成果不断涌现。以政治意识形态为核心的评判标准开始淡化，学界更多从审美层面上讨论其作品的意义与价值。在新版《欧洲文学史》中，编者不再将浪漫主义分为"积极"和"消极"，而是将浪漫主义诗人分为两代：第一代浪漫主义诗人，代表为布莱克、华兹华斯和柯勒律治；第二代浪漫主义诗人，代表为拜伦、雪莱和济慈。书中对华兹华斯和柯勒律治的评论文字还略多于对拜伦与雪莱的评论文字。1999 年侯维瑞主编的《英国文学通史》把浪漫主义诗人分为"湖畔诗人"和"积极浪漫主义诗人"——旧有的评判标准不再左右浪漫主义文学研究。书中专设一节介绍了柯勒律治的生平传略、创作思想和重要作品，其中有关于柯勒律治对古典主义的反叛、"想象"在柯勒律治诗歌中的作用以及对其三部代表诗作的评析，理性而深入，不失公允、客观。

1991 年，人民文学出版社出版了王佐良的专著《英国浪漫主义诗歌史》。作者主张要扭转外国文学研究的风气，将其导正到以"文学性"为标准的轨道上来，并在多个章节对柯勒律治的创作进行探讨。在第三章"抒情歌谣的力量"中，作者指出"想象力实是柯尔律治关于诗的理论的中心点"，"柯尔律治这一理论是在十九世纪德国唯心哲学家特别是谢林（F. W. J. von Schelling）的影响下形成"的，认为柯勒律治"既是诗史上重要的诗人，又是文学史上重要的批评家"。① 在第四章"柯尔律治"中,作者用十页的篇幅从"想象力"的角度对《克利斯托贝尔》、《古舟子咏》和《忽必烈汗》进行了新批评式的细读。第六章《两代人之间:理想的明灭与重燃》间接地批评了华兹华斯和柯勒律治逃避现实、逃避法国大革命的"老问题",但笔触已经客观、委婉了许多,其目的不再是一味的攻击,而是寻求个中的原因。在另一部著作《英国诗史》中,王佐良同样摒弃了"消极"和"积极"的标签,其第九章专论华兹华斯和柯勒律治两位诗人,平均篇幅还略多于第十章的"新一代浪漫诗人"拜伦与雪莱。

1993 年,国内发表了三篇柯勒律治的研究论文:陆建德的《"我相信,所以我理解"——关于柯尔律治"论证循环"的思考》②、蒋显璟的《生命哲学与诗歌——浅谈柯勒律治的诗歌理论》③和费致德的《从柯勒律治有关想象"Imagination"的诗论看三首唐人诗》④。这三篇文章也代表了 20 世纪 90 年代柯勒律治研究的三个重要方向:柯勒律治作为哲学/神学家的思想贡献、柯勒律治诗论研究、柯勒律治诗歌与中国诗歌比较研究。陆文第一次提出柯勒律治在英国思想史上的地位要远高于文学史上的地位,在国内柯勒律治研究中独树一帜;蒋文论述了柯勒律治诗论中的哲学与宗教背景、心灵的主体性以及诗人与诗歌的关系;费文则解读了柯勒律治式的"想象",并以此为视角分析了高适、岑参和杜甫的三首诗作,表现出了比较文学研究的新视野。90 年代初,国内还出现了以柯勒律治为选题的博士论文,即蒋显璟的《柯勒律治关于想象

---

① 王佐良:《英国浪漫主义诗歌史》,北京:人民文学出版社,1991 年,第 34、35、37 页。
② 陆建德:《"我相信,所以我理解"——关于柯尔律治"论证循环"的思考》,《外国文学评论》,1993 年第 3 期。
③ 蒋显璟:《生命哲学与诗歌——浅谈柯勒律治的诗歌理论》,《外国文学评论》,1993 年第 2 期。
④ 费致德:《从柯勒律治有关想象"Imagination"的诗论看三首唐人诗》,《解放军外国语学院学报》,1993 年第 3 期。

力的理论中的生机论哲学因素》（1990 年）。论文检视 18 世纪英国想象力理论兴起的原因、柯勒律治诗歌创作、"想象"理论与 18 世纪哲学思潮的渊源关系、想象理论之于柯勒律治诗歌创作的作用等。这是新中国首篇针对柯勒律治哲学家身份及其哲学思想的博士论文，代表了国内柯勒律治研究的一个重要转变。

四、新世纪以来的柯勒律治研究

新世纪以来，我国的柯勒律治研究快速发展，日趋深入。中国学者撰写的众多英国文学断代史、专题史中，柯勒律治必不可少，几乎受到了与其他浪漫主义诗人同等的重视。钱青的《英国 19 世纪文学史》（2006 年）为柯勒律治专设一节，并增加浪漫主义散文一章，其中《诗人的散文》也论及柯勒律治。编者用更全面的编排给出包括柯勒律治在内的英国浪漫主义诗人的文学成就的全貌。李维屏主编的《英国文学思想史》和《英国文学批评史》二书均将柯勒律治置于和其他浪漫派诗人（如华兹华斯、拜伦、雪莱等）同等的地位，给出了专节予以介绍。《英国文学思想史》第五章第四节讨论了柯勒律治的"浪漫气质"，称《古舟子咏》"是以人文主义对基督教观念展开重新剖析的典型"[1]，《忽必烈汗》"对个性的张扬和强烈自我意识的拓展，对人们打碎禁欲主义、蒙昧主义、等级主义的枷锁都起到了无可替代的作用"[2]，并总结了柯勒律治文学思想的三大特色：宗教的形而上学色彩、强调想象力和象征力、崇尚移情论。《批评史》第三章第三节则从诗歌批评、诗歌本质、诗歌想象等方面探讨了柯勒律治的批评思想。

其次，这一时期出现了大量柯勒律治研究论文，其诗歌开始成为主要研究对象，其批评家、哲学家的身份也受到重视，研究主旨

---

[1]　李维屏、张定铨：《英国文学思想史》，上海：上海外语教育出版社，2012 年，第 297 页。
[2]　同上，第 299 页。

与学术视角出现多元化。这些论文有的探讨了柯勒律治的诗歌主题，如袁宪军的《柯勒律治〈忽必烈汗〉的主题形象》(《北京第二外国语学院学报》2001 年第 6 期)和张礼龙的《基督教的寓意与人生苦难的写照——〈老水手之歌〉的主题评析》[《厦门大学学报(哲社版)》2002 年第 4 期]；有的从生态批评的视角进行研究，如鲁春芳的《一个优美而机智的"整一"：生态视野中的〈忽必烈汗〉》(《外国文学研究》2009 年第 5 期)；有的则分析柯勒律治诗歌中的"中国形象"，如周宁的《鸦片帝国：浪漫主义时代的一种东方想象》(《外国文学研究》2003 年第 5 期)和张莉的《亦真亦幻的文化他者：〈忽必烈汗〉里的中国形象》[《郑州大学学报(哲社版)》2010 年第 5 期]等。

　　这一时期还出版了不少柯勒律治以及英国浪漫主义文学研究的学术专著与博士论文，代表了这一领域纵深方向的发展。陈才艺的《湖畔对歌：柯尔律治和华兹华斯交往中的诗歌研究》(2007 年)系统论述了柯勒律治和华兹华斯在诗歌创作主张上的差异问题。鲁春芳的《神圣自然：英国浪漫主义诗歌的生态伦理思想》讨论了柯勒律治的自然观及其在柯勒律治诗作和诗论中的体现与影响。李枫的《诗人的神学：柯勒律治的浪漫主义思想》(2008 年)从"诗化哲学"、"诗化神学"的角度构建"诗人的神学"，对柯勒律治的浪漫主义思想进行了系统探讨。董琦琦的《启示与体验：柯尔律治艺术理论的神性维度》(2010 年)将诗人柯勒律治与神学家柯勒律治结合，采用跨学科的方法对柯勒律治的艺术理论进行了梳理。白利兵的博士论文《柯勒律治莎评的有机美学论》以柯勒律治诗歌批评中的有机整体观在其莎剧评论中的体现为选题，得出了"他的有机整体观莎评终结了莎评的新古典主义时代"的结论。姜智芹的著作《文学想象与文化利用——英国文学中的中国形象》分析了《忽必烈汗》残篇里的"梦幻中国"。聂珍钊主编的《英国文学的伦理学批评》一书专设"湖畔诗人和伦理道德"一节，从伦理学批评视角分析华兹华斯和柯勒律治两人的诗歌。

根据"中国知网"搜索结果显示：近十年来，以柯勒律治为选题的期刊论文、学位论文不断增长，显示出柯勒律治研究在中国的悄然勃兴。然而，很多论文的选题出现扎堆现象，所探讨的对象大多集中在《忽必烈汗》和《古舟子咏》两篇诗作上，研究的主旨大多围绕"想象"、"有机整体论"和"生态/自然"等层面，在广度和深度上明显不足。在浮躁学风的影响下，一些论文或泛泛而谈，或重复选题，或跟风模仿，独立创见不多，"炒冷饭"的情况时有发生。不过，柯勒律治所受到的关注虽然越来越多，但与其他浪漫主义诗人相比，其研究成果毕竟相对有限，良莠不齐的问题并不是非常突出。

第七节
奥斯丁研究

简·奥斯丁（Jane Austen，1775－1817）是英国文学中的奇女子，其六部传世佳作脍炙人口，在世界各地拥有极其广泛的读者。她的个人经历平淡无奇，在世时只匿名发表了四部小说，当时的声望与同代作家司各特不可同日而语。整个 19 世纪，批评界对她的小说褒贬不一。褒扬者如司各特、麦克莱等人，对她大加赞赏，贬低者如夏洛特·勃朗蒂、马克·吐温（Mark Twain，1835－1910）等，对她极力抨击与否定。至 20 世纪 30 年代，英国现代作家劳伦斯仍然对奥斯丁持刻薄的批评态度。不过，历经两百年的风风雨雨，奥斯丁目前已是英国文学史中公认的经典作家。

我国学界对奥斯丁的关注则肇始于 20 世纪早期，但是对她的译介明显晚于司各特、狄更斯等人。30 年代，其作品才第一次被翻译成中文。由于受社会政治与文化接受环境的影响，国内学界的评价也经历了一个褒贬不一、起伏不定的漫长过程。新时期以来，奥斯丁研究逐渐走入正常化的轨道。近二十年来，各类研究成果纷纷问世，呈现出惊人的发展态势。本节主要对国内奥斯丁学术史作历时性的梳理，探讨相关研究的主要特点与利弊得失。

一、民国时期的奥斯丁译介与研究

19世纪末20世纪初,林纾翻译了近百种英美文学作品,但奥斯丁的小说被排除在外。同一时期的报刊上,有关奥斯丁的译介几乎是空白。早期的英国文学史著述,如张越瑞的《英美文学概观》(1934年)、王靖的《英国文学史》(1920年)、曾虚白的《英国文学ABC》(1928年)等,对奥斯丁只字未提。林惠元编译的《英国文学史》(1929年)长达500多页,其中也没有关于奥斯丁的只言片语。奥斯丁被早期学人忽视的原因大致有二:一是早期西方文学的译介旨在针砭时弊,或改良社会,或激励国人,大多带有强烈的功利主义色彩,而奥斯丁的小说只写"日常琐事",难以引起国内学者的关注;二是奥斯丁在英美文学史中的地位尚不稳定,国内学人还没有敏锐地发现其作品的重要价值。

1917年魏易编译的《泰西名小说家略传》有简短的奥斯丁小传。据目前所掌握的资料来看,这可能是奥斯丁的名字第一次进入中国,而且与大仲马(Alexandre Dumas,1802-1870)、司各特、狄更斯等西方著名作家跻身一堂。在这篇小传中,魏易称奥斯丁是英国著名的小说家,其中提到她的四部小说"最为著名"[1]。较早对奥斯丁有所关注的还有郑振铎。在《文学大纲》(1927年)中,郑振铎对奥斯丁小说的创作特点与艺术风格作过印象式的点评,认为其作品包含"宁静的讽刺"以及"简朴而秀美的人物分析";其创作风格"平易而不见斧凿之力,细腻、深入而动人"。[2] 1927年,欧阳兰在《英国文学史》中认为奥斯丁是与司各特齐名的"卓越的小说家",对她的小说有更多的评价:

> 她的小说共有六篇,其最著名者,为 *Pride and Prejudice*,*Mansfield Park*,和 *Emma* 三种。这三篇小说,都是描写社会生活,或记述乡村见

---

[1] 魏易编译:《泰西名小说家略传》,通俗教育研究会,1917年,第22页。
[2] 郑振铎:《文学大纲》(三),石家庄:花山文艺出版社,1998年,第58页。

English Literary Studies in China: The Studies of English Writers Volume 1

闻的伟著。她的小说，不及斯可脱之能运转迅速，但她对于人性的分析，却比斯可脱更加机巧；并且如斯可脱自己所说，她所叙述的意外的事变，就是最简单的，亦常有一种更秀美的感觉，使我们读了更能娱心夺目。①

30 年代，国内出现翻译外国文学的第二次大潮。在此背景下，奥斯丁的作品第一次被翻译成中文。《傲慢与偏见》在 1935 年出现了两个中译本：一个是董仲篪的译本，北平大学出版社出版；另一个是杨滨的译本，上海商务印书馆出版。与此同时，学界开始对奥斯丁投以较大的关注，一些研究成果相继问世，其形式各不相同，既有独立的学术论文，也有中译本的序言、报刊短文、文学史中的述评等。不过，不少研究仍以介绍与印象式评析为主，系统性不强，深度与广度相对不足，只有部分成果对奥斯丁的题材、创作特点以及艺术手法做出了较为深入而得当的评价。梁实秋为董译本所撰写的序言②，较早注意到奥斯丁小说的题材特色。该序指出奥斯丁从不追求"奇异故事或史诗"，而是在小说中忠实地"记载所熟悉的人物与喜剧，刻画了他们的人性"，同时认为奥斯丁在小说中的地位犹如华兹华斯在诗歌中的地位，"二人都是要在平凡中寻出意义来"。杨缤在《撷英·奥斯登评传》一文中则探讨了奥斯丁小说的创作特点，认为她的取材大多是"中等阶级的生活"，注重日常琐事与家庭生活的描写，"奥斯丁写这种生活，主要以表现人物为目的"，其写作风格以"诙谐讽刺"为主，并将《傲慢与偏见》界定为"家庭讽刺小说"。③

1935 年，陈铨在《清华大学学报》上发表的《迦因·奥士丁作品中的笑剧元素》是当时唯——篇完整独立的专题研究论文。它完全不同于当时众多蜻蜓点水式的介绍文字，其主要贡献有：一、援引柏格森（Henri Bergson，1859 - 1941）等人的喜剧理论以及

---

① 欧阳兰：《英国文学史》，北京：京师大学文科出版部，1927 年，第 152 页。
② 此序言后来发表在李长之主编的《益世报》"文学副刊"1935 年第 6 期上。
③ 杨缤：《撷英·奥斯登评传》，《出版周刊》，1935 年第 135 号，第 9—11 页。

古希腊、古罗马史诗和莎士比亚的作品，探讨了喜剧的本质，指出喜剧所依赖的是"纯粹简单的理智"，而不是人的情感；二、此文肯定了奥斯丁的文学成就，认为奥斯丁是一位伟大的喜剧作家，很少有人能像她那样抓住喜剧精神；三、探究奥斯丁的喜剧特征与艺术手法。如果说菲尔丁是"痛快的大笑"，那么奥斯丁是"冷静的微笑"。菲尔丁和狄更斯经常使用"下等笑剧"和"滑稽戏"中的元素，而奥斯丁是一个"上等笑剧的作家"，其喜剧元素的来源在于人的精神层面和人性的弱点；其创作风格别具特色，"恰好是写纯洁笑剧最好的工具"。陈铨全文对喜剧因素与喜剧人物进行了深入细致的分析和解读，是民国时期奥斯丁研究最重要的代表作。

30 年代，国内出版的多种文学史著述，如徐名骥的《英吉利文学》(1933 年)、金东雷的《英国文学史纲》(1937 年)、谢六逸的《西洋小说发达史》(1933 年)等，开始将奥斯丁归入大家之列，对其创作的评介各有侧重。徐名骥的分析较为细致，可以看成是对奥斯丁认识的一个全面总结：一、题材方面，奥斯丁不写英雄人物，不写传奇故事，只写"平常人的平常生活"，"是后来描写中产阶级人物的创始者"；二、创作风格平易、细腻而深入，文笔朴素而秀美；三、人物性格刻画深刻，充满"宁静的讽刺"；四、6 部小说中，《傲慢与偏见》是"最著名的杰作"，是"伟大的英国名著之一"；五、艺术成就方面，奥斯丁是"替小说开辟新园地的人"。40 年代，学界的关注点有所拓展。吴景荣的《奥斯登的恋爱观》(《时与潮文艺》1943 年第 1 卷第 2 期)、常风的《奥斯汀的〈傲慢与偏见〉》(《文学杂志》1948 年第 3 卷第 3 期)、朱有琮的《奥斯丁的代表作——〈傲慢与偏见〉》(《读书通讯》1947 年第 146 期)、吴景荣为《爱玛》中译本所撰写的序言(1949 年)等，对小说一些具体问题，如恋爱观、婚姻观、人物性格等，进行了更多的探讨。

30—40 年代是国内早期对奥斯丁评介与认识的重要阶段。就其小说艺术特征而言，学界基本上认为奥斯丁不属于当时占主流地位的浪漫主义思潮。谢六逸认为奥斯丁是倾向于写实的，与司各特的浪漫主义风格完全不同；金东雷指出奥斯丁主要描写英国的乡村现实，是"写实派的好手"，"而不是学习浪漫派的"①；常风认为，奥斯丁的写实风格对 19 世纪的英国小说产生了极大的影响，他称奥斯丁为"英国 19 世纪小说之母"②；朱有琼从英国小说发展的角度出发，认为"英国小说完全脱离神话传奇的角度，进入写实及心理分析的新领域，当以奥斯丁为第一人"③。1946 年，李儒勉译述的《英国小说概论》（1946 年）则将奥斯丁与司各特放在浪漫主义思潮的大背景下，认为他们创作出了"迥然不同"的、"完美"的小说形式，代表了英国文学的"两座高峰"。

二、建国早期政治意识形态影响下的奥斯丁研究

建国初期，我国对外国文学的翻译与研究深受苏联文艺观与极左文艺思潮的影响。学界的译介与研究主要以社会主义国家的文学作品和非社会主义国家的现实主义作品为主，而现代主义作家如 T. S. 艾略特、乔伊斯等人一律被贬斥为"颓废"、"反动"作家。当时，苏联文学批评家阿尼克斯特的《英国文学史纲》中译本出版，这本影响很大的批评著述"讲十九世纪初的小说只字不提简·奥斯丁"④，完全抹杀了英国文学中的重要史实。当时的政治意识形态对奥斯丁研究产生了一些不容忽视的负面影响。但奥斯丁毕竟不同于"颓废"、"反动"的现代主义作家。其代表作《傲慢与偏见》一直深受国内普通读者的欢迎，其创作也被看成是"连接浪漫主义和现实主义的重要桥梁"，因此对其小说的翻译和出版并未受到很大影响。1955 年 2 月，王科一重译

① 金东雷：《英国文学史纲》，上海：商务印书馆，1937 年，第 301 页。
② 常风：《奥斯汀的〈傲慢与偏见〉》，《文学杂志》，1948 年第 3 卷第 3 期，第 90 页。
③ 朱有琼：《奥斯丁的代表作——傲慢与偏见》，《读书通讯》，1947 年第 146 期，第 15 页。
④ 张隆溪：《评〈英国文学史纲〉》，《读书》，1982 年第 9 期，第 34 页。

的《傲慢与偏见》由上海文艺联合出版社出版(上海新文艺出版社再版,1956年9月)。另一部小说《诺桑觉寺》也有了中译本。① 与译介相比,当时的奥斯丁研究受极"左"思潮的干扰极大,理性与冷静的分析不足,偏激与偏颇之言较多,因此存在很大的历史局限性。

当现实主义被看成是绝对正确的美学标准时,它也成了衡量一切文学作品"价值"高低、"进步"与否的重要准绳。受此影响,王科一的《译者前记》开宗明义地称奥斯丁是"现实主义的英国古典作家"。王科一认为,奥斯丁的小说没有"历史事件",没有"历史人物","所描写的是一群中产阶级人物,是一个没有战争、没有革命的完全不同的世界","然而这并不妨碍奥斯丁的进步性"。王科一对奥斯丁的小说采用了比较明智的批评态度,一方面承认其题材的特殊性,另一方面则试图强调其小说的"进步性",以迎合当时主流的意识形态。王科一将奥斯丁划归现实主义作家之列,肯定其小说对中产阶级人物尤其是女性人物的刻画,认为她的人物描写有血有肉,是对当时写哥特式传奇的一种反击,同时也赞赏了其讽刺幽默的艺术手法,认为其作品的可贵之处在于"细致地、幽默讽刺地描写了她那个时代的中产阶级的生活"。王科一虽然也受到了苏联现实主义文艺观的影响,但他的《译者前记》所代表的仍然是比较积极、正面的评价。

1965年,董衡巽发表的《〈傲慢与偏见〉中的爱情描写》(《光明日报》1965年9月12日)则充满了政治意识形态话语,是当时受政治意识形态严重干扰的代表性成果。作者从社会矛盾、阶级斗争的角度探讨小说中的爱情与婚姻问题,认为一部描写爱情的小说是否有意义,在于"作者透过爱情描写,揭露了多少社会矛盾",如果"孤立地描写恋爱和婚姻,避开社会的矛盾,只能是爱情至上的作品,经不起时间的考验"。就《傲慢与偏见》而言,奥斯丁虽然

---

① 该中译本的译者是麻乔志,由上海新文艺出版社1958年出版。

也提出了矛盾，但却站在资产阶级的立场上，以误会构成冲突，躲开真正的矛盾，所表现的是资产阶级的婚姻观。作者猛烈批评奥斯丁的"爱情至上主义"思想，认为作家"企图拿爱情和婚姻的纠葛来冲淡或调和社会矛盾，把爱情和婚姻问题上的矛盾放在社会矛盾之上"；其小说并没有揭露贵族、地主的阶级本质，而是把本来应该否定的东西当作了歌颂的对象；其问题不是"艺术描写"的问题，而是一个作家的"思想倾向"问题。

诚如董衡巽所言，奥斯丁没有深刻揭露和批判资本主义的社会矛盾，但她也不属于"西方资产阶级的反动作家"或"颓废文人"。奥斯丁虽然不像现代主义作家那样受到主流意识形态无情打压，但是其全部素材只是以"乡村里的三、四户人家"为主，在"左倾"文艺思潮盛行的年代，难免要遭遇到不应有的诟病；其题材经常被指责为过于狭窄而琐屑，脱离时代与社会现实。例如，董衡巽认为："奥斯丁的世界是异常狭小的，我们阅读她的作品的时候，丝毫感受不到她那个时代的脉搏的跳动"。① 因此，在极左人士以及机械的教条主义者眼里，奥斯丁难以与 18 世纪的笛福、斯威夫特、菲尔丁等人相提并论，更达不到 19 世纪狄更斯、萨克雷等批判现实主义作家的艺术高度。对其中的原因，朱虹有深入的分析：

> 提起奥斯丁，难免引起一系列的问题——她生活面狭窄，题材琐细，不涉及重大问题，在英国对拿破仑的作战高潮中竟然无视这场战争……如此看来，她与西方第一流作家摆在一起，难免有些逊色了？ 在我国，长期以来，在这种不赞许的严厉目光的注视之下，奥斯丁畏缩在一边，在新中国成立以来翻译出版的外国文学名著中得不到应有的位置，一直被排斥在"外国文学名著丛书"的选题之外，在"四人帮"文化专制主义横行的时期，甚而从英国文学史中被除名。②

"文革"十年，外国文学被视为"封资修的毒草"，并遭到收缴或查

---

① 董衡巽：《〈傲慢与偏见〉中的爱情描写》，《光明日报》，1965 年 9 月 12 日。
② 朱虹：《对奥斯丁的〈傲慢与偏见〉》，《读书》，1982 年第 1 期，第 42 页。

禁,外国文学阅读只能在地下进行,因而奥斯丁研究也完全停止了。

"文革"结束后,王科一翻译的《傲慢与偏见》开始再版重印。学界对奥斯丁的研究开始恢复,但文学批评仍然没有走出政治意识形态的干扰。朱虹较早为奥斯丁研究拨乱反正,但是在为王科一中译本重印(1986年)所撰写的序言中,仍然沿用了国内早期马克思文艺批评的既定思维,代表了具有中国特色的阶级分析研究模式。朱虹虽然为奥斯丁的题材进行了辩护,但却沿用了阶级分析的方法对奥斯丁的人物进行探讨,虽然不乏深刻见解,但也烙上了特殊时代的深刻印记。朱虹指出其六部小说虽然写的是"小题材",但是"小天地可以反映出大问题。别小看'乡村里的三、四户人家'的家务事,英国社会的阶级状况和经济关系尽在其中。"朱虹虽然突破了"题材琐屑论"和"题材狭隘论"的偏颇,但是对婚姻观的探讨仍然延续国内早期流行的阶级分析法:"从《傲慢与偏见》的整个描写来看,作者探索的是资本主义社会即占有欲泛滥成灾的社会条件下的婚姻关系,推而广之,也是考察经济关系在婚姻、在人们生活中的决定作用",而奥斯丁"透彻地从经济关系方面抓住资产阶级婚姻制度的本质",即"资产阶级婚姻的实质无非是金钱交易、利益的结合。"①这些观点与恩格斯在《家庭、私有制和国家的起源》中对资本主义婚姻关系的论述如出一辙。

三、"文革"结束后的奥斯丁研究

改革开放后的80年代,政治环境不断改善,文化思想界也开始拨乱反正,国内出现了又一次大规模翻译和研究外国文学的浪潮。值得注意的是,奥斯丁的六部小说全部有了中译本,《傲慢与偏见》、《爱玛》等作品有多个中译本问世。国内的奥斯丁研究也全

---

① 　朱虹:《傲慢与偏见·译本序》,上海:上海译文出版社,1986年,第3—4页。

面展开。据不完全统计,《外国文学评论》、《外国文学研究》、《文艺理论研究》、《外国语》、《外语教学与研究》等刊物上共发表奥斯丁研究论文 30 余篇。这些论文对奥斯丁大多小说持理性分析的态度,对其文学地位与创作成就进行辩护和阐发,研究范围较为宽广,涉及主题、反讽技巧、语言艺术、情节结构、人物塑造、叙事艺术等多方面的内容。

　　"文革"结束后,主流意识形态中的极左文艺思想并未完全消失,文艺批评领域中仍然存在一些僵化的文学观念与教条的批评方法。一些学者对奥斯丁的认识仍然存有意识形态偏见,认识不到其作品的重要艺术价值,不时重复着由来已久的"题材局限论"。在 20 世纪 80 年代出版的《英国文学史》中,陈嘉认为其小说题材的"重要缺陷"在于忽视了"当时外部世界重大的社会与政治大动荡的存在","未能再现当时的社会与政治冲突"。[①] 关于奥斯丁的题材问题,朱虹最早进行了深入的反思和理性的分析,指出其小说长期以来表现出来一种耐人寻味的悖论:一方面主流意识形态极尽排斥,认为其小说题材琐碎,不关注社会重大问题;另一方面,《傲慢与偏见》中译本在读者中广为流传,电影院上演的同名电影座无虚席。在国内影响巨大的《读书》杂志上,朱虹通过对奥斯丁小说中的人物分析,对学界的偏见拨乱反正,指出其小说成了"某种理论批评的牺牲品",对一部作品的判断应"根据作家创作的艺术世界",而奥斯丁的"艺术世界是经得起琢磨的",从而对其艺术成就给予了充分的肯定。[②] 此外,杨绛也指出:"奥斯丁是西洋小说史上不容忽视的大家",而评断一部小说是不能只看素材的,她同样大力肯定了奥斯丁的文学地位:"小说家在作品里展现了最高的智慧;他用最恰当的语言,向世人表达他对人类最彻底的了解。

---

① 陈嘉:《英国文学史》第 3 卷,北京:商务印书馆,1986 年,第 145、146 页。

② 朱虹:《对奥斯丁的傲慢与偏见》,《读书》,1982 年第 1 期,第 50 页。

把人性各式各样不同的方面,最巧妙地加以描绘,笔下闪耀着机智与幽默"。①

1985年,朱虹女士编译的《奥斯汀研究》出版,为中国学者对海外奥斯丁研究的了解打开了一扇窗户,同时也表明国内对奥斯丁的认识取得了长足的进展。在该书的"前言"中,朱虹对奥斯丁给予充分肯定:"英国十九世纪初的小说家简·奥斯丁经过近两百年来的鉴赏和批评家的鉴定,已是公认的经典作家"。② "前言"对国外的奥斯丁研究进行了全面的归纳和评价,认为"在19世纪的批评中,奥斯丁远远没有得到她在文学史、小说史上应有的位置",奥斯丁研究的新发展是在20世纪实现的,其反讽的复杂性和多重意义、人物塑造手法、小说技巧、语言艺术、道德观、哲学思想、社会观等均受到探讨,学界从更多层面挖掘其作品中的意义。而从社会学的角度来研究奥斯丁的作品,对中国学者和读者来说更加重要,但朱虹同时提出:"这些社会学角度的评论都很重视语言、形象等,即从作品的整体来挖掘其社会含义"。③ 同年,《文艺理论研究》也发表了多篇国外奥斯丁研究的译文④,使国内学界更多地认识到奥斯丁小说的意义和价值。

奥斯丁横跨两个世纪,身前有笛福、斯威夫特、菲尔丁等人,同时代有司各特以及浪漫主义诗人,因此经常被认为是连接现实主义与浪漫主义的重要作家。关于其流派归属,国内学界有较为深入的探讨,各抒己见,表现活跃。杨绛认为"《傲慢与偏见》是一部写实性的小说,而不是传奇性的小说"。⑤ 顾嘉祖秉承现实主义批

---

① 杨绛:《有什么好?——读〈傲慢与偏见〉》,《文学评论》,1982年第3期,第128页。
② 朱虹编译:《奥斯汀研究》,北京:中国文联出版公司,1985年,第1页。
③ 同上,第9页。
④ 卡扎明:《简·奥斯丁与其同时代作家的比较》,孔海立译,《文艺理论研究》,1985年第3期;考克雷特:《简·奥斯丁》,楼成宏译,《文艺理论研究》,1985年第3期;萨默塞特·毛姆:《论〈傲慢与偏见〉》,金国嘉译,《文艺理论研究》,1985年第3期。
⑤ 杨绛:《有什么好?——读〈傲慢与偏见〉》,《文学评论》,1982年3月期,第129页。

评理念，认为奥斯丁"不失为一位杰出的英国现实主义作家"，是"现代英语小说的奠基人之一"。① 吴景荣在为《爱玛》所写序言中认为："《劝导》以前的作品足以代表古典主义精神"。而王宾则对奥斯丁的"反浪漫主义"标签提出质疑，认为其六部小说中的"浪漫主义倾向呈波浪状发展，时起时伏"，而"正是资产阶级的民主主义思想决定了奥斯丁小说中的情感成分或浪漫主义倾向"。② 陈嘉的《英国文学史》（1982 年）则将奥斯丁与司各特一道置于英国的浪漫主义运动之列。刘炳善编写的国内高校英语专业普遍采用的教材《英国文学简史》（1981 年）则将奥斯丁归入现实主义作家。与上述看法不同的是，钱震来认为"很难将奥斯丁归入某个流派"，他认为奥斯丁不属于某个时代，而是属于所有世纪的作家。③

奥斯丁一向以探讨婚姻与金钱、使用反讽和精致的语言而著称。国内 20 世纪 80 年代已经对此非常重视，并且进行了深入探讨。例如，钱震来采用所谓的"新视角"，提出奥斯丁是"英国文学史上第一位自觉地真正从妇女角度描绘现实世界的作家"，其作品主要探讨高尔基所说的"人间两大主题——食，色"，具体来说，是指"金钱"与"婚姻"。④ 侯维瑞通过对《傲慢与偏见》的分析来探讨奥斯丁的语言艺术和语言特色，其着眼点是这部小说的叙述和对话、结构和风格，并进而考察其艺术感染力，探索作者如何通过语言技巧的运用创造一种讽刺性和戏剧性的效果。⑤ 侯维瑞的另一篇论文则是从文学文体学的角度来分析《劝导》的语言特色。⑥ 孙

① 顾嘉祖：《从〈傲慢与偏见〉看吉英·奥斯丁的喜爱与厌恶》，《外国语言文学》，1984 年第 3 期，第 48 页。
② 王宾：《奥斯丁小说浪漫主义初探》，《外国文学研究》，1983 年第 6 期，第 65 页。
③ 钱震来：《论简·奥斯丁》，《文艺理论研究》，1988 年第 1 期，第 44 页。
④ 同上，第 47 页。
⑤ 侯维瑞：《从〈傲慢与偏见〉看奥斯丁的语言艺术》，《外国语》，1981 年第 4 期，第 1—8 页。
⑥ 侯维瑞："Explication of Text: A Passage from Jane Austen's *Persuasion*"，《外语教学与研究》，1982 年第 2 期，第 16—21 页。

致礼认为《理智与情感》"属于奥斯丁最富于幽默情趣的作品之一"，"提出了道德与行为规范的问题"，并分别探讨了其作品中的讽刺艺术、滑稽模仿、反讽、创造人物与对话等。[①] 林文琛撰文认为，《理智与情感》"在结构形式上深刻体现了奥斯丁创作的理性特色"。[②]

四、90年代以来的奥斯丁研究

20世纪90年代以来，奥斯丁的翻译出版达到高潮。首先，上海译文出版社陆续推出了六卷本《奥斯丁文集》，将奥斯丁的六部小说全部收录在内；1997年，南海出版公司出版了六卷本《简·奥斯丁全集》；1999年，山东文艺出版社出版了朱虹编选的《奥斯丁精选集》。奥斯丁的主要小说出现了多个译本，而《傲慢与偏见》的中译本在五十种以上。同时，奥斯丁研究蓬勃发展，研究成果不断涌现。据不完全统计，整个90年代奥斯丁研究的论文总计在一百篇以上。20世纪初的前十年，所发表的论文以及各类学位论文，更是超过了五百多篇。国内出版的英国文学史著作基本上将奥斯丁当做重要作家单列一章或一节。这些研究成果基本上摆脱了意识形态和褊狭文学评判标准的束缚，研究视野更加开阔，研究范围更加宽广，研究视角更加多元化，对奥斯丁的六部作品均有深入分析和探讨，但《傲慢与偏见》仍然是研究的重点。从研究主题来看，大多数论文仍然关注奥斯丁的婚姻观、流派归属、幽默与反讽、语言艺术、情节结构等。从学术创新来看，不少作者采用新理论、新视角（如女性主义批评、叙事学、社会历史批评等）来重新解读奥斯丁，常常令人耳目一新，在一些学术问题上出现重要突破。

---

① 孙致礼：《读奥斯丁的〈理智与情感〉》，《解放军外国语学院学报》，1983年第1期，第60—63页。
② 林文琛：《简·奥斯丁〈理智和情感〉的内外结构》，《外国文学评论》，1988年第1期，第107—108页。

马克思主义文艺批评在中国长期占主导地位，因此从社会历史的角度研究奥斯丁成绩卓然，其中程巍对《傲慢与偏见》（1813年）与《简·爱》（1847年）所进行的对比研究很有新意。在《伦敦蝴蝶与帝国鹰——从达西到罗切斯特》（《外国文学评论》2001年1期）一文中，程巍将两位男主人公达西和罗切斯特还原至各自时代的社会历史语境，探讨了英国社会理想男子模式的变迁以及深刻的政治、经济原因。作者从欲望变迁的社会现象着手，通过文本细读以及对社会、历史语境的深刻分析，揭示了两部作品深厚的社会历史内涵，从而超越了20世纪50—60年代以来形成的某些僵化、教条的"庸俗社会学"批评模式。论文对《傲慢与偏见》的评价不乏独到见解，如作者指出："《傲慢与偏见》尽管处于宗教反动时期，却是一部世俗气很重的作品，满篇是爱情、调情、闲暇和享乐，甚至唯一的宗教人物柯林斯也被描写成小丑"。

奥斯丁是英国文学史中第一位杰出的女作家，女性人物始终是其作品的关注焦点，因此女性主义也是国内奥斯丁研究的常见批评视角。如裘因在《奥斯丁与英国女性文学》（《上海大学学报》1996年第6期）中指出，作为英国女性文学和女权主义的重要先驱，简·奥斯丁通过伊丽莎白这样的女性形象向男权主义发出了强有力的挑战，但同时她的思想意识却无法摆脱当时社会习俗的影响，因此在创作中表现出了明显的矛盾，即"进步的、背叛男性社会主旋律的意识与落后的、遵守社会习俗的意识"往往交织在一起。而苏耕欣在《意识形态的诱惑——评里查逊与奥斯丁小说中的女性人物描写》（《国外文学》2002年第4期）中则否定奥斯丁是一位早期的女权主义者，因为她的小说通过男权社会中"奖德惩恶"这一文化机制，诱惑读者（尤其是年轻女性读者）接受作品所颂扬与美化的男权意识形态以及这种意识形态所代表的性别权力关系。两位作者在同一视角下所做出的不同解读令人耳目一新。

90年代，各种西方批评理论不断涌入国内，并逐渐成为奥斯丁研究的重要思想资源。张介明的《〈傲慢与偏见〉的戏剧性叙述》

（《外国文学评论》1992 年第 2 期）受法国叙事学理论的启发，从叙事学的角度对《傲慢与偏见》的戏剧性叙述特征进行了探讨，认为其戏剧性首先表现在下列方面：人物活动的"客观性"，对话所包含的"征迹"、所蕴含的"戏"，对话的论辩性、情节性等，其次表现在叙述中对时间与空间的处理以及小说场景的处理；最后则表现在纵向发展、单纯有序、内在因果与逻辑紧密相关的情节中。作者最后强调："历来的奥斯丁评论似乎都只注意到她的幽默和反讽、她的简洁和她的理性等，而不愿承认她在创作时也跟许多伟大的作家一样有总体构思"①。

　　这一时期学界对海外奥斯丁研究也比较关注。在《一场辛苦而糊涂的意识形态之战》（《外国文学评论》2001 年第 2 期）一文中，王海颖梳理了海外奥斯丁研究中的意识形态之争，即自由派和女权主义者认为奥斯丁是"进步派"，历史派如玛丽琳·芭特拉等则坚称她是"保守派"，并从感性与理性、主观与客观、个人与社会三个方面进行分析，指出两派的分歧在于研究角度的差异，最后将所谓"党派之争"比喻为"一场辛苦而糊涂的意识形态之战"。黄梅的《〈理智与情感〉中的"思想之战"》（《外国文学评论》2010 年第 1 期）则直接借用玛丽琳·芭特拉在《简·奥斯丁与思想之战》（*Jane Austen and the War of Ideas*）一书中的概念对英美的奥斯丁批评做出回应，但作者并没有孤立讨论小说人物的思想差异与对立，而是从多重社会语境的角度来探究"敛财逐利社会"里人的精神需要、社会角色和行为规范，并指出奥斯丁继承了爱迪生、斯蒂尔、笛福、理查逊等文学先驱们的精神遗产，表现出了对这一社会的某种乌托邦式抵抗。

　　中国的奥斯丁研究起于民国时期，历经坎坷，至 80 年代全面恢复，于 90 年代蓬勃发展，取得了极为丰硕的成果，但我们不难发

---

① 　张介明：《〈傲慢与偏见〉的戏剧性叙述》，《外国文学评论》，1992 年第 2 期，第 109 页。

现,其中也存在不少问题。新世纪以来,更多的学位论文和期刊论文选择奥斯丁为研究对象,每年的产量在一百篇以上。这些论文良莠不齐,其中重复选题较多,泛泛而谈者多,有独立创见者少。由于《傲慢与偏见》有几十个中译本,部分译本被公认为经典译本,所以很多论文进行译本比较研究,或从翻译学的角度进行探讨,虽然不时能给人以较大的启发,但选题重复的情况也非常明显。国内以奥斯丁小说为对象的硕士论文数以百计,而博士论文却屈指可数。奥斯丁的六部小说部部经典,但大多数论文只以《傲慢与偏见》为研究对象,形成了一窝蜂的扎堆现象,对其他几部小说的研究仍嫌不足。不少论文,尤其是年轻学者的论文,则以"炒冷饭"为主,或沿袭模仿,或整体兜售,缺乏独立新见。此外,国内学界对海外奥斯丁研究比较陌生,不太关注美国奥斯丁研究国际学刊上的最新成果,少有人去参加奥斯丁国际学术研讨会;另一方面,对国外早期的学术研究成果或过分依赖,或不屑一顾,不少研究缺乏创见或深度,甚至有粗制滥造的现象。随着中外学术交流的不断加强,中国的奥斯丁研究如果能克服不足,一定能取得更大的成就。

第八节
司各特研究

瓦尔特·司各特（Walter Scott，1771－1832）是 19 世纪英国著名历史小说家与诗人,其作品曾在欧、美、澳等地风行一时。1905 年,他的小说《艾凡赫》被林纾与魏易翻译成中文后[1],也深受中国读者的喜爱,并且对鲁迅、郭沫若、茅盾等中国现代作家产生

---

[1] 林纾与魏易合作翻译了司各特三部小说:《撒克逊劫后英雄略》(1905 年,今译《艾凡赫》)、《十字军英雄记》(1907)、《剑底鸳鸯》(1907 年,今译《未婚妻》),其中《撒克逊劫后英雄略》影响最大。

过重要影响。自林纾的《撒克逊劫后英雄略·序》开始,中国对司各特的研究已经有一百多年的历史。民国时期,评论界将他看成是与莎士比亚、狄更斯、拜伦等人齐名的英国大文豪,并给予很多关注。建国早期,司各特受到"冷遇",虽然不是被批判的靶子,但也不是学界关注的对象。新时期以来,尽管很多英国作家重新受到重视,但司各特始终不是学界研究的热点或焦点。

一、从"古文评点"到"评传模式":20 世纪上半叶的司各特评论

林纾是中国司各特译介与评论第一人。他的两篇序言,即《撒克逊劫后英雄略·序》(1905 年)和《剑底鸳鸯·序》(1907 年)代表了中国司各特研究的重要开端。《撒克逊劫后英雄略·序》是"林译小说"序跋的重要篇章之一,具有极为重要的学术价值。第一,林纾较早采用中西文化比较的手法,将司各特小说与司马迁的《史记》相提并论,认为《撒克逊劫后英雄略》"大类吾古文家言",称赞司各特"可侪吾国之史迁"①。林纾以中国的古文和史书作为参照对象,着力提升小说这一新兴文类的重要性,从而充分肯定了作为小说家的司各特的文学地位;第二,林纾对司各特的创作特点进行了分析,论述了司各特小说的八大"隽妙所在",其中涉及小说的主题、寓意、叙事时空、人物描写与刻画、文风、对话、"词令"、小说技巧等多个层面,对其艺术成就给予很高的评价。林纾用语精简,寥寥数言,即能将司各特小说的艺术特点清晰展示出来,表现出了对西方小说极强的艺术领悟力与欣赏力。

《剑底鸳鸯·序》则不同于《撒克逊劫后英雄略·序》。林纾没有对《剑底鸳鸯》做具体的分析,而是大谈"中外异俗",如林纾认为国人"咸以文胜",但"出于荏弱",而西人"野蛮"、"强勇",颇有"尚

---

① 林纾:《撒克逊劫后英雄略·序》,上海:商务印书馆,1981 年,第 1—3 页。

武"之风。林纾提到自己翻译此书的目的，并非如"美恶杂陈"的《资治通鉴》那样，使"鉴者师其德，戒者祛其丑"，而是"冀天下尚武也"①。同时，林纾哀叹"今日之中国，衰耗之中国也"，自己唯有"多译西产英雄之外传"，从而使国人能尽去"倦弊之习"②。除了进行中西文化的比较外，林纾还谈及中外文化冲突，称自己翻译此书"几几得罪于名教"③。林纾的两篇序言或从小说艺术层面进行精到、准确的批评，或立足于国内现实做出针砭时弊的评论，尽管沿袭了传统的"古文评点"方式，但是都采用了中西文学与文化比较的新颖手法，从而成为传统学术范式向现代学术范式转型的先兆。

林纾对司各特的译介与评论反映了清末民初中国传统学人对西方文化采取以中化西、为我所用的接受态度。林纾在译述与序跋中希望西方小说能承载强国与改良世道人心的作用。在西风东渐的大背景下，功利主义文学思想在当时比较普遍。同一时期的鲁迅也注重从西方文学中寻找救治中国的精神良方，因而看重作品对推动社会进步、改变人们精神面貌所起的作用，但是对司各特的评价却因文学趣味的差异而与林纾不尽相同。1908年，他在《摩罗诗力说》中评论英国浪漫主义诗人拜伦时提到：司各特"为文率平妥翔实，与旧之宗教道德极相容"，而拜伦则"超脱古范，直抒所信，其文章无不函刚健抗拒破坏挑战之声"④。司各特对中世纪苏格兰封建制度充满浪漫主义的留恋，而鲁迅所敬仰的则是如拜伦一样"叛逆的猛士"，因此对司各特几乎一笔带过。不过，鲁迅在论及拜伦时提到"其诗格多师司各德"⑤，对于司各特浪漫主义诗人的先驱者地位给予了一定的肯定。

1913年，孙毓修在《司各德、迭更斯二家之批评》一文中延续

---

① 林琴南：《林琴南书话》，杭州：浙江人民出版社，1999年，第76页。

② 同上，第76页。

③ 同上，第75页。

④ 鲁迅：《鲁迅全集》第1卷，北京：人民文学出版社，1993年，第73页。

⑤ 同上，第76页。

林纾以小说比附中国史书以及中西文化对比的做法，对作为历史小说家的司各特推崇备至。孙毓修指出："司各德之书，以事实言之，则包罗七百年之历史"①。孙毓秀虽未言明"历史小说"，但是对其题材的特殊性已经有敏锐的认知。他以中国古典四大小说为例，来说明小说创作的规律，指出司各特的小说以史为主，同时向壁虚构，达到了以假乱真的地步，使读者读之，信为真史，不知道其小说实乃杜撰。他将司各特与司马迁进行比较，称司各特为"西方之太史公"②。孙毓修在文章中结合司各特的生平，探究了其历史小说的影响源，即苏格兰古代神话、欧洲名家小说、苏格兰"上下七百年"的历史等，将作家生平与小说创作紧密联系起来。这一做法既源自中国史传文学的学术传统，也在很大程度上受到西方"传记式"文学批评方法的影响。他还以司各特的小说为例，试图颠覆国人的小说观，指出"吾国之人，一言小说，则意味言不必雅驯，文不必高深"③，而司各特的小说绝非"浅陋"之作，从而为小说这一新兴文类进行"正名"。

"五四"运动之后，国内的社会与文化环境发生巨大变化，学界对司各特的评论也发生转变。1924 年，茅盾在校注《撒克逊劫后英雄略》时所撰写的长文《司各德评传》，不仅是民国时期司各特研究的代表性成果，而且开创了司各特研究的"评传模式"。在此长文中，茅盾将司各特的创作分为前后两个时期，即"诗人的司各德"与"小说家的司各德"。茅盾认为司各特与拜伦、雪莱等人都是"英国浪漫派的中坚"，虽然对其诗歌创作有一定介绍，但更多侧重于对其历史小说进行评论，并从题材、结构、人物、配景、风格及创作方法等几方面来加以分析。茅盾不仅肯定了司各特小说的宏伟构思以及对历史事件的生动描写，也指出其创作的弊病，如结构软

---

① 孙毓修：《司各德、迭更斯二家之批评》，《小说月报》，1913 年第 4 卷第 3 期，第16 页。
② 同上，第 15 页。
③ 同上，第 16 页。

弱、不擅长写景、缺少心理分析、历史事实错谬等。① 茅盾在评论司各特的创作时，所秉持的是文学必须反映生活的现实主义文艺观，不仅看到了其小说叙述历史浪漫逸事的"传奇主义精神"，而且也欣赏其忠实地描写社会现实的"写实主义精神"。茅盾还对欧洲的司各特批评史进行评述，对不同的学术观点做出分析，向中国学界展示了一个多面的司各特。这篇长文被看成是"茅盾关于司各德的最具系统的论述"②。

茅盾在《司各特评传》中所采用的"评传式"批评方法，与林纾的"古文评点"模式完全不同，同时也超越了孙毓秀在《欧美小说丛谈》中主要以"编译"或"介绍"为主的评介模式，代表了一种"学院式"现代独立批评的肇始。茅盾在撰文之前，曾认真阅读司各特的主要作品、司各特的多部传记、各种西方文学史著述，以及西方司各特批评著作，大量占有了第一手的研究资料，对司各特历史小说做出了富有说服力的独立评述。此外，他还完成了《司各特重要著作解题》、《司各特著作编年录》、《司各特著作的版本》等系列研究成果，成为当时对司各特最为集中、最为系统的研究者。

1932 年，司各特逝世一百周年，国内陆续发表了多篇纪念文章，如凌昌言的《司各特逝世百年祭》（《现代》1932 年第 2 卷第 2期）、高克毅的《司各特百年纪念》（《晨报》1932 年 9 月 21 日）、黎君亮的《斯各德百年忌纪念》（《国闻周报》1932 年第 9 卷第 42期）、费鉴照的《纪念司高脱》（《新月》1933 年第 4 卷第 4 期）、张月超的《纪念司各脱的百年祭》（《新时代》1933 年第 3 卷第 5、6 期合刊）等。这些文章大多承续了《司各德评传》中的"传记模式"，即首先介绍司各特的生平，然后分别评述作为浪漫主义诗歌先驱者与作为历史小说开创者的司各特。除此之外，这些"纪念式"的文章

---

① 沈雁冰：《司各德评传》，《撒克逊劫后英雄略》，林纾、魏易译，上海：商务印书馆，1924 年。

② 葛桂录：《中英文学关系编年史》，上海：三联书店，2004 年，第 173 页。

在评论时各有侧重,如凌昌言着重讨论、译介司各特对于中国文学界的意义,指出司各特被译介到中国,"直接或间接地奠定了我国欧化文学的基础","对于近世文化的意义,是决不下于《天演论》和《原富》的"[①]。黎君亮的《斯各德百年忌纪念》除了对司各特生平、诗歌创作、历史小说、非历史小说做出评述外,还着重从源流与影响、历代对司各特的评论等方面进行探讨。传记式的评论模式一直影响到40年代[②]。

20—30年代的学界大多将司各特看成是英国浪漫主义时期的重要代表,并主要以其早期诗歌创作为依据,而评述其历史小说时却对"浪漫主义"内涵界定不多,评论也不深入。这一时期的英国文学史著述或西方文艺思潮类著述也表现出了类似的特点。金东雷在《英国文学史纲》(1937年)中将司各特定位于"浪漫主义的先进者"[③],虽然也归纳了司各特浪漫主义风格的六大源流,但只是简单地援引了日本学者本间久雄的观点,即司各特"对于浪漫主义的贡献,与其说是诗歌,不如说是小说"[④]。欧阳兰在《英国文学史》(1927年)中认为司各特的小说"用散文的体裁,去叙述浪漫的故事",指出其创作特色主要有三:一是想象极丰富,二是对自然界的观察很精密,三是擅长描写。[⑤] 在《欧洲近代文艺思潮》(1931年)中,张伯符论及了"浪漫主义"的多面性:在华兹华斯那里是"自然崇拜",在雪莱诗歌中是"田园赞美",而司各特的浪漫主义则是

---

① 凌昌言:《司各特逝世百年祭》,《现代》,1932年第2卷第2期,第276页。

② 许星甫在《十九世纪英国历史小说家司各德》(《新东方杂志》1941年第3卷第4期)一文中,同样对司各特的生平、诗歌创作与历史小说分别进行介绍评价,但是与关注"写实主义"的茅盾不同,他将司各特置于英国浪漫主义兴起的历史语境中,并借用日本学者本间久雄在《欧洲近代文艺思潮概论》中提出的观点,即司各特"对于浪漫主义的贡献,与其说是诗歌,不如说是小说。"(本间久雄:《欧洲近代文艺思潮概论》,沈端先译,上海:开明书店,1928年,第100页。)

③ 金东雷:《英国文学史纲》,上海:商务印书馆,1937年,第242页。

④ 同上,第243页。

⑤ 欧阳兰:《英国文学史》,北京:京师大学文科出版部,1927年,第152页。

一种"中古主义（medievalism）"①。这些著述对司各特历史小说中的浪漫主义特质发出了不少独到见解，但可惜都没有充分展开，没有深入的探讨。

二、50—70 年代：司各特研究的"冷遇期"

建国后，文艺批评界秉承"政治第一艺术第二"的批评标准，在文艺理论方面全盘接受苏联学术界的观点，对英国现实主义作家与革命浪漫主义作家的译介与评论甚多。司各特虽然是英国浪漫主义时期的重要作家，但是其成就与影响远不如拜伦、雪莱等人，不属于学界关注的重点或热点。在阶级出身方面，司各特被苏联文艺界看成是"贵族的知识分子"②；在政治倾向上，他又不像"湖畔派诗人"那样以"保守"著称，因此也不是学界着力批判的对象，对其作品的翻译并没有成为禁区。据现有资料来看，他的三部小说被翻译成了中文。学界对司各特的直接评论主要来自中译本的序言或译后记，相关独立评论文章或著述几乎是空白，司各特研究进入一段特殊的"冷遇期"。

50—60 年代的外国文学研究一般以作家的阶级立场为依据，大多对作家作品做政治意识形态化的解读。高殿森在《皇家猎宫·译者后记》中比较详细地将司各特与"革命浪漫主义诗人"、"反动浪漫派"进行比较，是对司各特作政治化阐释的代表性评论。在他看来，"司各特的浪漫主义在于他反对 18 世纪纯文学的优雅传统。他和一切浪漫派一样，憎恶新兴的资本主义，认为产业革命破坏了古老的社会关系，把人与人的关系变成了单纯的金钱交易。"③然而，"作为一个贵族，一个保守党人，他不及拜伦、雪莱等

---

① 张伯符：《欧洲近代文艺思潮》，上海：商务印书馆，1931 年，第 33 页。
② 弗里契：《欧洲文学发展史》，上海：新文艺出版社，1954 年，第 128 页。
③ 高殿森：《皇家猎宫·译者后记》，上海：上海文艺出版社，1958 年，第 611 页。

人那样激进"，但"也不能把他和反动的'湖畔诗人'同样看待"①。其实，作者所采用的是一种折中的批评态度。作者还引用了马克思、恩格斯对司各特的赞赏性评论以及苏联文艺理论家别林斯基与苏联学者伊瓦雪娃的观点作为立论依据。以上都是当时批评界常用的研究思路与批评手法，与民国时期的批评模式已完全不同。

　　1959年，苏联学者阿尼克斯特的《英国文学史纲》被翻译成中文，这部著作为司各特专门设有一节，成为国内政治批评模式的重要影响源之一，对后来的司各特研究产生了较大的影响。阿尼克斯特将司各特看成是"典型的浪漫主义者"，但"较之所有其他浪漫主义作家更接近现实主义"②。从这一定位出发，著者采用了创作主题与艺术方式的"二分法"批评模式，首先指出司各特试图揭示苏格兰宗法社会传统与新兴的资本主义社会之间的矛盾，并运用"阶级分析方法"分别对司各特的多部历史小说进行政治化的主题解读；其次，在艺术手法方面，从多个方面对司各特创立历史小说这一新兴文学体裁大为赞赏，认为"他的历史小说直到今天还是资产阶级社会文学中这一体裁的古典范例之一"③。

　　除了上述两处直接评论外，此外只有三篇译文④对司各特及其历史小说有间接评论，而且都与匈牙利马克思主义批评家卢卡契密切相关。1937年，卢卡契在《历史小说》（*The Historical Novel*）中对司各特做出独到评论，改变了西方司各特研究的轨迹。整个19世纪，司各特似乎"无处不在"，在20世纪上半叶却几乎

① 高殿森：《皇家猎宫·译者后记》，上海：上海文艺出版社，1958年，第611页。
② 阿尼克斯特：《英国文学史纲》，戴镏龄等译，北京：人民文学出版社，1959年，第347页。
③ 同上，第363页。
④ 斯太因勒：《卢卡契的文艺思想》，周熙良译，《现代外国哲学社会科学文摘》，1960年第7期，第16—21页；卢卡契：《作家与世界观》，《现代外国哲学社会科学文摘》，复旦大学外文系外国文学教研组译，1960年第7期，第22—28页；哈代：《历史小说》，仲清译，《现代外国哲学社会科学文摘》，1963年第5期，第38—39页。

"无处可寻"①，而卢卡契对"历史小说"的独特审视，使司各特在 20 世纪中叶重新回到批评界的关注视野中。② 卢卡契对"历史小说"的评论主要立足于其产生的特定社会、历史条件，其马克思主义批评视角不仅引起英美学界的强烈兴趣，而且也为我国的批评界、思想界所关注。1960 年，国内将卢卡契的重要著作《现实主义问题》中的一节翻译成中文，并加上"作家与世界观"的题目。卢卡契以司各特的历史小说为例，并通过对"中间性"主人公的分析来说明：司各特作品的艺术性"正是他的政治、历史地位的反映，正是他的世界观的表现形式"③。

另外两篇译文分别是美国评论家斯太因勒（George Steiner）的《关于卢卡契文艺思想的评论》与英国学者哈代（Barbara Hardy）为卢卡契《历史小说》英译本所撰写的书评。斯太因勒对卢卡契的文艺思想提出批评，但仍然肯定卢卡契对于历史小说的见解具有独创性与权威性。文中提到卢卡契认为"历史小说的形式是从欧洲感性危机中产生的"，而司各特的《威弗莱》"就是对这种变化的一个直接而带预言性的反应"。卢卡契对司各特历史小说的评论，令斯太因勒不得不承认英美批评界"对司各特简直太不重视了"。④ 哈代则认为司各特"对于历史进程做了最真实的解释"，认为《历史小说》的主旨思想是呼唤"司各特的史诗形式和现实主义"⑤。这两篇译文对卢卡契批评思想的介绍客观上使国内

---

① John Raleigh，"What Scott Meant to the Victorians." *Victorian Studies*. Vol. 7 No. 1（1963）：p. 7.

② David Brown，*Walter Scott and the Historical Imagination*. London：Routledge & Kegan Paul，1979，p. 2.

③ 卢卡契：《作家与世界观》，复旦大学外文系外国文学教研组译，《现代外国哲学社会科学文摘》，1960 年第 7 期，第 23 页。

④ 斯太因勒：《卢卡契的文艺思想》，周熙良译，《现代外国哲学社会科学文摘》，1960年第 7 期，第 19 页。

⑤ 哈代：《历史小说》，仲清译，《现代外国哲学社会科学文摘》，1963 年第 5 期，第 38—39 页。

学界间接地了解到司各特历史小说独特的一面。

值得一提的是,由于 50—60 年代的特殊语境,卢卡契的文艺思想在国内受到严厉批判。《现代外国哲学社会科学文摘》在"编者按"中指出卢卡契的"主要错误在于运用一个源自黑格尔唯心主义的陈腐'异化'或'外物化'概念来解释资产阶级社会矛盾",并怀疑他只是表面上的马克思主义批评家,实质上却带着资产阶级的艺术兴趣。[①] 在另一篇"编者按"中,编者指出卢卡契的错误之处在于"抹杀了世界观的阶级内容",而且还运用"马克思抛弃的'异化'概念"为"资本主义作家喝彩"[②]。《现代外国哲学社会科学文摘》中刊登的这几篇译文属于国外处于研究前沿的重要学术资料,但是在特定的历史语境中,卢卡契对司各特及其历史小说的深刻见解并未受到国内应有的重视。学术研究因个人政治原因而深受影响的情况在当时非常普遍。

可以看出,民国时期被极尽赞美的司各特在建国早期几乎被排除在学界的批评视域之外。"文革"结束后的 1979 年,司各特研究的第一篇独立评论文章才开始出现,即史云在《读书》上发表的《罗宾汉英雄形象的再现——英国优秀历史小说〈艾凡赫〉读后》。这篇"读后感"继续沿用 50—60 年代的"阶级分析法",即一方面肯定其历史小说富有特色,其中"既有色彩瑰丽的现实主义描写,也有富于诗情画意的浪漫主义渲染",但另一方面却认为小说"反映了当时尖锐复杂的阶级斗争"[③]。同样,施咸荣在为《艾凡赫》中译本所撰写的序言中认为,司各特生活的时代"国内外阶级矛盾激化",其作品"全面而深刻地反映了当时社会中复杂的矛盾",其艺

---

① 斯太因勒:《卢卡契的文艺思想编者按》,周熙良译,《现代外国哲学社会科学文摘》,1960 年第 7 期,第 16—17 页。

② 卢卡契:《作家与世界观编者按》,复旦大学外文系外国文学教研组译,《现代外国哲学社会科学文摘》,1960 年第 7 期,第 22 页。

③ 史云:《罗宾汉英雄形象的再现》,《读书》,1979 年第 2 期,第 60—61 页。

术特点是"浪漫主义与现实主义同时并存"①。这种模式化的批评分析方法一直持续到 80 年代。

三、80—90 年代："不温不火"的司各特研究

80 年代，外国文学翻译与研究开始复苏。司各特的多部长篇小说，如《艾凡赫》、《昆丁·达沃德》、《中洛辛郡的心脏》、《密得洛西恩监狱》等被陆续翻译成中文，有的还出现了多个中译本，其长诗《湖上夫人》、《最后一位游吟诗人之歌》等也被翻译成中文。外国文学研究界开始"拨乱反正"，司各特研究也进入一个"回暖期"。不过，司各特研究的"回暖"只是相对于此前 30 年的"冷落"而言。50—60 年代曾受到批判的艾略特、乔伊斯、劳伦斯等现代作家开始成为学界关注的焦点。与司各特同时代的"湖畔派诗人"也重获重视。司各特研究虽然还没有达到"乏人问津"的地步，但却成为国内英美文学研究界的一个"冷门"。除了文学史著述中对司各特的介绍外，司各特研究只限于一些零散而不成系统的评论文章。

司各特在 19 世纪曾经是"流行"作家，也是被批评界关注的严肃作家，20 世纪初虽然有点急转直下，但是他在英国文学史中的经典地位无可动摇。受此影响，80 年代国内英国文学史著述都将司各特当做经典作家对待，并给予较大篇幅的介绍。不过，在具体评论中，一些陈旧的文学观念或批评模式依然盛行。刘炳善的《英国文学简史》将司各特置于"浪漫主义"一章中，重点分析了他的历史小说及其创作特点，但是对他的评价未脱政治意识形态的影响，如一方面认为他"政治上保守"，语含批评，另一方面又引用马克思、恩格斯对司各特的赞赏来说明司各特的文学地位与影响。②陈嘉在《英国文学史》中对司各特的历史小说及其创作特色也做出

---

① 施咸荣：《艾凡赫·序》，北京：人民文学出版社，1978 年，第 5，9 页。

② 刘炳善：《英国文学简史》，上海：上海外语教育出版社，1981 年，第 273 页。

分析,但同样带有 50—60 年代批评模式的痕迹。他在分析《艾凡赫》时认为其"主要冲突"在于"12 世纪后期盎格鲁—撒克逊农民反抗诺曼封建压迫者的斗争"①,所注重的仍然是作品的阶级斗争与矛盾主题。直至 80 年代末,吴伟仁的文学史教材仍然指出司各特具有"贵族倾向",是"旧秩序的代表"等等。② 这些文学史著作是 80 年代高校广泛使用的大学教材,影响较大。此外,在 80 年代司各特的零星研究论文中,如姚乃强的《司各特和他的历史小说〈待出嫁的新娘〉》(《解放军外国语学院学报》1982 年第 4 期)、何孔鲁的《试论司各特的历史小说〈红酋罗伯〉》[《扬州师院学报(社科版)》1985 年第 3 期]等,政治意识形态主导下的"批评模式"仍然非常普遍。这一模式的特点主要有:引述马克思、恩格斯对司各特的推崇作为"政治正确"的前提,引述苏联理论家或学者(如别林斯基、阿尼克斯特等)对司各特的评价作为理论基础,以阶级分析法作为主导批判方法,并大多从情节、主题或人物形象等层面来探讨司各特历史小说的思想或艺术特色等。

　　70 年代末 80 年代初,比较文学研究在我国兴起,其中较为常见的有"平行研究"与"影响研究"。这一批评模式也较多地出现在司各特的评论中。周锡山采用"平行研究"的比较文学方法,从"农民起义"的角度对《水浒传》和《艾凡赫》进行了探讨,但对作品的分析仍然袭用五六十年代的文艺批评模式,即比较注重作品的阶级矛盾与冲突主题。姜铮的《郭沫若与〈艾凡赫〉》一文较早从三方面论述司各特对郭沫若的影响,认为"《艾凡赫》最早哺育了他的浪漫主义气质,导引了他的浪漫主义文学倾向,从而推动他走上了浪漫主义的文学创作道路"。③ 这是"影响研究"模式在司各特评论中的初步尝试。司各特曾对中国现代作家产生过重要影响,这一模

---

① 陈嘉:《英国文学史》第 3 卷,北京:商务印书馆,1986 年,第 138 页。

② 吴伟仁:《英国文学史及选读》第 2 册,北京:外语教学与研究出版社,1988 年,第 87 页。

③ 姜铮:《郭沫若与〈艾凡赫〉》,《外国文学研究》,1980 年第 2 期,第 131—132 页。

式对考察 20 世纪上半叶中英文学关系具有十分重要的意义。薛龙宝的论文《司各特的历史小说对巴尔扎克和雨果的影响》（《临沂师专学报》1987 年第 4 期）则探讨了司各特如何对 19 世纪的欧洲作家（如巴尔扎克和雨果）产生了重要影响。薛文将司各特小说中的浪漫主义与现实主义一分为二，认为巴尔扎克继承了其史诗元素与历史小说传统，即现实主义元素，而雨果继承了其浪漫主义元素——想象、独创精神及"对称"美学。此类研究将司各特的创作置于欧洲文学的动态发展中，对认识司各特在欧洲文学史中的先驱地位十分重要。

80 年代，司各特的历史小说受到的关注较多，对其颇具特色的浪漫主义诗歌的评论较少。整体而言，曹明伦对于司各特诗作的翻译与研究贡献较大。他于 1986 年和 1988 年分别翻译出版了《湖上夫人》和《最后一位游吟诗人之歌》，并在 1989 年翻译了《玛米恩》选段。他的《司各特的诗》一文可能是国内最早对司各特诗歌作全面评述的文章。他在文中较早指出批评界"不能因为司各特在历史小说领域的巨大成功而忽略他在诗歌领域的卓越成就"[①]。这篇文章详细介绍了司各特的诗歌创作历程，总结其诗歌特色在于"完美地将民族感情和对大自然向往的感情融为一体"[②]。这篇文章也反映了 80 年代文艺美学观念的变迁。文中强调司各特诗作富有感性美，不再一味强调诗文的形象性，并将司各特诗作中的感情因素作为其最大特点，提出把艺术的情感性作为艺术的生命之所在的观点。此外，国内英诗研究的著名学者王佐良在《读书》上撰文介绍司各特的诗作，认为司各特"擅长叙事诗"，对英雄人物的描写"比拜伦更为拿手"，代表了"英国诗的一个声音"。[③] 这两篇诗歌评论文章基本摆脱了政治意识形态主导的评

---

① 曹明伦：《司各特的诗》，《外国文学研究》，1985 年第 1 期，第 105 页。
② 同上，第 105 页。
③ 王佐良：《麦克尼斯·司各特·麦克迪尔米德》，《读书》，1987 年第 7 期，第 67 页。

论模式,开启了国内司各特诗歌"美学"研究的先河。

20世纪80年代是一个思想与文化转型的时期,西方文艺批评不断被引入。1982年,文美惠编选的《司各特研究》是对国外司各特研究进行引介的重要成果。二三十年代,茅盾等人在各自的文章中就已经对国外的司各特评论与批评做过评述,而《司各特研究》是对国外司各特研究成果的一次全面梳理与集中展示。全书由三部分组成,第一部分为总论性文章,收录从19世纪初到20世纪50年代末的重要评论15篇;第二部分是分析司各特重要作品的文章;第三部分为司各特本人谈创作的文章。此书荟萃了西方司各特研究中最重要的学术资料,尤其卢卡契的名篇《历史小说的古典形式》被学界看成是20世纪司各特研究中具有"压倒性影响力"①的前沿成果,充分体现了编选者敏锐的学术眼光与国际视野。此书的最大特点还在于编者不仅"尽量收入司各特评论中有代表性的论文,而且也收入持不同观点甚至主要持否定意见的文章。"②在《司各特研究》的"前言"中,文美惠试图摆脱陈旧、教条的政治化批评模式,对司各特的创作特色与内在缺陷做出了较为理性的分析。在1982年版的《中国大百科全书·外国文学卷》中,文美惠所撰写的"司各特"词条也较为客观、中允。

90年代开始,随着国外各种批评理论的涌入,外国文学研究的视角更加丰富、更加多样化了。一些学者从某个批评理论视角出发对具体作家与作品进行解读,汇成一股潮流,带来了学术研究的新气象。然而,理论视野的拓宽并没有带来国内司各特研究的复兴,司各特研究依然保持着一种"不温不火"的研究态势,既赶不上现当代作家研究的"红火",也不如同时代作家奥斯丁研究"闹猛"。整个90年代,司各特研究的文章屈指可数。1998年,杨思聪

---

① Graham McMaster, *Scott and Society*. Cambridge: Cambridge University Press, 1981, p. 1.

② 文美惠编选:《司各特研究》,北京:外语教学与研究出版社,1982年,第 v 页。

在《论司各特的历史小说》一文中指出："司各特在欧洲文学史上的地位是十分突出的，对文学发展的贡献是巨大的，然而我们国内的外国文学研究者都未能对他给予应有的重视，大专院校的教科书上对他只是一带而过……"[①]及至 21 世纪初，国内甚至有学者认为："司各特的小说研究几乎无人问津。"[②]"无人问津"之说虽然不乏夸张，但却道出了这一领域的窘况。司各特研究的"不温不火"有多方面的原因：一是从接受语境来看，司各特的历史小说因为其题材与风格的特殊性而不太容易成为读书界的关注点，二是司各特在西方批评界的兴衰起伏对国内学界的判断也产生了一定的影响。

四、新世纪初司各特研究的新动向

新世纪以来，由于大学扩招带来英语师资队伍的剧增以及大学管理层对科研"量化"的要求，英美文学研究出现了一片"繁荣"景象，各类论文或著述层出不穷。在这一大趋势的影响下，司各特研究也出现了一些新的变化，即成果数量较之以前有显著增加，但高质量的学术论文仍然不多。不过，一些颇具特色与新意的研究成果也代表了国内司各特研究的新动向。

司各特作为英国最重要的历史小说家而为国内学界所普遍认同，如侯维瑞主编的《英国小说史》将司各特的小说定位为"历史传奇与浪漫故事"[③]；钱青主编的《英国 19 世纪文学史》认为："他的小说继承的是 18 世纪英国现实主义小说的传统，而与渲染浪漫情调和神秘气氛的'哥特式'传奇小说有所不同。"[④]学界以前对其历史小说的研究着重于单个文本的分析，而较少从"历史小说"这一

---

① 杨思聪：《论司各特的历史小说》，《西南师范大学学报(哲社版)》，1998 年第 6 期，第 81 页。

② 韩加明：《司各特论英国小说叙事》，《外国文学评论》，2003 年第 2 期，第 80 页。

③ 侯维瑞、李维屏：《英国小说史》，南京：译林出版社，2005 年，第 216 页。

④ 钱青：《英国 19 世纪文学史》，北京：外语教学与研究出版社，2005 年，第 113 页。

文类的总体发展角度来探讨。高继海的《历史小说的三种表现形态》(《浙江师范大学学报》2006年第1期)即是从宏观层面上将司各特的历史小说置于欧洲小说发展与文学思潮演化的大背景中，并将历史小说分为传统、现代与后现代三类，指出司各特是传统历史小说的代表，深入分析了其历史小说的三个特点(即尊重历史认知、力避时间错谬、注重逼真描写)以及其历史小说所具有的现实主义特质。郭宏安在《历史小说：历史和小说》(《文学评论》2004年第3期)中则从理论上对"历史小说"进行探讨，并以司各特为例对传统历史小说能否"解读历史真相"做出评断，指出以历史为题材的历史小说"本质上仍然是小说，而不是历史"，"想象虚构"则是历史小说的题中应有之义。[①] 这一定位是对西方新历史主义关于历史与小说关系的回应，但侧重点是对历史小说传统观的"后现代"解构。

国内学界长期以来一直认为司各特是浪漫主义时期的重要作家，除了较为有限地从其诗歌创作来说明其浪漫主义先驱者的地位外，对其历史小说中的浪漫主义特质几乎没有深入的论述。张箭飞的《作为浪漫主义想象的风景——司各特的风景意象解读》[《云南大学学报(社科版)》2009年第1期]则做出了开拓性的尝试。英国浪漫主义诗人大多注重对自然景物的描写，或者说对自然的敬畏与崇拜是浪漫主义运动的重要特征之一，而张箭飞认为司各特的历史小说通过想象将风景"浪漫化"为三个美学概念，即"荒野的"、"如画的"和"崇高的"，试图探讨其历史小说的浪漫主义内涵，其新颖与独到在国内司各特研究中难得一见。张箭飞的另一篇论文《风景与民族性的建构——以华特·司各特为例》(《外国文学研究》2004年第4期)也是从浪漫主义的视角探讨了司各特历史小说对苏格兰风景的描写与苏格兰民族性之间的关系，讲述司各特如何把浪漫主义的自然之爱转变成对文化民族主义主题的

---

① 郭宏安：《历史小说：历史和小说》，《文学评论》，2004年第3期，第24—27页。

表达。此类研究不再停留在司各特历史小说的现实主义或历史主义层面，而是别开生面地将其颇具特色的浪漫主义一面揭示出来。

关于司各特历史小说中的"民族性"问题，实际上也是90年代兴起的"文化研究"的重要课题。在西方理论大潮的影响下，对司各特"历史小说"进行"文类研究"的同时，一些学者开始选择"文化研究"的视角，在后殖民主义批评理论方兴未艾的背景下，对文化与民族身份建构问题给予了很大的关注。高灵英的博士论文《苏格兰民族形象的塑造：沃尔特·司各特爵士的苏格兰历史小说主题研究》（2007年）既体现了国内学界对司各特历史小说关注程度的增加，也体现了新的学术环境下司各特研究视角所发生的转换。作为苏格兰历史上著名的文学家，司各特对苏格兰民族与文化身份进行了史无前例的建构，因此在当代语境中探讨相关问题，可以超越传统学术研究层面，如现实主义或浪漫主义的问题，从而揭橥后殖民主义批评语境下英格兰、苏格兰之间的民族关系以及错综复杂的"英国性"问题。同样，石梅芳在《婚姻与联盟：〈威弗莱〉的政治隐喻》（《外国文学研究》2011年第5期）一文中提出司各特以婚姻来隐喻英格兰与苏格兰之间的政治关系，也探讨了苏格兰民族立场与独立的文化身份问题。

韩加明的论文《司各特论英国小说叙事》（《外国文学评论》2003年第2期）则在叙事学研究兴起的背景下探讨了司各特对小说叙事理论的贡献，开辟了司各特研究的另一个重要方向。殷企平在《英国小说批评史》中曾对18世纪英国小说家笛福、斯威夫特、菲尔丁等人对英国小说批评理论的贡献做出专门探讨，但是对19世纪初司各特的理论贡献却没有涉及，而韩加明的文章则弥补了这一不足。司各特的小说叙事理论虽然不成系统，但是他对现实主义小说叙事、哥特小说叙事、奥斯丁小说的评论发表过独到的见解，表现出了对作为叙事的小说的深刻认识。这样的探讨对于我们理解英国小说兴起的过程中小说创作自觉意识的发展、对认识司各特的创作理念与历史小说之间的关系具有积极意义。

　　此外，比较文学视角下的司各特研究也有所发展。单纯的"平行研究"为译介、影响与接受研究所取代。孙建忠的论文《〈艾凡赫〉在中国的接受与影响（1905—1937）》（《闽江学院学报》2007年第1期）即从文学本体的角度探讨《艾凡赫》在中国深受欢迎的内在原因，即司各特以史诗一般的艺术手法打破了中国旧小说流水账式的格局，而林纾的创造性翻译是其在中国广为流传与接受的重要推动力。此文还全面地论述了《艾凡赫》对郭沫若、茅盾、鲁迅、曾朴、李劼人等中国作家的重要影响。在另一篇文章《20世纪早期司各特小说在中国的兴衰演变》（《闽江学院学报》2011年第3期）中，孙建忠则分析了司各特在20世纪早期中国的影响由盛及衰的社会与历史原因。林纾的《撒克逊劫后英雄略》曾对中国现代文学产生了难以估量的影响，因此从译介、影响与接受的角度进行研究仍然有很大的探索空间。

　　近20年来，英美的司各特研究勃然兴起。1991年，阿伯丁大学成立"司各特研究中心"。1996年，哈里·萧（Harry Shaw）编选的《司各特研究论文集》（*Critical Essays on Sir Walter Scott: The Waverley Novels*）出版，收入过去近40年英美学界的研究论文13篇。在爱丁堡大学图书馆"司各特电子数据库"中，新世纪以来的司各特研究专著已达16部，各类论文三百多篇。相比而言，国内对司各特的研究虽然已逾百年，也取得了一定的成就，但缺憾依然显而易见。相较于其他英国经典作家而言，司各特被研究的强度、深度与广度明显不足，在某种程度上仍然是一个"冷门"。对于司各特这样一位颇具特点的文学家，相信学术界会给予更多的关注，并通过有效的国际学术交流，不断提高研究质量与学术水准。

第四章

19 世纪英国文学研究(下)

第一节
小说研究

从历史与时代背景来看,英国在 19 世纪后期最早完成了工业革命,并借不断的侵略扩张与全球殖民,建成"日不落帝国",确立了其全球霸主地位,英国文化作为强势文化开始在全球范围内广泛传播。与此同时,由于晚清政府腐败无能,中国逐渐沦为半殖民地半封建社会,外患不止,内乱频仍,国势颓败,民生凋敝。一批忧国忧民的知识分子满怀"习夷长技"或"洋为中用"的态度,将目光投向强盛的大英帝国以及英国文化,试图探寻强国富民之道。清末民初对英国文学的译介就是在这样的社会历史背景下展开的,而繁荣发达的英国维多利亚文学自然成为重要的译介对象。由于晚晴学人(如梁启超)竭力提升小说这一新兴文类的文学地位并强调其重要价值,几乎处于同一时代的一大批享誉世界文坛的维多利亚小说家,如狄更斯、萨克雷、勃朗特姐妹、盖斯凯尔夫人、乔治·爱略特、托马斯·哈代等,因而得到了国内学界的广泛关注与极大重视。这些小说家创作了一大批脍炙人口、经典传世的名篇佳作,代表了维多利亚时期英国文学的最高成就。他们的作品表现了对当时社会现实的强烈关注与深刻批判，浸透着改良社会的思想倾向与鲜明的人道主义内涵，强烈吸引了中国近代以来的一大批文人学者。因此在对英国文学的译介与研究历程中，维多利亚小说一直占据着举足轻重的突出位置。

最早被译介到中国的维多利亚小说家不是狄更斯、萨克雷，也不是勃朗特姐妹、盖斯凯尔夫人或乔治·爱略特，而是长期以来不为国内学界所关注的小说家布沃尔—利顿（Edward Bulwer-Lytton，1803－1873）。1873年，他的小说《夜与晨》（*Night and Morning*，1841）被翻译连载在上海的文艺杂志《瀛寰琐记》上，中译名是《昕夕闲谈》。中译者蠡勺居士在《昕夕闲谈》的"小序"中最早对一部英国文学作品进行评论，并且为"小说"这一长期以来在中国遭受歧视的文类进行正名，这不仅开启了国内英国文学研究的先河，也树立了中国近代小说理论研究的一个重要里程碑。[①]利顿在维多利亚时期的声誉曾一度与狄更斯不相上下，但20世纪以来其文坛地位一落千丈。20—30年代，国内不少文学史著述经常对他作较多评述，不时将他与狄更斯、萨克雷相提并论。徐名骥的《英吉利文学》将他列在狄更斯、萨克莱之后进行评述，认为"他广博的学识，丰富的想象，高超的思想，足以使他成为一个伟大的作家"[②]，不乏溢美之词。郑振铎在《文学大纲》中将利顿和狄更斯、萨克雷一道看成是"鼎峙于19世纪英国小说界的三大作家"[③]。但在此后很长一段时间内，他在我国批评界一直是一位被忽略的维多利亚小说家。80年代，利顿作为历史小说家得到一定译介，但仍然很少成为学界研究的对象。不过，利顿只是我国对维多利亚小说译介与研究中的一个个案，不具有普遍性意义。一百

---

① 参见张和龙：《论〈昕夕闲谈·小序〉的外来影响》，《中国比较文学》，2008年第1期。
② 徐名骥：《英吉利文学》，上海：商务印书馆，1933年，第68页。
③ 郑振铎：《文学大纲》，上海：上海书店出版社，1927年，第79页。

多年来，国内对维多利亚小说研究的最高成就主要体现在对狄更斯、萨克雷等一大批杰出的现实主义作家的研究上。

1904 年，上海的《大陆》报刊登《英国二大小说家迭根斯及萨克礼略传》一文，这可能是最早介绍维多利亚小说家狄更斯与萨克雷的文章。1907 年—1909 年，林纾和魏易合作将狄更斯的 5 部小说翻译成中文，在读书界产生极大影响，也最早开启了维多利亚第一小说家狄更斯在中国的经典化之路。林纾为狄更斯小说中译本撰写了多篇序跋，并以中国文化与文学作为参照，在中文语境中对狄更斯小说做出了史无前例的评论，从而成为英国维多利亚小说研究的重要先驱。清末民初，狄更斯的作品在中国风靡一时，而萨克雷的小说尚未被译介，因此所受到的关注程度稍有逊色。1916 年，孙毓修在《欧美小说丛谈》中将狄更斯与司各特并列为 19 世纪英国两大小说家，萨克雷没有提及。1917 年，魏易的《泰西名小说家略传》同时收录了狄更斯与萨克雷的生平传略。周作人在北大授课的《欧洲文学史》讲义也将两人看成是 19 世纪英国重要小说家。早期的评论几乎都注意到了狄更斯与萨克雷小说的现实主义写作风格以及创作题材的差异。林纾认为狄更斯"专为下等社会写照"，周作人认为萨克雷"记中流以上社会情状"①。这些观点在当时学界很具有普遍性，一方面可能是受到了西方批评观点的影响，另一方面可能来自这些学者个人对新兴文类——小说的敏锐感受力。

几乎同一时期，几位维多利亚女性小说家也被介绍到中国。1907 年，《中国新女界杂志》第 4 期刊登的《英国小说家爱里阿脱女士传》以及 1911 年周瘦鹃在《妇女时报》上发表的《英国女小说家乔治·哀利奥脱女士传》，最早对乔治·爱略特的生平与创作进行介绍，并给予高度评价。1917 年，林德育在《妇女杂志》上发表的《泰西女小说家论略》一文中最早提到勃朗特姐妹。由于《妇女

---

① 周作人：《近代欧洲文学史》，北京：团结出版社，2007 年，第 250 页。

杂志》并非文学性或学术性的杂志,而是主张妇女解放、女权启蒙的通俗刊物,周瘦娟对爱略特的介绍主要出于实用主义的目的,意在为国内女性树立一个可以景仰的楷模,而林德育的文章只是简短提及三位女小说家"姐妹齐名"、"三凤齐飞",对创作几无介绍。与当时对狄更斯、萨克雷的评论相比,学界对其他几位维多利亚小说家的认识仍然处于感性、印象或直觉式的认识阶段。

"五四"之后,外国文学翻译出现一股热潮,维多利亚小说也被大量译介到中国。此后的 30 年间,狄更斯、萨克雷、艾略特、勃朗特姐妹、哈代等人的主要作品大多被翻译成中文,有的作品出现多个译本。但这一时期国内对维多利亚小说的研究主要以一些零散的论文为主,包括对海外相关研究的译介。一些英国文学史与文艺思潮著作对这些小说家均有较多评述。除狄更斯外,萨克雷、爱略特等小说家的译介与研究虽然也取得了一定的成就,但却从未像浪漫主义诗人拜伦、雪莱那样形成热潮。狄更斯是民国时期最受关注的维多利亚小说家之一,是英国小说家中汉译作品最多的作家之一。批评界所发表的各类评论文章也有很多,尤其《译文》杂志于 1937 年推出"迭更司特辑",《现代文艺》杂志于 1941 年推出"狄更斯特辑",刊登了多篇翻译与评论文章,而许天虹翻译的《迭更司评传》也于 1943 年出版。狄更斯在 30—40 年代成为译介与评论热点,与当时左翼文学思潮的影响以及学界对现实主义的推崇有着极大的关系。

从研究特点来看,对狄更斯、萨克雷、爱略特、哈代等人的研究,其主基调是现实主义的批评视角,这在很大程度上受到了马克思主义左翼文艺理论的影响。徐名骥将狄更斯与萨克雷誉为 19 世纪"写实派的巨子"①。茅盾认为英国于 19 世纪 30 年代"走近写实主义的路",而狄更斯、萨克雷都是"写实主义作家",前者"写贫苦人(小市民)的痛苦",后者"写上流人的丑恶和上流社会的

---

① 　徐名骥:《英吉利文学》,上海:商务印书馆,1933 年,第 55 页。

黑暗面"①。张越瑞指出"狄更斯写下流社会，萨可列（即萨克雷）则写上流社会"②，将两人的小说创作在题材上做出了划分。金东雷的阶级分析视角更加明显。他在《英国文学史纲》中提出狄更斯"描写无产阶级疾苦"，萨克雷"描写小资产阶级生活"，爱略特"擅长描写中等阶级以下的人物"。③ 他将狄更斯、萨克雷、艾略特看成是"维多利亚时代三个最伟大的小说家"，其中"狄根斯的小说是用来解决社会问题的，莎克莱则注重社会生活，伊莉奥脱则特别地着眼于心理分析，可见那个时代，都倾向于社会的、道德的和写实的作风"。④

当时对维多利亚小说的认识主要基于一种关于欧洲文学思潮的"更迭说"，即现实主义文学主潮在新的历史时期取代了此前的浪漫主义文学思潮，正如浪漫主义取代了此前更早的古典主义。1920年，茅盾在《文学上的古典主义、浪漫主义和写实主义》（《学生》1920年第7卷第9期）一文中所表达的即是一种主流思潮更迭的观点，认为"写实主义是根本地反对浪漫主义文学的"⑤。同年，胡愈之在《近代文学上的写实主义》（《东方杂志》1920年第17卷第1期）中将文艺复兴之后的欧洲文艺思潮的变迁分为四个时期，即古典主义、浪漫主义、写实主义、新浪漫主义，而"近代文学上的写实主义是浪漫主义的反动"⑥。所谓"近代文学"在英国亦即是维多利亚时代的文学。因此，维多利亚小说家经常被纳入到这一宏大的欧洲文学发展历史的框架下加以探讨。20—40年代，苏联的文艺观开始传入中国，现实主义文艺创作受到推崇，一些维多

---

① 茅盾：《汉译西洋文学名著》，上海：亚西亚书局，1935年，第156、166页。
② 张越瑞：《英美文学概观》，上海：商务印书馆，1934年，第66页。
③ 金东雷：《英国文学史纲》，上海：商务印书馆，1937年，第380、388、395页。
④ 同上，第412页。
⑤ 茅盾：《文学上的古典主义、浪漫主义和写实主义》，《学生》，1920年第7卷第9期，第11页。
⑥ 胡愈之：《近代文学上的写实主义》，《东方杂志》，1920年第17卷第1期，第65页。

利亚小说家,尤其是狄更斯,更是引起了左翼作家与左翼翻译家的兴趣,他的很多作品又在这一时期被译介到国内。从现实主义的视角出发,学界也必然会探讨维多利亚小说与时代的关系。例如金东雷认为:"维多利亚时代是文学上的新时代,上承浪漫主义的作风而出于科学思想十分发达的当儿,便形成了写实主义和自然主义。"①

　　建国后,维多利亚小说家受到了更大的关注,并被冠上"批判现实主义"的头衔。当时对这些作家的研究,其主导模式是以阶级分析为主的政治化解读,其成因在于:第一,马克思对狄更斯等人的经典评价影响巨大。与狄更斯等人处于同一时代的马克思称赞他们是"现代英国一批杰出的小说家","他们在自己的卓越的、描写生动的书籍中向世界揭示的政治和社会真理,比一切职业政客、政论家和道德家加在一起所揭示的还要多。"②第二,苏联文艺观与学术观点,如"批判现实主义"的概念,最早来自高尔基的评价,对狄更斯等作家的具体评论则受到阿尼克斯特的《英国文学史纲》等苏联著作的影响;第三,主导政治意识形态的影响。

　　当时的研究主要表现出了以下几大特点:一,"学院派"的出现,即一大批留学英美回国的学者发表了不少学术论文,尤其是对狄更斯小说的研究;二,以阶级分析为主的庸俗政治化解读较为普遍,尤其是1958年人民文学出版社出版的系列论文汇编小册子,即《论夏绿蒂·勃朗特的〈简·爱〉》、《论埃米莉·勃朗特的〈呼啸山庄〉》、《论哈代的〈苔丝〉、〈还乡〉和〈无名的裘德〉》,非常具有代表性。三,以苏联模式为主导的具有中国特色的批评模式,即一分为二的辩证分析法,既肯定其批判性、揭露性、人民性或进步性,也批判其历史局限性等。

---

① 金东雷:《英国文学史纲》,上海:商务印书馆,1937年,第377页。
② 马克思、恩格斯:《马克思恩格斯全集》第10卷,中共中央马克思、恩格斯、列宁、斯大林著作编译局译,北京:人民出版社,1961年,第686页。

English Literary Studies in China: The Studies of English Writers Volume I

50—60 年代"左"的批评痕迹在"文革"后存在了相当长一段时间。80 年代中后期开始，"左"的文艺观逐渐式微，但"批判现实主义"的定位一直沿用至今。2006 年，钱青主编的《英国 19 世纪文学史》继续将萨克雷界定为"英国 19 世纪伟大的批判现实主义作家"，但是在评述狄更斯的创作时，对"批判现实主义"的标签有所保留，并专门论及狄更斯"独特的创作个性和艺术特色"。① 近二十年来，西方各种批评理论不断传入中国，国内的维多利亚小说研究出现了兴盛的局面，不少成果开始跳出了"批判现实主义"的既定模式，呈现出多元化的批评态势。本章对狄更斯、萨克雷、勃朗特姐妹、乔治·爱略特、哈代等人在中国的研究均有专门评述，此不赘述。

除了上述小说家之外，伊丽莎白·盖斯凯尔（也称盖斯凯尔夫人，Elizabeth Gaskell，1810–1865）是维多利亚时期另一位重要的现实主义小说家，其代表作主要有《玛丽·巴顿》（*Mary Barton*，1848）、《克兰福德》（*Cranford*，1853）、《北与南》（*North and South*，1855）等。盖斯凯尔夫人的小说于 20—30 年代被译介到中国，其中《克兰福德》出现了多个中译本②。在中译本的序言中，译者们大多将《克兰福德》看成她的重要代表作。伍光健的中译本序中提到盖斯凯尔夫人"著作甚富，其最有名于世者，即今所译之《克兰弗》也"③。朱曼华的中译本序认为《克兰福德》是其"代表作"，"在英国文学中的地位早已确定，是所谓'名著'（Classic）之一"④。这些评论显然都存在着明显的误读与误识。

---

① 钱青主编：《英国 19 世纪文学史》，北京：外语教学与研究出版社，2006 年，第 302 页。

② 《女儿国》，林家枢译述，上海：泰东书局，1921 年；《克兰弗》，伍光建译，上海：商务印书馆，1927 年；《菲丽斯表妹》，徐灼礼译，上海：春潮书局，1929 年；《老保姆的故事》，梁遇春译注，上海：北新书局，1931 年；《女性的禁城》，朱曼华译，上海：启明书局，1937 年。

③ 伍光建：《克兰弗·译者序》，上海：商务印书馆，1927 年，第 1 页。

④ 朱曼华：《女性的禁城·序》，上海：启明书局，1937 年，第 1 页。

民国时期的文学史著作对她的文学地位认识不足，如欧阳兰的《英国文学史》、徐名骥的《英吉利文学》、曾虚白的《英国文学 ABC》几乎没有提及她，而金东雷的《英国文学史纲》对她也只有简略的介绍。

　　盖斯凯尔夫人也属于被马克思称赞的"现代英国一批杰出的小说家"之一，因此在 50 年代获得了较多的关注。她的多部作品被翻译成中文，代表作《玛丽·巴顿》出了多个中译本。由于《玛丽·巴顿》描写了劳资矛盾与阶级冲突，朱虹在《玛丽·巴顿》中译本的长序中完全从阶级分析的角度进行了具有时代特色的学术探讨。1997 年，作者将"中译序"收入《英国小说的黄金时代》一书中时，对一些"左"的观点进行了修订，并将盖斯凯尔夫人的小说界定为"工人小说"。这一学术评价非常接近英语批评界中的"工业小说"（industrial novel）。80 - 90 年代，盖斯凯尔夫人的主要作品基本都被翻译成了中文，但她在批评界所受到的关注远远不及其他几位维多利亚女性小说家。新世纪以来，尽管英美批评界对她的评价与研究"复活"起来[1]，学界也出现了零星的高质量研究论文，如殷企平的《在"进步"的车轮之下——重读〈玛丽·巴顿〉》[2]，但是与其他英国女小说家相比，盖斯凯尔夫人在我国的研究仍然相形见绌。这其中的原因可能在于在新的历史语境中，其作品所涉及的劳资矛盾问题几乎不再是目前学界所关注的学术焦点。

　　据学者统计，整个维多利亚时期所出版的各类小说在 6 万部左右，自称是小说家的人数在七千人左右。[3] 除了上述"批判现实主义"小说家之外，我国对维多利亚时期的其他小说家一百年来也有不同程度的译介与研究。横跨 19 至 20 世纪的哈代也是国内最早译介与评论的英国小说家之一。1917 年，周瘦鹃将哈代的一个

---

①　参见盛宁：《伊丽莎白·盖斯凯尔夫人的"复活"》，《外国文学评论》，2007 年第 1 期。

②　载《外国文学评论》2005 年第 1 期。

③　John Sutherland, ed. *The Stanford Companion to Victorian Fiction*, Stanford: Stanford University Press, 1989, p. 1.

短篇小说译成中文，并写有《汤麦司·哈苔小传》，周瘦鹃可能是国内哈代最早的评介者。1928 年，哈代去世时，国内报刊发表了大量纪念或评论文章，一度形成热点。1938 年国内还出版了哈代研究的第一本专著，即李田意的《哈代评传》。早期国内评介以他的诗歌为主，30 年代中期则更多转向他的小说。哈代一直被看成是维多利亚后期最为重要的现实主义小说家，但是他的创作风格与狄更斯、萨克雷等人的创作风格并不完全相同，这一点很早即为国内学界所熟知。郑振铎在《文学大纲》(1927 年)中提到他的"悲观主义"。金东雷在《英国文学史纲》中称哈代是"新写实主义者"①。1959 年，阿尼克斯特的《英国文学史纲》中译本认为哈代继承了现实主义传统，但是"对英国资本主义社会的批判发展成为悲观主义哲学"②。陈嘉在《英国文学史》第 3 卷中将哈代界定为"批判现实主义作家"③。时至 2006 年，钱青主编的《英国 19 世纪文学史》同样认为哈代继承并发扬了 19 世纪英国现实主义传统，但同时提及欧美学界开始将他看成英国现代主义小说的先驱。关于哈代在中国的研究，本章有专节评述，此不赘述。

罗伯特·路易斯·斯蒂文森（Robert Louis Stevenson，1850－1894)是维多利亚时期著名的历险小说家，其代表作主要有《金银岛》(*Treasure Island*)、《绑架》(*Kidnapped*)、《化身博士》(*Strange Case of Dr Jekyll and Mr Hyde*)等。1907 年，王国维在《教育世界》上发表文章《英国小说家斯提逢孙传》，认为他是"英国近代小说家中之最有特色者"，将他誉为"新罗曼派之第一人"④。1914 年，他的代表作《金银岛》被译介到中国。1921 年，郑振铎在《史蒂芬孙评传》(《小说月报》1921 年第 12 卷第 3 期)一文中认为

---

① 金东雷：《英国文学史纲》，上海：商务印书馆，1937 年，第 406 页。

② 阿尼克斯特：《英国文学史纲》，戴镏龄等译，北京：人民文学出版社，1959 年，第 485 页。

③ 陈嘉：《英国文学史》第 3 卷，北京：商务印书馆，1988 年，第 417 页。

④ 王国维：《王国维文集》第 3 卷，北京：中国文史出版社，1997 年，第 401、408 页。

他在司各特之后"续新旧浪漫主义于一线"[1]。此后多年来，国内学界对他的研究虽然零零散散，成果数量屈指可数，但"新浪漫主义"的定位一直沿用。1959年，阿尼克斯特的《英国文学史纲》中译本提出斯蒂文森的作品鲜明地表达了"新浪漫主义倾向"[2]。1988年，陈嘉的《英国文学史》第3卷认为斯蒂文森是新浪漫主义的主要代表人物。1999年，侯维瑞的《英国文学通史》继续采用这一观点，认为"新浪漫主义倾向在小说写作方面以史蒂文森为代表"[3]。"新浪漫主义"在民国时期一度被用来指称19世纪末西方兴起的现代主义文学思潮，如田汉的长文《新罗曼主义及其他》（《少年中国》1920年第1卷第12期）、昔尘的《现代文学上底新浪漫主义》（《东方杂志》1920年第17卷第12期），因此从学理上对其作品中的"新浪漫主义"倾向进行深入探讨仍然存在很大空间。自现代主义文学在英国兴起之后，斯蒂文森在英美批评界颇受冷落，但近十几年来又重新得到关注。与此同时，其代表作《化身博士》《金银岛》等作品也开始受到国内学界的重视。

威廉·莫里斯（William Morris，1834–1896）因小说《乌有乡消息》（*News from Nowhere*，1890）而在英国文学史中占得一席之地。1921年，他与白克思（E. Belfort Bax）合写的《从乌托邦主义到现代社会主义》（《评论之评论》1921年第1卷第3期）被翻译成中文。1928年，卢剑波的《"社会主义者同盟"与"莫里斯"》（《文化战线》1928年第1卷第4期）介绍了莫里斯的社会主义思想。1929年，莫里斯被称为"近代四大乌托邦著作家"之一。[4] 民国时期的文学史著述，如金东雷的《英国文学史纲》，没有将莫里斯收录其中。建国早期，莫里斯受到重视，范存忠给《乌有乡消息》的评价

---

[1]　郑振铎：《史蒂芬孙评传》，《小说月报》，1921年第12卷第3期，第10页。

[2]　阿尼克斯特：《英国文学史纲》，1959年，第508页。

[3]　侯维瑞：《英国文学通史》，1999年，第466页。

[4]　汉南：《近代四大乌托邦著作家》，《革命周报》，1929年第91—100期，第107页。

是"社会主义浪漫文学"，"为社会主义视野而写的文艺作品"①。在《英国作家威廉·莫理斯》[《山东大学学报》（语言文学版）1962年第5期]中，黄嘉德认为威廉·莫里斯是"十九世纪后半期英国一位杰出的积极浪漫主义诗人和小说家，是英国社会主义运动的先驱者之一"②。黄嘉德使用当时十分流行的阶级分析法，突出其作品对资本主义制度剥削与腐朽本质的暴露以及对被剥削阶级的同情与支持。1981年，黄嘉德、包玉珂翻译的《乌有乡消息》问世。但在此后的20多年内，莫里斯乏人关注，往往只出现在一些文学史著述中。陈嘉的《英国文学史》第3卷沿袭50—60年代的批评基调，较为突出其代表作《乌有乡消息》与作家后期的社会主义思想倾向，认为这部作品不仅是一部乌托邦作品，而且还生动地暴露了19世纪晚期英国资本主义社会的本质。1999年，侯维瑞主编的《英国文学通史》对莫里斯只字未提。近年来，殷企平发表了多篇论文，如《乌有乡的客人——解读〈来自乌有乡的消息〉》（《外国文学》2009年第3期）、《莫里斯逃避现实了吗？》（《外国文学研究》2010年第1期）、《解读〈乌有乡消息〉中的河流意象》（《英美文学研究论丛》2011年第1期）等，代表了国内莫里斯研究的最新动向。

此外，英国19世纪小说家乔治·梅瑞迪斯（George Meredith，1828－1909）、塞缪尔·巴特勒（Samuel Butler，1835－1902）、安东尼·特罗洛普（Anthony Trollope，1815－1882）、乔治·吉辛（George Gissing，1857－1903）、乔治·摩尔（George Moore，1852－1933年）、本杰明·迪斯累里（Benjamin Disraeli，1804－1881）、查尔斯·里德（Charles Reade，1814－1884）、威廉·柯林斯（William Wilkie Collins，1824－1889）、路易斯·卡洛尔（Lewis Carroll，1832－1898）等人的作品大多被译

① 范存忠：《英国文学史提纲》，成都：四川人民出版社，1983年，第424、425页。

② 黄嘉德：《英国作家威廉·莫理斯》，《山东大学学报》，1962年第5期，第86页。

介到中国。1927 年,郑振铎在《文学大纲——十九世纪的英国小说》中对其中一些小说家的生平与创作做过简短而集中的介绍。1937 年,金东雷在《英国文学史纲》中对上述不少作家均有简短评述,并将梅瑞迪斯与狄更斯、萨克雷、爱略特、哈代一样单列一节而加以详论。此后,上述不少小说家在国内的很多文学史著述中都会占有一席之地,有的小说家在特定时期还曾被当做重要小说家对待,如梅瑞迪斯与巴特勒在 50—60 年代曾被看成是 19 世纪英国重要的现实主义小说家[①],80 年代仍被认为是重要的批判现实主义小说家[②];有的小说家在译介与接受过程中发生变异,如吉辛曾被当做英国重要散文作家对待[③]。总体而言,国内学界对他们的深入与系统研究明显不足。随着时间的推移,一些小说家在英美批评界的地位不断下降,因此在我国研究界也随之受到冷遇。这些小说家在中国的经典化之路与"批判现实主义"小说家几乎不可同日而语。

　　19 世纪还有一些小说家,如通俗小说家亨利·哈葛德(Henry Rider Haggard,1856 - 1925)、侦探小说家亚瑟·柯南·道尔(Arthur Conan Doyle,1859 - 1930)、《牛虻》(*The Gadfly*)的作者丽莲·伏尼契(Ethel Lilian Voynich,1864 - 1960),他们曾在特殊的历史时期引起过国内学界的关注,但持续性不强。哈葛德在英国文学史中名不见经传,但是其小说在维多利亚时期深受英美读者喜爱,晚清时期被林纾翻译成中文后也在我国风行一时。1915 年《礼拜六》杂志上还刊登过他的照片,称他为"英吉利大小说家"。自"五四"时期开始,哈葛德及其作品经常遭遇学界的贬斥。后来虽然也经常进入中国学者的视野,但主要是因为林纾所翻译的哈葛德小说以及在当时所引发的现象具有重要的比较文学

---

① 　阿尼克斯特:《英国文学史纲》,1959 年。
② 　参见陈嘉:《英国文学史》第 3 卷,1988 年。
③ 　参见蒋炳贤:《乔治·吉辛的散文——一个英国近代作家的述评》,《中央周刊》,1947 年第 9 卷第 25 期。

与中英文化交流的学术价值。柯南·道尔的侦探小说很早就被译介到中国①。1915 年,《礼拜六》杂志也将他看成是"英吉利大小说家"。1930 年,柯南·道尔去世时,国内报刊做出报道,并将他称为"英国文豪"。他的侦探小说曾在中国风靡一时,他所塑造的侦探福尔摩斯形象几乎家喻户晓。② 然而,在"严肃小说"与"通俗小说"二元对立思维下,柯南·道尔的侦探小说虽然长期以来深受国内读者的喜爱,但国内学术界的研究却并不深入,一些关于通俗小说研究的著述,如黄禄善、刘培骧的《英美通俗小说概述》(1997年),对他有所评述,文学史著作基本将他排除在外。伏尼契的代表作《牛虻》在 50—60 年代曾引发过一股热潮,被学界称为"《牛虻》热",但时过境迁之后,这一特定历史语境中的译介与接受现象则经常成为比较文学研究的重要课题。如果将维多利亚小说看成是一个整体,这些尚未获得足够关注的作家仍然值得深入探讨与研究。

第二节

诗歌研究

维多利亚时期,英国诗歌创作在浪漫主义之后有所衰落。不过,继浪漫主义大诗人之后,维多利亚时期也出现了一些重要诗人,如丁尼生、勃朗宁夫妇、罗塞蒂兄妹、马修·阿诺德、托马斯·哈代、威廉·莫里斯、史文朋等。国内对这一时期诗歌的介绍与评论大约开始于新文化运动期间,其规模与影响远远不如对浪漫主义诗歌的研究,其成就也难以超越后来居上的现代主义诗歌研究。

维多利亚时期是一个工业文明高度发达的时代,是一个崇尚

---

① 关于柯南·道尔的侦探小说在中国的译介,请参阅查明建、谢天振的《中国 20 世纪外国文学翻译史》,第 38—39 页。

② 参见邹振环:《风靡一时的〈福尔摩斯侦探案全集〉》,载《影响中国近代社会的一百种译作》,北京:中国对外翻译出版公司,2008 年。

科学与追究进步的时代。这样的一个时代对文学创作产生影响，同时也反映在文学创作中。民国时期，学界对这一时期诗歌的认识主要基于这一时代与文学之间的相互关系。同时，当时普遍盛行西方文艺思潮"主流更迭说"，即从古典主义、浪漫主义到写实主义（或自然主义）的发展研究，因此学界大多采用了理想与写实、浪漫精神与科学精神二元对立的批评思维模式。1918 年，若失的《理想的人格主义与近世三大诗人》（《青年进步》1918 年第 18 期）将丁尼生、勃朗宁与德国诗人歌德并列为"近世三大诗人"，较早对两人的诗歌代表作《亚瑟王》、《环书集》做出了主题分析。1921年，胡愈之在《近代英国文学概观》（《东方杂志》1921 年第 18 卷第 2 期）中较早论及维多利亚诗歌，并明确地指出这一时期的诗歌存在两大倾向，一是"求真"的倾向，一是"求美"的倾向。第一种倾向是由于受到发达的科学与文明的影响，因而都以寻求真理为目的，其代表诗人是丁尼生和勃朗宁，前者的诗"平明畅达"，后者的诗"深奥曲折"，但都"注重思想，不注重艺术"，"他们是以思想家的态度来做诗的"[1]。第二种倾向的诗歌主张"排斥科学的态度，要在理智以外去寻美的想象的世界"，主要以"前拉斐尔派"为代表。这一"求真"与"求美"的二分法评论奠定了 20—30 年代对这一时期诗歌的总体认知模式。

　　在 20—30 年代的英国文学史著作中，科学精神与浪漫主义、求真与求美的二元认识模式基本被沿用下来，但是对这一时期诗歌创作的评述同样流于印象式的、笼统的概括，缺乏系统而深入的探讨。欧阳兰在《英国文学史》中认为维多利亚时代的诗歌"可以代表这个时代的特色——科学的精神，宗教的纷乱，以及浪漫主义的绵延"[2]。曾虚白认为当时具有代表性的两大诗人丁尼生与勃朗宁受到了 19 世纪科学思想潮流的影响，试图把"时代的思想改

---

① 胡愈之：《近代英国文学概观》，《东方杂志》，1921 年第 18 卷第 2 期，第 72 页。
② 欧阳兰：《英国文学史》，1927 年，第 172 页。

装成魅力的诗意"①。金东雷认为这个时代的诗歌作品"都含有理想的意味"，对时代充满了"怀疑"，并且以"大言微义唤醒社会"②。就创作倾向与创作特点而言，欧阳兰完全袭用了"求真"与"求美"的批评模式，并认为它们是维多利亚时代英国诗坛两个完全相反的创作倾向。第一种倾向以丁尼生和勃朗宁为代表，因为受科学"求真"精神的影响，他们的创作以寻求真理为目的，他们的诗歌"重思想而不重艺术"；第二种倾向以"拉斐尔前派"为代表，他们以求美为目的，排斥科学，继承浪漫主义诗歌传统，同时还从绘画方面汲取灵感。③ 同样的批评思路在金东雷的《英国文学史纲》中表现得更加明显："丁尼生与勃朗吟是反浪漫主义的诗人，那么，拉菲尔前派运动，便可说是浪漫主义的一度复活。假如我们以为丁尼生和勃朗吟的诗，是注重'真'的，那么，拉菲尔前派运动，也可说，是以'美'为中心，所以，丁尼生和勃朗吟是他们前期思潮的反动，罗雪蒂等便是丁尼生的反动了。"④此外，曾虚白在《英国文学 ABC》中将丁尼生与勃朗宁划为一派，认为他们注重对时代与社会思想潮流做出反应，而其他三派则包括前拉斐尔派、"独擅音乐性而充满着热情"的史文朋以及"唯美派"王尔德，他们的创作各有特色。

从学术影响源头来看，当时对维多利亚诗歌的认识与理解主要受到了英美批评界的影响。对 19 世纪早期浪漫主义诗歌传统的继承和对 19 世纪中叶维多利亚时代科学精神的表现也被英国批评家埃德蒙·葛斯采用，他在《现代英国文学简史》（*A Short History of Modern English Literature*，1897）中就已经采用了这一主导认知与分析框架，并将丁尼生等维多利亚诗人纳入这一框架之内进行分析。这一著作很早就为国内学界所关注，其中不少

---

① 曾虚白：《英国文学 ABC》，1928 年，第 126 页。
② 金东雷：《英国文学史纲》，上海：商务印书馆，1937 年，第 315—316 页。
③ 欧阳兰：《英国文学史》，1927 年，第 177 页。
④ 金东雷：《英国文学史纲》，1937 年，第 336 页。

章节在 20—30 年代被翻译中文,并刊登在国内的期刊上。与维多利亚诗歌相关的译文包括《英国十九世纪四十年代的诗人》(韦丛芜译,《未名半月刊》1929 年第 2 卷第 3 期)、《前期维多利亚时代的英国文学》(韦丛芜译,《文艺月刊》1931 年第 2 卷第 3 期)等。英国学者威廉·郎的《英国文学史》、潘克斯特(Pancoast)的《英国文学引论》(*An Introduction to English Literature*)等著作对维多利亚时代的工业革命、科学精神、民主思想与道德主义等时代背景的分析,对文学创作中的理想主义与写实主义倾向的评论,对欧阳兰的《英国文学史》与金东雷的《英国文学史纲》等著作对维多利亚诗歌的评论均产生了不可估量的影响,其中的相似或雷同之处并不少见。

建国早期,对维多利亚诗歌的研究受苏联文艺观的影响较大。1954 年,苏联学者弗里契的《欧洲文学发展史》中译本再版[1],此书用"历史唯物论"来分析欧洲文学思潮的演变,所信奉的也是主流思潮的"更迭说",其中关于 19 世纪英国文学的一节主要讨论了从早期的浪漫主义到中晚期小说创作中的"写实主义",对维多利亚诗歌几乎没有涉及。这反映了在特定时期内"主流思潮更迭"的批评模式下,批评界所关注的是维多利亚时代的现实主义小说创作,而维多利亚诗歌显然是处于浪漫主义与现实主义两大主潮之间的"细枝末节",因而不太受到重视。1959 年,阿尼克斯特的《英国文学史纲》中译本指出英国诗歌创作在浪漫主义之后"走上了衰落之途",并认为其原因在于"资产阶级所建立的全部生活制度是不利于诗歌创作的",并分析了这一时期的诗歌与浪漫主义诗歌的不同,指出"维多利亚王朝的诗人虽然尊敬抒情风格和主观性,却力图创造非常客观的性质的诗歌"[2]。作者对维多利亚诗歌做政治化的解读与评价,是苏联批评模式进入中国的代表,不仅影响了当

---

[1] 该书由沈起予译自日本学者外村史郎的日译本,1935 年上海开明书店出版,书名为《欧洲文学发达史》。

[2] 阿尼克斯特:《英国文学史纲》,1959 年,第 495 页。

时的国内批评，而且也一直影响到了新时期之后的相关评论。因此，50—60 年代，在政治意识形态的影响下，19 世纪英国文学中的"积极浪漫主义"与"批判现实主义"得到了极大的推崇，而维多利亚诗歌却几乎受到了冷落。

"文革"结束后至 80 年代，学界对维多利亚诗歌的关注略有改观，政治化的批评理念在不少著述中被延续了下来。1979 年，杨周翰等人编写的《欧洲文学史》（下册）承接 50—60 年代政治意识形态主导的文学史观，对 19 世早期的浪漫主义诗歌作政治化的评论，但是对维多利亚诗歌仍然只字未提。80 年代初，刘若瑞编的《十九世纪英国诗人论诗》（1984 年）一书主要收录了华兹华斯、柯勒律治与雪莱的诗论，其中曹葆华在"译后记"中继续称华兹华斯是"反动的浪漫主义者"①，所袭用的也是 50—60 年代的批评思维。在范存忠的《英国文学史提纲》与陈嘉的《英国文学史》第 3 卷中，编者对维多利亚诗歌的评论大多带有早期政治化批评的痕迹。在《英国诗史》（1993）中，王佐良继续沿用阶级分析的视角，在评论维多利亚诗歌前特别强调了英国的阶级形势，即"国内一方面工商业兴盛，资本家发大财，另一方面工人农民受更加残酷的剥削"，并指出维多利亚诗人们"对于这个局势是敏感的，有反应的"②。

飞白的《略论英国维多利亚时代的诗》（《外国文学研究》1985 年第 2 期）可能是当时最早摆脱政治化批评的教条并深入评析维多利亚诗歌的文章。作者认为维多利亚时期英国诗歌开始"衰落"，但这一时期的诗歌"一方面继承了浪漫主义的余波，另一方面又成为诗歌史上的重要转折时期"③，同时还指出"维多利亚的诗歌并不是单线发展的，而是复线发展的。维多利亚诗歌中有现实主义因素，有浪漫主义因素，也有唯美主义因素，有从保守、温和到

---

① 刘若瑞编：《十九世纪英国诗人》，北京：人民文学出版，1984 年，第 54 页。

② 王佐良：《英国诗史》，南京：译林出版社，1993 年，第 344 页。

③ 飞白：《略论英国维多利亚时代的诗》，《外国文学研究》，1985 年第 2 期，第 82 页。

民主主义、社会主义的各种思想倾向，交织成一幅错综立体、发展变化的图景。"①

　　90 年代以来，学界对维多利亚诗歌的认识大多延续了"衰落论"的思路。1991 年，王佐良在《浪漫主义诗歌史》中提到："五位大诗人相继过去之后，诗坛出现了一种萧条落寞的光景"②。1999 年，侯维瑞主编的《英国文学通史》认为维多利亚时期英国诗歌经历了 19 世纪上半叶的繁荣与鼎盛之后"走上了衰微之途"③。2006 年，钱青主编的《英国 19 世纪文学史》对过去多年来既定的学术观点，即"衰落论"提出了颠覆性的意见。编者认为："这时期的英国诗歌所取得的成就仅次于英国文艺复兴时期。这时期的伟大诗人包括丁尼生、勃朗宁、阿诺德、勃朗宁夫人、先拉斐尔派诗人、为艺术而艺术的诗人、颓废诗人和幽默讽刺诗人。"④其实，这一评价的合理性是有待商榷的，因为在这一著作中，编者为浪漫主义八位大诗人单列一节进行论述，而维多利亚诗歌一章只有 3 位诗人单列一节讨论，对两个时期诗歌创作的区别对待一目了然。

　　关于维多利亚诗歌的特征，侯著论述了其与浪漫主义诗歌的差异："如果说，浪漫主义诗歌大都只注重揭示大自然与精神世界之间的关系，热衷于表达诗人的炽烈情感，那么维多利亚时代的诗歌则更多陈述了资本主义发展时期新的民族意识与道德观念。浪漫主义诗人往往借景抒怀，追求表现超尘拔俗的理想境界；而维多利亚时代的诗歌则讲究客观的描述，偏重理性的因素。"⑤钱著则更加强调"大部分维多利亚诗歌秉承了浪漫主义诗歌的传统"，并强调"这两段时期诗歌的传承连绵"⑥。两本著作代表了学界的两

---

① 飞白：《略论英国维多利亚时代的诗》，《外国文学研究》，1985 年第 2 期，第 87 页。
② 王佐良：《浪漫主义诗歌史》，1991 年，第 337 页。
③ 侯维瑞主编：《英国文学通史》，1999 年，第 415 页。
④ 钱青主编：《英国 19 世纪文学史》，2006 年，第 141 页。
⑤ 侯维瑞主编：《英国文学通史》，上海外语教育出版社，1999 年，第 416 页。
⑥ 钱青主编：《英国 19 世纪文学史》，2006 年，第 141 页。

English Literary Studies in China: The Studies of English Writers Volume I

种观点：一是对差异性的重视，一是对延续性的强调。

阿尔弗莱德·丁尼生（Alfred Tennyson，1809－1892）于 1850 年华兹华斯去世之后被封为"桂冠诗人"，他一直是国内学界最为关注的维多利亚诗人。1898 年，严复在其翻译的《天演论》中用四言古体诗形式节译了丁尼生的长诗《尤利西斯》。20 世纪 20 年代，对丁尼生的译介较多，30—40 年代逐渐衰微，其原因在于"其诗歌与济慈一样，都不能服务于三四十年代中国的时代政治"①。民国时期，文学史著述大多将他看成维多利亚重要诗人而加以评述。曾虚白认为丁尼生是"代表维多利亚时代思想的诗人"②。欧阳兰认为丁尼生与罗伯特·勃朗宁可以代表维多利亚时代的特色，即"科学的精神，宗教的纷乱，以及浪漫主义的绵延"③。1937 年，金东雷在《英国文学史纲》中为丁尼生专设一节，称他是"英国登峰造极的诗人"④。同样，朱维之的《文质彬彬丁尼生》（《天风》1938 年第 5 卷第 3 期）认为他的诗歌艺术与技巧"已经达到炉火纯青的地步"，可以把柯勒律治、雪莱诗中"音乐的美"与济慈诗中"色彩的美"融为一体。尽管丁尼生在文学史著作中往往位居维多利亚诗人之首，但民国时期对丁尼生缺乏深入研究，一般性的评论文章也不多见。

50—60 年代，丁尼生的诗歌几乎无人翻译。关于丁尼生的评论文字可能只出现在 1959 年阿尼克斯特的《英国文学史纲》中译本中。该作者则采用阶级分析的视角，指出其所有"诗歌的固有特征：保守主义思想，对现实的理想化，按资产阶级观念的说教"⑤。这一评价典型地体现了苏联文艺界政治化解读的批评模式，一直

---

① 查明建、谢天振：《中国 20 世纪外国文学翻译史》，武汉：湖北教育出版社，2007 年，第 155 页。

② 曾虚白：《英国文学 ABC》，1928 年，第 139 页。

③ 欧阳兰：《英国文学史》，1927 年，第 172 页。

④ 金东雷：《英国文学史纲》，上海：商务印书馆，1937 年，第 316 页。

⑤ 阿尼克斯特：《英国文学史纲》，1959 年，第 496 页。

影响到 80 年代。80 年代，范存忠的《英国文学史提纲》将丁尼生、布朗宁对中古传奇故事的转向看成是"诗歌创作思想上的倒退"[①]。1988 年，陈嘉的《英国文学史》从诗歌艺术层面全面分析了丁尼生的诗歌创作，但最后却袭用 50—60 年代的阶级分析法，指出"他并非不知道他所处的时代的阶级冲突"，尽管他站在上层阶级的角度讴歌统治阶级，但是他对贫苦人民充满同情。[②] 不过，非政治化的评论倾向也肇始于 80 年代。1982 年，《中国大百科全书·外国文学卷》中的"丁尼生"词条称"丁尼生继承浪漫派诗人华兹华斯、拜伦和济慈的传统，同时受到古希腊、罗马文学的影响"。[③] 1999 年，侯维瑞主编的《英国文学通史》将丁尼生的诗歌分为"抒情诗"、"哲理诗"、"叙事诗"。2006 年，钱青主编的《英国 19 世纪文学史》认为丁尼生是维多利亚时期首屈一指的"诗坛巨匠"，并对他的诗歌创作进行分析，这可能是迄今为止国内对丁尼生所做的最详尽完备的学术性评论。近年来，也开始出现了一些零星研究丁尼生的学术论文，如丁宏为的《达尔文的冲击：略谈诺顿版〈丁尼生诗选集〉》（《国外文学》2010 年第 4 期）、金冰的《诗人之"手"：A. S. 拜厄特重新解读丁尼生》（《外国文学评论》2009 年第 4 期），批评的路径出现了多元化的趋势。然而，整体来看，我国对丁尼生诗歌的研究仍然相当不足。

罗伯特·勃朗宁（Robert Browning，1812－1889）是维多利亚时期在成就与影响方面仅次于丁尼生的大诗人。1922 年，李宗武将日本学者厨川白村的《勃朗宁的三篇恋爱诗》一文翻译成中文，发表在《妇女杂志》第 8 卷第 8 期上。厨川白村的《出了象牙之塔》一书中的"诗人勃朗宁"一节由鲁迅翻译，刊登在《京报副刊》1925 年第 64 期上。1924 年，朱湘将他的名作《异域乡思》翻译成

---

① 范存忠：《英国文学史提纲》，成都：四川人民出版社，1983 年，第 410 页。
② 陈嘉：《英国文学史》，1988 年，第 285 页。
③ 《丁尼生》，《中国大百科全书·外国文学卷》，1982 年，第 261 页。

中文，并在《京报副刊》上发表《白朗宁的〈异域乡思〉与英诗》一文，就别人对译文的指责与批评进行回应。方重的论文《邓与布朗宁对于人生的解答》（《国立武汉大学文哲季刊》1931 年第 2 卷第 4 期）可能是民国时期唯一一篇涉及布朗宁的专题学术论文，其从灵与肉的角度分析了其诗歌的主题。一些文学史著作对勃朗宁也有所评述，如徐名骥认为他的作品"偏于沉思的哲理"，其文字"淡远简朴"，因而不被普通读者喜爱。[1] 金东雷认为："他的诗关系人类的精神活动，所以曲高和寡"。[2] 曾虚白则提出："他是一个真实的写实派的诗人。他的诗不光歌颂美的和浪漫的，也供给了平凡者和丑恶者的现实真相"。[3] 民国时期的介绍或评论大多为一些直观的印象，而且比较简短，缺少真正深入的研究。

建国早期，勃朗宁如丁尼生一样，只出现在阿尼克斯特的《英国文学史纲》中译本中，作者将他誉为"维多利亚时代的第二杰出诗人"[4]，并评述了其诗歌的心理分析特点与"戏剧独白"的运用。"文革"之后，关于勃朗宁诗歌的研究仍然相当有限，其中不少成果采用"戏剧独白"的视角来分析他的诗歌，如陈嘉的《英国文学史》。90 年代，除一些文学史著作继续将勃朗宁当做重要作家收录（如侯维瑞主编的《英国文学通史》），学界所发表的一些评论文章大多是普及性、介绍性、赏析性的，如屠岸的《英国诗人罗伯特·布朗宁》（《外国文学》1992 年第 6 期）、刘意青的《寓无限于有限之中——谈布朗宁的诗歌》（《外国文学》1992 年第 6 期）、胡家峦的《"海神"与"海马"——读布朗宁〈我的前公爵夫人〉》（《名作欣赏》1992 年第 6 期）。2006 年，钱青主编的《英国 19 世纪文学史》将勃朗宁单列一节，紧随丁尼生之后加以评述。新世纪以来发表的独立学术论文明显增加，但在主流外国文学期刊上发表的明显不多。

[1] 徐名骥：《英吉利文学》，1933 年，第 34 页。
[2] 金东雷：《英国文学史纲》，1937 年，第 325 页。
[3] 曾虚白：《英国文学 ABC》，1928 年，第 137 页。
[4] 阿尼克斯特：《英国文学史纲》，1959 年，第 497 页。

百年来勃朗宁作为维多利亚大诗人的地位虽然始终未变,但国内学界所取得的重要研究成果却相当有限。

　　但丁·罗塞蒂(Dante Rossetti,1828–1882)是维多利亚时期的另一位重要诗人。早期学界将他看成"前拉斐尔诗派"的杰出代表,并基本认为这一派的诗歌与浪漫主义诗歌一脉相承,有的学者则将他划入"唯美派"诗人之列。欧阳兰在《英国文学史》中对前拉斐尔派诗人介绍时指出,他们"主张复起浪漫的运动,倡导中古的思想","他们的题旨是忠实自然",并具体提到这一派的代表作家有但丁·罗塞蒂、克里斯蒂·罗塞蒂、威廉·莫里斯、史文朋等。[1] 1927 年,藤固在《唯美派的文学》一书的"先拉飞尔派"一章中,重点探讨了以罗塞蒂为代表的这一派诗人,对他的诗歌贡献做出独到评价:"他的诗不受传统的束缚,与高雷利基(即柯勒律治)、华次华士、雪莱、司各得、拜伦相比,没有近似;与勃朗宁、阿诺德、丁尼孙相比,没有近似;他在独自的王国里,移植进了一种外来的情趣(exotic mood),南国的幽籁,作为辅助英国诗歌发展的一种宝贵的滋养料。"[2]1928 年,罗塞蒂 100 周年诞辰,赵景深发表《诗人罗赛谛百年纪念》(《小说月报》1928 年第 19 卷第 5 期)对他的叙事长诗进行详细分析,认为他虽然"写的是神秘的天国,但却处处合乎人情"[3]。同年,《学衡》杂志上刊登纪念文章《英国大诗人兼画家罗色蒂诞生百年纪念》,将罗塞蒂称为"画家之诗人"或"诗人之画家",因为"其作诗作画,同一旨趣,同一方法。其题目率取宗教及神话中之故事,而以写实之技术详细描绘之。故(一)真切之感觉,(二)神秘之意想,实为罗色蒂之画与诗之特点。"[4]闻一多

---

[1]　欧阳兰:《英国文学史》,1927 年,第 178 页。

[2]　藤固:《唯美派的文学》,1927 年,第 80—81 页。

[3]　赵景深:《诗人罗赛谛百年纪念》,《小说月报》,1928 年第 19 卷第 5 期,第650 页。

[4]　吴宓:《英国大诗人兼画家罗色蒂诞生百年纪念》,《学衡》,1928 年第 65 期,第 33 页。此文被《国闻周报》1929 年第 6 卷第 30 期全文转载,题目是《英国大诗人兼画家罗色蒂》。

English Literary Studies in China: The Studies of English Writers Volume 1

在《先拉飞主义》（《新月》1928 年第 1 卷第 4 期）中也对以罗塞蒂为代表的"前拉斐尔派"作家做了详细介绍。

民国时期对罗塞蒂的评论大多受到英美批评界的影响。费鉴照的《维多利亚时代的浪漫主义者》（《国立武汉大学文哲季刊》1930 年第 1 卷第 3 期）即是一篇关于英国学者维尔比（T. E. Welby）的著作《维多利亚浪漫主义者》（*Victorian Romantics*，1929）的书评。费鉴照重申浪漫主义精神在维多利亚时期的影响与延伸，并且指出："十九世纪中叶英国的浪漫主义是先拉飞尔运动。它不单是一个艺术的运动，也是一个文学的运动，在十九世纪的文艺史里占着很重要的地位。"[1]这一影响与批评思路在 30 年代的文学史著作中得以继承下来。徐名骥在《英吉利文学》中将罗塞蒂兄妹看成是"唯美派的先驱"，认为他们"只求美的、浪漫的、古代中世的英雄主义，而忽视现实的、繁琐的一切"；"罗塞蒂兄妹的创作富有浪漫的精神，他们把中古时代的美的故事采入近代的诗坛里，又把绘画的色彩融入美秀的词句中，造成了许多美的作品。"[2]张越瑞在《英美文学概观》中认为这一派的诗人"不仅有怀疑的态度，而且积极地反对理智、信仰，专以美的形式、色泽为诗歌的表现，这派的领袖是罗塞第。"[3]金东雷的《英国文学史纲》则将罗塞蒂的诗歌分为两种：抒情与记述，并认为他的诗风"以自然、真实和简洁等特性见长"[4]。

如丁尼生、罗伯特一样，罗塞蒂在建国早期也乏人关注。见诸文字的评论可能只有阿尼克斯特的《英国文学史纲》中译本。阿尼克斯特将他看成是"拉斐尔前派"的主要代表，指出这一派诗歌具有双重性："一方面是反对市侩的维多利亚时代理想，从审美去批

---

[1] 费鉴照：《维多利亚时代的浪漫主义者》，《国立武汉大学文哲季刊》，1930 年第 1 卷第 3 期，第 687 页。

[2] 徐名骥：《英吉利文学》，1933 年，第 36—37 页。

[3] 张越瑞：《英美文学概观》，1934 年，第 73 页。

[4] 金东雷：《英国文学史纲》，1937 年，第 338 页。

判资产阶级的生活方式——这也是本运动积极的一方面"，但另一方面，拉斐尔前派又"倾向于神秘主义"，是"颓废派的最初代表人"。[①] 这一政治化的批判基调在80年代仍然有回响。范存忠在《英国文学史提纲》中认为：罗塞蒂是"拉斐尔前派的唯美主义者的领袖"，而"唯美主义者是维多利亚时代的一种创作思想上的倒退。"[②]1988年，陈嘉在《英国文学史》中仍然重复"颓废"的指责，认为他"经常沉湎于对超自然与神秘事物的描写之中"。[③] 90年代，罗塞蒂似乎仍然只出现在文学史著述中（如侯维瑞的《英国文学通史》），尚未成为独立学术论文的研究对象。新世纪以来，学界发表了一些关于罗塞蒂的评论文章，不少硕士学位论文也以他的诗歌为研究对象，但令人印象深刻的成果很少。2006年，钱青主编的《英国19世纪文学史》重申了他的诗歌特点，即"画中有诗，诗中有画，两种艺术形式相互渗透"[④]。从1928年《学衡》杂志上的相同评语至此，近百年的罗塞蒂研究走过了一个轮回，至今尚未见到有突破性的成果问世。

　　伊丽莎白·勃朗宁夫人（Elizabeth Browning，1806-1861）与克里斯蒂娜·罗塞蒂（Christina Rossetti，1830-1894）是维多利亚时代两位著名的女诗人。徐名骥将克里斯蒂娜·罗塞蒂与勃朗宁夫人并称为"近代的二大女诗人"[⑤]。不过，在男性文化占主导地位的文学史界与评论界，在中国，勃朗宁夫人经常因罗伯特·勃朗宁而被介绍，她个人所获得的关注较为有限。欧阳兰的《英国文学史》与徐名骥的《英吉利文学》都是在评述完罗伯特·勃朗宁之后对勃朗宁夫人作简短介绍。曾虚白的《英国文学ABC》对勃朗宁夫人只字未提。1934年，张越瑞在《英美文学概观》中介绍勃

---

① 　阿尼克斯特：《英国文学史纲》，1959年，第505页。
② 　范存忠：《英国文学史大纲》，1983年，第413页。
③ 　陈嘉：《英国文学史》，1988年，第317页。
④ 　钱青主编：《英国19世纪文学》，2006年，第195页。
⑤ 　徐名骥：《英吉利文学》，1933年，第38页。

朗宁之后对勃朗宁夫人一笔带过。金东雷在《英国文学史纲》中为勃朗宁单列一节详加论述，但是却将勃朗宁夫人置于"其他的诗人"之列。当时对勃朗宁夫人最为重要的研究成果是 1928 年《新月》第1 卷第 1 期上发表的闻一多翻译的《白郎宁夫人的情诗》以及徐志摩的长文《白郎宁夫人的情诗》（《新月》1928 年第 1 卷第 1 期）。徐志摩的文章是国内第一篇关于白朗宁夫人的评论文章，其中借用了英美批评界关于"情诗诗人"的定位，但此文主要用随笔的形式对勃朗宁的诗歌进行介绍与评析，其欣赏性明显要大于学术性。

相比之下，克里斯蒂娜·罗塞蒂在民国时期所受到的关注要明显多于勃朗宁夫人，被翻译成中文的诗歌也有不少，尤其是在1926 年与 1928 年，她的两首诗歌被吴宓、陈铨等人翻译并刊登在《学衡》杂志上，出现了同一首诗歌的多个中译文，"成为中国诗歌翻译上饶有兴味的插曲"[1]。1930 年，克里斯蒂娜·罗塞蒂 100 周年诞辰之际，《现代文学》第 1 卷第 6 期推出"罗赛谛女士诗钞"，刊登了袁嘉华和赵景深翻译的 7 首诗歌以及袁嘉华的评论文章《女诗人罗赛谛百年纪念》。袁嘉华将维多利亚两大女诗人罗塞蒂与勃朗宁夫人看成是整个"英国文学史上最伟大的女诗人"，比较两位诗人"各有所长，很难分别高低"的诗歌成就，并认为克里斯蒂娜·罗塞蒂的诗不仅与她哥哥的作品一样"有着同样的声、色、沉思的特点"，而且她的抒情诗"更轻盈"，"更像鸟儿似的流利婉转"[2]。此外，茅灵珊的《论英国女诗人葵丝琴娜·罗色蒂的情诗》（《东方杂志》1944 年第 40 卷第 11 期）是民国时期的另一篇评论文章。作者认为她是"十九世纪英国最有天才的女诗人"，指出她的情诗"幽婉淡美"，其作品经常表现爱与死的主题[3]。不过，这一时期的

---

① 查明建、谢天振：《中国 20 世纪外国文学翻译史》，2007 年，第 156 页。

② 袁嘉华：《女诗人罗赛谛百年纪念》，《现代文学》，1930 年第 1 卷第 6 期，第 45、47—48 页。

③ 茅灵珊：《论英国女诗人葵丝琴娜·罗色蒂的情诗》，《东方杂志》，1944 年第 40 卷第 11 期，第 59—60 页。

文学史著作,包括金东雷的《英国文学史纲》,大多将她归入"前拉斐尔派"诗人之中,并紧随在其哥哥但丁·罗塞蒂之后作简略介绍,或一笔带过。

50—60年代,两位女诗人如其他维多利亚诗人一样很少被学界关注。阿尼克斯特的《英国文学史纲》中译本没有克里斯蒂娜·罗塞蒂的只言片语,只收录了勃朗宁夫人,并且从政治的角度对其生平与创作作简短介绍,提出她的不少政治抒情诗来自于她对社会、政治问题的兴趣以及对意大利人民的民族解放斗争的关心。"文革"结束后,方平在《读书》(1981年第3期)上发表《白朗宁夫人的抒情十四行诗》一文,较早对她的十四行诗进行介绍,而陈嘉在《英国文学史》中则将她排除在19世纪中叶英国主要诗人之外。克里斯蒂娜则直到90年代才重新获得学界的重要关注。《外国文学》发表了屠岸翻译的三首诗歌,并刊登了多篇介绍与评论文章,如屠岸的《克里斯蒂娜·罗塞蒂其人》(《外国文学》1994年第2期)、《论克·罗塞蒂的诗〈修道院门槛〉》(《外国文学》1994年第2期)。近二十年来,文学史著述大多将两位女诗人收入,有的著述,如侯维瑞主编的《英国文学通史》,仍将两位诗人附加在她们的父兄之后;有的著述,如钱青的《英国19世纪文学史》,则将她们俩归入"其他诗人"一节一并介绍。新世纪以来,学界发表的关于两位女诗人的学术论文略有增多,但少有突破性的成果。整体来看,国内学界对英国文学史上这两位重要女诗人的研究明显不足,认识尚不充分。

马修·阿诺德(Matthew Arnold, 1822-1888)是这一时期的另外一位重要诗人。尽管作为诗人的阿诺德被当下学界关注的程度远远不如作为19世纪散文家与批评家的阿诺德,但是在民国时期,阿诺德是作为备受瞩目的批评家与诗人同时受到学界的关注的。1919年,阿诺德的诗歌《渡飞矶》(今译"多佛海滩")被闻一多翻译成中文,刊登在《清华学报》第4卷第6期上。此后,吴宓主持的《学衡》杂志翻译了多首阿诺德诗歌,如吴宓本人翻译的《挽歌》(Requiescat)(《学衡》1923年第14期)、徐书简翻译的《失望》

（Despondency）（《学衡》1923 年第 14 期）、张荫麟和陈铨等人翻译的《罗壁礼拜堂诗》（Rugby Chapel）（《学衡》第 39 期）、李惟果翻译的《鲛人歌》（The Forsaken Merman）（《学衡》1925 年第 41 期），《学衡》杂志从而成为当时阿诺德译介的重要阵地。此外，还有徐志摩翻译的《诔歌》（Requiescat）（《晨报副刊》1925 年 3 月 22 日）、朱湘翻译的《索赫拉与鲁斯通》（《青年界》1934 年第 5 卷第 2 期）。从研究的角度来看，当时学界发表多篇评论文章。在《安诺德的诗歌研究》（《东方杂志》1922 年第 19 卷第 23 期）一文中，顾颐香将他的诗歌与人生经历结合起来，从抒情诗与叙事诗两个方面详细介绍了阿诺德的几十首诗歌，认为他的创作源泉来自经验，而非想象；其作品充满强烈的思想与情感，并且从阿诺德的批评理念（即"诗人乃人生之批评"）推断他的诗歌作品所描写的是"一幅人生的批评，或理想的人生"，最后认为他是一位"大诗人"，"在英语诗界中另树一帜"。①

这一时期最重要的成果是吴宓的《论安诺德之诗》（《吴宓诗集》卷末，中华书局，1935 年）。吴宓特别指出："安诺德之诗才，常为其文名所掩。世皆知安氏为十九世纪批评大家，而不知其诗亦极精美，且所关甚重，有历史及哲理上之价值，盖以其能代表十九世纪之精神及其时重要之思潮故也。"吴宓认为阿诺德的诗歌具有两大特点：一是"常多哀伤之旨，动辄厌世，以死为乐"，二是"常深孤独之感，作者自以众醉独醒，众浊独清，孤寂寡俦"，而"哀伤之旨、孤独之感，皆浪漫派之感情"，其原因在于阿诺德"能兼取古学浪漫二派之长，以奇美真挚之感情思想，纳于完整精炼之格律艺术之中"。吴宓可能是国内最早对阿诺德诗歌进行深入分析的学者，其评论方式不受当时普遍存在的文学功利主义思想影响，与当时学界对拜伦、雪莱等浪漫主义诗人的接受明显不同，代表了一种与众不同的审美批评模式。

---

① 顾颐香：《安诺德的诗歌研究》，《东方杂志》，1922 年第 19 卷第 23 期，第 82、89 页。

　　建国第一个三十年，作为诗人的阿诺德几乎销声匿迹。改革开放后，国内的一些诗歌选集中经常会收录阿诺德一两首诗，如飞白主编的《英国维多利亚时代诗选》（1985 年）和《世界诗库》（1994年）。另外一方面，一些文学选集，如杨岂深等主编的《英国文学作品选读》（1981 年）、王佐良等主编的《英国文学名篇选读》（1983年），都将阿诺德的诗歌排除在外。80—90 年代的文学史著作，如刘炳善的《英国文学简史》、陈嘉的《英国文学史》（第 3 卷）、侯维瑞主编的《英国文学通史》（1999 年）等，对诗人阿诺德或简单介绍，或一笔带过，或只字未提。新世纪以来，阿诺德的诗歌重新受到学界的关注，他的诗歌代表作之一《多佛海滩》经常被收录在一些文学选读之中，如王守仁主编的《英国文学选读》（2000 年）。钱青的《英国 19 世纪文学史》在"维多利亚诗歌"一章中将阿诺德单列一节，大大提升其诗人的地位，使之超越罗塞蒂兄妹、史文朋等人而与丁尼生、勃朗特并列，成为维多利亚时期第三大诗人。这一时期关于阿诺德诗歌的学术评论日益增多，尤其是国内主流学术期刊发表了多篇重要论文，如王守仁的《赋予生命以美的形式——论马修·阿诺德的戏剧片断体诗》（《外国文学评论》2000年第 4 期）、殷企平的《阿诺德对消费文化的回应》（《外国文学评论》2007 年第 3 期）和《夜尽了，昼将至：〈多佛海滩〉的文化命题》（《外国文学评论》2010 年第 4 期）等，代表了学界阿诺德诗歌研究的复苏。

　　值得一提的是，托马斯·哈代是崛起于维多利亚晚期的小说家，但也是一位重要的诗人。20 世纪 30 年代中期之前，国内学界所关注的主要是作为伟大诗人的哈代。1927 年，郑振铎称哈代是英国在世诗人中"最伟大者"，评价不可谓不高。但是在 20 世纪的大多数时间内，哈代主要是作为维多利亚时期的重要小说家被学界所研究与探讨。本章对此有专门论述，此不赘述。这一时期的其他诗人，如威廉·莫里斯、史文朋（Algernon Swinburne，1837 - 1909）等，除了在各类文学史著作中略有提及或一笔带过外，学界的评论或研究一直很少，在此不评述。

第三节
散文研究

维多利亚时期，英国涌现出一大批优秀的散文大家，如卡莱尔、麦考莱、罗斯金、阿诺德、纽曼、穆勒、赫胥黎、达尔文等。他们所撰写的大多不是培根式的文学随笔，而是专业性的散文或批评论文，其中涉及很多其他学科，如历史、宗教、科学、政治、文学批评。这一时期的散文大多以学术性、思想性、批评性著称。穆勒的散文所涉及的是哲学、政治学、政治经济学，纽曼的散文所涉及的是宗教、教育等领域，达尔文的散文所涉及的是科学等。因此，国内对这些散文作家的研究有的成为其他学科的研究，如历史学研究、宗教学研究、科学思想研究、政治学研究、哲学研究等，大多不属于英国文学研究的范畴。而卡莱尔、罗斯金、阿诺德以及王尔德、佩特等人关于文学批评类的散文，构成了 19 世纪下半叶英国的"批评性散文"，或称"文论"，这些一直是国内英美文论研究的重要对象。

国内学界对这一时期散文的总体论述大多见于文学史等综合性著述中。"散文"是英文单词 essay 与 prose 的中译，而 19 世纪后半叶的散文不少带有文学批评的特点，20 世纪以来则完全演变成了学术性的论文。因此，民国时期对这一文类的认识仍然比较含混。1927 年，欧阳兰将这一时期的散文家统称为"论文家"，并认为卡莱尔、麦考莱、罗斯金、阿诺德是其主要代表，认为"他们在思想方面，都是各树一帜，不是同属一派的"[①]。同年，郑振铎在《文学大纲》中将从兰姆到阿诺德的 19 世纪散文作家称为"批评家"。[②] 1933 年，曾虚白认为这一时期的散文创作"风起云涌，既繁

---

① 欧阳兰：《英国文学史》，1927 年，第 162 页。

② 郑振铎：《文学大纲》，1927 年，第 162 页。

多又复杂"。① 1934年，张越瑞将当时的散文称作"文学批评"②，并提到了卡莱尔、麦考莱、纽曼、罗斯金等作家。当时最为详尽的文学史著作，即1937年金东雷的《英国文学史纲》，将维多利亚时代统称为"散文的时代"，将散文盛行的原因看成是报纸发达、教育普及的结果，但是对维多利亚"散文"的特性没有作出界定或总括性的评述。作者设立独立小节对卡莱尔、罗斯金、麦考莱、阿诺德等人的创作详加评述，把前两人称为"散文作家"，把后两人则称为"批评家"，侧重点并不相同。

建国后，维多利亚散文与维多利亚诗歌相比，更不被关注。当时的英国文学研究深受苏联文艺观的影响。阿尼克斯特的《英国文学史纲》中译本对维多利亚散文几乎没有专门论及，只是提到卡莱尔是19世纪30—40年代"影响极大的政论家"，罗斯金在19世纪60—70年代"特别受欢迎"，并认为后者的作品是"对资本主义的审美批评"。③ 1988年，陈嘉的《英国文学史》用"非虚构性散文"（non-fiction prose）评述了卡莱尔、麦考莱、罗斯金、纽曼、穆勒、赫胥黎等人的创作，认为他们比批判现实主义小说家们"更能代表维多利亚时代的精神"④。此书受到苏联文艺观的影响，"左"的文艺思潮痕迹仍比较明显。1994年，王佐良在《英国散文的流变》中指出维多利亚时期"是一个散文样式更多、成品更丰的繁盛时期。如果说浪漫主义时期诗人的名声掩盖了散文作家的名声，那么在这个时期，虽然诗歌上产生了丁尼孙、白朗宁等名手，散文方面却有更多的第一流作家，活动在更广阔的写作领域：历史学家卡莱尔、麦考莱；宗教人士纽曼；科学家达尔文、赫胥黎；政论家密尔；文论家安诺德；美学家罗斯金和培透；小说家狄更斯和撒克雷。"⑤王佐

---

① 曾虚白：《英国文学ABC》，1933年，第79页。
② 张越瑞：《英美文学概观》，1934年，第70页。
③ 阿尼克斯特：《英国文学史纲》，1959年，第502页。
④ 陈嘉：《英国文学史》，1988年，第328页。
⑤ 王佐良：《英国散文的流变》，1994年，第133页。

良的著作是国内第一部重要的英国散文流变史。他从英国散文发展与演变的角度评述各个时期的散文成就，并将维多利亚散文进行细分归类，具有中国人的眼光，带有中国特色，正如他对英国诗歌的研究一样，基本摆脱了苏联意识形态化批评模式的影响。

新世纪以来，这一时期"散文"仍然为一些文学史著述所关注。钱青的《英国19世纪文学史》专设一节"维多利亚散文"，认为这一时期的散文"硕果累累"，并重归社会—历史批评，指出"多数散文家受感于社会之疾病，他们以笔为媒，或感召，或呐喊，或讥刺，为社会积极地献计献策。他们中有持有各种不同观点的著名历史学家、思想家、社会学家、科学家、宗教界人士及文学家，如卡莱尔、麦考利、穆勒、罗斯金、阿诺德、莫里斯，还有达尔文、赫胥黎、纽曼等人。"[1]编者从社会—历史批评的角度对这些散文家加以评述，并特别指出他们对社会热点问题兴趣浓厚。值得注意的是，2012年王卫新等人的最新著作《英国文学批评史》将卡莱尔、罗斯金、阿诺德等人以及唯美主义作家佩特、王尔德等人的散文作品，纳入文学批评的范畴深入探讨。上述对"散文"的不同分类与选择代表了两种不同的研究视角。百年来学界对维多利亚散文的研究与对散文这一文类的认识变迁密切相关，也与20世纪文学批评成为一门独立学科密不可分。

卡莱尔、罗斯金、阿诺德等人或作为"散文家"，或作为文艺批评家一直为国内学界所关注，而散文家托马斯·麦考莱（Thomas Macaulay，1800－1859）虽然在19世纪与卡莱尔、罗斯金等人齐名文坛，但长期以来问津者不多。除了能在文学史著作中得以一见之外，很少见到独立评论文章。

托马斯·卡莱尔（Thomas Carlyle，1795－1881）因《法国革命》（*The French Revolution*，1837）、《英雄与英雄崇拜》（*On Heroes and Hero Worship*，1841）与《过去与现在》（*Past and Pres-*

---

① 钱青：《英国19世纪文学史》，2006年，第213页。

ent，1843）等著作而影响巨大。1905 年,《大陆》报上连载的《英国大文豪脱摩斯·卡赖尔之传》(《大陆》1905 年第 1—12 期）可能是国内最早介绍卡莱尔的文章。民国时期,卡莱尔作为文学批评家、散文家在我国学界备受推崇。1923 年谢六逸的《批评家卡莱尔》一文可能最早赞赏他的"传记的"与"历史的"批评态度。1926 年,梁实秋在《喀赖尔的文学批评观》(《晨报副镌》1926 年第 63 期）中从影响源头、文学批评的任务、文学批评的方法等三个方面介绍了卡莱尔的文学批评观,并重点对三种批评方法,即"解说"、"传记"、"历史",进行了评述。1927 年,郑振铎在《文学大纲》中认为:卡莱尔是英国"19 世纪后半叶最伟大的作家",其创作风格因"辞藻的丰富、句法结构的奇异,以及章法的古拙等等,成就了英国散文学中无比的精美",并重点介绍了他的"散文史诗"《法国革命》。张越瑞认为卡莱尔在当时的散文作家中"首屈一指",并提出:"他的作品具有丰富的描写力、想象力、强烈的情感与深刻的思想",但是其弊端在于"过分的比喻,复杂的词语,与夸张的叙述"。[1] 金东雷也认为卡莱尔是维多利亚散文作家中"最伟大和最重要的人物",指出他的著作可分为三类,即"批评的、思想的和历史的",其作品的风格特点在于"冷酷的笔法"、"广博的智识"、"诚恳的态度"、"强烈的感情"等,最后称他为"时代的大家"。[2] 与当时的同类著作相比,金东雷的著作对卡莱尔做了最为详尽的评述,其中专列一节对他的几部批评作品如《彭斯论》、《司各特论》与《歌德论》等进行了评析。杜衡在《卡莱尔论诗的真实》(《文史春秋》1935 年第 1 期）一文中也把卡莱尔当做一位重要的批评家看待,对有关"诗的真实"的文学理念进行评析。由以上梳理可以看出,当时学界较为看重其散文作品中的"文学性"特点,同时也对他的文学批评表现出了很大的兴趣。

　　卡莱尔在民国时期备受关注,其有重要影响的作品并非其文

---

[1]　张越瑞:《英美文学概观》,1934 年,第 70 页。

[2]　金东雷:《英国文学史纲》,1937 年,第 341、350 页。

学批评作品，而是其散文代表作《英雄与英雄崇拜》。这一名作于1937 年被曾虚白翻译成中文，由商务印书馆出版。金东雷在《英国文学史纲》中将卡莱尔的"英雄史观"归结为："人类的进步是英雄的产生，不是群众运动的成功"，而"整个的历史是英雄造成的，与议会、平民没有多大关系"。[①] 金东雷提到了近代历史学家认为历史是阶级斗争的产物，但是对卡莱尔的观点只做出介绍，并没有进行批判。不过，卡莱尔所表达的英雄史观曾对当时的思想界产生过巨大影响。1940 年，《战国策》上刊登陈铨的文章《论英雄崇拜》(《战国策》1940 年第 4 期)，而沈从文发表的《读〈论英雄崇拜〉》就陈铨将知识分子置于"英雄崇拜"的对立面加以批驳。此后，贺麟与朱光潜分别发表《英雄崇拜与人格教育》(《战国策》1941年第 2 卷第 17 期)与《论英雄崇拜》(《中央周刊》1942 年第 5 卷第10 期)等文，加入到"英雄崇拜"观的争鸣之中。尽管这些讨论大多脱离了卡莱尔的原作，更多围绕中国的历史与现实问题展开论辩，但实际上却表达了学界对卡莱尔"英雄崇拜"观的不同回应。此外，民国时期发表的关于卡莱尔的文章还有张载人的《英雄与英雄崇拜》(《中国革命》1934 年年第 4 卷第 9 期)、白麟的《卡莱尔之衣裳论》(《青年月刊》1936 年第 2 卷第 4 期)、梅光迪的《卡莱尔与中国》[②](《国立浙江大学文学院集刊》1941 年第 1 期)以及范存忠的《卡莱尔的〈英雄与英雄崇拜〉》(《时与潮文艺》1943 年第 2 卷第1 期)等。张载人与白麟的文章是《英雄与英雄崇拜》与《旧衣新缝》的书评。梅光迪则从比较文学的视角探讨了卡莱尔作品中对中国文化元素的借用与评述，与方重、范存忠等海外归国学者探讨18 世纪英国文学与中国文化的研究思路基本相同。

民国时期，马克思主义历史观已经被国内所接受，杜衡早在《卡莱尔论诗的真实》(《文史春秋》1935 年第 1 期)一文中就提到

---

① 金东雷：《英国文学史纲》，1937 年，第 347 页。

② 此文完整版再刊于《思想与时代》1948 年第 46 期。

卡莱尔是"极端的唯心论者和个人主义者"①。1946年，曹孚在《英雄与英雄崇拜》一文中认为卡莱尔的英雄史观是一种"唯'人'史观——在近代逐渐被社会科学、历史学的知识否定了，继之而起者是'唯物史观'"②。建国后，马克思主义的唯物史观与群众史观成为主导历史观，而卡莱尔的历史观则被看成是褒英雄、轻人民的历史观，因而不可避免地受到了诟病与指责。1956年，苏联学者涅马诺夫的《卡莱尔的社会史观点的主观唯心主义本质》（《史学译丛》1956年第4期）被翻译成中文，这篇文章直接将他的历史观斥为"主观唯心主义"而加以批判。然而，另一方面，卡莱尔在自己的作品中对维多利亚时代的社会弊端提出批判，这也曾经受到过马克思、恩格斯的肯定："托马斯·卡莱尔的功绩在于：当资产阶级的观念趣味和思想在整个英国正统文学中居于绝对统治地位的时候，他在文学方面反对了资产阶级，而且他的言论有时甚至具有革命性"。③ 因此他的文学成就与历史贡献并没有被完全否认。1959年，阿尼克斯特在《英国文学史纲》中译本中采用一分为二的方式，首先将卡莱尔看成是"英国对资本主义进行浪漫主义式批评的最杰出的代表者"，但是同时又对他的英雄史观加以批判，指出他在"正确地批评资产阶级社会的同时，在他所指定的正面纲领中暴露出自己的反动性。他的纲领归结为：社会领导权应当交给'精神贵族'、杰出人物，而不是交给人民。"④这一批评思路一直影响到此后国内学界对卡莱尔的研究与接受。

　　"文革"后至90年代，卡莱尔作为散文家经常出现在一些文学史著作中，如陈嘉的《英国文学史》，但作为历史学家的卡莱尔更多地为历史学界所认同与关注，其代表作《法国大革命》、《英雄和英

---

① 杜衡：《卡莱尔论诗的真实》，《文史春秋》，1935年第1期，第70页。
② 曹孚：《生活艺术》，1946年。
③ 马克思、恩格斯：《马克思恩格斯全集》第7卷，北京：人民出版社，1959年，第300页。
④ 阿尼克斯特：《英国文学史纲》，1959年，第375—376页。

雄崇拜》、《克伦威尔传》、《腓特烈大帝传》等被看成是西方史学的重要作品。国内一些文学史著作，如王佐良的《英国散文的流变》（1998 年）称之为"有文才的史家"①，而侯维瑞主编的《英国文学通史》（1999 年）在"十九世纪散文"一节中没有收录卡莱尔。历史学界对卡莱尔的评论主要围绕他的英雄史观进行重评。新世纪以来，外国文学界开始从社会与文化的角度对卡莱尔进行深入的探讨。殷企平的论文《卡莱尔"英雄"观的积极意义》[《杭州师范大学学报（社科版）》2009 年第 6 期]就学界部分著作对卡莱尔"英雄"观的诟病进行回应，指出卡莱尔生活在一个机械时代，他对英雄的呼唤实际上是抨击社会弊端的重要手段，因而具有积极意义。在《走向平衡——卡莱尔文化观探幽》[《杭州师范大学学报（社科版）》2010 年第 3 期]一文中，殷企平则用"平衡"来归纳卡莱尔的文化观。陶家俊的论文《卡莱尔和阿诺德：自由—人文主义文化批判》（《外国语文》2003 年第 3 期）则认为卡莱尔与安诺德一样将社会道德批评与自由—人文主义文化理念结合起来，对工业化时代的英国社会弊端进行了深刻的批判。此外，葛桂录、段怀清等人的论文②则采用比较文化的角度，探讨了卡莱尔与中国文化之间的关系。前者讲卡莱尔对中国政治与文化的向往，其目的是对西方近代文明弊端进行批判与谴责，并重申他是"中国文化的一个西方知音"；后者用文本细读的方式来阐释卡莱尔对中国文化与思想的理解。总的来看，卡莱尔作为散文家、历史学家被学界研究较多，作为文学批评家他得到的关注依然不足③。

---

① 王佐良：《英国散文的流变》，1998 年，第 134 页。
② 葛桂录：《托马斯·卡莱尔与中国文化》，《淮阴师范学院学报（哲社版）》，2004 年第 1 期；段怀清：《梅光迪对卡莱尔思想的解读阐释》，《杭州师范大学学报（社科版）》，2008 年第 4 期。
③ 2012 年，王卫新等人的《英国文学批评史》的"卡莱尔的历史批评"一节所探讨的仍然是作为一位历史学家的卡莱尔，对他的文学批评作品，如《彭斯论》、《司各特论》与《歌德论》等，只字未提。

约翰·罗斯金（John Ruskin，1819－1900）是维多利亚时期另一位重要的散文家与文学批评家。他的代表作《现代画家》（*Modern Painters*，1843）、《建筑的七盏明灯》（*The Seven Lamps of Architecture*，1849）、《威尼斯的石头》（*The Stones of Venice*，1851－53）蕴含着极为丰富的文艺美学思想。在民国时期的文学史著作中，罗斯金往往能占得一席之地，有的文学史著作，如金东雷的《英国文学史纲》，对他的创作详加评述。1927 年，郑振铎在《文学大纲》中称罗斯金是"伟大的艺术批评家与散文诗人"[①]。1927 年，刘思训翻译、上海光华书局出版的《罗斯金艺术论》选译自其《现代画家》第 1 卷。1927 年，周全平在《文艺批评浅说》中认为：与其说罗斯金是文学批评家，不如说他是美术批评家。1928 年，丰子恺翻译的《拉斯金艺术鉴赏论》（《贡献》1928 年第 3 卷第 1 期）将他的艺术思想介绍到国内。当时，闻一多的《先拉飞主义》（《新月》1928 年第 1 卷第 4 期）与郭有守翻译的法国作家安德烈·莫洛亚的《从罗斯金到王尔德》（《金屋月刊》1929 年第 1 卷第 5 期）等文章对罗斯金的美学思想均有所论述。1936 年，梁实秋以"定之"的笔名发表长文《文艺批评家之罗斯金》（《自由评论》1936 年第 23 期）从思想渊源、文学批评、"道德的艺术馆"、美学观等四个方面对他的文艺批评思想作出重要评论。新中国成立以来，尤其是新时期以来，国内评论界依然将罗斯金当做重要的批评家或美学家，而不是散文家，加以研究，并发表了不少评论文章。近几年，作为文艺批评家的罗斯金得到了更多的关注，相关研究成果不仅包括博士学位论文，而且还有学术专著[②]。

马修·阿诺德（Matthew Arnold，1822－1888）是维多利亚时期重要的诗人、散文家与批评家。上一节对他的诗歌在中国的

---

① 郑振铎：《文学大纲》，1927 年，第 1583 页。

② 刘须明：《约翰·罗斯金艺术美学思想研究》，南京：东南大学出版社，2010 年；何畅：《环境与焦虑：生态视野中的罗斯金》，浙江大学博士论文，2010 年；魏怡：《罗斯金美学思想中的宗教观》，中国社会科学院研究生院博士论文，2010 年。

译介与研究作过梳理。作为批评家，阿诺德很早即为国内学界所关注。1922 年，张歆海在美国哈佛大学的博士论文《安诺德的崇古主义》（*The Classicism of Mathew Arnold*）最早对他的批评思想进行探讨。同年，阿诺德 100 周年诞辰之际，《东方杂志》推出"安诺德百年纪念"，共刊登 5 篇专题文章①，涉及阿诺德创作的时代背景、生平传记、诗歌、文学批评以及政治与社会批评等内容，非常全面地将阿诺德及其创作思想介绍到中国。胡梦华从维多利亚时代的社会变迁与政治改革的时代背景出发，认为阿诺德的"批评的精神"即是针砭社会，但是他在政治上采取调和的态度，希望用折中的手段来化解社会的冲突与矛盾。② 吕天锡认为阿诺德是一位"独立的政治批评家"，并从他的"自由批评"理念（即"不可偏私殉情、附和一党一派"）以及"文化"概念（即"文化是世界上最精美的思想和言论"）出发，分析了他的《文化与无政府主义》、《民主》、《美与知》、《文学与科学》等多部作品。华林一从对待文学批评的态度、文学批评的原理与文学批评的方法等三个方面，最早对作为文学批评家的阿诺德作出重要评论，指出阿诺德十分重视文学批评，认为文学批评具有极大的作用和价值；批评家的任务就是要研究全世界最精美的思想与知识，无偏无私，自由独立地论定其价值，再把精美的思想与知识进行广泛的传播，"以造成完全的人生，以造成完全的文化"③。

　　1927 年，《东方杂志》第 24 卷第 15 期刊登了朱孟实（即朱光潜）的《欧洲近代三大批评学者（三）——安诺德》，其中认为阿诺德的成就不在诗歌，而在批评。在作者看来，阿诺德的批评"范围甚

---

① 1922 年，《东方杂志》第 19 卷第 23 期上刊登的 5 篇文章分别是胡梦华的《安诺德和他的时代之关系》、吕天锡的《安诺德之政治思想与社会思想》、顾颐香的《安诺德的诗歌研究》、胡梦华的《安诺德评传》、华林一的《安诺德文学批评原理》。

② 胡梦华：《安诺德和他的时代之关系》，《东方杂志》，1922 年第 19 卷第 23 期。

③ 华林一：《安诺德文学批评原理》，《东方杂志》，1922 年第 19 卷第 23 期，第 78 页。

广，不仅限于文学，凡是有关于人类文化的，他都加以讨论。"①作者将他与圣伯夫、克罗齐并立，主要以他的两部作品，即《批评文集》第 1 卷、第 2 卷，为评论对象，集中评论了阿诺德"非功利"（disinterested）的批评主张、批评的定义与任务、批评家的修养，以及狭义的批评，即文学批评的标准，最后认为阿诺德是"一个站在浪漫主义潮流中崇奉古典的人"②。同年，周全平在《文艺批评浅说》（1927 年）中专列一章，探讨阿诺德的"欣赏批评"：围绕阿诺德关于批评与创作的关系，以及批评的要旨（即对世界上最精美的知识与思想作"不计利害"的传播）；认为这是康德以来美学中倡导的"美"的批评态度，即摆脱伦理、世俗、道德的束缚，学习并传播世界上最精美的知识。其"欣赏批评"即是"判断善恶，而不决定善恶"③。

　　民国时期，学衡派不仅是阿诺德诗歌的译介与研究的主导力量，而且也是阿诺德批评思想的重要研究者。1923 年，梅光迪在《学衡》上发表的《安诺德之文化论》（《学衡》1923 年第 14 期）最早对阿诺德的文化观进行了深入的评析与探讨。梅光迪从当时的英国社会弊端百出的现状入手，认为英国人在精神上"残缺不全，失其常度"，而阿诺德"欲以'文化'以救正之。文化者，求完善之谓也。"④在梅光迪看来，阿诺德的文化观一是倚重文学，因为"科学为工具的智慧，与人之所以为人之道无关。文学则使人性中各部分如智识、情感、美感、品德，皆可受其指示、熏陶，而自得所以为人之道。故其称诗为人生之批评。"⑤二是重视批评，所谓"批评者，乃无私之企图，以研求宣传所知所思之最上品也"，而批评，尤

---

① 朱孟实：《欧洲近代三大批评学者（三）——安诺德》，《东方杂志》，1927 年第 24 卷第 15 期，第 61 页。
② 同上，第 68 页。
③ 周全平：《文艺批评浅说》，上海：商务印书馆，1927 年，第 35 页。
④ 梅光迪：《安诺德之文化论》，《学衡》，1923 年第 14 期，第 7 页。
⑤ 同上，第 8 页。

English Literary Studies in China: The Studies of English Writers Volume I

其是文学批评，视"非利士人"为死仇，乃达到"文化"之重要手段。① 阿诺德批判现实、崇尚古典的批评精神与昌明国粹的学衡派在文化主张与思想理念上不谋而合，因此成为吴宓、梅光迪等人极为推崇的外国作家之一。

20—30 年代的英国文学史著作基本上把阿诺德当做重要作家加以介绍与评论。欧阳兰在《英国文学史》中指出阿诺德"是一个卓绝的诗人，同时又是一个卓绝的论文作家"，认为他的文艺批评在近代"影响极大"。② 郑振铎的《文学大纲》同样指出阿诺德"是一位诗人，却也是一位重要的批评家"，认为他的散文分为两个部分，一是关于文学的，一是关于人生的。徐名骥认为阿诺德既是诗人，也是批评家，并称他的批评方法是"鉴赏批评"③。1937 年，金东雷在《英国文学史纲》中介绍了阿诺德文学批评的原则、态度与方法，并评论了他的《批评文集》。这些著作均肯定了阿诺德在文学史上的重要地位，但是对他的评论大多浅尝辄止，缺乏深入的剖析。30—40 年代，除了诗歌作品外，阿诺德的一些批评作品也相继被翻译成中文，如曹葆华翻译的《诗的研究》(《文学季刊》1935 年第 1—2 期)、张芝联翻译的《论翻译荷马》第 1 段(《西洋文学》1940 年第 2 期)、林率翻译的《华兹华斯论》(《西洋文学》1940 年第 3 期)等。这一时期也出现了多篇评论文章，如张月超的《安诺德的文艺批评》(《新民族》1939 年第 4 卷第 4 期)、费鉴照的《安诺德的古典主义》(《当代评论》1942 年第 2 卷第 7 期)、柳无忌的《亚诺德论文学与人生》④。值得一提的是，柳无忌将阿诺德誉为"英国最伟大的批评家"，并从批评的定义与作用、文学家所应具备的条件、西方文学批评理论的三个阶段、文学作品评判的标准、文学与

---

① 梅光迪：《安诺德之文化论》，《学衡》，1923 年第 14 期，第 8 页。

② 欧阳兰：《英国文学史》，1927 年，第 169—171 页。

③ 徐名骥：《英吉利文学》，第 122 页。

④ 本文载柳无忌著《西洋文学的研究》，上海：大东书局，1946 年。

人生的关系等几个方面入手，详细评述了阿诺德的批评思想。

50 年代，阿尼克斯特的《英国文学史纲》中译本中提及卡莱尔、罗斯金，却没有提到阿诺德。不过，1958 年人民文学出版社出版了殷葆瑺翻译的《阿诺德文学评论选集》，其中收录了阿诺德的 4 篇文学批评论文，即《评荷马史诗的译本》、《论诗》、《诗与主题》与《评华滋华斯》，成为当时阿诺德译介的重要成果。在"译者序"中，殷葆瑺将阿诺德的创作分为三个时期，即诗歌创作时期、文学批评时期、文化批评时期，并从诗歌的内容问题、内容与形式的关系问题、诗歌的风格与评价、诗歌的翻译与风格问题等几个方面，对阿诺德的文学批评观做出了详尽的介绍与剖析。"文革"后，苏联文学史观在中国的影响持续存在。一些文学史著作，如范存忠的《英国文学史提纲》、陈嘉的《英国文学史》、侯维瑞主编的《英国文学通史》，对阿诺德或一笔带过，或只字未提。1993 年，王佐良在《英国散文的流变》中将阿诺德看成是 19 世纪中叶英国影响最大的"文论家"，认为他的文学批评涉及文学的"内部"和"外部"问题，即一方面对"壮伟的风格"、"高度严肃性"大力推崇，另一方面则对英国中产阶级的市侩习气进行谴责。此外，80—90 年代关于阿诺德散文或批评的评论文章屈指可数，如刘重德的《阿诺德评荷马史诗的翻译》（《外国语》1984 年第 4 期）。一些相关评论文章，如蓝仁哲翻译的《当代英美文艺批评的五种模式》（《文艺理论研究》1982 年第 3 期），间或提到阿诺德的批评传统。可以说，从建国至 90 年代末的半个世纪，阿诺德在中国遭遇了一段特殊的"冷遇期"。

与阿诺德诗歌研究不同，对阿诺德文学批评的研究在新世纪出现了较为强劲的复兴势头。这一时期，学界基本上将阿诺德的文学批评看成是极为重要的文化批评，并发表了多篇评论文章，如萧俊明的《英国文化主义传统探源》（《国外社会科学》2000 年第 3 期）、韩敏中的《阿诺德、蔡元培与"文化"包袱》（《国外文学》2002 年第 2 期）、陶家俊的《卡莱尔和阿诺德：自由—人文主义文化批判》（《四川外语学院学报》2003 年第 3 期）、向天渊的《马修·阿诺德与 20 世纪中国文化》[《重庆工商大学学报（社科版）》2006 年第 3 期]、曹莉的《文化自觉与文化批评的新契机——阿诺德、利维斯、威廉斯对我们的启示》（《中国比较文学》2010 年第 3 期）等。2002 年，韩敏中翻译的阿诺德重要代表作《文化与无政府状态——政治与社会批评》出版。阿诺德的文化批评也成为博士论文的选题对象，如李振中的《追求和谐的完美——评马修·阿诺德文学与文化批评理论》（2007 年）、吕佩爱的《科学精神与人文关怀——马修·阿诺德的文化观研究》（2008 年）等。英国剑桥大学学者考利尼（Stefan Collini）在《阿诺德的批评肖像》（*Matthew Arnold: A Critical Portrait*，2008）一书中认为：阿诺德将社会批判与作品分析的有机结合是他对文学批评的最具永恒意义的重要贡献，而他的文学批评即是文化批评。国内对阿诺德文化批评日益增长的学术兴趣，实际上也是对英美批评界做出的有力呼应。

19 世纪后期，唯美主义文学思潮兴起，王尔德与佩特的批评性散文也一直成为重要关注对象。奥斯卡·王尔德不仅是维多利亚时期的重要戏剧家、小说家，而且也是一位重要的散文家与批评家。民国时期的"王尔德热"中，他的戏剧与小说作品被大量译介到中国，而他的散文与批评作品也很早被翻译成中文，如郁达夫翻译的《杜莲格莱序文》（《创造》1922 年第 1 卷第 1 期）、朱维基翻译的《谎语的颓败》①等。王尔德的批评作品《作为艺术家的批评家》（*The Critic as Artist*）被林语堂分 5 次节译成中文，即《论静思与空谈》（《语丝》1928 年第 4 卷第 13 期）、《论创造与批评》（《语丝》1928 年第 4 卷第 18 期）、《印象主义的批评》（《北新》1929 年第 3 卷第 18 期）、《批评家的要德》（《北新》1929 年第 3 卷第 22 期）、《批评的功用》（《北新》1929 年第 3 卷第 23 期）。王尔德的乌托邦散文作品也由震瀛翻译为中文版本《社会主义与个人主义》（*The Soul of*

---

① 此文收录于朱维基、芳信的著作《水仙》（上海：光华书局，1928 年）中。

Man under Socialism，1891)，1928 年由上海受匡书局出版。沈泽民的《王尔德评传》(《小说月报》1921 年第 12 卷第 5 期)、张闻天与汪馥泉的《王尔德介绍》[①]、梁实秋的《王尔德的唯美主义》[②]是当时对王尔德的文艺批评思想做出评论的重要成果。张闻天认为王尔德是"为艺术而艺术"的最典型代表。沈泽民认为王尔德"独倡为艺术的艺术而主张把艺术分离人生"，却忽略了"为艺术而艺术"这一口号的历史渊源。梁实秋明确指出这一口号并非王尔德的"独创"，认为将王尔德的唯美主义看成"为艺术而艺术"，未免有点"笼统"，并从艺术与时代、艺术与人生、艺术与自然、艺术与道德、个性与普遍性、艺术与艺术批评等六个方面对王尔德的唯美主义批评思想做出深入的分析。此外，对王尔德的文艺批评发表评论的文章还有昭言的《王尔德文论》(《中和月刊》1940 年第 5 期)等。

瓦特·佩特(Walter Pater，1839－1894)是维多利亚时期另一位重要的散文家与批评家，其代表作《文艺复兴史研究》(再版时更名为《文艺复兴》)的"绪论"和"结论"部分很早就被翻译成中文。1922 年，胡子贻翻译的《文艺复兴研究集·序》刊登在《东方杂志》第 19 卷第 12 期上。1926 年，张定璜翻译的《〈文艺复兴时代研究〉的结论》刊登在《沉钟》1926 年第 3 期上。同年，郭沫若在《瓦特·裴德的批评论》(《创造周报》1926 年第 26 期)一文中节译了《文艺复兴》一书的绪论，并且指出在英国近代文艺批评史中，佩特"承阿诺德的鉴赏批评的滥觞，开王尔德辈唯美主义的先河"[③]。同样，滕固在《唯美派的文学》(1927 年)一书中对佩特的唯美主义思想进行了详细介绍与评论，并将佩特置于英国近代文学批评史中，认为他的批评思想与卡莱尔、阿诺德、罗斯金等人不同，是"人性主义的唯美主义者"，而他的批评不是社会或政治的批评，而是一种以艺

---

① 此文最初连载于 1922 年 4 月份的《民国日报》，后来经过修订后收入《狱中记》(北京：商务印书馆，1932 年)。

② 此文载梁实秋的著作《文学的纪律》，1928 年商务印书馆出版。

③ 郭沫若：《瓦特·裴德的批评论》，《创造周报》，1926 年第 26 期，第 1 页。

English Literary Studies in China: The Studies of English Writers Volume I

术品所唤起的愉悦或快感为核心的"审美批评"，因此称他为"世纪末的享乐主义者"①。1928 年，本间久雄的《欧洲近代文艺思潮论》中译本将佩特看成"近代欧洲文艺批评家的第一人"，认为他的"快乐主义"是一种"感觉主义"，即"使感觉敏锐而强有力地接受周围所出现的印象"，同时"尊重由感觉而得的经验本质"被置于生命的中心位置，佩特认为他的快乐主义也是一种"生命哲学"。② 1930 年，萧石君的《裴德的哲学思想与英国世纪末文学》③主要以《文学复兴》一书的"结论"部分为评论对象，分析了其唯美主义批评思想与时代，以及与新文艺运动之间的关系。民国时期，佩特基本上被看成是"审美快乐主义"的重要代表。在一些文艺思潮类著作，如高蹈的《近代欧洲文艺思潮史纲》与徐伟的《西洋近代文艺思潮讲话》中，佩特的"快乐主义"基本上被解读成一种"感觉主义"。

唯美主义思潮在民国时期受到学界的大力追捧，影响巨大。但是茅盾在介绍王尔德的名著《莎乐美》时较早从阶级分析的角度提出了批判，认为唯美主义是"寄生阶层的文艺样式"④。建国后，受苏联文艺观的影响，国内基本上将唯美主义当做"颓废派"而加以否定。阿尼克斯特的《英国文学史纲》中译本中，"为艺术而艺术"被贬斥为"堕落口号"⑤。由于国内学界对现实主义的推崇，王尔德与佩特的批评思想一致被看成是"形式审美主义"而受到指责。这一状况在 80 年代仍然存在。1988 年，陈嘉批评唯美主义运动提倡"为艺术而艺术"以及艺术欣赏中的"快感原则"，认为这种运动实际上把文学艺术与社会生活脱离开来，因此是一种不可取的"逃避主义"。不过，从 80 年代中晚期开始，对王尔德、佩特等

---

① 滕固：《唯美派的文学》，上海：光华书局，1927 年，第 104 页。
② 本间久雄：《欧洲近代文艺思潮论》，1928 年，第 320、323 页。
③ 此文原载《华北日报》副刊 1930 年 11 月 24 日和 25 日，后来收入其著作《世纪末英国新文艺运动》（中华书局，1934 年）。
④ 茅盾：《汉译西洋文学名著》，1935 年，第 245 页。
⑤ 阿尼克斯特：《英国文学史纲》，1959 年，第 517 页。

唯美主义文论的评价越来越中性而客观。

近 20 多年来，王尔德的文学创作包括其文论再次成为学界研究的热点。与此同时，佩特也被看成是英国唯美主义运动的重要批评家而受到关注。一些文艺批评与美学著作，如赵澧、徐京安主编的《唯美主义》（1988 年）、蒋孔阳主编的《十九世纪西方美学名著选》（1990 年）、朱立元主编的《西方美学史》第 4 卷（1999 年）等，都对佩特的批评思想做出肯定性的评论。钱青主编的《英国 19 世纪文学史》（2006 年）将佩特看成是维多利亚时代重要的散文家与批评家而单列一节加以评述。这一时期对佩特的文艺批评思想进行探讨的还有周小仪的专著《唯美主义与消费主义》（2002 年）以及钟良明的《"为艺术而艺术"的再思索——论沃尔特·佩特的文艺主张》（《外国文学评论》1994 年第 2 期）、高继海的《从〈文艺复兴〉看佩特的美学思想》（《河南大学学报》1996 年第 6 期）、陈文的《佩特唯美主义文艺观及其在中国的研究综述》（《外国文学研究》2004 年第 3 期）等论文。与国内王尔德研究相比，国内佩特研究相对有限，可以探讨的空间很大。

第四节
狄更斯研究

查尔斯·狄更斯（Charles Dickens，1812－1870）是 19 世纪英国最伟大的小说家，在英国文学史中的经典地位早已无可撼动。他一生创作了 15 部长篇小说以及许多中短篇小说。他以现实主义的艺术手法，描绘了包罗万象的维多利亚社会，塑造了一系列栩栩如生、令人难忘的人物形象。180 多年来，他的作品不断被重印再版，并被翻译成多种文字，深受世界各地广大读者的喜爱。狄更斯于 20 世纪初传入中国。1904 年，上海的《大陆》报所刊登的《英国二大小说家迭根斯及萨克礼略传》可能是国内最早评论狄更斯的文字。1907 年—1909 年，林纾和魏易合作将狄更斯的 5 部小说翻译成中文，曾经影响一时。林纾为中译本撰写的文言文序跋，是国内狄更斯独立评论的滥觞。此后，狄更斯一直受到国内评论界、学术界的广泛关注，成为 20 世纪国内被研究最多的英国作家之一。中国狄更斯学术史大致可分为四个时期：清末民初、民国时期、建国"十七年"、新时期以来。在政治、社会、文化思潮与学术环境的影响下，狄更斯研究在不同的历史阶段各不相同，并带有各自鲜明的学术特色。

一、清末民初的狄更斯评介

作为中文语境中第一篇狄更斯的评介文章，《英国二大小说家迭根斯及萨克礼略传》称狄更斯与萨克雷为"晚近英国二大小说家，远超乎流辈之上"①。作者介绍了狄更斯的生平，并十分敏锐地注意到了其小说创作的题材特点。作者认为，《尼古拉斯·尼可比》"描写近世英国社会之真相，文笔淋漓尽致"，堪称"杰作"，而《奥利弗·退斯特》"乃描写伦敦下流社会之情态及恶弊者"，其艺术成就与笛福的《鲁滨逊漂流记》"不相上下"②。此文内容较短，作者不详，相关材料可能来自对外文资料的编译，但狄更斯的文学声名与影响就此传入中国。

1907 年至 1909 年，林纾和魏易合作将狄更斯的五部小说翻译成中文，即为《滑稽外史》、《孝女耐儿传》、《块肉余生述》、《贼史》、《冰雪因缘》③，成为国内狄更斯译介的先驱。他为中译本撰

---

① 《英国二大小说家迭根斯及萨克礼略传》，《大陆》，1904 年第 12 期，第 14 页。此文没有署名，作者不详。

② 同上，第 14 页。

③ 这些小说现在一般译为《尼可拉斯·尼可贝》（The Life and Adventures of Nicholas Nickleby）、《老古玩店》（The Old Curiosity Shop）、《大卫·科波菲尔》（David Copperfield）、《奥列佛·退斯特》（The Adventures of Oliver Twist）、《董贝父子》（Dombey and Son）。

写了多篇长短不一的序言,其中包括《孝女耐儿传·序》、《块肉余生述·前编序》、《冰雪因缘·序》、《滑稽外史·短评》、《贼史·序》等,从而成为国内狄更斯独立评论的第一人。

在《孝女耐儿传·序》(1907 年)中,林纾认为狄更斯"文字""奇特","刻画市井卑污龌龊之事","叙至浊之社会",令人感喟。在他看来,中国古典文学名著《红楼梦》"叙人间富贵",而狄更斯"专为下等社会写照"①。比之《史记》、《北史》"序家常平淡之事",狄更斯"专写下等社会家常之事,用意着笔为尤难"②。林纾先写狄更斯小说的总体特征,再分述《孝女耐儿传》的写作特点,高度肯定狄更斯的小说艺术,指出其创作独树一帜,自成一派。此序可能是国内最早介绍英国现实主义小说艺术手法的重要文献。更为重要的是,林纾在评论中引述中国古典名作进行对比与分析,首创了中西文学与文化比较的评论模式。

在《块肉余生述·前编序》(1908 年)中,林纾以古论今,谈"文章开阖之法",认为狄更斯常有奇思妙想,"每到山穷水尽,辄发奇思",而且"伏脉至细,一语必寓微旨,一事必种远因",其运笔之妙,犹如善弈之"国手"③。林纾也将这部小说与中国古典名著《水浒传》、《红楼梦》进行艺术比较:《水浒传》"叙侠盗之事",而此书只是"叙家常至琐至屑无奇之事迹",然狄更斯"能化腐为奇,撮散作整,收五虫万怪,融汇之以精神,真特笔也";《红楼梦》"炫语富贵"、"纬之以男女之艳情",而此书"描摹下等社会"与"可哕可鄙之事",其"佳妙之笔,皆足供人喷饭,英伦半开化时民间弊俗,亦皎然揭诸眉睫之下"④。林纾最后指出译述此书之目的在于教育民众,改良社

① 林纾:《孝女耐儿传·序》,《二十世纪中国小说理论资料 1897—1916》,陈平原等编,北京大学出版社,1989 年,第 272 页。
② 同上,第 272 页。
③ 林纾:《块肉余生述·前编序》,《二十世纪中国小说理论资料 1897—1916》,陈平原等编,北京大学出版社,1989 年,第 326 页。
④ 同上,第 326 页。

会,使国人"不必心醉西风,谓欧人尽胜于亚"①。在《块肉余生述·后编识语》(1908 年)中,林纾虽寥寥数语,即能对狄更斯小说的题材特点、艺术手法和艺术感染力做出了精准的评论:"此书不难在叙事,难在叙家常之事;不难在叙家常之事,难在俗中有雅,拙而能韵,令人挹之不尽。且前后关锁,起伏照应,涓滴不漏。言哀则读者哀,言喜则读者喜,至令译者啼笑间作,竟为著者作傀儡之丝矣。"②林纾在当时能对此书做独到评价,足见他对狄更斯小说艺术理解之深刻。

在《冰雪因缘·序》(1909 年)中,林纾以中文典故"陶侃应事"与"郗超论谢玄"起笔,认为狄更斯行文着墨,曲尽其妙,其文远在司各特、大小仲马之上。狄更斯著文如高手弈棋,看似平淡,实则笔法高超,幽渺深沉,意境深远,令人赏心悦目。狄更斯犹如中国史家左丘明、司马迁,构思绵密,运笔巧妙,写人生动,状物形象,洋洋洒洒,收放自如。林纾认为:"此书情节无多,寥寥百余语,可括东贝家事,而迭更司先生叙致至二十五万言,谈诙间出,声泪俱下。言小人则曲尽其毒螫,叙孝女则揭其天性。至描写东贝之骄,层出不穷,恐吴道子之画地狱变相不复能过,且状人间阘茸诡佞者无遁情矣。"③因此林纾对《冰雪因缘》的评价超过《块肉余生述》,认为"当以此书为第一"④。

不难看出,林纾的序跋对狄更斯小说的主题特点、创作手法与艺术风格均做出了独树一帜的分析和评价。林纾不仅准确地把握了狄更斯小说接榘时弊、针砭现实的主题特点,而且还对狄更斯的

---

① 林纾:《块肉余生述·前编序》,《二十世纪中国小说理论资料 1897—1916》,陈平原等编,北京大学出版社,1989 年,第 327 页。

② 林纾:《块肉余生述·后编识语》,《二十世纪中国小说理论资料 1897—1916》,陈平原等编,北京大学出版社,1989 年,第 327 页。

③ 林纾:《冰雪因缘·序》,《二十世纪中国小说理论资料 1897—1916》,陈平原等编,北京大学出版社,1989 年,第 350 页。

④ 同上,第 350 页。

写实主义艺术手法有深刻的领会与认识。在他看来,狄更斯对资本主义时期英国下层社会的描写力透纸背,状物、写人皆形象逼真,生动诙谐,引人入胜。林纾折服于狄更斯小说的艺术感染力,认为其作品传情达意,曲尽其妙。林纾还十分重视狄更斯小说的社会感召力,认为其小说具有唤醒民众、改良社会的巨大功能,并寄希望中国作家能像狄更斯一样"极力抉摘下等社会之积弊,作为小说,俾政府知而改之"①。林纾序跋对别具一格的"林译小说"起到了画龙点睛的作用,对中国"新文学"借鉴西方现实主义创作方法具有很大的启发意义。序跋是中国传统文学批评的重要形式之一。林译小说的序跋,大多立足于中国文学与文化传统对狄更斯作品进行批评与诠释。他虽然沿用了中国传统的文学批评形式,但也在一定程度上认同与接受了西方的文学理念,并采用中西文学与文化比较的方法,成为国内比较文学研究方法的开山鼻祖。

　　1913年,孙毓修在《小说月报》上发表《司各德、迭更斯二家之批评》一文,成为继林纾之后国内狄更斯小说的重要评论者。孙毓修称赞狄更斯"非独著于一国,抑亦闻于世界"②。与林纾一样,孙毓修非常看重狄更斯准确描写社会现状、塑造生动人物形象、真切描写社会各色人等的创作特征,认为"其小说善摹劳人嫠妇之幽思,孤臣孽子之痛苦",并为"穷穷乞丐者流"代言,"以鸣其不平于天壤之理"③。孙毓秀也十分看重狄更斯小说的巨大教化作用,与当时学界强调小说社会作用的功利主义思潮一脉相承。孙毓修以英国乞丐能读莎士比亚、司各特、狄更斯三人之书,将狄更斯与莎士比亚相提并论,肯定了他在英国文学史中的重要地位。此外,孙毓修在译作《耶稣诞日赋》(1914年)之前的说明文字中对狄更斯

---

① 林纾:《贼史·序》,《二十世纪中国小说理论资料 1897—1916》,陈平原等编,北京大学出版社,1989年,第330页。

② 孙毓修:《司各德、迭更斯二家之批评》,《小说月报》,1913年第4卷第3期,第15页。

③ 同上,第17页。

的小说艺术也是赞美有加，认为他"善状社会之情态，读之如禹鼎象物，如秦镜照胆。长篇大卷一气呵成，魄力之大，古今殆无其匹。"①与林纾略有不同的是，孙毓修将狄更斯置于英国文学的历史大背景中，表现出了初步的文学史视野以及对英国文学的整体认识。

二、20—40 年代：左翼文艺思潮影响下的狄更斯研究

20 世纪 20—30 年代，欧、美、亚很多国家兴起了马克思主义文艺思潮，中国的左翼文艺运动也随之兴起。而狄更斯小说对英国资本主义社会矛盾与弊端的揭示、对中下阶层劳动人民充满同情的描写以及他精湛高超的写实主义创作手法，引起了国内左翼文坛与翻译界、评论界的广泛关注。可以说，狄更斯在林纾、孙毓修之后的译介与评论，受到了当时左翼文艺思潮的极大影响，成为最早接受马克思主义文艺批评思想的重要领域之一。

从译介来看，一批左翼知识分子，如许天虹、蒋天佐、罗稷南、董秋斯、邹绿芷、方敬、陈原等，成为当时狄更斯小说翻译与出版的生力军。20—30 年代，狄更斯小说继林纾译本后出现了不少中译本，但这些中译本基本上是以节译、选译或改译为主，如伍光建翻译的《劳苦世界》（即《艰难时世》）和《二京记》（即《双城记》）。而狄更斯小说在伍光建之后被相对完整地翻译出来，这正是在左翼进步文学家与出版家的推动下才得以完成的，并第一次以"选集"的方式出版发行。1945 年，巴金创办并主持的文化生活出版社出版了《迭更司选集》，收录了许天虹翻译的三部著作：《双城记》、《大卫·高柏菲尔自述》以及法国作家莫洛亚的《迭更司评传》。1947 年，左翼进步出版机构生活书店下属的骆驼书店也出了一套《迭更

---

① 孙毓修：《欧美小说丛谈·耶稣诞日赋》，《小说月报》，1914 年第 5 卷第 10 期，第 10 页。《耶稣诞日赋》，即狄更斯的小说 A Christmas Carol，今译名为《圣诞颂歌》。

司选集》，收录了蒋天佐翻译的《匹克威克外传》和《奥列佛尔》、罗稷南翻译的《双城记》以及董秋斯翻译的《大卫·科波菲尔》。此外，40年代的狄更斯译作还包括许天虹翻译的《匹克维克遗稿》（1945年）、邹绿芷翻译的《黄昏的故事》（1944年）与《炉边蟋蟀》（1947年）、方敬翻译的《圣诞欢歌》（1945年）、陈原翻译的《人生的战斗》（1945年）等。

鲁迅、茅盾创办的《译文》是民国时期狄更斯评论与研究的重要阵地。《译文》是当时左翼文艺运动的重要刊物，其宗旨在于介绍苏联与其他国家的革命与进步文学，并推动国内创作界对现实主义创作方法的学习。[①] 这样的左翼文艺立场决定了以描写英国中下层人民为主并深受苏联评论界青睐的狄更斯成了重要评论对象。1935年，《译文》发表了胡风翻译的德国学者梅林的《狄更斯论》一文。梅林（Franz Mehring, 1846–1919）是德国著名的马克思主义文艺理论家。他在《狄更斯论》一文中认为，狄更斯以"惊叹的炯眼"抓住了混乱的大都市生活的"典型"，充满对社会底层劳动人民的同情。在他看来，狄更斯虽然在西方受到了众多的非难与指责，但他只是一个激进的民主主义者，而不是一位"社会主义者"；他虽然关注"社会疾病"，充满"慈善"、"博爱"思想，但他并不希望把"英国底恶制度换成新的制度"，因此他的政治信条只是改良主义。梅林之所以对狄更斯的改良主义颇有微词，主要来自其本人的马克思主义批评立场，然而他并不赞成把文艺当做简单的政治工具的极左做法。他在文章中指出：狄更斯"并不是在艺术作品里排斥倾向"，而是"排斥了用非艺术的手段所描写的倾向而已"。[②] 此文曾于1929年被翻译、发表在鲁迅等人创办的《语丝》杂志上，而胡风的译文是重译。胡风是民国时期知名的左翼文艺

①　参见崔峰：《为〈译文〉溯源——从茅盾的〈译文·发刊词〉说起》，《中国比较文学》，2009年第4期，第81页。

②　梅格凌：《狄更斯论》，胡风译，《译文》，1935年第3期，第408—410页。

批评家,服膺马克思主义文艺理论,但是他对马克思主义文艺思想中的极左偏向也不认同,不愿苟同于文艺批评领域内把阶级斗争庸俗化的做法,反对在文学作品中进行空洞的政治说教,因而在很大程度上对梅林的文章产生了思想上的共鸣。此文成为左翼文艺思潮影响国内早期狄更斯评论的重要见证。

1937年,《译文》又推出"迭更司特辑",刊登了许天虹翻译的苏联学者亚尼克尼斯德的论文《迭更司论——为人道而战的现实主义大师》以及法国著名传记作家莫洛亚（André Maurois）的两篇文章,即《迭更司的生平及其作品》、《迭更司与小说的艺术》。亚尼克尼斯德的《迭更司论——为人道而战的现实主义大师》典型地代表了苏联马克思主义文艺批评对狄更斯的评论。作者认为,狄更斯"用文艺的武器来反抗人间的不幸而争取人间的幸福和欢乐",他的小说"描述小人物们的境遇",并"对一切被剥夺、被压迫的人们抱着同情"。在他看来,"狄更斯的文学作品和见解显示了一种根本上的矛盾。在一方面,他不愿接受那波尔乔（即'布尔乔亚'）的现实状况;但在另一方面,他在批评现实时,却没有做全盘的摒斥。迭更司是一个改革家,而不是一个革命家。"①也就是说,狄更斯只想"除去资本主义制度所产生的社会罪恶",而不是反对这一制度本身,他还主张"劳资妥协与贫富妥协",他的"和解的倾向"却正好是"他的弱点"。② 亚尼克尼斯德的文章是苏联狄更斯批评模式最早传入中国的重要标志之一,也是苏联马克思主义文艺观影响国内狄更斯研究的重要佐证之一。

莫洛亚的《迭更司的生平及其作品》详述了狄更斯的生平及其与创作之间的关系,并从时代背景与个人经历中探究其创作的动因。《迭更司与小说的艺术》一文则以西方评论家对狄更斯的非难

---

① 亚尼克尼斯德:《迭更司论——为人道而战的现实主义大师》,许天虹译,《译文》,1937年新3卷第1期,第129页。

② 同上,第129—130页。

开始，从英国小说发展史的层面尽力为狄更斯的创作进行辩护，高度肯定狄更斯的小说创作艺术，将其作品中的人物、风格、情感誉为"狄更斯式的"（Dickensian），并指出狄更斯用艺术的手法描绘出了"时代的景观"，狄更斯最终成为"一个新世界的创造者"。莫洛亚的另一篇文章《迭更司的哲学》则将狄更斯的政治哲学看成"是一种诚挚的然而消极的慈善主义"，但其中带有乌托邦的因素，因此也是一种"乐天主义的哲学"。① 许天虹所翻译的上述几篇文章结集成书后，题为《迭更司评传》，成为当时狄更斯研究的重要成果之一。《迭更司评传》中的几篇文章代表了西方狄更斯评论中的另一种模式，即传记批评模式。尽管这一批评模式的左翼色彩相对较淡，但莫洛亚早年曾以"社会现实主义"（social realism）而著称，他的狄更斯评论在某种程度上也是与马克思主义文艺批评有着近缘关系的社会—历史批评。

　　除了这些译介文章外，国内报刊上发表了很多关于狄更斯的评论文章，其中大多与左翼文艺思潮有密切关系。值得一提的是40 年代出现的两篇左翼作家的评论文章：一篇是周楞伽的《狄更斯论》（《小说月刊》1940 年第 4 期），另一篇是邹绿芷为中译本《黄昏的故事》（1944 年）撰写的序言《狄更斯——英国伟大的讽刺家》。从影响源头来，周楞伽的《狄更斯论》一是受传记批评的影响，用很多篇幅论述狄更斯生平与创作的关系；二是受林纾的影响，在文章中大段引用林纾的评论，并重申"狄更斯是第一个把英国的下等社会搬进小说里去的人"②；三是受当时左翼文艺思潮的影响，认为狄更斯虽然描写了人间疾苦，但并没有成为一个"非资本主义的作家"，因此只是一位"社会改良家"③。不过，《狄更斯

---

① 莫洛亚：《迭更司的哲学》，许天虹译，《现代文艺》，1941 年第 2 卷第 6 期，第 26、31 页。

② 周楞伽：《狄更斯论》，《小说月刊》，1940 年第 4 期，第 101 页。

③ 同上，第 106 页。

论》与众不同之处在于将狄更斯誉为"人性的天才"①。作者指出："狄更斯虽以他所特具的仁慈和良善的性格，用伟大的同情心和人类爱，来创造温柔和光洁的篇页，然而他最能抓住读者的心弦，最能使人感动的地方，还在于他所写的那些下等社会的人物，纵使处于最悲惨困苦的生活，最颠连无告的境遇之中，却仍旧有着纯洁的灵魂和良善的心地，这种伟大的人性的描写，是最能引起我们深切的共鸣的。"②在左翼思潮兴起的背景下，这样的精到评论是独具慧眼的。

邹绿芷的《狄更斯——英国伟大的讽刺家》实际上是对当时俄罗斯近百年狄更斯译介史与学术史的一次重要梳理。文章指出，狄更斯很早就被译介到俄国，是一个深受俄罗斯读者喜爱的作家，十月革命后，狄更斯作品的俄文本印数激增，而且用苏联三十种民族语言发行。就俄罗斯的狄更斯批评史而言，文章重点梳理了19世纪60年代俄罗斯革命民主主义者车尔尼雪夫斯基等人对狄更斯的评价：即一方面肯定了狄更斯是西方敢于面对社会问题的少数作家之一，另一方面也指出作为一个资产阶级的人道主义者，狄更斯虽然谴责了统治阶级的罪恶，控诉了统治阶级的本性，但却没有激发被压迫者走向革命斗争；他的小说虽然促进了资本主义社会的改良，但却没有非难资产阶级社会的基础——私有财产。文章作者认同车尔尼雪夫斯基等人的评价，并引用马克思对英国19世纪现实主义作家的赞美加以佐证，批判了"资产阶级的批评家"试图掩盖狄更斯作品中的进步因素，只是把狄更斯看成是"一个幽默家"、"古老英国底滑稽作家"、"一个无害的感情主义的乐观主义者"。③

---

① 周楞伽：《狄更斯论》，《小说月刊》，1940年第4期，第103页。

② 同上，第103页。

③ 邹绿芷：《狄更司——英国伟大的讽刺家》，《黄昏的故事》，上海：自强出版社，1946年，第4页。

当时狄更斯研究的成果还包括各类报刊发表的评论文章以及狄更斯中译本的序文。这些文章大多不是现代意义上的学术论文,但具有鲜明的时代特色。一些评论文章较为注重揭示狄更斯的生平经历与小说创作之间的关系,但篇幅较短,在资料的翔实性与剖析的深刻性上,远远没有超越莫洛亚的论述。另外一些文章对狄更斯的创作或单部作品进行评论,大多带有当时盛行的左翼文艺批评观点,如蒋天佐在《〈匹克威克外传〉译后杂记》(1947 年)中肯定了狄更斯的文学地位与文学影响,但同时批评他未能"背叛他的阶级"[①]。林海在《〈大卫·高柏菲尔自述〉及其作者》中认为狄更斯的艺术手法除了莎士比亚无人能及,但批评他"始终只局促于虚伪的、不彻底的人道主义的老圈子里,不能更进一步地成为先知先觉的革命文豪"[②]。从思想深度上看,这些文章都没有超越德国学者梅林、苏联学者亚尼克尼斯德以及周楞伽、邹绿芷等人的探讨。

此外,一些英国文学史、西方小说史、西方文艺思潮史方面的著述无一不关注狄更斯小说的题材特征。他们的评述长短不一,大多带有鲜明的阶级意识或左翼批评倾向。谢六逸在《西洋小说发达史》(1923 年)中认为,19 世纪英国的"社会阶级间起了战争",而狄更斯是"描写社会贫困最有实力的作家"[③]。郑振铎的《文学大纲》指出:"他的小说所写的故事与人物都是在于英国中下级的社会里的"[④]。郑次川的《欧美近代小说史》提到:"伦敦的贫民窟乃是他的材料宝库。"[⑤]吕天石的《欧洲近代文艺思潮》(1933 年)认为狄更斯"善于描摹下层社会的生活","表现个人反抗社会",并

①　蒋天佐:《〈匹克威克外传〉译后杂记》,《人世间》,1947 年 4 期,第 44—47 页。
②　林海:《〈大卫·高柏菲尔自述〉及其作者》,《时与文》,1948 年第 1 卷第 24 期。引自《郑朝宗纪念文集》,厦门:鹭江出版社,2000 年,第 98 页。
③　谢六逸:《西洋小说发达史》,上海:商务印书馆,1923 年,第 84 页。
④　郑振铎:《文学大纲·十九世纪英国小说》,《小说月报》,1924 年第 4 期,第 87 页。
⑤　郑次川:《欧美近代小说史》,上海:商务印书馆,1931 年,第 32 页。

"藉小说攻击社会组织及社会罪恶"①。徐名骥的《英吉利文学》将狄更斯誉为19世纪英国"写实派的巨子"，认为他的小说所描写的都是"中下阶级的社会生活"。② 而最具代表性的评论来自金东雷的《英国文学史纲》（1937年），其中一个小节的标题即为"描写无产阶级疾苦的狄根斯"③。

三、50—60年代：具有中国特色的狄更斯研究的肇始

建国后，中国确立了社会主义政治制度，并和苏联正式结盟，从而与英美等西方国家开始了政治上的对抗。在这一大背景下，一元化政治意识形态以及来自苏联的文艺理论思想对国内的狄更斯研究产生了深刻的影响。由于狄更斯的小说对资本主义黑暗面的揭露、对中下阶层社会的写实主义描写以及在思想上所表现出来的进步性，对之进行翻译与研究在政治意识形态上获得了毋庸置疑的合法性。由于左翼文艺思想已经成为意识形态正统，马克思主义批评视角下的狄更斯研究迅猛发展，而狄更斯也成为"建国十七年"中被译介、被研究最多的英国古典作家之一。

建国后最早的两篇狄更斯译介文章源于对政治与意识形态的敌人——美国进行抨击的现实需要。第一篇是自生翻译的《狄更司笔下的美国》（《文艺报》1950年第2卷第4期），译自苏联的《环球杂志》。第二篇是星原翻译的《狄更斯的美国丑恶暴露》（《翻译月刊》1951年第4卷第3期），原作者是苏联学者契尔尼亚克。这两篇文章主要介绍狄更斯访美后撰写的《游美札记》（*American Notes*，1842），并借狄更斯之口揭露、批判了美国资本主义制度的"丑恶"。1963年，张谷若翻译的《游美札记》由上海文艺出版社出

---

① 吕天石：《欧洲近代文艺思潮》，上海：商务印书馆，1933年，第135页。

② 徐名骥：《英吉利文学》，上海：商务印书馆，1933年，第55、58页。

③ 金东雷：《英国文学史纲》，上海：商务印书馆，1937年，第380页。

版。与此同时，曾经留学美国的范存忠、赵萝蕤分别发表了两篇评论文章：《狄更斯与美国问题》与《狄更斯与〈美国杂记〉》。范存忠指出狄更斯"对美国社会尽情刻画、尽情揭露"，具有"很大的进步意义"①。赵萝蕤认为狄更斯的"美国之行破灭了这位民主主义者的不少美好的幻想"②。可以看出，狄更斯的《美国杂记》之所以受到关注，主要出自国际政治现实层面的考量，而非来自文学层面的选择。

　　"建国十七年"对狄更斯的文学定位深受苏联马克思主义文艺观的影响。狄更斯自50年代起一直被看成是"批判现实主义"的杰出代表，而"批判现实主义"这一批评术语直接来自苏联文艺界。苏联著名作家高尔基将批判现实主义看成是"十九世纪一个主要的，而且是最壮阔、最有益的文学流派"，认为它们是"资产阶级的'浪子'的文学，由于对现实抱批判的态度，具有很高的价值"③。在高尔基看来，批判现实主义"揭发了社会的恶习，描写了个人在家庭传统、宗教教条和法规压制下的'生活和冒险'，却不能够给人指出一条出路。"④高尔基的观点代表了苏联文艺界的官方定位，即批判现实主义文学既有它积极进步的一面，但也存在着难以克服的局限性。"批判现实主义"的定位于50年代传入中国后，长期以来成为狄更斯研究难以逾越的一条批判法则。

　　在苏联文艺理论思想的影响下，"十七年"对以狄更斯为代表的"批判现实主义"作家的研究表现出了鲜明的时代特点，即采用马克思主义的批评立场，以阶级分析为视角，采用一分为二的辩证模式，对其小说采取既肯定又批判的态度：一方面，充分肯定其作品对资本主义社会丑陋与罪恶的揭露与批判，以证明社会主义制度的美好与光明，从而服务于新中国现实政治斗争的需要；另一方

① 范存忠：《狄更斯与美国问题》，《文学评论》，1962年第3期，第129页。
② 赵萝蕤：《狄更斯与〈美国杂记〉》，《光明日报》1963年11月19、21日。
③ 高尔基：《文学论文选》，孟昌、曹葆华译，北京：人民文学出版社，1958年，第298页。
④ 同上，第300页。

面，"批判现实主义"在受到推崇与赞美的同时，也受到一定的批判，其原因在于它对资本主义制度批判不彻底以及缺乏革命精神的改良主义倾向。戴镏龄的观点很具有代表性："批判现实主义者生在资产阶级社会里，自然只能从资产阶级立场去宣扬人道主义。他们虽然揭露了资本主义制度的龌龊和金钱世界的万恶，使读者加深对旧社会的仇恨，但由于时代的局限性，并不想从根本制度上革这个社会的命。他们至多只是修修补补的改良主义者。"①

在"一边倒"文艺政策的指引下，苏联批评家对狄更斯的具体评论也通过各种方式传入中国。当时源自苏联的译介成果主要有《19世纪外国文学史教学大纲》（东北教育社，1951年）、《英国文学概要》②（《文史译丛》1956年创刊号）、苏联学者伊瓦雪娃的《关于狄更斯作品的评价问题》（《文史译丛》1956年创刊号）、卢那察尔斯基的《查理斯·狄更斯》（《世界文学》1962年第7、8期）、阿尼克斯特的《英国文学史纲》（1959年）等。从这些苏联学者的评论中，大致可以看出狄更斯研究中"苏联模式"的端倪。这一模式的特点主要在于：第一，将马克思、恩格斯等人对狄更斯的评价奉为经典或圭臬，同时以19世纪俄罗斯批评家别林斯基、车尔尼雪夫斯基等人对狄更斯的评论作为思想源泉与学理依据；第二，借用高尔基的批评概念，将狄更斯界定位为伟大的现实主义者或批判现实主义者，认为其作品的进步性在于对资本主义社会进行了揭露、讽刺与批判，在于对广大劳动人民充满同情；第三，指出狄更斯具有小资产阶级的软弱性，其作品的局限性在于阶级调和与人道主义的立场；第四，将西方的狄更斯研究斥为"反动的资产阶级文艺学"加以抨击。这一模式的实质是马克思主义理论指导下的社会——历史批评，并典型地带有政治化与"左"的鲜明印记。

---

① 戴镏龄：《必须更好地批判十九世纪欧洲批判现实主义作品》，《中山大学学报（社科版）》，1963年第3期，第4页。

② 本文译自《苏联大百科全书》中的词条"英国文学"。

　　具体来看,伊瓦雪娃的《关于狄更斯作品的评价问题》与阿尼克斯特《英国文学史纲》中的"狄更斯"一节很具代表性。伊瓦雪娃对狄更斯的评论具有政治化批评模式的典型特点,即着重强调其作品中的揭露性与批判性、鲜明的人民性以及小资产阶级的软弱性。作者认为狄更斯"一面暴露了资本主义社会统治阶级代表人物的自私自利、冷酷无情、丧尽人性,一面客观地描绘了统治阶级压迫下英国人民的生活,真实地反映了他那个时代英国劳动群众的心境和愿望,暴露了资产阶级社会的惊人的不公道。"①作者还指出:"资产阶级文艺批评"是与马克思主义文艺批评完全对立的,因而无法理解英国批判现实主义的"真正意义",尤其是"英美反动文艺学对狄更斯进行无耻的歪曲,甚至对他的创作做直接的诽谤"②。作者充分张扬了狄更斯研究中的马克思主义文艺批评,对西方狄更斯研究的政治化批判显得十分偏激。在《英国文学史纲》中,阿尼克斯特称狄更斯是"英国文学上批判现实主义的创始人和最伟大的代表者"③,并将狄更斯的创作分为四个时期,以阶级分析的方法评述了他所有重要作品,其篇幅长达40多页,成为国内狄更斯评论的重要影响源。

　　从研究的契机来看,狄更斯电影的放映与狄更斯的诞辰纪念,直接带来了50—60年代狄更斯研究的两次热潮。1957年,根据狄更斯小说改编的电影《匹克威克外传》和《孤星血泪》在我国上演后,国内各大报刊登载了大量文章,引发了一场引人关注的"狄更斯热"。但很多文章以作家作品介绍为主,并经常侧重于对影片的评论,因而并不是严格意义上的学术论文。不过,当时也出现了部分有深度的学术文章,如全增嘏的《谈狄更斯》(《复旦学报》1955

①　伊瓦雪娃:《关于狄更斯作品的评价问题》,李筱菊译,《文史译丛》,1956年第1期,第85页。

②　同上,第90页。

③　阿尼克斯特:《英国文学史纲》,戴镏龄等译,北京:人民文学出版社,1959年,第381页。

年第 2 期）、华林一的《谈谈狄更斯的〈劳苦世界〉》（《南大学报》1957 年第 1 期）。1962 年，狄更斯诞辰 150 周年之际，国内报刊又发表了大量评论文章，如陈嘉的《论狄更斯的〈双城记〉》（《江海学刊》1962 年第 2 期）、范存忠的《狄更斯与美国问题》、杨耀民的《狄更斯的创作历程与思想特征》（《文学评论》1962 年第 6 期）、姚永彩的《从〈艰难时世〉看狄更斯》（《南京大学学报》1962 年第 4 期）、王佐良的《狄更斯的特点及其他》（《光明日报》1962 年 12 月 20日）等，形成了狄更斯研究的第二次热潮。这些论文全部出自学院派之手，学术性很强，代表了当时国内狄更斯研究的最高水平。

　　"建国十七年"狄更斯研究的最鲜明特点是对"苏联模式"的袭用与模仿。不少论文从阶级观点出发，引用马克思、恩格斯对狄更斯的经典评价，几乎全盘接受了苏联学术界所提出的"批判现实主义"的定位与评价。在具体评论中，这些文章既肯定其作品反映现实、揭露现实的巨大进步意义，同时也指出狄更斯作为资产阶级作家的阶级局限性。陈嘉在文章第一句中称"狄更斯是英国 19 世纪中期的批判现实主义的作家"，随后深入讨论了《双城记》的"进步意义"以及"作为一个资产阶级作家的狄更斯的阶级局限性"。①范存忠指出狄更斯"根据所见所闻，通过书信、杂记、小说等各种方式，对美国社会尽情刻画、尽情揭露，……这无疑是有很大的进步意义的"，但"狄更斯毕竟是一个资产阶级激进主义者和人道主义者，他对社会问题的认识是不可能没有局限的"②。杨耀民认为："狄更斯揭露了资本主义社会的许多罪孽和丑恶现象，这是狄更斯最可贵的一个方面。但这并不意味着他认为应该对那个社会进行根本的改造。"③王佐良指出，狄更斯"虽然谴责了资本主义社会的许多个别罪恶观现象，情绪也日渐愤激，但是直到最后也没有集中

---

① 陈嘉：《论狄更斯的〈双城记〉》，《江海学刊》，1962 年第 2 期，第 42、46 页。

② 范存忠：《狄更斯与美国问题》，《文学评论》，1962 年第 3 期，第 129 页。

③ 杨耀民：《狄更斯的创作历程与思想特征》，《文学评论》，1962 年第 6 期，第 38 页。

力量来攻击社会制度本身。"①

狄更斯研究的另一个特点是专业化、学院化。民国时期，狄更斯评论文章的作者大多是作家或翻译家，他们并非专业研究人员，也较少在高校工作。而陈嘉、范存忠、王佐良、赵萝蕤、杨耀民、姚永彩等人或具有留学英美的专业学术背景，或在国内高等院校从事英美文学的教学与科研工作，其文章的专业特点、学院色彩极为浓厚。他们的文章大多能提出具体的学术问题，然后用带有浓厚左翼政治色彩的学术方式进行解答。例如，陈嘉在《论狄更斯的〈双城记〉》一文中提出的问题是：《双城记》究竟是以法国革命为主题？还是以恋爱为主题？然后通过分析认为："许多英美资产阶级批评家在评论《双城记》时，极力推崇有关恋爱故事的部分"，而"我们却推崇小说中有关法国革命的部分"，因为恋爱情节部分完全是"书中的糟粕"②。这些文章大多超越了民国时期的介绍与短评形式，对问题的探讨深入而全面，如杨耀民的文章长达4万字左右。此外，在论证的逻辑性、条理性，资料的丰富性、翔实性，以及批判性方面，上述也表明国内狄更斯研究进入了以现代学术范式为主的新阶段。

狄更斯研究的第三个特点是对当时"一边倒"的"苏联模式"的隐性消解。当时的大多数学者受过英美大学的严格学术训练，英美文学批评模式的影响根深蒂固，非一朝一夕即能消除。这些学者与英美的学术存在着难以分割的紧密联系，强烈的政治导向与一元化意识形态并未压倒他们内心深处的学术倾向性或依恋情结。他们一方面对以英美为代表的西方"资产阶级批评家"进行批判，另一方面在主题思想的探讨、学术观点的辨析以及文献资料的征引中，也潜移默化地受到了西方狄更斯批评的影响。在《谈狄更

---

① 王佐良：《狄更斯的特点及其他》，《光明日报》，1962年12月20日。王佐良：《英国文学论文集》，北京：外国文学出版社，1980年，第230页。

② 陈嘉：《论狄更斯的〈双城记〉》，《江海学刊》，1962年第2期，第47页。

斯》(《复旦学报》1955 年第 2 期)一文中,全增嘏针对"资产阶级的大学教授和文学批评家们"所认为的狄更斯的作品所存在的问题,如结构散漫、人物夸张、嘲笑露骨、感伤过分、带有说教意味等,逐一分析并进行反驳,其中直接提到的英美作家与评论家就多达十几位,客观上将西方狄更斯研究中的重要学术观点介绍到国内。即使对这些西方学者的观点,作者也并未全盘否定,如英国批评家罗斯金(John Ruskin)认为《艰难时世》旨在揭示资产阶级功利主义哲学的危害,作者就深表认同。从学术资料上看,不少文章更是表现出了学术影响的两面性。这些作者为了保证政治意识形态上的正确性,大多引用已被翻译成中文的马、恩著作与苏联学者的文艺理论著作,而在具体分析中则主要参考来自英美学界的大量研究资料,如范存忠与杨耀民在各自的文章中所直接引用的英美狄更斯研究资料达 20 余种。在这些文献中,有的还是 50—60 年代英美批评界最新出炉的狄更斯评论材料。这些文献材料的获得充分反映了他们对海外最新学术成果的关注,也说明西方学术思想的传入并未因政治上的隔阂而完全被阻断。

四、新时期以来的狄更斯研究

"文革"期间,极"左"思潮泛滥,狄更斯翻译与研究出现了一段"空白期"。"文革"结束后,狄更斯的小说不断被重印、再版或重译,各类评论文章与独立著作纷纷问世,形成了国内狄更斯研究的一段"繁荣期"。从成果的类型来看,主要有以下几个方面:第一,在翻译方面,新时期之初至 90 年代末,狄更斯几乎所有重要作品均被翻译成中文。1998 年,上海译文出版社在此基础上推出 19 卷的《狄更斯文集》,其规模在国内英国文学翻译史上仅次于《莎士比亚全集》;第二,出现了对国外狄更斯研究成果的大量译介,如罗经国编选的《狄更斯评论集》(1981 年)、伊瓦肖娃的《狄更斯评传》(1983 年)、皮尔逊的《狄更斯传》(1985 年)、斯莱特的《狄更斯与女性》（1990 年）、约翰逊的《狄更斯——他的悲剧与胜利》（1992 年）、杰克逊的《查尔斯·狄更斯：一个激进人物的进程》（1993 年）等；第三，国内学者撰写了不少关于狄更斯的独立著作，如陈挺的《狄更斯》（1982 年）、张玲的《英国伟大的小说家——狄更斯》（1983 年）、朱虹的《狄更斯小说欣赏》（1985 年）、傅先俊的《英国批判现实主义文学大师狄更斯》（1989 年）、赵炎秋的《狄更斯长篇小说研究》（1996 年）、薛鸿时的《浪漫的现实主义：狄更斯评传》（1996）等。第四，1978 年至 1990 年底，国内刊物上发表的狄更斯评论文章更是数以百计，还出现了系列专题研究论文。

　　新时期之初，政治对外国文学研究的干扰开始式微，但政治化的研究思路与评论模式被承续下来。1978 年，《外国文学研究》创刊号刊登了王忠祥的《论狄更斯的〈双城记〉》；1979 年，《读书》第 2 期上刊登了赵萝蕤的《批判的现实主义杰出作家狄更斯》。这两篇文章开启了"文革"后国内狄更斯研究的先河。王忠祥曾于 60 年代发表过《英国杰出的现实主义作家狄更斯》（《湖北日报》1962 年 12 月 19 日）一文，《论狄更斯的〈双城记〉》与之一脉相承，继续沿用当时学术界对狄更斯的定位，即"英国 19 世纪批判现实主义文学的奠基人"，提出要对《双城记》这部小说"进行历史的分析、阶级的分析和辨证的分析"。[①] 同样，赵萝蕤于 60 年代发表过《狄更斯与〈美国杂记〉》（《光明日报》1963 年 11 月 19、21 日）一文，称狄更斯是一个"相当顽固的改良主义和人道主义者"[②]。她的《批判的现实主义杰出作家狄更斯》也沿用 50—60 年代的学术定位，认为狄更斯的小说反映了"劳资矛盾"，充满了"阶级意识"。这两篇文章在"文革"十年后重新开启对狄更斯的评论，在阶级分析的视角与批评的理路上因袭相承，少有变异，可以看成是"新时期"之初国

---

① 王忠祥：《论狄更斯的〈双城记〉》，《外国文学研究》，1978 年第 1 期，第 31 页。

② 赵萝蕤：《狄更斯与〈美国杂记〉》，《光明日报》，1963 年 11 月 19、21 日。引自赵萝蕤：《读书生活散札》，南京师范大学出版社，2009 年，第 208 页。

内狄更斯研究的一个缩影。

在政治化解读的模式下，狄更斯小说中的人道主义思想开始成为学界关注的焦点。50—60年代，资产阶级人道主义被看成是"右派分子与修正主义者"企图用来颠覆社会主义、复辟资产阶级的反动工具，因而遭到彻底批判与全盘否定①。70年代末开始，国内对狄更斯的"人道主义"重新进行探讨，虽然不再全面贬斥，但"极左"思潮的影响并未消除，批判的基调仍然非常明显。金嗣峰认为：第一，狄更斯的人道主义思想，从来也没有超出资产阶级"人类之爱"的思想范畴；第二，资产阶级人道主义者在社会问题上只可能是改良主义者，而不会是一个阶级论者。第三，由于对阶级斗争必然性的无知，就容易导致对革命感到畏惧。②范文瑚则指出狄更斯的全部创作"贯穿着鲜明的资产阶级人道主义"，作者在分析《双城记》的主题时说："一些西方资产阶级评论家，认为小说的主题在于表现一种无私的、伟大的、永恒的爱情"，这"有意无意地缩小和冲淡了这部作品关于革命和政治的主题。"③新时期对人道主义的探讨既体现了50—60年代崇尚革命、批判改良的政治评判标准，但也超越了对"超阶级的人道主义"的全盘批判模式，所采用的是一分为二的辩证观点，既指出狄更斯的人道主义具有值得肯定的批判性，也批评其背后资产阶级知识分子的"软弱性"与"局限性"。

政治化解读与社会—历史批判模式在"文革"后较长一段时间内持续存在。阿尼克斯特的《英国文学史纲》中译本被再版重印多次，说明学界对源自苏联文艺界的政治化批评模式仍然较为依恋。1983年，苏联早期狄更斯评论家伊瓦肖娃的《狄更斯评传》也被翻

---

① 冯至：《略论欧洲资产阶级文学里的人道主义和个人主义》，《北京大学学报（社科版）》，1958年第1期。

② 金嗣峰：《资产阶级人道主义与狄更斯的〈双城记〉》，《武汉师范学院学报（哲社版）》，1981年第2期，第108页。

③ 范文瑚：《〈双城记〉所体现的资产阶级人道主义》，《四川师院学报》，1981年第2期，第58页。

译成中文。原著于 1954 年出版,其"绪论"曾于 1956 年被翻译成中文。伊瓦肖娃是苏联马克思主义文艺批评家,她所关注的重点是狄更斯政治思想及其小说创作的发展,认为狄更斯的小说暴露了资本主义社会的罪恶,但他是一个"阶级调和论的鼓吹者",反对用革命来解决社会矛盾。这样的评论典型地代表了 50—60 年代的"苏联批评模式"。这一评论在当时被翻译成中文,也说明"苏联批评模式"在 80 年代仍然有很大的市场,其影响持续难退。1986年,陈嘉的《英国文学史》第 3 卷对狄更斯的评论袭用的即是"苏联模式",即一方面认为狄更斯批判了资本主义社会现实,但另一方面却不愿推翻现存的社会制度,因而找不到解决问题与矛盾的途径。"苏联模式"的最大特点是将政治标准凌驾于文学审美之上,显示出了政治意识形态对文艺批评的严重干扰。

　　不过,在"拨乱反正"的新环境下,一元化的文艺批评模式也难以为继,并不断受到"蚕食"与突破。西方"资产阶级批评家"的批评观点开始得到相对中立的介绍与客观的评价,不再一味受到批判与否定。1981 年,罗经国编选的《狄更斯评论集》的出版,说明政治意识形态在文艺批评界的冰川开始消解。编者选译了欧美一些著名作家和评论家对狄更斯的评论,并将狄更斯的学术史分为三个时期,即狄更斯在世时人们对他的评论、19 世纪 70 年代狄更斯逝世至 1940 年、二战以后,较为清晰地勾勒出欧美狄更斯学术史。此书收集了不同时代、不同视角乃至不同观点的文章,聚焦于狄更斯研究中的前沿性问题,对拓宽国内狄更斯研究的学术视野极为有益,具有十分重要的开创性意义。编选者在"前言"中引用了马克思对狄更斯等人的评价,即"现代英国一批杰出的小说家",试图奠定马克思主义文艺批评的编选基调,但众多欧美"资产阶级批评家"的文章悄悄将一元化政治批评模式撕开了一个口子,对推动此后国内狄更斯研究多元化格局的形成功不可没。

　　在 80 年代的狄更斯研究中,政治化批评模式与各种非政治化评论之间存在一种微妙的张力。至 90 年代,前者的主导地位逐渐发生位移，并最终被多元批评模式所取代。政治化批评模式的特点是一分为二，如 50—60 年代的学术界一样，既肯定狄更斯的批判性、暴露性，又批评狄更斯的改良主义、人道主义。而非政治化的评论模式试图突破政治与社会—历史批评视角，逐渐转向伦理道德、人性、艺术形式等更多层面。赵炎秋的《论狄更斯的道德观在其长篇小说人物塑造中的作用》将狄更斯的人道主义置于伦理道德的范畴中加以探讨。① 张玲的《剥笋——〈双城记〉主题分层析》认为狄更斯的人道主义"不仅仅限于伦理道德的范畴"，而是具有"一种朦胧的、带有宗教色彩的空想社会主义理想"。② 郭珊宝的《圣诞节的史克罗奇的两重性——读狄更斯〈圣诞欢歌〉札记》从人性论的角度分析狄更斯的人物性格。③ 潘耀瑔的《狄更斯创作的艺术特色》较早对狄更斯小说的艺术特征作总体论述。④ 李肇星、郭珊宝、王力、赵炎秋、蔡明水、罗经国等人还分别对狄更斯小说中的景物描写、夸张、视点与叙事、外化手法、象征手法、小说结构等做了细致的探讨⑤。

　　80 年代的"突破"还经常采用传记或作品赏析的方法，在介绍狄更斯思想成就的同时，也详细、具体地分析狄更斯小说的艺术特色或创作手法。张玲的《英国伟大的小说家——狄更斯》（1983

---

① 赵炎秋：《论狄更斯的道德观在其长篇小说人物塑造中的作用》，《陕西师范大学学报（哲社版）》，1987 年第 4 期。

② 张玲：《剥笋——〈双城记〉主题分层析》，《外国文学研究》，1988 年第 2 期，第22 页。

③ 郭珊宝：《圣诞节的史克罗奇的两重性——读狄更斯〈圣诞欢歌〉札记》，《求是学刊》，1982 年第 5 期。

④ 潘耀泉：《狄更斯创作的艺术特色》，《外国文学研究》，1980 年第 2 期。

⑤ 李肇星：《狄更斯描写景物的几个特点——读〈游美札记〉》，《外国文学研究》，1982 年 1 期；郭珊宝：《狄更斯小说的夸张》，《外国文学研究》，1987 年第 4 期；王力：《狄更斯小说的视点与小说叙述观念的衍化》，《天津社会科学》，1986 年第 3 期；赵炎秋：《外化——狄更斯揭示人物内心世界的重要手法》，《湖南师范大学社会科学学报》，1989 年第 5 期；蔡明水：《狄更斯的象征手法初探》，复印报刊资料《外国文学研究》，1985 年第 10 期；罗经国：《试论〈荒凉山庄〉的锁骨观音结构》，《国外文学》，1993 年第 4 期。

年)属北京出版社的"外国文学知识丛书",丛书"出版说明"中说
"这是一套普及性的通俗读物","尽可能吸收当代对这些作家及其
作品的新的研究成果",因此此书虽然讨论了狄更斯小说的思想深
度,但更侧重于其艺术成就,并由单一的政治批判转向文学性更强
的作品赏析。而当时最具代表性的成果是 80 年代朱虹在《名作欣
赏》上发表的系列论文,其中政治化与非政治化的张力更加明显。
在《〈双城记〉——双重的警告》一文中,朱虹认为狄更斯既向剥削
阶级、统治阶级发出了严重的警告,也向革命人民发出了警告,"警
告"的双重性"很典型地暴露了像狄更斯这样的资产阶级作家在思
想上的矛盾"[1]。这是政治化解读模式的延续。但另一方面,朱虹
的系列论文也典型地体现了一种去政治化解读的尝试。这一尝试
从文章的标题中即可看出,如"重叠镜头"、"第一人称的妙用"、"感
伤情调"、"寓言性"、"现代的堂吉诃德"等。在《〈匹克威克外
传〉——现代的堂·吉诃德及其他》一文中,朱虹指出,狄更斯用滑
稽化、漫画化、喜剧化的手法处理矛盾,而《匹克威克外传》已经"不
是一般意义上的暴露小说","他丰富的语言、喜剧手法、小说里的诸
多成分——讽刺、象征、荒诞、闹剧、童话、直喻、流浪汉体、现实的暴
露——都在《匹克维克》中第一次发出艺术的光彩"[2]。朱虹的十多
篇文章对狄更斯的主要作品都进行了"赏析",艺术形式上的"细读"
与剖析远远大于政治或思想上的评论,而且文笔活泼,丝丝入扣,是
80 年代狄更斯在中国研究与接受的重要成果。

　　90 年代,国外各种批评理论被介绍到中国,并形成了一股理
论热潮,但是"理论热"对当时狄更斯研究的影响并不明显。评论
界较少使用最新的理论批评方法或阐释视角来研究狄更斯的作
品。除了申家仁的精神分析学角度、张聪慧的叙事学角度、蒋承

---

[1]　朱虹:《〈双城记〉——双重的警告》,《名作欣赏》,1983 年第 3 期,第 11 页。

[2]　朱虹:《〈匹克威克外传〉——现代的堂·吉诃德及其他》,《名作欣赏》,1983 年第 6
期,第 19—23 页。

勇、郑达华的原型批评视角、李鸿泉的女性主义视角①外，更多学者仍然围绕主题思想、艺术特色等传统课题进行探讨。由于狄更斯塑造了众多栩栩如生的人物形象，不少论文还从不同的角度进行了相应的分析与解读。作为90年代国内狄更斯研究的代表作，赵炎秋的专著《狄更斯长篇小说研究》即从思想、人物、艺术三个层面入手，系统分析了狄更斯小说的深层艺术内涵。不过，其中的"思想研究"已不再是单一的政治思想研究，而是包含了社会、道德、人性乃至家庭观念、男性意识等多个层面。作者对狄更斯小说人物的特点、类型与发展，也做出了较有新意的论述；在艺术形式方面则探讨了叙事、结构、心理等问题。整体来看，作者的研究仍然是传统批评话语下的狄更斯研究，所采用的是思想与艺术的"二分法"，只是将人物研究从小说艺术研究中单列出来。这部著作不仅缺乏20世纪西方现代批评理论视角的观照，而且与50—60年陈嘉、杨耀民等人的文章相比，在外文资料征引方面也没有明显超越。薛鸿时的《浪漫的现实主义：狄更斯评传》则提出"狄更斯的创作方法，是一种独特的、带有浓厚浪漫主义色彩的现实主义"，并借用英国批评家乔治·吉辛（George Gissing，1857－1903）的话将之界定为"浪漫的现实主义"。② 作者重评来自苏联学术界的"批判现实主义"这顶帽子，其观点虽然也能成一家之言，但所沿用的仍然是传统的"评传模式"。

新世纪以来，狄更斯研究出现了一些新的变化。各类评论文章层出不穷，并出现了多篇以狄更斯为选题的博士论文以及多部

---

① 申家仁：《〈大卫·科波菲尔〉：自我的解脱与补偿》，《佛山师专学报》，1990年第1期；张聪慧：《重塑与改造——浅析〈大卫·科波菲尔〉的双重叙述机制》，《河北师院学报》，1996年第2期；蒋承勇、郑达华：《狄更斯的心理原型与小说的童话模式》，《杭州师院学报》，1995年第1期；李鸿泉：《维多利亚盛世的女性悲歌：狄更斯与萨克雷笔下的女性群象》，《外国文学研究》，1994年第3期。

② 薛鸿时：《浪漫的现实主义：狄更斯评传》，北京：社会科学文献出版社，1996年，第285—286页。

学术论著。这一时期的成果数量虽然急剧增加,但质量良莠不齐。从选题方向来看,不少学者尝试开辟新领域,研究新课题,如殷企平的系列论文①深入到狄更斯时代的社会与文化语境,聚焦于英国现代化进程中的流弊,与英美批评界形成了重要学术对话;乔国强、杨金才、陈晓兰、赵炎秋等人的文章②就反犹主义、艺术近缘关系、废墟意象、监狱意象等问题提出了独到的见解。此外,一些学者更加关注狄更斯在中国的译介与接受以及狄更斯国内外学术史,如童真的《狄更斯与中国》(2008年)、殷企平与杨世真的《新中国60年狄更斯小说研究之考察与分析》(《外国文学研究》2011年第4期)、蔡熙的博士论文《当代英美狄更斯学术史研究(1940—2010年)》(2012年)、刘白的博士论文《英美狄更斯学术史研究(1836—1939年)》(2012年)等。

100年来,中国的狄更斯研究取得了有目共睹的重要成就,但也存在着一些明显的不足。民国时期以译介为主,独立评论较少,开始接受左翼文艺批评的影响。建国后,马克思主义批评视角一枝独秀,但是政治化解读过度,"左"的偏颇较为突出。新时期以来,虽然出现了难得的繁荣局面,但对一元化批评模式的突破不够,理论批评视野不够开阔,学术创新并不多见,此前的辩证分析经常为一味褒扬所取代。近年来,各类成果数量激增,但高质量、有新见者不多,一些论文或重复选题,或套用理论,或落入俗套,对

---

① 殷企平:《质疑"进步"话语——三部英国小说简析》,《浙江师范大学学报》,2006年第2期;《〈董贝父子〉中的"铁路意象"》,《外语与外语教学》,2003年第1期;《对所谓〈艰难时世〉中"败笔"的思考》,《外国文学研究》,2003年第1期;《是〈董贝父子〉,还是〈董贝父女〉——狄更斯笔下的"进步"和异化》,《杭州电子科技大学学报(社科版)》,2006年第1期。

② 乔国强:《从〈雾都孤儿〉看狄更斯的反犹主义倾向》,《外国文学研究》,2004年第2期;杨金才:《从〈书记员巴特尔比〉看麦尔维尔与狄更斯的近缘关系》,《南京社会科学》,2001年第8期;陈晓兰:《腐朽之力:狄更斯小说中的废墟意象》,《外国文学评论》,2004年第4期;赵炎秋:《狄更斯小说中的监狱》,《外国文学评论》,2005年第2期。

西方观点不加批判、一味认同，少见有效的国际学术对话。不过，随着国内学术环境的不断改善，中国狄更斯研究的前景值得期盼。

第五节
萨克雷研究

作为英国 19 世纪杰出的现实主义作家，威廉·萨克雷（William Makepeace Thackeray, 1811－1863）以宏大的篇幅、复杂的情节、幽默讽刺的笔调、生动细腻的人物与心理刻画，自然而逼真地对当时的英国中上层社会做了全景式的呈现，使现实主义创作达到了新的高度。他的作品中体现出的对复杂人性的思考、对道德的拷问、对菲尔丁等人开创的小说传统的继承和发扬以及对心理现实主义的探索，都使他在英国乃至世界文学史上拥有不容忽视的重要地位。而近代以来，这位与狄更斯比肩的作家所受到的评价褒贬不一。俄国批评家车尔尼雪夫斯基盛赞其为"当代欧洲作家里的第一流的大天才"[1]。亨利·詹姆斯指责其作品为"松松垮垮的大怪物"[2]。在利维斯的眼中，他只是"大一号的特罗洛普"[3]。美国学者西林伯格（Peter L. Shillingsburg）在《萨克雷传》中将他看成是星光熠熠的同时代作家中"最不被理解和欣赏的"[4]一位。这位现实主义大师的名字于 20 世纪初传入中国，迄今已有 100 多年的历史。其作品在中国的译介与研究大致可分为三个时期，即 20 世纪上半叶、新中国前三十年、新时期以来，而不

---

[1]　车尔尼雪夫斯基：《车尔尼雪夫斯基论文学》（下卷）第 2 册，上海：上海译文出版社，1982 年，第 27 页。

[2]　Henry James, "Preface to The Tragic Muse," in *The Art of the Novel: Critical prefaces*, R.P. Blackmur, ed. New York: Scribners, 1947, p. 84.

[3]　利维斯：《伟大的传统》，袁伟译，北京：三联书店，2009 年，第 28 页。

[4]　Peter L. Shillingsburg, *William Makepeace Thackeray: A Literary Life*, New York: Palgrave, 2001, p. 3.

同的历史时期表现出了各不相同的学术特点。

一、早期译介与研究

国内对萨克雷其人其作的介绍最早可以追溯到 20 世纪初。1904 年 1 月 25 日《大陆报》年第 12 期"史传"栏刊登《英国二大小说家迭更斯及萨克礼略传》一文，对萨克雷的生平及主要作品做了简要却精准的概述，称萨克雷因著《虚荣市》（今译《名利场》）而"声名大噪"，"世无不知其名"。文章虽述多论少，但却对之后的萨克雷研究有两点开创性的意义，其一是将维多利亚时期两大小说家萨克雷与狄更斯并举，称二人"远超乎其流辈之上"，但"不能定其孰优孰劣"；其二是把《名利场》中两个女性角色并置，称女主人公蓓基·夏普（Becky Sharp）为"有智无德女子之代表"。1918 年，周作人在《近代欧洲文学史》中对萨克雷有一定的介绍，寥寥数语勾勒出其作品"记中流以上社会情状"、写实、讽刺的创作风格，谓其与狄更斯"非至愚极恶，则慈仁神圣"的人物创作形成对照，并指出萨氏在文中好做评判与批示，有 18 世纪菲尔丁之余风。[①] 此外，魏易在《泰西名小说家略传》中也提到：萨克雷继承菲尔丁的传统，文笔诙谐，善于描摹人情百态，却"于结构不甚经意"[②]。与这一时期狄更斯作品在国内的风靡与广为流传相比，萨克雷受到的关注寥寥。

20 世纪 20—30 年代，各类外国文学作品的译介进入前所未有的繁荣时期。这一时期，萨克雷作为与狄更斯并驾齐驱的英国小说大家的形象，更多地出现在中国读者的视野之中。这一切都要归功于一位与萨克雷渊源深厚的学者、中国比较文学的奠基人——吴宓。1917 年，吴宓赴美求学，师从新人文主义代表人物白璧德（Irving Babbitt），在哈佛大学获比较文学硕士学位后回国，与梅

---

① 周作人：《近代欧洲文学史》，北京：团结出版社，2007 年，第 250 页。
② 魏易：《泰西名小说家略传》，北京：通俗教育研究会，1917 年，第 12 页。

光迪等人于 1922 年创办《学衡》杂志，针对新文化运动，以"昌明国粹，融化新知"为宗旨，提倡保存和重构传统文化，实现国学和西学的贯通。恰恰是在这片被称为保守、旧派文人的阵地上，惯常刊登旧体诗词文赋的《学衡》"文苑"专栏于 1922 年第 1—4、7—8 期连载了吴宓翻译的萨克雷《纽康氏家传》(*The Newcomes*，又译《纽克姆一家》)第一至六章，标志着萨克雷作品在国内翻译的重要肇始。

其实，吴宓对萨克雷的评论明显要早于对其作品的译介。早在 1919 年，他就在日记中感叹："乃 Dickens（即狄更斯）全集，几皆译成中文，而 Thackeray（即萨克雷）之书，则尚无一译本，宁非憾事？"，并计划模仿《红楼梦》体裁译出 *Newcomes* 一书。[①] 在《纽康氏家传》第一回的译序中，吴宓提到"林琴南先生译迭更斯之书甚多，吾国人遂多知有迭更斯而未尝闻沙克雷之名"，并呼吁"沙克雷之书急译"。吴宓对萨克雷推崇备至，认为其"学问"、"文笔"、"意境"、"工力"均更胜狄更斯一筹[②]；因狄更斯诉诸情感，声调激越，笔下"善人几同圣贤，恶人皆如鬼蜮"，不近人情，而萨克雷用笔深婉，褒贬隐曲，人物善恶得失合乎现实与常理，自然深入人心，且文风"沉着高华，修洁雅典"，为英国小说传统中与菲尔丁一脉相承的写实派的代表。同时，吴宓阐明了自己首选《纽康氏家传》进行翻译的理由，其一他认为西洋小说中惟《纽康氏家传》可以与《红楼梦》结构之宏大精巧、相媲美，其二在于它完成于萨克雷创作的成熟期[③]，

---

① 吴宓：《吴宓日记（第 2 册 1917—1924）》，北京：三联书店，1998 年，第 60—61 页。

② 吴宓在 1919 年 8 月 31 日的日记中已阐述过此观点："英国近世小说巨子，每以 Dickens 与 Thackeray 并称，其实 Dickens 不如 Thackeray 远甚。约略譬之，Dickens 之书，似《水浒传》，多叙倡优仆隶，凶汉棍徒，往往纵情尚气，刻画过度，至于失真，而俗人则崇拜之。而 Thackeray 则酷似《红楼梦》，多叙王公贵人名媛才子，而社会中种种事物情景，亦莫不遍及，处处合窍。又常用含蓄，褒贬寓于言外，深微婉挚，沉着高华，故上智之人独推崇之，"足见其对萨克雷推崇备至。

③ 吴宓将萨克雷的创作分为"戏谑时期（Spirit of Burlesque）"、"讽刺时期（Spirit of Satire）"、"仁爱时期（Spirit of Love）"，认为 *Newcomes* "最晚也最精到，纯系仁厚之旨，少刻薄之意"。

宣扬仁爱之旨。吴宓以古代章回小说形式为每一章加了一个"八言二句"的回目[①]，章节内容则以白话文译出，对文中情节错综及涉及史实用典之处加以评论注释，对在萨克雷多部小说中出现的人物进行梳理与时间先后上的考证，译文流畅精准，在当时文学翻译错译、误译充斥、泛滥的情况下十分难能可贵。此后，《学衡》1926 年第 55 期又刊登了吴宓所译《名利场》楔子及第一回"媚高门校长送尺牍 泄奇愤学生掷字典"。译者在前言中说明把小说题目 Vanity Fair 译为"名利场"，因其"为吾国常用之词"[②]，并详细介绍了"Vanity"一词在希伯来文中的含义、在《圣经·旧约》中和后来班扬的《天路历程》中的用典以及小说中人物姓名所暗含的寓义。虽然两部译作都只开了头而未能继续，但无疑对之后萨克雷作品的翻译与研究起到了极为重要的推动作用，吴宓自己也认为"若但论文笔之美，宓一生所作，实以所译《名利场》及《纽康氏家传》为首选。"[③]

　　除苦心经营《学衡》杂志外，吴宓先后在东南大学、东北大学讲授"英国文学史"、"英国小说"等课程，萨克雷被列为必读作家。30年代吴宓在清华讲授《文学与人生》，一份洋洋洒洒涵盖中西文学、文化与哲学经典的课程书单中有 5 部是萨克雷的作品[④]。他还在讲义中专辟一章"阅读萨克雷《英国 18 世纪幽默作家》札记"，借以阐述自己对小说（艺术）、道德与人生的理解。吴宓认为萨克雷与

---

① 　所加章回名不但对章节内容作了提示，而且为译作增添了中国古典小说的风味，如第一回"鸟萃鳞集寓言讽世 涤腥荡秽壮士叱奸"；第二回"织素缘恩深完好梦 芦花蘩情误走天涯"。吴宓只译出前六回。

② 　杨绛在杨必译《名利场》序中阐述了此译名的由来，在古典小说《镜花缘》第十六回里有个命意相仿的"名利场"："世上名利场中，原是一座迷魂阵，此人正在场中吐气扬眉，洋洋得意，哪个还把他们拗得过……一经把眼闭了，这才晓得从前各事都是枉用心机，不过做了一场春梦。"而杨必本实为沿用了吴宓译名，并非首创。

③ 　吴宓：《吴宓自编年谱》，北京：三联书店，1995 年，第 231 页。

④ 　分别为 *Vanity Fair*，*Pendennis*，*English Humorists*，*Henry Esmond*，*The Newcomes*.

曹雪芹在经历方面及对理想女性的推崇上都十分相近。两位小说家的作品都"崇真去伪"，体现了"爱与真理"两大宗旨，在这一点上，萨克雷是"精神的现实主义者"。① 而同为写实，在吴宓看来，《名利场》的成就主要体现在艺术上，而《纽克姆一家》则在伦理道德的表现上更胜一筹。

无论是戳破萨克雷讽刺、刻薄外表下的仁爱思想，还是从中西比较文学的更为广阔的视域对萨克雷小说及其人物进行解读，吴宓对萨氏的情有独钟无疑为国内早期的萨克雷研究做出了最重要的贡献，影响深远。正如钱钟书在 1937 年谈到自己的这位老师时所说："我这一代的中国青年学生从他那里受益良多。他最先强调'文学的延续'，倡导欲包括我国'旧'文学于其视野之内的比较文学研究。15 年前，中国的实际批评家中只有他一人具备对欧洲文学史的'对照'（Synoptical）的学识。"②

30 年代初，萨克雷的两部作品依次翻译出版。一部是 1930年上海开明书店出版、顾均正所译的长篇童话《玫瑰与指环》，另一部是 1931 年上海商务印书馆出版、伍光建的节译本《浮华世家》（即《名利场》）。前者多以儿童读物的形式为读者接受，未能引起批评家的关注；而后者因做了较多的删节与变动，未能真实反映作品原貌，在学界影响不大。

这一时期对萨克雷介绍较为详尽的文学史著作当属金东雷的《英国文学史纲》（1937 年）。该书对萨克雷的生平和作品做了全面而细致的评述，涵盖了他早期的讽刺杂文、五部小说代表作及散文。金东雷认为《名利场》（金译《虚荣市》）的书名暗合了班扬《天路历程》的主题，而其自传体著作《亨利·艾斯芒德的历史》则采用了司各特历史小说的写法。此外，作者还对萨克雷的散文代表作

---

① 参见吴宓：《文学与人生》，王岷源译，北京：清华大学出版社，2000 年，第 45—58 页。

② 胡志德：《钱钟书》，北京：中国广播电视出版社，1990 年，第 5 页。

《十八世纪英国的幽默作家》和《四乔治》（*Four Georges*）给予了极高的评价，称其文笔"式样优美"，"意味幽默"，"批评确当"，"情智并茂"，能使过去那个时代的人物跃然纸上，而这一才能除兰姆（Charles Lamb）之外，无人媲美。书中评价萨克雷为写实者与道德家，忠实反映当时的社会情状，展示了普通人身上的道德缺陷。

专论方面，除 1934 年《文学评论》第 1 卷第 2 期上纪乘之的《威廉·沙克莱及其〈浮华世界〉之研究》、1944 年《笔阵》革新第 1 期上洪钟译的《论萨克莱的〈纽康门家〉》①之外，林海发表于 1948 年《时与文》第 3 卷第 3 期的《〈浮华世界〉及其作者》对萨克雷创作的主题及手法做了较为深入的探讨。与之前的评论或研究相比，该文更强调《名利场》发表的时代背景，指出在新旧制度交替之际，狄更斯"为平民请愿"，而萨克雷"为贵族拆台"②。而 1848 年小说的发表，主要意义就在于揭露封建贵族的腐朽，"给岁暮日斜的上等阶级画脸谱"③。在写作方法上，作者也试图将萨克雷与狄更斯一较高下，认为萨克雷虽输在叙述与评论过多，破坏了阅读体验，但也因此显得更加冷静，更有现实感，他的作品也成为"全景式（panoramic）"的代表作，是"某一时代社会的全部写真"。在这一点上，作者指出于"十八楼上冷眼静观"的萨克雷反而更加真实可靠。

二、50—70 年代的研究与接受

新中国成立后，外国文学翻译活动发生了由思想启蒙到为意识形态服务的转向，而萨克雷作为揭露"资本主义社会的丑恶"的批判现实主义作家得到了极大的关注。50 年代初，鉴于萨克雷的

---

① 此文原作者是苏联著名学者车尔尼雪夫斯基。
② 林海：《〈浮华世界〉及其作者》，《时与文》，1948 年第 3 卷第 3 期，第 9 页。
③ 同上，第 10 页。

作品仅有伍光建的节译本《浮华世家》，杨必在傅雷和钱钟书的鼓励下开始翻译《名利场》。1957 年，人民文学出版社出版了杨必所译的国内第一部《名利场》全译本。杨必因其家学渊源与生活经历，拥有深厚的中英文造诣与极高的文学素养。这部长达 62 万字、凝结了译者全部心血的译著，不仅生动传神，语言转化自然流畅，而且非常贴近原作风格，几可与原著媲美，因而被奉为文学翻译史上不可多得的佳作，至今仍是翻译爱好者和批评家学习和研究的典范。次年，人民出版社又出版了陈逵、王培德译的《亨利·艾斯芒德的历史》。这两部重要译作填补了国内萨克雷小说全译本的长期空白。

除了翻译外，这一时期出现了多篇萨克雷研究论文，如王佐良的《萨克雷的〈名利场〉》（《译文》1958 年第 1 期）、杨绛的《萨克雷〈名利场〉序》（《文学评论》1959 年第 3 期）、张健的《论萨克雷的〈亨利·艾斯芒德的历史〉》（《文史哲》1963 年第 3 期）、朱虹的《论萨克雷的创作——纪念萨克雷逝世一百周年》（《文学评论》1963 年第 5 期）等。和当时的狄更斯研究一样，这些论文表现出了专业化、学院化的特点，代表了当时萨克雷研究的最高水平。杨绛为《名利场》中译本所撰写的序文是当时很具有代表性的研究成果。在文章中，杨绛借大量的书信、日记及传记与评论阐述萨克雷的创作目的、小说人物特点及其在文学史上的重要地位，指出萨克雷以"描写'真实'、宣扬'仁爱'"为己任，揭露了"名利场"上种种丑恶现象的根源。杨绛提出萨克雷为追求真实，在《名利场》创作的很多方面都打破了小说的常规，不写超群绝伦的英雄，只写受时代与环境所限的小人物，注重表现人物的正反两面及环境对性格的影响，同时描写、刻画深入人物心理；整部小说用细节"描摹出一个社会的横切面和一个时代的片断"，"在英国现实主义小说的发展史上开辟了新的境地"。① 杨绛一文史料翔实，论述精辟，有较高的学

---

① 杨绛：《名利场·译本序》，北京：人民文学出版社，2002 年，第 6—10 页。

术价值,是这一时期萨克雷研究的重要的代表性成果。

50—60年代,学术研究深受苏联文艺观与政治意识形态的干扰与影响。1959年,苏联学者阿尼克斯特的《英国文学史纲》被翻译成中文,彰显了这一时期学术批评话语中"左"的倾向。在这本以极左思想为指导的文学史中,萨克雷被认为是"小资产阶级激进主义的拥护者"①,"并没有触犯到现存的国家和社会制度的基础,只要求个别、局部的改良"②,"对统治阶级的态度始终是无情的与不可调和的",但又有"两面性"③。在之后的很长一段时间内,类似的阶级分析模式主导着国内学界对萨克雷作品的研究与接受。例如,杨绛的序文中就明显留下了阶级分析模式的深刻印记。在对作品的评述中,杨绛不仅强调贵族阶级、新兴资产阶级与无产阶级之间的对立关系,指出"《名利场》揭露的真实就是资本主义社会的丑恶"④,而且还批评萨克雷缺乏"企图改革的热情"⑤,远不如与他处在同一时代的狄更斯。

1963年,萨克雷逝世一百周年之际,《文学评论》发表了朱虹的重要长篇评论《论萨克雷的创作道路》。⑥ 作者以《势利眼集》、《名利场》、《彭旦尼斯》(又译《潘登尼斯》)、《亨利·艾斯芒德的历史》、《钮可姆一家》等主要作品为考察对象,对萨克雷的创作思想及艺术的发展进行梳理。作者认为萨克雷早期作品中对现实的讽刺和揭露有明显的局限性,而《名利场》标志着萨克雷批判现实主义艺术的高峰,此后作品中消极思想越加明显;被评论家公认为艺

---

① 阿尼克斯特:《英国文学史纲》,戴镏龄等译,北京:人民文学出版社,1959年,第427页。
② 同上,第429页。
③ 同上,第441页。
④ 杨绛:《名利场·译本序》,北京:人民文学出版社,2002年,第6页。
⑤ 同上,第10页。
⑥ 朱虹:《论萨克雷的创作道路》,《文学评论》,1963年第5期,第22—49页。此文后收入1997年朱虹所著《英国小说的黄金时代》一书,作者对比较明显的从阶级性角度阐述的内容做了较多的删减。

术成就最高的晚期作品《纽可姆一家》虽然批判和揭露更为尖锐，但由于作家声名地位的改变，宣扬妥协和向善的倾向也更加明显，而所谓的"仁爱"理想不过是"资产阶级为了解决种种社会矛盾的自欺欺人之说"。在文章最后，这位现实主义作家被冠以"资产阶级的庸人"、"本阶级的代言人"、"本阶级利益真正的维护者"等称号。

同年，《文史哲》发表张健的《论萨克雷的〈亨利·艾斯芒德的历史〉》一文，文中着重介绍了 17 世纪末 18 世纪初"光荣革命"前后英国社会的政治和历史背景，肯定了萨克雷对这段"历史真实"的还原，认为该作品一反以往历史对战士英勇和战争胜利的称颂，能够揭露战争的丑恶以及给人民带来的灾难，深刻暴露和批判了封建贵族、天主教教士等"腐朽、反动势力"及"当权的资产阶级唯利是图的丑恶本质"，但作者指出萨克雷对真实的揭露是运用"资产阶级人道主义的观点和唯心主义的思想方法"[①]，不能从根本上去反对和推翻统治阶级，因此具有"局限性"，而他对本阶级利益的维护和美化则体现了"反动性"。文中主人公亨利的婚姻、爱情经历等主要情节因不具有较高的批判价值而被淡化，而萨克雷通过主人公的经历所宣扬的"爱情至上"也被认为是"资产阶级人道主义者美化爱情的思想表现"，会导致"逃避战争"，会"腐蚀我们的革命意志"，是应该予以批判的"极为有害的消极因素"。[②]

总的来看，这一时期对萨克雷作品的译介有所突破，尤其是杨必所译《名利场》更被奉为难以超越的经典，而这一时期的评论所采取的阶级分析方法和批判模式，无疑是苏联文艺理论以及当时"政治标准第一、艺术标准第二"的文艺批评纲领的产物。在这样的批评视角下，萨克雷的作品符合具有"反封建的进步意义"、"揭露了资本主义制度的腐朽和残酷"的"进步"文学的标准[③]，因而在

---

① 张健：《论萨克雷的〈亨利·艾斯芒德的历史〉》，《文史哲》，1963 年第 3 期，第36 页。

② 同上，第 42 页。

③ 对于这一时期外国文学译介选取的倾向，参见查明建的《文化的操纵与利用——以 20 世纪五六十年代中国翻译文学为研究中心》（《中国比较文学》2004 年第 2 期）。

一定程度上得到肯定。他属于马克思所说"英国小说家中光辉的一群"①；代表作《名利场》被恩格斯赞扬，恩格斯认为它当时"几本较好的英国小说"之一，"有其不可辩驳的文学和文化历史意义"②；马克思论及萨克雷等批判现实主义小说家时所说："他们用逼真而动人的文笔，揭露出政治和社会上的真相；一切政治家、政论家、道德家所揭露的加在一起，还不如他们揭露的多。"③这一段话更是被批评家反复援引：这些论断都成为萨克雷吸引评论家关注的风向标。而另外一方面，批评者从无产阶级的立场出发，指出萨克雷宣扬资产阶级人道主义思想、维护本阶级利益的局限性。这样的批判模式固然有机械、狭隘之嫌，并且作为特定历史时期的产物早已被后来的研究者所摒弃，但正如周小仪所指出的，这种方法"超越了单纯、无保留的……介绍与赞美"④，帮助中国的外国文学研究建立与西方不同的视角、观点与价值体系，保证了自身的主体性和原创性，因而在这一点上有一定的积极意义。

三、新时期30年：多元批评视角下的萨克雷研究

"文革"结束后，新时期的外国文学翻译与研究经过拨乱反正与解放思想的运动后，文艺批评由对"人民性"、"阶级性"的片面强调回归到关注作品的文学性、审美性和艺术性本身，文学研究以更为开放的视角全面展开。70年代末到90年代的二三十年间，不但各类外国文学刊物的论文及文学史著作对萨克雷多有提及，在西方文论、文学史、文学思潮及比较文学领域的研究都取得了较大突破的基础上，萨克雷的译介与研究也获得了较大的进展。

---

① 转引自项星耀译《潘登尼斯》"译后记"，上海：上海译文出版社，1985年，第524页。
② 《恩格斯致斐·拉萨尔》，《马克思恩格斯选集》第四卷，第342页。
③ 转引自杨绛所作杨必译《名利场》"序"，北京：人民文学出版社，1957年，第1页。
④ 周小仪：《英国文学在中国的介绍、研究及影响》，《译林》，2002年第4期，第191页。

70 年代末开始，外国文学名著普及的浪潮推动了萨克雷作品的译介。除多次再版的杨必所译的《名利场》外，另外两部重要长篇小说《钮可谟一家》、《潘登尼斯》也分别由王培德、项星耀在 80 年代初翻译出版。一些次要作品包括萨克雷改写的《吉诃德先生的冒险故事》（塞万提斯原著）、中短篇小说集《王妃的悲剧》、短篇小说集《珀金斯太太的舞会》也翻译出版。而被誉为代表作的《名利场》更是受到翻译界和出版界的追捧，在 1990 年至 2007 年间有 20 多种不同的译本面世①，再加上众多《名利场》的中英对照改写本和节译本，国内对萨克雷这部传世名作的热情可见一斑。不同译本的出现既体现了《名利场》作为经典文学名著的魅力，也反映了不同文化语境下读者认知体验与审美要求的改变，同时为翻译比较研究提供了丰富的素材。

80 年代，萨克雷仍然被看成是与狄更斯旗鼓相当的"批判现实主义小说家"，但关于萨克雷的研究并不兴盛，明显逊色于国内的狄更斯研究。当时发表的相关论文数量较少，主要以评论萨克雷的现实主义创作主题与写作特色为主，批评思路与 50—60 年代杨绛的《萨克雷〈名利场〉序》比较相似，仍将作品是否反映现实当做重要评判标准。张烽、张艳华在《一幅资产阶级"体面"家族的大型画像——读萨克雷的〈钮可谟一家〉》（《读书》1985 年第 3 期）中认为，就其作品反映社会生活的真实性和深刻性来说，萨克雷完全可以与狄更斯并驾齐驱，而《钮可谟一家》如《名利场》一样揭露了维多利亚时代上流社会的自私本质。沙昭宇的《〈名利场〉的现实性和它的艺术特色》②也认为《名利场》揭露了 19 世纪英国上流社会不道德的丑恶行为与本质。焦小晓的《从〈名利场〉看萨克雷的讽刺艺术》③则从萨克雷小说讽刺艺术的角度分

---

① 其中以 2007 年北京光明日报出版社出版的彭长江的译本得到的关注最多。

② 载《福建外语》1986 年第 4 期。

③ 载《上海师范大学学报》1987 年第 1 期。

析了《名利场》中的角色如何通过自我暴露、互相揭露与对照，来揭露现实中"丑"的现象，指出萨克雷"寓庄于谐"，通过各种使人发笑的手法达到讽刺幽默的目的。在作者看来，对丑恶现象的抨击体现了萨克雷"进步的美学理想和社会理想"，使他成为"旧时代的摧毁者和新时代的召唤者"①。类似的评论表明80年代的评论已逐渐摆脱了阶级分析的机械与教条，代之以更加平和与理性的批评态度。

90年代，萨克雷的主要作品得到广泛译介，萨克雷的评论文章稳步上升，尤其是90年代末至新世纪的十多年中，学术期刊上发表的相关论文数量高达近百篇，硕士论文有20多篇。不过，相对于狄更斯以及其他英国古典作家而言，萨克雷仍然不是学界关注的热点对象。在这些研究成果中，高质量的研究屈指可数。从研究特点来看，既有传统的人物性格分析、创作主题研究，也有西方批评理论（如叙事学）视角下的萨克雷研究以及比较文学视野的译本、译介与接受研究。

作为世界文学史中最为光彩夺目的女性形象之一，《名利场》的女主人公蓓基·夏普成为评论家最为热衷的研究对象，而萨克雷在小说人物塑造上所体现出的复杂性与多面性更使读者及评论家对其形象的理解千差万别，并且在不同的历史时期与文化语境下体现出较大的反差。从60年代朱虹笔下的"一无所有，靠姿色和诡计混世的女骗子"②，到80年代文学史中不择手段的"小资产阶级冒险家"③、野心家与投机者，再到新世纪评论家眼中的"勇往直前的独立的实践者"与"进攻社会的英雄"④，体现女性独立意

---

① 焦小晓：《从〈名利场〉看萨克雷的讽刺艺术》，《上海师范大学学报》，1987年第1期，第67页。

② 朱虹：《论萨克雷的创作道路》，《文学评论》，1963年第5期，第33页。

③ 杨周翰等主编：《欧洲文学史（下）》，北京：人民文学出版社，1979年，第162页。

④ 龚北芳：《蓓基·夏泼形象新解读》，《齐齐哈尔大学学报》，2004年第5期，第79—81页。

识、反抗男权社会与阶级压迫的"英国女权主义的先驱"①，蓓基的形象在时代语境与批评话语的转变之下被不断赋予新的诠释，焕发着持久的生命力。值得一提的是，这一时期有关《名利场》的平行研究的泛滥也与蓓基这一角色的特殊魅力密不可分。在以比较研究为主题的文章中，无论是《红楼梦》中的王熙凤，还是莎士比亚塑造的麦克白夫人、笛福笔下的摩尔以及伊迪丝·沃顿的《快乐之家》里的女主人公莉莉·巴特，这些令读者过目难忘的女性角色都与评论家眼中具有独立与反抗精神的蓓基交相呼应。

在小说主题研究方面，殷企平在 2005 年发表的两篇关于"进步"话语的论文令这一时期普遍流于陈旧、粗浅的讨论有了突破性的进展。作为对体现出质疑"进步"潮流的英国 19 世纪新型小说的讨论的一部分，作者选取了萨克雷的《名利场》和《纽克姆一家》两部小说分别论述，强调了小说家在捕捉历史真实方面所取得的卓越成就，指出这两部作品在"揭示工业化进程中社会价值观的变迁方面"有独特的地位②，而这一点却一直为评论家所忽略。在《"进步"浪潮中的商品泡沫——〈名利场〉的启示》一文中，殷企平对率先从商品社会中人的物化现象角度分析《名利场》的学者林德纳（Christoph Lindner）做出回应，进一步解读"进步"话语跟商品文化之间的联系，并着重讨论了女主人公利蓓加（蓓基）所折射出来的商品文化现象③。另一篇论文《体面的"进步"——〈纽克姆一家〉昭示的历史》在一定程度上填补了国内该作品研究的空白。文中作者分析了《纽克姆一家》对一些新的"进步"迹象的捕捉，并着

---

① 程绍雨：《论英国女权主义的先驱——利蓓加·夏泼》，《贵州民族学院学报》，2002年第 2 期。

② 殷企平：《推敲"进步"话语——新型小说在 19 世纪的英国》，北京：商务印书馆，2009 年，第 17 页。

③ 殷企平：《"进步"浪潮中的商品泡沫——〈名利场〉的启示》，《外国文学研究》，2005年第 3 期，第 81—87 页。

重讨论了小说的叙述形式，指出这部被评论家称为"元小说"、"自我指涉性很强"的作品恰恰说明萨克雷"没有机械地去理解历史真实，而是深谙虚实相间之道，……在精神实质上把握历史的真实"[①]。段企平对萨克雷两部作品的分析体现了维多利亚小说研究的最新成果，与前人对话的方式展现了前沿与国际性的学术视野，为国内萨克雷小说研究开辟了新的领域。

　　叙事策略是萨克雷小说艺术中非常突出的一个方面，而国内这方面的研究成果却寥寥无几，其中成就最突出的应属韩加明对《亨利·艾斯芒德的历史》的叙述形式的讨论。作者指出这部用第三人称叙述的回忆录式小说因叙事视角的交叉转换与叙事声音之间"形成相当的张力"[②]，体现了萨克雷在叙述手法方面的探索，也更为深刻地揭示人性。此外，作者梳理了国外学者一直以来对于萨克雷使用夹叙夹议的叙述手法的褒贬，重点介绍了后来的批评家如何为萨克雷的介入性叙述的特殊功用正名。无论是为了与读者建立密切联系、深入表现思想和刻画人物，还是进行反现实主义与元小说的实验，对介入性叙述方式的重新审视无疑为萨克雷作品的再解读提供了许多重要启示。

　　翻译及译本研究以对杨必的《名利场》译本的关注为最。早期对译本的讨论多集中于翻译技巧与语言特色，如南木与孙致礼的论文[③]，而近十年来更多的学者应用翻译理论对译本的翻译策略进行解读或者进行译本比较研究。不断深入的翻译研究加深了读者对原作的文本及译本文化语境的解读，成了解萨克雷作品在国内接受的极为重要的一个方面。

---

① 殷企平：《体面的"进步"——〈纽克姆一家〉昭示的历史》，《外国文学评论》，2005 年第 4 期，第 117 页。

② 韩加明：《英国 19 世纪中期现实主义小说叙事理论综述》，《北京大学学报（哲社版）》，2004 年第 1 期，第 149 页。

③ 南木：《〈名利场〉中译本选介》，《翻译通讯》1980 年第 2 期，第 32—36 页；孙致礼：《评〈名利场〉中译本的语言特色》，《翻译通讯》，1984 年第 10 期，第 37—39 页。

百年来国内萨克雷研究在取得较大成就的同时，也存在着明显的不足和许多亟待填补的空白。首先，对萨克雷作品的研究大多局限于他的早期代表作《名利场》，对后期其它几部重要性毫不逊色的作品的关注相形之下十分稀少，缺乏对作家创作思想、艺术特色及其演变的整体把握。其次，研究成果整体来看水平不高，有相当数量的论文主题重复，且多流于对小说情节、角色与艺术技巧的分析，缺乏新意与创见；第三，迄今为止国内尚无任何与萨克雷相关的专门著作出版，也无博士论文以萨克雷及其作品为研究对象。第四，多数评论沿袭国内已有研究成果的观点，不能与国外最新相关研究接轨，一些国外已经发展得比较成熟的萨克雷研究领域，如传记、叙事、历史小说等方面的研究，以及比较新的领域，如从性别、种族主义等角度的解读，在国内尚未有效地开展。在当下学界对维多利亚时期小说中所展现的历史进行重访以及对小说家的思想与艺术成就重新审视的热潮当中，萨克雷在国内的研究与关注还有十分广阔的天地有待开拓。

第六节
夏洛蒂·勃朗特研究

夏洛蒂·勃朗特（Charlotte Bronte，1816－1855）是 19 世纪初英国著名的小说家，居"勃朗特三姐妹"之首。她的代表作《简·爱》（*Jane Eyre*，1847）是英国文学史中的经典名作，在中国也几乎家喻户晓，其影响与声誉令许多一流作品望尘莫及。自新文化运动以来，它一直是中国学界以及普通读者阐释和评论的热点作品，国内对夏洛蒂的研究也主要以《简·爱》研究为主。由于受社会、历史与文化环境的影响，国内的译介与研究不断发生变化，阐释的内容与方法各有不同，并呈现出了极大的弹性和波动性。

一、民国时期的评介

从现有的资料来看,1917年刊于《妇女杂志》上的《泰西女小说家论略》是国内最早提到勃朗特姐妹的文章。[①] 1931年《妇女杂志》第17卷"妇女与文学专号"发表仲华的《英国文学史中的白朗脱氏姐妹》一文。作者对勃朗特姐妹的生平进行了介绍,并且特别强调"过去的文学史中仅有很少的突出的妇女作家"[②]。此文对《简·爱》没有任何点评,只有"夏绿蒂"、"第二部小说"、"使她成名的"三个修饰语。可以看出,《妇女杂志》上的这两篇文章基本上是从"杰出的女性"角度,并非从"杰出的作家"角度来介绍勃朗特姐妹的,对她们的创作并没有做具体的评析。20世纪二三十年代,中国社会发生剧烈变革,勃朗特姐妹的比较优势是"成名的""妇女作家"身份以及她们身后的故事,因此自然而然被当做当时妇女解放的榜样。

1925年,周瘦鹃翻译的《重光记》(《简·爱》故事的节略本)出版[③]。这可能是夏洛蒂作品最早的中译本。1926年,郑振铎在《文学大纲——十九世纪的英国小说》(《小说月报》1926年第17卷第6期)中对勃朗特姐妹做了详尽的介绍,并对夏洛蒂的创作做出了很高的评价:"蔡洛特在佳人才子的普遍恋爱小说之处,另开了一条路,就是写两个面貌丑陋、性情固执的男女,相恋而又相距,竭力把爱情抑制着,后来终于爱情战胜了意气而相结合。这个新鲜的路,立刻有许多的模仿者来走,但俱没有蔡洛特的《琪恩·伊尔》(*Jane Eyre*)成功。"[④]郑振铎从跨文化的视角出发,将《简·爱》纳

---

① 林德育:《泰西女小说家论略》,《妇女杂志》,1917年第3卷第12期,第16页。

② 仲华:《英国文学史中的白朗脱氏姐妹》,《妇女杂志》,1931年第17卷第7期,第101页。

③ 收录于上海大东书局的《心弦》一书。

④ 郑振铎:《文学大纲——十九世纪的英国小说》,《小说月报》,1926年第17卷第6期,第8页。

入"才子佳人"小说的范畴，并肯定了其独创性的一面。1931 年，金石声在《欧洲文学史纲》中也持类似观点，认为夏洛蒂在爱情小说之外"另辟了一条蹊径"①。

30 年代，勃朗特的《简·爱》出现了两个中译本：伍光建的节译本《孤女飘零记》（1935 年）和李霁野的全译本《简·爱自传》（1936 年）。伍光健在"译者序"中概述了原著出版后在英美畅销的盛况，对其独创性也给出了很高的评价：

> 此作不依傍前人，独出心裁，描写女子性情，其写女子之爱情，尤为深透，非男著作家所可及。盖男人写女人爱情，虽淋漓尽致，似能鞭辟入里，其实不过得其粗浅，往往为女著作家所窃笑。且其写爱情，仍不免落前人窠臼，此书于描写女子爱情之中，同时并写其富贵不能淫，贫贱不能移，威武不能屈气概，为女子立最高人格。②

这段文字首先肯定了作品的主题、创新及文学特点，其次指明作品的教育意义，即"为女子立最高人格"。作者显然受儒家思想的浸润影响，用儒家思想进行会通和阐释，特别强调了经世济用的教化功能。这样的评价也折射出了译者的翻译目的以及译作的价值所在，即推动社会革新，尤其是女性读者精神面貌的变革。

关于夏洛蒂的创作风格，一般认为她是现实主义作家。这一观点基本上来源于对国外观点的接受与影响。1936 年，周其勋等译述的《英国小说发展史》辟有专章，详细介绍了夏绿蒂的创作，将她的创作看成是英国小说史上"写实主义的复兴"。③ 1937 年，金东雷在《英国文学史纲》中对夏洛蒂着墨较多，认为她的小说以写实为主，但是也有浪漫主义的成分：

> 她受莎克莱（Thackeray）的影响很大，曾立志要逼真地去描写社会实情，

---

① 金石声：《欧洲文学史纲》，上海：神州国光社，1931 年，第 326 页。
② 伍光建：《孤女飘零记·译本序》，上海：商务印书馆，1935 年，第 2 页。
③ 韦伯·克劳斯：《英国小说发展史》，周其勋等译，南京：国立编译馆，1935 年。该书第 6 章"写实主义底复兴"中，第 4 节专门介绍夏洛蒂·勃朗特。

但在另一方面看,她自己于写实主义的作风之外,又添上些欲念的色彩,似乎有轻微的浪漫主义思想。大凡文章上最好的东西,大多是从困苦的作家写出来的,发泄忧愤之气的作品,文辞必然优美;盖欢愉之辞难工,愁苦之言易好,卡罗特的写《真·爱尔》、《瑟力》和《凡尔脱》等许多小说,便是愁苦之言。①

1937 年,茅盾在《译文》杂志上发表《〈真亚耳〉②的两个译本》一文,对李霁野和伍光健的两个译本进行评论,指出"我们需要西洋名著的节译本(如伍先生的工作),以飨一般的读者,但是也需要完善的全译本直译本,以备'文艺学徒'的研究"③。不过,作为当时的著名学者和作家,茅盾对《简·爱》并没有给出很高的评价:"《真亚耳》虽不是怎样了不起的杰作,可是居然有那么两种好译本,实是可喜的事。"④茅盾的评价说明在 30 年代"左翼"文化兴起的背景下,左翼知识分子更关注阶级状况、社会问题,或救亡图存,对所谓的"小资情调"或具有资产阶级个人主义思想的作品兴趣不大,因此对夏洛蒂的文学地位难有充分的认识。

二、50—60 年代:阶级分析视角下的夏洛蒂·勃朗特研究

20 世纪 50 年代,"政治第一,艺术第二"是文艺评论的重要标准,阶级分析也成了外国文学研究的唯一重要模式。马克思主义文论中的一些经典命题,如"典型环境中的典型人物"等,给当时的文学批评带来了不可估量的影响。这一时期的学术研究经常对马克思主义作机械的、教条的理解,其中夹杂着强烈而极端化的阶级斗争意识。当时对夏洛蒂的评论也概莫能外。

1955 年夏洛蒂·勃朗特逝世一百周年之际,《译文》杂志刊载

---

① 　金东雷:《英国文学史纲》,上海:商务印书馆,1937 年,第 420 页。
② 　即《简·爱》。
③ 　茅盾:《〈真亚耳〉的两个译本》,《译文》,1937 年新 2 卷第 5 期,第 1073 页。
④ 　同上,第 1073 页。

了一篇报导，题为《英国〈马克思主义季刊〉纪念夏洛蒂·勃朗特逝世 100 周年》，其中提到夏洛蒂"由于受了浪漫主义传统的限制而减弱了它的力量，这种退化的浪漫主义的传统损害了作品形式的完整，使得它的结构松散，但是她的作品中情感的深刻真切，以及她表达这种情感的力量，使它克服了由于这种虚妄的传统而产生的一切障碍……她们（勃朗特姐妹）也许是无意中成了千百万不幸的和受压迫的人们的代表。"①。这一段既肯定又批评的文字中浸透了当时意识形态的巨大影响，所谓"受压迫的人们"便是当时常见的阶级分析的话语。作者采用了一分为二的批评方法，既肯定其作品中的现实主义内涵以及勃朗特姐妹的战斗精神，同时又对其中所夹杂的浪漫主义成分提出了严厉批评。

1958 年 12 月，人民文学出版社出版了《论夏绿蒂·勃朗特的〈简·爱〉》一书，同样对《简·爱》提出了严厉的批评。此书收录论文四篇，依次为《〈简·爱〉的社会意义和局限性》、《怎样认识简·爱这个人物》、《罗契司特尔到底是怎样一个人》、《夏绿蒂·勃朗特和〈简·爱〉》。最后一篇是格拉日姐斯卡娅为苏联 1958 年英文版《简·爱》所作序言的中译，这也说明了苏联文艺观对当时的研究产生了很大的影响。之所以撰写这些文章，此书的作者宣称其目的在于清除作品中的有害成分与错误思想："在大跃进的今天，在西方资产阶级文学研究领域内拔白旗、插红旗，正确接受其中有益的部分，清除其中的坏影响，让这些作品加强人们对资本主义制度的憎恨，鼓舞人们为争取实现人类最伟大的理想——共产主义而斗争，是文学批评战线上的一项重大的任务。我们就是本着这种精神来写这篇论文的。"②这几篇文章均遵循相同的批评套式：先肯定优点，后重点批判"局限性"，再批判作家的"错误"认识及其"阶级根源"，指出"正确"的思想和方法，最后作一个结语。当时压

① 杨静远：《勃朗特姐妹的生平与创作》，《名作欣赏》，1986 年第 3 期，第 89 页。
② 张学信等：《论夏绿蒂·勃朗特的〈简·爱〉》，北京：人民文学出版社，1958 年，第1 页。

倒性的阶级标准是"正确"与"错误"等价值评判的主要依据。主导意识形态和风行一时的阶级斗争思想对具体的批评实践产生了不可避免的决定性影响。

阶级分析的方法在这几篇论文中有充分而典型的体现。首先,《简·爱》中的人物被贴上了各种阶级标签,如简·爱是"小资产阶级知识分子",罗切斯特是"贵族"、"地主",圣·约翰是"帝国主义的爪牙"。其次,所有人物相应地具有他们"固有"的"阶级本质",如小资产阶级知识分子是妥协的、个人主义的,与"轰轰烈烈的工人阶级斗争"是"绝缘"的;贵族地主阶级则是"腐化堕落"、"凶横、残暴"、"道德败坏"的[①];基督教牧师是伪善、冷酷、为虎作伥的。再次,不同阶级的人物关系是对立的、不可调和的。因此,对于女主人公来说,只有参加人民的革命武装斗争,才能"推翻资本主义社会制度";只有建立社会主义制度,妇女才能获得真正彻底的解放、独立、自由与平等。这些文章充满战斗檄文式的语气,对英国的资产阶级进行了无情的挞伐,对所谓的"资产阶级文学"发出了尖锐的批评,火药味浓,战斗性强,是阶级分析的极端体现。

五六十年代,阶级分析、阶级批判使《简·爱》处于政治化解读的风口浪尖之上,其文学价值被大大贬低。唯一对《简·爱》持肯定态度的可能是1958年北师大编写的《外国文学参考资料》一书。编者们将夏洛蒂划入"批判现实主义"作家行列,指出《简·爱》表现了"资本主义世界中个人孤独生活的主题","揭露资产阶级慈善事业的虚伪性"[②]。"批判现实主义"这个名词的首创者是高尔基。在我国文科教科书上,19世纪中后期许多作品都被列入这个条目,苏联文学观的影响由此可见一斑。"文革"时期,在不断升级的"斗资批修"的"思想大扫除"中,一度受到肯定的"批判现实主义"

---

① 张学信等:《论夏绿蒂·勃朗特的〈简·爱〉》,北京:人民文学出版社,1958年,第38页。

② 北京师范大学中文系:《外国文学参考资料(19世纪—20世纪初部分)(上)》,北京:高等教育出版社,1958年,第594页。

作品也一律被扣上了"资产阶级文艺"的帽子，成为被批斗的对象。《简·爱》批评也和其它正常的文艺活动一样，偃旗息鼓。总体上，这一时期的研究随中国社会历史的变化而急剧变化，显示了我国文学批评深受时局和政治影响的重要特点。

三、从阶级分析到人性论的回归："文革"结束后的夏洛蒂·勃朗特研究

"文革"后至 80 年代中叶，学界对夏洛蒂的研究延续了前一时期阶级分析的批评方法。在众多的期刊论文以及外国文学教材中，阶级分析法继续存在。更多作者援引马克思的评价，试图探讨《简·爱》中的女性解放、揭露现实等社会意义，批判与谴责的声音较五六十年代已经大为缓和。同时，人性论悄然回归，与阶级批判形成了争鸣之势，折射出了当时回归人性、尊重人格、渴望平等的社会心理与文化氛围，批评的模式也开始从关注作品外部的社会历史意义逐步过渡到对作品本身的探讨，研究方法也渐趋多样化。

1979 年，《简·爱》同名电影在全国各地放映，国内多家报刊都刊登了评论文章，其中包括朱虹在《光明日报》、《读书》等杂志上发表的 3 篇文章。在这 3 篇文章中，《〈简·爱〉——小资产阶级抗议的最强音》很具有代表性。此文首先批驳了过去图解式的批评模式，并试图打破"人道主义"的禁区，大胆指出小说的人文精神是"西欧文化中人道主义传统在新条件下的继续"①。全文重点论证了小说所体现的"报复心理"和"精神价值"，认为作者通过女主人公"对整个上流社会进行了阶级的复仇"，"提出了人格和精神美的问题，把我们带入了一个更高的境界"②。这样的阐释视野和批评

---

① 朱虹：《〈简·爱〉——小资产阶级抗议的最强音》，《外国文学研究》，1979 年第 6 期，第 21 页。

② 同上，第 17、19 页。

方法虽然也烙上了五六十年代弥漫于社会生活各层面的阶级斗争的深刻印迹，但是文章的阶级对立的划分以及对这两个阶级的不同态度和五六十年代有显著的不同。被划为小资产阶级知识分子的作家及其女主人公不仅没有因其"固有的阶级局限性"受到批判，反而因其精神美和"对整个上流社会进行了阶级的复仇"而备受称赏，阶级批评的范围明显缩小，反映了当时思想领域的重要进步。不过，"文革"结束后的几年中，极"左"思潮并没有完全消退，阶级分析仍然占有举足轻重的位置。

1979 年以后，思想禁区逐渐被打破，不少论文试图摆脱阶级分析的极左批评模式，从人性论的角度对《简·爱》重新进行解读。王化学在《说〈简·爱〉》一文中认为：小说的女主人公是一个"具有反抗逆境和追求真理精神的新型的小资产阶级知识分子形象"，具有"善良、仁慈、简朴、宽恕等等美好品质"，而作家借此"向读者倾吐了自己对生活、对人类、对世间一切崇高的思想和品德所怀的无限深情与美好理想，使人在不知不觉中受到教育和熏染"。[1] 李霁野的《夏洛特·勃朗蒂和她的创作》一文摒弃了僵化的阶级论，大量援引西方评论界的观点，用平和、理性的方式论证了女主人公鲜明的人格与个性成长是小说长期深受欢迎的首要原因，同时也回应了当时期刊、教材、赏析类书籍中所因袭的"俗套"说，指出小说结尾较之旧式哥特小说多有创新，并未"滥套"[2]。杨静远突破"文革"时期的另一禁区，即"爱情主题"的禁区，认为夏洛蒂"把爱情的内容由男女互慕美色提升到心灵契合的更高境界"，指出简·爱的平等宣言体现了女作家"爱情婚姻观和创作思想上的平民性和民主精神"。[3]

1979 年 8 月，《简·爱》的第三个中译本——祝庆英的中译本

---

[1] 王化学：《说〈简·爱〉》，《外国文学研究》，1980 年第 2 期，第 105 页。

[2] 李霁野：《夏洛特·勃朗蒂和她的创作》，《外国文学研究》，1980 年第 3 期，第 17 页。

[3] 杨静远：《夏洛特·勃朗特小说中的爱情主题》，《文学评论》，1980 年第 5 期，第 111、112 页。

问世。在"译者序"中，译者首先赞扬了女主人公敢于反抗、敢于争取自由和平等地位的可贵精神，认为简·爱的出走"冲破了世俗的樊笼，令人敬佩"，因为这样不至"落到罗切斯特的情妇的可悲地位"。[①] 这是80年代中国读者的普遍看法，从传统道德的角度认识和认同小说中的"出走"情节，视婚外恋为可悲可耻之举。到了90年代，"出走"则被普遍阐释为软弱和不负责任的表现。其次，译者对圣·约翰做出否定性的评价，对简在与他的交往中反抗性逐渐削弱表示遗憾。圣·约翰被视为伪善、冷酷、自私之辈，传教是为殖民者效劳，是帝国主义的先遣部队。译者对圣·约翰的批评颇具代表性，不难看出当时的中国读者对基督教及其神职人员的普遍敌视和蔑视态度。最后，译者肯定了简·爱是"新型的女性"和夏洛蒂为妇女解放所做出的贡献。简·爱光彩夺目"就因为她的不同寻常的气质，她的丰富的感情世界"。通过简·爱这个形象，译者看到的是妇女争取应有的社会地位和尊重的愿望这种更深刻、更普遍的社会意义。

80年代早期，对《简·爱》的研究逐渐突破现实主义的批评模式，出现了多元化的阐释趋势。学界对小说中的部分情节，如旷野呼声、遗产、两主角的结合等，一直持有争议。当传统的现实主义批评方法不能给出合理的解释时，心理学、道德、美学的观点纷纷上阵，试图为"不合理"的情节找到合理性的因素。"旷野呼声"一度成为焦点。从现实主义角度去看，它永远是败笔。李霁野从作者生平的角度对此做过解释，常立则从心理学角度探讨其合理性，认为这是"一种心理状态外射而产生的幻象"[②]，两人都试图突破传统的现实主义批评的束缚。此前的"蛇足"说也受到普遍反驳，与阶级标准相对立的道德歌颂之声逐渐增强，认为女主人公得到

---

① 祝庆英：《〈简·爱〉译者序》，上海：上海译文出版社，1980年，第8页。

② 常立：《鉴赏心理漫谈——试析〈简·爱〉中"旷野的呼声"片断》，《读书》，1982年第5期，第83页。

遗产后与表兄妹共享,说明她并不是"自私自利的金钱的奴隶"[①];她在恋爱与婚姻上是自重、自立、自主的强者[②];她"轻视金钱、追求美的人情、爱情的高尚情操,是女作家美学理想的高度体现"[③]。1982年初版的《中国大百科全书·外国文学卷》中,"夏洛蒂·勃朗特"的词条编者对《简·爱》做了充分肯定,把它定位为带有浓厚的浪漫主义色彩的现实主义小说。

　　1985年,批评方法上也出现了可喜的突破。张唯将夏洛蒂的《教师》、《简·爱》、《威列特》三部小说视为"自叙体小说",并用系统论原理,分析该系统的整体特色、层次结构和反馈与调节,认为《简·爱》是系统的"第二个层次,是系统主题矛盾的发展阶段"[④]。张唯对两主人公个性和爱情的理解,与杨静远一脉相承,并援引"心理外射"等心理学观点来解读作品。张少雄则从人物间的各种财产关系入手,剖析了各人物相应屈从或反抗的心理反应和行为选择,以及他们命运的发展轨迹,同时财产(金钱)关系制约人的生活和精神,是痛苦的根源,"只有冲破这种制约,摆脱这种关系的桎梏,才能发展个性,成为精神上自由与不痛苦的人,成为支配自己命运的主人"[⑤]。文章没有涉及小说的任何外部背景,而是将作品本身视为一个独立整体,透视人物行为和冲突消长背后深藏的原因,并从社会性和个体心理、宏观和微观两个角度观照人生和人性,不乏新颖独到之处。

---

① 《外国文学手册》编写组:《外国文学手册(上册)》,北京:北京出版社,1984年。
② 王捷:《夏洛蒂·勃朗特笔下的女性形象》,《扬州师范学院学报(社科版)》,1984年第3期,第56页。
③ 李怀亮、温欣荣:《也谈〈简·爱〉的结尾》,《河北师范学院学报(哲社版)》,1982年第4期,第106页。
④ 张唯:《夏绿蒂·勃朗特自叙体小说系统》,《华中师范学院研究生学报》,1985年第2期,第78页。
⑤ 张少雄:《〈简·爱〉中反映的财产关系》,《外国文学专刊》,1985年第1期,第125页。

四、从女性主义批评到多种批评视角：80 年代中叶至 90 年代中叶的夏洛蒂·勃朗特研究

80 年代中叶开始，女性主义批评异军突起，在《简·爱》的研究中独领风骚。在"疯女人"与小说情节合理性等问题上，女性主义与现实主义发生了激烈的交锋。以女性主义批评为主的西方现代批评方法逐渐取代了前一时期的社会—历史批评，完成了学术研究范式的转变。除了前一时期压倒性的社会—历史外部批评外，还出现了内部研究、比较研究、心理分析和解构主义等批评视角与研究方式，观点的论证也更加深入，更加严谨。

1. 女性主义批评

1985 年 1 月，杨静远在《勃朗特姐妹家乡访问记》一文中简要介绍了美国女性主义者在《阁楼上的疯女人》（*The Mad Woman in the Attic*）中对这部小说的阐释。1986 年，李小江把《简·爱》纳入"女性文学"范畴纵向考察，认为该作品的出版"在英国妇女文学史上是一个重要的里程碑，它标志着英国女性文学的真正觉醒"①。这两篇文章是该时期《简·爱》阐释中女性主义批评的先声。

真正引发此轮《简·爱》女性主义批评热潮的当属学界对美国学者 Sandra Gilbert 和 Susan Gubar 合著的《阁楼上的疯女人》（下文简称《疯女人》）的介绍和评论。1987 年，黄梅的《阁楼上的疯女人——女人与小说杂谈之三》面向普通读者，以轻快活泼的杂文形式深入浅出地介绍和分析了《疯女人》中的一些重要观点。朱虹认为"男性对女性的压迫"是"阶级社会贫富对立背后的一种更广泛、更有普遍性的矛盾"，"罗彻斯特的爱压迫简，威胁着她的人

---

① 李小江：《英国女性文学的觉醒》，《外国文学研究》，1986 年第 2 期，第 60 页。

格独立"，圣·约翰则"以义务的名义"压迫简，"全书激荡着妇女对男性压迫者的愤怒抗议和要求男女平等的呼声"[1]。韩敏中则发掘和论证了"窗台"这个反复出现的意象和"vision"一词之间的隐喻意义，结合对主人公深层心理的挖掘，揭示了二者在文本深层的暗合，指出其写作方法是"从书中意象、事件、情景、词语的前后照应、互相渗透来找出两者间的各种联结点"[2]。

可以说，《疯女人》对当时的女性主义批评产生了深刻的影响，"疯女人"这一角色一度成为《简·爱》的研究热点。从批评方法上看，学界开始重视细读，发掘细节，试图揭示作者和人物隐秘的深层心理。从此，小说中的英雄主义、浪漫主义色彩被逐渐解构，人物性格中的卑琐一面被不断发掘和放大。1987年11月，"《简·爱》与《呼啸山庄》问世140周年学术讨论会"在上海召开。研讨会的热点，除了《简·爱》中的出走情节、对罗切斯特的评价、作品的结局等前一阶段争议较多的论题外，其中的热中之热，仍然是"疯女人"这个角色。

1988年，韩敏中的《女权主义文评：〈疯女人〉与〈简·爱〉》和朱虹的《禁闭在"角色"里的"疯女人"》继续对"疯女人"的形象进行了探讨。韩敏中分析、探究《疯女人》的作者阐释《简·爱》时的出发点和方法，并借此对国内学界偏好现实主义的倾向提出了委婉的批评。朱虹则为"疯女人"进行了有力的辩护，认为她是"为三万英镑而被出卖的少女"，"她的每一个举动都是一个被迫害的女人的内心流露"，"在疯狂的背后，看到了一个女人的挣扎、反抗，听到了一个女人凄厉的呼喊"[3]。而疯女人之所以没有"按照生活本身的逻辑"被写成"同是受男性压迫的"简·爱的"姊妹"，是因为作者为"遵循'情节剧'式三角关系的公式把她们摆在对立的地位"，被"禁闭"在"角色"里，最后称这部小说是"主流文学与通俗小说的结合"[4]。不

---

[1] 朱虹：《〈简·爱〉与妇女意识》，《河南大学学报（哲社版）》，1987年第5期，第23页。

[2] 韩敏中：《坐在窗台上的简·爱》，《外国文学评论》，1991年第1期，第95页。

[3] 朱虹：《禁闭在"角色"里的"疯女人"》，《外国文学评论》，1988年第1期，第90页。

[4] 同上，第91—92页。

过，两位作者所使用的是始终如一的现实主义批评标准。

1989 年，方平从作家的"创作心态"出发，研究设置疯女人情节可能的三种考虑以及这一情节的得失，认为《简·爱》中的出走情节体现了女作家的局限性，即"在妇女的婚姻问题上不敢从旧道德、旧观念中摆脱出来"，"没有勇气从那个母兽般的疯女人的掌握里把自己心爱的人夺过来"，因而"只能从爱情的乐园里自我放逐"，"对于走在时代前面的新女性简·爱却并不特别值得称道了"。① 1990 年，范文彬从夏洛蒂的经历和心理隐秘出发，考察论证疯女人的生活原型为埃热夫人；次年，他又撰文论证这部小说的"经久魅力"，并从表层、深层和象征寓意三个层面审视、剖析罗切斯特，认为"应将其（《简·爱》）在文学史中的地位再抬高一点。尤其是在中国人撰写的外国文学史中"②。

可以看出，当时研究者对《简·爱》的女性主义批评，在方法与态度上并不相同。黄梅着重介绍主要观点，韩敏中侧重评析其批评方法，两位学者都对这种批评方法持赞同与欣赏的态度，并进行了自然而然的比较和思考。韩敏中的《坐在窗台上的简·爱》是对这一新理论和新方法的创造性运用。朱虹对《疯女人》的观点虽鲜有提及，但她的行文表明，她无疑是最具女性主义精神实质的，并能以自己的视角和理解得出新的观点。其他学者对这种理论持保留意见，如方平认为《疯女人》的"寓意读法""过于主观"③；范文彬则认为"'简——伯'这个新创造出来的妇女形象虽然更具当代意义，但总难免让人觉得其中夹杂了两位美国女权运动者的一厢情愿"④。

---

① 方平：《为什么顶楼上藏着一个疯女人？——谈〈简·爱〉的女性意识》，《外国文学研究》，1989 年第 10 期，第 94 页。
② 范文彬：《论〈简·爱〉的经久魅力》，《上海师范大学学报》，1991 年第 1 期，第46 页。
③ 方平：《为什么顶楼上藏着一个疯女人？——谈〈简·爱〉的女性意识》，《外国文学研究》，1989 年第 10 期，第 90 页。
④ 范文彬：《也谈〈简·爱〉中疯女人的艺术形象》，《外国文学评论》，1990 年第 4 期，第 96 页。

对女性主义批评,男女批评者采用了完全不同的态度:女性批评者的反应普遍积极、肯定,而男性批评者则持保留态度。这不仅反映出了不同的性别文化心理,还反映出了女性主义批评思想对两性这一基本社会关系不可低估的冲击力。

2. 女性主义与现实主义的交锋——关于情节合理性的争议

庸俗马克思主义批评在这一时期已经消退,但与之紧密相连的现实主义标准早已根深蒂固。女性主义强调心理和寓意的解读,与现实主义批评方法大异其趣,得到的结论完全不同,争鸣也因此在所难免。二者的交锋主要体现在情节合理性的论争上。有关《简·爱》情节合理性的争议由来已久。此前数年,对小说结尾部分的情节设置,有朱虹的"蛇足"、"俗套"论以及"疯女人不可信"等观点,这是从现实主义以及阶级分析的视角得出的结论。而当时的争鸣者则试图论证这一情节设置体现了女主人公的人性美。相较之下,这一时期的争鸣者则采用更多不同的批评视角,对此前的现实主义解读提出了疑义。黄梅把《简·爱》视为女性主义小说,并深入人物的心理,从变革的角度看到了争议情节的合理性。她在提及小说后半部"一连串意外的事变"时写道:"按照写实主义的叙事原则,这些偶合都是违背'可能性'(probability)的事件。不过,如此随心所欲的奇想也未必都应鄙弃。考究起来,世人所公认的所谓'可能性',其实是受社会常规和统治阶级意识形态支配的。有悖于'可能性'的文学想象常常表达了某种变革的意愿",而这些意外导致的变化"保障了简在日后的婚姻生活中不但可以和罗切斯特平起平坐,而且在很大程度上能够'当家做主'。说这些符合简·爱的内心愿望,实在毫不为过。"[①]易晓明则从自叙体这种小说形式的心态着眼,用马斯洛心理需求理论和勒温心理冲突理论,从内容和形式两方面论述了小说的心态构成,又以自叙体小

---

① 黄梅:《阁楼上的疯女人——女人与小说杂谈之三》,《读书》,1987年第10期,第87页。

说的特点，论证了小说最后几章的情节安排"无疑更适合表现单个人物的心路历程与人生故事，更宜于自叙体小说这种体裁"，对情节严谨性的忽视，"本身便凝聚着艺术家的情感"，正"显示出激情洋溢的夏洛蒂'得意而忘形'"①。范文彬分析了方平和朱虹对疯女人情节的看法，部分赞同他们的一些观点，但在该情节合理性问题上，则结合小说情节，从精神病学角度分析、论证了伯莎形象的完整、统一。②

不过，也有不少论文对上述看法表示反对。梁红英从文艺美学角度出发，认为出走"使简·爱充满诗情的性格产生了无可换回的缺陷，甚至破坏了简·爱整体的艺术美"③。方平和朱虹则仍然持现实主义的标准进行反驳。1989 年，方平在论证作家设置疯女人情节的创作心态时认为，疯女人"带有荒诞色彩，本该属于哥特小说"，书中"关于疯女人的种种细节描述，经不起推敲；简·爱的流亡插曲，太离奇曲折，浪漫主义的传奇色彩过于浓重。没法跟整个作品的写实风格糅合在一起，这就是朱虹所指出的，主流文学和流行小说的不协调"④。1991 年，他赞同朱虹的观点，即小说情节"背离了生活的逻辑和真情实感"，疯女人"不可信，不合理"，作品中"太多的偶然和巧合"，结构"过于松散"，自叙体内视角在作品中后部偏离，这些都构成作品结构上的缺陷⑤。1992 年，他撰文认为作者违背生活的逻辑，对人物进行太多的干预，在论证并赞扬女作

---

① 易晓明：《一种特殊心态的构成——论夏洛蒂·勃朗特的自叙体小说》，《外国文学评论》，1989 年第 3 期，第 100 页。

② 范文彬：《也谈〈简·爱〉中疯女人的艺术形象》，《外国文学评论》，1990 年第 4 期，第 100—101 页。

③ 梁红英：《在诗意的阴影里：简·爱出走的美学思考》，《美育》，1988 年第 2 期，第 21 页。

④ 方平：《为什么顶楼上藏着一个疯女人？——谈〈简·爱〉的女性意识》，《外国文学研究》，1989 年第 10 期，第 93—94 页。

⑤ 方平：《读者是享有特权的隐身人——谈〈简·爱〉的自叙手法》，《上海师范大学学报》，1991 年第 1 期，第 42 页。

家强烈的女性意识的同时，再次指出《简·爱》结构上的缺陷。①

3. 其他批评视角

这一时期还出现了《圣经》渊源研究、心理学研究、人物或作品的比较研究等多元化发展的趋势。朱虹的《基督教〈圣经〉与〈简·爱〉》详细列举了小说中的《圣经》典故和隐喻，论证《圣经》对小说语言和情节的深刻影响。长期以来，小说中涉及宗教的部分，都因其"麻痹"和"毒害"人民思想的罪名遭到严厉批判。对此，朱虹明确提出："《圣经》在文学作品中的渗透和影响未必都是'思想局限'和'消极影响'"，"宗教信仰在特定条件下可以成为推动人坚持真理、进取向上的积极力量"②，并用相当的篇幅，概述了《圣经》在西方文学中广泛、深入的影响。外国文学评论中这个因意识形态而敏感的、"容易被忽视的问题"得以提出并被匡正。"禁区"打破后，这类渊源文章便时有出现，如继朱虹之后，高万隆论证了作品所体现的"基督教新教的精神"③。

对女主人公心理的发掘也是见仁见智。韩敏中注意到简处处表现出掩饰自己的倾向，身处弱势或边缘地位时感觉更为自在，认为其原因一是她深知自己"逼视"能力的强大，二是受现存意识形态的制约，只有掩饰自己"不甘于任何人下的心气"和"能跃于他人之上的内在力量"，才"符合她的社会角色"，不致"受到当时主导意识形态的责罚"④。同样是通过细读，方位津看到的却是"被自卑死死缠住的简·爱"，也持之有据，自成一言。文章还把以往对女主人公的所有不利"指证"汇聚在一起，诸如"就范于一纸婚书"、"凭遗产获得幸福"、"靠上帝证实自我"、"仍是'家庭天使'"等等，

---

① 方平：《希腊神话和〈简·爱〉的解读》，《外国文学评论》，1992 年第 2 期。

② 朱虹：《基督教〈圣经〉与〈简·爱〉》，《读书》，1987 年第 2 期，第 83 页。

③ 高万隆：《论〈简·爱〉的宗教倾向》，《上海师范大学学报》，1988 年第 3 期，第 65 页。

④ 韩敏中：《坐在窗台上的简·爱》，《外国文学评论》，1991 年第 1 期，第 95 页。

融入自己的分析中，全盘质疑简的叛逆性格，认为她一切"貌似"勇敢、高洁的行为都不过是她自私心理和根深蒂固的自卑感使然，指出长期环绕在她头上的"传统女性叛逆者"这一光环下的"几道抹不掉的阴影"。①

可以看出，这一时期对《简·爱》阐释的主要特点是女性主义文评的迅速崛起和空前活跃。在女性主义批评视角下，研究者围绕《疯女人》和疯女人进行了多方位的探讨。对情节合理性的探讨则展示了女性主义与现实主义两种批评视角的交锋。其他还有渊源研究、神话原型批评、对比与比较研究等多种批评视角的运用。和前一时期相比，不仅主导的批评模式在精神实质上有了根本的变化，而且批评方法更加多样，学术思维更为活跃，论证阐释也更加深入和严谨。

五、无中心的多声部大合唱：90 年代中叶以来的夏洛蒂·勃朗特研究

90 年代中叶以来，《简·爱》的批评文章数量成几何级数增长，令人咋舌，"学术期刊网"上搜索到的相关文章多达 900 条左右，但良莠不齐、鱼龙混杂的现象也极为突出。与 1986 年—1994 年间那种焦点集中、如火如荼、激情四射的讨论和争鸣相比，这一阶段则是无中心的多声部大合唱，既有对前一阶段主要论题与观点的继续探讨，也有多种新的批评视角下的重新阐释与解读，如后殖民女性主义批评、接受美学、叙事学、新批评等。此外，比较研究的论文，如对作品之间人物、主题等纵向（与其他英国文学作品）、横向（与其他国别文学）的对比研究，译本研究及译本的对比研究等，也大量出现。

---

① 方位津：《光环下的阴影——简·爱叛逆性格质疑》，《国外文学》，1993 年第 1 期，第 38—40 页。

　　后殖民女性主义理论于 20 世纪 80 年代末进入中国，90 年代中叶以后逐步深入。[①] 这一时期对《简·爱》的后殖民主义研究基本上与西方对《简·爱》进行颠覆性创作和阐释的以下作品［即琼·里斯的《藻海无边》(1966 年)、斯皮瓦克(Gayatri C. Spivak)的《三位女性的文本以及对帝国主义的批评》(*Three Women's Texts and a Critique of Imperialism*，1985 年)和 D.M.托马斯的《夏洛特：简·爱的最后旅程》(2000 年)］密切相关。上述作品的观点和方法为中国的《简·爱》批评呈现出了一片新天地。

　　1986 年，王家湘的中译本《藻海无边》由人民文学出版社出版。由于互文关系，《简·爱》与其后殖民主义续作《藻海无边》(或译《沧海茫茫》等)的对比研究丰富，"学术期刊网"上主题与《藻海无边》相关的有效搜索结果有 55 条，其中 16 项为硕士论文。徐军的《性别角色与妇女解放——安托瓦内特和玛丽·卡森性格特征解读》(《外国文学研究》1998 第 3 期)和刘须明的《论简·里斯与她的〈藻海无边〉》是最早对这部作品进行探讨的文章。2000 年，王晓玲的《反叛女性与权力话语——从〈简·爱〉到〈苏拉〉看权力话语》一文运用福柯的权力话语理论，论证了简对社会权力话语的反抗是有条件的、局部的、不彻底的，进而说明作家对权力话语的认同程度取决于作者的种族和所处历史时期。随着西方女性主义内容的丰富和发展，对《简·爱》和《藻海无边》的生态女权主义解读也应运而生。

　　继吉尔伯特等人的《阁楼上的疯女人》之后，斯皮瓦克的《三位女性的文本以及对帝国主义的批评》一文为《简·爱》的批评阐释提供了又一个重要理论依据。此文收录于张京媛主编的《后殖民理论与文化批评》(1999 年)和罗钢、刘象愚主编的《后殖民主义文化理论》(1999 年)中。由于期刊论文发表的滞后性，以该中译原

[①]　陈厚诚：《后殖民主义理论在中国的传播》，《社会科学研究》，1999 年第 6 期，第 125 页。

文为索引的后殖民主义批评直到 2003 年 1 月才出现。[①] 此后，此类阐释如雨后春笋般涌现。

此外，还有不少论文从叙事学、阐释学、接受美学、形象学的角度进行研究，也有从服饰审美、法律与文学、维多利亚医学观等独特视角进行的研究，从中可以看到《简·爱》所拥有的巨大阐释空间。限于篇幅，此处不再赘述。

综观近百年来夏洛蒂的批评史，我们可以看出，早期的评介者们对其妇女身份兴趣浓厚，或将她划入现实主义的作家行列，之后所关注的主要是其作品中的阶级问题。新时期以来，女性主义文学批评的兴起则把人们的注意力转向其中的性别压迫问题。而当代的后殖民批评家们在关注性别问题的同时，把目光转向文本中复杂的阶级和种族压迫问题。批评不仅是一种个人行为，更多是时代和文化的折射，国内对夏洛蒂的研究模式也随着时代的变化而发生急速的变化，从早期的简单介绍，到具有中国特色的政治性批评，再到西方批评视角的套用，研究的层次与质量也不断发生波动。回顾历史，中国的夏洛蒂研究所取得的成果极为丰硕，但因为受到政治、社会、道德风貌与学术风气的影响，不同的阶段也存在各自的不足。

第七节
艾米丽·勃朗特研究

艾米丽·勃朗特（Emily Bronte，1818 - 1848）是英国文学史上著名的"勃朗特三姐妹"之一。这位天才型的女作家在其短暂的一生中创作了 193 首诗歌和唯一一部小说——《呼啸山庄》（*Wuthering Heights*，1847）。然而，正是这部小说成就了其作者在英国文学史乃至世界文学史上的不朽地位。曾有评论者认为：

---

① 即谷红丽的《〈简·爱〉和〈沧海茫茫〉中的殖民主义话语》，《解放军外国语学院学报》，2003 年第 3 期。

"《呼啸山庄》是唯一一部没有（即使是部分地）被时间的尘土遮没了光辉的小说"。[①] 艾米丽·勃朗特在我国的译介与研究始于20世纪初。在过去一百年的学术研究史中，学界对艾米丽的研究基本上集中于《呼啸山庄》，而对其诗歌的研究却比较少见。[②] 本节按照建国前（1900—1949）、建国初期（1949—1966）、新时期（1976—2000）三个阶段，对百年来艾米丽·勃朗特在中国的研究与接受进行评述，探讨这一学术历程所呈现出来的曲折嬗变的轨迹，并分析其学术特点与内在动因。

一、民国时期的评介

建国前勃朗特姐妹是作为一个整体被介绍到中国的。1917年，林德育发表《泰西女小说家论略》一文，对艾米丽·勃朗特有简短的介绍。此文可能是艾米丽·勃朗特的名字进入中国的最早文字，但当时并未引起人们的关注。二三十年代，国内的一些文学杂志和文学史著作对勃朗特姐妹有不少评介，但都表现出了一种明显的厚此薄彼的倾向，即对夏洛蒂大加赞赏，论述的篇幅很多，而对艾米丽的评价则轻描淡写，甚至一笔带过。例如，在《西洋小说发达史》（《小说月报》1922年第13卷第6期）中，谢六逸评述了勃朗特姐妹的生平和创作，认为两姐妹"皆富创作力，可谓奇特"，但"爱米尼（Emily）的天才赶不上却洛特（Charlotte）"。[③] 1926年，郑振铎在《文学大纲——十九世纪的英国小说》（《小说月报》1926

[①] David Cecil, *Early Victorian Novelists: Essays in Revaluation*, London: Constable, 1934, p. 328.

[②] 《呼啸山庄》的译者杨苡曾翻译过不少艾米莉的诗歌，如《我独自坐着》、《夜晚在我周围暗下来》、《忆》、《歌》、《希望》等。1996年，河北教育出版社出版了《勃朗特两姐妹全集》，其中第8卷是《艾米莉与夏洛蒂诗歌全编》（宋兆霖主编），两姐妹的诗歌在中国得到最全面的译介。不过，国内的相关研究仍极为少见。

[③] 谢六逸：《西洋小说发达史》，《小说月报》，1922年第13卷第6期，第4页。

年第 17 卷第 6 期）一文中对勃朗特姐妹有更为详尽的介绍,但是重夏洛蒂、轻艾米丽的倾向非常明显。他对夏洛蒂的评价很高:"蔡洛特在佳人才子的普通恋爱小说之外,另开了一条路。这条新鲜的路,立刻有许多模仿者来走,但俱没有蔡洛特的《琪恩·伊尔》（即《简·爱》）成功"。① 关于艾米丽·勃朗特,郑振铎认为"爱美莱成就则不如蔡洛特"②,而"19 世纪后半叶的英国小说由一个女作家领头:那是蔡洛特·白朗特"。③ 此外,郑次川在《欧美近代小说史》中也认为:"女作家中第一要数却洛特。"④

　　由于时代、文化语境以及社会环境等因素的影响,这一时期对艾米丽的研究还只是停留在一般意义上的介绍层面,流于印象式的评点,一些评论明显表现出对艾米丽的轻视。1929 年,上海北新书局出版了韩侍珩辑译的《西洋文学论集》一书,其中《十九世纪的英国小说》一文将《简·爱》看成是一部具有"极普遍人性的、是可以诉向大部分人类的"⑤的小说,而艾米丽则受到了冷落和忽视。1935 年周其勋等人翻译的《英国小说发展史》一书中,作者专辟一章介绍勃朗特姐妹以及她们的作品。书中对夏洛蒂的生平、创作动机以及《简·爱》一书的内容、人物形象都做了详尽的描述和点评,并指出"夏绿黛的创作是英国写实主义的复兴"⑥。作者把小说中的女主人公以一种具有"离经叛道"的反抗主义精神的形象加以描绘,并介绍给当时的中国读者。反观文中对艾米丽的介绍,则只有寥寥几笔:"爱弥莉·布朗蒂在《狭路冤家》（即《呼啸山

---

① 郑振铎:《文学大纲——十九世纪的英国小说》,《小说月报》,1926 年第 17 卷第 6 期,第 8 页。

② 谢六逸:《西洋小说发达史》,《小说月报》,1922 年第 13 卷第 6 期,第 4 页。

③ 郑振铎:《文学大纲——十九世纪的英国小说》,《小说月报》,1926 年第 17 卷第 6 期,第 8 页。

④ 郑次川:《欧美近代小说史》,上海:商务印书馆,1927 年,第 41 页。

⑤ 韩侍珩:《西洋文学论集——十九世纪的英国小说》,上海:北新书局,1929 年,第 129 页。

⑥ 克罗斯:《英国小说发展史》,周其勋等译,南京:国立编译馆,1935 年,第 368 页。

庄》）里也务必使她的女主角娇美可爱，虽然没有这样趋于极端"。[1]

金东雷的《英国文学史纲》是国内30年代最重要的一本英国文学史著作。金东雷对夏洛蒂·勃朗特专门辟出一章进行评述，对其评价甚高："《真爱尔》（*Jane Eyre*）是以爱和恨为基本描写的小说，很有莫萝（Christopher Marlowe）悲剧的风味，极得社会的好誉，作者因之成了当时小说界上第一流人物"。[2] 金东雷还从中国古代优秀文学作品多为"忧愁发愤之作"这一观点出发，认为《简·爱》也是小说作者本人在困苦、逆境中的"愁苦之言"与"发泄忧愤之气的作品"[3]。对于艾米丽，金东雷仅做了如下描述："她的妹妹爱米离著有神怪小说和〈善林·哈慈〉（*Wuthering Heights*）。"[4] 所谓"善林·哈慈"显然是对《呼啸山庄》的误译，金东雷在轻描淡写中透露出对艾米丽的轻视。此外，仲华在《英国文学中的白朗脱氏姐妹》（《妇女杂志》1937年7月）一文中对勃朗特姐妹俩有全面的介绍，而艾米丽也是作为夏洛蒂的陪衬出现的。

艾米丽的代表作《呼啸山庄》当时有三个中译本，译名分别为：《狭路冤家》（1930年）、《咆哮山庄》（1944年）、《魂归离恨天》（1945年）。这三个译名隐含着浓重的阴郁、神秘气氛，指向一部关于仇杀、死亡的恐怖小说。金东雷在《英国文学史纲》中称《呼啸山庄》"是一部神怪小说"，一部旨在批判现实社会和反映作者对理想人生美好向往的小说，使这部小说的接受在跨文化的语境中发生了饶有趣味的变形。建国前的中国处于内忧外患、民族存亡的危急时刻。在这样的历史环境下，人们向往国家独立和民族富强，渴望民主和自由。这种愿望反映在文学接受上，读者只愿把注意力投

---

① 克罗斯：《英国小说发展史》，周其勋等译，南京：国立编译馆，1935年，第371页。
② 金东雷：《英国文学史纲》，上海：商务印书馆，1937年，第421页。
③ 同上，第420页。
④ 同上，第421页。

放在那些能够反映社会生活、揭示社会矛盾、解决现实问题的作品上。带着这样的动机去阅读《呼啸山庄》，读者就难免认为它是一部"神怪小说"；是一部强调自我精神、挑战传统观念的小说；甚至认为它的社会意义不大，文学价值自然也就大打折扣了。

此外，尽管当时新文化运动已经轰轰烈烈地开展起来，我国读者的文学、道德、价值观念受传统的"温柔敦厚"、"止乎礼仪"、"哀而不伤"等观念的影响很大，小说中强烈的爱与恨、极端的复仇方式与他们的世界观、文学观、个人阅历都有很大冲突，因此当时的读者大多认为这部小说没有价值。然而，在当时的英美学界，《呼啸山庄》的地位和价值要远远高于《简·爱》以及发表于同时代的许多小说。尤其是在 20 世纪上半叶，西方的"一些评论者对夏洛蒂那些较为浅显的社会批判和思想内容不感兴趣或不合口味，而对《呼啸山庄》那谜一般的耐人寻味的思想内涵和表现形式则兴味无穷，涌现了形形色色的'索隐'，形成了'艾米丽热'或'《呼啸山庄》学'的热潮"①。西方评论界对夏洛蒂和艾米丽的态度正好与同一时期国内的接受态度截然相反。

二、50—60 年代：政治文化外衣下的艾米丽·勃朗特研究

建国初期，举国上下百废待兴。作为新成立的社会主义国家，我国当时的口号是"学习苏联"，一切向苏联看齐。这一口号反映在文化领域就是：这一时期我国大量翻译、介绍苏联学者以及其他各国进步作家的作品，曾经被马克思、恩格斯或苏联肯定的西方作家及作品也得到了大力的译介和研究。当时中国的文化导向是使"文化艺术成为对广大人民进行社会主义、共产主义教育的强大武器"②，

---

① 杨静远：《勃朗特姐妹研究·前言》，北京：中国社会科学出版社，1983 年，第 4 页。
② 沈雁冰：《文学十年——新中国社会主义文化艺术的辉煌成就》，北京：作家出版社，1960 年，第 23 页。

因此，在对外国作家的译介选择上相当严格，一定要政治上"合格"才有资格成为被译介和评论的对象。所谓政治上"合格"，就是作品要揭露资本主义社会的黑暗现实，而勃朗特姐妹正属于这一部分被肯定的作家之列。马克思曾高度评价过勃朗特姐妹。他在 1869 年 6 月 10 日写给燕妮的信中这样写道：勃朗特姐妹在自己"卓越的、描写生动的书籍中向世界揭示的政治和社会真理，比一切职业政论家和道德家加在一起所揭示的还要多"。① 柏拉威尔在《马克思和世界文学》一书中也曾提到："马克思一家人都表示爱读夏洛蒂·勃朗特和艾米丽·勃朗特的作品，对她们的评价在爱略特之上。"②

当时苏联的英国文学史著作对勃朗特姐妹持充分肯定的评价。1955 年，苏联社科院世界文学研究所编著出版的《英国文学史》关于勃朗特姐妹的一章中，编者主要从阶级斗争的立场对夏洛蒂和艾米丽两姐妹及其作品进行了阐释，认为她们是英国 19 世纪最优秀的现实主义作家，其中《简·爱》捍卫了妇女的平等权利，以辛辣的笔触讽刺了当时英国的资产阶级；而《呼啸山庄》"严厉地暴露了英国外省庄园的虚伪的田园生活"，"表现了只有在阶级斗争的炽烈环境中才有可能存在的，而且只有进步的民主作家才具有的罕见的观察力和独创性"③。1959 年，戴镏龄等人将苏联文艺评论家阿尼克斯特的《英国文学史纲》翻译成中文，其中对艾米丽同样给予很高评价："在所有 19 世纪中叶小说家中间，艾米丽·白朗蒂在最大的程度上接近于浪漫主义"，但"作为这本小说核心的悲剧具有深厚的生活基础，并与这个时代现实主义社会小说的最有

① 杨静远：《勃朗特姐妹研究》，北京：中国社会科学出版社，1983 年，第 176 页。
② 希·萨·柏拉威尔：《马克思和世界文学》，梅绍武等译，北京：三联书店，1980 年，第 509 页。
③ 苏联科学院高尔基世界文学研究所编：《英国文学史 1832—1870》，北京：人民文学出版社，1986 年，第 463—464 页。

重大意义的主题相呼应"。①

马克思对两姐妹及其作品的肯定以及苏联文艺评论家对两部作品的评价，无疑对当时中国的批评界产生了巨大而深刻的影响。1956 年 11 月，经中华人民共和国高等教育部审订、由高等教育出版社出版的《英国文学史教学大纲》把艾米丽和夏洛蒂一起划入批判现实主义作家的行列，《呼啸山庄》和《简·爱》一样被视作重要的批判现实主义作品，并给予了详细的评述。"教学大纲"指出夏洛蒂·勃朗特的《简·爱》反映了两个阶级之间的矛盾，对资产阶级的虚伪性进行了深刻的揭露；同样，艾米丽·勃朗特的《呼啸山庄》（当时译为《咆哮山庄》）反映了当时英国的社会现实，提出了资产所有制、婚姻、家庭、教育和贫富关系等问题，具体反映了英国当时尖锐而深刻的社会矛盾，将希斯克厉夫前后性格的转变看成是对资产阶级社会强有力的控诉。此外，该书还谈到了《呼啸山庄》的进步性，即对新生力量的充分肯定。

值得一提的是，这一时期还出现了两本勃朗特姐妹的评论文集，即 1958 年由人民文学出版社出版的《论夏绿蒂·勃朗特的〈简·爱〉》（张学信等著）和《论埃米莉·勃朗特的〈呼啸山庄〉》（陈焜等著）。后者共收录六篇独立的文章，它们分别是：陈焜的《论〈呼啸山庄〉中两种势力的斗争》，刘国贞的《怎样看待〈呼啸山庄〉里的个人复仇和爱情问题》，朱文雄的《关于凯撒琳这个人物》，徐尔维的《关于〈凯特尔论"呼啸山庄"〉的几点商榷》，徐尔维、陶洁翻译的《凯特尔论〈呼啸山庄〉》，以及陶洁的《艾米莉·勃朗特简介》。该文集以阶级分析的方法，对《呼啸山庄》的思想内容以及书中的人物形象重新进行了评价，对书中所表现出来的"局限性"进行了猛烈的批判。例如，陈文认为"《呼啸山庄》是描写被压迫者和压迫者之间的残酷斗争的小说。它的主题是围绕着爱情描写对压迫者

_____

① 阿尼克斯特：《英国文学史纲》，1959 年，第 458 页。

的反抗。小说揭示了被压迫者的强烈的爱和恨"。[①] 刘文则把《呼啸山庄》看成是毒害青年的资产阶级古典小说，因此我们必须"用马克思列宁主义的思想和观点去看一切问题，去看古典文学作品，否则我们就会迷失方向，走向歧途"[②]。对外国作家和外国文学作品进行专题讨论，在当时的外国文学批评界并不多见。这些文章被深深地烙上了时代的印记，表现出了政治化、片面化、极端化的特点，很能代表当时外国文学评论的主流倾向。

可以看出，建国初期的十七年间，艾米丽在我国的研究已经摆脱了建国前那种附属于夏洛蒂、被冷落和轻视的地位。艾米丽和姐姐一起走进了当时中国学界与普通读者的视野之中。新中国成立后，我国在文学上围绕着为政治服务这一中心，强调"文学为政治服务；文学为社会主义建设服务"。同时为了批判地继承外国文学遗产，文艺界也提倡站在阶级斗争的高度去阅读《呼啸山庄》之类的外国文学作品，以求"洋为中用"，使人们充分认识到资本主义社会的黑暗，体会到社会主义制度的优越性。在这样的社会环境之下，《呼啸山庄》在中国的批评与接受发生了文化变形。《呼啸山庄》在当时被披上了一层政治文化的外衣。在这层政治文化外衣的覆盖之下，评论者、接受者从这部小说中看到的希斯克厉夫是一位个体劳动者，他的性格的演变是作者对资产阶级社会强有力的血泪控诉；小说的主题是无产阶级为争取自己的平等权利而与资产阶级顽强斗争；主人公的悲剧结局是因为他没有把自己的命运同广阔的工人运动结合起来。到了60年代下半期，"文化大革命"在中国全面爆发，社会政治环境又发生急遽转变，几乎所有外国翻译文学作品都被当做"封、资、修"否定。在这种环境下的接受者再看《呼啸山庄》时，感受到的又是资产阶级的个人奋斗主义、资产阶

---

① 陈焜等：《论艾米莉·勃朗特的〈呼啸山庄〉》，北京：人民文学出版社，1958年，第1页。

② 同上，第22页。

English Literary Studies in China: The Studies of English Writers Volume I

级人性论、资产阶级爱情至上论等一些"思想不健康"的东西。因此，"文革"时期，艾米丽曾一度遭到批判，国内对其相关研究完全停止。

三、新时期以来的艾米丽·勃朗特研究

新时期以来，学界对艾米丽及其代表作《呼啸山庄》表现出了前所未有的热情和兴趣。据初步统计，1980 年至 2000 年之间，《呼啸山庄》共出现了近 40 个中译本，关于艾米丽的各类评论文章近两百篇。在很多外国文学史著作、外国文学作品选集中，两姐妹都被当做同等重要的作家进行介绍和评述，出现了"梅雪争春未肯降"的现象。学界对《呼啸山庄》的翻译与研究势头曾一度压倒对夏洛蒂的《简·爱》的翻译与研究。我国评论界对《呼啸山庄》如此青睐，完全改变了建国前文艺界重《简·爱》轻《呼啸山庄》的态势。

新时期之初，一批影响较大、具有较高学术价值的外国文学著作或文学史教材，如杨周翰、吴达元主编的《欧洲文学史》（1979年）、刘炳善编写的《英国文学简史》（1981 年）、范存忠编撰的《英国文学史提纲》（1983 年）、陈嘉的《英国文学史》（1986 年），都无一例外地收录了艾米丽及其代表作《呼啸山庄》。与建国前文学史中大篇幅地介绍和评论夏洛蒂而对艾米丽只是顺带提及、一笔带过不同的是，这几部文学史著作都把姐妹俩放在同等重要的地位加以评述。刘炳善在书中分专章对《呼啸山庄》与《简·爱》各自做了详细的介绍，并节选其中的精彩段落加以分析与评论。杨周翰、吴达元和范存忠则是从文学发展史的角度出发，对《呼啸山庄》和《简·爱》产生的时代背景以及两部小说的思想价值和意义做出了论述，在内容与篇幅上几乎旗鼓相当。此后，侯维瑞的《英国文学通史》（1999 年）与钱青的《英国 19 世纪文学史》（2006 年）同样延续了这一文学史定位。

新时期的中国，随着"文革"的结束、政治上的解冻、外国各类文学思潮的涌入，社会历史环境较之前发生了巨大转变。尤其是改革开放以来，在经济大潮和外来文化的强烈冲击下，在中西方文化的不断撞击与融合下，新的社会现象不断出现，人们的思想发生了巨大的变化。新时期是一个多元文化并存的时期；是一个张扬个性、在社会价值与自我价值的定位上不断追寻求索的时期；是一个真正的"百花齐放、百家争鸣"的时期。在这样一种社会环境下，学界对艾米丽的研究可谓是"仁者见仁，智者见智"了。其代表作《呼啸山庄》是一部具有现代主义因素的古典小说，它本身所具有的复杂性和多义性使研究者能够从不同的角度去理解、阐释和评析，因而出现了大批多姿多彩的学术研究成果，包括众多高质量的学术研究论文。

《呼啸山庄》内在的多义性和复杂性冲击着批评家们以往习惯的单一读解，使评论者从不同层面、不同角度对作品的人物形象、主题意蕴、艺术特色、价值和意义进行不懈的探求。如小说的主人公是谁？作品的主题是什么？《呼啸山庄》是否由艾米丽所著，没有恋爱经验的艾米丽何以写出这"人世间情爱最宏伟的史诗"？如何看待书中人物形象及人性？如何看待希斯克厉夫的复仇？希斯克厉夫与凯瑟琳之间有何关系？等等。《呼啸山庄》的评论形成一种热潮，批评家们打破成规，各抒己见，真正使对《呼啸山庄》的评论呈现出"百花齐放，百家争鸣"的局面。

新时期之初，一些评论者对《呼啸山庄》的批评仍停留在社会—历史批评的传统模式中。尽管建国早期对外国文学作品进行阶级分析或政治化的简单、机械的评论消失殆尽，但不少文章中仍残存有"左"的思想痕迹。然而，也有很多论者在对《呼啸山庄》进行重新评价，拨乱反正，推陈出新，为新时期的艾米丽研究做出了重要的贡献。1980年，陈焜在《译林》第3期上发表的《峥嵘倔强的叛逆精神——谈谈对〈呼啸山庄〉的理解》一文，不仅成为新时期艾米丽·勃朗特研究的滥觞，而且也最早对此前盛行的社会—历史批评与"左"的评论进行了反思。作者十分敏锐地指出："社会历史内容的分析并不是文学批评的全部内容。不能只研究作品的政治观点和社会内容，把文学批评变成社会学批评和政治批评"，并由此出发对阶级分析模式做出了批判，认为把《呼啸山庄》看成对当时阶级斗争的描写是相当勉强的，"至于批评《呼啸山庄》违背了无产阶级的社会革命学说和道德观念，指责希刺克厉夫的个人报复，模糊了无产阶级解放斗争的道路，那更是牵强附会的"①。

1983 年，杨静远编选的《勃朗特姐妹研究》较为全面地将西方的艾米丽评论介绍到国内，成为当时开风气之先的重要学术成果之一。此后，杨静远还发表了评论勃朗特姐妹的系列文章，成为当时勃朗特姐妹研究的重要学者之一。她的长文《勃朗特姐妹的生平与创作》讨论时代与社会背景、文学环境、个人经历与创作的关系、西方勃朗特批评史与学术史、普通读者接受史以及勃朗特姐妹在中国的传播与接受，成为中国勃朗特姐妹学术史研究的第一人。此文与她的另一篇论文《一百多年来的勃朗特姐妹研究》承续《勃朗特姐妹研究》一书"前言"的探讨，对西方勃朗特姐妹学术史做了极为详尽的评述，尤其重点探讨了 20 世纪西方勃朗特评论。作者一方面认为 20 世纪西方评论的优点在于"脱离了空泛的一般性毁誉，转入细致具体的分析，从各个不同的方面和角度对作品的主旨、艺术技巧、手法和特色进行探讨，出现了不少有分量的和富于启发性的论著"，另一方面又对其中的弊端与"形式主义"倾向提出了谴责，认为西方各种批评流派兴起之后，"出现了一种脱离作家和作品的实际、随心所欲地进行解释或臆测的倾向，以及一种离开思想性与艺术性的有机联系而孤立地谈论艺术或纯技巧的形式主义倾向"②。这一带有批判意识的评论方式在《关于勃朗特姐妹的

---

① 陈焜：《峥嵘倔强的叛逆精神——谈谈对〈呼啸山庄〉的理解》，《译林》，1980 年第 3 期，第 179—180 页。

② 杨静远：《一百多年来的勃朗特姐妹研究》，《读书》，1983 年第 6 期，第 81 页。

传记文学》一文中也有所体现,如作者在介绍西方勃朗特姐妹的传记或评传对她们的性格、思想与艺术的不同阐释与解读之后,批评了当代勃朗特传记与研究中"一些耸人听闻的奇谈怪论",如对"对弗洛伊德学说的牵强应用"①。杨静远的系列评论受传统文艺理论的影响比较明显,即注重内容与形式的有机结合,却保留了50—60 年代的批判性思维,对西方"形式主义"与现代文论持警惕与审慎的态度。

80 年代,基于阶级分析的极左政治模式基本式微,更多学者从政治与社会历史分析转向了形式、结构、人物或技巧分析,从内容与形式二分法中的"内容"一端走向"形式"一端。赵萝蕤的《形式与内容的血缘关系——〈呼啸山庄〉艺术构思》(《外国文学》1984年第 8 期)即是从传统的艺术形式分析着手,从情节结构、人物结构、时间结构等方面探讨小说的艺术构思。方平的《谁是〈呼啸山庄〉的主人公?——〈呼啸山庄〉的结构研究》(《外国文学研究》1988 年第 1 期)认为《呼啸山庄》的结构是相当复杂的,"它不是线形的,而是合抱形的,分内外两层";外层是顺叙,内层是倒叙,并且是粘连在一起的、不可剥离的,并且指出"从意识形式到思想内容,这里一切都是双重结构的"②,并通过分析这部小说的整体结构,提出小说的主人公不是希斯克厉夫,而是形象猥琐、让人看不入眼的哈里顿,观点令人耳目一新。摆脱政治意识形态的束缚,从思想与艺术形态二分模式入手,对小说的艺术结构与人物描写艺术进行探讨,这一批评态势一直延续到 90 年代,如刘新明认为《呼啸山庄》整部小说的结构同交响乐的结构十分相似,艾米丽用最凝练、最简洁的交响曲形式作为艺术构思,突破了传统的现实主义,更加有效地记录了创作主体内在精神的骚动。袁静也同样按照结构主

---

① 杨静远:《关于勃朗特姐妹的传记文学》,《外国文学研究》,1988 年第 1 期,第15 页。
② 方平:《谁是〈呼啸山庄〉的主人公?——〈呼啸山庄〉的结构研究》,《外国文学研究》,1988 年第 1 期,第3—4 页。

义的逻辑，指出了这部作品内部错综复杂的结构关系①。

自80年代起，西方各种批评理论被陆续引进国内，对当时的艾米丽研究产生了很大的影响。此后，在传统的社会—历史批评与形式批评之外，涌现出了一大批视角多元的重要学术成果。1985年，西方学者罗伯特·洛与戴维·博尔顿从"原型"的角度对《呼啸山庄》进行研究的论文《小说〈呼啸山庄〉中主人公希思克利夫的原型》②被翻译成中文，成为国内原型批评的重要开端。裘小龙的论文《从神话原型看〈呼啸山庄〉》别开生面，独具一格，是从原型批评视角解读《呼啸山庄》的代表性成果。裘小龙从古希腊关于原始人的神话故事的角度展开分析，认为希斯克厉夫与凯瑟琳的爱情就是人类对自身完整的原始状态的回忆，是一半渴求与另一半合为一体、回到其初始的完整状态的欲望。希斯克厉夫与凯瑟琳不屈不挠地进行着生死拼搏，就是为了追求希腊神话中被宙斯分为两半的原始人同样追求的目标——不断寻觅直至与另一半合为一体。此文深刻揭示了作品所蕴涵的古代神话的原型意义，因此在1987年上海召开的"首届《简·爱》、《呼啸山庄》学术讨论会"上产生很大反响，引起了与会代表的极大关注。朱虹、蒲若茜等人也都对小说中人物原型或是主人公的爱情原型进行了富有启发性的探讨和考察。③

学界普遍认为，《呼啸山庄》的独特魅力来自女作家独特的叙述技巧。90年代，随着西方叙事学理论的引入，叙事学角度的批评也取得了重要的成果。方平从小说叙事艺术的角度着手，指出叙述者纳莉的叙述构成了小说的叙事主体，并分析了小说的叙事

---

① 袁静：《〈呼啸山庄〉的套盒式结构和复调旋律》，《黑龙江社会科学》，1998年第5期。

② 此文载《文化译丛》1985年第5期，叶树钰翻译。

③ 朱虹：《山庄、田庄、复仇和书的角色：重读〈呼啸山庄〉》，《名作欣赏》，1994年第6期；蒲若茜：《对〈呼啸山庄〉中希斯克厉夫与凯瑟琳爱情的原型分析》，《暨南学报（哲社版）》，1997年第2期。

模式与叙事技巧，认为艾米丽"是一个自觉的艺术完美的追求者"①。方平的评论仍然是基于文本的传统叙述技巧分析，缺乏西方现代叙事学理论的有力支撑。金琼与查明建则较为自觉地使用西方现代叙事学的批评理论或批评概念。② 前者引述西方结构主义批评家罗兰·巴特、皮亚杰、热奈特等人的理论，如"无焦点或零度焦点叙事"，后者则引证来自亨利·詹姆斯等西方学者的视点（point of view）理论，提出小说的独特叙事视角在于"双重旁知视角"和"多重次知视角"。叙事学视角的引入有助于揭示《呼啸山庄》的内在艺术特征，将国内艾米丽研究带入了一个新的层面。

　　在叙事学批评之外，其他批评视角下对艾米丽的研究也有所突破。韩敏中对杨静远的《勃朗特姐妹研究》中西方勃朗特学术史的空白点，即被遗漏的结构主义与后结构主义批评，做出了增补性论述。③ 在她看来，西方传统的人文批评在很长时间内占主导地位，40年代新批评兴起后，小说批评逐渐脱离传统路数；她针对西方《呼啸山庄》解读中的结构主义与解构主义批评视角做出了详细分析，对文本内容的多义复杂性与文本被无限阐释的可能性进行了评述，为国内学界了解西方最新学术动向打开了一扇重要窗口。张玲探讨了其诗歌的意象、形象、情感、意境与《呼啸山庄》的互文性关系。④ 王晓秦从宗教冥想、"互为灵魂"的爱情关系、异化与复

① 方平：《纳莉做了奸细啦！谈〈呼啸山庄〉的叙事系统》，《读书》，1991年第4期，第37页。

② 金琼：《绝对时空中的永恒沉思——〈呼啸山庄〉的叙述技巧与结构意识》，《外国文学研究》，1993年第2期；查明建：《试论〈呼啸山庄〉的叙述视角》，《池州师专学报》，1994年第1期。

③ 韩敏中：《无穷尽的符号游戏——20世纪的〈呼啸山庄〉阐释》，《外国文学评论》，1992年第1期。

④ 张玲：《艾米莉·勃朗特的诗——〈呼啸山庄〉创作的源泉》，《外国文学评论》，1988年第4期。

归三个方面探讨其诗歌与小说的互文性关系。[①] 何朝阳借用现代心理学的成果，认为艾米丽切入人类意识的深处，在深刻的心理层次上挖掘并展现人物的灵魂，揭示人类天性中巨大的潜伏着的种种激情。[②] 但这些批评视角更多出于文学研究的一种自发性，虽然十分注重作品内容与文本细节的分析，但却缺乏西方现代批评理论的系统性观照。

新世纪以来，关于艾米丽研究的论文数以百计，并出现了一百多篇硕士论文以及1篇博士论文。不过，数量急剧增加的同时，整体质量上并没有超越80—90年代的学术水平。从研究的视角来看，主要是此前研究的延伸与深化，不过也出现了一些代表性成果。在叙事学批评方面，高继海认为小说采用一男一女、一外一内的叙事策略，非常有利于小说主题的充分表现；高万隆指出小说将哥特式小说和家庭式小说的叙事模式结合起来，同时也将女性小说的思想内涵和女性意识融入其中。在原型批评方面，蒲若茜认为小说的复仇是对古希腊美狄亚神话原型的"移用"[③]。她在另一篇论文[④]中认为小说借鉴了哥特传统，既超越哥特体裁的"黑色浪漫主义"，又超越了维多利亚"现实主义"。刘永杰则剖析了小说中的"圣经原型"[⑤]。此外，还有其他视角，如女性主义视角、比较文学视角，但总体来说，对《呼啸山庄》的阐释与解读，令人印象深刻的成果并不多见。

通过对艾米丽·勃朗特在中国的研究的纵向考察，可以看出，

---

① 王晓秦：《从爱米莉·勃朗蒂的诗歌创作看〈呼啸山庄〉》，《外国文学研究》，1986年第1期。

② 何朝阳：《永恒的激情——〈呼啸山庄〉的现代心理学阐释》，《上海师范大学学报（哲社版）》，1991年第3期。

③ 蒲若茜：《对〈呼啸山庄〉复仇主题的原型分析》，《四川外语学院学报》，2002年第5期。

④ 蒲若茜：《〈呼啸山庄〉与哥特传统》，《外国文学评论》，2002年第1期。

⑤ 刘永杰：《〈呼啸山庄〉的〈圣经〉解构》，《天津外国语学院学报》，2003年第6期。

勃朗特两姐妹在我国三个不同时期的接受与研究是大不相同的。建国前的文艺批评界对艾米丽不太感兴趣,寥若晨星的评论带有明显的轻视;建国十七年间,艾米丽的作品吸引了大批中国读者,尤其是青年读者,而评论界对她则表现出了一种既爱又怕、欲褒又贬、爱恨交加的复杂心态,并在"文革"期间进行了极为严厉的批判;新时期以来,艾米丽及其作品引起了评论界的广泛关注,并以一种崭新的姿态向新时期的研究界散发出无穷的魅力和绚丽的光彩,艾米丽作为经典作家的地位得以确立,多元视角下的艾米丽研究取得了丰富的成果。不过,总体来看,艾米丽研究存在一些不足,如建国前关注极少,与西方艾米丽研究极其不对称;建国早期,受政治与苏联文艺观影响,极左倾向明显,使用单一的政治模式;新时期以来的三十年中,虽然出现了繁荣现象,但良莠不齐,研究的视角局限于不多的几个层面,高质量的代表性成果不多,与国外学术交流、对话不够,没有学术专著出版,系统性研究明显不足。

第八节
乔治·爱略特研究

乔治·爱略特[①](George Eliot,1819-1880)是19世纪英国杰出的小说家,其代表作《米德尔马契》(*Middlemarch*,1871-1872)被弗吉尼尔·伍尔夫推崇为少数几本供成年人阅读的英语小说之一。在乔治·爱略特时代,大英图书馆馆长禁绝所有小说向青少年开放,唯独乔治·爱略特的小说是一个例外。英国文学批评家 F. R. 利维斯在《伟大的传统》(*The Great Tradition*,1948)中称乔治·爱略特是英国文学伟大传统的创立人,其地位远

---

① 本书译为"爱略特",而不译为"艾略特",以示与 T·S·艾略特加以区别,以免引起读者的混淆。

远高过其奠基人简·奥斯丁以及传统继承人劳伦斯、康拉德、狄更斯等作家。乔治·爱略特被国际学界看成是现代主义的开山鼻祖，甚至是影响百年英语文学的灵魂之一。世界文学巨匠劳伦斯、乔伊斯、普鲁斯特、亨利·詹姆斯都被认为是乔治·爱略特的传人。乔治·爱略特标志着世界小说由外向内的转折点，她是开辟人类心灵叙事的始祖。

乔治·爱略特自 1907 年首次被介绍到中国，一百多年来，她一直享有很高的地位。中国对乔治·爱略特的研究与接受史大致可以分为四个时期：1.引介期：20 世纪早期，学界把乔治·爱略特当做女界典范而推崇备至；30—40 年代，乔治·爱略特的作品被译成中文，在普通读者中得到广泛的传播；2.意识形态批评期：20世纪 50—60 年代，运用阶级斗争理论进行意识形态批评；3.独立研究肇始期：80—90 年代，权威学术刊物发表重要细读研究成果，专业学位论文出现；4.中国学术话语形成期，即新世纪以来，乔治·爱略特研究由模仿西方文学研究方法、接受西方文学研究观点，走向了个性化的批评，标志着乔治·爱略特研究的独立话语的诞生。

一、20 世纪上半叶的爱略特评介

据可考资料，乔治·爱略特是第一位被当做女界典范介绍到中国的英国文学女性大师。1907 年，《中国新女界杂志》第 4 期上刊登的《英国小说家爱里阿脱女士传》一文可能是国内最早评介乔治·爱略特的文字。1911 年，周瘦鹃在《妇女时报》第 2 期上发表《英国女小说家乔治·哀利奥脱女士传》一文，称乔治·爱略特之名"彪炳于文学史上"，并对爱略特的生平和创作进行了较为详细的介绍。周文认为，她的《教区生活场景》（*Scenes of Clerical Life*，1858）乃"大手笔"之作，字里行间充满"激愤之心"，而历史小说《丹尼尔·德隆达》（*Daniel Deronda*，1876）则"雕藻绣词，如春云之出岫,如春蚕之吐丝"①。周文还特别提到了《亚当·贝德》(*Adam Bede*,1859)和《弗洛斯河上的磨坊》(*The Mill on the Floss*,1860)出版后"洛阳纸贵,风行一时",而且好评如潮,爱略特从此"横行阔步于英国文坛上,为女界破天荒,英后亦贻书褒奖之。"②周文对爱略特的评介是我国介绍英国女作家之始,在时间上要略早于勃朗特姐妹、简·奥斯汀等人在中国的译介。③ 这篇文章与《妇女杂志》上对勃朗特姐妹的介绍文章一样,比较突出了她的女性身份,目的在于为当时中国的"女界"提供一个励志的楷模。

第一部译成中文的乔治·爱略特的小说是《罗慕拉》(*Romola*,1862-1863),1929 年 10 月由上海广学会(The Christian Literature Society for China)出版,译名为《乱世女豪》,译者自称"亮乐月"(Miss Laura M. White)。译者在 1932 年 1 月再版的序言中写道:"今观《乱世女豪》一书,其中所叙述主要人物梅提多与罗麦娜二人;罗虽女流,然其对于社会,对于家庭,皆足以示人模范,驱际黑暗,令人就光而得生命,独惜提多之为人不能脱离暧昧之行为,时周旋在黑暗中,卒至临于绝境……所以这提多结果,应当给一般青年做一面镜子,并使他们见了提多妻子罗麦娜,知道一国的女子,若都有道德,都是强壮的,其国家必不可致演出衰败及将要灭亡的景象。"④译者从作品中看到了爱略特小说对社会、宗教、人性的严肃探讨,其中对女主人罗慕拉的关注,则成为从女性主义角度研究爱略特之萌芽。事实上,这部耗尽爱略特无数心血的历史小说最初被引入中国,目的是为了给身处乱世的年轻人以教益与启发。这种对文学作品社会功效的强调是民国时期译介

---

① 周瘦鹃:《英国女小说家乔治·哀利奥脱女士传》,《妇女时报》,1911 年第 2 期,第47 页。

② 同上,第 48 页。

③ 葛桂录:《中英文学关系编年史》,上海:三联书店,2004 年。

④ 亮乐月:《社会小说〈乱世女豪〉序》,上海:广学会,1932 年,第 1 页。

外国文学的一个重要特征。

1932 年，梁实秋翻译的《织工马南传》（*Silas Marner*，1861）全译本由上海新月书店出版，此后曾多次再版。梁实秋成为爱略特小说的重要翻译家。他在《织工马南传》的初版序言中，虽然也提到维多利亚时代两大小说家狄更斯和萨克雷，但他对爱略特青睐有加，对其创作态度、主旨内涵以及艺术特征进行了不俗的点评："哀利奥特写小说不是为人消遣的，她每有所作必以全副精神来对付。"①关于其作品的主题，梁实秋分析认为："哀利奥特的小说内容是人性的描写。她不仅叙说故事，她是借了一个故事做骨干而从各方面来分析人的心理，人的情感。她真能钻到小说里，钻到小说里的人的心里去"，最后指出她的作品和"迭更斯的那种粗浅的新闻报纸派的文章真不可同日而语。"②1945 年，梁实秋还翻译了《吉尔菲先生的情史》（"Rev. Mr. Gilfil's Love Story"），这是爱略特第一部小说《教区生活场景》（*Scenes of Clerical Life*）中的一篇。梁实秋在译后记中说："我对艾略奥特的作品，有些偏爱，我总觉得小说要写得这样总算够深刻。"③梁实秋之所以如此推崇爱略特，是因为他比较看重爱略特对人性的深刻剖析及其作品的人文主义关怀，这与梁实秋本人的文艺思想有紧密的关系。

此外，1934 年，爱略特早期的第一部成功之作 *Adam Bede* 由商务印书馆选译出版，译名《阿当·贝特》；1939 年，爱略特的另一部重要作品的中译本《河上风车》（*The Mill on the Floss*）问世，译者朱俊基，由中华书局出版，收在"世界少年文学丛书"系列。同年，《织工马南传》的另一个版本问世，译者施瑛。此版本为译述，上海启明书局先后再版三次。《织工马南传》虽为一则宗教寓言，讲的是基督教的救赎，但通俗易懂，小说中马南的遭遇与醒悟直到

---

① 梁实秋：《织工马南传·序》，上海：新月书店，1932 年，第 5 页。
② 同上，第 5 页。
③ 梁实秋：《吉尔菲先生的情史·译后记》，重庆：黄河书局，1945 年，第 215 页。

获得新生都充满了浓浓的人文情怀,其中的"因果相报"更是在普通中国读者中引起了共鸣。

除了翻译、出版爱略特的小说外,各类期刊杂志上也不时可以见到对爱略特的介绍,如 1934 年《福州华南女子文理学院学生自治会》编辑了《英国女文豪乔治·伊丽阿脱 George Eliot 史略》,1936 年《女子月刊》上刊登文章《英国女作家佐治·爱略特小传》,1936 年《国立山东大学周刊》也发表《介绍英国女作家乔治·哀利奥特》的文章,1947 年赵景深在《妇女月刊》上介绍了杰拉尔德·布里特(Gerald Bullett,1893 - 1958)写的《爱略特传记》(*George Eliot*,1947)等。这些介绍性文章主要强调爱略特作为女性作家所取得的巨大成就,在一定程度上扩大了爱略特在国内的知名度。

这一时期出版的不少英国文学史著作中,爱略特无一例外都被当做重要小说家收录其中,并受到了很大的重视。1928 年,曾虚白在《英国文学 ABC》中较早对爱略特的几部主要小说发表了独立评论,指出"《亚当·贝德》是她作品里最新鲜,最健康,而最有趣的一本",《弗洛斯河上的磨坊》是"描写乡野生活的杰作",而《织工马南传》"全局的结构,完备而周密;运用的笔法,轻灵而简洁。"曾虚白也注意到了爱略特作品中被人诟病的道德说教倾向:"前期作品用艺术的美来点缀这些人生的问题;在她后期的作品里,她的道德观念胜过了艺术观念,常有时借书中人物来做她的宣传师。"[①]

另一部值得一提的文学史是 1932 年翻译、出版的《英国文学研究》,作者小泉八云,这位旅居东洋的文学杂家对爱略特的作品有着独到的见解,关于爱略特早期作品与后期作品在思想主题和艺术手法上的迥然不同,小泉八云认为刘易斯(George Henry Lewes,1817 - 1878)起了相当巨大的作用。刘易斯是爱略特的伴侣,他们一起度过了长达 25 年的同居生活。刘易斯本人非常博学

---

① 曾虚白:《英国文学 ABC》,上海:世界书局,1928 年,第 19 页。

多才，他是批评家、思想家、心理学家，同时还是一位孔德派学者。小泉八云认为刘易斯对于新时代的新思想追随得过于鲁莽了一些，加之他缺乏"像史宾塞尔和赫胥黎那样的表明心灵之卓越的惊人的综合的力量"[①]，他研究心理学的开创之作《生命与思维的问题》(*Problems of Life and Mind*，1874－1879) 也是一个失败。不过，刘易斯在文学史中的地位，除了他自己的文学评论贡献外，最主要的是他的心理学研究对乔治·爱略特小说的影响："她的早年的长篇小说，都像牧师生活的小景一般富于单纯的力和辉煌的幽默，与她的晚年的创作相差得那么多，几乎使人难于理解怎么它们能出于同一人的手笔"，[②]如《米德尔马契》中对心理的描写和研究完全显露了刘易斯思想的痕迹。另外一部小说《丹尼尔·德隆达》与她本来的文学趋向不相调和，主题是一个犹太人的生活、学术研究、宗教信仰，而刘易斯恰好是犹太人，有批评家就称这是对刘易斯的一种理想的研究。此外，小泉对《罗摩拉》的看法也颇为新颖，他分析了女主人公罗摩拉的一个梦境，认为这部小说展示了爱略特在其他任何作品中都不曾有过的超自然情感。只是她作为小说家的成就太过突出，人们反而忽视了她写诗的才华。

　　1937 年出版的金东雷的《英国文学史纲》对爱略特评价较为全面，且影响力较为广泛。金东雷在参考了大量英国文学史及专著的基础上，采撷众长，在第十一章"维多利亚时代"的第十四节中介绍爱略特的生平，并分析其作品。金东雷延续欧美主流批评，将爱略特定位为心理派写实主义作家，并将其作品分为三个时期，第一个时期撰写杂文和评论，第二个时期写就了她最为人称道的代表作，《亚当·比德》、《教区生活场景》、《弗洛斯河上的磨坊》以及《织工马南传》，第三个时期的作品有《罗摩拉》、《费利克斯·霍尔德》(*Felix Holt, the Radical*，1866)、《米德尔马契》、《丹尼尔·

① 　小泉八云：《英国文学研究》，孙席珍译，上海：上海现代书局，1932 年，第 214 页。
② 　同上，第 214 页。

德隆达》、戏剧化诗歌《西班牙吉卜赛人》（*The Spanish Gypsy*，1868）以及一些散文、杂文汇编。金东雷同样认为爱略特第二时期的作品"自然、真实，又是全由己意，富于幽默，比晚年的作品起色多多。"①对集大成之作《米德尔马契》一笔带过，而重点讨论了《罗摩拉》和《织工马南传》。金东雷还引用外国评论家，将爱略特与其他几位同时代的大作家进行了比较。爱略特与法国作家乔治·桑的风格相近，都注重描写社会和个性；与勃朗宁一样关注人类内心的挣扎、动作、盲动及遗传影响等关系，但她的兴趣更在于"人类灵魂的发展和道德权利的伸张"；②与维多利亚时代并驾齐驱的其他两位现实主义作家狄更斯和萨克雷相比，爱略特作品中男女主人公的命运常具有不可预知性；与梅瑞狄斯相反，爱略特的作品对小人物和边缘人物的刻画总含着悲苦意味。

这个时期还有几本文学史值得提及，1927年欧阳兰编的《英国文学史》称爱略特的小说"比赛克莱或迭更司的情节更复杂，意旨更庄严"。③ 1930年上海北新书局翻译、出版了一系列世界文学史丛书，由林语堂校对的《英国文学史》提到爱略特，肯定其为最伟大的小说家之一。1933年徐名骥的《英吉利文学》对《罗摩拉》和《丹尼尔·德隆达》也做了详细介绍和分析。上述著作对爱略特涉猎不多，基本上是一笔带过，少有深入评析。

二、20世纪下半叶的爱略特研究

1955年平明出版社发行了《米德尔马契》的中文版两卷，竖版繁体，一版一印，仅印7000册，据考这是这部伟大小说中文版的首次发行。同年，平明出版社出版了《弗洛斯河上的磨坊》，此后又由

---

① 金东雷：《英国文学史纲》，长春：吉林出版集团，2010年，第374页。
② 同上，第377页。
③ 欧阳兰：《英国文学史》，北京：京师大学文科出版部，1927年，第161页。

文化生活出版社（1956 年）、新文艺出版社（1957 年）、商务印书馆（1964 年）再版三次；另一部民国时期的畅销小说《织工马南传》也于 1957 年由新文艺出版社出版，此后在 60 年代出现过简写本。爱略特的小说之所以被较多翻译成中文，与当时主流意识形态的青睐密不可分。

50 年代，中国的外国文学研究有了中国特色的理论指导，毛泽东论文艺批评的两个标准及其统一性，强调了文学艺术的意识形态特质。当时的《英国文学史教学大纲草案》明确英国文学研究的对象为"英国文学史所表现的流派斗争及文学类型"，在引论中特别提到爱略特的小说："《亚当·比德》中有对资本主义发展下英国农村日趋崩溃的描写。《密德尔马奇》中有对英国内地城镇生活的刻画。她的创作过程明显表现了资产阶级文学转向反动的实证哲学和唯心局限性。"苏联学者阿尼克斯特的《英国文学史纲》于 1959 年被翻译成中文，其中对爱略特的评论稍显温和，这可能与爱略特历来在俄国受到的推崇有关。在阿尼克斯特看来，《米德尔马契》和《丹尼尔·德隆达》揭露了资产阶级社会中的家庭和婚姻问题；而《弗洛斯河上的磨坊》则体现了爱略特对"资产阶级个人主义和自私自利的尖锐批判"[①]；后期的小说《费立克斯·霍尔特》中主人公的两面性亦即爱略特本人对资本主义社会所持的矛盾观点，"她对资本主义制度所抱的批判态度还停留在抽象的人道主义立场"。[②]

进入 80 年代，国内掀起了一股外国文学翻译热潮，人民文学出版社的《外国文学名著丛书》翻译、出版爱略特的《米德尔马契》（1987 年）和《仇与情》（即《罗摩拉》，1988 年）。爱略特的其他几本小说也不断推出不同的版本或再版。《亚当·贝德》、《牧师情史》、《织工马南》、《弗洛斯河上的磨坊》被重译再版多次，《弗洛斯河上

---

① 阿尼克斯特：《英国文学史纲》，戴镏龄等译，北京：人民文学出版社，1980 年，第 466 页。

② 同上，第 468 页。

的磨坊》中译本达十多种。译本的普及使得更多的普通读者有机会阅读爱略特，扩大了其在中国的接受范围。

1985年，朱虹为《米德尔马契》中译本撰写的译本序，是中国爱略特研究走向真正意义上的学术研究的开端。朱虹将《米德尔马契》联系到《堂吉诃德》的"幻灭小说"传统，认为"全书充斥着各式各类的失败和一生一世阴差阳错的遗恨，弥漫着一种生不逢时的、迷惘的、幻觉的、受挫折的、幻灭的情绪。"①这幻灭的主题主要是通过女主人公多萝西娅与利德盖特的性格与命运体现出来的，而这很大程度上又是由当时特定的历史社会条件对人的创造性的扼杀所致，加之人物内在因素，即亚里士多德悲剧观中的人物性格的"过失"（tragic flaw），使得多萝西娅"亲手造成了婚姻的破产和理想的破灭。"②朱虹进而分析了影响爱略特创作的思想观，重点讨论了她的"尽义务"观，指出正是爱略特这种"由人类代替上帝、以爱与同情代替信仰、取消超验成分、推崇自然、理智服从心灵、思想服从感情"③的"人类宗教哲学观"为普遍存在的幻灭指出了一条出路。

此后，乔治·爱略特研究进入一个独立研究的新阶段，各类学术论文开始出现。但这些文章数量不多，研究视角较为分散。竞鸣以直角坐标系的方式来说明《织工马南》中人物的道德与命运的关系，并将小说的第一部"恶人得志，善者遭殃"视作是对资本主义社会的本质反映，再现了邪恶势力对善良人的摧残和危害以及普通人的生活悲剧，而第二部"善有善报，恶有恶报"则被认为是爱略特真诚的主观愿望的体现，但也反映了她的资产阶级人道主义思想的局限性。④ 王晓英从爱略特受费尔巴哈的人本主

---

① 项星耀：《米德尔马契·译本序》，北京：人民文学出版社，1987年，第7页。
② 同上，第13页。
③ 项星耀：《米德尔马契·译本序》，北京：人民文学出版社，1987年，第21页。
④ 竞鸣：《〈织工马南〉人物结构的直角坐标系》，《外国文学研究》，1985年第2期。

义思想方面分析了其早期创作。^① 梁辉结合文本分析、详细梳理了爱略特心理描写艺术的特点，认为其作品继承、发展了英国文学传统，开启了英国现代小说创作的先河。^② 刘意青从女性主义视角对爱略特小说中的女主人公和亨利·詹姆斯《贵妇画像》中的女主人公进行了深入的比较与分析。^③ 徐晓晴对爱略特早期小说中的"父爱"主题进行了详尽的探讨。^④ 相对于兴盛的狄更斯、勃朗特姐妹研究而言，爱略特研究成果的数量相形见绌。可见，这一时期的乔治·爱略特研究虽然取得一定进展，但仍然不是学界的关注重点与焦点。

新时期以来，对西方乔治·爱略特研究成果的译介拓宽了国内学界的研究视野。80 年代上海译文出版社出版的《论小说与小说家》（1986 年）一书中收录《论乔治·爱略特》一文。这是伍尔夫在 1919 年爱略特 100 周年诞辰时撰写的纪念文章，其重要性在于在当时风起云涌的现代主义浪潮中重新确立了爱略特的经典地位。在亨利·詹姆斯的文论选《小说的艺术》2001 年中译本中，"乔治·爱略特"一章从一个受爱略特影响颇深的小说家之眼，细致入微地分析了爱略特的小说艺术。利维斯的《伟大的传统》则在真正意义上将爱略特推向一个坚如磐石的神坛之上。利维斯把爱略特的伟大之处归结为"'强烈的对人性的道德关怀，这种关怀进而为展开深刻的心理分析提供了角度和勇气'，最终展现的是一种托尔斯泰式的深刻性和真实性。"^⑤利维斯开创了一种文学批评传

① 王晓英：《"爱的宗教"与乔治·爱略特的早期创作》，《南京师大学报》，1988 年第 1 期。

② 梁辉：《试论乔治·爱略特前期长篇小说中的心理描写艺术》，《广东社会科学》，1991 年第 6 期。

③ 刘意青：《女性的困惑——析多萝西娅·布鲁克和伊莎贝尔·阿切尔》，《北京大学学报（哲社版）》，1992 年第 2 期。

④ 徐晓晴：《是"天命的安排"还是"个人的选择"——析〈塞拉斯马纳〉中的父爱》，《外国文学研究》，1992 年第 5 期。

⑤ 陆建德：《弗·雷·利维斯和〈伟大的传统〉》，《伟大的传统》，袁伟译，北京：三联书店，2002 年，第 16 页。

统,个人风格浓厚,充满真知灼见,影响力巨大。大卫·洛奇的《小说的艺术》(2010年)则用通俗易懂的语言介绍了爱略特小说艺术的几个特征,如"著者介入"、"章节"、"动机",如此非学院派的文风为普通读者进一步深入了解爱略特的小说艺术提供了一个契机。

三、新世纪以来的爱略特研究

据不完全统计,新世纪十年发表在各大期刊、杂志、学报上的乔治·爱略特研究文章有近130篇之多。

新世纪一个突出的特点,就是乔治·爱略特研究的中国独立话语的诞生。中国的乔治·爱略特研究摆脱了对西方文学研究方法的模仿,不再受到西方文学研究观点的束缚,走向了独立的批评。殷企平的论文《互文和"鬼魂":多萝西娅的选择——再访〈米德尔马契〉》(《外国文学评论》2004年第1期)与美国解构主义大师西利斯·米勒(Hillis Miller)形成了对话,在学术界发出了中国学者独立的声音,可以看做是中国爱略特独立批评诞生的标志。他的另外两篇论文《小说〈激进党人菲利克斯·霍尔特〉解读》(《外语与外语教学》2005年第11期)和《过去是一面镜子——〈亚当·比德〉中的社会伦理问题》(《外国文学研究》2007年第1期),同样发出了独立的批评声音。这些观点完全摆脱了百年来乔治·爱略特评介与研究经常借用西方批评观点的范式,具有独立的深刻洞见。此外,乔修峰的《〈罗慕拉〉——出走的重复与责任概念的重建》(《外国文学评论》2005年第2期)一文探讨了乔治·爱略特颇受争议的历史小说。作者在研究乔治·爱略特小说本真意义上着重从小说原文里发现意义。高晓玲的《感受就是一种知识——乔治·艾略特作品中"感受"的认知作用》(《外国文学评论》2008年第3期)同样深入到乔治·爱略特创作思想的内核,指出乔治·爱略特将理性的知识和感性的经验相互融合,从"感受"的三个方面,即感受力、同情与直觉,分析了其认识论价值。

据现有资料,中国大陆第一部研究乔治·爱略特的博士论文是龙艳的《乔治·爱略特三部小说中女性的反抗与沉默》(2002年)。张中载在序言中说明了该研究的独到性:"在乔治·爱略特作品中看到了超越本质主义——感性(女性的本质)、理性(男性的本质)——的一个超验范畴:神性,从而在根本上不用于以'男女二元对立'为依据的'平等'、'差异'、'融构'说。"①故激进是指爱略特的宗教观,而保守是指其政治观,在这双重视角下探讨了爱略特的女性主义。其他博士论文还有朱桃香的《叙事理论视野下的迷宫文本研究》(2009年)、张金凤的《乔治·爱略特:理想主义与现实主义的"调和"——维多利亚中期现实主义背景下的重新审视》(2004年)、魏晓红的《乔治·爱略特小说的心理描写艺术研究》(2010年)等。近十多年来,研究乔治·爱略特的硕士论文出现了大繁荣的空前盛况。据不完全统计,从 2000 年至 2010 年这十年来有 50 篇,早期多以文本细读为主,且集中在爱略特早期最广为人知的作品上,如《弗洛斯河上的磨坊》,研究方法以女性主义、精神分析为主,近年来则出现了更多的综合性研究,方法也趋于多样化。限于篇幅,不再赘述。

这一时期出现了多部研究爱略特作品的专著,代表了国内这一领域研究的不断深入。廖昌胤的专著《悖论叙事——乔治·爱略特后期三部小说中的政治化悖论》(2007年)由文本细读提炼出来独立的文学理念,即从乔治·爱略特后期三部小说中总结出来的"政治现代化悖论",进而发展出悖论诗学命题。杜隽的专著《乔治·爱略特小说的伦理批评》(2006年)从文学伦理学角度对爱略特小说进行了多方面的研究。马建军的《乔治·艾略特研究》(2007年)立足于世界范围内爱略特批评的现状,对爱略特的作品

---

① 龙艳:《激进而保守的女性主义——英国作家乔治·爱略特研究》,北京:外语教学与研究出版社,2008年,序第 1 页。

做了综合、全面的分析与研究，包括《撩起的面纱》（*The Lifted Veil*，1859）等不为国内所熟知的作品以及爱略特更少被提及的戏剧《西班牙吉普赛人》（*The Spanish Gypsy, a Dramatic Poem*，1868）和诗作《朱巴尔传奇诗集》（*The Legend of Jubal and Other Poems*，1874）。

四、反思与展望

回顾中国百年乔治·爱略特的研究与接受史，可以看出该领域研究的学术发展历程与重要研究成就。百年来中国乔治·爱略特研究中流弊甚多，如被动接受西方观点、被动用乔治·爱略特的文学作品当某种西方理论的注脚等。因此，从乔治·爱略特研究的未来发展趋势来看，应该对百年以来中国的乔治·爱略特评论，特别是对小说人物的研究进行全面的反思，同时对于西方百年来的乔治·爱略特研究的各种学术观点，特别是自 F.R.利维斯以来的种种观点，包括许多广为接受的所谓"定论"，进行全面反思。

从反思小说中人物"定论"出发，应该完全摆脱现有理论的范式，力图从乔治·爱略特作品中来提炼、升华，形成一种独特的理论体系，这是乔治·爱略特未来研究的可选之路。对原有的非此即彼的简单化道德判断所得出的观点和结论需要进行全面的反拨。例如，国内学界对《亚当·贝德》中的海蒂女性形象、对《米德尔马契》中的卡苏朋男性形象，几乎百年来一直用简单的道德判断，将他们批判为负面人物形象，误以为乔治·爱略特也把他们当成批判的对象来再现。这样的所谓"定论"大大削弱了乔治·爱略特艺术人物的真实性，严重背离了乔治·爱略特的基本创作原则，即普世之爱与人文关怀。全面清理此类流弊，强调忠实于原作，忠实于人物的本真个性，从这个角度来理解特定人物的内外世界，这是未来乔治·爱略特研究的重要课题。

在人物研究方面，可思考如何系统地打破对乔治·爱略特小说人物评价的"定论"，以全新的观念来重构人物的价值和地位。例如，对《亚当·贝德》中海蒂孩子的死因，有必要重新加以审视，一味地批评海蒂的所谓"罪行"是完全背离乔治·爱略特"人文关怀"的主旨的。再如，《米德尔马契》中的学者形象——历史学家卡苏朋，同样几乎被批评家们一直"谴责"，甚至被当成一个阶级、整个男性话语来加以否定和批判，尤其是在 20 世纪，生搬硬套阶级斗争理论，新世纪以来又生搬硬套女性主义批评，认为卡苏朋"自私"、"好大喜功"、"夸夸其谈"，甚至到死都没能完成《古代神话大全》的宏大著作这一情节，也被当成批判他的"口实"，而他娶了比他小二十多岁的多萝西娅，则更加受到百般非难，连带多萝西娅也跟着受到百般批评，这类研究滑向了十分偏颇的结论。究其原因，是批评者固守自己褊狭的世界观——乔治·爱略特对这种世界观就不无讥讽地说"女人总是固守她们青春期形成的观念"，她们（部分男性学者也是如此）臆想出一个自己受虐的话语体系，并将这些话语体系套在多萝西娅的身上，尤其是她们霸道地假借文学批评来贩卖她们褊狭的择偶观，全然不顾小说原著的细节意味，更不顾小说所反映的特定时代的文化语境，特别是忽视了特定人物的情感结构，把自己想象成男权的"受害者"，然后再把自己臆想成多萝西娅，更难令人接受的是，臆想多萝西娅也具有她们那种受虐想象的情感。于是，她们激愤地口诛笔伐卡苏朋。这类批评严重歪曲了小说的丰富内涵，而且树立了十分不好的例子。在那些不愿下工夫细读原著的浮躁而急功近利的不良学风的推波助澜下，在那些动不动宏观视野、云里雾里地简单推论的研究者那里，这种可笑的结论以讹传讹，谬种流传。这类褊狭的批评观点必须得到足够的清理与批评。

通过回顾与反思，可以从国内乔治·爱略特研究的不足中看到其巨大的发展空间。第一，尽管现有研究存在着生搬硬套西方理论的现象，或者用乔治·爱略特的文学作品来为西方批评理论作注脚的问题，但是从新的理论视角出发对小说进行原创性研究依然是值得期盼的。第二,乔治·爱略特作为有突出贡献的文学评论家、文学理论家的一面,尚未得到应有的关注。她的批评遗产有待进一步的发掘与探讨。第三,作为伟大诗人,甚至可与勃朗宁夫人相比肩的维多利亚中期诗人的乔治·爱略特在中国也未得到应有的重视。第四,现有研究普遍存在照搬或一味认同西方学术观点的倾向,具有中国独立评论观点的研究为数不多。第五,缺乏用中国本土文学与文化理论视角,或者中西文化融合之后生成的新的批评视角来研究乔治·爱略特的文艺思想与小说创作。第六,缺乏乔治·爱略特与其他文学家、理论家、诗人进行比较研究的成果。总之,中国的乔治·爱略特研究百年来,一代又一代学者做出了杰出的贡献。乔治·爱略特是一座取之不尽的宝藏,对于中国文学界与文化界而言,这个巨大的宝藏还未得到全面的开采。

第九节
哈代研究

托马斯·哈代(Thomas Hardy, 1840－1928)是 19 世纪晚期英国著名小说家。自 1874 年《远离尘嚣》(*Far from the Madding Crowd*)问世后声名鹊起,并很快成为当时英国文坛执掌牛耳的大作家。20 世纪早期,哈代在英国文学史中的经典地位就已经确立,西方学界所发表的研究专著和学术论文逐年递增。与此同时,哈代的声名与作品也开始传入中国,成为国内学界极为关注的为数不多的"当代"英国文学大家之一。1928 年,哈代去世,国内知识界、文学界举办了很多纪念活动,国内报刊上发表了大量纪念或评论文章。此后,哈代也成为民国时期被评介最多的英国作家之一。哈代在中国的研究与接受主要分为三个阶段:民国时期、建国十七年、新时期以来,每个时期都取得了一定的成果,并表现出了不同的批评特点。

一、民国时期的哈代评介

根据现有的资料，最早将哈代作品译介入中国的是"哀情巨子"周瘦鹃。他译了哈代的短篇小说《回首》（Benighted Travelers），收入中华书局 1917 年 3 月出版的《欧美名家短篇小说丛刊》。这篇译文的前面附有"汤麦司·哈苔小传"，对哈代及其作品有简短的介绍，从中可以看出周瘦鹃对哈代作品的了解并不深入，因为他称之为有名的哈代作品并未包括《德伯家的苔丝》、《无名的裘德》、《列王》等传世名作。而较早对哈代经典作品进行点评的要属周作人。他在 1918 年所写的《人的文学》中提到"英国 Hardy 的小说 *Tess*"，称其是"绝好的人的文学"，因为它体现出了作者对两性的爱的看法："男女两本位的平等；是恋爱的结婚"①。周作人的论述只是一笔点过，但却表明他对哈代作品的认识及中国学者进行哈代评论的开始。

1921 年，《小说月报》第 12 卷 11 期的"译丛"栏内，发表了哈提著、理白译的短篇小说《娱他的妻》（To Please His Wife）。在篇末的"附识"中，理白简要地介绍了哈代的生平和著作情况，其中提到建筑生活对哈代小说结构的影响、哈代的女性观及小说中刻画出的女性特点等，并对哈代的思想做了评述。理白指出哈代是个"悲观派"，但他认为哈代的悲观对近代文学是个"活泼辉丽的贡献"；"读完哈代的一个故事……好像从一个感人但是可怕的大梦醒转一样，又从溶解了的想象里边悟出老的大地的真慈爱来。"②他还指出，哈代的悲观不是"个人的"，而是"哲理"的；他的悲观可以"引起读者心中的一种奇特的深趣……哈代对于人生观虽是这样的黑暗，但是他重看'诙谐'的心理，终就能够用感觉的纤巧和表

---

① 周作人：《人的文学》，《新青年》，1918 年第 5 卷 6 期，第 580 页。

② 理白：《译者附识》，《小说月报》，1921 年第 12 卷第 11 期，第 21 页。

述的神媚,超出当代许多著作家。"①实际上,理白认为哈代为悲观派,这代表了当时多数学者的看法,但理白能够指出哈代悲观中蕴含的美学价值以及哈代创作中"讽刺"手法的运用,无疑站到了国内哈代研究的前列。

这一时期,对哈代的译介和研究做出更大贡献的是新月派诗人徐志摩。徐志摩先是在 14 卷 11 期的《小说月报》上刊登了两首译诗:《她的名字》和《窥镜》,并首次采用了"哈代"这一现今通用的译名。接着,14 卷 12 期出版的《小说月报》又登了徐志摩译的另外两首诗:《伤痕》和《分离》。这四首译作都被收入《小说月报》社组织编写的译诗集《阿富汗的恋歌》,并于 1925 年由商务印书馆出版。后来,徐志摩连续翻译了哈代的十五首诗歌,分别刊登在《文学》周报、《晨报副刊》、《语丝》等杂志上。综其一生译诗的数量,哈代的诗歌约占三分之一,可见徐志摩对哈代的偏爱。此外,徐志摩写了 7 篇关于哈代作品尤其是哈代诗歌的介绍和评论文章,分别是:《汤麦士·哈代的诗》(《东方杂志》1924 年第 20 卷第 2 期)、《厌世的哈提》(《晨报副刊·诗镌》1926 年 5 月 20 日)、《哈提》(《晨报副刊·诗镌》1926 年 5 月 27 日)、《汤麦士·哈代》、《谒见哈代的一个下午》、《哈代的著作略述》、《哈代的悲观》(《新月》1928 年第 1 卷第 1 期)。其中《谒见哈代的一个下午》和《哈提》内容相同,而《哈代的著作略述》和《哈代的悲观》是从《汤麦士·哈代的诗》一文中选摘而来。

总体上来看,徐志摩对哈代的评价很高,称其是"希腊的神鸟",②他心目中的"老英雄",是"现存作家中最伟大的一个……我觉得读他的一册书比受大学教育四年都要好。"③在《汤麦司·哈

---

①　理白:《译者附识》,《小说月报》,1921 年第 12 卷第 11 期,第 21 页。

②　徐志摩:《汤麦司·哈代的诗》,《徐志摩全集·补编 3·散文集》,香港:商务印书馆,1993 年,第 181 页。

③　同上,第 481 页。

English Literary Studies in China: The Studies of English Writers Volume I

English Literary Studies in China: The Studies of English Writers Volume 1

代的诗》一文中，徐志摩把哈代一生不绝的创作看做是近代文艺界中令人吃惊的一种现象，"不但东方艺术史上无与伦比，即在西欧亦是件不常有的奇事"，①徐志摩更是将哈代视作世界文学史上的一流作家，由衷认为：

> 单凭他的四五部长篇，他在文艺界的位置已足够与莎士比亚、鲍尔札克（即"巴尔扎克"）并列。在英国文学史里，从《哈姆雷德》（*Hamlet*）到《裘德》，仿佛是两株光明的火树，相应地辉映着，这三百年间虽则不少高品质的著作，但如何能比得上这伟大的两极，永远在文艺界中，放射不朽的神辉。再没有人，也许陀斯妥耶夫斯基除外，能够在艺术的范围内，孕育这样想象的伟业，运用这样宏大的题材，画成这样大幅的图画，创造这样神奇的生命。他们代表最高的盎格鲁—撒克逊天才，也许竟为全人类的艺术创造力，永远建立了不易的标准。②

哈代去世后，徐志摩哀叹这不仅是"文学界的损失"，而且是 19 世纪末叶以来人类思想界"重镇"的失落。③

徐志摩对哈代的诗歌有较为细致和深入的研究。他的论述也不是凭主观臆断，而往往佐以具体的例子来印证。对于哈代在诗歌上的艺术表现，徐志摩主要论及三个方面：一是哈代诗歌具有的乡土色彩。徐志摩认为这缘于威塞克斯民歌曲调及农村音乐对他的影响，而且，哈代描写的对象也基本是以自然为主。二是哈代诗歌的独创性。徐志摩认为哈代诗段变化的实验最多，成就也很显著，哈代的原则是"用诗里内蕴的节奏与声调，状凝诗里所表现的情感与神态"④。三是哈代诗歌的结构。徐志摩说哈代的诗"不仅结构严密像建筑，同时有思想的血脉在流走，像

---

① 徐志摩：《汤麦司·哈代的诗》，《徐志摩全集·补编 3·散文集》，香港：商务印书馆，1993 年，第 178 页。

② 同上，第 179 页。

③ 徐志摩：《汤麦司·哈代的诗》，《徐志摩全集·散文集（甲、乙）》，香港：商务印书馆，1983 年，第 82 页。

④ 徐志摩：《汤麦司·哈代的诗》，《徐志摩全集·补编 3·散文集》，香港：商务印书馆，1993 年，第 191 页。

有机的整体"。①

　　与同时代的学者一样，徐志摩也十分注重探讨哈代的悲观思想，但他的认识要更加独到和深刻。徐志摩一方面承认哈代作品具有悲剧意识，另一方面却不赞同将哈代笼统地称为悲观主义者，因为哈代没有带着"悲观或厌世的'成心'去创作"②。在徐志摩看来，虽然哈代的作品中有那么多沉重和严肃的描写，如：发现他对于人生的不满足，发现他不倦地探讨着人生这猜不透的谜，发现他暴露灵魂的隐秘与短处，发现他悲慨阳光之暂忽、冬令的阴霾，发现他冷酷的笑声与悲惨的呼声，发现他不留恋地裁破虚荣或剖开幻象，发现他尽力描画人类意志之脆弱与无形的势力之残酷，发现他迷失了"跳舞的同伴"的伤感，发现他对于生命本体的嘲讽与厌恶，发现他题咏"时的笑柄"或"境遇的讽刺"③，但这不过是哈代对现实做出的真实而又深刻的反映。他引用了哈代诗中的句子"即使人生是有希望改善的，我们也不应故意掩盖这时代的丑陋"④，来说明哈代不是去迎合维多利亚中期文学中出现的那种"肤浅的乐观"，而是作为"诚实的思想家"，对人生、对社会发出"倔强的疑问"。他还借用英国诗人老伦士·平盈（Laurence Binyon）的话为哈代辩护：如果哈代真的那么厌世悲观，他就不会不知疲倦地"歌唱到白头"。⑤ 经过徐志摩等人的大力介绍，哈代逐渐受到了更多学人的关注。

　　1928年，哈代去世后，国内文坛推出了一系列纪念活动，更多

---

① 徐志摩：《汤麦司·哈代的诗》，《徐志摩全集·散文集（甲、乙）》，香港：商务印书馆，1983年，第98页。

② 同上，第104页。

③ 徐志摩：《汤麦司·哈代的诗》，《徐志摩全集·补编3·散文集》，香港：商务印书馆，1993年，第184页。

④ 同上，第184页。这一句的原文为"If way to the better there be, it exacts a full look at the worst."

⑤ 同上，第185页。

介绍性和评价性的文章也涌现出来。赵景深在《小说月报》的"现代文坛杂话"中描述了哈代的葬仪，并介绍了几位批评家对哈代的回忆和评论，如查斯脱顿（G. K. Chesterton）谈到哈代的谦虚，说他投稿时像初学者那样胆怯；胡奇生（Percy Hutchison）则说哈代是定命论者，"哈代张了一个命运之网，许多男女便都在网里翻筋斗了。"①虞忠在《当代》上也介绍了哈代的葬仪，说哈代紧邻狄更斯，这使"幻灭的诗人与满怀希望的乐观主义者并列着。"②宫岛新三郎在这期上以"逝了的哈代翁"为题，谈了哈代的影响并回忆了他访问哈代时的情景。宫岛说："哈代对于东洋的，更其是中国的诗，有很大兴趣读着。"他同时指出把哈代看成一个宿命论者，完全是误解，"他没有认识大宇宙的运命力；大自然的决定力，他所认识的运命力与决定力，乃是资产阶级的资本主义社会组织与其指导者及支配者所产生出来的一种后天力。把这力看作不可避免的命运力，决定力，乃是资产阶级的社会意识使之然。"③署名为 New Republic 的作者也在同一期上论及了哈代的命运问题："在英国小说中，谈及命运与意志问题的没有比还乡和虬特（即裘德）更深刻的，前者奏起人生的音节，条理井然，气魄严肃，后者奔腾澎湃像悲惨的合音曲一般。"④可见，多数论者此时最为关注的仍是哈代的悲观思想，这与 20 世纪初英国的哈代研究主潮相应。此外，赵景深在 1928 年的《北新》上发表了《小说家哈代的八大著作》一文。他主要参考了 Joseph Warren Beach 于 1922 年出版的 *The Technique of Thomas Hardy* 一书，对哈代的八部作品做了简要的介绍和评析。赵景深指出哈代的小说"均极复杂错综，非常动人，加之以命运论的思想，布满在小说里，尤足震惊世俗，引导我们到

---

① 赵景深：《哈代逝世后的怀念与评论》，《小说月报》，1928 年第 19 卷第 3 期，第 443 页。
② 虞忠：《哈代的葬仪》，《当代》，1928 年第 2 期，第 119—120 页。
③ 宫岛新三郎：《逝了的哈代翁》，《当代》，1928 年第 2 期，第 132—136 页。
④ New Public：《汤麦司·哈代》，《当代》，1928 年第 2 期，第 144 页。

了一个新的境界,打破了浪漫的桎梏。"①能够认识并明确提出哈代小说对浪漫主义的突破,是赵景深的一个贡献,但哈代不是完全地弃绝浪漫主义。在《哈姆生与哈代》(《小说月报》1929年第20卷第2期)一文中,赵景深还比较了哈代和北欧作家哈姆生的异同,说他们都是定命论者,然而哈代有些浪漫的气质,哈姆生则是完全写实的。遗憾的是,赵景深并没有对此做出详细的论证。

为纪念这一年去世的知名作家,《学衡》杂志第65期登载了名为《一九二八年西洋文学名人纪念汇编》的一组文章,哈代逝世的消息和对哈代作品的评论则被置于篇首。在"哈代逝世"这一部分,作者介绍了哈代的生平和主要作品,指出《苔丝》最受国人的欢迎,也被评论界称为"哈氏之第一杰作"②。而《无名的裘德》则因为其心理分析和过多对哲理的议论而为读者所不喜。但是作者指出此书为哈代晚年"最经意之作",不能因其"艰涩而弃之"。此外,作者认为哈代最伟大的著作不是上面提到的几部小说,而是其"巨大之剧的史诗《列王》(Dynasties)",并指出哈代的诗名往往为其小说所掩盖。这种将诗人哈代的地位看得如此之高的论者,当时除了徐志摩之外,恐怕亦不多见。作者还论及Lionel Johnson的著作 The Art of Thomas Hardy,认为哈代受到爱略特的影响而注重人物的心理描写,虽然在艺术手法上也参照了左拉的写实主义,但其小说仍是"英国式的"。作者又将哈代与麦瑞迪斯(George Meredith)做了几方面的比较,指出哈代抱着悲观主义,将人类的命运看作"自有主宰,莫能与抗",而麦瑞迪斯则认为人能战胜环境;麦氏注重心理分析,但"有时过甚",其情节少而辞多,艰涩冗长,而哈代之作"动作紧凑如剧本,又以简洁清秀之文笔出之"。作者还对评论界将哈代作品分为三大类型(一为田野的;一为悲剧

---

① 赵景深:《小说家哈代的八大著作》,《北新》,1928年第2卷第9期,第35页。

② 作者不详:《一九二八年西洋文学名人纪念汇编》,《学衡》,1928年第65期,第6页。本段中的其他引用部分皆出于此文。

的；一为滑稽讽刺的）提出了不同的意见，即不同意"田野的"这一分法，因为作者认为哈代的每部作品都有"田野风味"。最后，作者认为哈代与卢梭有相近处，都"推美自然"，但哈代的作品"文词庄严简洁近古作"，又遵循"三一律"的原则，因此哈代被看做是古典主义的，而无任何浪漫色彩。坦率地说，《学衡》上的这篇文章参照了国外学术界研究哈代的一些观点，但作者又不拘泥于此，处处有自己独到的见解。有意思的是，作者在论述中总是试图将哈代并入传统的、古典主义的作家之列，透露出学衡派向来注重古典文学作品译介的取向。

另外，傅东华、郁达夫、彭务勤、朗山、许君远等人也都撰写了文章来纪念哈代，字里行间折射出他们对这位文学泰斗的敬仰，但也有论者奏出了不和谐的音调。林语堂在《北新》杂志上翻译和介绍了安特鲁亮（Andrew Lang）评论《哈代》的一篇文章，借安特鲁亮之口来反驳那些颂扬哈代的文字。安特鲁亮主要对哈代小说中情节描写的真实性提出质疑："哈代的人物所讲的话，常有失当的毛病"；"因为他命意之让人退避，因为故事之难以取信，因为极端可免的修辞上的缺点——黛斯（即《苔丝》）一书终未曾使我迷恋。"①

除了期刊文章外，这时期的文学史著作也没有绕过哈代。郑振铎在《文学大纲》中论及 19 世纪的英国诗歌时指出："哈提是生存的英国诗人中最伟大者。他的心，他的热情，他的可怜而痛苦的心都印在诗上而不是他的小说上。"②郑振铎称哈代为英国文学上最愁苦的诗人，并拿他与湖畔派诗人华兹华斯做了比较："他与华兹华士一样的爱好自然，却不像华兹华士之能于自然中得慰安。他的诗殊精美，但有些艰邃，这个艰邃不是由于音律，乃是由于他的思想。"③郑振铎还在《文学大纲》中简要评述了哈代的小说：

---

① 林语堂：《安特鲁亮评论哈代》，《北新》，1928 年第 2 卷第 9 期，第 58—59 页。
② 郑振铎：《文学大纲》，北京：商务印书馆，1998 年，第 36 页。
③ 同上，第 36—37 页。

《推斯》与《难解的裘特》是他不朽的大著。他所写的都是人生的黑暗面,他的情调是悲观的,但却带有愤懑与热情,和那些冷酷的悲观主义者不同。"[①]

金东雷在其所著的《英国文学史纲》中主要谈了哈代的悲观。首先,他认为哈代的悲观与卢梭等人的"病态的畸形的思想"不同,哈代的悲观是"哲理的",也是"调剂的"。接着,金东雷指出哈代的悲观是"把整个宇宙间的人生,看作如一出绝大悲剧一样",而他通过"幽默的手法"和"巧合的感觉"表现了这种悲观,从而使他"能够超越同时代的各个作家,而成为近代不可多得的新写实主义的代表。"[②]他还提到了哈代小说的特点,认为哈代受到乔治·爱略特和左拉(Zola)的影响,小说兼有这两位作家的风格。

最值得一提的是,商务印书馆于 1937 年出版了李田意著的《哈代评传》,这是中国第一部比较系统地研究哈代的专著。李田意在该书的《自序》中对哈代评价极高。他认为在英国文学史上,哈代一生所享盛誉之久,超过任何作家,"李查生(Richardson)、菲尔丁(Fielding)、迭更司(Dickens)、奥斯丁(Austen),不能与之相比。拜伦(Byron)、雪莱(Shelley)、济慈(Keats),中途夭折,一生如昙花一现,更不能与之相较。"[③]并指出,19 世纪是俄国文学的黄金时代,哈代之前的作家,"技术虽云高超,魄力则尚显不足"。单就文章魄力而言,"没有一个作家可与俄国文豪并驾齐驱,到了哈代,仅以《德斯姑娘》一书就使其誉满欧洲大陆,并以此而与托尔斯泰、妥斯妥耶夫斯基等作家并列";"他的人物的描写,戏剧的魄力,幽默的运用,风景的描写,对于人性之伟大的同情,对于社会明显的反抗精神,较之俄国诸作家有过之而无不及。"[④]他还谈到当时对哈代作品的翻译还远远不够,评论略显片面和不足。李田意在

---

① 郑振铎:《文学大纲》,北京:商务印书馆,1998 年,第 74 页。
② 金东雷:《英国文学史纲》,上海:商务印书馆,1937 年,第 411 页。
③ 李田意:《自序》,《哈代评传》,长沙:商务印书馆,1938 年,第 2 页。
④ 同上,第 2 页。

书中对哈代的生平、写作的社会时代背景做了较详细的描述，对哈代的小说、诗歌、诗剧的分析也颇为透彻。

　　首先，李田意从技巧、地方色彩、描写对象和中心思想等几个方面对哈代的小说进行了剖析。他指出：“哈代小说的技巧完全是维多利亚式的，但是他的小说的组织略异于维多利亚朝初期的作家。他将以前小说的技巧完全承受过来，再将其不完善之点加以改良。”①所以他的作品体现出“结构紧密，叙事简明”②的特点。他认为有趣的是，哈代的小说都适用于三一律，但又表明这与古典派戏剧的三一律并不相同。李田意极为赞赏哈代小说的结构，认同哈代的小说为“戏剧式的小说”，体现在哈代描写的事实“极有剪裁，决没有闲笔费词”，而且“开首，故事发展，顶点，结尾，都分别得很清楚。”③对于哈代善于描写地方色彩，徐志摩曾提到过，李田意特意举例点明威塞克斯地方的迷信和风俗习惯常出现在哈代的小说里，使对此的研究更进一步。李田意很重视对哈代小说中人物的分析，指出哈代往往从男性的角度来看待和塑造女性角色，对女主人公的描写“颇为刻薄”④，不如男主人公那样有生气。这种理解可以看作是对哈代进行女性主义解读的先声。同一些论者一样，李田意认为哈代是悲观的定命论者，但他认为哈代对前途没有绝望，而且哈代虽然对世事悲观，但他的态度依然严肃，呈现给读者客观的事实。

　　李田意也花了不少篇幅来谈论哈代的诗剧《列王》（他译为《皇朝》）和《康瓦尔皇后的悲剧》。他将《列王》和古希腊悲剧做了比较，指出它和古希腊悲剧的很多相像之处，但也指出它不遵守三一律。李田意也谈到哈代在描写上将对比的方法用得非常妙：“悲景

---

①　李田意：《自序》，《哈代评传》，长沙：商务印书馆，1938 年，第 85 页。

②　同上。

③　同上，第 90 页。

④　李田意：《自序》，《哈代评传》，长沙：商务印书馆，1938 年，第 97 页。

与乐景常常前后相接,作用力的对照,使读者的印象格外深刻。"①还指出哈代善用其它描写方法,如穿插的方法、讽刺的手法等。至于哈代的诗歌,李田意将其分为六类:抒情诗、叙事诗、哲理诗、自然诗、讽刺诗、战争诗及其他,并说明每类诗的主要特点和在诗句中的表现。李田意批评了哈代早期诗的不成熟:"形式散漫、用韵不细心、字句不老练"②,但肯定了哈代对这些毛病的改正和在诗歌上的创新,"哈代将故乡的土语介绍到诗里去,而且将近代的新语言也拿来应用。在这一方面,哈代是现代诗的先导者。从他的手中把诗的领域扩大了不少,诗的语言解放了不少。"对于哈代在英国诗歌史上所起的作用,他的认识也颇为中正:"哈代的诗最大的特长是在他的取材和内容的丰富。他在诗的技巧方面不如当时大诗人的严谨,也不够现代诗百分之百的解放,但他的诗是新旧时代的桥梁,兼有两者之优点。"③最后,李田意强调哈代的诗最引人注意的是它"纯粹客观的态度"④,他认为哈代在诗中只描绘出事实,这使他与华兹华斯、雪莱、济慈、丁尼生等诗人不同。

　　总的来说,民国时期的评论家对哈代的思想、小说和诗歌的特点、哈代与其他作家的关系等都做出了探讨,取得了不小的成就,但又存在很多不足,主要表现在多数研究者完全是为了迎合热点问题而去撰写纪念哈代的论文,并没有对哈代进行系统和持续的研究,因此也只能泛泛而谈;评论大多沿用西方的观点,缺乏多维的思考和具体的分析。

二、建国早期的哈代研究

　　1949 年中华人民共和国成立至"文化大革命"结束,哈代研究

---

① 李田意:《自序》,《哈代评传》,长沙:商务印书馆,1938 年,第 111 页。
② 同上,第 191 页。
③ 同上,第 192 页。
④ 李田意:《自序》,《哈代评传》,长沙:商务印书馆,1938 年,第 192 页。

English Literary Studies in China: The Studies of English Writers Volume I

在中国的进展不大，这在研究文章的数量和质量上都有体现。据所掌握的资料来看，这一时期对哈代介绍、评论的文章不是很多。先是吴国瑞在《西方语文》杂志上运用社会—历史批评方法简要分析了《德伯家的苔丝》一书的优缺点，如他认为这本书的优点在于："如实地反映了英国资产主义兴起过程中小农经济的破产和农民阶级的毁灭；作者描绘的阶级视野十分清楚；塑造了一个典型的资产阶级知识分子。"①随后，唐广钧、张秀岐在1959年出版的《世界文学》杂志上发表了《论德伯家的苔丝》一文，作者也运用社会—历史批评方法简要分析了这部小说所具有的积极意义和对读者产生的负面影响。文章指出这部小说塑造了苔丝这个心地善良、具有高尚品德和顽强斗争精神的农村姑娘的典型形象，对资产阶级社会中虚伪的法律、道德、宗教和婚姻制度进行了无情的抨击，具有很强的现实意义；然而这部小说又弥漫着悲观的气氛，一些读者已经不自觉地受到了作品中悲观情绪的感染，这不利于当前的阶级斗争和社会主义建设，因此，读者应以批判的态度来看待这本书。

除了几本期刊外，人民文学出版社编辑出版了《论哈代的〈苔丝〉、〈还乡〉和〈无名的裘德〉》这本小册子。它由六篇论文组成：唐广钧、张秀岐的《论德伯家的苔丝》，陈燕娜的《关于苔丝这个人物》，蔡素文的《安玑·克莱是怎样一个人物》，唐广钧、张秀岐的《论〈还乡〉》，赵隆襄的《论〈无名的裘德〉的主题和思想内容》，及刘惠的《〈无名的裘德〉中的人物形象》。其中，唐广钧、张秀岐写的《论德伯家的苔丝》与他们在《世界文学》上发表的同一题目的论文大相径庭，有些观点更加片面，如作者认为《德伯家的苔丝》这本书的有价值之处在于哈代"以现实主义的手法比较深刻地揭露了克莱的丑恶的资产阶级本质"②，而对哈代作品的艺术成就闭口不

---

① 吴国瑞：《德伯家的苔丝》，《西方语文》，1958年第2期，第242—243页。
② 唐广钧等：《论哈代的〈苔丝〉、〈还乡〉和〈无名的裘德〉》，北京：人民文学出版社，1958年，第12页。

谈。实际上，用社会—历史分析法来评论文学在"建国十七年"间已成为主导方向。这本小册子上的其它文章也是通过分析哈代及其作品中人物的阶级立场和阶级局限性来表明这几本小说的优缺点的。应该说，把社会—历史分析法运用到哈代小说的研究中，拓宽了文学研究的视野，但如果由此放弃了别的方法，就会阻碍文学研究的良性发展，这期间对哈代的研究就显得视角有点单一，研究范围不够宽泛。随着"文化大革命"的开始，确切地说，从 60 年代初到"文革"结束前，对哈代的研究工作由于政治的干预而被迫停顿下来。

三、新时期以来的哈代研究

"文革"结束后，曾经一度中断的外国文学译介和研究工作又开始兴盛和发展。出版社重印了以前的旧译，并出版了大量新的译本。翻译文学作品受到读者空前的欢迎，有些地方甚至出现了万人空巷抢购世界文学名著的现象。张谷若译的《德伯家的苔丝》和《还乡》在 1980 年得以重版，并很快销售一空，这预示着哈代作品在新时期被介绍和接受的繁荣前景。这期间对哈代的研究主要体现在几个方面：一、外国文学史和外国文学作品集对哈代的评论；二、哈代作品的研究专著；三、影视评论；四、报纸杂志上有关哈代作品的评论文章。

新时期以来，随着高等教育的恢复和发展，编写系统的外国文学教材已成当务之急，又由于高校具有选材的自主性，不同版本的外国文学史和文学作品选编先后得到了发行，其中介绍哈代的外国文学书籍和教材有十多种。较有影响的有：朱维之、赵澧主编的《外国文学史》，石璞著的《欧美文学史》，杨周翰、吴达元、赵萝蕤主编的《欧洲文学史》，二十四所高等院校合编的《外国文学史》，任子峰、王立新主编的《欧美文学史传》，王忠祥、聂珍钊主编的《外国文学史》，郑克鲁主编的《外国文学史》等。其中，王忠祥、聂珍钊主编

English Literary Studies in China: The Studies of English Writers Volume 1

的《外国文学史》对哈代的介绍尤为详尽，并将哈代的地位置于同狄更斯一样的高度，这种评价在别的文学史中并不多见。

影视媒体推动了哈代作品在中国的介绍和研究。哈代的几部重要小说《德伯家的苔丝》、《还乡》、《无名的裘德》、《卡斯特桥市长》、《远离尘嚣》等被拍成了电影或电视剧。其中，由波兰斯基导演的电影《苔丝》(1981年)和英国广播公司出品的电视剧《卡斯特桥市长》(1978年)都曾于80年代在中国上映；英国泰晤士影片公司于1997年出品的《林居人》还在当年的上海国际电影节上获得大奖。90年代以来，一些没有在中国公开上映的电影则以光盘的形式走进了千家万户。如1996年的《裘德》(Jude)和2000年的《蛮荒情仇》(The Claim，据《卡斯特桥市长》改编)。一些批评也伴随着这些影视进入研究视野。如有些学者将电影《苔丝》和小说相比较，指出电影在主题、人物形象、表现风格等方面对原著有所背离，从而在原著和影视之间构建起研究的桥梁。

这一时期哈代的作品受到译介者和研究者的重视。据初步考证，《德伯家的苔丝》中译本在20种以上，《无名的裘德》、《卡斯特桥市长》、《还乡》被再版或重译多次。而在1976年之前没有被翻译的小说，在新时期基本上都有了中译本，如《远离尘嚣》、《意中人》，并且有多个译本。伴随着大量译本的出现，中国学者对哈代的研究也逐渐深入。这首先体现在一些研究专著的问世上。1987年，张中载的《托马斯·哈代——思想和创作》一书出版。张中载参照前人的研究成果，对哈代的思想、哈代小说中的人物、情节、技巧、风格和诗及诗剧的思想感情、结构、词汇的运用等方面作了比较客观的分析。例如，张中载指出哈代的思想主要来源于"叔本华和哈特曼的内在意志力论以及达尔文和斯宾塞的进化论"，但哈代最终没有形成"系统的、独立的哲学思想"[①]。他对哈代的作品评

---

① 张中载：《托马斯·哈代——思想和创作》，北京：外语教学与研究出版社，1987年，第170页。

价很高，认为哈代既是英国伟大传统的继承者，又是现代派风格的开拓者。他尤为赞赏哈代小说的写作技巧和表现手法，说哈代描写景物就如画家作画，给人一种欣赏绘画艺术的感受。譬如他对爱敦荒原景色的描绘就让人伏案称绝，"在英国小说史上，除了乔治·穆尔之外，有多少小说家能用精湛的文字技巧来创造这样奇妙传神的视觉形象，创造如此深沉辽阔的音响、节奏和旋律？"[①]但同时张中载在书中也指出哈代的小说有时兼有流畅明快的笔触和冗长晦涩的文辞，使文体显得参差错落，不够协调，难于分析。除了小说之外，张中载还对一直受到冷落的哈代的诗和诗剧进行了较细致的分析，并附上哈代的 60 余首诗，以让读者关注这位被英国著名诗人拉金誉为"英国二十世纪最优秀的诗人"[②]的诗作。

1992 年，中国社会科学出版社出版了陈焘宇编选的《哈代创作论集》。该书收集了西方学者研究哈代的 25 篇论文，对哈代研究具有较高的参考价值。陈焘宇在"前言"部分对百年来关于哈代的评论做了简单的回顾和总结，可以看出他在哈代研究上所站的高度。同年，华中师范大学出版社出版了另一本哈代研究的力作：聂珍钊的《托马斯·哈代小说研究：悲戚而刚毅的艺术家》。本书参照西方哈代研究的大量材料，结合西方研究者的观点，全面评析了哈代的社会哲学思想、伦理道德观念、艺术美学和小说创作品格等，获得了较高赞誉。另外，吴迪的《哈代研究》（1994 年）、朱炯强的《哈代——跨世纪的文学巨人》（1994 年）、祁寿华和摩根（William Morgan，哈代协会执行副主席）合著的《回应悲剧缪斯的呼唤——托马斯·哈代小说和诗歌研究文集》（2001 年）、张玲的《哈代》（收入"外国经典作家研究丛书"，2002 年）相继出版，并在读者中产生较大的反响。其中，张玲的《哈代》可以看做是近些

---

① 张中载：《托马斯·哈代——思想和创作》，北京：外语教学与研究出版社，1987 年，第 53 页。

② 转引自张中载《托马斯·哈代——思想和创作》，北京：外语教学与研究出版社，1987 年，第 69 页。

年来中国学者研究成果的一个展示。张玲在书中首先介绍了哈代的生平，描述了他生活中鲜为人知的方面，并对哈代的小说、诗歌、史诗剧提出了较为独到的见解。就小说而言，她认为"哈代的各种长短篇虽各有独立的情节和独特风格，但自始至终贯穿着作家本人的思想、风格、手段，形成整体，就像一块结构复杂、棱面众多的晶体，以不同角度反射着日月的光华，也像晶体一样，由于内部分子排列有序，才能层层抵牾，相互依托，形成完美的实体。"①张玲通过对哈代的《德伯家的苔丝》和《无名的裘德》的分析指出，苔丝和裘德这一对文学形象的价值，并不仅在于其悲剧性。与19世纪小说中的男女形象相比，他们的与众不同在于其中所隐含的世纪末的"现代人"的追求。她对哈代的故事情节安排也给予了肯定，认为"这两部小说的情节虽然细致多变，有时又出人意料地节外生枝，但整个布局却工整紧凑，与人物性格发展浑然一体。"②张玲还以《计出无奈》的情节构思为例来证明哈代具有"一流的结构智能"。③ 谈到哈代小说的"现代性"，张玲指出，T.S.艾略特在《荒原》中以荒原象征欧洲文明，道出了现代人的无聊、苦闷、彷徨。而"哈代的荒原意识则早在这部长诗之前的将近半个世纪，就已出现在对爱敦荒原的描写上。"④她还指出哈代在心理描写上的独到之处，"哈代在处理人物心理时，也远远超过了通常采用的心理描写和乔治·艾略特式的心理分析等传统手法。他特别着意对代表时代先进思想潮流的人物的心理处理……"⑤此外，张玲对哈代的诗也进行了详尽的剖析，并强调了哈代作为诗人的地位。她说，从1898年到1928年，尽管英国诗坛不断有桂冠诗人涌现，但他们的诗已没有了往昔的活力和灵性，"勃郎宁的晦涩，丁尼生的冗繁，前

---

① 张玲：《哈代》，上海：华夏出版社，2002年，第30页。
② 同上，第38页。
③ 同上，第44页。
④ 同上，第76页。
⑤ 同上，第77页。

拉菲尔兄弟派的雕饰……不论创作多寡均似难成大家。"而哈代如"一颗孤独的巨星，一动不动地高踞天空。"①

近几年来，又有一些新著出版，有代表性的有颜学军的《哈代诗歌研究》（2006年）和吴迪的《哈代新论》（2009年）。颜学军将哈代的诗歌与他的小说研究、文学思想研究结合起来，并讨论了哈代的乐观主义问题等；吴迪运用生态批评、法律视野等新的角度来解读哈代的小说，都给人耳目一新的感觉。

其次，新时期以来研究哈代的论文层出不穷（据不完全统计，至少有800多篇），研究方法也趋向多样化。哈代的诗歌在这一时期受到了重视，评论哈代诗歌的文章屡见不鲜。如吴迪的《诗中的自我，心灵的轨迹——评哈代和劳伦斯的诗歌创作》（《外国文学评论》1990年第2期）、汪玲的《永远的哈代》（《外语教学》2000年第3期）、颜学军的《论哈代的自然诗》（《外国文学评论》2002年第1期）等。对哈代的《列王》评论不多，主要是因为它晦涩难懂，且其中译本很难找到。尽管如此，两位外语界名家王守仁和张中载还是知难而进，先后发表了他们的学术论文《论哈代的史诗剧〈列王〉》（《外国文学评论》1990年第3期）和《评哈代的史诗剧〈群王〉》（《外国文学评论》1998年第1期），并得到了研究同仁的较高评价。

除了传统的研究性文章之外，运用新视角或者流行于西方的文学理论来研究哈代渐渐成为一种潮流。从比较文学角度出发对哈代进行研究的论文涌现出很多：有将哈代与其他西方作家比较的，如徐庆华的《论哈代和福克纳小说的乡土意识》、任良耀的《精心建构的艺术世界——哈代、福克纳和加西亚·马尔克斯之文本结构初探》、刘梅芳的《狄更斯小说与哈代小说比较》等；也有将哈代与中国作家比较的，如王玲珍的《面向田园的沉重眷恋——沈从文与哈代比较文学透视》、刘介民的《从"一出

① 张玲：《哈代》，上海：华夏出版社，2002年，第98—99页。

戏"到"人生趣剧"——徐志摩与哈代》、陈义海的《"精神之父"的"精神渗透"——徐志摩诗歌与哈代诗歌比较研究》等。用女权主义或女性主义理论来研究的论文也为数不少，如王琨的《主动的反抗者——以女权主义批评解读哈代的〈德伯家的苔丝〉》、王瑞的《男权传统中的女性意识——评哈代的小说〈远离尘嚣〉》、王桂琴的《哈代的女性观透析》等。运用神话原型批评理论的文章有姜晓梅的《论哈代小说的神话精神》等；运用叙事学理论的文章有李倩、韩晓霞的《个人叙述声音后的集体叙述——解析哈代在〈德伯家的苔丝〉中的叙事立场》、张群的《独特的"方阵舞"，别样的"巧合"——论哈代小说的叙事结构》等。还有对哈代作品进行现代主义阐释的，如颜学军的《论哈代悲剧小说的现代主题》、祖晓梅的《哈代与上帝之死》等。

　　概而观之，新时期以来，对哈代作品的研究已经跨越了单一的社会—历史批评的束缚，向着多角度、多元化的研究方向发展。同之前的哈代研究相比，近些年的研究在深度和广度上都有较大扩展。单就一些讨论最多的话题而言，就可看出这种变化。例如，对哈代的悲观思想和作品的悲剧主题的探讨已不像民国时期那样简略，而是注重悲观思想的渊源和发展及其与内在意志的衍化和关联，有些论者甚至谈论了哈代悲剧小说中的非悲观因素；对作品的艺术手法和艺术风格的探讨，除了提到哈代的巧合手法、讽刺说法、地方色彩外，有论者提出哈代小说的"方阵舞"结构、多角恋爱的情景发展模式、多元化的叙事立场等；就哈代的宗教意识和宗教观而言，有的论者指出科学发展对哈代宗教观的影响及哈代的宗教观呈现不断变化的特点等等。诚然，当前的研究也暴露出很多不足。如对哈代的作品研究不够全面，体现在对他的那些"次要"作品涉足较少；用西方理论来解读哈代作品，虽然扩宽了研究视角，但有创见的研究文章太少，现存的很多文章暴露出论者对理论和作品的理解都较为肤浅，等等。因此，国内学者对哈代的研究仍然任重而道远。

第十节
王尔德研究

　　奥斯卡·王尔德（Oscar Wilde，1854－1900）是英国著名剧作家、小说家与诗人。他是英国唯美主义运动的倡导者与杰出代表，是19世纪下半叶与萧伯纳齐名世界文坛的英国才子。我国新文学初创时期，王尔德是第一批被介绍到国内的英国作家之一。1909年，正在东京留学的鲁迅和周作人兄弟合作翻译了一册《域外小说集》，其首篇就是周作人翻译的王尔德的《安乐王子》（今译《快乐王子》）。这是迄今可稽查考的最早进入中国的王尔德作品。王尔德在中国的研究与接受大致经历了三个时期：第一个时期是从"五四"前后到20世纪30—40年代；第二个时期是从改革开放的新时期至20世纪末；第三个时期是本世纪以来迄今。

一、20世纪早期与中期：从"王尔德热"到研究的停滞

　　自周作人以后，1915年10月起，薛琪瑛译介的王尔德的戏剧《意中人》①在《青年杂志》②第1卷第2、4、6期和第2卷第2期上连载。陈嘏翻译的王尔德的《佛罗伦萨的悲剧》③的第一幕也出现在《新青年》第2卷第1期上。此后几年，王尔德的主要剧作都被陆续译介到国内，无论是童话、小说抑或戏剧，当时的译名与现在我们常见的译名多有不同。如王尔德名剧《温德米尔夫人的扇子》，最早的译本名为《遗扇记》（沈性仁译，《新青年》第5卷第6期起）和《扇误》（潘家洵译，《新潮》第1卷第3期）。1923年洪深将其改编成《少奶奶的扇子》起，此后同名的译本又出现了张由纪、杨

---

①　又译《一个理想丈夫》（*An Ideal Husband*，1898）。
②　《新青年》杂志的前身。
③　陈的译名为《弗罗连斯》。

逸声、石中（1936、1937、1941）三种。被以不同译名译介的王尔德作品还有：《无足轻重的女人》①、《认真的重要》②、《莎乐美》③、《道连·葛雷的画像》④。

同时，王尔德的童话、诗歌、散文和文论也有不少中译本问世。穆木天所译的《王尔德童话》（1925年）收录5篇童话，是童话中最早的译本，后来又有宝龙、巴金的译本（1932年、1948年）。最早翻译的王尔德诗歌是1921年《小说月报》中刘复所译的《王尔德散文诗五首》，后则有张近真（1921年）、美子、张近芬（1922年）、沈泽民（1922年）、曾虚白（1928年）、徐葆冰（1928年）所译的诗和散文诗。张闻天是最早参与王尔德散文的译介者之一，1922年由他和汪馥泉翻译的王尔德散文《狱中记》在《民国日报》"觉悟"副刊上连载（5月4日—14日，12月由商务印书馆出版单行本）。同年，他又译王尔德散文《青年的座右铭》。而王尔德的文论，继郁达夫翻译《道连·葛雷的画像》的序言以后，有朱维基《谎言的颓败》、林语堂译《作为艺术家的批评家》（1928年）⑤、震瀛译《社会主义制度下人的灵魂》（1928年）。

在上述译介的基础上国内形成了王尔德评论的第一个高潮，这一现象被学界称为"王尔德热"。唯美主义及王尔德当时在中国受到关注并非偶然。新文学的第一个10年，中国新生一代以青年为主的文学新人们急于寻找出路，而唯美主义虽然在英国已成"明日黄花"，然余香犹在，尤其是王尔德晚期沸沸扬扬的丑闻、受审以及客死他乡，令人印象深刻，自然也引起了国内学界的浓厚兴趣。

---

① 当时的译名是：《一个不重要的妇人》（1921年）。

② 当时的译名是：《同名异娶》（1921年）。

③ 当时的译名有：《萨洛姆》（1920年）、《沙乐美》（1923年）。

④ 当时的译名分别有：《淮尔特著杜莲格来序文》（1922年）、《陶林格莱之肖像》（1927年）、《葛都良的肖像画》（1928年）、《道连·葛雷的画像》（1928年）、《朵连格莱的画像》（1928年）。

⑤ 被分译为：《论静思与空谈》、《论创造与批评》、《印象主义批评》、《批评家的要德》和《批评的功能》。

此外，唯美主义和王尔德在中国的走红还有两个重要因素：其一，同一时期，它们在东邻日本同样炙手可热，而东渡日本的中国留学生，如周氏兄弟、郁达夫、田汉等，自然不难最先接触它们，王尔德和唯美主义成了新文学中第一批取道东邻的译介对象之一；其二，继留日之后，中国留学英美者众多。邵洵美、徐志摩、闻一多等具有唯美倾向的作家或评论家多为负笈西方的留学生，他们在域外访问或学习时，接触最多、最为熟悉的就是刚刚退潮的包括其反叛者唯美主义在内的维多利亚时期的文学。以革命家、新文学倡导者和身体力行的名作家为主体的王尔德批评就此兴起。

　　1915年，陈独秀在《现代欧洲文艺史谭》一文中将王尔德与易卜生、屠格涅夫、梅特林克并称为"近代四大代表作家"[①]。1922年，周作人在《晨报副镌》上开辟"自己的园地"，先后对穆木天译《王尔德童话》（署名仲密）进行评价。他在《自己的园地·旧序》中最早对王尔德的艺术主张做出反应，并对"艺术的自足"进行了阐发："其实不朽绝不是著作的目的，有益社会也并非著者的义务，只因为他是这样想，要这样说，这才是一切文艺存在的根据。我们的思想无论如何浅陋，文章如何平凡，但自己觉得要说时便可以大胆地说出来，因为文艺只是自己的表现"[②]。虽然他后来也曾说："'为艺术而艺术'将艺术与人生分离，并且将人生附属于艺术，至于王尔德的提倡人生之艺术化，固然不很妥当"，但他反对的是"将艺术当做改造生活的工具而非终极"的"为人生而艺术"的观点，强调"艺术是独立的"，具有"独立艺术美与无形的功利"[③]。他认为王尔德童话的唯美主义特点是"空想的童话，中间贯穿着敏感而美的社会的哀怜"，是"丰富的辞藻和精炼的机智"，并且强调王尔德

---

① 陈独秀：《现代欧洲文艺史谭》，《青年杂志》，1915年第3期，第2页。

② 周作人：《自己的园地·旧序》，《北京晨报》，1923年9月。引自张明高、范桥编：《周作人散文》第2集，北京：中国广播电视出版社，1992年，第3—4页。

③ 引自张明高、范桥编：《周作人散文》第2集，北京：中国广播电视出版社，1992年，第228页。

English Literary Studies in China: The Studies of English Writers Volume I

English Literary Studies in China: The Studies of English Writers Volume I

的童话与安徒生童话的不同，即"他的童话是诗人的，而非是儿童的文学"。① 此外，赵景深也在《晨报副刊》上发表了《童话家之王尔德》一文②。

这一时期最有价值的王尔德评论文章当推沈泽民的《王尔德评传》（《小说月报》1921 年第 12 卷第 5 期）和张闻天、汪馥泉的《王尔德介绍》（《民国日报》1922 年 4 月）。前者指出"王尔德对于人生的见解，就是以为人生应该艺术化"，认为王尔德的"自我观念的过强使他成为乖僻的王子"，说"艺术是他人格的主调，装饰是他一生的享乐"。③ 后者则对王尔德的人生观、艺术观和创作特点做了全面的评价，认为王尔德的目的是为了"反对这种死的、无味的、机械的社会，主张把人生美化、戏曲化，把人生造成一篇罗曼史，一首田园诗"④。这两篇文章对王尔德的评价把握准确，而且中肯得体，可以说是当时国内王尔德研究最突出的成果。此外，郭沫若的《生活的艺术化》（1925 年）、梁实秋的《王尔德的唯美主义》（1928年）、陈独秀的《降纱记·序言》（1928 年）都对王尔德做了比较肯定的评价。与此同时，国外的王尔德评介文章也被翻译进来，其中主要有安德烈·莫罗亚的《从罗斯金到王尔德》（郭有守译，1929年）、本间久雄的《王尔德入狱记》（士骥译，1930 年）、罗伯特·林德的《王尔德》（梁遇春译，1933 年）、纪德的《王尔德》（徐懋庸译，1935 年）等。

二、三十年代的中国，最受关注的王尔德作品无疑是《莎乐美》。作为此剧最有影响的中译本的译者，田汉认为它"对于反抗

---

① 周作人：《王尔德童话》，《晨报副镌》，1922 年 4 月 2 日。引自钟叔河编：《周作人文类编》，长沙：湖南文艺出版社，1998 年，第 822 页。
② 此文刊登在 1922 年 7 月 15 日与 16 日的《晨报副刊》上。
③ 沈泽民：《王尔德评传》，《小说月报》，1921 年第 12 卷第 5 期。
④ 张闻天、汪馥泉：《王尔德介绍》，《民国日报·"觉悟"副刊》，1922 年 4 月 3 日—18日。本文后来收入 1932 年商务印书馆出版的《狱中记》一书。

既成社会的态度最明显"①。田汉还作为导演促使《莎乐美》在中国舞台上第一次成功演出②。1929年，由他执导、"南国社"表演的《莎乐美》轰动南京、上海两地，尤其南京的首演更是场面火爆。此后，即便在王尔德已趋沉寂的三、四十年代，关于《莎乐美》的评论文章仍不时出现，如茅盾的《王尔德的〈莎乐美〉》③、朱湘的《谈〈莎乐美〉》④、胡洛的《〈莎乐美〉研究》⑤、袁昌英的《关于〈莎乐美〉》⑥，足见该剧在中国影响之大。《莎乐美》还直接影响了王统照、郭沫若、白薇等中国现代作家的戏剧创作。这是王尔德作品在中国的独特境遇。

　　综观二、三十年代王尔德在中国的接受情况，可概括为一句话：译介兴盛，研究不足。王尔德各种文体的著述几乎都有了中译本，其汉译出版物的规模可谓是当时翻译著作的翘楚。但仅此而已。这固然囿于时代的局限，也与整个社会思潮、主张"为人生艺术"的文学研究会——左联这样的主流文艺思潮的影响分不开。郭沫若、成仿吾、郁达夫、闻一多、朱自清、俞平伯等后来成为革命者、民主主义者和干预人生的写实作家，都曾经历过抛弃唯美主义倾向的转变。唯美主义和王尔德之所以受到新一代年轻作家的追捧，是因为它们可以借此吹响反叛社会的号角，而一旦激情消退、尘埃落定之后，它们也必然会遭到冷落。这是唯美主义和王尔德在中外的共同命运。

　　此后，从40年代后期开始，一直至20世纪80年代，整整40

①　田汉：《田汉文集》第14卷，北京：中国戏剧出版社，1987年，第197页。
②　也有人认为，《莎乐美》的首演与留日学生组织的"春柳社"有关。见袁国兴：《中国的话剧孕育与生成》，台北：文津出版社，1993年，第219页。
③　茅盾：《王尔德的〈莎乐美〉》，《汉译西洋文学名著》，上海：中国文化报务社，1935年。
④　朱湘：《谈〈莎乐美〉》，《中书集》，上海：生活书店，1937年。
⑤　胡洛：《〈莎乐美〉研究》，《胡洛遗作》，上海：黎明书局，1937年。
⑥　袁昌英：《关于〈莎乐美〉》，《峨眉丛刊》，1936年第1期。后收入《行年四十》，上海：商务印书馆，1945年。

余年，王尔德研究在中国基本上是处于停滞状态。据河南师大中文系 1979 年所编的"上起'五四'前后，下迄 1978 年"的《外国文学论文索引》记载，这几十年中"王尔德"条目下只有一条："《快乐王子集》后记、再记，巴金，上海文艺出版社，1959"。① 从 1949 年至 1966 年，"没有任何一部剧作在此期得到再版和重译，对王尔德的研究也陷入了长长的休眠期"②。究其原因，一是受前苏联的影响，言必称别、车、杜，一股脑儿、不加分析地把唯美主义视为"颓废"文学，二是众所周知的中国本土极左政治氛围。

二、20 世纪后期：王尔德研究的全面复兴

王尔德研究在改革开放后全面复兴，主要来自思想界与文化界的"拨乱反正"。在解放思想的大环境下，"左"的文艺思想开始得到清算，但也没有立即消失。一些评论文章承续 50—60 年代的政治评价标准，沿用阶级分析的批评思路，对作为"颓废派"的"唯美主义"持批判态度。苏联学者阿尼克斯特的《英国文学史纲》中译本在 80 年代再版重印多次，此书认为"颓废派""否认艺术中的现实主义"，"主张资产阶级个人主义的极端形式，鼓吹'为艺术而艺术'的堕落口号"③，而王尔德则被看成是英国"颓废派"作家的突出代表。此外，从《文艺理论研究》上所发表的苏联学者谢尔宾纳的《列宁反对颓废主义文学的斗争》一文也可以看出，来自苏联的"左倾"文艺观在新时期之初仍然有很大市场。此文肯定列宁对各种颓废主义所进行的一贯的毫不妥协的斗争，并重申了文学研究与文学批评中的"党性原则"："文学党性原则的前提是对一切创

---

① 卢永茂等编：《外国文学论文索引》"说明"，河南师范大学中文系，1979 年，第 276 页。
② 侯靖靖：《17 年间（1949—1966）王尔德戏剧在中国译界的"缺席"研究》，《英美文学研究论丛》，2009 年第 1 期，第 138 页。
③ 阿尼克斯特：《英国文学史纲》，戴镏龄等译，北京：人民文学出版社，1959 年，第 517 页。

作现象有明确的马克思主义观点,对各种流派、著作和倾向有明确的评价,同敌对意识形态的表现做斗争,反对各种形式的泛人民艺术和反动的审美观点。"①因此,在当时不少论者的意识里,"颓废主义"仍然是一个带有强烈贬义的文艺学标签,必须对其进行旗帜鲜明的否定与批驳。

伍蠡甫的《西方唯美主义的艺术批评》(《文艺理论研究》1981年第 1 期)是新时期之初很有代表性的一篇论文。作者最早对唯美主义以及王尔德的文艺理论做出深入分析,其研究思路与批判的基调与国内 50—60 年代的外国文学批评如出一辙。在作者看来,这些"西方资产阶级知识分子"因为彷徨苦闷、精神空虚,只能追求官能享受,纵情声色,因而在他们的文学艺术中就出现了"颓废主义"思潮。作者对王尔德的艺术主张与文学创作进行评价时所沿袭的依旧是政治化解读的思路,如批评王尔德"打着审美修养的旗帜,鼓吹为艺术而艺术、艺术高于一切",因而堕入颓废主义与形式主义的泥坑之中。此外,文章作者还在道德层面上对作家的个人生活方式加以抨击,谴责王尔德过着极为放浪的生活,企图实现所谓超越道德的唯美主义理想,终于以败坏社会风化而入狱两年。但是另一方面,文章作者并没有完全否认形式美,而是就王尔德批评理论中的两个重要方面,即艺术与自然孰胜、艺术是否以它的形式美来胜过自然,在学理层面上进行了深入的探讨,只是在最后才指出这样的形式美学脱离了时代,脱离了人民。作者曾于 60 年代编写《西方文论选》(1963 年),能够得西方理论风气之先,在探讨唯美主义思潮时旁征博引,条分缕析,因此在很大程度上把西方形式主义美学引介到中国,对极左文艺思潮起到了较为明显的消解作用。

类似的解读与评论在另一位学者陈瘦竹的长文《王尔德的唯

---

① 谢尔宾纳:《列宁反对颓废主义文学的斗争》,梅希泉译,《文艺理论研究》,1984 年第 3 期,第 95 页。

美主义理论和他的喜剧》（《当代外国文学》1985 年第 1 期）中也表现得十分明显。作者将王尔德视为"英国 19 世纪末期唯美主义和颓废主义文学的代表人物"，认为当时的唯美运动带有反现实主义和反民主主义的性质。唯美运动的理论纲领以及王尔德的美学思想核心，即"为艺术而艺术"，则被看成是错误的美学思想。作者一方面肯定唯美主义作家反对为教义而艺术，反对为金钱而艺术，但另一方面又认为他们矫枉过正，颠倒艺术与生活的关系，从而使艺术脱离现实。在作者看来，王尔德认为艺术创作就是撒谎，这是极大的错误。王尔德否定批评活动中的理性分析也受到了批判，因为批评家不仅"要进行理性分析"，而且也要"作出阶级的、历史的和美学的批评"。[1] 作者提出，王尔德作为资产阶级作家，具有唯心主义和个人主义思想；他所宣扬的超现实、超时代、超道德的和超利害的"唯美"艺术，事实上并不存在；他的"为艺术而艺术"的主张，后来却"成为资产阶级抵制进步艺术和革命艺术的反动口号"[2]；王尔德虽然也向往社会主义制度，但是却不懂得阶级斗争。可以看出，此文所夹杂的"左倾"批评话语代表了 50—60 年代文艺批评模式的延续，但是对唯美主义的深度理论辨析不乏较高的学术价值。

新时期之初，马克思主义文艺理论仍然是王尔德研究中的唯一基石。但西方关于唯美主义的文艺批评也开始被介绍到中国。卢善庆的《"唯美主义"来龙去脉的考察和批评》就是对西方学者约翰逊（R. V. Johnson）的《美学主义》（*Aestheticism*，1969）一书的评介。作者认为此书"征引材料丰富，繁简得体，对于'唯美主义'的来龙去脉所做的考察和批评，颇富启发性"[3]，并肯定其具有重要的学术价值，但作者在结尾中指出："约翰逊毕竟是资产阶级学

---

[1]　陈瘦竹：《王尔德的唯美主义理论和他的喜剧》，《当代外国文学》，1985 年第 1 期，第 207 页。

[2]　同上，第 208 页。

[3]　卢善庆：《"唯美主义"来龙去脉的考察和批评——读 R.V.约翰逊〈美学主义〉》，《外国文学研究》，1983 年第 1 期，第 112 页。

者,他不可能用马克思主义的立场、观点,探讨'唯美主义'的产生和发展的阶级的、历史的、时代的原因,他不理解'唯美主义'美学理论的弱点在于标榜文艺脱离政治、反对文艺的社会教育作用、片面追求艺术,以及颠倒艺术与社会生活的关系,不懂这种美学实际是以矫揉造作的艺术形式来美化资产阶级个人主义的颓废生活。"①可以看出,曾经被批评的唯美主义尽管不是资产阶级的大毒草,但也不是可以追捧与一味肯定的文艺香花。

除了理论上的探讨之外,不少论文在马克思主义文艺观的指导下,从具体作品入手来探讨王尔德作品中的现实主义成分,突出其对资本主义现实的批判与揭露,或者是在文本层面详细分析其创作技巧或形式因素。方平的《快乐王子——王尔德》(《艺术世界》1980年第2期)认为王尔德是一个能严肃思考社会问题的艺术家,他的戏剧"对英国上流社会的势利、愚昧以及腐败等情况作了嘲弄、挖苦和揭露,有一定社会意义"②。戈宝权的《重读王尔德的戏剧作品》采用了生平与创作的传统评论模式,认为王尔德的戏剧作品"以十九世纪末叶英国的社会、家庭、恋爱、婚姻为题材","反映出了当时英国上流贵族社会的空虚与无耻,对统治阶级的道德进行了揭发与暴露"③。作者指出王尔德尽管宣扬了唯美主义,但是这些作品仍然是现实主义的。上述两文仍然将现实主义看成是唯一重要的艺术评判标准,因此非常注重王尔德文艺作品中的社会—历史内涵以及所谓的批评与揭露功能。类似的评论在80年代屡见不鲜,如郝振益认为王尔德的作品"触及和批判了社会现实,客观上具有现实主义的特点,但他的美学思想却是唯心主义的"④。薛家宝指出王尔德虽然否认艺术反映现实这一客观规律,但是不能

---

① 卢善庆:《"唯美主义"来龙去脉的考察和批评——读 R.V.约翰逊〈美学主义〉》,《外国文学研究》,1983年第1期,第115页。

② 方平:《快乐王子——王尔德》,《艺术世界》,1980年第2期,第22页。

③ 同上,第60页。

④ 郝振益:《王尔德喜剧艺术的魅力》,《外国文学评论》,1989年第4期,第56页。

因此以偏概全，忽视其戏剧作品中的现实主义成分。[1]

80 年代中后期开始，极左文艺思潮的干扰难以为继，不少文章开始揭去贴在王尔德身上的"颓废"、"反动"、"堕落"等左的政治标签，对唯美主义的评价趋于客观、辩证与理性，研究的思路也更加开阔。郝振益的《王尔德喜剧艺术的魅力》（《外国文学评论》1989 年第 4 期）从故事情节、人物形象与语言艺术方面具体探讨王尔德在戏剧艺术上所取得的重要突破。张建渝的《试论王尔德散文叙事作品中的童话模式》（《外国文学评论》1989 年第 2 期）分析了王尔德童话中的二元对立原则。吴学平的《论王尔德的创作个性》（《外国文学研究》1989 年第 2 期）认为王尔德的唯美主义创作是对传统的反拨，是对拜金主义、功利主义社会的抗议[2]。在《唯美主义》（1988 年）一书的"序言"中，徐京安为唯美主义以及王尔德的文艺思想做出了最为有力的辩护。徐京安认为，王尔德提出"为艺术而艺术"，躲进了艺术的"象牙塔"，"固然是一种精神上的逃脱和解脱，但同时也是一种艺术上的反抗和自卫"[3]。王尔德对"美的无忧的殿堂"的追求，"表现了资产阶级文化上和精神的危机，同时也蕴含了维护艺术独立性和纯洁性的积极的思想因素"[4]。此外，他对"颓废主义"的评价更多从艺术层面来上展开，而非在政治上一棍子打死。在他看来，"颓废主义重主观，重幻觉，求神秘，求怪异，以崇拜非理性主义、神秘主义和偏重技巧、偏重'恶'的倾向为其基本特征"[5]。极左政治意识形态的因素被清除之后，对唯美主义的评价也更加正面。他最后的结论是："唯美主义面对资本主义社会艺术商品化和阶段功利化的现象，拒斥艺术

---

[1] 薛家宝：《试论王尔德喜剧中的现实主义因素》，《南京师大学报（社科版）》，1990 年第 3 期。

[2] 吴学平：《论王尔德的创作个性》，《外国文学研究》，1989 年第 2 期，第 19 页。

[3] 徐京安：《唯美主义·序言》，北京：中国人民大学出版社，1988 年，第 4 页。

[4] 同上，第 4 页。

[5] 同上，第 6 页。

的堕落,捍卫艺术的纯洁性和独立性,这是一种积极的思想。"[1]

国内90年代对王尔德以及唯美主义的评论更加正面与积极,并承续了80年代的一些研究特点,只是不再拘泥于唯一的"现实主义"艺术评价标准,而是从语言、风格、主题、人格、精神世界、现代意识等层面进行了较为全面的探讨。不少文章试图从王尔德的戏剧、小说或童话作品着手,继续阐释王尔德唯美主义的深层内涵。学界对王尔德批评理论的探讨也不再为唯美主义运动进行辩诬,不再受制于抽象、驳杂的意义建构,而是经常借由其叙事作品进行互文性的阐释,或将其置于西方文学演变与发展的历史视野中加以深入剖析和细致甄别。陆建德的《声名狼藉的牛津圣奥斯卡——纪念王尔德逝世100周年》一文(《外国文学评论》2000年第2期)[2]是当时这种全面论述的佼佼者。陆建德试图结合时代背景和王尔德的生活经历来重新评价他的文学创作和批评理论,并指出国内学界对王尔德的复杂性认识不足,针对此前的一些主流观点,如他的戏剧是对英国统治阶级的批判,提出了不同看法。作者具有留学英国的学术背景,对相关问题阐微彰幽,正讹辨疑,其批评风格独树一帜。此文也成为国内王尔德研究中"文本细读"的代表性作品。

80—90年代,英美两国的王尔德研究不断升温,不少学者开始从后结构主义、后现代主义以及消费文化的角度重新审视王尔德的理论与作品。而国内同一时期在理论视角上取得重要突破的是另一位曾留学英国的学者周小仪。他所发表的系列论文[3]以及

---

[1]　徐京安:《唯美主义·序言》,北京:中国人民大学出版社,1988年,第14页。

[2]　2000年,陆建德为《王尔德全集》撰写的"中文版序"在内容上更加全面。

[3]　周小仪:《唯美主义与消费文化:王尔德的矛盾性及其社会意义》,《外国文学评论》,1994年第3期;《奥斯卡·王尔德:十九世纪末消费文化和后现代主义理论》,《国外文学》,1994年第2期;《王尔德笔下的伦敦:艺术与社会的空间》,《外国文学》,1995年第6期;《王尔德和他同时代的评论家》,《北京大学学报·外国语言文学专刊》,1997年。

英文专著《超越唯美主义：王尔德和消费社会》（*Beyond Aestheticism: Oscar Wilde and Consumer Society*，1996），从追求超功利的"唯美主义"的反面——消费主义和时尚文化的角度去考察王尔德及其"为艺术而艺术"主张的深层意蕴。例如，在《奥斯卡·王尔德：十九世纪末消费文化和后现代主义理论》（《国外文学》1994 年第 2 期）一文中，周小仪借用美国后现代主义批评家杰姆逊（Frederic Jameson）的理论，即美与文化的领域"完全渗透了资本和资本的逻辑"，提出了与 80 年代国内学界完全不同的看法，即王尔德的唯美主义不是对商业化、物质化的拒斥与反抗，而是与商品文化、消费主义之间存在着若即若离的关系。作者详细论证了王尔德与当代理论、消费社会之间的紧密联系，指出王尔德以唯美主义与形式主义来反抗商业社会，因而具有两重性与局限性，其作品也具有反讽和"悖论式的风格"。他的论述明显受到西方批评理论的影响与启发，但仍然属于从反面寻找创新与突破的新思路，其崭新的研究视角以及跳出既定研究框架的尝试，不仅具有很大的启发性与开拓性意义，而且也开启了国内王尔德研究的新模式。

三、新世纪以来的王尔德研究

进入 21 世纪，国内王尔德研究呈现方兴未艾之势。通过搜索中国知网可以发现，最近 10 多年来发表的论文数量在 800 篇以上，2008 年以后的三年中，则每年超过 150 篇。① 此外，"中国博士学位论文全文数据库"收录 5 篇，"中国优秀硕士论文全文数据库"收录 70 余篇。由此可见新世纪以来中国王尔德研究之繁荣。

---

① 聂珍钊曾指出：20 世纪 90 年代以来国内王尔德评论文章超过 700 篇，1999 年以来硕士论文 90 余篇，博士论文 6 篇。（聂珍钊：《〈王尔德创作的伦理思想〉序》，《世界文学评论》，2009 年第 2 期，第 295 页。）

　　王尔德是英国唯美主义艺术运动的倡导者与开创者，其各类著述中蕴含着极为丰富的理论观点与美学思想，因而也一直成为国内学界关注的重点。其中不少研究论文①探讨了王尔德与"唯美主义"的本质特征、诗学要义、艺术逻辑、内在矛盾性与颠覆性及其在西方的研究与接受等。他们的研究基本上是此前研究的延伸，但各有侧重，并有所深化，有助于学界厘清和准确把握唯美主义与王尔德文艺思想的渊源与深层内涵。例如，陈瑞红发表的系列论文②涉及很多王尔德研究领域内的重要课题，如王尔德审美伦理观的特征与不足、宗教审美化的困境、世纪末审美现代性的发展与演化，以及作为一种审美症候的"媚俗"倾向等，表现出了宽广的知识视野，不少学术观点令人耳目一新，代表了国内王尔德研究新锐力量的兴起。

　　新世纪以来，周小仪连续发表了系列评论文章③，也出版了中文专著《唯美主义和消费文化》，成为国内唯美主义与王尔德研究

---

① 这些论文主要有：孙国瑾的《王尔德与唯美主义》（《山东社会科学》2001年第1期）、张介明的《当代西方王尔德研究》（《外国文学研究》2004年第4期）与《改造生活的虚构艺术——论王尔德的艺术逻辑》（《黄海学术论坛》第5辑，上海三联出版社，2005年）、陈文的《"唯美"与"颓废"——对王尔德文艺美学思想的重新考量》（《甘肃社会科学》2004年第3期）、杨黎红的《论王尔德唯美主义理论的内在矛盾》（《贵州师范大学学报》2006年第3期）、陈莉莎的《王尔德人文主义思想的颠覆性》（《外国文学研究》2010年第1期）、杜吉刚的《作为"实现说"的王尔德诗学》（《南昌航空工业学院学报》2006年第5期）与《理论之死和作者之死——佩特和王尔德唯美主义批评的一个诗学主题》（《武汉理工大学学报》2009年第1期）。

② 陈瑞红：《论王尔德审美性伦理观》，《外国文学评论》，2006年第4期；《媚俗：王尔德的一个美学困境》，《解放军外国语学院学报》，2006年第4期；《王尔德创作的形式主义特征》，《南京师范大学文学院学报》，2007年第3期；《王尔德批评理论探析》，《解放军外国语学院学报》，2009年第1期；《奥斯卡·王尔德和宗教审美化问题》，《外国文学评论》，2009年第4期。

③ 周小仪：《莎乐美之吻：唯美主义、消费主义与中国启蒙现代性》，《中国比较文学》，2001年第2期；《王尔德、纨绔子与唯美的生活方式》，《欧美文学论丛》第1辑，北京：人民文学出版社，2002年；《消费文化与审美覆盖的三重压迫——关于生活美学问题的探讨》，《欧美文学论丛》第3辑，北京：人民文学出版社，2003年。

领域取得突出成果的学者之一。在这些最新成果中，他延续了此前的"消费主义文化研究"视角，从王尔德生活艺术化的美学理念以及唯美主义的"新感性"入手，探讨了作为一种文化现象的"纨绔精神"以及唯美主义与商品文化之间的复杂关系，并提出审美的消费文化覆盖了三种社会关系结构，即资本、性别与文化霸权三重的压迫。他在后记中所写："在一切看似普遍性的价值背后，隐藏着绝对的权力关系。这种权力关系的内容可以是资本的控制，可以是性别的压迫，也可以是不同民族文化之间的霸权关系。我们在对生活艺术化等问题的讨论中揭示了资本对于感性的控制；在关于人体的审美注视的讨论中描述了资本扩张的结果之一的性压迫……在文本和历史之间，在文化现象和权力关系之间横亘着一道语言和心理的中介。它通过文本的无意识发生作用；它在非理性层面上展开。"①不过，周小仪的研究也并非无懈可击：它隐含着一个如何处理宏观的文化研究和创作文本的结合的问题，因为文学研究毕竟要以文学创作实践为对象，只有这样，才能把握文学感觉，演绎出其中的规律，得出有广泛意义的理论总结，进而推进文学的演化和发展。尽管如此，周小仪的研究仍然在中国王尔德研究史上具有里程碑的意义，值得充分肯定。

在周小仪的消费主义文化视角之外，部分论文还采用西方最新的批评理论对王尔德的唯美主义进行探讨。刘朝晖的《王尔德与解构主义》(《深圳职业技术学院学报》2002 年第 1 期)比较了王尔德文艺理论与解构主义理论的异同，认为两者都对等级制、中心制进行了不屈不挠的反抗与反叛，前者蕴涵着"解构"传统与权威的"杀机"，后者则显示出漠视政治、漠视社会的"唯美"态势。刘晋的《后殖民视角下的奥斯卡·王尔德——论王尔德的"阈限性"》(《外国文学研究》2009 年第 1 期)用后殖民主义理论中的"身份"与"混杂性"概念，从王尔德的出身、教育背景与社会批评入手，分

---

① 周小仪：《唯美主义和消费文化》，北京：北京大学出版社，2002 年，第 254、246 页。

析了王尔德的文化"混杂性"、身份的"阈限性"以及文艺创作的含混性。黄金诚的《论王尔德的审美原教旨主义》(《文艺理论研究》2010年第1期)则根据康德哲学和"文学体制"的概念判断王尔德非道德的美学思想是一种审美原教旨主义。上述论述视角新颖，多有洞见，具有开拓性与启迪意义。

从跨文化与比较文学的视角来研究王尔德的美学思想与文艺创作不乏重要的学术价值，并且早在80年代已经取得了一定的成绩，如夏骏的《论王尔德对中国话剧发展的影响》(《戏剧艺术》1988年第1期)最早深入探讨"五四"新时期对王尔德的翻译与接受以及王尔德对中国新文学的重要影响。新世纪以来则涌现出了更多的学术成果，并且将这一研究视角推向深入。首先，由于王尔德对东方文化极为推崇，在批评理论与文艺创作中经常借鉴与吸纳中国文化，因此相关成果涉及这一课题的较多，如张隆溪的《选择性亲和力？——王尔德读庄子》[1]、葛桂录等的《奥斯卡·王尔德与中国文化》[2]、张介明的《王尔德与东方文化》[3]。其次，自"五四"以来，王尔德文艺理论与美学思想在国内广为传播与接受，曾经对中国新文学乃至文艺批评界产生过较大影响，因此不少论文从译介与影响的角度进行了探讨，如谈瀛洲的《两种世界观的冲突——对莎乐美故事的改写》[4]、朱彤的博士论文《王尔德在现代中国的传播与接受》(2009年)、李致与孙胜存的《二十年代中国话剧与唯美主义戏剧关系再辨》[5]、孙宜学的《美的冲撞和融合：王尔德与五四时期的中国》[6]等。这些成果在中外文化与文学的比较及其相互影响的分析中也凸现了王尔德的诗学思想与艺术特征，形成颇具

---

[1] 载《浙江大学学报(社科版)》2012年第1期。
[2] 载《外国文学研究》2004年第4期。
[3] 载毛信德等主编《多元文化与外国文学》，浙江大学出版社，2005年。
[4] 载《中国比较文学》2003年第2期。
[5] 载《鲁迅研究月刊》2007年第12期。
[6] 载《同济大学学报》2006年第2期。

中国特色的王尔德研究。

从成果的形式来看，除了上述各类论文以外，一些学术著作就某个专题对王尔德做出了更加深入或全面的探讨。张介明的《唯美叙事：王尔德新论》（2005 年）从叙事动力、叙事机制、叙事旨归等几个方面考察了王尔德文艺创作中的美学思想，涉及情节、反讽、写意世界、躁动的灵魂以及概念化的唯美意趣等多个审美或形式层面。李元的《唯美主义的浪荡子——奥斯卡·王尔德研究》（2008 年）对"浪荡子"这一边缘形象进行了细致的分析，试图以浪荡精神来整合王尔德文艺创作中的艺术理念与思想内涵。此外，王尔德的批评著作还包括吴其尧的《唯美主义大师王尔德》（2006 年）、刘茂生的《王尔德创作的伦理思想研究》（2008 年）、吴刚的《王尔德文艺理论研究》（2009）、孙宜学的《凋谢的百合——王尔德的画像》（2009 年）、杜吉刚的《世俗化与文学乌托邦——西方唯美主义诗学研究》（2009 年）。这些综合性的学术成果对全面认识与了解王尔德的美学思想与文艺创作以及西方唯美主义思潮不无重要意义和价值。

陆建德在本世纪初指出："经过'文革'的浩劫和改革开放头十年的躁动后，我们的社会已经相对成熟，文学界的视野更为宽阔，学术界对王尔德和英国唯美主义的理解、研究也大大超过了二、三十年代的水平。"①我们相信未来的王尔德研究会更加精彩。

---

① 陆建德：《王尔德全集·中文版序》，赵武平主编《王尔德全集》，第 1 卷，第 33 页。

外教社 外国文学研究丛书

上海外国语大学重点科研项目
上海外国语大学"211工程"重点学科三期建设项目

张和龙 主编

英国文学研究在中国：
英国作家研究（下卷）

English Literary Studies in China:
The Studies of English Writers Volume II

上海外语教育出版社
外教社 SHANGHAI FOREIGN LANGUAGE EDUCATION PRESS

本书下卷作者

　　第五章第一节：张和龙；第二节：张和龙；第三节：张和龙；第四节：张和龙；第五节：陈兵；第六节：刘涛；第七节：王珏；第八节：蔡海燕；第九节：董洪川；第十节：胡强；第十一节：郭英剑、郝素玲、梁莉娟；第十二节：高奋；第十三节：王友贵、杨建

　　第六章第一节：张和龙；第二节：陈勇；第三节：王卫新、张和龙；第四节：张和龙；第五节：张雅琳；第六节：卢婧、蒋花；第七节：王旭峰

　　英国文学研究资料辑录、**参考文献**：张和龙等

目录

第五章

20 世纪英国文学研究（上）

第一节
戏剧研究

在莎士比亚至 19 世纪末的二三百年间，英国戏剧几经沉浮，虽然也出现了康格里夫、谢立丹、哥尔斯密等重要戏剧家，但文艺复兴时期的辉煌一去不复返。19 世纪，浪漫主义诗歌与维多利亚小说兴盛发达，散文创作也影响一时，而英国戏剧欲振乏力。英国 19 世纪批评家与诗人马修·阿诺德曾经哀叹他所生活的时代没有戏剧。① 直至 19 世纪末与 20 世纪早期，英国文坛集中涌现出了一批重量级的戏剧大家，如王尔德、叶芝、萧伯纳、高尔斯华绥等，从而形成了英国戏剧的复兴。英国现代戏剧兴起之时，正是清末民初国内大规模译介外国文学的重要时刻。然而，正如郑振铎所言，当时对西方戏剧的翻译"比小说要晚得多，少得多"，其原因在于：一是"浪漫派"与"古典派"的戏剧"多是歌剧，极不易译"，二是"写实派"的戏剧"多用散文，而思想事实又至新式，为中国的旧脑筋

_____

① Martin Day, *History of English Literature 1837 to the Present*, New York: Doubleday, 1964, p. 273.

所不能容"。① 直至新文化运动期间，包括现代英国戏剧在内的西方戏剧才开始被介绍到国内，并引起了文学界、评论界的浓厚兴趣与强烈关注。迄今为止，英国现代戏剧在中国的译介与研究已经走过百年的历史。

"五四"新文化运动时期，陈独秀创办的《青年杂志》（自第 2 卷起改名为《新青年》）是翻译与介绍英国现代戏剧最为重要的阵地之一。1915 年，陈独秀在《现代欧洲文艺史谭》一文中指出"现代欧洲文坛第一推重者，厥唯剧本，诗与小说退居第二流"②，并同时提到了英国现代戏剧家王尔德、高尔斯华绥、萧伯纳等人的名字。1915 年，《青年杂志》第 1 卷第 2 期连载了薛琪瑛翻译的王尔德剧本《意中人》（今译《理想的丈夫》）。1916 年，《新青年》第 2 卷第 1 期又刊登了陈嘏翻译的王尔德剧本《弗罗连斯》。此后，《新青年》还发表了王尔德的多部剧作译文，如《天明》、《遗扇记》、《莎乐美》、《贵在认真》等，成为"五四"时期国内"王尔德热"的重要策源地之一。此外，《新青年》所刊登的一些戏剧评论文章中，较早提及或论及了英国近代戏剧家及其戏剧创作。知非在《近代文学上戏剧之位置》（《新青年》1919 年第 6 卷第 1 期）中提到了萧伯纳的"革新戏剧"③。震瀛翻译的《近代戏剧论》④提到了英国现代剧作家萧伯纳、皮内罗、高尔斯华绥等人，并认为萧伯纳的《芭芭拉少校》是一部揭示社会罪恶的"社会主义"剧作，是剧作家传播革命与自由思想的利器。除了《新青年》外，《戏剧》、《小说月报》、《新月》、《现代》、《东方杂志》等也成为当时评介英国现代戏剧的重要阵地。英国现代戏剧的前驱皮内罗与琼斯以及戏剧大家王尔德、叶芝、萧伯纳、高尔斯华绥、沁孤、格雷戈里夫人等，均受到了翻译界、评论界较多的关注。在民主、科学以及社会主义思想开始传入中国的大

---

① 郑振铎：《现在的戏剧翻译界》，《戏剧》，1921 年第 1 卷第 2 期，第 1 页。

② 陈独秀：《现代欧洲文艺史谭》，《青年杂志》，1915 年第 1 卷第 3—4 期，第 2 页。

③ 知非：《近代文学上戏剧之位置》，《新青年》，1919 年第 6 卷第 1 期，第 25 页。

④ 此文的原作者是美国学者高曼，载《新青年》1919 年第 6 卷第 2 期。

背景下，英国现代戏剧成为影响中国新文化运动的重要思想源头之一。

英国现代戏剧的译介与研究在中国的兴起与当时的"易卜生热"有着密不可分的关系。1918 年，《新青年》第 4 卷第 6 期推出"易卜生专号"，并发表了胡适的著名论文《易卜生主义》，《小说月报》、《戏剧》等其他杂志也不遗余力地推介易卜生的戏剧。易卜生的代表剧作，如《玩偶之家》、《国民公敌》等，较早被翻译成中文。在"易卜生热"的背景下，英国现代戏剧作为西方现代戏剧的重要一支而受到重视。当时对英国现代戏剧的译介与评论或提及易卜生戏剧对英国现代戏剧所产生的影响，或论及英国现代剧作家与易卜生之间的亲缘关系，或从"社会问题剧"的角度分析相关作品的主旨内涵。滕若渠在《最近剧界的趋势》（《戏剧》1921 年第 1 卷第 1 期）中认为：易卜生的"问题剧"创造了欧洲戏剧界的"新纪元"，并将英国的皮内罗、萧伯纳等剧作家划为"易卜生派"，同时将擅长"社会剧"的萧伯纳誉为易卜生之后的"第一人"。周学溥翻译的日本学者舟桥雄的论文《英国近代剧之消长》（《戏剧》1921 年第 1 卷第 1 期）提出：在王尔德出现之前，英国戏剧"衰退已极"[1]，而以易卜生为代表的欧洲大陆戏剧促成了英国近代戏剧的复兴，同时将萧伯纳看成是戏剧复兴之初最为重要的戏剧家，认为其戏剧形式虽然不同于易卜生，但所提出的各类社会问题明显受到了易卜生的影响。俞长源的文章[2]则将萧伯纳、易卜生及另一位挪威戏剧家般生并称为"现代妇女问题剧"的三大戏剧家。薇生翻译的日本学者本间久雄的论文《近代剧描写的结婚问题》（《妇女杂志》1922 年第 8 卷第 7 期）则指出易卜生关于婚姻题材的剧作影响了包括萧伯纳戏剧在内的整个欧洲戏剧创作。

当时评论界对英国现代戏剧的评介与认识较为全面而系统，

---

[1]　舟桥雄：《英国近代剧之消长》，周学溥译，《戏剧》，1921 年第 1 卷第 1 期，第 16 页。

[2]　俞长源：《现代妇女问题剧的三大作家》，《妇女杂志》，1921 年第 7 卷第 7 期。

其中不乏独到见解。1921 年，胡愈之在《近代英国文学概观》（《东方杂志》1921 年第 18 卷第 2 期）中指出英国戏剧在莎士比亚之后出现了长时间的"停顿"，几乎没有任何进步，而近代戏剧在德、法、挪威等国戏剧的影响下，产生了很多重要的戏曲家，如英国近代戏剧的前驱皮内罗和琼斯、擅长心理描写且热衷于社会主义的戏曲家高尔斯华绥、当时最重要的戏曲家萧伯纳，以及爱尔兰文艺复兴中涌现出来的三大剧作家——叶芝、沁孤与格雷戈里夫人，并将叶芝看成是英国"新文学运动的领袖"。在《文学大纲：新世纪的文学》（1927 年）中，郑振铎认为 19 世纪英国戏剧非常"寂寥"，王尔德出现后才进入"复兴期"，并依次简评了琼斯、皮内罗、萧伯纳、高尔斯华绥等人的戏剧创作，指出他们的创作受到了易卜生的影响，因而"叙近代生活，讨论社会问题"，对社会持批判态度，而毛姆与王尔德是"同类"，对社会"不持严肃的攻击态度"，代表了另外一种创作风格。沈雁冰在《近代戏剧家传》（《学生杂志》1919 年第 7、9 期）中不仅介绍了皮内罗、琼斯、巴克、高尔斯华绥、萧伯纳等现代戏剧家的生平与创作，而且还重点评述了叶芝、沁孤、格雷戈里夫人等三位著名的爱尔兰戏剧家，同时还对英国现代戏剧的总体状况做出评价。

学界对英国现代戏剧的创作特点与流派归属做出了较为准确的回应与评价，对几大主要戏剧家创作风格的差异也做出了较为细致的辨析。当时的评论文章大多将英国现代戏剧分为三大不同创作倾向：一是易卜生戏剧影响下的社会问题剧，主要探讨各类社会问题，主要以萧伯纳、高尔斯华绥为代表，上述胡愈之、郑振铎等人的文章对此均有评述；二是以王尔德为代表的唯美主义戏剧家，如沈泽民的《王尔德评传》、张闻天与汪馥泉的《王尔德介绍》对王尔德的唯美主义艺术观及其戏剧创作都做出了开拓性的分析；三是以叶芝为代表的"爱尔兰文艺复兴派"，沈雁冰的几篇文章很具有代表性。沈雁冰在《近代戏剧家传》一文中提到叶芝等人"皆主张表现人生的戏，而不以问题戏为然，故颇反对萧伯纳及白利欧之著作"①。在《近代文学的反流——爱尔兰的新文学》一文中，沈雁冰认为爱尔兰的戏剧代表了与易卜生式问题剧不同的一股反流，而叶芝、沁孤与格雷戈里夫人的剧作代表了三个支流：第一，哲理讽刺剧；第二，民族历史剧；第三，现代农民生活剧。② 在他看来，他们的创作"基于民族解放主义"，是"在写实之外另寻路径"，而"爱尔兰的新文学虽然是 19 世纪末的产物"，但"已经合写实与浪漫为一"了，因此，所谓的"反流"指的是近代，若以"现代"而论，可能就是"合流"了。③ 在《为新文学研究者进一解》（《改造》1920 年第 3 卷第 1 期）中，沈雁冰则秉持文学的"进化论"，将叶芝、沁孤与格雷戈里夫人看成是"新浪漫运动的戏曲家"，"欲使灵肉的感觉一致"④，而新浪漫运动即为对自然主义的反动。

20—30 年代，"事件驱动式评介"是英国现代戏剧译介与研究的一个重要现象。1923 年、1925 年、1932 年，叶芝、萧伯纳、高尔斯华绥分获诺贝尔文学奖，此后深受国内学界的推崇。不过，叶芝在国内更多被看成著名的现代诗人，其戏剧创作所受到的关注相对减少。萧伯纳继续被当成第一流的戏剧大家而备受瞩目，及至 1933 年萧伯纳访华，国内兴起了一股强劲的"萧伯纳热"，各类报刊发表了大量介绍与评论文章，并出现了萧伯纳研究专著，即林履信的《萧伯纳的研究》⑤。高尔斯华绥于 1932 年获得诺贝尔文学奖，1933 年去世，其戏剧创作被关注的程度得到了加强。此外，"王尔德热"在 30 年代虽然有所冷却，但他的名剧《莎乐美》被田汉等人搬上中国舞台后，又引起了学界很大的关注。其他剧作家，如琼斯、格雷戈里夫人、约翰·沁孤等，于 20 年代末

① 沈雁冰：《近代戏剧家传》，《学生》，1919 年第 6 卷第 12 期，第 106 页。
② 沈雁冰：《近代文学的反流——爱尔兰的新文学》，《东方杂志》，1920 年第 17 卷第 6—7 期，第 72—73 页。
③ 同上，第 66 页。
④ 沈雁冰：《为新文学研究者进一解》，《改造》，1920 年第 3 卷第 1 期，第 100 页。
⑤ 林履信：《萧伯纳的研究》，上海：商务印书馆，1937 年。

30 年代初相继去世，国内不少知名报刊，如《小说月报》，纷纷刊发消息或文章进行报道或评论①。除了上述功成名就的剧坛名家之外，一些新兴的剧作家也受到不同程度的关注，如毛姆于 1919 年—1920 年访问中国，其部分剧作在 20—30 年代被译介到国内，如《毋宁死》②、《情书》③，并被搬上舞台。巩思文在《现代英美戏剧家》（1937 年）中对 20 年代涌现出来的三位剧坛新星——毛姆、奥凯西、柯华德——的生平、代表作以及创作特色做出了详细的评介。

从研究特点来看，20—30 年代对英国现代戏剧的评论主要以印象式评点或介绍为主，尽管不乏独到的见解，但译介痕迹较为明显。不过，当时国内学界也开始出现了部分"学院式"的研究论文，即部分在英美大学接受文学批评训练的学者所撰写的具有现代学术规范的评论文章，其论文主要特点在于就某个论题进行深入而全面的探讨。陈嘉于 1930 年在美国威斯康星大学获得学士学位，其毕业论文即为《英国二十世纪戏剧家毛姆的戏剧评论》。1931 年，张沅长的《近代英美戏剧上之道德革命》（《国立武汉大学文哲季刊》1931 年第 2 卷第 1 期）可能是国内第一篇关于英美现代戏剧的"学院式"研究论文。此文超越此前对英国现代戏剧的泛泛而论，以王尔德、萧伯纳、奥尼尔等人的戏剧对传统道德观念的挑战作为分析材料，对英美近代戏剧中道德观念的变迁进行了较为深入而透彻的论述。作者运用了中西比较文化的视角，不仅具有英国戏剧史的专业学术视野，而且也使用了现代学术方法与批评路径，代表了英国文学研究中学术范式的转型。

30 年代，一些文学史著述开始对英国现代戏剧进行专题性的

---

① 赵景深：《现代文坛杂话：约翰·沁孤之死》，《小说月报》，1928 年第 19 卷第 7 期；汪馥泉：《约翰·沁孤的生涯及其作品》，《青年界》，1934 年第 6 卷第 3 期。

② 毛姆：《毋宁死》，方于译，南京：正中书局，1924 年。毛姆的原作是 *The Sacred Frame*。

③ 毛姆：《情书》，陈绵译，上海：商务印书馆，1937 年。毛姆的原作是 *The Letter*。

评述。曾虚白在《英国文学 ABC》中说："十九世纪末和二十世纪的初叶，在英国文学上最可纪念的大事，就是戏曲的复兴。"[①]徐名骥的《英吉利文学》同样提及英国戏剧在易卜生戏剧的影响下于19世纪后半叶出现的"复兴"，并分别评介了英国现代戏剧家，如琼斯、皮内罗、萧伯纳、高尔斯华绥、王尔德、巴里以及爱尔兰文艺复兴"三巨子"叶芝、沁孤、格雷戈里夫人等。张越瑞的《英美文学概观》认为英国戏剧在文学史上"销声匿迹已是二百余年"，20世纪的戏剧似乎要"恢复她过去的光荣"[②]，而英国戏剧复兴的主动力来自挪威剧作家易卜生作品的巨大影响。金东雷在《英国文学史纲》中同样指出："英国的戏剧界，自从莎士比亚去世以后，足有二百余年，毫无生气"[③]，及至19世纪末，罗伯斯屯、王尔德、皮内罗、萧伯纳、琼斯等人出现之后，英国近代戏剧才出现了"新奇的光彩"[④]，他将易卜生戏剧的影响看成是英国现代戏剧的重要特征，对当时剧坛名家的评述最为详细。上述文学史著作对具体作家的评论与"五四"时期的评论并无本质不同，如徐名骥认为唯美主义者王尔德的戏剧"不属于近代戏剧运动的系统"，萧伯纳"偏于写实的、讨论社会问题"，而叶芝、沁孤与格雷戈里夫人的戏剧则是"象征的、神秘的，总而言之是新浪漫的"。[⑤] 金东雷认为萧伯纳是一个"问题剧作家"，高尔斯华绥是著名的"人道主义和自然主义的作家"[⑥]。上述著述大多重申了"五四"时期学界已有的学术观点，其总体思路与此前的评论一脉相承。

　　20—30年代，国内学界还翻译了大量来自国外的戏剧研究成果，成为当时英国现代戏剧进行评介或研究的重要影响源头之一。

① 曾虚白：《英国文学 ABC》，1928 年，第 150 页。
② 张越瑞：《英美文学概观》，1934 年，第 78 页。
③ 金东雷：《英国文学史纲》，1937 年，第 482 页。
④ 同上，第 483 页。
⑤ 徐名骥：《英吉利文学》，1934 年，第 103、112、112 页。
⑥ 金东雷：《英国文学史纲》，1937 年，第 509、511 页。

1930 年，林惠元翻译了英国学者德尔莫（Frederic Sefton Delmer）的《英国文学史》，其中不仅论及易卜生的"写实问题剧"及其对英国现代戏剧的影响，而且还认为英国现代戏剧的写实主义"混合浪漫性质的成分"，并评点了现代五大戏剧家，即皮内罗、琼斯、高尔斯华绥、王尔德、萧伯纳。这一著作中译本成为 30 年代国内几部英国文学史著述的重要参考文献之一。此外，当时所翻译的研究成果中既有对英国现代戏剧的总体评论文章（其中主要来自日本①与英美②），也有关于西方戏剧理论方面的著述③以及对具体戏剧家的评论④。至 40 年代，类似的译介成果仍不时出现⑤。在中国现代学术处于初创与开拓的时期，加上外国文学研究的跨语境、跨文化学术交流的特性，这些译介成果对英国现代戏剧的发展、现代戏剧创作特征以及重要戏剧家的论述或评价，对民国时期国内现代戏剧研究的影响是不容忽视的。

---

① 如：舟桥雄的《英国近代剧之消长》（周学溥译，《戏剧》1921 年第 1 卷第 1 期）；宫森麻太郎的《近代剧和世界思潮》（周建侯译，《戏剧》1922 年第 2 卷第 2 期）；本间久雄的《近代剧描写的结婚问题》（薇生译，《妇女杂志》1922 年第 8 卷第 7 期）与《英吉利底现代剧》（徐碧晖译，《文艺月刊》1935 年第 7 卷第 6 期）。

② 如：迪金森（T. H. Dickinson）的《现代戏剧大纲》（《戏剧杂志》1929 年第 1—2 卷连载）与《现代英国戏剧》（张志澄译，《南华文艺》1932 年第 1 卷第 15 期）；余上沅翻译的美国学者马修斯的《戏剧研究》（《晨报副刊》1922 年 6—9 月连载）；C. Hamilton 的《现代社会剧之演进及其批评法》，曼译，《朝华》，1931 年第 2 卷第 5—6 期；美国学者哈美路顿的《近代社会剧》，勤译，《社会科学》，1936 年第 2 期。

③ 汉米尔顿：《戏剧论》，张伯符译，上海：世界书局，1931 年；《戏剧原理》，赵如琳译，言行出版社，1940 年。

④ 拉斯基的《萧伯讷——现代最大的强壮剂》（《东方杂志》1930 年第 27 卷第 21 期）；Archibald Henderson 的《萧伯讷评传》，《大陆》，1933 年第 1 卷第 9 期；Canby 的《高尔斯华绥论》，贝岳译，《黄钟》，1933 年第 29 期；J. W. Cuncliffe 的《高尔斯华绥论》，纪泽长译，《励学》，1934 年第 2 期；H. Alexander：《戏剧家高尔斯华绥》，苏芹孙译，《文艺月刊》，1933 年第 4 卷第 2 期。

⑤ 伊文斯：《现代英国的戏剧》，秋斯译，《译文丛刊》，1941 年第 3 辑、1942 年第 18—19 期；I. Brown：《战时英国剧坛》，孙晋三译，《时与潮文艺》，1943 年第 1 卷第 1 期；莫德威（H.K.Moderwell）：《近代戏剧艺术》，贺孟斧译，剧艺出版社，1941 年。

30 年代末至 40 年代,受抗战与内战的影响,国内对英国现代戏剧的译介与研究势头大为减弱。"王尔德热"、"萧伯纳热"明显降温。叶芝的很多诗歌被翻译并刊登在《时与潮文艺》上,但其戏剧所受关注仍然较少。不过,当时也出现了一些零星的评论文章。潘家洵的《近代西洋问题剧本:从易卜生到萧伯讷、麦利生》(《西洋文学》1940 年第 1 期)从"社会问题剧"的角度较为深入地评析了萧伯纳、高尔斯华绥等人的戏剧代表作。沈延義的《唯美主义之创始者:王尔德》(《飙》1944 年第 2 期)重述了王尔德极力反对写实主义、主张唯美主义的艺术观。陈瘦竹的《高尔斯华绥及其〈争强〉》(《学生杂志》1945 年第 22 卷第 4 期)认为高尔斯华绥的戏剧"独树一帜",既"不像萧伯纳那样宣传社会主义,亦不像巴雷一样走入幻想梦境"[①]。吴瑞麟的《巴雷的平等观念》(《民族文学》1943 年第 1 卷第 4 期)则对巴雷的代表剧作《可钦佩的克莱敦》中译本进行评介。这些文章对几位现代戏剧家的评论大多沿用了前人的研究思路,但是对具体作品的评析则更为深入,在评述内容、论题等方面也有一定的拓展,是 40 年代国内英国现代戏剧研究的重要成果。此外,当时还出版了一些西方戏剧史著述,如殷炎麟的《西洋戏剧史》(1943 年)与董每戡的《西洋戏剧简史》(1949 年),前者的卷五"近代欧美戏剧"与后者的下编"近代期戏剧"对英国现代戏剧也做出一定的评述。

50—60 年代,英国现代戏剧研究进入一个新阶段。在政治意识形态与苏联文艺观的影响下,英国的现实主义戏剧与"进步文学"受到极大的重视,其中萧伯纳与奥凯西是当时被译介最多、被评论最多的剧作家。萧伯纳被誉为"批判现实主义的大师"以及同情社会主义的费边主义者,各类评介与研究文章的数量相当可观。尤其是 1956 年萧伯纳 100 周年诞辰时,出现了多篇具有鲜明时代特色的"学院式"研究论文,如蔡文显的《萧伯纳的戏剧创作的思想

---

① 　陈瘦竹:《高尔斯华绥及其〈争强〉》,《学生杂志》,1945 年第 22 卷第 4 期,第 43 页。

性和艺术特点——纪念萧伯纳诞生一百周年》（《中山大学学报》1956 年第 4 期）、黄嘉德的《伟大的英国戏剧家萧伯纳——纪念萧伯纳诞生一百周年》（《文史哲》1956 年第 7 期）等。奥凯西则被看成是英国"进步作家"中的杰出代表，他的名作《星星变红了》于1959 年被英若诚等翻译成中文，连载在《世界文学》杂志上。王佐良发表了系列评论文章①，非常全面地归纳了奥凯西戏剧创作的特点。王佐良所采用的是当时极为常见的政治化批评模式，即首先在政治上赞扬奥凯西是一个"坚定的革命者"、一位"共产主义者"，然后对其作品的政治主题进行解读，其中也间或夹杂美学与表现形式上的分析。王佐良在对奥凯西的戏剧创作做出肯定性评价的同时，也通过比较的形式对叶芝的戏剧进行了批判与贬斥。这几篇论文可以被看成是当时外国文学研究中运用"进步"与"反动"二元对立思维进行程式化、政治化解读的范本。

　　当时的英国现代戏剧研究与苏联文艺观的影响密不可分。在阿尼克斯特的《英国文学史纲》中译本中，奥凯西被看成是"不列颠三岛上最老的当代进步作家"，其作品被解读为描写爱尔兰人民争取民族和社会解放的斗争，具有浓厚的浪漫主义成分，其"浪漫主义具有革命的性质"②。与"进步文学"相对立的则是"堕落的颓废文学"，其中艾略特是"当代反动文学的领袖"，他的诗剧《大教堂谋杀案》"是他的反动思想体系的表现，彻头彻尾歌颂了中世纪天主教圣徒托马斯·贝克特"③。编者对王尔德的评价则采用了一分为二的辩证模式，即一方面将王尔德看成是唯美主义与颓废主义作家，另一方面指出他的戏剧促成了 19 世纪末英国戏剧的复兴，

---

① 王佐良：《论旭恩·奥凯西》，《文学研究》，1958 年第 1 期；《当代爱尔兰伟大剧作家旭恩·奥凯西》，《世界文学》，1959 第 2 期；《论奥凯西的自传》，《世界文学》，1962年第 2—3 期。

② 阿尼克斯特：《英国文学史纲》，1959 年，第 637 页。

③ 同上，第 622—623 页。

而且"在某种程度上对于资产阶级贵族上流社会做了批判的描写"①。萧伯纳则被誉为是"最伟大的现实主义作家"，最受推崇，所占有的篇幅最多，不少分析细致入微。在著者看来，高尔斯华绥是"杰出的批判现实主义大师"②，毛姆是"自然主义的继承者"，但著者主要评论了两人的小说，他们的戏剧创作则一笔带过。这一著作中的二元对立的政治思维特点与一分为二的分析模式对当时英国现代戏剧的研究产生了重要的影响。

1960年，廖可兑的《西洋戏剧史》是当时西方戏剧研究的代表性著作，其中不少篇幅探讨了英国现代戏剧的演变与发展。如果将这部著作与阿尼克斯特的《英国文学史纲》相关内容进行比较，不难看出其中的政治解读与文学史观所受到的影响，其中虽然也有不尽相同之处，但却典型地代表了当时的学术研究特征。廖著区分了三种不同的戏剧艺术：资产阶级反动颓废戏剧、批判现实主义戏剧、现代进步戏剧。在这一批评框架下，廖可兑对英国主要戏剧家进行了政治化的评析：唯美主义大师王尔德是"资产阶级颓废派的代表人物"，他的《莎乐美》说明了"王尔德的艺术堕落到何等惊人的程度"③；萧伯纳和高尔斯华绥是"反对各种颓废反动戏剧的旗手"，始终坚持"进步立场"，"为英国戏剧艺术的进步繁荣同各种反动落后的势力展开顽强的斗争"④；毛姆"属于英国自然主义戏剧一派"，而"他的自然主义戏剧具有颓废反动的性质"；普利斯特莱是"一个具有典型意义的英国资产阶级的反动剧作家"⑤；艾略特"在当代英国颓废反动的作家当中……居于首要的领导地

---

① 阿尼克斯特：《英国文学史纲》，1959年，第524页。
② 同上，第544页。
③ 廖可兑：《西洋戏剧史》（下），中央戏剧学院戏剧理论教研室印，1960年，第108—109页。
④ 同上，第110、139页。
⑤ 同上，第139—140页。

位"，他的诗剧《大教堂谋杀案》是"当代英国最有代表意义的反动戏剧"①；奥凯西则是现代进步戏剧家的重要代表，"无产阶级的战士"，其作品与"爱尔兰的民族解放运动和英国工人阶级的革命斗争"紧密相关②。此外，一分为二的分析模式在《西洋戏剧史》中也较为明显，如指出王尔德的戏剧在一定程度上揭露了贵族资产阶级社会的寄生生活与不道德的行为，毛姆的戏剧具有现实主义的艺术倾向等。

"文革"结束后至 80 年代，文化界、思想界拨乱反正，中断十年的英国现代戏剧研究得以恢复。这一时期的研究者主要以老一辈学者为主，他们所使用的大多是 50—60 年代的研究思路与批评理念。萧伯纳被看成是几乎与莎士比亚比肩的"批判现实主义大师"，因而继续受到很大关注。杨周翰等人编写的《欧洲文学史》下册（1979 年）继续从"批判现实主义"这一视角来评论萧伯纳，并强调他如何探讨政治和社会问题并强烈反对颓废派艺术的文艺主张。黄嘉德则发表了萧伯纳戏剧系列研究论文，并最终出版学术专著《萧伯纳研究》（1989 年），成为这一时期国内萧伯纳研究的最重要的学者。他对萧伯纳的评价既有建国早期的政治化解读印记，也有新时期思想解放的文化语境下对相关学术课题的拓展。此外，"进步戏剧家"奥凯西继续被关注，当时的译介成果主要有黄雨石与林疑今翻译的《奥凯西戏剧选》（1982 年）、林疑今翻译的《朱诺与孔雀——三幕悲剧》（1982 年）、吴文与张榕翻译的《西恩·奥凯西传》（1987 年），但相关评论与研究论文却明显减少。陈嘉在《英国文学史》第 4 卷（1988 年）中从左翼文艺批评的视角对英国现代戏剧做了全面的梳理。在第三章"英国戏剧 1900—1930"中，陈嘉集中评述了萧伯纳、巴里、奥凯西、沁孤、格雷戈里夫人等大多具有左翼思想倾向的现代剧作家，其字里行间的政治化

---

① 廖可兑：《西洋戏剧史》（下），中央戏剧学院戏剧理论教研室印，1960 年，第 143 页。

② 同上，第 141 页。

批评思维仍然较为明显。高尔斯华绥与上述剧作家一样具有写实主义创作风格，但这一时期继续被当做重要小说家看待，其戏剧创作的研究依然未见有明显起色。

　　80 年代，改革开放的社会环境也促进了思想的解放与文艺的发展。外国文学研究中的文化专制主义开始得到清除，苏联文艺观与"左"的文艺思潮的影响逐渐式微，外国文学研究禁区陆续被突破，50—60 年代被贬斥为"颓废派"的剧作家重新成为重要研究对象。首先，王尔德戏剧研究在沉寂几十年后获得复苏，并在新时期的三十多年中出现了繁荣局面。80 年代的王尔德研究采用社会问题剧的视角或传统的现实主义批评方法，如方平的《快乐王子——王尔德》（《艺术世界》1980 年第 2 期）与戈宝权的《重读王尔德的戏剧作品》。两位学者沿用一分为二的辩证模式，刻意忽视或弱化一些为当时社会所诟病或贬斥的"颓废"内涵，选择性地突出其作品中对资本主义上流社会揭发与暴露的一面。陈瘦竹的长文《王尔德的唯美主义理论和他的喜剧》（《当代外国文学》1985 年第 1 期）更具有代表性，作者将王尔德纳入"英国 19 世纪末期唯美主义和颓废主义文学"的框架，并对他的喜剧创作进行深入的评述。其次，艾略特与叶芝作为现代主义诗人而成为学术界研究的热点，他们的戏剧创作也重新获得学界的关注，政治批判已经为更多的理性分析所取代。在《英国文学史》中，陈嘉对艾略特的诗剧《大教堂谋杀案》的评述已经不再是建国早期"一面倒"的抨击姿态，在评述叶芝的剧作时则重申其爱尔兰现代戏剧奠基人的文学地位。再次，在 80 年代读书界、评论界形成的"毛姆热"中，毛姆作为戏剧家与小说家重获学界的青睐。毛姆虽然在英美两国被看成是"二流作家"，但是在当时的中国却被冠上了"英国语言大师"、"艺术大师"、"英国现代文坛泰斗"等头衔。

　　80 年代学界的研究主要以具体的剧作家及其作品为主，对现代戏剧创作状况作整体梳理或综合性评述的研究成果则较少，其中只有廖可兑再版的《西方戏剧史》（1981）、李醒翻译的《近代英国戏剧》（亨特等著，1987 年）等著作有所涉及。90 年代，几位重要的现代戏剧家，如萧伯纳、王尔德，继续受到重视，英国现代戏剧的综合性研究方面出现了很大的改观。一些戏剧史或文学史著述，如桂扬清与郝振益的《英国戏剧史》（1994）、李醒的《二十世纪的英国戏剧》（1994）、陈世雄的《现代欧美戏剧史》（1994 年）、王佐良等主编的《英国 20 世纪文学史》、何其莘的《英国戏剧史》（1999 年）、侯维瑞的《英国文学通史》（1999 年）等，对 19 世纪末英国戏剧的复兴、戏剧革新与创作潮流、易卜生戏剧的影响、社会问题剧、风俗喜剧、爱尔兰民族戏剧、宗教剧的复活、诗剧的复兴、左翼戏剧运动、新戏运动等，做出了更加深入的评析，研究的视野大为拓宽，专业性更强。从上述著述可以看出，苏联文艺史观的影响不断减弱，英美文学史观的影响明显增强。从相关著作的参考书目中可以看出，这些作者大多参考了英美学界的研究成果。一些英美学者的著作也被翻译成中文，学术影响源已经从苏联转向了英美等西方国家。例如，休·亨特的《近代英国戏剧》（1987 年）中译本中，第三章第七节讨论了"诗剧的复兴"，而国内相关著述也开始将英国诗剧的复兴看成是英国现代戏剧的重要特点之一，不仅评析了艾略特、奥登等著名诗人的诗剧，而且还介绍了克里斯托弗·弗莱、查尔斯·威廉姆斯等人的诗剧。

90 年代，西方批评理论不断被引入中国，马克思主义文艺观受到挑战与冲击，文艺批评出现了多元化的趋势。在英国现代文学中，现代主义小说与诗歌继续成为学界的"宠儿"，各类研究成果竞相问世，而现代戏剧的研究则相形见绌。除了萧伯纳外，一些具有左翼倾向或写实主义风格的现代戏剧家，如高尔斯华绥、奥凯西、沁孤等，不断受到冷落。另一方面，对唯美主义大师王尔德戏剧的研究仍然方兴未艾，其中"左"的文艺思潮的影响痕迹已基本消失，而对艾略特、奥登诗剧的研究明显不足，毛姆戏剧的研究也未见兴盛。新世纪以来，国内英国文学研究进入了急速发展时期，各类研究成果琳琅满目，英国现代戏剧的研究也出现了一定的转机。除了萧伯纳、王尔德继续被重点关注外,其他剧作家如毛姆以及作为诗剧作家的艾略特,也逐渐回归到学界的译介与研究视野之中。

第二节
诗歌研究

19世纪末至20世纪中叶,英国的现代诗歌创作在维多利亚诗歌之后出现了极为繁荣的局面,一大批著名文学家,如吉卜林、哈代、劳伦斯、乔伊斯,在小说创作之外也写下了大量杰出的诗作,同时还出现了叶芝、艾略特、奥登等以诗歌创作而崛起于现代文坛的著名诗人。英国现代时期的诗歌创作与我国对外国文学的大规模译介几乎处于同一历史时期,但当时翻译界所关注的主要是19世纪浪漫主义诗歌以及部分英国古典诗歌。直至新文化运动之后,作为"当代诗歌"的现代英国诗歌才开始受到我国学界的关注与评介。

国内学界最早提到并深入评介的现代主要诗人之一可能是叶芝。1918年,《民铎杂志》上的一篇译文在讨论英美自由诗体对"格律森严之英诗"的破坏时,就已经提到了叶芝的名字:"数年前,爱尔兰诗人耶慈于西加哥谓:'吾等作诗,早困于无内容之技工之下,今后与后来之诗的语法及修辞学,不可不全然拒绝。捨有技工的而为单纯散文,尤须近于口语体,盖无技工之口语诗,最足书写其人胸中之情感也。'"[①]这篇文章译自日本的《新时代》杂志,作者对叶芝主张突破英诗格律的革新精神大为赞赏,同时也提到叶芝诗歌的"国民性"问题:"爱尔兰之国民性,尝有天际真人之思。其所作之诗歌,赋予优美之思潮,与平和、滑稽的情调。读耶慈一派

---

① 记者:《现代艺术界之趋势》,《民铎杂志》,1918年第1卷第6期,第131页。

English Literary Studies in China: The Studies of English Writers Volume II

之著作，更了然也。"①当时，爱尔兰还没有从大英帝国的殖民统治下获得独立，叶芝虽然是爱尔兰诗人，但是其诗歌经常被纳入到"英美现代诗歌"之中。这一带有"大英帝国意识"的传统做法也被国内学界长期延续了下来，这其中的原因在于其诗歌创作与英国文学之间不可分割的传承关系。1923 年，叶芝获得诺贝尔文学奖后，其诗歌创作在国内批评界获得更多的关注。国内的刊物刊登了关于叶芝诗作的大量评论与介绍文章，叶芝也成为当时最受关注的西方现代诗人之一。

哈代是 20 年代最受国内学界关注的另一位重要诗人。哈代是英国横跨了两个世纪的著名小说家与诗人。在早期中国翻译界与评论界，徐志摩等人将他的很多诗歌翻译成中文，而他的小说所受到的关注程度远不及诗歌。从 20 年代至 30 年代中期，他在中国读者的眼里基本上被看成是英国"著名诗人"，而不是著名的小说家。1928 年代，哈代去世后，中国文坛出现了其诗歌与小说译介的高潮。相比之下，劳伦斯的诗歌创作自英国现代诗歌传入中国起就被关注较少。1930 年劳伦斯去世之后，国内也兴起了劳伦斯评介的热潮，但基本上是将他看作英国著名的小说家。20 年代，著名现代主义诗人艾略特的名字已经被茅盾、朱自清等人在文章中提及，但是直至 30 年代，其作品才被翻译成中文，并开始受到国内评论界的关注。乔伊斯在 30—40 年代受到关注，其诗歌译文主要有宋悌芬翻译的《乔易士诗选》(《西洋文学》1941 年第 7 期)，但整个民国期间主要是作为"心理分析派"小说家而为国内所接受。

20 年代，国内的报刊上出现了一些关于英国现代诗歌的评论文章，所关注的对象除了叶芝与哈代之外，还有当时英国的"桂冠诗人"布里奇（Robert Bridge，1844 - 1930）以及麦斯菲尔（John Masefield，1878 - 1967）、吉布森（Wilfrid Gibson，1878 - 1962）、

---

① 记者：《现代艺术界之趋势》，《民铎杂志》，1918 年第 1 卷第 6 期，第 134 页。

豪斯曼（A. E. Housman，1859－1936）等在当时英国诗坛比较活跃的诗人。1921 年，胡愈之（署名"化鲁"）在《现代英国诗坛的二老》中提到哈代与布里奇"并不足以代表英诗的最近趋向"，但他们在英国诗坛"影响最大"。作者将哈代看成是英国的"乡土诗人"，认为他仍然"坐着英国诗坛的第一把交椅"，而他的诗歌特点是"深沉"，并称之为"英国自然主义的嫡派"①。在他看来，桂冠诗人布里奇则深受弥尔顿诗歌的影响，因而他称之为"英国古典派第一诗人"②。不过，胡愈之认为他们并非"现代诗人"，而是"维多利亚朝的诗人"③。1922 年，刘延陵在《现代的平民诗人买丝翡耳》（《诗》1922 年第 1 卷第 3 期）中介绍了麦斯菲尔。1923 年，陈衡哲在《介绍英国诗人格布生》（《东方杂志》1923 年第 20 卷第 7 期）一文中介绍了乔治时代的诗人吉布森，认为他是"现代写实派的一个诗人"④。1927 年，梁实秋在《霍斯曼的情诗》（《现代评论》1927 年第 6 卷第 141 期）一文中较早向国内介绍了霍斯曼，认为他是"英国近代诗坛上一个奇怪的人物"，"是一个不折不扣的抒情诗人"⑤。20 年代末，费鉴照在《新月》上发表"现代诗人"系列文章⑥，介绍了多位英国现代诗人。上述文章大多以介绍为主，对这些诗人的创作特征缺乏深入的分析与探讨。

　　1930 年，布里奇逝世后，麦斯菲尔被封为桂冠诗人，国内评论界给予了较多关注。一些报刊，如《小说月报》、《新月》、《现代文学》、《出版月刊》，或发布相关消息，或对新旧桂冠诗人进行介绍，

① 化鲁：《现代英国诗坛的二老》，《东方杂志》，1921 年第 18 卷第 14 期，第 81—82 页。
② 同上，第 82 页。
③ 同上，第 83 页。
④ 陈衡哲：《介绍英国诗人格布生》，《东方杂志》，1923 年第 20 卷第 7 期，第 81 页。
⑤ 梁实秋：《霍斯曼的情诗》，《现代评论》，1927 年第 6 卷第 141 期，第 16 页。
⑥ 费鉴照：《现代诗人：白鲁克、德拉梅尔》，《新月》，1928 年第 1 卷第 6 期；《现代诗人：韦廉莎微士》，《新月》，1928 年第 1 卷第 7 期；《现代诗人：梅纳尔阿丽斯》，《新月》，1929 年第 2 卷第 6 期；《现代诗人：奈陀夫人》，《新月》，1929 年第 2 卷第 7 期。

或发表评论。费鉴照在《现代英国桂冠诗人——白理基士》(《新月》1931 年第 2 卷第 12 期)一文中为了回应评论界对布里奇的指责,对他的诗歌作了全面梳理,指出其诗歌承袭了英国诗歌的传统,虽然拥有完美的诗歌创作技巧,但是就诗歌品质而言,布里奇并不是"上乘的诗人"①。在《新任桂冠诗人——梅士斐尔特》(《新月》1932 年第 3 卷第 1 期)一文中,费鉴照则把麦斯菲尔看成是"现代英国的上乘新诗人"②,在介绍他的生平与创作后,以他的诗歌为例证,从四个方面,即"对海的热枕"、"仁爱心"、"近代的调子"与"巢塞(即骚塞)对他的影响",分析了他的诗歌的特质。此外,方重的《介绍英国桂冠诗人和他的〈西风〉》(《现代学生》1930 年第 1卷第 1 期)与梁抚的《麦士斐——英国的新桂冠诗人》(《东方杂志》1930 年第 27 卷第 13 期)也对新任桂冠诗人的诗歌创作进行了详略不等的评介。1933 年,徐名骥在《英吉利文学》中认为麦斯菲尔的诗歌大多取材于海上生活,因而有"水手诗人"之称,并将他看成是"现代最伟大的诗人之一"③。1934 年,俞大纲在《约翰·曼司非尔的作品观》(《读书顾问》1934 年第 2 期)中指出他的诗歌是"极端写实主义的,取材于劳动群众的日常生活",并且在文学史上开启了"一个新纪元"。④ 1935 年,张沅长在《现代英国诗宗——梅斯斐德》(《读书顾问》1935 年第 4 期)中将麦斯菲尔誉为现代英国的"诗宗"。可见,麦斯菲尔在当时国内学界受到很大重视,其诗坛地位之高主要取决于其"桂冠诗人"的头衔。

　　30 年代,国内一些文学史著述开始对现代英国诗歌做整体上的论述,其中叶芝、麦斯菲尔与吉布森被看成是当时英国的代表诗人,而艾略特尚未被这些著者们提及。曾虚白在《英国文学 ABC》

---

① 费鉴照:《现代英国桂冠诗人——白理基士》,《新月》,1931 年第 2 卷第 12 期,第 12 页。
② 费鉴照:《新任桂冠诗人——梅士斐尔特》,《新月》1932 年第 3 卷第 1 期,第 1 页。
③ 徐名骥:《英吉利文学》,1933 年,第 41 页。
④ 俞大纲:《约翰·曼司非尔的作品观》,《读书顾问》,1934 年第 2 期,第 97—98 页。

中认为"二十世纪的英国诗坛,爱尔兰的势力最大",并将叶芝誉为爱尔兰文艺复兴的"首领";同时指出麦斯菲尔与吉布森代表了另一群诗人,他们不仅"依恋着幻梦的境界和烟雾般的过去",而且在"新旧思潮交流的英国诗坛上",也"采取现代的日常生活作题材",因此将他们看成是"写实派诗人",并且认为吉布森比麦斯菲尔更进一步,因为他"为劳工呼号,为贫穷啼哭"。① 张越瑞在《英美文学概观》中提到新世纪英国诗歌的两种趋势:一是"创造各种形式的韵文,打破韵律的一切限制,只保持普通散文所不能有的节奏与绘画式的技巧",二是认为"诗歌题材的范围过于狭隘,有从事扩充的必要",因此"极力去歌颂新颖的事物,所以,工厂、汽船、牛马似的工人以及社会主义的理想都放到诗歌里面去了"②。张越瑞特别点评了两位当代诗人,即吉布森和麦斯菲尔,认为:"他们超越近代一切的诗人,他们弃绝旧诗的规律,而给新世纪的诗歌以新的质素"③。不难看出,曾虚白与张越瑞的评价不同程度地受到了当时左翼文艺思想的影响。

　　当时对英国现代诗歌较为全面的梳理或评述来自梁遇春的长文《谈英国诗歌》(《现代文学》1930年第1卷第1期)与金东雷的《英国文学史纲》(1937年)。梁遇春在"近代诗歌"一节中简短地介绍了18位英国"近代诗人",其中既有霍斯曼、叶芝,也有麦斯菲尔、吉布森、威廉·戴维斯(W. H. Davies,1871－1940)等,并指出霍斯曼的诗歌"是用微酸的诙谐来说人世的凄凉苦辛",而叶芝作为"爱尔兰文艺复兴的领袖",则试图"建立一种浸在爱尔兰情调里的国民文学"④。金东雷在"现代文学"一章中也对当时英国诗坛做出整体性描述,并将现代英国诗人分为五大派别:耆老派、爱尔兰文艺复兴派、大战派、影像派与后期影像派。金东雷认为第一

① 曾虚白:《英国文学 ABC》,1928年,第145—148页。
② 张越瑞:《英美文学概观》,1934年,第84页。
③ 同上,第85页。
④ 梁遇春:《谈英国诗歌》,《现代文学》,1930年第1卷第1期,第84、85页。

派以吉卜林、哈代为代表，第二派以叶芝等爱尔兰诗人为主，第三派以布鲁克（Rupert Brooke，1887－1915）等人为代表，第四派则是"近二十年来发起新诗运动的领导者"，而吉布森、麦斯菲尔、戴维斯等人被称为这一派的"巨擘"①。金东雷还对所谓的"新诗运动"做出解释，即"近代英国的新诗运动，与其说有形式上的分别，毋宁说有精神上的改革，因为形式的问题，只占据新诗运动的一部分，而新旧诗之不同点，还有更重要于形式之处。"②此外，费鉴照在《现代英国诗人》（1933 年）一书中分别介绍了一战时期的诗人布鲁克以及德拉梅尔（Walter de la Mare，1873－1958）、戴维斯等诗人。柯可在《谈英美近代诗》（1938 年）中也简短提及英国"近代诗人"布里奇、哈代、叶芝、麦斯菲尔等人。俞大纲在《英国现代诗杰诺易士》（《文艺月刊》1934 年第 6 卷第 3 期）中则把诺易士（Alfred Noyes，1880－1958）看成是"现今英国文坛上极负盛誉的一位诗人"而加以详尽评述。总体来看，当时学界对英国现代诗歌的评介重点不明，较为散乱。

20—30 年代，学界对英国现代诗歌的评介受国外（尤其是英美）的影响较大，不少相关评论文章被翻译成中文。从韦丛芜翻译的《近三十年的英国文学》（1930 年）一文可以看出国内关注的对象与评价的方向与国外研究之间的联系。此文作者认为，霍斯曼、布里奇等著名诗人将诗歌创作传统带入 20 世纪；麦斯菲尔被认为是吉卜林之后的杰出诗人，他是"今日用英文著作的唯一的第一流的诗人"③；叶芝、沁孤等爱尔兰文艺复兴诗人则"大大地丰富了大不列颠文学"④。此外，此文还提到诗歌上的"写实主义者"吉布森以及因为一战而夭折的诗人布鲁克等人。上述诗人都是当时国内

---

① 金东雷：《英国文学史纲》，1937 年，第 515 页。

② 同上，第 516 页。

③ J. Erskiue：《近三十年的英国文学》，韦丛芜译，《现代文学》，1930 年第 1 卷第 5 期，第 36 页。

④ 同上，第 38 页。

学界给予较多关注与评论的现代英国诗人。此外，李霁野翻译的《现代英国诗人 W. H. Davies》（《女师学院期刊》1933 年第 1 卷第 1 期）也影响了当时对威尔士诗人戴维斯的评价。宋默庵翻译的《现代苏格兰的诗》（1934 年）则较早评介了"苏格兰诗"以及"苏格兰人用英文写的诗"①。类似的翻译文章还有侍衍翻译的《波洛克以后的英国诗歌》（《时事类编》1935 年第 3 卷第 2 期）和胡仲持译的长文《英美现代的诗歌》（1937 年）等。

　　自 30 年代起，国内学界也开始对英国诗歌的"现代性"特征加以关注。在当时评者的眼中，"现代"不再仅仅是一个历史分期概念，而且也经常带有"现代性"的特征。温源宁在《现代英美四大诗人》（1932 年）中评介了劳伦斯、德拉梅尔、桑德堡、艾略特等 4 位诗人，并对"现代性"的特征之一，即对西方现代工业文明的反抗与反思，进行了分析。温源宁认为现代诗歌"对时代精神的反对和抗拒是一向有的，而且将来也永远会有的，可是每一个时期中的反对主义却是特指的固定的，是和别时代的那些反对主义迥然不同的。"②在他的眼里，这几位现代诗人所反对的就是现代机器文明对人的灵魂的"挤榨"，具体情况各不相同，如劳伦斯憎恨现代文明，主张回到本能的原始生活中去；德拉梅尔主张用"孩子精神"来反对"机械的时代"，而与这两人"消极的反应"不同的是，桑德堡与艾略特的态度则是"积极"的，因为他们主张"承受"这个世界。当时将英美两国的现代诗人（尤其是意象派诗人）并置而论成为当时诗歌批评的一个重要特点，如徐迟的《意象派的七个诗人》（《现代》1934 年第 4 卷第 1—6 期）、孙席珍的《意象主义论》（《国闻周报》1936 年第 13 卷第 14—15 期）、苏新的《英美近代六大意象派诗人》（《诗创造》1948 年第 7 期）等。

---

① 　Edwin Muir：《现代苏格兰的诗》，宋默庵译，《刁斗》，1934 年第 1 卷第 3 期，第 131 页。

② 　温源宁：《现代英美四大诗人》，《青年界》，1932 年第 2 卷第 2 期，第 52—54 页。

30 年代中后期开始，国内学界对英国现代诗人叶芝、艾略特、奥登、斯彭德（Stephen Spender, 1909－1995）等人的译介与研究取得了显著的成就。第一，在叶芝、艾略特、奥登等人的诗歌翻译方面成绩斐然。1937 年，赵萝蕤翻译的艾略特代表作《荒原》中文首译本问世。1941 年，《西洋文学》第 9 期推出"叶芝特辑"，刊登了由吴兴华等人翻译的叶芝诗歌 7 首。1942 年，《诗创作》第 16 期刊出由黎敏子翻译的艾略特的《普鲁佛洛克底恋歌》、《燃烧的诺顿》等诗作。1944 年，《时与潮文艺》第 3 卷第 1 期推出"W. H. Yeats 专辑"，发表了由朱光潜、谢文通、杨宪益等人翻译的叶芝诗歌 15 首。同年，方济翻译的"爱略特诗抄"3 首刊登在《文学集刊》第 2 辑上。1949 年，袁水拍翻译的《现代美国诗歌》一书中收录了三首艾略特的诗歌。此外，叶芝与艾略特的诗歌还出现在一些诗歌选集以及零星的译介中。除了叶芝与艾略特外，当时英国另一位重要诗人奥登因为于抗战期间访问中国而受到了很大的关注。整个 40 年代，奥登的不少诗作出现了中译文或中译本，如朱维基翻译的《在战时》（1941 年）、杨宪益翻译的 4 首奥登诗作[1]、卞之琳翻译的《战时在中国作》，其中有 5 首奥登诗歌[2]，等等。

第二，对艾略特、叶芝、斯彭德等人诗论的翻译硕果累累。1934 年，艾略特的《传统与个人才能》由卞之琳翻译成中文刊登在《学文》杂志上。同年，瑞恰慈的《哀略特底诗》中译文也刊登在《北平晨报》上。此外，艾略特的不少诗论与批评论文，如《诗歌的功用与批评的功用》、《诗歌与宣传》、《布莱克论》、《批评的功能》、《批评的试验》等也被翻译成中文。1941 年，《西洋文学》杂志刊登了张芝联翻译的《叶芝论》（《西洋文学》1941 年第 7—10 期）和周煦良翻译的《叶芝论现代英国诗》（《西洋文学》1941 年第 7—10 期）。

---

[1]　这 4 首译诗刊登在《时与潮文艺》1943 年第 3 期上。

[2]　卞之琳的译诗刊登在《明日文艺》1943 年第 2 期上。

1948 年,沈济翻译的《艾略特论诗》刊登在《诗创造》1948 年第 12 辑上。关于斯彭德的诗论,则有袁水拍译的《反抗中的诗人》(《青年文艺》1944 年新 1 卷第 3 期)与《现代诗歌中的感性》(《诗文学》1945 年第 2 期)、袁可嘉译的《释现代诗中的现代性》(《文学杂志》1948 第 6 期)、赵景深译的《现代诗人的危机》(《新知识月刊》1948 年第 1 卷第 1 期)、李旦翻译的《史彭德论奥登与"三十年代"诗人》(《诗创造》1948 年第 12 期)、岑鄂之翻译的《T·S·艾略忒的〈四个四重奏〉》(《诗创造》1948 年第 10 期)、陈敬容翻译的《近代英国诗一瞥》(《诗创造》1948 年第 10 期)等。英美学界的其他研究成果也被译介到国内,如高明译的《英美新兴诗派》(《现代》1934 年第 2 卷第 4 期)、吴风译的《现代英美新诗的倾向》(《新建设》1942 年第 3 卷第 11—12 期)、宗玮译的《二十世纪英美诗人论》(《诗创作》1942 年第 15 期)、袁水拍译的《论当代英国诗人》(《诗文学》1945 年第 1 期)。这些学术成果既反映了战争与动乱的环境下这一批学者学术视野的开阔以及对学术的执着追求,也说明当时对英国现代诗歌的评论与评价在很大程度上受到了海外研究的影响。

第三,对现代主义诗歌的评论与研究取得重要突破。1934 年与 1937 年,叶公超发表了两篇关于艾略特诗歌的长篇论文,即《爱略忒的诗》(《清华学报》1934 年第 9 卷第 2 期)和《再论艾略特》(《北平晨报·文艺》1937 年 4 月 5 日)。此外,关于艾略特的评论文章还有赵萝蕤的《艾略特与〈荒原〉》(《时事新报》1940 年 5 月 14 日)、邢光祖的《荒原》中译本书评(《西洋文学》1940 年第 4 期)以及钱学熙的《T·S·艾略脱批评思想体系的研讨》(《学原》1948 年第 2 卷第 5 期)。关于叶芝研究,则有叶公超关于叶芝编选的《牛津现代英诗选》书评(《文学杂志》1937 第 1 卷第 2 期)、吴兴华关于美国学者鲁克斯的著作《现代诗与传统》的评论(1940 年)与学术书评《两本关于叶芝的诗》(1941 年)、陈麟瑞的评论文章《叶芝的诗》(《时与潮文艺》1944 年第 3 卷第 1 期)等。关于奥登,则有吴兴华对奥登诗歌《再来一次》的评论（《西洋文学》1941 年第 6 期）、杨周翰的《奥登——诗坛的顽童》（《时与潮文艺》1944 年第 4 卷第 1 期）等。上述研究成果既有一般性的介绍，也有深入的探讨。本章将有专题评论，此不赘述。

当时对英诗现代主义特征或"现代性"做整体性探讨的主要来自袁可嘉。在《从分析到综合：现代诗底发展》（《东方与西方》1947 年第 1 卷第 3 期）一文中，他以艾略特、奥登、斯彭德等人在诗歌中对现代社会与西方文明的反映与反思为例，探讨了现代诗歌从"分析性"向"综合性"的方向转换。在《现代英诗的特质》（《文学杂志》1947 年第 2 卷第 12 期）中，袁可嘉认为探讨英诗的特质就是探讨英诗的"现代性"问题，并对学界已有的对"现代性"三个方面的阐释，即时间层面、与传统关系的层面、与"假古典"、"理智"的层面，进行了批驳，并试图"从现代人的感觉形式去把握现代诗的特质"[1]。袁可嘉以艾略特、奥登与迪伦·托马斯（Dylan Thomas，1914－1953）为例，论述艾略特的诗歌中"象征多于玄学"，奥登诗歌的主要特征是"现实性"，托马斯则沉湎于"玄学的沉思"[2]。40 年代晚期，袁可嘉还在上海的《文学杂志》、《诗创造》、《中国新诗》、《大公报》以及天津的《益世报》上发表了几十篇关于"新诗"的评论文章，其中不少涉及对艾略特、叶芝、奥登、斯彭德等人的评论，从而成为 40 年代评论英美现代主义诗歌的最重要的学者之一。

50—60 年代，在"政治标准第一、艺术标准第二"的口号下，外国文学评论，尤其是对现代主义文学的评论，几乎变成了整齐划一的"政治大批判"。当时对英国现代诗歌的批判性评介主要集中在艾略特等现代派诗人身上。"现代派"诗歌如"现代派"小说一样被扣上了"反动"、"颓废"、"腐朽"、"没落"等大帽子，并作为西方"资

---

[1] 袁可嘉：《现代英诗的特质》，《文学杂志》，1947 年第 2 卷第 12 期，第 58 页。

[2] 同上，第 59 页。

产阶级文学"的突出现象在政治、思想、道德与艺术形式等层面遭到全盘否定与猛烈批判。袁可嘉在 60 年代早期发表的多篇评论文章①，成为当时否定与批判现代派诗歌的标志性成果。袁可嘉是 30—40 年代国内英美现代派诗歌研究的先驱，但是在建国后政治意识形态主导的学术环境下，其学术轨迹发生了巨大的改变。在他的文章中，40 年代的审美与艺术批评已经为机械、僵化的政治批判所取代。他在《托·史·艾略特——美英帝国主义的御用文阀》（《文学评论》1960 年第 6 期）中将艾略特贬斥为"第一次世界大战以来美英两国资产阶级反动颓废文学界一个极为嚣张跋扈的垄断寄生集团的头目，一个死心塌地为美英资本主义帝国主义尽忠尽孝的御用文阀"②。他在《略论美英"现代派"诗歌》（《文学评论》1963 年第 3 期）中则将英美现代派诗歌在近五十年内所形成的"资产阶级的诗风"看成是"一阵吹刮反动思想和颓废艺术的歪风"；在他看来，"现代派""是为当代资本主义制度效劳的反动创作流派"。③ 除了艾略特外，他所提到的庞德、劳伦斯、迪伦·托马斯等其他英美现代派诗人均处于被批判与否定之列。

　　除了袁可嘉外，另一位学者王佐良在 60 年代初也对艾略特与英美现代诗歌发动政治大批判，完全否定了其艺术成就。他在《稻草人的黄昏——再论艾略特与英美现代派》（《文艺报》1962 年第 12 期）中提出：英美现代派的文学成就"是十分微小的"，而艾略特的诗歌在内容上"是反动的，恶毒的，十分有害的"，在艺术性方面并没有多少价值，尤其是他的"诗剧"，如果与"现代英美诗剧的真

---

① 　即《托·史·艾略特——美英帝国主义的御用文阀》，《文学评论》，1960 年第 6 期；《略论美英"现代派"诗歌》，《文学评论》，1963 年第 3 期；《腐朽的文明，糜烂的诗歌——略谈美国"垮掉派"、"放射派"诗歌》，《文艺报》，1963 年第 10 期。

② 　袁可嘉：《托·史·艾略特——美英帝国主义的御用文阀》，《文学评论》，1960 年第 6 期，第 14 页。

③ 　袁可嘉：《略论美英"现代派"诗歌》，《文学评论》，1963 年第 3 期，第 69、78 页。

English Literary Studies in China: The Studies of English Writers Volume II

正大手笔"奥凯西相比，是"多么贫乏和无聊"①。在"奥登一代"诗人中，奥登被指责为"遁入神秘主义"，斯彭德"变成职业的反共文人"，诺易士等人的写作"碌碌无建树"，而庞德"只是一个更为反动、更为疯狂的艾略特"。因此，王文的最后结论是英美现代派的"艺术表现是如此之低劣"②。袁可嘉在另一篇文章《艾略特何许人也？》（《文艺报》1962 年第 2 期）中批判现代派诗歌的"晦涩"，认为"在现代派的晦涩文学后面，便是藏着这样一种极端反动的建立'极少数人的文化'的企图"，而艾略特的"现代姿态、现代手法、现代形象和韵律，却只用来写古老、黑暗、反动的内容"，因而"不是将文学推向前去的积极力量，而是将文学拖回中古大教堂去的反动势力"。③

当时对现代派诗歌的批评与否定既与当时国内"左"的文艺思潮肆虐下的学术环境紧密相关，也受到苏联文艺观与文学史观的重要影响。当时苏联文艺理论家日丹诺夫从阶级分析的角度对现代派进行批判的立场在国内影响极大。袁可嘉在批判艾略特的文章中即引用了日丹诺夫《在第一次苏联作家代表大会上的讲演》（1934 年）中的一段话："由于资本主义衰颓和腐朽而产生的资产阶级文学的衰颓与腐朽，就是现在资产阶级文化与资产阶级文学状况的特色和特点。"④1959 年，阿尼克斯特的《英国文学史纲》中译本对当时国内英国文学研究的影响更大。作者为吉卜林的诗歌专设一个小节，认为这些作品如同他的散文一样"露骨地反映出反

---

① 袁可嘉：《稻草人的黄昏——再论艾略特与英美现代派》，《文艺报》，1962 年第 12 期。

② 同上，第 36—37 页。

③ 袁可嘉：《艾略特何许人也？》，《文艺报》，1962 年第 2 期，第 36—37 页。

④ 袁可嘉：《托·史·艾略特——美英帝国主义的御用文阀》，《文学评论》，1960 年第 6 期，第 14 页。日丹诺夫的著述在建国早期收入曹葆华等译的《苏联文学艺术问题》（北京：人民文学出版社，1953 年）。这一段话在戈宝权等人翻译的《日丹诺夫论文学与艺术》（北京：人民文学出版社，1959 年）中被加上了着重号，后来被国内学界广泛征引，影响很大。

动的帝国主义思想体系"①，而"现代派"文学则被贬斥为"颓废派文学"，尤其是艾略特被看成是西方"当代反动文学的领袖"②。在译自苏联大百科全书的《英国文学概要》中，艾略特被看成是"君主制度和天主教的辩护者"，"为美帝国主义路线而战斗的世界主义者"③，而艾略特、斯彭德等人在二战后依然具有颓废与反人民的本质，并主要表现在"对美帝国主义反动政策的公开的奴颜婢膝的颂扬"④。

国内学界一方面对苏联文艺观点不加批判地全盘接受，另一方面又对来自英美的文艺批评观点给予猛烈抨击、彻底否定。在艾略特的诗歌被批判的同时，他的诗歌批评理论也同时被贬斥为西方资产阶级文艺理论，被描述成马克思主义文艺批判的反面，受到抨击。袁可嘉在《"新批评派"述评》（《文学评论》1962 年第 2期）、《当代美英资产阶级文学理论的三个流派》（《新华月报》1962年第 9 期）等文章中对英美的最新批评理论进行了抨击。值得注意的是，袁可嘉、王佐良等人早年经过正规的西方文学批评的训练，在特殊的环境下对西方文艺批评理论反戈一击，其学理基础与审美分析能力在政治批判中发生了明显的扭曲与变形。不过，他们对英美现代派诗歌的渊源与发展过程的梳理，对具体诗歌作品的引译与分析，对现代派诗歌在西方影响的评述，对艾略特诗学观与批评观的批判式介绍，以及对来自西方学术观点与材料的批判式引证，客观上对英美现代派诗歌在中国的传播起到了一定的促进作用。如果去除政治批判的因素，一些分析也能抓住现代派诗歌的关键所在，如王佐良提到现代派诗歌的"晦涩"与"现代姿态、现代手法、现代形象和韵律"，袁可嘉论及现代派诗歌充满"颓废的

---

① 阿尼克斯特：《英国文学史纲》，1959 年，第 538 页。
② 同上，第 622 页。
③ 《英国文学概要》，《文史译丛》，1956 年第 1 期，第 136 页。
④ 同上，第 138 页。

情绪"、"庞杂的内容"、"晦涩的技巧"①，认为其体现"反理性主义"，"思想直觉化，联想自由化，象征隐秘化，意义晦涩化"②，等等，也不能说毫无道理。

此外，从当时各类评论文章中的引用文献来看，英美文学研究界对英美学术资料的获取并未因"冷战"的对抗而被阻隔。尤为重要的是，上海的《国外社会科学文摘》刊登了大量译自西方敌对阵营的文艺批评与学术资料，其中包括多篇关于艾略特以及现代派文学的文章，如艾略特的《论诗歌欣赏的教学》（任孟昭译，《国外社会科学文摘》1961 年第 5 期）、阿伦的《艾略特的时代与地位》（舟斋译，《国外社会科学文摘》1961 年第 5 期）、海伦·加德勒的《艾略特时代的莎士比亚》（周煦良译，《国外社会科学文摘》1964 年第 8 期）、周煦良翻译的《艾略特与传统概念》（《国外社会科学文摘》1961 年第 5 期）、王科一翻译的《现代文学中迷失的自我》（《国外社会科学文摘》1963 年第 11 期）等。1962 年，中国科学院文学研究所西方文学组编译了《现代美英资产阶级文艺理论文选》一书，在批判资产阶级文艺理论的名义下集中收录了大量来自英美学术界、批评界的代表作品，典型地体现了当时对西方学术研究成果的"批判式译介"。尤其是袁可嘉撰写的长篇"后记"详细介绍了西方的文艺理论流派，在很大程度上影响了学界对包括英国现代诗歌在内的现代派文学的认识与评价。

"文革"结束后，尤其是 80 年代，国内学界开始恢复中断十多年的英国现代诗歌研究。在"现代主义热"的大背景下，英美现代派诗歌是学界重要关注对象之一。当时思想界、文艺界拨乱反正，"文革"中的文艺专制主义得到清理，建国早期的阶级分析与政治

---

① 袁可嘉：《托·史·艾略特——美英帝国主义的御用文阀》，《文学评论》，1960 年第 6 期。

② 袁可嘉：《略论美英"现代派"诗歌》，《文学评论》，1963 年第 3 期，第 83 页。

批判模式开始式微,但思想内容与艺术手法的"二分法"模式得以
延续。袁可嘉的观点很具有代表性。1980年,袁可嘉编选的《外
国现代派作品选》第1卷收录了叶芝、艾略特、庞德等人的多首诗
歌,他在序言中指出:现代派文学在思想内容上反映了西方社会在
人与社会、人与人、人与自我等基本关系上所出现的"全面异化"以
及"现代资本主义世界的社会和精神的尖锐危机"[①]。在艺术层面
上,袁可嘉认为:"在英美两国,象征派的影响在经过'意象派'的阶
段(1908—1917)以后,发展为现代派的诗歌运动",并将叶芝与艾
略特看成是英美象征派的代表人物。[②] 在《外国现代派作品选》第
2卷(1981年)中,袁可嘉则将迪伦·托马斯划为"超现实主义"诗
人。在《象征派诗歌·意识流小说·荒诞派戏剧——欧美现代派
文学述评》(《文艺研究》1979年第1期)、《象征主义诗歌》(《外国
文学研究》1985年第3—4期)等论文中,袁可嘉持同样的观点,将
艾略特看成是英美后期象征派的重要诗人,并且指出后期象征主
义是经过意象主义运动发展而来的,但后期象征主义不同于意象主
义,因为"意象派手法是印象主义的,是一瞬间印象的记录"[③]。

新时期之初,读书界、评论界对"西方现代派"的很多探讨比较
宏观而笼统,涉及各种流派,而袁可嘉对叶芝、艾略特等人诗歌的
评价代表了英美文学研究界对英美现代诗歌研究的细化与具体
化。这一特点还表现在学界把英美意象派诗歌从被热议的"现代
派"中独立出来,对其最初的兴起、产生的背景、艺术特征、所受到
的影响及其传播做出了具体深入的分析。1979年,赵毅衡在《意
象派与中国古典诗歌》(《外国文学研究》1979第4期)中较早对英
美意象派诗歌进行评介,探讨了中国古典诗歌对英美意象派诗歌
创作的重要影响。郑敏在《意象派诗的创新、局限及对现代派诗的

① 袁可嘉:《外国现代派作品选》第1册,上海:上海文艺出版社,1980年,第10页。
② 同上,第3页。
③ 袁可嘉:《象征主义诗歌》,《外国文学研究》,1985年第3—4期,第10页。

影响》（《文艺研究》1980 年第 6 期）中指出："在二十世纪的第一个十年里，先是美国，后来是在英国，出现了以庞德（Ezra Pound）和埃米·罗维尔（Amy Lowell）为首的英美意象派诗"，而这一流派诗歌的创新主要在于他们的"意象"理论。[1] 郑敏的另一篇文章《英美诗创作中的物我关系》（《诗探索》1981 年第 3 期）则分析了意象派诗歌的美学特征。在《谈英美意象派诗歌》（《国外文学》1983 年第 2 期）中，冯国忠认为意象派诗歌是对维多利亚时代以来的传统诗风的反抗，它对现代派诗歌的形成起到了很大的推动作用。此外，袁可嘉、孙绍振、陈维松[2]等人的文章则研究了英美现代派诗歌对中国现代诗歌的影响。

80 年代，在象征派、意象派或"现代派"的框架之外对英国现代诗歌进行的整体评述来自陈嘉的《英国文学史》第 4 卷（1986年）。陈嘉认为，20 世纪的前 40 年是英国诗歌创作的"一个伟大时期"，他对当时的诗歌创作做了细致而详细的梳理，所评述的诗人近 20 位，对有些重要诗人，如哈代、叶芝、艾略特、奥登、斯彭德、格雷夫斯（Robert Graves，1895－1985），专门设立一节详细分析他们的诗歌创作及其艺术特征，其中政治批判式的评论已基本隐退，但思想内容与艺术手法的二分法模式仍较为明显。当时王佐良在《读书》杂志上发表的"读诗随笔"系列文章则代表英国现代诗歌评论中的另一种风格，即融诗歌引译与艺术赏析为一体的评论风格，他独立评述了多位英国现代诗人。在《霍思曼·叶芝·艾略特》（《读书》1987 年第 3 期）中，王佐良将霍斯曼定位为"抒情诗人"，指出叶芝的诗歌从象征主义发展到现代主义，最后超越了现代主义，而艾略特是"20 世纪最有影响的英语诗人"，但他的现代

---

[1] 郑敏：《意象派诗的创新、局限及对现代派诗的影响》，《文艺研究》，1980 年第 6 期，第 133、134 页。

[2] 袁可嘉：《西方现代派诗与中国新诗》，《读书》，1985 年第 5 期；孙绍振：《西方现代派诗歌和中国新诗》，《评论选刊》，1986 年第 7 期；陈维松：《论九叶诗派与现代派诗歌》，《文学评论》，1989 年第 5 期。

主义是"奇怪的现代主义，因为伴随而来的是一种正统的传统观"①。在《燕卜荪·奥登·司班德》（《读书》1987 年第 4 期）中，他指出燕卜荪的诗是"辩论式的诗"，他评析了"奥登一代"的诗歌，认为诺易士等三位"牛津诗人"受到艾略特、庞德的现代主义的影响，但又表现不同，在内容和语言上"有一种锐气"，而奥登的诗作则"有一种更加爽朗的现代面目"②。

　　90 年代以来的 20 多年间，英国现代诗歌的研究呈现出新的特点。第一，研究的视野不断拓宽。一些英国文学史方面的著作，如王佐良的《英国诗史》与《英国 20 世纪文学史》、侯维瑞的《英国文学通史》、李维屏的《英美现代主义文学概观》（1998 年）等，对英国现代诗歌或"现代派"诗歌做出了总体性评述。此外，还出现了专题性的著述，如刘岩的《论中国古典诗歌对英美意象派诗歌的影响》（1995 年）等。第二，现代诗歌的代表人物，如艾略特、叶芝，仍然是研究的重点或热点，各类诗歌译本、论文与专著数量激增，艾略特、叶芝的研究出现了多本学术专著，如董洪川的《T·S·艾略特诗歌和戏剧的解读》、张剑的《艾略特与英国浪漫主义传统》（1996 年）与《T·S·艾略特诗歌和戏剧的解读》（2006 年）、傅浩的《叶芝》（1999 年）与《叶芝评传》（1999 年）等，反映了不断强化的研究深度。此前不被关注或不太受关注的哈代、劳伦斯、乔伊斯、奥登等人的诗歌也出现了不少学术成果。哈代、劳伦斯的诗歌在80—90 年代被较多地翻译成中文出版，傅浩翻译的《乔伊斯诗全集》也于 2002 年问世。在译介的基础上，相关评论文章、学位论文与研究著作也开始问世，出现了勃兴的趋势。第三，随着西方批评理论的引入，研究的视角也突破了"现代"或"现代主义"的传统思维框架，表现出了多元化的发展趋势，整体学术水平也不断提高。

---

① 　王佐良：《霍思曼·叶芝·艾略特》，《读书》，1987 年第 3 期，第 77—78 页。
② 　王佐良：《燕卜荪·奥登·司班德》，《读书》，1987 年第 4 期，第 4、6 页。

第三节
小说研究（一）

　　20 世纪初，维多利亚时代结束，英国进入爱德华时期。这一时期出现了一大批杰出的小说家，如威尔斯、高尔斯华绥、贝内特、毛姆、吉普林、康拉德、福斯特等。同一时期的中国正处于清末民初大规模译介外国文学的重要历史时期。当时，国内学人所关注的对象大多是英国古典文学以及刚刚过去的维多利亚文学，而这些在世纪之交崭露头角的新一代作家并未引起广泛关注。及至新文化运动期间，国内再度兴起外国文学翻译与研究的热潮，这些"当代作家"才开始被译介到中国。1915 年，冰心的《英美最近流行之小说观》（《进步》1915 年第 4 期）可能最早同时提及威尔斯、贝内特、高尔斯华绥等人的小说创作，称他们为英美文坛风行一时的重要小说家。

　　20—30 年代，威尔斯的科学小说、高尔斯华绥的社会小说以及康拉德的海洋丛林小说、毛姆的中国题材作品开始被翻译成中文，国内批评界也开始将威尔斯、高尔斯华绥、贝内特、毛姆等人当做英国当代重要作家加以关注，并发表了不少介绍与评论文章。民国时期的一些文学史著作对这几位小说家青睐有加。欧阳兰在《英国文学史》（1927 年）中将吉卜林、威尔斯、高尔斯华绥、萧伯纳当做英国现代时期的重要作家分别介绍，如萧伯纳被看成现代英国文坛"第一流的小说家和戏曲家"①。郑振铎在《文学大纲》（1927 年）中则将康拉德、威尔斯、高尔斯华绥、贝内特当做"新世纪"以来的主要小说家进行评介。1928 年，曾虚白在《英国文学ABC》中简要介绍了康拉德、贝内特、威尔斯、乔治·摩尔等四位"现代"小说家。1937 年，金东雷在《英国文学史纲》为高尔斯华绥、威尔斯、贝内特等人各列一节，对他们的生平与创作详加评述，

---

① 欧阳兰：《英国文学史》，1927 年，第 187 页。

完全认可了他们在文学史中的经典地位。相比之下，福斯特在民国时期几乎没有引起国内学界的关注，他的名字一般只在部分评论或翻译文章中偶有提及。

当时对"爱德华小说家"的定位与评价主要受到了英美批评界的影响。1929 年，韦丛芜在他翻译的《近代英国文学界中的三个领袖》（《燕大月刊》1929 年第 4 卷第 3—4 期）中将吉卜林、萧伯纳、威尔斯三人看成是英国近代文坛三大作家。1934 年，美国学者克罗斯的《英国当代四小说家》一书由李未农等人翻译成中文①，其收录了康拉德、贝内特、高尔斯华绥、威尔斯等四位小说家的评传，代表了英美学界对这几位当代小说家的定位与评价。克罗斯是美国耶鲁大学教授，具有自由人文主义思想，他的另一本著作《英国小说发展史》也于 1936 年被翻译成中文②，其中最后一章"现代小说"讨论了亨利·詹姆斯、斯蒂文森、吉卜林等人。此外，英国学者拉斯基（Harold Laski）的一篇文章出现了两个中译本：一是钱歌川翻译的《英国文坛四画像》（《现代文学评论》1931 年第 2 卷第 2 期），一是高祖武编译的《拉斯基论英国现代四作家》（《新闻周报》1931 年第 8 卷第 2 期）。拉斯基对吉卜林、威尔斯、高尔斯华绥、萧伯纳的评论也对当时英国文学的认知产生了较大的影响。

其次，左翼文艺思潮与苏联文艺观也极大地左右了学界的评论。1930 年，刘大杰在《现代英国文艺思潮概观》中指出：威尔斯、高尔斯华绥、萧伯纳等人不仅是"英国文坛的革新者，同时又是社会的革命家，他们的作品里所表现的很明显的社会主义的色彩，是现代英国文学界的一个特色"。③ 1934 年，苏联学者弗里契的《20 世纪的欧洲文学》被翻译成中文。在"中小布尔乔亚对帝国主义布尔乔亚的反动"一节中，弗里契介绍了贝内特、萧伯纳、威尔斯三人

---

① 　W. L. Cross：《英国当代四小说家》，李未农等译，南京：国立编译馆，1934 年。
② 　Wilbur L. Cross：《英国小说发展史》，周其勋等译，上海：商务印书馆，1936 年。
③ 　刘大杰：《现代英国文艺思潮概观》，《现代学生》，1930 年第 1 卷第 1 期，第 2—3 页。

的文学创作，认为萧伯纳与威尔斯具有反帝国主义、亲社会主义的思想倾向。这一著作可以看成是苏联马克思主义文艺批评观传入中国并发生影响的重要佐证。在左翼文艺思潮的影响下，谢六逸于 1935 年编译的著作《世界文学》中设有一节"英吉利的新兴文学"，其中将萧伯纳、威尔斯与高尔绥华斯看成是给社会主义文艺"披上新装"的早期代表者。金东雷所受到的左翼文艺思潮的影响更加明显。他在《英国文学史纲》中直接称吉卜林为"帝国主义作家"[1]。此外，日本学界的左翼文艺观也传入中国，如士骧翻译的日本学者北村喜人的《英美的左倾文学》一文也将萧伯纳、威尔斯、高尔斯华绥看成是具有"社会主义倾向"的大作家[2]。日本学者宫岛资三郎对英国文学进行分类，其中第一类即是威尔斯、高尔斯华绥、萧伯纳等具有"社会的或社会主义的倾向"的作家。[3]

从当时的批评视角来看，写实主义与现代主义的分野仍不明显。但是在这一批小说家当中，威尔斯、高尔斯华绥、贝内特等人虽然被看成是"现代作家"，即现代时期的作家，但是其创作中的写实主义或自然主义特点已经被广泛认知。1920 年，茅盾在《文学上的古典主义、浪漫主义和写实主义》一文中较早提到高尔斯华绥是英国写实派的作家。1928 年，叶公超在《写实小说的命运——近三十年英文写实小说》（《新月》1928 年第 1 卷第 1 期）中根据小说家对待生活的冷静、中立与客观的态度，将亨利·詹姆斯、康拉德、威尔斯、高尔斯华绥、乔治·摩尔（George Moore，1852 – 1933）、吉辛等人的作品界定为维多利亚现实主义小说的最新发展，并称之为"现代写实小说"，其特点是"观察与纪实"。[4] 及至

---

① 金东雷：《英国文学史纲》，上海：商务印书馆，1937 年，第 437 页。
② 北村喜人：《英美的左倾文学》，士骧译，《语丝》，1929 年第 5 卷第 39 期，第 2 页。
③ 宫岛资三郎：《英国新兴文学概观》，陈勹水译，《乐群》，1929 年第 1 卷第 4 期，第 28 页。
④ 叶公超：《写实小说的命运——近三十年英文写实小说》，《新月》，1928 年第 1 卷第 1 期，第 178 页。

1937年,金东雷虽然将这几位作家与王尔德、吉卜林、劳伦斯等人当做英国文坛重要作家而置于"现代文学"的大旗之下,但是在他看来,威尔斯的后期作品是写实与社会小说,高尔斯华绥"属于自然主义一派",乔治·摩尔被称为"近代英国唯美的写实主义作家",贝内特则是"写实小说作家中的巨子"。① 由于康拉德在当时仍然被看成是写航海题材的小说家,伍尔夫、乔伊斯等人尚是冉冉升起的文坛新星,加上左翼文坛对现实主义文学的推崇,这几位"爱德华小说家"在当时被看成是英国文坛上举足轻重的大家,颇受国内评论界的青睐与重视。

建国后,马克思主义文艺批评成为唯一正统,苏联的英国文学史观大量传入中国,极大地影响了国内对爱德华时代小说家的评论。阿尼克斯特的《英国文学史纲》中译本将吉卜林、高尔斯华绥、威尔斯、萧伯纳等人当做20世纪的重要作家加以详尽的评述,其中吉卜林被看成是"英国资产阶级的帝国主义思想体系的最重要的表达者",威尔斯、高尔斯华绥等人被誉为"批判现实主义大师",因为他们继承了过去的批判现实主义传统,深刻地批判了现代英国社会的罪恶,尤其是萧伯纳对资产阶级社会的批判"比任何人都更加深刻"。② 相比之下,现代派作家则被看成是"颓废派文学"而受到冷遇。范存忠于50年代撰写的"英国文学史"课程教材《英国文学史提纲》对20世纪早期英国"现代作家"的定位同样沿用政治化的批评思路,将高尔斯华绥界定为批判现实主义作家,对威尔斯则强调了他的费边社会主义者身份,以及他的长处不在于"那些幻想的创造",而在于"真实地描写了资产阶级社会"③。当时外国文学研究随政治指挥棒上下起舞,英国文学中的经典现实主义作家颇受重视,对威尔斯、高尔斯华绥等人的关注则稍显不足,研究成

① 金东雷:《英国文学史纲》,1937年,第453、454、460页。

② 阿尼克斯特:《英国文学史纲》,1959年,第530—531页。

③ 范存忠:《英国文学史提纲》,成都:四川人民出版社,1983年,第439页。

果也十分有限。"文革"之后，"现代主义热"兴起并持续成为国内学界重要关注对象，而威尔斯、高尔斯华绥等人在文学史中的地位虽然很高，如侯维瑞在《现代英国小说史》将他们称为"现实主义小说三杰"，但新时期以来的 30 年中，学界对这几位作家的研究则大大逊色于对现代派作家的研究。

　　H·G·威尔斯（H. G. Wells，1866 - 1946）是英国现代科学小说之父、现代乌托邦小说的重要代表，也是针砭时弊、对资本主义社会进行批评、对社会主义向往的社会小说家。威尔斯的科学小说代表作有《时间机器》（*The Time Machine*）、《星际之战》（*The War of the Worlds*）、《莫洛博士岛》（*The Island of Doctor Moreau*）、《隐身人》（*The Invisible Man*）等，因此最早作为"科学小说家"被译介到中国。1915 年，威尔斯的 3 部科学小说《时间机器》、《星际之战》、《莫洛博士岛》被翻译成中文，译名分别是《八十万年后至世界》、《火星与地球之战争》、《人耶非耶》。"科学小说"在当时受到很大的重视，其原因在于清末民初崇尚科学的文化氛围以及出于把小说作为开启民智、启蒙社会的功用目的。民国时期，威尔斯的译介与评论十分活跃，但对其作为历史学家、社会活动家与时政评论家的关注明显多于对其作为小说家威尔斯的关注，对其小说创作的关注以一般性的介绍为主，缺乏深入探讨或学院化的研究。作为小说家，威尔斯主要被看成是科学小说家、社会小说家与乌托邦小说家。

　　20 年代初，威尔斯作为英国重要小说家受到国内学界较多的关注。1921 年，慈心在《现代预言的作家威尔斯》（《学术界》1921 年第 1 期）一文中称他是"英国小说界的泰斗"，指出《八十万年后之世界》是威尔斯的"一大杰作"，其中充满"丰富的想象力"和"紧密的推理力"[1]。同时，作者也对威尔斯的小说创作做出整体评述，认为他在初入文坛之际是以"讽刺滑稽"而著称，他的创作"自

---

[1]　慈心：《现代预言的作家威尔斯》，《学术界》，1921 年第 1 期，第 1 页。

成一家"，因此威尔斯既是"社会的批评家"，又是"社会改革家"。①
1923年，化鲁（胡愈之）在《威尔士的新乌托邦》（《东方杂志》1923年第20卷第12期）中认为他的新著《如神之人》（*Men Like Gods*）"描写了他所理想的乌托邦"，并且指出："威尔士本就是个理想小说的斲轮老手，一方面他又是文化问题、社会问题的研究家，所以他的理想国的新著不但想象力非常丰富，就是结构和题材也都是很合现代人的口味的。"②此外，《小说月报》上刊登的"海外文坛消息"《威尔斯的新作》（1923年第14卷第5期）将他的新作《天神一般的人》称为"乌托邦小说"。类似的新作介绍文章还有均正的《威尔士的新著〈梦〉》，此文认为威尔士的小说"都是偏于幻想的，他屡屡想到将来的美丽而自由的世界。这一部《梦》，就是描写他理想世界里的人，对于现代社会底纷乱的感想，确是他早年自创的心灵和他中年成熟的幽默融合的产品。"③有的评者还以《现代乌托邦》（*A Modern Utopia*，1905）为例证，将威尔斯称作近代著名的乌托邦小说家。④

20年代对威尔斯小说创作的评介成果也常常来自对国外评论的翻译，如郭大力翻译的《韦尔斯之生平思想及其著作》（《民铎杂志》1929年第10卷第3期）。由这些翻译文章可以看出国内对威尔斯的评论大多受到了英美批评界的影响。在《韦尔斯之生平思想及其著作》一文中，作者认为：威尔斯在"想象小说"里加入了对"现代社会的现代批评"，并努力"描写将来可能的发展"；而他的代表作之一《现代乌托邦》既是"哲学的讨论"，也是"想象的小说"；与旧乌托邦不同，这是一部"新乌托邦"，表现了一切事物都处于不断发展与变化之中。在作者看来，威尔斯批评了"谦让的社会主

---

① 慈心：《现代预言的作家威尔斯》，《学术界》，1921年第1期，第5、7—8页。
② 化鲁：《威尔士的新乌托邦》，《东方杂志》，1923年第20卷第12号，第84页。
③ 均正：《威尔士的新著〈梦〉》，《文学周报》，1921年第127期，第3页。
④ 汉南：《近代四大乌托邦著作家》，《革命周报》，1929年第94期，第107页。

义"、"暴动的社会主义"、"费边社会主义"，而"社会主义把人类提高到一个向来没有人梦想到的高度"。① 这篇论文也梳理了威尔斯小说创作的演变与发展的轨迹，即从想象小说、社会论文转向社会小说，而社会小说最终让他获得生命，其代表作《托诺·邦盖》、《鲍勒先生的历史》呼唤"一种有理解、有目的的贤人政治"，从而"把人类导入新的秩序"②。这篇译文把威尔斯的"科学小说家"的标签完全揭去，还原了以社会批评、对未来充满希望为主的"社会小说家"的形象，可能是当时对威尔斯的创作所做出的最全面的介绍。

30 年代，威尔斯作为一个世界级的大文豪形象已为国内学界所普遍接受。1930 年，刘大杰在《现代英国文艺思潮概观》中将他的作品分为三类：科学故事、写实小说、社会小说，并且指出威尔斯"发表了许多描写理想社会的佳作。他极力排斥为艺术而艺术，主张为社会而艺术。他要在他的小说里，叙述他政治的意见，讨论社会、宗教、教育、道德诸问题。小说对于他，不过是一个社会主义思想发表的机关。"③此外，学界还出版了两本关于威尔斯的著述，即浙江省立图书馆出版的罗家农的《英国文豪韦尔斯》（1936 年）与方土人、林淡秋翻译的《韦尔斯自传》（1936 年），但是对他的小说进行深入研究的评论文章并不多见。不过，当时的文学史著作对他做出了很高评价。欧阳兰在《英国文学史》中称威尔斯是英国现代著名小说家、科学家和社会学家，并分析了其小说主题的变化：早期作品中"幻想和科学的成分极其丰富"，但在近期的小说中，如《吉泼斯》（*Kipps*），则渐渐渐由幻想转向了"写实"。③张越瑞在《英美文学概观》中提到威尔斯是"新世纪最风行的作家"，而他的作品"最能代表近代小说四种不同的特质：第一，对科学、发明特

---

① 勒德当：《韦尔斯之生平思想及其著作》，郭大力译，《民铎杂志》，1929 年第 10 卷第 3 期，第 3—6 页。

② 同上，第 7 页。

③ 刘大杰：《现代英国文艺思潮概观》，1930 年，第 7 页。

感兴趣；第二，表现近代社会、工业的状况，寓有改良的愿望；第三，以幽默的态度观察社会的习例，暗示必须加以改革之意；第四，小说发出严重的呼声，激发更高的热诚，增加高尚的美德，同时唤起一种更有生命力的信仰。"①金东雷在《英国文学史纲》中称威尔斯为"科学小说作家"、"近代英国最有名的著作家、科学家、社会学家和小说家"②；金东雷将他的创作分为三个时期：科学小说时期，政治、社会和经济评论期，写实小说期，将他的作品分为四类：科学小说、社会改良小说、幽默小说、道德与宗教小说。

　　除了小说外，他的非虚构作品也被翻译成中文。1923年，王靖翻译的《论现代小说》一文选自威尔斯1914年出版的文集《一个英国人看世界》，其中表达了威尔斯对小说道德功用与人物塑造的观点。30年代，他的非虚构作品《关于机械和科学发展对人类生活和思想所起影响的展望》（*Anticipations of the Reaction of Mechanical and Scientific Progress upon Human Life and Thought*，1901）被翻译成中文，并出现了多个中译本③。这一作品表达了对未来世界的大胆猜想以及对科技发展后果的洞见与预言，不仅在英国深受欢迎，而且被翻译成中文后，威尔斯因"科学小说"而被赞美的"预言家"形象再一次被强化了。威尔斯另一部非虚构作品，即1936年最新出版的新作《挫折的解剖》（*The Anatomy of Frustration: A Modern Synthesis*）出现了中译本《生路》④。中译者在"序言"中说："本书确有一读之价值。其篇幅虽属不多，但对于格

---

① 张越瑞：《英美文学概观》，1934年，第77—78页。

② 金东雷：《英国文学史纲》，1937年，第441页。

③ 这些中译本有章衣萍和陈若水合译的《未来世界》（1934年）、杨懿熙翻译的《未来的世界》（1937年）、章铎声翻译的《未来的世界》（1938年）、顾毅音翻译的《世界预言》（1938年）、顾毅音重译的《未来世界》（1939年）、江樵翻译的《世界之预言》（1939年）、陈远义和郭达三翻译的《未来世界》（1939年）、鲁愚翻译的《未来世界续集》（1939年）等。

④ 威尔斯：《生路》，鲁继曾译，上海：商务印书馆，1937年。

物、致知、诚意、正心、修身、齐家、治国、平天下种种问题都曾涉及"①。40 年代，他的科学小说《莫洛博士岛》与另一部非虚构作品《世界新秩序》也被翻译成中文。② 1946 年，威尔斯去世时，国内学界加以报道，并对他的生平创作发表评论，但这些文章大多比较短小，并重述了此前的大作家、预言家、科学家等称号③。当时较有代表性的文章是罗家伦的《一代哲人威尔斯》（《读书通讯》1946 年第 121 期），其中称威尔斯为"文学家，历史学家，社会理论家"，但"与其封他种种称号，不如称他哲人"④。

威尔斯在"大文豪"之外作为一个历史学家、社会活动家与时政评论家也在民国时期为国内学界所重视。1927 年，他的《世界史大纲》（*The Outline of History*，1920）被梁思成等人翻译成中文，由商务印书馆出版。30 年代，这部著作出现了多个中译本⑤，受到了学界更大的关注，而威尔斯作为历史学家的形象也为国内学界所普遍接受。一些文学史著作指出他不仅是"科学家"，也是"历史学家"。20—30 年代早期，作为社会活动家与时政评论家的威尔斯也引人注目。1921 年，周恩来翻译了威尔斯采访华盛顿会议的长篇报道，发表在天津的《益世报》上，并加以评述。《东方杂志》等刊物发表了不少相关评论文章，如：楼桐孙的《威尔斯之不列颠政治现势观》（《东方杂志》1927 年第 24 卷第 24 期），陈登元的《韦尔斯与基督教》（《一般》1929 年第 8 卷第 1—4 期），马鹿的《威

---

① 威尔斯：《生路》，鲁继曾译，上海：商务印书馆，1937 年，第 4 页。

② 威尔斯：《莫洛博士岛》，李林、黄裳译，上海：文化生活出版社，1948 年；《世界新秩序》，谢元范译，上海：龙山书局，1943 年。

③ 这些文章主要有《英国预言家威尔士》、顾慈祥的《科学家韦尔斯》（《科学大众》1946 年第 1 卷第 1 期）、《萧乾谈威尔斯》（《文艺时代》1946 年第 1 卷第 3 期）。

④ 罗家伦：《一代哲人威尔斯》，《读书通讯》，1946 年第 121 期，第 6 页。

⑤ 这些中译本主要有：《世界文化史纲》（朱应会译，昆仑书店，1930 年）、《汉译世界史纲》（向达译，商务印书馆，1930 年）、《简明世界史》（樊仲云译，商务印书馆，1931 年）、《世界史要》（谢颂羔、陈德明译，文华美术图书印刷公司，1931 年）、《世界文化史》（蔡慕晖、蔡希陶译，每大江书铺，1932 年）。

尔士的世界联邦论》（《东方杂志》1922 年第 19 卷第 2 期），滕固的
《威尔士的文化救济论》（《东方杂志》1923 年第 20 卷第 11 期）与
《威尔斯的非战论》（《青年界》1931 年第 1 卷第 1 期），少岑译述的
《韦尔斯论最近世界经济之衰落》（《时事月报》1933 年第 8 卷第
1—6 期）、《威尔斯论人类文明的崩毁》（1932 年）和《太戈尔与威尔
斯论民族主义》（《国闻周报》1931 年第 8 卷第 16 期）等。这些文
章在深度与广度上明显超过了当时对他的小说的探讨。

　　在左翼文艺思潮的影响下，威尔斯在政治思想上的社会主义
倾向一直为国内所关注。1926 年，他的文章《共产主义的将来》被
戴景云译为中文，刊登在《晨报副镌》第 55 期上。1920 年、1928
年，威尔斯两次访问社会主义苏联，尤其是第二次访苏被国内新闻
界竞相报道，产生了很大反响。威尔斯于 1920 年第一次访问苏联
后，《小说月报》1921 年第 12 卷第 7 期发表《俄国批评家对于威尔
斯的俄事观的批评》一文，表现出学界对他的这次访问活动的关
注。1928 年，威尔斯再次访问苏联，与斯大林见面，国内多家刊物
发表消息，并刊登《斯大林与威尔斯谈话》的中译文，这一度成为文
坛热点事件。1930 年，《中国青年》发表了斯大林的《与英国作家
威尔斯的谈话》（《中国青年》1930 年第 11 期）中译文，最早向国内
介绍相关情况。此后，类似报道与翻译还有很多，如：东辉的《H·
G·韦尔斯在莫斯科》（《清华周刊》1934 年第 42 卷第 8 期）和《韦
尔斯史丹林晤谈》（《时事旬报》1934 年第 4 期）、蒋弘翻译的《史塔
林和威尔斯底谈话》（《文化》1935 年第 2 期）和《威尔斯与史太林
的谈话》（《外交周报》1935 年第 3 卷第 5 期）、樊仲云的《威尔斯与
斯太林会见记》（《文化建设》1934 年第 1 卷第 3 期）等。

　　新中国成立后，政治制度的变化带来了学术环境的巨大变化。
马克思主义成为占主导地位的意识形态，现实主义文学被奉为正
统而备受关注。威尔斯因为后期创作中的写实风格而被誉为"进
步"作家。威尔斯与其他作家一样受到政治意识形态的影响，并作
为具有社会主义倾向的大作家受到较多的重视。1951 年，《学习

杂志》重新刊登了斯大林的《与英国作家威尔斯的谈话》（《学习杂志》1951 年第 3 期）。1959 年，他的《俄罗斯之谜》一书经由俄译本转译成中文。① 由于他的左翼政治倾向与斯大林的接见，威尔斯在当时被看成是具有进步倾向的英国作家，其小说《爱情和路维宪先生》（梁羲译）于 1958 年由新文艺出版社出版。译者认为，他的"科学幻想小说"与"对现实社会给以无情的暴露和讽刺的写实主义"小说给他带来世界性的声誉。当时以阶级分析为主的政治化解读成为潮流，学界认为威尔斯的现实主义作品"对当时英国资本主义社会的虚伪欺骗的本质和小市民的愚昧守旧进行了无情的揭露和尖刻的讽刺"②。

此外，威尔斯的另一部重要科学小说《隐身人》也被翻译成中文③，作为科学小说家的威尔斯仍然为学界所关注。当时对他的科学小说的评价也带有鲜明的时代印记，如在《爱情和路维宪先生》"译后记"中，译者认为《时间机器》"描绘出一幅资本主义退化的途径，以夸张的手法揭露了资本家的寄生性和无产阶级的被奴役"，而《隐身人》则"描写了在资本主义社会里一个处在穷途末路的科学家怎样被迫走上了犯罪的道路"④。《隐身人》的中译本"内容提要"中说：作者通过天才的青年物理学家格里芬这一典型，有力地批判了反动的超人哲学，揭露了资本主义社会怎样使一个有天才的学者走上犯罪的道路。徐克明在《威尔斯的〈隐身人〉》（《科学大众》1956 年第 9 期）中认为：威尔斯的科学小说把"对人类未来所作的大胆而奔放的幻想和对作者所处的现代资本主义制度的

---

① 威尔斯：《俄罗斯之谜》，丛山译，北京：三联书店，1959。俄文本的译者是帕斯托耶娃与维节尔。

② 梁羲：《爱情和路维宪先生·译后记》，上海：新文艺出版社，1958 年，第 235 页。

③ 威尔斯：《隐身人》，张华译，北京：中国青年出版社，1956 年。

④ 梁羲：《爱情和路维宪先生·译后记》，上海：新文艺出版社，1958 年，第 232、233 页。

畸形丑态的尖锐批评结合在一起"①。

50年代由于中国与苏联的同盟关系，斯大林的《与英国作家威尔斯的谈话》被重译刊登在《学习杂志》1951年第3期上，后来被《新华月报》（1951年第12期）转载。1959年，威尔斯的《俄罗斯之谜》中译本由三联书店出版。《俄罗斯之谜》的"译后记"充分肯定威尔斯在20世纪20年代初期逆着帝国主义宣传的浊流，反映了苏维埃俄国的真实情况，起到了打击帝国主义反苏宣传的作用，但由于阶级的局限性，威尔斯没能理解十月革命的真正意义和布尔什维克政权的实质。此类阶级分析与一分为二的评论模式在当时相当普遍。罗葆齐在《读〈俄罗斯之谜〉》（《新文化报》1959年2月13日）中批评威尔斯从来不懂得阶级斗争的理论，也不了解资本主义的掘墓人无产阶级担负的历史使命。

"文革"结束后，威尔斯的两重身份，即科学小说家与社会小说家，被学界进一步强化。1980年，江苏科学技术出版社出版了《威尔斯科学幻想小说选》，收入《时间旅行记》、《摩若博士岛》、《隐身人》、《星际战争》等四部小说。此后30多年来，威尔斯的科幻小说被重译、再版多次，版本与印数难以计算，并于1999年太白文艺出版社出版《威尔斯科幻小说全集》时达到高潮。相比之下，威尔斯的其他小说则几乎没有被翻译。这一时期出现了不少关于威尔斯科学小说的评论文章②，其中大多沿用50年代"科幻小说"的批评术语，批评的侧重点从民国时期对"科学"的崇尚，转向了对"幻想"的重视，威尔斯也被誉为"科幻小说界的莎士比亚"③。1985年，侯维瑞的《赫·乔·威尔斯的现实主义创作》（《外国文学》1985年第

---

① 徐克明：《威尔斯的〈隐身人〉》，《科学大众》，1956年第9期，第431页。

② 杨传鑫：《论威尔斯的科学幻想小说》，《中南民族大学学报（社科版）》，1992年第2期；王松年：《论威尔斯"科幻小说"的虚构性：对沃尔夫〈论现代小说〉的思考》，《南京邮电学院学报（社科版）》，1999年第2期；杜飞：《声音的诗学：〈时间机器〉的叙述视角和叙述效果评析》，《外语研究》，2005年第5期。

③ 何德珍：《威尔斯：科幻小说界的"莎士比亚"》，《中国图书评论》，2003年第1期。

6 期）开启了威尔斯社会问题小说研究的大门。同年，侯维瑞在《现代英国小说史》中将威尔斯与高尔斯华绥、贝内特等并称为"现实主义小说三杰"，重申了三位爱德华小说家在文学史中的重要地位。新时期以来的英国文学史著作大多将威尔斯当做 20 世纪早期英国重要的小说家加以评述，但相对于英国现代主义小说而言，威尔斯的现实主义小说很少成为关注的热点，相关评论文章屈指可数，其中有张禹九的《威尔斯小说创作的再认识》（《外国文学评论》1993 年第 3 期）、钟翔的《维多利亚文化精神与威尔斯小说概观》（《外国文学研究》1993 年第 3 期）。此外，殷企平的《威尔斯小说观浅析》（《外国文学》2001 年第 2 期）与张和龙的《不可忽视的大论战》[①]回到现实主义与现代主义激烈交锋的历史语境，对威尔斯的小说创作观进行了集中分析与评论。

约翰·高尔斯华绥（John Galsworthy，1867－1933）于 1906 年发表《有产业的人》而获得英美批评界广泛好评，由此成为爱德华时期英国最重要的小说家、戏剧家之一。20 世纪 20 年代，高尔斯华绥的很多短篇小说被翻译成中文。1936 年，王宝味译的高尔斯华绥长篇小说《资产家》问世。[②] 高尔斯华绥的很多作品虽然被翻译成中文，并出现了不少评论文章，但是独立而有深度的学术论文不多。1921 年，王靖在《高尔士委士的短篇小说〈觉悟〉的评赏》（《文学周报》1921 年第 14 期）中较早称高尔斯华绥为"英国当代第一流大文豪，精于小说和戏剧"[③]。欧阳兰将高尔斯华绥看成是现代英国文坛"第一流的小说作家"[④]。但在民国期间，学界普遍认为其小说创作成就不如戏剧，相关评论明显少于戏剧评论。1928 年，《近代文学家》一书称高尔斯华绥是"现代英国第一流

① 此文载《外语与文化》，上海外语教育出版社，2001 年。
② 高尔斯华绥：《资产家》，王宝味译，北京：中华书局，1936 年。
③ 王靖：《高尔士委士的短篇小说〈觉悟〉的评赏》，《文学周报》，1921 年第 14 期，第 1 页。
④ 欧阳兰：《英国文学史》，1927 年，第 196 页。

的小说家和戏剧家"，认为他的戏剧比小说更加有名。黎锦明在《纪念高尔士华绥》（《再生杂志》1932 年第 9 期）中认为：与同时代作家相比，他的小说风格独特，但是成就却不如他的戏剧。1932 年，郑镛在《高尔斯华绥评传》（《大夏期刊》1932 年第 3 期）中将他看成是"广义的人道主义者"[1]，同时也提到他在小说上的成就不及他在戏剧上的成就。当时各类评论文章对他的小说一般只作简略介绍，少有深入探讨。刘奇峰在《高尔斯华绥的小说》（《晨钟汇刊》1929 年第 224 期）中曾经提到英美批评界对他的两大指责：一是将小说看成是褒贬道德观念的工具，二是对社会的批评往往被悲悯与同情所掩盖；在评述《福赛特世家》时，刘奇峰认为它"不啻英国家庭的史诗，对于现代小说是一种伟大的贡献。他的要旨论及于两种力量之冲突，一是中等阶级之唯物主义或英国之庸俗主义，一是美丽及爱情之自由之崇拜"。[2] 一些评论文章明显受到左翼文艺思想的影响。1932 年，刘大杰在《高士华绥小论》中提出《福赛特世家》"把英国资产阶级的生活、思想、风俗、习惯和性情，或是具体的，或是心理的，都深刻地描写了出来"[3]。抗战后，关于高尔斯华绥的评论文章明显减少，其中孙晋三的《社会历史小说与〈福萨德家传〉》（《文讯》1947 年第 7 卷第 3 期）从社会历史批评的角度评析了他的代表作《福萨特世家》，代表了左翼文艺批评视角的延续。

　　50—60 年代，高尔斯华绥被看成是 20 世纪英国重要的批判现实主义小说家，但在当时特殊的学术环境中，学界对他的研究并未深入开展。"文革"后，"批判现实主义作家"这一定位在一些著作中被延续下来。陈焘宇在《评高尔斯华绥的〈有产业的人〉》（《外国文学评论》1979 年第 1 辑）中认为《有产业的人》是 20 世纪初的

---

① 郑镛：《高尔斯华绥评传》，《大夏期刊》，1932 年第 3 期，第 2 页。
② 刘奇峰：《高尔斯华绥的小说》，《晨钟汇刊》，1929 年第 224 期，第 1—2 页。
③ 刘大杰：《高士华绥小论》，《现代学生》，1932 年第 2 卷第 4 期，第 4 页。

"批判现实主义杰作"①。王忠祥在《欧美文学史话》中称高尔斯华绥是"英国二十世纪初批判现实主义传统的继承人"②。此后，一些小说史、文学史著作，如侯维瑞的《现代英国小说史》、陈嘉的《英国文学史》、王佐良等主编的《英国 20 世纪文学史》、王守仁等著的《20 世纪英国文学史》，基本采用"现实主义"的批评定位，把高尔斯华绥当做英国爱德华时期的重要小说家而加以评述。80—90年代出现了一些评论文章，如邵旭东的三篇文章③分别从传统与现代、家族小说、叙事艺术等层面探讨了高尔斯华绥的小说创作；陈惇与王守仁的文章④则采用"20 世纪现实主义"这一概念，以区分于 19 世纪的批判现实主义。2011 年，朱焰在《新理论视野中的高尔斯华绥》（《外语研究》2011 年第 3 期）中提到国外对高尔斯华绥的研究在 20 世纪 90 年代达到了新的高度。相比之下，国内对高尔斯华绥小说的研究仍十分有限，远远逊色于对现代主义作家的研究。这其中原因主要在于现代主义在 20 世纪兴起并产生广泛影响，极大地吸引了国内学术界的注意力。在当下各种最新批评理论的启发下，相信高尔斯华绥小说在我国的研究会出现新的突破。

阿诺德·贝内特（Arnold Bennett，1867－1931）是"爱德华小说家"的重要代表之一，但是在民国时期贝内特所受到的关注明显不如威尔斯、高尔斯华绥、萧伯纳等人，关于其小说创作的评论文章屈指可数，其中主要有奕珊的《班乃德评传》（《国闻周报》1931年第 9 卷第 19 期）、费鉴照的《彭纳德》（《文艺月刊》1931 年第 2

---

① 陈焘宇：《评高尔斯华绥的〈有产业的人〉》，《外国文学评论》，1979 年第 1 期，第229 页。

② 王忠祥：《欧美文学史话》，武汉：湖北教育出版社，1986 年。

③ 邵旭东：《在传统派与现代派之间——论高尔斯华绥小说创作的革新意义》，《外国文学研究》，1986 年第 2 期；《步入异国的家族殿堂——西方"家族小说"概论》，《外国文学研究》，1988 年第 3 期；《开拓：挑战面前的抉择——论高尔斯华绥的叙事艺术》，《华中师范大学学报（哲社版）》，1989 年第 1 期。

④ 陈惇：《二十世纪现实主义的重要代表——高尔斯华绥》，《北京师范大学学报》，1993年第 5 期；王守仁：《谈二十世纪的现实主义》，《外国文学评论》，1998 年第4 期。

卷第 5—6 期）、于佑虞的《白尼特的生涯与其作品》（《文艺月报》1935 年第 5—6 期）以及鹿尼翻译的《般涅特论》（《大陆评论》1933 年第 2 卷第 6—7 期）等。民国时期的评论基本上将他看成写实主义小说家，如奕珊认为他"是现代写实小说作家的巨擘"，其代表作《老妇谭》"是近代写实小说中最佳的一部"。① 费鉴照认为他的小说创作受到近代法国文学的巨大影响。曾虚白具体指出他的小说具有"浓厚的法国和俄国写真派小说的色彩"②。金东雷对他的评述极为详尽，认为他是写实派小说家，曾经"模仿法国的写实派"，"法国文学对他的影响最大"③；金东雷还重点介绍了他的代表作《老妇谭》，认为他对事物的描写"精微细致"④，在文坛上的地位可与托尔斯泰、福楼拜、莫泊桑等人齐名。建国早期，贝内特几乎没有进入国内批评界的视野。新时期以来，贝内特与威尔斯、高尔斯华绥一样在小说史、文学史著述（如侯维瑞的《现代英国小说史》、陈嘉的《英国文学史》）中占得一席之地，但独立评论文章寥寥可数。侯维瑞、陈嘉等人的文学史著作基本上将他看成是现实主义作家，并评析了他的自然主义创作倾向。阮炜的几篇论文⑤则从主题、视点技巧、现实主义创作手法等方面进行了深入探讨，是这一时期国内贝内特研究的重要成果。

　　威廉·萨默赛特·毛姆（William Somerset Maugham，1874－1965）是英国现代时期著名的小说家和戏剧家，也是狄更斯之后拥有读者最多的英国作家之一，但他在文学史著作中的定位一直存在争议。文学评论界与读者反应的不对等现象，被传记作家特

---

① 　奕珊：《班乃德评传》，《国闻周报》，1931 年第 9 卷第 19 期，第 1、6 页。
② 　费鉴照：《彭纳德》，《文艺月刊》，1931 年第 2 卷第 5—6 期，第 143 页。
③ 　金东雷：《英国文学史纲》，1937 年，第 465 页。
④ 　同上，第 467 页。
⑤ 　阮炜：《〈五镇的安娜〉中视点技巧的运用》，《四川师范大学学报（社科版）》，1987 年第 4 期；《温和的法国型写实主义者阿诺德·贝内特》，《深圳大学学报（社科版）》，1994 年第 3 期；《贪婪与报应——对贝内特〈莱西姆台阶〉的思考》，《深圳大学学报（社科版）》，1991 年第 1 期。

德·摩根称之为"毛姆问题"（the Maugham problem）①。毛姆曾于1919年访问过中国，写过大量涉及中国题材的作品。20年代起，他的作品开始被翻译到中国，国内学界对毛姆其人其作也进行了介绍与评论。1929年，《小说月报》第20卷第8期上刊登了一组现代英国小说家的肖像画，其中收录了毛姆的画像。在同期刊登的《二十年来的英国小说》一文中，赵景深将毛姆归入"社会小说家"之列，对其生平和创作做简要的介绍，对他的代表作之一《月亮和六便士》给予充分肯定。② 1933年，毛含戈在《现代英国小说》（《青年界》第4卷第5期）一文中肯定了毛姆的文学地位，把他与福斯特和劳伦斯相提并论，但同时也认为：与一流作家哈代和康拉德等人相比，毛姆仍稍逊一筹。同年，李建新认为高尔斯华绥、哈代、亨利·詹姆斯等文学大家去世后，可以把毛姆看成是"英国文坛的新领袖"③。民国时期的文学史著作对毛姆多有介绍，但内容比较简短，有的一笔带过。1931年，在《欧洲文学史纲》中，金石声对毛姆的介绍只提到其小说《月亮和六便士》和《彩色的面纱》。金东雷在《英国文学史纲》第十二章"现代文学"中把毛姆归入"英国社会派小说家"，对毛姆的创作特点只有简短的点评。

建国早期，毛姆可能只出现在阿尼克斯特的《英国文学史纲》中译本中，并被认为是"自然主义的继承者"④。1979年，《世界文学》杂志刊出了毛姆的4篇短篇小说⑤，标志着毛姆译介与研究在新时期的兴起。此后，毛姆更多的短篇小说、多部长篇小说，如《月

① 参见特德·摩根：《人世的挑剔者——毛姆传》，梅影等译，长沙：湖南人民出版社，1986年，第409页。
② 赵景深：《二十年来的英国小说》，《小说月报》，1929年第20卷第8期，第1236页。
③ 李建新：《英国文坛的新领袖》，《新时代》，1933年第5卷第3期，第6页。
④ 阿尼克斯特：《英国文学史纲》，1959年，第625页。
⑤ 《红毛》（Red, 1921）、《赴宴之前》（Dinner Parties, 1922）、《风筝》（The Kite, 1947）和《舞男与舞女》（Gigolo and Gigollete, 1940）；秦宏：《毛姆作品在中国的译介与研究》，《广东外语外贸大学学报》，2008年第3期，第57页。

亮与六便士》、《刀锋》、《人性的枷锁》以及散文、戏剧、文学评论、游记等被大量译介到中国，在80年代的读书界、评论界形成了一股"毛姆热"，其规模与程度远远超出了英国现代时期的很多小说家。当时，在《外国文学》、《外国文学研究》、《当代外国文学》、《文艺理论研究》、《名作欣赏》、《译林》、《文化译丛》等刊物发表的各类评论与翻译文章中，毛姆被誉为"英国语言大师"[①]、"艺术大师"[②]、"英国现代文坛泰斗"[③]等等。不过，当时学界也注意到了毛姆在英国被视为"通俗作家"，遭到批评界的冷遇[④]。关于毛姆的创作倾向，侯维瑞在《现代英国小说史》中将毛姆与"现实主义三杰"同列一章，认为毛姆代表了欧洲自然主义的余波，并指出他在内容与形式的关系上"坚持了现实主义和自然主义的传统"[⑤]。类似的评价也出现在陈嘉的《英国文学史》第4卷中。1996年，王佐良主编的《英国20世纪文学史》将毛姆看成是"法国式现实主义的追随者"[⑥]。

　　在"毛姆热"的背景下，其代表性长篇小说，如《人性的枷锁》、《月亮与六便士》、《寻欢作乐》与《刀锋》及其短篇小说，都受到了学界的关注与研究。当时的研究主要是从主题、人物、艺术手法等层面入手，并对具体的作品进行分析与评论，如陈春生的系列文章[⑦]、

---

① 特德洛克：《英国语言大师威·萨·毛姆》，力子译，《文化译丛》，1985年第5期。

② 薛相林、张敏生：《毛姆——为民众写作的艺术大师》《外国文学研究》，1986年第4期。

③ 明静：《英国现代文坛泰斗：毛姆》，《世界图书》，1982年第3期。

④ 潘绍中：《在国外享有更大声誉的英国作家——萨默塞特·毛姆》，《外国文学》，1982年第1期。

⑤ 侯维瑞：《现代英国小说史》，上海：上海外语教育出版社，1985年，第120页。

⑥ 王佐良等主编：《英国20世纪文学史》，北京：外语教学与研究出版社，1996年，第196页。

⑦ 陈春生：《挣扎中的迷茫——从〈人性的枷锁〉看毛姆早期的人生观》，《外国文学研究》，1990年第1期；《在传统和现代之间探索——论毛姆小说的精髓》，《湖北师范学院学报（哲社版）》，1991年第3期；《曲折·幽默·象征——毛姆小说魅力谈片》，《湖北师范学院学报（哲社版）》，1993年第4期；《论毛姆的精神探索及创作观》，《湖北师范学院学报（哲社版）》，1994年第4期；《试论毛姆小说人物的类型化倾向》，《湖北师范学院学报（哲社版）》，1995年第2期。

赵晓丽与屈长江的《"形式上的胜利"——〈刀锋〉的结构及其艺术价值》[《西北大学学报（哲社版）》1986 年第 4 期]、王丽丽的《天才的说谎者——论毛姆〈刀锋〉的叙述形式》[《湖北师范学院学报（哲社版）》1990 年第 1 期]、鲁苓的《追寻自我的旅程——读〈月亮和六便士〉》[①]。同样，在各自的毛姆短篇小说集中译本"序言"与"译后记"中，冯亦代、潘绍中、刘宪之等人也从主题、人物或艺术手法等角度对毛姆的短篇小说给予了深入的分析与高度的评价。此外，还有不少论文采用比较文学研究的方法，如赵晓丽与屈长江合写的 2 篇论文[②]将毛姆与中国古典作家进行对比研究，童银银的文章[③]则采用影响研究的批评模式。整体来看，学界的批评视角仍较为单一，90 年代西方批评理论的引入并未对国内毛姆研究产生明显的影响。

90 年代中叶以后，毛姆的小说、散文、戏剧、传记等各类作品在中国已经拥有大量读者，但国内主要外国文学刊物上刊登的研究论文却越来越少，80 年代所使用的"大师"或"泰斗"等称号基本消失。作为文坛二流作家的毛姆虽然深受普通读者的喜爱，但国内批评界对他的文学地位的评价远不如其他同时代的现代主义小说家，"毛姆问题"也开始在中国出现。陈秋红在《"毛姆问题"的当代思考》中指出："毛姆问题"在英美批评界的形成主要有三个原因：毛姆及其作品的两重性、文学批评双重标准的对立与转换、文学史家的褊狭与局限。[④] 庞荣华在《"权威批评话语"在毛姆研究

---

① 鲁苓：《追寻自我的旅程——读〈月亮和六便士〉》，《外国文学研究》，1999 年第 1 期。
② 赵晓丽、屈长江：《毛姆与庄周》，《西北大学学报（哲社版）》，1985 年第 4 期；《毛姆的审美理想与魏晋风度，复印报刊资料《外国文学研究》，1987 年第 9 期；《"形式上的胜利"——〈刀锋〉的结构及其艺术价值》，《西北大学学报（哲社版）》，1986 年第 4 期。
③ 童银银：《跨文化的吸引——论毛姆小说中的东方文化》，《外国文学研究》1998 年第 1 期。
④ 陈秋红：《"毛姆问题"的当代思考》，报刊复印资料《外国文学研究》，1996 年第 3 期，第 111 页。

中的尴尬》(《世界文学评论》2010 年第 1 期)中则指出:毛姆之所以在文学史中始终没有定论,是因为其背后有一种"权威批评话语"的思维模式在作祟。由于国内学界对毛姆的研究带有跨文化传播的特点,中国的"毛姆问题"在性质上显然有所不同。新世纪以来,关于毛姆的评论文章数以百计,学位论文大量涌现。在国内学术浮躁的整体氛围中,高质量的成果并不多见,在主流期刊发表的论文极为少见①。近年来,国内开始出现了以毛姆为研究对象的博士学位论文②,代表了这一领域的最新研究动向,值得关注。

第四节
小说研究(二)

20 世纪早期,在高尔斯华绥、威尔斯、贝内特等"爱德华小说家"(The Edwardian Novelists)之后,康拉德、福斯特、劳伦斯、曼斯菲尔德等人开始崭露头角,所创作的小说在题材与技巧上与现实主义传统明显不同。20 世纪 20 年代,伍尔夫、乔伊斯等"意识流"小说家崛起,劳伦斯与福斯特相继发表小说佳作,英国现代主义小说创作进入巅峰时期。1919 年,现代主义文学批评先驱伍尔夫在《泰晤士文学增刊》上发表《论现代小说》(Modern Novels)一文,发动了对如日中天的"爱德华小说三杰"的批判,开启了现代主义文学批评的传统。此时,"现代主义"(modernism)作为文学批评术语尚未在英美批评界出现,但伍尔夫所使用的"现代"

---

① 经过初步搜索,此前刊登毛姆评论文章最多的《外国文学研究》几乎不见毛姆的评论文章,其他外国文学期刊上只有零星论文,如王丽亚的《论毛姆〈彩色面纱〉中的中国想象》(《外国文学》2011 年第 4 期)、葛桂录的《"中国画屏"上的景象——论毛姆眼里的中国形象》(《英美文学研究论丛》2007 年第 1 期)。
② 梁晴:《从毛姆的小说创作看画家高更对其的影响》,暨南大学博士论文,2009 年;张艳花:《毛姆与中国》,复旦大学博士论文,2010 年;庞荣华:《毛姆异域游记研究》,华东师范大学博士论文,2011 年。

(modern)一词已经具有"现代主义"的内涵，所谓的"现代者"（moderns）即是我们现在所理解的"现代主义者"（modernists）。

20世纪上半叶，高尔斯华绥、威尔斯、贝内特等爱德华小说家经常被国内学界看成是"现代作家"，即"现代时期的作家"。当下学界对"现代主义"的研究已经很少将他们包括在内。所谓"现代主义"小说，一般是指劳伦斯、乔伊斯、伍尔夫、康拉德、福斯特等人的创作。不过，在民国时期，康拉德与福斯特也经常被看成是爱德华时期的小说家，前者被认为只擅长创作海洋小说，而后者只在一些评论文章中偶有提及。直至新时期以来，康拉德与福斯特才开始被国内学界看成是现代主义小说大家而得到深入的研究。当时，劳伦斯、乔伊斯、伍尔夫以及多萝西·理查逊、曼斯菲尔德、马克斯·福特，并非是在"现代主义作家"的名义下被介绍到中国。尽管"近代"、"现代"等词语在当时已经被普遍使用，但"现代主义"尚未成为一个批评术语被学界广泛接受。

1906年，《月月小说》第1卷第4期刊登了柯南·道尔、哈葛德等8位维多利亚小说家的照片，并将他们称为"英国现代小说家"。这可能是"现代"一词最早出现在英国文学的译介中。"新文化"运动期间，"现代"一词则开始被用来描述欧洲近代以来的文艺思潮。作为文学批评术语的"现代"一词与我们现在所认同的"现代主义"在内涵与外延上相差很大。1915年，陈独秀在《青年杂志》第1卷第3—4期上发表《现代欧洲文艺史谭》一文，较为系统地介绍了西方文艺思潮。陈独秀所秉持的是欧洲文艺思潮经由古典主义、理想主义（即"浪漫主义"）、写实主义、自然主义而发展演变的"更迭说"，认为自然主义文艺之后便是所谓的"现代文艺"。在这篇文章中，陈独秀所提到的英国"现代"文学家只有19世纪末的王尔德以及爱德华时期的高尔斯华绥、萧伯纳。不难看出，"现代"一词仍然是一个有待界定的批评概念，其时间分期内涵远远多于新兴"流派"或"文艺思潮"的内涵。

中文语境中最早使用"现代"一词并具有与"现代主义"内涵较

为接近的可能是 1922 年《东方杂志》第 19 卷第 19 期上刊登的译文《论现代的小说》。译者王靖是国内第一本《英国文学史》（1920年）的著者，而原作者则是被称为"现实主义小说三杰"的威尔斯。原文的标题是《论当代小说》（The Contemporary Novel），出自威尔斯 1914 年出版的文集《一个英国人看世界》。译文之所以被取名为《论现代的小说》，其原因可能在于译文是节译，其主要内容均与"现代小说"有关。在这篇文章中，威尔斯坚信小说是"一种道德暗示的最有力的工具"[①]，指出"过去的小说"（the novel of the past）与"现代小说"（modern novel）之间存在着明显的差别（译者将前者译为"旧小说"，将后者译为"新小说"），并批评"现代小说"缺乏传统小说所具有的"道德价值与行为标准"。威尔斯秉持"小说足为人生之镜"的传统小说观，而他眼中的"现代小说"即是英美"现代主义文学先驱"亨利·詹姆斯的小说。由于当时国内对西方批评思想与文艺理论的翻译处于起步阶段，译文的质量并不理想，但专指与"过去的小说"（即威尔斯、高尔斯华绥等人的小说）具有不同创作特征的"现代小说"之理念因此被介绍到国内。

20 世纪 20 年代初，在新文化运动的影响下，得风气之先的新文学界、评论界几乎同步地将伍尔夫、乔伊斯、劳伦斯等现代主义小说家介绍到中国，但对这些文坛新秀的创作特点仍然流于表面上的、印象式的介绍。1920 年，赵景深在《现代世界女文学家概观》（《妇女杂志》1920 年第 1 期）中可能最早提到了伍尔夫的名字，但只是罗列在作家名单之中，对她的小说创作及其特点只字未提。1922 年，茅盾在《英文坛与美文坛》（《小说月报》1922 年第 11期）中可能最早将乔伊斯介绍到国内，但却误以为他是一个"准'大大主义'（即达达主义）的美国新作家"[②]。1921 年，《民国日报·觉悟》上发表了一篇署名"学愿"的一篇评论文章《订正〈东方杂志〉内

[①] 威尔斯：《论现代的小说》，王靖译，《东方杂志》，1922 年第 19 卷第 19 期，第 62 页。

[②] 茅盾：《英文坛与美文坛》，《小说月报》，1922 年第 11 期，第 1 页。

〈近代英国文学概观〉的大谬点》（第 2 卷第 17 期），作者认为胡愈之在《近代英国文学概观》中只谈现代文学而不提劳伦斯是不妥当的。翌年，胡先骕《评〈尝试集〉（续）》（《学衡》第 2 期）一文可能最早提及诗人身份的劳伦斯。值得一提的是，在 20—30 年代的一些评论文章中，劳伦斯始终被看成是英国现代主义小说的重要领军人物，其影响远远超过了伍尔夫、乔伊斯。张梦麟在《现代欧洲文学的趋势》（《新中华》1934 年第 2 卷第 1 期）一文中提到了英国文坛"四巨头"（即萧伯纳、威尔斯、高尔斯华绥、贝内特），认为新一代优秀作家中首推劳伦斯，其次是赫胥黎，伍尔夫则被看成是"逃避现实"的一群作家之一，因而一笔带过。黄馥在《现代世界文学的动向》（《申报月刊》1934 年第 3 卷第 7 期）一文中开始将乔伊斯与劳伦斯相提并论，认为"对现代英国文坛影响最大的"作家是"《优力塞斯》的作者乔伊斯和已故的罗伦士"[①]。

民国时期，"现代主义"一词只偶尔出现在一些零星文章中，其内涵与外延极为飘忽不定，还没有成为专门的文学批评术语，因此伍尔夫、乔伊斯、劳伦斯等人与爱德华时代以来的众多小说家一道，经常被置于"现代"的名义下加以介绍或评论，而"现代"一词的内涵并不统一。1931 年，赵景深在《英美小说之现在及其未来》（《现代文学评论》1931 年第 3 期）中讨论了现代心理学对乔伊斯、伍尔夫、多萝西·理查逊等人的巨大影响，并特别提到伍尔夫对爱德华小说家的抨击，最后指出"现代小说的趋向是从客观的到主观的，从外面的表象到内面的真实"[②]。赵景深所使用的"现代"一词也比较接近"现代主义"的内涵。1936 年，李子温在《现代英国文学》一文中的"小说"一节中将维多利亚之后涌现出来的重要小说家全部包括进来，其中既有吉卜林、康拉德、威尔斯、贝内特、乔治·摩尔，也有劳伦斯、伍尔夫、乔伊斯等人，但是对他们的创作只

---

① 黄馥：《现代世界文学的动向》，《申报月刊》，1934 年第 3 卷第 7 期，第 85 页。
② 赵景深：《英美小说之现在及其未来》，《现代文学评论》，1931 年第 3 期，第 14 页。

有只言片语的介绍。1937 年，金东雷在《英国文学史纲》的最后一章"现代文学"中，尝试梳理了 19 世纪末至 20 世纪早期英国文学的总体发展状况，其中"现代文学"同样是指进入现代时期的英国文学，而不是我们现在所理解的"现代主义"文学。

当时对劳伦斯、伍尔夫、乔伊斯等几位小说家的流派归属并无一致的定论。1929 年，赵景深在《二十年来的英国小说》(《小说月报》第 20 卷第 8 期)一文中认为劳伦斯是"两性小说家"，乔伊斯是"神秘小说家"，伍尔夫则是"心理小说家"①。1930 年，刘大杰在《现代英国文艺思潮概观》一文中将劳伦斯、伍尔夫、乔伊斯划为"心理学派"，认为其作品具有"精神分析学的倾向"。在刘大杰看来，"属于这倾向的小说家，描写的都是一些对于人生没有理想、没有信仰、对人生持怀疑的态度的人们"，这一派作家不仅以心理层面为观察和描写对象，而且用精神分析学的手法来"再现规定人间行动的潜意识"②。因此，劳伦斯作品的最大特色在于"鲜明地写出男女两性关系的潜意识的世界"；乔伊斯在《尤利西斯》中"完全是借着精神分析学，去描写两个主人的潜意识"；伍尔夫被认为是与乔伊斯齐名文坛的"心理小说家"，其作品"更明快、巧妙地将潜意识的世界与行动的世界结合着而来表示人生的"。③ 1934 年，张越瑞在《英美文学概观》中较早提到了伍尔夫与乔伊斯小说创作的"实验性"特点，认为他们的作品在"艺术的表现"与"实验的革新精神"方面已经达到了较高的水准④。1937 年，金东雷在《英国文学史纲》中将乔伊斯、伍尔夫划入"心理分析派"，认为他们的小说对人物心理的描写"无微不至"，而且"极有价值"，同时将他们看成是所谓的"劳伦斯派的作家"，认为他们在创作风格上十分相似。金东雷虽然将他们相提并论，却将他们的地位置于所谓"心理分析派

---

① 赵景深：《二十年来的英国小说》，《小说月报》，1929 年第 20 卷第 8 期，第 1243 页。
② 刘大杰：《现代英国文艺思潮概观》，《现代学生》，1930 年第 1 卷第 1 期，第 11 页。
③ 同上，第 12、13、15 页。
④ 张越瑞：《英美文学概观》，1934 年，第 78 页。

小说家中的巨子"华尔波尔（Hugh Walpole）之后。黄馥的《现代世界文学的动向》（《申报月刊》1934 年第 3 卷第 7 期）认为：乔伊斯是一位"在心理解剖的细致上没有谁比得上的天才作家"，《尤利西斯》"花了七百页的篇幅来描写一个普通的都柏林人的不到二十四小时的生活，但对于息息变化的时代却一点也不关心"，而劳伦斯则"沉溺在性和胜利的变态的藤葛里，露骨地大胆地描画了男女两性关系的无意识的世界"①。

当时出现了不少译自英美与日本学者的评论文章。英美与日本批评界的观点对当时英国现代主义小说的评论产生了重要的影响。例如，刘大杰在《现代英国文艺思潮概观》一文中所列出的"参考书"中，既有 3 本英国学者的著作，也有 2 本日本学者的著作。他在正文中明确提到：英国学者马伯尔在《现代英国小说研究》（*A Study of the Modern Novel*）中将"现代英国小说"分为 6 大分类：两性、社会、神秘、心理、乡村、大战，刘大杰觉得"太琐细"，所以借用了日本批评家宫岛新三郎的三个倾向分类法，即社会主义倾向、反社会主义倾向以及精神分析学的倾向②，并把劳伦斯、乔伊斯、伍尔夫看成是具有精神分析学倾向的小说家。1929 年，日本学者宫岛新三郎在《英国新兴文学概观》中译文中，提到劳伦斯"心理解剖"过度，社会观察不足，而《都柏林人》、《尤利西斯》的作者乔伊斯与《达洛维夫人》、《到灯塔去》的作者伍尔夫在创作手法上比劳伦斯"更进一步"③。1934 年，亚夫翻译的日本学者安藤一郎的《现代英国心理派的女作家》所分析的是伍尔夫、曼斯菲尔德、多萝西·理查逊三位女性小说家。同年，赵家璧翻译的《近代英国小说之趋势》一文认为劳伦斯、伍尔夫、乔伊斯、赫胥黎等四人对英国小说产生了重大影响。此外，张资平翻译的日本现代主义诗人西协顺三

---

① 黄馥：《现代世界文学的动向》，《申报月刊》，1934 年第 3 卷第 7 期，第 85 页。

② 宫岛新三郎：《现代英国的小说》，于佑虞译，《文艺月报》，1934 年第 1 卷第 1 期。

③ 宫岛新三郎：《英国新兴文学概观》，陈勺水译，《乐群》，1929 年第 1 卷第 4 期，第 42 页。

郎的《英国文学中的乔治主义及现代主义》(1933年)一文提出了
"乔治主义文学"与"现代主义作家"的区分。所谓"乔治主义文学"
是指贝内特等人，而"现代主义作家"即包括艾略特、乔伊斯等人。
作者虽然没有清晰地界定"现代主义"一词的内涵，但已经较为粗
略地对现代英国文学创作中的两种倾向，即现实主义与现代主义，
进行了尝试性的辨析。

　　值得指出的是，当时国内学界对英国现代主义小说与精神分
析学关系的认识也主要来自对国外尤其是日本学术成果的译介，
其中最具代表性的两篇译文是汪馥泉翻译的日本学者中村古峡的
长文《精神分析与现代文学》(《文艺月刊》1934年第1—2期)和于
佑虞翻译的日本学者长谷川诚也的《精神分析与英国文学》(《文艺
月报》1934年第2期)。中村古峡的文章指出，在欧美各国的现代
文学中，英国"新心理主义文学"受到的精神分析学的影响最大，他
还重点评述了英国现代主义小说家，如乔伊斯被看成是"新心理主
义文学底最高峰"，劳伦斯是把精神分析学融入文学创作的"先觉
者"，多萝西·理查逊像乔伊斯一样主要是"使用着意识底流动底
描写"，伍尔夫是"同样底推究意识底流动底作家"，曼斯菲尔德孜
孜不倦地探讨"摆在人类心理深处底某种东西"。[1] 长谷川诚也则
将这些作家的创作称为"心理分析的文学"，并指出"在心理描写的
文学中放射异彩的东西"毫无疑问是"以'意识之流'为基础的小
说"，而最能表现意识流动过程的作品是乔伊斯的《尤利西斯》；对
"俄狄浦斯情结"的剖析则来自劳伦斯的《儿子与情人》，其中描写
了"存在于无意识（中）的奇异的心理"；伍尔夫的《奥兰多》则"颇为
奇拔地"表现了"人类的性别并非绝对地判然分明"，即现在我们所
说的双性同体思想。[2] 不难看出，当时日本学界对英国现代主义

---

[1]　中村古峡：《精神分析与现代文学》，汪馥泉译，《文艺月刊》，1934年第1期，第192、
　　193、194、195、197页。

[2]　长谷川诚也：《精神分析与英国文学》，于佑虞译，《文艺月报》，1934年第2期，第
　　19、20页。

小说的研究已经达到了一个较高的水准。相比之下，我国学界对相关问题的探讨大多是在综合性的评论中顺带论及，缺少深入性的专题研究。

抗战爆发至 40 年代末，国内的外国文学研究并没有因此而中断，对英国现代主义小说的研究也未出现有可能出现的"断层"。1939 年，冯次行翻译的日本学者土居光知撰写的乔伊斯评论著作《现代文坛怪杰》问世。1940 年，伍尔夫与乔伊斯去世之际，国内学界曾给予不小的关注。《西洋文学》于 1941 年推出"乔易斯特辑"，内有乔伊斯像、乔伊斯诗选、《尤利西斯》节译、张芝联翻译的爱德蒙·威尔逊（Edmund Wilson）的《乔易斯论》以及吴兴华对 1939 年问世的《芬尼根的守灵夜》与高曼（H. S. Gorman）的论著《乔伊士研究》的评介。1943 年，《时与潮文艺》第 2 卷第 1 期上刊登了谢庆尧的《英国女作家吴尔芙夫人》和吴景荣的书评《吴尔芙夫人的〈岁月〉》。1944 年，《中原》第 1 卷第 3 期刊登了冯亦代翻译的雷蒙·莫蒂斯的《伍尔芙论》。1946 年，《文讯》第 6 卷第 10 期上刊登白桦翻译的罗曼·罗兰的《渥尔夫传》。1948 年，已回《大公报》工作的萧乾发表了两篇关于伍尔夫的评论文章：《吴尔芙夫人》[1]与《吴尔芙与妇权主义》[2]。伍尔夫的小说《到灯塔去》以及批评论文《论现代小说》、《一间自己的房间》也在这一时期被翻译成中文。[3]

这一时期对英美现代主义小说的探讨承续了 20—30 年代"心理分析派"的批评思路。萧乾在《小说艺术的止境——〈当代英国小说〉序论之一章》（《大公报·星期文艺》1947 年 1 月 19 日）中说："晚近三十年来，在英美被捧为文学杰作的小说中，大半是以诗

---

[1]　载《大公报》1948 年 4 月 18 日。

[2]　载《文潮》1948 年第 5 卷第 6 期。

[3]　1945 年，《到灯塔去》由谢庆垚翻译，商务印书馆出版。1947 年，《一间自己的屋子》由王还翻译，上海文化生活出版社出版。《论现代英国小说——"材料主义"的倾向及其前途》由冯亦代翻译，刊登在《中原》1943 年第 1 卷第 2 期上。

为形式，以心理透视为内容的'试验'作品"。[①]　在他看来，乔伊斯、伍尔夫、多萝西·理查逊等人受到现代精神分析学的影响，在小说创作中"专以下意识活动为题材"，并且认为这一"'新派'小说最可贵处是它那勇敢的试验性"，同时还将亨利·詹姆斯看成是"英美小说心理派的极峰"。[②]　同样，柳无忌在《近代英国小说的趋势》一文中将劳伦斯、乔伊斯、伍尔夫等人确定为"维多利亚正统的新叛徒"，指出这些作家"不但反对维多利亚时代权威者狄更斯与萨克雷，而且反对他们上一代的班奈脱与高尔斯华绥，可称为心理分析派。"[③]对于现代主义小说创作，当时批评界并未一味追捧，而是经常注意到其不足之处，如冯亦代在《〈论现代英国小说〉译者注》（《中原》1943 年第 1 卷第 2 期）中指出伍尔夫"只写出了人的精神（心理）现象，而昧于人的现实生活。"[④]此外，萧乾在《詹姆士四杰作——兼论心理小说之短长》（《文学杂志》1947 年第 2 卷第 1 期）中从"心理小说"的角度分析了亨利·詹姆斯的作品，既肯定其优点，即"把小说这一散文创作抬到诗的境界"，同时也指出其"遗憾"之处在于"使小说脱离了血肉的人生，而变为抽象，形式化，纯智巧的文字游戏了"。[⑤]

　　建国早期，西方"现代派"文学被看成是冷战时期欧美敌对阵营中的文学流派，一律被贬斥为"反动"、"颓废"、"腐朽"、"没落"的资产阶级文学，现代主义作家和作品一律被扣上"政治上反动、思想上颓废、艺术上搞形式主义"的三顶大帽子。[⑥] 20 年代初开启的

---

① 萧乾《珍珠米》，上海出版公司，1949 年，第 67 页。《小说艺术的止境》一文原载《大公报·星期文艺》1947 年 1 月 19 日。

② 同上，第 70、77 页。

③ 柳无忌：《近代英国小说的趋势》，载《西洋文学的研究》，上海：大东书局，1946 年，第 159 页。

④ 冯亦代：《〈论现代英国小说〉译者注》，《中原》，1943 年第 1 卷第 2 期，第 53 页。

⑤ 萧乾：《詹姆士四杰作——兼论心理小说之短长》，《文学杂志》，1947 年第 2 卷第 1期，第 100 页。

⑥ 袁可嘉：《现代派论·英美诗论》，北京：中国社会科学出版社，1985 年，第 40 页。

现代主义小说译介与评论传统出现了明显的断裂现象。当时，"现代主义"与"现代派"作为批评术语时有出现，并基本定型为重要的批评术语与概念，但是对英国乃至西方现代主义文学的研究并没有广泛展开。当时对现代主义文学的认识与评价深受苏联文学史观的影响，阿尼克斯特的《英国文学史纲》中译本是一个重要例证。作者将现代主义小说贬斥为"颓废派文学"，其中乔伊斯被认为是"二十世纪颓废文学的典型代表"①，劳伦斯的创作代表了"二十世纪资产阶级文化的没落"②，而伍尔夫则被剔除在外，只字未提。译自苏联大百科全书中的《英国文学概要》一文则是第二个重要例证，其中将劳伦斯、乔伊斯、艾略特等人的创作贬斥为"资产阶级颓废文学"，因为这些颓废主义者们"鼓吹转向主观的尤其是色情感受的狭小的个人的世界里"，"依靠时髦的反动的弗洛伊德主义，冀图用'精神分析'的方法来揭示社会现象"③。

与此同时，英美学者关于"意识流"理论的著述也被译介到中国，成为影响批评界的另一个重要源头。美国学者哈里·威尔斯（Harry Wells）的《实用主义——帝国主义哲学》（*Pragmatism, Philosophy of Imperialism*）于 1955 年被翻译成中文④，其中评析了威廉·詹姆士的"意识流"理论。1962 年，中国科学院文学研究所西方文学组编写的《现代美英资产阶级文艺理论文选》一书收录了美国学者梅尔文·弗拉德曼的《〈意识流〉导论》，本书也有对西方文学中的"意识流"技巧（亦称"内心独白"）的探讨。威尔斯从马克思主义批评视角出发，对詹姆士的"意识流"理论做批判式的评论，而弗拉德曼对"意识流"技巧的探讨则被当做"资产阶级文艺观"受到批判式的译介。他们的"意识流小说"批评视角或观点都对当时的评论产生了一定的影响。

---

① 阿尼克斯特：《英国文学史纲》，1959 年，第 619 页。
② 同上，第 621 页。
③ 《英国文学概要》，《文史译丛》，1956 年第 1 期，第 136 页。
④ 威尔斯：《实用主义——帝国主义的哲学》，葛力等译，北京：三联书店，1955 年。

　　在当时特定的学术语境中，袁可嘉、王佐良等学者发表了多篇论文，对现代派诗人艾略特发动猛烈的批判，但是关于现代主义小说家（如劳伦斯、乔伊斯、伍尔夫等人）的评论文章并不多见。目前所能见到的研究成果只有 1964 年袁可嘉发表的论文《美英"意识流"小说述评》（《文学研究集刊》1964 年第 1 辑）。这篇文章最为典型地反映了"建国十七年"对英国现代主义小说的评价与态度。作者开篇指出："总称为'现代主义'的欧美颓废文学，在小说方面最典型、最有影响的流派就是所谓'意识流'小说。"①在"颓废文学"的大帽子下，作者主要在政治思想上对英美"意识流"小说加以否认与批判，尤其指出这一流派的小说存在三种"极其腐朽和有害"的主导倾向："一种像乔哀斯那样宣传反社会、反历史的极端虚无主义、个人主义思想；一种像早期的福克纳和后期的乔哀斯那样反理性主义地描绘白痴、自杀者、梦幻者的错乱思想，渲染直觉、本能和无意识；再一种是像伍尔孚那样从唯感性主义和神秘主义的观点，对生死、时间、人格和自我等等抽象问题作玄而又玄的探讨。"②袁可嘉深入分析了八部"意识流"小说，并得出结论："这类小说的基本倾向是反进步、反社会、反现实和反理性的"，所谓"意识流"小说实际上是"为当代资本帝国主义服务的反动的创作流派"③。但是袁可嘉的论文并不只是简单化的政治批判，其中对意识流小说产生的动因与理论来源的探讨以及对乔伊斯的《青年艺术家的肖像》和《尤利西斯》、伍尔夫的《达洛维太太》和《到灯塔去》及《波浪》等作品的艺术特征的评述，代表了英国现代主义小说研究的新的学术话语的诞生。如果去除政治意识形态影响下的批判话语，袁可嘉论文中的学理分析远远超过了民国时期只作泛泛而谈或粗略介绍的大多数评论文章和著述。

---

① 　袁可嘉：《美英"意识流"小说述评》，《文学研究集刊》，1964 年第 1 辑，第 162 页。

② 　同上，第 177 页。

③ 　同上，第 201—202 页。

　　"文革"后，我国对英国现代主义小说的研究进入了一个新的时期。首先，学界对西方现代派文学的介绍与研究在 80 年代形成热潮，其中对英国意识流小说的研究涌现出了一大批学术成果。袁可嘉在新时期发表了一系列评论文章，如《意识流》（《译林》1979年第 1 期）、《意识流是什么？》（《文艺理论研究》1980 年第 2 期）、《意识流的由来》、《谈谈西方现代派文学作品》（《译林》1979 年第 1期）、《象征派诗歌·意识流小说·荒诞派戏剧》（《文艺研究》1979年第 1 期），最早对英美意识流小说进行全面的介绍与深入的评论，成为当时国内最为重要的西方现代派研究学者之一①。陈焜的长文《意识流问题》（《国外文学》1981 年第 1—2 期）、瞿世镜的《"意识流"思潮概观》（《当代文艺思潮》1982 年第 1—3 期）与《意识流文学中的时间问题》（《外国文学研究》1982 年第 4 期）、陈慧的《论"意识流"的特征及其他》[《河北师范大学学报》（哲社版）1983 年第 4 期]、李育中的《意识流和意识流小说》（《外国文学研究》1982 年第 1 期）、丁一海的《从哲学角度看"意识流"文学现象》（《思想战线》1981 第 3 期）、李栋的《意识流小议》（《外国文学研究》1981 年第 1 期）与《意识流表现手法与传统心理描写的区别》（《文艺理论研究》1982 年第 3 期）、柳鸣九的《关于意识流问题的思考》（《外国文学评论》1987 年第 4 期）等文章也对意识流小说作出评述。80 年代的现代主义研究著作，如高行健的《现代小说技巧初探》（1981 年）、陈焜的《西方现代派文学研究》（1981 年）、袁可嘉的《现代派论·英美诗论》（1985 年）、陈慧的《论西方现代派文学及其他》（1987 年）、瞿世镜的《意识流小说家伍尔夫》（1989 年）

---

①　袁可嘉所发表的现代派评论文章还有《谈谈西方现代派文学作品》（《译林》1979 年）、《欧美现代派文学的创作及理论》（《华中师院学报》1979 年第 3 期）、《我所认识的西方现代派文学》（《光明日报》1982 年 12 月 30 日）、《略论西方现代派文学》（《文艺研究》1980 年第 1 期）、《欧美现代派文学概述》、《关于西方现代主义文学的三个问题》（《外国文学》1983 年第 6 期）、《西方现代派文学的边界线》（《读书》1984 年第 5—6期）、《西方现代派文学的来由、发展和趋向》（《读书》1985 年第 4 期）。

与《意识流小说理论》(1989年)、柳鸣九主编的"西方文艺思想论丛"之一《意识流》(1989年)，对英国现代主义小说均有总体性或专题性的论述。

其次，在流派归属上，学界虽然将乔伊斯、伍尔夫与劳伦斯等人看成是现代主义小说家，但是已经不再如民国时期那样笼统地看成是同属"心理分析派"的作家。在流派的归属上，对这三位英国现代主义小说家的界定出现了细化与分野。乔伊斯、伍尔夫与美国的福克纳、法国的普鲁斯特等人被看成是西方四大意识流小说家。劳伦斯的小说虽然也被认为深受弗洛伊德心理学的影响，但是与乔伊斯、伍尔夫的作品并不相同。例如，侯维瑞在《现代英国小说史》中认为，亨利·詹姆斯、乔伊斯、伍尔夫等人的作品"着力于再现模糊意识的流动"，劳伦斯小说创作的核心及其代表作品的中心题材则是"关于性的心理学说"①。劳伦斯作品的"普遍主题"在于"探索一种所谓'新的两性关系'"，"试图以实现一种'自然完美'的两性关系来摆脱工业化社会对人性的压抑"②。80年代，乔伊斯、伍尔夫的部分作品开始被翻译成中文③，劳伦斯的主要作品也被翻译成中文④，在文学爱好者中分别形成了"意识流热"与"劳伦斯热"。这两股热潮成为当时英国现代主义小说在我国译介与接受的重要特征。

再次，"文革"结束后，极左文艺思潮逐步得到清理，但是50—60年代对现代派文学的"政治判决"并未立即消失，并继续对当时的文学认知与学术评判产生重要影响。由于现实主义长期以来被官方认定为文学创作的正统，作为对现实主义进行反叛的现代主

① 侯维瑞：《现代英国小说史》，上海：上海外语教育出版社，1985年，第195页。
② 同上，第200页。
③ 乔伊斯的《年轻艺术家的肖像》、《都柏林人》分别于1983、1984年被翻译成中文。伍尔夫的《达洛维夫人》、《到灯塔去》均于1988年被翻译成中文。
④ 当时被翻译的作品主要有《儿子与情人》、《恋爱中的妇女》、《虹》、《劳伦斯中短篇小说选》等。

义或现代派作家，在拨乱反正、解放思想的学术环境下，立刻成为学界热议的对象，但同时也陷入一片争议声中，在 80 年代出现了一场旷日持久、影响深远的"大论争"。

　　80 年代关于"意识流"小说的争论大致可以划分为两个层面，一是政治层面的争论，涉及现代主义小说的艺术功能与价值问题。部分学者袭用建国早期政治批判的既定论调与机械、僵化的政治话语，对包括"意识流"在内的现代派文学进行贬斥，如有的学者抨击现代派文学"把人们引向悲观厌世、神秘主义和不可知论的绝境"，从而"瓦解群众的斗志，客观上起着维护资本主义制度的作用"，因而是十分有害的。① 另一方面，袁可嘉、柳鸣九等人较早提要对"现当代西方资产阶级文学"中的现代派文学做出客观评价，尤其是柳鸣九的《现当代资产阶级文学评价的几个问题》（《外国文学研究》1979 年第 1 期）较早提出要客观、理性地看待西方现代派文学，认为现代主义的文学创作也是具有一定艺术价值的。黄嘉德在《应当进行实事求是的分析》（《文史哲》1980 年第 3 期）中针对学界多年来把西方现代派文学贬斥为"资产阶级反动颓废的文学"的偏向，提出"必须排除偏见"，"实事求是，进行具体的分析研究，才能做出恰如其分的评价"。② 《中国大百科全书·外国文学》的"意识流小说"词条中，已经见不到建国早期政治意识批判话语的痕迹。不过，当时外国文学批评界虽然反对机械的阶级分析视角下对现代派文学的全盘否定，但是大多数评论主要采用一分为二的批评方法。例如，在 1982 年中国—爱尔兰建交三周年之际举办的乔伊斯诞辰 100 周年纪念大会上，朱虹在所做的学术演讲中一方面认为乔伊斯作为"小说艺术的革新者"，"调动了丰富的艺术手段来处理人的意识之流，大大地扩展了西方小说的表现力"，但另一方面也指出"乔伊斯突出地反映了资产阶级没落、彷徨

---

① 嵇山：《关于现代派和现实主义》，《华东师范大学学报》，1981 年第 6 期。

② 黄嘉德：《应当进行实事求是的分析》，《文史哲》，1980 年第 3 期，第 62 页。

的情绪"。①

二是在艺术与审美层面,学界对"意识流"小说的认识并不统一,出现了技巧说、方法说、流派说、思潮说等多种观点。80年代大多数学者将意识流文学看成是"现代派"下面的一个子流派。袁可嘉认为"意识流"是西方文学创作中的一种写作技巧,但同时指出:"本世纪二十年代起,意识流在小说、诗歌和戏剧等领域得到了很大的发展,在小说方面更形成了一个独立的流派。"②高行健在《现代小说技巧初探》中将意识流当做西方现代小说技巧加以介绍与评析。《中国大百科全书·外国文学》中的"意识流小说"词条与柳鸣九的《关于意识流问题的思考》一文均认为"意识流"不是一个统一的文学流派,而是一种创作方法。瞿世镜在《"意识流"思潮概观》中认为"意识流"也许不算是一种流派,但也不能仅仅理解为一种艺术手法或方法,因而将"意识流"看成是一股并非孤立的"文艺思潮",是"现代主义思潮中的一个小小的支流",是社会与文化思潮在文学领域内的反映。③ 在他看来,"意识流"小说是"描述人物心理活动的流动性、飘忽性、深刻性和层次性的小说,是一种前所未有的多层次交错重叠的复杂的文学样式"④。这些不同观点的提出大多建立在比较充分的学理分析的基础上,代表了当时学界对"意识流"小说认识与研究的不断深入。

劳伦斯小说在80年代也引发了争议与批判,并同样可以分为两个层面,一是政治意识形态批评视角的继续存在,二是其小说中的"性描写"所引起的争议。国内学者一方面对其揭露西方社会的弊端以及艺术创新加以肯定,另一方面也对其中的资产阶级和唯心主义世界观持批判态度,如侯维瑞认为,以劳伦斯为代表的现代

① 朱虹:《英美文学散论》,北京:三联书店,1984年,第215、216页。
② 袁可嘉等选编:《外国现代派作品选》第2册,上海:上海文艺出版社,1981年,第2页。
③ 瞿世镜:《"意识流"思潮概观》,《当代文艺思潮》,1982年第1—3期,第136页。
④ 同上,第137页。

派小说在一定程度上暴露了 20 世纪西方社会的"某些罪恶"，但是其思想体系却依然是"资产阶级和唯心主义的世界观，常常带有极端的个人主义色彩和悲观主义的倾向"①。其小说《查泰莱夫人的情人》中的性描写在当时特殊的环境中遭遇批判与贬斥，如侯维瑞认为："在《恰特莱夫人的情人》中，露骨、放纵的色情描写，足以使在此以前一切有色情嫌疑的英国小说黯然失色，并对战后英语文学中色情描写风气的发展起到了推波助澜的作用。"②

　　90 年代，"现代主义热"持续未退，学界对英国现代主义小说的研究不断走向深入，所发表的各类论文数以百计，并出版了一些专题性或综合性的学术著作，如瞿世镜的《音乐·美术·文学——意识流小说比较研究》（1991 年）、李维屏的《英美意识流小说》（1996 年）与《英美现代主义文学概观》（1998 年）等。英美学者的相关著作也被翻译成中文，如弗里德曼的《意识流——文学手法研究》（1992 年）、汉弗莱的《现代小说中的意识流》（1992 年）等。新世纪以来，英国现代主义小说研究更是出现"井喷"现象，各类成果的数量可以用"不计其数"来形容，但鱼龙混杂的情况十分明显。可以看出，近 20 多年来，学界对现代主义小说的研究兴趣远远高于对 18 世纪现实主义小说、19 世纪维多利亚小说以及爱德华时期小说的研究兴趣。现实主义小说艺术在相当长时间内被追捧、现代主义小说被批判或非议的局面发生了戏剧性逆转。此外，马克思主义文艺观受到了来自西方的多元化文艺观与批评理论的冲击，早期学界对西方现代派文学的批判性思维被摒弃，对现代主义小说给予全面肯定并一味"跟风"西方评论界的做法则成为十分普遍的现象。

　　在英国现代主义小说家中，劳伦斯、乔伊斯、伍尔夫在很长一段时间内一直是国内学界关注的重点或焦点。康拉德、福斯特等

----

① 侯维瑞：《现代英国小说史》，1985 年，第 239 页。
② 同上，第 223 页。

人在 20 世纪上半叶经常被看成是爱德华时期的小说家，前者被认为只是擅长创作海洋小说，而后者只在一些评论文章中偶有提及；直至新时期，两人才开始被国内学界看成是现代主义小说大家而得到深入的研究。赫胥黎、曼斯菲尔德、多萝西·理查逊、马克斯·福特等人在国内的译介与研究情况各不相同。曼斯菲尔德在 20 世纪二三十年代曾经受到较多关注，新时期以来依然颇受重视。其他两位小说家除了在文学史著作中偶有提及外，尚未成为国内学界的研究对象。本章对劳伦斯、乔伊斯、伍尔夫、康拉德等人在中国的研究有详细探讨。下面对福斯特、赫胥黎、曼斯菲尔德等人在国内的研究与接受史做简要评述。

E.M.福斯特（Edward Morgan Forster，1879－1970）是英国现代时期伦敦"布鲁姆斯伯里圈"中与伍尔夫齐名的小说家，一生共创作 6 部小说，其中《印度之行》曾产生巨大反响。20 世纪上半叶，我国学界对福斯特小说的译介与评价远远不及乔伊斯、伍尔夫、劳伦斯、康拉特等人。福斯特最早受到国内学界的关注可能是因为他在剑桥大学的系列演讲文集《小说面面观》（*Aspects of the Novel*）。此书于 1927 年出版，1929 年吴宓发表《佛斯特〈小说杂论〉》（《学衡》1929 年第 70 期）一文，对之进行译述，指出"书虽简单，而议论精到，为时所称，爱译述其大意"[①]。20—30 年代，劳伦斯已经被国内看成是英国小说大家，乔伊斯、伍尔夫等人也被看成是英国文坛新秀而备受瞩目，但是福斯特作为小说家尚未引起广泛关注，他的名字只在一些评论文章中被零星地提及。1929 年，赵景深在《二十年来的英国小说》（《小说月报》1929 年第 20 卷第 8 期）中讨论俄法小说对英国小说的影响时，引用了福斯特的批评著作《小说面面观》，但是在他所划分的六大类当代英国小说家中，基本上找不到福斯特的身影。1932 年，黎锦明在《纪念高尔士华绥》中将福斯特、劳伦斯与高尔斯华绥对立起来，认为他们关注不

---

① 吴宓：《佛斯特〈小说杂论〉》，《学衡》，1929 年第 70 期，1929 年，第 1 页。

为人所注目的事件，"斤斤于技巧的卖弄"①。1935 年代，何家槐在《文艺界联合问题之我见》一文中提到巴黎保卫文化大会的参加者既有"进步的作家和评论家"，也有福斯特、赫胥黎等"比较落后的作家"，尽管语焉不详，却代表了左翼文艺思潮对福斯特认知的影响。另一方面，对福斯特的零星提及与评价也不乏积极的观点。1934 年，郁达夫在《读劳伦斯的小说〈却泰来夫人的爱人〉》一文中最后顺带提到福斯特，并预言劳伦斯、福斯特以及正在流行的乔伊斯、赫胥黎等人可能会"成为对 20 世纪的英国小说界影响最大的四大金刚"②。尽管福斯特获得了很高的评价，但学界几乎无人对他的小说进行专题评述。1937 年，金东雷在《英国文学史纲》中分门别类地评述了几十位现代英国作家，但是对福斯特几乎没有论及。

40 年代，学界对福斯特的评介情况并无根本性改观。当时对福斯特给予较多关注的是萧乾和常风。1943 年，常风在《小说家论小说》（1943 年）一文中评点伍尔夫时，提到福斯特是"布鲁姆斯伯里圈"中的重要小说家，同时也转述了伍尔夫对 20 世纪早期英国小说家的划分，即爱德华时代的作家（世纪初 10 年）与乔治时代的作家（第二个 10 年）。前者由贝内特、威尔斯与高尔斯华绥组成，后者的代表人物是福斯特、乔伊斯、艾略特。这两派作家其实就是现实主义与现代主义作家的分野，而伍尔夫声称的"1910 年人性（或译'人物'）发生了变化"，实际上是指英国文学发生了重要变化。常风指出：在伍尔夫眼里，福斯特属于"现代主义作家"。1944 年，萧乾将英文著作《龙须与蓝图——战后文化的思考》题献给英国小说家福斯特，并长期与福斯特保持通信联系。1947 年，萧乾在《小说艺术的止境》（《大公报·星期文艺》1947 年 1 月 19

---

① 黎锦明：《纪念高尔士华绥》，《再生杂志》，1932 年第 1 卷第 9 期，第 3 页。
② 郁达夫：《读劳伦斯的小说〈却泰来夫人的爱人〉》，《人间世》，1935 年第 14 期，第 37 页。

日）中提到福斯特时认为：他是既"维系传统方法"而"兼有心理之长"、"文笔又好，构思又巧妙"的现代作家①。1948 年，常风在《奥斯汀的〈傲慢与偏见〉》（《文学杂志》1948 年第 3 卷第 3 期）一文中引用福斯特的观点，即"英国的诗歌与世界上任何一国的诗歌比较起来都毫无愧色，唯有小说，英国人不得不贬低自尊心承认自己比俄国人或法国人是瞠乎其后"，并称福斯特是"当代英国名小说家"。同年，萧乾发表《E. M. 福斯特》（《新路周刊》1948 年第 1 卷第 14 期）一文，认为福斯特"三十年来始终戴着英国散文的桂冠"，虽然论创作数量，劳伦斯、赫胥黎"比他多了不知多少倍"，"论技巧的新颖"不及伍尔夫，更不用提乔伊斯了，但是他的创作"始终浮在读书人的记忆里"。②

　　50 年代，福斯特的名字可能只出现在阿尼克斯特的《英国文学史纲》中译本与译自苏联大百科全书的《英国文学概要》一文中。阿尼克斯特认为他"属于那些避开社会问题而致力于描写细致的精神问题的资产阶级作家之列"，甚至英国资产阶级批评家也把这些作家称为"高雅之士"，但是在福斯特所写的作品中"也有现实主义小说"，如《印度之行》就是"一部包含有重要社会主题的杰作"，"具有巨大的暴露力量"③。因此在阿尼克斯特看来，福斯特是一个"资产阶级人道主义者"，与吉卜林"赞扬帝国主义的立场"并不相同。④《英国文学概要》中提到福斯特和伍尔夫是"属于'布龙斯伯里'文学团体的资产阶级自由主义作家"，并且愿意接近"进步的英国作家"所参加的"国际保卫文化大会"。⑤ 在当时苏联学术界中，现代主义小说家乔伊斯与劳伦斯都是属于被批判的"颓废派"作家，但是福斯特显然没有被划入

①　参见萧乾：《珍珠米》，上海：上海出版公司，1949 年，第 88 页。

②　萧乾：《E. M. 福斯特》，《新路周刊》，1948 年第 1 卷第 14 期，第 18 页。

③　阿尼克斯特：《英国文学史纲》，1959 年，第 632 页。

④　同上，第 633 页。

⑤　《英国文学概要》，《文史译丛》，1956 年第 1 期，第 138 页。

此列，这其中的原因可能在于：一是福斯特带有同情左翼的政治倾向，如萧乾在《福斯特》一文中曾经提及的那样；二是福斯特的小说在艺术层面既有传统的一面，也有革新的一面，其中的实验性特征并不鲜明，因此在评论界也不大可能产生很大的非议。

国内学界对福斯特的独立评介与深入探讨肇始于80年代。他的几部主要小说中译本相继问世，有的作品（如《印度之行》和《小说面面观》）出现了多个中译本。他的几部作品在80年代被搬上银幕，也通过各种方式传入我国。作为福斯特的代表作，《印度之行》较早受到关注，但早期的几篇评论文章①主要涉及这部作品的主题、情节、创作思想等层面。80年代中后期开始，学界开始从"现代主义"的角度进行评论。1985年，侯维瑞在《现代英国小说史》中将福斯特看成是英国"现代主义崛起"的重要作家之一，最早探讨其创作中渗透与交替着传统与革新的双重因素，并特别指出"福斯特继承了塞缪尔·勃脱拉和吉英·奥斯丁等现实主义作家的社会和道德主体和讽刺戏剧手法，也师承法国现代主义小说家普鲁斯特的心理分析法，深入描绘人物的内心精神世界和意识互动"②。程爱民的论文《现实主义与现代主义的兼容并蓄——试论福斯特的〈一间可以看到风景的房间〉》同样认为福斯特"既承袭了现实主义的传统，又运用象征主义、心理分析等现代主义方法对小说的形式和技巧进行变革"，并指出他的小说《一间可以看到风景的房间》是对现实主义与现代主义的兼容并蓄。③ 王家湘在《爱·摩·福斯特》一文中指出："福斯特的作品从思想内容上看，属于现代主义文学的范畴"，而"从写作手法来

---

① 刘珠还：《福斯特〈印度之行〉的主题》，《安徽师范大学报（哲社版）》，1986年第4期；丁明淑：《从景物描写看〈印度之行〉的创作思想》，《国外文学》，1982年第4期；谭黎：《浅谈〈印度之行〉的情节》，《国外文学》，1982年第4期。

② 侯维瑞：《现代英国小说史》，1985年，第156页。

③ 程爱民：《现实主义与现代主义的兼容并蓄——试论福斯特的〈一间可以看到风景的房间〉》，《南京师范大学报（社科版）》，1989年第2期，第156页。

看，福斯特的作品表现了早期现代主义的特点"。① 叶君健则认为福斯特属于"第一次世界大战前的现代主义小说家"，之所以与后来的"现代派"作家有所不同，是因为他从人本主义出发，最后落脚到深厚的人道主义精神基石之上。② 上述评论主要将福斯特看成英国早期现代主义小说大家。这一学术定位目前已经为国内评论界广泛接受。

90年代以来，国内福斯特研究进入一个新阶段。《外国文学评论》、《外国文学》等主要外国文学期刊上发表了多篇评论文章，所探讨的问题已经从80年代传统与革新、现实主义与现代主义的"联结"转向更多的社会、文化与艺术审美层面，如阮炜的两篇论文③探讨知识分子与现代工商文明的关系，李建波的系列论文④涉及婚姻母题、原型与主题、叙事结构、心理分析、跨文化联结等论题，石海峻的《浑沌与蛇:〈印度之行〉》(《外国文学评论》1996年第2期)则从具体意象着手来探讨其中的东西方文化关系主题。新世纪以来，福斯特如其他现代主义小说家一样成为国内学界研究的重要作家，所发表的各类期刊与学位论文数量激增，并开始出现专业性学术专著，如李建波的《福斯特小说的互文性研究》(2001年)、陶家俊的《文化身份的嬗变——E. M. 福斯特小说和思想研究》(2003年)等。李、陶两位学者的专著也代表了近十多年来国内福

---

① 王家湘:《爱·摩·福斯特》,《外国文学》,1987年第2期,第67页。

② 叶君健:《一位长期盛名不衰的小说家》,《外国文学》,1989年第4期。

③ 阮炜:《〈霍华兹别墅〉的文化人与生意人》(《外国文学评论》1991年第2期)与《几部英国小说中的知识分子形象——从〈霍华兹别墅〉到〈天意〉》(《外国文学》1998年第2期)。

④ 李建波:《"联结"之荒诞——〈通往印度之路〉中的婚姻母题》,《外国文学评论》,1993年第3期;《美拉姆普斯之寻:福斯特两部小说的原型与主题》,《外国文学评论》,1995年第2期;《拉康心理分析理论的变奏——〈最漫长的旅程〉中认识误区心理成因的呈现》,《英美文学研究论丛》,2009年第1期;《福斯特小说的框架叙述及其文学动力机制》,《外语研究》,2009年第2期;《跨文化障碍的系统研究:福斯特国际小说的文化解读》,《外国文学评论》,2000年第4期。

斯特研究的一个方向，即对西方最新批评理论视角（如互文性理论、后殖民主义理论）的运用。此外，关于福斯特的小说理论研究，学界也取得了一定的成果①。但总体而言，学界的研究仍然缺乏具有鲜明本土文化视角的研究成果。福斯特研究在当下中国方兴未艾，前景可待。

奥尔德斯·赫胥黎（Aldous Huxley，1894－1963）于 20—30年代创作小说，其代表作《美丽新世界》（*Brave New World*，1932）至今仍然享誉世界文坛。20 年代，国内学界已经注意到了赫胥黎家族中出现的这位文学家，并主要将他看成是精神分析学理论影响下的文坛新秀。1929 年，赵景深在《二十年来的英国小说》一文中将赫胥黎归入以劳伦斯为主的"两性小说家"名下，对他的早期作品，如《枯叶》等，做了简短介绍。1930 年，刘大杰的《现代英国文艺思潮概观》一文将赫胥黎与劳伦斯、乔伊斯、伍尔夫等人列入"心理学派"的作家，认为他的近作《旋律与对位》（*Point Counter Point*，1928）"全是以精神分析学的手法，去描写男女两性的关系"②。1934 年，郁达夫在《读劳伦斯的小说〈却泰来夫人的爱人〉》一文中预言劳伦斯、福斯特以及正在流行的乔伊斯、赫胥黎等人可能会"成为对 20 世纪的英国小说界影响最大的四大金刚"③。此类看法可能来自英美批评界的影响，如赵家璧翻译的《近代英国小说之趋势》一文中，作者认为劳伦斯、伍尔夫、乔伊斯、赫胥黎等四人对现代英国小说产生了重大影响。1937 年，金东雷在《英国文学史纲》中将赫胥黎与乔伊斯、伍尔夫等人一样归入"心理分析派"作家行列中。不过，值得一提的是，1932 年《美丽新世界》出版后不久，叶公超在《新月》杂志上撰写书评《海外出版界：〈英勇新世

---

① 殷企平：《福斯特小说思想蠡测》，《解放军外国语学院学报》，2000 年第 6 期；王丽亚：《E.M.福斯特小说理论再认识》，《外国文学》，2004 年第 4 期。

② 刘大杰：《现代英国文艺思潮概观》，1930 年，第 14 页。

③ 郁达夫：《读劳伦斯的小说〈却泰来夫人的爱人〉》，《人间世》，1934 年第 14 期，第 37 页。

界〉》（1932 年第 4 卷第 3 期），较早逸出"心理分析派"的批评框架，将赫胥黎界定为现代讽刺小说家，认为他在《美丽新世界》中所讽刺的是"韦尔士那路科学的乌托邦思想"[①]。在叶公超看来，赫胥黎首先讽刺的是"科学化的乌托邦思想"，其次隐含对苏联的讽刺，再次是讽刺现代文明，最后所讽刺的是人性以及整个人类。[②]同样，赵家璧在《乌托邦》一文中也是从"乌托邦"的角度对《美丽新世界》进行了评析。

　　与民国时期深受推崇相反，赫胥黎在建国早期与其他现代派作家一样处于被贬斥的"反动"与"颓废"作家之列，其中主要受到了政治意识形态与苏联文艺观的影响。在阿尼克斯特的《英国文学史纲》中译本中，作者认为："如果说赫胥黎早期的小说具有一定的现实主义因素，那么，他创作中的颓废倾向从 30 年代后半期开始就变本加厉了……赫胥黎在第二次世界大战期间加入美国籍以后，他的创作的反动倾向更加厉害了。"[③]除了"颓废"与"反动"之外，他的《美丽新世界》与奥威尔的《一九八四》一样被看成是对苏联社会主义的攻击。1959 年，赫胥黎发表非虚构作品《美丽新世界重游记》，认为人类社会以更快的速度走向他在《美丽新世界》中所虚构的反乌托邦社会。1959 年，英国学者布鲁克的相关书评即被翻译成中文[④]，其中的"编者按"指出：《美丽新世界》与《美丽新世界重游记》都"对社会主义国家进行了攻击"，而"帝国主义的宣传者总是诬蔑社会主义国家是和法西斯一样的极权国家"[⑤]。

　　"文革"之后，《国外作品选译》（后改名为《编译参考》）连续 3

[①] 叶公超：《海外出版界：〈英勇新世界〉》，《新月》，1932 年第 4 卷第 3 期，第 21 页。

[②] 同上，第 21—22 页。

[③] 阿尼克斯特：《英国文学史纲》，1959 年，第 624—625 页。

[④] 布鲁克：《赫胥黎：〈美丽新世界重游记〉》，周煦良译，《现代外国哲学社会科学文摘》，1959 年第 10 期。

[⑤] 同上，第 32 页。

期刊登的《新奇的世界》可能是《美丽新世界》最早的中译本①。编者开始将这部小说称为"科学幻想小说"。该刊还刊登了董乐山翻译的奥威尔的《一九八四》。可见，新时期之初，学界已经充分认识到这两部作品所具有的反乌托邦主旨内涵及其重要性。1987 年，广州花城出版社将《美丽新世界》、《一九八四》以及俄罗斯作家扎米亚京的《我们》组成"反面乌托邦三部曲"同时出版。著名作家王蒙在《反面乌托邦的启示》（《读书杂志》1989 年第 3 期）中对这三部作品进行了详细的解读与分析。此后，《美丽新世界》作为 20 世纪反面乌托邦的重要代表作而为批评界广泛接受。1988 年，陈嘉在《英国文学史》中认为：《美丽新世界》所承续的是斯威夫特的《格列佛游记》与巴特勒的《埃瑞璜》为代表的讽刺文学传统，而不是柏拉图的《理想国》、莫尔的《乌托邦》与莫里斯的《乌有乡消息》所代表的乌托邦文学传统。1999 年，侯维瑞主编的《英国文学通史》将赫胥黎的早期作品称为"社会讽刺小说"，对《美丽新世界》的评述则袭用了"反面乌托邦"小说的定位。近十年来，英国文学研究进入一个兴盛期，赫胥黎的小说创作也因此受到较多的关注。这一时期出现的各类文章以及硕士、博士学位论文大多袭用乌托邦与反乌托邦的研究思路，并主要要在政治思想层面进行分析与探讨。随着乌托邦和反乌托邦文学研究的兴起，未来的赫胥黎研究将会更加深入而全面。

第五节
吉卜林研究

　　鲁德亚德·吉卜林（Rudyard Kipling，1865 - 1936）是 19 世纪末 20 世纪早期英国著名小说家和诗人。1907 年吉卜林荣获诺贝尔文学奖，成为首位荣膺这项大奖的英国作家。诺贝尔文学奖

---

① 　赫胥黎：《新奇的世界》，《国外作品选译》，1979 年第 8—10 期。

的颁奖词指出"这位世界名作家的作品以观察入微、想象独特、气概雄浑、叙述卓越见长。"吉卜林在英美文学界的名声经历了几次沉浮。1890 年代初他像流星般迅速崛起，在布尔战争（1899—1902）后号称"帝国号手"的吉卜林逐渐受到越来越多的指责。第一次世界大战结束后，由于文学潮流的变化，吉卜林逐渐淡出批评界的视野。直到 1941 年现代主义巨匠 T·S·艾略特编辑出版《吉卜林诗选》后，英美文学批评界才开始重新审视这位曾为大英帝国奔走呼号并为她带来荣誉的"帝国号手"。20 世纪后期，后殖民主义批评理论兴起，吉卜林开始成为文学批评界关注的重要目标。人们纷纷撰文探讨吉卜林作品中的殖民主义、种族主义以及文化身份等问题。吉卜林像一百年前那样再次成为英美批评界的宠儿。

吉卜林在中国文学批评的接受情况与英美文学批评界较为不同。由于时间以及复杂的社会政治环境等方面的原因，吉卜林并没有像今天荣获诺贝尔文学奖的外国作家那样迅速得到中国文学批评界的关注和认同。相反，吉卜林经历了曲折漫长的过程才逐步得到中国学者的关注，而且在不同的时期有很大的差异。大致说来，中国的吉卜林研究可以分为三个时期：新中国建立以前的吉卜林研究；20 世纪 50 年代至 70 年代的吉卜林研究；20 世纪 80 年代以来的吉卜林研究。

一、1949 年以前的吉卜林研究

从清末到新中国建立以前的半个世纪里，中国社会一直动荡不安。强烈的民族危机感促使中国知识分子一直致力于引进西方近代科技文明以变革自强。在文化方面，自 1898 年开办京师大学堂以后，不少大学陆续创办，中国的现代化教育逐渐起步，一些大学里也开设了英国文学等外国文学课程。但吉卜林的作品，除了少量儿童故事被译介过来外，大多数并不为国人所熟悉。就是以翻译欧美小说闻名的林纾，也没有翻译吉卜林的作品①。文学评论方面也是如此。当时的一些著名学者如胡适、鲁迅、叶公超、梁实秋、陈西滢等都写了一些外国文学研究方面的文字，但他们的文章很少谈到吉卜林。与吉卜林同时代的大诗人叶芝不喜欢吉卜林的诗歌，他在选编《牛津现代英诗选（1892—1935）》时选入了不少同时代诗人，但并没有包括吉卜林。当时对英国文学颇有研究的文化名人叶公超在评论这部著作时认为："除了奥恩②之外，重要的英国诗人总算都已收集在这儿了"③。叶公超的这篇文字原载于 1937 年 6 月的《文学杂志》上，其时吉卜林谢世才一年。由此我们可以看出当时中国学术界对吉卜林的隔膜。

这里有必要提及 1928 年创刊的《新月》文学月刊。当时叶公超负责主持该刊的"海外出版界"书评专栏。他邀请自己的高足梁遇春撰文介绍外国文学。于是梁遇春写下了几十篇文采飞扬的海外文学批评文章，其中以评论英国作家的文章为主。遗憾的是，梁氏也没有写下任何专论吉卜林的文字，只是在两篇文章里提到吉卜林。一篇发表于 1928 年 12 月 10 日的《新月》上，题目是《再论五位当代的诗人》，其中提到"Kipling，Newbolt，Noyes，Mase-field，四人的诗都带着很雄奇高壮的情调"④。另一篇则是梁氏为1930 年北新书局出版的《英国诗歌选》所写的序言。在这篇长文里，梁遇春梳理了英国诗歌发展的脉络，在谈到英国民歌时说："后来虽然有许多大诗人，像吉各特、华兹华斯、济慈、丁尼生、罗赛谛、吉百龄等，非常激赏古民歌，自己做出很有价值的歌谣来，但是这

① 这位清末民初的大翻译家一生翻译欧美小说、戏剧 180 余种，其中有 70 余种英国作品，包括莎士比亚、狄更斯、司各特等名家之作，也包括不少吉卜林同时代的通俗作家哈格德和柯南道尔的作品，但遗憾的是没有吉卜林的作品。
② 即 Wilfred Owen（1893 - 1918），第一次世界大战期间的英国著名诗人，以现实主义的战争诗歌著名。现一般译为威尔弗莱德·欧文。
③ 陈子善主编：《叶公超批评文集》，珠海：珠海出版社，1998 年，第 228 页。
④ 高恒文选编：《梁遇春·醉中梦话》，天津：天津人民出版社，1998 年，第 7 页。

些新歌谣总不能像古民歌那样纯朴浑厚,他们也因此更能了解民歌的价值"①。梁遇春所说的"吉百龄"就是吉卜林。梁遇春以作家的敏锐眼光发现了吉卜林诗歌的民谣特点,并承认他是大诗人。在这篇文章中,梁遇春梳理英国各朝诗歌时还附撰了不少诗人小传,但却没有包括吉卜林,不能不说是个遗憾。所有这些都说明当时的中国学术界对吉卜林缺乏了解。

不过,当时也有少数中国学者敏锐地认识到吉卜林的重要性。金石声在《欧洲文学史纲》中称吉卜林的"感觉非常敏锐,以短篇小说为最著名"。郑振铎在《文学大纲》第三十章"19世纪的英国诗歌"和第三十一章"19世纪的英国小说"中都提到了吉卜林。郑振铎在谈到其诗歌时指出:"到了他的《东与西之歌》(A Ballad of East and West)诸作出版后,他的真的天才,他的新辟的诗土,他的新鲜的精神,才大为人所称许"②。在提到吉卜林的小说时,郑振铎认为"吉卜林比之美莱迪斯③和杜·马里耶都伟大……他的短篇小说,在英国是无可与之比肩的。即使史的芬生,也不能及得上他。他的感觉非常的敏锐,写的东西又是很新颖的"④。应该说,郑振铎在这部书中对吉卜林的介绍虽然篇幅不大,但基本上反映了当时西方学者的主要观点,显示出当时中国一些优秀学者的敏锐感觉。

另一个学者金东雷的声音也许更能够代表这一时期国内学术界对吉卜林的认识。1937年,金东雷出版的《英国文学史纲》是20—30年代中国人撰写的最为重要的英国文学史之一。该书起自英国的盎格鲁—撒克逊时代,终于第一次世界大战后的后印象主义,内容比较广泛,在当时产生了较大的影响。我们可

---

① 高恒文选编:《梁遇春·醉中梦话》,第116页。

② 郑振铎:《文学大纲》(下),桂林:广西师范大学出版社,2003年,第231页。

③ 美莱迪斯,即 George Meredith (1828－1909),今译作乔治·梅瑞迪斯。史的芬生,即史蒂文森。

④ 郑振铎:《文学大纲》(下),2003年,第258页。

以将此书作为当时中国的英国文学批评——也包括吉卜林批评——的主流声音。在这部著作中，吉卜林（书中称"吉伯林"）被列在最后一章"现代文学"中，独占一节，与狄更斯、哈代、梅瑞迪斯和王尔德等享受同等的待遇。金东雷对吉卜林的生平与创作做了介绍，并进行了比较全面的评价。他认为吉卜林是个"帝国主义作家"，但比梅瑞迪斯和斯蒂文森更加伟大。他称赞吉卜林的"老练简洁"的文风，并注意到吉卜林"是以新的题目与新的形式见长"，尤其善于写短篇小说。金东雷认为"吉伯林有敏锐的心智、勇敢的气象、光辉的艺术；他的一切，正像战士"，但同时也指出吉卜林的弱点是其笔下的人物个性不鲜明："吉伯林所写的个性，只是团体的个性，不是人的个性。在他作品里，确实找不到心灵的共鸣，所写的都是些特制的人的形状而已。"①此外，金东雷还在该章第十五节"耆老派诗人"中对吉卜林的诗歌进行了探讨，指出他的诗歌不同于丁尼生等人的诗歌，多阳刚之气，"不愧是一个英帝国的诗人，歌唱兵士的勇敢，赞美水手的活泼，即在抒情曲中，也常是显露着盎格罗—萨克逊（Anglo-Saxon）民族的服从性与为国效力的快乐的思想"②。金东雷的著作出版时，吉卜林的声誉在英美已处于低谷，但金东雷仍然对吉卜林做出了相当全面、精当的评价，表现出中国学者的独立精神和卓越见识。

遗憾的是，金东雷在评论吉卜林时也出现了一些史实上的失误，如将吉卜林的《七海》和《五国》诗集说成小说，声称吉卜林的小说《瑙拉卡》对其婚姻状况"记载得极为详明"，以及"一八八九年以后，他的作品比以前机械化得多了，渐渐地暴露出他粗野的弱点"等。其实，1889年吉卜林的创作生涯刚刚开始不久，"以前"之说根本无从谈起。这里金东雷显然受到了那些从一开始就不喜欢吉卜林的西方学者如布坎南等人的影响。但无论如何，在多灾多难

---

① 金东雷：《英国文学史纲》，上海：商务印书馆，1937年，第437—441页。

② 同上，第518—519页。

的 20 世纪 30 年代的中国，能够像金东雷这样全面评价吉卜林的作品，已经难能可贵了。

二、50—70 年代的吉卜林研究

新中国成立以后，中国的文学创作和批评就走上了与以前截然不同的道路。现实主义成为文学主流，文学被看成是外部世界的反映。当时中国的一切都向苏联看齐，在外国文学作品的翻译和研究上也采取了与苏联学术界同样的标准。1959 年，苏联学者阿尼克斯特的《英国文学史纲》被翻译成中文后，对当时的英国文学研究产生了巨大影响。在这部文学史中，吉卜林被称作"反动的帝国主义作家"，其作品被认为是"虚假的现实主义"。不过，需要指出的是，作者认为吉卜林是一个天才，对其作品进行了详尽而不乏客观的分析、评论。《英国文学史纲》单辟一节讨论吉卜林，将他置于与哈代、高尔斯华绥等作家同等重要的地位。因此，如果撇开意识形态的因素，我们会发现苏联学者对于吉卜林作品的艺术价值还是非常推崇的。

不过，在中国当时的社会语境中，"天才"并不是个褒义词，"帝国主义"更是人人痛恨。因此，当时的中国学者们研究英国维多利亚时代文学时一般重点研究"批判现实主义"作家，如狄更斯、萨克雷、高尔斯华绥等，而吉卜林被斥责为"反动的帝国主义作家"，因此对吉卜林并没有做深入的研究。在建国后 30 年，我们很少能看到真正的吉卜林批评。特别在"文化大革命"中，不少外国文学研究专家都被打成"反动学术权威"，身陷囹圄或受到批判①，外国文学研究成为"雷区"。当时人们能否接触到吉卜林的作品都是问题，更遑论深入的研究了。著名学者杨周翰等人于 1964 年编纂的

① 如当时外国文学研究专家王佐良、周珏良等都被打成"反动学术权威"，受到批判。巫宁坤等还被送到北大荒劳改农场进行劳动改造。

《欧洲文学史》上册在当时被不少高校用作外国文学教材，影响很大，其中提到了吉卜林："吉卜林配合帝国主义的对外扩张，宣扬'白人的负担'和弱肉强食的'森林法律'"[①]。这段时间身在台湾的梁实秋也谈到了吉卜林。他在回忆昔日好友、著名学者和诗人闻一多的散文作品《谈闻一多》（1967 年）中认为：吉卜林诗歌"雄壮铿锵的节奏"对闻一多的创作影响很大[②]。但是总体而言，20 世纪 50 年代到 20 世纪 70 年代中国学术界对吉卜林并无深入的研究。

三、80 年代以来的吉卜林研究

改革开放以后，中国的国门打开了，长期受到压抑的中国学者开始以前所未有的热情迎接新的事物。在文化领域，人们如饥似渴地学习西方的各种文化经典，形成了 20 世纪 80 年代的文化热。中国的外国文学翻译与研究也出现了一股热潮。在这股热潮的推动下，吉卜林也重新获得了中国学人的关注。与前几十年中纯粹关注吉卜林作品中的意识形态色彩不同的是，中国学者这时采取了更理性、更公正的态度来对待吉卜林及其作品。其中一个例证是中国社会科学院研究员朱虹对吉卜林的评论。1981 年，她在编选英国短篇小说选时写了一篇序言"浅谈英国短篇小说的发展"。这篇序言后来收入她的论文集《英美文学散论》中，其中提到了吉卜林，认为"吉卜林在英国小说史上，特别是短篇小说史上的地位却不能完全抹杀……他创作了自己的小说风格，语言粗野而准确，结构严密，充满意想不到的曲折，给人留下深刻的印象，吉卜林作品的整体反映了一个千疮百孔的殖民地社会，但他往往是站在英国人的角度看问题（即便不是站在英国人的立场上），这就使他的眼光受到局限……的确，吉卜林的作品包含了许多粗鲁的、反民主

---

① 杨周翰：《欧洲文学史》（下卷），北京：人民文学出版社，1979 年，第 335 页。

② 江弱水：《帝国的铿锵：从吉卜林到闻一多》，《文学评论》，2003 年第 5 期，第135 页。

的因素，有时把帝国主义意识掩盖在神秘主义之中，这些都是我们要批判的。"①朱虹的这段文字可能是改革开放以后中国学者对吉卜林的首次评论。尽管这段文字还留有那个充满政治色彩的时代的痕迹，但对吉卜林的评价客观而全面，已显示出不凡的洞见和观察力，表明中国的学者们已在大步前进，努力赶超他们的西方同行。

　　除了朱虹的评论外，侯维瑞在《现代英国小说史》一书中也论及吉卜林，特别是他在短篇小说方面的成就以及他在作品中所表现出来的殖民主义意识和种族优越感。梁实秋在其主编的《英国文学史》中也独辟一节讨论吉卜林。梁实秋对吉卜林的主要诗歌和小说作品进行了较为精当的点评，指出吉卜林"有观察力，有文采，但是缺乏深厚的胸襟。他是维多利亚时代帝国主义全盛时期最好的代言人中之最后的一个"②。尤其可贵的是，梁实秋在评论吉卜林的诗歌《东西方的歌谣》时指出，"于东西殊途之外，他（吉卜林）又指出'强人'一义，揣其用意固非等于推崇极权专制，亦不一定就是怀疑自由民主，迥异于当时一般人对这首诗歌的理解。"③此外，陈嘉在《英国文学史》中也给予吉卜林较高的评价。尽管在书中吉卜林无法与哈代或其他"批判现实主义"作家相提并论，但他毕竟独占一节，处于比较重要的位置。陈嘉分析了吉卜林的世界观以及他对英国文学的贡献，并对其许多作品（如《基姆》、《丛林之书》等）都做了研究分析。不过，从"帝国主义世界观"、"帝国主义意识形态"等用语上我们还可以看到刚刚过去的"文化大革命"时代的痕迹。但总体看来，陈嘉的评述是20世纪80年代国内外国文学研究界对吉卜林最全面、细致的研究。上述研究，加上收集在各种短篇小说集里的几篇吉卜林小说，基本上构成了20世纪80年代国内研究界对吉卜林的整体了解。

---

①　朱虹：《英美文学散论》，北京：三联书店出版社，1984年，第106—107页。
②　梁实秋：《英国文学史》，台北：协志工业丛书出版公司，1985年，第1822页。
③　同上，第1823页。

20 世纪 90 年代初国内的吉卜林研究仍然没有什么起色，但变化在悄悄发生。1994 年中国社会科学院外国文学研究专家文美惠翻译了吉卜林的《丛林之书》，1995 年她又撰写了长文《论吉卜林的印度题材短篇小说》，并将其收录在自己主编的《超越传统的新起点：英国小说研究（1875—1914）》一书中。该文从主题思想和艺术风格等多个方面对吉卜林的印度题材短篇小说进行了较为详细的研究，分析细致，引证丰富，给国内的读者提供了更加清晰的吉卜林作品的原貌，是一篇重要的吉卜林研究文献。除了文美惠的研究外，1995 年王佐良在其编写的《英国文学史》中将吉卜林看成英国维多利亚时代晚期的一个重要而作品丰富的作家，并给予他和乔治·艾略特等重要作家同等的地位。类似的倾向也出现在侯维瑞主编的《英国文学通史》（1999 年）中。文美惠、王佐良和侯维瑞等都是当时中国的外国文学研究界有影响的学者。他们对吉卜林的态度表明，吉卜林研究已经不再是禁区，对吉卜林进行纯学术研究已经成为可能。

此外，陈嘉的修订本《英国文学史》也体现出类似的变化。1996 年陈嘉和宋文林合作编写的两卷本 *A College History of English Literature* 由商务印书馆出版。书中吉卜林依然独占一节，但从篇幅所显现的重要性上来说，显然作者已将吉卜林置于梅瑞迪斯、巴特勒、斯蒂文森、王尔德等人之上。作者没有像以前那样将分析的重点放在吉卜林的"帝国主义世界观"上，而是客观而全面地分析了吉卜林的小说和诗歌。值得一提的是，陈嘉和宋文林提到了"印度的英国殖民主义者"的分裂的自我："（吉卜林作品中的）主要角色们经常处于内心自我分裂的状态。他们一方面希望实现个人抱负，另一方面又必须坚守纪律约束，无条件地充当帝国主义和殖民主义利益的忠实维护者"[①]。此外，他们还注意到吉

---

① Chen, Jia & Song, Wenlin, *A College History of English Literature*, Beijing: The Commercial Press, 1996, p. 212.

卜林带有偏见地夸大了印度人的贫穷、饥饿、肮脏与迷信。这已与当今西方的研究成果非常接近了。遗憾的是,这部书虽然高度评价了吉卜林的重要作品《丛林之书》,却忽略了其诺贝尔奖获奖作品《基姆》。

应该说,国内学术界对吉卜林的研究大都集中在 20 世纪 90 年代末期以来的十多年里。由于后殖民主义思潮的影响,吉卜林研究在国外成为热点,国内的吉卜林研究也明显比以前增加了许多。吉卜林的许多重要作品如《基姆》、《丛林之书》等都纷纷被翻译成中文,中国学者编纂的英国文学史类著作都纷纷给予吉卜林应有的重视,国内的外国文学研究权威期刊《外国文学评论》接连发布国外的吉卜林研究动态,国内的各种学术期刊上也陆续出现了四五十篇吉卜林研究文章和博士、硕士论文。陈兵 2003 年完成的博士论文《帝国与认同:鲁德亚德·吉卜林的印度题材小说研究》从后殖民主义理论出发,对吉卜林印度题材小说中的殖民主义思想、身份危机和东西方融合的思想进行了比较详细的探讨,认为其意识形态在其印度题材小说中经历了一个从殖民主义的骄慢到呼吁东西方融合的缓慢变化的过程[①]。这可能是国内第一篇研究吉卜林的博士论文。这篇博士论文经过修改于 2007 年出版,是国内首部吉卜林研究专著。与此同时,陈兵不断拓展其吉卜林研究领域,并先后在《外国文学评论》、《外国文学》、《英美文学研究论丛》、《外语研究》等国内核心学术期刊上发表了《丛林法则、认同危机与东西方的融合——论吉卜林的〈丛林之书〉》(2003 年)、《〈丛林之书〉的多视角阐释》(2003 年)、《不同的人间、不同的荒野——评〈八足灵獒〉与〈荒野的呼唤〉》(2003 年)、《〈基姆〉:殖民主义的宣传还是东西方的融合》(2005 年)、《吉卜林早期印度题材小说研究》(2005 年)、《吉卜林与英国短篇小说》(2006 年)、《〈斯托凯与其

[①] 陈兵:《帝国与认同:鲁德亚德·吉卜林印度题材小说研究》,合肥:中国科学技术大学出版社,2007 年,第 III—IV 页。

同党〉对英国公学小说理念的颠覆与认同》（2009 年）、《论吉卜林〈勇敢的船长们〉中的教育理念》（2009 年）、《童真下的"帝国号手"：〈本来如此的故事〉》（2011 年）等论文，对吉卜林的公学小说、历险小说、儿童故事名作、他的教育理念及其与英国短篇小说的发展等问题进行了比较详细的探讨。

2010 年，另一本吉卜林研究专著出版，这就是李秀清在其博士论文基础上修改而成的著作《帝国意识与吉卜林的文学写作》。在这部著作中，李秀清探讨了吉卜林的帝国主义意识形态、英国性的建构和其身份认同等问题，但内容已经不限于吉卜林的印度题材小说，而是拓展到吉卜林的公学小说和历史小说。此外，李秀清还在《外国文学评论》、《英美文学研究论丛》、《吉卜林学刊》（*Kipling Journal*）等国内外重要学术期刊上发表了"Kipling in China"（2008 年）、《〈普克山的帕克〉中的帝国理想及英国性建构》（2009 年）、《帝国意识与吉卜林的文学写作》（2009 年）、《吉卜林的丛林法则》（2009 年）、《吉卜林小说〈基姆〉中的身份建构》（2010 年）等相关研究论文。特别是英文论文"Kipling in China"（《中国的吉卜林研究》）发表于英国吉卜林学会的会刊《吉卜林学刊》上，使国外外国文学研究界对中国的吉卜林研究有了一定的了解。

从事比较文学和南亚问题研究的学者尹锡南则从不同的角度对吉卜林的作品进行了解读。他在《南亚研究季刊》中发表的《吉卜林与印度的心物关联及其创作中的历史缺席问题》（2004 年）、《吉卜林：殖民文学中的印度书写》（2005 年）等文章中探讨了印度思想和文化对吉卜林的影响，以及吉卜林作品中印度真实历史的缺席所反映的吉卜林的殖民主义意识形态问题。尹锡南还在自己的著作《英国文学中的印度》中继续探讨了吉卜林的印度书写，认为吉卜林的"印度之爱还只是一种精神流浪时期的文化归航……是在非常保守的殖民心态中孤芳自赏"①，尹锡南在主题、艺术手

① 尹锡南：《英国文学中的印度》，成都：巴蜀书社，2008 年，第 57 页。

法以及对待东西方的态度等方面将吉卜林和同时期的英国作家福斯特进行了比较。

2003 年,江弱水发表在国内重要学术期刊《文学评论》上的文章《帝国的铿锵:从吉卜林到闻一多》则沿着梁实秋的思路,从思想和艺术两个方面论证吉卜林对我国著名诗人闻一多产生了巨大的影响。这篇文章引起了争议。石义师的《评江弱水文:〈帝国的铿锵:从吉卜林到闻一多〉》(2004 年)从闻一多思想艺术观的形成入手,将闻一多的新格律诗放到中国历史文化的特殊背景中加以分析,认为闻一多思想和文艺观念的形成、发展、变化均与吉卜林无任何直接或特别关系。此外,宋朝的《吉卜林短篇小说的叙事策略与叙事伦理》(2008 年)等论文开始探讨吉卜林的小说创作艺术;油小丽、牟学苑的文章《洛蒂、吉卜林与赫恩笔下的日本形象》(2010 年)探讨了吉卜林对日本人的充满异国风情又带有种族优越感的刻画及其对后来者的影响。这些研究试图突破以往吉卜林研究中的种种藩篱,运用多种方法,从多个视角来探讨吉卜林的作品。这一切都标志着国内的吉卜林研究开始逐步走向深入。

从新中国建立前的隔膜到其后几十年的忽略,再到改革开放以来的逐步了解和深入研究——这就是中国吉卜林研究的总体状况。特别是 20 世纪 80 年代之后,随着后殖民主义和文化研究思潮的兴起,吉卜林的作品在东西方都成为研究的热点。人们开始关注吉卜林与大英帝国的关系及其殖民主义心态。也有学者强调其对印度的感情及其对本土印度人的同情。还有些学者遵循传统的观念,强调吉卜林早期不愉快的经历对其生活和创作的影响,以此来解释其作品中的虐待狂倾向。另外,吉卜林的身份问题近年来也引起了研究者的关注。人们纷纷从分裂的自我、身份危机等方面来研究其作品。

但是中国的吉卜林研究还远不能令人满意。这个号称英国文学史上最具争议性的作家至今对很多中国人来说还略显神秘,他的很多优秀作品在中国还没有得到介绍和研究。特别是他创作于20世纪的后期小说及其许多优秀诗歌都还没有得到应有的重视。中国的新一代英国文学研究者们有责任来研究、揭示这个了不起的英国作家的真实面貌，使更多中国读者能欣赏他那强悍有力、充满独特魅力的作品，同时也进一步了解他所处的那个时代的特色。

第六节
萧伯纳研究

　　萧伯纳（Bernard Shaw，1856－1950）是英国现代最重要的戏剧家之一，在中国具有非常广泛的影响，中国学术界在近百年里对他进行了大量的介绍和研究。由于受到社会、政治等外在因素的影响，近百年的萧伯纳研究在不同的历史时期呈现出不尽相同的特点，也暴露出诸多问题。"五·四"时期，萧伯纳被当做思想家和"社会问题剧"作家，其创作对当时的思想界和戏剧界产生了较大的影响。但是，这样的接受视角也在一定程度上束缚了他们对萧伯纳戏剧艺术的全面理解与剖析。在1933年萧伯纳访问中国前后，新闻界与学术界掀起了20世纪第一次"萧伯纳热"。萧伯纳在当时的中国拥有政治评论家、幽默家和戏剧家等多重身份，学界对其戏剧的介绍与研究取得了一些成绩，但也存在明显不足。1956年前后，由于意识形态因素的强势介入，萧伯纳研究呈现出一幅欣欣向荣的景象。萧伯纳被定位为一位同情社会主义的费边主义者，其剧作中的社会批判意识被人为夸大，在一定程度上限制了学者们的研究视野和对其戏剧艺术的理解。近30余年来，随着文学研究领域中意识形态色彩日趋淡化，萧伯纳研究也逐步走向多元化。研究者们开始越来越多地从艺术层面上探讨萧伯纳的戏剧成就，其戏剧艺术家的身份也逐渐凸显。本节将梳理和反思中国学术界的"百年萧伯纳"，探寻不同历史时期萧伯纳研究的状况和特点。

一、思想家和社会问题剧作家："五·四"时期对萧伯纳的评介

"五·四"时期，新文化运动的先驱们第一次将萧伯纳介绍到中国，他与易卜生一起成为"五·四"时期"社会问题剧"的楷模，其剧作蕴涵的强烈的批判精神在当时的中国知识界引起了共鸣。相对于易卜生，学术界这一时期对萧伯纳的译介还比较少，是20世纪中国萧伯纳研究的奠基阶段。

1915年，《青年杂志》第1卷第3期上发表了陈独秀介绍近代欧洲文学的文章《现代欧洲文艺史谭》，文中把白纳少（即萧伯纳）和易卜生、王尔德等一起称为"剧作名家"。这大概是中国20世纪第一篇提到萧伯纳的文章。该文仅提到萧伯纳的名字，并未对其作专门论述。1918年，《新青年》第4卷第6期推出"易卜生专号"，在文艺界掀起了翻译和改编外国戏剧、介绍外国戏剧理论的热潮。该期《新青年》专门登载了"本刊特别启事"，称"英国萧伯纳为现存剧作家之第一流，著作甚富"，预告将在同年的第12期上推出"萧伯纳号"，拟刊登《人与超人》、《巴伯勒大尉》和《华伦夫人之职业》三部剧作的中译本，但"萧伯纳号"因故未能出版。

1919年，商务印书馆主办的《学生杂志》第6卷第2期上刊登了译者署名"四珍"（沈雁冰之笔名）的萧伯纳剧作《人与超人》的节译，题名为《地狱中之对谭》；同期开始连载署名"雁冰"的文章《萧伯纳》，两期登完。该文可能是中国20世纪第一篇严格意义上的萧伯纳研究论文，文章对萧伯纳推崇备至，较为详细地介绍了他的身世、作品和思想。1919年，《新潮》第2卷第1期上刊登了潘家洵翻译的全本《华伦夫人之职业》，这是第一个被完整译成中文的萧伯纳剧本。1920年，《华奶奶之职业》（即《华伦夫人的职业》）在上海新舞台上演，遭遇惨败，引起了戏剧界的反思。1921年5月，沈雁冰、郑振铎、欧阳予倩等十三人组织民众戏剧社，追随萧伯纳提出的"戏剧是宣传主义的地方"的主张，认为"当看戏是消遣的时

代，现在已经过去了。戏院在现代社会中确是占着主要的地位，是推动社会前进的一个轮子，又是搜寻社会病根的 X 光镜；又是一块正直无私的反射镜。"①1924 年，江绍原在《小说月报》第 15 卷第 1 期上发表《萧伯纳的"生而上学"》一文，分析萧伯纳的剧作《千岁人》，介绍和批驳了萧伯纳在该剧中宣扬的"生而上学"。这是较早专门关注萧伯纳的"创造进化论"的文章，但在当时没有引起什么论争。在其后的几年里，知识界和戏剧界对于萧伯纳的研究较少，处于低潮时期。

在为数不多的研究者中，沈雁冰对于萧伯纳的评介代表了"五四"时期的普遍看法。客观地讲，对萧伯纳的评述只占这一时期沈雁冰译介外国文学活动的很小一部分，总共只有三篇文章专门论述萧伯纳及其剧作。其中最重要的一篇文章《萧伯纳》，带有明显的模仿痕迹②。对于沈雁冰来说，萧伯纳首先是一位富有批判精神的思想家。他认为："萧伯纳氏一思想家也，一万能哲学家也。彼所见社会之腐败之根本的病源，皆见到底。故其目光注于下一世纪。""其思想之高超，直高出现世纪一世纪。"③再者，萧伯纳与易卜生一起，被沈雁冰认为是"社会问题剧"作家。④ 沈雁冰非常强调萧伯纳剧作的社会批判功能，对于萧剧中所揭露的两个社会问题尤其敏感，并结合中国的社会现实专门做了论述：第一个是战争问题，第二则是妇女问题。

沈雁冰是中国 20 世纪萧伯纳研究的先驱者和奠基人，功不可没。但由于受到客观条件的限制，沈雁冰对萧伯纳的研究还是存在一些问题，主要有以下两个方面：第一，盲目夸大萧伯纳作品的

---

① 葛桂录：《中英文学关系编年史》，上海：上海三联书店，2004 年，第 156 页。
② 沈雁冰后来坦言这篇文章模仿了英国学者 Harold Owen 的著作 *Common Sense about the Shaw*。
③ 雁冰：《萧伯纳》，《学生杂志》，1919 年第 6 卷第 2 期，第 9 页。
④ 雁冰：《文学上的古典主义、浪漫主义和写实主义》，《学生杂志》，1920 年第 7 卷第 9 期，第 13—15 页。

价值。例如,他认为萧伯纳早期的小说"广包兼举、气魄雄大、高视阔步","虽不能谓后无来者,而前无作者,则已确甚。"事实上,萧伯纳的小说并不太高明,在英国文学史上几乎没产生过什么影响。第二,研究视角单一,注重分析剧作包含的社会问题,而对于剧作的艺术特色等方面则较少涉及。尽管存在上述种种不足,沈雁冰毕竟是中国萧伯纳研究的开创者,他的文章基本上可以代表这一时期学界对萧伯纳的普遍看法,他的观点对后来的研究产生了较大的影响。

1920年,上海新舞台剧场演出了《华伦夫人之职业》(当时的广告为《华奶奶之职业》),这是萧伯纳的戏剧——大概也是西方剧作——第一次被完整地搬上中国的舞台。这次演出由著名的文明戏演员汪仲贤主持,他联络了当时新舞台的一些著名戏曲演员共同演出。这次演出"标志着戏剧界自身接受'五·四'新文化运动的影响,而由文明戏和戏曲界共同发难,将戏剧改良理论主张付诸实践的可贵开端。"①令人遗憾的是,观众反应冷淡,上座率非常低,甚至有观众中途要求退票,演出遭遇了惨败。

这次演出的惨败暴露出新文化运动时期照搬西方的话剧模式和剧作的一些问题,引起了戏剧界的深入反思:首先,戏剧界认识到照搬过来的外国剧本,可能不符合中国的实际情况,应该赶紧培养本土的剧作家,写出优秀的剧本。汪仲贤后来总结《华伦夫人之职业》演出的教训时说:"借用西洋著名剧本不过是我们过渡时代的一种方法,并不是我们创造戏剧的真精神。……中国戏剧要想在世界文艺中寻一个立锥之地,应该赶紧造成编剧本的人才,创造几种与西洋相等或较高价值的剧本,这才算真正的创造新剧。"②其次,话剧演出应当考虑观众的接受水平,否则就无法起到宣传的

① 葛一虹主编:《中国话剧通史》,北京:文化艺术出版社,1997年,第47页。
② 明梅(汪仲贤):《与创造新剧诸君商榷》,《戏剧》,1921年第1卷第1期,第14—15页。

效果。汪仲贤因此重新拟定了"以后的方针——我们演剧不能绝对的去迎合社会心理，也不能绝对的去求知识阶层看了适意"。而要"那极浅近的新思想，混合入极有趣味的情节里面，编成功叫大家要看的剧本。"再次，商业演出不利于戏剧的发展。汪仲贤希望"脱离资本家的束缚，召集几个有志研究戏剧的人，再在各剧团中抽几个头脑稍清有舞台经验的人，仿西洋的 Amateur，东洋的'素人演剧'的法子组织一个非营业性质的独立剧团"①。

《华伦夫人之职业》的演出活动虽然以失败告终，却引起了整个戏剧界的强烈反响。"中国现代话剧的建设却因此开辟了一个新的局面"②，其意义远远大于演出事件本身。"洪深说如果那次失败能够使后来者对于戏剧运动，采取更客观的态度，更能顾到现实的环境，那么他们这一次总算不是白'跌'了。宋春舫则从中得出'戏剧是艺术的而非主义'的绝对的结论。他甚至劝人放弃西洋的'问题剧'，而去采用脱离生活，曲折热闹，形式主义色彩较浓的'善构剧'。"③这次演出事件是中国话剧史上的一个里程碑，促使戏剧界去反思话剧草创阶段暴露出来的一些严重的问题，其意义如汪仲贤所说："狭义的说来，是纯粹的写实派的西洋剧本第一次和中国社会接触；广义的说来，竟是新文化底戏剧一部分与中国社会第一次的接触。"④

"五·四"时期是国内萧伯纳研究的开创阶段，由于受到客观条件和研究者视角的限制，并没有取得太多的学术成果。与该阶段易卜生在国内知识界引起的巨大反响相比，萧伯纳就显得逊色

---

① 汪仲贤：《营业性质的剧团为什么不能创造真的戏剧》，《时事新报》，1921 年 1 月 26 日。转引自葛一虹主编：《中国话剧通史》，北京：文化艺术出版社，1997 年，第 48 页。

② 葛一虹主编：《中国话剧通史》，北京：文化艺术出版社，1997 年，第 49 页。

③ 葛桂录：《中英文学关系编年史》，上海：上海三联书店，2004 年，第 160—161 页。

④ 转引自洪深：《中国新文学大系·戏剧集·导言》，上海：良友图书印刷公司，1935 年，第 33 页。

许多。以萧伯纳与易卜生为代表的西方剧作家的社会问题剧不仅对中国近代的思想变革具有重要意义，而且也对中国早期话剧艺术的启蒙和发展起到了推动作用。但当时的研究者们往往过于关注萧伯纳剧作所揭示的社会问题，偏重强调戏剧对于思想启蒙和社会批判的作用，在一定程度上束缚了他们对萧伯纳戏剧艺术手法的理解与剖析，同时也限制了话剧界对于萧伯纳剧作的学习与借鉴。

二、"红"人萧伯纳：1933 年前后的萧伯纳研究

1933 年萧伯纳访华前后，中国知识界掀起了 20 世纪中国萧伯纳研究的第一次高潮。在 20 世纪 30 和 40 年代，萧伯纳的多种著述（剧本、小说、政论）被译成中文出版，知识界、新闻界纷纷撰写文章、著作和新闻稿件介绍萧伯纳及其剧作。萧伯纳一时间几乎成了中国最"红"的外国作家：知识界把他视作意识形态方面的"红"人，因为他被认为是一位知名的社会主义者；新闻界非常热衷报道与他有关的各种情况，使他成了媒体的"红"人；戏剧界也积极地学习和借鉴他的戏剧艺术，丁西林、黄佐临等人的戏剧活动都曾受其影响。中国新闻界、知识界和戏剧界对萧伯纳的热切关注，一直持续到 1949 年以后，这种"优待"在外国作家中并不多见。

1933 年 2 月，萧伯纳在周游世界的途中访问了中国的香港、上海和北京，在三地仅作短暂停留。但是，萧伯纳此次短暂的访华无疑成为了 1933 年最热门的新闻事件之一。萧伯纳于 2 月 10 日抵达香港，在香港大学对青年学生发表演讲，宣传他的社会主义。2 月 17 日抵达上海，他受到了非同一般的热情接待。诸多社会名流，主要是当时的左派和戏剧界的重要人士（如宋庆龄、蔡元培、鲁迅、梅兰芳等）都参加了这次欢迎活动。当天下午，萧伯纳在宋宅接受了中外记者的采访。记者们关注的焦点有两个：一是萧伯纳对中国政府和革命的看法，二是萧伯纳对于刚刚发表的"李顿报

告"的评价。第二天的多家中外文报纸及时登载了萧伯纳的谈话内容。其后，萧伯纳继续乘船北上，20日抵达北平。尽管许多报纸在显著版面用大字标题作了相关报道，但从目前见到的材料看，北平知识界对此事的反应似乎比较冷淡，"北平教育界及学界决定在萧游北平时不予招待，胡适之于萧氏抵平之前夕发表一文，其言曰，余以为对于特客如萧伯纳者之最高尚的欢迎，无过于任其独来独往，听其晤其所欲晤者，见其所欲见者。"①

萧伯纳访华期间以及之后的几年里，很多学者，如蔡元培、鲁迅等，纷纷撰文、出版著作或译介其传记资料，热情地推介萧伯纳。许多报纸、杂志也密集地刊登关于萧伯纳的文章，《申报》《论语》、《矛盾月刊》等报刊还推出了萧伯纳的"专号"。在鲁迅的提议下，乐雯（瞿秋白）编译的《萧伯纳在上海》迅速出版，其中收录了萧伯纳来华前后登载在报刊上的各类文章。不难看出，当时的知识界出现了一股"萧伯纳热"，这也是20世纪中国萧伯纳译介与研究的第一次热潮。学界对他的戏剧作品，对他的社会主义思想，对他的幽默和趣闻轶事，表现出了十分浓厚的兴趣。

第一，这一时期翻译出版了萧伯纳的数十种著作，包括剧本、小说、政论、情书等等。如：剧本《卖花女》（林语堂译，1931年）、《人与超人》（罗牧译，1933年；张梦麟译，1934年）、《圣女贞德》（胡仁源译，1934年）、《千岁人》（胡仁源译，1936年）、《日内瓦》（戊佳译，1940年；罗吟圃译，1941年），小说《黑女》（汪倜然译，1933年）等以单行本的形式相继出版，有些作品还出现了多个译本。这些作品比较广泛地在知识界传播，对当时的知识界，尤其是戏剧界，产生了较大的影响，即使"在40年代的中国，他的戏剧仍然是戏剧家学习、借鉴的典范"。②

---

① 《胡适博士的词令（1933年3月20日路透社电）》，引自乐雯编译：《萧伯纳在上海》，野草书屋，1933年，第90页。

② 田本相主编：《中国现代比较戏剧史》，北京：文化艺术出版社，1993年，第472页。

第二，由中国学者编译的几种萧伯纳传记陆续出版，知识界开始比较全面地了解萧伯纳。除去报刊上不计其数的介绍文章，20世纪30年代中国学者编译出版了数种萧伯纳传记：石苓编译的《萧伯纳》（1933年）、黄嘉德翻译的《萧伯纳传》（赫里斯著，1934年）、凌志坚编译的《萧伯纳传》（1936年）。其中，黄嘉德翻译的《萧伯纳传》影响最大。该书1934年由商务印书馆出版以后，十几年里多次再版，一度成为当时的"畅销书"，直至近年还出过数版。其它几种萧伯纳的传记在当时也曾有过再版，但1949年之后都销声匿迹了。

第三，中国学者出版了多种关于萧伯纳的著作，比较系统地研究萧伯纳。这些著作主要有林履信的《萧伯纳略传》（1933年）和《萧伯纳的研究》（1937年）、徐懋庸的《肖伯纳》（1935年）、须白石的《肖伯纳》（1935）、潘家洵的《近代西洋问题剧本——从易卜生到萧伯纳、麦利生》（1940年）等。

林履信的《萧伯纳的研究》是中国20世纪较早的一部萧伯纳研究专著。林履信坦言"本篇写作中所采取的资料，都是由文献上得来的间接的材料，……是具着充满的敬意和虔诚的精神研究萧的。"①从文中看来，林履信似乎更看重萧伯纳的思想意义而非其剧作的艺术价值。该书分别从"身世"、"作剧的生活"、"萧伯纳的性格和作风"、"萧伯纳和社会主义"、"社会评论"、"萧的中心思想和萧剧的特质"等方面进行阐述，比较周全地评介了萧伯纳。在具体的论述中，作者结合萧伯纳的言论和剧作，对其人生经历、社会主义思想、哲学思想和艺术思想进行了比较细致的分析。从当时知识界的总体情况来看，林著代表了相对较高的学术水准，比较准确地把握了萧伯纳的思想和戏剧的特征，也隐约意识到了萧式"讨论剧"可能存在的问题和弊端。作者还花费了许多笔墨，详细分析了《人与超人》，梳理了"生命力"思想的理论渊源。然而，作者用了

---

① 林履信：《萧伯纳的研究》，上海：商务印书馆，1937年，第8页。

English Literary Studies in China: The Studies of English Writers Volume II

太多的篇幅去介绍作为社会主义者、思想家和社会评论家的萧伯纳，从客观上冲淡了萧伯纳的"戏剧家"身份。当时有苛刻的书评甚至认为该书"拉杂冗碎，东鳞西爪，征引不加裁剪，叙事不求简练，各章所标目录毫无层次，忽谈身世，忽论作品；错综插入，未免紊乱"①。

第四，少数单篇文章开始认真反思萧伯纳的剧作，提出了一些很有见地的观点。张梦麟的长文《萧伯纳的研究》②所涉及内容很宽泛，特点是"小而全"，这当然也是它的缺点。全文共分 9 节，前两节介绍 19 世纪的英国思潮和英国近代剧概况，第三、四节叙述萧伯纳的身世与剧作，第五至第八节分别探讨了萧伯纳的思想、人生观和恋爱观以及剧本《人与超人》。张梦麟在文中认为萧伯纳"是写实主义者，又是个理想主义者"，原因在于"一种是事物本身的讽刺，一种是对于普通一般人对于事物所怀的理想的讽刺。"③赵家璧在《萧伯纳》一文中认为萧伯纳的剧作缺乏丰富生动的人物形象，仅是某些思想的传声筒而已，"所以就讲剧本的本身，也不是人物的结构，而是各个人物意见的结构，因此剧本中的故事，不是人物的斗争，而是意见的冲撞"，所以其剧作与"写实主义"之间有明显的距离。④赵家璧和张梦麟在文章中渗透了一些对萧伯纳的反思，意识到了萧伯纳与"写实主义"作家之间的差异，可惜此类有独立见解的文章数量太少。

这一时期的报刊上介绍萧伯纳的文章非常多，"各报都满载着关于萧伯纳的行踪和谈吐，甚且出专号，印特刊，猗歟盛载！"⑤但是，真正有学术价值的文章却是凤毛麟角。"若观到所有发表的文

① 静：《萧伯纳的研究》（书评），《图书季刊》，1940 年第 2 卷第 1 期，第 182 页。
② 张梦麟：《萧伯纳的研究》，《学艺》百号纪念增刊（1933 年）。该文后来单行出版，但从篇幅看，似乎不应该称作"专著"。
③ 张梦麟：《萧伯纳的研究》，上海：中华学艺社，1933 年，第 240—241 页。
④ 赵家璧：《萧伯纳》，《现代》，1933 年第 2 卷第 5 期，第 751 页。
⑤ 石苇：《〈萧伯纳〉题词》，石苇编译：《萧伯纳》，上海：光明书局，1933 年，第 3 页。

字，大都是属于短篇或是杂论，而稍具有系统的研究，或是较长的专著，则可谓比晨星的寥寥还稀少啦！"①与"五·四"时期相比，知识界在这一阶段对萧伯纳的生平、剧作、思想和传记的译介有显著增加，相关文章的数量也很多，对 1949 年之后的研究产生了一些影响。然而，就学术层面而言，总体情况依然难以尽如人意，留下了许多缺憾。首先，泛泛而谈的介绍性文章过多，具有学术创见的文章较少，这是最突出的问题。其次，这一时期的学术文章对萧伯纳的政治立场问题争论过多，对其剧作的学理性探究相对比较欠缺，且常常重复。第三，有些发表在学术刊物上的准学术文章过于关注萧伯纳的幽默和趣闻轶事，沦为哗众取宠的文字游戏。

三、费边主义者：1956 年前后的萧伯纳研究

1949 年之后，新中国的社会状况和文化氛围发生了根本转变，文艺批评界的批评模式也发生了很大的变化。建国早期的萧伯纳研究受到当时的意识形态和文艺政策的影响，呈现出强烈的政治色彩，显示出那个年代赋予的显著特点。"建国十七年"的萧伯纳研究，主要集中在 1956 年中国文化部门纪念萧伯纳诞生 100 周年活动前后，出现了 20 世纪中国萧伯纳研究的第二次热潮。

1956 年，世界和平理事会号召全世界都来纪念"文化名人萧伯纳"，并在新中国得到了积极的响应。作为当年的一项大型文化活动，中国的文化部门在 1956 年 7 月前后精心组织了一系列纪念萧伯纳诞辰 100 周年的活动，内容主要包括集会、演出、专题展览和作品译本的出版。1956 年 7 月 26 日，《人民日报》刊登了翻译家杨宪益的文章《萧伯纳——资产阶级社会的解剖家》和作家萧乾的文章《萧伯纳二三事》；7 月 27 日，《人民日报》又刊登了萧乾翻译的《萧伯纳语录》；同一天的《光明日报》刊登了田汉和郑振铎纪

① 林履信：《萧伯纳的研究》，上海：商务印书馆，1937 年，第 3 页。

念萧伯纳的文章。

1956 年 7 月 27 日晚，"纪念萧伯纳诞生 100 周年、易卜生逝世 50 周年"的会议在北京饭店隆重召开，一千多名中外文化界及政界人士参加了此次盛会。会后还举行了"世界文化名人萧伯纳诞生一百周年纪念晚会"，会后演出了萧伯纳的剧作《苹果车》和《华伦夫人的职业》的片段。7 月 28 日的《人民日报》在头版报道了这次会议的盛况。另外，北京图书馆和北京劳动人民文化宫还联合召开纪念萧伯纳和易卜生的座谈会，并举行了专题展览。除北京外，上海上演了由黄佐临导演的《人与超人》的片段，天津和沈阳等地也举办了类似的纪念活动。

报纸方面，从影响巨大的党报《人民日报》到一些地方报纸如《新民晚报》等都刊登了相关的纪念文章；各种杂志，甚至包括《世界知识》和《国际展望》等非文艺类杂志，也都刊登了介绍性的文章。与此同时，许多学术期刊，如《文史哲》、《中山大学学报》、《译文》等都刊登了相关的学术论文。借此时机，人民文学出版社于 1956 年 12 月推出了精装三卷本的《萧伯纳戏剧集》，收录剧作 11 部。加上此前出版的两部单行本的萧伯纳剧作[①]，1949 年—1966 年间一共出版了萧伯纳的 13 部戏剧作品，其数量仅次于莎士比亚[②]，这足以说明中国文化界对于萧伯纳的重视。

此次对萧伯纳的纪念活动规模可谓空前绝后，此前此后都很少有西方作家会享受如此高规格的"优待"。从表面上看，这次大张旗鼓的纪念活动的范围似乎仅仅局限于文艺界，但如果考虑到当时特殊的政治背景和国际局势，我们会发现，这次由官方组织的纪念活动带有极强的政治目的。Wendi Chen 在 A Fa-

---

[①] 分别是胡春冰译《奇双会》（1950 年 11 月由大众书局出版）和姚克译《魔鬼的门徒》（1936 年第 1 版，1950 年由文化生活社再版）。

[②] 17 年间中国总共出版英国戏剧 50 种，其中莎士比亚和萧伯纳的剧作就占了 41 种。资料来源于孙致礼的《1949—1966：中国英美文学翻译概论》（南京：译林出版社，1996 年）第 35 页。

bian Socialist in Socialist China 一文中做了令人信服的论述。他认为,官方选择在 1956 年大规模地宣传萧伯纳至少有以下几个用意:"(1)在冷战期间宣传社会主义胜过资本主义的优越性;(2)推进'百花齐放'运动;(3)为中国具有资产阶级背景的作家提供榜样;(4)通过扩展非苏联文学的文学常备书目,来帮助中国的文化部门为中国树立一个良好的国际形象。"①现在看来,这次纪念活动所透露出来的政治意义远远超越了活动本身。与此相一致的是,学术界在这一时期的研究文章同样带有浓厚的政治色彩。

　　在萧伯纳纪念热潮的影响下,1956 年前后的萧伯纳研究呈现出一片繁荣现象,相关研究论文数量相当可观,但绝大多数研究呈现出高度模式化的特点,千篇一律,几乎没有真正意义上的学术争鸣。与此前相比,这一时期的萧伯纳研究也有几个明显的不同之处,具体表现为:(一)所有的评论文章都受到当时的文艺政策的决定性影响。学者们常常在文章中花费大量的篇幅去介绍萧伯纳的人生经历对创作的影响、他的政治观点和政治活动的得失等。(二)大多数学术文章都明显受到苏联文艺理论界相关著述的影响。经对照阅读可以发现,这一时期的研究论文,无论是从对萧伯纳的基本定位,还是从文章的论述模式、具体的理论观点和引用的材料来看,都与苏联理论界的相关著述非常近似。黄嘉德、王佐良等曾留学欧美并具备良好学术素养的学者,所写文章也往往步苏联学者的后尘。政治化的研究模式压制了学者们的创造力,限制了他们的研究视野,对此后的萧伯纳研究也有一定的消极影响。

　　从总体上看,这一时期国内的萧伯纳研究主要有以下两个基本立场:首先,从政治上看,萧伯纳被定位为费边主义者,他同情社

---

① Chen, Wendi. "A Fabian Socialist in Socialist China." *The Annual of Bernard Shaw Studies*. Volume 23, 2003, p. 155.

会主义，但其改良主义的思想却存在严重缺陷；其次，从创作倾向上看，萧伯纳被认定为暴露资本主义黑暗的批判现实主义作家，然而其剧作中对无产阶级的描写却难以令人满意。基于上述立场，学者们在论及萧伯纳的戏剧艺术时，单纯地从阶级斗争和反映论的角度出发，将复杂的艺术问题政治化，暴露出一些无法克服的内在弊端。

第一，对剧作主题做单一化的解读。关于具体作品的主题，评论家们一致认为萧伯纳的作品充分暴露了资本主义制度的腐朽与资产阶级的丑恶嘴脸。王佐良在文章中写道："他的全部剧本可以放在这样一个主题之下：现代资本主义社会的罪恶"。[1] 评论者们对于萧伯纳早期的具有较强社会批判精神的剧作十分热衷，认为《华伦夫人的职业》"大胆地暴露了在资本主义的桎梏下，人们的荒淫无耻"，[2]"撕破了资本主义的'文明'的外衣，里面原来是那样地腐烂，可怕地臭气熏天。"[3]而《巴巴拉少校》则揭露了"资本主义使人们的关系沦为一种单纯的金钱关系"的丑恶，刻画了"帝国主义战争贩子的丑态"。[4] 评论较多的剧本还有《鳏夫的房产》、《苹果车》等。相反，学者们对于那些政治色彩较淡的作品，尤其是萧伯纳中后期的作品，则较少涉及。

第二，对人物形象做脸谱化的分析。在分析萧伯纳剧中的人物时，批评家们娴熟地运用阶级分析法，把人物划分为不同的阶级，然后根据他们的阶级背景毫不含糊地把他们分为剥削者或被剥削者，而剥削者理所当然地应该是恶棍。《巴巴拉少校》中的军火大王安德谢夫"凶狠贪婪。他代表了最典型的帝国主义时代的商人，他只认识一个权力，那就是金钱。他不讲道德，不顾一切，厚

---

① 王佐良：《萧伯纳和他的戏剧》，《译文》，1956 年第 8 期，第 107 页。

② 杨宪益：《萧伯纳——资产阶级社会的解剖家》，《人民日报》，1956 年 7 月 26 日。

③ 郑振铎：《纪念萧伯纳一百周年诞辰》，《光明日报》，1956 年 7 月 27 日。

④ 黄嘉德：《伟大的英国戏剧家萧伯纳》，《文史哲》，1956 年第 7 期，第 21 页。

颜无耻,死不要脸。"①《鳏夫的房产》中的高坎(Cokane)"是个帮闲文人,老于世故,专门替有钱人圆场。……他不过是一条没有灵魂的应声虫。"②这种过于机械的分析方法把剧中的人物脸谱化和公式化了,而这种幼稚的是非观恰恰是萧伯纳所极力反对的。在《愉快的戏剧》的前言中,萧伯纳明确地说道:"毫无错误的善良与毫无错误的罪恶之间的明显的冲突为粗鄙的戏剧造就了恶棍和英雄,其中采取了一些绝对化的观点,剧中的持异议者被剧作家们当成敌人,或者被虔诚地崇拜,或者被愤怒地诋毁。我不对付这种廉价货。"③

然而,萧伯纳并没有把工人阶级写成是无产阶级的先锋队和资产阶级的掘墓人,这使得评论家们颇感为难。"他笔下的工人不是醉鬼,便是一碰警棍就逃的懦夫,这就完全无视英国工人阶级从宪章运动以来的战斗传统,严重地歪曲了英国的现实。"④评论家们由此认为萧伯纳思想上的局限性理所当然是由于萧伯纳的家庭出身和改良主义思想所致,"由于他出生在一个没落的中间阶级家庭,他始终站在资产阶级和工人阶级中间,……在感情上他不能和工人阶级打成一片。他的眼光永远落在中产阶级的小天地之内,对于新兴的工人阶级的力量,他缺乏信心。"⑤

第三,评论家们在对萧伯纳的戏剧进行论述时,也意识到了他的戏剧艺术存在着明显的缺陷。评论家们一致认为萧伯纳剧作的结尾不够理想;没有立场鲜明地描写阶级斗争;剧作中也"没有能

---

①　郑振铎:《批判的现实主义作家萧伯纳》,《戏剧报》,1956年第7期,第36页。

②　钟日新:《试论萧伯纳的〈不愉快的戏剧〉》,《中山大学学报》,1964年第4期,第87页。

③　Bernard Shaw, "Play Pleasant", *The Complete Preface: 1889—1913*, Ed. Dan H. Lawrence and Saniel J. Leary, London: Penguin, 1993, p. 42.

④　《论萧伯纳的戏剧艺术》,出自王佐良《英国文学论文集》,北京:外国文学出版社,1980年,第259页。

⑤　冯亦代:《乔治·伯纳·萧》,《文艺报》,1956年第8期,第31页。

够成功地塑造出人民的形象和正面的主人公"；萧伯纳还在戏剧中宣扬个人主义，眼中没有"革命的群众"。① 面对萧伯纳剧作中存在的弊病，评论者们把问题的根源归结于萧伯纳思想上的缺点。如冯亦代认为，"萧是一个十分重视内容的剧作家，他的剧本又是用'新思想'来号召观众的，因此他的思想上的缺点也就特别严重地影响了他的艺术，使它处处漏出破绽。"这里说的"思想上的缺点"主要是指费边主义："他发现了现实，却又隐蔽了这个现实，他淹没在这个为他所不能理解的矛盾之中，费边主义成了他的避难所。"②

　　1956 年纪念萧伯纳诞辰百年前后，出现了中国萧伯纳研究的第二次高潮。与 20 世纪 30 年代的"萧伯纳热"相比，这一阶段的研究明显受到意识形态因素的影响，政治化的解读成了该领域的主流研究模式。研究者们运用当时流行的阶级斗争理论来剖析萧伯纳其人其作，从社会—历史的层面切入具体的剧作，高度评价了部分剧作中蕴含的对资本主义社会强烈的批判精神，而对其不合时宜的费边主义思想和"创造进化论"进行了严厉的批判。不管是对萧伯纳的肯定还是否定，从根本上都不是源自萧伯纳作品本身的戏剧成就，而更多的是源自意识形态解读的需要。这种研究模式产生了双重影响：从积极的方面来看，它有助于我们深刻地理解萧伯纳早期的"社会问题剧"；从消极的方面来看，它在客观上让我们忽视了萧伯纳大量的中晚期剧作，同时将我们的研究视野仅仅局限在"社会问题"中。从后来的研究情况来看，这两方面的影响一直持续到现在。

四、回归戏剧艺术家：近三十年来的萧伯纳研究

　　新时期以来的萧伯纳研究，按照时代可以粗略地划分为两个

①　《论萧伯纳的戏剧艺术》，引自王佐良《英国文学论文集》，北京：外国文学出版社，1980 年，第 259 页。

②　冯亦代：《乔治·伯纳·萧》，《文艺报》，1956 年第 8 期，第 31 页。

阶段。从"文革"以后到 20 世纪 80 年代末是第一个阶段，研究者们虽然在某些问题上也有所突破，但是基本上延续了 20 世纪五六十年代意识形态化的研究模式和基本观点。从 20 世纪 90 年代至今是第二个阶段，随着文艺研究领域意识形态色彩的淡化和研究方法的更新，研究者们试图从新的角度来解读萧伯纳，学术视野也更加开阔，整体上呈现出多元化的研究格局。

20 世纪 80 年代国内的萧伯纳研究相对比较沉寂，总体上沿袭了五六十年代意识形态化的研究模式。1979 年出版的《欧洲文学史》认为萧伯纳是"批判现实主义剧作家"，他"主张作家应写政治和社会问题，强烈反对颓废派'为艺术而艺术'的论调。"他的戏剧"反对十九世纪以来充斥于伦敦舞台的黄色剧本，提出了社会问题，对于英国戏剧的革新做出了贡献。他的剧本富于政论性，讽刺尖刻，常用互相矛盾、似是而非的俏皮话来达到批评和揭露的目的。"[①]这些观点与 1956 年前后学界所持观点并无二致。

但是，20 世纪 80 年代中国内地的萧伯纳研究也取得了重要的成果，这就是黄嘉德的专著《萧伯纳研究》（1989 年）。黄嘉德早年曾翻译、出版了《萧伯纳传》（1934 年）、萧剧《乡村求爱》（1935 年）以及《萧伯纳情书》（1938 年）。1956 年纪念萧伯纳诞辰百年活动前后，黄嘉德依照苏联的研究模式，写过纪念文章。20 世纪 80 年代，黄嘉德在《文史哲》上陆续发表了一批萧伯纳研究论文，并在 1989 年将几十年的研究成果结集出版。《萧伯纳研究》是 1949 年之后第一部由中国学者撰写的萧伯纳研究专著。

在《萧伯纳研究》一书中，作者从多个角度论述了萧伯纳的剧作和思想，内容比较全面，在一些关键问题上有所突破。首先，作者从总体上论述了萧伯纳的生平和创作，包括萧伯纳剧作的分期和每个时期的不同特点。第二，作者对很多一直混淆不清的理论问题做了较为深入的探讨，理清了"萧伯纳的戏剧理论及其

---

① 　杨周翰等主编：《欧洲文学史》，北京：人民文学出版社，1979 年，第 298 页。

实践"、"萧伯纳与费边主义"、"萧伯纳的创造进化论"等长期困扰该研究领域的问题。第三，作者非常详尽地评述了萧伯纳的12 部代表作品，其中包括某些长期以来被国内研究者忽视或曲解的作品，如《千岁人》、《苹果车》等，从而扩展了研究范围，比较全面、系统地展示了萧伯纳戏剧艺术的成就与不足。第四，作者把萧伯纳放在欧洲的戏剧传统中来考察，系统论述了萧伯纳与王尔德、易卜生以及莎士比亚的关系，其中的《萧伯纳论莎士比亚》是国内萧伯纳研究领域少见的专门论述此问题的文章。

《萧伯纳研究》从整体上超越了此前五六十年的研究水平，但由于受到某些客观条件的限制，其中的不足之处也非常明显。作者延续了五六十年代意识形态化的论述模式和评价标准，因而影响了对某些具体问题的深入探讨。然而瑕不掩瑜，《萧伯纳研究》为 20世纪 90 年代的萧伯纳研究打开了局面，在一些关键的理论问题上为以后的研究奠定了基础，成为该领域引用率相当高的一部论著。

1990 年以来，以萧伯纳为研究对象的学位论文、单篇学术论文的数量激增，萧伯纳再度成为外国文学研究领域的一个热点。随着学术研究领域意识形态色彩的逐渐淡化、研究材料的更新和研究方法的转换，学界不再局限于传统的"社会—政治"批评模式，开始突破以往研究的禁区，回归戏剧艺术本体，朝着多元化的方向发展，出现了一批质量较高的研究成果。然而令人遗憾的是，受到近些年浮躁学风的恶劣影响，模仿、拼凑或有抄袭之嫌的文章的数量也有不少。

近十多年来，出现了以萧伯纳为选题的硕士论文 30 多篇以及多篇博士论文[①]。这些学位论文的研究方向主要集中在以下几个方面：一是对萧伯纳的"创造进化论"进行梳理和重估；二是从

---

① 谢江南：《论萧伯纳戏剧》，中央戏剧学院博士学位论文，1999 年；张明爱：《萧伯纳的费边社会主义思想》，南京大学博士论文，2003 年；朱璇：《萧伯纳戏剧中的道德观》，上海外国语大学博士论文，2006 年。

译介学的角度对萧伯纳剧作的译本进行探讨,*Pygmalion* 的译本研究成了一个热点;三是从女性主义的角度分析萧剧中的女性人物形象。还有一些硕士论文从其它角度关注萧伯纳,兹不赘述。

据不完全统计,这一时期国内报刊发表的萧伯纳研究方面的单篇论文有数百篇之多,众声喧哗,呈现一片繁荣景象。鉴于文章数量过于庞大,此处只能从几个研究成果相对比较集中的方面入手,对近 20 年来的萧伯纳研究做一个大略的概观。

第一,从女性主义角度对萧剧中的女性人物形象进行分析,如何成洲的《女权主义的发展:从易卜生到萧伯纳》①从女权主义的角度比较、分析了易卜生和萧伯纳剧作中的女权主义思想,加深了我们对于两位戏剧家的思想和艺术特色的理解,也从他们的剧作中管窥了西方女权主义的发展路径。

第二,从比较文学的角度探讨萧伯纳在中国的接受与影响问题,如张健的《论英国作家对丁西林喜剧的影响》②一文认为丁西林在萧伯纳的影响下,高度重视戏剧的语言艺术,不仅成功地将辩论和讨论、奇论和反语等因素引进了中国话剧,而且为对话艺术的成熟奠定了动力性基础。

第三,冲破以往萧伯纳研究的禁区,探讨此前较少涉及的问题和剧作。在 1949 年之后的研究中,"创造进化论"一直被简单地扣上"反动思想"的帽子而遭到否定。在近 20 年里,研究者开始正视"创造进化论",并分析了这一理论对萧伯纳戏剧创作的影响。秦文的《创造进化论——萧伯纳戏剧创作的普遍主题》③一文认为,萧伯纳的创造进化论支撑着萧伯纳的各种思想,融入其各种主题,

---

① 何成洲:《女权主义的发展著:从易卜生到萧伯纳》,《外国文学研究》,1997 年第 2 期。

② 张健:《论丁西林与萧伯纳》,《西南师范大学学报(哲社版)》,1999 年第 6 期。

③ 秦文:《创造进化论——萧伯纳戏剧创作的普遍主题》,《外国文学研究》,1998 年第 3 期。

English Literary Studies in China: The Studies of English Writers Volume II

贯穿其作品始终，成为萧伯纳戏剧的普遍主题，从而赋予其剧作以积极的社会意义。因此这一理论在其神秘主义的外壳里，包含了一个有积极意义的内核。

第四，整体性的综合研究。何其莘的《萧伯纳和他的社会问题剧》一文分析了萧伯纳早期的社会问题剧，理清了萧伯纳与易卜生的关系，认为在萧伯纳留给后人的 50 多个剧目中，占有最重要的地位的是他的社会问题剧，这也是他对 20 世纪初的英国戏剧做出的最大贡献。谢江南的《萧伯纳戏剧创作主题的嬗变》①一文认为尽管萧伯纳一直被尊为"社会问题剧"作家，但其剧作在不同创作时期的主题是有所侧重的。从萧伯纳创作主题的嬗变，我们看到了剧作家与世界从不和谐到寻求和谐以至于最终进入虚幻的和谐的心路历程。

新时期的萧伯纳研究逐渐淡化了意识形态色彩，萧伯纳的思想家、社会主义者（费边主义者）的身份逐渐隐没，而戏剧家的身份不断凸显，出现了一些具有学术价值的研究成果。但是，该领域存在的问题也比较明显：一是对萧伯纳中后期作品的翻译和研究较少，研究视野仍然不够开阔；二是对国外新近的研究成果了解不多，基本上处于"独白"状态，至今未见有相应的研究资料集出版〔国内已经出版过许多重要的外国作家（如易卜生、卡夫卡、福克纳等人）的研究资料集〕。

五、国内萧伯纳研究的缺憾与展望

福柯说过一句发人深省的话："重要的不是神话讲述的年代，而是讲述神话的年代"。这里不妨套用一下，重要的不是作品中评价的年代，而是评价作品的年代，这决定了我们对作品的理解。回顾近百年来国内的萧伯纳研究，每个阶段都呈现出鲜明的时代特

---

① 谢江南：《萧伯纳戏剧创作主题的嬗变》，《首都师范大学学报》，2002 年第 3 期。

点，受到大的社会文化背景和特殊的政治形势的影响，萧伯纳在中国的身份也基本上经历了思想家、社会问题剧作家——政治评论家、幽默家——费边主义者——戏剧艺术家的变迁。国内学界对萧伯纳的研究，取得了许多重要的成果，但同时也存在许多明显的不足。归纳起来主要有以下几点：1.关于萧伯纳的文章的数量非常可观，但高水平的研究成果偏少，低水平的重复太多。以1949年之前的研究为例，据不完全统计，相关文章的数量大概不会少于200篇，但真正有学术含量的文章寥若晨星，类似问题在近20年的研究中也很突出。2.对萧伯纳早期的社会问题剧反复研究，观点雷同，创新不足，对其中晚期剧作涉及较少，因而对萧伯纳的创作缺乏总体和全面的了解。3.无视国外在该领域的研究成果，基本上处于独白状态。萧伯纳研究在西方的戏剧研究界是一门显学，还有数种专门的研究期刊定期出版，但国内不少学者似乎对这些可资借鉴成果知之甚少。4.近些年萧伯纳的作品和研究资料的翻译进度缓慢。到目前为止，译成汉语的剧作数量尚不及萧伯纳剧作总数的一半，且多数译本都删掉了作者序言。萧伯纳的《易卜生主义的精华》一书对理解萧伯纳的戏剧理论和创作非常重要，至今只有少数篇章的节译，尚没有完整的中译本。

　　关于国内萧伯纳研究的未来趋势，我们可以从目前的诸多不足中找到今后努力的方向：一、尽快走出学术研究的独白状态，主动参与国际学术界的萧伯纳研究，引进和借鉴优秀的研究成果，从而取得具有突破性的进展。如果说这一良好的愿望在几十年前是难以实现的，那么随着国际学术交流的日趋频繁和互联网在中国的普及，我们已经有能力让这一愿望变成现实。第二，加快对萧伯纳作品的翻译进程，尽早出版一套比较完备的萧伯纳作品集，其中当然应当包括一些具有代表性的戏剧理论文章。对于大多数无法直接见到原著的研究者而言，中文译本毕竟是开展研究的基础。第三，转移研究重心，更新研究方法，利用国外新近的研究成果，重点从戏剧艺术的角度去剖析萧伯纳的剧作，而不是去反反复复地剖析其剧作中提出的社会问题，因为萧剧中提出的一些社会问题在西方社会早已经解决。第四，走出浮躁喧嚣与低水平重复的研究局面，学习老一辈学者的踏实学风，取得更多有价值的研究成果。

第七节
叶芝研究

威廉·巴特勒·叶芝（William Butler Yeats，1865－1939）是20世纪世界文坛的巨擘，也是中国外国文学研究领域一个历久弥新的话题。自1920年叶芝作品首次被译成汉语传入中国以来[①]，中国的叶学研究已经走过了近百年的历程。在这90多年间，研究的重点不断切换，从最初为诗人的民族主义思想所吸引，到对其象征主义诗学的剖析，再到当前运用各种后现代文艺理论解读其作品的文化意蕴和内涵，研究的方法日益呈现出综合多元的态势。研究的规模也从对零星作品的翻译和推介，走向系统深入的专题研究，取得了一些令人振奋的研究成果。本节将在综合归纳这90多年间国内学者、翻译家研究成果的基础上，按历时的维度，从研究视角、方法和研究内容入手，结合西方叶芝研究的发展趋势，探析我国叶学研究在三个历史时期（"五四"运动到40年代、80年代起至90年代末，90年代末至今）呈现的特征和走势。希望对我国叶学研究现状的梳理和总结能有助于反思我国学者在这一研究领域的得失，进而阐明叶芝在中国的理解和接受状况。

一、民族主义作家：早期译介与研究

我国的叶芝译介与研究始于新文学运动为中国文学寻求新出

---

① 雁冰：《沙漏》，《东方杂志》，1920年第17卷第6期，第109—118页。

路、新方向的历史语境。"五四"运动之后,为借鉴、学习西方文艺界的经验,促进我国文学的现代化进程,翻译外国作家的作品,尤其是弱小民族反抗殖民统治、追求民族独立题材的文学作品,在青年作家和文学社团中成为一种时尚。叶芝就是在这一时期,因其在爱尔兰文艺复兴运动中的领袖地位和作品的民族主义思想,进入到茅盾等进步作家的视野。茅盾对叶芝的评价很高,称赞他是"提倡爱尔兰民族解放精神最尽力的人,他是爱尔兰文学独立的先锋队"[1]。茅盾翻译的戏剧《沙漏》(*The Hour Glass*,1903)是目前所知最早的叶芝在中国的译作。仲雪也撰文介绍了叶芝和爱尔兰文艺复兴运动,认为爱尔兰文艺复兴运动具有"提倡乡土艺术及民族文学"的双重意义,而叶芝是主持该运动的"第一人"。[2] 滕固则在综合分析叶芝神秘思想和浪漫主义的基础上对诗人做出评价,认为叶芝的思想艺术固然值得钦佩,但最令人信服的是诗人的爱国热忱,爱尔兰文艺复兴的实现,叶芝的功劳很大;希望能"产出一个我国的夏芝"。[3] 由此可见,正因爱尔兰文艺复兴运动振兴民族文学的目标道出了新文学运动者胸中勃发的民族精神,所以我国的译者才对叶芝怀有强烈的情感认同,并将他定位为民族主义诗人。

1923 年叶芝获诺贝尔文学奖的消息激发了国内文艺界对叶芝更为浓厚的兴趣,对叶芝的译介形成了一个小高潮。1923 年及此后的 10 多年间,《文学旬刊》、《小说月报》、《现代》等文学期刊都刊登过叶芝的译作。不过从规模和范围看,这一时期的翻译选题零散,随意性大,较有分量的译作有王统照的《微光集选译》[4]、芳

---

[1]　雁冰:《近代文学中的反流——爱尔兰的新文学》,《东方杂志》,1920 年第 17 卷第 6 期,第 72—80 页。

[2]　仲雪:《夏芝和爱尔兰的文艺复兴运动》,《文学》,1921 年第 99 期,第 1 页。

[3]　滕固:《爱尔兰诗人夏芝》,《文学旬刊》,1921 年第 20 期,第 1—2 页。

[4]　王统照:《微光集选译》,《文学旬刊》,1924 年第 25 期,第 1—2 页。

信的《加丝伦尼霍利亨》①和高滋的《夏芝的太戈尔观——太戈尔迦檀吉利集序》等。② 施蛰存（安簃）也翻译了包括《茵尼斯弗梨之湖洲》在内的七首诗歌。③

　　与作品翻译同时展开的，还有对叶芝生平创作和艺术思想的总括性评述和介绍，其中最具分量的要数郑振铎（西谛）和王统照的文章。郑振铎的《一九二三年得诺贝尔奖金者夏芝评传》参考了英国学者的研究成果，按诗歌、戏剧和散文等体裁，集中介绍了叶芝与凯尔特文学传统的承继关系和戏剧创作原则。④ 文章指出，叶芝兼收并蓄，融合创新，将爱尔兰神话和传说熔炼成自己的东西；叶芝的神秘主义"并不是一种智慧的信仰，而是一种情绪或艺术的庇身所"。关于叶芝的戏剧，文章也做了全面总结，提出虽然叶芝在爱尔兰的戏剧界很有影响力，但他的作品"却自成一格，决不能形成爱尔兰戏曲的一种范式"；叶芝的戏剧通常注重言语的音乐性和背景，轻动作；由于叶芝惯于对剧本进行大的修改，因此不能用编年的方法，而只能根据题材对作品进行分类研究。文章对叶芝的点评是准确、客观的，但郑振铎始终把民族文学的复兴作为评价诗人最为重要的尺度，强调叶芝"把他的国人从英国的传统势力下解放了"，他是"一个最重要的确定爱尔兰文艺的生存权的人"。⑤ 与郑振铎相比，王统照的专论在一定程度上超越了当时译介者中存在的、借异邦文学以救时弊的现实动机，表现出对文学本体研究的重视。王统照的文章深入分析了《奥辛游记》的主题和象

①　芳信：《加丝伦尼霍利亨》，《东方杂志》，1924年第21卷第7号，第131—139页。

②　高滋：《夏芝的太戈尔观——太戈尔迦檀吉利集序》，《小说月报》，1923年第14卷第9期，第1—6页。

③　安簃：《夏芝诗抄》，《现代》，1932年第1卷，第23—27页。

④　郑振铎参考的专著为博依特（Ernest A. Boyd）的《爱尔兰的文艺复兴》（*Ireland's Literary Renaissance*，Dublin and London：Maunsel，1916）和《现代爱尔兰的戏剧》（*Contemporary Irish Drama*，Boston：Little Brown，1917）。

⑤　西谛：《一九二三年得诺贝尔奖金者夏芝评传》，《小说月报》，1923年第14卷第12期，第1—12页。

征意蕴，认为作品表明了"爱尔兰基督教和异教的冲突，含有丰富的象征色彩，借奥辛独行的超越，表示出灵魂的自由"。文章还提出，虽然叶芝诗中的象征多取自爱尔兰古代神话，富有神秘浪漫色彩，但诗人关照的仍是现实生活，其诗歌的浪漫主义具有引领现代人经由美和灵感，"反对平实而呆板的物质的生活"的审美价值。[①]

与此同时，对国外研究成果的翻译表明，我国叶芝翻译的内容更趋多样化。1924年《东方杂志》刊出爱尔兰诗人昆仑（Barnette D. Coulan）为帮助中国读者了解叶芝而撰写的评论，较为详尽地介绍了叶芝的戏剧理论和神秘主义思想。在当时缺乏第一手研究资料的情况下，文章对叶芝相关评论的引用和梳理，具有重要的文献价值。文章从创作对象、艺术原则和与现实生活的关系等方面对叶芝的戏剧观进行了总结，提出叶芝剧作的服务对象是普通民众；受日本能乐剧的启发，叶芝的戏剧所追求的是"艺术与现实世界的隔离"；叶芝的创作遵循用戏剧激发大众的性灵、重对话和言辞、动作单纯化、服装和背景单纯化等四大原则。文章同时指出，叶芝有关"大心灵"和"大记忆"的论述体现了作家反对唯理论的哲学立场。[②]鲁迅也翻译了日本学者讨论爱尔兰文艺复兴运动的随笔，[③]对叶芝等作家重建爱尔兰民族文学传统的努力给予了客观评价。[④]此外，还有记者收集并整理了20世纪初出版的叶芝传记和研究著作书目，为有意从事叶芝研究的学者提供了有价值的参考。[⑤]20年代对国外研究成果的翻译和编目表明，我国对叶芝的接受正从粗浅的介绍逐步走向专门的文学研究。

不过从总体上看，"五四"时期的叶芝评介对诗人的定位仍然

---

① 王统照：《夏芝的生平及其作品》，《东方杂志》，1924年第21卷第2期，第24—30页。

② 俞之：《介绍爱尔兰诗人夏芝》，《东方杂志》，1924年第21卷第2期，第88—106页。

③ 鲁迅翻译的是野口米次郎《爱尔兰情调》中的《爱尔兰文学之回顾》一文。

④ 鲁迅：《爱尔兰文学之回顾》，《奔流》1929年第2卷第1—5期，第163—176页。

⑤ 记者：《夏芝的传记及关于他的批评论文》，《小说月报》，1923年第14卷第12期，第13页。

失之片面。虽然当时的译者和评论家注意到叶芝作品中的象征主义和神秘主义思想，但由于汲取爱尔兰文艺复兴运动先进经验的现实目的左右着译介者的主体意识和选择，因此叶芝的民族主义是这一时期评介的焦点，在挖掘作品本体方面存在严重不足。茅盾、郑振铎等译介者几乎都运用了历史—社会学批评（王统照则是综合运用了社会学批评和形式研究）来阐释叶芝作品的主题和思想内涵，暴露出我们经验思维中关于思想与艺术的两分法。而且从研究内容看，评介的重点主要集中在早期作品，对中后期讨论不多。

30 年代起，随着文艺界对欧美现代主义文学的初步了解，我国叶芝接受的重点也从关注诗人的民族主义精神，逐渐过渡到对其现代主义诗学理论的评介。其中叶公超和燕卜荪有关现代主义诗歌的讲座在这一过程中发挥了重要纽带作用。30 年代初叶公超在北大开设《英美现代诗》课程，对叶芝的现代主义有过较为全面的介绍，并对其各个时期创作风格的变化做了准确的归纳："他的诗从个人美感的迷梦走到极端意象的华丽，神话的象征化，但终于归到最朴素直率的情调与文字"。① 叶公超对叶芝诗歌风格的演化趋势及其特征的把握与西方学界对叶芝前、中、后期风格特点的总结基本一致，为我国学者系统研究叶芝不同创作时期的艺术风格提供了指导。燕卜荪在西南联大的讲座也为我国文坛和研究者打开了通向现代主义文学的大门。查良铮、李赋宁、王佐良、周珏良等日后执中国诗歌界、外语界牛耳的大师级人物即是在他的指导下，"接触到现代派的诗人如叶芝，艾略特，奥登乃至更为年轻的狄兰·托马斯等人的作品和近代西方的文论"②，并开始从事相关创作和研究的。在系统学习、了解现代主义诗歌的背景之下，40

---

① 叶公超：《牛津现代诗选（1892—1935）》，《文学杂志》，1937 年第 1 卷第 2 期，第 170—175 页。

② 周珏良：《穆旦的诗和译诗》，《一个民族已经起来》，南京：江苏人民出版社，1987 年，第 20 页。

年代初以陈麟瑞的《叶芝的诗》为代表,我国的译介者提出单从爱尔兰文艺复兴运动的视角来评价叶芝的文学成就失之偏颇,应将他定义为"当代最伟大英文诗人"的重要观点,[1]这标志着我国叶芝研究在进一步了解诗人作品思想内涵的基础上,对以往的评介做了重要修正,诗人的现代主义诗学也因此上升为研究的核心议题。在 40 年代后期的相关评论中,袁可嘉围绕新诗的现代化问题进行的中西诗学比较研究尤具代表性。在《诗与晦涩》一文里,他深入分析了叶芝和艾略特的象征主义表现手法,认为两位诗人分别以爱尔兰神话和古今文学为他们象征主义的源泉,他们笔下的意象象征意蕴丰富,"为一群无穷而特殊的暗示,记忆,联想所包围散布"。[2] 在《论诗境的扩展与结晶》里,他还援引了叶芝的《在学童中间》来说明现代诗歌意象的连贯性。[3] 不过由于这一时期袁可嘉着眼于探究叶芝诗歌作为文学源流对于我国新诗的启蒙和借鉴作用,因此他对具体作品的分析很少,也没有进行作品翻译。

建国以后,受"极左"文艺思潮影响,现代主义文学沦为"颓废堕落"的代名词。国内方兴未艾的、关于叶芝现代主义诗学理论的研究亦在这股批判现代主义文学的寒流中跌入低谷。50 年代初至 70 年代末的近三十年里,除 1954 年少年儿童出版社出版的《爱尔兰民间故事》外,关于叶芝的译介几乎陷于停滞。这一局面直到改革开放后才发生重大改观。

二、现代主义大师：80—90 年代的叶芝研究

80 年代,我国的现代主义文学研究重回正轨,各类研究期刊大量刊登西方现代主义文学作品和相关的评论,叶芝也在这股强

---

① 陈麟瑞:《叶芝的诗》,《时与潮文艺》,1944 年第 3 卷第 1 期,第 37—43 页。
② 袁可嘉:《论新诗现代化》,北京:三联书店,1988 年,第 94 页。
③ 同上,第 132 页。

劲的推介西方现代主义文学的热潮中，再次成为翻译和研究界关注的焦点。1986 年，四川文艺出版社推出裴小龙译《抒情诗人叶芝诗选》，1989 年国际文化出版公司也推出西蒙译《幻象—生命的阐释》，为国内学者深入理解叶芝的哲学—象征体系提供了重要依据。90 年代出版的傅浩译《叶芝抒情诗全集》（1994 年）和《叶芝诗全集》（2003 年）、袁可嘉译《叶芝抒情诗选》（1997 年）更是为全面系统地研究叶芝的诗歌提供了条件。王家新编译的《叶芝文集》（1999 年）收录了作家的部分自传、书信、随笔和文论，对之前的译本在体裁和内容上做了重要补充。自此，叶芝的诗歌走出了"五四"时期文艺界的狭小圈子，开始进入广大普通读者的阅读视野，并在知识界产生巨大而深远的影响。

这一时期，国内叶芝研究发展十分迅速。据不完全统计，从 1980 年到 1998 年近二十年内，我国学者发表的关于叶芝诗歌的译介和专题论文在 40 篇以上，表现出学界对叶芝更加专业的接受，构成了国内叶学研究的主要学术成果。同一时期出版的介绍西方现代派文学的著作和文学史，也无一例外地把叶芝当做首要的现代主义诗人加以评介。

80 年代的研究把叶芝放在现代派启蒙宗师的位置上，诗人的象征主义是当时的主要研究议题。从研究思路上看，学界对作品的分析沿袭了传统的思想内容和艺术特征二分法的研究模式，兼受英美新批评的影响，重点考察并揭示叶芝诗歌意象的象征意义和思想内涵。由于不少学者立足于具体作品，因此这一阶段的研究未能对叶芝象征主义诗学做系统深入的分析。周珏良、袁可嘉和刘爱仪等学者的论文是具有代表性的研究成果。周珏良认为叶芝的象征主义兼受爱尔兰民间和布莱克神秘主义思想的影响，他的象征体系更多的是满足"艺术创作的需要而不是哲学乃至神学的需要"。[①] 袁可嘉认为，《为吾女祈祷》将诗人为女儿祈福和对西

---

① 周珏良：《谈叶芝的几首诗》，《外国文学》，1982 年第 2 期，第 64—67 页。

方社会动荡时局的担忧相结合，通过象征主义实现了诗歌意义的非个人化。① 刘爱仪围绕"岩石"这一核心意象，分析了叶芝对1916年复活节起义的矛盾态度。不过由于受五、六十年代文艺批评方法的影响，文章仍留有阶级分析的论调，认为叶芝只是从诗人、文学家的立场来评价起义运动，暴露出诗人"思想上的矛盾性和局限性"。②

与局限于具体作品象征意义的研究成果相比，裘小龙专著《现代主义的缪斯》第四章"从浪漫主义到现代主义的叶芝"体现出更为宽阔的学术视野。文章评价了叶芝后期所受的浪漫主义、唯美主义和象征主义等多方面的影响，提出叶芝与艾略特等一味反抒情的现代诗人不同，他兼收并蓄，不断实践，通过他的象征体系和"面具理论"，改变了现代诗歌的抒情方式；用抒情维护了"个人内心残剩的情感和尊严"，对沦落并陷入困境的西方现代文明做了具有"自己声音的批判"③。纵观整个章节不难发现，文章试图向我们揭示叶芝复杂多变的诗风背后一条一以贯之的思想线索，即对诗歌抒情功能的坚持。裘小龙的这一观点可以看做是中国学者对西方学界重估现代主义文学这一研究趋势的一种回应。50年代末，随着现代主义高潮的渐渐消退，弗兰克·克默德（Frank Kermode）首先在《浪漫主义的意象》（*The Romantic Image*，1957）中重新审视了后期象征主义与浪漫主义的传承关系；他对叶芝作品中"诗人"和"舞者"意象幽微精深的分析也已成为叶芝研究的经典著述。之后随着现代主义诗歌对以往文学传统（尤其是浪漫主义）的接续关系成为学界的共识，叶芝从浪漫主义向现代主义转变的原因和轨迹亦成为学界研究的热点，包括哈罗德·布鲁姆和乔

---

① 袁可嘉：《读叶芝的〈为吾女祈祷〉》，《名作欣赏》，1988年第5期，第22—24页。

② 刘爱仪：《叶芝的一九一六年复活节》，《外国文学研究》，1985年第3期，第101—104页。

③ 裘小龙：《现代主义的缪斯》，上海文艺出版社，1989年，第126页。

治·波恩斯泰恩在内的学者对这一点都有过相关论述。① 裴文在这样的背景下讨论叶芝连接浪漫主义和现代主义的创作实践，表明我国的叶学研究已在一定程度上跳出了以艾略特的诗学理论观照其他现代派诗人及其创作的狭隘视域，有助于更准确地评价叶芝对浪漫主义传统的继承和创新。

进入 90 年代，国内的叶芝研究热情不减，学界对叶芝诗歌的探讨也向纵深发展，期间发表的论文数远远超过 80 年代。但是，不少研究成果未能跳出思想和艺术两分的经验思维模式，评论仍主要是结合诗人生平和爱尔兰社会历史因素，讨论作品中某些主导意象的象征含义，无论是文本分析，还是所提出的观点都缺乏新意。不过，也有一些研究者不断扩大研究视野，拓宽研究思路，开始尝试用较新的研究方法和视角，从诗学观、哲学思想的构成、作品的母题等方面，考察叶芝诗歌的思想内涵和艺术特质。傅浩从诗人的童年经历、对物质世界的批判和对神秘主义哲学的兴趣等方面，分析并阐明了叶芝早期作品所体现的诗人对"真实"的看法，认为叶芝的"早期生活和诗作的确是后来发展的基础环节"；"叶芝所关心的不是再现事实，而是构造真实———一种比现实本身更一致的现实的视景"。② 该作者的另一篇论文以叶芝几首涉及东方宗教与哲学思想的诗歌为研究对象，探讨了叶芝对印度教和佛教中"轮回"、"不朽"和"主观真理"等概念的接受和有意误读，提出叶芝"不可能全盘接受印度哲学的精义，而只是有选择地利用它来为自己的'神秘思想'作脚注"。③ 方杰从比较文学的视域分析了《驶向拜占庭》和《拜占庭》中有关生命"再生"的母题，提出叶芝"利用巫术式的隐喻"在建构一个复杂、隐秘的象征体系的同时，实现了

---

① Harold Bloom, *Yeats*, OUP, 1970, pp. 3 – 82.; George Bornstein, *Transformation of Romanticism in Yeats, Eliot and Stevens*, Chicago and London: University of Chicago Press, 1976, pp. 27 – 93.

② 傅浩：《早期的叶芝：梦想仙境的人》，《国外文学》1991 年第 3 期，第 204—213 页。

③ 傅浩：《叶芝诗中的东方因素》，《外国文学评论》，1996 年第 3 期，第 53—59 页。

从世俗的现实生活向永恒的艺术世界的超越。①

三、多元与综合：后现代语境下的叶芝研究

进入新世纪以后，国内的叶学研究取得了长足的发展。据不完全统计，自1999年至2010年间，我国学者共发表了70多篇关于叶芝的研究论文。此外，国家图书馆馆藏显示，共有2部专著、3篇博士论文、9篇硕士论文对叶芝及其作品进行了专题研究。② 虽然这些研究成果的质量良莠不齐，有些研究者仍在主题思想和艺术技巧两分法的圈子里打转，或是生搬硬套时髦的文学理论进行牵强附会的文本解读，但这一时期的一些立论精当、判断准确的研究论文表明，我国叶学研究在形态上更趋系统，研究视点和方法更趋多元，呈现出新的走势。

1999年叶芝研究专著《叶芝》出版，填补了我国叶学研究的一大空白。傅浩的专著以叶芝的生平为线索，从前拉斐尔派的影响、布莱克象征主义的启示、诗人情感生活与创作的关系、创建艾贝剧院和戏剧创作、对东西方秘术的修炼和象征——哲学体系的完成等方面，系统剖析了叶芝各个时期的创作和思想。对叶芝创作风格和思想发展脉络的准确、清晰把握是傅著的特色。③ 该作者撰写的《叶芝评传》也是迄今为止我国唯一关于叶芝的中文传记。传记以对叶芝生平事件的详述为主旨，为中国读者了解叶芝的思想、感情和经验，从而理解其作品的意蕴提供了重要依据。④ 蒲度戎的《生命树上凤凰巢——叶芝诗歌象征美学研究》是国内关于叶芝的又一部专著。蒲著以对叶芝诗歌象征理论的梳理为脉络，从美

---

① 方杰：《叶芝"拜占庭"诗中的再生母题》，《外国文学研究》，1995年第3期，第80—84页。

② 这里所统计的是截止到2011年10月22日年的研究成果。

③ 傅浩：《叶芝》，成都：四川人民出版社，1999年。

④ 傅浩：《叶芝评传》，杭州：浙江文艺出版社，1999年。

English Literary Studies in China: The Studies of English Writers Volume II

学的角度,集中探讨了叶芝的魔幻诗学和智性诗学,在一定程度上弥补了国内学者对叶芝后期作品研究的不足。不过由于蒲著印数较少,因此在国内知晓率不高,影响较为有限。①

除了上述比较具有系统性的研究著作外,这个阶段也有大量的专题论文发表,其中尤为可喜的是,叶芝的诗学理论研究有了更多且有深度的成果。傅浩廓清了叶芝象征主义的三大来源,即"神秘经验、文学阅读(包括传统文化)和民间口头传说",提出叶芝象征主义的独到之处在于他"不简单承袭已知象征,而是对传统加以创造性地吸收,使普遍性与个人性结合",并得出结论———一般文学史论者把叶芝归入后期象征主义诗人之列其实不妥,叶芝与"所谓前期象征主义的关系根本不大;他的创作乃上承浪漫主义,下启超现实主义;他的象征主义系自出机杼,卓然不群"。② 作者的另外两篇论文则分别系统分析了叶芝的神秘哲学及其对文学创作的影响③和叶芝诗歌、戏剧和小说中的基督教元素④。丁宏为以叶芝诗集《责任》引语中"责任始于梦中"这一包含悖论的诗句为切入点,探讨了叶芝在面对爱尔兰民族主义运动和中产阶级市侩文化等历史现实时,所承受的"责任"概念给他带来的压力,并如何用"含有自我辩护或开脱成分的诗文反映他所看到的不同的生活画面和精神空间",不同的"责任"定义形成了强烈的张力。⑤ 丁文论述旁征博引,缜密细致,叶芝在民族主义运动、城市中产阶级价值观、诗人的社会担当和艺术追求等问题上的复杂微妙立场,在他的分析和解读下显得意味无穷。上述论文代表了新世纪以来,我国学

---

① 蒲度戎:《生命树上凤凰集——叶芝诗歌象征美学研究》,成都:四川人民出版社,2006年。

② 傅浩:《叶芝的象征主义》,《国外文学》,1999年第3期,第41—49页。

③ 傅浩:《叶芝的神秘哲学及其对文学创作的影响》,《外国文学评论》,2000年第2期,第14—24页。

④ 傅浩:《叶芝作品中的基督教元素》,《外国文学》,2008年第6期,第14—21页。

⑤ 丁宏为:《叶芝:"责任始于梦中"》,《外国文学评论》,2005年第4期,第38—48页。

者廓清叶芝诗学理论的努力,说明他们对叶芝诗学理论的研究不再盲目跟从西方的观点,而是从更广阔的背景中发掘叶芝诗学理论的深刻内涵,为叶芝诗学理论研究做出了自己的贡献。

20世纪七八十年代,在反思现代主义文学运动和热议后现代文艺理论的背景下,西方学界开始重新评价叶芝在现代主义诗歌中的地位。围绕叶芝是否是现代主义诗人的问题,学界展开激烈争论,有学者提出应把叶芝定义为现代诗人,而不是现代主义者。[①] 针对西方学界关于叶芝现代性问题的讨论,何宁从叶芝的诗学观、具体的诗歌创作和与现代主义先锋的交往等三方面观照叶芝的现代性,提出"民族性"导致叶芝在诗学观上与现代主义主流诗人的观点存在分歧,但"他的诗歌创作无疑具有现代性,与现代主义先锋的精神追求相契合",而他在与现代主义先锋的交往中也对现代主义运动持"理解、迷惑与支持的复杂态度"。[②]

还有学者将叶芝纳入比较视域进行考察。杜平探讨了印度神秘主义和禅宗思想对叶芝创作观念和艺术表现手法的影响,提出叶芝把"东方神秘主义的精神实质融入艺术创作之中,并赋予它崇高的美学价值",但他的创作仍是在西方文化的框架内进行的,"他对东方神秘主义的接受,在很大程度上是出于解决个人信仰危机和满足创作手法的需要"。[③] 步凡不仅辨析了叶芝对中国现代诗歌的影响,还总结了中国评介和接受叶芝的整体情况,论文对中国叶芝译介中存在的误读原因做了初步分析,提出一个值得深入研究的课题。[④] 叶芝对爱尔兰后辈作家的影响也引起了一些学者的

---

① C. K. Stead, *Pound*, *Yeats*, *Eliot and the Modernist Movement*, London: Macmillan,1986, p. 10. Thomas Parkinson, *Poets*, *Poems*, *Movement*, Ann Arbor: UMI Research Press, 1987, p. 203.

② 何宁:《叶芝的现代性》,《外国文学评论》,2000年第3期,第5—11页。

③ 杜平:《超越自我的二元对立——评叶芝对东方神秘主义的接受与误读》,《中国比较文学》,2003年第2期,第148—158页。

④ 步凡:《简论叶芝与中国现代诗的发展》,《北京科技大学学报(社科版)》,2006年第2期,第115—120页。

关注。何宁从希尼和叶芝的传承关系入手，提出希尼延续了叶芝开掘爱尔兰意识和追求完美诗艺的传统，但希尼后期作品在全球化背景下对爱尔兰文化所做的辨证思考，突破了旨在构建族群意识的民族文学的视域，"是对叶芝以来爱尔兰诗歌传统的重大发展"。① 万俊从奥凯西剧作《犁与星》演出的骚乱事件切入，提出叶芝与奥凯西在对待暴力运动、对爱尔兰民族的看法和新教徒身份等方面既存在共识，又暗含分歧，从而解释了叶芝先扶持后者，但最终与之分道扬镳的复杂文学关系。②

受各种后现代文艺理论的影响，还有不少研究成果从美学、族群研究、互文理论等更为多元综合的视角考察叶芝的作品，深化了学界对叶芝作品的总体认识。何树针对国外学者认为叶芝的民族主义从早期"大众的和积极的"变成晚期"贵族性的和仿古化"的观点，提出不同看法，认为叶芝的民族主义可归结为"对立性"的文化立场，即对英国文化和爱尔兰民族运动"既批评又赞美的"言说方式。③ 李小均重点分析了《当你老了》的内在艺术形式，指出诗歌所用彼得拉克十四行诗体、五音步抑扬格的变奏和第二人称叙事等，与诗人内敛积聚的情感形成强烈张力，诗歌在形式和内容上实现了完美结合。④ 傅浩则从三篇短篇小说入手，结合相关的传记资料，揭示出叶芝利用互文手段，"编造以自我为主角（以及种种角色）的私人神话，或是说把自己的想象甚至生活神话化"的创作思路和过程。⑤ 丁秉伟探讨了《乌辛漫游记》中的历史意识，认为作品体现了诗人借助爱尔兰古代神话和"故事讲述"，恢复爱尔兰民

---

① 何宁：《希尼与叶芝》，《当代外国文学》，2010 年第 1 期，第 12—20 页。

② 万俊：《从〈犁与星〉的演出骚乱看叶芝与奥凯西的文学关系》，《外国文学评论》，2010 年第 1 期，第 193—204 页。

③ 何树：《叶芝与对立民族主义》，《外语研究》，2002 年第 1 期，第 43—47 页。

④ 李小均：《诗人不幸诗名幸——叶芝名诗〈当你老了〉中的张力美》，《四川外语学院学报》，2002 年第 4 期，第 19—21 页。

⑤ 傅浩：《创造自我神话：叶芝作品中的互文》，《外国文学》，2005 年第 3 期，第 91—99 页。

族的历史记忆、重建民族历史的努力。① 此外，国内也有博士论文以叶芝的诗歌为研究课题，表现出一定的研究水准，如王珏借用小说叙事理论，分析了叶芝抒情诗中不同类型的抒情主体及其抒情方式的特点。② 该作者的英文论文《叶芝中后期抒情诗中的时间和时空体》，用巴赫金的时空体理论归纳出叶芝作品的三大时间模式，是我国学者与西方学界进行学术交流的有益尝试。③

与新世纪以来更臻系统深入的叶芝诗歌研究相比，国内的叶芝戏剧研究显得迟滞落后。除屈指可数的几篇专论外，只有一些零星的、浮光掠影式的介绍。傅浩的《叶芝的戏剧实验》是最具代表性的成果。文章结合叶芝的主要戏剧作品，对叶芝戏剧创作的目的、象征主义特征、反现实主义立场和日本能乐剧的影响进行了系统而深入的阐述，提出叶芝的戏剧观和他的象征主义思想相契合，"他的剧作所表现的不是现实本身，而是某种存在的模式；不是传统叙事型戏剧对现实世界的再现，而是一种抽象的理想模式的象征"。④ 刘立辉则从叶芝戏剧作品的伦理思想和道德功用的角度，考察了叶芝戏剧作品借助"密宗思想和宗教信仰"批判物质主义和经验理性的道德主题。⑤

四、问题与建议

我国的叶芝研究在走过 90 多年的漫长风雨历程后，如今已更

---

① 丁秉伟：《记忆恢复与历史重建：浅析〈乌辛漫游记〉》，《世界文学评论》，2007 年第 2 期，第 34—38 页。

② 王珏：《叶芝中后期抒情诗中的叙述策略》，上海外国语大学博士论文，2005 年。

③ Wang Jue, "The Temporality and Chronotope in Yeats' Middle and Later Lyrics", *Yeats Eliot Review* 3 & 4（2009），pp. 30 – 40.

④ 傅浩：《叶芝的戏剧实验》，《外国文学》，1999 年第 3 期，第 54—61 页。

⑤ 刘立辉：《叶芝象征主义戏剧的伦理思想》，《外国文学研究》，2005 年第 2 期，第 66—73 页。

趋成熟，取得了一些可喜的成绩。不过，从系统梳理的结果来看，其中也存在一些明显的不足和"盲区"。

第一，研究方向不平衡，戏剧研究大大落后于诗歌研究。虽然叶芝戏剧作品的影响力远不及他的诗歌，但对爱尔兰民族身份的书写、对日本能乐剧的借鉴与接受、与欧洲现当代戏剧的关系等都是急需深入研究的重要课题。第二，对一些传统话题的讨论重复前人观点者居多，缺乏新意和突破。我国的叶芝研究从探讨诗人的民族主义思想和爱尔兰文艺复兴运动起步，但在经历数十年研究之后，还鲜有学者对其民族主义思想的演变和内涵做系统发掘和梳理。对叶芝象征主义来源的考证也欠深入，叶芝对凯尔特神话和民间传统的整理和误读、诗人"去英国化"和反基督教文化的立场对其象征主义的影响等课题尚未得到重视。第三，研究的关注面相对狭窄，缺乏对爱尔兰诗歌传统的整体认识。一些有价值的研究课题，如叶芝对爱尔兰吟游诗歌传统的继承与发展、对当代爱尔兰诗歌的影响等，还很少有学者涉及。第四，本土意识不强，缺乏具有本土特色的研究成果，至今还没有关于叶芝在中国的传播与译介的系统研究和论述。第五，研究资料陈旧，不了解国外最新的研究成果，不能有效参与国际叶芝研究热点或重点问题的讨论。

结合现有问题和西方叶芝研究的发展趋势，我国的叶学研究可从以下方面寻求新的发展：加强本土意识，充分利用本土文学和文化资源，争取取得具有本土视角和本土特色的研究成果。借鉴国外最新的研究方法，获取新的视角，重新解读叶芝的作品，如美国学者伊丽莎白·卡琳福德综合女性批评和后殖民理论，从文学文化研究视角，探讨叶芝爱情诗中的女性形象与书写爱尔兰历史和民族身份的相互关联，发掘出珍贵的第一手资料，取得了突破性的成果。[1] 加强与国内、国际叶芝研究界的交流，在借鉴、学

---

[1] Elizabeth Butler Cullingford, *Gender and History in Yeats's Love Poetry*, CUP, 1993.

习前人和国外研究成果的基础上，争取在叶芝的政治倾向研究、民族身份书写、对当代爱尔兰英语诗歌发展的影响与功过等热点问题上取得突破性的成果。总之，叶芝研究在我国仍然大有可为。

第八节
奥登研究

作为 20 世纪英语诗坛举足轻重的人物，威斯坦·休·奥登（Wystan Hugh Auden，1907－1973）早已为国人所熟知。他曾以 20 世纪 30 年代的中国行和《战时》组诗（*In Time of War*）激励了无数中国文人，拓宽了他们的题材范围和认知领域，又以戏剧性的对照、大跨度的比拟和反讽的策略等诗歌技艺启迪了几代中国诗人，引导他们在诗歌创作上不断做出新的尝试。在日益开放的新时期，他同样受到中国文坛的注意，文学史类书籍论及 20 世纪 30 年代的英语诗坛时，往往无法绕过他这个"庞然大物"①。然而与西方持续兴盛的奥登研究相比，国内对奥登的译介与研究明显不足，远远没有深入其诗歌版图的腹地。从 30 年代的最初介绍，到 40 年代的"奥登热"，奥登更多的是被提及，而不是被研究，尤其是从新中国成立到"文化大革命"结束这段时期内，国内的奥登译介和研究陷入了沉寂的状态。目前，除了《在战时》和 2005 年出版的奥登轻体诗集《学术涂鸦》，国内尚无任何以专著形式公开出版的奥登作品的翻译和研究。下面我们将从接受与研究史的角度来

---

① Grigson, Geoffrey, "Auden as a Monster", *New Verse*, 26－27 (1937), p. 13, quoted from Emig, Rainer, *W. H. Auden: Towards a Postmodern Poetics*, New York: Palgrave, 2000, p. 1. "Monster"既有"怪物"的意思，也有"庞然大物"的意思。虽然格里格森认为奥登的诗风与时代主流有出入，有"怪异"之嫌，但是他基本上是站在肯定的角度评价奥登在英语诗坛的重要地位，因此，此处译为"庞然大物"。

探讨奥登在我国的传播过程与研究状况。

一、30 年代：国人初识奥登

20 世纪 30 年代是奥登其人其作在我国传播的初期阶段。虽然在西方，奥登从步入诗坛起就引人瞩目，并且作为 30 年代英语诗坛的杰出代表被广泛地提及和研究，但他相较于波德莱尔（Charles Baudelaire）、叶芝、艾略特、里尔克（R. M. Rilke）等西方近现代大诗人来说，毕竟还只是初出茅庐的年轻人，并没有引起国人的重视。直到 1937 年 1 月，国内影响较大的文学月刊《文学》刊登了一篇胡仲持翻译的文章《英美现代的诗歌》①和一篇短文《英国新诗人的合集》，国内才首次将"奥登一代"作为英国新诗运动的重要人物来介绍。

如果说《文学》代表了国人认识奥登的肇始，那么威廉·燕卜荪（William Empson）无疑开启了国内学界推崇奥登的大门。燕卜荪在 1937 年至 1939 年间任教于长沙临时大学和西南联大，讲授英美文学。鉴于奥登在英国现代诗坛的突出地位，燕卜荪的教学内容自然包括了奥登这样一位诗坛新人，并影响了一大批青年学生。曾经是西南联大学子的杨周翰回忆说："从 1938 年到 1939 年，我完成了大学学业。这一年我收获最多的领域、对我以后的工作影响最深的是燕卜荪先生的现代英诗。他从史文朋、霍普金斯、叶慈、艾略特一直讲到三十年代新诗人如奥登……"②周珏良谈到："在清华大学和西南联大我们都在外国语文系，首先接触的是英国浪漫派诗人，然后在西南联大受到燕卜荪先生的教导，接触到现代派的诗人如叶芝，艾略特，奥登乃至更年轻的狄兰·托马斯等

---

① 原作者为路易斯·麦克尼斯（Louis MacNeice）。

② 杨周翰：《饮水思源：我学习外语和外国文学的经历》，季羡林等《外语教育往事谈——教授们的回忆》，上海外语教育出版社，1988 年，第 218 页。

人的作品和近代西方的文论。"①杜运燮也有类似的表述："正在那时,西方现代主义诗歌,特别是英国一批被称为'粉红色十年'代表的左翼青年诗人的作品传进了西南联大校园。曾在清华大学和西南联大开过'英国现代诗'课的英国青年诗人燕卜荪在这方面起了显著作用。我进联大时,他已离开,但他的影响仍能明确感受到。"②可以说,燕卜荪的课程为学生们架起了一座通往英国现代诗歌的桥梁,让他们得以取法英国现代诗艺,揣摩新题材和新写法。但是,在成就斐然的大诗人和崭露头角的新诗人之间,联大学子们的偏爱是明显的。杜运燮在《我和英国诗》这篇文章里阐述了他偏爱奥登的原因。他说："被称为'粉红色的三十年代'诗人的思想受到马克思主义的影响,是左派,他们当中的 C. D. 路易斯还参加过英国共产党,奥登和斯彭德都曾参加西班牙人民的反法西斯战争。而我当时参加联大进步学生团体组织的抗战宣传和文艺活动,因此觉得在思想感情上与奥登也可以相通。艾略特的《荒原》等名篇,名气较大,也有很高的艺术性,但总的来说,因其思想感情与当时的我距离较远,我虽然也读,也琢磨,但一直不大喜欢,不像奥登早期的诗,到现在还是爱读的。"③王佐良在分析穆旦的学术渊源的时候,也谈到了联大学子们更容易接受奥登："我们更喜欢奥登。原因是他的诗更好懂,他的那些掺和了大学才气和当代敏感的警句更容易欣赏,何况我们又知道,他在政治上不同于艾略特,是一个左派……"④由此可见,奥登对中国青年诗人的吸引,不仅源于他令人折服的诗歌艺术,也源于他对社会现实的深切关怀和在特殊历史时期的政治取向。

---

① 周珏良:《穆旦的诗和译诗》,杜运燮等:《一个民族已经起来》,南京:江苏人民出版社,1987年,第19—20页。

② 杜运燮:《在外国诗歌影响下学写诗》,《世界文学》,1989年第6期,第256页。

③ 杜运燮:《我和英国诗》,王圣思:《"九叶诗人"评论资料选》,上海:华东师范大学出版社,1996年,第404页。

④ 王佐良:《穆旦:由来与归宿》,杜运燮等:《一个民族已经起来》,第1—2页。

　　此外,奥登于 1938 年春偕同小说家衣修伍德(Christopher Isherwood, 1904 - 1986)访华的举动,加速了他在中国文化界的传播速度。1937 年夏,伦敦费伯出版社(Faber and Faber)和纽约兰登书屋(Random House)邀请他俩写一本旅行杂记。他们出于种种考虑,选择出访危难中的中国:首先,根据出版方的要求,该旅行杂记的内容必须有关亚洲国家;其次,彼时中日战争已经爆发,日军不但主动挑起卢沟桥事变,还相继侵占了北平、天津等重要城市,并蓄势侵占上海,这一系列事件开始引起西方国家的关注;最后,对于奥登来说,他此前的西班牙之行收获不大,那里"聚集着一大群文化界明星",他作为后辈很难脱颖而出,所以需要选择一个较少受到西方文化界关注的国家来谋求突破。于是,他们怀着"我们将有一场完全属于我们自己的战争"的激情,于 1938 年 1 月 19 日出发前往中国,直至 6 月 12 日从上海乘船离开,在中国停留了 4 个多月。[①] 在国人眼里,奥登和衣修伍德俨然成为支持中国人民抗战的拜伦式英雄,田汉盛赞他们"并肩共为文明战/横海长征几拜伦"[②],"新闻界更是把宣传抗战的希望"[③]寄托在他们身上。1938 年 4 月 22 日,《大公报》以三分之一的版面报道了奥登受到中国文化界人士热情接待的消息。文中说:"中英文坛的消息,不但因为这个聚会交换了很多,而疯狂的日阀的不人道,残忍的暴行,也会被他俩深切的介绍给英国国民。"[④]同期的报纸还刊载了奥登的一首题为《中国兵》的十四行诗的手迹和译文[⑤],给予当时的中国文人以不小的冲击。翌年,奥登与衣修伍德携手出版了他

[①]　Humphrey Carpenter, *W. H. Auden: A Biography*, Boston: Houghton Mifflin Company, 1981, p. 225.

[②]　《招待会上名诗人唱和》,《大公报》,1938 年 4 月 22 日。

[③]　赵文书:《W. H. 奥登与中国的抗日战争——纪念〈战时〉组诗发表六十周年》,《当代外国文学》,1999 年第 4 期,第 165 页。

[④]　《招待会上名诗人唱和》,《大公报》,1938 年 4 月 22 日。

[⑤]　译者是著名的翻译家和戏剧家洪深先生。

们的旅行杂记《战地行》（*Journey to a War*），收录了奥登的序诗、《战时》组诗和《诗解释》（*Commentary*）。在这些诗篇里，奥登不但真实记载了他在中国抗战中的所见所闻，也记录了他对人类文明发展史的所思所想，寓意深刻，发人深省，使同样呼吸着 20 世纪风云变幻的时局气息的国人为之倾倒，以至于越来越多的人"学他译他，有的人一直保持着这种感情，一直保持到今天"①。

值得一提的是，在 30 年代末，还有一个人物对奥登在中国的传播做出了贡献，他就是邵洵美。邵洵美是 30 年代活跃于我国文坛的传奇人物，身兼诗人、散文家、翻译家、出版家等多重身份。奥登来华期间，邵洵美通过友人介绍与之结识，非常欣赏其诗风，乃至在奥登离开中国后，仍然念念不忘地推荐其作品。他首先于 1938 年在《自由谭》第 4 期上发表了《战时》第十八首的译文，随后又连续在《南风》1939 年第 1 期、第 2 期、第 5 期上推荐奥登的作品，进一步将奥登推向国人的视域。

二、40 年代："奥登风"时期的译介与研究

20 世纪 40 年代初到新中国成立前夕是我国奥登译介的活跃时期。诚如袁可嘉所言，"20 世纪 40 年代评介现代派……其主力无疑是西南联大的一批师生，介绍的对象主要是现代派诗，如里尔克、叶芝、瓦雷里、艾略特、奥登和法国早期象征派等"②。当年推崇奥登诗歌、"迫切地热烈地讨论着技术的细节"、"高声的辩论有时深入夜晚"的西南联大学子们业已毕业，③有的从事教育工作，有的从事传媒工作，有的进行诗歌创作，他们以同样的热情加入到译介奥登的队伍中，在中国大地上刮起了一股"奥

① 王佐良：《英国诗史》，南京：译林出版社，1997 年，第 453 页。
② 袁可嘉：《欧美现代派文学概论》，桂林：广西师范大学出版社，2003 年，第 87 页。
③ 王佐良：《一个中国新诗人》，《文学杂志》，1947 年第 2 卷第 2 期，第 191 页。

登风"。

在诗歌翻译方面，朱维基是我国最早公开发表奥登诗歌译著的人。1941年，上海国民书店出版了由他翻译的《在战时》①一书，收录了《战地行》中的奥登序诗、十四行诗组诗和作为补充内容的长诗。朱氏还在译著中附上了长达36页的引言，详细分析了奥登步入诗坛的时代背景和他的诗歌特点，并逐条阐释了《战时》组诗里每首诗的含义。可惜的是，如今论及奥登作品在我国的传播过程，学者们往往只注意到西南联大学子们的贡献，而忽略了这浓墨重彩的一笔。在朱氏之后，杨宪益、卞之琳等人成为翻译奥登诗歌的主力军。1943年，《时与潮文艺》第2卷第3期刊登了杨宪益翻译的4首奥登诗歌，它们分别是《看异邦的人》、《和声歌词》、《空袭》和《中国的兵》。与此同时，卞之琳选译出了《战时》的5首十四行诗，发表在旨在介绍外国诗人的刊物《明日文艺》（第2期）上，它们分别是《他停留在那里：也就被监禁在所有中》、《当然是赞美：让歌声起来又起来》、《他们在而受苦；这就是他们所做的一切》、《他用命在远离文化中心的地方》、《彷徨失路在我们自择的山上》。后来，这5首译诗又刊登在《中国新诗》1948年第2集上，卞氏在诗的前言中盛赞奥登的诗歌"亲切而严肃，朴实而崇高，允推诗中上品"。此外，卞氏还陆续发表了选译自《战时》的《当所有用以报告消息的器具》（《经世日报·文艺周刊》1946年9月8日）、《服尔泰在斐尔奈》（《现代诗》1947年第12期）和《小说家》（《经世日报·文艺周刊》1947年4月13日）的译诗。1947年，杨周翰发表了《罗马的倾覆》（《大公报·星期文艺》1947年6月1日）的译诗。1947年，吴季翻译的《艺术陈列馆》和史鱼翻译的《诗一首》刊登在北京大学新诗社主编的《创世曲》上。

在诗歌评论方面，我国文人学者已经涉及奥登诗歌主题和风

---

① 奥登的组诗 *In Time of War* 通常被译为《战时》，此处沿用朱先生译著的标题。

格中的重要方面。1940年，奥登的诗集《另一时》(*Another Time*)在英国和美国同时出版，享有"才子"之誉的燕京大学西语系高材生吴兴华翌年2月便在第6期的《西洋文学》上发表评论。他分析了奥登诗歌引人注目的原因，评述了该诗集三个部分的内容，提及了奥登有关"轻松诗"(light verse)的实验，还归纳了奥登诗歌的特色：第一，奥登"最爱用简略的写法，把一切不必要的冠词、形容词、连接词，甚至于代名词完全省去"，"诗都是起首就闯入主题"，"句子大多没有主词"，因而比较晦涩难懂；第二，奥登把心理分析学引入诗歌，因而诗中"充满了心理学上的专名词"；第三，奥登"是一个左派诗人，同时又有点近乎一个个人主义者"，其立足点有点像罗曼·罗兰，因而"他的诗常带有很浓厚的政治色彩"；此外，奥登在诗歌形式上也"做过许多大胆的试验"，"善于运用极复杂的诗节，极窄的韵，写出的诗十之有九都是格律谨严的"。[①] 吴兴华虽然没有深入探讨奥登的诗歌特色，但他对奥登诗歌内容和风格的总体把握却非常到位，为后人理解和研究奥登提供了一个极好的平台。1943年，杜运燮在《明日文艺》第1期上开辟的"海外文讯"专栏中，比较全面地介绍了奥登的家庭背景、教育情况、人际关系和个人癖好，概括了奥登的诗集《另一时》和《新年书信》(*New Year Letter*)的内容，分析了奥登的诗艺特征和影响渊源。他指出，奥登已经从"共产主义诗人"转向"个人的"诗人，"政治诗"的成分明显减少了很多，但这并不意味着他不再关心政治了，而是因为他有"较深的思索，有较良好的消化"。

1944年，杨周翰发表了《奥登——诗坛的顽童》（《时与潮文艺》第4卷第1期），重点分析了奥登的诗歌技巧，比如居高临下的取景方式和意象的选择等，并把奥登的种种诗学特点归于"顽童本性"。40年代中后期，袁可嘉发表了一系列题旨为"新诗现代化"的文章，多有论及奥登。在《论诗境的扩展与结晶》中，他以奥登的

---

① 吴兴华：《再来一次》，《西洋文学》，1941年第6期，第709—710页。

十四行诗《冬天的布鲁塞尔》为例探讨了诗境的结晶。他指出，奥登在描写了冬日的严寒、井水的冰冻、街景的萧条和城市的无告之后，把自己对无家可归的难民的深厚同情集中在一个意象里——"冬天抓住他们当做歌剧"。[①] 在《诗与晦涩》中，他以奥登《这是破坏错误的时间》（节选自《1929》第四首）为例，指出诗人通过巧妙安排日常事物得到惊人的情景交融效果，盛赞奥登诗中的意象"不仅有平面的推延，还有意义的加深"[②]。在《从分析到综合——现代英诗的发展》中，他既提到了奥登诗歌中的分析性，颂扬其敢于直面现代社会种种诟病的勇气，也点出了奥登诗歌中的综合性，认为其"社会综合"具有理想主义的气息。[③] 在《新诗戏剧化》中，他分析了奥登诗歌中的戏剧化成分，称其为"比较外向的诗人"，是"活泼的 广泛的、机动的流体美的最好样本"。[④] 综合而言，袁氏作为我国 40 年代崛起的诗人和理论家，对奥登诗歌的介绍与分析总是从英美现代派诗歌这个大范畴出发，虽然缺乏对其诗歌魅力的全面探索，但他提出的某些概念（尤其是"戏剧化"）已经成为后人欣赏奥登诗歌的一个重要角度。

除此之外，我国的文人学者也译介了少量与奥登相关的外文资料。虽然这些文章并未专门介绍和评论奥登其人其诗，而是将他纳入到一个整体的英美现代派诗歌范畴中来加以阐释和评析，但其中的某些论点已经非常明确地概括出了奥登诗歌的魅力和特色，帮助奥登爱好者们打开了新的视野。这类译文包括孙晋三翻译的《泛论当代英国诗》（《世界文学》1943 年第 1 卷第 1 期）、袁水

---

① 袁可嘉：《论诗境的扩展与结晶》，《经世日报·文艺周刊》，1946 年 9 月 15 日。参见袁可嘉：《论新诗现代化》，北京：北京三联书店，1988 年，第 132 页。

② 袁可嘉：《诗与晦涩》，《益世报·文学周刊》，1946 年 11 月 30 日。参见袁可嘉：《论新诗现代化》，第 97 页。

③ 袁可嘉：《从分析到综合——现代英诗的发展》，《益世报·文学周刊》，1947 年 1 月 18 日。参见袁可嘉：《论新诗现代化》，第 198—199 页。

④ 袁可嘉：《新诗戏剧化》，《诗创造》，第 12 期，1948 年 6 月。参见袁可嘉：《论新诗现代化》，第 26 页。

拍翻译的《论当代英国诗人》(《诗文学》1945 年第 1 辑)和《现代诗歌中的感性》(《诗文学》1945 年第 2 辑)、吴茗翻译的《美国晚近文艺思潮泛论》(《时与潮文艺》1945 年第 5 卷第 2 期)、杨周翰翻译的《论近代美国诗歌》(《世界文艺季刊》1946 年第 1 卷第 3 期)、俞铭传翻译的《现代英诗漫谭》(《大公报·星期文艺》1947 年 4 月 20 日)、萧乾翻译的《英国文坛的三变》(《文艺复兴》1947 年第 3 卷第 3 期)、陈敬容翻译的《近代英国诗一瞥》(《诗创造》1948 年第 10 期)、李旦翻译的《史本德论奥登与"三十年代"诗人》(《诗创造》1948 年第 16 期)、袁可嘉翻译的《释现代诗中底现代性》(《文学杂志》1948 年第 3 卷第 6 期)等。

不难看出,20 世纪 40 年代的中国大地上刮起了一股"奥登风"。"奥登风"一词形象地道出了奥登受欢迎的程度。事实上,当时中国文学界新崛起的许多重要诗人都或多或少地受到奥登的影响。且不论上文提到过的那些诗坛名人,即使像冯至这样一位专攻德国文学的人,也曾撰写学术文章《工作而等待》(《生活导报周年纪念文集》1943 年 11 月),在文中由奥登的诗歌展开,进而论及里尔克。"奥登风"时期的奥登译介和研究,显现出了先辈们在探索文化救国时与奥登擦出的热烈火花,他们的辛勤耕耘成为我们今天研究奥登不可或缺的基石。

三、新中国 60 年:奥登研究的新气象

新中国成立以后,由于意识形态上的偏重,我国外国文学研究的重点局限在苏联作品、外国进步作家作品以及少数外国古典文学名著这些领域,对于西方现代派文学涉足甚少。受此影响,奥登译介在表面上呈现出一种停滞的状态。但是,一些奥登爱好者们并没有因为客观条件的制约而减少他们对奥登的喜爱。他们在个人的可能的情况下,继续阅读和欣赏奥登,甚至译出了一些诗歌。穆旦就是一个很好的例子。"文革"期间,他虽然停止了诗歌创作,

但一直坚持着诗歌翻译工作。在劳动改造的间隙，他译出了 50 多首奥登诗歌，这其中包括《战时》组诗、《诗解释》、《西班牙》、《悼念叶芝》等。我们知道，穆旦熟谙中文和英文，在理解原作和遣词造句方面都有独到之处。他翻译的这些诗歌，不仅有奥登创作于 30 年代的着重社会题材的诗歌，还有奥登在思想转折时期创作的具有内倾倾向的诗歌，对于人们认识左派以外的奥登很有帮助。

随着改革开放的不断深入，人们逐渐认识到很有必要以崭新的目光来审视外国文学。奥登其人其作在学术界的这种新思路、新气象和新局面中，重新步入了人们的视野。近 30 年来的奥登译介和研究情况可以从以下四个方面来加以概括。

其一，我国的文化工作者在奥登作品的译介和批评资料的引进方面做出了一定的成绩。不少名家在个人译著里收录了奥登诗歌译文，比如杨宪益的《近代英国诗钞》（1983 年）、卞之琳的《英国诗选：莎士比亚至奥顿》（1983 年）、穆旦的遗作《英国现代诗选》（1985 年）、周伟驰的《英美十人诗选》（2003 年）、屠岸的《英国历代诗歌选》（2007 年）等。许多诗歌选集收录了奥登诗歌译文，比如《世界抒情诗选》（1983 年）、《英国诗选》（1988 年）、《诗海：世界诗歌史纲》（1989 年）、《二十世纪英语诗选》（2003 年）等，而像《世界名诗鉴赏辞典》（1989 年）、《英美名诗解读》（2003 年）、《外国诗歌鉴赏辞典》（2010 年）等赏析类诗歌选集，在收录奥登诗歌译文的同时，还对具体的诗歌文本进行了解读。期刊也刊登了一些奥登诗歌译文，尤其是 2004 年第 5 期的《世界文学》做了一个"英国诗人奥登小辑"；2007 年第 7 期的《诗选刊》出了一期"外国当代诗人作品特别专号"，对奥登作品给予了充分的重视。另外，有些人直接将奥登诗歌和研究资料翻译了出来，放在网络上与志同道合者共享。胡续冬的《测听奥登》、刘文飞的《析奥登的〈1939 年 9 月 1 日〉》、范倍的《哀歌之现代化：解读奥登〈悼念叶芝〉一诗》等文章，已经成为奥登爱好者们争相传阅的资料。

2005 年，桑克翻译了奥登晚年的一本关于名人的幽默讽刺诗集《学术涂鸦》，由古吴轩出版社出版。一时之间，奥登爱好者们雀跃不已，争相走告。随着译著被广泛阅读，细心的读者发现，译著中的误译现象严重，令人扼腕叹息。或许，正如译者在译后记中所言，"我这个译本仅仅是一块引玉的砖头"①。在奥登译著和有关奥登的理论专著迟迟没有面世的今天，桑克的这份拳拳之心仍然值得我们尊重和学习。

我们从以上引用的资料中不难看出，奥登在中国译介发展迅速，但也应该看到，我们对他的译介还很不够。这种"不够"主要体现在两个层面：从翻译数量而言，奥登一生著述非常丰富，国外对他的研究也是琳琅满目，现在的汉译仅仅是冰山一角②；就翻译质量而言，虽然国内一批优秀译者已经涉足他的诗歌，但由于奥登诗歌的复杂晦涩以及诗歌翻译的困难性，"奥登在汉译中的损失是很大的"。于是，目前国内对奥登的译介状况，就如黄灿然所言："奥登在英语中是一位大诗人，现代汉语诗人从各种资料也知道奥登是英语大诗人，但在汉译中奥登其实是小诗人而已。"③此外，译者们的选译过于集中，重译现象严重，这也不利于我们全面认识和理解奥登的创作。

其二，奥登其人其作逐渐出现在国内出版的各类英美文学专著及教材中，而且所占篇幅从只言片语到独立篇章，说明了奥登及其研究日益受到我国外国文学工作者的重视。1983 年，秦水等人翻译的《英国文学史》由人民文学出版社出版，在该书第三卷的"现代英国文学"部分，作者以马克思主义文艺观对 30 年代的"牛津派诗人"进行了具体评析。该书是我国第一本比较完整系统地介绍

① 奥登：《学术涂鸦》，桑克译，苏州：古吴轩出版社，2005 年，第 130 页。
② 作者广泛浏览了文献资料和网络资源，统计出目前的奥登译诗不过是百余首，这相对于奥登蔚为壮观的诗歌作品来说，委实是太少了。
③ 黄灿然：《在两大传统的阴影下》（上），《读书》，2000 年第 3 期，第 28 页。

英国文学史的书籍，对我国的外国文学研究工作贡献良多，但特定的成书年代致使该书的意识形态色彩浓厚，无法对具体作家的艺术活动展开公允的评价。进入 90 年代，王佐良先后参与编写了《英诗的境界》(1991 年)、《英国诗史》(1993 年)、《英国二十世纪文学史》(1994 年)和《英国文学史》(1996 年)等书籍，对"奥登一代"均有较为详细的介绍。他认为，奥登的诗路"比同伴们更广，成就更高，影响也更大"，"在一般的左派政治意识上加了弗洛伊德的心理分析"，抒发的是"现代敏感"，诗中"有一种戏剧性"。但是，他欣赏的是早期奥登，觉得移居美国后的奥登"变了"，甚至指出"他究竟是不是一个 20 世纪的主要诗人成了一个争论的题目"。① 我们知道，王佐良等西南联大师生对奥登的接受与偏爱，在很大程度上是因为奥登诗歌中表现出的社会题材和政治内容。或许对于他们来说，奥登在政治态度上的变化和在实际行动中的抽离，是一种懦弱的表现。当王佐良说"1939 年欧洲战场尚未大打，这位原来反法西斯的诗人却离开战争中的英国去了美国"的时候，颇有哀叹其动摇易帜的意味。

进入新世纪以后，我国的外国文学史类书籍越来越丰富，短短几年间就涌现出各种类型的外国文学通史和断代史。在那些以整个欧美文学为范畴的外国文学史类书籍中，我们往往看不到编者对奥登或者"奥登一代"的介绍。这是可以理解的：从时间上看，奥登的创作活动较叶芝、艾略特等象征主义诗人要稍晚一些，其开拓性和代表性有所不及；从归属流派上看，奥登并不是完全意义上的左派诗人、象征主义诗人或者其他现代主义流派的诗人。他的诗歌前后变化很大，很难进行归类。然而，在英美文学史类书籍，尤其是英美现代主义文学史类书籍中，我们越来越多地看到奥登的身影。谷启楠翻译的《牛津简明英国文学史》(2000 年)、王松林的《20 世纪英美文学要略》(2001 年)、罗良功的《英诗概论》(2002

---

① 　王佐良：《英国诗史》，南京：译林出版社，1997 年，第 447—454 页。

年）等书籍，都对"奥登一代"的诗人进行了介绍和评析。吴元迈的《20 世纪外国文学史》（2004 年）、王守仁和何宁的《20 世纪英国文学史》（2006 年）、常耀信的《英国文学大花园》（2007 年）等书籍，则在介绍"奥登一代"的同时，又另外开辟章节，对奥登的生平与创作予以评述。吴元迈的《20 世纪外国文学史》中的相关内容尤为详细，编者在分析奥登早期的创作主旨和风格的基础上，指出"将奥登简单地归入'左翼诗人'失之偏颇，缺乏对其创作风格的整体把握"，因为"奥登 30 年代的诗作犹如一座光彩闪烁的迷宫，任何将之简单化的方法都难免误入歧途"。随后，编者概述了奥登后期的创作主旨和风格，认为他移居美国后，创作"以明晰易懂为方向"，"晦涩、简约、省略、多边被懒散、松垮、单一和直露所取代，诗歌也因此缺乏深度与张力"，编者进而得出结论——"今天的评论界对奥登的兴趣，主要集中在他的 30 年代的作品"。① 客观而言，编者对奥登早期诗作的把握比较全面，但是对其后期诗作的解读仍然延续了旧时的观点。我们知道，即使后期奥登不像 30 年代那样"十年内出版了九部诗集，表现出惊人的创作力"，他还是写出了很多优秀的诗篇，并于 1948 年凭《焦虑的时代》（*The Age of Anxiety*）获得美国普利策诗歌奖。王守仁和何宁的《20 世纪英国文学史》中的相关内容也非常详细，而且脉络清晰，分析全面，侧重于对奥登的思想渊源和创作主旨的整体把握。在我国学术界对奥登长期持有"偏见"的两个问题上，编者也做出了颇为中肯的评判：第一，关于奥登在 1939 年移居美国的举动，编者指出，"人类智性的战争无处不在，没有什么规定要求知识分子必得身在何处，他放弃英国，但没有放弃对文学人生的探索，因此无可厚非"；第二，关于奥登后期的创作活动，编者认为，"奥登后期的诗歌创作与前期诗歌的革命性颇为不同。人到中年的诗人，生活安逸，已经没有革命的热情，更倾向于对历史社会演进的探讨，试图找出自然、社会

① 　吴元迈：《20 世纪外国文学史》，南京：译林出版社，2004 年，第 168—174 页。

与人性的互动，把握后工业社会的本质，更好地生活"。①

其三，以 1999 年国内核心期刊发表的赵文书的《奥登与九叶诗人》(《外国文学评论》1999 年第 2 期)、《W·H·奥登与中国的抗日战争——纪念〈战时〉组诗发表六十周年》(《当代外国文学》1999 年第 4 期)和朱涛的《一种使命，两类信徒——我眼中的奥登》(《外国文学》1999 年第 5 期)为起点，国内研究奥登的学术性论文和学位论文日益增多。根据可查资料，赵文书的《奥登与九叶诗人》是改革开放以后首篇以奥登为主要研究对象的学术性论文。在这篇文章中，作者从诗歌主题、诗歌语言、艺术风格和人生观四个方面分析了奥登对九叶诗人的影响。在随后的《W·H·奥登与中国的抗日战争——纪念〈战时〉组诗发表六十周年》中，作者以文本细读的方式挖掘《战时》组诗的深刻意蕴。这两篇文章都主要从中西文化交流的角度对奥登展开论述，关注的是早期奥登的思想与创作。朱涛的《一种使命，两类信徒——我眼中的奥登》则用精神分析的方法解析奥登前后期的思想转变以及这种转变与创作主旨的本质关联，一扫学术界将前后期的奥登"一分为二"的刻板定论，有助于我们重新认识奥登的精神主线。

随后几年，我国陆续有研究奥登的文章出现，拓宽了奥登研究的范围。有些文章从比较文学研究的角度出发，关注奥登对中国现代诗坛的影响，比如张松建的《奥登在中国：文学影响与文化斡旋》(《当代》2005 年第 8 期)、黄瑛的《W·H·奥登在中国》(《中国文学研究》2006 年第 1 期)和《中西诗艺的融会与贯通——论"奥登"风与中国现代主义诗歌》(《中国文学研究》2007 年第 4 期)、马永波的《奥登与九叶诗派的新诗戏剧化》(《江汉大学学报》2008 年第 5 期)等。有些文章从文本分析的角度出发，赏析和评论奥登的诗歌，此类文章有何功杰的《现代人是否自由？是否幸福？——赏

① 王守仁、何宁：《20 世纪英国文学史》，北京：北京大学出版社，2006 年，第 103—110 页。

析奥登的〈无名的公民〉》（《名作欣赏》2002年第1期）、傅浩的《苦难的位置——〈美术馆〉和〈给奥登先生的备忘录，29/8/66〉的对比阅读》（《外国文学》2003年第6期）、罗达十的《漫谈W·H·奥登的爱情诗》（《西南科技大学学报》2004年第3期）和《从"纪念叶芝"看奥登的诗艺》（《西南科技大学学报》2006年第2期）、吴忠诚的《〈悼念叶芝〉：从传统哀歌到现代智诗》（《名作欣赏》2007年第16期）、蔡海燕的《"悲哀"之"消融"——试析威斯坦·休·奥登的诗歌〈寓意之景〉》（《江南大学学报》2009年第3期）等。此外，盛宁的《诗人W·H·奥登的宗教信仰》（《外国文学评论》2008年第2期）在爱德华·门德尔森（Edward Mendelson）撰写的书评文章《奥登与上帝》（Auden and God，2007）的基础上，对奥登的宗教思想进行了系统解读。

　　国内以奥登为研究对象的硕士学位论文数量较少，大约在10篇左右。近年来仅有两篇博士论文①。之所以出现这样的情况，一方面是因为奥登的诗歌作品晦涩难懂，思想渊源复杂交错，不易把握；另一方面则因为国内对奥登的译介还太贫乏，不易做深入研究。

　　其四，一些以中国现代主义诗人为研究对象的专著或论文，偶有涉及奥登在中国诗坛的影响力，此类文献无疑构成了奥登研究的一个重要侧面。诸如游友基的《九叶诗派研究》（1997年）、朱寿桐的《中国现代主义文学史》（1998年）、江弱水的《卞之琳诗艺研究》（2000年）、陈旭光的《中西诗学的会通：20世纪中国现代主义诗学研究》（2003年）、高秀芹和徐立钱的《穆旦：苦难与忧思铸就的诗魂》（2007年）、赵毅衡的《对岸的诱惑：中西文化交流记》（2007年）等专著，张同道的《中国现代诗与西南联大诗人群》（《中国社会科学》1994年第6期）、王青的《诗人的自觉与独立——兼谈艾略特、奥登对穆旦诗歌的影响》（《中国矿业大学学报》2000

---

① 　蔡海燕：《论奥登的乌托邦精神》，浙江大学博士论文，2010年；赵元：《自由与必然性——奥登的诗体实验》，中国社会科学院博士论文，2012年。

年第 1 期）、江弱水的《伪奥登风与非中国性：重估穆旦》（《外国文学评论》2002 年第 3 期）、李洪华的《战争文化语境下的域外现代派文学译介》（《南昌大学学报》2010 年第 1 期）等论文，虽然主要探讨的是中国现代诗歌的发生和发展，或者就中西文化交流作一个宏观的叙述，对奥登的刻画少而简单，但其中不乏深刻和精辟之处。比如在《穆旦：苦难与忧思铸就的诗魂》的"穆旦与奥登"这一章节中，作者不仅从"介入时代的'左'倾立场"和"新诗现代化的艺术追求"两个方面探讨了奥登对穆旦的影响，还论及了奥登与艾略特的不同之处，缓缓道来，确凿可信。

我国对奥登的译介和研究在 20 世纪 40 年代一度繁荣过，只不过中间停滞了太长时间，以至于想要使它重新成为一门显学还需要不懈的努力和更多新人的加入。新世纪以来，一些人涉足奥登诗歌版图，这也仅仅是因为现当代文学研究的重心之一转移到了 20 世纪 40 年代的诗人，而这些诗人的诸多传记和著述多有提及奥登。因此，我国目前的奥登研究，很大一部分体现在奥登在中国的影响研究和奥登与中国现代诗人的比较研究上。以奥登在 20 世纪英语诗坛的重要地位而言，这显然是很不充分的，并不足以全面而深刻地展现奥登开阔的诗路、纯熟的诗艺和丰富的思想。不过，令人欣慰的是，目前研究者对奥登的兴趣越来越浓。我们完全有理由相信，深入探索奥登的诗学魅力指日可待。

第九节

艾略特研究

艾略特（T. S. Eliot，1888－1965）以其独特的诗歌理论和卓越的创作成就赢得了他的同代人及后来者的极大关注。作为"诗人中的诗人"，他在英美乃至全世界都引起了广泛的兴趣。艾略特传入中国后，不仅引起了我国翻译家、诗人的浓厚兴趣，还受到了我国众多文学研究者非同寻常的青睐。许多学者花费了大量精力阐释、研究艾略特的诗歌和诗论,有的甚至耗费了毕生之光阴研究艾略特。翻检我国非常重要的两本外国文学研究专业刊物《外国文学评论》和《外国文学研究》,发现常常同一期刊发两篇甚至三篇研究艾略特的论文,这于外国作家实不多见。有的学者还化用艾略特的表述来作为自己专著的题名。① 由此可以看出艾略特在我国外国文学研究界所受到的重视程度。经过几十年的努力,我国学者在这个研究领域取得了相当丰硕的成果,艾略特研究在当今已成为外国文学研究中的一门显学——艾学。②

艾略特的诗歌以晦涩著称,不仅关乎社会、关乎人情、关乎人性,而且语词含混,象征模糊,征引复杂,但艾略特在遥远的东方古国里却有许多"知音"对他情有独钟。他们对艾略特的认识和阐释、研究历程也就是对艾略特接受的过程,自然构成了中国接受艾略特不可或缺的重要部分。本节将对艾略特在中国的研究进行历时的考察,系统总结我国的艾学研究成果,反思不足,辨析艾学研究过程中所显示的接受心态,阐释中国的艾学研究所体现出的文化交流意义。

一、30—40年代的艾略特译介与研究

艾略特最初在中国的译介与研究是由曾留学欧美或精通外语的人来完成的。这些人之所以青睐艾略特,是由于他们大多数人本身就是诗人,又留学欧美或精通外文,因此,能最真切感受到当时欧美诗坛的风云变化,并掂量出艾略特不同凡响的意义。现有

---

① 陆建德的《破碎思想体系的残编——英美文学与思想史论稿》(北京大学出版社,2001年)题名就是化用艾略特评论多恩的话:"当时破碎思想体系的残片充斥于市,多恩这样的人就好像收集杂货一样。"

② 蒋洪新的《走向〈四个四重奏〉——T·S·艾略特的诗歌艺术研究》(湖南人民出版社,1998年)在国内首先使用了"艾学"这个术语。

资料表明，艾略特最早在中国"露面"的时间是 1923 年，当时茅盾在《小说月报》上提到了艾略特的名字，但并无任何评介。[1] 1927 年 12 月，朱自清在《小说月报》第 18 卷第 20 期上发表译文《纯粹的诗》，文中对艾略特有一定的评介。这两篇涉及艾略特的文字，是诗人在我国的最初介绍。30 年代，关于艾略特的译介作品大量问世，到 40 年代末，已经卓然形成一股不可忽视的潮流。从传播路径看，艾略特在三四十年代中国的传播主要是通过这样两种方式：一是学者教授们的课堂讲授，这些学者教授大多是留学归国的学者和来华任教的外籍专家，如 L. A. Action、R. Winter、W. Empson、叶公超、吴宓、温源宁、卞之琳、夏济安等。二是中国学者译介艾略特的作品或译介他国学者评价艾略特的作品，或者在自己的论著中介绍和引证艾略特，如叶公超、曹葆华、赵萝蕤、邵洵美、袁可嘉、王佐良、周煦良等。

中国对艾略特的深度研究始于 30 年代。叶公超是把艾略特介绍到中国的第一人，而且也是第一位值得注意的研究者。他的两篇艾略特研究专论《爱略忒的诗》[2]和《再论艾略特》表达了他对艾略特的深度认识，因而成为中国艾略特研究早期最重要的成果。1934 年 4 月，叶公超在《清华学报》第 9 卷第 2 期上发表《爱略忒的诗》，共约七千字。就目前所掌握的资料来看，这是国内最早研究艾略特的专论，在中国艾略特研究中具有非同寻常的意义。此文的中心论点是：艾略特的诗歌，尤其是代表作《荒原》，"与他对于诗的主张是一致的"。对于西方学者马克格里非在《艾略特研究》一书中的观点，叶公超进行了严厉的批评。马认为艾略特的诗歌前后冲突，自从《荒原》之后，"令人失望，在技术和知觉方面都有一落千丈之势"。叶公超则针锋相对地指出：艾略特《荒原》前后"并没有什么冲

---

① 沈雁冰：《海外文坛消息：(一六三)英国文坛杂讯》，《小说月报》，1923 年第 14 卷第 3 期。

② "爱略忒"即"艾略特"，原文标题如此。

突,不但没有冲突,而且有同一种心理背景。"叶文批评马"把诗混杂于信仰之中,因此抹杀了爱略特在诗的技术上的地位。"①叶公超在此文中的很多评价表现出了超人的敏感和判断力。

　　叶公超的《再论艾略特》是为赵萝蕤的第一个中译本《荒原》撰写的序言。此文先发表在《北平晨报·文艺》(1937 年 4 月 5 日)上,这是叶公超评介艾略特的又一重要文章。《再论艾略特》分为三个部分:艾略特的诗歌理论,艾略特的诗歌技巧,以及艾略特诗论与中国诗论的相同。叶公超认为艾略特的诗歌与理论"可以互相印证",而在诗歌技巧方面,艾略特融合了伊丽莎白时代的无韵体和法国诗人拉福格(Jules Laforgue)的风格,从而创造出他自己的自由诗体。艾略特提出的艾略特诗论与中国诗论的互通之说,具有比较文学的价值和意义,也是"艾略特与中国"比较研究的最早探索。研究是文学接受的一个重要组成部分。叶公超对艾略特的研究反映出中国早期接受艾略特的情形。叶将艾略特与中国的古典文学传统进行比较,指出它们之间的共性,正说明他是在中国传统文化这一"接受屏幕"框架内解读艾略特、寻求艾略特与中国文学传统的契合点的。这是一种在中外文学比较视野中发掘和肯定艾略特诗歌艺术价值的研究思路,一种跨文化文学研究思路。如果把叶公超对艾略特的研究视为对西方文学新潮的引进和接受,则可以把叶氏的"比较"看成是一种文化引进策略。由于叶公超后来弃学从政并官至台湾的"外交部长"以及我国相当一段时间极"左"思潮的影响等,对叶公超的学术建树长期未有公正评价,包括他对艾略特的引进和研究之功也没有得到应有的重视。

　　如果说叶公超仅仅使艾略特在中国文学界初获名声,那么,他的学生赵萝蕤翻译艾略特的《荒原》,则使整个中国文学界有机会目睹这位文学巨擘的"庐山真面目"。30 年代初,赵萝蕤在清华大学攻读研究生期间试译了《荒原》中的一节,后来应出版社以及戴

①　转引自陈子善编:《叶公超批评文集》,珠海:珠海出版社,1998 年,第 111—120 页。

望舒之邀，将其余各节全部译出，译作于 1937 年出版。赵萝蕤翻译的《荒原》诗歌半个多世纪后"仍为该诗流行最广的中译本"[①]，其主要原因在于译者对《荒原》有深入的研究。当时赵萝蕤对《荒原》的研究集中体现在其论文《艾略特与〈荒原〉》(《时事新报》1940年 5 月 14 日)上。这篇颇有分量的研究论文"全面评析了艾略特诗歌创作的艺术特色，是国内评论艾略特的先驱文章之一"[②]。赵萝蕤使用比较的方法，将艾略特放到文学传统背景下进行观照，把艾略特的"独到处"作为衡量和评估他的《荒原》成就的基本尺度。沿着这一思路，赵萝蕤重点从诗歌艺术方面探讨了《荒原》的成就，主要包括《荒原》的语言节奏、用典和讽刺等方面。赵萝蕤强调"必须经过虚心的研读与分析"才能正确评价艾略特，同时又指出"要给他一个不亢不卑的估价，我们必须了解他的时代。"[③]赵文由此从《荒原》的技术分析层面深入到了它的社会文化意义。

除了叶公超和赵萝蕤的专论外，30 年代的国内期刊上还出现了不少介绍、评述艾略特的其他文章，使艾略特成为当时中国文学界耳熟能详的名字。1933 年 3 月《新月》第 4 卷第 6 期的"海外出版界"介绍了英国著名批评家利维斯的《英诗的新方向》一书，其中特别谈到了英国诗歌创作偏离浪漫主义"大半由于爱略特的努力。他已经成为一个新的开始"[④]。1934 年 2 月，《现代》第 2 卷第 4 期上发表了日本人阿部知二的论文《英美新兴诗派》(高明译)，它是中国较早翻译的系统介绍艾略特的文章。1934 年，《学文》月刊上刊登了卞之琳翻译的艾略特的《传统与个人才能》，这是最早在中国译介的艾略特诗学论文。1934 年 7 月 12 日，《北平晨报》刊载

---

① 刘树森：《赵萝蕤与翻译》，载赵萝蕤译《荒原》，北京：中国工人出版社，1994 年，第 4 页。

② 刘树森：《我的读书生涯·编后记》，北京：北京大学出版社，1996 年，第 247 页。

③ 赵萝蕤：《艾略特与〈荒原〉》，《我的读书生涯》，北京：北京大学出版社，1996 年，第 17 页。

④ 苏波：《利斯威的三本书》，《新月》，第 4 卷第 6 期，第 18 页。

了瑞恰慈的《哀略特底诗》中译文。1934 年 10 月,《现代》第 5 卷第 6 期上刊载邵洵美的《现代美国诗坛概观》、薛惠的《现代美国作家小传》和李长之的《现代美国的文艺批评》,其中均有艾略特的介绍。1934 年 10 月,《清华周刊》第 42 卷第 6 期上发表默棠翻译的《论现代诗》一文,系统全面地介绍了艾略特,这是目前见到的最早较全面评介《荒原》的文章。艾略特的不少论文,如《诗歌的功用与批评的功用》、《诗歌与宣传》、《布莱克论》、《批评的功能》、《批评的试验》等也被陆续翻译成中文,《传统与个人才能》还出现了不止一种译文。

　　30 年代艾略特在中国的译介极为活跃,但国人自己撰写的独立评介不多。邵洵美 1934 年发表的《现代美国诗坛概观》值得一提。这篇评介文章对艾略特在中国的传播起到了非常重要的作用。文章将美国现代诗歌分为"乡村诗"、"城市诗"、"抒情诗"、"意象派诗"、"现代主义的诗"和"世界主义的诗"等 6 种,现在看来未必正确,但是作者的论述有很多精彩之处,如作者认为艾略特的诗"不被国界所限制",其作品"简直还不受时间的限制"①。文章从典故、联想、故事的断续、外国文的采用、格律和韵律等几个方面介绍了《荒原》的艺术特点,并举出其中的诗句加以佐证。邵洵美对《荒原》的把握比较准确,较为全面地概括了艾略特的创作特色和艺术特征,有些概括非常精辟。邵洵美的《现代美国诗坛概观》尽管不是艾略特研究的专论,但却表现出作者对艾略特的认识已经有相当的深度。温源宁用英文撰写的评介文章《现代英美四大诗人》也值得关注②。温对艾略特的评介很有独到之处。例如,他认为艾氏的《空心人》表现的是"凄凉的,毫无快乐的世界","这是现代诗所能做的事情:它能帮助我们,这是别的所不能的,来理解我们的时代。"③此外,

---

①　邵洵美:《现代美国诗坛概观》,《洵美文存》,沈阳:辽宁教育出版社,第 107 页。

②　此文由顾绶昌翻译发表在《青年界》1932 年第 2 卷第 2 期上。

③　温源宁:《现代英美四大诗人》,顾绶昌译,《青年界》,1932 年第 2 卷第 2 期,第 78 页。

邢光祖也写过一篇专论艾略特的论文。他认为艾略特的诗歌"奠定了一种新的作风，在自我的抒写里，隐含着整个时代的反映"①。邢文把《荒原》视为智慧诗的代表，还把艾略特的诗学理论与中国宋诗进行比较，不过其中不少观点和内容借鉴了叶公超的论文。

1937 年，抗日战争爆发后，艾略特在中国的译介一度中断。抗战胜利后，译介重新恢复。40 年代末，艾略特被世人所公认的三首名作《荒原》、《情歌》与《四个四重奏》在中国都有了汉译本。除了翻译外，这段时间艾略特在中国的评介也比较丰富，不容忽视。王佐良当时计划撰写一部《艾略特传》，虽未能完成，但所完成的章节，如《一个诗人的形成：哀里奥脱：诗人及批评家》、《诗的社会功用：艾略特五章》、《宗教的回旋》、《普鲁斯特的秃头》等，均刊登在 1947 年《大公报》的"星期文艺"和"文学周刊"上，其"序言"也于 1947 年 10 月刊发在沈从文主编的《平明日报·读书界》上。这些文章是当时比较全面地评介艾略特的重要文献。此外，不少年轻学者，如沈济、萧乾等，对艾略特极为推崇，也积极参与到艾略特的介绍中，他们发表的文章有《英国文坛三变》(《文艺复兴》1947年第 3 期)、《艾略特论诗》(《诗创造》1948 年第 12 辑)等。这一时期对艾略特不遗余力进行评介的还有袁可嘉。除了在一系列关于中国新诗现代化的论文(后结集为《新诗现代化》出版)中广泛地阐释、评介和征引艾略特之外，他还撰写了专门评介艾略特的文章，如《〈托·斯·艾略特研究〉书评》②。

综合地看，由于国家遭遇战乱，时局动荡，三、四十年代我国的艾略特研究还比较零碎，叶公超和赵萝蕤的深度研究属于凤毛麟角，零星的评价和译介文章较多，系统性不强；研究注重美学上的描述，即对艾略特诗歌文本形式意义上的考察；研究目的明确，即"为我所用"；大量有关中国文学的论著援引艾略特，说明艾略特对

---

① 邢光祖：《书评：〈荒原〉》，《西洋文学》，1940 年第 4 期，第 486 页。

② 载天津《大公报·星期文艺》1948 年 5 月 23 日。

中国文学理论产生了影响；研究者始终站在跨文化的立场，比较并辨析艾略特与中国文学传统之关系；对艾略特的研究整体上的评价居多，缺少对其作品的细致解读；对艾略特评价总体上有拔高倾向，而对其局限则认识不足。

二、50—60年代：艾略特研究的两重天

自50年代初期至"文革"结束，我国在政治文化思想领域都经历了一段严峻的历史时期。这段时期，我国对西方现代派文学的译介和研究基本上处于停止状态。不仅如此，在极"左"思潮的影响下，包括艾略特在内的西方现代派作家被视为洪水猛兽，遭到全面抵制和无情批判。在当时特定的历史语境下，西方现代派被不加区分地统称为"颓废主义"。艾略特被视为"当代反动文学领袖"，我国学术界对之进行了猛烈抨击，发表了一些显然失之公允的文章，其中具有代表性的有：袁可嘉的《托·斯·艾略特——英美帝国主义的御用文阀》（《文学评论》1964年第4期）、《新批评派述评》（《文学评论》1962年第2期）、《略论英美现代派诗歌》（《文学评论》1963年第3期）、《腐朽的文明、糜烂的诗歌》（《文艺报》1963年第10期）、王佐良的《艾略特何许人也?》（《文艺报》1962年第2期）等。这些文章对艾略特的政治立场、文艺思想全面否定，对其艺术成就也一笔抹杀。这些批评文章是极不正常的历史时期的产物，批评家连正常的生活都难以保障，进行正常的文艺批评更不可能。后来袁可嘉曾对此有过明确的反思："从政治上否定现代派，严厉批判其思想意识，进而抹杀其艺术成就，显然是做得过分了。其实现代派政治上有左中右可分，思想上确有一些严重缺点，也有积极因素，艺术上则有不少可资借鉴之处，应当具体分析，区别对待。"又说"这在当时是难以避免的，但应成为后车之鉴。"①这

---

① 　袁可嘉：《欧美现代派文学概论》，上海：上海文艺出版社，1993年，第97页。

是非常中肯的意见。

因此，从建国到"文革"结束的近三十年，我国内地对艾略特及西方现代派真正意义上的研究几乎中断。不过，我国台湾、香港等地对现代派的研究却表现出了另一重天地。五六十年代西方现代派在台湾的传播和研究，放在20世纪中外文学关系的大过程中来看，是对"五四"新文化运动以来介绍和接受西方现代主义文学的开放传统与精神的接续，这种接续的意义在同时代大陆背对世界现代文化的情形参照下尤显重要。

1953年，戴望舒办《现代》杂志的同事纪玄在台湾创办《现代诗》杂志，开创了台湾译介和研究西方现代主义诗歌的先河。随后，纪玄还在1956年组织成立了"现代诗社"，有八十多位诗人参加。"现代诗社"宣布了六条文艺主张，反映了台湾现代派文艺思潮的主要思想。他们主张继承和发扬自波德莱尔、艾略特以来西方的"一切新兴诗派的精神和要素"，指出现代主义诗歌的主要特点之一即是"反浪漫主义的，重知性的，而排斥情绪的告白"。① 台湾五六十年代对西方现代主义诗歌的引进和接受显然是延续了30年代戴望舒、纪玄们的路子。除了译介外，港台学者对 T·S·艾略特的研究也一直在进行，出现了一些比较有影响的成果，如邢光祖的《艾略特与中国》（1977年）、郑树森的《〈荒原〉与中国文字的方法》（1978年）、黄维樑的《欧立德与中国现代诗学》（1976年）等。

因材料关系，我们无法详尽讨论艾略特在我国港台地区的译介、影响与研究，但提一提下面这样一个事实对我们理解港台诗人和学者对艾略特的认识应是极有帮助的，那就是《文学杂志》第4卷第6期发表了一首夏济安写的《香港——1950》，其副标题引人注目，叫"仿 T. S. Eliot 的 The Waste Land"。此诗的前面有著名学者陈世骧撰写的评介文章《关于传统·创作·模仿》，其中认为

---

① 周敬等：《现代派文学在中国》，沈阳：辽宁大学出版社，1987年，第131—142页。

该诗有"明显的方法意识"，它"至少是现在作诗态度的一种榜样"①。这里主要就是指该诗对艾略特《荒原》的模仿，但模仿的却是"《荒原》背后的诗的传统意识之应用与活用"②。这种"传统意识"，"在形式上成就一种新的语言；在内容上表现出唯有现代所有的情感与眼界"。③ 这样的文学观与艾略特在《传统与个人才能》所阐述的思想基本无异。同一期的《文学杂志》也刊载了艾略特这篇著名的论文，应该不是巧合。

夏济安的诗本身只有 44 行，后记却写了五千字。在后记中，作者谈到《荒原》对他的启发，说两首诗都是"以混乱的形式来模仿混乱的年代"④，甚至还逐字逐句对诗进行解释。夏济安特别标明模仿艾略特和陈世骧文解说该诗的"传统意识"构成了有趣的"反讽"。因为，反传统的尖锐性是西方现代主义的核心，但这种"尖锐性"在这里被包藏起来，这是为迁就当时台湾的文化观点和文学意识而实施的阐释策略。这也透露出一点西方现代主义在台湾的境遇。

"文革"结束后，我国外国文学研究终于回到了正常轨道。经过近三十年的禁闭，国门又向艾略特等西方现代派作家打开。艾略特研究在新时期以来获得了令人兴奋的长足发展。这些研究涉及了艾略特的各个时期、各种体裁的创作以及诗人的生活道路、创作历程、文艺思想、艺术形式、审美个性、文学史地位、与我国文学的关系等领域；同时，出现了一批高水平的艾略特研究专家，艾略特研究已经达到了相当的深度。我国的艾略特研究在建国前三十年遭遇重大波折之后突然爆发出极为强劲的势头。

---

① 陈世骧：《关于传统·创作·模仿——从〈香港——1950〉一诗说起》，《文学杂志》，1958 年第 4 卷第 6 期，第 6 页。
② 同上，第 5 页。
③ 同上，第 4 页。
④ 夏济安：《〈香港——1950〉后记》，《陈世骧文存》，沈阳：辽宁教育出版社，1998 年，第 99 页。

三、从"正名"开始：新时期以来的艾略特研究

由于艾略特诗歌本身的复杂性，以及新中国成立后长期视艾略特等西方现代派作家为"洪水猛兽"予以排斥，新时期之初，中国艾略特研究的中心和焦点也是对其诗歌意义的阐释。不过，这些"阐释"是从为艾略特"正名"开始的。《荒原》第一个汉译者赵萝蕤开其先风。赵萝蕤在 1980 年第 3 期《外国文艺》上发表了修订后的《荒原》，其"前言"虽只有两千余字，却是一篇十分精彩的论文。论文首先肯定艾略特是一位"西方现代派文学大师"，"是在他那一代人中几乎居于首位的诗人"；艾略特的文论是"划时代的著作，几乎使诗的内容与形式、文学的某些原理来了一个天翻地覆"。[①]赵文这样评价：艾略特的诗极少用韵，多用口语形式，但又和自由体不同，在不规则中有规则，在没有节奏中有节奏，给人的印象不是舒展、粗犷、自由，而是极其严谨、极其丰满、极有分寸。在《荒原》一诗中，诗体类型很多：有时间的徐疾，诗句的长短，停顿的妥帖安排，各种类型的辞藻的运用，有土语，有十分口语化或十分抒情的片段，有暗藏讽刺的片段等，都真实反映了内容的性质。这些艺术手法对我国的新诗创作有一定的参考价值。

在"前言"里，赵萝蕤也提到了艾略特"在思想上是保守的、甚至是反动的。这种思想反映在他的作品中"。几年之后，赵萝蕤发表的《〈荒原〉浅说》就少了上述的"谨慎"，其目的是"试图让读者把诗的主要内容掌握住"。文章指出，《荒原》曾轰动一时，之所以产生"太深"的影响，并且"是现代西方诗歌多少年来没有过的"，是因为它"集中反映了时代精神，即第一次世界大战后西方广大青年一切理想信仰均已破灭的那种思想境界"。[②]

《〈荒原〉浅说》写在 20 世纪 80 年代中期，此前专门研究艾略

---

① 赵萝蕤：《〈荒原〉前言》，《外国文艺》，1980 年第 3 期，第 76 页。
② 赵萝蕤：《〈荒原〉浅说》，《国外文学》，1986 年第 4 期，第 55—56 页。

特的成果并不多,基本上都集中在阐释《荒原》的内容和艺术手法上,如毛敏诸的《〈荒原〉浅析》(《外国文学研究》1983 年 3 期)、赵毅衡的《〈荒原〉解》(《外国诗》1983 年第 1 期)、钟光贯的《从艾略特的〈荒原〉看象征主义的艺术特征》(《新疆师范大学学报》1983 年第 2 期)、郑敏的《从〈荒原〉看艾略特的诗艺》(《外国文学研究》1984 年第 3 期)等。其中把问题讲得比较清楚的首推赵毅衡的文章,该文希望通过从"手法"到"主题"对《荒原》进行明确的解说,为读者解读这首晦涩的诗歌提供一条捷径。在"特殊手法"部分,赵毅衡对艾略特为何"广征博引"谈了两点意见:一是"用镶嵌画的方法来模仿现代人这种零乱芜杂的思想特征"①,另一个是艾略特的传统观念使然。这是很有见地的。这时期的文章,在方法论上,几乎都承袭了叶公超、赵萝蕤所运用的历史—社会学批评(赵毅衡则是综合运用了社会学批评和神话原型批评)来阐释艾略特,它们暗示着我们经验思维中关于思想与艺术的两度划分。而且,从研究内容看,除了《荒原》外,其它作品几乎没有涉及。正如杨金才在《T·S·艾略特在中国》一文中所总结的,这几年的艾略特研究成果由于"挖掘本体的深度不够",几乎"乏善可陈"。②

　　1985 年,裘小龙翻译的《四个四重奏》由漓江出版社出版,这是新时期艾略特研究的一个转折点。裘小龙在"开一代诗风"的"序言"里,全面评介了艾略特的诗歌创作和诗学理论,兼及产生诗人的历史文化语境和诗人的历史局限性。这是中国学者首次全方位审视艾略特。裘小龙的译本首印八千余册,不到一年便售罄,1986 年 9 月第二次加印一万册。在此前后,除赵萝蕤翻译的《荒原》已刊印外,还有赵毅衡的《美国现代诗选》(1985 年,选艾略特的《荒原》等两首诗)、查良铮的《英国现代诗选》(1985 年,选艾略特的《情歌》等十一首诗)、卞之琳的《英国诗选》(1983 年,选艾略

---

① 赵毅衡:《〈荒原〉解》,《外国诗》,1983 年第 1 期,第 283 页。
② 杨金才:《T·S·艾略特在中国》,《山东外语教学》,1992 年第 1—2 期,第 53 页。

特的《海伦姑母》等四首）出版。大量艾略特诗作的汉译出版，特别是国内学术研究的正常化，为包括艾略特在内的西方现代派文学研究提供了比较自由的言说空间，艾略特研究在 80 年代中期到 90 年代中期这十年获得了较大发展。从论文数量看，这十年共约发表了五十篇论文。从研究范围看，除《荒原》外，艾略特的其他作品如《情歌》、《圣灰星期三》、《四个四重奏》、《大教堂的谋杀案》等都受到重视。另外，艾略特的文艺思想、艾略特与传统的关系、艾略特的生活与创作的关系、艾略特的宗教观念等都有论文进行探讨。特别值得注意的是，这一时期学术界还出现了对《荒原》的争论以及从比较视阈研究艾略特的论文。

研究视野的扩大是这一时期成果的明显特征。《荒原》虽然还是主要研究对象，但研究艾略特其它方面的论著明显增多，如董悦的《艾略特诗艺的传统性和现代性》（《齐齐哈尔师范学院学报》1988 年第 6 期）、张炽恒的《智慧的映照——论艾略特的〈四个四重奏〉》（《外国文学评论》1992 年第 2 期）、张剑的《T·S·艾略特的炼狱——论〈圣灰星期三〉》（《外国文学》1995 年第 3 期）、邹祖兴的《"非人格化论"》（《外国文学研究》1992 年第 3 期）、周纪文的《艾略特的文学和批评理论》（《西北师范大学学报》1994 年第 5 期）、汪义群的《T·S·艾略特与英国诗剧传统》（《外国语》1994 年第 4 期）、杨金才《T·S·艾略特诗学的气质与禀赋》（《山东外语教学》1995 年第 2 期）与《T·S·艾略特的戏剧理论与实践》（《国外文学》1996 年第 2 期）、辜正坤的《〈荒原〉与〈凤凰涅槃〉》（《北京大学研究生学刊》1988 年第 1 期）及刘锋的《从庞德和艾略特看美国现代主义诗歌对当代中国诗的影响》（《外国文学研究》1995 年第 2 期），等等。

就研究思路看，作品分析主要还是沿袭传统的思想内容和艺术特征二分法，重点讨论艾略特诗歌在内容上的批判性和技术上的创新性。论者们认为，艾略特的作品"描写现代城市生活的阴暗面，借此揭露西方现代社会的凋零衰败和现代生活的空虚无聊"，

"艾略特对危机四伏的西方社会是不满的"①；"《荒原》主要反映了第一次世界大战后西方普遍悲观失望的情绪和精神的贫困以及宗教信仰的淡薄所导致的西方文明的衰退"②；同时，认为艾略特诗歌的"艺术形式更令人耳目一新，表现出高超的技巧"。③

　　也有研究者从不同的视点观照艾略特的作品。譬如，陆建德的《破碎思想体系的残片——艾略特、多恩和〈荒原〉》（《外国文学评论》1992 年第 1 期）从艾略特本人对多恩态度的转变来"探讨一下《荒原》的实质"④。陆文反对无限拔高《荒原》的社会伦理价值，文章引用了艾略特关于《荒原》只是"个人的、完全无足轻重的、对生活不满的发泄，它通篇只是有节奏的牢骚"的观点。同时，陆文又指出，"完全从艾略特的个人生活（尤其是巴黎求学的一段经历）或某种生理缺陷来分析作品未免流于猥琐"。作者亦不同意《荒原》有统一结构"的说法，提出两个"不该忽视的事实"，即庞德的"剖腹产手术"和《荒原》的"不少部分在《从祭仪到神话》（1920 年）出版前多年陆续写成"。⑤　作者走到了《荒原》文本的背后，从《荒原》成文的历史和艾略特思想发展的角度"探讨《荒原》的实质"。再如，张剑的《T·S·艾略特内心深处的〈荒原〉》（《当代外国文学》1996 年第 1 期）试图阐明："《荒原》更多的是在发泄个人心中的不满"。⑥　该文指出：1968 年出版的《〈T·S·艾略特诗歌选集〉

①　吕文斌：《T·S·艾略特的早期诗歌创作》，《外国文学研究》，1989 年第 2 期，第 64 页。

②　张子清：《把握时代精神，开辟现代派诗歌道路》，《当代外国文学》，1988 年第 4 期，第 17 页。

③　董悦：《艾略特诗艺的传统性与现代性》，《齐齐哈尔师范学院学报》，1988 年第 6 期，第 45 页。

④　陆建德：《破碎思想体系的残片——艾略特、多恩和〈荒原〉》，《外国文学评论》，1992 年第 1 期，第 11 页。

⑤　同上，第 15 页。

⑥　张剑：《T·S·艾略特内心深处的〈荒原〉》，《当代外国文学》，1996 年第 1 期，第 149 页。

学生指南》把《荒原》阐释为"西方人感情上和精神上的枯竭，是我们文明的荒废"，这样的解释"已经成为有关《荒原》问题的标准答案"，"我国学者也接受了这种精神上和伦理上的解释"。张剑认为，我们理解《荒原》"忽视了艾略特的亲身经历对这首诗的影响，忽视了艾略特心中这片荒原在诗中的折射"。① 陆、张两位学者从《荒原》文本成因及作品作者关系角度提出一些新的看法，拓宽了中国《荒原》研究的路子。

除作品外，艾略特诗学理论也进入了评论者的视野。他的主要诗学观点如非个性观、客观对应物、思想知觉化、戏剧化理论等都有学者涉及，但多数论文只是结合艾略特的创作对他这几个重要理论术语进行阐释，真正有深度的讨论并不多见。换句话说，从研究层次看，多数文章停留在解释艾略特诗学理论的有效性上，鲜有论文对其诗学理论的可靠性和严密性进行追问。周纪文的《艾略特的文学和批评理论》（《西北师大学报》1994 年第 5 期）因此就显得可贵。在承认艾略特的"非个性"化理论是对浪漫主义传统反拨的同时，该文非常尖锐地批评艾略特关于诗人只是"工具"、"白金丝"的观点，指出：创作作品不是在进行化学反应……艺术毕竟不是科学，它永远不会像科学那样准确、清晰、条理。而感情是不可能摆脱人的因素的，且只能以个体的形式表现出来。所以说，"非个性"化理论在刺向浪漫主义的同时，也无情地给了自己一刀。

该文还指出了艾略特的其他自相矛盾之处，譬如，关于批评的目的与方法的问题。艾略特有句名言："诚实的批评和敏感的鉴赏，并不注意诗人，而注意诗。"② 艾略特认为批评的目的是"解说艺术作品，纠正读者的鉴赏力"，但"解说艺术作品"的依据是什么呢？艾略特认为是"传统意识"。周文分析道："原来艾略特

---

① 张剑：《Ｔ·Ｓ·艾略特内心深处的〈荒原〉》，《当代外国文学》，1996 年第 1 期，第 142 页。

② Ｔ·Ｓ·艾略特：《艾略特诗学文集》，王恩衷编译，北京：国际文化出版公司，1989 年，第 4 页。

是在要求批评做到'非个性'化,尊重艺术形式本身,又要把批评置于传统意识的绝对权威之下"。"这是一个矛盾的说法,当你关注形式的艺术本质时,就不应该再扔给它一条传统的绳子。但你要以传统意识来纠正和解说,必然会干扰艺术本身的解释。"①

艾略特的理论灵魂"非个性化"受到的关注最多,研究者在对其内涵意义及其在作品中的具体表现进行分析时,也出现了一些"误读"。譬如,《"非人格化"论》一文试图从整体上廓清艾略特的"非人格化"(即"非个性化"理论)。文章的开篇就说,T·S·艾略特的"非人格化"理论"使欧美诗歌由主观抒情转移到了客观象征的时代","从此以后,西方传统诗歌的余响就不复存在"。这种判断显然是有些过度。该文认为艾略特的"非人格化"理论"共包括四个方面的内容",即"反对诗歌表现自我情感"、"主张诗歌表现普遍的情感"、"主张诗歌间接表现情感"和"主张诗歌表现生活的复杂性"。② 其实,艾略特的"非个性化"理论包含两个内容:一是诗歌应该服从传统(诗人应具有传统意识,评价诗人应将其放到传统中去进行比较鉴别);二是诗人创作应尽量回避"个性"。

此外,还有学者将艾略特纳入比较视阈进行考察。辜正坤的《〈荒原〉与〈凤凰涅槃〉》发现两大著作存在惊人的相似之处,但是在表面的相似之中,其实掩藏着巨大的差别,比如两首诗都"宣扬了《奥义书》的思想,但艾的目的是'要人们皈依天主,以求死而复生,'吸收了《奥义书》的唯心的宗教观点;而郭的最终目的却是为了使'中国从革命烈火中获得新生',这是对《奥义书》中的思想做了唯物主义的理解。"③杨金才的《T·S·艾略特在中国》不仅厘清了中国译介和研究艾略特的大体情况,还辨析了艾略特对中国现

---

① 周纪文:《艾略特的文学和批评理论》,《西北师大学报》,1994年第5期,第65页。
② 邹祖兴:《"非人格化"论》,《外国文学研究》,1992年第3期,第53—60页。
③ 辜正坤:《〈荒原〉与〈凤凰涅槃〉》,《外国文学研究》,1988年第4期,第82页。

代诗歌的影响。文章特别突出了中国诗人对艾略特的"本土化"接受（即杨文中的"重整"），给人启发。这也是"艾略特在中国"这一课题的最早研究成果。

四、艾学研究的新阶段

我国艾略特研究从 30 年代开始到 90 年代中期，已有较长的历史，却始终没有一本研究专著问世。1996 年，张剑的《艾略特与英国浪漫主义传统》（1996 年）填补了这一空白。此后，我国的艾学研究出现了一些新的变化，取得了更为丰富的成果，并且进入了一个新的阶段。这个阶段，我国艾学研究成果在形态上更加系统，研究视点和方法更趋多元，呈现出了向纵深发展的新走势。50 年代末，艾略特研究在西方开始衰落。一部分批评者抛弃了艾略特的理论，开始讨论艾略特与浪漫主义的关系，认为艾略特实际上是对浪漫主义的总体继承，如弗兰克·克莫德（Frank Kermode）的《浪漫的意象》（*The Romantic Image*，1957）、乔治·波恩斯泰恩（George Bornstein）的《浪漫主义在叶芝、艾略特和史蒂文斯中的转换》（*Transformation of Romanticism in Yeats，Eliot and Stevens*，1976）、爱德华·拉布（Edward Lobb）的《T·S·艾略特与浪漫主义批评传统》（*T. S. Eliot and the Romantic Critical Tradition*，1981）。到了 20 世纪七八十年代，不少批评家干脆用浪漫主义文学标准来评价艾略特的创作，如哈罗德·布鲁姆（Harold Bloom）的《塔上的敲钟人》（*The Ringers in the Tower*，1971）。在 80 年代初，对艾略特持如此评价的已不是个别情况。正是在这样的学术背景下，张剑对艾略特与英国浪漫主义的关系进行了探讨。

张剑在前言中就明白地指出，上述这些批评家们对艾略特的评论并不是出于个人的欣赏爱好或趣味，而是希望把艾略特"描述为一个浪漫主义者或后浪漫主义者"，"他们从浪漫主义研究中找来一套标准并用之衡量艾略特"，用浪漫主义标准来观照艾略特，他当然只能是一个"小诗人"。"因此，要正确评价艾略特的成就，就必须充分理解他与传统的关系"。①张著据此在"前言"里提出，"本研究的目的就是重新探讨（retrace）艾略特的传统并重新评估（revaluate）他的诗歌"。大量占有第一手研究材料是张著的明显特色，该书注释近三百条，参考原版英文文献二百多种，全书共分十一章。著作的论点是：艾略特是对19世纪浪漫主义的背离，而非承续，这是对西方艾学界研究的一种回应。在第一章"艾略特对浪漫主义的剖析"里，张剑从艾略特对浪漫主义的基本态度及其形成的历史的、个人的原由，和艾略特对浪漫主义诗人的批判等方面论证了艾略特对浪漫主义传统所持的否定态度，并对弗兰克·科姆德（1957）以降的批评家如布鲁姆、弗莱（Northrop Frye）、朗鲍姆（Robert Langbaum）所提出的关于艾略特是浪漫主义者的观点进行了反驳："即使艾略特关于文学历史的判断可能是错误的，他对自己的判断也会错吗？""我认为，艾略特与浪漫主义的关系是一种背离"②。

当然，作者并没有像利维斯那样认为艾略特与浪漫主义"完全断裂"，而是肯定浪漫主义对艾略特是有影响的，如艾略特对丁尼生、布朗宁等人的继承。但如果仅在两种尖锐的对立态度中寻找某种"中和"的立场，那么，其学术价值就将大打折扣。张著在兼顾历史事实的同时，明确提出自己的观点，即艾略特对浪漫主义是一种否定和背离（Negative Relation）。例如，在"改变了的丁尼生"一章里，作者承认艾略特早期的诗作与丁尼生的相似性，但指出"尽管有这些相似，艾略特根本就不像丁尼生"。"艾略特成熟后，丁尼生人他的诗已不是影响而是反面例子"。作者举出《荒原》结束时的"呵，燕子，燕子"是"对丁尼生的《公主》中诗行的借用"，但是"艾略

---

① 张剑：《T·S·艾略特与英国浪漫主义传统》，北京：外语教学与研究出版社，1996年，第2页。

② 同上，第15页。

特在让燕子这个意象进入之前，已经把'理想'的成分排挤干净。燕子不再是情人之间的传信者，甚至根本就与浪漫爱情毫无联系，相反，燕子与翡绿眉拉被奸污和肮脏的人际关系联系在一起"。①

　　另一项重要成果是蒋洪新的《走向〈四个四重奏〉——T·S·艾略特诗歌艺术研究》（1998 年），这是国内首部全面系统评介艾略特诗歌艺术的专著。著名学者袁可嘉先生在该书"序言"中说，"蒋洪新的新著还是第一部用华文写的研究艾略特的专著，标志着我国对艾略特的研究的新起点，这是很有意义的"。② 蒋著几乎覆盖了艾略特诗歌创作和批评理论的全部内容，包括艾略特的思想历程、诗学理论、文化批评理论、各个时期的诗歌创作、艾略特与中国等。其"整体性"研究是突出特点，即"把艾略特的诗艺放在家庭背景、社会语境、时代特色、艾氏的宗教信仰演变、学术渊源、诗歌理论、文化理论、各个时期的创作的变化等种种因素下，用全方位整体透视的高度来进行分析和概括"③。除了其"整体性"研究弥补了我国这方面的空白之外，蒋著探讨艾略特的文化批评理论也颇有新意。众所周知，1928 年以后，艾略特主要的批评理论都是有关社会文化的，但是我国研究者以前对此几乎没有涉及。蒋著讨论艾略特的文化观，特别提到艾略特关于国际文化的相互交往的思想对正处于中西文化交流浪潮中的中国"富有借鉴意义"。2001 年，蒋洪新还出版了另一部艾略特研究著作：《英诗的新方向——庞德、艾略特诗学理论与文化批评研究》，其中所使用的材料和论述方式都与第一部著作基本相似。

　　1999 年，国内出版了第一部艾略特传记，即黄宗英的《艾略特——不灭的诗魂》。2004 年，董洪川在博士论文的基础上出版

---

① 　张剑：《T·S·艾略特与英国浪漫主义传统》，北京：外语教学与研究出版社，1996年，第 25—26 页。

② 　袁可嘉：《走向〈四个四重奏〉——T·S·艾略特诗歌艺术研究·序》，长沙：湖南人民出版社，1998 年，第 1 页。

③ 　同上，第 1—2 页。

了《"荒原"之风：T·S·艾略特在中国》一书。该书将艾略特置于西方历史文化、现代派文学观念发展以及中西文化交流史中加以考察，系统地整理、分析和阐释艾略特在中国的译介、传播、影响和研究，不仅对艾略特在中国的广泛影响提出了科学理据和解释，纠正了我国艾略特翻译及解读中存在的若干问题，还评析了我国不同时期艾略特研究的成就与不足。在全球化的语境下，这种具有典型意义的个案研究对于探索中西异质文化文学交流的规律，深入认识中西文学的相互吸纳与拒斥，推进中西文学的互识、互证、互补，具有重要的学术理论价值和现实意义。

除了上述比较具有系统性的研究著作外，这个阶段还有大量的艾略特研究论文发表，艾学研究继续向纵深和多元的方向发展。在这些论文中，研究《荒原》的论文较多，说明《荒原》还是大部分研究者的兴趣所在，但鲜有重大突破者。可喜的是，艾略特的诗学理论研究有了更多且有深度的成果。张松建的《艾略特"非个性化"理论溯源》（《外国文学评论》1999年第3期）从西方文论发展的角度，对艾略特的著名理论"非个性化"进行历史的清理，指出它滥觞于济慈的"消极能力"说，又与波德莱尔的象征主义诗学、庞德的"意象"说及艾略特的老师白壁德的"克制"原则等一脉相承。作者把"非个性化"理论放在整个西方文论发展的背景下进行考察，细致地梳理出"非个性化"的历史流变轨迹，更准确地把握了艾略特这一核心理论的继承性及创新价值。江玉娇的《探讨T·S·艾略特的'秩序'理论》（《外国文学评论》2002年第3期）则认为，《荒原》是艾略特"秩序"理论的实践，《四个四重奏》则是艾略特"秩序"理论的升华，并将艾略特的"秩序"理论归结为"文学秩序、社会秩序和宇宙秩序"。这两篇论述代表了这个阶段中国学者廓清艾略特诗学理论的努力，说明他们对艾略特的诗学理论的探究不再纠缠于个别名词术语，而是试图在更宽阔的背景中去发掘艾略特诗学理论的深刻内涵，深化了艾略特诗学研究。还有部分论文注意到了对艾略特在中国译介的研究，如王誉公和张华英的《〈荒原〉的理解与翻译》（《外国文学研究》1996 年第 2 期）、傅浩的《〈荒原〉六种中译本比较》（《外国文学研究》1996 年第 2 期）、董洪川的《T·S·艾略特的"情歌"三种汉译本比较》（《外国文学研究》2003 年第3 期）和《叶公超与 T·S·艾略特在中国的传播与译介》（《外国文学研究》2004 年第 4 期）等；而何宁的《T·S·艾略特的美国性》（《当代外国文学》2000 年第 3 期）则针对当代西方关于 T·S·艾略特文化身份问题的探讨，提出了自己的见解。

90 年代末以来，艾略特再次成为西方学术界炙手可热的人物。此时的艾略特不再是因其晦涩难懂的诗句或是与浪漫主义的关系引起学界争论，而是因其诗作及言论中对犹太人的态度而招徕是非，如安·朱利叶斯（Anthony Julius）的《艾略特，反犹太主义和文学形式》（*Eliot, Anti-Semitism and Literary Form*, 1995）曾在西方学界引起过激烈争鸣。西方近十几年来的艾略特研究主要集中在诗人的政治倾向方面。肯尼思·阿歇尔（Kenneth Asher）在《艾略特与意识形态》（*T. S. Eliot and Ideology*, 1995）中认为，艾略特的诗从头到尾都是政治性的。西方艾学研究的这些新动向与西方"族裔研究"（Ethnic Study）的兴起以及西方文学研究的范式转换有着密切的关系，而近十几年来我国的艾学研究仍然保持着相对独立的研究格局。近年来国内出现了多篇艾学研究博士论文，如秦明利的《论艾略特诗歌中的时间与意识》（2005 年）、陈庆勋的《艾略特诗歌隐喻研究》（2006 年）、邓艳艳的《但丁影响下的 T·S·艾略特》（2007 年）、虞又铭的《多维的棱镜——T·S·艾略特诗学思想研究》（2007 年）、江玉娇的《T·S·艾略特"秩序"理论批评研究》（2008 年）等，其选题大致可以反映出国内艾学研究的不同动向。

五、国内艾略特研究反思

我国对著名现代派大师艾略特的研究，如果与成果丰硕的英美艾学研究相比，仍然有较大的差距。不过，应当承认，我国八十多年的艾学研究在某些局部还是取得了不小的成绩，值得总结与反思。反思我国的艾略特研究，一方面是探悉我国艾略特研究的基本思路和方法，讨论其得失，希望为以后的研究者提供参考与借鉴；另一方面，也是更重要的方面，就是以艾略特研究为个案，思考文学研究/接受与文化语境的关系。

1. 反思之一：研究范围与宽度

我国的艾略特研究主要集中在他的几首重要诗作如《情歌》、《荒原》、《四个四重奏》及少数几篇文论如《传统与个人才能》、《玄学派诗人》等，忽视了艾略特其他大量的诗歌、戏剧、文论及社会批评论著。且不说30年代的叶公超、赵萝蕤，40年代的九叶派诗歌理论家，就是新时期以来的艾学研究者，他们的主要研究对象仍然是《情歌》和《荒原》，《四个四重奏》的研究也较少。其实，艾略特在《情歌》之前或同时期创作的诗歌也表现出了相当高的艺术水准，正是因为这些前期诗歌的创作基础和经历使它的《情歌》一出现就非同凡响，因此非常值得重视和研究。对于艾略特的文学与文化理论特别是其丰富的文化批评理论，国内已经有一些研究，但仍然很薄弱。

2. 反思之二：研究视角与方法

我国艾略特研究在三四十年代成果较少，而新时期以来较多，这是研究视野不断扩大的结果。叶公超说："艾略特主张我们要在整个生活上着眼，诗人要把政治、哲理以及生活的各个方面圈入诗的范围"，并借用艾略特在《但丁》一文中的话说："一个伟大的诗人在写他自己的时候，就在写他的时代。他认为我们的一切思想都可以在诗里表现出来，但表现的方式是要用诗的记述的。"[1]叶公

---

① 　叶公超：《荒原·序》，赵萝蕤译，上海：新诗社，1937年，第1—17页。

超的研究思路一直影响了新时期以来的很多研究者。赵萝蕤、裘小龙、汤永宽、王誉公等都承续了叶公超的路子。其中当然又各有侧重，如赵萝蕤偏重《荒原》的"技术性"问题剖析，王誉公则重点解读《荒原》诗行间的内涵等。

90 年代中期以后，艾略特研究出现了新的视点：即将艾略特的作品与他个人的精神世界相联系。张剑的《艾略特内心深处的〈荒原〉》（《当代外国文学》1996 年第 1 期）、吴新云的《"非我之路"上的苦行者——〈荒原〉创作心理透视》（《外国文学评论》1997 年第 1 期）正是希望从新的视点出发探讨艾略特诗歌如何表现"他个人心中的不满和忧郁"①。也有一些学者尝试从其他着眼点观察艾略特的意义，如张剑的《艾略特与英国浪漫主义诗歌》从诗人"颠覆"浪漫主义传统的角度研究他的独创性，蒋洪新的《走向〈四个四重奏〉——艾略特的诗歌艺术研究》希望通过"整体性"研究来把握艾略特诗歌艺术的发展。但从总体上看，我国的艾略特研究视野仍需不断拓展，走出单纯的"思想/艺术"的研究模式，寻求从更多的角度和路径来认识这位艺术大师。

3. 反思之三：如何解读《荒原》

90 年代，国内学者曾围绕《荒原》的理解展开了一场争论。争论的是两个问题：一是对《荒原》的理解；二是《荒原》的用典。曾艳兵发表了题为《当代文学鉴赏的困惑——论艾略特的〈荒原〉》（《外国文学评论》1991 年第 2 期），提出了三个有关鉴赏《荒原》的有点像文字游戏的论点：不懂便是懂，全懂未必懂，永远在懂与不懂之间。刘崇中在《解读〈荒原〉与文学鉴赏的困惑》一文中从三个方面质疑并批驳了曾艳兵的论述，并就如何真正理解《荒原》提出了自己的看法。曾艳兵的论文并没有为《荒原》的读者"解惑"，只是反

---

① 张剑：《Ｔ·Ｓ·艾略特内心深处的〈荒原〉》，《当代外国文学》，1996 年第 1 期，第142 页。

映了中国人解读《荒原》时的困境，但曾文也隐含这样一层意思，即《荒原》是博大精深的，完全理解它的意义是不可能的。刘文的反驳试图通过探寻某种"合适的理论和方法"找到理解《荒原》的钥匙，把对理论或方法的掌握视为理解和鉴赏现代艺术作品的前提，但文学鉴赏的方法显然要复杂得多。关于《荒原》的用典，徐文博在《艾略特诗歌的用典败笔》一文中提出，艾略特的诗歌作品，尤其是《荒原》，用典有三大毛病：滥、冷、硬。侯晶晶在《荒原用典辩》（《淮阴师范学院学报》2000 年第 4 期）一文中则提出了针锋相对的看法，主张中国读者要调整自己阅读时的期待视域，以缩短与《荒原》理想读者之间的差距。其实，上述两个问题的争论都可以归结为一个问题，即如何理解艾略特与《荒原》。在同一文化背景下，对一个作家和作品的认识可能会产生相当大的分歧，这是现代接受美学持之有故。在异质文化背景下，理解与阐释的分歧更大，不同读者的接受偏差就更不可避免了。

4. 反思之四：文化语境与文学研究

综观中国艾略特研究历史，一个突出的现象值得关注：文化语境对于文学研究的制约十分明显，研究者的"接受屏幕"对艾略特进行了文化过滤。从大的方面看，由于文化差异，我国对艾略特的诗歌研究远远不够。其次，我国认同艾略特对西方现代文明的批评和在诗歌领域的技术创新，因此学界在这两方面对他的研究、评价就比较丰富，而他同样内容丰富的未来社会构想（用基督教来拯救社会）在研究中则被"过滤"掉了。此外，由于不同时代的语境制约，国内对艾略特的解读不乏"洞见"，但也出现了夸大与"不见"，甚至还有很多层面的遮蔽。在不同的历史阶段，研究者们阐释出的是他们认可的艾略特，从"现代诗人"到"御用文阀"，再到"西方现代主义大师"等等，文化语境对文学研究的规定性由此可见。

本节仔细清理了中国自 20 世纪 30 年代以来艾略特研究方面所取得的成绩，并从多维度认真辨析了这些研究成果，论述了中国几十年艾略特研究的得失及其所显示的文化交流意义。从总体上看，三四十年代的研究成果显得比较零散。但目的十分明确，即"为我所用"，叶公超、赵萝蕤以及九叶派理论家的研究都体现了这种明确的目的性，而新时期的研究则较为系统和完整，更多的研究是从学理上对艾略特诗歌及诗论进行阐释。由于特定的社会文化语境及中国文学自身发展历史的关系，三四十年代学者们对艾略特的评价总体上有拔高的倾向，而新时期以来的评价相对客观公正。评价上的变化反映出中国艾学研究和接受的不断深入。

<h1 style="text-align:center">第十节
康拉德研究</h1>

约瑟夫·康拉德（Joseph Conrad，1857－1924）是英国现代主义文学的先驱，20世纪世界文坛最著名的小说家之一。康拉德在中国的译介与接受起于20世纪20年代，在时间上大致可分为三个阶段。第一阶段从1924年康拉德去世至1949年新中国成立，第二阶段从1949年至1979年，第三阶段自80年代初至今。近三十多年来，国内学界对康拉德非常重视，但研究的焦点多半集中于他的海洋和丛林小说，而对他的以《诺斯托罗莫》、《间谍》和《在西方的注视下》为代表的社会政治小说则关注较少。本节将全面梳理近百年来康拉德研究在中国的发展与变化，分析康拉德其人其作在中国学界传播的现实背景和思想动因，指出当下研究中存在的种种问题，以期为进一步的深入研究提供某种思考和借鉴。

一、"别开生面的英文小说家"：早期译介与研究

1924年康拉德去世至1949年新中国成立为国内康拉德译介的第一阶段，其中在30年代前后出现过一次接受与传播的高潮。

这一阶段主要以翻译康拉德的海洋和丛林作品为主，先后有《青春》（梁遇春译，1931 年）、《吉姆爷》（梁遇春译，1934 年）、《黑水手》（袁家骅译，1936 年）、《不安的故事》（关琪桐译，1936 年）、《台风》（袁家骅译，1937 年）和《阿尔迈耶的愚蠢》（柳无忌译，1943 年）等小说的中译本问世。这一时期可查到的评论文章寥寥无几。除了梁遇春、袁家骅等人为各自的中译本撰写的译序外，其他文章有诵虞的《新近去世的海洋文学家——康拉德》（《文学》1924 年第 134 期）、樊仲云的《康拉德评传》（《小说月报》1924 年第 15 卷第 10 期）、老舍的《一个近代最伟大的境界与人格的创造者：我最爱的作家康拉德》（《文学时代》1935 年创刊号）和常风的《康拉德的〈黑水手〉》（1936 年）等。梁遇春的《吉姆爷·译者序言》虽然很短，却点出了康拉德海洋小说的精神所在。在作者看来，康拉德并非是一个"只会肤浅地描写海上风浪"的普通海洋作家。他最擅长的是"抓住海上的一种情调，写出满纸的波涛"，从而给人一种"神秘的感觉"。[①] 诵虞和樊仲云的文章都是在 1924 年为纪念康拉德去世而作。前者只有康拉德的生平简介，而后文则可以说是国内康拉德学术性论文的开篇之作。作者认为，康拉德虽自幼"即有一种浪漫的情怀"，但他并非是"一个理想的浪漫派"。康拉德始终相信，"在已知世界的背面"总是存在着"不可知的世界"，所以他"另创"了一种"超于现世"并与"现时的流行精神不相契合"的怀疑主义。[②]

老舍一文则从人生境界的高度论述了康拉德作品的思想价值和艺术特色。作者坦言自己曾经受过康拉德的影响，"将永远忘不了他的恩惠"。在佩服康拉德描写大海和丛林"没有敌手"之余，也指出康氏作品"小小的毛病"在于"太热心给予艺术的刺激，不惜用

---

① 梁遇春：《梦中醉话》，天津：天津人民出版社，1998 年，第 66 页。
② 茅盾编：《小说月报》第 15 卷第 10—12 期，北京：书目文献出版社，1981 年，第 6—10 页。

尽方法去创作出境界与效力"，以至有时"利用了那些人为的不自然的手段"。在老舍看来，康拉德虽然"写实手段有时候近于残酷"，但他并非是一个"冷酷的观察者"，而是一个有着"自己的道德标准与人生哲理"的"近代最伟大境界与人格的创造者"。①常风一文则以分析《黑水手》这部作品为切入点，指出康拉德的艺术主张即在于创造一种"物质的和精神的氛围"。康拉德孜孜探求的并非是"单独的个性"，而是人类关系"在变化中的错综性"。常文之重要还在于从小说文类的角度分析了康拉德与传统英国小说家的不同。在作者看来，正是由于康拉德和哈代等人的努力，英国小说在19世纪下半叶以来才有了"优异于法国和俄国小说的地方"。②

在20世纪上半叶的中国，"英国文学在各国文学中恐怕是最受欢迎的"。金东雷于1937年在上海商务印书馆出版的《英国文学史纲》可以说是"当时规模最大的用中文写作的英国文学史"。虽然作者在书中对现代作家康拉德也只是一笔带过，但是对康氏这位"以写航海小说著名的作家"却是肯定有加。在作者看来，康拉德"既不是表同情于贫苦之人的普罗列塔利亚派，又不是颓废派或心理分析派"，他的作品"宏伟浩阔，读者之多，几乎家弦户诵"，堪称"跳出时代"的"别开生面的英文小说家"。③

综合第一阶段的康拉德译介和研究，可以看出两个特点。一是作品译介以康拉德的海洋丛林作品为主，未涉及政治三部曲等中后期小说。二是批评文章侧重于介绍康拉德的生平、印象主义的创作手法及其怀疑主义的精神内涵。这其中的原因或是因为康拉德前期海洋丛林小说中的印象主义手法与二三十年代盛行于中国的怀疑主义、印象主义批评观念的先天契合，或是批评家本人的性情喜好所致。如老舍一文篇幅很长，论及了《台风》、《浅湖》、《青

① 老舍：《老舍文集》第15卷，北京：人民文学出版社，1990年，第299—307页。
② 常风：《逝水集》，沈阳：辽宁教育出版社，1995年，第223—225页。
③ 金东雷：《英国文学史纲》，长春：吉林出版集团有限责任公司，2010年，第410—447页。

春》与《胜利》等几部海洋丛林小说，但对政治三部曲等中后期作品却只字未提，很可能原因是老舍自己也曾有过南洋生活的经历，因而对以这些地方为背景的康拉德作品有着一份特殊的偏爱。

第二阶段从 1949 年至八十年代初。这一时期由于受苏联模式的影响，我国外国文学研究中阶级分析与阶级批评的方法盛行一时，康拉德与庞德、吉卜林等现代主义作家一样，被"看做是法西斯和帝国主义的代言人，或受到批判，或基本不再提及"。① 期间，只有人民文学出版社 1958 年重版了梁遇春和袁家骅 30 年代合译的《吉姆爷》。在该版"后记"中，译者将康拉德归入斯蒂文森一派的新浪漫主义文学，认为康拉德的缺点是只顾追求脱离现实的荒诞幻想和浪漫渲染，追求抽象的人性和单纯的人道主义，从而忽视了创作的真正源泉；其长处则是他把小说描写重心从场景转向了人物心理，而且"任何时候都没有为帝国主义的殖民政策辩护过"②。与第一阶段国内康拉德研究论文不同，该文第一次提及了《诺斯托罗莫》和《在西方的注视下》这两部社会政治小说。只不过以编者当时的批评视野看来，前者以其对帝国主义的揭露堪称为"优秀"，而后者则只能算是"曲解现实"、"醉心于分析颓废的、不健康的心理的拙劣作品"③。在这三十年中，国外康拉德研究取得了巨大的成就，康拉德逐渐从边缘课题发展为一门文学"显学"，而国内则由于特殊历史语境的限制，康拉德研究基本上可以说是处于一种停滞状态。

二、80—90 年代：从边缘走向中心的现代主义文学大师

1979 年，《世界文学》杂志第 4—5 期连续发表薛诗绮所译《罗

---

①　周小仪：《英国文学在中国的介绍、影响和研究》，《译林》，2002 年第 4 期，192 页。
②　康拉德：《吉姆爷》，梁遇春、袁家骅译，北京：人民文学出版社，1958 年，第 353 页。
③　同上，第 354 页。

English Literary Studies in China: The Studies of English Writers Volume II

曼亲王》和赵少伟所译《水仙号上的黑家伙》，标志着康拉德翻译与研究在中国走向全面复苏和繁荣的肇始。尤其是近二十多年来的康拉德研究呈现出了一些鲜明的特点。康拉德其人其作在国内出版的各类文学史专著及教材中从无到有，从只言片语到独立成章，再到专题性论著，体现了康拉德及其研究在外国文学研究界从边缘日渐走向中心的发展趋向，康拉德已经被视为杰出的西方现代主义文学大师。1985 年，侯维瑞出版的《现代英国小说史》不仅是国内第一本研究英国现代小说的专著，也是国内第一部比较完整系统地介绍康拉德艺术观和小说创作的英国小说断代史。该书成书年代虽早，但作者留学海外所掌握的第一手评论资料、切入问题的独特视角以及对文化背景和文本细节的准确把握，使其在今天依然是国内研究康拉德的论文中引用频率较高的中文著作之一。

　　1994 年，王佐良、周珏良主编的《英国二十世纪文学史》是国内第一部比较完备的英国现代文学史。该书在编写原则上着眼于解决两个具体问题，"一是如何对过去的经典作家重新评价，二是如何把过去不受重视或被抹杀的妇女、少数民族等方面的作家包括进来"。① 康拉德显然属于编者的后一种考虑。该书在分析康拉德的《黑暗的心》、《吉姆爷》和政治三部曲等五部作品后指出，康拉德最大的贡献莫过于他对现代文明社会的揭露和对现代人心理活动的剖析。在作者看来，康拉德的小说从根本上表现的是一个生活在"被恶渗透了的世界里"，在"失根"之痛和思想危机双重挤压之下痛苦挣扎的现代人在探索"复杂、变异和被扭曲的内心"时的精神历程。② 如果说，在侯维瑞一书中，海洋、丛林和政治三类小说的评析篇幅是平分秋色的话，那么在王佐良一书中，政治三部

① 王佐良、周珏良：《英国二十世纪文学史》，北京：外语教学与研究出版社，1994 年，第 5 页。

② 同上，第 212—218 页。

曲的分量则大大增加,变成了作品分析的主体部分,这无疑体现出了研究者的某种学术聚焦意识,说明国内学者在及时汲取国外成果的基础上,对政治三部曲等中后期作品的文学史和思想史价值有了新的认识。

由杨周翰等主编的《欧洲文学史》(1964 年)是建国后第一套欧洲文学史教科书。该书对我国外国文学研究的贡献巨大,但特定的成书年代也给该书烙上了特殊的时代印记。2002 年商务印书馆又陆续出齐了由李赋宁任总主编的三卷本新编《欧洲文学史》。比较新旧两编著作,康拉德在国内欧洲文学史研究中的地位之上升显而易见。旧编根本没有提及康拉德,而在新编一书中,康拉德一节则占有近 9 个页面,所占篇幅与英国作家伍尔夫和劳伦斯几近相当,基本接近于近年来国外出版的文学史对康拉德的处理。在康拉德一节的作者看来,康拉德其人其作之所以近二十年来备受关注,其中"一个重要的原因就在于它们为后殖民主义文学批评提供了极好的材料"①。

刘文荣 2002 年出版的《19 世纪英国小说史》和李维屏 2003 年出版的《英国小说艺术史》从艺术成就的角度评述了康拉德的小说创作。前者以康拉德的印象主义手法为焦点,着重探讨了康拉德的小说在英国小说发展史上的价值与意义。作者认为,康拉德"最大的贡献在于他对小说艺术所做的一系列革新",虽然他那"前所未有"的小说风格使他在当时未能如狄更斯和斯蒂文森一般拥有众多的读者,但是就英国乃至整个欧美小说发展的历史而言,康拉德的地位乃是"举足轻重"的。② 后者对此论断持基本相同的看法,但是作者更为强调康拉德小说的技巧"革新"与"全方位展示西方文明的衰落和现代人道德危机"之间的内在联系。在李维屏看

---

① 李赋宁:《欧洲文学史》第 3 卷上册,北京:商务印书馆,2002 年,第 37 页。
② 刘文荣:《19 世纪英国小说史》,北京:中国社会科学出版社,2001 年,第 347—351 页。

English Literary Studies in China: The Studies of English Writers Volume II

来，康拉德的小说所体现的那种"质的变化"，不仅"激发了处于新旧世纪之交的英国小说家的想象力"，更重要的是启发了读者如何在其小说所展示的"西方文明的衰落过程"中寻找到某种"道德上的发现"，以及这种"发现"与"揭示西方宏观世界本质"的潜在关联。[①]

2001 年殷企平出版的《英国小说批评史》和 2003 年高继海出版的《英国小说史》都辟专节讨论了康拉德。前者从小说的功能与技巧两个微观层面分析了康拉德对英国小说批评的独特贡献，后者则着力于通过对康拉德小说概览式的评述展现 20 世纪初英国"小说观念与形式的变化"。殷企平认为，康拉德之所以关注小说技巧革新，力主"为小说找到一种新的形式"，并非是"提倡一种道德上的虚无主义"。恰恰相反，康氏非常关注小说的社会功能和道德功能，他"不但不崇尚虚无，而且对人类有着深切的道德关怀"。[②] 高继海则认为康拉德的小说人物整体而言都具有"某种寓言特征"，代表着"永恒人类冲动的原型"。[③] 两书虽然对具体文本的直接论述不多，但其理论介入的深度无疑对解读康拉德其人其作的精神内涵在方法论上具有非常重要的意义。

近十年来，有关康拉德研究的专题性论著有六本。宁一中的《狂欢化与康拉德的小说世界》（2005 年）着眼于康拉德代表作《吉姆爷》的文本解读，以狂欢化理论的"加冕脱冕"、"怪诞现实主义"及"对话性"为阐释框架，深入探讨了康拉德的创作心理与当代西方文论互释与互证的可能性与有效性。邓颖玲的《康拉德小说的空间艺术》（2005 年）一书从空间理论的角度对康拉德的三部经典之作《吉姆爷》、《诺斯托罗莫》和《间谍》进行了探讨，分析了康拉德独特的创作手法与他作品的思想主题、美学价值、反映的意识形态

① 李维屏：《英国小说艺术史》，上海：上海外语教育出版社，2003 年，第 222 页。
② 殷企平：《英国小说批评史》，上海：上海外语教育出版社，2001 年，第 167 页。
③ 高继海：《英国小说史》，北京：中国社会科学出版社，2003 年，第 252 页。

等的内在关联性，为康拉德的小说提供一种新的理解。作者认为，康拉德堪称当时"最不安于传统、勇于革新的文学实验者"，这三部作品代表了康拉德空间艺术创作的最高成就。祝远德的《他者的呼唤——康拉德小说他者建构研究》（2007 年）针对中西方学界在康拉德小说的殖民主义话语研究中存在的一些偏颇，以他者理论为切入点，探讨了康拉德小说他者建构的方式及其双重话语性质和背后深藏的历史文化、意识形态等成因，论析了康拉德小说中的文化建构及其现实意义。洪永娟的《心灵的明镜：从心理分析文学批评理论解读康拉德及其作品》（2007 年）通过对《秘密分享者》、《黑暗的心》、《吉姆爷》、《水仙号上的黑家伙》和《阴影线》五部小说中典型人物的分析，展现了康拉德这个"描写人类精神的语言大师"在"刻画人类心灵方面的技巧和伟大成就"。胡强的《康拉德政治三部曲研究》（2008 年）在详细考察国内外康拉德政治三部曲研究史的基础上，以焦虑、政治和道德三个关键词为切入点，分析了康拉德在这三部作品中所表达的对物质主义和信仰危机的焦虑、对政治无政府主义和道德无政府主义的焦虑以及对身份认同的焦虑，阐明了康拉德的小说在反映时代精神的同时也在不断地参与社会价值观念的构建。王松林的《康拉德小说伦理观研究》（2008年）从文学伦理学批评角度出发，以英国商船航海伦理为切入点，系统论述了康拉德小说伦理观的形成机制和发展过程，探讨了康拉德小说的叙事形式与伦理表达之间的关系。在作者看来，康拉德通过将人置于极致的冲突和痛苦状态中来凸显人物的道德精神，这一创作手法无疑具有极高的悲剧审美意义。

此外，作为现代主义文学大师的康拉德，其作品的译介及批评资料的引进也日渐繁荣，这具体体现在以下四个方面。其一，未译作品的翻译。小说如金圣华 1999 年译的《海隅逐客》、张梦井2000 年译的《金箭》、刘珠还 2001 年译的《诺斯托罗莫》和张健2002 年译的《间谍》；散文如 2000 年金筑云译的《文学与人生札记》和倪庆饩译的《大海如镜》。其二，已译作品的重译。《吉姆爷》

除新中国成立前鲁丁和梁遇春的译本，近 20 年来先后又有了蒲隆、陈苍多、熊蕾、贾文渊和王占金等人的 5 个新译本；《黑暗的心》除了 1982 年黄雨石的译本，近年来又出现了智量、王金玲、陈仓多、孔礼中、阮斌兵、徐汇、胡南平和王润华等人的 8 个新译本。其三，出版了收在各类名作经典文库中、针对不同读者群的近 8 种康拉德小说译文选集。如上海译文出版社的《康拉德小说选》（袁家骅译，1985 年）和台北联经公司的《台风及其它三个短篇》（张佩兰、孙述宇、甄沛之译，2007 年）等。其四，除了对作品的翻译外，评论性著作的翻译与引进也逐渐增多。例如，北京大学出版社 2005 年引进出版了朗文出版社导言书系中的《康拉德导言》（*A Preface to Conrad*），上海外语教育出版社分别于 2000 年和 2009 年引进出版了剑桥文学指南书系中的《约瑟夫·康拉德》（*The Cambridge Companion to Joseph Conrad*）和大英图书馆出版社英国作家生平丛书（*The British Library: Writers' Lives*）中的《约瑟夫·康拉德》。

三、新时期 30 年：迅猛发展与备受重视的研究态势

学术论文、学位论文与课题立项的数量快速增长，研究队伍不断扩大，这是第三阶段康拉德研究的一大主要特点。据中国知网上的论文数据库，近 30 年来国内共发表有关康拉德研究的论文 150 多篇。这 150 多篇论文从发表时间先后来看可以分为三个发展阶段。第一个十年的论文主要集中在《黑暗的心》这部作品上，如胡壮麟的《谈康拉德的〈黑暗的内心深处〉中的库尔茨》（《国外文学》1984 年第 4 期）和阮炜、袁肃的《〈黑暗中心〉的思想剖析》（《四川外语学院学报》1988 年第 3 期）。在第二个十年中，研究《黑暗的心》的论文篇数继续保持优势，但研究切入点已涉及康拉德整体研究的方方面面。代表性成果有徐晓雯的《康拉德与〈吉姆爷〉》（《外国文学》1994 年第 2 期）、高继海的《康拉德的人格与作品的二重性》（《河南大学学报》1990 年第 2 期）、区鉷的《老舍——康拉德在中国

的秘密分享者》（香港《纯文学》1999年第4期）和刘象愚的《康拉德作品中的存在主义试析》（《北京师范大学学报》1993年第5期）。近十年来，康拉德研究论文的研究对象更为多样，呈现出与种种新理论、新方法同步发展的态势。从女性主义研究到文化批评，从宗教信仰研究到后殖民批评，研究的视角也更加多元化。

论文数量快速增长，一方面说明了康拉德已受到越来越多的国内外国文学研究者的重视，另一方面也暴露出当前研究中存在的几个问题。一是研究对象不平衡，出现了所谓"扎堆"现象。通观这150多篇论文，从论及作品来看，有关《吉姆爷》的有36篇，有关《黑暗的心》多达66篇，而政治三部曲中的《诺斯托罗莫》、《间谍》和《在西方的注视下》则分别只有8篇、4篇和2篇，而其他中后期作品则基本无人问津。二是高水平的论文较少，重复性论文较多。或泛泛而谈，仅仅停留于对文本表层的解读，或缺乏理论深度，热衷于对理论的生搬硬套和盲目引用，显现出学风上的一股浮躁情绪。三是对国外康拉德研究的最新动态缺乏了解，研究信息滞后，介绍性文章较多，深入、系统、具有清晰的研究史梳理的成果较少。四是外语专业和中文专业的研究者缺乏交流和沟通，大多仍分属各自的学术团队，仍停留在各自的圈中。有些研究者只能依赖于中文译本，加上国外评论性资料的匮乏，因此论文中时有误读和曲解的现象。

博士和硕士论文选题历来强调创新性和前沿性。因此，此类论文数量之多少和水平之高低，往往较一般的研究论文更能体现出一种研究动态和学术导向。1981年中国社会科学院外国文学研究所赵启光完成的《康拉德作品主题——陆与海、文明与原始、俄国与西方》是国内第一篇研究康拉德的硕士论文。1992年上海外国语学院隋刚在侯维瑞指导下完成的《康拉德和艾略特的主题表现和意象运用的比较研究》，是国内第一篇研究康拉德的博士论文。纵观20多年来这两类论文的完成情况，也可以总结出以下三个特点。

English Literary Studies in China: The Studies of English Writers Volume II

　　一是完成者的系属与专业既有外语系的英语语言文学，也有中文系的比较文学与世界文学，但主要以前者为主。其中原因可能与国内目前对国外康拉德生平传记等评论性资料的译介较少有关，这也从一个侧面说明了要真正从接受层面上推动康拉德在中国的研究，必须大力加强外文资料的译介工作。

　　二是学生的论文选题与导师的研究方向关系密切，体现了一种学术渊源的传承，这无疑将为国内康拉德研究整体水平之提升储备丰厚的学术资源，也有利于集中力量、集体攻关、重点突破某个研究难题和理论空白点。如申丹专攻叙述学与小说文体学，她指导的博士生王丽亚和宁一中分别撰写了《穿越〈黑暗中心〉的约瑟夫·康拉德——论〈黑暗中心〉的叙事技巧》（《四川外语学院学报》1996 年第 3 期）和《巴赫金的"狂欢化"理论与〈吉姆老爷〉解读》两篇论文。前者为国内从叙事学角度切入康拉德研究的第一篇论文，而后文经作者扩充整理以《狂欢化与康拉德的小说世界》为名出版后，也成为国内出版的第一本康拉德研究专著。殷企平撰写的《论福特和康拉德的小说观》（《国外文学》2000 年第 4 期）和《〈黑暗的心脏〉解读中的四个误区》[①]（《外国文学评论》2001 年第 2 期）分别评述了康拉德对小说理论的重要贡献和当下国内康拉德研究存在的问题。他指导的研究生完成多篇硕士论文，也指导胡强完成了博士论文《"焦虑时代"中的"道德现实主义"——康拉德政治三部曲研究》。王松林于 1989 年自己完成的硕士论文即是《论康拉德的小说〈吉姆爷〉》，而他近五年来不仅成功申报了"十五"国家社科基金课题《约瑟夫·康拉德研究》，同时也指导多位研

---

① 该文和王丽亚的争鸣论文《批评理论与作品阐释再认识——兼与殷企平先生商榷》（《外国文学》2002 年第 1 期）、殷企平的回应文章《由〈黑暗的心脏〉引出的话题——答王丽亚女士的质疑》（《外国文学》2002 年第 3 期）和张和龙的《理论与批评的是是非非——〈黑暗的心脏〉争鸣之管见》（《外国文学》2003 年第 1 期）形成了"近年来外国文学研究界不可多得的亮点之一（张和龙语）"，从一个侧面也折射出康拉德及其作品在中国的研究动向和受关注程度。

究生完成了康拉德研究硕士论文。

三是博士硕士论文选题和发表在各类杂志上的论文一样,也存在"不平衡"和"扎堆"的现象。清华博硕论文库共收有近十年来的康拉德研究博硕论文近 100 多篇,其中《黑暗的心》有 40 篇,《吉姆爷》有 22 篇,《诺斯托罗莫》有 8 篇,《间谍》有 4 篇,而康拉德的其它中后期作品则少有人涉及。

除了以上所谈的两类论文外,以康拉德为主要研究内容的各类研究课题也是衡量国内康拉德研究水平高低和受重视程度的一个重要指标。近十年来,国内该类课题的研究主要呈现出以下两个特点。

其一,层次全,覆盖面广。校级课题如吕洪灵主持的南京师范大学青年人文社会科学基金研究项目《语言对比现实的异化——康拉德小说研究》,省级课题如宁一中主持的湖南省社科基金项目《康拉德研究》和石云龙主持的江苏省教育厅项目《现代主义与康拉德研究》,国家级课题如王松林主持的 2004 年度国家社科基金项目《约瑟夫·康拉德研究》、祝远德主持的 2011 年度国家社科基金项目《康拉德东南亚背景小说研究》和李文军主持的 2011 年度国家社科基金西部项目《文化批评视角下的约瑟夫·康拉德研究》。校级和省部级课题数量增加说明研究队伍在迅速扩大,更有利于夯实基础、提高整体研究水平,而入选国家级课题则表明康拉德研究在同类作家、同类选题中已具有某种不同一般的研究价值和学术意义。

其二,依托课题资助,涌现了一批较有分量的研究成果。如宁一中的《吉姆之为"爷"——谈〈吉姆爷〉中的吉姆》(《外国文学评论》2000 年第 3 期)、邓颖玲的《〈诺斯托罗莫〉的空间解读》(2000 年第 1 期)、王松林的《康拉德在中国:回顾和展望》(《外国文学研究》2004 年第 5 期)和《当代文学批评语境下的康拉德研究》(《英美文学论丛》2004 年第 4 辑)、祝远德的《康拉德"我们的一员"之奥秘》(《外语教学》2005 年第 5 期)以及胡强的《一个"被上帝完全抛弃的人"——论康拉德〈在西方的注视下〉中的身份焦虑与认同危机》（《外国文学》2006 年第 6 期）等。此类论文前沿意识较强，且都刊载于国内专业期刊，专业读者阅读面较广，这些都意味着中国康拉德的研究从课题立项到论文发表再到课题的结项与推广，已经形成了一整套比较良性的学术循环机制，这种机制无疑将为推进国内康拉德研究的整体水平，进一步缩小与国外研究主流的差距产生积极而重要的影响。

毋庸置疑，康拉德研究在中国已发展成为一门欣欣向荣的"文学产业"，要保证其健康、良性的发展，还有几个关键问题必须引起国内研究者的高度重视。

一是在对康拉德海洋和丛林等前期作品进行深度研究的同时，要加大对政治三部曲等中后期作品的研究力度。这种力度不仅意味着要加强对这些作品和批评资料的译介，更重要的是要在研究中始终贯彻一种问题意识，即要弄清楚研究这些作品对于康拉德的整体研究、对于欧美文学史和西方近现代思想史的研究到底具有何种重要的理论价值和现实意义。

二是要在加强对康拉德未译作品、康拉德传记、国外经典批评文献译介的同时提高译本的质量，为国内各类研究者和普通读者提供尽可能接近于原著的译本，这是康拉德研究在国内读者接受层面上取得突破性影响的保证。

三是要加强对康拉德书信和政论性札记的研究，这些书信和札记是对康拉德的文学观、政治观和文化观进行文学史和思想史价值判断的极为重要的旁证文献。

四是要加强批评者的主体意识，充分把握各种文学与文化理论对康拉德作品阐释的适用性，加强跨学科、跨文化的综合研究以及对国外康拉德研究史的研究，特别是要在研究过程中贯穿一种中国学者的眼光，以期通过研究为中国当下的现代化进程和本土文学发展提供有益的借鉴，以促成全面、系统和富于创新性的研究成果早日问世。

第十一节
劳伦斯研究

　　劳伦斯（D. H. Lawrence，1885－1930）是 20 世纪英国最著名的文学家之一，也是 20 世纪最有争议的作家之一。自 20 世纪初其作品传入中国至今，劳伦斯研究在中国大致分为四个阶段：一是新文学兴起后的起步期，二是 20 世纪 80 年代的发展期，三是 20 世纪 90 年代的飞跃期，四是新世纪以来的繁荣期。从早期对劳伦斯作品零星的译介和较为浅显的文本分析，历经 80 年代的"劳伦斯热"以及对其作品研究的全面铺开，再到本世纪劳伦斯研究的进一步深化，可以说，劳伦斯的作品目前在中国已经得到了越来越多的理解和肯定，也引起了更多学者的深入研究和探讨。

一、从早期评介到"劳伦斯热"

　　我国的新文学是在"五四"新文化运动和文学革命中，随着对西方新兴的资产阶级文化的吸收，在"外国文学潮流的推动下发生的"。[①] 20 世纪初，由于时代的需要，我国翻译了大量俄国、东欧、北欧、西欧等国反映现实生活、抨击黑暗社会的反封建或提倡民主、自由和个性解放的批判现实主义和浪漫主义的文学作品。文学研究会主张："于详述西洋名家小说而外，兼介绍世界文学界潮流之趋向，讨论中国文学革进之方法。"[②]"详述西洋名家小说"、"介绍世界文学潮流之趋向"对中国新文学革命乃至中国现代文化史产生了巨大的影响，功不可没。在中国历史上首次世界文学大潮的涌进中，D·H·劳伦斯被介绍到中国。由于新文学革命的

[①]　鲁迅：《集外集拾遗补编："中国杰作小说"》，《鲁迅全集》第 3 卷，北京：人民文学出版社，1973 年，第 399 页。

[②]　《〈小说月报〉改革宣言》，《中国现代出版史料》，北京：中华书局，1957 年，第182 页。

时代要求，"西洋名家"译介到中国来，自觉不自觉地是作为中国新文化运动先驱者们讨伐封建主义并借以作为疗救民族、唤起民众的思想武器的。因而，挞伐传统的思想文化、道德信仰，抨击现代工业文明、反对封建主义成为当时理解劳伦斯的一把金钥匙。

从劳氏发表第一部小说《白孔雀》到他客死异乡短暂的十几年中（1911—1930），尤其是在其生命的最后十年中，中国正经历着翻天覆地的变化。1922 年，《学衡》杂志第 2 期发表了胡先骕《评〈尝试集〉》一文，这是我国最早提及劳伦斯及其作品的文字。但是对这位"西洋名家"较大规模的译介则是在劳伦斯逝世前后。他的作品在当时我国的诸多文学刊物上多有记载与论述。从以下几例便可看出劳伦斯在当时的中国引起国内学界的极大重视。

1930 年 3 月 2 日，劳伦斯病逝于法国南部。当时《大公报·文学副刊》立刻发布消息《英国小说家兼诗人劳伦斯逝世》。由北新书局编辑出版的《现代文学》于 1930 年创刊号上刊登了杨昌溪的《罗兰斯逝世》（"罗兰斯"即劳伦斯）一文，同时还刊载了著名翻译家赵景深翻译的英国学者华伦（C. Henry Warren）的《罗兰斯论》。① 由郑振铎主编的《小说月报》1930 年第 21 卷第 5 期上也刊登了赵景深发布的消息《英国小说家罗兰斯逝世》。《小说月报》还在第 21 卷第 9 期上发表了杜衡的《罗兰斯》一文以及施蛰存翻译的劳伦斯的短篇小说《意赛儿》（即《骑马而去的女人》）。饶有趣味的是，同一刊物的第 21 卷第 11 期上的"现代文坛杂话"栏目中的"英国文坛杂论"还报道了"劳伦斯死后的遗产是 2438 镑"，同时还报道了"劳伦斯遗产的管理人请托赫克胥黎（Aldous Huxley）来整理他的书简"。足见当时国内对其报道之详细。

这一时期的报刊与杂志登载的有关劳氏的文章还有：孙晋三的《劳伦斯》（《清华周刊》1934 年第 42 卷第 9、10 期）、邵洵美的《读劳伦斯的小说》（《人言周刊》1934 年第 1 卷第 38 期）、华侃的

---

① 该文 1930 年 4 月发表伦敦的《读书人》杂志上。

《劳伦斯最后的小说》（《世界杂志》1931年第1卷第2期）、章益的《劳伦斯的〈劫特莱爵夫人的爱人〉研究》（《世界文学》1934年1卷2期）、《劳伦斯自叙》（《晨报》1935年6月25日）、郁达夫的《读劳伦斯的小说〈却泰莱夫人的爱人〉》（《人世间》1934年第14期）、林语堂的《谈劳伦斯》（《人世间》1935年第19期）、南星德的《谈劳伦斯的诗》及《劳伦斯诗选》（《文饭小品》1935年第5期），等等。1936年，上海一家半月刊连载了《查特莱夫人的情人》的译文，但错误百出。同年7月，饶述一的中译本问世。1937年，金东雷在《英国小说史纲》中为劳伦斯专设一个小节，可见在当时的中国，劳伦斯的文学地位远在乔伊斯与伍尔夫之上。

　　1937年抗日战争的爆发使中国全民族投入到反对外来侵略的斗争中去，同时文学艺术也开始"向左转"——以起到唤起民众、一致对外的宣传、战斗作用。在当时特定的历史条件下，我国的新文学革命还没来得及深入展开，便在抗日烽火中销声匿迹了。而在特殊历史条件下产生的"政治第一、艺术第二"和"文学艺术为政治服务"的创作原则，在新中国成立之后长期指导着文学艺术的创作和研究。这不仅禁锢着人们的思想意识，也极大地阻碍着文学艺术创作、研究的多元化与健康发展。中国的外国文学研究也难逃窠臼。在"左"的思潮影响下，唯有所谓的积极浪漫主义、批判现实主义备受青睐，而所谓的消极浪漫主义、自然主义、现代主义文学则统统受到冷遇和批判，更不要提劳伦斯这位迄今尚被有些人斥之为"性文学家"的作家了。从《全国高等院校社会科学学报1950—1966年总目录》中可以看出，这十六年间没有任何关于劳氏的研究论文或译文。这似乎也在情理之中，因为西方也只是从五、六十年代才开始真正重视研究劳伦斯的。这一时期人们津津乐道的作家是莎士比亚、高尔基、巴尔扎克、雪莱等。从上述《1977—1979年总目录》中可以看出，在我国新时期文学开端之际，亦不见劳氏的踪影。

　　时间跨入80年代后，出现了中国现代文学史上第二次世界文学大潮的涌进。中国开始大面积在外国文学界耕耘，但这更多的还是对过去外国文学译介、批评、研究的脱离轨道、出现偏差的反拨与修正。因而总的来讲，"古典"文学仍占据着统治地位。但这一时期刚刚起步不久的对西方现代主义文学的译介，迅疾传播开去，并被我国青年一代作家和读者所接受。对劳氏的译介与研究也逐渐解冻与复苏。首先是《世界文学》杂志在 1981 年第 2 期上发表了劳氏的中篇小说《狐》和短篇小说《请买票》，同时刊载了赵少伟的《戴·赫·劳伦斯的社会批判三部曲》这一篇幅较长的文章，介绍了劳氏的三大名著《儿子与情人》、《彩虹》和《恋爱中的女人》。文章最后呼吁："希望我国的学术界和出版界对这个不应忽略的 20 世纪英国作家，在翻译他的主要作品的同时，对他全面分析，做出实事求是、恰如其分的评价。"[①]这是新时期劳伦斯研究的第一声号角。时隔两年，上海译文出版社率先出版了《劳伦斯短篇小说选集》（主万等译），此书选译了劳氏几部重要的短篇佳作，如《普鲁士军官》、《菊花的幽香》、《你抚摸了我》和《木马优胜者》等，其中还包括劳氏的一部重要的中篇之作《骑马出走的女人》。王佐良主编的《外国文学》杂志在 1983 年第 3 期发表了劳氏的三首诗：《白花》、《冬天的故事》和《归来》。这些在当时可谓独树一帜。

　　1985 年以来，随着我国进一步改革开放，外国文学界对世界文学的译介、研究呈现出五彩缤纷的繁荣局面。除了对莎士比亚、雪莱、狄更斯、哈代等经典作家的研究进一步深化外，过去不能"碰"的一些名家，如华兹华斯、布莱克、柯勒律治等，也重见天日。尤为可喜的是，现代主义文学已经被大规模地译介到中国来，对新时期文学的蓬勃发展起了巨大的推动作用。对劳氏的研究也在逐步展开。

　　《外国文学》1985 年第 1 期刊发了王家湘的《劳伦斯之探索》

---

① 赵少伟：《戴·赫·劳伦斯的社会批判三部曲》，《世界文学》，1981 年第 2 期，第 231 页。

这一篇幅较长的论文，较为系统地介绍了劳氏及其作品，它标志着我国新时期劳氏研究的开端。此后，劳氏作品的译介与研究文章如雨后春笋般涌现出来。《外国文学研究》1985 年第 4 期刊登文章评论劳氏的《彩虹》；天津外国语学院的《文化译丛》1985 年第 6 期介绍了劳氏的生平。尤其值得重视的是，侯维瑞所著的《现代英国小说史》（1985 年）专辟一章论述劳伦斯。此书从文学史的角度，系统、翔实、深入地论述了劳氏的生平与思想、创作主题与倾向、几部重要的小说及其风格技巧等。

　　80 年代中后期，随着各地出版社陆续争译劳氏的主要作品，国内一时兴起了"劳伦斯热"。劳氏的主要作品已基本被翻译过来，如花城出版社出版了《儿子与情人》（1987 年），时代文艺出版社出版了《恋爱中的女人》（1987 年），湖南人民出版社重版了 1934 年饶述一翻译的《查泰莱夫人的情人》（1986 年），北方文艺出版社出版了由刘宪之主编的《劳伦斯选集》（1987 年）以及《彩虹》、《恋女》（即《恋爱中的女人》）和《劳伦斯书信选》等。与此同时，对劳氏的研究也全面展开。当时发表的论文主要有：毕冰宾的《畸形的爱，心灵的悲剧——论劳伦斯的〈儿子与情人〉》（《外国文学评论》1987 年第 3 期）、周汉林的《文苑沧桑、谁主沉浮——论"劳伦斯热"及劳伦斯爱情观》（《贵州大学学报》1987 年第 1 期）、蒋炳贤的《新世界的憧憬——评 D·H·劳伦斯的〈虹〉》（《杭州大学学报》1987 年第 3 期）、瞿世镜翻译的《〈伍尔芙〉论 D·H·劳伦斯》（《文艺理论研究》1986 年第 5 期），等等。值得一提的是，《外国文学研究》杂志在推动劳氏研究中起了重要作用。在 1989—1990 两年间，该杂志连续发表了数篇有关劳氏研究的重要论文，如徐崇亮的《现代人的悲剧——论劳伦斯的〈白孔雀〉》（1989 年第 1 期）、蒋明明的《劳伦斯笔下的妇女》（1989 年第 1 期）、郭英剑的《探索心灵的轨迹——D·H·劳伦斯短篇小说论》（1990 年第 1 期）等。80 年代对劳伦斯的翻译与研究势头一直延伸到 90 年代。

二、在争议中突破禁区：80 年代的劳伦斯研究

侯维瑞在其力著《现代英国小说史》中说过："劳伦斯的出现，对于二十世纪英国文坛无疑是一场强烈的地震，只是在余震过后人们才充分认识到它的震动之猛和影响之深"。[①] 此言一语中的。劳氏作品力图表现以性心理为中心的人的自然本性受到的机械文明的摧残和资本主义工业化对人与人之间和谐、自然的关系的破坏，进而张扬人性、描写性爱的美，因而成为 20 世纪最有争议的作家之一。在流逝的历史长河中，中国在三千年封建专制主义的重压下，重伦理、倡道德，轻人性、灭爱欲，扭曲了一代又一代人的诚挚心灵，封建残余的幽灵潜藏于人们的心野迟迟不散。在文学艺术上，"性爱"的主题、题材一度成为无人敢越的雷池。劳伦斯的重现无疑撞击着人们固有的思维方式，拓宽了中国当代文学创作和艺术表现的天地。

总括地看，80 年代外国文学界对劳氏的创作思想、文学作品之研究呈现如下特点：

首先，充分肯定了劳伦斯在英国文学和世界文学史上的应有地位和他对世界文化的杰出贡献。劳氏作品的大量译介、研究论文的日渐增多为此做了很好的注脚。发人深省的倒是"劳伦斯现象"所产生的原因。"劳伦斯热"的出现不是偶然的。一则说明劳氏的作品具有旺盛的生命力，经得起时间和历史的考验；再则，我国新时期文学的勃兴是在一场文化浩劫之后产生的，是在人们自然迫切希望文艺作品能够塑造出有血有肉、有情有感的人的条件下应运而生的。随着人道主义思想迅速占据人们心目中的显要位置，文学对人性的肯定和张扬、性爱问题自然就逐渐引起人们的关注，张贤亮作品中所触及的肤浅的情爱描写使人们看到了人本身最深层的一个方面。"劳伦斯热"的出现应该是读者反抗传统道德

---

① 侯维瑞：《现代英国小说史》，上海外语教育出版社，1985 年，第 239 页。

观念和冲破千百年来中国文学的"性爱"禁区、要求文学进一步深化的必然过程。

其次，这些研究给予劳伦斯以深深的理解，充分认识到他对两性关系的探索的价值和意义，并给予高度评价。虽然劳氏作品的基本主题是企图探索一种"新型的两性关系"，并试图实现一种"自然完美"的两性关系来对抗工业化社会，但由于他在作品中大胆地描写了性爱，从而遭到了恪守传统道德的世人的误解、冷落与贬斥。尤其是他的名著《查泰莱夫人的情人》在英美遭查禁达三十年之久，更使这位心地坦诚的作家蒙受冤名。20 世纪 30 年代，我国对劳氏的认识是基于时代的需要，对他的研究虽流于浮表，但却给予了他深刻的理解。杜衡的《劳伦斯》一文代表了那个时期的研究水平。文章写道："劳伦斯绝不是为描写性欲而描写性欲，他认为性的活动是人类灵魂的两极的适当表现——兽性和神性的混合，人类的超升无疑将系诸于两性问题的解决。劳伦斯便很自然地采用性欲的题材来做他的表现手段。"[①]在封建思想一统天下的时代，能深刻认识到这一点实属难能可贵。《劳伦斯》一文还将劳氏同当时出现在德国的表现主义相提并论。以反对机械文明为出发点将其归类，虽属勉强，但亦无不可。从其美学原则和艺术手法上看，表现主义注重表现主观感受，表现内在实质，用象征手法去表现抽象的真理，据此分析，劳氏与其并非没有共通之处。

时至 80 年代，劳伦斯研究重新崛起。但耐人寻味的是，新时期对劳氏的再认知依旧滥觞于一个"古老"的论题："劳伦斯是否是性文学家"。1988 年 1 月 7 日的《文学报》刊登了专访《劳伦斯选集》主编刘宪之的报道。当记者问道：劳氏的作品常常出现一些性爱描写，有许多人就把他看成性文学家，对此主编有何看法时，刘宪之旗帜鲜明地回答道："劳伦斯不是性文学家"。我国的外国文

---

① 杜衡：《罗兰斯》，《小说月报》，1930 年第 21 卷第 9 期，第 1341 页。

学专家、学者曾多次呼吁"正确地理解劳伦斯"。1988 年 2 月初在上海举行的"劳伦斯作品翻译出版研讨会"上，与会的二十多位教授、翻译家和文艺理论家指出：劳伦斯的作品具有积极的思想意义和较高的文学审美价值，其中关于性爱的描写，对于体现他的创作思想——企图建立完美的两性关系，达到人与人之间的和谐，进而改造社会，是必要的，不能简单地视为诲淫之作。

再次，对劳氏的研究，基本上呈零散状，不系统、不全面，虽然"点"上时有突破，但"面"上、宏观上及立体交叉研究较少，因而不够深入。在一些基本问题的认识上，观点各异，分歧较大。如"劳伦斯是位传统作家还是现代派作家"即是一例。汤永宽认为"劳伦斯不是现代派，是个非常传统的作家"。他认为，劳氏从人的本能问题来考察人与人之间的关系，为我们观察生活提供了一个很新的角度。尤其是劳氏的技巧手法，汤永宽认为是"传统手法"。① 袁可嘉等编选的《外国现代派作品选》将劳氏归为"在思想上或艺术上有现代派倾向、但不一定能划分为某个特殊流派，属于广义'现代派'的作家行列"。② 以侯维瑞为代表的学者则视劳氏为现代派作家，并且认为他是英国现代主义小说最高峰时期的一个代表人物，这在其《现代英国小说史》中有详尽的论述。郭英剑对此也有专文论述。③ 从表面上看，论证劳氏属于"传统"还是属于"现代派"似乎只是文学流派的归属问题，但这对于认知劳氏这个极具独特个性、独特风格的作家来说，无论研究其创作思想还是探讨其文学作品，都无法逾越这个障碍。

应当指出的是，80 年代在劳氏作品的翻译和评介之间存在着严重的"反差"和不均衡现象：其小说中译本众多（几乎所有重要小说均有译本问世，有的甚至至多达两、三个版本），研究者亦众，其

① 参见《文学报》1988 年 1 月 14 日。
② 参见《外国现代派作品选》第 4 册（上），上海文艺出版社 1985 年版之"前言"部分。
③ 参阅郭英剑《传统·劳伦斯·现代主义》，《河南师范大学学报（哲社版）》，1991 年第 2 期。

成果也显著、辉煌；诗歌翻译相对较少，研究者亦少；而劳氏的文论著作则少有中译，论述者亦寥若晨星，对其深刻的创作思想和高超的艺术表现手法认识不足。90年代以后，国内对劳氏的研究才得到全面的深化和发展。

三、90年代劳伦斯研究的新突破

在1990年之前，劳伦斯及其作品研究在中国的发展历程颇为曲折。如前所述，相对于国外的研究来讲，我国劳伦斯研究的起步和发展阶段存在明显不足。20世纪90年代的劳伦斯研究，则比1990年之前有了很大的进展。仅从学术论文的数量上来看，国内各种学术刊物上发表的有关劳伦斯研究的论文近100篇；就质量而言，则突破了前两个时期研究较为松散、有"点"无"面"的格局，除了对主题思想和创作手法整体研究，对单部作品或某一主题的深度挖掘的研究成果也比比皆是。其特征主要体现在以下几个方面：

首先，从主题思想研究来看，大多数批评家多从劳伦斯的小说创作中看到了作家对工业社会的控诉、对现代文明与人性冲突的扼腕叹息、对人类异化和生命力枯萎的哀叹。大多数评论家对劳伦斯多部作品里毫无顾忌的性爱主题持肯定态度，并赞同这个主题对人性复苏、恢复生机的力量。应该说，这一时期针对这个主题的研究成果辉煌。如《外国文学研究》1993年第12期刊载了曾大伟的《回归宇宙本体——〈查塔莱夫人的情人〉真义管窥》一文，高度赞扬了性描写在精神和肉体统一方面的重要性，"情人"的真正含义是人的生命价值和存在意义。而徐崇亮则突破了前期大多数文章将劳伦斯艺术主题定位于工业文明与"自然性"的冲突的樊笼，着眼于文本细读，揭示劳伦斯《恋爱中的女人》里的两对恋人——杰拉尔德—古德和伯金—厄秀拉——高度艺术化的平行置放，从而"告诉人们旧的传统文明的道德精神难以承负现代文明的重荷，唯知识与唯意志的存在原则须由感觉与悟性来替代,脱胎于传统的众生男女都要经过爱的生死经历来获得再生的希望"。① 《外国文学研究》分别于 1995 年第 4 期和 1997 年第 4 期刊登了漆以凯的《论戴·赫·劳伦斯的二元论》和《荒原启示录——论〈恋爱中的女人〉》,两篇论文都强化了机械主义文明必将寂亡的主题,突出了真正的情爱和男女独立存在、保持双方在平衡中独立的重要思想。

其次,劳伦斯的作品往往擅长深度刻画人物心理,并利用环境和自然世界来象征人物内心理性与感性、意志与感情的冲突,这一时期的评论在对其作品和人物进行心理分析的时候,往往会提及弗洛伊德,并认为劳伦斯对心理的刻画和洞察与弗洛伊德的精神分析学不无关系。有学者认为,劳伦斯更多的是在利用弗洛伊德的"无意识"理论达到他控诉"唯意识"论的目的。《外国文学研究》于 1994 年第 8 期刊载的张怀久题为《弗洛伊德、劳伦斯与心理小说创作》的文章,也正是从这个角度,剖析了劳伦斯不但不认为"无意识"是应该受到压制的邪恶之源,还认为它"生命之源",是生命力、存在价值和激情的源头。

再次,这一时期的很多论文都从主题思想和艺术形式两方面阐述了国内劳伦斯研究现状,围绕劳伦斯的社会批判意识、心理分析描写、哲学观念和对传统的继承和创新对其小说的主题思想进行阐释。这些文章主要包括:阮炜的《试论〈恋爱中的女人〉的主题》(《四川师范大学学报》1989 年第 5 期)、叶兴国的《戴·赫·劳伦斯的继承与创新》(《外国文学评论》1991 年第 3 期)、徐崇亮的《彩虹的艺术魅力——论劳伦斯的虹》(《外国文学研究》1990 年第 4 期)、傅光俊的《从"没落"走向新生的厄秀拉》(《外国文学研究》1992 年第 1 期)、郭英剑的《传统·劳伦斯·现代主义》(《河南师范大学学报》1991 年第 2 期)、高文斌的《哲理的开拓与心灵的

---

① 徐崇亮:《爱与死:再生的希望——论〈恋爱中的女人〉的主题意义》,《九江师专学报》,1990 年第 4 期,第 63 页。

烛照——劳伦斯小说的神话倾向》(《丹东师专学报》1994年第2期)等等。这些学术论文对当时的劳伦斯研究具有一定的推动作用,值得重点叙述一下。

比如,作为现代派作家,劳伦斯自然会使用现代派或者有现代派倾向的创作手法。随着国外文学理论在中国的译介和传播,这个时期对劳伦斯作品的研究已经开始关注其艺术风格和创作手法。郭英剑在《传统·劳伦斯·现代主义》一文中认为,劳伦斯的作品具有现实主义特色,且使用自然主义的艺术手法,从这个意义上讲劳伦斯是"传统作家";而在对人物"无意识"层面的非理性描写方面他又可以被定义为现代主义作家。但作者认为,劳伦斯的现代性与其他同时代的作家有所不同,他不仅"感到了西方文明和文化的颓废、没落和无助",而且"站在更高的层次上,追根求源地看到了现代社会罪恶的渊薮,竭力寻求人类自我解放的出路"[①]。因此,他激烈地抨击现代工业文明,描写扭曲的人性、本能,希望通过人性的复归,为死气沉沉的英国和当代社会找到一条再生之路。

再如,20世纪90年代初期,探讨劳伦斯现代派写作手法的评论家大都会分析其作品中大量使用的象征、意象和隐喻等手法,并普遍认为劳伦斯笔下的自然景物象征着他对自然力量的崇尚和渴望。有些意象因为屡次出现在多部作品中,读者对其象征意义已有固定认识,例如百合花象征着美和生命力,彩虹象征着和谐两性关系的桥梁。徐崇亮的《彩虹的艺术魅力——论劳伦斯的〈虹〉》集中探讨了彩虹的象征意义以及劳伦斯使用象征手法的艺术价值,并对其象征手法做了精彩点评。作者认为,劳伦斯使用象征手法不同于传统作家的地方在于他注重捕捉和表达人物内心的震动。神话原型象征是劳伦斯作品象征手法的另一特色。从罗婷所著

---

① 郭英剑:《传统·劳伦斯·现代主义》,《河南师范大学学报》。1991年第2期,第92页。

《劳伦斯研究：劳伦斯的生平、著作和思想》（1996 年）开始，就有评论家陆续使用神话原型批评来剖析劳伦斯作品中系统的神话原型的使用。高文斌在《哲理的开拓与心灵的烛照——劳伦斯小说的神话倾向》中提出，《虹》中的夏娃出世、洪水方舟，《查泰来夫人的情人》中潘神的形象等等，都可以追溯到《圣经》和古希腊罗马。作者认为，这种神话倾向也正是劳伦斯企图回归原始的一种体现。

最后，在 20 世纪 90 年代，一些评论家开始借用新的批评方法（如小说文体学、现代语义学）来研究其作品，推动了劳伦斯研究的发展。蒋承勇、潘灵剑的《论劳伦斯〈虹〉的多重复合式叙述结构》（《外国文学评论》1996 年第 1 期）和《论劳伦斯〈爱恋中的女人〉的深度对话》（《外国文学评论》1997 年第 3 期）、朱婷婷的《〈虹〉：转喻和隐喻》（《外国文学研究》1999 年第 1 期）以及周方珠的《试析 D·H·劳伦斯的作品与表现主义的关系》（《河南大学学报》1992 年第 2期）都是该时期较有代表性的文章。《外国文学研究》于 20 世纪最后一年刊登了董俊峰、赵春华的《国内劳伦斯研究述评》（《外国文学研究》1999 年第 2 期），对 20 世纪以来的劳伦斯研究做了简要总结，历陈了该时期内研究所呈现的特点，可以说是为 20 世纪劳伦斯长篇小说研究划上一个简单的句号。

除了学术论文外，这一时期还出现了多部劳伦斯研究专著，呈现出了向深处挖掘的局面。1995 年，中国社会科学院外国文学研究所编撰并出版了《劳伦斯评论集》一书。该评论集收集了国外20 世纪劳伦斯研究的最新成果，拓宽了国内劳伦斯研究的视野，给国内的研究思路和研究方法提供了重要的参考。同年，上海文艺出版社出版了冯季庆编撰的《劳伦斯评传》，这是国内第一部研究者撰写的劳伦斯生平传记。作者公正、客观地评价和审视劳伦斯颇受世人争议的性爱理论和作品，认为作品中性爱场面的描写尽管大胆，但给人积极向上的印象和感觉。1996 年，罗婷的《劳伦斯研究：劳伦斯的生平、著作和思想》出版，这也是一部比较系统的劳伦斯研究专著。作者运用多种批评方法，多角度地论析劳伦斯的创作思想、人物形象、艺术特征，填补了过去研究中的诸多空白点。1998 年，杭州大学出版社出版了毛信德的《郁达夫与劳伦斯的比较研究》。本书是国内首部较为系统地将劳伦斯与东方作家进行比较研究的专著。上述几部著作的出版，对我国劳伦斯研究迈上新的台阶做出了很大贡献。

四、新世纪以来的劳伦斯研究

进入 21 世纪，随着人们思想观念的进一步解放以及工业社会与自然环境矛盾的深化，关注劳伦斯的人越来越多，有关他的评论文章如雨后春笋迅速发展，专著也不断问世，更多的学位论文以劳伦斯为研究对象。从整体来看，新世纪以来的劳伦斯研究有以下特点：

第一，学术论文以几何级数增加。据不完全统计，2001—2010十年间，各类学术期刊和杂志所刊载的相关研究论文数以百计。可以看出，劳伦斯仍然是国内学界关注和研究的热点和重点作家之一。

第二，研究内容不断扩大，出现了很多高质量的学术成果。李维屏、殷企平、刘洪涛、刘须明、田俊武、程心、郑达华、覃艳容等人的论文①分别探讨了劳伦斯作品中的现代主义思想、非理性主义

---

① 李维屏：《劳伦斯的现代主义视野》，《外国文学研究》，2008 年第 4 期；殷企平：《劳伦斯笔下的彩虹》，《外国语》，2005 年第 1 期；刘洪涛：《劳伦斯与非理性主义》，《北京师范大学学报（社科版）》，2006 年第 3 期；刘洪涛：《新世界的憧憬——评 D·H·劳伦斯的〈虹〉》，《外国文学评论》，2001 年第 1 期；田俊武：《从变形耶稣到血性意识——劳伦斯宗教观嬗变历程》，《国外文学》，2010 年第 2 期；程心：《人和自然的"神圣统一体"——论 D·H·劳伦斯后期的泛神论思想》，《当代外语研究》，2010 年第 7 期；刘须明：《论劳伦斯对英国民歌民谣的借用》，《外国文学研究》，2001 年第 1 期；郑达华：《〈白孔雀〉——劳伦斯哲学探索的起点》，《浙江大学学报（社科版）》，2001 年第 5 期；覃艳容：《"莫瑞尔太太"与劳伦斯的清教伦理观》，《北京大学学报（哲社版）》，2002 年第 6 期。

思想、哲学思想、清教伦理观、宗教观、泛神论思想、美国意象、彩虹意象以及劳伦斯对英国民歌民谣的借用等。由于劳伦斯的小说有明显的崇尚自然、回归原始的主题，不少论文①从生态批评的层面重新解读劳伦斯的著作。劳伦斯的主要作品对两性关系表达了强烈的关注，还有很多论文从女性主义的角度对其进行了探讨②。此外，在叙事学与空间理论等方面也取得一定进展。上述成果推动了劳伦斯研究在政治、哲学、宗教、伦理、生态、艺术等多个层面的发展，大大拓宽了中国的劳伦斯研究领域。

第三，研究范围不断拓宽，劳伦斯的诗歌也开始受到重视。丁礼明的《隐喻认知视野下劳伦斯诗歌的实证研究》（《华东交通大学学报》2009 年第 5 期）尝试借助隐喻认知理论对劳伦斯诗歌的视角空间和心理空间进行实证分析，并对劳伦斯诗歌的美学功能进行深入研究，从而对劳伦斯诗歌做出新的阐释。陈红的《戴·赫·劳伦斯的动物诗及其浪漫主义道德观》（《外国文学研究》2006 年第 3 期）通过分析劳伦斯的三首最具代表性的动物诗，阐释了诗人所表达的以自然为核心、以自然本能为第一生命的浪漫主义道德观。郑达华的《歌颂死亡——论劳伦斯的晚期诗歌》（《外国文学》2004 年第 5 期）则探讨了劳伦斯晚期诗歌中经常涉及的生与死、灵与肉的主题。

第四，学术专著持续涌现。2002 年，中国社会科学出版社出版了黑马编撰的《心灵的故乡：游走在劳伦斯生命的风景线上》。2003 年，湖南大学出版社出版了蒋家国的《重建人类的伊甸园：劳

---

① 这些论文主要有程心的《论劳伦斯反进化论的自然观》（《外国文学评论》2005 年第 1 期）、苗福光的《劳伦斯诗歌中的自然生态美学思想》（《复旦外国语言文学论丛》2008 年第 2 期）等。

② 这些论文主要有葛伦鸿的《查太莱夫人的女性主义解读》（《外国文学研究》2001 年第 2 期）、朱卫红的《劳伦斯的男性身体崇拜》（《外国文学研究》2002 年第 4 期）、沈雁的《男性力量的失落与重塑：论劳伦斯笔下男性角色的发展》（《英美文学研究论丛》2006 年第 1 期）。

伦斯长篇小说研究》。2007 年，刘洪涛的《劳伦斯小说与现代主义文化政治》和《荒原与拯救：现代主义语境中的劳伦斯小说》相继面世。这两部著作从现代主义文化特点和逻辑出发，研究并分析了劳伦斯作品中早已预示的现代文明与原始自然的矛盾，并强调了维持人的统一性在现代社会中的重要意义，同时指明劳伦斯去除人类压抑、恢复原始冲动的倡议的确是人类精神荒原中一剂救世良方。

第五，各类学位论文呈迅猛增长之势。近十年来，国内高校共有数十篇硕士和多篇博士学位论文①以劳伦斯为研究课题。这些论文分别从生态批评、福柯话语理论、符号学、心理学、神话原型、后殖民理论等多个角度研究劳伦斯及其作品，对其作品的主题和创作手法及艺术特色进行剖析。很多作者还使用了时新的理论或者批评方法，对劳伦斯的经典作品如《虹》、《查泰来夫人的情人》、《恋爱中的女人》、《儿子与情人》等进行全新阐释，揭示这些作品符合时代发展的新意，也印证了劳伦斯自己的观点：经典作品是经得起时代考验的。

五、回顾与反思

从 80 年代的"劳伦斯热"到近二十年来的迅猛发展，中国的劳伦斯研究大致呈现出如下特点：首先，从中国学者的角度出发，确立了劳伦斯在中国所撰写的英国文学史和世界文学史上的应有地位。其次，整体研究得以加强和深入，创作手法和艺术特色也得到关注。随着新世纪的到来，批评家不仅对劳伦斯经典作品的内容、

---

① 博士论文主要有：周玉忠的《文坛凤凰的斑斓色彩——劳伦斯小说文体研究》(2008年)、闫建华的《劳伦斯诗歌中的黑色生态意识》(2010 年)、苗福光的《生态批评视角下的劳伦斯》(2006 年)、丁礼明的《劳伦斯现代主义小说中自我身份的危机与重构》(2011 年)、李为民的《〈查特莱夫人的情人〉三部文稿中性描写的差异与表征》(2010 年)等。

主题思想和人物形象等各方面进行更精深的研究，劳伦斯作品的内在结构、叙事特色以及语言风格也得到更为精准的把握，这也促进了对作品主题意义的阐释。再次，研究视角呈现出多元化特征。从专著到学术论文再到学位论文的撰写，使用新理论或者理论的新发展作为研究视角的案例研究大大增加。从现代语言学的新发展到社会符号学，大大拓宽了劳伦斯研究的视野。最后，在比较文学视野下进行劳伦斯研究的个案增多。评论者将劳伦斯与郁达夫、张贤亮、渡边淳一、蒲松龄等东方作家作品进行主题学和平行研究，都极大地扩展了劳伦斯创作的世界意义。

尽管新时期劳伦斯研究呈现出前所未有的繁荣景象，但与国外浩如烟海的研究资料和成果相比，我国劳伦斯研究还是有较大的欠缺和不足，并主要体现在以下几个方面：第一，目前研究的中心仍是劳伦斯的小说，尤以《虹》、《儿子和情人》、《恋爱中的女人》、《查泰来夫人的情人》为主，其余六部作品研究虽比前一时期有所增加，但从数量和质量上来显得十分不足；第二，研究成果数量虽多，但有突破性的高质量研究成果大多是由国内一些著名的劳伦斯研究专家推出的，新生力量的研究仍显不足；第三，对劳伦斯的诗歌、散文、游记的翻译和研究仍然十分欠缺，应该说，这部分作品也是了解劳伦斯生平、创作思想、主题意义的重要渠道和途径。

"劳伦斯热"在中国可能已经成为过去，但劳伦斯研究还会继续。随着人们对其创作的社会意义与学术价值的认识日益深刻，在国外理论研究的推动下，我们相信，劳伦斯研究在中国必将会有更大的发展，而更多的劳伦斯研究成果也将面世，最后形成一股具有中国特色的劳伦斯研究的态势。

第十二节
伍尔夫研究

弗吉尼亚·伍尔夫（Virginia Woolf，1882－1941）是 20 世纪

英国现代主义小说家与女性主义批评的先锋。她一生共创作了《到灯塔去》(*To the Lighthouse*，1927)、《海浪》(*The Waves*，1931)、《达洛维夫人》(*Mrs Dalloway*，1925)、《雅各的房间》(*Jacob's Room*，1922)、《奥兰多》(*Orlando*，1928)、《幕间》(*Between the Acts*，1941)等多部举世瞩目的经典小说，也发表了《一间自己的房间》(*A Room of One's Own*，1929)、《现代小说》(*Modern Fiction*，1919)、《普通读者》(*The Common Reader*，1925年)等众多批评论著。20世纪20年代，伍尔夫的声名传入中国，开始成为国内学界关注和评论的对象，迄今已历时八十余年。我国的伍尔夫研究大致可分为三个时期，即新中国成立前20年(20年代末至40年代末)、新中国成立后的前30年(1949—1979)和后30年(1980—2010)。

一、民国时期的评介

弗吉尼亚·伍尔夫最初是作为西方著名现代小说家之一被介绍给国内读者的。赵景深于1929年发表《二十年来的英国小说》(《小说月报》第20卷第8期)一文，将伍尔夫与乔伊斯、多萝西·理查逊并列，称他们为有名的心理小说家，不仅指出他们的创作深受俄国作家契科夫与法国小说家普鲁斯特的影响，而且也阐明他们的创作主旨是"把心的表现与过程如实地翻刻在纸上"[1]。两年后，他又在《现代文学评论》上发表《英美小说之现在及其未来》，重点论述英美现代小说的心理描写特征，特别指出伍尔夫小说的秘诀是"选择有力的最激动人心的地方来描写"[2]。另外，由中国学者撰写的三部西方文学论著也都高度称赞伍尔夫的创作，

---

[1]　赵景深:《二十年来的英国小说》,《小说月报》,1929年第20卷第8期,第1238页。

[2]　赵景深:《英美小说之现在及其未来》,《现代文学评论》,1931年第1卷第3期,第12页。

或称其为"小说家的爱因斯坦"①，或赞誉其为"极有价值的作家"②，或指出其小说"废除时间与形式"，表现"滚滚不尽的紊杂无章的意识之流"的特征。③ 这些著述对伍尔夫的介绍略显笼统，始终将她与乔伊斯等现代作家一起评述，但对她的创作价值给予了充分肯定。

30、40 年代的评论则以生平介绍和作品点评为主。当时所发表的文章包括：费鉴照的《英国现代散文作家华尔孚·佛琴尼亚》（《益世报》1932 年 11 月 19 日），介绍伍尔夫的创作经历和创作特征；谢庆尧的《英国女作家吴尔芙夫人》（《时与潮文艺》1943 年第 2 卷第 1 期），介绍其创作经历；吴景荣的《吴尔芙夫人的〈岁月〉》（《时与潮文艺》1943 年第 2 卷第 1 期），介绍和点评伍尔夫后期作品中最为畅销的《岁月》；萧乾的《吴尔芙夫人》（《大公报》1948 年第 78 期）和《V.吴尔芙与妇权主义》（《新路》1948 年第 1 卷第 20 期）；陈尧光的《吴尔芙夫人》（《文潮》1948 年第 5 卷第 6 期）。其中对伍尔夫的介绍和点评最为深入的是叶公超为其译文《墙上一点痕迹》所作的"译者识"（《新月》1932 年第 4 卷第 1 期），他不仅指出伍尔夫小说的审美特质，而且评点其创作的价值："吴尔芙绝对没有训世或批评人生的目的。独此一端就已经违背了传统的观点。她所注意的不是感情的争斗，也不是社会人生的问题，乃是极渺茫、极抽象、极灵敏的感觉，就是心理分析学所谓下意识的活动……吴尔芙这条路是极窄小的，事实上不能作为小说创作的全部，但是小说的基础……是建立在个性的表现，所以吴尔芙的技术是绝对有价值的。"④叶公超这一段话是针对英国批评界对伍尔夫贬褒不一的现状和伍尔夫与传统小说家的争鸣而做的剖析，充分

---

① 赵景深：《一九二九年的世界文学》，上海：神州国光社，1930 年，第 80 页。
② 金东雷：《英国文学史纲》，上海：商务印书馆，1937 年，第 475 页。
③ 柳无忌：《西洋文学的研究》，上海：大东书局，1946 年，第 164 页。
④ 叶公超：《〈墙上一点痕迹〉译者识》（原载《新月》1932 年第 4 卷第 1 期），载《叶公超批评文集》，陈子善编，珠海出版社，1998 年，第 128 页。

体现了中国学者深刻的领悟力和判断力。可以看出，当时很多重要报刊都刊登了有关伍尔夫的介绍和点评文章，学界对伍尔夫的关注度还是比较高的。

　　该时期对伍尔夫作品的翻译比较集中于她有关创作的文章，体现了国内文艺界对西方现代小说创作动向的热切关注。叶公超翻译《墙上一点痕迹》并附上译者识，范存忠翻译《班乃脱先生与白朗夫人》（《文艺月报》1934年），卞之琳翻译《论俄国小说》（《大公报》1934年），冯亦代翻译《论英国现代小说》（《中原》1943年），王还翻译《一间自己的屋子》（上海文化生活出版社，1947年）。所翻译的作品都是伍尔夫现代创作理念和实践的代表作，体现了当时学术界对西方文学动态的敏锐把握。相对而言，伍尔夫长篇小说的译作较少，只有石璞翻译的《弗拉西》（1935年）和谢庆垚翻译的《到灯塔去》（节译本）（1945年）。

　　不仅学术界积极介绍和翻译伍尔夫的作品，创作界也深受伍尔夫的影响。"新月派"和"京派"作家徐志摩、林徽因、凌叔华、李健吾等人的创作都直接或间接地受到了伍尔夫的影响。徐志摩20年代曾在剑桥大学访学，期间结识了伍尔夫所在的布鲁姆斯伯里文化圈人士，并因罗杰·弗莱对伍尔夫的作品产生浓厚的兴趣。他在小说集《轮盘》的《自序》中，坦诚地提到对伍尔夫作品的喜欢，"我念过胡尔弗夫人，我拜倒"。[①]　林徽因的作品《一片阳光》、《九十九度中》和李健吾的作品《心病》等都流露着伍尔夫式的意识流的韵味。凌淑华则因为在武汉大学结识了伍尔夫的侄子朱利安·贝尔，开始了解伍尔夫及其作品，并在1938—1939年期间与伍尔夫直接通信联系，在伍尔夫的鼓励下完成了英文小说《古韵》的创作。关于伍尔夫与"新月派"、"京派"的文学关联和精神契合，杨莉

---

① 　徐志摩：《徐志摩全集》（第2卷），南宁：广西民族出版社，1991年，第4页。

馨曾做详尽的考察和探讨。①

　　总体而言，国内文艺界对伍尔夫的译介和接受是积极而开放的。虽然当时文学社团的主流思想是"文学为人生"，但坚持文学的自由纯正原则的批评家和作家并不在少数，尤其是留学欧美归国的年轻学者。他们不仅及时译介伍尔夫的文章和作品，热诚肯定其创作风格，而且充分吸收其创作技巧。所有这些努力，为伍尔夫在中国的研究奠定了良好的基础。

二、建国早期的伍尔夫研究

　　新中国成立后，我们接受苏联以日丹诺夫为代表的文艺思想，强调文学艺术为政治斗争服务，对西方现代主义文学采取一棍子打死的态度。现代主义作家和作品一律被扣上"政治上反动、思想上颓废、艺术上搞形式主义"的三顶大帽子。② 在文学研究政治化的形势下，西方作家被划分为左翼、中间派、右翼三类，伍尔夫被认定为中间派，既不颂扬也不批判，基本处于被遗忘状态。批评方面，仅袁可嘉在论文《美英"意识流"小说述评》③中曾批判性地涉及伍尔夫的《达洛维夫人》、《到灯塔去》和《海浪》；翻译方面，仅有朱虹的译文《班奈特先生和勃朗太太》被收入《现代英美资产阶级文艺理论文选》（1962年）一书中。

　　这一时期的伍尔夫研究基本处于停滞状态。而同时期西方的伍尔夫研究取得很大进展，学术界出版了30余部专著和大量论文。论者们重点探讨伍尔夫的现代主义美学思想和创作技巧。埃里希·奥尔巴赫（Erich Auerbach）在《摹仿论》（*Mimesis: The Repre-*

---

① 详见杨莉馨：《20世纪文坛上的英伦百合：弗吉尼亚·伍尔夫在中国》，北京：人民出版社，2009年，第29—119页。

② 袁可嘉：《现代派论·英美诗论》，北京：中国社会科学出版社，1985年，第40页。

③ 载《文学研究集刊》第1册，北京：人民文学出版社，1964年。

sentation of Reality in Western Literature，1946)中精妙分析《到灯塔去》第一部分前五节，揭开了伍尔夫小说的形式之谜。此研究成为伍尔夫研究中"最重要的，最有启发性的，最有影响的"成果，[①]为确立伍尔夫的文学地位发挥了重要作用。伍尔夫小说深邃的思想引起批评家的关注，最重要的专著是让·吉盖特(Jean Guiguet)的《弗吉尼亚·伍尔夫和她的作品》(*Virginia Woolf and Her Works*，1965)，作者揭示了伍尔夫小说的存在、生命主题。女性主义研究于 70 年代兴起，议题重点落在伍尔夫的双性同体观上，赫伯特·马德(Herbert Marder)的《女性主义与艺术：伍尔夫研究》(*The Measure of Life: Virginia Woolf's Last Years*，1968)和南希·托·巴辛(Nancy T. Bazin)的《弗吉尼亚·伍尔夫与双性同体视像》(*Virginia Woolf and Androgynous Vision*，1973)代表了当时的研究深度。相比之下，我国对伍尔夫的研究直至 90 年代后期才开始探讨上述部分议题。

　　1979 年，随着"文化大革命"的结束，袁可嘉在《文艺研究》和《华中师范学院学报》上发表了《象征派诗歌·意识流小说·荒诞派戏剧》和《欧美现代派文学的创作及理论》两篇论文，阐述西方现代派文学的流派特征、作家作品、社会背景、艺术特色等。虽然袁可嘉对伍尔夫的论述主要以具体例证的形式出现，却为进一步研究提供了必要的总体视野和良好的开端。袁可嘉的现代派研究的基础，源自 40 年代就读西南联大时叶公超、冯至、卞之琳等人对他的影响。可以说在新中国的现代派研究中，他担负着承上启下的关键作用。[②]袁可嘉这两篇论文打破了长期的停滞状态，昭示着西方现代派代言人伍尔夫研究的春天的到来。

---

① Goldman，Jane (Ed.)．*Virginia Woolf, To the Lighthouse and The Waves*．Cambridge：Icon Books Ltd. 1997，p. 29.

② 袁可嘉：《自传：七十年来的脚印》，《新文学史料》，1993 年第 3 期，第 148—149 页。

English Literary Studies in China: The Studies of English Writers Volume II

三、新时期以来的伍尔夫研究

1980 年至 2010 年，我国的伍尔夫研究逐渐获得深度和广度，研究议题主要集中在三个方面：形式主题研究、小说理论研究、女性主义研究。

1. 形式主题研究

瞿世镜为开拓和推进伍尔夫研究发挥了重要作用。1982 年和 1986 年，他分别在《外国文学报道》和《外国文学研究》上发表论文《伍尔夫的〈到灯塔去〉》和《〈达罗威夫人〉的人物、主题、结构》，率先拉开伍尔夫小说形式主题研究的序幕。两篇论文均以文本细读为基础，剖析伍尔夫小说的结构、主题、人物和艺术特征。

1987 年，瞿世镜发表标志性论文《伍尔夫·意识流·综合艺术》，在纵览伍尔夫所有小说的基础上，郑重提出并论证"意识流并不能包含她的全部创作实践"的观点。[①]论文指出伍尔夫的创作经历了从传统到意识流再到综合化艺术形式几个阶段，分析伍尔夫与乔伊斯、普鲁斯特在意识流技巧上的差异，阐述伍尔夫小说的诗化、戏剧化和非个人化特征，认为伍尔夫在创作中融合了音乐、绘画、电影等多种艺术因素，最后探讨精神分析学、经验主义哲学、实在论哲学对伍尔夫创作的影响。这篇长达 25,000 字的论文的意义是重大的，它不仅将伍尔夫的创作置于现代主义作家、现代艺术和现代哲学的比照之中，突出其原创性、综合性和开放性，而且就多个重要议题进行分析，提出富有见地的观点，充分体现了中国学者的整体视野和敏锐感悟。这篇论文预示了此后 20 年伍尔夫研究中较为集中的议题：伍尔夫意识流创作的特点、伍尔夫小说的绘画特性、伍尔夫的小说理论及其与传统的关系等。

---

① 瞿世镜：《伍尔夫·意识流·综合艺术》，《当代文艺思潮》，1987 年第 5 期，第 132 页。

　　瞿世镜的贡献还体现在：他出版了国内第一部伍尔夫评传《意识流小说家伍尔夫》（1989年），在概述其生平、创作经历和文学理想的基础上，分析主要作品，并对其小说艺术做出评价；他选编了《伍尔夫研究》，所精选的欧美伍尔夫研究成果兼顾影响力和代表性，既有总体批评又有作品批评，体现出良好的评判眼光和广博的阅读范畴；他还出版了专著《音乐·美术·文学：意识流小说比较研究》（1991年），翻译了伍尔夫的名作《到灯塔去》（1988年）等。他在伍尔夫小说理论的研究和翻译上同样成果丰硕，我们将在下面论述。在很长时间内，这些成果都是当时伍尔夫研究领域内的重要参考文献。

　　形式研究的重点在于探讨伍尔夫小说的意识流特征，这方面涌现出了一些颇具代表性的成果。论者们从整体视角出发，揭示了伍尔夫意识流作品的叙事、话语、结构特征。王家湘以伍尔夫的现实观为基点，剖析其9部小说的基本结构[①]；张烽火通过整体感悟，揭示伍尔夫以印象画面和象征物为结构，以自由联想、意识汇流、时空蒙太奇为叙述关联的特征[②]；韩世轶以热奈特叙事理论为参照，论述伍尔夫小说多视角、变换聚焦的叙事技巧和话语转换模式[③]；李森剖析其间接内心独白、自由联想、象征手法、时间蒙太奇和多视角叙述方式[④]；申富英整合罗森塔尔的四种联接方式和迈法姆的四种时间序列，构建经纬纵横的整体叙述框架[⑤]；高奋以伍尔夫的生命写作理论为基点，揭示小说的艺术形式与其中心意象

①　王家湘：《维吉尼亚·吴尔夫独特的现实观与小说技巧之创新》，《外国文学》，1986年第7期。
②　张烽火：《吴尔夫〈黛洛维夫人〉的艺术整体感与意识流小说结构》，《外国文学评论》，1988年第1期。
③　韩世轶：《弗·伍尔夫小说叙事角度与话语模式初探》，《外国文学研究》，1994年第1期。
④　李森：《评弗·伍尔夫〈到灯塔去〉的意识流技巧》，《外国文学评论》，2000年第1期。
⑤　申富英：《〈达洛卫夫人〉的叙事联接方式和时间序列》，《外国文学评论》，2005年第3期。

"包着薄薄气膜的圆球"的契合，指出小说的记忆叙述呈"气膜"形态，包裹着由心理场景、情感结构和人物思想构建的生命"圆球"[①]。此外，还有更多学者从不同的视角探讨了其意识流形式，此处不再赘述。在伍尔夫研究中，这一议题起步最早，持续时间最长，汇聚论文最多。整个研究经历了从直觉感知到理论探微，再到整体透视的过程，学者们的研究视角开放而多元。

伍尔夫小说的绘画特性是另一个引人注目的议题。其代表性论文是张中载的《小说的空间美——"看"〈到灯塔去〉》（《外国文学》2007年第4期）。作者认为伍尔夫是一位善于营造小说空间美的小说家，而《到灯塔去》用文字表现了光和色的景物世界，构成了一幅生动灿烂的风景画。此外，还有不少论者探讨了光和色在《到灯塔去》和短篇小说中的表现方法和象征意蕴。学者们基于伍尔夫深受后印象派绘画影响的事实和诗画同源的理念，探讨了光与色在空间营造和主题表达上的作用，从另一个侧面揭示了伍尔夫小说的形式美。

主题研究体现出学者们对伍尔夫的超越意识的感悟。申富英的《评〈到灯塔去〉中人物的精神奋斗历程》（《外国文学评论》1999年第4期）通过分析主要人物的精神历程，阐明他们分别代表现代人走出虚无的三种途径：理性、爱和艺术。杜娟的《死与变：〈达洛维太太〉、〈到灯塔去〉、〈海浪〉的深层内涵》（《外国文学研究》2005年第5期）通过分析三部作品中主角与次主角之间"死与变"的对立融合关系，揭示其超越死亡、延续生命精神的主题意蕴。上述研究注重整体透视，比较深入地揭示了伍尔夫小说的深层意蕴。

2. 小说理论研究

瞿世镜是国内最早研究伍尔夫小说理论的学者。他自1983

[①] 高奋：《记忆：生命的根基——论伍尔夫〈海浪〉中的生命写作》，《外国文学》，2008年第5期。

年起陆续在《文艺理论研究》上发表伍尔夫有关小说理论的译文，并于 1986 年将 21 篇译文结集为伍尔夫论文集《论小说与小说家》，由上海译文出版社出版，其中包括 1 篇 3 万字的论文《弗吉尼亚·伍尔夫的小说理论》。论文从七个方面——时代变迁论、主观真实论、人物中心论、突破传统框子论、论实验主义、论未来小说、文学理想——概括了伍尔夫的小说理论，再从三个方面——印象式批评、掌握作家的透视方法、开放式理论体系——归纳其批评方法，最后探讨了其小说理论的局限、启示和历史地位。论文对伍尔夫小说理论研究产生了较大影响，观点被多次引用，并引发了学界的争鸣。

伍尔夫小说理论的研究通过争鸣得以推进。殷企平在《伍尔夫小说观补论》（《杭州师范学院学报》2000 年第 4 期）中评析了瞿世镜对伍尔夫小说理论的概括，提出其核心思想是生活决定论。盛宁在《关于伍尔夫的"1910 年的 12 月"》（《外国文学评论》2003 年第 3 期）中，全方位考察伍尔夫的名言"1910 年的 12 月，或在此前后，人性发生了变化"的由来，质疑"人性说"，指出伍尔夫真正要说的是："人物形象发生了变化"[1]。这一辨析不仅阐明伍尔夫的现代创作观，而且重申艺术创作的实践性。

伍尔夫小说理论以生命真实为最高准则的思想得到多方位的深入探讨。高奋发表四篇论文，从本质、批评、现实观、诗学理论等方面阐明伍尔夫小说理论的生命本质。《小说：记录生命的艺术形式——论伍尔夫的小说理论》（《外国文学评论》2008 年第 2 期）全方位剖析伍尔夫有关现代小说、人物、形式、艺术性和本质的思想，阐明其小说理论的精髓——小说是记录人的生命的艺术形式。《批评，从观到悟的审美体验——论伍尔夫批评思想》（《外国文学评论》2009 年第 3 期）考察伍尔夫关于批评的系列文章，揭示其批

---

[1]　盛宁：《关于伍尔夫的"1910 年的 12 月"》，《外国文学评论》，2003 年第 3 期，第 33 页。

评思想中超感官、超理性、重趣味的生命体悟本质。《中西诗学观照下的伍尔夫"现实观"》（《外国文学》2009 年第 5 期）以中西相关诗学为参照，指出伍尔夫在重构现实观时，剥离了其中的认知成分，将其还原为直觉感知与客观实在物的契合。《弗吉尼亚·伍尔夫生命诗学》（《英美文学研究论丛》2010 年春）全面阐述伍尔夫生命诗学的要旨。她的研究基于对欧美研究成果的充分把握，以中国传统诗学为参照，视野开阔，观点富有原创性。

伍尔夫小说理论与传统的关系得到学界的关注。郝琳的《伍尔夫之"唯美主义"研究》（《外国文学》2006 年第 6 期）不仅梳理了伍尔夫与唯美主义代表人物的交往关系，而且剖析了两者在文学观点、道德关怀及艺术理念上的相通之处，深入地阐发了伍尔夫与唯美主义的关系。李儒寿的《弗吉尼亚·伍尔夫与剑桥学术传统》（《外国文学研究》2004 年 6 期）则初步探讨了伍尔夫与剑桥学术传统的关系。

3. 女性主义研究

伍尔夫女性主义研究始于 20 世纪 90 年代中后期，主要包括女性主义思想研究和女性主义小说批评两方面。

研究界从多个角度梳理和阐释伍尔夫的女性主义思想。童燕萍的论文[1]通过对《一间自己的房间》的解读论述了伍尔夫关于女性现状、创作、阴阳合一心态等方面的重要观点。林树明的论文[2]指出伍尔夫对男权主义的评判与她对战争的评判紧密相连。吕洪灵的两篇论文[3]分别从"走出愤怒的困扰"和"中和观"二个视角阐

---

[1]　童燕萍：《路在何方——读弗·吴尔夫的〈一个自己的房间〉》，《外国文学评论》，1995 年第 2 期。

[2]　林树明：《战争阴影下挣扎的弗·伍尔夫》，《外国文学评论》，1996 年第 3 期。

[3]　吕洪灵：《走出"愤怒"的困扰——从情感的角度看伍尔夫的妇女写作观》，《外国文学研究》，2004 年第 3 期；《伍尔夫"中和"观解析：理性和情感之间》，《外国文学研究》，2007 年第 3 期。

释了伍尔夫的妇女创作观。潘建的论文①剖析了伍尔夫作品对公共/私人领域二元对立的批判和从边缘走向中心的尝试。两部基于博士论文的专著——吴庆宏的《伍尔夫与女权主义》（2005 年）和吕洪灵的《情感与理性——论弗吉尼亚·伍尔夫的妇女写作观》（2007 年）——也深入探讨了伍尔夫的女性主义思想。由于起步较晚，我们对伍尔夫女性主义思想的研究在全面性和深度方面与西方研究差距较大。

伍尔夫的双性同体观是学者们较为深入地研究的议题。姜云飞在《"双性同体"与创造力问题》（《文艺理论研究》1999 年第 3 期）中指出该理论侧重于揭示艺术家的双性化与艺术创造力之间的关系，并通过分析当代中国女作家的双性人格与其创造力的关系揭示其局限性。李娟的《转喻与隐喻——吴尔夫的叙述语言和两性共存意识》（《外国文学评论》2004 年第 1 期）从文体角度探讨伍尔夫作品中"两性共存"意识的生成过程。袁素华的《试论伍尔夫的"雌雄同体"观》（《外国文学评论》2007 年第 1 期）剖析了《奥兰多》对双性同体的演绎，指出其精神实质是两性平等与和谐。伍尔夫双性同体观曾在西方引发激烈争论，我国的研究则基本持肯定态度，结论大体指向和谐共存的主旨，体现独立的思维和理念。

女性主义批评作为一个特定视角有利于揭示伍尔夫小说的主题内涵。葛桂录的《边缘对中心的解构：伍尔夫〈到灯塔去〉的另一种阐释视角》（《当代外国文学》1997 年第 2 期）以莉丽为解读视角，指出小说揭示了边缘人物解构中心人物话语霸权的过程。王丽丽的《时间的追问：重读〈到灯塔去〉》（《外国文学研究》2003 年第 4 期）通过分析小说的时间结构和意识叙述，指出作者对逻各斯中心主义的批判。吕洪灵的《伍尔夫〈海浪〉中的性别与身份解读》（《外国文学研究》2005 年第 5 期）探讨了伍尔夫关于"其他性别"的内涵及其在《海浪》中的演绎。李爱云的《逻各斯中心主义双重

---

① 潘建：《伍尔夫对父权中心体制的评判》，《外国文学评论》，2008 年第 3 期。

解构下的生态自我》（《外国文学》2009 年第 4 期）剖析了《雅各的房间》对男性中心主义与人类中心主义的解构及其生态自我的呈现。由于该批评视角本身包含着显著的预设假说，研究过程和观点明显受制于研究模式，对西方批评方法和理念的借鉴成分较多。

4. 其他研究与翻译现状

对伍尔夫小说的后现代批评近几年才展开，呈现出开放而多元的特征。杜志卿、张燕的《一个反抗规训权力的文本——重读〈达洛卫夫人〉》（《外国文学评论》2007 年第 4 期）用福柯理论剖析了小说所表现的规训权力运行机制和被规训者的生存状态。谢江南的《弗吉尼亚·伍尔夫小说中的大英帝国形象》（《外国文学研究》2008 年第 2 期）阐释了伍尔夫小说对大英帝国形象的积极描写和反讽解构。吕洪灵的《〈幕间〉与伍尔夫对艺术接受的思考》（《外国文学研究》2009 年第 3 期）探讨了伍尔夫对艺术接受者的作用的思考。秦海花的《传记、小说和历史的奏鸣曲——论〈奥兰多〉的后现代叙事特征》（《国外文学》2010 年第 3 期）从文类模糊、元小说特征、历史文本化三个方面剖析其后现代特征。吴庆宏的《〈奥兰多〉中的文学与历史叙事》（《外国文学评论》2010 年第 4 期）指出《奥兰多》的狂想式虚构展现并重构了英国社会发展史。杨莉馨的《〈远航〉：向无限可能开放的旅程》（《外国文学评论》2010 年第 4 期）指出小说女主人公的旅行呈现出女性在男权话语与帝国意识共谋的世界中自我发展的艰难。上述成果大多依托西方后现代理论对伍尔夫的作品进行了探微性的研究。

比较文学研究正在推进，并以平行研究为主，体现了中国学者的视角和特色。比如：王丽丽的论文《追寻传统母亲的记忆：伍尔夫与莱辛比较》（《外国文学》2008 年第 1 期）从女性传统这一视角切入，对比她们追寻女性传统的共同苦痛和建构女性创作的不同取向。柴平的《女性的痛觉：孤独感和死亡意识——萧红与伍尔夫比较》（《外国文学研究》2000 年第 4 期）从平行角度对比萧红和伍尔夫在孤独和死亡主题上的异同。特别值得一提的是，杨莉馨的专著《20 世纪文坛上的英伦百合：弗吉尼亚·伍尔夫在中国》（2009 年）以翔实的资料，考证并论析伍尔夫与"新月派"和"京派"作家的文学关联和精神契合，综述伍尔夫在现当代中国的接受与影响。其他论题包括：伍尔夫与海明威、伍尔夫与乔伊斯、伍尔夫与张爱玲、伍尔夫与张承志、伍尔夫与劳伦斯、伍尔夫与丁玲、伍尔夫与王蒙、伍尔夫与曼斯菲尔德、伍尔夫与陈染、伍尔夫与俄罗斯艺术等等。研究的面已经铺开，我们期待探讨的深入。

　　目前已发表的伍尔夫研究著作有 8 部。除了上面已经提到的瞿世镜、吴庆宏、吕洪灵、杨莉馨的著作外，还有陆扬和李定清的《伍尔夫是怎样读书写作的》（1998 年）、伍厚恺的《弗吉尼亚·伍尔夫：存在的瞬间》（1999 年）、易晓明的《优美与疯癫：弗吉尼亚·伍尔夫》（2000 年）、代新黎的《伍尔夫小说概论》（2009 年）。8 部著作中 5 部是评传，以瞿世镜和伍厚恺的论析最见功力。

　　伍尔夫的小说和随笔不仅全部译出，而且有多种版本且多次再版，译作的繁荣推动了伍尔夫研究的进展。80 年代初至 90 年代末，上海译文、三联书店等 10 余家出版社陆续推出伍尔夫的小说、随笔、日记的中译本，瞿世镜、刘炳善、谷启楠、李乃坤、伍厚恺等诸多学者参与翻译。21 世纪初，伍尔夫作品的翻译和出版从零星转入系统。上海译文出版社的《弗吉尼亚·伍尔夫文集》（2000 年）、中国社会科学出版社的《伍尔芙随笔全集》（2001 年）、人民文学出版社的《吴尔夫文集》（2003 年）等相继推出，蒲隆、吴均燮、黄梅等更多学者参与翻译。这些文集几乎包括了伍尔夫所有的小说和随笔，此后新版和再版不断。中译本的全面出版大大激发了国内读者和学者对伍尔夫作品的阅读和研究热情。[①]　目前，尚未译出的伍尔夫作品包括传记《罗杰·弗莱》、自传《往事杂陈》、日记和书信全集。

---

① 　详见高奋、鲁彦：《近 20 年国内弗吉尼亚·伍尔夫研究述评》，《外国文学研究》，2004年第 5 期，第 36—37 页。

四、伍尔夫研究反思

30、40 年代，国内学者重点翻译、介绍和点评了伍尔夫的创作理念和代表作品。虽然深度略有欠缺，但对伍尔夫作品的形式特征的概述贴切而准确，对其意识流风格赞赏有加。50—70 年代，伍尔夫研究受政治影响，基本处于停滞状态。

最近 30 年，伍尔夫研究既取得很大成就，也存在不少缺陷，值得深入剖析。首先，论文数量急剧递增。根据中国期刊全文数据库，1979—1989、1990—1999、2000—2010 所对应的论文发表数分别为 10、33、690，2007 年以后递增速度最快，以每年 100 多篇的速度增长，其中 2010 年高达 160 篇。硕士论文总数达 300 篇，博士论文总数为 9 篇。数字的增长与质量的提升虽然不成正比，但能够显示研究队伍的扩大和研究兴趣的提高。

其次，研究领域逐渐扩展，研究方法变得多元，研究质量逐步提升。1979—1989 年期间，研究议题主要集中在形式主题研究和小说理论解读上，所涉及的作品集中于伍尔夫的代表作；研究人员寥寥无几；虽然有视野开阔的好文章，为后续研究开拓了总体图景，但总体而言，直觉感知的特征比较明显，作品介绍的比重比较大。1990—1999 年期间，研究议题除形式主题外(约 27 篇)，新增女性主义研究(约 6 篇)；西方理论的运用增强，叙事角度、话语模式、双性同体等议题得到关注，研究视角变得细微；但由于参考资料很少，部分论文只是浅表性的介绍和对他人观点的重复。2000—2004 年期间，研究议题依然偏重意识流形式剖析和女性主义批评，小说理论研究、双性同体、女性创作观等得到推进，小说中的绘画元素和比较文学研究开始起步；运用叙事学、语言学理论分析意识流技巧的文章增加，但生搬硬套和重复现象时常出现。2005—2010 年期间，研究呈现良好态势，大量引入国外参考资料，研究视角更为多元，形式主题、小说理论、女性主义、后现代主义、比较文学的研究全面推进，研究更为规范，原创性观点不断涌现。

　　我们的研究优势体现在我们的整体视野上。我们的标志性、代表性成果擅长对研究对象作整体观照，并不刻意锁定自己的研究视角和方法，在诸多方面提出富有原创性的观点。比如，在形式分析上我们注重领悟内在、外在艺术成分之间的应和关系，从整体上把握其特征；在主题研究中我们更关注其审美超越意识；在小说理论研究中我们深入揭示其生命本体定位；在女性研究中我们突出其和谐思想以及对二元对立思维的解构。正是基于整体领悟的立场，国内研究体现出研究视角、过程和观点的原创性。

　　然而，我们的局限也同样体现在原创性的欠缺上。这一欠缺主要表现在研究议题、观点的重复和对西方研究方法的不恰当运用上。首先，我们的研究中存在着部分低级重复，只是将同行已经发表的议题和观点复述或拼凑一下，无任何价值。其次，我们的研究中存在着不加消化的吸收，将国外的研究议题、观点稍加变换便写成论文在国内发表，虽然有益于介绍新观点，但并无创意。研究方法的不当也值得关注，某些外在的、不相干的理论以机械的方式几乎将文学作品的整体性扯成碎片，严重违背文学的艺术本质。

　　纵观我国的伍尔夫研究，我们虽然经历了停滞，存在着局限，然而成就有目共睹。我们的研究规范已经形成，视角和观点的优势和原创性正在呈现。在今后的研究中，我们需要用更多的时间去综合本土思想与西方理论，以便拥有深厚的功底去辨别西方研究的优劣，发出自己的声音。真正的原创来自深厚的修养和学识，就像伍尔夫通晓英、法、德、俄、希腊等多国文学后才最终成为文学大家一样，我们实现超越的途径同样是博览、比照、妙悟和洞见。

第十三节
乔伊斯研究

　　詹姆斯·乔伊斯（James Joyce，1882－1941）是 20 世纪英国意识流小说大师。中国对乔伊斯的译介与研究始于 20 世纪 20 年代，可以查到的最早记载是 1922 年茅盾在《小说月报》上发表的介绍乔伊斯的短文。在此后近 30 年(1922—1949)中,乔伊斯研究一直只限于印象式的介绍以及一些一鳞半爪式的短评或消息报道。新中国成立后的 30 年,此类零星的介绍和报道也几乎销声匿迹了。可以说中国前 60 年的乔伊斯研究属于起步阶段,不仅研究者相对较少,而且汉译也不多见。从进入新时期以后的 80 年代起,中国的乔伊斯研究开始兴盛起来,并在过去的 30 年时间,形成了自己的特色,已经取得了许多不容忽视的重要成就和突破。

一、空谷足音：早期乔伊斯评介

1922 年,《尤利西斯》出版的当年,茅盾在《小说月报》第 13 卷第 11 期上撰短文介绍詹姆斯·乔伊斯的这一新作：

> 新近乔伊斯安司(James Joyce)的"Ulysses"单行本问世,又显示了两方面的不一致。乔伊斯安司是一个准"大大主义"(即"达达主义"——引者注)的美国新作家。"Ulysses"先在《小评论》上分期登过：那时就有些"流俗的"读者写信到这自号为"不求同于流俗之嗜好"的《小评论》编辑部责问,并且也有谩骂的话。然而同时有一部分的青年却热心地赞美这书。英国的青年对于乔伊斯安司亦有好感：这大概是威尔士赞"A Portrait of the Artist as a Young Man"(即《青年艺术家的肖像》)的结果。可是大批评家培那(Arnold Bennett)新近做了一篇论文,对于 Ulysses 很不满意了。他请出传统的"小说规律"来,指责 Ulysses 里面的散漫的断句的写法为不合体裁了。虽然他也说："此书最好的几节文字是不朽,"但贬多于褒,终不能说他是赞许这部"杰作"。①

1922 年在巴黎问世的《尤利西斯》②,当年在中国就有了介绍,可见当时中国文坛信息相当灵通,其中部分有心人的视野亦相当开阔,

---

① 沈雁冰：《英文坛与美文坛》(二),《小说月报》,1922 年第 13 卷第 11 期,第 1—2 页。

② 乔伊斯 40 岁生日当天(1922 年 2 月 2 日)收到《尤利西斯》的样书。该书大量印刷当在此之后,但仍在是年。

十分关注欧美文坛动态。就目前掌握的材料看，这段文字当为中国大陆对《尤利西斯》的最早介绍，也是对乔伊斯的最早介绍。茅盾这篇报道文字，既表明对乔伊斯不够熟悉，如把乔伊斯说成是"美国作家"，也传达出非常重要的信息，如提到《尤利西斯》的不守传统、打破传统，暗示有人认为这是部"杰作"等等。这篇短文并非专门介绍乔伊斯，而是该刊"海外文坛消息"专栏之"英文坛与美文坛"第二讲，是夹在其他英美作家中一同介绍的，不仅缺乏深度，而且多有舛误。

同年，在英国求学的著名诗人徐志摩也读到了《尤利西斯》，并以诗人特有的激情和奔放的语言，在长诗《康桥西野暮色》（《时事新报》1923 年）的小序中称赞它是一部独一无二的作品：

> 这部书（指《尤利西斯》——引者注）恐怕非但是今年（1922 年——引者注），也许是这个时期里的一部独一著作，他书后最后一百页（全书共七百几十页）那真是纯粹的"Prose"（散文——引者注），像牛酪一样润滑，像教堂里石坛一样光澄，非但大写字母没有，连，。……?：——：——！（　）" "等可厌的符号一齐灭迹，也不分章句篇节，只有一大股清丽浩瀚的文章排傲而前，像一大匹白罗披泻，一大卷瀑布倒挂，丝毫不露痕迹，真大手笔。①

如同茅盾一样，徐志摩的介绍也不乏笔误，但他凭借诗人对文学创新的高度敏感，充分感觉到了《尤利西斯》的重要价值，从而发出如此热烈的回应。通过徐志摩的简短介绍，中国读者基本了解到了西方文坛对《尤利西斯》既激烈批评又高度赞赏的接受动态。

30 年代，现代主义在中国掀起第二次高潮。② 在此大背景下，零散的乔伊斯介绍文字略见增加。高明的《一九三三年的欧美文坛》（《现代》1934 年第 4 卷第 5 期）、杨昌溪的《朱士的〈优勒色斯〉

---

① 引自《徐志摩全集·康桥西野暮色》，顾永棣编注，上海：学林出版社，1992 年。

② 参见袁可嘉《西方现代主义文学在中国》，《文学评论》，1992 年 4 期。

的重见天日》和《朱士著作之种种》（《文艺月刊》1934 年第 5 卷第
3、4 期）、赵家璧译的《近代英国小说之趋势》（《现代》1934 年第 5
卷第 5 期）、赵景深译的《现代英美小说的趋势》（《文学周报》1929
年第 8 卷）、赵家璧的《帕索斯》（《现代》1933 年第 4 卷第 1 期）等
相继发表。这些文章都有关于乔伊斯及其创作的长短不一的介绍
和评析。如同茅盾、徐志摩一样，这些介绍并非专论，而是文坛印
象式描述，因此较为泛泛而谈，缺乏深度的理解。

值得一提的是，30 年代出现了两篇不长的专题文章，代表了
当时学界对乔伊斯的总体评价。这两篇专论立足点全然不同，
因此所描述的乔伊斯亦判然有别。第一篇评述是费鉴照撰写的
《爱尔兰作家乔欧斯》（《文艺月刊》1933 年第 3 卷第 7 期）。此
文不曾预设乔伊斯是进步的或者颓废的，持论比较客观。费文
介绍了《杜白林人》（即《都柏林人》）和《青年艺术家的画像》，重
点放在《游离散思》（即《尤利西斯》）上。费文尝试解读乔伊斯，
少数地方略见切入，但总体不成功（篇幅短是一个原因），对乔伊
斯的评述比较粗放简略。此文认为《尤利西斯》"是一部包罗近
代世界的一切——政治，宗教，实际，人道主义等等的作品"，有
很多优点，但不能说该书是一种"新的（创举）"，而且有明显的缺
点：一是"重局部而忽略整个的谐和"，二是"注重人的肉体方面，
而忽略精神方面"[1]。虽然从今天的角度看，费鉴照所说的缺点
属于误读，但费鉴照是在阅读原著的基础上来尝试批评的。费
文的缺点在于将乔伊斯当做一般作家来对待，阅读不够细致，评
析难以深入。

另一篇专论是周立波在《申报·自由谈》（1935 年 5 月 6 日）
上发表的《詹姆斯·乔易斯》。文章前半部分比较客观地介绍了乔
伊斯在现代文学史上的地位、乔伊斯的生活道路、其创作的流变与
发展。其主要评述基本符合事实，但认为《青年艺术家的画像》"没

---

[1] 费鉴照：《爱尔兰作家乔欧斯》，《文艺月刊》，1933 年第 3 卷第 7 期。

有独创的地方"，略带武断。文章的后半部分问题较大。周立波看乔伊斯的出发点，与苏联学者阿尼克斯特的《英国文学史纲》①里的观点极为相似，连所用的基本贬词（如"颓废"）也大致相同。从中可以看出他受到了苏联文学批评的影响。苏联在 1935 年首译《尤利西斯》，只选译第一至第十节，刊苏联《世界文学》杂志，②因此可以认为，周立波撰写此文跟苏联选译《尤利西斯》有关，其资料源头来自苏联，并没有多少周立波自己的独立见解，他本人也未读过原著，③因此可能连误读亦无从说起，因为误读的源头在苏联。周立波与早期茅盾、徐志摩、费鉴照、赵景深、赵家璧、杨昌溪等人的评述或译述有很大不同。从影响源方面看，后者的基本观点是西方的，前者则是苏联的。前者武断主观，后者的批评充满迟疑和困惑，对批评对象把握不准，语焉不详之处甚多；前者则是清楚明白地持否定态度。④ 周立波此文的观点在 40 年代后期以及 50—60 年代逐步演变成压倒一切的主调。

在众多的现代文学期刊中，不论是那些影响巨大、办刊时间长的刊物（如《小说月报》、《文学周报》、《译文》等），还是那些昙花一现的期刊，不论是左翼所主持或倾向左翼的刊物，还是鼓吹"民族主义文艺"或"为艺术而艺术"的刊物，都对爱尔兰文学情有独钟，

① 如果我们将周立波此文跟阿尼克斯特著的《英国文学史纲》的第八章最后一节"现代主义·颓废派文学·詹姆斯·乔哀斯"部分对照阅读，会明显感到二者观点完全一致。另外，1935 年，叶公超在撰写英国文学史时曾有文字介绍论述乔伊斯，惜未见此书。此文可能是 30 年代最重要的乔氏评介。
② 苏联翻译《尤利西斯》第一次是 1935 年，系节译，第二次是全译，译者是维·欣斯基和谢·霍罗齐，1989 年起在苏联《外国文学》杂志第 1 期上连载。参阅中国的《外国文艺》1989 年第 3 期。
③ 参阅金隄：《〈尤利西斯〉来到中国》，《光明日报》1994 年 12 月 7 日。
④ 此外，值得一提的是，凌鹤于 1935 年在《质文》第 4 期上发表《关于新心理写实主义小说》，称《尤利西斯》是"一部淫秽小说"，但是同时也提到乔伊斯的艺术手法："其中人物的心理变化，俗物们的利害打算的内心卑俗的欲念，作者是不厌烦琐的极细腻，用内心独白的方式绘画出来。"这也是当时对待乔伊斯小说的另一种态度。

English Literary Studies in China: The Studies of English Writers Volume II

但是对于在 20 世纪世界文学中产生最大影响的小说家乔伊斯，不是缺乏应有的兴趣，就是存在着较大的隔膜，对乔伊斯的独特性认识不够。例如，赵景深在《二十年来的英国小说》(《小说月报》1929年第 20 卷第 8 期)一文中将乔伊斯看做是"神秘小说家"。再如，当时的重要文史著作——金东雷的《英国文学史纲》(1937年)——虽然收录了乔伊斯，但是重视程度明显不足。金著在"心理分析派小说"一节中对乔伊斯只有寥寥数笔，并将他看成是"劳伦斯派的作家"，同时却称另一位小说家华而甫(Walpole)是"心理分析派小说家的巨子"。当时，乔伊斯仍然是没有经过时间考验与筛选的当代作家，作为文学史撰写者的金东雷难免为现象所蔽翳，对乔伊斯的巨大价值并未充分理解，对不少英国作家虽然做出准确评价，但失当之处也在所难免。

1934 年，乔伊斯的短篇 "Counterpart" 也首次被完整地翻译过来，即傅东华翻译的《复本》(《文学》1934 年第 2 卷第 3 期)。译文前有译者以否定的笔调所写的约四五百言的简介，译文本身有傅一贯的流畅，内容相对忠实，不妥之处较少。同一期的《文学》(第 2 卷第 3 期)上还刊出中年乔伊斯的一帧相片和一幅漫画。中国另一次对乔伊斯作品的翻译，是一份影响似乎不太大、只出了10 期的文学刊物《西洋文学》。这份创刊于 1940 年的刊物为乔伊斯作品在中国再次试探性登陆做出过重要贡献。该刊在 1941 年推出"乔易斯特辑"，内有乔伊斯像、乔伊斯诗选、短篇《一件惨事》和《友律色斯》(即《尤利西斯》)插话三节，还有张芝联翻译的爱德蒙·威尔逊(Edmund Wilson)的《乔易斯论》一文。该刊还在"书评栏"里刊发了吴兴华的书论，介绍 1939 年才问世的《斐尼根的醒来》(今译《芬尼根的守灵夜》)。据该刊主要编辑之一张芝联介绍，该杂志内容"百分之九十都是译文"[①]，曾经推出过托尔斯泰特辑、叶芝特辑和乔伊斯特辑。《西洋文学》杂志后来停办，有关乔伊斯

---

① 　参见张芝联：《五十五年前的一次尝试》，《读书》，1995 年第 12 期，第 127 页。

的译介并未引起学界应有的重视。①

在新文学头 30 年里，无论是"为人生派"，还是文学主张不同的"新月派"，无论是创作家、翻译家，还是大批早期从欧美日留学归来的教授兼作家，总体而言，所整理介绍、所关注的要点，是 20 世纪之前的文学思潮同文学名家，对于当时在西方居主流地位的现代主义文艺思潮和文学创作，只有零星介绍，整体上的关注与介绍都不够。虽然乔伊斯在欧洲 1918 年开始崭露头角，20 年代声誉鹊起，但其影响在整个新文学头 30 年似乎尚未引起中国文学界的密切关注。另一方面，中国较多介绍了爱尔兰以及其他弱小民族的作家，如匈牙利、波兰、犹太、塞尔维亚、瑞典、丹麦、希腊等国的作家，一则因他们的作品被视为在道德寓意、社会改良意义上契合中国国情，二则因其创作方法与审美情趣在总体上符合中国读者和作家的欣赏水准和审美习惯，应和着中国文学界倡导现实主义文学的主旋律。而乔伊斯的作品正是以前所未见的大胆革新了现代小说的叙事模式，其幽邃曲隐、丰富复杂的对人性的探索与揭露也不为当时中国文学界所认识和了解，更谈不上研究和接受。这中间的差异折映出一段距离，这是中外文学与学术自身发展方面的距离、对文学的功能以及如何实现文学功能的认识上的距离、审美模式与审美情趣的距离、摹仿与创新的距离以及文学整体观方面的距离。

"建国十七年"期间，国内对乔伊斯的译介更少。由于政治意识形态的影响，乔伊斯这样的现代派作家依然属于被严厉批判的对象。袁可嘉在《文学研究集刊》（1964 年第 1 期）上发表的《英美意识流小说评述》②一文中，对《尤利西斯》中的虚无主义、庸俗市侩、低级下流进行了猛烈的抨击。袁可嘉在 60 年代前期陆续发表

---

① 天津人民出版社 1993 年出版的上下卷本《中国现代文学期刊汇编》没有收录《西洋文学》。

② 参见袁可嘉：《西方现代主义文学在中国》，《文学评论》，1992 年 4 期。

过一组文章，①都是研究现代派作家的，但所有这些文章都执论偏激。不过，难能可贵的是，当时的中国大陆还有袁可嘉这样的学者关注乔伊斯，仍然有人研究被斥之为"颓废派"的包括乔伊斯与艾略特在内的现代派作家。这些研究虽然因其声音微弱以及政治因素而未能与同期在中国台湾兴起的现代主义运动相呼应，但它们是三四十年代现代主义思潮的回响，更是它的延续。

在新文学 30 年、新中国头 30 年的 60 年里，中国对乔伊斯的介绍多于研究，对很多英国作家的介绍多于乔伊斯。《小说月报》20 年代曾发专文谈爱尔兰文艺复兴，也有专文谈爱尔兰现代作家，如叶芝、辛格、奥凯西、格雷戈里夫人等，但却没有将乔伊斯放在爱尔兰文学大背景中谈，单独谈乔伊斯的更少，乔伊斯逸出了与他的创作息息相关的爱尔兰文学。介绍乔伊斯的文字也往往是忝列末座，或是零零碎碎的鸡肋文字，或是放在刊物"最后一页"之前。虽然三四十年代的中国作家已经不同程度地受到乔伊斯的影响，如"新感觉派"、"心理分析小说"等等，但除了《文艺月刊》或《西洋文学》等少数刊物外，总体上看，乔伊斯尚不能登堂入室。前 30 年的原因，一是接受方似乎不够成熟，对文学改良社会的功利性强调使文学很难多元化发展，遮蔽了对原本就弱的现代主义文学思潮的介绍与发展；二是中国当时的国情与西方社会存在很大差异，在经济、文化方面的发展尚不够成熟，纷乱的国家政治与落后的民族经济迫使多数人把注意力放在更为直接、迫切的问题上，对于如此艰深幽邃、全面彻底的人性探索尚无暇顾及和深探；三是缺少中外现代文学领域专门的研究者，连大学里也很少。要读懂《尤利西斯》，在西方也是靠专家的诠释。中国前 60 年②研究者较少，汉译

---

① 例如袁可嘉：《托·史·艾略特——美英帝国主义的御用文阀》，《文学评论》，1960 年第 6 期；《略论美英"现代派"诗歌》，《文学评论》，1963 年第 3 期。

② 如果从新文学运动开始的 1917 年起计算，"文革"结束正好是 60 年。这个算法用于本处颇为勉强。如果从 1922 年计算，到 1980 年则接近 60 年。本节取后一种算法，便于叙述。

也不多见,普通人自然鲜有人问津。偶尔有先行者的脚步声,踽踽独行于空谷之中。乔伊斯本人的面目也就像他自己小说中经常出现的那样,似乎成为一个幻影,一个幽灵。对绝大多数中国文学家和翻译家来说,他只是一个没有血肉、没有生命的符号。

二、乘机为势:80 年代的乔伊斯研究

1980 年,创刊不久的《外国文艺》在第 4 期上刊发了三篇乔伊斯的短篇小说,即《死者》(王智量译)、《阿拉比》和《小人物》(宗白译),其中前两篇是世界文学的短篇精品。这大概是新时期发表的对乔伊斯氏作品最早的译介。译文前有宗白作约 1400 言短文,介绍乔伊斯及其作品。同年,上海的《外国文学报道》刊发一则短讯,报道《尤利西斯》和《青年艺术家的画像》由美国导演约·斯特里克拍成电影。此后《外国文艺》陆续刊发《都柏林人》中的一些短篇。1984 年 10 月,又由孙梁加上他译的七个短篇,与宗白合力将《都柏林人》15 个短篇悉数译出,交上海译文出版社出版。在孙梁、宗白合撰的题为《传统·真实·创新》的代序中,译者简要介绍了乔伊斯的生平与思想。这篇文章虽然在乔伊斯学研究上说不上创见,但作为序言,却为初读乔伊斯的读者起到了非常明晰、十分有益的导读作用。

《都柏林人》并非中国大陆出版的第一个乔伊斯作品单行本。1983 年,翻译家黄雨石所翻译的《青年艺术家的画像》已由外国文学出版社出版。80 年代最早的《尤利西斯》选译,是金隄译的第二章,收入袁可嘉等主编的《外国现代派作品选》。1985 年,《世界文学》刊登金隄译《尤利西斯》的第二、六、十章和第十八章片断。[①]1986 年,百花文艺出版社推出《尤利西斯》的选译本,并且增加了

---

①　金隄译:《尤利西斯》第二、六、十、十八章(片断),《世界文学》,1986 年第 1 期。

第十五章的片断译文。① 同年，英国学者约·格罗斯的评传著作《乔伊斯》由三联出版社出版，译者是袁鹤年。1989 年，泥点节译的另一部乔伊斯研究著作《詹姆斯·乔伊斯》（第 25—39 章）发表在《世界文学》上。这部巨著是理查德·艾尔曼对乔伊斯学的重大贡献，是乔伊斯学界公认的最详备、最权威的乔伊斯传记。

80 年代是中国的乔伊斯译介全面启动的时代，尽管零星的发动在 70 年代末已经开始。在介绍与研究方面，王佐良在 1982 年第 6 期的《世界文学》上发表题为《乔伊斯与"可怕的美"》的长文，以学术散文的形式记述了他参加当年夏天在都柏林举行的乔伊斯百年纪念国际学术会议的所见所闻所思。这篇散文且行且观且思且说，称得上是当时中国最为确当的乔伊斯论，只是作者巧妙地借用了走马观花、散漫随和的评述方式。王佐良这篇散论，最大的特点是文中有"我"，也有对叙述对象的尊重与洞察。王佐良对乔伊斯有非常准确的把握和独到的分析。例如，他说乔伊斯对人物的处理并不简单化，"勃鲁姆不是一个丑角，而是一个有一定的正义感的好心人"；又说"莫莉也不是一个荡妇，她充满了同情心，爱好花草，色彩，一切流动的美丽的东西"。他还分析乔伊斯用希腊英雄的名字给书取名的特别用意，"这也表明他是在给读者一个信号"，并不是真正、绝对地"拒绝英雄"。

此后，从 1984 年至 1989 年，国内主要的外国文学期刊上发表的乔伊斯论文大约有 20 篇左右（不含简短的报道文学），同时国内的报纸也刊登一些介绍性文字。在专论中，比较重要的主要有张伯香的《〈艺术家青年时代的肖像〉简评》（《外国文学研究》1986 年第 4 期）、金隄的《西方文学的一部奇书》（《世界文学》1986 年第 1 期）、姚锦清的《意识流派的杰出代表——乔伊斯》（《国外文学》1988 年第 2 期）、阮炜的《从〈尤利西斯〉看艺术的再现论》（《外国文学评论》1989 年第 2 期）以及丁洪英的《从徘徊庭院到登堂入

---

① 金隄选译：《尤利西斯》，天津：百花文艺出版社，1987 年。

室——〈尤利西斯〉在中国》(《天津师大学报》1988 年第 5 期)等。

张伯香的论文是整个 80 年代三篇《青年艺术家的肖像》专论中最早也最全面的一篇。[①] 文章以平实的语言，清晰地分析了《青年艺术家的肖像》的总体结构、小说内容与主题以及艺术特色。此文不寻求从新的角度切入作品，其最大特点是明晰与准确。倘若将它放在黄雨石的中译本前，将是一篇极好的导读。倘若将 51 年前周立波的文章与它并置，方知前者离书太远，后者却言之有据。金隄的论文则从书里书外将乔伊斯连同他的杰作做了全面的评述。这篇长文在当时创下好几个记录：该文在单篇文章中篇幅最长，对《尤利西斯》的论述最为广泛，引述材料最为丰富，触及问题也最多。虽然严格说来，迄今为止我们仍未在中国见到一位专职的乔学专家，但金文中已透出在《尤利西斯》这部巨著中几进几出的气魄。行文中充满自信，论述坚定有力，研究视野较国内一般研究者开阔，已经展露出一个专门研究者的整体把握能力，虽然金的着眼点首先是翻译。譬如，《奇书》对乔伊斯的思想渊源及发展、《尤利西斯》的主旋律和最突出的艺术特色，均有相当到位的分析。金隄是新时期的 20 年(1978—1998)中几乎将所有精力投入到乔伊斯的研究和翻译之中的第一人，他的后半生研究以《尤利西斯》为主，很少涉及乔伊斯的其他作品，发表的有关乔伊斯的文章在国内最多。

姚锦清的论文对乔伊斯的所有小说进行了讨论，但因为篇幅有限，文章题目所提供的空间又非常深广，因此只能简略地将四部作品述说一遍。这篇文章与其说是论述性的，毋宁说是介绍阐释性的。在 80 年代评述乔伊斯的文章中，比较具有独立思考价值的一篇是阮炜的《从〈尤利西斯〉看艺术的再现论》。这篇发表在中国

[①]　另外两篇是孙汉云的《乔伊斯〈画像〉的艺术特色》，载《江苏师院学报》1993 年第 2 期；郭军的《乔伊斯的"灵悟"美学及其在〈画像〉中的运用》，载《外国文学研究》1993 年第 3 期。

先锋派文学第一个高潮消退之后的论文偏重理论思考，以冷静的笔调阐述了意识流文学中蕴含的现实主义因素。这类文章在中国现当代文学研究和文艺理论研究中也有，如钱中文的论文集《现实主义和现代主义》，①但后者的出发点往往是现实主义。阮文似乎从意识流文学乃至欧美文学出发看现实主义，其终点是现实主义。此文运用西方艺术理论和语言学理论，论述思维跟语言媒介的关系。在中国的乔伊斯研究中，这种利用文艺理论、美学理论来考察乔伊斯创作的论文相当匮乏，因而显得珍贵。

三、高歌猛进：90 年代以来的乔伊斯研究

90 年代以来，中国乔伊斯研究一路高歌猛进，不断取得重要进展。首先，中国第一次有了乔伊斯小说翻译家，如金隄、萧乾、文洁若等。1994 年是中国的《尤利西斯》翻译年，两个《尤利西斯》全译本分别由译林出版社和人民文学出版社出版，被称为"世纪之译"②，极大地推动了中国的乔伊斯研究。河北教育出版社推出了《乔伊斯全集》中译本共八部，由刘象愚、王逢振主持。译林出版社和上海外语教育出版社还直接引进了一些英文版乔伊斯作品和研究专著，涉及乔伊斯研究的各类中译文献资料越来越多。

这一时期发表的论文有 100 多篇，论文写作水平普遍提高，理论研究逐渐走向自觉，有了对乔伊斯的哲学的、美学的、诗学的、比较文学的、文化诗学的研究。出版的乔伊斯研究专著共有六部：陈恕的《尤利西斯导读》（1994 年）、袁德成的《詹姆斯·乔伊斯：现代尤利西斯》（1999 年）、李维屏的《乔伊斯的美学思想与小说艺术》

---

① 钱中文：《现实主义和现代主义》，北京：人民文学出版社，1987 年。
② 王友贵：《世纪之译——细读〈尤利西斯〉的两个中译本》，《中国比较文学》，1998 年第 4 期，第 67 页。

（2000年）、金隄的《三叶草与筷子》①（*Shamrock and Chopsticks*，2001）、王友贵的《乔伊斯评论集》（2002年）、马克飞和李绍强合著的《意识流大师的梦魇：乔伊斯与〈尤利西斯〉》（2001年）。这些专著涉及乔伊斯的生平与创作之间的关系、乔伊斯的小说艺术、乔伊斯几部重要作品的解读与批评、乔伊斯小说的主题或人物形象分析、乔伊斯与现代主义、乔伊斯与意识流小说流派、乔伊斯国内外研究现状等问题。乔伊斯传记的中译本有科斯特洛的《乔伊斯》（何及锋、柳萌译，1990年）、彼得·寇斯提罗的《乔伊斯传：爱尔兰时期的文学与爱情》（林玉珍译，1995年）、伽斯特·安德森的《乔伊斯》（白裕承译，2001年）、爱尔兰女作家艾德娜·欧伯莲的《永远的都柏林人：乔伊斯的流幻之旅》（陈荣彬译，2003年）等。

可以看出，90年代以来的乔伊斯研究已经形成规模和特色。这一时期所取得的突破性进展主要体现在美学研究、哲学研究和文化诗学研究等方面。

1. 美学研究。李维屏、郭军、李梦桃等人发表了五篇比较重要的乔伊斯美学研究文章。

在《论乔伊斯的美学思想》②（《外国语》1999年第6期）一文中，李维屏认为像乔伊斯这样一位举世公认的艺术家有着自己的审美原则和创作理论基础——一个较为完整的美学体系。乔伊斯的美学思想先后受到西方三位著名哲学家——古希腊哲学家亚里

---

① 金隄的这部著作分为三大部分：第一部分探究乔伊斯的作品在中国如何从长期不被接受到终获成功的文化历史原因；第二部分具体描述《尤利西斯》如何突破语言和文化的障碍被译介到中国的详细过程，并通过比较文学的方法考察中译过程中对乔伊斯登峰造极的语言文体实验的传达程度；第三部分重点分析了《尤利西斯》中男男主人公布卢姆的性格构成、在艺术史上的地位、与作家乔伊斯之间的关系及该形象的普遍人类学意义。此书只在香港出了英文版，没有中文版，是关于乔伊斯在中国的接受史研究。
② 此文后来收入作者的专著《乔伊斯的美学思想与小说艺术》中。

士多德、中世纪意大利经院哲学家阿奎那、18世纪初意大利哲学家维科的影响。"乔伊斯对亚里士多德的美学理论的思考与认识构成了其美学体系的原始成分"[1]，他接受了亚里士多德的"模仿论"，但认为艺术应模仿自然和现实的本质；他同意亚里士多德把戏剧分为悲剧与喜剧两种，但对于西方自亚里士多德以降以悲剧为正宗的传统戏剧美学观念做了大胆的修正和补充，认为喜剧是一种比悲剧更为完美的艺术形式，其审美愉悦感才是现代人更为恰当的艺术追求。阿奎那的美学思想对于乔伊斯影响更大，直接影响到其早期的"和谐美学"和"灵悟美学"的产生，"构成其美学体系的核心成分"。维科的"历史循环论"美学和语言哲学思想对乔伊斯中后期的"混沌美学"及"词语革命"的影响是显而易见的，这在《芬尼根的守灵夜》中得到了集中体现。

"灵悟美学"是乔伊斯自短篇小说集《都柏林人》就开始追求的一种美学原则，它是西方中世纪基督教美学、近代唯灵主义思潮和现代主义崇尚哲理化的抽象艺术精神综合影响的产物。郭军的《关于乔伊斯的"灵悟"美学及在〈肖像〉中的运用》(《外国文学研究》1993年第3期)具体分析了《肖像》中斯蒂芬所说的审美过程三个阶段的理论，即浑然一体阶段（Wholeness）、和谐阶段（Harmony）和闪烁阶段（Radiance），指出所谓的"闪烁阶段"也就是"灵悟"阶段（epiphany），"它使审美主体从个别中看到了普遍，从暂时中看到了永恒，保证了审美主体对艺术形象的创作"；"真理与美是一致的（truth and beauty are akin）"[2]；"审美活动的最终目的不是快感本身，而是更高层次的艺术家的审美目的——认识、发现与阐释"[3]；乔伊斯"灵悟美学"的实质就是"构造神话"，而"灵悟美

---

① 李维屏、杨理达：《论乔伊斯的美学思想》，《外国语》，1999年第6期，第73页。

② See Agwonorobo Enaeme Eruvbetine, *Intellectualized Emotion and the Art of James Joyce*, Florida: Exposition Press of Florida, 1980, p. 17.

③ 郭军：《关于乔伊斯的"灵悟"美学及在〈肖像〉中的运用》，《外国文学研究》，1993年第3期，第50页。

学"原理在《肖像》中的提出和应用则是乔伊斯在小说创作中"构造神话"的开端。

　　李梦桃的文章《乔伊斯的流亡美学与自我流放的实践》(《海南大学学报》1993年第2期)侧重分析了乔伊斯选择流亡生涯的主要原因,认为19世纪末到20世纪初欧洲盛行的自由主义和唯美主义思潮、英国殖民主义和罗马天主教对爱尔兰的双重统治所造成的禁锢和压抑氛围、强大的欧陆现代主义思潮和先进文化气息以及对但丁和易卜生的敬仰,共同促成乔伊斯冲破民族、语言、宗教的罗网,自愿流放到欧洲大陆。李梦桃的另外两篇文章①认为乔伊斯发展了福楼拜、易卜生的"非人格化"美学思想,这是一种纯客观主义创作理想和审美取向。李梦桃所说的"作家非人格化"思想、"作家升华说"和"作家退出小说"论,实际上是同一美学观念的不同表述。而乔伊斯大量运用意识流这种无隔离的现代心理描写手法,在《尤利西斯》中实现了戏剧性直感,利用多角度的叙述及多种风格的戏拟,来掩盖全知作者的存在,以隐喻、反讽、"神话方法"为作者提供了一个超然透视的、矛盾并置的、价值多元的世界,都是为了这一美学理想的全方位实现。

　　2.哲学研究。曾艳兵、陈秋红的《文学的"心灵现象学"——论乔伊斯的尤利西斯》(《文艺研究》1996年第3期)用胡塞尔的现象学理论解读《尤利西斯》,认为《尤利西斯》所展示的"灵魂漂泊的独特方式",正是神话破除后现代人"心灵状态的还原",为我们对文学的精神现象学本质的认识提供了一个富有启示性的视角。刘象愚的《哲学与科学语境中的〈芬尼根守灵夜〉》(《北京师范大学学报》1999年第3期)认为:《芬尼根守灵夜》这部让人读不懂的"天

---

①　李梦桃:《"作家非个人化"的美学思想和创作实践》,《海南大学学报》,1994年第1期;《乔伊斯的多媒体艺术世界——阐释乔伊斯的美学思想及其作品》,《海南大学学报》,1996年第2期。

书"并非那么晦涩，因为它在总体结构上套用了维科的"历史循环论"，在形式和人物创造艺术上借鉴了布鲁诺等人的"对立统一原则"，在内涵上吸纳了弗洛伊德及荣格的精神分析学，在语言革命上参照了相对论和量子力学中的互补原理、测不准原理。刘象愚的研究深刻揭示了文学与哲学、文学与科学之间的种种内在联系。

3. 文化诗学研究。文化诗学方面的研究文章有五篇。从戴从容的《乔伊斯与爱尔兰民间诙谐文化》（《外国文学评论》2000 年第 3 期）开始，国内学术界开始了乔伊斯与巴赫金的狂欢化诗学理论之间的关系研究。作者考察了乔伊斯中后期作品中的爱尔兰民间诙谐文化因素，指出"爱尔兰的民间诙谐文化除了改变了乔伊斯作品的价值取向，使他从早期的超人价值转向后期的群体价值外，随着作品重心的转变，乔伊斯后期作品的题材、结构和风格都发生了明显变化"①。王友贵的《〈为芬尼根守灵〉：语言碎片里的政治》（《四川外语学院学报》2003 年第 1 期）以后现代主义语言政治理论解读乔伊斯如何打破语言常规及其所具有的政治颠覆意义。郭军围绕着她的国家社科青年基金项目"詹姆斯·乔伊斯的小说艺术创作思想和艺术手法研究"连续发表了三篇论文②。在她看来，乔伊斯小说具有"双重叙事"效果，"在喜剧和反讽的表层文本下面凸显了殖民'历史噩梦'中那些血腥与暴力的细节，暗中宣泄了那无法用正常语言尤其是无法用殖民统治者的语言来表达的情感"，所以，"乔伊斯的小说艺术是'关于创伤的艺术'，因此也必然是'晦

---

① 戴从容：《乔伊斯与爱尔兰民间诙谐文化》，《外国文学评论》，2000 年第 3 期，第 17 页。

② 郭军：《乔伊斯："历史的噩梦"与"创伤的艺术"——解读乔伊斯的小说艺术》，《外国文学评论》，2004 年第 3 期；《乔伊斯：反思与超越》，《外国文学研究》，2004 年第 3 期；《隐含的历史政治修辞：以〈都柏林人〉中的两个故事为例》，《外国文学研究》，2005 年第 1 期。

涩的艺术',是'叙述其民族'所能用的恰当的艺术"①。实际上,这是一种深度的艺术解读方式,其出发点在于挖掘乔伊斯小说内在的政治历史内容。同时作者还认为,乔伊斯的小说还显示了他作为一个爱尔兰知识分子的批判意识不断成熟的过程,乔伊斯的四部小说构成一部巨著,既是史诗,又是自传,也是一个解殖民化的文化工程。

四、乔伊斯研究的热点与难点

创作方法的探索和形式领域里的革新,是乔伊斯文学成就中最重要的组成部分,因此,有关乔伊斯的创作方法和文本的形式批评,也历来是国内外乔伊斯研究的热点和难点所在。

1. 创作方法研究。李维屏的专著《乔伊斯的美学思想和小说艺术》是教育部人文社科"九五"博士点基金项目,侧重于乔伊斯小说艺术研究。作者认为,乔伊斯近 40 年的小说创作经历了从现实主义到现代主义、再到后现代主义的演变过程;《都柏林人》是自然主义和象征主义相结合的产物,标志着乔伊斯决心告别传统、走上文学实验和革新道路;《青年艺术家的肖像》是从现实主义向现代主义过渡的作品,意味着新质的萌生——尝试运用意识流手法;《尤利西斯》既是意识流长篇小说的里程碑,也是现代主义文学不可磨灭的一座丰碑,它几乎汇集了现代主义文学中所有新奇的创作手法;《芬尼根的守灵夜》是后现代主义文学的先声,从这部作品中可以看到"以自我为中心的现代主义"向"以语言为中心的后现代主义"的过渡与转折。所以,乔伊斯代表着 20 世纪文学创作的发展方向。李维屏的观点代表着国内乔伊斯学界对乔伊斯创作方法的共识。

---

① 郭军:《乔伊斯:"历史的噩梦"与"创伤的艺术"——解读乔伊斯的小说艺术》,《外国文学评论》,2004 年第 3 期,第 81 页。

English Literary Studies in China: The Studies of English Writers Volume II

2. 语言文体研究。乔伊斯形式批评侧重于对乔伊斯作品的语言结构、文体类型、叙事模式、修辞手段等内在形式因素的研究。戴从容围绕其博士论文选题"乔伊斯小说文本的形式实验"和国家社科青年基金项目"《芬尼根的守灵夜》与形式"发表了一系列学术论文[1]，充分肯定了乔伊斯对文学形式因素的高度重视和实验成果。她认为，乔伊斯不但强调小说创作材料的现实性，而且坚持词语、叙述、风格的真实性，重视词语本身的视觉的和听觉的物质属性及展示人物原始心理轨迹的意识流文体实验；乔伊斯张扬"形式即内容，内容即形式"[2]的现代形式理念和形式革新，其形式实验并非以形式为最终目的，而是为了追求形式的真实性与表意功能——"新的思考和写作方式"[3]，实现形式与文本材料、主题乃至生活和时代的节奏和谐一致，对应意识和无意识的真实而特殊的状态；乔伊斯在创作早期阶段"遵循的是中立、冷漠的现代叙述原则，但到了《芬尼根的守灵夜》，其叙述原则和叙述风格发生了后现代转向，使叙述成了叙述者的快乐言说"[4]。李维屏有关乔伊斯的"语言自治"、"词语革命"也有深入的理论研究和文本分析。袁德成的两篇文章[5]是对乔伊斯的语言观和小说的对话性的初步探索。王友贵的两篇文章谈到了乔伊斯短篇小说中的体语和语言反

---

[1] 戴从容：《乔伊斯与形式》，《外国文学评论》，2002 年第 4 期；《自由之书：〈芬尼根的守灵夜〉形式研究》，《外国文学评论》，2004 年第 1 期；《自由的言说——论〈芬尼根守灵〉的饶舌叙述》，《外国文学研究》，2004 年第 5 期。

[2] 1929 年贝克特提出的观点，但实际上也是乔伊斯本人的思想，因为由贝克特等人主编的《我们对他制作〈正在进行的作品〉的化身的检验》是在乔伊斯的授意下完成的。See Samuel Beckett, et al., *Our Examination Round His Factification for Incarnation of Work in Progress*, Northampton: John Dickens & Conner Ltd., 1962, p. 14.

[3] See Arthur Power, *Conversations with James Joyce* (Chicago: University of Chicago Press), p. 54.

[4] 戴从容：《自由的言说——论〈芬尼根守灵〉的饶舌叙述》，第 43 页。

[5] 袁德成：《论乔伊斯的语言观》，《四川大学学报》，2002 年第 6 期；《乔伊斯小说的对话性——以〈一个青年艺术家的画像〉为例》，《四川大学学报》，2003 年第 1 期。

复现象。

3. 乔伊斯的叙事艺术研究。刘象愚、王友贵、冯建明等人的论文①研究了乔伊斯小说的音乐性、跨文本写作等问题。刘燕的论文②则借用美国普林斯顿大学教授约瑟夫·弗兰克提出的小说空间形式理论③来解读《尤利西斯》，认为乔伊斯实现了"以空间控制叙事的尺度"，实现了创作主体"克服时间的愿望"，指出这类"可写性文本"对读者的阅读方法也提出了相应要求——有"并置"、"交互参照"、"重读"等几种方式。此外，还有不少著述自觉地运用神话—原型批评方法解读乔伊斯的《尤利西斯》，或研究乔伊斯的神话叙事模式、文体特征和人物原型，如陈恕的专著《尤利西斯导读》④、刘燕的论文《作为现代神话的〈尤利西斯〉》（《外国文学研究》1998年第1期）和《变形的神话——〈尤利西斯〉叙述文体的审美透视》（《广西师范大学学报》1998年第3期）、杨建的《〈尤利西斯〉人物原型批评》（《外国文学研究》1996年第4期）等。

总体而言，中国乔伊斯研究起步晚，但起点高，并取得了可喜的成就。不过，中国乔伊斯研究仍然存在一些不足，如有关乔伊斯的美学思想还没有真正实现体系化研究的构想，对于其"流亡美学"、"喜剧美学"等丰富的思想内涵还缺乏理论阐释，有关乔伊斯前后期美学观念的巨大变化也缺乏逻辑分析；乔伊斯的世界观、人生观、语言哲学等还没有纳入其哲学研究视域；乔伊斯的诗学思想尚未引起研究界的足够重视，尚无相关研究专论、专著发表或出

---

① 刘象愚：《独特的赋格文体：论〈尤利西斯〉第11章中的音乐》，《外国文学评论》，1998年第1期；王友贵：《杂沓的现代音响：乔伊斯的〈尤利西斯〉》，《外国文学》，2003年第3期；冯建明：《〈为芬尼根守灵〉的诗歌特征》，《外国文学研究》，2004年第3期。

② 刘燕：《〈尤利西斯〉：空间形式的解读》，《外国文学研究》，1996年第1期。

③ 参阅弗兰克等编著：《现代小说中的空间形式》，秦林芳编译，北京：北京大学出版社，1991年。

④ 这是国内第一部乔伊斯研究专著，具有极为重要的导读价值。

版，惟有殷企平等著的《英国小说批评史》（2001 年）辟有一节谈到了乔伊斯的"作家隐退论"和"顿悟"说；也没有整体描述乔伊斯的诗学思想和创作实践与 20 世纪西方文论（如艾略特的"非人格化"理论、巴赫金的狂欢化理论、巴尔特的"可写性文本"理论等）的互动关系的理论专著出现；一些把乔伊斯与艾略特、伍尔夫、劳伦斯、鲁迅、托尔斯泰、果戈理等进行比较的文章有一定的参考价值，但一些研究乔伊斯的意识流小说技巧、象征主义、主观现实主义、人物形象分析的文章，普遍缺乏理论深度；在乔伊斯作品的宏观研究和微观研究两个方面，中国与英美研究界差距较大；国内学界与海外乔伊斯研究界缺乏充分的学术交流等。2013 年初，《芬尼根的守灵夜》第 1 卷中译本问世，引发了国内的"乔伊斯热"，相信不久的将来，会有更多优秀研究成果出现。

第六章

20 世纪英国文学研究（下）

第一节
总　述

　　二战以后，英国文学进入了一个新的阶段。1949年，中华人民共和国成立，中国的外国文学研究也进入一个新的历史时期。在政治意识形态与苏联文艺观的双重影响下，英国文学翻译与研究呈现出鲜明的时代特征。此外，二战后英国文学在当时的国内学界是无可争议的"当代文学"，这一颇有时效性的界定一直沿用至今。①

　　50 年代，最早被译介到中国的战后英国作家是多丽丝·莱辛。莱辛是当时英国的共产党员，很早就被苏联批评界所关注，因此其处女作《野草在歌唱》（*The Grass Is Singing*）于 1950 年出版后，1956 年即被翻译成中文②。在中译本"译者前记"的结尾，作者注明"译者前记"自己是参考了《苏联文学》1954 年 5月号的相关文章写成的。在作者看来，莱辛的早期几

---

①　在瞿世镜与刘文荣主编的两本同名著作《当代英国小说史》（2008年与 2010 年）中，编者所探讨的就是 1945 年以来的英国小说创作。

②　莱辛：《野草在歌唱》，王蕾译，上海：新文艺出版社，1956 年。

部作品"都贯串着一个主题：反对帝国主义者在非洲所进行的贪婪无耻的殖民政策，反对种族歧视"①。受当时阶级分析视角的影响，作者为了突出莱辛创作的"进步性"，明确地将她与所谓的"资产阶级作家"区别开来："在资产阶级作家所写的以非洲为题材的小说中，非洲人都给描写成了一个悲惨的、被征服的种族，可是在多丽思·莱辛的笔下，非洲人是真正地以人的面目出现了，他们非但有他们的风俗习惯，有他们丰富的内心生活，也有着他们的希望，他们的爱和憎。"②1958年，莱辛的中篇小说《高原牛的家》也被翻译成中文。③在"译后记"中，董秋斯指出莱辛的创作不同于所谓"吉普林的传统"，即由于"资产阶级的偏见"，他们对非洲的描写"往往只能使读者对非洲人民增加误解"，而莱辛"尊敬非洲的人民，她不仅写出了他们的风俗和习惯，也表达了他们的思想和感情以及他们的希望和抱负。"④从上述评论来看，莱辛涉及非洲题材的作品在新中国早期受到如此重视，与当时国内声援第三世界反殖民主义、反帝国主义的运动有着密不可分的重要关系。

受反殖民主义、反帝国主义等政治与社会思潮的影响，格雷厄姆·格林（Graham Greene，1904－1991）也较早受到了中国翻译界、评论界的关注。格林是当时英国的共产党员，其小说《沉静的美国人》受到苏联批评界的肯定，因此这部作品于1955年出版后，1957年即被翻译成中文。⑤格林与莱辛一样被国内学界认定为"英国进步作家"，这很大程度上受到苏联学术界的影响。《沉静的美国人》中译本的正文前收录了苏联学者埃里斯特拉妥娃的《格拉罕·格林和他的新小说》一文。这篇文章原发于苏联的《真理报》

---

① 王蕾：《野草在歌唱·译者前记》，上海：新文艺出版社，1956年，第1页。
② 同上，第1页。
③ 莱辛：《高原牛的家》，董秋斯译，北京：作家出版社，1958年。
④ 董秋斯：《高原牛的家·译后记》，北京：作家出版社，1958年，第82页。
⑤ 格林：《沉静的美国人》，刘芃如译，上海：新文艺出版社，1957年。

上，国内的《新华社通讯稿》对此也做过介绍。① 作者指出小说取材于法国在越南的"肮脏战争"，其中心思想是"一个善良的人不可能容忍社会不公平、侵略以及对其他国家人民的自由和独立的侵犯"，因而代表了"现代英国文学的暗流"②。当时，另一篇编译的文章《面目全非的〈沉静的美国人〉》同样取材于 1958 年 2 月 18 日苏联的《苏维埃文化报》。作者明确指出这本小说"忠实地揭露了美帝国主义阴险毒辣的殖民政策"③。此外，苏联学者伊瓦谢娃的《五十年代的英国小说》被翻译成中文，刊登在当时的《译文》杂志上，其中将格林称为"大作家"，认为他在《沉静的美国人》中"坚决地反对惨无人道的殖民主义和不正义的战争"④。显然，格林的作品在当时也被当做具有反殖民主义、反帝国主义思想倾向的"进步文学"，因而成为极少数被翻译成中文的二战后英国小说之一。

詹姆斯·阿尔德里奇（James Aldridge，1918－　　）是当时另一位被译介到中国的战后英国"进步作家"之一。50—60 年代，阿尔德里奇的多部小说被翻译成中文，其代表作《外交家》于 1949 年出版，1953 年同时出现了两个中译本⑤。1950 年，《文艺报》第 3 卷第 3 期翻译并刊登了苏联学者塞尔盖叶娃的评论文章《阿尔德里奇的〈外交家〉》，较早对他的创作进行介绍。此外，苏联学者对他的评价通过译介传入中国。吉洪诺夫在《现代世界进步文学——在第二次全苏作家代表大会上所做的副报告》（叶湘文译，《新华月报》1955 年第 3 期）中将阿尔德里奇划为"进步作家"，并对他的小说《外交家》赞赏有加。苏联学者伊瓦谢娃誉之为"当代

---

① 《苏报评英国作家格林新作〈沉静的美国人〉》，《新华社新闻稿》，1956 年第 2284 期。
② 《苏报评英国作家格林新作〈沉静的美国人〉》，《新华社新闻稿》，1956 年第 2284 期，第 46 页。
③ 《面目全非的〈沉静的美国人〉》，《电影艺术译丛》，1958 年第 4 期，第 91—92 页。
④ 伊瓦谢娃：《五十年代的英国小说》，马清槐译，《译文》，1958 年第 6 期，第 186 页。
⑤ 奥尔德里奇：《外交家》，于树生译，文化工作社，1953 年；阿尔德里奇：《外交家》，刘芄如、江士晔译，上海出版公司，1953 年。

最有才能的英国作家之一"，认为他的作品揭露英国的殖民主义、描绘被压迫民族日益增长的反抗，因此称之为"反殖民主义小说"。① 在 20 世纪的英国文学史中，阿尔德里奇并未成为"经典作家"，但当时国内学界在苏联学术界的影响下，效仿苏联的批评模式，在政治思想上给予他高度的评价。《文艺报》上的一篇文章称《外交家》不仅抨击了"帝国主义反苏、反共、反人民的政策"，而且"在保卫和平、宣扬真理方面"是一部很有价值的作品②。

在二战后国际冷战的大背景下，反殖民主义与反帝国主义成为当时评判外国文学作品进步与否的重要标准。这一研究思路与政治取向来自对苏联学术成果的译介。苏联学者伊瓦萧娃的《殖民主义的崩溃和英国文学》被翻译成中文，其中认为："英国很多小说家并不站在进步人士的前列，但他们却客观地描写了英帝国主义的危机、英国殖民势力的崩溃和附属国民族解放斗争的高涨。这些小说的出现乃是现实主义的重大胜利，同时也是反殖民主义运动获得成功的明证。"③这些苏联学术成果对二战后英国小说的评断在很大程度上左右了当时的评论界。撷华的《在殖民主义崩溃的时代中——略谈英国的反殖民主义作家与作品》（《光明日报》1963 年 2 月 19 日）与徐育新、董衡巽的《英国进步小说的一个特色》（《光明日报》1964 年 3 月 13 日）即是从这一角度对英国小说进行了评述。此外，在"政治标准第一艺术标准第二"的影响下，对西方文学的评论也形成了以阶级分析为主的二元对立思维模式，即进步文学与反动、腐朽的资产阶级文学。1959 年，阿尼克斯特的《英国文学史纲》中译本对现代英国文学的评论做出了"进步文学"与"颓废派文学"的明确划分。这一非此即彼的二元对立评价模式也被广泛运用在二战后的英国文学评价中。

---

① 伊瓦谢娃：《五十年代的英国小说》，马清槐译，《译文》，1958 年第 6 期，第 186 页。
② 杨刚：《小说〈外交家〉介绍》，《文艺报》，1954 年第 5 期，第 26、27 页。
③ 伊瓦萧娃：《殖民主义的崩溃和英国文学》，马清槐译，《世界文学》，1959 年第 2 期，125 页。

　　站在莱辛、格林、阿尔德里奇等"进步作家"对立面的则是被苏联学术界严厉抨击的"反动作家"乔治·奥威尔。奥威尔于30年代创作了一系列小说，但是其代表作《动物庄园》与《一九八四》分别出版于1945年、1949年。在东西方冷战的国际大背景下，这两本著作在西方国家深受欢迎，被看成是讽刺苏联社会主义制度的"佳作"。而在苏联等社会主义国家，奥威尔被贴上了"资产阶级反动作家"的标签而遭到抨击。当时的《译文》杂志刊登了两篇译自苏联杂志的文章：《谈谈英国文学》与《五十年代的英国小说》。前者将奥威尔看成是英国的"反动作家"，具有"反共产主义"的思想；后者提及奥威尔时认为他的两部代表作"是对整个人类充满憎恨的诽谤作品"①。苏联文艺批评界的观点对国内学界产生了很大影响。奥威尔在建国早期也同样被看成是"反苏反共作家"，其作品的翻译与研究成为禁区。评论文章中偶有提及奥威尔，基本上都是政治批判的基调，如曹庸在评论"愤怒的青年"作家时提到奥威尔，认为他是"政治上公开反动的作家"②。这一状况一直持续到80年代，侯维瑞在《现代英国小说史》（1985年）中对奥威尔的评述才开始表现出了"去极左化"的批评倾向。

　　50年代，英国小说在经历了40年代的衰落后出现了第一次繁荣局面，涌现出了一大批重要的小说家，其中尤以"愤怒的青年"（Angry Young Men）作家最为引人注目。当时，对这一时期英国小说的研究成果主要来自对苏联评论文章的译介。1958年，苏联学者伊瓦谢娃的《五十年代的英国小说》中译文中，作者对50年代的英国小说做出了全面的梳理。伊瓦谢娃对50年代小说的总体评价是英国小说的"萧条"与"衰落"："大多数作家故步自封，局限于描写琐细的体裁和微不足道的冲突，纷纷渲染那些常常患有某

---

① 弗·伊瓦谢娃：《五十年代的英国小说》，马清槐译，《译文》，1958年第6期，第183页。

② 曹庸：《英国的"愤怒的青年"》，《世界文学》，1959年第11期，第123页。

种狂热或恶习、在精神上和身体上都有缺陷的小人物的感情和感受。"①伊瓦谢娃所提到的新一代的小说家很多，但重点评论了爱丽丝·默多克、格林、斯诺、金斯利·艾米斯等人，其中虽有肯定，但更多是带有政治倾向的批判。在她看来，默多克是一位"存在主义者"，她的两部小说《在网下》（1954）和《逃离巫师》（1956）是"在'高级趣味的'读者中间颇为畅销的离奇古怪的作品"；在《逃离巫师》中，默多克"描写的人物大都属于富裕阶层，她细致地研究了书中人物的各种精神活动和各种感受。在心理分析方面，梅尔多克（即默多克）的技巧有时达到相当高的水平，但是她所精心地、有时细致入微地用艺术手法描写的那些人物，绝大多数是寡廉鲜耻、病态严重的家伙。这位女作家认为研究一切病态就是'解决'复杂生活问题的方式之一。"②现代主义的英国小说或多或少带有心理分析或心理描写的因素，但是在"现代派"被抨击为颓废、堕落的背景下，这样的创作特色自然也处于被抨击之列。

50 年代的英国小说在英美批评界一般被看成是对现代主义的反动，是对传统现实主义的回归。但是其中的"现实主义"显然与当时所广泛认可的"批判现实主义"并不相同，更是与当时所提倡的"社会主义现实主义"迥然有别，因此这一批作家也受到了苏联批评界的批判，代表了当时苏联文艺批评界与英美所谓的"资产阶级"文艺批评界对立的状况。伊瓦谢娃在《五十年代的英国小说》一文中开宗明义反对英国批评界关于 50 年代小说回归现实主义的观点："英国各种派别的文艺理论家，都肯定说英国 50 年代的作家恢复了 19 世纪和 18 世纪的，也就是批判现实主义甚至启蒙的现实主义的小说传统，这种说法我们是不能同意的。"③同时她还指出：

---

① 伊瓦谢娃：《五十年代的英国小说》，马清槐译，《译文》，1958 年第 6 期，第 178—189 页。

② 同上，第 182 页。

③ 同上，第 178 页。

"大部分当代英国作家的最大缺点,在于他们所描写的生活范围不像19世纪英国批判现实主义作家和20世纪初期的大艺术家(如高尔斯华绥、威尔斯或萧伯纳)那样广阔,那样具有多种多样的联系和相互关系。"①就斯诺而言,伊瓦谢娃认为他的《陌生人和亲兄弟》系列小说虽然描写了战后英国的各种社会阶层,但是"却还不能认为是现代英国社会生活的广阔图景"②。作为"愤怒的青年"作家之领军人物,金斯利·艾米斯也身处被批判者行列:"艾米斯之流的作家抱着错误的观点和顽固的偏见,看不出现实世界的明暗对比,分不清事物的主次关系,结果就筑了一道高墙,把他们同19世纪批判现实主义和18世纪启蒙现实主义的代表人物截然分开了。"③

　　在苏联文艺界的影响下,国内学界对英国新兴流派"愤怒的青年"也表现出了浓厚的兴趣,并发表多篇评论文章,如曹庸的《英国的"愤怒的青年"》(《世界文学》1959年第11期)、朱卓的《英国的"愤怒的青年"》(《新华月报》1961年第8期)、董衡巽与徐育新的《"愤怒的青年"和"垮掉的一代"——介绍当代资本主义世界的两个文学流派》(《前线》1963年第3期)、冰心的《〈愤怒的回顾〉读后感》(《世界文学》1959年第11期)及孙梁译自英美学界的文章《垮掉的一代和愤怒的青年》(《国外社会科学文摘》1959年第6期)等。相关评论文章大多袭用了苏联学界的批评观点,同样在政治意识形态层面加以批判或否定。曹庸将"愤怒的青年"看成是"今天英国所谓新的'迷惘的一代'的代表者"④,这一评价与伊瓦谢娃的观点不无相同之处。曹庸的文章对这些作家的评价仍然立足于政治层面:"他们并没有什么组织,也没有什么共同的纲领,不过他们都在不同的程度上不满意周围的一切现象:资本家,工人,他们

---

① 伊瓦谢娃:《五十年代的英国小说》,马清槐译,《译文》,1958年第6期,第181页。
② 同上,第185页。
③ 同上,第181页。
④ 曹庸:《英国的"愤怒的青年"》,《世界文学》,1959年第11期,第121页。

不满意；帝国主义，社会主义，他们也不满意；基督教，天主教，美国的腐朽、淫荡的文化，英国一般传统的文化，爱情，友谊，婚姻制度，生活方式……总之，一切他们都不满意，无一不使他们愤怒。"①董衡巽和徐育新的文章则直接将"愤怒的青年"和"垮掉的一代"看成是"西方当代两个腐朽没落的资产阶级文学流派"，并从政治思想层面归纳出了"愤怒的青年"的两个特点：一是其作品的主人公都是不满周围生活的青年知识分子；二是这些作家是小资产阶级思想情绪的代表人物，其作品带有严重的个人主义思想，最后认为"'愤怒的青年'的产生是资产阶级社会腐朽落后的反映"。②

然而，"愤怒的青年"作家毕竟不同于在政治上被认定为"反苏反共"的奥威尔，因此当时的学界采用了一分为二的辩证分析法，在思想倾向与艺术层面也给予一定的肯定。例如，曹庸认为这些"愤怒的青年"也"在一定程度上抨击了、讽刺了当今的资产阶级社会制度，否定资产阶级曾经引以为荣的一切好像千古不朽的准则"，并强调"他们与赫胥黎、奥登、伊歇伍德、斯本德这些反动的、已经投靠美国的英国知识分子仍然有着本质的不同"。③ 此外，他们还"确有一定的才能，也有一定的艺术技巧"，他们的作品"多少给英国资产阶级的死气沉沉的文学界带来了一些新人物、新气象"，而且他们"反对'冷战'，不与当权人物同流合污"，因此是值得关注的。当时苏联学术界对这一流派的作家也未完全否定。例如，伊瓦谢娃虽然对"愤怒的青年"作家进行批判与贬斥，但同时也将这一流派的出现看成是"当代英国文学的另一个有趣的现象"，因为这一现象可以证明英国正处于日益迫近的社会变革时期。伊瓦谢娃尤其指出：艾米斯的代表作《幸运的吉姆》"响彻了'愤怒者'的呼声"，其小说虽然不是批判现实主义的艺术，但相比其他作家，

---

① 曹庸：《英国的"愤怒的青年"》，《世界文学》1959 年第 11 期，第 122 页。

② 董衡巽、徐育新：《"愤怒的青年"和"垮掉的一代"——介绍当代资本主义世界的两个文学流派》，《前线》，1963 年第 3 期，第 10—11 页。

③ 曹庸：《英国的"愤怒的青年"》，《世界文学》1959 年第 11 期，第 123—124 页。

更接近现实主义。

　　1962 年，中共中央批转的文件《关于当前文学艺术工作若干问题的意见》（简称《文艺八条》）提出：一方面要大力"吸收外国文化"，另一方面要"对于西方资产阶级的反动文学艺术流派和现代修正主义的文艺思潮"做出有力的揭露和批判。① 在此方针指导下，当时被认为是"颓废堕落"或"反动腐朽"的当代英美文学作品，如约翰·奥斯本的《愤怒的回顾》、约翰·布莱恩的《往上爬》、塞林格的《麦田守望者》、凯鲁亚克的《在路上》以及戏剧家贝克特的《等待戈多》等被陆续翻译成中文。这些翻译作品标有"内部发行"的字样，封面印成黄色，在评论界一直被称为"黄皮书"。"黄皮书"成为 60 年代特定学术环境下对外国文学进行批判式译介的象征。尽管布莱恩等人的作品被翻译成中文，但在评论界的眼里，这些作品仍然属于西方的"颓废派"文学。1964 年，李之的《当代西方资产阶级颓废文学简析》（《哈尔滨师范学院学报》1964 年第 3 期）一文认为"第二次世界大战之后，西方资本主义国家又涌现了一些颓废文学的流派"，而这些"西方资产阶级文学"都具有"腐朽性"与"反动性"的倾向。② 作者认为"愤怒的青年"作家布莱恩的代表作《往上爬》"直接美化了资产阶级，充当了资本主义制度的辩护人"③，而"愤怒的青年"这样的西方颓废文学是"资产阶级小资产阶级知识分子的颓废没落情绪的反映，是日落西山、气息奄奄的资本主义制度在意识形态上必然的表现"④。作者对当代西方文学的政治化批判与当时对现代派文学的批判如出一辙。

　　"文革"结束后，思想界拨乱反正，外国文学研究出现了繁荣局面。学界对二战后英国小说的研究也呈现出新的特征。作为二战

①　《关于当前文学艺术工作若干问题的意见》，《文艺研究》，1979 年第 1 期，第 142 页。

②　李之：《当代西方资产阶级颓废文学简析》，《哈尔滨师范学院学报》，1964 年第 3 期，第 355 页。

③　同上，第 360 页。

④　同上，第 362 页。

后英国颇有影响的文学流派，"愤怒的青年"继续受到关注，但50—60年代的影响继续存在。在《中国大百科全书·外国文学》的"愤怒的青年"词条中，刘若端强调这些作家"出身于工人阶级或社会的中下层，以本阶级的举止行为为荣"①，所采用的仍然是阶级分析的视角。另一方面，在当时"现代主义热"的背景下，"愤怒的青年"则又经常被看成是"现代主义"流派之一。1983年，黑龙江省社会科学院文学研究所编写的《西方现代派文学参考资料》（内部发行）将"愤怒的青年"列入外国重要的"现代派"之一。1987年《向上爬》中译本"译者的话"中有这么一句话："'愤怒的青年'是西方现代派文学的一个流派"②。1988年，廖星桥在《外国现代派文学导论》中也将"愤怒的青年"看成是"广义性的现代派文学流派"③。英国批评界在80年代对这一流派已有定性，即回归现实主义或"反现代主义"。戴维·洛奇在《现代主义·反现代主义·后现代主义》一文中认为，50年代"愤怒的青年"代表了一股有意识的反现代主义的潮流。这一篇文章在当时已被翻译成中文。这一流派的不少作品也于80年代被翻译成中文。然而，当时的评论界对这一流派的认识与评价或是受到了50—60年代评论文章的影响，或是仅凭粗略的印象，并没有进行深入细致的探讨就匆忙地做出未必正确的评断。

80年代，金斯利·艾米斯(Kingsley Amis，1922－1995)成为"愤怒的青年"中最受关注的小说家之一。《文化译丛》刊登了两篇译自西方批评界的评论文章：伊丽莎白·布兹的《金斯利·艾米斯——第一位"愤怒的青年"运动的小说家》④与梅里埃尔·贝蒂的《艾米斯拒绝接受"令人讨厌的"绰号》⑤。前者指出《幸运的吉

① 《中国大百科全书·外国文学》，第312页。
② 马澜、越位：《向上爬·译者的话》，长沙：湖南人民出版社，1987年，第3页。
③ 廖星桥：《外国现代派文学导论》，北京：北京出版社，1988年，第570页。
④ 徐凡译，载《文化译丛》1986年第5期。
⑤ 连宗森译，载《文化译丛》1989年第4期。

姆》创造出了一个崭新的、富于喜剧性的反英雄典型，后者则探讨艾米斯拒绝英美批评界加在其身上的两个令他不满的绰号，即"愤怒的青年"与"厌恶妇女的人"。喜剧性、反英雄、愤怒的青年、厌女症等论题，基本反映了当时英美批评界对艾米斯的研究动向，但这些成果并未引起当时评论界的注意。国内学界对艾米斯的深入研究出现在90年代。阮炜的《吉姆的笑——评〈幸运的吉姆〉》（《外国文学评论》1996年第3期）与张中载的《一部"反文化"小说——〈幸运的吉姆〉》（《外国文学》1998年第1期）是当时两篇最具代表性的成果。阮炜认为艾米斯尖刻地讽刺了英国的学院生活、精英文化以及二战前现代派的实验主义。张中载则指出《幸运的吉姆》是二战后英国文学中一部反高雅文化的优秀代表作。90年代，国内还出现了研究"愤怒的青年"的博士论文[1]。

　　近十年来，学界对"愤怒的青年"仍然只有零星的研究成果，从总体上来看，其受关注的程度远不如二战前的现代主义小说，更不及80年代崛起的新一代小说家。其中原因可能在于国内学界对实验创新的先锋派文艺兴趣浓厚，而"愤怒的青年"虽然在50年代轰动一时，但时过境迁之后，其艺术上的保守与不足也开始为学界所诟病。国外批评界对这一流派的创作时有指责，如题材琐屑、视野狭窄。迄今为止，50年代"愤怒的青年"主要作家的代表作，如艾米斯的《幸运的吉姆》、约翰·布莱恩的《跻身上层》、约翰·韦恩的《每况愈下》和西利托的《星期六晚上，星期六早上》（*Saturday Night and Sunday Morning*, 1958），都已被翻译成中文，并大都有不止一个译本，国内学界对这一流派的了解更加全面。但与此同时，学界对这一派作家的小说艺术也不乏微词，如陆建德曾经指出："公开声明反对实验、要从现实生活吸取养料的小说家中不乏庸才。"[2]

---

[1]　吴其尧：《从反叛到妥协——"愤怒的青年"小说研究》，上海外国语大学博士论文，1998年。

[2]　陆建德主编：《现代主义之后：写实与实验》，北京：中国社会科学出版社，1997年，第4页。

80年代，莱辛继续受到评论界的关注。《外国文学研究》较早发表了两篇评论文章：孙宗白的《真诚的女作家——多丽丝·莱辛》（《外国文学研究》1981年第3期）与署名"山"的《英国女作家多丽丝·莱辛谈她的小说创作》（《外国文学研究》1982年第1期）。此外，其他刊物也刊登了一些评论文章，如海西的《陶丽斯·莱辛及其作品》（《名作欣赏》1982年第5期）、王家湘的《多丽丝·莱辛》（《外国文学》1987年第5期）以及被翻译成中文的英美学者伊丽莎白·布兹的《多丽斯·莱辛——一位对非洲问题和西方文化中女权运动颇为敏感的作家》（徐凡译，《文化译丛》1986年第6期）。这些文章不仅如50年代的评论一样继续分析其作品中的反殖民主义与反种族歧视等政治主题，而且也触及或探讨了西方女权主义运动背景下莱辛创作的文化主题。90年代，学界基本认同莱辛作为当代一流英国小说家的重要性，对她的研究不断深化发展。新世纪以来，尤其是莱辛于2007年获得诺贝尔文学奖后，国内的研究出现了更加繁荣的局面。

另一位获得诺贝尔文学奖获得者的威廉·戈尔丁也成为80年代国内学界重点关注的二战后小说家之一。戈尔丁于1954年发表处女作《蝇王》后大获成功，并广受好评。戈尔丁的创作与50年代英国小说创作的主流完全不同——与"愤怒的青年"不同，与莱辛不同，与奥威尔不同，非常"另类"。戈尔丁出道之初，既未引起苏联评论界的关注，也未引起建国早期国内学界的注意。1981年，陈焜的《人性恶的忧虑：谈谈威廉·戈尔丁的〈蝇之王〉》（《读书》）可能最早对戈尔丁的创作进行探讨。1983年，戈尔丁获得诺贝尔文学奖后，各类评论文章纷纷涌现，形成了一股"戈尔丁热"。1985年，《蝇王》的两个中译本同时出版，并成为国内研究界的重要研究对象。新世纪以来，他的其他小说开始被翻译成中文，并获得了很大的关注。本章对莱辛与戈尔丁这两位诺贝尔文学奖获得者在中国的研究有详细评述，此不赘述。

格林在50年代因小说《沉静的美国人》而为国内学界所熟悉。

1978年,《外国文艺》刊登戈哈的《格·格林的新作〈人的因素〉出版》(《外国文艺》1978年第1期),较早向国内介绍格林的创作动态。新时期以来,格林的十多部长篇小说以及部分短篇小说被翻译成中文,"成为在我国最为流行的当代英国小说家"①。80年代初,格林被认为是当时最有希望获得诺贝尔文学奖的英国作家,但1983年诺贝尔桂冠授给了戈尔丁,从而引发学界的争议,国内学界对此也表示了较大的关注,如董鼎山曾在《1983年诺贝尔文学奖风波》(《读书》1984年第1期)一文中对此做出详细评述。整个80年代,因为受诺贝尔文学奖的影响,我国学界对戈尔丁的兴趣明显超过了对格林的兴趣,而评论格林小说的文章屈指可数。90年代以来,情况虽然有所改观,并出现了格林研究的博士论文②,但总体来看国内的格林研究相对滞后。韩加明指出,这其中的原因有三:一是格林小说在形式上创新不多;二是格林小说中的宗教"情结"过多;三是其创作手法与题材非常类似通俗小说。③ 近20年来,由于国内学界过多看重国外批评界的观点,英美主流批评界对格林兴趣的减弱也是国内格林研究滞后的重要原因之一。

爱丽丝·默多克(Iris Murdoch,1919-1999)与C·P·斯诺也是50年代涌现出来的两位重要小说家。当时,伊瓦谢娃在《五十年代的英国小说》一文中对他们进行点评,已经使国内学界对他们的创作有了初步的了解。1979年,《外国文艺》上刊登《默多克新作〈海,海〉问世》(《外国文艺》1979年第2期),开启了新时期国内默多克研究的先河。1985年,她的小说《沙堡》被翻译成中文。④ 80—90年代,国内发表了不少关于默多克的介绍与评论文章。90

---

① 韩加明:《格雷厄姆·格林研究综述》,《外国文学动态》,1999年第4期,第6页。
② 薛浩:《圣徒与罪人的圣餐——格雷厄姆·格林小说中的宗教因素》,上海外国语大学博士论文,1999年。
③ 韩加明:《格雷厄姆·格林研究综述》,《外国文学动态》,1999年第4期,第7—8页。
④ 默多克:《沙堡》,王家湘译,北京:外国文学出版社,1985年。

年代，国内开始出现以默多克小说为研究课题的博士论文。[①] 1999 年，默多克去世后，一些报刊刊登消息，学界也给予较多的关注。新世纪以来，默多克的主要著作，如《黑王子》、《大海啊大海》等，已被翻译成中文，相关研究论文与学位论文激增，研究专著也开始出现，默多克研究进入一个快速发展阶段。自伊瓦谢娃的论文将默多克界定为"存在主义者"起，学界研究的一个重要方向即是其作品中的哲学内涵及其小说与哲学著作之间的互文关系。默多克的小说在二战后英国文坛独树一帜，关注善恶、性、乱伦、无意识、道德、伦理等多重主题，这些重要课题在国内也得到了较多的探讨。

与默多克相比，C·P·斯诺（Charles Percy Snow，1905 – 1980）所受到的关注难以望其项背。斯诺自 50 年代开始创作的"长河小说"系列《陌生人与亲兄弟》很有影响，其中《新人》于 1984 年被翻译成中文，《院长》的中译本也于 2010 年出版。国内学界对其小说的深入研究开始于 90 年代，其中陆建德的《从 C·P·斯诺的〈新人〉看"两种文化"》（《外国文学》1996 年第 2 期）与侯维瑞的《在陌生世界寻求兄弟情谊——试论 C·P·斯诺的小说创作》（《外国文学评论》1998 年第 2 期）是当时的代表性成果。两位作者基本上将斯诺置于 50 年代反对形式实验与回归现实主义传统的文学思潮背景中，对他的小说做出了深入的评论。1959 年，斯诺在剑桥大学做了题为"两种文化"的讲座，后来出版成书为《两种文化与科学革命》，其中译本于 1995 年出版。[②] 近二十年来，国内学界对他所提出的"两种文化"的学术兴趣远远大于对其小说创作的兴趣。稍加搜索，关于"两种文化"的研究论文数量已经相当可观，并出现了"斯诺命题"的说法。

约翰·福尔斯（John Fowles，1926 – 2005）与 V·S·奈保尔

---

① 何伟文：《艺术与道德：艾丽丝·默多克的小说世界》，上海外国语大学博士论文，1998 年。

② 斯诺：《两种文化》，纪树立译，北京：三联书店，1995 年。

是 60 年代英国文坛崛起的两位重要小说家。福尔斯于 60 年代发表了三部小说,尤其是《法国中尉的女人》轰动一时,不仅是 60 年代英国文坛不可多得的名篇佳作,而且也是英国乃至西方后现代主义小说的代表作。福尔斯在我国的译介与研究较晚。1982 年,他的短篇小说《谜》由施咸荣翻译成中文,刊登在《外国文艺》1982 年第 3 期上。1984 年,《法国中尉的女人》在台湾地区被翻译出版①。1985 年,《法国中尉的女人》在大陆出现了两个中译本②。80 年代中后期,学界对福尔斯的研究也正式开启,刘若端发表了系列文章③,其中较早探讨了其作品中的女权主义思想,从而成为国内福尔斯研究的重要先驱。90 年代,他的处女作《收藏家》等被翻译成中文,对他的研究也出现了一些重要论文,如张中载的《后现代主义及约翰·福尔斯》(《外国文学》1992 年第 1 期)、阮炜的《〈法国中尉的女人〉的社会历史内涵》[《深圳大学学报》(人文社科版)1996 年第 3 期]、侯维瑞与张和龙的《论约翰·福尔斯的小说创作》(《国外文学》1998 年第 4 期)等。90 年代后期以来,国内开始出现以福尔斯的小说为课题的博士学位论文。一些文学史著作,如王佐良的《英国 20 世纪文学史》、侯维瑞的《英国文学通史》,均将福尔斯当做重要实验小说家加以评述。新世纪以来,福尔斯的主要小说都有了中译本,福尔斯研究也极为活跃,学术论文与博士学位论文不断涌现,并出版了两部学术专著。④ 在这

---

① 福尔斯:《法国中尉的女人》,张瑛译,台湾:好时年出版社有限公司,1984 年。

② 约翰·福尔斯:《法国中尉的女人》,刘宪之、蔺延梓译,天津:百花文艺出版社,1986 年;阿良、刘坤尊译,广州:花城出版社,1985 年。

③ 刘若端:《神秘的萨拉:评福尔斯的女权主义思想》,《外国文学评论》,1989 年第 3 期;《是蛆? 还是狂想?——评约翰·福尔斯的新作〈蛆〉》,《外国文学评论》,1987 年第 4 期;《约翰·福尔斯论创作》,《外国文学动态》,1988 年第 5 期;《约翰·福尔斯的短篇小说集〈乌木塔〉》,《文艺报》,1987 年第 29 期。

④ 张和龙:《后现代语境中的自我——约翰·福尔斯小说研究》,上海:上海外语教育出版社,2007 年;王卫新:《福尔斯小说的艺术自由主题》,上海:复旦大学出版社,2009 年。

些成果中，前期的女权主义、后现代主义和历史批评等研究视角被继承了下来，一些新的研究视角也开始出现，如精神分析、生态女权主义、新历史主义、艺术自由、对话理论等，研究的深度与广度均有所推进。

奈保尔在国内受到关注晚于约翰·福尔斯。他出生在英国殖民地、加勒比海的岛国——特立里达与多巴哥，1950 年赴英国牛津学习，毕业后开始发表作品，60 年代凭借小说《比斯瓦斯先生的房子》享誉英国文坛。1980 年，《外国文艺》第 6 期刊登《流浪作家奈保尔》，较早对奈保尔进行介绍。1982 年，《外国文学》翻译发表了 5 篇奈保尔的短篇小说。1986 年张中载发表的《沿着追求真善美的轨迹——读 V·S·奈保尔的〈比斯瓦斯先生的屋子〉》（《外国文学》1986 年第 1 期）是国内对奈保尔研究的第一篇重要论文。90 年代，《外国文学动态》发表系列文章，对他的创作动态进行介绍。1992 年，他的早期作品《米格尔大街》被翻译成中文，但是长期滞销，乏人问津。2001 年，奈保尔获得诺贝尔文学家，引发了国内的"奈保尔热"。十多年来，奈保尔已经是国内学界公认的经典作家，他的主要作品大多被翻译成中文，众多博士、硕士论文以他的创作为研究对象，研究成果的数量如火箭一般上升，并表现出了独特的译介、研究与接受特征。本章对奈保尔研究有专题介绍，此不赘述。

对二战以来英国小说的整体论述或集中探讨晚于对上述重要小说家的研究。1985 年，秦小孟翻译的《第二次世界大战以来的英国文学》出版，原著者是德国学者豪斯特·特雷彻。这是国内第一部论述战后英国文学的中文译作，其中概述了第二次世界大战到 1972 年之间的英国小说、戏剧与诗歌的发展状况。在小说评论方面，作者不仅论及了"愤怒的青年"作家，而且还评述了"工人阶级小说家"与"革新派小说家"。90 年代后期以来，国内陆续出版了一些专题性著作，如瞿世镜等人的《当代英国小说》、阮炜的《社会语境中的文本——二战后英国小说研究》、张和龙的《战后英国小说》、刘文荣的《当代英国小说史》等，对二战以来的英国小说做了较为全面或深入的探讨。此外，王佐良等主编的《英国二十世纪文学史》、张中载的《当代英国文学论文集》、林镶华的《当代英国文学史纲》、侯维瑞的《英国文学通史》、侯维瑞与李维屏的《英国小说史》、阮炜等著的《20世纪英国文学史》、王守仁等著的《20世纪英国文学史》等著作对当代英国小说均有评述。这些著作不仅将上述在50—60年代涌现出来的重要作家收录其中加以探讨，而且还对80年代崛起的新一代作家进行介绍与评述。此外，国内学界开始将二战后的英国小说家分门别类，并根据其创作特点将其划入各种流派或类属中，如瞿世镜在《当代英国小说》中用"现实主义"、"实验主义"、"妇女小说"、"地方小说"、"文人小说"、"移民文学与后殖民小说"、"通俗小说"等类别，将二战以来的大多数小说家囊括在内。

二战后的英国小说在80年代出现了第二次繁荣局面，并涌现出了一大批颇具影响的小说家，如伊恩·麦克尤恩、朱利安·巴恩斯、马丁·艾米斯、萨尔曼·拉什迪、石黑一雄、A·S·拜厄特、戴维·洛奇等。这些小说家已经成为近十几年来国内研究的重要对象，各类研究成果不断问世。除了这一批杰出的代表作家外，其他一些重要作家，如安东尼·伯吉斯、安吉拉·卡特、格雷厄姆·斯威夫特、玛格丽特·德拉布尔、詹尼特·温特森、布鲁克纳、卡里·菲利普斯、马尔科姆·布莱德伯里、希拉里·曼特尔等，也经常成为译介与评论的对象。在通讯与网络极为发达的当下，国内学界对当代英国小说的译介与评论与英国评论界几乎同步进行。一些文坛新星，如扎第·史密斯、戴维·米切尔，几乎同步被译介到中国。由于时间相距过近，当下众多英国文坛名家最终能否成为经典作家而被传承，尚需时间来证明。学界对这些小说家尽管已有很多研究，并取得了不少重要成果，但这些成果也需要时间来印证其学术价值，此处不再评述。

国内对当代英国小说的研究一枝独秀，对诗歌与戏剧的研究相形见绌，其主要原因在于小说已经成为文学体裁中的第一大样式，研究者众多。关于二战后的英国诗歌，其影响远远不如二战后英国小说。50 年代，艾略特、奥登等人继续进行诗歌创作，但是其诗歌影响力大为减弱。不过，当时的英国也出现了以菲利普·拉金（Philip Larkin，1922－1985）等人为代表的新一代诗人，他们被称为"运动派"诗歌。80 年代，国内学界开始译介二战后的英国诗歌，对"运动派"诗歌也有所关注，但成果有限。1993 年，王佐良的《英国诗史》只有一章（"世纪后半的诗坛"）论二战后英国诗歌，作者在其中也对"运动派"诗歌与拉金等诗人做了简短的介绍。1999 年，王宁的论文《当代英国诗歌中的"运动派"》（《诗刊》1999 年第 5 期）以及侯维瑞《英国文学通史》中的"运动派"一节，对拉金等运动派主要诗人均有评述。国内对"运动派"诗歌最深入的研究来自傅浩的博士论文①以及他于 90 年代初发表的系列论文。1998 年，傅浩在此基础上出版的专著《英国运动派诗学》至今仍然是国内"运动派"诗歌研究的唯一的重要的学术著作。泰德·休斯（Ted Hughes，1930－1998）是二战后英国另一位重要诗人，1984 年被封为英国桂冠诗人。他的诗歌于 80 年代初被翻译成中文②。1985 年，张中载发表《塔特·休斯——英国桂冠诗人》（《外国文学》1985 年第 10 期）一文，最早对他的诗歌创作进行评介。90 年代以来，休斯的诗歌不断被翻译成中文，对他的研究也日益增多，并出现了以休斯诗歌为选题的博士论文。③ 相对于拉金与休斯而言，二战后其他诗人在国内的译介与研究更少。不过，北爱尔兰诗人谢默斯·希尼（Seamus Heaney，1939－   ）是一个例外。1995 年希尼获得诺贝尔文学奖引发了国内翻译界、批评界的浓厚兴趣，

---

① 傅浩：《英国运动派诗学述评》，中国社会科学院博士论文，1990 年。

② 正衡译：《休斯新诗四首》，《外国文学》，1983 年第 8 期。

③ 刘国清：《从断裂到弥合：泰德·休斯诗歌的生态思想研究》，东北师范大学博士论文，2008 年。

其诗歌研究已经取得了"丰硕的成果"①,大有赶超拉金与休斯诗歌研究的发展趋势。

在戏剧研究方面,约翰·奥斯本(John James Osborne,1929 - 1994)的《愤怒的回顾》(*Look Back in Anger*,1956)是50年代"愤怒的青年"的代表剧作,与艾米斯等人的小说一样很早就受到关注。冰心的《〈愤怒的回顾〉读后感》(《世界文学》1959年第11期)可能是最早的评论文章。《愤怒的回顾》虽然在50年代影响一时,但是其重要地位随着时间的推移明显下降,国内对奥斯本的关注大多出现在一些文学史、戏剧史著作中,并且是作为"愤怒的青年"中唯一一位剧作家而被评述,独立而深入的研究寥寥无几。爱尔兰剧作家塞缪尔·贝克特凭借荒诞巨作《等待戈多》于50年代步入西方文坛大家行列。60年代,贝克特虽然被介绍到中国,但是也遭遇到了政治化的批判,如董衡巽将贝克特划为"反戏剧派"作家,而"反戏剧派"是"当代资本主义世界最走红运的一个颓废文学流派"②,丁耀瓒则认为以贝克特为代表的"先锋派"文艺深刻地反映了西方资产阶级的"没落腐朽"。③ 80年代初开始,在国内"荒诞派热"的背景下,贝克特主要作为著名戏剧家而受到更多的关注与评介。由于爱尔兰文学与英国文学之间密不可分的亲缘关系,迄今为止国内外国文学研究界对贝克特戏剧的研究方兴未艾。哈罗德·品特是二战后英国另一位重要的剧作家,早年与贝克特一道被界定为"荒诞派"剧作家,80年代起被介绍到国内,曾被看成是"威胁喜剧"的重要作家。2005年,品特获得诺贝尔文学奖,目前他已成为国内学界最受关注的二战后英国剧作家之一。本章对这两位剧作家有专题评述,此不赘述。

---

① 李成坚:《国内外希尼翻译研究述评》,《四川师范大学学报(社科版)》,2009年第6期,第101页。

② 董衡巽:《戏剧艺术的堕落——法国"反戏剧派"》,《前线》,1963年第8期,第10页。

③ 丁耀瓒:《西方世界的"先锋派"文艺》,《世界知识》,1964年第9期,第26页。

第二节
奥威尔研究

乔治·奥威尔（George Orwell，1903－1950）是 20 世纪下半叶最有影响力的英国作家之一。他的代表作《动物庄园》（*Animal Farm*，1945）和《一九八四》（*Nineteen Eighty-Four*，1949）在世界百部文学经典排行中名列前位，先后被译成 60 多种语言。奥威尔的《动物庄园》于 1945 年出版，1947 年 8 月就被身在美国的任穉羽翻译成中文，1948 年 10 月作为"少年补充读物"由商务印书馆出版。译者认为"这篇寓言式的小说富于讽刺的趣味，对于动物心理的了解与描写，也有其特至的地方。这是一部文学的书，读者若作政治小说观，那就错了。"① 其实，这还不是奥威尔在中国的最早译介。早在 1941 年，他的散文《缅甸射象记》（今译《猎象记》）就已经被翻译成中文，并连载在上海的报纸《大陆》第 5—6 期上。② 新中国成立后，因受极"左"思潮与苏联文艺观的影响，奥威尔长期作为"反苏反共作家"遭受批判，至 80 年代，奥威尔译介与研究才开始"解冻"，90 年代步入正轨，新世纪以来则出现了多姿多彩的繁荣局面。本节将梳理 60 年来这位重要作家在中国的研究历程，并对不同时期奥威尔研究的特点与成就进行评述和探讨。

一、从禁区到解冻：政治意识形态影响下的早期译介和研究

1950 年奥威尔去世，时值冷战时期，西方资本主义阵营利用奥威尔攻击社会主义是极权主义，而以苏联为首的社会主义阵营则把奥威尔当做"人民的公敌"和"资产阶级反动作家"。奥威尔成

---

① 乔治·奥威尔："关于本书的作者"，《动物农庄》，任穉羽译，上海：商务印书馆，1948 年。
② 这篇译作的中译者是金东露。

为两大敌对阵营的文化冷战工具,他的作品在社会主义国家成为禁书。受这一国际政治形势以及意识形态的影响,奥威尔在 20 世纪 50—70 年代的中国同样被当做"反苏反共作家",他的作品也成为禁书,国内相关研究几乎是空白。不过,一些学术期刊在介绍当代英国文学时对他的创作仍有零星介绍与评论,但主旨是批判。据现有资料来看,建国后最早提及奥威尔及其创作的是 1956 年 7 月发表在《译文》上的《谈谈英国文学》①。作者将奥威尔划入英国"反动作家"之列,并指出其"反共产主义"的"信仰"已经"发展成了严重的精神病",他的《动物庄园》与《一九八四》是仇视人类的病态幻想的产物。1958 年《译文》6 月号上刊载的《五十年代的英国小说》也提到了他的这两部代表作,并将它们看成是对整个进步人类充满憎恨的毁谤作品。② 这两篇论文都译自苏联的文学杂志,代表了冷战时期苏联文艺界对奥威尔的批判态度,极大地影响了当时国内学界对奥威尔的认知。

奥威尔的创作颇受赫胥黎的影响,《一九八四》和《美丽新世界》都被看做 20 世纪"反乌托邦"小说的重要代表作。这一创作特质已经为当时的学界所认识,但是当时主流意识形态把"反乌托邦"作品所描绘的世界当做对社会主义国家的攻击而加以批判。1959 年,《现代外国哲学社会科学文摘》第 10 期上刊载周煦良摘译的《赫胥黎:〈美丽的新世界重游记〉》③一文。文章作者将这两部"反乌托邦"小说进行了对比,认为"奥威尔的未来图景则是纯粹政治性质的","在《1984》里,宗教冲动被导致为一种官方制造的大哥信仰"。在"编者按"中,这类"反乌托邦"小说受到了猛烈的抨击:"帝国主义的宣传者总是污蔑社会主义国家为和法西斯一样的极权国家,而他们的政体是民主政体;这一套手法早已司空见惯

---

① 这篇文章译自苏联的《外国文学》杂志 1956 年 4 月号,作者是英国马克思主义批评家阿诺德·凯特尔(Arnold Kettle)。
② 弗·伊瓦谢娃:《五十年代的英国小说》,《译文》,1958 年第 6 期,第 183 页。
③ 原文刊登在《伦敦杂志》1959 年 6 月号上。

了。A·赫胥黎的毒箭其实已经是强弩之末，从这篇书评看来，连英国人对他的危言耸听也变得腻味了。"①《现代外国哲学社会科学文摘》（现名《国外社会科学文摘》）主要介绍现代资本主义国家哲学社会科学的现状、思潮与流派。这则"编者按"是当时国内主流意识形态把奥威尔看成是典型的反社会主义作家的典型代表。

"十一届三中全会"以后，国内开启了改革开放和思想解放的新时期，学界对奥威尔的译介与评论开始"解冻"。奥威尔"解冻"的标志是著名翻译家董乐山将小说《一九八四》译成中文，并于1979 年以"1984 年"为书名、以"内部发行"的形式在《国外作品选译》第4—6 期上连载。但是此刻的"解冻"并非没有遇到阻力。在《国外作品选译》第二次连载时增加了一则"编者按"，其中强调奥威尔"是一个从'左翼'转到'极右翼'的作家"。有学者认为这则"编者按"可能是受到了来自"左翼"方面的压力。② 董乐山译本的出版也历经坎坷。1985 年，《一九八四》作为"乌托邦三部曲"之一，由广州花城出版社"内部发行"。直到1988 年，该社在出版小说第二版时才取消了"内部发行"的字样。董乐山翻译的《一九八四》是国内最有影响力的小说译本，对当时许多知识分子如作家王小波③影响深刻。

《国外作品选译》之后不久，奥威尔又出现在国内两部大型百科全书的条目之中。陆建德曾提到："1982 年版的《大百科全书》上面收有奥威尔的条目，不长，是巫宁坤先生写的。那时奥威尔已

---

① 详见布鲁克：《赫胥黎：〈美丽的新世界重游记〉》，周煦良译，《现代外国哲学社会科学文摘》，1959 年第 10 期，第 32—33 页。

② 参见张桂华：《有关〈一九八四〉的版本》，《博览群书》，2000 年第 10 期，第 25—27 页。

③ 王小波在《怀疑三部曲》序言中说："1980 年，我在大学里读到了乔治·奥威尔的《1984》，这是一个终生难忘的经历……对我来说，它已经不是乌托邦，而是历史了。"

经成为研究的对象。"①巫宁坤在《中国大百科全书》"外国文学卷"中最早对奥威尔的生平与创作给予简短而完整的介绍。②《中国大百科全书》为奥威尔立传代表了国内学界对其文学地位的认可，但这仍然只是初步的认识与了解。这则条目出现了一些明显的基本信息错误，如奥威尔出生时间、作品题名等。条目中的一些说法，如"信仰马克思主义"、"思想开始右倾"、"鼓吹社会民主主义"等，并没有准确地反映出奥威尔的政治观，因为奥威尔反对空谈理论而对现实冷漠的左派知识分子，反对教条地搬用经典的或者苏联的马克思主义理论，反对极权主义而"拥护民主社会主义"。这则条目基于政治立场而对奥威尔的创作持批判态度，如作者认为《动物庄园》"以寓言的形式嘲笑苏联的社会制度"，《一九八四》"幻想人在未来的高度集权的国家中的命运。"1985年出版的《简明不列颠百科全书》在介绍奥威尔政治思想的演变和作品的艺术特点时，也出现了一些类似的信息错误。这些错误都说明：奥威尔在"解冻"早期，因受到意识形态和研究资料匮乏的双重影响，国内学者和译者对这位作家的生平和创作还缺乏准确的了解。

1984年前后，西方出现奥威尔研究的热潮，这些研究大都将《一九八四》的小说世界与现实社会进行比对，讨论的重点是极权主义。国内学界对西方的这一研究动向与态势进行了译介，并开始注意到了奥威尔作品中的反极权主义主题。1983年《科学对社会的影响》第2期刊登了三篇翻译文章：《一九八四年：从虚构到现实》、《奥威尔对1984年的世界的看法》和《1984年：科学对社会的影响》。杂志中的"本期说明"准确地揭示了《一九八四》的反极权主义主题。其中的"译者注"称：奥威尔是"资产阶级记者、讽刺作家和传记作家"，"他的世界观从来就是典型的资产阶级的"，"他的

---

① 华慧：《陆建德谈乔治·奥威尔》，《东方早报》，2010年02月07日。

② 中国大百科全书总编辑委员会《外国文学》编委会等编：《中国大百科全书·外国文学》，北京：中国大百科全书出版社，1982年，第85页。

《动物饲养场》和《一九八四年》含沙射影地攻击社会主义制度，博得资本主义世界一片喝彩声"。① 可见，意识形态式批评在奥威尔"解冻"初期仍然发挥着巨大的作用。这一特征在国内学者沈恒炎的专文介绍中表现得更加明显。在他看来，这场研究热潮"反映了新的历史时期西方社会的动态和思潮，表现了资本主义社会个人和社会之间的不协调、日益加剧的社会异化以及道德和文明的危机；同时也反映了资本主义的思想家们对日益强大的社会主义的恐惧感。"②

1984 年，《国外社会科学》上发表的中译文《1984 年——当代西方文化研究》也对这场研究热潮进行了介绍。作者沃尔伯格认为奥威尔代表了"晚期资本主义的知识先锋"，透露了"西方知识分子所处的困境"，他的作品是"失望留下的遗产"。由于这些知识分子没有马克思主义的阶级观和历史观作指导，冷战后的文化变得异常贫乏，甚至产生了消极的社会作用。因此，"西方知识分子可以重建他们往日与进步力量结成的同盟，并且从《1984 年》的文化破产转向以理解和批评为基础的文化上生机勃勃的局面。"③这篇译文选择的是西方马克思主义知识分子对奥威尔的评价。他们继承了英国左派读书俱乐部创办者戈兰茨（Victor Gollancz）、斯大林传记作者多伊彻（Isaac Deutscher）和英国新左派代表人物威廉斯（Raymond Williams）的批评传统，指责奥威尔作品中的悲观主义和对社会主义者的攻击已对西方社会主义运动造成了巨大损害。

可以看出，国内学界对当时西方奥威尔研究热潮做出了一些积极的反应，但是他们在译介过程中也非常注意"政治正确性"：第

---

① 中国大百科全书总编辑委员会《外国文学》编委会等编：《中国大百科全书·外国文学》，北京：中国大百科全书出版社，1982 年，第 85 页。

② 沈恒炎：《〈1984〉年和西方社会——西方对预言小说〈1984〉的评论》，《未来与发展》，1985 年第 4 期，第 45—47 页。

③ E·沃尔伯格：《1984 年——当代西方文化研究》，迪超译，《国外社会科学》，1984 年第 8 期，第 13—14 页。

一，坚持社会主义立场，对资本主义进行批判；第二，尽量选译带有马克思主义观点的评论；第三，即使原文引进也要小心翼翼地加上作家具有"资产阶级"身份的说明。这些基本原则和处理方式既反映了 1980 年美国总统里根上台后美苏对抗加剧的冷战气氛，也表现了国内学界在"解冻"初期对奥威尔译介的那种忐忑不安的真实心态。比如，董乐山 1983 年在美国康奈尔大学访问时曾和西方的奥威尔研究学者进行交流，他十分清楚这场研究热潮的主旨是反极权主义，所以他在 1985 年"内部出版"的《一九八四》中译本说明中已经指出极权主义对人性的摧残。但是，他同样小心地加上了这样的说明文字："请读者不要对号入座！"①

　　1985 年，侯维瑞的专著《现代英国小说史》和论文《试论乔治·奥韦尔》（《外国文学报道》1985 年第 6 期）是国内最早对奥威尔进行专题研究的重要代表成果。在《现代英国小说史》中，作者将奥威尔的创作放在"社会讽刺作品"一章中，并将其早期作品划为"贫困题材作品"，把《向卡德罗尼亚致敬》、《动物庄园》和《1984年》等作品划为"政治题材作品"，认为其创作"反映了从痛恨英国资本主义的早期奥韦尔到仇视苏联社会主义的后期奥韦尔的变化历程。"②在《试论乔治·奥韦尔》一文中，作者也有类似的政治化评判："他从对资本主义现实不满出发接触社会主义思想，参加社会进步斗争，最后却又走上了反社会主义反共产主义的道路，这不能不说是个可悲的结局。"③这种既有所肯定又不得不批评的现象并不罕见，如方汉泉认为《动物庄园》和《一九八四》表现了反共、反苏的政治观点和立场，但是奥威尔对极权主义的预言极为准确，"许多触目惊心的事不幸被他言中了"。④ 此外，王蒙的《反面乌托

---

① 乔治·奥威尔：《一九八四》，董乐山译，广州：花城出版社，1985 年，第 2 页。
② 侯维瑞：《现代英国小说史》，上海外语教育出版社，1985 年，第 357—375 页。
③ 侯维瑞：《试论乔治·奥韦尔》，《外国文学报道》，1985 年第 6 期，第 23 页。
④ 方汉泉：《二十世纪英美政治小说初探》，《暨南学报》（哲社版），1987 年第 1 期，第 99—101 页。

邦的启示》一文在国内较早分析西方"反乌托邦三部曲"，一方面指出《一九八四》的"阴郁、悲观、病态以及反苏狂热"，但更多强调三部小说"对'现代化'的极端焦虑"和"对科学主义与技术主义的批判"。[①]

国内奥威尔的译介和研究从禁区到"解冻"是一个漫长的过程，这和国内思想解放运动的推进息息相关。"解冻"并不意味着可以毫无顾忌。由于受到政治意识形态的影响，学者在发表成果时必须表明态度，指出奥威尔是反社会主义的作家，但当时也开始出现一些积极的变化。知识分子可以较为自由地阅读[②]和研究奥威尔作品，也可以通过变通的方式发表一些不同于主流意识形态的看法。侯维瑞在 80 年代最早提出对奥威尔的创作应"作出比较客观、全面的认识和评价"[③]。1988 年公开出版的《一九八四》增加了董乐山在 1986 年 5 月 23 日撰写的译本序《奥威尔和他的〈1984〉》。关于译介目的，他谈到了两点：一是《一九八四》影响深远，它"向整个人类社会提出警告"；二是"语言学上的原因"，因为小说中不少词语被收入了权威性的辞典。[④] 1988—1989 年，小说《动物庄园》连续有四个中译本发表和出版[⑤]，译者大都将小说场景与"文革"经历进行联系，并开始认识到奥威尔所向往的是社会主义，所反对的是歪曲了的社会主义（即斯大林主义）和法西斯主

---

① 王蒙：《反面乌托邦的启示》，《读书》，1989 年第 3 期，第 44—47 页。

② 被称为"奥威尔后继者"（Orwell Successor）的西方知名学者、奥威尔研究专家希金斯（Christopher Hitchens）甚至还荒唐地认为《动物庄园》目前在中国仍是禁书。参见 John Rodden. ed. *The Cambridge Companion to George Orwell*. Cambridge：Cambridge UP，2007，p. 202.

③ 吴景荣：《论语言的规范和变化》，《外交学院学报》，1988 年第 1 期，第 25—33 页。

④ 乔治·奥威尔：《一九八四》，董乐山译，广州：花城出版社，1988 年，第 4、第 5 页。

⑤ 乔治·奥威尔：《动物农庄》，景凯旋译，《小说界》，1988 年第 6 期；乔治·奥威尔：《动物庄园：一个神奇的故事》，张毅、高孝先译，上海：上海人民出版社，1988 年；乔治·奥威尔：《动物农庄》，《译海》，1988 年第 4 期；乔治·奥威尔：《动物农场：一个童话》，方元伟译，上海：上海翻译出版公司，1989 年。

义。这些中译本说明或序言中所表达的观点立场和董乐山翻译的《一九八四》的公开出版，标志着国内奥威尔研究在 80 年代末期开始走向理性，步入正轨。

二、反极权主义作家：90 年代奥威尔研究的转向

西方奥威尔研究在 80 年代经历了一次高潮后，90 年代初逐渐归于平静，但此时彼得·戴维森（Peter Davison）正在辛勤耕耘，为完成编订 20 卷《奥威尔全集》做着最后的努力。[①] 90 年代中国的奥威尔研究已经摆脱了以往意识形态批评模式的束缚，进入到较为自由的发展期，奥威尔的称谓也从"反苏反共作家"转变成为"反极权主义作家"。研究者反对给奥威尔贴上政治标签，并围绕"反极权主义"这个主题进行了较为深入的研究，中国奥威尔研究也从此发生了重要的转向。

80 年代末，《动物庄园》的译者已经认识到奥威尔是对社会主义充满向往的作家，他所反对的是极权主义。董乐山同样在 80 年代末表明奥威尔所反对的是极权主义，但是受意识形态的影响，他并没有明确地提出奥威尔是反极权主义作家。直到 1998 年，董乐山才在自己的译本序言《奥威尔和他的〈一九八四〉》中十分明确地指出："奥威尔不再是一般概念中的所谓反共作家"；"《一九八四》与其说是一部影射苏联的反共小说，毋宁更透彻地说是反极权主义的预言"；"奥威尔反极权主义斗争是他对社会主义的坚定信念的必然结果"。[②] 摘掉"反苏反共作家"帽子，揭示反极权主义主题，明确追求社会主义信念，董乐山的序言不仅把奥威尔正名为

---

① 戴维森（Peter Davison）的《奥威尔全集》（*The Complete Works of George Orwell*）第 1—9 卷先于 1986—1987 年出版，第 10—20 卷于 1998 年出版，2006 年又出版了一卷补遗，前后长达二十多年。

② 详见董乐山：《奥威尔和他的〈一九八四〉》，收入《一九八四》，董乐山译。沈阳：辽宁教育出版社，1998 年。该文为译文序，原文没有页码。

"反极权主义作家"，而且也预示着国内奥威尔研究将在 90 年代进入一个新的历史时期。

90 年代初，《读书》杂志刊发了三篇文章讨论奥威尔，标志着中国奥威尔研究的全面转向。李辉在《乔治·奥维尔与中国》一文中根据韦斯特的《战时广播》和《战时评论》梳理了奥威尔与遥远的中国之间的关系。该文认为从奥威尔与萧乾的通信和对中国抗战的报道可以看出他对中国的态度是理解、同情和支持。[①] 冯亦代发表了对谢尔登《奥威尔传》的书评。他认为奥威尔首先是个人道主义者，然后才是政治理论家。他的《动物庄园》和《一九八四》讨论全能主义者对语言和生活所造成的一切伤害，即"有害的政治恶化了语言，恶劣的语言赋予政治以有害的权力。如果我们要反对恶劣的政府，我们就得开始说平淡的语言，而不是装腔作势。"[②]作家赵健雄在《读〈一九八四〉一得》一文中感觉到小说与他自己曾经有过的生活很像，"彼此真是太逼真了"，"现代科技如果与独裁苟合，真是何其可怕！"[③]第一篇文章是对"反苏反共作家"之说的有力反驳；第二篇文章指出奥威尔的反极权主义来自他的人道主义思想，而语言的滥用是极权主义的表征；第三篇文章则是探讨科技与极权主义的关系。

90 年代中期，随着奥威尔研究的深入，一些学者提出应该对奥威尔及其作品进行客观公正的评价，避免以往贴政治标签的简单做法。例如，孙宏在《论阿里斯托芬的〈鸟〉和奥威尔的〈兽园〉对人类社会的讽喻》一文中认为："把《兽园》这部小说比成一支用巴松管吹奏的乐曲似乎更为中肯，而原子弹式的比喻同冷战时代对文学作品的其他种种对号入座式的评论一样，都早已过时"。他通过对《鸟》与《兽园》的比较表明："奥威尔的现代寓言，继承和发展

---

① 李辉：《乔治·奥维尔与中国》，《读书》，1991 年第 11 期，第 131—138 页。

② 冯亦代：《奥威尔传》，《读书》，1992 年第 7 期，第 140—143 页。

③ 赵健雄：《读〈一九八四〉一得》，《读书》，1993 年第 3 期，第 116 页。

了阿里斯托芬的田园风格,这两部文学名著都是针对人类社会从古至今普遍存在的弊病所作的讽喻,而绝非讨伐某个特定国家、某一个别社会的政治檄文"。① 也就是说,作者把《动物庄园》当做旨在讽刺人类社会弊病的田园牧歌,而不是像冷战时期那样把这部小说当做攻击苏联的"原子弹"。刘象愚在《奥威尔和反面乌托邦小说》一文中也反对给作家贴标签的做法。他认为博大的人道主义是奥威尔的感情内核,"与其说他是一个写政治的作家,莫若说他是一个写人的作家";《一九八四》这部反乌托邦小说讽刺的是当时普遍存在的极权主义思潮以及高度集中的经济体制必然导致的极权政治。② 两位学者所分析的都是奥威尔作品中的反极权主义主题,但孙宏更强调的是一种田园眷念,而刘象愚则和冯亦代一样强调奥威尔的人道主义精神。

90 年代中后期,《外国文学》刊发了两篇奥威尔论文,奥威尔第一次成为国内主流外国文学专业期刊关注的作家。这两篇论文也都与反极权主义主题有关,但结论却并不一样,一个是"绝望",另一个是"毫不留情面的批判"。第一篇是张中载的《十年后再读〈1984〉——评乔治·奥威尔的〈1984〉》。该文认为奥威尔对资本主义、极权主义的憎恨使他幻想一个乌托邦式的社会出现,幻想破灭,于是迷茫、彷徨,陷入了政治信仰的真空,并用绝望的心态写出《一九八四》这样的反乌托邦小说。③ 把《一九八四》看做是奥威尔生命最后时刻的悲观绝望之作,这在西方奥威尔研究中具有一定的代表性。关于奥威尔"绝望"的根源,西方有着不同的解释:或是来自奥威尔当时的身体状况和童年时期的受虐心理,或是来

---

① 孙宏:《论阿里斯托芬的〈鸟〉和奥威尔的〈兽园〉对人类社会的讽喻》,《西北大学学报(哲社版)》,1996 年第 3 期,第 42 页。

② 刘象愚:《奥威尔和反面乌托邦小说》,黄梅主编《现代主义浪潮下:1914—1945》,北京:中国社会科学出版社,1995 年。

③ 张中载:《十年后再读〈1984〉——评乔治·奥威尔的〈1984〉》,《外国文学》1996 年第 1 期,第 71 页。

自他作为"流放者"所具有的"无根性"，或是来自他推崇的置于"鲸腹之内"的消极思想。心理、文化和政治这三种解读方式都和奥威尔的真实思想相差甚远。奥威尔曾非常明确地表明过他的反极权主义思想："极权主义如果无人与之抗争的话，就一定会在世界各个地方蔓延。"[①]因此，奥威尔不是悲观主义者，而是一位行动主义者。

另一篇是朱望的《乔治·奥韦尔的〈一九八四〉与张贤亮系列中篇小说之比较》。该文以张贤亮系列中篇小说《绿化树》、《土牢情话》、《男人的一半是女人》和《习惯死亡》为参照，来分析奥威尔及其作品的思想价值。文章首先比较了两位作家作品中的主要人物在精神困惑、感情压抑和物质困顿三方面的相似之处，然后分析了他们所处时代的文化思潮背景及其所凸显的价值意义。两位作家的可比性在于"他们关注社会现实，对曾在历史上一度猖獗的极'右'或极'左'的极权主义进行了毫不留情的批判"。[②] 作者认为奥威尔研究的重要价值是要考察奥威尔的思想史意义，特别是他反极权主义的政治思想，这可以说是把国内奥威尔研究带到了一个新的方向。特别是作者将奥威尔与张贤亮进行对比，在当时的条件下不仅方法新颖，而且隐含的思想十分前沿。

从以上论文可以看出，90年代的国内奥威尔研究已经走出了意识形态的樊篱，对奥威尔的反极权主义思想有了较为深入的分析。奥威尔不再是"反苏反共作家"，而是"反极权主义作家"，这在国内学界已经没有争议。但是关于奥威尔的文学地位与文学成就，学界的看法并不一致。在中译本序言中，董乐山认为奥威尔的艺

---

① Sonia Orwell and Ian Angus, eds., *The Collected Essays, Journalism and Letters of George Orwell*, Vol. IV, Harmondsworth: Penguin Books, 1970, p. 564.

② 朱望：《乔治·奥韦尔的〈一九八四〉与张贤亮系列中篇小说之比较》，《外国文学》，1999年第2期，第64—70页；《论乔治·奥韦尔〈一九八四〉的创作思想》，《中外文学》，1998年第12期。

术成就是"新新闻写作方法",即"把新闻写作发展成一种艺术,在极其精准和客观的事实报道的外衣下,对现实作了艺术的复原和再现。"①这是当时对奥威尔文学地位的肯定性定位。不过,在王佐良和周珏良主编的《英国二十世纪文学史》中,撰写者对奥威尔只字未提,而一些深受他影响的新左派作家却占有一席之地。这充分说明奥威尔虽然在当时受到较多的关注,但是其文学地位并没有得到学界的广泛认可。

在1998年出版的《英国散文的流变》中,王佐良对奥威尔的态度有所修正,对他的散文进行了一些分析。同样在1998年,《外国文学评论》有一则盛宁撰写的"动态",及时介绍了戴维森在这一年出版的20卷《奥威尔全集》。这一巨著的出版具有重大学术意义,直接推动了本世纪初西方奥威尔研究高潮的形成。"动态"还提到了一篇《奥威尔全集》的书评。书评作者认为奥威尔在"平实"的风格之下,掩藏着一种"自负"和"纤巧";奥威尔还是一位"独具只眼的文学批评家",率先开创了英国学界对大众文化的批评。② 这个书评还提到了奥威尔的文学思想价值和他对英国文化研究的开拓性贡献这两个重要话题。《外国文学评论》是国内外国文学的权威期刊,它对《奥威尔全集》的及时报道说明奥威尔在90年代末的文学地位比以前已经有很大提高。

三、公共知识分子与当代经典作家:新世纪以来的奥威尔研究

2003年,著名奥威尔研究专家迈耶斯(Jeffrey Meyers)根据

---

① 详见董乐山:《奥威尔和他的〈一九八四〉》,收入《一九八四》,董乐山译。该文为译文序,原文没有页码。

② 盛宁:《动态》,《外国文学评论》,1998年第4期,第137—138页。

《奥威尔全集》材料所著的《奥威尔传》①被译介到中国。这部以
"一代人的冷峻良心"（wintry conscience of a generation）为副标
题的传记具有较大的影响力。此后，国内学术界和思想界开始对
奥威尔作为公共知识分子的思想价值进行了深入的探讨。该传记
译者孙仲旭以"无痕"为笔名撰文，谈到在奥威尔百年诞辰之际，国
内悄然出现一股贬低奥威尔之暗流，而他认为奥威尔作为"欧洲最
后一位知识分子"，我们这个时代更需要去亲近他。② 止庵认为可
以用"圣徒"和"先知"来形容奥威尔，认为他明察现在，洞彻未
来。③ 段怀清认为奥威尔对家庭以家长为中心的威权专制批判发
展成对大英帝国的殖民主义、帝国主义以及各种极权主义的批判，
对于世界上任何一位严肃认真的思想者都具有不可忽略的启发意
义。④ 徐贲认为奥威尔的民主社会主义不仅主张正义和自由，更
主张一种知识、文学、文化的平等和民主。奥威尔所思考的重大问
题——社会主义的正义和自由理想、知识分子的自我欺骗、文学与
政治的联系、极权对人类的毒害和摧残——都仍然与我们今天的
世界有关。⑤ 李锋分析了奥威尔的"在路上"情结，指出了他特立
独行、坚韧克己的个性气质以及他卓尔独行、不群不党的独立思

① 参见杰弗里·迈耶斯：《奥威尔传》，孙仲旭译，北京：东方出版社，2003 年。Jeffrey
Meyers. *Orwell: Wintry Conscience of a Generation*. New York：W.W. Norton &
Company，2000. 另一部被译介的传记是 D·J·泰勒：《奥威尔传》，吴远恒、王治
琴、刘彦娟译，上海：文汇出版社，2007 年。D. J. Taylor. *Orwell: The Life*. New
York：Henry Holt and Company，2003.
② 无痕：《奥威尔百年后再陷孤独——写在中文版〈奥威尔传〉出版之际》，《深圳商报》
2003 年 12 月 27 日。
③ 止庵：《从圣徒到先知——读〈奥威尔传〉》，《博览群书》，2004 年第 3 期，第 90—
94 页。
④ 段怀清：《一代人的冷峻良心：奥威尔的思想遗产》，《社会科学论坛》，2006 年第 5
期，第 29—41 页。
⑤ 徐贲：《奥威尔文学、文化评论的政治内涵》，载《政治与文学》，乔治·奥威尔著，李
存捧译，南京：译林出版社，2011 年。

想,并提到他有意选择艰辛的生活方式。① 以上直接或间接由奥威尔传记引发的讨论不仅涉及奥威尔的公共知识分子特征,比如他的个性、他的圣徒和先知形象,而且还涉及他对当代知识分子和社会现实的重要影响。

奥威尔研究专家罗登(John Rodden)曾对西方奥威尔的接受历程进行了详细考察,并梳理了奥威尔的四种形象特征:"叛逆者"(the rebel)、"普通人"(the common man)、"先知"(the prophet)和"圣徒"(the saint)。② 这四个形象的核心是"圣徒"。他之所以被称为"圣徒",因为他具有"先知"的能力和"叛逆者"的行动,但是这位"圣徒"并不是高不可攀的,而是"普通人"可以仿效的③。这些形象特征体现了奥威尔的道德品质、独立思想和批判精神,因此在上述评论中,奥威尔被当做"公共知识分子"的典范。不难看出,国内学术界、文化界也围绕"一代人冷峻的良心"这一中心话题,深入地探讨了奥威尔作为"公共知识分子"的思想内涵和价值,使奥威尔这一新形象逐渐被国内学界接受。"一代人冷峻的良心"是英国著名文学评论家普里切特(V. S. Pritchett)具有深远影响的评论。他所说的"一代人冷峻的良心"可以这样理解:"冷峻"首先是指他深切感受到阶级社会的"冷漠"而产生道德"负罪感";其次是"冷静",唯我独醒,看穿政治谎言;最后是反抗的"冷酷",以"讽刺"(satire)为武器,一针见血,不留情面。而"良心"是对"严峻"现实的道德反应表达了他坚定的批判立场和采取行动的勇气。"一代人"是指英国20世纪30年代的知识分子,又称"奥登一代"。奥威

---

① 李锋:《在路上:一个特立独行的奥威尔》,《译林》,2006年第6期,第178—180页。

② John Rodden, *The Politics of Literary Reputation: The Making and Claiming of St. George Orwell*. Oxford: Oxford UP, 1989.

③ 正如特里林(Lionel Trilling)所说,他的"天赋"(genius)并不是遥不可及,因为"他传递给我们的感觉是他所做的一切其实我们每一个人也都能做到。"参见 Lionel Trilling, *The Opposing Self: Nine Essays in Criticism*. New York: The Viking Press, 1955, p. 157.

English Literary Studies in China: The Studies of English Writers Volume II

尔对这些盲信"苏联神话"，盲目照搬苏联社会主义理论教条的左派知识分子严厉批评。他在最不合时宜的时间（1945 年）创作《动物庄园》去揭穿"苏联神话"的谎言。在奥登（W. H. Auden）和斯彭德（Stephen Spender）等人感慨"'上帝'已失败"①而陷入幻灭时，他反而更加坚定了社会主义信念。在冷战时期，他以生命为代价创作《一九八四》以警告极权主义在世界蔓延的威胁。因此，新世纪以来中外学界都不约而同地把奥威尔当做"公共知识分子"的典范，讨论知识分子的品质和在当代社会的责任。不论上面论述是否准确，他们都推动了奥威尔在中国内地的形象从"反苏反共作家"、"反极权主义作家"到"公共知识分子"的转变。

2003 年奥威尔 100 周年诞辰之际，世界许多地方举行了各种纪念活动或研讨会，大量奥威尔研究专著问世。在西方奥威尔研究热的推动下，国内奥威尔研究在进入新世纪以后也随之快速发展，奥威尔作为经典作家的地位得以全面确立。此外，学界不断拓展奥威尔研究的理论视野，研究方法趋向多元，对奥威尔的很多作品进行了更为深入的解读。国内的奥威尔研究已经完全摆脱了早期意识形态的桎梏，出现了多姿多彩的繁荣局面。

新世纪以来，大量引进的西方文学理论被广泛地应用到奥威尔作品的解读中，加深了学界对其作品意义的理解。这些理论视角的运用首先在几篇博士论文中得到充分体现。王小梅的博士论文《女性主义重读乔治·奥威尔》从女性主义视角重新解读了奥威尔的五部小说，认为奥威尔有着强烈的厌女情绪，并大力宣扬男权中心论。② 李锋的《乔治·奥威尔作品中的权力关系》从意识形态的角度分析了统治者对受控对象行使权力时所采取的三种方式：身份的建构、话语的操纵和思想的控制。③ 许淑芬的《肉身与符

① 参见 Crossman, Richard, ed.. *The God That Failed*. New Yorker: Bantam Books, Inc., 1959. 其中收录一篇斯彭德描述他从信仰共产主义理想到幻灭的心路历程。
② 王小梅：《女性主义重读乔治·奥威尔》，北京外国语大学博士论文，2004 年。
③ 李锋：《乔治·奥威尔作品中的权力关系》，南京大学博士论文，2007 年。

号——乔治·奥威尔小说的身体阐释》运用身体理论分析了《缅甸岁月》、《牧师的女儿》、《让叶兰飞扬》和《一九八四》中的殖民主义、基督教信仰、文学神话和极权统治这四个现代化进程中形成的强大的符号体系对人的自然之身的侵害和剥夺，并分析了身体特征在小说中的叙事功能，以及奥威尔关于拯救和解放身体的主张。① 他们的研究都十分注重文本细读，特别是运用了不同理论具体阐释了奥威尔一些被人忽视的早期作品。然而，对这些鲜有人问津的次要作品进行解读恐怕主要不是为了开拓奥威尔研究的新领域，发现作品的新价值，而是为了证明理论分析的合法性。因此这种理论先行的分析方法具有一定的局限性：一是忽视文献基础，二是忽视历史语境，三是忽视奥威尔的独特性。奥威尔的重要性在于他在文学和政治思想上的贡献。以女性主义和身体理论去分析英国20世纪30年代以"革命"为主旋律的作家作品并不十分具有说服力，理论的运用难免有生搬硬套之嫌。

　　理论视角的运用在一些期刊论文中也不时出现，而奥威尔的代表作《一九八四》成为主要研究对象。汤卫根运用福柯的规训权力理论分析了极权社会消解主体的权力运行机制。② 李锋认为边沁的全景式监狱所设计的有效规训与惩罚机制在小说中得到生动的再现，但不同的是，边沁无意毁灭人类大脑的感知/认知系统，而小说则能对思想进行彻底清洗和重塑。③ 贾福生认为小说采取了内聚焦来反映温斯顿的内心世界，外聚焦再现了奥布赖恩的言行。温斯顿的毁灭来自外界的极权统治，同时也来自他本人自我认证

---

① 许淑芬：《肉身与符号——乔治·奥威尔小说的身体阐释》，浙江大学博士论文，2011年。
② 汤卫根：《论〈1984年〉中的权力运行机制》，《当代外国文学》，2006年第3期，第90—93页。
③ 李锋：《从全景式监狱结构看〈一九八四〉中的心理操控》，《外国文学》，2008年第6期，第68—71页。

的欲望。① 丁卓认为小说中个人空间的结局都被公共空间同化，或者被极限空间摧毁。② 这些论文分别运用了福柯的权力理论、叙事学理论和空间理论对极权主义对个体的压抑进行了多元化的解读，很多观点颇有新意，但理论先行也带来一定的局限性，常常导致偏颇的结论。

奥威尔的第一部小说《缅甸岁月》曾被誉为"20 世纪英国最重要的反帝国主义小说之一"，因此也成为国内后殖民主义批评青睐的重要文本。王卫东认为奥威尔实际上是一个在殖民者和被殖民者两边都找不到依附的孤独的游魂；③尹锡南认为小说对英帝国提出了质疑和抨击，但并不彻底，而奥威尔与吉卜林具有很多相似点，他们共同把东方彻底"东方化"，变成真实可信的"他者"；④陈勇认为奥威尔在殖民家庭传统、教育、文化和殖民地警察工作中都受到了殖民话语潜移默化的影响，但是殖民地的严酷现实使他发现正是殖民话语构建了白人的虚伪世界，因而对帝国主义和殖民话语进行了深刻的揭露和批判；⑤李锋分析了小说中殖民者对被殖民者采取的身份建构和建立俱乐部制度等种族政治策略。⑥ 以上论文主要围绕后殖民研究有关帝国主义和殖民话语的理论对小说进行了丰富的解读。奥威尔研究专家希金斯（Christopher Hitchens）认为奥威尔是"后殖民理论的奠基者之一"。⑦ 然而值

---

① 贾福生：《〈1984〉的聚焦分析：自我的追寻与破灭》，《河南大学学报（社科版）》，2004 年第 3 期，第 113—116 页。

② 丁卓：《〈1984〉的空间解读》，《东北师大学报（哲社版）》，2011 年第 2 期。

③ 王卫东：《孤独的游魂：乔治·奥威尔与帝国主义》，《解放军外国语学院学报》，2002 年第 6 期，第 76—80 页。

④ 尹锡南：《英国文学中的印度》，成都：巴蜀书社，2008 年，第 127—137 页。

⑤ 陈勇：《试论乔治·奥威尔与殖民话语的关系》，《外国文学》，2008 年第 3 期，第 55—62 页。

⑥ 李锋：《奥威尔小说〈缅甸岁月〉中的种族政治》，《英美文学研究论丛》，2011 年第 2 期，第 94—107 页。

⑦ Christopher Hitchens, *Why Orwell Matters*. New York: Basic Books, 2002, p.34.

得注意的是,西方学者对《缅甸岁月》的研究主要围绕"反帝国主义主题"和小说的"艺术性"展开,国内学界则主要探讨"反帝国主义主题",较少涉及"艺术性"问题。这一差异充分反映了中西学界在奥威尔研究与接受上的不同理念与学术路径。

对反极权主义主题的探讨一直是 90 年代国内奥威尔研究的一个重要课题,而新世纪以来的相关研究则更加深入,研究内容也更为丰富。王岚认为奥威尔在《一九八四》中通过描写温斯顿对母爱和性爱的追求、对生命的热爱、对历史和未来的思索以及对基本真理和人生意义的探求,来唤醒人们对生活的热爱。[①] 朱平认为这部小说仍然给予反抗极权统治体制的希望,因为历史的真实到底有没有在无产者中保留下来在文本之中仍是一个谜,而无产者至少还保有正常的人性和永恒的生命力。[②] 作者虽然仍围绕着极权主义这一主题,但是却提出了一些新的看法。比如,小说并不是悲观绝望之作,无法泯灭的人性和占大多数人口的无产者仍然保留着反抗极权主义的希望。王晓华的博士论文《乔治·奥威尔创作主题研究》则讨论了极权以及贫困、殖民话语、传媒、生态等多个创作主题,认为这些主题反映了奥威尔的人道主义思想,而公共知识分子情怀是其人道主义思想的重要载体。[③] 虽然用人道主义统筹包括极权在内的五个不同主题并不太具有说服力,但是却大大地拓宽了《一九八四》主题研究的范围。

对反极权主义主题的探讨也经常化为对政治隐喻、欲望与权力等主题的深入分析。2008 年,《读书》杂志连载了李零的文章《读〈动物农场〉》。作者对书中主要角色和故事情节进行历史语境性解读,认为这部童话是压缩版的"联共布党史"。文章澄清了冷战时期对奥威尔的误读,认为作为左翼作家的奥威尔是为了反对

---

① 王岚:《〈1984 年〉中人性的探求》,《当代外国文学》,2000 年第 4 期,第 152—158 页。

② 朱平:《绝望还是希望？——〈一九八四〉中的反抗策略及局限》,《解放军外国语学院学报》,2010 年第 6 期,第 91—95 页。

③ 王晓华:《乔治·奥威尔创作主题研究》,山东大学博士论文,2009 年。

资本主义和法西斯主义才批判斯大林主义，而批判斯大林主义是为了捍卫社会主义。作者最后梳理了西方的主要价值观如民主、专制、极权主义等概念史，指出在后冷战时代，西方"自由世界"的代理人代表的并不是本国的民主，而是强国在海外的利益。这篇长文通过对这部经典作品的详细解读，厘清了对奥威尔政治思想的认识误区，其深层次目的是利用奥威尔来为中国革命进行辩护。[①] 同样，潘一禾认为这部小说表现了一个政治世界从建立到衰败，然后迅速从起点回到起点的"恶性循环"过程，表达了奥威尔希望后人能够找到走出政治幽暗的理性和摆脱"强权轮转"命运的实践之路。[②] 杨敏从批判式语篇分析理论的角度分析了小说中不同角色分别利用语言的鼓动、强制、误导和塑造等功能来获取和维持各自的权力，在这里语言并不是透明的交际工具，而是与欲望和权力紧密结合。[③]

四、问题和思考

回顾 60 年来奥威尔学术史可以看出，国内奥威尔研究的历程特殊而艰辛。从禁区到解冻，从正名到繁荣，从"反苏反共作家"到"反极权主义作家"，从"公共知识分子"到"当代经典作家"，这些变化反映了国内奥威尔研究与中国社会思潮变迁之间的紧密关联。尤其近 30 年来，思想解放带来了奥威尔研究的解冻与繁荣，所取得的学术成就有目共睹。不过，国内的奥威尔研究也存在一些问题，反思这些问题有助于推动国内奥威尔研究向纵深

---

① 李零：《读〈动物农场〉（一）、（二）、（三）》，《读书》，2008 年第 7、8、9 期，第 111—122，123—136，69—83 页。

② 潘一禾：《小说中的政治世界——乔治·奥威尔〈动物庄园〉的一种诠释》，《宁波大学学报（社科版）》，2008 年第 2 期，第 30—36 页。

③ 杨敏：《穿越语言的透明性——〈动物农场〉中语言与权力之间关系的阐释》，《外国文学研究》，2011 年第 6 期。

发展。

第一、新世纪以来研究论文虽然出现"井喷"现象，数量急剧增加，但整体质量仍然有待提高。据现有资料统计，80年代奥威尔相关文章和信息只有10余篇，90年代增加到30余篇（包括硕士论文），新世纪以来则猛增至300多篇。这些数据一方面说明新世纪以来国内对奥威尔越来越重视，另一方面也应看到，国内高校扩招后高校英语教师大幅度增加，高校职称评审实施量化标准，这些对奥威尔研究论文的大量增加起了很大作用。但是，这些研究论文极少发表在国内外国文学主流期刊或外语专业主流期刊上，研究成果的整体质量明显不高。

第二、在西方，奥威尔研究成果汗牛充栋，已形成"奥威尔产业"（Orwell Industry）[1]，但是我们对此了解不多。奥威尔国际研讨会[2]在亚洲只召开过一次（中国台湾东海大学，2011年），但是没有中国大陆学者参加。对国外相关研究状况和研究热点不了解、不关注可能是国内研究质量无法整体提高的重要原因之一。奥威尔研究具有十分丰富的学术资源，特别是戴维森的20卷本《奥威尔全集》汇集了奥威尔几乎所有的作品和档案资料，具有巨大的学术价值。但令人不安的是，国内学者在研究中参考和引用《奥威尔全集》的寥寥无几，这样的成果很难对奥威尔研究有实质性的推进。除了20卷本《奥威尔全集》外，奥威尔妻子索尼娅所编4卷本《乔治·奥威尔文散文、新闻和信件集》和6部主要传记、芬维克（Gillian Fenwick）所编《奥威尔目录》（*George Orwell: A Bibliography*）、哈蒙德（J. R. Hammond）的《奥威尔编年》（*A George Orwell Chronology*）以及迈耶斯编写的《乔治·奥威尔：批评遗产》（*George Orwell: Critical Heritage*）和《乔治·奥威尔：批评文献

---

① 据现有资料来看，国外奥威尔研究英文专著（不含奥威尔单篇的论著）180多部。其中20世纪50年代5部，60年代13部，70年代26部，80年代63部，90年代22部，2000年以来50多部。

② 根据现有资料，20世纪80年代以来，国际奥威尔研讨会至少召开了12次以上。

目录提要》（*George Orwell: Annotated Bibliography of Criticism*）等也是西方奥威尔研究的重要文献资料。文献学的研究方法是提高国内奥威尔研究质量十分重要的先决条件。国内学界若能有效地利用这些重要文献与学术成果，将会大大提高奥威尔研究质量。

此外，奥威尔研究还存在另外三个问题。一是过于集中在《一九八四》和《动物庄园》两部小说上，对其早期作品重视不够；二是过于集中在"反极权主义"和"反乌托邦"等层面上，创新不足；三是对理论视角的运用存在过度阐释的现象，尤其是忽视历史语境容易把文本阐释变成理论操演的游戏。

就未来的奥威尔研究前景来看，首先可以从中西奥威尔研究的学术盲点入手，寻求新的突破。不难发现，奥威尔 30 年代的早期作品是研究的一个重要盲点。奥威尔这个时期的作品几乎可以当做一部描绘英国 30 年代的断代史来读，具有很高的文学和历史价值。他的第一部长篇作品《巴黎伦敦落魄记》生动幽默但又发人深省；《通往维根码头之路》是研究奥威尔社会主义观的重要作品；《向加泰罗尼亚致敬》是描写西班牙内战的重要文本；小说《上来透口气》对英国 20 世纪 50 年代"愤怒的青年"作家影响很大。这些作品都具有值得深入探讨的重要价值。

其次，《乔治·奥威尔剑桥指南》（*The Cambridge Companion to George Orwell*）提出"奥威尔首先是一个政治作家"。[1] 研究者过多地关注了奥威尔"政治"的一面，而极度忽视了他的"作家"一面，也就是说，注重他的政治思想而忽略了他的文学思想。国内一些学者甚至认为奥威尔作品的语言过于简单和直接，不如那些后现代主义迷宫般的文本更具有研究价值或者更适合用新理论来阐释。有鉴于此，对奥威尔作品本身的艺术价值（特别是他 30 年代的作品）进行探讨显得极为必要。

---

[1]　John Rodden, ed. *The Cambridge Companion to George Orwell*. Cambridge: Cambridge UP, 2007, p. 1.

第三，奥威尔写过大量的文学评论，如阐述其创作观的《我为什么写作》、体现他社会学批评方法的《论狄更斯》、开英国文化研究先河的《唐纳德·麦吉尔的艺术》以及他对于语言的独特论述等。如果从他的创作观、语言观、文学批评、大众文化研究以及作品的艺术价值等层面入手，就可以全面深入地揭示奥威尔文学思想的内涵与特质。

第三节
戈尔丁研究

威廉·戈尔丁（William Golding，1911－1993）是二战后英国著名小说家。1954 年，他凭处女作《蝇王》（*Lord of the Flies*）步入文坛，作品畅销一时，深受英美批评界好评。他的创作分为前后两个时期，前期从 50 年代一直持续到 70 年代。同一时期，国内学界对戈尔丁几乎没有关注。直至 80 年代初，情况才开始改变。1981 年，陈焜在《读书》杂志上发表的《人性恶的忧虑：谈谈威廉·戈尔丁的〈蝇之王〉》可能是国内戈尔丁研究的第一篇论文。1983 年，戈尔丁获得诺贝尔文学奖后，其作品在中国的译介与研究全面启动。1985 年，《蝇王》的两个中译本同时出版①，而这部作品在我国的研究一直占据主导地位。其他小说，如《品彻·马丁》（*Pincher Martin*，1956）、《教堂尖塔》（*The Spire*，1964）、《金字塔》（*The Pyramid*，1967）、《黑暗昭昭》（*Darkness Visible*，1979）等，新世纪以来才受到较多的关注。三十年来，戈尔丁已成为国内研究最多的当代英国小说家之一，相关研究成果相当可观。本节将对国内戈尔丁研究的总体状况与学术成就进行分析，试图探讨不同阶段相关研究的主要特点以及研究类型与研究视角的发展与变化。

---

① 龚志成译，上海译文出版社；陈瑞兰译，浙江文艺出版社。

一、80 年代："人性恶"主题研究的兴起

《蝇王》是威廉·戈尔丁的代表作。小说问世后不久即引起轰动，一跃成为欧美校园畅销书，并被译成近 30 种文字。这部貌似儿童故事的现代小说，以其丰富的文学蕴含，不仅征服了广大读者，而且备受文学评论家的青睐。几十年来，特别是 1983 年戈尔丁获得诺贝尔文学奖之后，《蝇王》引起了中国学者的广泛关注，我国学者发表了数以百计的评论文章。在这些文章中，"人性恶"主题是我国学者著述最多、研究最为充分的课题。

从"人性恶"的角度对《蝇王》的主题进行探讨始于 80 年代初。陈焜的《人性恶的忧虑：谈谈威廉·戈尔丁的〈蝇之王〉》最早涉及"人性恶"主题。陈文认为："《蝇之王》的主题是探索人性恶，它强调人心中存在着一种黑暗，基本的观点和基督教的原罪是差不多的。"①此后，对"人性恶"主题进行探讨的文章还有裘小龙的《传统神话的否定——评戈尔丁的一组小说》、董鼎山的《一九八三年诺贝尔文学奖的风波》等。裘小龙认为："《蝇王》阐述了一个关于'人心的黑暗'的神话。"②董鼎山则提出："戈尔丁寓言的中心思想似乎是与孟子相反的'人之初，性本恶'。"③除《蝇王》外，人性善恶的视角还被运用于对戈尔丁其他作品的评论。阮炜在《茫茫黑夜中的一线希望之光——戈尔丁〈黑暗昭昭〉初探》(《外国文学评论》1988 年第 1 期)提出"1979 年问世的《黑暗昭昭》毫无仰承《蝇王》荫庇之嫌"，这是一部"分量与《蝇王》几乎相当的小说"，其"主题思

---

① 陈焜：《人性恶的忧虑：谈谈威廉·戈尔丁的〈蝇之王〉》，《读书》，1981 年第 5 期，第 107 页。

② 裘小龙：《传统神话的否定——评戈尔丁的一组小说》，《外国文学研究》，1985 年第 2 期，第 28 页。

③ 董鼎山：《一九八三年诺贝尔文学奖的风波》，《读书》，1984 年第 1 期，第 96 页。

想与《蝇王》基本一致"。①

80年代，从人性论的角度对戈尔丁的主题思想与创作实践进行全面解读的则是刘若端的长文《寓言编撰家威廉·戈尔丁》（《世界文学》1984年第3期）。刘若端对以《蝇王》为代表的戈尔丁小说进行了全面考察，分析了《蝇王》的寓言性，深入挖掘了戈尔丁小说，特别是《蝇王》的"人性恶"主题。刘文指出："戈尔丁的全部作品只有一个主题，就是'人心的黑暗'。"②为了揭示人心的黑暗，戈尔丁让他的人物远离文明社会，到孤立的环境中去表现人的本性，这是《蝇王》承袭荒岛小说形式的主要原因。在"人性恶"的框架下，刘文指出了戈尔丁对科学技术以及理性所持的怀疑态度，并断言"这是没有科学根据的偏见"③。不过，这一评价似乎不太公允，戈尔丁对科学的态度其实是一种忧患意识，他不相信科学能从根本上解决"人性恶"的问题，但他对人类并没有完全失去信心。戈尔丁深知在"当代社会抨击科学会被扣上反动保守的帽子，歌颂科学才是飞黄腾达之路"。然而，出于作家的良知和历史使命感，他坚持认为科学不是人类的救星，哲学、历史、美学才是更高的追求。不了解这一点，很容易将戈尔丁"人性恶"的警钟等同于世界末日论的丧钟。

1985年《蝇王》中译本问世后，作为文学研究中介者的译者结合文本细读以及对两种文化语境的了解，也较早为《蝇王》在中国的阐释确立了"人性恶"的视角："戈尔丁对黑暗的社会现实深感不满，但他却把这些弊端归之于解决不了问题的抽象的人性'恶'。"译者同时还指出："《蝇王》的人性'恶'主题并不新鲜，在东方思想史上，荀子早就说过：'人之性恶，其善者伪也'，韩非更是力主性

---

① 阮炜：《茫茫黑夜中的一线希望之光——戈尔丁〈黑暗昭昭〉初探》，《外国文学评论》，1988年第1期，第60页。
② 刘若端：《寓言编撰家威廉·戈尔丁》，《世界文学》，1984年第3期，第119页。
③ 同上，第112页。

'恶'说；在西方思想史上，十七世纪的英国哲学家霍布士认为人是凶恶的动物，在原始状态下人对人像狼一样。"①译者一方面批评戈尔丁把"人性看作抽象的人性"，另一方面又引用恩格斯的语录来说明《蝇王》不是没有"发人深省之处"："人来源于动物这一事实决定了人永远无法彻底摆脱兽性。因此，只是个摆脱或多或少的问题，只是兽性或人性程度上的差异问题。"②恩格斯的这段语录出自《反杜林论》，后来成了不少研究者用来论证"人性恶"主题的重要理论依据。

与人性善恶主题相关的另一个变化是人性堕落的问题。人性善或人性恶只是对人性的静态描述，而堕落则涉及一个动态的变化过程。要谈"堕落"，必然要涉及如何堕落，或者说是什么原因导致人性堕落的问题。在这一点上存在两种观点，一种观点认为人性恶在一定的条件下必然会导致人走向堕落的深渊："在戈尔丁的神话里，不管阶级、社会、制度等有着什么样的区别，恶——抽象地、先验地、永恒地存在着人性的恶，决定着一切。"③另一种观点则认为存在弊病的社会是导致人性堕落的根本原因，即"社会决定论"，并对"性恶决定论"表示疑义："小说的主题确实反映了人性的堕落，可是这种堕落与其说是与生俱来的，不如说是外部条件造成的。"④这两种观点都只涉及一点而不及其余。前者强调"人心的黑暗"，但却忽略了社会存在对人性的扭曲；而后者对社会有强烈的批判意识，但容易让人以为，人的本性是善的，只是罪恶的社会将它扭曲。不过，这两个观点尽管针锋相对，但有一点是相同的，

---

① 威廉·戈尔丁：《蝇王》，龚志成译，1985 年，第 10 页。

② 本段语录出自恩格斯《反杜林论》，中共中央马恩列斯著作编译局译，北京：人民出版社，1973 年。

③ 裘小龙：《传统神话的否定——评戈尔丁的一组小说》，《外国文学研究》，1985 年第 2 期，第 32 页。

④ 殷企平：《〈蝇王〉中的"人性堕落"问题和象征手法》，《杭州师范学院学报（社科版）》，1990 年第 1 期，第 89 页。

即对小说主题的探讨仍然没有离开对人性善恶问题的探讨。

在人性恶主题的基础上演变而来的是"冲突论"的观点。这种观点认为，《蝇王》继承了传统小说的二元对立模式，表现了善与恶、人性与兽性、文明与野蛮、理性与非理性的矛盾冲突。故事中的孩子们分为两派，一派以拉尔夫为代表，另一派以杰克为代表。冲突的主题是通过他们的争斗来表现的。在小说的结尾，杰克一方占了上风，而拉尔夫不得不落荒而逃。小说隐含的意思很明显，即恶最终战胜善，野蛮战胜了文明，非理性超过理性，混乱取代了秩序。这样的结果不仅揭示了人性的黑暗，而且更表现了文明的缺陷和理性的脆弱。20世纪上半叶的两次世界大战，尤其是第二次世界大战，给人类带来了毁灭性的灾难。亲身经历过二战的戈尔丁对人类的理性产生了困惑，因而对人类文明进行了深刻的反思。

《蝇王》作为揭示人性恶的杰作为学界所接受，首先与中文的文化语境有关。人性恶是一个古老的命题，早在中国的春秋战国时期，就有许多哲人提出了这个命题。儒家早期的代表人物之一荀子说："今人之性，生而有好利焉"，"生而有耳目之欲，有好声色焉"[①]。这是典型的"性恶"论的观点。其次则与当时的思想语境有关。新时期以来，人性论问题、人道主义思潮重新崛起，并引起了广泛的讨论与争议。如《读书》1980年第1期的一篇文章就以对话的形式对人性论问题进行了一次饶有趣味的探讨，作者表达了这样的观点："人性就是人的本质。人性和人一样都是客观存在的"，"只有具体的人性，没有抽象的人性"[②]。因此，在当时的大背景下，人们对《蝇王》的评介就很自然地截取了一个人性的角度，并且不可避免地保留着鲜明的时代印迹。如陈焜这样评价《蝇王》："这类人性恶的观点，一般都比人性善的观点要深刻得多，但是戈尔丁抽象掉

---

① 荀子：《荀子·性恶》，《诸子集成》第2册，北京：中华书局，1954年，第289页。
② 薛德震：《关于人性论的一次对话》，《读书》1980年第1期，第24—25页。

人的社会历史条件，把恶看成先验和超历史的东西，和我们的观点有很大的不同。"①裘小龙也认为："戈尔丁抽象掉了社会历史条件，把人性的恶提高到一种本体论的高度。"②

《蝇王》人性恶主题的阐释与确立是研究者在分析作品的基础上整合源语言文化和母语文化的综合结果。这主要体现在以下几个方面：第一，表现人性恶主题的英国小说家，并非只有戈尔丁，比如，康拉德的小说《黑暗的心》也表现了人性恶，而《蝇王》只不过是探讨人心邪恶这一传统的延续；第二，研究者受作者创作意图的影响，如戈尔丁在谈到《蝇王》时说："这部小说的主题是期望通过揭示社会上存在的种种弊端追溯人性的缺陷。其寓意是：一个社会好与坏不是靠任何政治制度规约，不管它显得多么符合逻辑，多么受人尊敬，而是靠一个人的道德天性来维护。"③第三，中国学者借鉴或参考了国外戈尔丁研究的成果，如吉恩丁认为："这些孩子的身上所表现出来的内心的黑暗和邪恶反映了更宽泛的人心的黑暗和邪恶。"④吉伦斯坦在诺贝尔文学奖的授奖词中也为戈尔丁的小说定下了主基调："有些人认为，政治制度或别的什么制度造成了邪恶，戈尔丁对这些人进行了猛烈的抨击。邪恶产生于人类自己的内心深处——是人类中的恶造成了邪恶的制度，或者改变了最初的状况，改变了原来的发展，是它把美好的事物变成了邪恶、有害的事物。"⑤第四，小说文本中的许多重要细节，如西蒙在丛林中

---

① 陈焜：《人性恶的忧虑：谈谈威廉·戈尔丁的〈蝇之王〉》，《读书》，1981 年第 5 期，第 107 页。

② 裘小龙：《传统神话的否定——评戈尔丁的一组小说》，《外国文学研究》，1985 年第 2 期，第 28 页。

③ E. L. Epstein, "Notes on *Lord of the Flies*", in William Golding's *Lord of the Flies* (New York: Capricorn Books, 1954, 1959), p. 189.

④ James Gindin, *Macmillan Modern Novelists: William Golding*. London: Macmillan, 1988, p. 29.

⑤ 宋兆霖主编《诺贝尔文学奖文库·授奖词与受奖演说卷》，杭州：浙江文艺出版社，1998 年，第 169 页。

看到图腾式的"蝇王"一节、小说结尾拉尔夫的失声痛哭，等等，也是人性恶主题阐释的重要文本依据。①

二、90年代：多元批评视角下的戈尔丁研究

90年代，随着西方批评理论在国内的盛行，戈尔丁研究的视角变得丰富多彩起来。除了人性论的视角外，叙述学研究、神话原型批评以及女性主义批评等也非常抢眼。不同视角的分析与解读将戈尔丁研究带入一个新的阶段。不过，90年代的研究所涉及的文本基本上还局限于《蝇王》，但是对其他作品的探讨也时有出现。

首先，"人性恶"主题的研究在90年代得到进一步深化。在一些专业期刊上，每年都有数篇持类似观点的学术论文问世。其中较有代表性的论文有阮炜的《理性为何被邪恶击败——读戈尔丁的〈蝇王〉》（《深圳大学学报》1993年第1期）、张中载的《〈蝇王〉出版四十年重读〈蝇王〉》（《外国文学》1994年第1期）、李玉花的《泯灭的童心，泯灭的人性》（《外国文学研究》1999年第1期）等。这几篇文章对"人性恶"主题的探讨各有建树。阮炜重申了"《蝇王》的主题是人性本恶"②的观点，并在此基础上着重分析这部作品的理性和赎救主题，指出《蝇王》的根本寓意并不在于人性邪恶的本身，而在于同邪恶抗争的必要性和紧迫性。张中载站在哲学史的高度对人性恶问题进行探讨，将戈尔丁的观点和恩格斯、弗洛伊德的观点进行了对比。李玉花则转引戈尔丁本人的观点，对被孩子们认为是空中来兽的飞行员尸体的象征意义进行了诠释。蛇样的东西和飞行员尸体是孩子恐惧的主要来源，是孤岛上英国儿童人性恶爆发的导火索，而飞行员同时又是人类仇杀的牺牲品，是自身

---

① 以上相关内容参见张和龙：《人性恶神话的建构——〈蝇王〉在新时期中国的主题研究与接受》，《中国比较文学》，2002年第3期。

② 阮炜：《理性为何被邪恶击败——〈蝇王〉》，《深圳大学学报（社科版）》，1993年第1期，第80页。

受难而又殃及他人的人性恶的代表。理解了这一形象，可以加深对人性恶主题的认识。

除了专题论文之外，90年代的一些学术著作，包括文学史著作，在论述《蝇王》以及戈尔丁的小说主题时，也将"人性恶"作为其小说创作的主要特征而加以评析。王佐良在《英国二十世纪文学史》中说：戈尔丁"运用现实主义的叙事手法，来探索有关人性善恶的根本问题。"①侯维瑞在《英国文学通史》中认为，"戈尔丁的小说大多采用道德寓言的形式，人物描绘、结构安排和形象运用都服务于揭示这样一个基本的道德主题：人性本恶，人就像蜜蜂一样制造罪恶"；《蝇王》所"传达出来的信息是罪恶并不是来自外界，人心中的贪欲和残忍造成了堕落。"②瞿世镜在《当代英国小说》中也指出："深入探索人类的本性，成了戈尔丁小说创作的常规主题"，而《蝇王》揭示了"人性中深藏着丑恶的兽性"这一主题。③

第二，叙事结构研究。20世纪80年代有关《蝇王》的论述中常常出现"结构特征"的字眼，但当时所讲的"结构"几乎无异于过去文学教学中所说的写作特点，缺乏当代文学理论的指导。90年代以来，随着国内叙述学和小说文体学研究的日渐升温，《蝇王》的叙述结构研究也有了长足进展，运用西方结构主义叙述学理论探讨《蝇王》结构以及主题意义的文章开始崭露头角。陶家俊的《论〈蝇王〉的叙述结构和主题意义》（《四川外语学院学报》1998年第3期）即是这方面较有代表性的文章。陶文运用以布雷蒙等人为代表的巴黎学派的小说叙述学理论，梳理出以《蝇王》中的主要人物——猪崽子、拉尔夫、杰克和西蒙为中心的四个平行交叉发展的叙述程式，逐次分析了四个程式的表现功能、内容功能及符指语境，并进一步说明了几个程式在特定场景中的重合（如林中空地）。

---

① 王佐良等主编：《英国二十世纪文学史》，北京：外语教学与研究出版社，1994年，第678页。

② 侯维瑞主编：《英国文学通史》，上海外语教育出版社，1999年，第906—907页。

③ 瞿世镜等著：《当代英国小说》，北京：外语教学与研究出版社，1998年，第193、195页。

陶文将《蝇王》叙述结构的出发点和归宿点定位为"不良状态",借此来解释《蝇王》中人的堕落,总的来看,这种论述是能够自圆其说的。陶文进一步指出,《蝇王》在符指层面上的多重性以及结构上的复归性更接近于古希腊人文精神的辩证法,接近于使这种辩证法文学化的酒神神话,酒神的双重性(快乐而又残忍)可以解释《蝇王》中本能与文明的冲突,可以解释《蝇王》中人类的蜕变。

类似陶文这样专题论述《蝇王》叙事结构的文献可谓凤毛麟角,但部分涉及叙事结构的文章却并不罕见。行远的《〈蝇王〉的主题、人物和结构特征》(《北京师范大学学报》1994年第5期)中就有一段讨论结构特征的文字,作者还特别指出《蝇王》中的女性缺席是为了男性还原其本来面目,这对于女性主义批评是一个很好的补充。

第三,神话原型解读。随着批评多元化的兴起,中国学者已不再满足于《蝇王》的社会历史批评,全方位、多视角的解读模式应运而生,神话原型便是这种多视角解读中的一股劲流。瑞典文学院授予戈尔丁诺贝尔文学奖的理由是:"因为他的小说用明晰的现实主义的叙述艺术和多样的具有普遍意义的神话,阐明了当今世界人类的状况。"因此,用神话原型方法诠释《蝇王》颇具说服力,胡蕾的《狄奥尼索斯的报复》(《山东外语教学》2000年第2期)堪称这方面的代表性成果。胡文将《蝇王》的主要人物解读为古希腊酒神神话的置换变形:杰克为狄奥尼索斯的变形,罗杰为阿高厄的变形,拉尔夫和猪崽子为彭透斯的双重置换。杰克对于唱诗班和岛上孩子的精神控制来源于他的魔力以及人类对神祇的膜拜。猪崽子的悲剧在于他诋毁神祇、对抗人类对酒神的崇拜,最终必然像彭透斯一样被以罗杰为代表的酒神信徒当做野兽杀死。拉尔夫是彭透斯的次要置换者,所以当他被酒神信徒追得走投无路时,从天而降的英国军官救了他的性命,留下他来充当酒神威力的见证。将《蝇王》的悲剧解释为狄奥尼索斯的原始魔力对人类文明的摧毁,将"乐园变地狱"解释为原始魔力诱惑之下人类文明防线的崩溃，这是胡文的可取之处。但是，作者在摘要中声称："本文绕开对《蝇王》的一贯争论，另辟蹊径，从希腊狄奥尼索斯神话在文学中的变形出发，重新定位作品中主要人物的位置……"这种"另辟蹊径"之说，仅就国内而言或许不为太过，但如果放在全球化的语境中，这一断语就显得有些唐突：仅从目前所掌握的有限资料来看，"另辟蹊径"之说就无法成立。美国学者迪克（B. F. Dick）曾以近 10 页的篇幅论述《蝇王》与狄奥尼索斯神话的对应关系，其中不少真知灼见令人叹为观止。

另一篇较有新意的文章是周峰的《现代讽喻语境下的神话》（《山东师大外国语学院学报》2000 年第 2 期）。该文从西方神话和圣经故事两个方面对《蝇王》进行了重释，将拉尔夫解释为太阳神的化身，将杰克视为酒神的变体，将西蒙之死比作基督殉难，将野兽就是人本身称作斯芬克斯之谜。斯芬克斯之谜被西蒙破解，但知道谜底的斯芬克斯（蝇王）和俄狄浦斯（西蒙）却要为此付出生命的代价。

第四，女性主义批评。和神话原型批评一样，女性主义批评也是中国《蝇王》研究中的一支生力军。采用女性主义批评方法的论文虽然为数不多，但文章大多见解独到而且文笔犀利，矛头直指男性经典，让男性中心主义论者望而生畏。于海青的《"情有独钟"处》（《国外文学》1996 年第 4 期）便是这方面的一次重要尝试。于文的一个重要特色是"小视角，大视野"。文章围绕《蝇王》中的杀猪"幕间剧"展开议论，运用女性主义方法以及解构主义的在场（presence）与缺席（absence）理论，对《蝇王》的男性权威进行了抨击。作者将《蝇王》视为二战后男性叛逆的产物，将杀猪解释为两性的对抗，将孩子们杀猪时"假脸＋刀和木棍"的仪式解释为男性对付新女性的"面具＋阳具"。由于女性的缺席，《蝇王》中的男性便将焦虑的宣泄散发到荒岛上唯一具有雌性特征的母猪身上。然而，男性对女性的扼杀并没有成功，母猪头被悬挂起来膜拜并幻化成蝇王，成为男性新的恐惧，成为男性心中抹不掉的阴影。文学经典的魅力在于它能"横看成岭侧成峰"，从女性角度看是"岭"，从男性角度看则很可能成为"峰"。于文就《蝇王》女性缺席现象所阐发的观点，不乏新颖与洞见，但如果放在中国《蝇王》研究的大语境中，这也只是一家之言。戈尔丁检验人性恶惯用的做法是让他小说的主人公远离尘嚣以便还原本性，男人在女性缺席的纯男性世界中更容易暴露本性，这也是《蝇王》中女性缺席的重要原因。

三、新世纪初：戈尔丁研究的最新发展

新世纪以来，戈尔丁研究飞速发展，论文数量急剧膨胀，戈尔丁研究的水准较之80、90年代也有较大的提高。这一时期的研究出现新的发展态势，并呈现出以下几个特点：一，国内研究所涉及的文本不再局限于《蝇王》，学界所提出的问题以及解读方式也具有了一定的前沿性。二，研究的视角比20世纪90年代更加丰富，生态批评、喜剧模式研究等最新的西方批评理论或研究视角被应用于戈尔丁小说的解读中。三，系统性研究开始起步。学界对国内外戈尔丁研究现状的分析以及对于戈尔丁作品在中国的传播状况的研究已经表明，国内研究的兴趣已经从微观的作品转向系统性研究。四，学术研究和作品翻译开始逐步接轨。除了早在20世纪80年代就已经翻译出版的《蝇王》之外，中文译本《品彻·马丁》（2000年）、《金字塔》（2000年）、《教堂尖塔》（2001年）、《黑暗昭昭》（2009年）等相继问世。许多戈尔丁作品的译者同时又是戈尔丁的研究者，研究和翻译的共进有力地推动了国内戈尔丁研究的发展。五，随着国内学位制度的飞速发展，以戈尔丁小说为研究课题的硕士学位论文数量猛增，总计在百篇左右，但质量参差不齐；各类期刊论文也是数以百计，但在几大主流外国文学期刊上发文极少。值得一提的是，这一时期还出现了以戈尔丁小说为研究对

象的博士学位论文。[①]

从研究类型与研究视角上看，这一时期的研究主要有以下几种。第一，滑稽模仿研究。文学研究中的滑稽模仿或戏仿（parody）是指"怀着创造幽默效果的意图，模仿严肃作品的风格和形式而成的文学作品"。关于《蝇王》的滑稽模仿，国外学者早有论述。美国学者迪克提出"《蝇王》是一种滑稽模仿"，并进一步指出小说中的孤岛是对伊甸园的滑稽模仿[②]，但迪克的论述主要集中于对《珊瑚岛》以及酒神神话等具体作品的滑稽模仿。中国学者则运用东方人的眼光，探讨了《蝇王》对人类历史特别是原始社会历史的滑稽模仿。

王卫新的《原始社会历史的滑稽模仿——评威廉·戈尔丁的〈蝇王〉》[《燕山大学学报（社科版）》2001年第1期]一文即是此方面的探索。王文用大量篇幅论证了《蝇王》对原始社会史料、历史神话及传说的滑稽模仿，并特别指出猪崽子的眼镜是凹透镜，根本不可能聚光生火，《蝇王》中象征人类文明的火不过是一种虚幻，是戈尔丁精心设计的"把戏"（gimmick），其中蕴含着戈尔丁对科学救世论的反击。文章指出，《蝇王》对原始社会的滑稽模仿证明了人性恶的普遍存在及其无时间性，虽然《蝇王》的创作受到二战的影响，但它反思的绝不仅仅是二战本身，它反思的是整个人类历史。通过对原始社会的滑稽模仿，戈尔丁表明了其对历史进化论的怀疑，这与他的第二部小说《继承人》的主题形成默契。同时，由于是滑稽模仿，《蝇王》不能被视作史学意义上的历史，人类并非真的走到了灭绝的边缘，戈尔丁大胆预言了人性恶失控的可怕后果，但他并没有给人类命运画上句号。这种认识对于研究戈尔丁科学观以及正确评判其作品的所谓悲观主义色彩有很大帮助。此外，

---

① 2011年，沈雁在博士论文的基础上出版专著《戈尔丁后期小说的喜剧模式》，这是国内第一本研究戈尔丁的学术专著。

② 参见 B. F. Dick, *William Golding*. Boston：Twayne Publishers，1987.

沈雁在《〈黑暗昭昭〉的〈圣经〉戏仿》（《英美文学研究论丛》2010年第1期）中也将小说中的互文关系解读为戏仿，并探讨其对《圣经》戏仿的主题意义。

滑稽模仿研究对于正确认识《蝇王》与荒岛小说传统的关系也有一定的帮助。有些学者因为《蝇王》与《珊瑚岛》的主题意义迥异而将《蝇王》与荒岛小说传统割裂开来。根据文学研究的传统以及滑稽模仿的界定，主题意义的不同不应当作为割裂文学传统的依据，文学风格及文学形式的异同才是关键所在。《蝇王》的女性缺席其实就是荒岛小说传统的延续，而滑稽模仿研究揭开了《蝇王》中的许多谜团，为《蝇王》研究提供了一些有益的启示，不失为一个较好的研究课题。

第二，荒岛题材研究。"荒岛"作为小说中的重要地理空间，在英国文学乃至西方文学中并非罕见。它对文学空间的建构，对文学主题的表达，对创作意图的展现，对艺术特色的形成，作用巨大，因而具有重要的研究价值。国内有多篇文章从荒岛文学传统的角度来探讨戈尔丁的《蝇王》。田俊武将《蝇王》与笛福的《鲁滨逊漂流记》看成是"荒岛文学中的双璧"，但是作为当代荒岛小说的杰作，两部作品在主题、创作观念以及艺术手法上却大相径庭，呈现出"反相对位"的特点，因此从"反相对位"的角度出发，则可以把握西方文明由理性向非理性、西方文学由写实向讽喻和荒诞演变的趋势。[1] 魏颖超则指出《蝇王》虽然属于英国荒岛历险小说的范畴，但是其主题与风格独树一帜，并且在分析英国荒岛历险小说与英国岛国地理位置、民族性格的关系时，探讨了《蝇王》作为当代英国荒岛历险小说的独特主题及重要突破。[2] 上述两位作者将《蝇王》纳入英国文学的历史传统中，探讨其"荒岛"意象的源与流，有

---

[1]　田俊武：《同为荒岛小说 观念手法迥异——笛福、戈尔丁杰作之主题思想及艺术手法的反相对位研究》，《河南大学学报（社科版）》，1999年第2期。

[2]　魏颖超：《〈蝇王〉与英国荒岛历险小说之变迁》，《外语研究》，2004年第6期。

助于揭示这部作品深刻的主题内涵与独到的艺术风格。

第三，随着生态批评的流行，学界开始从生态的角度来探讨戈尔丁的小说。其中较有代表性的是王卫新的《向上喷的瀑布——戈尔丁〈教堂尖塔〉的生态寓言》（《当代外国文学》2010 年第 1期）。王文从《教堂尖塔》中的矛盾修辞"向上喷的瀑布"入手，推断《教堂尖塔》是一部现代生态寓言。小说中尖塔的建造是人类以上帝的名义掩盖自己的私欲、永无休止地征服自然的象征，尖塔的倒塌则象征着自然给予人类的惩罚。作者最后指出："这部小说通过对虚构世界尖塔建造的伦理审视，引导人类去重新思考人与自然的关系……《教堂尖顶》这种现代寓言为人类敲响了警钟。"①李霞的《自然乌托邦的破灭——戈尔丁〈蝇王〉新论》（《外语研究》2004年第 3 期）则认为戈尔丁的《蝇王》通过一个象征与寓言的世界，表达了对原始自然状态的社会的缅想与追求，以及对人类文化中"自然乌托邦"的反向思索。②

此外，还有更多论文从其他较有特色的视角来研究戈尔丁的创作。王卫新的《从叙述学角度谈品彻·马丁的二度死亡》（《解放军外国语学院学报》2005 年第 2 期）对品彻·马丁的"二度死亡是来生（afterlife）信仰所致"的说法提出异议，他认为二度死亡其实是两种叙述视角交叉的结果。王卫新的另一篇论文《〈蝇王〉的女性主义解读》［《河南大学学报（社科版）》2006 年第 3 期］则试图颠覆《蝇王》作为 20 世纪男性经典的传统观点，指出《蝇王》虽然以女性缺席为背景构建文本，但其整体结构却呈现女性写作的特征，是一部旨在颠覆菲勒斯中心主义的现代文本。张少文的《漂浮的能指与语言的困惑》（《外国文学》2001 年第 4 期）运用拉康的理论概念，从能指的漂浮性来探讨《黑暗昭昭》中语言无效性的主题。彭

---

① 王卫新：《向上喷的瀑布——戈尔丁〈教堂尖塔〉的生态寓言》，《当代外国文学》，2010 年第 1 期，第 10 页。

② 李霞：《自然乌托邦的破灭——戈尔丁〈蝇王〉新论》，《外语研究》，2004 年第 3 期。

阳辉的《无望的生活——评威廉·戈尔丁的〈金字塔〉》[《深圳大学学报（社科版）》2003年第4期]拒绝认同《金字塔》是拼凑之作的说法，认为这部成长小说使用"隐喻和写实相结合的叙述手法"，具有独特的意义。肖霞的《因何而死——〈航程祭典〉中双重叙述的伦理悲剧》（《当代外国文学》2011年第1期）则从双重叙述的角度分析了个人伦理感受和社会伦理规范共同作用所带来的伦理悲剧，以及戈尔丁对人类社会与人性的思考。其实，这一时期还有不少颇有特色的研究论文，限于篇幅，不再一一赘述。

　　本节以历时性研究为基本框架，对30年来国内戈尔丁研究的重要文献进行了综述，评析了人性论、叙事结构批评、神话原型解读、女性主义解读、滑稽模仿研究、生态批评等多元视角下的相关研究成果。所评述的文献有的是国外研究的纵深发展，有的则是在文本解读基础之上的创新。总的看来，中国戈尔丁研究虽然时间不长、重要文献数量不多，但其中不乏新意和亮点，许多课题值得继续深入探讨。不过，纵观近30年来的研究，不难发现其中也存在一些问题，如相当数量的论述集中在《蝇王》以及"人性恶"主题上，久而久之，难免有重复之嫌；对戈尔丁其他作品的研究已经大为改观，但不平衡现象仍然比较突出；与国外研究的接轨不够，有力度的专著为数太少；批评视角出现多元化的态势，但除了人性论外，社会历史批评、女性主义批评、神话原型、神态批评等方面的研究成果数量不多，成就相对有限，而其他批评方法的运用基本处于待开发状态。因此，对中国学者已有的研究成果进行小结，可以为未来的研究提供更为明晰的思路，从而有的放矢，不搞重复建设，齐心协力地将中国戈尔丁研究推向深入。

第四节
贝克特研究

塞缪尔·贝克特（Samuel Beckett，1906－1989）是20世纪杰

出的文学大师，诺贝尔文学奖获得者，在国内所受到的关注不亚于任何一个外国作家，但关于贝克特在国内的接受与研究，学界常有片面或偏颇之言。海外学者 Lie Jianxi 和 Mike Ingham 认为：贝克特在中国的接受"基本上是《等待戈多》一本书的事情"①。国内也有学者认为，贝克特研究"保持了一种散淡和无所谓的调子。除了在那些综合性选本里做一些宽泛的简介外，始终没有任何深入的专业化研究。"②这些学者或出于主观臆测，或一叶障目，并没有对贝克特研究的历史和现状做全面的学术考察。贝克特于 20 世纪 60 年代初开始为国内学界所关注，迄今为止已经有半个世纪的历史。从《等待戈多》的"内部发行"到《贝克特选集》5 卷本的正式出版，从 80 年代的"荒诞派热"到新世纪以来的"众声喧哗"，国内对贝克特的译介与研究不断发展，不乏可圈可点之处。本节将主要考查三个历史时期（20 世纪 60 年代、80—90 年代、新世纪以来）国内贝克特研究的主要成就、特点和不足，并提出带有反思性的愿景。

一、作为"反面材料"：早期译介与研究

贝克特自 20 世纪 20 年代末开始文学创作，一直处于默默无闻的实验与探索阶段。至 1950 年，他的主要小说和戏剧作品大多已经出版，可是在当时的英美学界并未引起广泛关注。在 1930 年—1950 年的 20 年间，国内对贝克特的译介和研究也几乎是空白。建国前，学界对这一时期英国文学的译介，基本上以乔伊斯、艾略特、叶芝、伍尔夫、萧伯纳等现代派作家或具有左翼倾向的作

① Lie Jianxi and Mike Ingham, "The Reception of Samuel Beckett in China," in *The International Reception of Samuel Beckett*, edited by Mark Nixon & Matthew Feldman (London: Continuum International Publishing Group, 2009), p. 129.

② 朱大可：《贝克特：一个被等待的戈多》，《中国图书评论》，2006 年第 10 期，第 110 页。

家为主,贝克特的缺席似乎也在情理之中。

1953年,《等待戈多》在法国上演后引起巨大轰动,贝克特声名鹊起,成了西方"荒诞派"戏剧的重要代表人物之一。但是在50年代的中国,"极左"文艺思潮盛行,外国文学翻译界将"政治标准第一、艺术标准第二"奉为圭臬。当时的译介对象主要是以反资本主义的进步文学和经典现实主义作家为主。在政治意识形态与苏联文艺观的双重影响下,艾略特、乔伊斯等现代派作家曾一度被斥为"颓废派"作家或"反动"作家。苏联学者阿尼克斯特的《英国文学史纲》称乔伊斯是"二十世纪颓废文学的典型代表",称艾略特是"当代反动文学的领袖"。① 该著作的观点在当时被广泛认同和接受,影响深远。就"颓废"与"反动"而言,贝克特的作品与现代派文学相比有过之而无不及。在用政治标准衡量一切的大背景下,贝克特的实验美学与荒诞风格很难引起学界应有的关注,也绝无可能被译介到中国来。

1962年4月,中共中央批转《关于当前文学艺术工作若干问题的意见》(简称《文艺八条》),提出要大力"吸收外国文化","对于西方资产阶级的反动文学艺术流派和现代修正主义的文艺思潮,要注意了解和研究,并且有力地加以揭露和批判。应该有计划地向专业文学艺术工作者介绍,……(以)作为教育文学艺术工作者的反面材料。"②因此,被认为"颓废堕落"、"反动腐朽"的部分英美文学作品,如塞林格的《麦田里的守望者》、凯鲁亚克的《在路上》、奥斯本的《愤怒的回顾》、约翰·布莱恩的《往上爬》等,被陆续介绍进来,以揭露和批判西方资本主义国家的"阴暗面"。1965年,贝克特的《等待戈多》中译本(施咸荣译)也借着这样的名义在国内出版。据现有资料来看,这是贝克特的作品第一次被翻译成中文。与其他"颓废"或"反动"作品一样,《等待戈多》标有"内部发行"的

① 阿尼克斯特:《英国文学史纲》,1959年,第619、622页。
② 《关于当前文学艺术工作若干问题的意见》,《文艺研究》,1979年第1期,第142页。

English Literary Studies in China: The Studies of English Writers Volume II

字样，封面印成黄色（俗称"黄皮书"），是专供少数文艺工作者阅读的"内部"参考书。除了部分"专业"和"特权"人员外，广大普通读者是很难接触到这些"黄皮书"的。

值得注意的是，除了《等待戈多》中译本外，国内部分刊物开始刊文介绍"荒诞派"戏剧，对贝克特的主要剧作均有较长篇幅的评介。这些文章主要沿袭 50 年代的政治文艺观，在进行艺术评价的同时，大多对"荒诞派"戏剧进行了言辞激烈的批判和挞伐。董衡巽的文章《戏剧艺术的堕落——法国"反戏剧派"》（《前线》1963 年第 8 期）将贝克特纳入法国的"反戏剧派"加以考察，归纳了"反戏剧派"的三大艺术特点：违反戏剧传统、思想与手法上的荒诞、悲观主义情绪，并且把《等待戈多》看成"'反戏剧派'的'经典作品'"，认为贝克特的剧作"像谜语一样，有的连他自己也莫名其妙"。该文代表了早期学界对贝克特戏剧的初步的、印象式的认识和理解。由于受当时意识形态与"左倾"文艺观的影响，作者不可避免地对"反戏剧派"进行了猛烈的批判，称法国的"反戏剧派"是"当代资本主义世界最走红运的一个颓废文学流派"，认为其思想观点"不仅仅是一种消极的反映，而且还是对人类进步传统、对今天世界上进步势力的一种恶毒的诬蔑"①。董衡巽的批判观点与 50 年代学界对乔伊斯、艾略特等现代作家的批判如出一辙。

这种批判式的译介在丁耀瓒的《西方世界的"先锋派"文艺》（《世界知识》1964 年第 9 期）一文中也表现得非常明显。丁文对贝克特戏剧的主题有较为深入的论述，认为《等待戈多》"可以算是最早的'荒谬派'戏剧"，"整个剧本的主题就是：人永远找不到他活在世上的真正意义，人生只是一部不断盼望、不断失望、最后只有等待死亡的悲剧"，而且他的其他剧本也多"表现这一主题"②。然

---

① 董衡巽：《戏剧艺术的堕落——法国"反戏剧派"》，《前线》，1963 年第 8 期，第 10、11 页。这是国内介绍贝克特戏剧的第一篇文章，在时间上要早于《等待戈多》的中译本。

② 丁耀瓒：《西方世界的"先锋派"文艺》，《世界知识》，1964 年第 9 期，第 23 页。

而,丁文对先锋派文学的评价同样无法摆脱时代文艺思潮的干扰和影响。该文认为"先锋派"文艺深刻反映了西方资产阶级的"没落腐朽";它们"极力追求手法上的标新立异,结果践踏了传统的艺术规律和准则,把艺术带到'反艺术'的道路上去,使资产阶级的艺术在表现形式上也陷于死胡同"。①

可以看出,在60年代的国内学术界,贝克特首先以西方"先锋"剧作家的姿态,与法国作家尤奈斯库等人一道进入学界的研究视野,其代表作《等待戈多》从一开始就被贴上了"荒诞派戏剧"的标签。上述两篇文章尽管不是贝克特戏剧的专题论文,但其中对贝克特戏剧的批判式评介开创了国内贝克特研究与接受的先河。两位作者把贝克特戏剧当做资本主义"腐朽没落"的"反面教材"予以猛烈批判,但其中也不乏有关戏剧艺术的真知灼见,较早为国内学界打开了认识贝克特戏剧的一扇大门。

二、80—90年代:"荒诞派热"背景下的贝克特戏剧研究

70年代末,"文革"期间中断十年的外国文学翻译工作开始恢复。进入80年代后,国内文学期刊大量刊登外国文学作品,此前被视为"颓废堕落"的现代主义文学作品纷纷出版,形成了一股强劲的外国文学翻译热潮。作为当时重要的"现代派"派别之一,"荒诞派"戏剧也正式登堂入室。一大批学术期刊,如《中国戏剧》、《戏剧艺术》、《戏剧文学》、《外国戏剧》、《外国文学》、《外国文学研究》、《当代外国文学》、《文艺研究》、《戏剧界》等,以及众多高校学报都刊登了大量译介与研究文章,形成了一股方兴未艾的"荒诞派热"。贝克特则作为"荒诞派"戏剧的重要代表人物出现在翻译与研究界。1980年,上海译文出版社推出《荒诞派戏剧集》,收录了施咸荣翻译的《等待戈多》中译本。1983年,外国文学出版社推出的

---

① 丁耀瓒:《西方世界的"先锋派"文艺》,《世界知识》,1964年第9期,第26页。

《荒诞派戏剧选》也收录了该译本。《等待戈多》还收录在袁可嘉等选编的《外国现代派作品选》（1986 年）中。此外，《当代外国文学》还同时翻译了贝克特的另外两部剧作：《美好的日子》和《剧终》①。自此，贝克特的戏剧作品开始进入广大普通读者的阅读视野，并在知识界产生了巨大而深远的影响。

这一时期，国内的贝克特研究蓬勃发展。据不完全统计，在1977 年至 1990 年的十多年时间里，出现了五十多篇关于"荒诞派"戏剧的译介与研究论文。这些论文大多把贝克特当做这一流派的代表作家进行重点评介。同时，关于贝克特戏剧的专题论文也有二十余篇，表现出学界对其人其作的浓厚兴趣和更加专业的接受，构成了 80 年代贝克特戏剧研究的主要学术成果。此外，这一时期出版的有关西方现代派文学的重要著作，如陈焜的《西方现代派文学研究》（1981 年）、陈慧的《西方现代派文学简论》（1986年）、林骧华编著的《西方现代派文学评述》（1987 年）等等，几乎无一不涉及"荒诞派"戏剧，无一不把贝克特当做最重要的一位剧作家加以评介。在贝克特的作品中，《等待戈多》是学界研究和探讨的焦点所在。他的其他作品，如《终局》和《美好的日子》，也受到了一定程度的关注。

从研究特点来看，80 年代的贝克特研究既有浮光掠影的介绍，也有深入扎实的专业评论。由于资料的匮乏与信息的封闭，很多研究者受马丁·艾斯林《荒诞派戏剧》的影响较大。该书部分章节曾被翻译成中文②，成了很多论文和著述经常引用和依赖的重要材料，以致大多数论文无法摆脱"荒诞派"的束缚，完全受制于"荒诞论"的固有研究框架。从研究方法上看，学界主要采用当时

---

① 贝凯特：《啊，美好的日子！》，夏莲、江帆译，《当代外国文学》，1981 年第 2 期，第81—97 页；贝凯特：《剧终》，冯汉律译，《当代外国文学》1981 年第 2 期，第 98—121 页。

② 如引论部分"荒诞派之荒诞性"载于《外国戏剧》1980 年第 1 期，后来收录于伍蠡甫主编的《现代西方文论选》（上海译文出版社，1983 年）。

流行的主题思想与艺术技巧二分法的研究模式，不少论文表现出了一定的趋同性和相似性。朱虹、袁可嘉、萧曼和罗经国等学者的论文是当时很具有代表性的研究成果。朱虹是"文革"后国内最早对《等待戈多》的荒诞主题进行深入探讨的学者。朱虹认为："与资产阶级传统文学中把人置于宇宙中心的情况相反，贝克特强调人在荒诞世界面前微不足道"；"短短的两幕剧体现了荒诞派戏剧的一般思想特点：世界的不可知、命运的无常、人的低贱状态、行为的无意义、对死的偏执等"①。萧曼则提出"贝克特的作品突出的特点就是对'自我'的探索"，"揭示了人类对于自己的命运一无所知、不能主宰的处境"②。袁可嘉认为"《等待戈多》揭示了人类在一个荒诞的宇宙中的狼狈处境"，并较早地提到了"反戏剧"的概念，认为这些反传统戏剧的程式"突破了历来沿袭的戏剧要有连贯的情节和揭示矛盾、展开冲突、得到解决的三部曲的老公式"③。罗经国则典型地从思想特征和艺术特点两个方面对贝克特的戏剧创作进行了全面的探讨，认为"就戏剧结构来说，《等待戈多》和传统戏剧截然不同，可以说是反艺术的"，"《等待戈多》虽然晦涩难懂，但是它成功地用一种崭新的戏剧形式表现了现代资本主义社会中人们孤独、迷惘、恐惧的心情。"④

　　由于受当时僵化的文学观念的制约，这一时期的不少研究仍然采用阶级分析的观点，对《等待戈多》以及荒诞派戏剧一分为二，既肯定又否定，既接受又批判，在某种程度上沿用了五、六十年代的文艺批评方法。如陈嘉认为："《等待戈多》之所以在西方文学界得到很高评价，无非是由于作者在表现手法上标新立异，更因为他

① 朱虹：《荒诞派戏剧述评》，《世界文学》，1978 年第 1 期，第 213、215 页。

② 萧曼：《盛行西方的一个戏剧流派——荒诞派?》，《人民戏剧》，1979 年第 7 期，第 37—38 页。

③ 袁可嘉：《象征派诗歌·意识流小说·荒诞派戏剧——欧美现代派文学述评》，《文艺研究》，1979 年第 1 期，第 137 页。

④ 罗经国：《贝克特和〈等待戈多〉》，《国外文学》，1986 年第 4 期，第 53 页。

在剧中把受苦受难的流浪者与奴隶描绘成为愚蠢低能而又驯服的人物形象，这些正好符合了西方资产阶级的要求。我们在研究、评论介绍这类作品时决不能跟着国外评论家的调门吹嘘，把这样一部有着明显消极性的作品说成是伟人的艺术珍品。"①罗经国认为："介绍和'吸收'外国现代文艺是完全必要的，但是这种介绍和'吸收'必须是慎重的、有分析的和有批判的。""我们对待'荒诞'派戏剧及其他'现代'派的文化艺术决不能不加分析地模仿。这样做，对于我国社会主义文化事业是十分有害的。"②尹岳斌认为：《等待戈多》"是以现代资产阶级哲学为基础的唯心论和神秘主义创作思想的产物，描写的是非理性和反逻辑的形象，歌颂的是'无意识的本能'，由此造成的晦涩难懂和作品总倾向有害于人民群众认识和改造世界。"③蒋庆美认为贝克特"打破了传统剧的陈规旧律，以崭新的艺术形式再现了腐朽没落的资本主义社会的本相"，同时也流露出有关"冷酷现实的悲观主义和虚无主义的倾向"④。可以看出，与 60 年代的译介重在批判相比，新时期的批判和挞伐已经容纳了更多的学术内涵与非政治因素。

90 年代，国内的"荒诞热"持续未退，学界对贝克特戏剧的研究也向纵深发展，所发表的论文数量是 80 年代的数倍。不过，不少研究成果仍然在一些旧框框中打转，缺乏应有的新意，例如在主题层面上仍然没有跳出"荒诞"、"希望"、"寻找"、"存在主义"等范畴，在艺术层面上重弹"反戏剧"、"反传统"、"反艺术"的老调。然而，也有部分研究成果不断拓宽研究视野与研究思路，开始使用了较新的研究方法和研究视角，从语言、结构、叙事与对话等多个层面揭示贝克特戏剧更深刻、更全面的艺术内涵和艺术特质。洪增流提出，《等待戈多》创立了独立的循环结构

① 陈嘉：《谈谈荒诞派剧本〈等待戈多〉》，《当代外国文学》，1984 年第 1 期，第 5 页。
② 罗经国：《贝克特和〈等待戈多〉》，《国外文学》，1986 年第 4 期，第 54 页。
③ 尹岳斌：《略论〈等待戈多〉及其它》，《湖南城市学院学报》，1983 年第 1 期，第 34 页。
④ 蒋庆美：《贝凯特及其剧作》，《当代外国文学》，1981 年第 2 期，第 74、80 页。

形式,其语言脱离了它所描述的外部世界的事物,成为独立的主体;①舒笑梅认为贝克特打破了传统戏剧中的时空概念,其时间模糊、循环、混乱,其地点模糊、抽象而充满象征意义;其戏剧语言具有诗化、对称和荒诞的特征;②李伟昉则探讨了贝克特剧作的结构特征,认为贝克特构思了一个独特的"重叠反复"的"循环"结构,该结构具有独特的认识价值与审美价值;③马小朝认为《等待戈多》"对叙事和对话施以极度的变异和揉扯,使旧有意义失落,新生意义回归,以揭示荒诞感与荒诞意识"④。此外,由于受时兴的后现代主义学术思潮的影响,部分学者还从后现代主义的角度对《等待戈多》进行了解读,如仵从巨认为,贝克特的剧作含义具有丰富性、模糊性、不确定性,而这正是后现代主义的基本特色之一;⑤严泽胜把不确定性看成后现代审美特性之一,指出主题的不确定性正是荒诞派戏剧的后现代美学特征;⑥王晓华则认为,《等待戈多》表现了后上帝时代的"等待"主题,其中的流浪状态具有后现代的本体论意义。⑦

---

① 洪增流:《二十世纪的席西佛斯神话——简论贝克特的〈等待戈多〉》,《安徽大学学报(哲社版)》,1990年第1期,第87—92页;《〈等待戈多〉——语言形式和内容的高度统一》,《外国语》,1996年第3期,第30—33页。

② 舒笑梅:《试论贝克特戏剧作品中的时空结构》,《外国文学研究》,1997年第2期,第103—107页;《诗化·对称·荒诞——贝克特〈等待戈多〉戏剧语言的主要特征》,《外国文学研究》,1998年第1期,第56—59页。

③ 李伟昉:《循环:〈等待戈多〉的结构特征》,《河南大学学报(社科版)》,1993年第2期,第38—41页。

④ 马小朝:《意义的失落与回归——荒诞派戏剧语言探究》,《国外文学》,1997年第4期,第23—29页。

⑤ 仵从巨:《〈等待戈多〉:贝克特的谜语与谜底》,《名作欣赏》,2000年第5期,第46—48页。

⑥ 严泽胜:《荒诞派戏剧的后现代审美特征》,《外国文学研究》,1994年第2期,第109—114页。

⑦ 王晓华:《后上帝时代的等待者——对荒诞派戏剧〈等待戈多〉的文本分析》,《深圳大学学报(社科版)》,2000年第5期,第81—86页。

三、筚路蓝缕：80—90 年代的贝克特小说研究

国内对贝克特小说的译介起步较晚，肇始于 80 年代，而且以短篇小说翻译为主，数量极少。1982 年 1 月，花城出版社出版的《外国短篇小说选》收录了《被逐者》（张灼强译）；1986 年，袁可嘉等选编的《外国现代派作品选》也收录了《被逐者》（译名是《逐客自叙》，涂丽芳译）；1995 年，卢永茂等人的专著《贝克特小说研究》收录了贝克特的短篇小说三部曲：《被逐者》、《镇静剂》和《结局》。直到 2006 年 5 月贝克特诞辰百年之际，湖南文艺出版社出版了 5 卷本《贝克特选集》，其长篇小说三部曲《莫洛伊》、《马龙之死》和《无名者》才第一次被翻译成中文。

80 年代，贝克特小说研究远远滞后于其戏剧研究，除了寥寥可数的一、二篇专题论文外，只有一些零星的、印象式的介绍。学界对其小说的认识主要停留在"反小说"的层面，研究视野尚不够开阔，直接或间接借用国外研究成果的现象非常普遍。瞿世镜最早借用"反小说"的概念研究贝克特，认为他的小说"和他的荒诞戏剧一样具有鲜明的反传统特色"[1]。同样，刘重德认为贝克特的小说"一反小说的传统写法，因此有人称之为'反小说'或'新小说'"[2]。此外，学界的研究还没有摆脱政治与文化意识形态的干扰，仍然保留着对"资产阶级文艺思潮"的强烈批判姿态。瞿世镜在认真分析小说人物形象之后，认为他们是"存在主义哲学中'被扔到存在'中的'非人化'的人，是衰朽没落的资产阶级的阶级意识的某种曲折的反映"[3]。而刘重德则通过对《失败》的介绍，从人物、主题、自我表现以及潜意识等方面总结出了贝克特小说创作的主要特征，最后未能例外地对现代派文学进行了批判和抨击："文

---

① 瞿世镜：《贝克特的"反小说"》，《外国文学报道》，1983 年第 3 期，第 22 页。

② 刘重德：《从反小说派作家贝凯特近著〈失败〉谈起》，《求索》，1984 年第 2 期，第 79 页。

③ 瞿世镜：《贝克特的"反小说"》，第 25 页。

艺战线上有少数人在宣扬西方现代派的文艺思想，提倡'自我表现'和'反理性主义'，是完全同社会主义现实主义的文艺思想相对立的，"对此要"旗帜鲜明地予以批判，抵制和消除这种腐朽没落的资产阶级文艺思潮的精神污染"。①

90年代，国内学界对贝克特小说的研究取得了长足的发展，基本上摆脱此前较为僵化的文学观念和意识形态的束缚，立论精当、判断准确的研究论文开始出现，表现出了相对客观、自由独立的批判立场。陆建德的《自由虚空的心灵——萨缪尔·贝克特的小说创作》是当时贝克特研究的重要代表作。陆建德在详细梳理贝克特非虚构作品中的艺术思想之后认为："形式实验和自我消解成为贝克特创作的指导方针，而他的小说则是一种寓言，一种为概念服务的工具，换言之，一种'道'的载体，即虚空混沌、意识解体之'道'。"②陆建德的论述旁征博引，深入浅出，晦涩难解的小说在他的分析和解读之下显得意味无穷。他的论文奠定了国内贝克特小说研究的主基调，对后来的研究者影响很大。侯维瑞则从"荒诞"的角度对贝克特的早期代表作《墨菲》、《瓦特》以及三部曲《莫洛伊》、《马龙之死》和《无名者》进行了探讨，指出其创作主旨就是以荒诞的形式来表现和探讨西方现代文明中人们生存的真实状况，即"寓真实于荒诞"，不仅较早地提出了"荒诞小说"的概念，同时对贝克特的小说给予了较为中肯的评价："像乔伊斯的创作改变了现代小说一样，贝克特的作品影响了战后小说的发展"③。

1995年，贝克特小说研究专著《贝克特小说研究》问世。尽管

---

① 刘重德：《从反小说派作家贝凯特近著〈失败〉谈起》，第82页。
② 陆建德：《自由虚空的心灵——萨缪尔·贝克特的小说创作》，载《现代主义之后：写实与实验》（陆建德主编，中国社会科学出版社，1997年），第362页。
③ 侯维瑞：《寓真实于荒诞：试论塞缪尔·贝克特的荒诞小说》，《杭州大学学报（哲社版）》，1998年第2期，第47页。

有学者认为其研究水准"很值得商榷"①，但它毕竟是国内第一部比较系统地研究贝克特小说的著作。该著作对小说三部曲分章进行论述，还总括性地探讨了三部曲的创作特征、形式实验和人物形象；对贝克特早期的两部长篇小说（《莫菲》和《瓦特》）与三个短篇小说也有一定的分析。此书部分内容曾以论文形式发表，但该书印数只有 1000 册，国内知晓率不高，影响不大。此外，焦洱、于晓丹的《贝克特：荒诞文学大师》（1995 年）有独立的章节对贝克特的五部长篇小说进行深入探讨，其侧重点主要在于荒诞美学方面。

四、众声喧哗：新世纪以来的贝克特研究

新世纪以来，国内高校开始扩招，硕士、博士等高级学位的培养形成一股浪潮。由于英语专业是国内第一大专业，英语教师的队伍急剧膨胀，于是对学位的硬性要求，加上职位晋升的生存压力，导致英语教育史上史无前例的学位"大跃进"现象，一股急功近利的浮躁学风大行其道。学术研究表面上看起来一片繁荣，关于名家名作的研究论文铺天盖地，一些二流三流作家也不乏研究者。作为荒诞派戏剧的重要代表人物和诺贝尔文学奖获得者，贝克特也毫无例外地进入大批专业教师和学位攻读者的研究视野。经过初步统计发现，关于贝克特的期刊论文和学位论文几乎以几何级数增长，近 10 年的论文产量估计在两百篇以上，其中研究《等待戈多》的文章超过一百篇。不过，这些成果良莠不齐，平庸之作远远多于优秀之作。从研究特点上来看，不少成果过于依赖国外研究材料，缺乏新意，或重复"荒诞"、"等待"、"反戏剧"、"反小说"等老调，或生搬硬套国外的时髦文学理论，或进行一些牵强附会的比较研究。

---

① 朱大可：《贝克特：一个被等待的戈多》，《中国图书评论》，2006 年第 10 期，第110 页。

　　不过,在众声喧哗之中,贝克特的戏剧和小说研究仍然取得了较快的发展。总体来看,贝克特的戏剧研究始终强于小说研究,而《等待戈多》仍然是研究者最感兴趣的作品。但在众多研究成果中,也不乏开拓和创新之作。部分研究者超越了早期的研究框架和套路,在研究视角和研究范围上进行了有益的尝试。何成洲的《贝克特的"元戏剧"研究》一文运用"元戏剧"理论解读贝克特,从"戏中戏"、"自我意识"和"戏剧的评论"三个方面探究了其剧作元戏剧的特征。① 该作者的另一篇论文《贝克特:戏剧对小说的改写》探讨了贝克特小说与戏剧之间的联系,认为其戏剧在人物、语言和意象的运用上都是以小说为参照的,贝克特的戏剧其实是对小说的改写。② 冉东平的《突破现代派戏剧的艺术界限——评萨缪尔·贝克特的静止戏剧》则运用"静止戏剧"的概念,从戏剧动作、戏剧情境和戏剧氛围三方面论述了贝克特的戏剧作品消解戏剧性、去中心与主体性消失的"后现代"艺术特征。③ 此外,刘爱英的博士论文《塞缪尔·贝克特:见证身体之在》④用身体理论来解读贝克特的戏剧作品,也表现出了一定的独到性。

　　值得一提的是,贝克特其他剧作的研究也有了很大的起色,出现了一些质量较高的研究成果。沈雁的两篇论文《贝克特戏剧的男女声二重唱》和《诗意的叙事》探讨了贝克特的荒诞派经典剧作《克拉普的最后一盘录音带》和《快乐的日子》,前者论述了两者在主题、戏剧叙事手段和戏剧语言上的延续性和互文性,后者运用比

① 何成洲:《贝克特的"元戏剧"研究》,《当代外国文学》,2004 年第 3 期,第 80—85 页。
② 何成洲:《贝克特:戏剧对小说的改写》,《当代外国文学》,2003 年第 3 期,第 47—52 页。
③ 冉东平:《突破现代派戏剧的艺术界限——评萨缪尔·贝克特的静止戏剧》,《外国文学评论》,2003 年第 2 期,第 60—66 页。
④ 刘爱英:《塞缪尔·贝克特:见证身体之在》,上海外国语大学博士论文,2007 年。

较的方法，探讨了嵌入式叙事模式的不同形态和诗性特征。① 舒笑梅的论文《电影语言在贝克特剧作中的运用——从〈最后一盘录音带〉谈起》认为贝克特采用了平行、交叉和复现等三种蒙太奇技巧，借助蒙太奇所特有的叙述功能和表现功能，实践"纯戏剧"和"反戏剧"的主旨。② 上述论文蕴涵新意，持论有据，深化了学界对贝克特戏剧的总体认识。

与此前相比，新世纪以来的贝克特小说研究有了更大的发展。王雅华的专著《走向虚无：贝克特小说的自我探索与形式实验》（2005 年）从主题与形式两个方面探讨了贝克特五部长篇小说中内在的连贯性和互文性，认为探寻自我与形式实验是贝克特小说创作的动态进程，揭示了贝克特小说的后现代审美特征。王雅华对"自我探索与形式实验"的论述与陆建德的论文有异曲同工之处，其"后现代视角"在借鉴国外相关成果的基础上有所开拓。该书是作者在博士论文基础上修改而成的，作者 2000 年以来发表的一系列论文与此书的观点并无大的不同。此后，国内有多篇博士论文以贝克特的小说为研究课题，也表现出了较高的研究水准，如曹波的博士论文《回到想像界》③从"后精神分析学"的角度来阐释贝克特的小说，其中不少见解能给人以较大的启发。

2006 年，贝克特的百年诞辰引起国内学者强烈关注，除了《贝克特选集》5 卷本出版之外，一些学者对国外贝克特研究动态与百年诞辰纪念活动甚为关注，表现出了与国外学术界进行交流与对话的渴望。盛宁的《贝克特之后的贝克特》一文提到贝克特百年诞

---

① 沈雁：《贝克特戏剧的男女声二重唱——论〈克拉普的最后一盘录音带〉和〈快乐的日子〉》，《外国文学评论》，2007 年第 3 期，75—82 页。《诗意的叙事——论〈克拉普的最后一盘录音带〉和〈动物园的故事〉中的嵌入式叙事模式》，《浙江师范大学学报（社科版）》，2006 年第 5 期，第 28—32 页。

② 舒笑梅：《电影语言在贝克特剧作中的运用——从〈最后一盘录音带〉谈起》，《南京师大学报（社科版）》，2002 年第 2 期，123—130 页。

③ 曹波：《回到想像界》，上海外国语大学博士论文，2005 年。

辰纪念期间欧美文坛掀起的一股"反思热",有关贝克特批评文集、传记与回忆录等不断出版,使英美学界对贝克特创作的认识和评价发生了相当大的变化。① 吴岳添的文章《贝克特——充满矛盾的作家》介绍法国《读书》杂志上的一篇专文,并表达了一些新的见解:"贝克特的戏剧看起来晦涩难懂,乃至无意义和荒诞,已经与传统的审美观念彻底决裂,实际上他深受但丁与普鲁斯特的影响,是在极力把对形式的关注与复杂的结构和说话的愿望协调起来。"② 此外,刘爱英的论文《贝克特英语批评的建构与发展》对贝克特批评的国际化和规模化研究趋势进行了梳理,并着眼于贝克特英语批评中两个最有代表性的研究范畴:哲学研究和现代主义—后现代主义论争,通过分析二者之间此消彼长和各自的内部发展,考察了贝克特英语批评传统在建构中的特点与困境。③

五、贝克特研究的展望

近30年来,国内贝克特研究快速发展,所取得的成就有目共睹,但其中也存在明显的不足。归纳起来主要有以下这些:研究成果的数量可观,但总体质量欠佳,代表性或标志性的成果较少;研究方向不平衡,戏剧研究明显强于小说研究,《等待戈多》的研究者拥挤不堪,其他作品长期不受重视;炒冷饭者居多,创新不足,具有突破性的研究成果不多;研究者之间有条块分割的倾向,相互交流与沟通欠缺,漠视他人研究成果,过于重视国外研究材料;在过分依赖国外材料的同时,又对国外最新研究成果视若无睹;与国际贝克特研究界交往较少,未能有效参与国际贝克特研究热点或重点问题研究,缺少个性化或具有本土特色的研究成果。

---

① 盛宁:《贝克特之后的贝克特》,《外国文学评论》,2006年第4期,第147—148页。
② 吴岳添:《贝克特——充满矛盾的作家》,《外国文学评论》,2006年第3期,第149页。
③ 刘爱英:《贝克特英语批评的建构与发展》,《外国文学评论》,2006年第1期,第138—146页。

关于贝克特研究的未来趋势，我们可以做以下带有反思性的愿景：第一，如何与贝克特研究的国际化趋势接轨，主动参与贝克特研究的国内与国际交流，在借鉴前人或国外研究的基础上，取得超越性和突破性的成果；第二，如何利用本土文学与文化资源，取得具有本土视角与本土特色的贝克特研究成果，如国内学界曾利用道家或禅宗对美国诗人弗罗斯特、迪金森、斯奈德等人重新进行阐释，令人耳目一新；第三，如何吸纳国外最新批评理论，获得新视角，掌握新材料，重新解读贝克特的文本，如海外华裔学者林力丹教授用后东方主义理论研究贝克特，并且挖掘出第一手珍贵资料，取得了突破性的成绩①；第四，如何摒弃浮躁学风，走出喧嚣嘈杂与低层次重复的研究局面，长期潜心研究，形成贝克特研究的良性循环，从而打造中文研究界的标志性成果或经典之作。

第五节
品特研究

哈罗德·品特（Harold Pinter，1930－2008）是当代英国著名戏剧家，2005 年诺贝尔文学奖获得者。1958 年 4 月 28 日，《生日晚会》（*The Birthday Party*，1957）在英国剑桥艺术剧院首演，这是品特剧作的第一次公开演出。自此开始，无论在戏剧界还是学术界，品特剧作研究逐渐成为一大热点。在我国，对品特剧作的引介始于 20 世纪 70 年代，而至 90 年代初，对品特及其剧作的研究多以"荒诞派"戏剧为背景，如朱虹的《荒诞派戏剧述评》②、裘小龙

---

① Lin Lidan，"Globalization and Post-Orientalism: The Chinese Origin of Samuel Beckett's Fiction，"载《英美文学研究论丛》2010 年第 1 期。Lin Lidan，"From Quigley the Writer to Murphy the Job Seeker，" *English Studies*，vol 87，2006：319－326；"Labor，Alienation and the Status of Being: The Rhetoric of Indolence in Beckett's *Murphy*，" *Philosophical Quarterly*，Vol 79，2000，pp. 249－271.

② 朱虹：《荒诞派戏剧述评》，《世界文学》，1978 年第 2 期，第 213—243 页。

的《荒诞派戏剧》①、张鸿生的《满纸荒唐言：荒诞派戏剧》②等都将品特作为"荒诞派"戏剧的代表剧作家进行介绍和研究。自 90 年代中后期起，对品特剧作较为广泛且具针对性的研究才略显雏形，特别是在 2005 年品特荣获诺贝尔文学奖以后，国内品特剧作研究呈现出视角多元化、解读深入化的态势。

　　近几年，学界对国内品特及其剧作研究已有较为系统的归纳、整理。耿纪永、马艳彬合写的《陌生与熟悉之间：哈罗德·品特在中国》③将国内对品特剧作的研究概括为三个方面：对品特作为"荒诞派"戏剧代表人物的研究，对品特主要作品的演出和分析解读，以及对品特戏剧表现手法的研究。李永梅的《国内外哈罗德·品特研究现状探讨》④一文则将国内研究品特剧作的论文归为四类：第一，关于品特获诺贝尔奖的综述；第二，对品特的主题或风格进行专门研究的论文；第三，对品特某一剧作的评述性论文；第四，借用某一文学理论解读品特剧作的论文。袁小华、宋赟合写的《哈罗德·品特国内外研究现状综述》⑤按照时间顺序将品特剧作在中国的研究大致分为三个阶段：80 年代初到 90 年代末是对品特及其主要作品的介绍阶段，2000 年至 2005 年底之前为理性认识阶段，2005 年底至 2006 年是感性再认识和理性研究结合期。

　　可以看出，现有的总结性文章涉及了品特剧作在中国的译介、演出、学术研究状况，较为全面地回顾了品特剧作研究在中国的发

①　裘小龙：《荒诞派戏剧》，《飞天》，1981 年第 1 期。
②　张鸿生：《满纸荒唐言：荒诞派戏剧》，海口：海口出版社，1993 年。
③　耿纪永、马艳彬：《陌生与熟悉之间：哈罗德·品特在中国》，《中央戏剧学院学报》，2006 年第 4 期，第 81—87 页。
④　李永梅：《国内外哈罗德·品特研究现状探讨》，《社会科学家》，2007 年第 6 期，第 35—38 页。
⑤　袁小华、宋赟：《哈罗德·品特国内外研究现状综述》，《艺术百家》，2008 年第 1 期，第 154—156 页。

展，同时，无论是按学术论文还是按研究阶段分类，均具有较强的条理性。本节将在前人总结的基础上，侧重考察国内研究对品特剧作的不同解读角度，既是对国内品特剧作研究的梳理，也是对品特剧作的再解读。

一、"荒诞"视角下的品特戏剧研究

如上所述，品特以"荒诞派"剧作家的身份被介绍到中国。尽管国外已有学者，如金博尔·金（Kimball King）、马克·巴迪（Mark Batty）等，认为给品特剧作贴上"荒诞派"的标签有过于简化之嫌，但国内学者对品特是否适合归于"荒诞派"剧作家这一问题尚未专门撰文深入讨论。归纳起来，国内学者对品特剧作荒诞性的研究主要集中于三个方面：

第一，与"威胁"相关的"荒诞"。"威胁喜剧"（comedy of menace）一词原是大卫·坎普顿（David Campton）《疯狂想法》（*The Lunatic View*，1957）的副标题，后被英国剧评家埃尔文·沃德（Irving Wardle）用来形容品特的剧作。"威胁"一直以来都是国内品特剧作研究的关键词，如李新博的《冷酷威胁的喜剧物化——〈静默的守候者〉赏析》[①]、陈红薇的《〈虚无乡〉：品特式"威胁主题"的演变》[②]、祝平的《从〈送菜升降机〉看哈罗德·品特的"威胁喜剧"》[③]、臧运峰与王颖吉的《破碎的寓言：试论品特的威胁喜剧》[④]、牛鸿英的

---

① 李新博：《冷酷威胁的喜剧物化——〈静默的守候者〉赏析》，《山东外语教学》，2001 年第 1 期，第 52—53 页。

② 陈红薇：《〈虚无乡〉：品特式"威胁主题"的演变》，《外国文学评论》，2003 年第 1 期，第 81—87 页。

③ 祝平：《从〈送菜升降机〉看哈罗德·品特的"威胁喜剧"》，《名作欣赏》，2006 年第 2 期，第 62—66 页。

④ 臧运峰、王颖吉：《破碎的寓言：试论品特的威胁喜剧》，《当代文坛》，2006 年第 2 期，第 131—133 页。

《"房间"里的"威胁"与"静默"——论"品特风格"》①等。在品特剧作中，人物对威胁的感知和反应无不包含荒诞意蕴。赵宏在《浅析哈罗德·品特成长背景对其威胁剧和反战思想的影响》②中分析了威胁产生的原因，他指出，剧作家成长时期恶劣的生存环境、排犹思潮的打击以及第二次世界大战的阴影对"威胁喜剧"的创作产生了至关重要的影响。

　　国内学者研究"威胁"主题的另一个重点是品特式"房间"。较具代表性的论文包括杨戈的《"房间"里的戏剧——品特剧作述评》③、仵从巨与司雯的《"房间"内外——读品特与〈看房人〉》④、杨德友的《封闭房间里的对话——哈罗德·品特及其〈升降机〉》⑤、魏弹艺与朱杰的《浅谈"被强行打开的封闭的房间"——读品特戏剧〈房间〉》⑥、胡志明的《"房间"：品特戏剧中的存在图像》⑦。综合以上文章来看，威胁不仅仅来自房间之外人类生存的大世界，还源于房间之内人物活动的小世界，甚至连房间自身也可以成为威胁的源头。

　　第二，与戏剧语言相关的"荒诞"。马小朝在《意义的失落与回

---

① 牛鸿英：《"房间"里的"威胁"与"静默"——论"品特风格"》，《当代戏剧》，2006年第2期，第18—21页。

② 赵宏：《浅析哈罗德·品特成长背景对其威胁剧和反战思想的影响》，《科技信息（学术版）》，2006年第10期，第447—449页。

③ 杨戈：《"房间"里的戏剧——品特剧作述评》，《当代戏剧》，1994年第4期，第55—57页。

④ 仵从巨、司雯：《"房间"内外——读品特与〈看房人〉》，《名作欣赏》，2006年17期，第88—93页。

⑤ 杨德友：《封闭房间里的对话——哈罗德·品特及其〈升降机〉》，《名作欣赏》，2006年21期，第82—83页。

⑥ 魏弹艺、朱杰：《浅谈"被强行打开的封闭的房间"——读品特戏剧〈房间〉》，《和田师范专科学校学报》，2007年第2期，第82—83页。

⑦ 胡志明：《"房间"：品特戏剧中的存在图像》，《山东师范大学学报（社科版）》，2007年第3期，第72—76页。

归——荒诞派戏剧语言探究》①中探讨了以贝克特、尤奈斯库、品特、阿尔比等为代表作家的"荒诞派"戏剧的语言(尤其是叙事和对话)特点。论者认为，"荒诞派"戏剧语言脱离了理性主义的语言框架，有悖于人们习以为常的思维方式、生活方式。牛鸿英从语言的功能和修辞两个层面考察了品特戏剧语言中的一个核心概念——"静默"，认为品特的戏剧语言同时兼具荒诞和现实的艺术手法和观点，剧中"混乱的"语言拥有强大的表现力。② 陈红薇在《试论品特式戏剧语言》③中也注意到品特戏剧语言中虚构性和真实性这对矛盾体，并强调了品特与其他荒诞派剧作家相比更热衷于说"真话"。类似的比较还出现在杨丽的《品特的戏剧语言》④中，文中指出品特与荒诞派作家的共性是语言的破碎性，但前者是从生活中取得这种破碎，因而他的语言又是写实的。由此可见，国内学者对品特戏剧语言的研究已不拘于一家之词，其荒诞性不是绝对的、一成不变的。

第三，与现实相关的"荒诞"。前文对品特戏剧语言的讨论已涉及荒诞与现实的关系，国内也有学者就此问题专门撰文研究，提出许多不同的看法。郑嵩怡在《胁迫：存在于荒诞与真实之中——试谈品特戏剧的艺术魅力》⑤一文中将品特的创作手法归纳为：整体构思的荒诞性同细节描写的现实主义手法融合在一起，即抽象的胁迫与具体的真实相结合。何其莘在《品特的探索真相之旅》⑥

---

① 马小朝：《意义的失落与回归——荒诞派戏剧语言探究》，《国外文学》，1997 年第 4 期，第 23—29 页。

② 牛鸿英：《"房间"里的"威胁"与"静默"——论"品特风格"》，载《当代戏剧》，2006 年第 2 期，第 18—21 页。

③ 陈红薇：《试论品特式戏剧语言》，《外国文学评论》，2007 年第 2 期，第 71—78 页。

④ 杨丽：《品特的戏剧语言》，《辽宁工程技术大学学报(社科版)》，2006 年第 6 期，第 84—85 页。

⑤ 郑嵩怡：《胁迫：存在于荒诞与真实之中——试谈品特戏剧的艺术魅力》，《江苏社会科学》，1998 年第 3 期，第 146—150 页。

⑥ 何其莘：《品特的探索真相之旅》，《外国文学》，2006 年第 2 期，第 28—36 页。

一文中将品特五十多年戏剧生涯的终极意图归结为:引导读者和观众在模棱两可的话语中和复杂多变的人物之间探索真相。李刚在《品特荒诞派戏剧中的现实主义探微》[①]一文中结合剧作家自身的经历以及创作时期的时代背景,认为品特"荒诞"剧作的背后是对现实生活的关注。韩征顺与李健鹏在《寓怪诞于现实,寄荒谬于情理——品特〈看管人〉解析》[②]一文中从主体思想、剧情结构、人物塑造方面详细剖析了《看管人》(The Caretaker,1959),认为现实主义成分与荒诞成分融合决定了该剧的艺术效果。上述文章虽从不同视角、用不同方法论述了品特剧作中现实与荒诞的关系,但至少有一点是国内研究的一致结论:品特剧作所表现出来的荒诞性并不是脱离现实的,相反,它源于现实,折射现实,回归现实。

二、精神分析视角下的品特戏剧研究

从心理分析角度解读品特剧作的国内学者及研究成果并不多,直至近些年才有相关的专题论文和著作出现,如陈红薇的专著《战后英国戏剧中的哈罗德·品特》[③]、仲颖、陈巧巧合写的《对品特〈归家〉的精神分析法解读》[④]等。尽管如此,将心理分析这一角度单独列为一类是很有必要的,原因有二:首先,在品特的戏剧创作中,特别是在人物塑造过程中,心理刻画是必不可少且颇具特色的一部分。从心理分析角度解读其作品,既能对剧作家的艺

---

① 李刚:《品特荒诞派戏剧中的现实主义探微》,《内蒙古农业大学学报(社科版)》,2006年第3期,第261—262页。

② 韩征顺、李健鹏:《寓怪诞于现实,寄荒谬于情理——品特〈看管人〉解析》,《外语研究》,2006年第6期,第77—79页。

③ 陈红薇:《战后英国戏剧中的哈罗德·品特》,北京:对外经济贸易大学出版社,2007年。

④ 仲颖、陈巧巧:《对品特〈归家〉的精神分析法解读》,《科学大众》,2007年第11期,第12—13页。

术手法有所探索，也有助于深入了解人物本身；其次，虽然与心理分析直接相关的专题论文和著作较少，但是，很多从其它角度研究品特剧作的文章都对人物心理有所涉及。这些研究分布较为零散，对其进行梳理和总结可使国内研究在这一课题上的观点更加清晰化。

国内学者在对品特剧作中人物塑造方面的研究有一相似之处：品特剧作中的个体人物是全人类的代表，个体人物的生存状态是人类生存状态的缩影。因此，对人物心理的分析往往推及至对人类普遍心理的探求。李永梅在《遁世者对家园的可悲追求——读哈罗德·品特的〈房间〉和〈生日晚会〉》中以两剧的主人公为例，论述他们的遁世心理是人类面临侵害时的可悲追求。① 杨静在《品特戏剧中人物塑造的后现代特征》中指出品特展现给观众/读者的只是人物"碎片"，这些人物没有意识或非意识，体现了后现代时期人类真实的生活现状和心理状态。② 安东在《"他者"的世界——品特戏剧所揭示的人类生存现状》中更是直接指出，品特的人物是作为一种象征出现的。剧中人物莫名的恐惧心理正是人类自我封闭后的不安全感。③ 田民的《住满人的伤口：品特与莎士比亚》一文虽以论述莎士比亚及其剧作对品特的影响为主，但文中道出了品特对人物心理刻画之所以如此成功的重要原因：人物呼吸自己的空气，剧作家给予他们自己任意选择行动方向的自由。④

从心理分析角度解读品特剧作的另一个关注点是"回忆"。国

---

① 李永梅：《遁世者对家园的可悲追求——读哈罗德·品特的〈房间〉和〈生日晚会〉》，《时代文学》，2007 年第 7 期，第 140—142 页。

② 杨静：《品特戏剧中人物塑造的后现代特征》，《广东外语外贸大学学报》，2002 年第 3 期，第 42—45 页。

③ 安东：《"他者"的世界——品特戏剧所揭示的人类生存现状》，《戏剧文学》，2007 年第 1 期，第 82—84 页。

④ 田民：《住满人的伤口：品特与莎士比亚》，《书城》，2008 年第 2 期，第 96—100 页。

外有学者将品特的四部剧作一并归为"回忆剧"（memory play），包括《风景》（*Landscape*，1967）、《沉默》（*Silence*，1968）、《短剧：夜晚》（*Sketch: Night*，1969）和《往昔》（*Old Times*，1970），而国内学者并没有对品特剧作进行"回忆剧"的归类。事实上，在所谓的"回忆剧"面世之前，品特的其他作品或多或少涉及了人物对往事的回忆，这些作品可以说是非典型"回忆剧"。

国内研究不强调"回忆"在剧作中所占比重，而主要将"回忆"看作人物内心世界的精神活动来进行研究。品特剧中不同人物的回忆相互矛盾，即使是同一人物的回忆，也经常出现前后不一致的现象，令回忆的真实性大打折扣。究其不真实性的根源，是回忆主体，即人物，所流露出的强烈的主观情绪。陈红薇在《〈虚无乡〉：品特式"威胁主题"的演变》①中指出，人物争夺的领地不仅是生存意义上的空间，更是由"过去记忆"所掩盖着的内心世界。肖婷的《来自记忆的威胁——〈房间〉里的罗斯心理状态微探》②通过弗洛伊德的焦虑理论和心理防御机制理论分析人物的行为动机，发现人物内心对过去的回忆也是威胁的来源之一。

除了着重于人物塑造和"回忆"两方面之外，国内研究还有一个特点：运用心理学相关理论对品特剧作进行解读。上述肖婷的文章便是一例，另外还有仲颖、陈巧巧的《对品特〈归家〉的精神分析法解读》一文，文章涉及弗洛伊德的精神分析法和俄狄浦斯情结；李英姿的《论品特的威胁剧〈回家〉中的弗洛伊德主义因素》③也运用了相同的理论视角，从恋母、诡异、作者无意识角度剖析了品特的代表作；袁小华的《哈罗德·品特戏剧〈微痛〉中的

① 陈红薇：《〈虚无乡〉：品特式"威胁主题"的演变》，《外国文学评论》，2003 年 01 期，第 81—87 页。
② 肖婷：《来自记忆的威胁——〈房间〉里的罗斯心理状态微探》，《江苏教育学院学报（社科版）》，2008 年第 1 期，第 95—98 页。
③ 李英姿：《论品特的威胁剧〈回家〉中的弗洛伊德主义因素》，《时代文学》，2008 年第 8 期，第 131—133 页。

"霍尼"现象》①则从"霍尼"现象产生的原因入手，运用艺术心理学的观点，指出品特创造的房间结构受到人类感知方式和心理结构的影响，形成现代艺术的感觉化空间和象征性境界；陈红薇在《战后英国戏剧中的哈罗德·品特》一书中用一章的篇幅讨论了品特剧作中的"内在现实主义"，作者借助拉康理论里的"真实地带"概念，指出品特想要展现给观众的不是外在的现实，而是外在现实在人物内心世界的投影和由此引起的波澜。

三、政治批评视角下的品特戏剧研究

品特后期的剧作带有浓厚的政治色彩，他本人也是政治活动的积极参与者，并在 2005 年宣布弃笔从政，全身心地投入到政治活动之中。国内学者很少从政治角度对其后期的"政治剧"进行研究，反而更关注品特早期的戏剧创作所包含的政治成分。袁德成的《论品特及其戏剧与政治的关系》②一文讨论了"政治"在不同语境中的含义，指出政治不仅仅涉及公共领域内的暴力以及意识形态对立、所有权观点、契约和征服模式等问题，还应该理解为个体与个体、个体与集体之间的权力关系。从后一角度来看，品特的早期作品充满了政治意蕴。国内对品特剧作的政治解读可以理解为对其剧作中权力关系的解读，按照切入点的不同，研究可归纳为两类：

第一，从话语角度对品特剧作进行政治解读。王岚在《〈山地语言〉中的女英雄——兼评品特戏剧中的女性形象》③一文中分析

---

① 袁小华：《哈罗德·品特戏剧〈微痛〉中的"霍尼"现象》，《四川戏剧》，2008 年第 2 期，第 49—51 页。

② 袁德成：《论品特及其戏剧与政治的关系》，《当代外国文学》，2008 年第 4 期，第 82—87 页。

③ 王岚：《〈山地语言〉中的女英雄——兼评品特戏剧中的女性形象》，《解放军外国语学院学报》，2001 年第 4 期，第 75—79 页。

了语言的作用，指出人物，特别是女性人物，不仅在为自己的个人权利也在为所有受压迫的人斗争着。王燕与谢柏梁合写的《从〈房间〉话语看男性霸权》①采用话语分析方法，挖掘男性人物施加于女性人物的话语霸权，认为话语霸权是男性蔑视女性尊严、压制女性意识、限制女性自由、使女性沦为附庸并最终确立自己统治地位的主要手段。叶青在《话语、身体与权利——评哈罗德·品特的代表作〈回家〉》②一文中指出，品特式语言通过人们说话的方式和形式来揭示人物复杂的情感状态和心理状态，从而凸显出他们的思想以及相互间的地位和权利关系。齐欣的《游戏式的对话与对抗——品特戏剧谈》③一文则以"静默"为主要研究对象，认为品特的戏剧语言并不是传统意义上用作沟通交流的语言，而是人物用以自我保护的语言。

　　第二，从性别角度对品特剧作进行政治解读。张亚婷在《性别、空间、身体政治——〈回家〉的女权主义地理学解读》④中以露丝一角为例，指出女性人物在男性空间中颠覆了既有的空间分配关系，在空间与权力的冲突中，重新界定了属于女性的空间。与此相似的研究还有戴新蕾的《暴力冲突：身份确立之途径——评品特戏剧〈回家〉》⑤，作者同样围绕两性间的权力冲突这一主题，分析了剧中女性面对男性暴力的应对之策以及颠覆男权、肯定自我的过程。在《放逐到

①　王燕、谢柏梁：《从〈房间〉话语看男性霸权》，《山东外语教学》，2006 年第 6 期，第 37—40 页。

②　叶青：《话语、身体与权利——评哈罗德·品特的代表作〈回家〉》，《江苏教育学院学报（社科版）》，2006 年第 5 期，第 81—84 页。

③　齐欣：《游戏式的对话与对抗——品特戏剧谈》，《枣庄学院学报》，2007 年第 6 期，第 46—49 页。

④　张亚婷：《性别、空间、身体政治——〈回家〉的女权主义地理学解读》，《四川戏剧》，2007 年第 6 期，第 43—44 页。

⑤　戴新蕾：《暴力冲突：身份确立之途径——评品特戏剧〈回家〉》，《三峡大学学报（社科版）》，2006 年第 1 期，第 90—92 页。

"阿拉斯加"的母亲》①和《品特作品中边缘化的母亲》②两篇文章中，刘岩以品特代表作中的母亲形象为主要研究对象，运用西方女性主义文学批评理论，揭示男性人物把母亲边缘化以维护父权秩序的真相，以及边缘化的女性在寻求主体性的过程中所处的两难境地。李永梅的《权力下的生存：哈罗德·品特剧作解读》③更是将品特剧作中的政治性对抗从夫妻之间延伸至父母与子女之间、伙伴之间，通过人们的权力争夺战揭示人与人之间亲情缺失、信任缺乏的普遍生存状态及处境。

　　国内学者对品特剧作的政治解读还存在两点不足之处。首先，无论是从话语还是从性别角度，对权力关系的研究多集中于掌权者的暴力、受控者的反抗，即掌权者与受控者的矛盾冲突，研究广度和深度仍有可挖掘的空间。另外，"政治剧"亦是品特戏剧创作的重要组成部分，而国内研究基本上忽略了品特后期剧作的政治性，少有学者关注他的"政治剧"所反映的政治问题，研究重心稍有失衡。

四、其他研究视角下的品特剧作评论

　　除了从"荒诞"、精神分析、政治三个角度对品特剧作进行解读之外，国内研究还有其他较为分散的成果，为研究提供了更加丰富而新颖的视角。比如，刘立辉的《品特戏剧的伦理学批评》④从伦理学的角度分析品特剧作，认为品特戏剧尽管被贴上了各种不同

---

① 刘岩：《放逐到"阿拉斯加"的母亲》，《中国比较文学》，2007年第4期，第134—143页。

② 刘岩：《品特作品中边缘化的母亲》，《广东外语外贸大学学报》，2006年第4期，第15—18页。

③ 李永梅：《权力下的生存：哈罗德·品特剧作解读》，《宁夏大学学报（社科版）》，2008年第4期，第71—76页。

④ 刘立辉：《品特戏剧的伦理学批评》，《西南师范大学学报（社科版）》，2005年第6期，第160—164页。

的标签,但是有一点始终不变:品特及其作品表现了对人类道德伦理的终极关怀,并以隐喻的方式对人性的邪恶及其造成的伦理准则缺失进行了揭露。王燕的两篇文章,《品特戏剧的色彩符号》[1]和《论品特戏剧里的疾病》[2],抓住了品特剧作中细微但不可或缺的构成元素,研究角度较为独特。前者统计了品特剧作使用的颜色词汇及其出现频率,运用符号学理论对色彩符号进行量化分析,指明戏剧色彩在刻画人物、烘托主题与增强美感方面发挥了重要作用;后者总结了品特剧作里常出现的疾病:眼部疾患、表述障碍、休克猝死,并探讨它们所蕴含的象征意义。

综上所述,国内品特剧作研究已取得了初步成果,但仍有发展空间。首先,研究成果的形式多为学术论文,而以品特及其剧作为研究对象的专著仅有邓中良的《品品特》[3]、陈红薇的《战后英国戏剧中的哈罗德·品特》,系统、完整、全面的学术专著仍然较少;其次,国内学者对品特剧作的跨学科研究尚未出现,而国外已有学者尝试。比如精神分析学家唐纳德·梅尔泽(Donald Meltzer)把品特的三部作品,即《侏儒》(*The Dwarfs*,1960)、《生日晚会》、《归家》(*The Homecoming*,1964),作为临床资料,通过对剧作的分析来解释幽闭症等心理现象,研究颇具有创造性。在此方面,国内研究仍需跟上国外研究的步伐,加强研究的灵活性和独创性。

第六节
莱辛研究

多丽丝·莱辛(Doris Lessing,1919—)是20世纪下半叶英国文坛著名女作家,一位不知疲倦的写作者。1950年莱辛处女作

① 王燕:《品特戏剧的色彩符号》,《外国文学》,2006年第6期,第65—70页。
② 王燕:《论品特戏剧里的疾病》,《当代外国文学》,2008年第2期,第72—79页。
③ 邓中良:《品品特》,武汉:长江文艺出版社,2006年。

《野草在歌唱》(*The Grass Is Singing*)出版时在英国文坛引起轰动。1962 年其代表作《金色笔记》(*The Golden Notebook*)问世后，更是受到英美评论界的一致好评。据统计，此后的 20 多年中，国外出版的莱辛研究专著达 17 本之多，博士论文 59 篇，期刊论文 300 多篇。① 2007 年，莱辛获得诺贝尔文学奖后，其文学声誉更是达到了顶点。批评家哈罗德·布鲁姆曾这样评价道："莱辛是我们时代的一个非常具有代表性的作家。即使她不具有这个时代的风格，也具有一种时代精神。"② 在长达 60 多年的创作中，她一直致力于对时代、生活与人的追问、探索，她的作品"深入反映了上个世纪以来人类在思想、情感以及文化上的转变……，弗洛伊德和荣格心理学、马克思主义、存在主义、神秘主义、生物社会学，以及思辨科学的理论，她对这些社会思潮的兴趣出现在她的小说中，她的创作成为时代气候转变的记录"③。

早在 20 个世纪 50 年代，多丽丝·莱辛的作品就已经被译介到我国，但由于受到特定历史时期的文化氛围与意识形态的影响，学界缺乏对于这位作家及其创作的研究。直到 90 年代，这位英国女作家的作品才引起了我国学者的较多关注，对她的批评与研究才正式展开。经过 20 多年的发展，国内学界在多丽丝·莱辛研究领域取得了很大的成就和进展，并形成了主题批评、女性主义批评、宗教哲学批评和形式研究批评等几个较为集中的研究板块。本节将梳理国内莱辛研究的历史脉络与总体状况，对几大研究板块的理论视角、批评方法与学术特点进行考察与分析，发现不足，

---

① Carey Kaplan & Ellen Cronan Rose，"Materials," *Approaches to Teaching Lessing's The Golden Notebook*，Ed. by Carey Kaplan & Ellen Cronan Rose.New York：The Modern Language Association of America，1989，p. 13.

② Harold Bloom，"Introduction." *Doris Lessing*. Harold Bloom ed. New York：Chelsea House Publishers，1986，p. 7.

③ Jean Pickering，*Understanding Doris Lessing*. Columbia：University of South Carolina Press，1990，p. 6.

并展望莱辛研究的未来前景。

一、莱辛研究的历史脉络

20世纪50年代，多丽丝·莱辛的作品已有三部在国内先后翻译并出版，它们分别是《渴望》①、《野草在歌唱》②和《高原牛的家》③。但她的作品中译本初次出现在中国读者面前时，除了简短的译者前言或后记外，几乎没有国内学者对其人其作进行评价。此外，中译本《渴望》中附录了一篇转译自苏联的评论《小说家多丽丝·莱辛》。这篇评论的作者从社会主义现实主义文艺观的角度来评价莱辛的非洲题材小说创作，称赞她抛弃了吉卜林式的传统，认为"她的诚恳和乐观，和她那种想用她的艺术为社会进步、国际的友谊与和平服务的愿望，必然会使她获得广大读者的敬爱"④。从当时所选译的作品内容以及这篇评述来看，莱辛有关殖民地的小说创作与50年代殖民地解放运动、第三世界民族解放运动的时代潮流相符合，也与国内当时的政治气氛与舆论相吻合。但是，随着国内政治形势的变化，莱辛作品的译介不久后就戛然而止，其人其作在国内一度销声匿迹。这一中断过程持续了20余年。

20世纪80至90年代，国内的期刊陆续刊发了莱辛短篇小说译作约十余篇⑤，而国内学界对莱辛的研究介绍也由此正式展开。

---

① 莱辛：《渴望》，解步武译，上海：文艺联合出版社，1955年。
② 莱辛：《野草在歌唱》，王蕾译，上海：新文艺出版社，1956年。
③ 莱辛：《高原牛的家》，董秋斯译，北京：作家出版社，1958年。
④ 维·弗拉第米罗娃：《小说家多丽丝·莱辛》，见《渴望》，解步武译，上海：新文艺出版社，1956年，第2页。
⑤ 到80年后，莱辛的小说翻译才有所恢复。1982年《名作欣赏》第5期率先刊发了《蝗虫袭来》（海西译），1983年《外国文学》第7期刊发了《老酋长姆希朗伽》（金隄译），《外国文学》在1985年第12期刊发了《5封未寄出的情书》（肖强、周平等译）。

孙宗白是最早介绍莱辛的国内学者，他在文章中概述了作家的创作现状、地位以及特色，指出非洲生活对作家影响颇深，并认为反对种族歧视与争取妇女的平等自由权益是莱辛创作中的两个重要主题，而"现实主义扎根在她的思想中"①。王家湘则针对莱辛在50至80年代的创作进行了介绍②。黄梅是较早就莱辛的单部作品《金色笔记》做出针对性分析的一位学者，她分别就作品中的女性生存和结构布局展开论述，认为"自由有多重的缘由和多重的含义"。在评析女性"自由"的复杂主题时，黄梅认为，莱辛对女性生活的认识不仅关涉女性，同时也指向了当代人的生存，更为重要的是，莱辛非常自觉地从形式上探索小说与生存的危机③。黄梅对这部作品结构形式的重视，显示出她在早期莱辛和《金色笔记》研究中的前瞻性。不过从总体上看，80年代国内的多丽丝·莱辛研究比较零散，尚未形成规模，主要采用了类似文学史的写作体例，多属于对作家生平与基本创作情况的综合描述或一般介绍，尚未形成理论化的研究批评。

进入90年代后，对多丽丝·莱辛创作的系统化研究的闸门开启，开始出现了一些探讨作家创作发展趋势、归纳写作风格和主题类别以及就具体作品进行分析的研究论文。如，张鄂民归纳了莱辛创作中的三个视点走向，即从"个人与社会关系的异化"、"个人与自我关系的异化"到"人类与宇宙的关系"，勾画出"外部—内心—宇宙这种宏观—微观—宏观的转换"④。李福祥也是较早关注莱辛的一位学者。他在90年代发表了一系列论文，对多丽丝·莱辛在不同阶段的创作特征、其"太空小说"以及80、90年代的创

---

① 孙宗白：《真诚的女作家——多丽丝·莱辛》，《外国文学研究》，1981年第3期，第70页。

② 王家湘：《多丽丝·莱辛》，《外国文学》，1987年第5期，第80—83页。

③ 黄梅：《女人的危机和小说的危机》，《读书》，1988年第1期，第64—72页。

④ 张鄂民：《多丽丝·莱辛的创作倾向》，《暨南学报》，1998年第4期，第96页。

作活动进行了归纳梳理^①，成为较早对莱辛创作的总体特征做出全方位追踪与论述的研究者之一。从研究价值上看，这些宏观描述与整理归纳较为全面地概括、总结了莱辛小说创作的阶段性成果，追溯了作家的创作轨迹，并揭示出作家创作所体现出的较为明显的风格特点，使国内学界对当代英国文学中莱辛创作地位的认识有一个客观判断，从而为更科学系统地进行深入研究提供了必要而全面的史实背景。

进入新世纪以来，国内对莱辛的译介与研究进入一个新的历史阶段。2000年，陈才宇、刘新民翻译的《金色笔记》由译林出版社出版，外研社引进英文版《简·萨默斯的日记》，评论界对莱辛的关注与日俱增。在7年左右的时间里，国内期刊上发表了以莱辛为评论对象的文章和硕士学位论文近百篇，博士学位论文多篇。2007年，国内还出版了第一部莱辛研究专著。2007年莱辛获得诺贝尔文学奖后，国内掀起了莱辛译介的一次高潮。她的作品被大量翻译成中文，仅在2008年就有十多部莱辛中文译著出版。在获奖后的五六年中，评论界的研究更是方兴未艾，各类期刊上发表的评论文章高达600多篇，还出现了多部莱辛研究专著。可以说，新世纪以来的十多年中，国内学界对莱辛创作的研究不断向纵深发展，研究的范围更广，成果极为丰硕。不过，在浮躁学风的影响下，肤浅与泛泛之作也不在少数。^②

总的看来，最近20多年是国内多丽丝·莱辛研究的一个爆发期与主潮期。这主要体现在研究论文的数量急遽增加及有深度的系统化研究持续出现；同时，相关研究成果中的分析论述既有理论

---

① 李福祥、钟清兰：《从动情写实到理性陈述：D.莱辛文学创作的发展阶段及其基本特征》，《四川外语学院学报》，1994年第1期；李福祥：《试论多丽丝·莱辛的"太空小说"》，《成都高等师范专科学校学报》，1998年第2期；李福祥：《八九十年代多丽丝·莱辛的文学创作》，《四川外语学院学报》，2000年第1期。

② 尤其是近几年来，国内莱辛研究成果琳琅满目，但由于尘埃尚未落定，此处不作深度评论。

English Literary Studies in China: The Studies of English Writers Volume II

思辨，也有文本细读，研究方法与视角更加多元，并开拓出了不少新的研究领域。尤其是对《金色笔记》的研究，无论是关于女性主义主题的探讨，还是对思想内涵的发掘、对形式技巧的分析，都呈现出理论方法的多样化与研究视角的多元化。此外，研究者们将关注的视点投射到莱辛的整个创作过程，对她的主要作品均有所涉猎。换句话说，国内学者的研究兴趣不再局限于她早期的现实主义小说，而且还把关注的目光投向她在 80 年代之后、甚至 2000 年之后创作的小说，对莱辛小说创作的研究视域大为拓展，力图更加全面、客观地看待莱辛小说创作的整体成就，并形成总体性的价值评判。

二、对莱辛研究特点的考察与分析

20 多年来，国内莱辛研究出现了一些较为清晰的研究板块，呈现出几个边缘清晰、论点相对集中的研究方向与研究重心，并主要集中在主题研究、女性主义研究、宗教哲学研究以及对《金色笔记》的形式研究等几个方面。

在主题研究方面，对作家创作的基本母题和总体方向的探析是早期综述性研究的延伸与拓展。而对于这一领域的更进一步的发掘，则体现在更为具体的作品思想主题的发掘上。例如，李福祥就莱辛创作中较为明显的社会意识、历史意识和女性意识进行了论证[①]。这些论述紧扣小说内容，并将之与作家的社会经验和人道主义思想相联系，在主题研究领域颇有代表性。从话语意识上看，80 至 90 年代初期的研究论文依然带有时代政治色彩，尚未完全剥离模式化的语言以及政治意识形态的痕迹，更多强调作家思想中的社会批判与抗议色彩。随着时代的发展、意识形态领域的逐渐解放，以政治、革命、社会反抗、阶级论为评价标准和价值指针

---

① 李福祥：《多丽丝·莱辛笔下的政治与妇女主题》，《外国文学评论》，1993 第 4 期。

的批评模式逐渐淡化,文学研究在思维、语言与论述方式上也渐渐摆脱了单一的社会历史批评模式,在研究视角上走向多元,注重对作家人道主义精神、人文主义思想内涵的揭示与辨析,以及对于其作品的美学价值与审美感受的发现。

但是,从内容上看,主题研究往往流于对作品的一般内容层面的揭示,未能发现灌注于其中的作家独特的生存状态所赋予的特殊内涵。论述者虽然能够把握住莱辛小说中的社会历史内容,并将之与作家个人经历相结合,但是,却未能点出莱辛生命经历中的某些独特性。作为一代左翼知识分子的代表人物,莱辛早年追求理想与正义,最终却遭遇到了时代乌托邦的破灭。她的经历是 20 个世纪西方左翼知识分子的普遍经历。然而,作为一个有着独特生命经历的个人,莱辛的小说中除了这些普遍性的社会历史内容之外,还有着作家灌注于作品中的个人独特的生命体悟,而这是与作家的多元文化背景分不开的。众所周知,莱辛的左翼经历对其小说创作产生了很大影响,那么如何将小说的主题内容与作家独特的生命存在方式联系起来,发现作家的独特思考而不是一般的对社会历史与政治内容重复论证,这些还有待国内学界进一步深入。这样的研究思路也有助于廓清莱辛是否是“政治宣传”小说家的身份定位。

对于作家宗教哲学思想的研究是多年来多丽丝·莱辛研究中较热的一个重要领域。在 60 年代前后,多丽丝·莱辛接触到伊斯兰神秘主义哲学——苏非主义。苏非教“是伊斯兰教内部赋予信仰和礼仪以奥义的神秘派,强调个人的内心经验(直觉)”[1]。莱辛跟随苏非派的精神大师——伊德里斯·沙赫[2]研习苏非哲学,阅

---

[1]　金宜久:《伊斯兰教的苏非神秘主义》,北京:中国社会科学出版社,1995 年,第 38 页。

[2]　伊德里斯·沙赫是当代西方的苏非教宣传者、倡导人。他用英语写了大量有关苏非教教义与理论的书籍,将伊斯兰苏非教向西方普及,多丽丝·莱辛认为他的作品消除了西方人对于东方、伊斯兰和穆斯林的偏见与无知。沙赫对于事物、生活、世界与自我的独特认知方式与思考方法深深吸引了莱辛,她认为从中获益颇多。

读大量相关书籍。她认为沙赫撰写的《苏非》（*The Sufis*）"将苏非主义道路中的新的一面介绍到西方来"[①]，是迄今为止她阅读过的最为令人惊奇的一部作品，"好像我的一生都是在等待它的出现、等待去阅读它"[②]。莱辛对这位宗教导师和精神指引者充满敬意，在她看来，"他是我的挚友，我的老师。要想总结这三十多年来跟随苏非教老师所学到的东西，实在不易，因为，这是一个令人惊奇的旅程，是一个摆脱幻灭与偏见的过程"[③]。苏非主义哲学推崇直觉、冥想和非理性思维，但是并不是与现实社会相脱离，"苏非主义也要求从自我放逐返回到现实中，因为它依赖于现存的文化，同时不主张个体从社会脱离，而是主张处在社会中，同时看清其中的意义"[④]。苏非主义致力于自我的提升、自我发现[⑤]，这与莱辛寻求个体精神拯救的思想颇为接近。她在写作中较为明显地融合了苏非教所提倡的以冥想、回忆等非理性思维方式进行自我精神超越的内容，其作品也显示出与教谕故事之间的某种联系，这都使得她的小说创作与苏非教哲学之间的关系成为评论者研究的一个切入点，如陈东风对《四门城》中女主人公的精神探索历程做了细致考察，揭示莱辛如何从苏非哲学的遁世思想中找到"社会认识价值和对现实的启示意义"，但论者又在结尾指出，"在探寻人类生存之路的同时，莱辛过分强调人的精神作用，忽视了社会实践与社会斗

---

① Doris Lessing, "On Sufism and Idries Shah's *The Commanding Self*", in Sufis Org.(1994), <http://www.sufis. org/lessing_commandingself.html.>

② Doris Lessing, "On the Death of Idries Shah," in *The Daily Telegraphy*, Nov. 23, 1996, <http://www.dorislessing.orgon.html.>

③ Ibid.

④ Ann Scott, "The More Recent Writing: Sufism, Mysticism and Politics," in Jenny Taylor ed., *Notebooks, Memoirs, Archives: Reading and Rereading Doris Lessing*, Boston: Routledge & Kegan Paul, 1982, p. 184.

⑤ Doris Lessing, "In the World, Not of It," in Paul Schlueter, ed., *A Small Personal Voice*. New York: Alfred A. Knop, 1974, p. 136.

争，以至于在作品中流露出逃避现实、遁入虚幻的困惑"①。论述中不乏阶级斗争与社会反抗论，政治意识形态在文学研究领域内的时代伤痕可见一斑。苏忱以《幸存者回忆录》为蓝本，探讨作家写作中对苏非哲学非理性的思维方式的认识与借鉴，并对其叙写中的"回忆"手法进行具体分析，指出苏非哲学认识论对莱辛寻求精神束缚超越的指引作用②。苏忱在分析中将作家的宗教哲学观与小说叙事艺术相结合，是从形式技巧的客观表达层面与主观的认识论层面寻求对文本意义的发现与整合，代表了现代小说研究的一种趋势。

多丽丝·莱辛一直被视为关注社会现实与时代问题的作家，而她在思想与精神领域所进行的开拓却被忽略了。国内莱辛研究中宗教哲学视角的引入，对于发现莱辛在个人精神意识、非理性思想的持续关注起到了重要作用。个人在精神领域内的自我拯救与突破和时代现实困境之间有着一定关系，这是作家积极寻求解决当代人精神危机、社会危机的途径。早在《金色笔记》中，莱辛以精神意识突破时代与生存局限的思路就已初现端倪。作品中的安娜·伍尔夫从分裂到整合的精神自愈就是在一系列的梦境和冥想的潜意识精神活动中完成的。王丽丽在论文中指出：莱辛的哲学思想已经超逾了一切主义的窠臼，她从生命的流动、生命的循环和生命的统一这三个方面入手，总结出莱辛独有的生存哲学观，而不是将其归入某一个思潮学派③。她在论著《多丽丝·莱辛的艺术和哲学思想研究》中根据莱辛的成长背景以及她在成长中所受到的复杂的思潮影响，分析了哲学思想与艺术

① 陈东风：《多丽丝·莱辛与苏非思想》，《牡丹江师范学院学报（哲社版）》，2001 年第 4 期，第 31 页。

② 苏忱：《多丽丝·莱辛与当代伊德里斯·沙赫的苏非主义哲学》，《四川外语学院学报》，2007 年第 4 期，第 24—27 页。

③ 王丽丽：《〈从简·萨默斯的日记〉看莱辛的生存哲学观》，《当代外国文学》，2005 年第 3 期，第 35—39 页。

手段在其小说创作中的融合①。

　　侧重从女权主义视角来研究莱辛及其创作一直是国内研究的重要特点之一。多丽丝·莱辛本人始终严肃地抨击女权主义和女性主义在思维方式、理论方法上的软肋和不可取之处，避免与女性主义、女权主义扯上关系，但是，她写作中的那种"女性经验史诗"的品格，确实鲜活而醒目地存在着。莱辛真诚、认真地书写妇女经验与生存的历史，她不仅关注两性的关系，更加重视妇女在当代生活中的地位和处境，以及妇女自身如何获得精神成长；她关注女性，但又超越了性别问题；她有强烈的性别意识，但又不是为了讨伐另一个性别。尤其是在《金色笔记》中，作家对新的历史条件下女性生活的得失与精神变迁做出了准确观察与细致描摹，对女性生活的展现具有思辨色彩。可以说，在妇女获得了与男性平等的生存权利后能否真正获得精神解放与独立自由的问题上，莱辛的思考超越了前辈女性作家。正如黄梅所指出的，自由女性本身就有反讽意味，对女性不自由的表现体现了莱辛对于整个人类的存在现状的思考。因此，莱辛不仅具有自觉的妇女写作意识，而且还将这种书写的方式、范围与风格加以拓展与改革。她开拓了伍尔夫与理查森的女性美学理论②，重新开启了一个妇女写作的时代。

　　因此，对于多丽丝·莱辛创作中的女性主义研究也是目前莱辛研究中成果最为丰硕的一块。持女性主义视点的论者，往往从作品内容入手，或者通过分析女性主人公形象来提炼作家、作品中的女性主义思想；或用女性主义批评理论去解释作品的主题思想和深刻意蕴，在内容与理论上做出双向的互证与阐释。重视各种批评理论的运用，采用科学的、理论化的分析论述方式，是多丽

---

① 王丽丽：《多丽丝·莱辛的艺术和哲学思想研究》，北京：社会科学文学出版社，2007年。

② Elaine Showalter, *A Literature of Their Own*. Beijing: Foreign Language Teaching and Research Press & Princeton University Press, 2004, p. 308.

丝·莱辛研究向深处开掘、日益理论化和系统化的重要表征。其中苏忱的《多丽丝·莱辛的女性观点新探》颇有思辨色彩，以往的论述多强调莱辛对男性的批判和反抗精神，而苏忱以莱辛四部代表作为例，从作品中一系列具有受虐情结与遭受感情之苦的女性主人公形象入手，"探讨莱辛在对待女性问题上的悖论，即女性必要经历受虐的过程才能找到真实的自我"①。就多丽丝·莱辛的女性主义研究这一板块内部而言，对于《金色笔记》的女性主题和形象研究是该板块的一个较为集中的研究点。国内学者对《金色笔记》的女性主义内涵的探讨主要集中于两个方面，一类是就作品中的女性形象塑造探讨作家在女性生存中所表现出的矛盾与困惑，揭示作者对人类整体存在的思考，而没有将批评的视点放在对男性权威的挑战和反抗上，这在一定程度上超越了传统女性主义权力的争夺；另一类则是力求揭示莱辛的女权主义思想与女性主义观念，通过辨析作家如何运用写作机制解构与颠覆男性中心主义的文化秩序，显示女性对于独立与自由的追求，将女性写作模式与女性追求文化与意识形态反抗的思想结合起来。

　　多丽丝·莱辛具有独立而敏锐的女性意识，深刻而广泛地再现了当代女性生存的境遇。莱辛作为英国著名女性作家在中国受到强烈关注，与女性主义理论在我国的兴盛不谋而合，两者之间形成一种阐释与思考的相互促进；前者为后者提供了优秀的文学范本，而后者在对前者的解读中亦可以检验自身理论价值。国内学界对莱辛作品中女性生存表现的思考不再仅仅局限在性别反抗和权力斗争上，而是将两性间的矛盾、女性的生存困境的讨论放入人类历史、文化与伦理道德的语境中，从单一的个体性别上升到全人类的孤独、分裂和精神危机的冲突中，超越了性别斗争和政治权益斗争。在这一过程中，作品中被忽略的深层内涵也逐渐被研究者

① 苏忱：《多丽丝·莱辛的女性观点新探》，《江淮论坛》，2005年第5期，第144页。

们揭示出来。这一趋势在一定程度上回应了多丽丝·莱辛本人的呼吁：从狭窄的女性批判视角走出来，发现并关心更为丰富的当代社会生活内容。但是，迄今为止，国内对于《金色笔记》和多丽丝·莱辛的女性思想的研究都是相对孤立的，缺乏放入文学史传统与女性传统进行观照的比较视野，大多是强调莱辛在女性写作上取得的成就与突破，而作为英国女性小说写作传统中的一环，莱辛必然也承继了某些女性文学传统，与她的前辈有着千丝万缕的联系，尤其是作家的反思也必然是建立在前辈女性作家写作与思考之上的。在这一方面，对莱辛的女性主义研究体现出一种局限性，即缺乏一种联系的、辩证的批评态度，未能将作家和作品置于女性主义理论传统的延续和发展的背景之下。如果我们能够将莱辛研究放到整个英国小说发展史和女性创作传统的宏观背景上加以辩证审视，则能更深入地揭示作家对当代女性生活的多方面思考。

对《金色笔记》的艺术形式的研究，也已成为国内莱辛研究的一个重要方面。《金色笔记》是莱辛最重要的作品，也是她的小说创作中艺术成就最高也最具有艺术影响力的作品。小说在结构布局与叙述手法上突破陈规，现代主义、后现代主义以及先锋实验派的各种艺术技巧混杂交错使用。这种独特的艺术形式与风格不仅表达莱辛本人对于当代小说发展形式的思考与探寻，同时也成为五六十年代处于小说艺术发展"十字路口"的当代英国小说的一个象征。对这部作品的研究在莱辛所有作品研究中量最大、开掘最深，对《金色笔记》小说艺术形式技巧的研究则成为莱辛创作形式研究领域中成果最丰硕、最具代表性的一个研究点。我国学界最早对《金色笔记》进行具体分析的应该是黄梅的《女人的危机和小说的危机》，她对作品思想和形式的初步探寻揭示了小说最突出的两个特点。在 90 年代，就有学者就文本的形式特点进行集中论述。如刘雪岚尝试对人物"崩溃"的线索进行梳理，认为四分五裂的笔记象征着人物分裂的内心世界，作品的结构从分裂到整合与人物的精神康复彼此呼应①。发现形式结构与主题意蕴之间的关系是论者常采用的研究方法。这部小说的中文译者陈才宇认为，这部作品的结构本身承担了揭示主题的重任②。

随着这方面研究的逐渐深入，评论者们对作家在叙述技巧上的研究也更加细致而具体化，超小说艺术、间离化效果、接受美学、叙事学等新的批评理论视角也开始运用到对作品艺术形式的解读中。例如，王丽丽从后现代主义解构叙事的角度审视了作者如何在文本中建构话语权，认为这是对人与命运抗争主题的呼应③。这些对形式与技巧的研究注重发掘作品的美学效果与艺术价值，显示出研究者们在积极寻找作品形式与主题思想之间的客观对应，从而考察作者在具体叙述中表现出的对于现实社会与形而上思想的批判意识，加深了人们对于这部作品的认识。

但是，对作品艺术形式的研究依然流于零散，仅就作品的某一形式特征与艺术技巧进行的孤立研究缺乏整体的、综合性的艺术形式分析。《金色笔记》的思想意义与艺术价值不在于某些技巧上的先锋或实验色彩，而在于一种综合性的小说艺术实践，将各种不同的艺术技巧融合进文本中，体现了某种艺术创新。倘若未能将艺术技巧加以整合而只是孤立研究，是不能够发现这部作品超越同时代的现实主义或先锋实验小说的原因的，也就不能就主题思想、意义内涵与艺术形式之间的联系做出整体解读。形式研究虽然捕捉住了作品中较为明显的艺术特点与艺术价值，但是未能在作品整体艺术效果的形成方面进行把握，比如作品中传统叙事手法与现代主义技巧的结合，以及各种具有现代主义、实验色彩的艺

① 刘雪岚：《分裂与整合——试论〈金色笔记〉的主题与结构》，《当代外国文学》，1998年第2期，第150—160页。
② 陈才宇：《形式也是内容：〈金色笔记〉释读》，《外国文学评论》，1999年第4期，第72—76页。
③ 王丽丽：《后现代碎片中的"话语"重构——〈金色笔记〉的再思考》，《当代外国文学》，2006年第4期，第140—144页。

术技巧是如何进行整合并最终构成了小说整体艺术效果的独特风貌的。缺乏对这部作品的艺术形式特点的综合观照与辩证审视，至今依然是《金色笔记》艺术形式研究中的一处软肋。

三、莱辛研究展望

30 多年来,国内的多丽丝·莱辛研究已经取得了很多重要成果,形成了不断发展、与时俱进的研究态势。不过,从莱辛研究现状和研究特点来看,其中仍有很多值得继续开拓或深化的领域。展望莱辛研究的未来,国内学界可以深化和拓展《金色笔记》研究,重视莱辛的非洲小说研究,强化莱辛的短篇小说研究,加强莱辛的"太空小说"研究,将莱辛与国内外相关作家进行比较研究等。

多丽丝·莱辛是从《野草在歌唱》开始走上文坛的,她关注南非殖民主义与当代英国的社会问题,在"当代英国青年作家中,是最为热心致力于说服他人以改革社会的"①。但是,真正奠定莱辛在当代文学史中的地位与声望的却是《金色笔记》。在这部作品中,她充分实践并集中展现了自己的创作理念,对于小说传统的发展沿革、社会问题、政治与哲学思潮、人类生存危机以及妇女的生存状态、两性关系等做出思考。作品出版后,引起了评论界的广泛关注与热议。英美学界对《金色笔记》的系统化研究兴起于 60 年代,并在 70—90 年代形成高潮。进入 21 世纪后,这部杰作依然吸引着众多的研究者。《金色笔记》问世已有 60 多年,英美学界对它的认识经历了一个从片面到多元、从单一到丰富、从零散到系统的逐渐深化的过程。相对之下,国内对《金色笔记》的研究起步较晚,主要肇始于 20 世纪末,虽然取得了不少研究成果,但主要集中在人物、主题、形式、后现代技巧、女性主义等层面,近几年来又出现

---

① James Gindin, "Doris Lessing's Intense Commitment." Harold Bloom ed. *Doris Lessing*. New York: Chelsea House Publishers, 1986, p. 9.

了空间、伦理、叙事、结构等层面的探讨,但总体来看视角散乱,研究质量良莠不齐。因此,国内对这部杰作的研究仍需继续拓展和深化,很多层面仍有值得探讨的空间,如小说的存在主义主题、小说与莱辛非洲作品的关系、小说的疯癫政治学内涵及精神分析学内涵与女性主义的关系、小说的自传性特征、后殖民主义、宗教神秘主义等。

《金色笔记》与《野草在歌唱》、《暴力的孩子们》五部曲、《非洲短篇故事集》等属于莱辛的"非洲小说"系列。它们是莱辛确立经典作家地位的重要代表作,在莱辛漫长多产的创作生涯中占有极为重要的位置。"非洲小说"中的很多重要主题,如个人和集体的关系、疯癫、母女关系、家的含义等,反复出现在她的后期作品中。研究这些作品是莱辛研究中不可或缺的重要组成部分,是研究莱辛后期作品的基本前提与必要准备。深入认识她的非洲小说也是认识其全部创作的精髓。研究"非洲小说"还可以看出莱辛创作主题和艺术风格不断转变的过程[1],可以厘清地域因素与作家创作心理之间的重要关系,可以突出地域政治在莱辛作品中的重要意义,可以将读者带回到非洲的历史与现实,从而反思帝国主义、殖民主义与种族主义。莱辛的非洲小说尽管如此重要,但多年来并未引起国内学界应有的重视。从中国期刊网提供的信息来看,国内对非洲小说的研究极不平衡:《野草在歌唱》与《金色笔记》颇受关注,《暴力的孩子们》五部曲和《非洲短篇故事集》却很受冷落。此外,尚无学者把莱辛的"非洲小说"作为一个类别或整体进行观照或探讨。

莱辛是英国最优秀的短篇小说家之一,出版过10多部短篇小说集。莱辛的短篇题材十分广泛,内涵极为丰富:有的描写孤独贫穷与精神崩溃的非洲女性;有的讲述青少年痛苦的成长经历以及

---

① 洛瑞雷·赛得尔斯多姆认为,五部曲之一的《死胡同》反映了"莱辛的创作技巧从马克思主义小说到神秘叙事的巨大转变"。(Lorelei Cedestrom, *Fine-Tuning the Feminine Psyche: Jungian Patterns in the Novels of Doris Lessing*, Peter Lang Publishing, 1990, pp. 75 – 76.)

他们对种族、性别、民族等自我身份的认知；有的涉及种族仇恨；有的表现反战主题；有的是爱情故事；有的是笔调幽默的间谍故事，不一而足。《非洲短篇故事集》代表了莱辛短篇小说创作的最高成就，其中收录的不少短篇故事堪称经典，如《老酋长麦西兰卡》、《高原日出》、《七月里的冬天》、《蚁山》、《露西·格兰奇》等。以《高原日出》为例，故事讲述了一个非洲少年在痛苦的顿悟中意识到了成长的无奈。用英国学者露丝·维特卡尔的话来说，整个故事"是一个绝好的例子，证明莱辛如何在没有公开分析论点或进行道德评论的情况下，赋予了一个乡土故事更广泛、更普遍的意义。"[①]然而，国内对莱辛短篇小说的研究主要集中在《十九号房》、《草原日出》这两个短篇上，已发表的各类评论文章竟有五六十篇之多，可其他短篇佳作却乏人问津，系统全面的研究成果更是付之阙如。

70年代末，莱辛陆续发表了《南船星系中的老人星座：档案》等太空系列小说。这些小说不同于莱辛之前发表的作品，它们讲述了巨大的银河星系中行星的命运，特别是地球的命运，体现了莱辛对地球和人类命运的深切关注。莱辛试图不断拓展创作题材，在艺术层面上进行变革创新，从而寻求创作转型。学者布瑞格认为："《南船星系中的老人星座：档案》五部曲表明出莱辛已经找到一种方式，可以松散地将一系列多变的实验糅合在万花筒般的蒙太奇手法中。这种方法足以再现她用以刻画当代人类状态所采用的多变且深刻的多种方法。"[②]作为莱辛作品的有机组成部分，"太空小说"代表了莱辛中期创作时的新思路与新模式，对于理解莱辛小说复杂的主旨内涵与多变的艺术风格必不可少，因而具有巨大的研究空间。国内学界虽然在20世纪末就开始关注莱辛的太空小说，但研究成果十分有限，对"太空小说"的认识明显不足，因此

---

① Ruth Whittaker, *Doris Lessing*. London: Macmillan, 1988, p. 31.

② Peter Brigg, *The Span of Mainstream and Science Fiction: A Critical Study of a New Literary Genre*. McFarland, 2002, p. 40.

需要进一步加强与深化。

　　将莱辛与其他作家进行比较研究也是值得开拓的重要学术课题之一。莱辛的早期创作深受南非女作家奥立芙·席瑞奈尔（Olive Sehreiner）的《非洲农场故事》的影响。《野草在歌唱》被英国评论界称为“继 1883 年《非洲农场故事》后最成功的殖民小说”。[①] 这两位作家还拥有相近的非洲生活经历、相同的早期创作经验以及热爱非洲、憎恨性别歧视的共同理念。[②] 因此，将她们进行比较研究不无重要意义。莱辛以殖民地生活经历为题材创作了很多非洲题材的作品，将她和其他非洲女作家进行比较研究也不乏重要学术价值。英美学界已经在这一领域做了不少工作。[③] 此外，莱辛与弗吉尼亚·伍尔夫同为 20 世纪英国著名女性小说家，都将实验主义创作推向了一个前所未有的高度，把这两位作家置于女性创作的传统中进行比较研究同样意义重大。由露丝·萨克斯顿（Ruth Saxton）和简·托宾（Jean Tobin）主编的《伍尔夫和莱辛——打破模式》（*Woolf and Lessing: Breaking the Mold*，1994）一书中，多篇论文将《达洛卫夫人》、《幕间》、《浪》与《金色笔记》、《四门之城》等作品进行比较研究，而国内至今只有零星文章涉足这一课题。最后，将莱辛与中国作家进行对照解读，探讨中英文学对话与中西文化交流，其意义更是不容小觑。总体来看，目前国内

---

①　Shadia S Fahim, *Doris Lessing: Sufi Equilibrium and the Form of the Novel*. The University of Michigan Press, 1994, p. 19.

②　Carole Klein, *Doris Lessing: A Biography*. London: Gerald Duckworth, 2000, pp. 49–50.

③　这些研究成果主要为博士学位论文：Simon Lewis, *By Europe, Out of Africa: White Women Writers on Farms and Their African Invention*. University of Florida, 1996; Christine Adams Loflin, *Race, Nationalism and Colonialism in the African Landscape*. University of Wisconsin, Madison, 1989. Robin Ellen Visel, *White Eve in the "Petrified Garden": The Colonial African Heroine in the Writing of Olive Schreiner, Isale Dinesen, Doris Lessing and Nadine Gordimer*. The University of British Columbia, 1987.

学界只有零星文章涉及比较研究，很多重要课题仍是空白。可以说，比较文学视角下的莱辛研究存在着巨大的空间，前景值得期待。

第七节
奈保尔研究

奈保尔（V. S. Naipaul，1932－　　）是 2001 年诺贝尔文学奖得主。诺贝尔评奖委员会称其为"文学中的世界旅行者"和"康拉德的继承人"，[1]评价非常之高。在西方社会，奈保尔不仅是严肃文学界的宠儿，更是普通读者、学界乃至政界追捧的对象。奈保尔的文学作品在西方有着广阔的市场和巨大的销量；他本人是剑桥大学、哥伦比亚大学、伦敦大学和牛津大学的荣誉博士；1990 年，奈保尔还被英国伊丽莎白女王封为爵士。[2] 然而，奈保尔在中国的命运和形象与在西方世界中的却存在较大的差异。奈保尔作品在国内的译介开始时间比较晚，作品翻译中选择性与排斥性并存，研究中存在多种思路和趋向，形象接受也呈现多样化的特征。谢天振曾指出，文学作品的翻译和跨文化接受并非客观的活动，其间蕴含的是两种文化之间的"相互理解和交融、互相误解和排斥"，以及由"相互误释导致的文化扭曲与变形"。[3] 在这种扭曲和变形中隐藏的常常是本土文化自身的独特诉求。奈保尔在中国的译介、研究和接受之旅正生动地体现了文学跨文化传播和接受的这一普遍规律。

---

① 　参见诺贝尔奖官方网站 http://www.nobelprize.org/nobel_prizes/literature/laureates/2001/press.html。

② 　参见诺贝尔奖官方网站 http://www.nobelprize.org/nobel_prizes/literature/laureates/2001/bio-bibl.html。

③ 　谢天振：《比较文学与翻译研究》，台北：业强出版社，1994 年，第 162 页。

一、奈保尔在中国的译介及其特征

奈保尔进入中国读者视野的时间比较晚。1986 年,张中载在《外国文学》上发表了书评《沿着追求真善美的轨迹——读 V.S.奈保尔的〈比斯瓦斯先生的屋子〉》,较早在国内对奈保尔进行了详细的评介。文章中,张中载还对奈保尔在国内外的传播情况做了对比。他提到,"奈保尔"这个名字对我国读者来说是陌生的。他的作品至今还没有一本译成中文。可是在英语国家,尤其是在英国,他却已是蜚声文坛的名作家。[①] 1992 年,国内出现了第一个奈保尔小说译本,即由张琪翻译、广州花城出版社出版的《米格尔大街》。1994 年,《外国文学动态》又编发了一组由海舟子、海仑、钟志清等撰写和翻译的介绍奈保尔的简短文章。2000 年,梅晓云在《深圳大学学报》上发表了《在边缘写作——作为"后殖民作家"的奈保尔其人其作》,成为国内最早系统介绍和论述奈保尔创作的文献。

2001 年,奈保尔获得诺贝尔文学奖后,国内很快迎来了翻译和出版奈保尔文学作品的高潮。2002 年,南京译林出版社率先翻译出版了奈保尔的《毕司沃斯先生的房子》和《河湾》两部作品。前一部正是张中载较早在国内介绍过的,而后一部则是奈保尔获得诺贝尔文学奖的代表作。2003 年,北京三联书店出版了奈保尔的三部纪实类系列作品:《印度:受伤的文明》、《印度:百万叛变的今天》和《幽暗国度:记忆与现实交错的印度之旅》。同年,浙江文艺出版社翻译出版了奈保尔的《米格尔街》。2004 年,该社又翻译出版了奈保尔的《抵达之谜》。2006 年,浙江文艺出版社再版了《米格尔街》和《抵达之谜》,同时新译了反映奈保尔在牛津读书期间父子通信的《奈保尔家书》。2008 年,上海译文出版社加入了奈保尔著作的译介行列,相继翻译出版了奈保尔的《魔种》、《灵异推拿

---

① 张中载:《沿着追求真善美的轨迹——读 V.S.奈保尔的〈比斯瓦斯先生的屋子〉》,《外国文学》,1986 年第 1 期,第 85 页。

师》、《自由国度》和《浮生》四部作品。2009 年，浙江文艺出版社发行了《米格尔街》的第三版；同年，奈保尔随笔集《作家看人》由南京大学出版社翻译出版。短期内大量涌现的奈保尔译本及其迅速再版，显示了作家在国内读者中的受欢迎程度。

如果将已翻译的奈保尔作品和奈保尔的全部作品进行对比，我们会发现，奈保尔在国内的译介和传播存在比较明显的选择性和排斥性。奈保尔的文学创作可分为三大类：小说类、旅行游记类和散文随笔类。在国内，小说类作品翻译比例最高。在奈保尔的十一部主要小说中，有八部已经被翻译过来，未翻译的是《模仿人》（*The Mimic Men*，1967）、《游击队员》（*Guerrillas*，1975）和《世间之路》（*A Way in the World*，1994）三部。其次是旅行游记类作品，在奈保尔的六部主要旅行游记类作品中，有三部已经翻译过来，未翻译的是《中间通道》（*The Middle Passage: Impressions of Five Societies ── British，French and Dutch ── In the West Indies and South America*，1962）、《在信仰者中间》（*Among the Believers: An Islamic Journey*，1981）和《超越信仰》（*Beyond Belief: Islamic Excursions among the Converted Peoples*，1998）三部。散文随笔类翻译比例最小，只翻译了奈保尔的一部文化随笔集《作家看人》，而包括《伊娃·贝隆的归来》（*The Return of Eva Peron*，1980）在内的数部重要历史随笔类作品均未被翻译。从总体上看，国内喜欢选择奈保尔作品中那些故事性和趣味性比较强的作品翻译出版，这其中自然包含了出版单位对于读者接受程度和商业销量方面的考虑。另一方面，如果仔细考察奈保尔那些没有被翻译过来的作品，可以发现这些作品有两个非常明显的特征：一，这些作品多涉及宗教问题，尤其是伊斯兰教问题；二，这些作品多涉及对政治革命的重估，尤其是对殖民地民族解放运动意义的重估。

在国内的奈保尔译介中，受到宗教性因素影响的作品主要是旅行游记类中的《在信仰者中间》和《超越信仰》。这两部作品是奈保尔两次到伊斯兰国家旅行的见闻录。游记中，奈保尔以欧洲启蒙文化为标准,批评那些皈依伊斯兰教的亚洲国家在人类文明进步的历史上做出了错误的选择。在奈保尔看来,伊斯兰信仰是一种愚昧落后的信仰,它倡导迷信且推崇神权政治,与科学和民主的精神相抵牾,会使国家陷入混乱和落后状态。这些作品给奈保尔带来了很大的麻烦。一方面,很多学者并不认同奈保尔的观点,认为奈保尔对伊斯兰国家的批评"是来自他的欧洲中心主义范式"[①]。另一方面,奈保尔的言论更遭到了阿拉伯世界的激烈反击。萨义德就非常激愤地指责《超越信仰》是根据"有点白痴和侮辱性的理论写就的"[②];这两本书的唯一乐趣就是"损害穆斯林",因为"他们在奈保尔的英美读者眼中无非是'阿拉伯佬',是潜在的狂热分子和恐怖主义者"[③]。反对者对奈保尔的批评不仅停留在文学层面,还延伸到了现实生活中。2010年,奈保尔欲赴伊斯坦布尔参加"欧洲作家议会"的活动,就遭到了土耳其穆斯林作家们的强烈抗议。他们以奈保尔撰写了过多的"反穆斯林"作品、他的到来是"对穆斯林的侮辱"为由[④],反对奈保尔进入土耳其境内。

在国内的奈保尔译介中,对《模仿人》、《游击队员》、《世间之路》和历史随笔集《伊娃·贝隆的归来》等的忽略则涉及了包括历史、政治和文学在内的多方面原因。一方面,从历史和政治叙述上看,这些作品多对第三世界的革命运动做了不同于国内通常理解的再叙述。比如《模仿人》主要描述的是前殖民地和第三世界人民精神上的无所适从,展现了其只能生活在对殖民者的僵硬模仿中的普遍状态。《世间之路》由多个故事组成,主要是对第三世界革命和反殖民历史中的英雄人物进行再描述。在奈保尔笔下,这些

---

① Wimal Dissanayake and Carmen Wickramagamage, *Self and Colonial Desire*. New York: Peter Lang, 1993, p. 94.

② 萨义德:《智力灾难》,黄灿然译,《天涯》,2002年第1期,第149页。

③ 同上,第148页。

④ "Islamic Protest Keeps Naipaul Out of Turkey." *Evening Standard*. November 23, 2010.

人物纷纷脱去了神圣的光环，显露出自私和投机分子的面目。奈保尔在这部作品中所显现出的基本价值立场就是对殖民地革命运动的不赞同和对革命意义的否定。奈保尔认为，殖民地革命是暴力和混乱的循环，狂暴的革命只会不加区分地摧毁一切文明和秩序，增加这个世界的混乱和悖谬。《游击队员》不仅涉及了对革命性质的重估，而且掺杂了复杂的宗教因素。《伊娃·贝隆的归来》则以历史随笔的形式，对非洲和美洲的反殖民运动和民族解放运动进行了否定，并着力展现了第三世界国家内部政治经济的混乱状态。这种再叙述打破了国内一般读者的阅读期待，挑战了读者惯有的价值观念，对作品的接受和传播可能会造成一定的障碍。但同样涉及殖民地和第三世界革命问题的《河湾》已经被翻译，陆建德特别指出，国内读者已经具备接受这部作品的"自信"[①]。这种表述既蕴含了学者对国内读者历史形成的价值观念与阅读期待的深刻洞察，同时也表达了对读者接受能力和辨识能力的充分信任。或许，随着研究的深入和读者接受视野的渐变，奈保尔的此类作品会越来越多地被译介过来。另一方面，部分奈保尔小说和散文作品未被译介，恐怕也与这些作品本身的文学品质有一定的关系：其中部分作品或为奈保尔早期的不成熟之作，或文学水准比其他作品略低。

二、国内奈保尔研究的独特路径

宋炳辉曾谈到，"作品翻译与作家作品介绍和研究是一个作家进入异域文化的两翼"。[②] 奈保尔在中国学界的研究路径及其与西方研究界的根本差异，同样深刻地反映了作家在中国语境中被接受的独特状况。

---

① 陆建德：《河湾·译序》，南京：译林出版社，2002 年，第 12 页。
② 宋炳辉：《弱小民族文学的译介与 20 世纪中国文学的民族意识》，复旦大学博士学位论文，2003 年，第 85 页。

在西方学界,自 20 世纪 70 年代以来,奈保尔研究的各种论文和专著就层出不穷,其中比较重要的著作包括莫里斯(Robert K. Morris)的《秩序的悖论》(*Paradoxes of Order: Some Perspectives on the Fiction of V. S. Naipaul*,1975)、南丁格尔(Peggy Nightingale)的《穿越黑暗之旅》(*Journey through Darkness: The Writing of V. S. Naipaul*,1987)、卡姆拉(Shashi Kamra)的《奈保尔小说主题与形式研究》(*The Novels of V. S. Naipaul: A Study in Theme and Form*,1990)、尼克松(Rob Nixon)的《伦敦的召唤》(*London Calling: V. S. Naipaul, Postcolonial Mandarin*,1992)、迪萨纳亚克和维克蓝玛伽玛格(Wimal Dissanayake,Carmen Wickramagamage)的《自我与殖民的欲望》(*Self and Colonial Desire*,1993)、拉马德维(N. Ramadevi)的《奈保尔小说:秩序与身份的探询》(*The Novels of V. S. Naipaul: Quest for Order and Identity*,1996)、兰法尔(John Kuar Persaud Ramphal)的《奈保尔的空教堂:背景、作品与第三世界视野》(*V. S. Naipaul's Empty Chapel: His Background, Works, and Vision of the Third World*,2003)、库马尔莱(Amod Kumar Rai)的《奈保尔非虚构作品研究》(*V.S. Naipaul: A Study of His Nonfictions*,2008)等。这些著作从政治观念、历史态度、文化身份和旅行书写等各个角度全面、深入地探讨了奈保尔的创作。在这些研究中,有一个非常值得注意的倾向,即由于受到批判理论、对前殖民地及第三世界历史和现实处境的同情等因素影响,西方学界的奈保尔研究常常超越文化层面,深入到对作家政治立场的剖析与批判上。例如,美国奈保尔研究专家尼克松就指责奈保尔的《河湾》等小说带有"康拉德式的返祖"现象,它给我们造成了这样一种错误的印象,即非洲的历史一直处在一种"不断重复的停滞状态"[①]。美国学者萨曼特莱

[①] Rob Nixon. "Preparations for Travel: The Naipaul Brothers' Conradian Atavism." *Research in African Literatures*. Vol. 22,No. 2 (1991),p. 183.

则指责奈保尔的小说带有西方强权的帝国逻辑，其"帝国主义的表述即使在欧洲帝国语境已经消失的情况下，仍然显得是合理的，甚至是不可避免的"①。瓦尔德说得更直白些，他直接指责奈保尔的某些作品"带有种族主义的痕迹"②。在西方，类似的批评性论述可以说不胜枚举。与西方学界不同，国内学界对奈保尔的研究在态度上呈现出较大的宽容性，在研究的角度和方法上更热衷于将奈保尔置入中国语境进行比较阐释。

国内学界奈保尔研究的特点首先表现在研究者有意识地疏离和回避了对奈保尔政治立场的探讨。国内学者大多认为，一味对奈保尔进行政治立场的批判并无意义，而单纯将奈保尔"说成殖民主义的帮凶"更加"不能为刚果河流域的百姓纾祸却难"③。另一方面，国内学界把关注的焦点放在了奈保尔的文化身份和文化认同上，尤其专注于讨论奈保尔在西方和前殖民地之间的文化选择问题。在对这一问题的讨论中，国内学界又出现了几种不同的观点和取向。一种观点认为，奈保尔并无固定的文化认同，其文化身份的根本特征是"无根性"。国内较早提出这一观点的是梅晓云和谈瀛洲。梅晓云认为，在奈保尔的思想中，"没有一个真正可以让他心甘情愿'悬挂'在上面的意义之网"④，奈保尔一直处于某种"无根人"的状态⑤。另一种观点则倾向于认为，奈保尔实际上处于一种双重文化身份和双重文化认同中。例如，张德明就指出，一方面，奈保尔"来自第一世界，是个属于精英阶级的作家"⑥，另一

---

① Ranu Samantrai. "Claiming the Burden: Naipaul's Africa." *Research in African Literatures*. Vol. 31, Issue1, 2000, p. 50.

② Dennis Walder. "'Either I'm Nobody or I'm a Nation': Writing and the Fruits of Uncertainty." *The Yearbook of English Studies*. Vol. 27(1997), p. 105.

③ 陆建德：《河湾·译序》，南京：译林出版社，2002年，第12页。

④ 梅晓云：《无根人的悲歌》，《外国文学评论》，2002年第1期，第75页。

⑤ 同上，第72页。

⑥ 张德明：《后殖民旅行写作与身份认同——V. S.奈保尔的"印度三部曲"解读》，《外国文学评论》，2005年第2期，第53页。

方面,"奈保尔毕竟有印度人的血统,面对这个祖先的国度,他不能不将它与自己联系起来"。从这个角度讲,"奈保尔是双重意义上的流亡者",具有"双重身份"①。还有一种观点认为,虽然奈保尔在种族上属于印度人,又出生于前殖民地地区,但是奈保尔所接受的教育纯粹是英国式的,其文化身份和文化认同也完全是指向西方尤其是英国的。例如,陆建德就指出,奈保尔本质上是"英国文化的养子"②。王旭峰也提出,奈保尔本质上是认同西方文化的,他"不仅认为西方文化具有普遍价值,而且相信传播了这种文化的西方殖民运动具有合理性。"③

　　学界对奈保尔政治立场探讨的疏离和对作家文化身份与文化认同问题的热衷,与国内独特的研究传统和学术环境密切相关。一方面,改革开放以来,国内的文学研究界普遍提倡回归文学本身的研究方法,反对对文学文本进行过度的政治化解读,尤其反对对作家进行政治批判性的研究。在这一氛围影响下,国内的奈保尔研究中出现了很多对作家作品的文本细读和阐释,如上海外国语大学聂薇的博士论文《V.S.奈保尔小说〈抵达之谜〉辩证解读》就对奈保尔的《抵达之谜》进行了深入的文本分析;华中科技大学刘毅的博士论文《奈保尔的文化身份与叙事语言》则对奈保尔作品中的语言、修辞和叙述手法进行了深入探讨,等等。另一方面,20世纪90年代以来,源自英国的文化研究和源自美国的后殖民主义理论大举进入中国。霍尔、萨义德、霍米·巴巴、斯皮瓦克等理论家的名字为学界所熟知。④ 后殖民理论进入中国后,由于国内特定的

---

① 张德明:《后殖民旅行写作与身份认同——V.S.奈保尔的"印度三部曲"解读》,《外国文学评论》,2005年第2期,第54页。

② 陆建德:《河湾·译序》,南京:译林出版社,2002年,第5—6页。

③ 王旭峰:《奈保尔与殖民认同》,《当代外国文学》,2010年第3期,第13页。

④ 北京三联书店分别于1999年和2003年翻译出版了萨义德的《东方学》和《文化与帝国主义》;2000年,罗钢、刘象愚主编的《文化研究读本》由中国社会科学出版社出版;2007年,《从解构到全球化批判:斯皮瓦克读本》由北京大学出版社出版。这一时期围绕文化研究和后殖民主义研究的其他相关译著和专著更是层出不穷,不胜枚举。

文化环境，其反种族歧视的现实政治指向被削弱，而其对文化身份和文化认同问题的论述则受到了较多的关注。后殖民理论在这方面所提供的理论术语和分析方法，为国内学界对奈保尔展开相关研究提供了便利的论述和阐释工具。

国内学界奈保尔研究的另一个特点表现在，研究者喜欢将奈保尔与中国作家进行比较研究。例如，梅晓云就从对伊斯兰问题的看法这一角度，比较了奈保尔与张承志态度的异同。梅晓云认为，"张承志的伊斯兰写作表现出强烈的前现代的激情，是圈内人的'文明内部的发言'"，"而奈保尔的伊斯兰写作是圈外人的研究，其写作姿态是'客位的'"。[①] 郭旭胜则比较了奈保尔的《曼曼》与鲁迅的《复仇（其二）》中所表现出的知识分子立场和态度的差异。他认为，这两部作品虽然都使用了耶稣被钉上十字架这一题材，但是鲁迅表达的是"对反动当局和无聊看客的愤怒"，而奈保尔"更多地表达了对曼曼这样有着启蒙情结的殖民地知识分子的嘲讽"。[②]无论这种比较的对象和角度选择多么千差万别，其背后传达出的都是研究者对中国问题的关心和关注。他们都期望从对奈保尔写作的比较性考察中，获取对当代中国和中国文学的某种认识与洞见。

三、奈保尔中国接受的特征及其内在逻辑

奈保尔译介中的选择性和排斥性原则对作家在国内的接受情况和文化形象都产生了很大的影响。这种译介原则一方面固然减少了奈保尔作品在国内传播的宗教和政治阻力，但另一方面，它也造成了国内读者和媒体对奈保尔认识上的选择性，进而造成了奈

---

① 梅晓云：《举意与旁观——论张承志与 V. S.奈保尔的伊斯兰写作》，《外国文学研究》，2009 年第 5 期，第 53 页。

② 郭旭胜：《启蒙抑或解构——鲁迅〈复仇（其二）〉与奈保尔〈曼曼〉之比较》，《名作欣赏》，2005 年第 2 期，第 32 页。

保尔在西方读者中的文化形象和在中国读者中的文化形象的巨大差异。在西方读者眼中,奈保尔很大程度上是以一个第三世界严厉批评者的形象出现的。爱之者欲捧其上天,恨之者欲贬其入地。而在中国读者心目中,奈保尔个人思想中的种族和文化批判因素并不太受关注。相反,其纯文学作家的身份则获得了比较多的认可。如作家毕飞宇在谈及奈保尔的时候,就并未提及奈保尔的思想立场,而是非常欣赏和强调奈保尔的文学才情和创作功力。他说:"奈保尔有一绝,那就是完成小说人物的速度。他的这个能力无比出众,几下子就能把一个人物弄出来";"奈保尔的风格是有力的。这种有力和海明威与雨果都不一样……他写得也讲究。"①国内的大众媒体似乎更喜欢把奈保尔塑造成一个文学界中放浪不羁的风流才子。例如,《南方人物周刊》就曾专门撰文介绍奈保尔的风流韵事,并将奈保尔说成一个"才华横溢但道德备受指责的人"。②

与文学圈和大众读者眼中的纯文学作家和风流才子形象不同,国内学术界和批评界眼中的奈保尔更多的是一个"文化流散者"的形象。王刚就认为,"奈保尔是典型的、不容忽视的流散作家……这位流散者上天不能、落地不成,永远在空中飘游。"③邓丽君认为,奈保尔是"流散知识分子的代表人物",他的"精神家园飘零在旅居国之外,流散在母国之外"。④ 这种流散性身份使奈保尔这一代作家能够"超越民族的界限,成为连接东西方文化的中立桥梁"。⑤ 周敏则谈到,"奈保尔为我们勾勒了后殖民主体在族裔散

---

① 毕飞宇:《一种书写 两种世界》,《北京文学·中篇小说月报》,2008年第7期,第150页。

② 王晔:《奈保尔:爱文学更爱鬼混》,《南方人物周刊》,2008年第10期,第40页。

③ 王刚:《以"自我"为圆心的圆形流散》,《外国文学》,2008年第5期,第115页。

④ 邓丽君:《奈保尔:母国之外的精神家园》,《长江大学学报》,2009年第4期,第48页。

⑤ 同上,第49页。

居的过程中所形成的流散身份"。① 这种流散身份使作家克服了"离乡失根的忧愁"。②

国内学界热衷于建构奈保尔"文化流散者"形象的一个重要原因是奈保尔的这一形象与当代中国知识界普遍存在的文化体验密切相关。最近几十年来，中国的社会和文化发生了急剧的转型：从中外关系方面讲，知识界越来越深切地感受到中西文化的冲突；从中国内部讲，不仅传统的文化体系土崩瓦解，就是"五四"和革命时代塑造的价值观念也逐渐被人们所质疑；这种中外激荡下旧价值体系解体、新价值体系未形成的过渡状态，导致当代知识分子普遍陷入一种"文化家园的迷失感"中。莫言就曾谈到，在当代中国"我们每个人都是离散之民，恒定不变的家园已经不存在了，所谓永恒的家园，只是一个幻影，回家，已经是我们无法实现的梦想。"③在这种情况下，奈保尔的"文化流散者"形象不仅触动了国内知识界的神经，也推动了知识界从奈保尔身上寻求应对策略和精神突围的可能性。

国内学界热衷于建构奈保尔"文化流散者"形象的另一个重要原因是，奈保尔的文化流散经历切合了当代中国知识界对民族和国家问题的理论关注。一方面，国内学者纷纷撰写文章和著作探讨相关问题；另一方面，西方学界反思民族与国家问题的论著，如安德森的《想象的共同体：民族主义的起源与散布》、盖尔纳的《民族与民族主义》、霍布斯鲍姆的《民族与民族主义》等被迅速译介到国内，并受到学界热议。作为一名跨民族、跨国家和跨文化的流散者，奈保尔身上几乎凝聚和折射了与民族国家相关的全部重大命题。对作为文化流散者的奈保尔的探索和研究，实际上也是比较

---

① 周敏：《流散身份认同：读 V. S. 奈保尔〈世间之路〉》,《当代外国文学》,2009 年第 4 期,第 6 页。

② 同上,第 9 页。

③ 王刚：《以"自我"为圆心的圆形流散》,《外国文学》,2008 年第 5 期,第 119 页。

文学与世界文学研究界对国内重大理论问题的一种独特的介入、思考和回应方式。

　　谢天振曾谈到，当一部作品"被披上了另一种文化的外衣，被介绍给出乎他预料的对象阅读"时，"作品的变形"常常就在"这样的接受中发生了"。① 奈保尔和奈保尔作品的中国之旅正是如此。中国特定的文化语境造成了奈保尔作品在译介、研究和接受过程中的种种变形，进而使得奈保尔在中国呈现出独特的文化面貌。奈保尔的译介工作还在进行中，中国的社会文化环境、学界的关注焦点也在不断变化。从这个意义上讲，奈保尔及其创作的中国之旅也才刚刚开始。

---

① 　谢天振：《译介学》，上海：上海外语教育出版社，1999年，第168页。

英国文学研究资料辑录①

一、总论

1. 著作类：

王靖：《英国文学史》，上海：泰东图书局，1920 年

欧阳兰：《英国文学史》，北京：京师大学文科出版部，1927 年

腾固：《唯美派的文学》，上海：光华书局，1927 年

曾虚白：《英国文学 ABC》，上海：世界书局，1928 年

德尔莫：《英国文学史》，林惠元译，上海：北新书局，1929 年

梁遇春：《英国诗歌选·序言》，《英国诗歌选》，北京：北新书局，1930 年

葛斯：《英国文学——拜仑时代》，韦丛芜译，北京：未名社出版部，1930 年

千叶龟雄等：《现代世界文学大纲》，张我军译，上海：神州国光社，1930 年

费鉴照：《浪漫运动》，上海：商务印书馆，1932 年

小泉八云：《英国文学研究》，孙席珍译，上海：现代书局，1932 年

费鉴照：《现代英国诗人》，上海：新月书店，1933 年

徐名骥：《英吉利文学》，上海：商务印书馆，1933 年

---

① 关于国内英国文学研究资料，建国前与建国早期的主要资料大多收录，而新时期以来的 30 多年中，相关资料数以千计，限于篇幅，这里所收录的仅限本书所涉及的大部分成果。

张越瑞：《英美文学概观》，上海：商务印书馆，1934 年

萧石君：《世纪末英国新文艺运动》，上海：中华书局，1934 年

克罗斯：《当代英国四小说家》，李未农等译，南京：国立编译馆，1934 年

克罗斯：《英国小说发展史》，周其勋、李未农、周骏章译，南京：国立编译馆，
　　1935 年

勃兰兑斯：《十九世纪文学之主潮——英国的自然主义》，侍桁译，上海：商务
　　印书馆，1936

李子温：《现代英国文学》，国立北平师范大学，1936 年

金东雷：《英国文学史纲》，上海：商务印书馆，1937 年

方重：《英国诗文研究集》，上海：商务印书馆，1939 年

王希和：《英诗研究入门》，上海：中华书局，1939 年

普利斯特里：《英国小说概论》，李儒勉译，上海：商务印书馆，1946 年

柳无忌：《西洋文学的研究》，上海：大东书局，1946 年

莫逊、勒樊脱：《英国文学史》，柳无忌、曹鸿昭译，上海：商务印书馆，1947 年

梁实秋：《英国文学史》第 1 卷，台北：台湾协志出版社，1955 年

中华人民共和国高等教育部：《英国文学史教学大纲·草案》，北京：高等教
　　育出版社，1956 年

阿尼克斯特：《英国文学史纲》，戴镏龄等译，北京：人民文学出版社，1959 年

周珏良编：《英美文学欣赏》第 1 册，北京：商务印书馆，1963 年

王佐良：《英国文学论文集》，北京：外国文学出版社，1980 年

刘炳善：《英国文学简史》，上海：上海外语教育出版社，1980 年

范存忠：《英国文学论集》，北京：外国文学出版社，1981 年

陈嘉：《英国文学史》第 1—4 册，北京：商务印书馆，1981—1986 年

郑敏：《英美诗歌戏剧研究》，北京大学出版社，1982 年

卞之琳：《英国诗选·前言》，长沙：湖南人民出版社，1983 年

范存忠：《英国文学史提纲》，成都：四川人民出版社，1983 年

王佐良等主编：《英国文学名篇选注》，北京：商务印书馆，1983 年

苏联科学院高尔基世界文学研究所编：《英国文学史 1870—1955》(上、下)，
　　北京：人民文学出版社，1983 年

埃文斯：《英国文学简史》，蔡文显译，北京：人民文学出版社，1984

朱虹：《英美文学散论》，北京：三联书店，1984 年

布兹：《现代英国文学简介 1914—1980》，上海：上海外语教育出版社，

1984 年

勃兰兑斯：《十九世纪文学主流——英国的自然主义》，徐式谷等译，北京：人民文学出版社，1984 年

侯维瑞：《现代英国小说史》，上海外语教育出版社，1985 年

袁可嘉：《现代派论·英美诗论》，北京：中国社会科学出版社，1985 年

查良铮：《英国现代诗选》，长沙：湖南人民出版社，1985 年

杨周翰：《十七世纪英国文学》，北京大学出版社，1985 年

侯维瑞：《现代英国小说史》，上海外语教育出版社，1985 年

王元春、钱中文：《英国作家论文学》，北京：三联书店，1985 年

特霄彻：《第二次世界大战以来的英国文学》，秦小孟译，上海：上海外语教育出版社，1985 年

牛庸懋、蒋连杰：《十九世纪英国文学》，郑州：黄河文艺出版社，1986 年

苏联科学院高尔基世界文学研究所编：《英国文学史 1832—1870》，缪灵珠等译，北京：人民文学出版社，1986 年

桑普森：《简明剑桥英国文学史：19 世纪部分》，刘玉麟译，上海：上海外语教育出版社，1987 年

鲁宾斯坦：《从莎士比亚到奥斯丁》，陈安全等译，上海：上海译文出版社，1987 年

亨特等：《近代英国戏剧》，李醒译，北京：中国戏剧出版社，1987 年

考德威尔：《浪漫主义与现实主义——对英国资产阶级文学的研究》，薛鸿时译，北京：三联书店，1988 年

裘小龙：《现代主义的缪斯》，上海：上海文艺出版社，1989 年

艾布拉姆斯：《镜与灯——浪漫主义文论及批评传统》，郦雅牛等译，北京：北京大学出版社，1989 年

季亚科诺娃：《英国浪漫主义文学》，聂锦坡、海龙河译，沈阳：辽宁大学出版社，1990 年

王佐良：《英国浪漫主义诗歌史》，北京：人民文学出版社，1991 年

李赋宁：《英语史》，北京：商务印书馆，1991 年

范存忠：《中国文化在启蒙时期的英国》，上海外语教育出版社，1991 年

王佐良：《英国浪漫主义诗歌史》，北京：人民文学出版社，1991 年

韦勒克：《1900—1950 年的英国文学批评》，章安祺、杨恒达译，北京：中国人民大学出版社，1991 年

狄兆俊：《中英比较诗学》，上海外语教育出版社，1992 年

王佐良：《英国诗史》，南京：译林出版社，1993 年

阮炜：《危机中的文明：20 世纪英国小说》，香港新世纪出版社，1993 年

林骧华：《当代英国小说史纲》，沈阳：辽宁教育出版社，1993 年

吴翔林：《英诗格律及自由诗》，北京：商务印书馆，1993 年

王佐良：《英国散文的流变》，北京：商务印书馆，1994 年

王佐良、周钰良主编：《英国二十世纪文学史》，北京：外语教学与研究出版
　　社，1994 年

桂扬清等：《英国戏剧史》，南京：江苏教育出版社，1994 年

李醒：《二十世纪的英国戏剧》，北京：文化艺术出版社，1994 年

王佐良、何其莘：《英国文艺复兴时期文学史》，北京：外语教学与研究出版
　　社，1995 年

王佐良：《英国文学史》，北京：外语教学与研究出版社，1995 年

黄梅：《现代主义浪潮下：英国小说研究 1914—1945》，北京：中国社会科学出
　　版社，1995 年

文美惠：《超越传统的新起点》，北京：中国社会科学出版社，1995 年

李维屏：《英美意识流小说》，上海：上海外语教育出版社，1996 年

高旭东：《鲁迅与英国文学》，西安：陕西人民教育出版社，1996 年

王佐良：《英国文学史》，北京：商务印书馆，1996 年

王佐良、何其莘：《英国文艺复兴时期文学史》，北京：外语教学与研究出版
　　社，1996 年

李赋宁：《英国文学论述文集》，北京：外语教学与研究出版社，1997 年

王佐良：《英国诗史》，南京：译林出版社，1997 年

陆建德：《现代主义之后：写实与实验》，北京：中国社会科学出版社，1997 年

朱虹：《英国小说的黄金时代》，北京：中国社会科学出版社，1997 年

张中载：《当代英国文学论文集》，北京：外语教学与研究出版社，1997 年

阮炜：《社会语境中的文本：二战后英国小说研究》，北京：社会科学文献出版
　　社，1997 年

黄禄善、刘培骧：《英美通俗小说概述》，上海：上海大学出版社，1997 年

瞿世镜等：《当代英国小说》，北京：外语教学与研究出版社，1998 年

傅浩：《英国运动派诗学》，南京：译林出版社，1998 年

阮炜等：《20 世纪英国文学史》，青岛出版社，1998 年

李维屏：《英美现代主义文学概观》，上海：上海外语教育出版社，1998年

玛里琳·巴特勒：《浪漫派、叛逆者及反动派 1760—1830 年间的英国文学及其背景》，黄梅、陆建德译，沈阳：辽宁教育出版社，1998年

侯维瑞：《英国文学通史》，上海：上海外语教育出版社，1999年

何其莘：《英国戏剧史》，南京：译林出版社，1999年

吴景荣、刘意青：《英国十八世纪文学史》，北京：外语教学与研究出版社，2000年

殷企平等：《英国小说批评史》，上海：上海外语教育出版社，2001年

胡家峦：《历史的星空——英国文艺复兴时期诗歌与西方宇宙》，北京：北京大学出版社，2001年

刘文荣：《19 世纪英国小说史》，北京：中国社会科学出版社，2001年

魏颖超：《英国荒岛文学》，北京：外语教学与研究出版社，2001年

卞昭慈：《天路·人路——英国近代文学与基督教思想》，成都：四川大学出版社，2001年

殷企平：《英国小说批评史》，上海：上海外语教育出版社，2001年

阮炜：《20 世纪英国小说评论》，北京：中国社会科学出版社，2001年

李公昭：《20 世纪英国文学导论》，西安：西安交通大学出版社，2001年

张群：《十九世纪英国小说研究》，上海：中国纺织大学出版社，2001年

周小仪：《唯美主义与消费文化》，北京：北京大学出版社，2002年

利维斯：《伟大的传统》，袁伟译，北京：三联书店，2002年

胡全生：《英美后现代主义小说叙述结构研究》，上海：复旦大学出版社，2002年

罗良功编著：《英诗概论》，武汉：武汉大学出版社，2002年

刘文荣：《19 世纪英国小说史》，北京：中国社会科学出版社，2002年

葛桂录：《雾外的远音——英国作家与中国文化》，银川：宁夏人民出版社，2002年

高继海：《英国小说史》，北京：中国社会科学出版社，2003年

黄梅：《推敲"自我"：小说在 18 世纪的英国》，北京：三联书店，2003年

李维屏：《英国小说艺术史》，上海：上海外语教育出版社，2003年

袁可嘉：《欧美现代派文学概论》，桂林：广西师范大学出版社，2003年

葛桂录：《他者的眼光——中英文学关系论稿》，银川：宁夏人民教育出版社，2003年

高继海：《历史文学中的英国王室》，北京，中国社会科学出版社，2004 年

高继海：《英国小说的流变》，北京：中央编译出版社，2004 年

葛桂录：《中英文学关系编年史》，上海：三联书店，2004 年

李伟昉：《英国哥特小说与中国六朝志怪小说比较研究》，北京：中国社会科学出版社，2004 年

姜智芹：《英国文学中的中国形象》，北京：中国社会科学出版社，2005 年

侯维瑞、李维屏：《英国小说史》，南京：译林出版社，2005 年

何其莘：《中国学者眼中的英国文学》，郑州：大象出版社，2005 年

李伟昉：《黑色经典：英国哥特小说论》，北京：中国社会科学出版社，2005 年

申丹、韩加明、王丽亚：《英美小说叙事理论研究》，北京：北京大学出版社，2005 年

孙建主编：《英国文学辞典·作家与作品》，上海：复旦大学出版社，2005 年

王守仁、何宁：《20 世纪英国文学史》，北京：北京大学出版社，2006 年

钱青：《英国 19 世纪文学史》，北京：外语教学与研究出版社，2006 年

李赋宁、何其莘：《英国中古时期文学史》，北京：外语教学与研究出版社，2006 年

蒋承勇主编：《英国小说发展史》，杭州：浙江大学出版社，2006 年

陈晓兰：《城市意象：英国文学中的城市》，桂林：广西师范大学出版社，2006 年

李正栓：《英国文艺复兴时期诗歌研究》，保定：河北大学出版社，2006 年

张和龙：《战后英国小说》，上海：上海外语教育出版社，2006 年

段怀清、周俐玲：《〈中国评论〉与晚清中英文学交流》，广州：广东人民出版社，2006 年

聂珍钊：《英国文学的伦理学批评》，武汉：华中师范大学出版社，2007 年

聂珍钊：《英语诗歌形式导论》，北京：中国社会科学出版社，2007 年

杜平：《想象东方——英国文学的异国情调和东方形象》，上海：上海外语教育出版社，2007 年

胡振明：《对话中的道德建构——十八世纪英国小说中的对话性》，北京：对外经济贸易大学出版社，2007 年

王岚、陈红薇：《当代英国戏剧史》，北京：北京大学出版社，2007 年

李维屏：《英国小说人物史》，上海：上海外语教育出版社，2008 年

尹锡南：《英国文学中的印度》，成都：巴蜀书社，2008 年

石海军：《后殖民——印英文学之间》，北京：北京大学出版社，2008 年

布莱尔：《盎格鲁—撒克逊简史》，肖明翰译，北京：外语教学与研究出版社，
　2008 年

章燕：《多元 融合 跨越——英国现当代诗歌及其研究》，北京：人民文学出版
　社，2008 年

胡家峦：《文艺复兴时期英国诗歌与园林传统》，北京：北京大学出版社，
　2008 年

殷企平：《推敲"进步"话语：新型小说在 19 世纪的英国》，北京：商务印书馆，
　2009 年

肖明翰：《英语文学传统之形成》，北京：社会科学文献出版社，2009 年

曹波：《人性的推求：18 世纪英国小说研究》，北京：光明日报出版社，2009 年

孙致礼主编：《中国的英美文学翻译》，南京：译林出版社，2009 年

赖骞宇：《18 世纪英国小说的叙事艺术》，北京：中国社会科学出版社，2009

苏耕欣：《哥特小说——社会转型时期的矛盾文学》，北京：北京大学出版社，
　2010 年

常耀信：《英国文学通史》，天津：南开大学出版社，2010 年

刘文荣：《当代英国小说史》，上海：文汇出版社，2010 年

吴格非：《1848—1949 中英文学关系史》，徐州：中国矿业大学出版社，
　2010 年

李维屏等：《英国女性小说史》，上海：上海外语教育出版社，2011 年

李维屏等：《英国短篇小说史》，上海：上海外语教育出版社，2011 年

李维屏、张定铨：《英国文学思想史》，上海：上海外语教育出版社，2012 年

王卫新、隋晓荻：《英国文学批评史》，上海：上海外语教育出版社，2012 年

黄禄善：《境遇·范式·演进——英国哥特式小说研究》，上海：上海外语教
　育出版社，2012 年

2. 论文类：

冰心：《英美最近流行之小说观》，《进步》，1915 年第 7 卷第 4 期

段澜：《英国十六世纪的戏剧》，《曙光》，1919 年第 1 卷第 2 期

沈雁冰：《文学上的古典主义、浪漫主义和写实主义》，《学生杂志》，1920 年第
　7 卷第 9 期

吴宓：《英文诗话》，《留美学生季报》，1920 年第 7 卷第 3 期

田汉：《新罗曼主义及其他》，《少年中国》，1920 年第 1 卷第 12 期

翟桓：《一九一九年英国小说界的回顾》，《清华周刊》，1920 年第 189 期

愈之：《近代英国文学概观》，《东方杂志》，1921 年第 18 卷第 2 期

舟桥雄：《英国近代剧之消长》，周学溥译，《戏剧》，1921 年第 1 卷第 1 期

志廉：《英国戏剧与莎士比亚》，《学林》，1921 年第 1 卷第 1 期

化鲁：《现代英国诗坛的二老》，《东方杂志》，1921 年第 18 卷第 14 期

欧阳予倩：《英吉利之歌剧》，《戏剧》，1921 年第 1 卷第 5 期

吴宓：《英诗浅释》，《学衡》，1922 年第 9、12—14 期

傅东华：《四十年来之英国诗坛》，《晨报副刊》，1922 年 5 月 2 日—13 日

沈雁冰：《英文坛与美文坛》，《小说月报》，1922 年第 13 卷第 11 期

威尔斯：《论现代的小说》，王靖译，《东方杂志》，1922 年第 19 卷第 19 期

汤泌：《十九世纪初叶英国文学革命运动的概观》，《复旦》，1922 年第 14 期

土居光知：《近代英国文学批评的精神》，方光焘译，《狮吼》，1924 年第 7—
8 期

张资平：《英国的浪漫主义》，《晨报副刊》，1925 年 8 月 11—12 日

朱湘：《白朗宁的〈异城乡思〉与英诗》，《京报副刊》，1925 年第 75—105 期

毕树棠：《英美文学的比较观》，《晨报副刊》，1925 年第 105 期

克鲁契：《现代恋爱与现代小说》，仲云译，《妇女杂志》，1925 年第 1 期

郑振铎：《文学大纲——欧洲文艺复兴时代的文学》，《小说月报》，1925 年第
16 卷 第 3 期

郑振铎：《文学大纲——十七世纪英国文学》，《小说月报》，1925 年第 16 卷第
4 期

郑振铎：《文学大纲——十九世纪的英国诗歌》，《小说月报》，1926 年第 17 卷
第 5 期

郑振铎：《文学大纲——十九世纪的英国小说》，《小说月报》，1926 年第 17 卷
第 6 期

郑振铎：《文学大纲——十九世纪的英国批评家及其他》，《小说月报》，1926
年第 17 卷第 7 期

郑振铎：《文学大纲——新世纪的文学》，《小说月报》，1927 年第 18 卷第 1 期

薛曼：《写实主义与浪漫主义》，宋海林译，《文艺半月刊》，1926 年第 1 卷第
3 期

陈培森：《英国古典主义时代的文艺》，《山朝》，1927 年第 2 期

华林：《法国浪漫主义与德英之影响：近代文艺思潮》，《新文化》，1927 年第 1 卷第 6 期

无忌：《十八世纪英国小说概况》，《白露》，1927 年第 2 卷第 4 期

叶公超：《写实小说的命运：近三十年英文写实小说》，《新月》，1928 年第 1 卷第 1 期

钱杏村：《英国文学漫评》，《小说月报》，1928 年第 19 卷第 5 期

哲生：《欧洲剧场中的现代主义》，《东方杂志》，1928 年第 22 期

佐治秀寿：《英国小说史》，谢声译，《乐群》，1928 年第 2—4 期、1929 年第 1、5—7 期

叶崇智：《英国文学系课程指导书》，《暨南周刊》，1928 年第 3 卷第 2 期

斐耶：《英国新进的小说作家》，《晨报副刊》，1928 年 3 月 19 日、20 日、21 日

北村喜人：《英美的左倾文学》，士骥译，《语丝》，1929 年第 39 期

赵景深：《二十年来的英国小说》，《小说月报》，1929 年第 20 卷第 8 期

傅东华：《二十年来的英国诗坛》，《小说月报》，1929 年第 20 卷第 7 期

小泉八云：《十九前半世纪的英国小说》，《奔流》，1929 年第 1 卷第 8 期

小泉八云：《十九后半世纪的英国小说》，《奔流》，1929 年第 1 卷第 9—10 期

John Carruthers：《现代英美小说的趋势》，赵景深译，《文学周报》，1929 年第 8 卷第 1—4 期

君水：《现下的英吉利文坛》，《大众文艺》，1929 年第 2 卷第 4 期

本间久雄：《最近的英国文坛》，查士骥译，《北新》，1929 年第 11 期

本间久雄：《英国文坛之渐进主义》，方炎武译，《北新》，1929 年第 19 期

宫岛资三郎：《英国新兴文学概观》，陈勺水译，《乐群》，1929 年第 4 期

爱斯庚：《近代英国文学界中的三个领袖》，韦丛芜译，《燕大月刊》，1929 年第 4 卷第 3—4 期

本间久雄：《英国文坛的渐进主义》，勺水译，《乐群》，1929 年第 2 卷第 9 期

舟桥雄：《英国文坛最近的诸倾向》，勺水译，《乐群》，1929 年第 2 卷第 9 期

刘大杰：《现代英国文艺思潮概观》，《现代学生》，1930 年第 1 期

费鉴照：《"古典的"与"浪漫的"》，《国立武汉大学文哲季刊》，1930 年第 1 卷第 3 期

杨昌溪：《英国工人的戏剧运动》，《现代文学》，1930 年第 3 期

Clifford Bax：《英国戏剧协会之过去与现在》，春冰译，《戏剧》，1930 年第 1 卷第 6 期

刘大杰：《现代英国文艺思潮概观》，《现代学生》，1930 年第 1 卷第 1 期

梁遇春：《谈英国诗歌》，《现代文学》，1930 年第 1 卷第 1 期

爱斯庚：《近三十年的英国文学》，韦丛芜译，《现代文学》，1930 年第 1 卷第
5 期

葛斯：《十八世纪末叶英国文学略论》，韦丛芜译，《未名》，1930 年第 1 卷

中村喜久夫：《英国小说之国民性》，殷师竹译，《前锋周报》，1930 年第 25 期

加伍顿：《英国小说中的性表现》，李霁野译，《未名》，1930 年第 1 卷

斯大林：《与英国作家威尔斯的谈话》，《中国青年》，1930 年第 2 卷第 11 期

小泉八云：《英国诗歌中的"爱"》，倪受民译，《国立中央大学半月刊》，1930 年
第 3 期

欧佐起：《各国的新兴文学——英国何以后了?》，《大众文艺》，1930 年第 4 期

张鸣琦：《英国现代之诗歌》，《戏剧与文艺》，1930 年第 1 卷第 10—11 期

费鉴照：《维多利亚时代的浪漫主义者》，《国立武汉大学文哲季刊》，1930 年
第 1 卷第 3 期

胡萩原：《最近世界各国文坛之主潮(英国)》，《读书杂志》，1931 年第 2 期

横川有策：《现代英国文艺思潮》，高明译，《现代文学评论》，1931 年第 1 卷第
4 期、第 2 卷第 1—3 期

赵景深：《英美小说之现在及其未来》，《现代文学评论》，1931 年第 1 卷第
3 期

方重：《十八世纪的英国文学与中国》，《国立武汉大学文哲季刊》，1931 年第
2 卷第 1—2 期

张沆长：《近代英美戏剧上之道德革命》，《国立武汉大学文哲季刊》，1931 年
第 2 卷第 1 期

John Corruthers：《英美小说之过去与现在》，赵景深译，《现代文学评论》，
1931 年第 2 卷第 2—3 期

高祖武：《拉斯基论英国现代四作家》，《新闻周报》，1931 年第 2 期

拉斯基：《英国文坛四画像》，钱歌川译，《现代文学评论》，1931 年第 2 期

拉斯基：《论英国现代四作家》，高祖武译，《国闻周报》，1931 年第 8 卷第 2 期

葛斯：《前期维多利亚时代的英国文学》，韦丛芜译，《文艺月刊》，1931 年第 2
卷第 3 期

葛斯：《谭尼孙时代的英国文学》，韦丛芜译，《文艺月刊》，1931 年第 2 卷第
5—6 期

谢六逸：《浪漫主义作家研究》，《文艺创作讲座》，1931 年第 1 期

J. Isaaco：《英国现代的文学》，顾仲彝译，《暨大文学院集刊》，1931 年第 1 期

温源宁：《现代英美四大诗人》，顾绶昌译，《青年界》，1932 年第 2 卷第 2 期

自壁德：《论浪漫主义与东方》，张露薇译，《清华周刊》，1932 年第 37 卷第 2 期

剑声：《浪漫主义时期之英国诗坛》，《协大学生》，1932 年第 8—9 期

矢野峰八：《世纪末英国文学与大陆文艺之关系》，赵世铭译，《大陆》，1932 年第 1 卷第 5 期

Drinkwater：《英国文学中之国民爱国精神》，梁实秋译，《再生》，1932 年第 1 卷第 3 期

钟天心：《几首关于欧战的英诗》，《创化》，1932 年第 2 期

笛肯生：《现代英国戏剧》，张志澄译，《南华文艺》，1932 年第 15 期

张沅长：《英国十六十七世纪文学中之"契丹人"》，《国立武汉大学文哲季刊》，1933 年第 2 卷第 3 期

张资平：《英国文学的乔治主义及现代主义》，《朔望半月刊》，1933 年第 5 期

毛含戈：《现代英国小说》，《青年界》，1933 年第 4 卷第 5 期

洪秋雨：《英国戏剧的起源》，《读者月刊》，1933 年第 2 期

李霁野：《现代英国诗人》，《女师学院期刊》，1933 年第 1 期

李建新：《英国文坛的新领袖》，《新时代》，1933 年第 5 卷第 3 期

林国材：《浪漫主义文学论》，《华北月刊》，1934 年第 2 卷第 2 期

费鉴照：《今代英国文学鸟瞰》，《文艺月刊》，1934 年第 5 卷第 1 期

H. Walpole：《近代英国小说之趋势》，赵家璧译，《现代》，1934 年第 5 卷第 5 期

谢六逸：《英吉利现实主义文学》，《文学期刊》，1934 年第 1 期

巴里：《一九三四年英美文学》，《人言周刊》，1934 年第 1 卷第 26—50 期

宫岛新三郎：《现代英国的小说》，于佑虞译，《文艺月报》，1934 年第 1 卷第 1 期

长谷川诚也：《精神分析与英国文学》，于佑虞译，《文艺月报》，1934 年第 1 卷第 2 期

安藤一郎：《现代英国心理派的女作家》，亚夫译，《国际译报》，1934 年第 6 卷第 7 期

张资平译：《最近之英国小说》，《中华月报》，1934 年第 1 期

高昌南：《近代思潮：英国文学思潮》，《读书顾问》，1934 年第 1 期

瓦尔潘：《英国现代小说的趋势》，毛如升译，《中国文学》，1934 年创刊号

蠡舟：《英国文学的现代作家》，《行健月刊》，1934 年第 4 卷第 2 期

张镜潭：《英国诗人与国家思想》，《人生与文学》，1935 年第 1 卷第 2 期

杜衡：《英国文学小史》，《中山文化教育馆季刊》，1935 年第 2 卷第 3 期

林疑今：《英国文学史大纲序》，《人间世》，1935 年第 26 期

梁之盘：《英国文坛十杰专号》，《红豆漫刊》，1935 年第 3 卷第 1 期

孙作云：《论"现代派"诗》，《清华周刊》，1935 年第 43 卷第 1 期

谭仲超：《浪漫主义在英国文学史上的地位》，《文艺》，1935 年第 2 卷第 4 期

谭仲超译：《文学史与文学批评：〈英国的浪漫主义〉之序论》，《文艺》，1935 年
  第 3 卷第 1 期

本间久雄：《英吉利底现代剧》，徐碧晖译，《文艺月刊》，1935 年第 6 期

林白：《战后英国文学》，《清华周刊》，1935 年第 43 卷第 11 期

丰田实：《英国小说的起源与进展》，李伏伽译，《国立四川大学季刊》，1935 年
  第 1 期

高茫：《现代英美小说中之 Philistinism》，《清华周刊》，1935 年第 43 卷第 7—
  8 期

李子温：《英国诗律概述》，《师大月刊》，1935 年第 22、26 期

期特朗：《勃洛克以后的英国诗歌》，侍桁译，《时事类编》，1935 年第 3 卷第
  2 期

凌鹤：《关于新心理写实主义小说》，《质文》，1935 年第 4 期

孙席珍：《意象主义论》，《国闻周报》，1936 年第 13 卷第 14 期

曹日昌：《浪漫诗人对于"自然"的情感》，《潇湘涟漪》，1936 年第 2 卷第 4 期

李子温：《现代英国文学》，《师大月刊》，1936 年第 30 期

以人：《世界文学的新动向：英国文坛的新潮流》，《东流》，1936 第 3 期

罗正晔：《〈英国小说发展史〉书评》，《出版周刊》，1936 年第 192 期

一梅：《十九世纪的英国小说作家》，《青年月刊》，1936 年第 3 卷第 3 期

一梅：《十八世纪的英国散文及其作者》，《青年月刊》，1936 年第 3 卷第 2 期

毛如升：《英国小品文的发展》，《文艺月刊》，1936 年第 2—3 期

梁实秋：《怎样研究英美文学》，《商务印书馆出版周刊》，1936 年第 204—
  205 期

Sean O'Faolain：《英国小说的颓衰》，陈聘之译，《文哲月刊》，1936 年第 1 卷

第 9 期

方重：《英国小品文的演进与艺术》，《国立武汉大学文哲季刊》，1937 年第 6
卷第 4 期

尼斯：《英美现代的诗歌》，胡仲持译，《文学》，1937 年第 8 卷第 1 期

叶公超：《牛津现代英诗选》，《文学》，1937 年第 2 期

刘百闵：《十八世纪英国文学史中所见女小说家之检讨》，《现代读物》，1937
年第 2 卷第 29—30 期

谷渥兹德夫：《浪漫主义演剧中的莎士比亚》，文殊译，《新演剧》，1937 年第 1
卷第 4 期

钟作猷：《英国现代小说》，《译作》，1937 年第 1 期

周骏章：《金东雷:〈英国文学史纲〉》，《宇宙风》，1938 年第 63 期

王礼锡：《英国作家对中国抗战的表示》，《文艺阵地》，1939 年第 2 卷第 9—
10 期

C. E. M. Joad：《论现代英国小说》，宋永旭译，《承天月刊》，1939 年第 3 期

戴镏龄：《论史绝杰对于现代英国传记文学的贡献》，《国立武汉大学文哲季
刊》，1940 年第 7 卷第 1 期

周行译：《车尔尼雪夫斯基论英国作家》，《中苏文化》，1940 年第 6 卷第 6 期

悌芬：《方重著〈英国诗文研究集〉》，《西洋文学》，1940 年第 2 期

范存忠：《十七八世纪英国流行的中国戏》，《青年中国季刊》，1941 年第 2 卷
第 2 期

伊文斯：《现代英国的戏剧》，秋斯译，《译文丛刊》，1941 年第 3 期

H.Walpole：《一九四〇年的英国小说》，李信之译，《国际间》，1941 年第 3 卷
第 5—6 期

费鉴照：《现代英国文学批评的动向》，《当代评论》，1941 年第 1 卷第 19 期

费鉴照：《栗洽慈心理的文学价值论》，《当代评论》，1941 年第 1 卷第 11 期

R. Sucke：《英美小说中的女性》，哲西译，《妇女杂志》，1941 年第 2 卷第 3 期

周煦良译：《叶芝论现代英诗:牛津现代诗选序论》，《西洋文学》，1941 年第
9 期

钟仁正：《诺曼人之征英与英国文学之发展》，《"国立"中山大学师范学院季
刊》，1942 年第 1 卷第 1 期

宗璋译：《二十世纪英美诗人论》，《诗创作》，1942 年第 15 期

方土人译：《英国作家论英苏携手消灭侵略者》，《中苏文化》，1942 年第 10 卷

第 1 期

罗柯托夫：《战时的英国作家》,《时代》,1942 年第 38 期

柳无忌：《欧战与英国诗人》,《半月文萃》,1942 年第 1 卷第 3 期

蒙罗：《现代英美新诗的倾向》,吴风译,《新建设》,1942 年第 11—12 期

矢野峰人：《英国文学的特性》,伟东译,《作家》,1942 年第 2 卷第 5 期

奚霞：《近代两性英国小说家》,《先导》,1942 年创刊号

孟昌译：《战时的英美文学》,《翻译杂志》,1943 年第 1 卷第 5 期

鲁枫：《展开反英美文学运动》,《大东亚月刊》,1943 年第 1 期

孙晋三译：《泛论当代英国诗》,《世界文学》,1943 年第 1 卷第 1 期

潘家洵：《十六世纪英国戏剧与中国旧戏》,《新中华》,1943 年复刊号

Eric Gillet：《当代英国小说的趋向》,宜闲译,《翻译杂志》,1943 年第 1 卷第 1 期

F. Millott：《现代英国文学的背景》,柳无忌译,《民族文学》,1943 年第 1 卷第 2 期

陈炜谟：《英国散文的源流与特质》,《世界文学》,1943 年第 1 卷第 2 期

范存忠：《史屈莱基的〈维多利亚女王传〉》,《时与潮文艺》,1943 年第 2 卷第 3 期

谢庆垚：《介绍两本近代英国文艺名著》,《国际编译》,1943 年第 1 卷第 4 期

勃罗姆：《现代英国文学底趋势》,《文汇周报》,1944 年第 2 卷第 20 期

周骏章：《介绍圣兹柏利及其〈英国文学简史〉》,《出版界》,1944 年第 1 卷第 2 期

罗科思：《论三本英国小说》,林伦彦译,《改进》,1944 年第 8 卷第 6 期

T・R：《世界战争中的世界文学：战时的英美文学》,《翻译杂志》,1944 年第 1 卷第 5 期

斯班特：《反抗中的诗人》,袁水拍译,《青年文艺》,1944 年新 1 卷第 3 期

张贵永：《从英国先期浪漫主义到赫尔德的历史思想》,《国立中央大学文史哲季刊》,1945 年第 3 卷第 1 期

曹未风：《英美文学新趋势》,《西风》,1945 年第 79 期

斯伯吉恩：《英国文学中之密思》,华德民译,《中国文化》,1945 年第 1—2 期

Demetrios Capetanakis：《论当代英国诗人》,袁水拍译,《诗文学》,1945 年第 1 期

斯彭德：《现代诗歌中的感性》,袁水拍译,《诗文学》,1945 年第 2 期

C. Connolly：《三十年代的英国文学》，苏芹荪译，《东方副刊》，1945 年第 7 期

约翰·莱曼：《战争与英国青年作家》，袁水拍译，《西点》，1945 年第 1 卷第 2 期

Evans：《英国文学的特性》，蒋炳贤译，《中央周刊》，1945 年第 7 卷第 11—12 期

戴镏龄：《自然环境对于英国文艺的影响》，《客观》，1945 年第 6 期

考特威尔：《英国诗歌发展的三个阶段》，朱维基译，《求是杂志》，1946 年第 1 卷第 1—3 期

王楚良：《英国文学中的战时倾向》，《文坛》，1946 年第 1 卷第 2 期

傅士特：《现代英国散文》，苏芹荪译，《东方副刊》，1946 年第 18 期

洪深：《英散文与官腔》，《新政论》，1946 年第 1 期

金近译：《战时英国作家的创造》，《文联》，1946 年第 1 卷第 4 期

考夫曼：《英国文学中的战时倾向》，王楚良译，《文坛》，1946 年第 2 期

冰夷编译：《论英国伊丽莎白时代的戏剧》，《求真杂志》，1946 年第 1 卷第 2 期

禄煜译：《第二次世界大战时的英国文学》，《青年文艺》，1946 年创刊号

戴镏龄：《英国文艺史上翻译时代的翻译风气》，《客观》，1946 年第 11 期

戴镏龄：《当代英国文艺批评的动向：从世纪初至第二次欧战前夕》，《时与潮文艺》，1946 年第 5 卷第 5 期

袁可嘉：《诗与晦涩》，《益世报·文学周刊》，1946 年 11 月 30 日

袁可嘉：《论诗境的扩展与结晶》，《经世日报·文艺周刊》，1946 年 9 月 15 日

袁可嘉：《现代英诗的特质》，《文学》，1947 年第 12 期

袁可嘉：《从分析到综合：现代诗底发展》，《东方与西方》，1947 年第 1 卷第 3 期

萨马林：《苏联版英国文学史》，移谟译，《时代》，1947 年第 14 期

戚叔含：《英国小说》，《浙江学报》，1947 年第 1 卷第 2 期

韦克：《英国作家写的政治趣剧》，《时代》，1947 年第 35 期

移模译：《苏联作家答英国作家问》，《时代》，1947 年第 36—39 期

普里斯特莱：《苏联作家答英国作家问》，庄寿慈译，《中苏文化》，1947 年第 18 卷第 7—8 期

俞铭传译：《现代英诗漫谭》，《大公报·星期文艺》，1947 年 4 月 20 日

萧乾译：《英国文坛的三变》，《文艺复兴》，1947 年第 3 卷第 3 期

萧乾：《小说艺术的止境》，《大公报·星期文艺》，1947 年 1 月 19 日

陈瑞华：《英国文学史上的女作家》，《时代妇女》，1947 年第 6 期

钱学熙：《如何研究英国文学》，《东方与西方》，1947 年第 1 卷第 6 期

苏芹荪：《一九一八年至一九三九年英国散文的发展》，《东方副刊》，1947 年
    第 19—20 期

Thomas Graig：《十九世纪英国散文》，周定之译《时事评论》，1948 年第 1 卷
    第 24 期

史彭德：《近代英国诗一瞥》，陈敬容译，《诗创造》，1948 年第 10 期

斯彭德：《释现代诗中底现代性》，袁可嘉译，《文学杂志》，1948 年第 3 卷第
    6 期

叶藜编译：《苏联作家回答英国作家的问题》，《文学战线》，1948 年第 1 卷第
    3 期

卞之琳：《开讲英国诗想到的一些体验》，《文艺报》，1949 年第 1 卷第 4 期

赵景深：《二十世纪的英国小说》，《文坛》，1949 年第 9 卷第 4—6 期

Samuel C. Chew：《英国自然主义小说论》，高滔译，《新中华》，1949 年第 12
    卷第 8—9 期

薛鸣声：《英国进步文艺工作者对于和平事业的贡献》，《光明日报》，1952 年
    12 月 21 日

康斯拉特叶夫：《苏联关于英国文学史的论著》，《文史哲》，1954 年第 4 期

爱丽斯特拉托娃：《现代英国文学的反动倾向》，《新民报晚刊》，1955 年 3 月
    25 日

阿诺德·凯特尔：《过去文学的进步价值》，《译文》，1955 年第 10 期

张沅长：《文学史上的浪漫时期》，《文学杂志》，1956 年第 3 期

阿诺德·凯脱尔：《谈淡英国文学》，《译文》，1956 年第 7 期

《英国文学概要》，译自《苏联大百科全书》，《文史译丛》，1956 年创刊号

《苏联广泛介绍英国文学艺术》，《新华社新闻稿》，1956 年第 2118 期

朱南度译：《现代英国小说与意识流》，《文学杂志》，1956 年第 5 期

伊瓦申科：《十八世纪末十九世纪初英国浪漫主义文艺思潮》，《文史哲》，
    1956 年第 1 期

王佐良：《杰克·林赛著〈三十年代之后：英国小说及其将来〉》，《外语教学与
    研究》，1957 年第 3 期

伊瓦谢娃：《五十年代的英国小说》，马清槐译，《译文》，1958 年第 6 期

陈嘉：《宪章派文学在英国文学史中的地位问题》，《南京大学学报（社科版）》，1959 年第 2 期

伊瓦兰娃：《殖民主义的崩溃和英国文学》，马清槐译，《世界文学》，1959 年第 2 期

曹庸：《英国的"愤怒的青年"》，《世界文学》，1959 年第 11 期

冰心：《〈愤怒的回顾〉读后感》，《世界文学》，1959 年第 11 期

阿伦、曹庸：《英国文学里来自工人阶级的新声音》，《国外社会科学文摘》，1960 年第 4 期

陶尔普：《二十世纪英国文学作品》，《国外社会科学文摘》，1961 年第 9 期

西山：《今日英国小说创作上的两种倾向》，《世界文学》，1961 年第 7 期

朱卓：《英国的"愤怒的青年"》，《光明日报》，1961 年 5 月 6 日

乌生：《英国现代小说的危机》，《学术资料》，1961 年第 16 期

牛庸懋：《英国宪章派文学述评》，《河南大学学报（社科版）》，1962 年第 1 期

赫列士特：《论英国小说家》，《古典文艺理论译丛》，1962 年第 4 辑

大卫·戴契斯：《现代英国文学概况》，曹庸译，《国外社会科学文摘》，1962 年第 5 期

袁可嘉：《略论美英"现代派"诗歌》，《文学评论》，1963 年第 3 期

约翰·魏恩：《当代英国文学中形式的冲突》，范立涌译，《国外社会科学文摘》，1963 年第 9 期

戴镏龄：《论科学实验对近代英国散文风格的形成的影响》，《中山大学学报》，1963 年第 4 期

撷华：《在殖民体系崩溃的时代中——略谈英国的反殖民主义作家与作品》，《光明日报》，1963 年 2 月 19 日

徐燕谋：《英国散文的发展（16—18 世纪）》，《外语教学与研究》，1963 年第 2 期

董衡巽等：《"愤怒的青年"和"垮掉的一代"》，《前线》，1963 年第 3 期

徐育新、董衡巽：《英国进步小说的一个特色》，《光明日报》，1964 年 3 月 13 日

刘若端：《六十、七十年代英国小说中的新流派》，《外国文学动态》，1980 年第 1 期

刘若端：《近年来英国文学研究的新动向》，《外国文学动态》，1980 年第 5 期

宗白：《剧坛拾零——关于当代英国戏剧简况的通信》，《外国文学研究》，

1980 年第 1 期

谢榕津：《战后年代的英国戏剧》，《戏剧学习》，1980 年第 1 期

王佐良：《英国浪漫主义诗歌的兴起》，《外国文学研究集刊》，1980 年第 2 辑

袁可嘉：《略谈英国民歌》，《外国文学研究》，1980 年第 1 期

张健：《关于英国文学教学的几点意见》，《山东外语教学》，1981 年第 3 期

黄梅、钱满素、王义国：《英美文学研究三十年》，《外国文学研究集刊》，1981
年第 3 辑

张隆溪：《评〈英国文学史纲〉》，《读书》，1982 年第 9 期

斯坦贝格：《现代长篇小说中的"意识流"方法》，安迪译，《国外社会科学著作
提要》，1982 年第 9 辑

刘若端：《存在主义思潮在现代英国小说中的某些表现》，《外国文学动态》，
1982 年第 9 期

王佐良：《英国浪漫主义诗歌的发展》，《外国文学研究集刊》，1982 年第 6 辑

方重：《略论英国小品文的发展——从十六世纪到二十世纪中叶》，《外国
语》，1984 年第 3 期

刘若端：《当前英国小说创作中的新倾向》，《外国文学动态》，1983 年第 4 期

黄梅：《当代英国戏剧创作概况》，《戏剧研究》，1983 年第 9 期

茅于美：《英国桂冠诗人》，《外国文学研究》，1984 年第 4 期

列文、陈先元：《莱蒙托夫与英国文学》，《文艺理论研究》，1984 年第 1 期

毛敏诸：《二十世纪初期英国小说领域中的一场遭遇战》，《外国语》，1985 年
第 3 期

朱叶：《略论英国"愤怒的青年"》，《苏州大学学报（哲社版）》，1985 年第 2 期

王佐良：《二十世纪英国文学的开始——英国文学史二十世纪卷序论》，《外
国文学》，1985 年 12 期

胡南平：《浅论英国小说叙事方法的发展和变化》，《国外文学》，1985 年第
3 期

文美惠：《意识流和意识流小说》，《文学知识》，1985 年第 7 期

《英国作家谈英国小说的发展趋势》，《文艺理论研究》，1985 年第 4 期

张奎武：《〈圣经〉对英国文学的影响初探》，《东北师大学报（哲社版）》，1986
年第 2 期

陈渊：《现代英国小说作家作品的评价与鉴赏——评侯维瑞的〈现代英国小
说史〉》，《外国语》，1986 年第 4 期

徐海昕、李宪生:《第一次世界大战中的英国诗歌与小说》,《外国文学》,1986
　　年第 6 期

王宁:《外国文学研究的全新角度——读〈十七世纪英国文学〉》,《读书》,
　　1987 年第 10 期

王宁:《超越传统模式的国别文学研究:读杨周翰先生的〈十七世纪英国文
　　学〉》,《北京大学学报(哲社版)》,1987 年第 5 期

张中载:《跨入八十年代的英国文学》,《外国文学》,1987 年第 11—12 期

张中载:《"福利国家"时期的英国文学》,《外国文学》,1987 年第 3 期

刘玉堂:《当代英国文学和存在主义》,《文艺报》,1987 年第 7、14 期

杨佑方:《英国戏剧的起源及其与圣经文学的关系》,《外国语文》,1987 年第
　　3 期

陈渊:《外国文学史研究的新成果——从〈现代英国小说史〉说起》,《文学
　　报》,1988 年第 8 期

黄诚明:《现代英国诗歌中的神话》,《厦门大学学报(哲社版)》,1988 年第
　　2 期

侯维瑞:《从二十世纪英国文学发展的摆锤状运动看外国文学发展的走向》,
　　《外国文学评论》,1988 年第 1 期

郭家铨:《古英语概论》,《四川外语学院学报》,1988 年第 3 期

陈才宇:《盎格鲁—撒克逊时期的诀术歌》,《外国文学研究》,1989 年第 2 期

周珏良:《二十世纪上半的英国文学批评》,《外国文学》,1989 年第 6 期

王长荣:《第二次世界大战后英国小说概述》,《外国语》,1989 年第 4 期

王希苏:《战后英国诗歌漫谈》,《当代外国文学》,1989 年第 1 期

王佐良:《十八世纪后半的英国散文》,《外国文学》,1989 年第 4 期

刘炳善:《英国散文与兰姆随笔翻译琐谈》,《中国翻译》,1989 年第 1 期

王佐良:《二十世纪的英国文学与世界文学》,《外国文学》,1990 年第 1 期

袁可嘉:《从现代主义到后现代主义:20 世纪英美诗主潮追踪》,《外国文学评
　　论》,1990 年第 2 期

陈安全:《英国文学的现实主义传统》,《厦门大学学报(哲社版)》,1991 年第
　　2 期

陈才宇:《盎格鲁—撒克逊时期的箴言诗》,《杭州大学学报(哲社版)》,1991
　　年第 3 期

陈才宇:《盎格鲁—撒克逊时期的宗教诗》,《外国文学评论》,1992 年第 2 期

王宁：《二十世纪英国文学概论：1900—1945》，《北京大学学报（英语语言文学专刊）》，1992 年第 2 期

许正林：《新月诗派与维多利亚诗》，《中国现代文学研究丛刊》，1993 年第 2 期

魏玉杰：《英国小说与疾病》，《外国文学评论》，1994 年第 2 期

朱虹：《英国十九世纪小说中的临终遗嘱问题》，《外国文学评论》，1995 年第 1 期

高继海：《80 年代的英国小说》，《河南大学学报（社科版）》，1995 年第 4 期

杜运燮：《我和英国诗》，《"九叶诗人"评论资料选》，上海：华东师范大学出版社，1996 年

侯维瑞：《B. S. 约翰逊与战后英国小说的极端创新》，《外国文学》，1998 年第 1 期

瞿世镜：《当代英国小说的现实主义和实验主义》，《上海社会科学院学术季刊》，1998 年第 1 期

高奋：《是模仿的真实，还是虚构的真实？——论 18 世纪英国小说创作实践》，《杭州大学学报（哲社版）》，1998 年第 1 期

殷企平：《小说的用处——19 世纪中叶英国小说理论的主旋律》，《外国文学评论》，1998 年第 1 期

瞿世镜：《当代英国小说：现实主义与实验主义》，《外国文学动态》，1998 年第 4 期

任一鸣：《论当代英国通俗小说》，《上海社会科学院学术季刊》，1998 年第 4 期

王守仁：《谈二十世纪的现实主义》，《外国文学评论》，1998 年第 4 期

解志熙：《英国唯美主义文学在现代中国的传播》，《外国文学评论》，1998 年第 1 期

张和龙：《折戟沉沙铁未销——英国现代文坛争鸣录》，《外国文学》，1999 年第 1 期

吴其尧：《"愤怒的青年"小说中的现实主义》，《英美文学研究论丛》，2000 年第 1 期

周小仪：《英国文学在中国的介绍、研究及影响》，《译林》，2002 年第 4 期

王继辉：《古英语宗教诗歌〈创世纪 B〉中的凯德曼精神》，《国外文学》，2002 年第 2 期

韩加明：《英国 19 世纪中期现实主义小说叙事理论综述》，《北京大学学报（哲社版）》，2004 年第 1 期

李维屏：《论现代英国小说人物的危机与转型》，《外国语》，2005 年第 5 期

张旭春：《1925 年前英国浪漫主义在中国的传播及分析》，《比较文学与世界文学》，北京大学出版社，2005 年

曹莉：《剑桥批评传统的形成和衍变》，《外国文学》，2006 年第 3 期

王卫新：《英国后现代小说的时间艺术》，《国外文学》，2008 年第 1 期

石小军：《日本中古英语语言文学研究考》，《外国文学评论》，2008 年第 4 期

张和龙：《小说史的模式、问题与细节——评〈当代英国小说史〉》，《当代外国文学》，2009 年第 4 期

杨金才：《当代英国小说的核心主题与研究视角》，《外国文学》，2009 年第 6 期

何伟文：《战后英国小说的现实主义、现代主义和后现代主义之争》，《当代外语研究》，2010 年第 1 期

苏耕欣：《〈呼啸山庄〉中的地位互换与历史进程》，《国外文学》，2010 年第 4 期

曾艳兵：《中国的英国文学经典之生成与演变》，《汉语言文学研究》，2010 年第 1 期

沈泓：《论 19 世纪英国女性文学中的生态女性主义意识》，《苏州大学学报（哲社版）》，2011 年第 3 期

二、主要作家与作品研究资料

《贝奥武甫》

K. C. Chu：“Story of Beowulf”，《学生》，1917 年第 4 卷第 6 期

西谛（郑振铎）：《〈西特〉与〈皮奥伏尔夫〉》，《文学周报》，1926 年第 226 期

西谛（郑振铎）：《皮奥胡尔夫（英国史诗述略）》，《文学周报》，1928 年第 251—275 期

江泽玖：《英雄史诗 Beowulf 中的妇女形象》，《外国语》，1982 年第 5 期

刘红英：《北欧史诗中的英雄形象贝奥武甫——兼论古代北欧人民的英雄观念》，《吉首大学学报（社科版）》，1983 年第 1 期

李金达：《贝尔武甫》，《外国文学》，1989 年第 5 期

冯象：《"他选择了上帝的光明"——评罗宾逊〈贝奥武甫与同位文体〉》，《外国文学评论》，1993 年第 1 期

王继辉：《萨坦胡船葬与〈贝奥武甫〉》，《国外文学》，1995 年第 1 期

王继辉：《〈贝奥武甫〉中的罗瑟迦王与他所代表的王权理念》，《国外文学》，1996 年第 1 期

王继辉：《〈贝奥武甫〉与魔怪故事传统》，《外国文学评论》，1996 年第 1 期

王继辉：《论盎格鲁—撒克逊文学和古代中国文学中的王权理念：〈贝奥武夫〉与〈宣和遗事〉的比较研究》，北京：北京大学出版社，1996 年

陈才宇：《西缪斯·希尼和他的新译〈贝奥武甫〉》，《外国文学评论》，2000 年第 2 期

王继辉：《古英语〈妻子哀歌〉一诗中的丈夫与妻子》，《国外文学》，2000 年第 2 期

刘洇银：《英雄与怪物：〈贝奥武甫〉中对人类理性的呼唤》，《华东师范大学学报(哲社版)》，2001 年第 5 期

刘洇银：《重复与变化：〈贝奥武甫〉的结构透视》，《英美文学研究论丛》，2002 年第 2 期

王继辉：《再论〈贝奥武甫〉中的基督教精神》，《外国文学》，2002 年第 5 期

王继辉：《再论贝奥武甫其人》，《外国文学研究》，2003 年第 1 期

肖明翰：《〈贝奥武甫〉中基督教和日耳曼两大传统的并存与融合》，《外国文学评论》，2005 第 1 期

李成坚、邓红：《译者主体性的彰显——谢默斯·希尼英译〈贝奥武甫〉之风格解析》，《成都大学学报(教科版)》，2007 年第 8 期

王法昌：《荣名的贝奥武甫与落寞的羿》，《潍坊教育学院学报》，2007 年第 1 期

王家和：《不列颠民族英雄史歌〈贝奥武甫〉与苗族史歌〈张秀眉〉的对比研究》，《贵州民族学院学报(哲社版)》，2007 年第 2 期

肖明翰：《从古英诗〈创世记〉对〈圣经·创世记〉的改写看日耳曼传统的影响》，《外国文学》，2008 年第 5 期

李若薇：《电影〈贝奥武甫〉的象征与主题》，《电影评介》，2009 年第 9 期

陆莲枝：《壮英史诗〈布洛陀〉和〈贝奥武甫〉的审美特色对比及思维解读》，《社科纵横》，2010 年第 2 期

史敬轩：《火烧屠龙王：〈贝奥武甫〉传播归化语境寻疑》，《外国文学评论》，
　　2012 年第 1 期

乔叟

孙毓修：《欧美小说丛谈：孝素之名作》，《小说月报》，1916 年第 4 卷第 1 期

方重：《乔叟和他的〈康特波雷故事〉》，《康特波雷故事》，上海：云海出版社，
　　1946 年

方重：《乔叟的地位和他的叙事技能》，《浙江学报》，1948 年第 1 卷第 2 期

方重：《〈乔叟文集〉译者序》，上海：新文艺出版社，1955 年

杨周翰：《方重译〈坎特勒雷故事集〉和〈特罗勒斯与克丽西德〉》，《西方语
　　文》，1957 年第 1—3 期

李赋宁：《乔叟诗中的形容词》，《西方语文》，1957 年第 1 卷第 2—3 期

张载梁：《西语研究中厚古薄今的倾向要彻底清除——评李赋宁〈乔叟诗中
　　的形容词〉》，《西方语文》，1958 年第 3 期

方重：《乔叟的现实主义发展道路》，《上海外国语学院季刊》，1958 年第 2 期

李赋宁：《乔叟的含蓄讽刺》，《文汇报》，1962 年 5 月 30 日

郭世绪：《浅谈译文保存原著时代特色的问题——就汉译〈乔叟文集·总引〉
　　与译者商榷》，《新疆师范大学学报（哲社版）》，1984 年第 2 期

聂文杞：《从象牙塔走向现实主义——论乔叟和他的〈坎特伯雷故事〉》，《武
　　汉大学学报（社科版）》，1984 年第 3 期

江泽玖：《〈坎特伯雷故事〉总引的人物描写》，《外国语》，1985 年第 1 期

陆洋：《乔叟式框架结构——论〈坎特伯雷故事〉的结构形态》，《广西师范学
　　院学报》，1985 第 2 期

韩敏中：《谈兰格朗和乔叟》，《外国文学》，1985 年第 2 期

王建开：《诗与艺术——乔叟〈特罗勒斯与克里希德〉一诗的结构分析》，《贵
　　州教育学院学报》，1989 年第 2 期

鲍屡平：《论〈坎特伯雷故事集·总引〉中的人物和人物描写》，《杭州大学学
　　报（哲社版）》，1983 年第 1 期

鲍屡平：《〈修女长的教士讲的故事〉论析》，《杭州大学学报（哲社版）》，1986
　　年第 1 期

鲍屡平：《〈售免罪符者的开场语和故事〉评释》，《杭州大学学报（哲社版）》，
　　1986 年第 2 期

鲍屡平：《〈巴斯妇人的开场语和故事〉评释》，《杭州大学学报（哲社版）》，1987 年第 2 期

鲍屡平：《论〈骑士讲的故事〉的四个方面》，《杭州大学学报（哲社版）》，1988 年第 1 期

鲍屡平：《〈商人讲的故事〉论析》，《杭州大学学报（哲社版）》，1989 年第 4 期

鲍屡平：《〈自由农讲的故事〉论析》，《浙江省外文学会论文集》，杭州：浙江大学出版社，1989 年

鲍屡平：《乔叟诗篇研究》，杭州：杭州大学出版社，1990 年

钱坤强：《乔叟与英语标准语的兴起》，《山东外语教学》，1995 年第 2 期

熊云甫：《论乔叟的修辞艺术》，《四川外语学院学报》，1995 年第 4 期

陆洋：《乔叟现实主义美学思想窥探》，《解放军外国语学院学报》，1997 年第 2 期

刘迺银：《巴赫金的理论与〈坎特伯雷故事集〉》，上海：华东师范大学出版社，1999 年

空草：《乔叟和他的时代》，《外国文学评论》，2000 年第 4 期

肖明翰：《乔叟对英国文学的贡献》，《外国文学评论》，2001 年第 4 期

肖明翰：《乔叟的探索与〈百鸟议会〉的艺术成就》，《四川外语学院学报》，2002 年第 2 期

肖明翰：《〈坎特伯雷故事〉与〈十日谈〉——薄伽丘的影响和乔叟的成就》，《国外文学》，2002 年第 3 期

肖明翰：《〈声誉之宫〉—乔叟对诗歌创作的探索》，《外国文学研究》，2002 年第 2 期

肖明翰：《〈特洛伊罗斯与克瑞西达〉——乔叟对中世纪宫廷爱情文学传统的继承与超越》，《四川师范大学学报（社科版）》，2002 年第 6 期

肖明翰：《宫廷爱情诗传统与乔叟的〈公爵夫人颂〉》，《外国文学研究》，2003 年第 6 期

肖明翰：《英国文学之父——杰弗里·乔叟》，北京：社会科学文献出版社，2005 年

肖明翰：《〈贞女传奇〉的得与失》，《四川师范大学学报（社科版）》，2006 年第 1 期

肖明翰：《论〈坎特伯雷故事〉的多元与复调》，《外国文学研究》，2006 年第 4 期

肖明翰：《乔叟与欧洲中世纪后期悲剧精神的复苏》，《解放军外国语学院学报》，2007 年第 2 期

宗瑞华：《乔叟与英国文艺复兴》，《西南民族大学学报（社科版）》，2008 年第 3 期

沈弘：《乔叟何以被誉为"英语诗歌之父"？》，《外国文学评论》，2009 年第 3 期

李安：《乔叟〈公爵夫人之书〉中的自然》，《外国文学研究》，2009 年第 4 期

曹航：《新质的诞生：乔叟〈众鸟之会〉的独创性因素解读》，《英美文学研究论丛》，2010 年第 2 期

丁建宁：《超越的可能——作为知识分子的乔叟》，北京：北京大学出版社，2010 年

刘进：《乔叟梦幻诗研究——权威与经验之对话》，北京：社会科学文献出版社，2011 年

莫尔

璐茜：《柏拉图与莫尔乌托邦思想中共产观的比较》，《清华周刊》，1933 年第 40 卷第 2 期

赵家璧：《乌托邦》，《良友》，1934 年第 89 期

《西洋政治思想名著提要：汤慕思·穆尔的〈乌托邦〉》，《新民》，1935 年第 1 卷第 4—5 期

《汤慕思·穆尔的〈乌托邦〉》，《新民》，1935 年第 1 卷第 4—5 期

戈宝权：《托马斯·摩尔的生平及其〈乌托邦〉的内容》，《新生周刊》，1935 年第 2 卷第 1 期

仲实（梁实秋）：《托玛斯·摩尔去世四百年》，《大众生活》，1935 年第 1 卷第 1 期

刘燕华：《托马斯·摩尔四百年忌纪念》，《中央时事周报》，1935 年第 4 卷第 25 期

罗光：《英国两位殉教者：〈乌托邦〉的著者多默·慕尔，罗车斯得主教斐西》，《新北辰》，1935 年第 6 期

刘麟生：《〈乌托邦〉的著者——摩尔》，《出版周刊》，1936 年第 177 期

志政：《摩尔的〈乌托邦〉》，《出版周刊》，1936 年第 192 期

萧华轩：《〈乌托邦〉作者摩尔逝世四百周年纪念》，《文化建设》，1936 年第 2 卷第 3 期

张作义：《教理与学术：读仲实〈托马斯·摩尔去世四百年〉》，《磐石杂志》，1936 年第 4 卷第 1 期

陈定闳：《摩尔的〈乌托邦〉》，《民主与统一》，1946 年第 17 期

孙本文：《穆尔的〈乌托邦〉：世界名著提要之一》，《智慧》，1946 年第 8 期

蕴璞：《摩尔的〈乌托邦岛〉》，《中美周报》，1948 年第 278 期

R. R. Abramovitch：《由社会主义乌托邦到极权主义的帝国》，郑学稼译，《青年杂志》，1948 年第 1 卷第 2 期

昌言：《记摩尔〈乌托邦〉里的战争观》，《佛教文摘》，1949 年第 8 期

彼得罗夫斯基：《莫尔小传》，《乌托邦》，戴镏龄译，北京：三联书店出版社，1956 年

宋家兴：《莫尔的〈乌托邦〉》，《读书月报》，1956 年第 12 期

马列因：《〈乌托邦〉的版本和翻译》，《乌托邦》，戴镏龄译，北京：三联书店出版社，1956 年

沃尔金：《〈乌托邦〉的历史意义》，《乌托邦》，戴镏龄译，北京：三联书店出版社，1956 年

考茨基：《莫尔及其〈乌托邦〉》，关其侗译，北京：三联书店出版社，1963 年

施茂铭、林正秋：《莫尔和他的〈乌托邦〉》，北京：商务印书馆，1964 年

吴越：《羊吃人时代的〈乌托邦〉》，《科学社会主义》，1981 年第 4 期

白铁民：《空想社会主义的杰作：〈乌托邦〉》，《学习与研究》，1981 年第 2 期

邹毅：《莫尔和他的〈乌托邦〉》，《科学社会主义》，1982 年第 3 期

王和平：《试评〈乌托邦〉的"奴隶"》，《郑州大学学报（哲社版）》，1983 年第 2 期

黄达强：《莫尔和〈乌托邦〉》，《科学社会主义》，1984 年第 9 期

曹植福：《莫尔〈乌托邦〉伦理思想述评》，《科学社会主义》，1984 年第 8 期

吴秉瑜：《托马斯·莫尔与宗教改革》，《福建师范大学学报（哲社版）》，1985 年第 1 期

耿伟：《空想社会主义为什么以〈乌托邦〉为创立标志？——〈乌托邦〉与其它理想式著作之比较》，《理论探讨》，1986 年第 4 期

奥西诺夫斯基：《关于托马斯·莫尔所著〈乌托邦〉研究中的争论》，曹特金译，《科学社会主义》，1986 年第 5 期

王启民：《〈乌托邦〉〈太阳城〉比较论略》，《福建师范大学学报（哲社版）》，1988 年第 3 期

李云芳：《〈乌托邦〉与托马斯·莫尔政治思想剖析》，《史林》，1992 年第 1 期

陈岸瑛：《关于"乌托邦"内涵及概念演变的考证》，《北京大学学报（哲社版）》，2000 年第 1 期

赵宁：《乌托邦文学与〈圣经〉》，《外国文学评论》，2001 年第 2 期

姚建斌：《乌托邦文学论纲》，《文艺理论与批评》，2004 年第 2 期

李仙飞：《乌托邦研究的缘起、流变及重新解读》，《北京大学学报（哲社版）》，2005 年第 6 期

潘一禾：《经典乌托邦小说的特点与乌托邦思想的流变》，《浙江大学学报（社科版）》，2007 年第 1 期

张沛：《乌托邦的诞生》，《外国文学评论》，2010 年第 4 期

斯宾塞

《斯宾塞像（Edmund Spenser）（1552 至 1599）》，《学衡》，1924 年第 32 期

韦丛芜：《西山随笔：Sweet Spenser》，《莽原》，1927 年第 2 卷第 20 期

韦丛芜：《Spenser 及其名诗》，《燕大月刊》，1929 年第 3 卷第 3—4 期

胡家峦：《简析斯宾塞〈祝婚曲〉》，《国外文学》，1994 年第 1 期

罗益民：《〈仙后〉创作背景探源——兼论其寓意结构系统》，《四川外语学院学报》，1996 年第 1 期

胡家峦：《斯宾塞〈仙后〉中的玻璃球镜——文艺复兴时期英国诗人宇宙观蠡测》，《英美文学研究论丛》，2000 年第 1 期

李增：《斯宾塞的〈牧羊人日历〉》，《外国文学评论》，2000 年第 4 期

蒋虹：《从水意象看斯宾塞〈仙后〉的整体对比结构》，《英美文学研究论丛》，2002 年第 2 期

胡家峦：《亚瑟王子之盾——〈仙后〉第一卷与英国宗教改革》，《欧美文学论丛》，2003 年第 2 期

刘立辉：《生命的和谐：斯宾塞〈仙后〉内在主题研究》，北京：外语教学与研究出版社，2005 年

刘立辉：《宇宙时间和斯宾塞〈仙后〉的叙事时间》，《外国文学评论》，2006 年第 3 期

刘立辉：《"末世论"与斯宾塞诗歌中的宇宙时间观》，《外国文学研究》，2007 年第 3 期

赵冬：《〈仙后〉与英国文艺复兴时期的释经传统》，北京：外语教学与研究出

版社,2008 年

刘立辉：《斯宾塞〈仙后〉与西方史诗玄幻的叙事传统》,《重庆三峡学院学报》,2008 年第 6 期

张佐堂、方岩：《传世未必能用世：孟浩然与斯宾塞比较》,《世界文学评论》,2008 年第 1 期

熊云甫：《〈仙后〉第一卷中的环境与情节意象解读》,《名作欣赏》,2008 年第 24 期

熊云甫：《〈仙后〉第一卷中的人物形象研究》,《名作欣赏》,2008 年第 18 期

熊云甫：《斯宾塞〈仙后〉第一卷与英国中古文学传统》,《外国文学评论》,2009 年第 1 期

熊云甫：《〈仙后〉第二卷中财神玛门宫的艺术构思》,《天津外国语学院学报》,2009 年第 4 期

余晓燕：《斯宾塞的〈仙后〉及其对英国诗歌的影响》,《民族论坛》,2009 年第 3 期

张秀梅：《斯宾塞名作〈仙后〉中的"性道德观"》,《外语研究》,2009 年第 5 期

张秀梅：《〈仙后〉中的对话理论解析》,《中国社会科学院研究生院学报》,2009 年第 5 期

余晓燕：《英语格律诗汉译探索——以斯宾塞〈小爱神〉第 75 首汉译为个案》,《外国语文》,2010 年第 6 期

李成坚：《斯宾塞眼中的爱尔兰：论〈爱尔兰之现状〉中的民族意识》,《外国文学评论》,2011 年第 2 期

马洛

戴镏龄：《〈浮士德博士的悲剧〉译后记》,北京：作家出版社,1956 年

吴兴华：《戴镏龄译〈浮士德博士的悲剧〉》,《西方语文》,1957 年第 1 期

冯国忠：《谈马洛的三部悲剧》,《北京大学学报（哲社版）》,1984 年第 4 期

休·科奇尔：《克里斯托弗·马洛》,周非译,《文化译丛》,1985 年第 1 期

郑土生：《从杀害马洛到下令逮捕莎翁——有关英国文学史料的一点考查》,《读书》,1986 年第 4 期

白牛：《马洛剧作主题节奏的两大特点》,《外国文学研究》,1987 年第 1 期

白牛：《马洛剧作的悲剧节奏》,《外国文学评论》,1988 年第 3 期

黄必康：《马洛的戏剧主人公与伊丽莎白时代的意识形态》,《国外文学》,

1997 年第 2 期

周晓阳：《〈马耳他岛的犹太人〉与〈理查三世〉中的马基雅维里主义》，《国外文学》，1998 年第 3 期

田卫平：《由悲剧到荒诞剧：谈〈浮士德博士〉等三部西方小说的悲剧主题作者》，《河南大学学报（社科版）》，1998 年第 4 期

黄梅：《浮士德与"追求"的神话作者》，《中华读书报》，2003 年第 9 期

邓亚雄：《追求知识神话的终结者——评马洛的戏剧人物浮士德》，《外国文学评论》，2005 年第 4 期

邓亚雄：《国外马洛研究综述》，《四川外语学院学报》，2006 年第 2 期

盛宁：《谁杀了克利斯弗·马娄？》，《外国文学评论》，2006 年第 2 期

颜学军：《马洛"欲望"戏剧的伦理维度》，《外国文学研究》，2006 年第 1 期

蒋显璟：《英国人文主义的两朵奇葩：莎士比亚的〈维纳斯与阿都尼〉和马洛的〈希洛与李安达〉》，《英美文学研究论丛》，2008 年第 2 期

李定清：《新历史主义视域下浮士德形象的时代转换与伦理变迁》，《外国文学研究》，2009 年第 6 期

冯伟：《克里斯托弗·马洛传记研究中的史料阐释》，《外国语言文学》，2010 年第 2 期

冯伟：《20 世纪以来克里斯托弗·马洛的传记建构研究》，《国外文学》，2010 年第 4 期

冯伟：《从"帖木儿现象"谈起：论克里斯托弗·马洛对中世纪英国戏剧的扬弃》，《解放军外国语学院学报》，2010 年第 3 期

冯伟：《浮士德的博学与虔敬：克里斯托弗·马洛的〈浮士德博士的悲剧〉与基督教伦理》，《解放军外国语学院学报》，2011 年第 3 期

冯伟：《克里斯托弗·马洛的传记形象与文化建构》，《天津外国语大学学报》，2012 年第 1 期

琼森

郑有志：《英国文艺复兴时期喜剧的代表作家——琼生》，《外国语》，1993 年第 3 期

《本·琼森与"癖性"戏剧理论》，《文学与艺术》，2010 年第 1 期

郭晖：《十八、十九世纪琼生批评》，《语文学刊》，2011 年第 8 期

郭晖：《本·琼生的诗及 17 世纪对其作品的批评》，《哈尔滨学院学报》，2012

年第 1 期

王永梅、刘立辉：《从舞台到页面：本·琼生与英国戏剧经典生成》，《外国文学研究》，2012 年第 5 期

莎士比亚

朱东润：《莎氏乐府谈》，《太平洋》，1917 年第 1 卷第 5—9 期

罗西珂夫：《关于莎士比亚研究的论争》，林淙译，《中华月报》，1917 年第 5 期

Abby Willis Howes：《莎士比亚之历史》，汤志谦译，《南京高等师范学校校友会杂志》，1918 年第 1 卷第 1 期

胡愈之：《论托尔斯泰的莎士比亚论》，《东方杂志》，1920 年第 17 卷第 2 期

志廉：《英国戏剧与莎士比亚》，《学林》，1921 年第 1 卷第 1 期

陈钧：《质考据莎士比亚者》，《文哲学报》，1922 年第 4 期

C.T.Winchester：《莎士比亚的人格》，谢颂羔译，《青年友》，1924 年第 4 卷第 6 期

梁实秋译：《莎士比亚时代之英国与伦敦》，《新月》，1928 年第 9 期

屠格涅夫：《哈姆雷特与堂吉诃德》，郁达夫译，《奔流》，1928 年第 1 卷第 1 期

李贯英：《〈沙士比亚的英国〉中的"民俗"》，《民俗》，1928 年第 37 期

李贯英：《沙士比亚的民俗花卉学》，《民俗》，1929 年第 57—59 期

周越然：《莎士比亚》，上海：商务印书馆，1929 年

田汉译：《莎士比亚剧演出之变迁》，《南国月刊》，1929 年第 3 期

梁实秋译：《莎士比亚传略》，《新月》，1929 年第 11 期

邢鹏举：《莎氏比亚恋爱的面面观》，《新月》，1930 年第 3 卷第 3 期

张沉长：《莎学》，《国立武汉大学文哲季刊》，1931 年第 2 期

王启莹：《评托尔斯泰的莎士比亚论》，《文学杂志》，1931 年第 1 卷第 1 期

梁实秋：《莎士比亚的观众》，《新月》，1931 年第 2 卷第 11 期

史晚青：《沙士比亚的〈哈姆莱脱〉》，《文艺创作讲座》，1932 年第 2 期

徐凌霄：《我们为什么亦要纪念沙士比亚》，《剧学月刊》，1932 年第 6 期

马彦祥：《小泉八云论莎士比亚》，《文艺月刊》，1933 年第 2 卷第 5—6 期

张尧年：《莎氏比亚及其四大悲剧》，《女师学院期刊》，1933 年第 1 卷第 1 期

梁实秋：《莎士比亚在 18 世纪》，《益世报》，1933 年 1 月 27—28、2 月 4 日

梁实秋：《〈马克白〉的意义》，《文艺月刊》，1933 年第 5 卷第 5 期

梁实秋：《〈马克白〉的历史》，《益世报》，1933 年 12 月 9 日

梁实秋：《〈哈姆雷特〉问题》，《文艺月刊》，1934 年第 5 卷第 1 期

梁实秋：《〈威尼斯商人〉的意义》，《大公报》，1934 年 7 月 4 日

Karl Marx：《莎士比亚论金钱》，梁实秋译，《学文月刊》，1934 年第 1 卷第 2 期

茅盾：《莎士比亚与现实主义》，《文史》，1934 年第 1 卷第 3 期

陈铨：《十九世纪德国文学批评家对于哈孟雷特的解释》，《清华大学学报》，1934 年第 4 期

汪梧封：《莎士比亚与莫里哀》，《光华大学半月刊》，1934 年第 3 卷第 4 期

徐云生：《研究莎士比亚的伴侣》，《文学季刊》，1935 年第 2 卷第 1 期

袁昌英：《沙斯比亚的幽默》，《国立武汉大学文哲季刊》，1935 年第 4 卷第 2 期

梁实秋：《关于莎士比亚》，《自由评论》，1935 年第 4、7—9 期

梁实秋：《莎士比亚的〈马克白〉译序》，《自由评论》，1936 年第 37 期

梁实秋：《莎士比亚研究之现阶段》，《东方杂志》，1936 年第 33 卷第 7 期

梁实秋：《莎士比亚的阶级性》，《自由评论》，1936 年第 9 期

仲持：《狄那摩甫论莎士比亚》，《文学》，1936 年第 6 卷第 3 期

《恩格斯论莎士比亚》，《东流》，1936 年第 2 卷第 4 期

本多显彰：《德国人与莎士比亚》，《译文》，1936 年新 1 卷第 4 期

斯米尔诺夫：《论莎士比亚及其遗产》，《译文》，1936 年新 1 卷第 4 期

斯米尔诺夫：《莎士比亚的宇宙观与艺术》，克夫译，《时事类编》，1936 年第 4 卷第 17 期

贞一：《莎士比亚与变态心理学》，《清华周刊》，1936 年第 44 卷第 8 期

宋春舫：《从莎士比亚说到梅兰芳》，《逸经》，1936 年第 8 期

梁实秋：《略谈莎士比亚作品里的鬼》，《论语》，1936 年第 92 期

梁实秋：《莎士比亚的戏剧艺术》，《戏剧时代》，1937 年第 1 卷第 3 期

梁实秋：《莎士比亚是诗人还是戏剧家？》，《文学杂志》，1937 年第 1 卷第 2 期

方重：《莎士比亚与民族思想》，《奔涛》，1937 年第 1 卷第 6 期

宗白华：《莎士比亚的艺术》，《戏剧时代》，1937 年第 1 卷第 3 期

章泯、葛一虹：《新演剧·莎士比亚特辑》，1937 年第 1 卷第 3 期

理伊邱：《黑色精神透视下的莎士比亚》，谷殷译，《新演剧》，1937 年第 1 卷第 1 期

谷渥兹特夫：《莎士比亚演出史》，文殊译，《新演剧》，1937 年第 1 卷第 2—

3 期

欧阳予倩、马彦祥：《戏剧时代·莎士比亚特辑》，1937 年第 1 卷第 3 期

不平：《论翻译莎士比亚：与梁实秋先生讨论莎士比亚的翻译》，《光华附中半月刊》，1937 年第 5 卷第 3—4 期

水天同：《略谈梁译莎士比亚》，《国闻周报》，1937 年第 14 卷第 1 期

朱生豪：《傻子在莎士比亚中的地位》，《青年周报》，1938 年第 12—13 期

邢光祖：《论翻译莎士比亚》，《红茶》，1938 年第 2—9 期

J. Lindsay：《威廉·莎士比亚》，何封译，《民族公论》，1938 年第 1 卷第 2 期

鸿行：《论翻译莎士比亚：与梁实秋先生讨论莎士比亚的翻译》，《新诗刊》，1939 年第 2 期

斯米吞：《论莎士比亚的〈奥瑟罗〉》，东方蓝译，《文学研究》，1939 年第 3 期

斯米吞：《论莎士比亚的〈马克柏司〉》，东方蓝译，《文学研究》，1940 年第 1 卷第 4 期

斯米吞：《论莎士比亚的〈冬的故事〉》，东方蓝译，《文学研究》，1940 年第 5 期

斯米吞：《论莎士比亚的〈雅典的泰梦〉》，东方蓝译，《文哲》，1940 年第 2 期

斯米吞：《论莎士比亚的〈利尔王〉》，东方蓝译，《文哲》，1940 年第 1 期

黄启予：《莎士比亚辨真》，《新科学》，1940 年第 3 卷第 1 期

田汉：《莎士比亚逝世 325 周年纪念辑》，《戏剧春秋》，1941 年第 1 卷第 5 期

金云育：《皮林斯基论莎士比亚》，《重庆国民公报艺术部队》，1941 年第 58 期

狄纳莫夫：《莎士比亚新论：苏联版〈莎士比亚全集〉序》，宗玮译，《戏剧春秋》，1941 年第 1 卷第 5 期

莫罗梭夫：《莎士比亚巨作在苏联舞台》，秦似译，《戏剧春秋》，1941 年第 1 卷第 5 期

赫里逊：《莎士比亚风格底发展》，宗玮译，《艺文集刊》，1942 年第 1 期

周骏章译：《莎学述要》，《中国青年》，1942 年第 1 期

狄纳莫夫、斯米尔诺夫：《莎士比亚新论》，宗玮、克夫合译，上海：文汇书店，1943 年

梁宗岱：《莎士比亚的商籁》，《民族文学》，1943 年第 1 卷第 2—4 期

柳无忌：《莎士比亚的〈该撒大将〉》，《时与潮文艺》，1943 年第 1 卷第 3 期

周辅成：《论莎氏比亚的人格》，《理想与文化》，1943 年第 3—4 期

孙大雨：《译莎剧〈黎琊王〉序》，《民族文学》，1943 年第 1 卷第 1 期

威尔斯：《戏剧家也是诗人的沙氏比亚》，施佛译，《文学批评》，1943 年第 2 期

高宇:《莎士比亚研究:为莎翁逝世三百二十七周年纪念作》,《时代中国》,
　　1943 年第 7 卷第 3 期

李慕白:《莎士比亚评传》,中国文化服务社,1944 年

梁实秋:《莎士比亚》,《文史杂志》,1944 年第 4 卷第 11—12 期

毕基初:《谈莎士比亚悲剧〈马克白〉》,《文艺世纪》,1944 年第 2 期

唐密:《哈孟雷特的解释》,《民族文学》,1944 年第 1 卷第 5 期

斯米吞:《莎士比亚评传》,戚治常译,上海:世界书局,1946 年

陈瘦竹:《莎士比亚及其〈马克白〉》,《文潮月刊》,1946 年第 1 卷第 3—5 期

宋清如:《朱生豪和莎士比亚》,《文艺春秋》,1946 年第 2 卷第 2 期

赵景深:《汤显祖与莎士比亚》,《文艺春秋》,1946 年第 2 卷第 2 期

沈蔚德:《莎士比亚剧本中的女性》,《妇女文化》,1947 年第 2 卷第 3 期

张契渠:《文潮月刊·莎翁专辑》,1948 年第 4 卷第 6 期

陈铨:《莎士比亚的贡献》,《青年杂志》,1948 年第 1 卷第 2 期

莫诺索夫:《苏联的莎士比亚研究》,章泯译,《新文化丛刊》,1948 年第 1 期

莫罗佐夫:《莎士比亚在苏联》,巫宁坤译,上海:平明出版社,1953 年

莫罗佐夫:《莎士比亚在苏联舞台上》,吴怡山译,上海:平明出版社,1953 年

张健:《莎士比亚和他的四大悲剧》,《文史哲》,1954 年第 4 期

莫罗左夫:《莎士比亚论》,《新华月报》,1954 年第 6 期

莫洛卓夫:《威廉·莎士比亚》,陈微明译,《戏剧报》,1954 年第 6 期

赵诏熊:《莎士比亚及其艺术》,《文艺报》,1954 年第 9 期

孙大雨:《莎士比亚悲剧〈黎玡王〉和它对于我们的意义》,《文艺报》,1954 年
　　第 10 期

吕荧:《莎士比亚的喜剧〈仲夏夜之梦〉》,《文艺报》,1954 年第 13 期

徐述纶:《清除莎士比亚介绍中的资产阶级思想》,《戏剧报》,1955 年第 4 期

孙家琇:《揭穿胡风分子阿垅对莎士比亚戏剧的恶意歪曲》,《剧本》,1955 年
　　第 9 期

卞之琳:《莎士比亚的悲剧〈哈姆雷特〉》,《文学研究集刊》,1956 年第 2 辑

吴兴华:《莎士比亚的〈亨利四世〉》,《北京大学学报》,1956 年第 10 期

李赋宁:《莎士比亚的〈皆大欢喜〉》,《北京大学学报》,1956 年第 4 期

陈嘉:《莎士比亚在"历史剧"中所流露的政治见解》,《南京大学学报》,1956
　　年第 4 期

屠岸:《莎士比亚的照妖镜》,《诗刊》,1957 年第 8 期

阿尼克斯特：《莎士比亚的戏剧》，徐云青译，上海：新文艺出版社，1957 年

方元：《普希金论莎士比亚》，《文艺理论译丛》，1958 年第 3 期

弗罗洛夫：《莎士比亚的喜剧在银幕上》，《电影艺术译丛》，1958 年第 4 期

方鹏钧：《莎士比亚的悲剧〈汉姆雷特〉》，《复旦学报》，1959 年第 10 期

戚叔含：《莎士比亚的悲剧人物个性塑造和他的现实主义》，《复旦杂志》，
    1959 年第 10 期

沈子文等：《试谈李耳王性格的发展》，《复旦杂志》，1960 年第 2 期

赵澧等：《论莎士比亚的社会政治思想及其发展》，《教学与研究》，1961 年第
    2 期

赵天华：《莎士比亚笔下的爱神》，台北：万象出版社，1961 年

曹未风：《谈莎士比亚的喜剧作品》，《上海戏剧》，1961 年第 10 期

李邦媛译：《别林斯基论莎士比亚》，《古典文艺理论译丛》，1962 年第 3 辑

朱虹：《西方关于汉姆雷特典型的一些评论》，《文学评论》，1963 年第 4 期

张健：《论莎士比亚的〈尤利斯·该撒〉的结构和思想》，《山东大学学报》，
    1963 年第 4 期

赵澧、孟伟哉：《论莎士比亚的伦理道德思想及其发展》，《文史哲》，1963 年第
    2 期

吴兴华：《〈威尼斯商人〉——冲突和解决》，《文学评论》，1963 年第 6 期

王佐良：《英国诗剧与莎士比亚》，《文学评论》，1964 年第 2 期

王佐良：《读莎士比亚随想录》，《世界文学》，1964 年第 5 期

陈嘉：《论罗密欧与朱丽叶》，《江海学刊》，1964 年第 4 期

陈嘉：《从〈哈姆雷特〉和〈奥瑟罗〉的分析来看莎士比亚的评价问题》，《南京
    大学学报》，1964 年第 2 期

杨周翰：《谈莎士比亚的诗》，《文学评论》，1964 年第 2 期

卞之琳：《莎士比亚戏剧创作的发展》，《文学评论》，1964 年第 4 期

卞之琳：《〈里亚王〉的社会意义和莎士比亚的人道主义》，《文学研究集刊》，
    1964 年第 1 期

卞之琳：《莎士比亚的悲剧〈哈姆雷特〉》，《文学研究集刊》，1964 年第 2 期

卞之琳：《莎士比亚的悲剧〈奥瑟罗〉》，《文学研究集刊》，1964 年第 4 期

戴镏龄：《〈麦克佩斯〉与妖氛》，《中山大学学报》，1964 年第 2 期

戈宝权：《莎士比亚的作品在中国》，《世界文学》，1964 年第 5 期

海伦·加德勒：《艾略特时代的莎士比亚》，周煦良译，《国外社会科学文摘》，

1964 年第 8 期

郭斌苏：《莎士比亚与希拉丁文学》，《南京大学学报》，1964 年第 2 期

梁实秋：《莎士比亚四百周年诞辰纪念集》，北京：中华书局，1964 年

吴青萍：《莎士比亚研究》，台北：远东出版社，1964 年

袁先禄：《莎士比亚生意经》，《人民日报》，1964 年 3 月 12 日

朱维之：《莎士比亚和他的〈威尼斯商人〉》，《天津师范大学学报》，1978 年第 1 期

朱维之：《论〈威尼斯商人〉》，《外国文学研究》，1978 年第 1 期

孙家琇：《莎士比亚〈暴风雨〉的评价问题》，《戏剧学习》，1978 年第 10 期

徐朔方：《汤显祖与莎士比亚》，《社会科学战线》，1978 年第 2 期

泰纳：《莎士比亚论》，张可译，《戏剧艺术》，1978 年第 1—2 期

刘玉麟：《莎士比亚和他的〈威尼斯商人〉》，《外国语》，1978 年第 2 期

朱维之：《论"莎士比亚化"》，《南开大学学报(哲社版)》，1978 年第 2 期

杨周翰：《威廉·莎士比亚》，《外国文学研究》，1979 年第 1 期

杨周翰等：《莎士比亚评论汇编》，北京：中国社会科学出版社，1979—1981 年

中野里皓史：《日本的莎士比亚研究与莎剧演出》，《复旦学报》，1980 年第 1 期

张君川：《〈哈姆雷特〉中的矛盾》，《戏剧艺术》，1980 年第 1 期

刘秉书：《马克思恩格斯与莎士比亚》，《江淮论坛》，1980 年第 2 期

方平：《从〈第十二夜〉看莎士比亚的喜剧创作》，《文学评论》，1980 年第 4 期

方平：《我国古典文学和莎士比亚》，《读书杂志》，1980 年第 8 期

郑敏：《莎士比亚笔下的布鲁他斯》，《北京师范大学学报》，1980 年第 4 期

赵毅衡：《"荒谬"的莎士比亚》，《社会科学辑刊》，1980 年第 5 期

孙家琇：《马克思、恩格斯与莎士比亚戏剧》，北京：中国戏剧出版社，1981 年

孙家琇：《论莎士比亚的〈麦克白斯〉》，《外国文学研究集刊》，1981 年第 3 期

孙家琇：《莎士比亚的〈哈姆雷特〉》，《外国文学研究集刊》，1981 年第 6 期

孙家琇：《关于"莎士比亚式喜剧"和〈威尼斯商人〉》，《戏剧学习》，1981 年第 4 期

王忠祥：《真、善、美的统一——评莎士比亚的〈十四行诗〉》，《华中师范大学学报》，1981 年第 1 期

方平：《曹雪芹和莎士比亚》，《文艺理论研究》，1981 年第 3 期

匡兴：《托尔斯泰否定莎士比亚问题初探》，《外国戏剧》，1981 年第 3 期

张月超：《三百余年来莎士比亚评论述评》，《文艺理论研究》，1982 年第 1 期

王义国：《论〈安东尼与克莉奥佩特拉〉》，《外国文学研究》，1982 年第 1 期

张隆溪：《悲剧与死亡：莎士比亚悲剧研究之一》，《中国社会科学》，1982 年第
　　3 期

方重：《关于莎士比亚的〈理查三世〉》，《外国语》，1982 年第 5 期

贺祥麟等：《莎士比亚研究文集》，西安：陕西人民出版社，1982 年

盛宁：《〈李尔王〉中的三对矛盾?》，《国外文学》，1983 年第 1 期

戈宝权：《莎士比亚在中国》，《莎士比亚研究（创刊号）》，杭州：浙江人民出版
　　社，1983 年

梁实秋：《永恒的剧场——莎士比亚》，台北：时报文化出版公司，1983 年

陆谷孙：《莎士比亚专辑》，上海：复旦大学出版社，1984 年

孙家琇：《莎士比亚的〈奥塞罗〉——西方历代评论概述》，《戏剧研究》，1984
　　年第 10 期

张泗洋：《莎士比亚悲剧的艺术特征：纪念莎氏诞辰 420 周年》，《吉林大学学
　　报》，1984 年第 3 期

阿尼克斯特：《莎士比亚传》，安国梁译，北京：中国戏剧出版社，1984 年

阿尼克斯特：《莎士比亚的创作》，徐克勤译，济南：山东教育出版社，1985 年

黄龙：《莎士比亚"破格"之研究——兼比述中国诗词之破格》，《语言研究集
　　刊》，1986 年第 1 期

索天章：《莎士比亚——他的作品及其时代》，上海：复旦大学出版社，1986 年

中国莎士比亚研究会编：《莎士比亚在中国》，上海文艺出版社，1987 年

陈冠学：《莎士比亚识字不多?》，台北：三民出版社，1988 年

李慕白：《莎士比亚入门》，台北：商务印书馆，1988 年

裘克安：《莎士比亚年谱》，北京：商务印书馆，1988 年

孙家琇：《论莎士比亚的四大悲剧》，北京：中国戏剧出版社，1988 年

曹树钧、孙福良：《莎士比亚在中国舞台上》，哈尔滨出版社，1989 年

张泗洋等：《莎士比亚引论》，北京：中国戏剧出版社，1989 年

张泗洋：《莎士比亚戏剧研究》，长春：时代文艺出版社，1989 年

卞之琳：《莎士比亚悲剧论痕》，北京：三联出版社，1989 年

孟宪强：《中国莎士比亚评论》，长春：吉林教育出版社，1991 年

王佐良：《莎士比亚绪论——兼及中国莎学》，重庆出版社，1991 年

赵澧：《莎士比亚传论》，北京：中国人民大学出版社，1991 年

孙家琇：《莎士比亚辞典》，石家庄：河北人民出版社，1992 年

朱雯、张君川：《莎士比亚辞典》，合肥：安徽文艺出版社，1992 年

朱立民：《爱情仇恨政治——汉姆雷特专论及其它》，台北：三民出版社，
1993 年

孟宪强：《中国莎学简史》，长春：东北师范大学出版社，1994 年

薛迪之：《莎剧论纲》，西安：西北大学出版社，1994 年

孟宪强：《中国莎学年鉴》，长春：东北师范大学出版社，1995 年

黄龙：《莎士比亚新观》，南京：江苏人民出版社，1995 年

颜元叔：《莎士比亚通论：历史剧》，台北：书林出版社，1995 年

马汀尼：《莎剧重探——历史剧及其风格化演出》，台北：文鹤出版社，1996 年

颜元叔：《莎士比亚通论：悲剧》，台北：书林出版社，1996 年

李伟民：《莎士比亚研究中的比较文学》，《社科信息》，1997 年第 4 期

李伟民：《俄苏莎学理论在中国的传播》，《四川戏剧》，1997 年第 6 期

李伟民：《他山之石与东方之玉——评〈中国莎学简史〉》，《人文学报》，1997
年第 26 卷第 6 期

李伟民：《前苏联马克思主义莎学与阿尼克斯特的马克思主义莎学理论述
评》，《四川戏剧》，1998 年第 5 期

歌德等著：《莎剧解读》，张可、元化译，上海教育出版社，1998 年

方平：《〈新莎士比亚全集〉译后记》，《中外文学》，1999 年第 28 卷第 2 期

辜正坤：《莎士比亚》，《欧洲文学史》第 1 卷，北京：商务印书馆，1999 年

周骏章：《莎士比亚散论》，西安：陕西人民出版社，1999 年

孙福良：《走向 21 世纪的中国莎学》，《中华莎学》，1999 年第 7 期

彭镜禧等：《发现莎士比亚——台湾莎学论述集》，台北：猫头鹰出版社，
2000 年

史璠：《莎士比亚戏剧赏析》，北京：中国戏剧出版社，2000 年

李伟民：《阶级、阶级斗争与莎士比亚——莎士比亚在五六十年代的中国》，
《四川戏剧》，2000 年第 3 期

苏福忠：《莎士比亚语言精髓录》，北京：东方出版社，2001 年

李伟民：《莎士比亚与清华大学——中国莎学研究中的"清华学派"》，复印报
刊资料《舞台艺术》，2001 年第 1 期

中国莎士比亚研究会：《中华莎学》，2001 年第 8 期

徐鹏：《莎士比亚的修辞手段》，苏州大学出版社，2001 年

易红霞：《诱人的傻瓜——莎剧中的职业小丑》，北京：中国社会科学出版社，
　　2001 年

张泗洋：《莎士比亚大辞典》，北京：商务印书馆，2001 年

从丛：《再论哈姆莱特并非人文主义者》，《南京大学学报（哲社版）》，2001 年
　　第 5 期

李伟民：《光荣与梦想——莎士比亚在中国》，香港：香港天马图书公司，
　　2002 年

曹树钧：《莎士比亚的春天在中国》，香港：香港天马图书公司，2002 年

吾文泉：《莎士比亚：语言与艺术》，南京：江苏文艺出版社，2002 年

袁德成、李毅：《从莎士比亚到品特》，成都：四川大学出版社，2002 年

蓝仁哲：《哈姆莱特：演绎人类生死问题的悲剧》，《外国文学评论》，2002 年第
　　1 期

刘炳善：《英汉双解莎士比亚大词典》，郑州：河南人民出版社，2002 年

蓝仁哲：《莎剧的翻译：从散文体到诗体译本——兼评方平主编〈新莎士比亚
　　全集〉》，《中国翻译》，2003 年第 5 期

徐群晖：《莎士比亚戏剧的心理学阐释》，北京：中国戏剧出版社，2003 年

桂扬清：《莎翁作品译文探讨》，上海：上海社会科学出版社，2004 年

李伟昉：《说不尽的莎士比亚》，北京：中国社会科学出版社，2004 年

罗益民：《时间的镰刀：莎士比亚十四行诗主题研究》，成都：四川辞书出版
　　社，2004 年

彭镜禧：《细说莎士比亚论文集》，台北："国立"台湾大学出版中心，2004 年

张冲：《莎士比亚专题研究》，上海：上海外语教育出版社，2004 年

陆谷孙：《莎士比亚研究十讲》，上海：复旦大学出版社，2005 年

谈瀛洲：《莎评简史》，上海：复旦大学出版社，2005 年

郑土生：《莎士比亚研究和考证》，南京：江苏教育出版社，2005 年

李伟昉：《莎士比亚诗歌精选评析》，郑州：河南大学出版社，2006 年

李伟民：《中国莎士比亚批评史》，北京：中国戏剧出版社，2006 年

梁工：《莎士比亚与圣经》，北京：商务印书馆，2006 年

裴克安：《莎士比亚评介文集》，北京：商务印书馆，2006 年

阮珅：《莎士比亚论稿》，北京：中国文化出版社，2006 年

田民：《莎士比亚戏剧：从亨利克·易卜生到海纳·米勒》，北京：中国社会科
　　学出版社，2006 年

张沛：《哈姆雷特的问题》，北京：北京大学出版社，2006 年

华泉坤等：《莎士比亚新论》，上海外语教育出版社，2007 年

孟宪强：《三色堇〈哈姆雷特〉解读》，北京：商务印书馆，2007 年

吴辉：《影像莎士比亚》，北京：中国传媒大学出版社，2007 年

杨俊峰：《莎士比亚词汇研究 110 例》，北京：外语教学与研究出版社，2007 年

歌德等：《读莎士比亚》，张可、元化译，上海：上海书店出版社，2008 年

郝田虎：《论历史剧〈托马斯·莫尔爵士〉的审查》，《外国文学评论》，2008 年
    第 1 期

郝田虎：《〈泰尔亲王配力克里斯〉与〈伦敦四学徒〉中的地理和意识形态》，
    《外国文学研究》，2008 年第 1 期

李伟民：《道德伦理层面的异化：在人与非人之间——莎士比亚的悲剧〈李尔
    王〉的伦理学解读》，《外国文学研究》，2008 年第 1 期

李伟民：《人性的演绎：在王袍加身与脱落之际——李默然塑造的李尔王》，
    《四川戏剧》，2008 年第 1 期

宁平：《君主人文意识的觉醒——再议莎士比亚的君主思想》，《辽宁师范大
    学学报（社科版）》，2008 年第 1 期

田俊武、裘新智：《心与心的距离：重读〈罗密欧与朱丽叶〉与〈奥赛罗〉》，《四
    川戏剧》，2008 年第 1 期

吴竑：《皆大欢喜——中戏舞台上的莎士比亚》，《戏剧》，2008 年第 1 期

徐亚杰、王丽艳：《谐趣与莎士比亚戏剧的文化解读》，《东北师范大学学报
    （哲社版）》，2008 年第 1 期

桂扬清：《莫把历史剧当历史——从莎士比亚的历史剧看历史剧与历史》，
    《外语研究》，2008 年第 2 期

李伟民：《莎士比亚的长诗〈鲁克丽丝受辱记〉与女性主义视角》，《东北师范
    大学学报（哲社版）》，2008 年第 2 期

邵雪萍：《泰特斯·安德洛尼克斯中的主要女性人物形象分析》，《国外文
    学》，2008 年第 2 期

张文英：《从语用学视角解读〈李尔王〉中的"言"与"意"》，《外国语言文学研
    究》，2008 年第 2 期

赵庆庆：《加拿大戏剧的莎士比亚情节和戏仿解密》，《戏剧》，2008 年第 2 期

李锋、张宇：《论〈仲夏夜之梦〉中的二元对立结构》，《山东外语教学》，2008 年
    第 3 期

李伟民：《互文与戏仿：莎士比亚的悲剧〈三千金〉》，《戏剧艺术》，2008 年第 3 期

李伟民：《从莎士比亚悲剧〈哈姆雷特〉到京剧〈王子复仇记〉的现代文化转型》，《戏曲艺术》，2008 年第 3 期

许勤超、刘昱君：《新历史主义莎士比亚批评述评》，《戏剧文学》，2008 年第 3 期

曾艳兵：《莎士比亚戏剧中的"矛盾修饰法"》，《外国文学研究》，2008 年第 3 期

焦敏：《法律、秩序与性意识形态——莎剧〈一报还一报〉中的性意识形态》，《外国文学研究》，2008 年第 4 期

李伟民：《变异与融通：京剧莎剧的互文与互文化》，《上海师范大学学报（哲社版）》，2008 年第 4 期

李艳梅：《莎士比亚历史剧人物塑造方法探析》，《外国文学研究》，2008 年第 4 期

梁工：《仅次于莎士比亚戏剧文学经典——哈罗德·布鲁姆论"J 书"》，《外国文学评论》，2008 年第 4 期

王忠祥：《"人类是多么美丽"——〈暴风雨〉的主题思想与象征意义》，《外国文学研究》，2008 年第 4 期

蒋显璟：《英国人文主义的两朵奇葩——莎士比亚的〈维纳斯与阿都尼〉和马洛的〈希洛与李安达〉》，《英美文学研究论丛》，2008 年第 2 期

胡俊飞：《莎士比亚四大悲剧中的"疯癫形象"探析》，《四川戏剧》，2008 年第 6 期

黄坚：《〈理查二世〉中历史真实与艺术虚构的关系》，《四川戏剧》，2008 年第 6 期

田俊武、廖娟：《谈莎士比亚戏剧中的自杀现象》，《四川戏剧》，2008 年第 6 期

张薇：《〈暴风雨〉中的古希腊神话原型》，《外国文学研究》，2008 年第 6 期

倪苹：《莎士比亚悲剧中的天意观》，《江西社会科学》，2008 年第 9 期

田俊武、朱茜：《从〈仲夏夜之梦〉戏中戏管窥莎士比亚戏剧史》，《戏剧文学》，2008 年第 9 期

邱懿君：《一场"跨文化"的狂欢：记粤剧〈豪门千金〉》，《上海戏剧》，2008 年第 10 期

郭晶子：《陌生的哈姆雷特：多声部的〈哈姆雷特〉》，《上海戏剧》，2008 年第

12 期

黄维钧：《魅力来自本真：看北京人艺演出的〈哈姆雷特〉》,《中国戏剧》,2008
年第 12 期

来比希：《明明不是李尔王》,《上海戏剧》,2008 年第 12 期

李伟民：《中西文化语境里的莎士比亚》,上海外语教育出版社,2009 年

李伟昉：《梁实秋莎评研究》,北京：商务印书馆,2011 年

张冲：《探究莎士比亚——文本·语境·互文》,上海：复旦大学出版社,
2012 年

李伟民：《中国莎士比亚研究》,重庆出版社,2012 年

培根

慕维廉：《培根〈格致新法〉小序》,《万国公报》,1878 年第 505 期

《培根论》,《亚东时报》,1899 年第 12 期

王国维：《倍根小传》,《教育世界》,1907 年第 160 期

徐亚生：《培根与笛卡尔》,《学生》,1921 年第 8 卷第 12 期

徐懋庸：《培根的〈新机关〉》,《中学生》,1933 年第 41 期

阮雁鸣：《培根在西洋思想史上的地位》,《南锋学刊》,1934 年创刊号

李实諤：《培根与其散文》,《励学》,1935 年第 3 期

翁植耘：《"科学的父亲"哲人佛兰西斯·培根逝世三百十年纪念》,《图书展
望》,1936 年第 6 期

雅阁：《中古时代大科学家培根》,《我存杂志》,1936 年第 4 卷第 7 期

寂英：《英国大哲学家培根的姿态》,《佛教与佛学》,1936 年第 4、6—7 期

关琪桐译：《培根传》,《出版周刊》,1936 年第 191—192 期

刘涟：《从近代哲学到现代哲学：培根到马克思的哲学发展底一个线索》,《四
十年代》,1940 年创刊号

水天同：《培根论说文集·绪论》,上海：商务印书馆,1951 年

韦卓民：《对法朗士·培根关于科学研究问题的贡献和他的逻辑归纳法的估
价与批判》,《华中师范大学学报(社科版)》,1957 年第 1 期

方炜：《培根的〈新工具〉》,《读书杂志》,1959 年第 19 期

胡宁：《纪念弗拉西斯·培根诞生 400 周年》,《光明日报》,1961 年 2 月 10 日

丁祯彦：《纪念世界文化名人弗·培根诞生四百周年》,《文汇报》,1961 年第
22 期

夏雪松：《弗兰西斯·培根的唯物主义思想》，《江海学刊》，1961年第2期

吉洪：《培根的〈新大西岛〉和〈论说文集〉》，《文汇报》，1961年第10期

陆成一：《培根：英国唯物主义的始祖——纪念弗兰西斯·培根诞生四百周年》，《北京大学学报（社科版）》，1961年第1期

彭漪涟：《试从培根的"形式"概念看培根归纳法的基本性质和特点》，《江汉学报》，1962年第10期

吴家国：《谈谈培根归纳法》，《北京师范大学学报（社科版）》，1963年第3期

R·E·拉尔逊：《培根〈新工具〉中的亚里士多德主义》，余丽嫦译，《世界哲学》，1963年第10期

谢应瑞：《有了知识，我们就有力量——评培根的"知识就是力量"》，《厦门大学学报（哲社版）》，1978年第1期

吴德铎：《徐光启与培根》，《复旦学报（社科版）》，1982年第2期

杨周翰：《培根》，《十七世纪英国文学》，北京：北京大学出版社，1985年

张汝伦：《一个杰出而又卑鄙的学者——培根》，《书林》，1983年第3期

谷林：《培根论说文的两种译本》，《读书》，1984年第6期

余丽嫦：《狄德罗与培根》，《哲学研究》，1984年第8期

宋人：《弗兰西斯·培根的伦理思想》，《哲学研究》，1984年第1期

包遵信：《徐光启和培根》，《读书》，1985年第7期

林树德：《论培根的"知识就是力量"及其深远意义》，复印报刊资料《自然辩证法》，1985年第2期

丁凯隆：《培根的道德观——读〈培根论人生〉》，《道德与文明》，1986年第2期

盖绍普：《鲁迅杂文与培根随笔》，《绥化学院学报》，1986年第3期

赵仲牧：《"诗是虚构的历史"——论培根的美学思想》，《昆明师范高等专科学校学报》，1987年第3期

陈勇：《弗兰西斯·培根人生观初探》，复印报刊资料《外国哲学与哲学史》，1988年第2期

张江华：《最早在中国介绍培根生平及其学说的文献》，《中国科技史料》，1990年第4期

章启群：《论培根的美学思想作者》，《解放军外国语学院学报》，1991年第2期

张家平：《析培根〈论说文集〉》，《上海师范大学学报（自然科学版）》，1995年

第 2 期

邓元珍:《培根的知识观》,复印报刊资料《外国哲学》,1998 年第 3 期

蒲隆:《水译〈培根论说文集〉的影响与特色》,《兰州大学学报(社科版)》,1999 年第 3 期

冯钢:《吹尽狂沙始到金——读曹明伦译〈培根随笔〉》,《中国翻译》,1999 年第 3 期

何炬:《培根〈论美〉的美学原则及其哲学基础解读》,《武汉科技大学学报(社科版)》,2000 年第 2 期

曹步峰:《从鲁迅的评说看培根学术的局限》,复印报刊资料《科学技术哲学》,2001 年第 3 期

王紫嫒、王争伟:《论十七世纪英国哲学与文学的艺术结合》,《中州大学学报》,2002 年第 2 期

陈义海:《名家·名作·名译——培根的〈谈读书〉与王佐良的译文》,《名作欣赏》,2005 年第 19 期

章辉:《培根的美学思想》,《四川外语学院学报》,2005 年第 4 期

刘全福:《关于"误读"的反思——兼评培根〈论美〉一文的翻译》,《外语教学》,2006 年第 6 期

邓亮、冯立昇:《培根与笛卡尔及其学说在晚清》,《自然辩证法通讯》,2011 年第 3 期

陆扬:《培根的诗学思想》,《吉林师范大学学报(社科版)》,2012 年第 2 期

黄群:《哲人言辞中的城邦:卢梭与莫尔、培根的理想政制》,《中国人民大学学报》,2012 年第 3 期

张沛:《培根的寓言》,《外国文学评论》,2013 年第 1 期

弥尔顿

市隐:《失乐园诗》,《青年》,1911 年第 14 卷第 1 期

田汉:《吃了"智果"以后的话》,《少年世界》,1920 年第 1 卷第 8 期

梁指南:《密尔敦 250 年纪念》,《文学周报》,1921 年第 153—154 期

田汉:《密尔顿与中国》,《少年中国》,1924 年第 4 卷第 5 期

管鹤舫:《弥尔敦的〈失乐园〉中三影事》,《青年进步》,1925 年第 80 期

张沅长:《英国十六十七世纪文学中之"契丹人"》,《国立武汉大学文哲季刊》,1931 年第 2 卷第 3 期

George Eliot：《莎士比亚与弥尔敦》，任于锡译，《励学》，1933 年第 1 卷第 1 期

傅东华：《关于〈失乐园〉的翻译》，《文学周刊》，1933 年第 1 卷第 5 期

梁实秋：《傅东华译的〈失乐园〉》，《图书评论》，1933 年第 2 卷第 2 期

《梁实秋先生来函：关于傅译〈失乐园〉》，《图书评论》，1933 年第 2 卷第 4 期

程淑：《米尔顿的〈失乐园〉之研究》，《益世报》，1933 年第 37—38 期

朱维基：《评傅译半部〈失乐园〉》，《诗篇》，1933 年第 1 期

朱维基：《谈弥尔敦〈失乐园〉的翻译》，《十月谈》，1933 年第 11 期

George Eliot：《莎士比亚与弥尔敦》，任于锡译，《励学》，1933 年第 1 期

笑鹜：《弥尔顿的〈失乐园〉》，《新垒半月刊》，1933 年第 1 卷第 7 期

张沅长：《密尔敦之中国与契丹》，《文艺丛刊》，1934 年第 1 卷第 2 期

高昌南：《诗人密尔顿》，《读书顾问》，1935 年第 4 期

金东雷：《革命的大诗人》，《英国文学史纲》，上海：商务印书馆，1937 年

江上风：《密尔顿的〈失乐园〉》，《新学生》，1942 年第 6 期

一真：《〈失乐园〉和〈西游记〉》，《妇女月刊》，1948 年第 7 卷第 2 期

殷葆璨：《密尔顿的〈力士参孙〉》，《读书》，1957 年第 4 期

孙大雨：《〈欢欣〉题记》，《诗刊》，1957 年第 3 期

殷宝书：《诗人弥尔顿的革命精神》，《文学研究》，1958 年第 3 期

殷宝书：《弥尔顿诗选·译者序》，北京：人民文学出版社，1958 年

杨周翰：《英国资产阶级革命诗人弥尔顿——弥尔顿诞生三百五十周年纪念》，《文艺报》，1958 年第 24 期

杨熙龄：《科马斯·译后记》，上海：新文艺出版社，1958 年

朱维之：《弥尔顿和〈复乐园〉的战斗性·代序》，上海：新文艺出版社，1958 年

金发燊：《〈失乐园〉中亚当和夏娃堕落的原因》，《外国文学研究》，1981 年第 4 期

高嘉正：《不衰的革命精神——从两首有关失明诗看弥尔顿》，《吉首大学学报（社科版）》，1984 年第 1 期

梁一三：《试论〈失乐园〉的性质及其主题——兼述诗人的思想倾向》，《外国文学研究》，1984 年第 4 期

裘小龙：《论〈失乐园〉和撒旦的形象》，《外国文学研究》，1984 年第 1 期

杨周翰：《弥尔顿的悼亡诗——兼论中国文学史里的悼亡诗》，《北京大学学报（哲社版）》，1984 年第 6 期

胡家峦：《论弥尔顿的〈黎西达斯〉》，《北京大学学报（哲社版）》，1990 年第 4 期

黄宗英：《英国十四行诗艺术管窥——从华埃特到弥尔顿》，《国外文学》，1994 年第 4 期

王继辉：《古英语〈创世记〉与弥尔顿的〈失乐园〉》，《国外文学》，1995 第 2 期

肖明翰：《试论弥尔顿的〈斗士参孙〉》，《外国文学评论》，1996 年第 2 期

肖四新：《人文理性的呼唤——也谈〈失乐园〉的主题》，《西安外国语学院学报》，1997 年第 1 期

刘皓明：《瞽者的内明》，《读书》，1999 第 6 期

肖明翰：《〈失乐园〉中的自由意志与人的堕落和再生》，《外国文学评论》，1999 年第 1 期

刘立辉：《弥尔顿两首早期诗歌的宗教解读》，《外国文学研究》，2001 年第 2 期

刘立辉：《弥尔顿的诗学观》，《外国文学评论》，2001 年第 3 期

刘立辉：《弥尔顿早期诗歌中的神秘主义倾向》，《国外文学》，2001 年第 2 期

沈弘、郭晖：《最早的汉译英诗应是弥尔顿的〈论失明〉》，《国外文学》，2005 年第 2 期

张隆溪：《论〈失乐园〉》，《外国文学》，2007 年第 1 期

郝田虎：《弥尔顿在中国：1837—1888，兼及莎士比亚》，《外国文学》，2010 年第 4 期

沈弘：《弥尔顿的撒旦与英国文学传统》，北京：北京大学出版社，2010 年

多恩

裘小龙：《论多恩和他的爱情诗》，《世界文学》，1987 年第 5 期

裘小龙：《玄学派诗人》，《外国文学报道》，1988 年第 4 期

裘小龙：《多恩与现代主义的重新发现》，《现代主义的缪斯》，上海文艺出版社，1989 年

章燕：《蕴含在奇想、思考和矛盾中的真情：论约翰·多恩的爱情诗》，《外国文学评论》，1991 年第 2 期

衡孝军：《试论玄学派诗歌在英国文学发展中的历史地位》，《外国文学评论》，1991 年第 2 期

陆建德：《破碎思想的残片——约翰·多恩和〈荒原〉》，《外国文学评论》，

1992 年第 1 期

胡家峦：《一个新世界的发现：读约翰·邓恩的〈早安〉》,《名作欣赏》,1993 年
　　第 5 期

傅浩：《约翰·但恩的"敬神十四行诗"》,《国外文学》,1994 年第 4 期

傅浩：《约翰·但恩的艳情诗和神学诗》,《外国文学评论》,1995 年第 2 期

傅浩：《约翰·但恩：艳情诗与神学诗》,北京：中国对外翻译出版公司,
　　1995 年

张旭春：《曲喻张力结构——比较研究李商隐和多恩诗歌风格的契机之一》,
　　《四川外语学院学报》,1995 年第 3 期

张旭春：《内心张力——作为历史存在的约翰·多恩》,《四川外语学院学
　　报》,1996 年第 2 期

胡家峦：《第三种类型的"亚当"——读约翰·邓恩〈病中赞上帝〉》,《名作欣
　　赏》,1996 年第 4 期

张旭春：《反讽及反讽张力——比较研究李商隐和多恩诗歌风格的契机之
　　二》,《四川外语学院学报》,1997 年第 1 期

张旭春：《内心张力——作为哲学存在的李商隐和约翰·多恩》,《四川外语
　　学院学报》,1998 年第 3 期

胡家峦：《历史的星空：英国文艺复兴时期的诗歌与西方传统宇宙论》,北京
　　大学出版社,2001 年

李正栓：《陌生化：约翰·邓恩的诗歌艺术》,北京大学出版社,2001 年

晏奎：《互动：多恩的艺术魅力》,《北京大学学报》,2001 年第 1 期

晏奎：《论多恩的宇宙人生意识》,《云南师范大学学报》,2001 年第 3 期

张德明：《玄学派诗人的男权意识和殖民话语》,《浙江大学学报（社科版）》,
　　2001 年第 5 期

罗朗：《诗名沉浮三百年》,《天津外国语学院学报》,2002 年第 4 期

晏奎：《生命的礼赞》,北京：北京大学出版社,2005 年

陆珏明：《约翰·多恩：从西方到中国》,《中国比较文学》,2007 年第 4 期

约翰·班扬

《著〈天路历程〉才识说》,《万国公报》,1879 年第 549 期

魏易：《约翰·本扬传》,《泰西名小说家略传》,通俗教育研究会,1917 年

素痴译：《英国宗教寓言小说作者彭衍诞生三百年纪念》,《学衡》,1928 年第

65 期

炎：《〈天路历程〉著者诞辰的纪念》，《兴华》，1928 年第 25 卷第 38 期

赵景深：《英国文学界两场笔墨官司：罗意士重估〈天路历程〉》，《文学周报》，1929 年第 8 卷第 5—9 期

李自修：《古朴素雅的讽喻体小说——析〈天路历程〉的语言艺术》，《外国语》，1988 年第 6 期

黄梅：《〈天路历程〉与西方个人主义的悖论》，《读书》，1991 年第 4 期

陈平原：《作为"绣像小说"的〈天路历程〉》，《书城》，2003 年第 9 期

杨华：《反叛的互文性在〈天路历程〉中的体现》，《广东外语外贸大学学报》，2005 年第 3 期

吴文南：《英国传教士宾为霖与〈天路历程〉之研究》，福建师范大学博士论文，2008 年

吴文南：《文学性解读——评〈天路历程〉》，《福建论坛》，2008 年第 8 期

宋莉华：《宾为霖与〈天路历程〉的汉译》，《上海师范大学学报（哲社版）》，2009 年第 5 期

褚潇白：《"门"的铭写：解读〈天路历程〉晚清方言译本中的图文修辞方式》，《中国比较文学》，2010 年第 3 期

高健：《被遗忘了的"马厩里"的基督——从班扬作品的命运看英国保守主义文化传统》，《东岳论丛》，2011 年第 1 期

段怀清：《〈天路历程〉在晚清中国的六个译本》，《杭州师范大学学报（社科版）》，2012 年第 3 期

德莱顿

韦纪德：《英国散文之父：德莱顿》，《礼拜六》，1946 年第 51 期

J. Dryden：《论戏剧原理》，夏婴译，《新中华》，1946 年复 4 卷第 9 期

韩敏中：《德莱顿和英国古典主义》，《国外文学》，1987 年第 2 期

何其莘：《德莱顿和王朝复辟时期的英国戏剧》，《外国文学》，1996 年第 6 期

乔国强：《作为批评家和戏剧家的德莱顿》，《外语研究》，2005 年第 4 期

朱源：《李渔与德莱顿戏剧理论比较研究》，苏州大学博士论文，2007 年

笛福

林纾：《鲁滨孙漂流记·序》，上海：商务印书馆，1905 年

嵇畹清：《鲁滨孙漂流记·书后》，《东社》，1915 年第 2 期

陈受颐：《鲁滨孙的中国文化观》，《岭南学报》，1930 年第 1 卷第 3 期

梁遇春：《荡妇自传·序》，上海：北新书局，1931 年

徐霞村：《鲁滨孙漂流记·译者序》，《商务印书馆出版周刊》，1937 年第 229 期

杨晦：《笛福和他的〈鲁滨孙漂流记〉》，《时与文》，1947 年第 2 期

毛诸：《漂流孤岛的鲁滨逊是个什么样的人》，《文艺学习》，1956 年第 6 期

范存忠：《谈谈笛福的〈鲁滨逊漂流记〉》，《江海学刊》，1956 年第 6 期

杨耀民：《鲁滨逊漂流记·序言》，北京：人民文学出版社，1959 年

杨仁敬：《〈鲁滨孙漂流记〉的艺术特色——纪念世界文化名人、英国现实主义作家笛福诞生三百周年》，《厦门大学学报(哲社版)》，1961 年第 3 期

金留春：《资产阶级海外拓殖者的形象——读〈鲁滨逊漂流记〉》，《世界文学名著选评》第 2 集，南昌：江西人民出版社，1979 年

张培均、陈明锦：《〈海盗船长〉序言》，南宁：广西人民出版社，1980 年

高嘉正：《略论鲁滨逊的宗教观念》，《云梦学刊》，1984 年第 1 期

伍厚恺：《欧洲近代小说的先驱：笛福》，《四川大学学报》，1996 年第 4 期

张在新：《笛福小说〈罗克萨娜〉对性别代码的解域》，《外国文学评论》，1997 年第 4 期

高奋：《开创小说的传统——论笛福的小说观》，《外国文学评论》，1999 年第 3 期

田俊武：《荒岛小说一双璧 观念手法浑不同》，《四川外语学院学报》，1999 年第 3 期

关合凤：《父权文化传统的反叛者还是继承者——论笛福的妇女观》，《河南大学学报》，2001 年第 6 期

钟鸣：《〈鲁滨逊漂流记〉的双重解读》，《外国文学研究》，2000 年第 3 期

陈明明：《男权中心社会的牺牲品——评丹尼尔·笛福之〈摩尔·弗兰德斯〉》，《四川外语学院学报》，2001 年第 3 期

刘建军：《〈鲁滨逊漂流记〉艺术世界的象征意义》，《北华大学学报》，2001 年第 4 期

陶家俊：《从叙述结构论〈摩尔·弗兰德斯〉对资本主义个体价值的肯定》，《四川外语学院学报》，2002 年第 5 期

吴瑛：《解读笛福和他的〈鲁滨逊漂流记〉》，《武汉大学学报》，2002 年第 1 期

蹇昌槐：《〈鲁滨逊漂流记〉与父权帝国》，《外国文学研究》，2003 年第 6 期

王莎烈：《自我在帝国语境中的情感体验》，《吉林师范大学学报》，2003 年第 3 期

段枫：《一个结构性的镶嵌混合：〈仇敌〉与笛福小说》，《当代外国文学》，2004 年第 4 期

赵一娜：《殖民化的缩影：鲁滨逊·克鲁梭的后殖民视角解读》，《外国文学》，2004 年第 3 期

王珏：《经济个人主义的滥觞：丹尼尔·笛福小说人物的文化解读》，《英美文学研究论丛》，2006 年第 1 期

曹波：《经济个人主义与拜物教：论笛福传记小说中的人物原型》，《英美文学研究论丛》，2007 年第 1 期

刘戈：《笛福与斯威夫特的"野蛮人"》，《外国文学评论》，2007 年第 3 期

曹迪：《摩尔的是与非——从伊瑟读者反应理论视角解读〈摩尔·弗兰德斯〉》，《外国文学》，2008 年第 3 期

徐晓琴：《一部欧洲殖民实践的帝国叙事文本》，《名作欣赏》，2008 年第 5 期

张喜华：《〈论鲁滨逊漂流记续集〉中的东方主义》，《求索》，2008 年第 1 期

李今：《晚清语境中汉译鲁滨逊文化改写与抵抗》，《外国文学研究》，2009 年第 2 期

任海燕：《探索殖民语境中再现与权力的关系：库切小说〈福〉对鲁滨逊神话的改写》，《外国文学》，2009 年第 3 期

崔文东：《翻译国民性：以晚清〈鲁滨逊漂流续记〉中译本为例》，《中国翻译》，2010 年第 5 期

孙婷婷：《全新的"三角"：鲁滨逊、礼拜五与荒岛在图尼埃小说中的关系研究》，《外国文学》，2010 年第 5 期

王丽亚：《论笛福笔下中国形象的两极性》，《江西社会科学》，2012 年第 11 期

斯威夫特

林纾：《海外轩渠录·序》，上海：商务印书馆，1906 年

徐君藩：《斯威夫特的〈加利华游记〉》，《新青年》，1943 年第 8 卷第 2 期

杨耀民：《〈格列佛游记〉论》，《文学研究》，1957 年第 3 期

张月超：《英国讽刺小说家斯威福特》，《西欧经典作家与作品》，武汉：长江文艺出版社，1957 年

张健：《〈格列佛游记〉译本序》，《格列佛游记》，北京：人民文学出版社，
　　1962 年

杨仁敬：《〈格列弗游记〉的讽刺手法》，《厦门大学学报（哲社版）》，1962 年第
　　4 期

黄源深：《"跳舞"和"打蛋"——漫谈〈格列佛游记〉的讽刺艺术》，《文汇报》，
　　1962 年 9 月 27 日

李赋宁：《斯威夫特的讽刺散文》，《英语学习》，1963 年第 1、2 期

解楚兰：《试论格列佛游记》，《南京大学学报》，1963 年第 3、4 期

吴德铎：《〈格列佛游记〉及其中译本》，《新华文摘》，1979 年第 9 期

苏维洲：《"我要烦扰世人"：谈谈斯威夫特的〈格列佛游记〉》，复印报刊资料
　　《外国文学研究》，1984 年第 1 期

王捷：《一部闪烁着讽刺艺术光芒的不朽作品——谈〈格列佛游记〉的美学特
　　色》，复印报刊资料《外国文学研究》，1984 年第 12 期

张志庆：《斯威夫特不是恨世者吗》，《山东师大学报（社科版）》，1985 年第
　　3 期

葛良彦：《从〈一个温和的建议〉看反讽的"隔"与"通"》，《外国语》，1986 年第
　　2 期

王佐良：《论斯威夫特的散文》，《外国文学》，1987 年第 7 期

平洪：《斯威夫特讽刺中的黑色幽默》，复印报刊资料《外国文学研究》，1990
　　年第 8 期

王向辉、王丽丽：《从〈格列佛游记〉和〈镜花缘〉看中西传统文化的差异》，《外
　　国文学研究》，1995 年第 2 期

任一鸣：《"弃智崇心"和"遁世"——〈镜花缘〉与〈格列佛游记〉主题比较》，
　　《苏州大学学报》，1996 年第 2 期

伍厚恺：《简论讽喻体小说〈格列佛游记〉及其文学地位》，《四川大学学报（哲
　　社版）》，1999 年第 5 期

单德兴：《格理弗中土游记——浅谈〈格理弗中土游记〉最早的三个中译本》，
　　《文化研究月报》，2002 年第 19 期

孙绍先：《论〈格列佛游记〉的科学主题》，《外国文学研究》，2002 年第 4 期

颜静兰：《讽刺权贵，嘲弄暴政——斯威夫特的〈格列佛游记〉》，《华东理工大
　　学学报（社科版）》，2003 年第 3 期

蒋玉兰：《从儿童文学视角比较〈格列佛游记〉和〈镜花缘〉》，《浙江师范大学

学报(社科版)》,2003 年第 5 期

陶家俊、郑佰青:《论〈格列佛游记〉和〈赛姆勒先生的行星〉中的反社会人性母题》,《外国文学研究》,2004 年第 4 期

张瑄:《面具人格:格列佛与约里克形象塑造的一个范例》,《郑州大学学报(哲社版)》,2006 年第 4 期

刘戈:《笛福和斯威夫特的"野蛮人"》,《外国文学评论》,2007 年第 3 期

李洪斌:《斯威夫特对中国现代讽刺文学的影响》,《佳木斯大学学报》,2008 年第 5 期

曹波:《格列佛的异化:从经济人到政治人》,《外语教学》,2008 年第 5 期

申富英:《论现代小说中历史虚构性的嬗变:从〈格列佛游记〉到〈尤利西斯〉再到〈洼地〉》,《当代外国文学》,2011 年第 1 期

菲尔丁

林纾:《洞冥记·跋》,上海:商务印书馆,1921 年

叶维:《伍光建译约瑟·安特路传》,《图书评论》,1934 年第 11 期

钱公侠:《谈菲尔丁》,《风雨谈》,1943 年第 2 期

米尔斯基:《菲尔丁论:〈汤姆·宗斯〉导言》,《翻译杂志》,1944 年第 2 卷第 1 期

林海:《〈围城〉与〈汤姆·琼斯传〉》,《小说新论》,上海:中华书局,1949 年

老舍:《纪念英国伟大的现实主义作家菲尔丁》,《北京日报》,1954 年 10 月 28 日

郑振铎:《纪念英国伟大的现实主义作家菲尔丁》,《文艺报》,1954 年第 20 期

萧乾:《关于亨利·菲尔丁》,《人民文学》,1954 年第 6 期

叶利斯特拉托娃:《菲尔丁论》,李相崇译,《译文》,1954 年 9 月期

黄嘉德:《菲尔丁和他的代表作〈汤姆·琼斯〉》,《文史哲》,1954 年第 12 期

张月超:《英国现实主义小说的奠基者菲尔丁》,《新建设》,1954 年第 10 期

顾仲彝:《亨利·菲尔丁的戏剧作品》,《戏剧报》,1954 年第 10 期

李赋宁:《纪念英国现实主义作家亨利·菲尔丁——谈他的三部小说》,《光明日报》,1954 年 10 月 27 日

蔡文显:《萧伯纳戏剧创作的思想性和艺术特点——纪念萧伯纳诞生一百周年》,《中山大学学报(社科版)》,1956 年第 4 期

范存忠:《菲尔丁的〈阿美丽亚〉》,《英国文学论集》,北京:外国文学出版社,

1956 年

杨绛：《斐尔丁在小说方面的理论和实践》，《文学研究》，1957 年第 2 期

爱利斯特拉托：《费尔丁》，上海：新文艺出版社，1957 年

李从弼：《亨利·菲尔丁的现实主义艺术》，《云南大学学报》，1957 年第 2 期

菲尔丁：《关于现实主义创作的理论》，杨周翰译，《文艺理论译丛》，1958 年第
　　1 期

杨周翰：《〈约瑟夫·安德鲁斯的经历〉序言和〈汤姆·琼斯〉五篇序章》，《文
　　艺理论译丛》，北京：人民文学出版社，1958 年

杨耀民：《批判杨绛先生的〈菲尔丁在小说方面的理论和实践〉》，《文学研
　　究》，1958 年第 4 期

萨克雷：《论菲尔丁的作品》，《古典文艺理论译丛》，北京：人民文学出版社，
　　1961 年

菲尔丁：《〈汤姆·琼斯〉的 18 篇"序章"》，张谷若译，《国外文学》，1981 年第
　　2 期

杨周翰：《菲尔丁论小说和小说家》，《国外文学》，1981 年第 2 期

萧乾：《一部散文的喜剧史诗——评〈弃儿汤姆·琼斯的历史〉》，《外国文学
　　研究》，1982 年第 4 期

萧乾：《〈大伟人江奈生·魏尔德〉的实质》，《名作欣赏》，1982 年第 5 期

萧乾：《菲尔丁——英国现实主义小说奠基人》，上海译文出版社，1984 年

菲尔丁：《弃儿汤姆·琼斯的历史》，萧乾、李从弼译，北京：人民文学出版社，
　　1984 年

杨恒达：《菲尔丁在小说结构上对欧洲各种文学形式的借鉴》，《比较文学论
　　文集》，天津：南开大学出版社，1984 年

许桂亭：《菲尔丁的小说创作与理论》，《天津师大学报》，1984 年第 2 期

刘迺银：《论菲尔丁的小说〈大伟人江奈生·魏尔德传〉》，《南京师大学报（社
　　科版）》，1987 年第 4 期

李万钧：《〈汤姆·琼斯〉的艺术成就及文学地位》，《国外文学》，1987 年第
　　1 期

林海：《〈围城〉与 Tom Jones》，《中国比较文学研究资料一九一九——一九四
　　九》，北京大学出版社，1989 年

李赋宁：《菲尔丁与英国小说》，《国外文学》，1989 年第 3 期

刘寒之：《菲尔丁和吴敬梓讽刺艺术的异同》，《沈阳师范学院学报（社科

版)》,1991 年第 2 期

张俊才：《林纾评传》,天津：南开大学出版社,1992 年

菲尔丁：《弃儿汤姆·琼斯史》,张谷若译,上海译文出版社,1993 年

刘迺银：《论菲尔丁的小说〈约瑟夫·安德鲁斯〉》,《南京师大学报(社科版)》,1994 年第 3 期

王治国：《菲尔丁笔下崇高和邪恶斗争的记录：读〈弃儿汤姆·琼斯的历史〉》,《外国文学研究》,1995 年第 3 期

陈晓兰：《离乡、漂泊、返家——18 世纪英国小说的叙述模式》,《贵州大学学报》,1996 年第 1 期

钟鸣：《〈汤姆·琼斯〉的叙事结构》,《江西师范大学学报(哲社版)》,1997 年第 1 期

许爱军：《贾宝玉与汤姆·琼斯的爱情观比较》,《国际关系学院学报》, 1997 年第 4 期

蔡圣勤：《从解构主义看亨利·菲尔丁的小说创作》,《武汉理工大学学报(社科版)》,2001 年第 4 期

韩加明：《菲尔丁叙事艺术理论初探》,《欧美文学论丛》,2002 年第 1 期

刘戈：《理查逊与菲尔丁之争——〈帕梅拉〉和〈约瑟夫·安德鲁斯〉的对比分析》,《外国文学评论》,2004 年第 3 期

吕大年：《18 世纪英国文化风习考——约瑟夫和范妮的菲尔丁》,《外国文学评论》,2006 年第 1 期

杜娟：《伪善与道德建构——论菲尔丁小说创作中的道德追求》,《长江学术》,2006 年第 4 期

韩加明：《〈阿米莉亚〉中贵族与平民形象分析》,《国外文学》,2007 年第 2 期

杜娟：《论亨利·菲尔丁小说的伦理叙事》,华中师范大学博士论文,2008 年

杜娟：《伦理权威与宗教救赎：论亨利·菲尔丁小说中的密友形象》,《外国文学研究》,2009 年第 1 期

韩加明：《从容对死亡,风趣说人生——读菲尔丁遗作〈里斯本海行日记〉》,《英美文学研究论丛》,2009 年第 2 期

杜娟：《论菲尔丁小说中的合理利己主义思想》,《武汉大学学报(社科版)》,2009 年第 4 期

杜娟、聂珍钊：《论亨利·菲尔丁小说的伦理叙事》,《世界文学评论》,2010 年第 1 期

杜娟：《性格悖论与道德选择——论亨利·菲尔丁小说中的女性解救者形象》，《外国文学研究》，2011 年第 1 期

理查逊

魏易：《李隙特逊·撒母尔传》，《泰西名小说家略传》，通俗教育研究会，1917 年

柳无忌：《英国情感派小说创造者理查孙》，《白露》，1927 年第 8 期

俞大纲：《李查生和他的作品》，《学生杂志》，1941 年第 21 卷第 6 期

刘意青：《现代小说的先声——塞缪尔·理查逊和书信体小说》，《外国文学评论》，1992 年第 4 期

伊恩·瓦特：《小说的兴起——笛福、理查逊、菲尔丁研究》，高原、董红钧译，北京：三联书店，1992 年

刘意青：《女性心理小说家塞缪尔·理查逊》，北京：北京大学出版社，1995 年

韩加明：《克拉丽莎与黛玉：悲剧性格与死亡意志》，《国外文学》，1998 年第 1 期

黄梅：《话说帕梅拉》，《读书》，1999 年第 8 期

李维屏：《评理查逊的书信体小说艺术》，《外国文学评论》，2002 年第 3 期

苏耕欣：《意识形态的诱惑——评里查逊与奥斯丁小说中的女性人物描写》，《国外文学》，2002 年第 4 期

吕大年：《理查逊和帕梅拉的隐私》，《外国文学评论》，2003 年第 1 期

李小鹿：《言语的反抗——〈帕梅拉〉中平等意识的解读》，《国外文学》，2003 年第 2 期

刘戈：《理查逊与菲尔丁之争——〈帕梅拉〉和〈约瑟夫·安德鲁斯〉的对比分析》，《外国文学评论》，2004 年第 3 期

朱卫红：《贞洁·美德·报偿——论〈帕梅拉〉的贞洁观》，《外国文学研究》，2006 年第 3 期

李晖，钟鸣：《诠释的不确定性——从〈克拉丽莎〉看对书信体小说的解读》，《外国文学研究》，2006 年第 2 期

胡振明：《多重矛盾中的"美德楷模"——〈帕梅拉〉中的对话性》，《外国文学研究》，2007 年第 6 期

刘戈：《〈帕梅拉〉与十八世纪中产阶级的政治理想》，《名作欣赏》，2007 年第 12 期

李小鹿：《〈克拉丽莎〉中的笑与嘲讽》,《国外文学》,2007 年第 2 期

郑佰青：《超越召唤——克拉丽莎的"战争"》,《外国文学》,2007 年第 6 期

黄梅：《"英雄"的演化：从茉儿到帕梅拉》,《英美文学研究论丛》,2009 年第 2 期

斯特恩

王明居：《关于感伤主义》,《辽宁大学学报（哲社版）》,1982 年第 1 期

王建开：《〈商弟传〉：十八世纪的"现代派"》,《外国文学研究》,1989 年第 3 期

黄梅：《〈项狄传〉与叙述的游戏》,《外国文学评论》,2002 年第 2 期

李维屏,杨理达：《英国第一部实验小说〈项狄传〉评述》,《外国语》,2002 年第 4 期

颜静兰：《"独行怪侠"斯特恩〈项狄传〉诡异创作风格浅析》,《国外文学》,2003 年第 1 期

杜维平,金万锋：《意义：〈项狄传〉的一个哲学主题》,《齐齐哈尔大学学报（哲社版）》,2003 年第 6 期

潘小松：《斯特恩小说〈多情之旅〉阅读札记》,《博览群书》,2003 年第 10 期

杜维平：《不仅仅是玩笑——〈项狄传〉宗教主题初探》,《解放军外国语学院学报》,2004 年第 3 期

刘戈：《〈项狄传〉与 18 世纪英国小说传统》,《解放军外国语学院学报》,2005 年第 5 期

宋建福：《〈项狄传〉的狂欢化艺术》,上海外国语大学博士学位论文,2005 年

宋建福：《站在望远镜另一端的项狄男人们》,《英美文学研究论丛》,2006 年第 1 期

蒲隆：《项狄传·序》,南京：译林出版社,2006 年

朱卫红：《〈多情客游记〉与感伤主义小说的伦理价值》,《外国文学研究》,2007 年第 5 期

赖骞宇：《〈项狄传〉：西方早期的实验小说》,《外国文学》,2009 年第 6 期

王文渊：《国内〈项狄传〉研究综述》,《陇东学院学报》,2012 年第 2 期

魏艳辉：《〈项狄传〉形式研究趋向及展望》,《国外文学》,2013 年第 2 期

哥尔斯密

素痴译：《戈斯密书札汇编》,《学衡》,1928 年第 65 期

素痴译：《戈斯密论文新集》，《学衡》，1928 年第 65 期

梁遇春：《高鲁斯密斯的二百周年纪念》，《新月》，1928 年第 1 卷第 9 期

叶公超：《诡姻缘·序》，上海：新月书店，1929 年

范存忠：《约翰生、高尔斯密与中国文化》，《金陵大学金陵学报》，1931 年第 1
　　卷第 2 期

周耘青：《伍光建翻译的〈诡姻缘〉》，《图书评论》，1933 年第 6 期

钱歌川：《读周评〈诡姻缘〉后重翻伍译本》，《图书评论》，1933 年第 11 期

范存忠：《中国的思想文物与哥尔斯密斯的〈世界公民〉》，《南京大学学报》，
　　1964 年第 1 期

徐家祯：《哥尔德斯密与〈威克菲牧师传〉》，《河北师大学报(哲社版)》，1978
　　年第 2 期

葛芸生：《哥尔斯密和他的风俗喜剧》，《南国戏剧》，1983 年第 3 期

王应云：《文境清真 句饶神韵——评〈威克菲牧师传〉中译本的艺术风格和语
　　言特色》，《中国翻译》，1989 年第 4 期

刘江：《哥尔德斯密斯与中国》，《文化译丛》，1992 年第 1 期

姜智芹：《哥尔斯密笔下的中国形象》，《山东科技大学学报(社科版)》，2006
　　年第 3 期

斯摩莱特

俞大纲：《海洋小说家斯摩拉特》，《学识》，1947 年第 9 期

叶维：《伍光建译〈约瑟·安特路传〉》，《图书评论》，1934 年第 2 卷第 11 期

杨周翰：《蓝登传·后记》，上海：上海文艺出版社，1961 年

杨周翰：《斯末莱特和他的〈蓝登传〉》，《蓝登传》，上海文艺出版社，1961 年

王科一：《〈蓝登传〉浅谈》，《文汇报》，1962 年第 5 期

刘戈：《试析斯摩莱特小说中的罗曼司因素——以〈蓝登传〉为例》，《解放军
　　外国语学院学报》，2007 年第 1 期

蒲伯

李摩提太：《天伦诗·序》，上海：华美书馆，1898 年

梁实秋：《谈谈蒲伯》，《新月》，1929 年第 1 卷第 11 期

G·K·查士瑞登：《蒲伯与讽刺的艺术》，柳无忌译，《新文学》，1944 年第 1
　　卷第 2 期

切斯特顿:《蒲伯与讽刺的艺术》,柳无忌译,《西洋文学的研究》,上海:大东书局,1946 年

王佐良:《读蒲伯》,《西方语文》,1957 年第 1 期

应非村:《蒲伯论文艺批评》,《华东师范大学学报(哲社版)》,1984 年第 5 期

支荩忠:《蒲伯〈批评论〉述评》,复印报刊资料《外国文学研究》,1984 年第 5 期

王佐良:《密尔顿·蒲伯·布莱克——读诗随笔之一》,《读书》,1987 年第 1 期

郝澎:《蒲伯〈批评论〉选段音韵分析》,《外国语》,1989 年第 1 期

亚历山大·蒲伯:《批评论》,支荩忠译,《扬州大学学报(社科版)》,1992 年第 3—4 期

王逢鑫:《英国新古典主义时期诗人的佼佼者——亚历山大·蒲伯》,《国外文学》,1993 年第 4 期

康明强、黄惠聪:《疑义相与析 译文共推敲——读蒲伯〈论批评〉与译者商榷》,《中国翻译》,1993 年第 2 期

张思齐:《论蒲伯的诗歌创作和批评理念》,《武汉大学学报(社科版)》,2000 年第 6 期

苏勇:《徘徊在自我与他者之间的贝琳达》,《外国文学研究》,2004 年第 1 期

陈大明:《〈夺发记〉中的独白解读》,《国外文学》,2005 年第 3 期

马弦:《论蒲伯〈夺发记〉的道德主题》,《外语教学》,2006 年第 5 期

马弦:《论蒲伯"温沙森林"中的"和谐"伦理思想》,《外国文学研究》,2006 年第 1 期

马弦:《蒲伯〈论批评〉中的"和谐"思想》,《国外文学》,2006 年第 2 期

谢春萍:《蒲伯诗歌创作中的永恒之美》,《武汉大学学报(社科版)》,2006 年第 1 期

马弦:《和谐与秩序的诗化阐释——蒲伯诗歌研究》,华中师范大学博士论文,2007 年

马弦:《〈夺发记〉对古典英雄史诗的"戏仿"》,《外国文学研究》,2008 年第 2 期

马弦:《论〈夺发记〉中的"引喻"》,《外国文学研究》,2010 年第 6 期

马弦:《论蒲伯诗歌中的伦理思想》,《杭州师范大学学报(社科版)》,2012 年第 1 期

罗伯特·彭斯

吴芳吉：《彭士烈传》，《学衡》，1926 年第 57 期

Edmund Gosse：《诗人榜思传》，韦丛芜译，《未名半月刊》，1930 年第 1 卷第 9 期

袁可嘉：《彭斯与民间歌谣——罗伯特·彭斯诞生 200 周年纪念》，《文学评论》，1959 年第 4 期

王佐良：《伟大的苏格兰民族诗人彭斯》，《世界文学》，1959 年第 1 期

范存忠：《苏格兰诗人罗伯特·彭斯》，《南京大学学报》，1959 年第 2 期

杨子敏：《罗伯特·彭斯——伟大的人民诗人》，《诗刊》，1959 年第 5 期

南星：《略谈彭斯的诗歌和技巧》，《新港》，1959 年第 6 期

牛庸懋：《苏格兰农民诗人彭斯》，《河南大学学报》，1978 年第 3 期

薛诚之：《谈彭斯一首被删改歪曲了的诗》，《外国文学研究》，1978 年第 1 期

黄月华：《劳动人民自己的诗人——纪念彭斯诞生 220 周年》，《山西大学学报（哲社版）》，1979 年第 2 期

降大任：《像玫瑰般的芬芳——彭斯的一首诗与中国三首古代情歌的对比赏析》，《名作欣赏》，1983 年 6 期

王佐良：《彭斯之乡的沉思》，《世界文学》，1983 年第 1 期

邓启龙：《彭斯从民歌沃土中成长起来》，《民间文学论坛》，1984 年第 1 期

高嘉正：《杰出的农民诗人——彭斯诗歌浅评》，《吉首大学学报（社科版）》，1986 年第 2 期

方达：《深情的歌颂 辛辣的嘲讽——谈彭斯的诗》，《安庆师范学院学报（社科版）》，1987 年第 2 期

江家骏：《彭斯的"高原玛丽"和有关她的四首诗》，《西南师范大学学报（社科版）》，1988 年第 4 期

俞久洪：《哈菲兹和彭斯诗歌之比较——兼论前者对后者的影响》，《国外文学》，1991 年第 1 期

方达：《彭斯和司各特的诗及其比较》，《安庆师范学院学报（社科版）》，1994 年第 2 期

肖琴：《论彭斯诗作中的民主与自由思想》，《天中学刊》，1995 年

杨小洪：《诗歌在翻译中丧失了什么——谈彭斯的〈我的心在高原〉》，《杭州师范学院学报》，1996 年第 4 期

姚冬莲：《论彭斯和弗罗斯特诗歌的相似性》，《浙江大学学报（社科版）》，
　　1996 年第 3 期

苏音：《杰出的苏格兰诗人罗伯特·彭斯》，《世界文化》，1997 年第 1 期

陈国华：《王佐良先生的彭斯翻译》，《外国文学》，1998 年第 2 期

威廉·布莱克

周作人：《英国诗人勃来克的思想》，《少年中国》，1919 年第 1 卷第 8 期

徐蔚南：《勃莱克》，《小说月报》，1922 年第 13 卷第 2 期

徐霞村：《一个神秘的诗人的百年祭》，《小说月报》，1927 年第 18 卷第 8 期

赵景深：《英国大诗人勃莱克百年纪念》，《小说月报》，1927 年第 18 卷第 8 期

《关于勃莱克研究书目》，《小说月报》，1927 年第 18 卷第 8 期

约翰·弗里曼：《诗人勃莱克百年纪念》，赵景深译，《北新半月刊》，1927 年第
　　2 期

徐祖正：《骆驼草——纪念英国神秘诗人白雷克》，《语丝》，1927 年第 148、
　　150、153 期

赵景深：《英国诗人勃莱克百年纪念——解释叙事诗〈彭威廉〉》，《文学周
　　报》，1927 年第 288 期

魏肇基：《威廉·勃来克百年忌》，《一般》，1928 年第 1 期

博董：《勃莱克是象征主义者么》，《文学周报》，1928 年第 307 期

博董：《三论勃莱克》，《文学周报》，1928 年第 322 期

博董：《哈娜的译诗》，《文学周报》，1928 年第 323 期

博董：《再抄一点书赠给哈娜》，《文学周报》，1928 年第 324 期

博董：《勃莱克确是浪漫主义者》，《文学周报》，1928 年第 325 期

哈娜：《白莱克的象征主义》，《文艺周刊》，1928 年第 4 期

汪道章：《白莱克的〈天真集〉及其他》，《秋野》，1928 年第 3 期

梁实秋：《诗人勃雷克——一百周年纪念》，《文学的纪律》，上海：新月书店，
　　1928 年

邢鹏举：《勃莱克》，《新月》，1929 年第 2 卷第 8—10 期

士元：《关于勃莱克：附〈为人悲伤〉中误植订正》，《白潮》，1930 年第 5 期

威廉·杰·朗：《勃莱克》，《读书俱乐部》，1931 年第 3—4 期

邢鹏举：《勃莱克》，上海：中华书局，1932 年第 4 期

T·S·爱略特：《勃莱克论》，周煦良译，《新诗》，1936 年第 3 期

戴镏龄：《论布莱克的〈伦敦〉》,《中山大学学报(社科版)》,1957 年第 3 期

卞之琳：《谈威廉·布莱克的几首诗》,《诗刊》,1957 年 7 月

袁可嘉：《布莱克的诗——威廉·布莱克诞生二百周年纪念》,《文学研究》,
    1957 年第 4 期

袁可嘉：《布莱克诗选·译序》,北京：人民文学出版社,1957 年

陈晓南：《威廉·布莱克的艺术及其生平》,《美术杂志》,1957 第 11 期

孙席珍：《早期浪漫主义代表作家布莱克》,《杭州日报》,1957 年 5 月 5 日

范存忠：《英国进步浪漫主义的先驱——威廉·布莱克》,《江海学刊》,1960
    年第 1 期

王佐良：《布莱克的〈伦敦〉一诗》,《英语学习》,1962 年第 3 期

牛庸懋：《略谈布莱克的两首诗》,《河南师大学报》,1982 年第 5 期

冯国忠：《从〈天真之歌〉到〈经验之歌〉》,《读书》,1984 年第 5 期

蔡汉敖：《介绍一位自学成才的诗人威廉·布莱克》等,《山西师大学报》,
    1986 年第 4 期

张德明：《魔鬼的智慧——谈"在地狱中采风"的布莱克》,《读书》,1988 年第
    8 期

张炽恒：《布莱克——现代主义的预言者》,《外国文学评论》,1989 年第 4 期

丁宏为：《重复与展示：布莱克的〈塞尔〉与〈幻视〉》,《外国文学评论》,1993 年
    第 1 期

威尔弗雷德·格林：《〈病玫瑰〉的创造性阅读》,颜学军译,《名作欣赏》,1994
    年第 1 期

杨小洪：《布莱克〈伦敦〉探微》,《杭州师范学院学报》,1995 年第 4 期

胡建华：《布莱克的"人类灵魂的两种对立状态"——从〈天真与经验之歌〉到
    〈天堂与地狱结婚〉》,《外国文学》,1996 年第 3 期

杨小洪：《布莱克〈经验之歌〉的系统结构》,《外国文学评论》,1996 年第 3 期

叶芝：《威廉·布莱克与想象力》,黄宗英译,《诗探索》,1997 年第 2 期

袁宪军：《威廉·布莱克的灵视世界》,《国外文学》,1998 年第 1 期

刘朝晖：《"影"之谜：对布莱克的女性主义研究》,《外国文学研究》,2000 年第
    1 期

邱仪：《论布莱克抒情诗的精神世界》,《广西社会科学》,2000 年第 3 期

唐梅秀：《布莱克对弥尔顿的误读》,《天津外国语学院学报》,2005 年第 6 期

曾方荣：《布莱克诗歌中的伦理思想》,《外国文学研究》,2005 年第 6 期

丁宏为：《灵视与喻比：布莱克魔鬼作坊的思想意义》，《外国文学评论》，2007
　　年第 2 期

区鉷、陈尧：《威廉·布莱克与后现代主义》，《中山大学学报（社科版）》，2008
　　年第 3 期

蒋显璟：《论威廉·布莱克的神话体系》，《文艺研究》，2011 年第 9 期

陈红：《布莱克的"虎"的"天真式阅读"》，《外国文学研究》，2011 年第 2 期

陆建德：《诗人与社会——略谈大江健三郎与威廉·布莱克》，《上海师范大
　　学学报（哲社版）》，2012 年第 2 期

萨缪尔·约翰逊

T. B. Macaulay：《约翰生博士和他的父亲》，吴春乐译，《友联期刊》，1925 年
　　第 5 期

Nathaniel Hawthorne：《萨谬尔·约翰生博士》，陈鸿振译，《扬州中学校刊》，
　　1930 年第 51 期

范存忠：《约翰生、高尔斯密与中国文化》，《金陵大学金陵学报》，1931 年第 1
　　卷第 2 期

詹姆士·鲍尔文：《约翰逊及其父》，杨心迢译，《现代学生》，1933 年第 3 卷第
　　1 期

梁实秋编译：《约翰孙》，南京：国立编译馆，1934 年

Nathaniel Hawthorne：《塞姆尔·约翰孙》，麟译，《青年之友》，1935 年第
　　13 期

《平民作家约翰孙》，《平民月刊》，1936 年第 9 期

Hawthorne：《萨密尔·约翰生博士》，《译作》，1937 年第 1 期

朱圣果：《麦可来〈约翰生传〉读后感》，《文澜学报》，1946 年第 1 卷第 2 期

范存忠：《鲍士伟尔的〈约翰生传〉》，《社会公论》，1947 年第 1 卷第 4—5 期

央廉：《鲍斯威尔怎样写〈约翰生传〉》，《人物杂志》，1947 年第 5 期

余坤珊：《〈约翰孙新传〉书评》，《思想与时代》，1948 年第 45 期

清水译：《十八世纪英国大文豪约翰生博士》，《广播周报》，1948 年复刊第
　　80 期

戴镏龄：《对约翰生〈英语词典〉的几点看法》，《外国语》，1984 年第 6 期

刘庆璋：《约翰生的现实主义文艺观》，《四川大学学报（哲社版）》，1985 年第
　　2 期

范存忠：《中国的思想文化与约翰逊博士》，《文学遗产》，1986 年第 2 期

孙勇彬：《灵魂的冲突——鲍斯威尔〈约翰生传〉研究》，《齐鲁学刊》，2003 年第 2 期

孙勇彬：《鲍斯威尔的〈约翰生传〉研究述评》，《外国文学研究》，2004 年第 2 期

孙勇彬：《鲍斯威尔〈约翰生传〉中的人格叙说》，《外国文学》，2005 年第 5 期

孙勇彬：《论约翰生在〈塞维奇传〉中的主体性》，《外国文学研究》，2008 年第 4 期

李翔：《约翰生词典编纂的传统继承与创新作者》，《辞书研究》，2009 年第 5 期

李翔：《国外约翰生〈英语词典〉研究的新进展》，《外语教学理论与实践》，2009 年第 2 期

蔡田明：《钱钟书与约翰生》，《中山大学学报(社科版)》，2012 年第 5 期

蔡田明：《约翰生的诗学观》，《诗探索》，2013 年第 1 期

理查德·谢立丹

梁实秋：《造谣学校·译本序》，上海：新月书店，1929 年

浩然：《两种〈造谣学校〉的译本的比较》，《新月》，1929 年第 2 卷第 6—7 期

陈瘦竹：《"风俗的明镜"——谢立丹的世态喜剧名著〈造谣学校〉》，《文史哲》，1982 年第 5 期

林亚光：《西方文学史上的前浪漫主义和谢立丹的〈造谣学校〉》，《外国语文教学》，1984 年第 4 期

拜伦

王国维：《英国大诗人白衣龙小传》，《教育世界》，1907 年第 20 期

树人译：《拜伦传》，《真相画报》，1912 年第 1 卷第 4 期

诵虞：《泰因的拜伦论》，《文学周报》，1921 年第 119 期

徐祖正：《英国浪漫主义三诗人：拜轮、雪莱、箕茨》，《创造季刊》，1923 年第 1 卷第 4 期

徐志摩：《拜伦》，《小说月报》，1924 年第 15 卷第 4 期

叶维：《摆伦在文学上的位置与其特点》，《文学旬刊》，1924 年第 35 期

沈雁冰：《拜伦百年纪念》，《小说月报》，1924 年第 15 卷第 4 期

郑振铎：《诗人拜伦的百年祭》，《小说月报》，1924 年第 15 卷第 4 期

甘乃光：《拜伦的浪漫性》，《小说月报》，1924 年第 15 卷第 4 期

耿济之：《拜伦对于俄国文学的影响》，《小说月报》，1924 年第 15 卷第 4 期

汤澄波：《拜伦的时代及拜伦的作品》，《小说月报》，1924 年第 15 卷第 4 期

张闻天译：《勃兰兑斯的拜伦论》，《小说月报》，1924 年第 15 卷第 4 期

王统照：《拜伦的思想及其诗歌的评论》，《小说月报》，1924 年第 15 卷第 4 期

小泉八云：《评拜伦》，陈镈译，《小说月报》，1924 年第 15 卷第 4 期

诵虞：《拜伦年谱》，《小说月报》，1924 年第 15 卷第 4 期

樊仲云：《诗人拜伦的百年纪念》，《小说月报》，1924 年第 15 卷第 4 期

王统照：《摆伦在诗中的色觉》，《晨报》，1924 年 12 月 1 日

诵虞：《摆伦的妇女观及恋爱观》，《妇女杂志》，1924 年第 4 期

本村鹰太郎：《拜伦的快乐主义》，仲云译，《小说月报》，1924 年第 4 期

叶维：《摆仑在文学上之位置与其特点》，《晨报副刊：文学旬刊》，1924 年第
35 期

梁实秋：《拜伦与浪漫主义》，《创造月刊》，1926 年第 1 卷第 3、4 期

徐祖正：《拜伦的精神》，《创造月刊》，1926 年第 1 卷第 4 期

赵景深：《摆伦和阿迦丝朵的恋爱》，《熔炉》，1928 年第 1 期

华林：《拜伦的浪漫主义》，《贡献》，1928 年第 2 卷第 8 期

小泉八云：《恶魔派诗人摆伦评传》，陈甲孚译，《国闻周报》，1929 年第 6 卷第
47 期

陈信佑：《拜伦》，《新民》，1930 年第 2 期

姚寅仲：《萧德与拜伦》，《新亚细亚》，1932 年第 2 期

陈希孟：《拜伦与雪莱》，《新时代月刊》，1933 年第 5 卷第 4 期

吴达元：《拉马丁与拜伦》，《清华大学学报（自然科学版）》，1936 年第 2 期

升曙梦：《普式庚与拜伦主义》，《译文》，雨田译，1936 年第 2 期

鹤见祐辅：《热情诗人拜伦》，魏晋译，《绸缪月刊》，1936 年第 2 卷第 8—9 期

林林：《拜伦主义与普式庚》，《诗歌生活》，1936 年第 2 期

李仲融：《革命诗人拜伦》，《火炬》，1937 年第 2 卷第 1 期

胡仲持：《英雄诗人拜伦》，《读物》，1938 年第 1 期

支维勒夫：《勒尔蒙托夫和拜伦》，周学普译，《现代文艺》，1940 年第 1 卷第
2 期

赵大同：《拜伦的生平及其著述》，《新东方》，1940 年第 2 卷第 2 期

J. A. Symonds：《拜仑论》，徐诚斌译，《西洋文学》，1940 年第 1 期

鹤见祐：《英雄天才史传：拜伦》，李秋年译，《青年月刊》，1942 年创刊号

灵珠：《诗魔拜伦》，《人世间》，1943 年第 1 卷第 5 期

静闻：《关于拜伦：序陈译〈拜伦传〉》，《新建设》，1943 年第 4 卷第 3—4 期

沙浮白：《伟大的拜伦：为人类争独立与自由的诗人》，《文学评论》，1943 年第
    1 卷第 1 期

孙家新译：《拜伦论》，《文学杂志》，1944 年第 3 期

朱维基：《摆伦与哥德》，《文艺春秋丛刊》，1945 年第 5 期

蓝漪：《拜伦的浪漫诗》，《蓝百合》，上海争荣出版社，1945 年

马太·安诺德：《拜伦论》，契尼译，《光化》，1945 年第 1 卷第 4 期

泰纳：《拜仑评传》，叶奇思译，《自由》，1946 年第 1 卷第 1 期

臧克家：《论拜伦》，《青天》，1946 年第 1 卷第 2 期

富伦堡：《王尔德见拜伦》，许天虹译，《新中华》，1946 年第 12 期

陆以正：《浪漫主义的拜莱、雪莱与济慈》，《新中国》，1947 年第 2 期

刘让言：《拜伦及其〈曼弗雷德〉：对这篇剧诗的一种看法》，《西北文艺》，1948
    年第 1 卷第 2 期

勃兰兑斯：《拜伦评传》，侍桁译，上海：国际文化服务公司，1948 年

叶里斯特拉托娃：《乔治·戈登·拜伦》，《译文》，1954 年第 6 期

伊瓦士琴科：《拜伦》，臧之远译，北京：人民出版社，1954 年

杜秉正：《革命浪漫主义诗人拜伦的诗》，《北京大学学报》，1956 年第 3 期

陈鸣树：《鲁迅与拜伦》，《文史哲》，1957 年第 9 期

秉正：《战斗的诗人拜伦》，《读书月报》，1957 年第 5 期

杜秉正：《拜伦著朱维基〈唐璜〉》，《西方语文》，1957 年第 3 期

张月超：《英国的革命浪漫主义诗人拜伦》，《西欧经典作家与作品》，武汉：长
    江文艺出版社，1957 年

王佐良：《读拜伦——为纪念拜伦诞生 170 周年而作》，《文艺报》，1958 年第
    4 期

辛未艾：《谈谈拜伦的〈唐璜〉》，《文汇报》，1958 年第 26 期

袁可嘉：《拜伦和雪莱》，《北京日报》，1959 年 3 月 4 日

杨德华：《试论拜伦的忧郁》，《文学评论》，1961 年第 6 期

安旗：《试论拜伦诗歌中的叛逆性格》，《世界文学》，1962 年第 8 期

范存忠：《论拜伦与雪莱的创作中现实主义和浪漫主义相结合的问题》，《文

学评论》,1962 年第 1 期

袁可嘉:《拜伦和拜伦式英雄》,《光明日报》,1964 年 7 月 12 日

叶子:《究竟怎样看待"拜伦式英雄"？——对〈拜伦和拜伦式英雄〉一文的质
　　疑》,《光明日报》,1964 年 12 月 6 日

袁可嘉:《对〈究竟怎样看待"拜伦式英雄"〉的答复》,《光明日报》,1964 年 12
　　月 27 日

罗力:《如何看待拜伦作品中的"民主性"精华》,《光明日报》,1965 年 1 月
　　3 日

孙席珍:《论〈唐璜〉》,《外国文学研究》,1979 年第 4 期

申奥:《浪漫主义诗人拜伦》,《读书》,1980 年第 5 期

鹤见佑辅:《拜伦传》,陈秋帆译,长沙:湖南人民出版社,1981 年

潘耀瑔:《拜伦的〈恰尔德·哈洛尔德游记〉》,《武汉大学学报(社科版)》,
　　1981 年第 3 期

冯国忠:《拜伦和英国古典主义传统》,《国外文学》,1982 年第 3 期

姚奔:《拜伦的叛逆精神及其他》,《雪莲》,1982 年第 1 期

林学锦:《浪漫主义诗人拜伦再评》,《广西民族学院学报》,1983 年第 1 期

孙席珍:《拜伦的〈唐璜〉》,《外国文学论集》,福州:福建人民出版社,1984 年

叶利斯特拉托娃:《拜伦》,周其勋译,上海:上海译文出版社,1985 年

莫洛亚:《拜伦传》,裘小龙、王人力译,杭州:浙江文艺出版社,1985 年

高旭东:《拜伦的〈该隐〉与鲁迅的〈狂人日记〉》,《外国文学研究》,1985 年第
　　5 期

高旭东:《拜伦的〈海盗〉和鲁迅的〈孤独者〉、〈铸剑〉》,《湖北大学学报》,1985
　　年第 6 期

高旭东:《拜伦〈曼弗雷德〉对鲁迅的影响》,《外国文学研究》,1986 年第 8 期

邵迎武:《苏曼殊与拜伦》,《外国文学研究》,1986 年第 8 期

王化学:《〈曼弗雷德〉与"世界悲哀"》,《外国文学评论》,1989 年第 3 期

李赋宁:《拜伦的唐璜》,《北京大学学报(英语语言文学专刊)》,1990 年

张良村:《拜伦会成为一个反动资产者吗》,《外国文学研究》,1992 年第 3 期

余杰:《狂飙中的拜伦之歌——以梁启超、苏曼殊、鲁迅为中心探讨清末民初
　　文人的拜伦观》,《鲁迅研究月刊》,1999 年第 9 期

袁荻涌:《苏曼殊研究三题》,《贵州师范大学学报》,2001 年第 2 期

戴从容:《拜伦在"五四"时期的中国》,《苏州大学学报》,2003 年第 1 期

张旭春：《雪莱与拜伦的审美先锋主义思想初探》，《外国文学研究》，2004 年
　　第 3 期

杜平：《不一样的东方——拜伦雪莱的东方想象》，《四川外语学院学报》，
　　2005 年第 6 期

宋庆宝：《拜伦在中国——从清末民初到"五四"》，北京语言大学博士论文，
　　2006 年

廖七一：《梁启超与拜伦哀希腊的本土化》，《外语研究》，2006 年第 3 期

左金梅：《从怪异理论看拜伦的唐璜》，《四川外语学院学报》，2007 年第 1 期

倪正芳：《徘徊在主流话语的边缘——20 世纪 30—70 年代拜伦在中国》，《作
　　家》，2008 年第 2 期

倪正芳：《拜伦与中国》，西宁：青海人民出版社，2008 年

褚蓓娟：《解构与重构——该隐的拜伦式伦理观》，《浙江工业大学学报》，
　　2008 年第 4 期

杨莉：《拜伦对西方叙事传统的继承与创新》，《江西社会科学》，2009 年第
　　6 期

杨莉：《论诗歌叙事中的空间标识——以〈唐璜〉为例》，《社会科学辑刊》，
　　2009 年第 5 期

杨莉：《拜伦诗歌的叙事节奏及时间观》，《江西社会科学》，2010 年第 6 期

蒋承勇：《"拜伦式英雄"与"超人"原型——拜伦文化价值论》，《外国文学研
　　究》，2010 年第 6 期

廖七一：《〈哀希腊〉的译介与符号化》，《外国语》，2010 年第 1 期

罗文军：《最初的拜伦译介与军国民意识的关系》，《中国现代文学研究丛
　　刊》，2010 年第 2 期

杨莉：《拜伦长篇叙事诗中的叙述者》，《上海师范大学学报（哲社版）》，2010
　　年第 6 期

张鑫：《浪漫主义的游记文学观与拜伦的"剽窃"案》，《国外文学》，2010 年第
　　1 期

宋庆宝：《拜伦在中国——从清末民初到"五四"》，北京：中国政法大学出版
　　社，2012 年

雪莱

郭沫若：《雪莱的诗·小序》，《三叶集》，上海：亚东图书馆，1920 年

徐志摩：《读雪莱诗后》，《文学周报》，1921 年第 94 期

周作人：《诗人席烈的百年忌》，《晨报副镌》，1922 年 7 月 18 日

陈南士：《"跋语"》，《诗》，1922 年第 1 卷第 2 期

张定璜：《Shelley》，《创造季刊》，1923 年第 1 卷第 4 期

徐祖正：《英国浪漫主义三诗人：拜轮、雪莱、箕茨》，《创造季刊》，1923 年第 1 卷第 4 期

郭沫若：《雪莱年谱》，《创造季刊》，1923 年第 4 期

孙铭传：《论雪莱〈Naples 湾畔悼伤书怀〉的郭译》，《创造日汇刊》，1923 年第 1 期

胡梦华：《英国诗人雪莱之道德观》，《学灯》，1924 年 3 月 12—13 日

田楚侨：《雪莱译诗之商榷》，《创造周报》，1924 年第 47 期

诵虞：《十九世界的两个革命诗人：拜伦与雪莱》，《民国日报·觉悟》，1924 年第 4 卷第 27 期

涛每：《诗人雪莱的心理》，《清华文艺》，1925 年第 1 卷第 3 期

宏徒：《诗人雪莱》，《小说月报》，1927 年第 3 期

赵景深：《雪莱不是美丽的天使》，《小说月报》，1928 年第 19 卷第 1 期

梁遇春：《雪莱、威志威士及其他》，《新月》，1929 年第 2 卷第 6—7 期

孙席珍：《雪莱生活》，上海：世界书局，1929 年

N.G.Lo.：《诗人拜轮、雪莱与济慈》，白痴译，《大夏月刊》，1929 年第 1 期

Robert Lynd：《论雪莱》，《北新》，梁遇春译，1929 年第 11、14 期

于赓虞：《〈雪莱的婚姻〉小引》，《青年界》，1932 年第 2 卷第 1 期

陈希孟：《拜伦与雪莱》，《新时代》，1933 年第 5 卷第 4 期

韩朋译：《辛克莱论雪莱》，《益世报》，1933 年 5 月 13、20 日

鹤见祐辅：《纯情诗人雪莱》，开元译，《黄钟》，1935 年第 7 卷第 5 期

吴宓：《徐志摩与雪莱》，《宇宙风》，1936 年第 12 期

灵雨译：《雪莱拥护人权与自由的一封公开信》，《自由评论》，1936 年第 14 期

王统照：《雪莱墓上》，《文学》，1936 年第 7 卷第 2 期

《革命诗人雪莱》，《文哲》，1941 年第 4 期

汤白苏：《雪莱论》，孙家新译，《时与潮文艺》，1944 年第 2 卷第 6 期

郑朝宗：《论雪莱的〈诗辩〉》，《文艺先锋》，1944 年第 1—2 期

潘纫秋：《雪莱小传》，《青年生活》，1946 年第 3 期

莫佐夫：《关于雪莱》，何家槐译，《新诗歌》，1947 年第 6 期

陆以正：《浪漫主义的拜伦、雪莱与济慈》，《新中国》，1947 年第 2 期

王一冰：《欧美著名诗人评传：英国浪漫诗人雪莱（1792—1822）》，《再生》，
    1948 年第 214 期

杰米施甘：《雪莱评传》，杨周翰译，《文史哲》，1956 年第 6—8 期。

周其勋：《试论雪莱的〈解放了的普罗米修斯〉》，《中山大学学报》，1956 年第
    3 期

郑启愚：《雪莱的〈柏洛美休士的解放〉》，《安徽师范学院学报》，1957 年第
    1 期

赵隆勷：《天才的预言诗人雪莱》，《读书月报》，1957 年第 8 期

杨熙龄：《〈希腊〉译者序》，上海：新文艺出版社，1957 年

查良铮：《〈雪莱抒情诗选〉译序》，北京：人民文学出版社，1958 年

袁可嘉：《读雪莱的〈西风颂〉》，《文学知识》，1960 年第 1 期

范存忠：《拜伦与雪莱：革命现实主义与革命浪漫主义相结合》，《文学评论》，
    1962 年第 1 期

许国璋：《雪莱的〈云〉》，《英语学习》，1962 年第 4 期

杨熙龄：《关于雪莱的抒情诗》，《光明日报》，1965 年月 18 日

杨熙龄：《一部研究雪莱和拜伦思想的文学史》，《国外社会科学》，1978 年第
    3 期

张江来：《"猛进而不退转"的诗人雪莱》，《广西师院学报》，1979 年第 1 期

刘彪：《试论雪莱〈诗辩〉的美学思想》，《南京大学学报》，1980 年第 1 期

杨熙龄：《社会主义的急先锋——诗人雪莱的政论和哲学著作》，《读书》，
    1981 年第 8 期

车英：《雪莱和他的〈伊斯兰的起义〉》，《武汉大学学报》，1981 年第 2 期

王儞中：《浪漫主义诗人雪莱的理想主义瑰丽诗篇》，《杭州大学学报》，1982
    年第 1 期

任以书：《雪莱自然抒情诗歌的思想体系探讨》，《外国语》，1983 年第 1 期

朱刚：《试评华兹华斯与雪莱的诗论》，《安徽大学学报》，1984 年第 1 期

李万钧：《读华兹华斯的〈致杜鹃〉与雪莱的〈致云雀〉》，《福建外语》，1984 年
    第 2 期

王永生：《鲁迅论拜伦与雪莱》，《宁波师院学报》，1984 年第 2 期

吴传瑞：《雪莱和他的抒情诗》，《外国文学研究》，1986 年第 7 期

陆草：《苏曼殊与拜伦、雪莱之比较》，《中州学刊》，1987 年第 4 期

邓阿宁:《泰戈尔与雪莱》,《重庆师院学报》,1987 年第 1 期

顾国柱:《郭沫若与雪莱》,《郭沫若学刊》,1991 年第 2 期

杨冬:《雪莱的〈为诗辩护〉及其柏拉图主义》,《吉林大学社会科学学报》,
    1991 年第 3 期

王守仁:《论雪莱的剧诗〈解放了的普罗米修斯〉中的"必然性"思想》,《外国
    文学研究》,1992 年第 4 期

周顺贤:《雪莱对现代阿拉伯文学的影响》,《阿拉伯世界》,1993 年第 1 期

郑敏:《诗歌与科学:世纪末重读雪莱〈诗辩〉的震动与困惑》,《外国文学评
    论》,1993 年第 1 期

陆建德:《雪莱的流云与枯叶——关于〈西风颂〉第 2 节的争论》,《外国文学
    评论》,1993 年第 1 期

高旭东:《鲁迅与雪莱》,《外国文学评论》,1993 年第 2 期

张德明:《〈西风颂〉的巫术动机》,《外国文学评论》,1993 年第 4 期

徐广联:《是巫术,还是艺术?——论雪莱〈西风颂〉的多重内涵意义》,《文艺
    理论研究》,1993 年第 5 期

周昭宜:《试析雪莱诗歌的哲学意蕴》,《河北师范大学学报(社科版)》,1995
    年第 1 期

肖四新:《论雪莱诗歌中的蛇意象及其象征》,《湖北民族学院学报(哲社
    版)》,1996 年第 4 期

苏曼殊:《苏曼殊作品集》,开封:河南大学出版社,2004 年

张旭春:《雪莱和拜伦的审美先锋主义思想初探》,《外国文学研究》,2004 年
    第 3 期

袁宪军:《艺术对历史的消解:解读雪莱的〈奥西曼迭斯〉》,《北京第二外国语
    学院学报》,2005 年第 6 期

张静:《自西至东的云雀——中国文学界(1908—1937)对雪莱的译介与接
    受》,《中国现代文学研究丛刊》,2006 年第 3 期

林达:《想象的追逐——吴宓诗歌中的雪莱》,《保山师专学报》,2006 年第
    3 期

徐凌:《雪莱与科学》,《自然辩证法通讯》,2007 年第 2 期

周凌枫:《新历史主义观与传记的雪莱形象》,《名作欣赏》,2007 年第 24 期

张德明:《雪莱〈奥西曼底亚斯〉的"语境还原"》,《绍兴文理学院学报(哲社
    版)》,2009 年第 5 期

济慈

王靖：《英国诗人济慈底百年祭》，《民国日报》，1921 年第 64 期

沈雁冰：《百年纪念祭的济慈》，《小说月报》，1921 年第 5 期

沈雁冰：《伦敦举行济慈百年纪念展览会的盛况》，《小说月报》，1921 年第 12
卷第 6 期

愈之：《英国诗人克次的百年纪念》，《东方杂志》，1921 年第 18 卷第 8 期

徐祖正：《英国浪漫主义三诗人：拜轮、雪莱、箕茨》，《创造季刊》，1923 年第 1
卷第 4 期

徐志摩：《济慈的〈夜莺歌〉》，《小说月报》，1925 年第 2 期

柳无忌：《怀诗人济慈》，《白露》，1928 年第 3 卷第 5 期

赵景深：《济慈的〈夜莺歌〉》，《文学周报》，1929 年第 326—350 期

李建新：《英国诗人济慈》，《青年进步》，1931 年第 142 期

费鉴照：《济慈心灵的发展》，《国立武汉大学文哲季刊》，1931 年第 3 期

费鉴照：《济慈与莎士比亚》，《文艺月刊》，1934 年第 6 卷第 4 期

费鉴照：《济慈的一生》，《文艺月刊》，1935 年第 7 卷第 1 期

费鉴照：《济慈美的观念》，《文艺月刊》，1935 年第 7 卷第 4 期

傅东华：《英国诗人济慈》，《文学》，1935 年第 4 卷第 1 期

费鉴照：《济慈文名的曙晨》，《人文科学学报》，1942 年第 1 期

叶夫格里·阑：《约翰·济慈》，《诗创作》，1942 年第 17 期

陆以正：《浪漫主义的拜伦、雪莱与济慈》，《新中国》，1947 年第 2 期

王一冰：《欧美著名诗人评传：英国浪漫诗人济慈》，《再生》，1948 年第 217 期

朱有琼：《济慈和他的〈夜莺歌〉》，《读书通讯》，1948 年第 164 期

李霁野：《雪莱——济慈纪念馆和墓地》，《新港》，1956 年第 6 期

查良铮：《济慈诗选·序》，北京：人民文学出版社，1958 年

周珏良：《济慈〈秋颂〉》，《英语学习》，1962 年第 12 期

鲍屡平：《济慈叙事诗〈伊莎贝拉〉的分析研究》，《杭州大学学报》，1980 年第
1 期

赵瑞蕻：《试说济慈的三首十四行诗》，《外国文学研究》，1980 年第 2 期

朱炯强：《谈约翰·济慈和他的抒情诗》，《外国文学研究》，1981 年第 4 期

卞昭慈：《从几位诗人的创作看西方浪漫主义的特征》，《新疆师范大学学
报》，1982 年第 2 期

傅修延：《济慈美学思想初探》,《江西师范大学学报》,1982 年第 4 期

朱炯强：《济慈:1795—1821》,沈阳:辽宁人民出版社,1984 年

李鑫华：《美与悲——闻一多与济慈诗歌探微》,《湖北师范学院》,1986 年第
　　4 期

朱怀沛：《两位伟大诗人的交往》,《世界文学》,1986 年第 4 期

王佐良：《华兹华斯、济慈、哈代》,《读书》,1987 年第 2 期

刘治良：《济慈诗歌创作成因探源》,《贵州大学学报》,1989 年第 4 期

吴伏生：《李贺与济慈》,《辽宁大学学报》,1989 年第 5 期

赵凡：《美的寻找与失落——从济慈与王尔德的艺术结构谈起》,《河南师范
　　大学学报》,1990 年第 4 期

冯文坤：《试论约翰·济慈的"消极感受力"》,《西华师范大学学报》,1992 年
　　第 2 期

奚宴平：《济慈及其〈夜莺颂〉的美学魅力》,《外国文学评论》,1993 年第 2 期

朱徽：《李贺与济慈作品的艺术特色》,《外国语》,1994 年第 2 期

冯文坤：《关于〈希腊古瓮颂〉阅读的释义学分析》,《外国文学研究》,1995 年
　　第 4 期

许德金：《济慈的诗论及其〈秋颂〉》,《解放军外国语学院学报》,1996 年第
　　1 期

贺雪飞：《执着于美的追求——论闻一多的〈红烛〉与济慈的诗》,《宁波大学
　　学报》,1997 年第 2 期

赵亚麟：《济慈与他的〈秋颂〉》,《贵州大学学报》,1997 年第 1 期

罗益民：《济慈颂歌的感性美》,《外语教学与研究》,1997 年第 1 期

罗益民：《济慈颂歌的叙述结构》,《四川外语学院学报》,1997 年第 4 期

罗益民：《济慈颂歌疑问语式的语用学解读方法》,《外国文学评论》,1998 年
　　第 3 期

章燕：《济慈的"客体感受力"说与现代诗歌美学的关系初探》,《北京师范大
　　学学报》,1998 年第 4 期

李聂海：《"消极能力"与"心斋"、"坐忘"》,《学术研究》,1999 年第 6 期

史钰军：《济慈六大颂诗诗体初探》,《浙江大学学报》,1999 年第 1 期

张跃军：《威廉·卡洛斯·威廉斯的"济慈时代"》,《浙江大学学报》,1999 年
　　第 5 期

马士奎：《从〈明星〉看济慈的生命意识》,《临沂师范学院学报》,2000 年第

2 期

申富英：《论济慈颂诗中的联觉意象》，《外语教学》，2000 年第 1 期

李永毅：《诗人·匠人·洋化·归化——评屠岸先生译著〈济慈诗选〉》，《中国翻译》，2002 年第 5 期

罗益民：《心灵的朝圣者——约翰·济慈的宗教观》，《四川外语学院学报》，2003 年第 2 期

李小均：《生态：断裂与和谐——从〈夜莺颂〉到〈秋颂〉》，《四川外语学院学报》，2004 年第 1 期

刘治良：《悲伤欢乐都是歌——读济慈的五首十四行诗》，《贵州大学学报》，2004 年第 4 期

彭休春：《卢挚〈秋景〉与济慈〈秋颂〉之比较》，《西南民族大学学报》，2004 年第 9 期

郭伟锋：《济慈〈圣亚尼节前夕〉的非唯美解读》，《社会科学论坛》，2005 年第 4 期

黄赞梅：《济慈"两个房间"说与王国维"两种境界"说比较》，《江西社会科学》，2006 年第 10 期

王淑芹：《济慈〈希腊古瓮颂〉的美学解读》，《山东社会科学》，2006 年第 5 期

袁宪军：《希腊古瓮颂中的"美"与"真"》，《外国文学评论》，2006 年第 1 期

傅修延：《济慈"三颂"新论》，《江西社会科学》，2007 年第 2 期

李正栓：《济慈的"消极能力"与庄子的"物化"论》，《河北师范大学学报》，2007 年第 5 期

南键翀：《"大音希声、大象无形"与约翰·济慈〈希腊古瓮颂〉中诗学思想之比较》，《西安外国语大学学报》，2007 年第 2 期

肖飚：《莎士比亚〈一报还一报〉中的"消极感受力"》，《西安工程科技学院学报》，2007 年第 3 期

杨春红：《美的政治：论济慈美学与诗歌中的自然与异教精神》，北京外国语大学博士论文，2007 年

安晓红：《圆形理论视阈下的〈希腊古瓮颂〉》，《衡水学院学报》，2008 年第 3 期

傅修延：《济慈评传》，北京：人民文学出版社，2008 年

李常磊：《〈希腊古瓮颂〉对福克纳历史观的影响》，《解放军外国语学院学报》，2008 年第 3 期

刘新民:《济慈书信的启示》,《四川外语学院学报》,2008 年第 4 期

张鑫:《济慈与陆机诗歌艺术比较研究》,《青海社会科学》,2008 年第 4 期

朱芳:《济慈〈秋颂〉与〈诗经·良耜〉里的秋天》,《世界文学评论》,2008 年第
  2 期

屠岸:《永远的济慈》,《文汇报》,2009 年 6 月 8 日

游牧:《〈恩弟米安〉与济慈诗歌的神话唯美主义》,《东疆学刊》,2009 年第
  4 期

张鑫:《济慈追寻经典化之路与浪漫主义后世书写传统》,上海外国语大学博
  士学位论文,2009 年

谭琼林:《绘画与改写:透视济慈的〈古瓮颂〉在美国现代诗歌中的去浪漫化
  现象》,《外国文学研究》,2010 年第 2 期

华兹华斯

王平陵、蒋启藩:《英国湖畔诗人华茨渥斯生活之一片》,《学灯》,1923 年 2 月
  7—10 日

《威至威斯佳人处僻地诗》,《学衡》,1925 年第 39 期

郑振铎:《文学大纲:华兹华士》,《小说月报》,1926 年第 17 卷第 5 期

钟天心:《译华茨华斯诗一首》,《晨报副镌》,1926 年第 56 期

葛斯:《渥兹渥斯与珂莱锐吉》,韦丛芜译,《新晨报》,1928 年 8 月 24 日

陈永森:《自然诗人华士华斯评传》,《河北民国日报》,1929 年 4 月 12 日、14
  日、15 日

梁遇春:《雪莱、威志威士及其他》,《新月》,1929 年第 2 卷第 6—7 期

陈永森:《自然诗人华士华斯评传》,《绮虹》1931 年第 1 卷第 7 期

《自吹自打的华兹华斯》,《现代文学评论》,1931 年第 4 期

Churen:《维廉·韦子唯兹》,舍予译,《齐大月刊》,1932 年第 2 卷第 7、第
  8 期

华子:《诗人渥兹渥茨之豪语》,《刁斗》,1934 年第 3 期

锺作猷:《华茨华斯故乡游记》,《人间世》,1935 年第 19 期

费尔敦:《渥滋渥斯的诗歌理论》,任竹安译,《学生生活》,1935 年第 4 卷第
  5—6 期

京方:《威廉·渥滋渥斯》,《北强月刊》,1935 年第 2 卷第 1 期

殷言泠:《华次华斯和柯律奇的诗论》,《黄钟》,1936 年第 9 期

阿诺德：《华滋华斯论》，林率译，《西洋文学》，1940 年第 3 期

李文湘：《湖畔诗人华兹华绥》，《文选》，1940 年第 2 辑

佛里曼：《柯勒律治与华资华斯》，宗玮译，《七月》，1940 年第 1—4 期

渥兹华斯：《抒情短歌集序》，连珍译，《艺文集刊》，1942 年第 1 辑

李祁：《英国诗人华茨华斯》，《江苏学报》，1945 年第 1 卷第 1 期

渥兹渥司：《诗是艺术》，《文艺复兴》，1947 年第 6 期

渥兹渥司：《诗的使命》，《文艺复兴》，1947 年第 6 期

李祁：《华茨华斯及其序曲》，上海：商务印书馆，1947 年

钟旭元：《华滋华绥年表》，《广州大学校刊》，1947 年第 17 期

朱维之：《小华滋华斯》，《金陵神学志》，1948 年第 2 期

威廉·华兹华斯：《〈抒情歌谣集〉1800 年版序言及附录》，曹葆华译，《古典文
　　艺理论译丛》，北京：人民文学出版社，1961 年

柯洛瑞奇：《渥兹华斯关于诗的词汇的理论》，《古典文艺理论译丛》，北京：人
　　民文学出版社，1961 年

李赋宁：《密尔顿和渥兹渥斯》，《英语学习》，1962 年第 11 期

王佐良：《英国浪漫主义诗歌的兴起》，《外国文学研究集刊》第 2 辑，北京：中
　　国社会科学出版社，1980 年

郑敏：《英国浪漫主义大诗人华兹华斯的再评价》，《南京大学学报》，1981 年
　　第 4 期

赵瑞蕻：《读华兹华斯名作花鸟诗各一首》，《南京大学学报》，1981 年第 4 期

郑敏：《英国浪漫主义大诗人华兹华斯的再评价》，《英美诗歌戏剧研究》，北
　　京：北京师范大学出版社，1982 年

刘彪：《华兹华斯简论》，《徐州师院学报》，1984 年第 1 期

林晨：《华兹华斯与〈抒情歌谣集〉》，《外国文学研究》，1984 年第 4 期

黄杲炘：《华兹华斯抒情诗选·译者前言》，上海译文出版社，1986 年

王佐良：《华兹华斯·济慈·哈代》，《读书》，1987 年第 2 期

曹辉东：《物化与移情——试论陶渊明与华渊明》，《南京大学学报》，1987
　　年第 1 期

徐志啸：《自然诗人：陶渊明与华兹华斯》，《南京师范大学学报》，1987 年第
　　2 期

王晓秦：《华兹华斯和陶渊明的比较研究》，《辽宁大学学报》，1989 年第 2 期

兰菲：《华兹华斯与陶渊明》，《东西方文化评论》第 3 辑，北京大学出版社，

1991 年

段孝洁：《从华兹华斯的诗歌创作看其哲学思想》，《南京师范大学学报》，1993 年第 1 期

章燕：《自然颂歌中的不和谐音——浅析华兹华斯诗歌中的自我否定倾向》，《外国文学评论》，1993 年第 2 期

张政文：《浪漫主义的批评意识》，《外国文学评论》，1994 年第 2 期

王捷：《华兹华斯自然诗创作溯源》，《上海师大学报（哲社版）》，1995 年第 3 期

严忠志：《论华兹华斯的诗歌创作观》，《四川外语学院学报》，1996 年第 2 期

聂珍钊：《华兹华斯论想象和幻想》，《外国文学研究》，1997 年第 4 期

葛桂录：《道与真的追寻——〈老子〉与华兹华斯诗歌中"复归婴孩"观念比较》，《南京大学学报（哲社版）》，1999 年第 2 期

苏文菁：《重读经典：本世纪 60—90 年代英美华兹华斯研究》，《外国文学研究》，1999 年第 2 期

苏文菁：《华兹华斯在中国》，《中国比较文学》，1999 年第 3 年

苏文菁：《情与理的平衡——对华兹华斯诗论的反思》，《外国文学评论》，1999 年第 3 期

黄宗英：《"如何静听离别"——从华兹华斯的"复杂快感"看卡如斯的"精神创伤"》，《北京大学学报（外国语言文学专刊）》，1999 年第 1 期

易晓明：《论华兹华斯诗歌情感的时间建构》，《外国文学研究》，2000 年第 1 期

苏文菁：《华兹华斯诗学》，北京：社会科学文献出版社，2000 年

易晓明：《华兹华斯与泛神论》，《国外文学》，2000 年第 2 期

丁宏为：《海边的阅读——关于浪漫主义文学的一种构思》，《外国文学评论》，2001 年第 1 期

张旭春：《革命·意识·语言——英国浪漫主义研究中的几大主导范式》，《外国文学评论》，2001 年第 1 期

丁宏为：《理念与悲曲——华兹华斯后革命之变》，北京：北京大学出版社，2002 年

丁宏为：《政治解构与诗意重复——〈序曲〉中的诗意逆流》，《国外文学》，2002 年第 3 期

丁宏为：《华兹华斯与葛德汶："一场大病"》，《欧美文学论丛》，2002 年第 1 期

张箭飞：《解读英国浪漫主义——从一个结构性的意象"花园"开始》，《外国文学评论》，2003 年第 1 期

张旭春：《没有丁登寺的〈丁登寺〉——英国浪漫主义研究中的新历史主义范式》，《国外文学》，2003 年第 2 期

易晓明：《论华兹华斯诗歌中泛神论转换的多重艺术策略》，《国外文学》，2003 年第 2 期

李增、王云：《论华兹华斯〈塌毁的茅舍〉的主题与叙事技巧的统一》，《外国文学评论》，2003 年第 4 期

张旭春：《政治的审美化与审美的政治化——现代性视野中的中英浪漫主义思潮》，北京：人民出版社，2004 年

袁宪军：《"水仙"与华兹华斯的诗学理念》，《外国文学研究》，2004 年第 5 期

蓝仁哲：《解读命题"儿童乃是成人的父亲"——从〈我心欢跳〉的惊喜到〈永生颂〉的人生感悟》，《国外文学》，2005 年第 4 期

袁宪军：《自然的意义：解读华兹华斯"丁登寺"诗》，《英美文学研究论丛》，2007 年第 2 期

陈才艺：《湖畔对歌：柯尔律治与华兹华斯交往中的诗歌研究》，成都：四川文艺出版社，2007 年

赵光旭：《华兹华斯"化身"诗学研究》，上海大学出版社，2010 年

章燕：《新中国 60 年华兹华斯研究之考察与分析》，《北京大学学报（哲社版）》，2012 年第 3 期

柯勒律治

葛斯：《渥兹渥斯与珂莱锐吉》，韦丛芜译，《新晨报》，1928 年 8 月 24 日

赵景深：《辜律勒己的新研究》，《最近的世界文学》，上海：远东图书公司，1928 年

方重：《诗歌集中的可罗列奇》，《国立武汉大学文哲季刊》，1933 年第 1 期

柳无忌：《柯立奇的诗》，《文艺月刊》，1934 年第 6 卷第 5—6 期

巩思文：《兰姆与柯立奇的友谊》，《文艺月刊》，1934 年第 6 卷第 5—6 期

汪倜然：《辜律勒己的怪诗》，《黄钟》，1935 年第 1 期

司徒月兰：《柯立奇与其同代文人的友谊》，《人生与文学》，1935 年第 5 期

《华次华斯和柯律奇的诗论》，《黄钟》，1936 年第 9 期

佛里曼：《柯勒律治与华资华斯》，宗玮译，《七月》，1940 年第 1—4 期

费鉴照：《辜立治论想象和莎士比亚：他的批评兴趣的检讨》，《当代评论》，1942 年第 3 卷第 4 期

费鉴照：《华茨瓦斯与辜立治的诗论》，《当代评论》，1944 年第 4 卷第 5 期

柯勒律己：《论无言的诗或艺术》，连珍译，《时代中国》，1944 年第 5 期

王佐良：《〈英国湖畔三诗人选集〉序》，湖南：湖南人民出版社，1983 年

刘若端：《〈十九世纪英国诗人论诗〉后记》，北京：人民文学出版社，1984 年

蒋显璟：《柯勒律治关于想象力的理论中的生机论哲学因素》，北京大学博士论文，1990 年

王佐良：《英国浪漫主义诗歌史》，北京：人民文学出版社，1991 年

蒋显璟：《生命哲学与诗歌——浅谈柯勒律治的诗歌理论》，《外国文学评论》，1993 年第 2 期

费致德：《从柯勒律治有关想象"Imagination"的诗论看三首唐人诗》，《解放军外国语学院学报》，1993 年第 2 期

陆建德：《"我相信，所以我理解"——关于柯尔律治"论证循环"的思考》，《外国文学评论》，1993 年第 3 期

袁宪军：《柯勒律治〈忽必烈汗〉的主题形象》，《北京第二外国语学院学报》，2001 年第 6 期

张礼龙：《基督教的寓意与人生苦难的写照——〈老水手之歌〉的主题评析》，《厦门大学学报（哲社版）》，2002 年第 4 期

周宁：《鸦片帝国：浪漫主义时代的一种东方想象》，《外国文学研究》，2003 年第 5 期

陈才忆：《湖畔对歌——柯尔律治与华兹华斯交往中的诗歌研究》，成都：四川人民出版社，2007 年

李枫：《诗人的神学：柯勒律治的浪漫主义思想》，北京：社会科学文献出版社，2008 年

鲁春芳：《神圣自然：英国浪漫主义诗歌的生态伦理思想》，杭州：浙江大学出版社，2009 年

白利兵：《柯勒律治莎评的有机美学论》，首都师范大学博士论文，2009 年

鲁春芳：《一个优美而机智的"整一"：生态视野中的"忽必烈汗"》，《外国文学研究》，2009 年第 5 期

张莉：《亦真亦幻的文化他者：〈忽必烈汗〉里的中国形象》，《郑州大学学报（哲社版）》，2010 年 5 月

董琦琦：《启示与体验：柯尔律治艺术理论的神性维度》，北京：光明日报出版社，2010 年

奥斯丁

魏易：《迦茵·奥士丁传》，《泰西名小说家略传》，通俗教育研究会，1917 年

杨缤：《〈傲慢与偏见〉作者撷茵·奥斯登评传》，《商务印书馆出版周刊》，1935 年第 135 期

陈铨：《迦因·奥士丁作品中的笑剧元素》，《清华大学学报（自然科学版）》，1935 年第 2 期

程忆帆：《琴·奥斯登：〈蔼玛姑娘〉》，《书人》，1937 年第 1 卷第 1 期

吴景荣：《奥斯登的恋爱观：从〈劝导〉讲起》，《时与潮文艺》，1943 年第 1 卷第 2 期

朱有琼：《奥斯丁的代表作——〈傲慢与偏见〉》，《读书通讯》，1947 年第 146 期

林海：《〈傲慢与偏见〉及其作者》，《时与文》，1948 年第 1 期

常风：《奥斯汀的〈傲慢与偏见〉》，《文学杂志》，1948 年第 3 卷第 3 期

陈新谦：《奥斯丁和她的〈骄傲与偏见〉》，《新学生》，1948 年第 5 卷第 5 期

吴景荣：《〈爱玛〉译本序》，上海：正风出版社，1949 年

王科一：《〈傲慢与偏见〉译本序》，上海文艺出版社，1956 年

董衡巽：《〈傲慢与偏见〉中的爱情描写》，《光明日报》，1965 年 9 月 12 日

侯维瑞：《从〈傲慢与偏见〉看奥斯丁的语言艺术》，《外国语》，1981 年第 4 期

侯维瑞："Explication of Text: A Passage from Jane Austen's *Persuasion*"，《外语教学与研究》，1982 年第 2 期

朱虹：《对奥斯丁的傲慢与偏见》，《读书》，1982 年第 1 期

杨绛：《有什么好？——读〈傲慢与偏见〉》，《文学评论》，1982 年第 3 期

孙致礼：《读奥斯丁的〈理智与情感〉》，《解放军外语学院学报》，1983 年第 1 期

王宾：《奥斯丁小说浪漫主义初探》，《外国文学研究》，1983 年第 6 期

顾嘉祖：《从〈傲慢与偏见〉看吉英·奥斯丁的喜爱与厌恶》，《外国语言文学》，1984 年第 3 期

朱虹编：《奥斯汀研究》，北京：中国文联出版公司，1985 年

卡扎明：《简·奥斯丁与其同时代作家的比较》，孔海立译，《文艺理论研究》，

1985 年第 3 期

考克雷特：《简・奥斯丁》,楼成宏译,《文艺理论研究》,1985 年第 3 期

萨默塞特・毛姆：《论〈傲慢与偏见〉》,金国嘉译,《文艺理论研究》,1985 年第
3 期

朱虹：《〈傲慢与偏见〉译本序》,上海译文出版社,1986 年

钱震来：《论简・奥斯丁》,《文艺理论研究》,1988 年第 1 期

林文琛：《简・奥斯丁〈理智和情感〉的内外结构》,《外国文学评论》,1988 年
第 1 期

张介明：《〈傲慢与偏见〉的戏剧性叙述》,《外国文学评论》,1992 年第 2 期

裴因：《奥斯丁与英国女性文学》,《上海大学学报》,1996 年第 6 期

程巍：《伦敦蝴蝶与帝国鹰——从达西到罗切斯特》,《外国文学评论》,2001
年第 1 期

王海颖：《一场辛苦而糊涂的意识形态之战》,《外国文学评论》,2001 年第
2 期

苏耕欣：《意识形态的诱惑——评里查逊与奥斯丁小说中的女性人物描写》,
《国外文学》,2002 年第 4 期

黄梅：《〈理智与情感〉中的"思想之战"》,《外国文学评论》,2010 年第 1 期

司各特

林纾：《撒克逊劫后英雄传・序》,上海：商务印书馆,1905 年

林纾：《剑底鸳鸯・序》,上海：商务印书馆,1907 年

孙毓修：《司各德、迭更斯二家之批评》,《小说月报》,1913 年第 4 卷第 3 期

林纾：《十字军英雄记・序》,上海：商务印书馆,1915 年

魏易：《华而德・司各德》,《泰西名小说家略传》,通俗教育研究会,1917 年

韦丛芜：《小说家的司各特》,《益世报》,1920 年 1 月 17 日

茅盾：《司各德评传》,《撒克逊劫后英雄略》,上海：商务印书馆,1924 年

茅盾：《司各特重要著作解题》,《撒克逊劫后英雄略》,上海：商务印书馆,
1924 年

茅盾：《司各特著作编年录》,《撒克逊劫后英雄略》,上海：商务印书馆,
1924 年

茅盾：《司各特著作的版本》,《撒克逊劫后英雄略》,上海：商务印书馆,
1924 年

孙俍工：《司各德》，《世界文学家列传》，上海：中华书局，1926 年

凌昌言：《司各特逝世百年祭》，《现代》，1932 年第 2 卷第 2 期

高克毅：《司各特百年纪念》，《晨报》，1932 年 9 月 21 日

张露薇：《司各特百年祭》，《申报月刊》，1932 年第 1 卷第 4 期

H. Gorman：《几本纪念斯各德百年祭的出版物》，陈易译，《微音月刊》，1932
　　年第 2 卷第 7—8 期

黎君亮：《斯各德百年忌纪念》，《国闻周报》，1932 年第 9 卷第 42 期

费鉴照：《纪念司高脱》，《新月》，1933 年第 4 卷第 4 期

沙鸥译：《瓦尔脱司各特在现代的地位》，《新书月报》，1933 年第 3 卷第 2—
　　3 期

张月超：《纪念司各脱的百年祭》，《新时代》，1933 年第 3 卷第 5、6 期

茅盾：《司各德的〈撒克逊劫后英雄略〉》，《汉译西洋文学名著》，上海：亚细亚
　　书局，1934 年

许星甫：《十九世纪英国历史小说家司各德》，《新东方杂志》，1941 年第 3 卷
　　第 4 期

周学普译：《司各脱小传》，《公余生活》，1944 年第 2 卷第 5 期

琴韵译：《司各德的〈劫后英雄传〉》，《中央周刊》，1944 年第 21 期

立家：《司各特的片面观》，《南大周刊》，第 137、138 期

高殿森：《皇家猎宫·译者后记》，上海文艺出版社，1958 年

斯太因勒：《卢卡契的文艺思想》，周煦良译，《现代外国哲学社会科学文摘》，
　　1960 年第 7 期

卢卡契：《作家与世界观》，《现代外国哲学社会科学文摘》，1960 年第 7 期

哈代：《历史小说》，仲清译，《现代外国哲学社会科学文摘》，1963 年第 5 期

施咸荣：《艾凡赫·序》，北京：人民文学出版社，1978 年

史云：《罗宾汉英雄形象的再现——英国优秀历史小说〈艾凡赫〉读后》，《读
　　书》，1979 年第 2 期

姜铮：《郭沫若与〈艾凡赫〉》，《外国文学研究》，1980 年第 2 期

卢卡契：《历史小说（选译）》，冯植生译，《文艺理论研究》，1981 年第 2 期

文美惠：《司各特研究·前言》，北京：外语教学与研究出版社，1982 年

姚乃强：《司各特和他的历史小说〈待出嫁的新娘〉》，《解放军外国语学院学
　　报》，1982 年第 4 期

周锡山：《〈水浒传〉和〈艾凡赫〉》，《水浒争鸣》，1983 年第 2 期

杨域：《伟大的历史小说家——沃尔特·司各特》，《文化译丛》，1984 年第 5 期

曹明伦：《司各特的诗》，《外国文学研究》，1985 年第 1 期

何孔鲁：《试论司各特的历史小说〈红酋罗伯〉》，《扬州师院学报（社科版）》，1985 年第 3 期

王佐良：《麦克尼斯·司各特·麦克迪尔米德》，《读书》，1987 年第 7 期

薛龙宝：《司各特的历史小说对巴尔扎克和雨果的影响》，《临沂师专学报》，1987 年第 4 期

曹明伦：《玛米恩，史诗般的传奇——二谈司各特的诗》，《四川教育学院学报》，1989 年第 3 期

曹明伦：《随心所欲　一往情深——浅谈〈玛米恩—弗洛登战役传奇〉》，《名作欣赏》，1989 年第 2 期

王晓萍：《司各特和西方文学界》，《鹭江大学学报》，1994 年第 1 期

方达：《彭斯和司各特的诗及其比较》，《安庆师院学报（社科版）》，1994 年第 2 期

李伟民：《剑与火中的爱情之歌——读司各特的三部长诗》，《世界文化》，1996 年第 1 期

邓理明：《〈上尉的女儿〉与〈艾凡赫〉》，《俄罗斯文艺》，1996 年第 6 期

杨思聪：《论司各特的历史小说》，《西南师范大学学报（哲社版）》，1998 年第 6 期

韩加明：《司各特论英国小说叙事》，《外国文学评论》，2003 年第 2 期

王钦峰：《司各特：欧洲现实主义文学流派的创始者》，《湛江师范学院学报》，2003 年第 4 期

郭宏安：《历史小说：历史和小说》，《文学评论》，2004 年第 3 期

张箭飞：《风景与民族性的建构——以华特·司各特为例》，《外国文学研究》，2004 年第 4 期

尹静媛、李云南：《从〈艾凡赫〉看犹太人的困境及司各特的犹太观》，《华南农业大学学报（社科版）》，2005 年第 4 期

高继海：《历史小说的三种表现形态：论传统、现代、后现代历史小说》，《浙江师范大学学报》，2006 年第 1 期

韩洪举：《〈撒克逊劫后英雄略〉的文学价值及其影响》，《浙江师范大学学报》，2006 年第 5 期

孙建忠：《〈艾凡赫〉在中国的接受与影响（1905—1937）》，《闽江学院学报》，
　　2007 年第 1 期

高灵英：《苏格兰民族形象的塑造：沃尔特·司各特爵士的苏格兰历史小说
　　主题研究》，河南大学博士论文，2007 年

高灵英：《论司各特的自然风景描写和苏格兰形象塑造》，《中南大学学报》，
　　2008 年第 4 期

张箭飞：《作为浪漫主义想象的风景——司各特的风景意象解读》，《云南大
　　学学报（社科版）》，2009 年第 1 期

高灵英：《从〈威弗利〉的城堡描写看司各特的民族融合观》，《河南师范大学
　　学报（哲社版）》，2010 年第 4 期

石梅芳：《婚姻与联盟：〈威弗莱〉的政治隐喻》，《外国文学研究》，2011 年第
　　5 期

石梅芳：《鱼叉与桩网之争——司各特的〈雷德冈利托〉》，《中南大学学报（社
　　科版）》，2011 年第 3 期

孙建忠：《20 世纪早期司各特小说在中国的兴衰演变》，《闽江学院学报》，
　　2011 年第 3 期

玛丽·雪莱

赫伯特·米特根：《新发现的玛丽·雪莱的书信》，徐凡译，《文化译丛》，1988
　　年第 5 期

艾晓明：《科学与怪人——重读一部女性小说经典〈弗兰肯斯坦〉》，《外国文
　　学研究》，1998 年第 1 期

《玛丽·雪莱的一篇佚作被发现》，《外国文学评论》，1999 年第 4 期

刘新民：《评〈弗兰肯斯坦〉》，《外国文学研究》，2001 年第 1 期

郭方云：《分裂的文本 虚构的权威——从〈弗兰肯斯坦〉看西方女性早期书写
　　的双重叙事策略》，《外国文学研究》，2004 年第 4 期

李伟昉：《〈弗兰肯斯坦〉叙事艺术论》，《外国文学研究》，2005 年第 3 期

陈姝波：《悔悟激情——重读〈弗兰肯斯坦〉》，《外国文学评论》，2005 年第
　　2 期

杨莉馨：《重述的"失乐园"故事——玛丽·雪莱〈弗兰肯斯坦〉主题新探》，
　　《南京师范大学文学院学报》，2007 年第 3 期

张金凤：《现代寓言〈弗兰肯斯坦〉》，《解放军外国语学院学报》，2008 年第

2 期

张鑫:《出版体制、阅读伦理与〈弗兰肯斯坦〉的经典化之路》,《外国文学研究》,2011 年第 4 期

张鑫:《科技论与生态论:〈弗兰肯斯坦〉主题解读》,《英美文学研究论丛》,2012 年第 1 期

查尔斯·兰姆

定之(梁实秋):《文艺批评家之兰姆》,《益世报》,1933 年 12 月 16 日

梁遇春:《查理斯·兰姆评传》,《文艺月刊》,1934 年第 5—6 期

兰姆:《伊里亚最后文集序》,张月超译,《读书顾问》,1934 年第 1 期

兰姆:《伊里亚小品文续篇序》,张月超译,《文艺月刊》,1934 年第 5—6 期

毛如升:《蓝姆的伊里亚集》,《文艺月刊》,1934 年第 5—6 期

巩思文:《蓝姆与柯立奇的友谊》,《文艺月刊》,1934 年第 5—6 期

梁遇春:《查理斯兰姆评传》,《文艺月刊》,1934 年第 5—6 期

李建新:《兰姆的幽默》,《青年界》,1934 年第 5 卷第 4 期

方重:《英国小品文的演进与艺术》,《国立武汉大学文哲季刊》,1937 年第 4 期

肖乾:《一个永难磨灭的贡献——介绍兰姆的〈莎士比亚故事集〉》,《文艺学习》,1957 年第 2 期

刘炳善:《兰姆和他的随笔——〈伊利亚随笔选〉译序》,《河南大学学报(社科版)》,1986 年第 5 期

王志章:《幽楼路边草,熠熠自生辉——论查理·兰姆的散文风格》,《外国文学评论》,1988 年第 2 期

刘炳善:《兰姆在中国有了自己的知音》,《读书》,1989 年第 4 期

邱仪:《兰姆随笔的表现艺术》,《社会科学家》,1996 年第 6 期

徐康玲:《把苦难化作酵母的人——兰姆及其〈伊利亚随笔〉》,《山东社会科学》,1997 年第 4 期

黄伟:《兰姆随笔:英国商业时代的精神造型》,《外国文学评论》,1998 年第 1 期

杜平:《异国情调与怀旧——兰姆的中国想象》,《名作欣赏》,2005 年第 15 期

黄遥:《冯亦代"走近"兰姆》,《辽宁师范大学学报(社科版)》,2006 年第 2 期

黄遥:《兰姆随笔在中国的传播与影响》,福建师范大学博士论文,2009 年

狄更斯

《英国二大小说家迭根斯及萨克礼略传》,《大陆》,1904 年第 12 期

林纾：《孝女耐儿传·序》,上海：商务印书馆,1907 年

林纾：《滑稽外史·短评》,上海：商务印书馆,1907 年

林纾：《块肉余生述·前编序》上海：商务印书馆,1908 年

林纾：《贼史·序》,上海：商务印书馆,1908 年

林纾：《冰雪因缘·序》,上海：商务印书馆,1909 年

孙毓修：《司各德、迭更斯二家之批评》,《小说月报》1913 年第 4 卷第 3 期

魏易：《谷而司·迭更司》,《泰西名小说家略传》,通俗教育研究会,1917 年

周瘦鹃：《爱修饰的文学家》,《紫兰花片》,1922 年第 4 期

周瘦鹃：《〈块肉余生述〉索隐》,《紫兰花片》,1923 年第 10 期

梅林格：《论迭更斯》,画室译,《语丝》,1929 年第 5 卷第 14 期

小泉八云：《十九前半世纪英国的小说》,韩侍桁译,《西洋文艺论集》,上海：
北新书局,1929 年

清洁理：《迭更司著作中的男孩》,上海光学会,1931 年

威尔逊：《十九世纪英小说家查理氏·迭更斯的悲剧》,丁咏璐编译,《行健月
刊》,1934 年第 3—5 期

高倚筠：《狄更斯的〈耶稣传〉》,《新垒》,1934 年第 4 卷第 5 期

梅格凌：《狄更斯论》,胡风译,《译文》,1935 年第 3 期

莫洛亚：《狄根斯的新影像》,郭汉烈译,《时事类编》,1935 年第 3 卷第 9 期

鲁宾斯泰因：《迭更司的碰壁》,孙用译,《译文》,1936 年第 1 期

莫洛亚：《迭更司与小说的艺术》,天虹译,《译文》,1937 年第 1 期

莫洛亚：《迭更司的生平及其作品》,天虹译,《译文》,1937 年第 3—4 期

亚尼克尼斯德：《迭更司论——为人道而战的现实主义大师》,许天虹译,《译
文》,1937 年第 1 期

赛珍珠：《我对迭更司所负的债》,克夫译,《译文》,1937 年第 3 期

叶夫格尼：《年青的迭更司》,《译文》,1937 年第 1 期

周楞伽：《狄更斯论》,《小说月刊》,1940 年第 4 期

莫洛亚：《迭更司的哲学》,许天虹译,《现代文艺》,1941 年第 2 卷第 6 期

天虹：《关于迭更司和〈匹克维克遗稿〉》,《改进》,1943 年第 8 卷第 1 期

戴烨：《迭更司的〈双城记〉》,《新学生》,1943 年第 2 卷第 1 期

N. Apostolov：《托尔斯泰与狄根斯》，刘思源译，《锻炼》，1944 年第 2—3 期

勃克：《介绍与批评：递更斯》，少平译，《扫荡：文艺汇刊》，1944 年第 1 期

邹绿芷：《狄更司——英国伟大的讽刺家》，《黄昏的故事》，上海：自强出版社，1946 年

翟尔斯莱：《迭更斯》，潘纫秋译，《青年生活》，1946 年第 8—9 期

天泽：《狄更司与其〈焦炭市〉》，《启示》，1946 年第 5 期

蒋天佐：《〈匹克威克外传〉译后杂记》，《人世间》，1947 年第 4 期

何家槐译：《我是怎样开始认识狄更斯的》，《文艺春秋》，1947 年第 4 卷第 4 期

珂洛连科：《初读狄更斯的〈唐贝父子〉》，《读书与出版》，1947 年复 2 卷第 4 期

林海：《迭更斯的写作技巧》，《时与文》，1948 年第 3 卷第 12 期

林海：《〈大卫·高柏菲尔自述〉及其作者》，《时与文》，1948 年第 1 卷第 24 期

胡马：《幻想的狄根司》，《幸福世界》，1948 年第 8 期

曹湘渠：《史诗的两种写法：兼评〈双城记〉》，《离骚》，1948 年第 2 期

莫洛亚：《迭更司评传》，许天虹译，上海：文化生活出版社，1949 年

全增嘏：《谈狄更斯》，《复旦学报》，1955 年第 2 期

伊瓦雪娃：《关于狄更斯作品的评价问题》，李筱菊译，《文史译丛》，1956 年第 1 期

华林一：《谈谈狄更斯的〈劳苦世界〉》，《南大学报》，1957 年第 1 期

孙大雨：《迭更斯和他的〈匹克威克书简〉》，《人民日报》，1957 年 4 月 19 日

全增嘏：《天才的幽默、讽刺杰作——介绍影片〈匹克威克先生外传〉》，《大众电影》，1957 年第 5 期

赵萝蕤：《关于〈孤星血泪〉的人物和情节》，《大众电影》，1957 年第 7 期

陈嘉：《论狄更斯的〈双城记〉》，《江海学刊》，1962 年第 2 期

范存忠：《狄更斯与美国问题》，《文学评论》，1962 年第 3 期

姚永彩：《从〈艰难时世〉看狄更斯》，《南京大学学报》，1962 年第 4 期

杨耀民：《狄更斯的创作历程与思想特征》，《文学评论》，1962 年第 6 期

王佐良：《狄更斯的特点及其他》，《光明日报》，1962 年 12 月 19 日

辛未艾：《从〈艰难时世〉看狄更斯的创作倾向——纪念狄更斯诞生一百五十周年》，《文汇报》，1962 年第 25 期

卢那察尔斯基：《查尔斯·狄更斯》，蒋路译，《世界文学》，1962 年第 7—8 期

王忠祥：《英国杰出的现实主义作家狄更斯》，《湖北日报》，1962 年 12 月 19 日

赵萝蕤：《狄更斯与〈美国杂记〉》，《光明日报》，1963 年 11 月 19—21 日

杨耀民：《论狄更斯的〈双城记〉和人道主义》，《光明日报》，1964 年 7 月 5 日

王忠祥：《论狄更斯的〈双城记〉》，《外国文学研究》，1978 年第 1 期

赵萝蕤：《批判的现实主义杰出作家狄更斯》，《读书》，1979 年第 2 期

潘耀泉：《狄更斯创作的艺术特色》，《外国文学研究》，1980 年第 2 期

朱虹：《狄更斯的〈荒凉山庄〉》，《外国文学评论》，1980 年第 2 期

罗经国编：《狄更斯评论集》，上海译文出版社，1981 年

任明耀：《狄更斯作品中的"怪人"形象》，《外国文学研究》，1981 年第 4 期

金嗣峰：《资产阶级人道主义与狄更斯的〈双城记〉》，《武汉师范学院学报（哲社版）》，1981 年第 2 期

范文瑚：《〈双城记〉所体现的资产阶级人道主义》，《四川师院学报》，1981 年第 2 期

李肇星：《狄更斯描写景物的几个特点——读〈游美札记〉》，《外国文学研究》，1982 年第 1 期

郭珊宝：《狄更斯的儿童形象初探》，《外国文学研究》，1982 年第 1 期

郭珊宝：《圣诞节的史克罗奇的两重性——读狄更斯〈圣诞欢歌〉札记》，《求是学刊》，1982 年第 5 期

张玲：《游美札记·序言》，上海译文出版社，1982 年

张玲：《英国伟大的小说家——狄更斯》，北京出版社，1983 年

伊瓦舍娃：《狄更斯评传》，蔡文显等译，广州：广东人民出版社，1983 年

莫洛亚：《狄更斯评传》，朱延生译，太原：山西人民出版社，1984 年

皮尔逊：《狄更斯传》，杭州：浙江文艺出版社，1985 年

朱虹：《狄更斯小说欣赏》，太原：山西人民出版社，1985 年

王力：《狄更斯小说的视点与小说叙述观念的衍化》，《天津社会科学》，1986 年第 3 期

郭珊宝：《狄更斯小说的夸张》，《外国文学研究》，1987 年第 4 期

张玲：《剥笋——〈双城记〉主题分层析》，《外国文学研究》，1988 年第 2 期

朱虹：《市场上的作家——另一个狄更斯》，《外国文学评论》，1989 年第 4 期

埃德加·约翰逊：《狄更斯：他的悲剧与胜利》，天津人民出版社，1992 年

杰克逊：《查尔斯·狄更斯——一个激进人物的进程》，上海译文出版社，

1993 年

谢天振：《深插底层的笔触——狄更斯传》，上海：世界图书出版公司，1994 年

蒋承勇、郑达华：《狄更斯的心理原型与小说的童话模式》，《杭州师院学报》，
1995 年第 1 期

薛鸿时：《浪漫的现实主义——狄更斯传》，北京：社会科学文献出版社，
1996 年

赵炎秋：《狄更斯长篇小说研究》，北京：社会科学文献出版社，1996 年

张聪慧：《重塑与改造——浅析〈大卫·科波菲尔〉的双重叙述机制》，《河北
师院学报》，1996 年第 2 期

严幸智：《狄更斯与他的时代》，南京大学博士论文，2002 年

殷企平：《〈董贝父子〉中的"铁路意象"》，《外语与外语教学》，2003 年第 1 期

殷企平：《对所谓〈艰难时世〉中"败笔"的思考》，《外国文学研究》，2003 年第
1 期

乔国强：《从〈雾都孤儿〉看狄更斯的反犹主义倾向》，《外国文学研究》，2004
年第 2 期

陈晓兰：《腐朽之力：狄更斯小说中的废墟意象》，《外国文学评论》，2004 年第
4 期

赵炎秋：《狄更斯小说中的监狱》，《外国文学评论》，2005 年第 2 期

殷企平：《〈小杜丽〉中的"进步"瘟疫》，《浙江大学学报（人文社科版）》，2005
年第 4 期

殷企平：《是〈董贝父子〉，还是〈董贝父女〉？——狄更斯笔下的"进步"和异
化》，《杭州电子科技大学学报（社科学版）》，2006 年第 1 期

李增：《狄更斯小说中的"边缘人物"与维多利亚意识形态的权力话语》，《外
国文学研究》，2008 年第 2 期

童真：《狄更斯与中国》，湘潭：湘潭大学出版社，2008 年

殷企平、杨世真：《新中国 60 年狄更斯小说研究之考察与分析》，《外国文学
研究》，2011 年第 4 期

萨克雷

《英国二大小说家迭更斯及萨克礼略传》，《大陆》，1904 年第 12 期

魏易：《威廉·梅克比斯·萨格里传》，《泰西名小说家略传》，通俗教育研究
会，1917 年

顾均正：《〈玫瑰与指环〉译者的话》，上海：开明书店，1930 年

茅盾：《伍译的〈侠隐记〉和〈浮华世界〉》，《文学》，1934 年第 2 卷第 1—6 期

纪乘之：《威廉·沙克莱及其〈浮华世家〉之研究》，《文学评论》，1934 年第 1
　　卷第 2 期

茅盾：《萨克莱的〈浮华世界〉》，《汉译西洋文学名著》，上海：亚细亚书局，
　　1935 年

味茗：《伍译的〈侠隐记〉和〈浮华世界〉》，《文学》，1935 年第 2 卷第 3 期

沉诗梦：《威廉·梅克皮·沙克莱》，《学生生活》，1935 年第 3 卷第 8 期

郑学稼：《萨克莱的〈浮华世界〉》，《中央周刊》，1943 年第 6 卷第 10—11 期

车尔尼雪夫斯基：《论萨克莱的〈纽康门家〉》，洪钟译，《笔阵》，1944 年第 1 期

林海：《〈浮华世界〉及其作者》，《时与文》，1948 年第 3 卷第 3 期

杨必：《〈名利场〉译者序》，北京：人民文学出版社，1957 年

王佐良：《萨克雷的〈名利场〉》，《译文》，1958 年第 1 期

陈达、王培德：《〈亨利·艾斯芒德的历史〉译后记》，北京：人民文学出版社，
　　1958 年

杨降：《萨克雷〈名利场〉序》，《文学评论》，1959 年第 3 期

张健：《论萨克雷的〈亨利·艾斯芒德的历史〉》，《文史哲》，1963 年第 3 期

朱虹：《论萨克雷的创作——纪念萨克雷逝世一百周年》，《文学评论》，1963
　　年第 5 期

南木：《〈名利场〉中译本选介》，《翻译通讯》，1980 年第 2 期

孙致礼：《评〈名利场〉中译本的语言特色》，《翻译通讯》，1984 年第 10 期

张烽、张艳华：《一幅资产阶级"体面"家族的大型画像——读萨克雷的〈纽可
　　谟一家〉》，《读书》，1985 年第 3 期

项星耀：《〈潘登尼斯〉译后记》，上海译文出版社，1985 年

沙昭宇：《〈名利场〉的现实性和它的艺术特色》，《福建外语》，1986 年第 4 期

焦小晓：《从〈名利场〉看萨克雷的讽刺艺术》，《上海师范大学学报》，1987 年
　　第 1 期

邢惕夫：《萨克雷——小说家中的巨人》，《文化译丛》，1987 年第 2 期

沃尔芙冈·伊瑟尔：《作为现实主义小说一个组成部分的读者——萨克雷
　　〈名利场〉美学效果研究》，杨波、郜元宝译，《上海文论》，1989 年第 5 期

张玉雁：《试论萨克雷长篇小说中的人物讽刺描写》，《信阳师范学院学报（哲
　　社版）》，1992 年第 21 期

李鸿泉：《维多利亚盛世的女性悲歌：狄更斯与萨克雷笔下的女性群象》,《外国文学研究》,1994 年第 3 期

蔡耀坤：《美质中藏——读杨必译〈名利场〉》,《中国翻译》,1994 年第 1 期

谢辉：《〈名利场〉中的比喻及其人物创造》,《郑州大学学报（哲社版）》,1998 年第 2 期

陈光明：《没有英雄：〈名利场〉副题命意》,《安庆师范学院学报（社科版）》,2000 年第 3 期

程绍雨：《论英国女权主义的先驱——利蓓加·夏泼》,《贵州民族学院学报》,2002 年第 2 期

文军、徐飞：《论〈名利场〉的叙述策略》,《重庆大学学报（社科版）》,2002 年第 3 期

王敏琴：《〈名利场〉中隐含作者的不连贯现象》,《外语研究》,2003 年第 3 期

马嘉：《文学翻译的多维连贯性和小说翻译批评——兼评杨译〈名利场〉的文体连贯性》,《解放军外国语学院学报》,2004 年第 2 期

龚北芳：《蓓基·夏泼形象新解读》,《齐齐哈尔大学学报》, 2004 年第 5 期

李淑玲、吴格非：《萨克雷及其小说在二十世纪中国的传播与接受》,《外语与翻译》,2005 年第 2 期

殷企平：《"进步"浪潮中的商品泡沫——〈名利场〉的启示》,《外国文学研究》,2005 年第 3 期

殷企平：《体面的"进步"——〈纽克姆一家〉昭示的历史》,《外国文学评论》,2005 年第 4 期

张俊萍：《"约翰生博士的字典"——评〈名利场〉中"物"的叙事功能》,《国外文学》,2005 年第 2 期

曾燕波：《〈名利场〉中主要女性形象的解读——剖析作者萨克雷的男权思想》,《云梦学刊》,2006 年第 1 期

余婉卉：《"茵梦湖滨名利场,浮华世界蜃楼境"：吴宓笔下的萨克雷》,《文化与诗学》,2012 年第 1 期

夏洛蒂·勃朗特

仲华：《英国文学史中的白朗脱氏姐妹》,《妇女杂志》,1931 年第 17 卷第 7 期

伍光建：《〈孤女飘零记〉译本序》,上海：商务印书馆,1935 年

吴杰：《〈孤女飘零记〉读后感》,《华年》,1936 年第 5 卷第 22 期

茅盾：《〈真亚耳〉的两个译本》，《译文》，1937 年新 2 卷第 5 期

冯亦代：《书人书事：白朗蒂姐妹》，《人世间》，1948 年第 5—6 期

茅于美：《夏绿蒂·白朗第》，《女青年》，1945 年第 2 卷第 4 期

张英伦、袁树仁等：《论夏绿蒂·勃朗特的〈简·爱〉》，北京：人民文学出版
　　社，1958 年

白自然：《谈谈〈简·爱在罗沃德〉这篇课文》，《西方语文》，1965 年第 3 期

朱虹：《〈简·爱〉——小资产阶级抗议的最强音》，《外国文学研究》，1979 年
　　第 6 期

李霁野：《夏洛特·勃朗蒂和她的创作》，《外国文学研究》，1980 年第 3 期

王化学：《说〈简·爱〉》，《外国文学研究》，1980 年第 2 期

杨静远：《夏洛特·勃朗特小说中的爱情主题》，《文学评论》，1980 年第 5 期

祝庆英：《〈简·爱〉译者序》，上海：上海译文出版社，1980 年

常立：《鉴赏心理漫谈——试析〈简·爱〉中“旷野的呼声”片断》，《读书》，
　　1982 年第 5 期

李怀亮、温欣荣：《也谈〈简·爱〉的结尾》，《河北师范学院学报（哲社版）》，
　　1982 年第 4 期

王捷：《夏洛蒂·勃朗特笔下的女性形象》，《扬州师范学院学报（社科版）》，
　　1984 年第 3 期

张少雄：《〈简·爱〉中反映的财产关系》，《外国文学专刊》，1985 年第 1 期

张唯：《夏绿蒂·勃朗特自叙体小说系统》，《华中师范学院研究生学报》，
　　1985 年第 2 期

杨静远：《淡雅、坚韧的石南花——勃朗特姐妹家乡访问记》，《世界文学》，
　　1985 年第 1 期

杨静远：《勃朗特姐妹的生平与创作》，《名作欣赏》，1986 年第 3 期

朱虹：《〈简·爱〉与妇女意识》，《河南大学学报（哲社版）》，1987 年第 5 期

朱虹：《基督教〈圣经〉与〈简·爱〉》，《读书》，1987 年第 2 期

高万隆：《论〈简·爱〉的宗教倾向》，《上海师范大学学报》，1988 年第 3 期

韩敏中：《女权主义文评：〈疯女人〉与〈简·爱〉》，《外国文学研究》，1988 年第
　　1 期

梁红英：《在诗意的阴影里：简·爱出走的美学思考》，《美育》，1988 年第 2 期

沈建青、陶勇：《〈简·爱〉〈呼啸山庄〉学术讨论会综述》，《外国文学研究》，
　　1988 年第 1 期

朱虹:《禁闭在"角色"里的"疯女人"》,《外国文学评论》,1988 年第 1 期

蔡宇知:《〈简·爱〉、〈呼啸山庄〉中新的爱情模式》,《外国文学研究》,1989 年第 3 期

常立:《寓真于朴 蕴美于情——〈简·爱〉的双重艺术框架》,《山西大学学报(哲社版)》,1989 年第 4 期

方平:《为什么顶楼上藏着一个疯女人?——谈〈简·爱〉的女性意识》,《外国文学研究》,1989 年第 9 期

黄尔昌:《关于叛逆女性的描写和思考——〈名利场〉与〈简·爱〉之比较》,《安徽大学学报》,1989 年第 2 期

易晓明:《一种特殊心态的构成——论夏洛蒂·勃朗特的自叙体小说》,《外国文学评论》,1989 年第 3 期

范文彬:《也谈〈简·爱〉中疯女人的艺术形象》,《外国文学评论》,1990 年第 4 期

范文彬:《论〈简·爱〉的经久魅力》,《上海师范大学学报》,1991 年第 1 期

方平:《读者是享有特权的隐身人——谈〈简·爱〉的自叙手法》,《上海师范大学学报》,1991 年第 1 期

韩敏中:《坐在窗台上的简·爱》,《外国文学评论》,1991 年第 1 期

方平:《希腊神话和〈简·爱〉的解读》,《外国文学评论》,1992 年第 2 期

冯茜:《〈简·爱〉〈蝴蝶梦〉之比较》,《徐州师范大学学报》,1992 年第 2 期

王三炼:《蘩漪与伯莎:跨越时代和国界的同声相应者——〈雷雨〉与〈简·爱〉之比较研究》,《浙江师范大学学报》,1992 年第 3 期

方位津:《光环下的阴影——简·爱叛逆性格质疑》,《国外文学》,1993 年第 1 期

吴晶:《维多利亚时代的三个叛逆女性》,《外国文学研究》,1994 年第 2 期

岸波:《〈简·爱〉中罗切斯特形象的论析》,《社科纵横》,1997 年第 1 期

陆道夫:《论贫困与简·爱的人格发展》,《广西民族学院学报》,1997 年第 1 期

宋致新:《独立女性的情感世界——简·爱与莎菲比较论》,《长沙电力学院学报》,1997 年第 1 期

徐军:《性别角色与妇女解放——安托瓦内特和玛丽·卡森性格特征解读》,《外国文学研究》,1998 年第 3 期

段汉武:《从淑与简·爱的爱情模式来分析平民女子在西方社会中的命运》,

《宁波大学学报（社科版）》，1999 年第 1 期

刘须明：《论简·里斯与她的〈藻海无边〉》，《徐州师范大学学报》，1999 年第 1 期

姚智清：《〈简·爱〉与〈格林童话〉中的"后母"模式》，《中文自学指导》，1999 年第 6 期

王晓玲：《反叛女性与权力话语——从〈简·爱〉到〈苏拉〉看权力话语》，《南京航空航天大学学报（社科版）》，2000 年第 3 期

Ｄ·Ｍ·托马斯：《夏洛特——简·爱的最后旅程》，吴洪译，上海：上海译文出版社，2002 年

陈姝波：《论〈简·爱〉中的性别意识形态》，《外国文学研究》，2002 年第 4 期

杨小洪：《〈简·爱〉：圣经与前圣经场景的双重投影》，《外国语》，2003 年第 3 期

谷红丽：《〈简·爱〉和〈沧海茫茫〉中的殖民主义话语》，《解放军外国语学院学报》，2003 年第 3 期

曹颖哲：《论英国文学中的女性形象鲍西亚与简·爱》，《黑龙江社会科学》，2003 年第 5 期

管淑花：《简·爱理想自我的建构和驱动力》，《河海大学学报（哲社版）》，2005 年第 3 期

王东风：《从诗学的角度看被动语态变译的功能亏损——〈简·爱〉中的一个案例分析》，《外国语》，2007 年第 4 期

坦芙尔·阿明·堂珂：《疾病与欲望：〈简·爱〉与〈黄色墙纸〉中对隐秘的同性恋的惩戒》，《外国文学研究》，2009 年第 1 期

龚静：《〈远大前程〉对〈简·爱〉的借鉴与反冲及其对维多利亚时期中产阶级男性气质的建构》，《外国文学评论》，2011 年第 4 期

王苹：《〈简·爱〉里的"爱尔兰问题"》，《外国文学评论》，2012 年第 2 期

艾米丽·勃朗特

仲华：《英国文学史中的白朗脱氏姐妹》，《妇女杂志》，1931 年第 17 卷第 7 期

梁实秋：《谈〈咆哮山庄〉》，《绿洲》，1936 年第 1 卷第 3 期

卢式：《爱密尔·白朗代及其〈咆哮山庄〉》，《世界文艺季刊》，1945 年第 2 期

蓝烟：《爱美莱·白朗底和她的〈咆哮山庄〉》，《妇女月刊》，1946 年第 1 期

赵瑞蕻：《爱美黎·白朗特及其〈喔瑟霖山庄〉》，《文讯》，1947 年第 4 期

林海：《〈咆哮山庄〉及其作者》,《时与文》,1948 年第 10 期

陈焜等：《论艾米莉·勃朗特的〈呼啸山庄〉》,北京：人民文学出版社,1958 年

陈焜：《峥嵘倔强的叛逆精神——谈谈对〈呼啸山庄〉的理解》,《译林》,1980
    年第 3 期

萨默塞特·毛姆：《艾米莉·勃朗特和〈呼啸山庄〉》,杨静远译,《文艺理论研
    究》,1981 年第 4 期

唐纳德·戈尔尼柯特：《〈呼啸山庄〉：现实主义的还是浪漫主义的?》,朱云
    霞、李学经译,《河南师大学报(社科版)》,1982 年第 3 期

范岳等编：《勃朗特姐妹》,沈阳：辽宁人民出版社,1983 年

杨静远编译：《勃朗特姐妹研究》,北京：中国社会科学出版社,1983 年

李达武：《〈红楼梦〉与〈呼啸山庄〉主人公爱情悲剧的比较》,《文艺理论研
    究》,1984 年第 3 期

赵萝蕤：《形式与内容的血缘关系——〈呼啸山庄〉艺术构思》,《外国文学》,
    1984 年第 8 期

阿诺德·凯特尔：《爱米莉·勃朗特的〈呼啸山庄〉》,曹让庭译,《外国文学专
    刊》,1985 年第 1 期

罗伯特·洛·戴维·博尔顿：《小说〈呼啸山庄〉中主人公希思克利夫的原
    型》,叶树钰译,《文化译丛》,1985 年第 5 期

王晓秦：《从爱米莉·勃朗蒂的诗歌创作看〈呼啸山庄〉》,《外国文学研究》,
    1986 年第 1 期

方平：《闪烁着天才的光芒的杰作——论〈呼啸山庄〉》,《上海师范大学学报
    (哲社版)》,1986 年第 1 期

方平：《再论〈呼啸山庄〉》,《上海师范大学学报(哲社版)》,1986 年第 3 期

方平：《一部用现代艺术技巧写成的古典作品——谈〈呼啸山庄〉的叙述手
    法》,《外国文学研究》,1987 年第 2 期

捷：《〈呼啸山庄〉、〈简·爱〉学术研讨会在沪举行》,《上海师范大学学报(哲
    社版)》,1987 年第 4 期

裘小龙：《从神话原型看〈呼啸山庄〉》,上海《首届〈简·爱〉、〈呼啸山庄〉学术
    研讨会》会议论文,1987 年 11 月 9 日

克利夫斯：《〈呼啸山庄〉的主题、风格及其结构》,晓风译,《文化译丛》,1988
    年第 1 期

一冰：《〈简·爱〉、〈呼啸山庄〉学术讨论会在沪召开》,《外国文学评论》,1988

年第 1 期

方平：《谁是〈呼啸山庄〉的主人公？——〈呼啸山庄〉的结构研究》，《外国文学研究》，1988 年第 1 期

张玲：《艾米莉·勃朗特的诗——〈呼啸山庄〉创作的源泉》，《外国文学评论》，1988 年第 4 期

方平：《爱和恨，都是生命在燃烧——试论〈呼啸山庄〉中的希克厉》，《外国文学研究》，1989 年第 2 期

方平：《夏娃和她的亚当——从〈呼啸山庄〉看妇女在爱情和家庭中的地位》，《名作欣赏》，1989 年第 2 期

蔡宇知：《〈简·爱〉、〈呼啸山庄〉中新的爱情模式》，《外国文学研究》，1989 年第 3 期

杨静远等编：《勃朗特一家的故事》，上海译文出版社，1990 年

方平：《纳莉做了奸细啦！谈〈呼啸山庄〉的叙事系统》，《读书》，1991 年第 4 期

刘新明：《试论〈呼啸山庄〉结构的音乐性》，《上海师范大学学报（哲社版）》，1991 年第 3 期

何朝阳：《永恒的激情——〈呼啸山庄〉的现代心理学阐释》，《上海师范大学学报（哲社版）》，1991 年第 3 期

单世联：《叛逆的爱情——〈红楼梦〉与〈呼啸山庄〉之比较》，《广东社会科学》，1992 年第 1 期

韩敏中：《无穷尽的符号游戏——20 世纪的〈呼啸山庄〉阐释》，《外国文学评论》，1992 年第 1 期

韩振恒：《〈呼啸山庄〉中的偶然和巧合》，《解放军外国语学院学报》，1993 年第 3 期

金琼：《绝对时空中的永恒沉思——〈呼啸山庄〉的叙述技巧与结构意识》，《外国文学研究》，1993 年第 2 期

查明建：《试论〈呼啸山庄〉的叙述视角》，《池州师专学报》，1994 年第 1 期

朱虹：《山庄、田庄、复仇和书的角色——重读〈呼啸山庄〉》，《名作欣赏》，1994 年第 6 期

邵旭东：《何以写出〈呼啸山庄〉？——也谈艾米丽·勃朗特创作源泉问题》，《外国文学研究》，1996 年第 4 期

袁翠珍：《从〈呼啸山庄〉看艾米莉·勃朗特的宗教观》，《外国文学研究》，

1997 年第 4 期

袁静：《〈呼啸山庄〉的套盒式结构与复调旋律》，《黑龙江社会科学》，1998 年
第 5 期

李森：《〈简·爱〉和〈呼啸山庄〉的象征艺术》，《山东社会科学》，1999 年第
1 期

张同乐、毕铭：《〈呼啸山庄〉——一部具有现代主义意味的小说》，《外国文学
研究》，1999 年第 1 期

陆小宁、刘志：《〈呼啸山庄〉与〈金锁记〉情感世界之比较》，《外国文学研究》，
2000 年第 1 期

蒲若茜：《〈呼啸山庄〉与哥特传统》，《外国文学评论》，2002 年第 1 期

蒲若茜：《对〈呼啸山庄〉复仇主题的原型分析》，《四川外语学院学报》，2002
年第 5 期

马坤：《自我的认同与回归——再读〈呼啸山庄〉》，《外国文学研究》，2003 年
第 3 期

高继海：《〈呼啸山庄〉的主题与叙事》，《外国文学研究》，2008 年第 3 期

高万隆：《论〈呼啸山庄〉的另类性》，《苏州科技学院学报（社科版）》，2008 年
第 3 期

高万隆：《论〈呼啸山庄〉的复合型叙述模式》，《济南大学学报（社科版）》，
2008 年第 6 期

乔治·爱略特

《英国小说家爱里阿脱女士传》，《中国新女界杂志》，1907 年第 4 期

周瘦鹃：《英国女小说家乔治·哀利奥脱女士传》，《妇女时报》，1911 年第
2 期

亮月乐：《社会小说〈乱世女豪〉序》，上海广学会，1929 年

梁实秋：《〈织工马南传〉序》，上海新月书店，1932 年

《英国女文豪乔治·伊丽阿脱史略》，《福州华南女子文理学院学生自治会》，
1934 年

波尔顿：《英国女作家佐治·爱略特小传》，吕乃瑛译，《女子月刊》，1936 年第
7 期

石裕华：《介绍英国女作家乔治·哀利奥特》，《国立山东大学周刊》，1936 年
第 159 期

梁实秋：《〈吉尔菲先生的情史〉后记》，重庆：黄河书局，1945 年

赵景深：《哀利奥特传记》，《妇女月刊》，1947 年第 4 期

朱有琮：《乔治·哀利奥特的〈织工马南传〉》，《读书通讯》，1948 年第 150 期

清水译：《乔治·艾略特的小说》，《广播周报》，1948 年第 93 期

竞鸣：《〈织工马南〉人物结构的直角坐标系》，《外国文学研究》，1985 年第 2 期

弗吉尼亚·伍尔夫：《论乔治·爱略特》，《论小说与小说家》，瞿世镜译，上海译文出版社，1986 年

朱虹：《〈米德尔马契〉译本序》，北京：人民文学出版社，1987 年

王晓英：《"爱的宗教"与乔治·爱略特的早期创作》，《南京师大学报（社科版）》，1988 年第 1 期

梁辉：《试论乔治·爱略特前期长篇小说中的心理描写艺术》，《广东社会科学》，1991 年第 6 期

刘意青：《女性的困惑——析多萝西娅·布鲁克和伊莎贝尔·阿切尔》，《北京大学学报（哲社版）》，1992 年第 2 期

徐晓晴：《是"天命的安排"还是"个人的选择"——析〈塞拉斯马纳〉中的父爱》，《外国文学研究》，1992 年第 5 期

王晓英：《乔治·爱略特和她的小说》，《南京社会科学》，1993 年第 2 期

尹德翔：《乔治·爱略特的认知选择——〈米德尔马契〉人物解析》，《国外文学》，1996 年第 4 期

亨利·詹姆斯：《乔治·爱略特》，《小说的艺术——亨利·詹姆斯文论选》，朱雯等译，上海译文出版社，2001 年

龙艳：《乔治·爱略特三部小说中女性的反抗与沉默》，北京外国语大学博士论文，2002 年

龙艳：《"沉默"的背后——乔治·爱略特两部小说中的基督信仰与男性神学话语压制》，《外国文学》，2002 年第 1 期

殷企平：《互文和"鬼魂"：多萝西娅的选择——再访〈米德尔马契〉》，《外国文学评论》，2004 年第 1 期

董淑铭：《乔治·爱略特的女性主义观在〈米德尔马契〉中的体现》，《浙江社会科学》，2004 年第 6 期

张金凤：《乔治·艾略特：理想主义与现实主义的"调和"》，开封：河南大学出版社，2005 年

廖昌胤：《〈弗洛斯河磨坊〉"败笔"质疑》，《外国文学》，2005 年第 4 期

乔修峰：《〈罗慕拉〉——出走的重复与责任概念的重建》，《外国文学评论》，2005 年第 2 期

殷企平：《小说〈激进党人菲利克斯·霍尔特〉解读》，《外语与外语教学》，2005 年第 11 期

董淑：《在人性中彰显独立——乔治·爱略特的后现代女性主义观》，《江西社会科学》，2005 年第 8 期

杜隽：《乔治·爱略特小说的伦理批评》，上海：学林出版社，2006 年

廖昌胤：《悖论叙事——乔治·爱略特后期三部小说中的政治化悖论》，北京：中国社会科学出版社，2007 年

马建军：《乔治·艾略特研究》，武汉大学出版社，2007 年

殷企平：《过去是一面镜子——〈亚当·比德〉中的社会伦理问题》，《外国文学研究》，2007 年第 1 期

欧阳美和、陈光华：《试论乔治·爱略特乌托邦理想之建构及其破灭》，《江西社会科学》，2007 年第 7 期

毛亮：《历史与伦理：乔治·艾略特的〈罗慕拉〉》，《外国文学评论》，2008 年第 2 期

高晓玲：《感受就是一种知识——乔治·艾略特作品中"感受"的认知作用》，《外国文学评论》，2008 年第 3 期

廖昌胤：《悖论声音——乔治·爱略特后期小说中的创造性叙述者》，《英美文学研究论丛》，2008 年第 1 期

龙艳：《激进而保守的女性主义——英国作家乔治·爱略特研究》，北京：外语教学与研究出版社，2008 年

高晓玲：《乔治·爱略特的"同情"观及其哲学渊源》，《外国文学》，2009 年第 1 期

朱桃香：《叙事理论视野下的迷宫文本研究》，暨南大学博士论文，2009 年

魏晓红：《乔治·爱略特小说的心理描写艺术研究》，上海外国语大学博士论文，2010 年

罗杰鹏：《怡情与致用：爱略特笔下的荷兰风俗画》，《国外文学》，2010 年第 3 期

王海萌：《当代西方乔治·爱略特研究述评》，《国外文学》，2010 年第 1 期

罗灿：《〈米德尔马契〉中的科学思想——从利德盖特的科学研究看乔治·爱

略特的创作》,《外国文学评论》,2010 年第 4 期

伊丽莎白·盖斯凯尔夫人

伍光建：《克阑弗·译者序》,上海,商务印书馆,1927 年

梁遇春：《盖斯凯尔夫人》,《老保姆的故事》,上海：北新书局,1931 年

朱曼华：《女性的禁城·序》,上海,启明书局,1937 年

朱虹《〈玛丽·巴顿〉译本序》,上海：上海文艺出版社,1963 年

张敏、繁澍：《试论〈玛丽·巴顿〉的思想内容——关于盖斯凯尔夫人代表作的评价问题》,复印报刊资料《外国文学研究》,1982 年第 7 期

王秋荣、丁子春：《无产者战斗的画卷——评盖斯凯尔夫人的〈玛丽·巴顿〉》,复印报刊资料《外国文学研究》,1984 年第 5 期

薛龙宝：《评盖斯凯尔夫人的〈玛丽·巴顿〉》,复印报刊资料《外国文学研究》,1986 年第 6 期

赵瑞：《盖斯凯尔夫人与〈西尔维亚的两个恋人〉》,《外国文学研究》,1993 年第 3 期

范晴：《小说〈北与南〉中平行结构探讨》,《安徽师大学报》,1994 年第 3 期

殷企平：《在"进步"的车轮之下——重读〈玛丽·巴顿〉》,《外国文学评论》,2005 年第 1 期

欧阳美和、周香花：《维多利亚语境中矛盾意识的突显》,《外国文学研究》,2006 年第 2 期

盛宁：《伊丽莎白·盖斯凯尔夫人的"复活"》,《外国文学评论》,2007 年第 1 期。

陈礼珍：《视线交织的"圆形监狱"：〈妻子与女儿〉的道德驱魔仪式》,《外国文学评论》,2012 年第 1 期

罗伯特·路易斯·斯蒂文森

王国维：《英国小说家斯提逢孙传》,《教育世界》,1907 年第 149—150 期

郑振铎：《史蒂芬孙评传》,《小说月报》,1921 年第 12 卷第 3 期

沈雁冰：《法人的史蒂芬孙评》,《小说月报》,1921 年第 12 卷第 4 期

止水：《清华童子军演的〈金银岛〉》,《戏剧》,1922 年第 2 卷第 1 期

席涤尘：《史蒂文生文艺杂话选译》,《白露》,1927 年第 2 卷第 3 期

徐调孚：《史蒂文生小传》,《中学生》,1930 年创刊号

张承道：《〈宝岛〉是一本文学名著》，《开明》，1931 年第 37—38 期

范存忠：《史蒂文生史著〈宝岛〉的中文译本》，《图书评论》，1932 年第 2 期

《人物小志：史蒂文生》，《兴华》，1935 年第 32 卷第 1 期

伯符：《史蒂文生的读书论》，《新中华》，1935 年第 3 卷第 3 期

《史蒂文孙原作〈金银岛〉与电影》，《时事旬报》，1935 年第 19 期

《电影批评：评〈金银岛〉》，《电声》，1935 年第 1 期

李希实：《史蒂芬孙传》，《学校生活》，1936 年第 143 期

《史蒂芬孙和他的作品》，《青年问题》，1946 年第 3 卷第 6 期

《爱心之路：史蒂文生的生平立人》，《希望月刊》，1947 年第 19 卷第 5 期

陈忠德：《史蒂文生的一生》，《青年界》，1948 年新 6 卷第 1 期

侯浚吉：《〈诱拐〉译者前记》，上海：文艺联合出版社，1955 年

里德·贝多：《从高原到大海——史蒂文生的生平和创作》，杨域译，《文化译丛》，1982 年第 4 期

梁葆成：《新发现的史蒂文生的小说》，《文化译丛》，1982 年第 4 期

赵湘：《罗伯特·路易斯·史蒂文生》，《吉首大学学报（社科版）》，1983 年第 1 期

孟宪忠、李桂兰：《诗意浓郁 情趣盎然——评史蒂文森的诗》，《外国文学》，1995 年第 1 期

胡慧峰：《史蒂文生与〈诱拐〉》，《社科纵横》，1996 年第 2 期

殷企平：《小说不能与生活竞争吗？——评詹姆斯和史蒂文生的一场争论》，《杭州大学学报（哲社版）》，1998 年第 2 期

许克琪、刘须明：《〈金银岛〉的后殖民解读》，《南京理工大学学报（社科版）》，2005 年第 6 期

陈榕：《野性的规训——解读 R.L. 斯蒂文森的〈化身博士〉》，《解放军外国语学院学报》，2007 年第 8 期

陈兵、牛振宇：《〈金银岛〉：西方人的"东方幻象"》，《安徽大学学报（哲社版）》，2008 年第 2 期

赖维菁：《旅行·地景·再现——史蒂文生旅行书写中的欧陆与南太平洋》，《英美文学评论》，2009 年第 14 期

威廉·莫里斯

昔尘：《莫理斯之艺术观及劳动观》，《东方杂志》，1920 年第 7 期

卢剑波：《"社会主义者同盟"与"莫里斯"》，《文化战线》，1928 年第 1 卷第 4 期

汉南：《近代四大乌托邦著作家》，《革命周报》，1929 年第 91—100 期

黄嘉德：《英国作家威廉·莫理斯》，《山东大学学报》，1962 年第 5 期

朱永春：《从现代艺术运动中的四个课题看威廉·莫里斯美学思想》，《美术观察》，1999 年第 3 期

殷企平：《乌有乡的客人：解读〈来自乌有乡的消息〉》，《外国文学》，2009 年第 3 期

殷企平：《莫里斯逃避现实了吗?》，《外国文学研究》，2010 年第 1 期

洪小理、殷企平：《解读〈乌有乡消息〉中的河流意象》，《英美文学研究论丛》，2011 年第 1 期

殷企平：《艺术地生活：莫里斯的文化观》，《杭州师范大学学报（社科版）》，2012 年第 2 期

吉辛

高倚筠：《作家介绍：乔治·基辛》，《新垒》，1934 年第 4 卷第 2 期

林栖译：《吉辛随笔》，《中国公论》，1943 年第 2—5 期

吉辛：《〈四季随笔〉原序》，李霁野译，《时与潮文艺》，1944 年第 3 卷第 3 期

蒋炳贤：《乔治·吉辛的散文：一个英国近代作家的述评》，《中央周刊》，1947 年第 9 卷第 25 期

《英国近代作家乔治·吉辛的散文》，《中央通刊》，1946 年第 8—28 期

Samuel C. Chew：《英国自然主义小说论坛：勃特乐·怀特·季兴·莫尔》，高滔译，《新中华》，1949 年第 12 卷第 8 期

叶子南：《吉辛谈读书》，《读书》，1983 年第 2 期

吴希义：《吉辛谈读书》，《读书》，1984 年第 12 期

程文超：《"表达"与超越：那个生命的时刻——读乔治·吉辛的〈四季随笔〉》，《外国文学研究》，1987 年第 2 期

吴希义：《吉辛论占有书》，《读书》，1987 年第 6 期

冯亦代：《一本恬淡的书》，《瞭望》，1987 年第 51 期

姚在祥：《评乔治·吉辛的〈新寒士街〉》，《杭州大学学报（哲社版）》，1988 年第 2 期

薛鸿时：《论吉辛的〈文苑外史〉》，《外国文学评论》，1993 年第 3 期

薛鸿时：《论吉辛的政治小说〈民众〉》，《外国文学评论》，1995 年第 3 期

殷企平：《〈文苑外史〉中"列车"的含义》，《解放军外国语学院学报》，2003 年
　　第 1 期

陈晓兰：《文学与市场：乔治·吉辛的城市观念与文化想象》，《上海大学学报
　　（社科版）》，2012 年第 5 期

应璎：《〈四季随笔〉中的生态焦虑》，《杭州师范大学学报（社科版）》，2013 年
　　第 2 期

亨利·哈葛德

林纾：《迦茵小传·小引》，上海：商务印书馆，1905 年

林纾：《埃司兰情侠传·序》，上海：商务印书馆，1905 年

林纾：《埃及金踏剖尸记·译余剩语》，上海：商务印书馆，1905 年

林纾：《鬼山狼侠传·序》，上海：商务印书馆，1905 年

林纾：《斐洲烟水愁城录·序》，上海：商务印书馆，1905 年

林纾：《英孝子火山复仇记·序》，上海：商务印书馆，1905 年

林纾：《英孝子火山报仇录·译余剩语》，上海：商务印书馆，1905 年

林纾：《洪罕女郎传·序》，上海：商务印书馆，1906 年

林纾：《洪罕女郎传·跋语》，上海：商务印书馆，1906 年

林纾：《红礁画桨录·序》，上海：商务印书馆，1906 年

林纾：《橡湖仙影·序》，上海：商务印书馆，1906 年

林纾：《雾中人·叙》，上海：商务印书馆，1906 年

林纾：《钟乳髑髅·序》，上海：商务印书馆，1908 年

林纾：《矶司刺虎记·序》，上海：商务印书馆，1909 年

林纾：《三千年艳尸记·跋》，上海：商务印书馆，1910 年

毕树棠：《科南道尔与哈葛德》，《人世间》，1939 年第 1 期

董星南：《中西文学题材处理的异同：从〈迦茵小传〉二译本及其评论所看到
　　的》，复印报刊资料《外国文学研究》，1983 年第 4 期

陈曦钟：《关于〈迦茵小传〉的两种译本——订正新版〈鲁迅全集〉的一条注
　　释》，《文献》，1984 年第 20 期

邹振环：《接受环境对翻译原本选择的影响——林译哈葛德小说的一个分
　　析》，《复旦学报（社科版）》，1991 年第 3 期

郭丽莎：《现代西方俗文学的引介——论林纾翻译的哈葛德小说》，《思想战

线》，1999 年第 3 期

郭丽莎：《林纾与哈葛德小说的关系》，《贵州社会科学》，1999 年第 3 期

郝岚：《林纾对哈葛德冒险与神怪小说的解读》，《东方论坛》，2004 年第 1 期

韩洪举：《林译〈迦茵小传〉的文学价值及其影响》，《浙江师范大学学报（社科版）》，2005 年第 1 期

陈兵：《〈所罗门王的宝藏〉：殖民掠夺的合法性问题》，《解放军外国语学院学报》，2006 年第 6 期

刘洪涛、刘倩：《论林译小说〈迦茵小传〉中的创造性叛逆》，《北京师范大学学报（社科版）》，2008 年第 3 期

邹瑞玥：《林纾与周作人两代翻译家的译述特点——从哈葛德小说 *The World's Desire* 说起》，《中国现代文学研究丛刊》，2009 年第 2 期

张金凤：《"他者"形象与世纪末焦虑症——解读哈格德的〈她〉》，《解放军外国语学院学报》，2010 年第 2 期

郝岚：《从〈长生术〉到〈三千年艳尸记〉：H. R. 哈葛德小说 *She* 的中译及其最初的冷遇》，《外国文学研究》，2011 年第 4 期

潘红：《林译〈迦茵小传〉：意识形态规约下的修辞重构》，福建师范大学博士论文，2011 年

潘红：《林译〈迦茵小传〉道德话语的修辞建构》，《福建师范大学学报（哲社版）》，2011 年第 2 期

周子玉：《电影改编中女性的出场与缺席——以〈所罗门王的宝藏〉为例》，《文艺争鸣》，2011 年第 6 期

潘红：《哈葛德小说在中国：历史吊诡和话语意义》，《中国比较文学》，2012 年第 3 期

周子玉、罗璠：《颠覆与杂糅：哈格德笔下的母权空间》，《外国文学研究》，2013 年第 2 期

丽莲·伏尼契

耶·叶戈洛娃：《牛虻·序》，李俍民译，北京：中国青年出版社，1953 年

巴人：《关于〈牛虻〉》，《中国青年》，1953 年第 16 期

韦君宜：《读〈牛虻〉》，《新华月报》，1953 年第 10 期

伊敏：《牛虻的性格》，《文汇报》，1953 年 8 月 29 日

钟越：《小说〈牛虻〉的故事》，《大公报》，1953 年 8 月 21 日

叔静：《关于〈牛虻〉》，《光明日报》，1953 年 8 月 1 日

力扬：《〈牛虻〉的历史背景和思想性》，《中国青年报》，1953 年 8 月 1 日

歧国莫：《牛虻的革命精神鼓舞着我们前进》，《群众日报》，1953 年 12 月
    12 日

李希凡：《燃烧着革命火焰的英雄形象——苏联影片〈牛虻〉观后》，《大众电
    影》，1956 年第 11 期

阿塞拜依：《〈牛虻〉作者伏尼契在纽约》，《中国青年》，1956 年第 4 期

叶·塔拉都塔：《关于〈牛虻〉及其作者》，白祖芸、翟松年译，《译文》，1956 年
    第 4 期

叶·塔拉都塔：《〈牛虻〉作者的其他几部小说》，《中国青年报》，1956 年 10 月
    26 日

《苏读者热爱〈牛虻〉作者》，《新华社新闻稿》，1956 年第 2138 期

萨弗隆诺夫：《〈牛虻〉作者访问记》，《中国青年报》，1956 年第 8 期

王再：《对〈牛虻〉的这样认识是不对的！》，《大众电影》，1956 年第 5 期

李希凡：《燃烧着革命火焰的英雄形象——苏联影片〈牛虻〉观后》，《大众电
    影》，1956 年第 11 期

张毕来：《谈谈牛虻和蒙泰尼里的关系——影片〈牛虻〉的观后随笔》，《大众
    电影》，1956 年第 11 期

陈安京：《为了祖国，为了人民！——〈牛虻〉电影故事》，《大众电影》，1956 年
    第 11 期

《小说〈牛虻〉和它的作者》，《大众电影》，1956 年第 11 期

《对删节〈牛虻〉原著的意见》，《读书》，1957 年第 8 期

李俍民：《奇特的删节法——对〈牛虻〉删节本的意见之一》，《文汇报》，1957
    年第 27 期

李俍民：《阿尔卑斯山的夕照——对〈牛虻〉删节本的意见之二》，《文汇报》，
    1957 年第 12 期

《苏联将出版〈牛虻〉作者的全集》，《读书月报》，1958 年第 1 期

周威烈等：《论伏尼契的〈牛虻〉》，北京：人民文学出版社，1958 年

孝廷：《〈牛虻〉的译本》，《读书》，1980 年第 5 期

蓝星：《人是矛盾的统一体——关于〈牛虻〉中人性的共同性与人性的阶级
    性》，复印报刊资料《外国文学研究》，1983 年第 11 期

张华：《〈牛虻〉与人性爱》，《国外文学》，1987 年第 4 期

毛时安：《事业中的一个活生生的人——牛虻性格新论》,复印报刊资料《外国文学研究》,1987 年第 12 期

毕正波：《黑袍下两个痛苦的灵魂：克罗德和蒙太尼里》,《外国文学评论》,1988 年第 1 期

谢逸灼：《小说〈牛虻〉的认识意义》,复印报刊资料《外国文学研究》,1991 年第 12 期

周怡：《〈牛虻〉在中国的传播及其对塑造现代人格的意义》,《英美文学研究论丛》,2010 年第 1 期

顾维勇：《〈牛虻〉及其作者的反教会思想》,复印报刊资料《外国文学研究》,1992 年第 8 期

倪秀华：《翻译：一种文化政治行为——20 世纪 50 年代中国译介〈牛虻〉之现象透析作者》,《中国比较文学》,2005 年第 1 期

卢玉玲：《不只是一种文化政治行为——也谈〈牛虻〉的经典之路》,《中国比较文学》,2005 年第 3 期

孙希佳：《从接受美学的视角重读〈牛虻〉》,《陕西师范大学学报（哲社版）》,2006 年第 1 期

阿尔弗莱德·丁尼生

Wang Yuin Soong: "What Tennyson's 'Ulysses' Says to the Girls of the Twentieth Century,"《墨梯》,1922 年第 5 期

郑振铎：《文学大纲：丁尼生》,《小说月报》,1926 年第 17 卷第 5 期

杨昌溪：《丁尼生的戏剧》,《现代文学》,1930 年第 1 卷第 5 期

吴精辉译：《丁尼生》,《同文学生》,1933 年第 2 期

薇户：《丁尼生的〈催眠歌〉》,《文艺》,1935 年第 3 卷第 5—6 期

王文娟：《但尼生的〈催眠曲〉》,《微明》,1935 年第 1 卷第 3 期

倪公甫：《谭纳逊的〈催眠歌〉》,《河南大学校刊》,1935 年第 65 期

朱维之：《文质彬彬丁尼生》,《天风》,1938 年第 5 卷第 3 期

冯一水：《介绍丁尼生的诗》,《大风》,1943 年第 22 期

《丁尼生亲笔手稿被发现》,《外国文学报道》,1982 年第 3 期

王伟：《维多利亚女王的诗人——丁尼生》,《世界文化》,1984 年第 5 期

范东兴：《闻一多与丁尼生》,《外国文学研究》,1985 年第 4 期

张剑：《丁尼生的圣诞赞歌》,《英语学习》,1994 年第 12 期

孙华祥：《论丁尼生的诗〈鹰〉中的意象创造》，《外国文学研究》，1998 年第 2 期

孙胜忠：《论丁尼生诗歌中死亡主题的嬗变及其创作的原动力》，《山东外语教学》，2000 年第 3 期

陈兵：《戏剧独自诗中的说话人：以丁尼生、勃朗宁和艾略特的诗作为例》，《解放军外国语学院学报》，2005 年第 5 期

龙靖遥、区鉷：《〈先贤〉：丁尼生对老子的接受与想象》，《四川外语学院学报》，2006 年第 4 期

金冰：《诗人之"手"：A. S. 拜厄特重新解读丁尼生》，《外国文学评论》，2009 年第 4 期

丁宏为：《"最悲惨的时代"：丁尼生的黑色诗语》，《国外文学》，2009 年第 4 期

吴兆蕾：《追寻精神的上升》，南开大学博士论文，2009 年

丁宏为：《达尔文的冲击：略谈诺顿版〈丁尼生诗选集〉》，《国外文学》，2010 年第 4 期

金冰：《天使在人间——A. S. 拜厄特对艾米莉·丁尼生的重构》，《国外文学》，2010 年第 3 期

汪玉枝：《论丁尼生诗歌中的死亡意象》，《英美文学研究论丛》，2010 年第 2 期

陈小菁：《丁尼生〈悼念集〉中外研究现状述评》，《现代语文》，2011 年第 3 期

罗伯特·勃朗宁

厨川白村：《勃朗宁的三篇恋爱诗》，李宗武译，《妇女杂志》，1922 年第 8 卷第 8 期

厨川白村：《诗人勃朗宁》，鲁迅译，《京报副刊》，1925 年第 64 期

朱湘：《白朗宁的〈异域乡思〉与英诗》，《京报副刊》，1925 年第 85 期

王宗璠：《读了〈白朗宁的'异域乡思'与英诗〉后》，《京报副刊》，1925 年第 89—90 期

方重：《邓与布朗宁对于人生的解答》，《国立武汉大学文哲季刊》，1931 年第 2 卷第 4 期

佩瑗：《英爱国诗人勃朗宁逝世五十周年纪念》，《杂志》，1939 年第 5 卷第 4 期

《神秘诗人罗拔特·勃朗宁》，《国光英语》，1947 年第 3 卷第 3 期

飞白：《百态千姿绘心灵：勃朗宁戏剧独白诗欣赏》，《外国文学欣赏》，1984 年第 2 期

解志熙：《爱情和爱情之外的——比较罗伯特·勃朗宁与加西亚·洛尔加的几首爱情诗》，《名作欣赏》，1987 年第 4 期

邓竹桑：《〈英诗金库〉里里外外——由勃朗宁以及戏剧性诗歌说起》，复印报刊资料《外国文学研究》，1989 年第 8 期

屠岸：《英国诗人罗伯特·布朗宁》，《外国文学》，1992 年第 6 期

刘意青：《寓无限于有限之中——谈布朗宁的诗歌》，《外国文学》，1992 年第 6 期

胡家峦：《"海神"与"海马"——读布朗宁〈我的前公爵夫人〉》，《名作欣赏》，1992 年第 6 期

邵旭东：《勃朗宁研究的新发现》，《外国文学研究》，1995 年第 1 期

曾庆强：《鬼神情结与戏剧意识——爱伦·坡与罗伯特·布朗宁之比较》，《外国文学研究》，1996 年第 4 期

飞白：《轻触生命之谜的三重奏》，《名作欣赏》，1999 年第 3 期

龙艳：《〈勃朗宁诗选〉及其译介文章》，《中国图书评论》，2000 年第 11 期

刘新民：《论勃朗宁诗歌的艺术风格》，《外国文学评论》，2001 年第 4 期

周彦：《无法完成的生命之圆——解读布朗宁〈男人和女人〉》，《北京大学学报（哲社版）》，2002 年第 6 期

孙久荣：《勃朗宁笔下压抑而扭曲的灵魂》，《西安外国语学院学报》，2003 年第 2 期

许淑芳：《被封闭的女人——读勃朗宁的四首戏剧独白诗》，《外国文学研究》，2006 年第 1 期

徐虹：《内心之"戏剧"——论布朗宁的戏剧独白诗》，《苏州大学学报（哲社版）》，2007 年第 4 期

丁宏为：《弥漫的音符：勃朗宁概念中的音乐与意义》，《国外文学》，2011 年第 4 期

伊丽莎白·勃朗宁夫人

闻一多：《白郎宁夫人的情诗》，《新月》，1928 年第 1 卷第 1 期

徐志摩：《白郎宁夫人的情诗》，《新月》，1928 年第 1 卷第 1 期

杨昌溪：《现代世界文坛逸话：甜蜜的勃朗宁夫妇》，《现代文学评论》，1931 年

第 1 卷第 1 期

《白郎宁夫妇书信集》,《时事类编》,1935 年第 3 卷第 13 期

方平:《白朗宁夫人的抒情十四行诗》,《读书》,1981 年第 3 期

吴庆丰:《勃朗宁夫人和她的女佣》,《世界文化》,1991 年第 4 期

张晓萍:《李清照与勃朗宁夫人诗歌的比较》,《云南教育学院学报(社科版)》,1991 年第 5 期

蒲度戎:《爱情女诗人勃朗宁夫人作者》,《英语沙龙》,2001 年第 4 期

李砾:《李商隐的七律〈无题〉与伊丽莎白·白朗宁的十四行诗——兼论中英文传统抒情诗美的异同》,《广东外语外贸大学学报》,2005 年第 2 期

袁欣:《从〈致乔治·桑〉看勃朗宁夫人的诗歌追求》,《文艺研究》,2008 年第 4 期

但丁·罗塞蒂

滕固:《诗画家 Dante G. Rossetti》,《创造周报》,1924 年第 29 期

闻一多:《先拉飞主义》,《新月》,1928 年第 1 卷第 4 期

赵景深:《诗人罗赛谛百年纪念》,《小说月报》,1928 年第 19 卷第 5 期

但丁·罗瑟蒂:《手与灵魂》,朱维基译,《狮吼》,1928 年复刊第 2 期

邵洵美:《D. G. Rossetti》,《狮吼》,1928 年复刊第 2 期

张嘉铸:《〈胚胎〉与罗瑟蒂》,《狮吼》,1928 年复刊第 2 期

吴宓:《英国大诗人兼画家罗色蒂诞生百年纪念》,《学衡》,1928 年第 65 期

《英国大诗人兼画家罗色蒂》,《国闻周报》,1929 年第 6 卷第 30 期

R. L. Megroz:《罗赛蒂的悲剧》,丽南译,《时与潮副刊》,1942 年第 1 卷第 2 期

矢野峰人:《罗塞蒂的秘史》,修刚、张晓希译,《文化译丛》,1985 年第 5 期

段炼:《〈神佑的女郎〉和罗塞蒂诗歌的倾向》,《四川大学学报(哲社版)》,1988 年第 4 期

吴钧陶:《C·罗塞蒂像红雀歌唱》,《人民文学》,1999 年第 8 期

刘介民:《诗歌中的爱欲生死——罗赛蒂与徐志摩生命中的三个女性》,《广州大学学报(社科版)》,2003 年第 2 期

陶宇:《"隐喻的象征"与"唯美的象征"——解析罗塞蒂绘画中的现代意识》,《中国书画》,2005 年第 3 期

克里斯蒂娜·罗塞蒂

袁嘉华：《女诗人罗赛谛百年纪念》，《现代文学》，1930 年第 1 卷第 6 期

毅永（蒲江清）：《英国女诗人罗色蒂诞生百年纪念》，《大公报·文学副刊》，
　　1930 年 12 月 22 日

刘毓芳：《英国女诗人库礼思婷娜·罗塞底及其诗》，《南开大学周刊》，1932
　　年第 137—183 期

吴宓：《论罗色蒂女士之诗》，《吴宓诗集》，北京：中华书局，1935 年

茅灵珊：《论英国女诗人葵丝琴娜·罗色蒂的情诗》，《东方杂志》，1944 年第
　　40 卷第 11 期

弗吉尼亚·伍尔夫：《"我是克里斯蒂娜·罗塞蒂"》，陆家齐译，《文化译丛》，
　　1993 年第 1 期

屠岸：《克里斯蒂娜·罗塞蒂其人》，《外国文学》，1994 年第 2 期

屠岸：《论克·罗塞蒂的诗〈修道院门槛〉》，《外国文学》，1994 年第 2 期

李伟民：《夜莺的歌唱——克里斯蒂娜·罗塞蒂的诗》，《世界文化》，1997 年
　　第 2 期

唐根金：《英美诗坛两女杰：罗塞蒂和迪金森之比较》，《福建外语》，1998 年第
　　4 期

傅守祥：《清寒世界里的生命热忱——论克里丝蒂娜·罗塞蒂的诗意境界》，
　　《浙江大学学报（社科版）》，2004 年第 4 期

徐莎：《复归沉寂的"第十个缪斯"——论克里斯蒂娜·罗塞蒂的十四行组
　　诗》，《云南大学学报（社科版）》，2012 年第 2 期

马修·阿诺德

康德馨：《安诺德之传略及其学说》，《清华学报》，1919 年第 4 卷第 4 期

张歆海：《安诺德的崇古主义》（*The Classicism of Mathew Arnold*），哈佛大学
　　博士论文，1922 年

胡梦华：《安诺德和他的时代之关系》，《东方杂志》，1922 年第 19 卷第 23 期

吕天锡：《安诺德之政治思想与社会思想》，《东方杂志》，1922 年第 19 卷第
　　23 期

顾颐香：《安诺德的诗歌研究》，《东方杂志》，1922 年第 19 卷第 23 期

胡梦华：《安诺德评传》，《东方杂志》，1922 年第 19 卷第 23 期

华林一：《安诺德文学批评原理》，《东方杂志》，1922 年第 19 卷第 23 期

梅光迪：《安诺德之文化论》，《学衡》，1923 年第 14 期

朱孟实：《欧洲近代三大批评学者（三）——安诺德》，《东方杂志》，1927 年第 24 卷 15 期

吴宓：《论安诺德之诗》，《吴宓诗集》，上海：中华书局，1935 年

安诺德：《诗的研究》，葆华译，《文学季刊》，1935 年第 1—2 期

张月超：《安诺德的文艺批评》，《新民族》，1939 年第 4 卷第 4 期

费鉴照：《安诺德的古典主义》，《当代评论》，1942 年第 2 卷第 7 期

柳无忌：《亚诺德论文学与人生》，《西洋文学的研究》，上海：大东书局，1946 年

高一萍：《亚诺尔德的文艺批评》，《台湾省立工学院院刊》，1947 年第 3 期

安诺德：《两种错误的估计》，《中国新诗》，1948 年第 1 期

安诺德：《高度的严肃性》，《中国新诗》，1948 年第 1 期

安诺德：《安诺德文学评论选集——"评荷马史诗的译本"及其他》，殷葆瑺译，北京：人民文学出版社，1958 年

刘重德：《阿诺德评荷马史诗的翻译》，《处国语》，1984 年第 4 期

向天渊：《吴宓与马修·阿诺德》，《东方丛刊》，1999 年第 3 期

韩敏中：《阿诺德、蔡元培与"文化"包袱》，《国外文学》，2002 年第 2 期

陶家俊：《卡莱尔和阿诺德：自由—人文主义文化批判》，《四川外语学院学报》，2003 年第 3 期

肖滨：《阿诺德的文学道德观》，《外国文学研究》，2005 年第 4 期

郭若平：《"理论旅行"：阿诺德"文化"的中国阐释》，《福建论坛（社科版）》，2005 年 10 月

吕佩爱：《"信仰之海"潮退的哀歌——读马修·阿诺德的〈多佛海滩〉》，《江南大学学报（社科版）》，2006 年第 2 期

吕佩爱：《行动乃诗歌生命之所系——论马修·阿诺德关于诗歌题材的选择》，《世界文学评论》，2006 年第 2 期

向天渊：《马修·阿诺德与 20 世纪中国文化》，《重庆工商大学学报（社科版）》，2006 年第 3 期

吕佩爱：《科学精神与人文关怀——马修·阿诺德的文化观研究》，华东师范大学博士论文，2008 年

吕佩爱：《科学精神与人文关怀——论马修·阿诺德的文化观》，《英美文学

研究论丛》，2009 年第 1 期

李振中：《追求和谐的完美——评马修·阿诺德文学与文化批评理论》，2009 年第 8 期

曹莉：《文化自觉与文化批评的新契机——阿诺德、利维斯、威廉斯对我们的启示》，《中国比较文学》，2010 年第 3 期

徐德林：《作为有机知识分子的马修·阿诺德》，《国外文学》，2010 年第 3 期

南健翀：《张力作用下的诗意呈现——重读马修·阿诺德的〈多佛海滩〉》，《复旦外国语言文学论丛》，2010 年第 2 期

蒋显璟：《阿诺德与批评》，《国外文学》，2013 年第 1 期

王华勇：《马修·阿诺德诗歌在中国的研究与传播》，《齐齐哈尔大学学报（哲社版）》，2013 年第 1 期

王秀梅：《二十世纪初期马修·阿诺德文化观在中国的译介与接受》，《学术交流》，2013 年第 1 期

托马斯·卡莱尔

《英国大文豪脱摩斯·卡赖尔之传》，《大陆》，1905 年第 1—12 期

玛克斐森：《欧洲近百年智力之长进：英士喀赖尔之感动》，《大同报》，1909 年第 10 卷第 22 期

《加赖尔（英国文学家）》，菩生译，《青年》，1915 年第 18 卷第 4 期

谢六逸：《批评家卡莱尔》，《文学旬刊》，1923 年第 71 期

梁实秋：《喀赖尔的文学批评观》，《晨报副镌》，1926 年第 63 期

谢六逸：《英雄崇拜论》，《复旦旬刊》，1927 年第 1 期，

范存忠：《卡莱尔论英雄》，《文艺月刊》，1933 年第 4 卷第 1 期

张载人：《英雄与英雄崇拜》，《中国革命》，1934 年第 4 卷第 9 期

杜衡：《卡莱尔论诗的真实》，《文史春秋》，1935 年第 1 期

白麟：《卡莱尔之衣裳论》，《青年月刊》，1936 年第 2 卷第 4 期

陈铨：《论英雄崇拜》，《战国策》，1940 年第 4 期

沈从文：《读〈论英雄崇拜〉》，《战国策》，1941 年第 1 卷第 3 期

贺麟：《英雄崇拜与人格教育》，《战国策》，1941 年第 2 卷第 17 期

梅光迪：《卡莱尔与中国》，《国立浙江大学文学院集刊》，1941 年第 1 期

朱光潜：《论英雄崇拜》，《中央周刊》，1942 年第 5 卷第 10 期

范存忠：《卡莱尔的〈英雄与英雄崇拜〉》，《时与潮文艺》，1943 年第 2 卷第

1 期

曹孚：《英雄与英雄崇拜》，《生活艺术》，上海：开明书店，1946 年

Lytton Strachey：《卡莱尔》，赵毅深译，《世界文艺季刊》，1946 年第 1 卷第 4 期

涅马诺夫：《卡莱尔的社会史观点的主观唯心主义本质》，《史学译丛》，1956 年第 4 期

《托马斯·卡莱尔论罗伯斯比尔》，《外国史学摘译》，1977 年第 4 期

孙秉莹：《喀莱尔及其英雄史观》，《史学史研究》，1979 年第 5 期

张广智：《卡莱尔和〈英雄与英雄崇拜〉》，《世界史研究动态》，1982 年第 12 期

《卡莱尔重写〈法国大革命史〉》，《文化译丛》，1984 年第 4 期

卡莱尔：《〈过去与现在〉，历史和解释学的问题》，《国外社会科学快报》，1986 年第 8 期

孟羽：《把历史的内容还给历史——恩格斯对卡莱尔泛神论的批判》，《杭州师范学院学报（社科版）》，1987 年第 4 期

张广智：《重评托马斯·卡莱尔的史学思想》，《史学理论》，1989 年第 3 期

宋人：《真理与"现代的谜"——关于《评托马斯·卡莱尔的〈过去与现在〉》中的一段话》，《道德与文明》，1992 年第 4 期

聂丽珠：《圣西门与卡莱尔——十九世纪两种历史预言》，《广西师院学报（哲社版）》，1992 年第 3 期

赵雨：《辜鸿铭和托马斯·卡莱尔》，《书屋》，1997 年第 6 期

胡为雄：《英雄观的变迁：从卡莱尔到普列汉诺夫再到胡克》，《中国社会科学》，1994 年第 1 期

段怀清、若杉邦子：《卡莱尔的英雄观在近代日本与中国》，《日本研究集刊》，1997 年第 1 期

徐晓雯：《"切尔西的贤哲"托马斯·卡莱尔》，《外国文学》，1998 年第 3 期

陶家俊：《卡莱尔和阿诺德：自由人文主义文化批判》，《外国语文》，2003 年第 3 期

葛桂录：《托马斯·卡莱尔与中国文化》，《淮阴师范学院学报（哲社版）》，2004 年第 1 期

陈文海：《激扬华章下的恒流与变异——关于卡莱尔及其历史观念》，《学术研究》，2007 年第 4 期

段怀清：《梅光迪对卡莱尔思想的解读阐释》，《杭州师范大学学报（社科

版）》，2008 年第 4 期

殷企平：《卡莱尔"英雄"观的积极意义》，《杭州师范大学学报（社科版）》，2009 年第 6 期

殷企平：《〈拼凑的裁缝〉为何迂回曲折?》，《外国文学评论》，2009 年第 2 期

殷企平：《走向平衡——卡莱尔文化观探幽》，《杭州师范大学学报（社科版）》，2010 年第 3 期

张惠慈：《自然超自然主义——卡莱尔〈衣服哲学〉里的物质与科学》，《英美文学评论》，2010 年第 17 期

乔修峰：《卡莱尔的"社会理念"》，《外国文学评论》，2012 年第 1 期

乔修峰：《卡莱尔的文人英雄与文化偏至》，《国外文学》，2012 年第 4 期

约翰·罗斯金

刘思训译：《罗斯金艺术论》，上海：光华书局，1927 年

丰子恺译：《拉斯金艺术鉴赏论》，《贡献》，1928 年第 3 卷第 1 期

闻一多：《先拉飞主义》，《新月》，1928 年第 1 卷第 4 期

安德烈·莫洛亚：《从罗斯金到王尔德》，郭有守译，《金屋月刊》，1929 年第 1 卷第 5 期

苏芹荪：《罗斯金论读书》，《读书顾问》，1934 年第 2 期

沉诗梦：《约翰·罗斯金》，《学生生活》，1935 年第 3 卷第 5 期

定之（梁实秋）：《文艺批评家之罗斯金》，《自由评论》，1936 年第 23 期

黄源译：《罗斯金艺术论》，《文明之路》，1936 年第 27 期

费鉴照：《罗斯金论道德宗教和艺术的关系》，《当代评论》，1942 年第 2 卷第 9 期

威谦·奥本：《美国画家韦斯勒与英国作家罗斯金之争》，《国外美术资料》，1979 年第 4 期

洪永珊：《罗斯金的美学思想及英国的艺术运动》，《文艺研究》，1995 年第 3 期

高继海：《约翰·罗斯金的艺术批评》，《河南大学学报（社科版）》，1998 年第 1 期

毛刚：《从审美到社会批评——罗斯金批评思想探论》，《兰州大学学报》，2004 年第 2 期

刘须明：《维多利亚时代的圣人——约翰·罗斯金艺术美学思想研判》，《艺

术百家》,2006 年第 1 期

王柯平:《罗斯金论美的两种形态》,《美术观察》,2007 年第 2 期

罗杰鹦:《论约翰·罗斯金艺术思想的嬗变》,《思想战线》,2008 年第 6 期

殷企平:《〈金河王〉的经济学寓意》,《外国文学研究》,2008 年第 2 期

殷企平:《试论罗斯金的文化观》,《浙江大学学报(社科版)》,2008 年第 5 期

殷企平:《On Ruskin's Views on Culture》,《浙江大学学报(社科版)》,2008
年第 5 期

何畅:《罗斯金与生态批评》,《外国文学》,2009 年第 5 期

殷企平、何畅:《环境与焦虑:生态视野中的罗斯金》,《外国文学研究》,2009
年第 3 期

王柯平:《罗斯金的绘画诗学观》,《美术观察》,2009 年第 7 期

刘须明:《约翰·罗斯金与唯美主义艺术》,《文艺争鸣》,2010 年第 16 期

刘须明:《约翰·罗斯金艺术美学思想研究》,南京:东南大学出版社,2010 年

何畅:《环境与焦虑:生态视野中的罗斯金》,浙江大学博士论文,2010 年

魏怡:《罗斯金美学思想中的宗教观》,中国社会科学院博士论文,2010 年

刘须明:《论朱光潜对约翰·罗斯金美学观的批评》,2012 年第 1 期

瓦特·佩特

胡子贻:《读华尔脱·配德的名著两种》,《文学周报》,1921 年第 91、99 期

胡子贻译:《华尔脱·配德著〈文艺复兴研究集·序〉》,《东方杂志》,1922 年
第 19 卷第 12 期

胡哲谋译:《丕德的〈文艺复兴与研究集·结论〉》,《同学季刊》,1925 年第 1
卷第 2 期

张定璜译:《〈文艺复兴时代研究〉的结论》,《沉钟》,1926 年第 3 期

郭沫若:《瓦特·裴德的批评论》,《创造周报》,1926 年第 26 期

萧石君:《裴德的哲学思想与英国世纪末文学》,《华北日报》副刊,1930 年 11
月 24—25 日

萧石君:《裴德的哲学思想》,《世纪末英国新文艺运动》,上海:中华书局,
1934 年

钟良明:《"为艺术而艺术"的再思索——论沃尔特·佩特的文艺主张》,《外
国文艺评论》,1994 年第 2 期

高继海:《从〈文艺复兴〉看佩特的美学思想》,《河南大学学报》,1996 年第

6 期

张介明：《佩特先生的〈鉴赏集〉》，上海：三联书店，1999 年

周小仪：《"为艺术而艺术"的口号的起源、发展和演变》，《外国文学》，2002 年
第 2 期

陈文：《佩特唯美主义文艺观及其在中国的研究综述》，《外国文学研究》，
2004 年第 3 期

托马斯·哈代

周瘦鹃：《汤麦司·哈苔小传》，《欧美名家短篇小说丛刻》，上海：中华书局，
1917 年

周作人：《人的文学》，《新青年》，1918 年第 5 卷第 6 期

理白：《译者附识》，《小说月报》，1921 年第 12 卷第 11 期

徐志摩：《汤麦士·哈代的诗》，《东方杂志》，1924 年第 20 卷第 2 期

徐志摩：《厌世的哈提》，《晨报副刊》，1926 年 5 月 20 日

徐志摩：《哈提》，《晨报副刊》，1926 年 5 月 27 日

Johnson：《哈提翁的意见零拾：小说里的方言土语》，郁达夫译，《语丝》，1927
年第 4 卷第 1 期

徐志摩：《汤麦士·哈代》，《新月》，1928 年第 1 卷第 1 期

徐志摩：《谒见哈代的一个下午》，《新月》，1928 年第 1 卷第 1 期

徐志摩：《哈代的著作略述》，《新月》，1928 年第 1 卷第 1 期

徐志摩：《哈代的悲观》，《新月》，1928 年第 1 卷第 1 期

郭有守：《见哈代的四十分钟》，《新月》，1928 年第 1 卷第 3 期

林语堂：《安特卢亮评论哈代》，《北新》，1928 年第 9 期

赵景深：《哈代逝世后的怀念与评论》，《小说月报》，1928 年第 19 卷第 3 期

虞忠：《哈代的葬仪》，《当代》第 2 编，1928 年第 3 期

宫岛新三郎：《逝了的哈代翁》，《当代》第 2 编，1928 年第 2 期

New Public：《汤麦司·哈代》，《当代》第 2 编，1928 年第 2 期

赵景深：《小说家哈代的八大著作》，《北新》，1928 年第 2 卷第 9 期

林语堂：《安特卢亮评论哈代》，《北新》，1928 年第 2 卷第 9 期

赵家璧：《汤麦斯·哈代》，《光华期刊》，1928 年第 3 期

彭务勤：《汤姆士·哈代评传》，《晨钟汇刊》，1929 年第 222—225 期

赵景深：《哈姆生与哈代》，《小说月报》，1929 年第 2 期

钱歌川：《关于哈代的翻译：并致〈人生小讽刺〉的译者虚白君》，《文学周报》，
　　1929 年第 8 卷第 19 期

王家鑫：《哈代略传》，《铃铛》，1933 年第 2 期

赵敏求：《托玛斯·哈代和他的〈归来〉》，《文学季刊》，1934 年第 2 期

李田意：《哈代传（附年谱）》，《人生与文学》，1935 年第 1 卷第 3 期

邢光祖：《哈代：英国近代诗人之一》，《光华附中半月刊》，1936 年第 4 卷第
　　4—5 期

杜卫：《哈代〈统治者〉的思想和艺术》，《商务印书馆出版周刊》，1937 年第
　　226 期

萧乾：《评张译〈还乡〉》，《国闻周报》，1937 年第 14 卷第 4 期

沈曙：《哈代的〈还乡〉》，《同行月刊》，1937 年第 5 卷第 6 期

李田意：《哈代评传》，长沙：商务印书馆，1938 年

F.K.H.：《地方小说家哈代》，《文哲》，1940 年第 3 期

林辟：《两部汉译哈代小说》，《西书精华》，1940 年第 2 期

流水：《关于哈代：为纪念哈代诞生百周年而作》，《西书精华》，1940 年第 3 期

陈东林：《哈代·左拉·都德：今年轮到诞生百周年纪念的三大文豪》，《西书
　　精华》，1940 年第 4 期

《哈代百年诞辰在美国》，《西洋文学》，1941 年第 5 期

茜莱：《托玛斯·哈代研究》，《时代中国》，1943 年第 3 期

孙曼罗：《都马司·哈代的黛斯姑娘》，《新学生》，1943 年第 3 卷第 4—5 期

凌帆：《哈代论》，《中国青年》，1947 年第 2 期附刊

一真：《书评：〈黛丝姑娘〉》，《妇女月刊》，1947 年第 5 卷第 4 期

吴国瑞：《德伯家的苔丝》，《西方语文》，1958 年第 2 期

唐广钧等：《论哈代的〈苔丝〉、〈还乡〉和〈无名的裘德〉》，北京：人民文学出版
　　社，1958 年

唐广钧、张秀岐：《评〈德伯家的苔丝〉》，《世界文学》，1959 年第 1 期

聂珍钊：《哈代的"悲观主义"问题探索》，《华中师院学报（哲社版）》，1982 年
　　第 2 期

聂珍钊：《苔丝命运的典型性和社会性质》，《外国文学研究》，1982 年第 2 期

张世君：《哈代"性格与环境小说"的悲剧系统》，《外国文学研究》，1982 年第
　　4 期

张世君：《自然的女儿 反抗的女性——论苔丝形象及其典型意义》，《吉首大

学学报（社科版）》，1983 年第 1 期

弗吉尼亚·伍尔夫：《论托马斯·哈代的小说》，瞿世镜译，《文艺理论研究》，
　　1983 年第 3 期

聂珍钊：《试谈哈代早期的小说创作》，《中南民族学院学报（哲社版）》，1984
　　年第 1 期

张中载：《重读哈代随笔——他是悲观主义者吗?》，《外国文学》，1984 年第
　　6 期

陈焘宇：《论托马斯·哈代的〈还乡〉》，《南京师大学报（社科版）》，1985 年第
　　2 期

张中载：《托马斯·哈代的诗》，《外国文学》，1986 年第 2 期

张中载：《托马斯·哈代——思想和创作》，北京：外语教学与研究出版社，
　　1987 年

段炼：《哈代小说的两个主题与人道主义思想》，《外国文学评论》，1987 年第
　　1 期

张玲：《难姐·难弟——哈代小说中的苔丝、裘德》，《外国文学评论》，1987 年
　　第 3 期

陈焘宇：《英美作家批评家论哈代》，《南京师大学报（社科版）》，1987 年第
　　4 期

聂珍钊：《哈代的现实主义和悲剧思想》，《外国文学研究》，1988 年第 2 期

颜学军：《试论哈代悲剧小说的现代精神》，《四川外语学院学报》，1989 年第
　　3 期

高万隆：《略论哈代小说的悲剧意识》，《山东师大学报（社科版）》，1989 年第
　　5 期

王玲珍：《面向田园的沉重眷恋——沈从文与哈代比较文学透视》，《南京大
　　学学报（哲社版）》，1989 年专辑

吴迪：《诗中的自我 心灵的轨迹——评哈代和劳伦斯的诗歌创作》，《外国文
　　学评论》，1990 年第 2 期

王守仁：《论哈代的史诗剧〈列王〉》，《外国文学评论》，1990 年第 3 期

杨金才：《论哈代的〈远离尘嚣〉》，《外国文学研究》，1990 年第 1 期

陈焘宇：《哈代创作论集》，北京：中国社会科学出版社，1992 年

聂珍钊：《悲戚而刚毅的艺术家：托马斯·哈代小说研究》，武汉：华中师范大
　　学出版社，1992 年

王竞:《哈代诗中的"命运"》,《外国语》,1992年第3期

殷企平:《〈无名的裘德〉的异化主题》,《杭州大学学报(哲社版)》,1993年第
4期

吴迪:《哈代研究》,杭州:浙江文艺出版社,1994年

朱炯强:《哈代——跨世纪的文学巨人》,杭州:杭州大学出版社,1994年

张玲:《晶体美之所在——哈代小说数面观》,《外国文学评论》,1995年第
2期

姜晓梅:《论哈代小说的神话精神》,《山东大学学报(哲社版)》,1995年第
4期

张中载:《评哈代的史诗剧〈群王〉》,《外国文学评论》,1998年第1期

陈庆勋:《论哈代的乡土精神》,《外国文学评论》,1998年第3期

祖晓梅:《哈代与上帝之死》,《天津师大学报(社科版)》,1998年第3期

刘梅芳:《狄更斯小说与哈代小说比较》,《天中学刊》,1998年第3期

何宁:《哈代与中国》,《外国文学评论》,1999年第1期

张群:《19世纪英国现实主义小说的迥异之作——论〈卡斯特桥市长〉的创作
风格》,《解放军外国语学院学报》,2000年第2期

张群:《独特的"方阵舞"别样的"巧合"——论哈代小说的叙事结构》,《外国
语》,2000年第4期

祁寿华、威廉·摩根:《回应悲剧缪斯的呼唤——托马斯·哈代小说和诗歌
研究文集》,上海:上海外语教育出版社,2001

吴笛:《文学与音乐的奇妙结合——论哈代文学作品中的音乐性》,《浙江大
学学报(社科版)》,2001年第1期

颜学军:《论哈代悲剧小说的现代主题》,《四川外语学院学报》,2001年第
2期

颜学军:《论哈代的自然诗》,《外国文学评论》,2002年第1期

聂珍钊:《哈代的小说创作与达尔文主义》,《外国文学评论》,2002年第2期

刘介民:《从"一出戏"到"人生趣剧"——徐志摩与哈代》,《广州大学学报(社
科版)》,2002年第1期

任良耀:《精心建构的艺术世界——哈代、福克纳和加西亚·马尔克斯之文
本结构初探》,《外国文学》,2002年第3期

张玲:《哈代》,北京:华夏出版社,2002年

杨瑞仁:《沈从文·福克纳·哈代比较论》,北京:中国文联出版社,2002年

李倩、韩晓霞：《个人叙述声音后的集体叙述——解析哈代在〈德伯家的苔丝〉中的叙事立场》，《江西社会科学》，2003 年第 5 期

马弦：《论托马斯·哈代的宗教思想》，《外国文学评论》，2003 年第 4 期

颜学军：《论哈代的时间诗》，《外国文学研究》，2003 年第 5 期

马弦：《论哈代小说中的新女性形象》，《外国文学研究》，2004 年第 1 期

颜学军：《哈代与悲观主义》，《国外文学》，2004 年第 3 期

吴笛：《论哈代诗歌中的悲观主义时间意识》，《国外文学》，2004 年第 3 期

胡宝平：《哈代作品中的怀旧》，《外国文学评论》，2005 年第 2 期

颜学军：《论哈代的〈列王〉》，《外国文学评论》，2006 年第 4 期

颜学军：《哈代诗歌研究》，北京：人民文学出版社，2006 年

丁世忠：《哈代小说伦理思想研究》，成都：巴蜀书社，2008 年

何宁：《当代西方哈代研究综述》，《当代外国文学》，2008 年第 3 期

吴迪：《哈代新论》，杭州：浙江大学出版社，2009 年

何宁：《中西哈代研究的比较与思考》，《中国比较文学》，2009 年第 4 期

王秋生：《忧伤之花——托马斯·哈代的艾玛组诗研究》，北京：中国社会科学出版社，2009 年

何宁：《哈代研究史》，南京：译林出版社，2011 年

张中载：《被误读的苔丝》，《外国文学评论》，2011 年第 1 期

王尔德

沈泽民：《王尔德评传》，《小说月报》，1921 年第 12 卷第 5 期

周作人：《王尔德童话》，《晨报副镌》，1922 年 4 月 2 日

赵景深：《童话家之王尔德》，《晨报副刊》，1922 年 7 月 15、16 日

张闻天、汪馥泉：《王尔德介绍》，《民国日报》，1922 年第 4 卷第 4—18 期

罗家伦：《吴稚晖与王尔德》，《现代评论》，1925 年第 20 期

赵家璧：《王尔德著〈陶林格莱之肖像〉》，《小说月报》，1926 年第 1 卷第 1—3 期

徐调孚：《莎乐美》，《小说月报》，1927 年第 10 期

梁实秋：《王尔德的唯美主义》，《文学的纪律》，上海：商务印书馆，1928 年

陈独秀：《〈降纱记〉序言》，《曼殊小说集》，上海：光华书局，1928 年

乐山：《〈少奶奶的扇子〉的作者王尔德》，《策进》，1928 年第 3 卷第 55 期

王古鲁：《王尔德生活》，上海：世界书局，1929 年

安德烈·莫罗亚：《从罗斯金到王尔德》，郭有守译，《金屋月刊》，1929 年第 1

卷第 5 期

王尔德：《印象主义的批评》，林语堂译，《北新》，1929 年第 18 期

露明：《卓文君与莎乐美》，《文学周报》，1929 年第 326—350 期

茅盾：《王尔德的〈莎乐美〉》，《汉译西洋文学名著》，上海：亚细亚书局，
　　1930 年

本间久雄：《王尔德入狱记》，士骥译，《语丝》，1930 年第 5 卷第 43 期

Robert Lynd：《王尔德》，梁遇春译，《青年界》，1933 年第 3 卷第 1 期

纪德：《王尔德》，徐懋庸译，《译文》，1935 年第 2 卷第 2 期

袁昌英：《关于〈莎乐美〉》，《眉丛刊》，1936 年第 1 期

朱湘：《谈〈莎乐美〉》，《中书集》，上海：生活书店，1937 年

胡洛：《〈莎乐美〉研究》，《胡洛遗作》，上海：黎明书局，1937 年

昭言：《王尔德文论》，《中和月刊》，1940 年第 5 期

纪德：《忆王尔德》，盛澄华译，《时与潮文艺》，1943 年第 1 卷第 3 期

沈延义：《唯美主义之创始者：王尔德》，《飙》，1944 年第 2 期

孙子野：《今天的〈狂人〉和〈莎乐美〉》，《希望》，1945 年第 4 期

彭石：《论左拉与王尔德》，《国立四川大学周刊》，1946 年第 5—6 期

罗玛萧夫：《论世界主义和唯美主义的根源》，曹怀译，《苏联文艺》，1948 年第
　　37 期

巴金：《〈快乐王子集〉后记、再记》，上海文艺出版社，1959 年

方平：《快乐王子——王尔德》，《艺术世界》，1980 年第 2 期

伍蠡甫：《西方唯美主义的艺术批评》，《文艺理论研究》，1981 年第 1 期

陈瘦竹：《王尔德的唯美主义理论和他的喜剧》，《当代外国文学》，1985 年第
　　1 期

郝振益：《滑稽与严肃的结合——评王尔德的喜剧〈厄涅斯特的重要〉》，《南
　　京师大学报》，1987 年第 2 期

陈立富：《奇特·巧妙·含蓄——〈温德米尔夫人的扇子〉读后》，《外国文学
　　研究》，1987 年第 3 期

夏骏：《论王尔德对中国话剧发展的影响》，《戏剧艺术》，1988 年第 1 期

赵澧主编：《唯美主义》，北京：中国人民大学出版社，1988 年

吴学平：《论王尔德的创作个性》，《外国文学研究》，1989 年第 2 期

张建渝：《试论王尔德散文叙事作品中的童话模式》，《外国文学评论》，1989
　　年第 2 期

郝振益：《王尔德喜剧艺术的魅力》，《外国文学评论》，1989 年第 4 期

薛家宝：《试论王尔德喜剧中的现实主义因素》，《南京师大学报（社科版）》，1990 年第 3 期

周小仪：《唯美主义与消费文化：王尔德的矛盾性及其社会意义》，《外国文学评论》，1994 第 3 期

崔海峰：《王尔德的唯美主义艺术观评析》，《辽宁大学学报》，1994 年第 6 期

周小仪：《奥斯卡·王尔德：十九世纪末消费文化和后现代主义理论》，《国外文学》，1994 年第 2 期

崔海峰：《关于美的价值和艺术自律——王尔德与王国维美学观的比较研究》，《辽宁大学学报》，1995 年第 5 期

周小仪：《王尔德笔下的伦敦：艺术与社会的空间》，《外国文学》，1995 年第 6 期

周小仪：《超越唯美主义：王尔德和消费社会》，北京：北京大学出版社，1996 年

弗兰克·哈里斯：《奥斯卡·王尔德传》，蔡新乐译，郑州：河南人民出版社，1996 年

吴学平：《反叛与超越——论王尔德的"生活模仿艺术"说》，《上海师大学报》，1997 年第 2 期

袁霞：《唯美主义文艺观的生动体现——试评王尔德的喜剧》，《南京师大学报》，1997 年第 4 期

周小仪：《王尔德和他同时代的评论家》，《北京大学学报·外国语言文学专刊》，1997 年

解志熙：《英国唯美主义文学在现代中国的传播》，《外国文学评论》，1998 年第 1 期

陈爱敏：《王尔德悲剧形象塑造的审美追求》，《外国文学研究》，1998 年第 4 期

殷企平：《王尔德小说理论刍议》，《浙江大学学报》，1999 年第 1 期

薛家宝：《唯美主义》，天津社会科学出版社，1999 年

陆建德：《声名狼藉的牛津奥斯卡——纪念王尔德逝世 100 周年》，《外国文学评论》，2000 年第 2 期

张介明：《从〈道连·葛雷的画像〉看王尔德的唯美主义》，《外国文学研究》，2000 年第 4 期

赵武平主编：《王尔德全集》,北京:中国文学出版社,2000 年

周小仪：《莎乐美之吻:唯美主义、消费主义与中国启蒙现代性》,《中国比较
文学》,2001 年第 2 期

周小仪：《王尔德、纨绔子与唯美的生活方式》,《欧美文学论丛》第 1 辑,北
京:人民文学出版社,2002 年

周小仪：《唯美主义和消费文化》,北京大学出版社,2002 年

吴学平：《国内王尔德研究述评》,《外国文学研究》,2003 年第 1 期

谈瀛洲：《两种世界观的冲突——对莎乐美故事的改写》,《中国比较文学》,
2003 年第 2 期

周小仪：《消费文化与审美覆盖的三重压迫——关于生活美学问题的探讨》,
《欧美文学论丛》第 3 辑,北京:人民文学出版社,2003 年

陈文：《"唯美"与"颓废"——对王尔德文艺美学思想的重新考量》,《甘肃社
会科学》,2004 年第 3 期

葛桂录等：《奥斯卡·王尔德与中国文化》,《外国文学研究》,2004 年第 4 期

张介明：《当代西方王尔德研究》,《外国文学研究》,2004 年第 4 期

吴学平：《论王尔德喜剧中的家庭道德观》,《广州大学学报》,2004 年第 6 期

刘茂生：《王尔德:享乐主义和唯美主义艺术的契合——以小说〈道连·葛雷
的画像〉为例》,《外国文学研究》,2005 年第 6 期

张介明：《王尔德与东方文化》,毛信德等主编:《多元文化与外国文学》,杭
州:浙江大学出版社,2005 年

张介明：《唯美叙事:王尔德新论》,上海社会科学出版社,2005 年

刘茂生：《从〈温德米尔夫人的扇子〉看王尔德的伦理观》,《世界文学评论》,
2006 年第 2 期

孙宜学等：《美的冲撞和融合:王尔德与五四时期的中国》,《同济大学学报》,
2006 年第 2 期

陈瑞红：《论王尔德审美性伦理观》,《外国文学评论》,2006 年第 4 期

陈瑞红：《媚俗:王尔德的一个美学困境》,《解放军外国语学院学报》,2006 年
第 4 期

吴其尧：《唯美主义大师王尔德》,杭州:浙江大学出版社,2006 年

李元：《浪荡子的狂欢——简论〈认真的重要〉中奥斯卡·王尔德对传统的颠
覆与重构》,《四川大学学报》,2007 年第 1 期

李志艳：《悖论与统一:〈道连·葛雷画像〉中的谋杀案分析》,《外国文学研

究》，2007 年第 1 期

张静：《沉重的灵魂——从〈打鱼人和他的灵魂〉看王尔德灵肉观》，《中山大学学报论丛》，2007 年第 1 期

刘茂生：《〈莎乐美〉：从唯美主义到现实主义》，《外国文学研究》，2007 年第 6 期

吴学平：《论王尔德喜剧人物的独创性》，《外国文学研究》，2007 年第 6 期

吴学平：《易卜生对王尔德戏剧创作的影响——以〈玩偶之家〉与〈温德米尔夫人的扇子〉为例》，《广西社会科学》，2007 年第 6 期

吴学平：《王尔德喜剧研究》，上海师范大学博士论文，2007 年

张介明：《一部小说命运的文化蕴含——关于〈道连·葛雷画像〉的批评》，《国外文学》，2008 年第 4 期

刘茂生：《〈道连·葛雷的画像〉中的道德隐喻》，《外国文学研究》，2008 年第 5 期

李元：《唯美主义的浪荡子——奥斯卡·王尔德研究》，北京：外语教学与研究出版社，2008 年

陈瑞红：《王尔德批评理论探析》，《解放军外国语学院学报》，2009 年第 1 期

侯靖靖：《17 年间（1949—1966）王尔德戏剧在中国译界的"缺席"研究》，《英美文学研究论丛》，2009 年第 1 期

刘晋：《后殖民视角下的奥斯卡·王尔德——论王尔德的"阈限性"》，《外国文学研究》，2009 年第 1 期

刘晋：《殖民主义身份的模仿与颠覆——论王尔德的〈道连·葛雷的画像〉》，《东北师范大学学报》，2009 年第 3 期

刘茂生：《〈理想丈夫〉中的政治伦理与家庭和谐》，《外国文学研究》，2009 年第 3 期

陈瑞红：《奥斯卡·王尔德和宗教审美化问题》，《外国文学评论》，2009 年第 4 期

杨玉兰、陈星群：《解剖面具下的浪荡子——李元的〈唯美主义的浪荡子——奥斯卡·王尔德研究〉评价》，《西南大学学报》，2009 年第 6 期

吴学平：《道具在王尔德戏剧中的妙用》，《广州大学学报》，2009 年第 10 期

孙宜学：《凋谢的百合——王尔德的画像》，上海：同济大学出版社，2009 年

吴刚：《王尔德文艺理论研究》，上海外语教育出版社，2009 年

朱彤：《王尔德在现代中国的传播与接受》，博士论文，2009 年

杜吉刚：《世俗化与文学乌托邦——西方唯美主义诗学研究》，北京：中国社
　　会科学出版社，2009 年

陈莉莎：《王尔德人文主义思想的颠覆性》，《外国文学研究》，2010 年第 1 期

黄金诚：《论王尔德的审美原教旨主义》，《文艺理论研究》，2010 年第 1 期

宋达：《翻译的魅力：王尔德何以成为汉译的杰出文学家》，《中国文学研究》，
　　2010 年第 2 期

吴学平：《身份意识与王尔德喜剧语言》，《名作欣赏》，2010 年第 3 期

胡永华：《伪/唯美主义者——唯美主义与反唯美主义之争》，《外国文学》，
　　2010 年第 2 期

萧伯纳

伯符：《萧伯纳与宗教》，《新中华》，1912 年第 4 期

沈雁冰：《谈萧伯纳》，《新中华》，1912 年第 5 期

陈独秀：《现代欧洲文艺史谭》，《青年杂志》，1915 年第 1 卷第 3 期

沈雁冰：《萧伯纳》，《学生杂志》，1919 年第 6 卷第 2、3 期

陈康时：《萧伯纳论妇女问题》，《妇女杂志》，1920 年第 6 期

罗迪先：《萧伯讷的作品观》，《民铎杂志》，1921 年第 2 卷第 5 期

上沅：《介绍萧伯讷近作〈长寿篇〉》，《晨报副刊》，1922 年 8 月 17—23 日

江绍原：《萧伯讷"生而上学"》，《小说月报》，1924 年第 15 卷第 1 期

J. H. Neil：《与萧伯讷的一席谈》，哲衡译，《青年进步》，1926 年第 98 期

魏特和格：《资产阶级底小丑：萧伯讷》，克兴译，《创造月刊》，1928 年第 2 卷
　　第 3 期

周容：《萧伯纳之社会主义观》，《新女性》，1929 年第 4 卷第 10 期

陈康时：《萧伯纳之社会主义的教育论》，《教育杂志》，1929 年第 21 卷第
　　11 期

张维桢：《萧伯纳之社会主义与资本主义观》，《新生命》，1929 年第 2 卷第
　　7 期

傅东华：《文学的新精神（英国萧伯纳）》，《文学周报》，1929 年第 251—275 期

傅东华：《理想主义之根源（英国萧伯纳）》，《文学周报》，1929 年第 251—
　　275 期

白华译：《二十世纪莎翁萧伯纳之戏剧谈》，《国文周报》，1930 年第 47 期

春冰译：《现代戏剧大纲：萧伯讷》，《戏剧》，1931 年第 2 卷第 6 期

J. Lavrin：《易卜生与萧伯纳》，张梦麟译，《现代学生》，1931 年第 1 卷第 8—9 期

陈康时：《萧伯纳论妇女问题》，《妇女杂志》，1931 年第 17 卷第 6 期

赫理斯：《萧伯纳传》，黄嘉德译，上海：商务印书馆，1931 年

勒麦苏里耶：《驳萧伯纳的〈智能妇女向社会主义之指南〉》，程瑞霖译，《妇女共鸣》，1932 年第 1 卷第 1—4、7—8 期，

巴宁：《萧伯纳在上海》，《矛盾月刊》，1933 年第 5—6 期

傅雷：《萧伯纳评传》，《矛盾月刊》，1933 年第 5—6 期

傅雷：《关于乔治·萧伯纳底戏剧》，《艺术》，1933 年第 2 期

石苇：《〈萧伯纳〉题词》，《萧伯纳》，上海：光明书局，1933 年

张梦麟：《萧伯纳的研究》，《学艺百期纪年号》，中华学艺社，1933 年

张梦麟：《萧伯纳的剧及思想》，《新中华》，1933 年第 4 期

郑道明：《萧伯纳评传》，《流露月刊》，1933 年第 2—3 期

洪深：《幽默矛盾萧伯纳》，《论语》，1933 年第 12 期

萧伯纳：《告中国人民书》，《矛盾月刊》，1933 年第 5—6 期

赵家璧：《萧伯纳》，《现代》，1933 年第 2 卷第 5 期

徐凌霄：《从萧伯讷说到中国的幽默》，《剧学月刊》，1933 年第 2 卷第 2 期

安琪利罗：《萧伯讷之美国观：与美国之萧伯讷观》，李圣悦译，《国际每日文选》，1933 年第 2 期

列维它夫：《伯讷·萧的戏剧》，萧参译，《现代》，1933 年第 3 卷第 6 期

天狼：《论萧伯纳底戏剧》，《新垒》，1933 年第 1 卷第 3 期

张若谷：《五十分钟和伯纳萧在一起》，《南星杂志》，1933 年第 2 卷第 6 期

张露薇：《萧伯纳的生平及其社会主义的检讨》，《清华周刊》，1933 年第 39 卷第 1 期

李因：《萧伯纳在中国》，《新时代》，1933 年第 4 卷第 3 期

杨瑞麟：《萧伯讷与现代文艺》，《云南旅平学会季刊》，1934 年创刊号

F. Harris：《萧伯纳的两性观》，黄嘉德译，《出版周刊》，1934 年第 103 期

林语堂：《两种萧伯纳传记的比较》，《出版周刊》，1934 年第 103 期

黄嘉德：《赫理斯笔下的萧伯纳》，《论语半月刊》，1934 年第 50—52 期

萧伯纳：《大学教育无用论》，《中外月刊》，1936 年第 8 期

李絜非：《当代文豪萧伯纳：纪念萧翁八旬寿辰》，《图书展望》，1936 年第 1 卷第 12 期

林履信：《萧伯纳的研究》，上海：商务印书馆，1937 年

墨渣：《萧伯纳的新评价》，《现代中国》，1939 年第 4 期

林履信：《萧伯纳的研究》，《图书季刊》，1940 年第 1 期

潘家洵：《近代西洋问题剧本：从易卜生到萧伯讷、麦利生》，《西洋文学》，1940 年第 1 期

张若谷：《马相伯·泰戈尔·萧伯纳》，《永安月刊》，1941 年第 29 期

伊文斯：《现代英国的戏剧：从谢力顿到萧伯纳》，《译文丛刊》，1941 年第 3 期

陈瘦竹：《萧伯纳及其〈康蒂妲〉：〈康蒂妲〉译序》，《文艺先锋》，1943 年第 5 期

黎生：《萧伯纳的解剖》，《杂志》，1944 年第 12 卷第 6 期

郭丰：《萧伯纳的精神》，《月刊》，1946 年第 5 期

皮尔逊：《论萧伯纳的戏剧》，英新译，《中国青年》，1947 年第 4 期附刊

顾一樵：《访九一老人萧伯纳：萧翁还似莎翁，人间何世总堪说》，《人世间》，1947 年第 1 期

玖石：《萧伯纳的政治文学》，《四海杂志》，1947 年第 3 期

菟轩：《萧伯纳与陈夔龙》，《子日丛刊》，1948 年第 4 期

考得威尔：《论萧伯纳》，任叔良译，《世界知识》，1950 年第 19 期

冰夷：《纪念萧伯纳》，《世界知识》，1950 年第 21 期

摩罗佐夫：《纪念萧伯纳》，袁湘生译，《人民戏剧》，1950 年第 3 期

杨宪益：《萧伯纳——资产阶级社会的解剖家》，《人民日报》，1956 年 7 月 26 日

郑振铎：《纪念萧伯纳诞辰一百周年》，《光明日报》，1956 年 7 月 27 日

郑振铎：《批判的现实主义作家萧伯纳》，《戏剧报》，1956 年第 7 期

蔡文显：《萧伯纳的戏剧创作的思想性和艺术特点——纪念萧伯纳诞生一百周年》，《中山大学学报》，1956 年第 4 期

黄嘉德：《伟大的英国戏剧家萧伯纳》，《文史哲》，1956 年第 7 期

王佐良：《萧伯纳和他的戏剧》，《译文》，1956 年第 8 期

冯亦代：《乔治·伯纳·萧》，《文艺报》，1956 年第 8 期

阿尼克斯特：《萧伯纳论》，《文史译丛》，1956 年第 2 期

巴拉萧夫：《萧伯纳评传》，杨彦劬译，北京：作家出版社，1956 年

钟日新：《试论萧伯纳的〈不愉快的戏剧〉》，《中山大学学报》，1964 年第 4 期

张华：《鲁迅与萧伯纳》，《西北大学学报（哲社版）》，1978 年第 3 期

王佐良：《论萧伯纳的戏剧艺术》，《英国文学论文集》，北京：外国文学出版

社,1980 年

黄嘉德：《萧伯纳论"生命力"——评喜剧〈人与超人〉》,《文史哲》,1981 年第 1 期

黄嘉德：《军火商与救世军——评萧伯纳的〈巴巴娜少校〉》,《文史哲》,1982 年第 4 期

黄嘉德：《萧伯纳的〈苹果车〉评介》,《文史哲》,1983 年第 5 期

瞿秋白编：《萧伯纳在上海》,成都：四川人民出版社,1983 年

佛兰克·哈里斯：《萧伯纳传》,黄嘉德译,北京：外国文学出版社,1983 年

黄嘉德：《评萧伯纳的历史剧〈圣女贞德〉》,《文史哲》,1984 年第 6 期

黄嘉德：《肖伯纳的散文作品》,《山东外语教学》,1984 年第 2 期

杜瑞清：《肖伯纳和他的〈卖花女〉》,《陕西戏剧》,1984 年第 4 期

王永生：《鲁迅论易卜生与萧伯纳》,《兰州学刊》,1985 年第 5 期

刘炳善：《肖伯纳的历史名剧〈圣女贞德〉》,《河南大学学报（哲社版）》,1986 年第 2 期

黄嘉德：《萧伯纳年谱——纪念萧伯纳诞辰一百三十周年》,《外国文学研究》,1986 年第 4 期

黄嘉德：《萧伯纳论莎士比亚》,《文史哲》,1986 年第 4 期

黄嘉德：《从作品分期看萧伯纳戏剧的特点——纪念萧伯纳诞辰一百三十周年》,《山东外语教学》,1986 年第 2 期

黄嘉德：《萧伯纳的戏剧理论及其实践》,《山东外语教学》,1987 年第 2 期

黄嘉德：《萧伯纳研究》,济南：山东大学出版社,1989 年

刘绍铭：《从〈萧伯纳传〉说起》,《读书》,1989 年第 6 期

孙家琇：《贺肖伯纳戏剧首次上演——看话剧〈芭巴拉少校〉》,《中国戏剧》,1991 年第 7 期

辛丰年：《对天才与庸人的喝彩——读肖伯纳的〈莫扎特百年祭〉》,《读书》,1991 年第 6 期

李乃坤：《黄嘉德先生与萧伯纳研究》,《文史哲》,1993 年第 2 期

高旭东：《鲁迅与萧伯纳》,《东岳论丛》,1993 年第 2 期

张弘：《肖伯纳哲理喜剧〈人与超人〉探析》,《外国文学评论》,1996 年第 4 期

陆建德：《系风捕影——肖伯纳的同性恋》,《外国文学评论》,1996 年第 4 期

何成洲：《女权主义的发展：从易卜生到萧伯纳》,《外国文学研究》,1997 年第 2 期

何成洲：《萧伯纳：西方女权运动的倡导者——评萧伯纳剧中"生命力"思想指导下的女性形象》，《解放军外语学院学报》，1997 年第 2 期

秦文：《创造进化论——萧伯纳戏剧创作的普遍主题》，《外国文学研究》，1998 年第 3 期

易晓明：《从问题剧看萧伯纳的思想倾向》，《外国文学评论》，1999 年第 2 期

张健：《论丁西林与萧伯纳》，《西南师范大学学报（哲社）》，1999 年第 6 期

谢江南：《论萧伯纳戏剧》，中央戏剧学院博士论文，1999 年

张健：《论丁西林与萧伯纳》，《西南师范大学学报（哲社版）》，1999 年第 6 期

何其莘：《萧伯纳和他的社会问题剧》，《外国文学》，2000 年第 3 期

倪平：《萧伯纳与中国》，石家庄：河北人民出版社，2001 年

谢江南：《萧伯纳戏剧创作主题的嬗变》，《首都师范大学学报》，2002 年第 3 期

张明爱：《萧伯纳的费边社会主义思想》，南京大学博士论文，2003 年

张明爱：《萧伯纳的创造进化论》，《南京工程学院学报（社科版）》，2004 年第 3 期

卢炜：《萧伯纳与老舍的戏剧叙事比较》，《丽水学院学报》，2004 年第 6 期

秦文：《〈玩偶之家〉、〈康蒂妲〉和〈终身大事〉女性形象之比较》，《河海大学学报（哲社版）》，2005 年第 1 期

朱璇：《萧伯纳戏剧中的道德观》，上海外国语大学博士论文，2006 年

张明爱：《〈回到马修撒拉时代〉——萧伯纳思想宣言》，《重庆工商大学学报（社科版）》，2009 年第 3 期

杜鹃：《"萧伯纳式"戏剧品格探析》，《戏剧文学》，2009 年第 10 期

威尔斯

徐志摩：《评韦尔思之游俄记》，《改造》，1921 年第 3 卷第 10 期

沈雁冰：《惠尔斯的〈人类史要〉》，《小说月报》，1921 年第 12 卷 第 1 期，

沈雁冰：《英文学家威尔士的戏本》，《小说月报》，1921 年第 12 卷第 4 期

沈雁冰：《英文学家威尔士的行踪》，《小说月报》，1921 年第 12 卷第 3 期

沈雁冰：《俄国批评家对于威尔士的俄事观的批评》，《小说月报》，1921 年第 12 卷第 7 期

慈心：《现代预言的作家威尔斯》，《学术界》，1921 年第 1 期

配狱：《科学小说〈制造金刚石的人〉：英国威尔斯原著》，《妇女杂志》，1921 年

第 7 卷第 1 期

均正：《威尔士的新著〈梦〉》,《文学周报》,1921 年第 127 期

马鹿：《威尔士的世界联邦论》,《东方杂志》,1922 年第 19 卷第 2 期

沈雁冰：《威尔斯的新作〈天神一般的人〉》,《小说月报》,1923 年第 14 卷第
    5 期

化鲁：《威尔士的新乌托邦》,《东方杂志》,1923 年第 20 卷第 12 期

滕固：《威尔士的文化救济论》,《东方杂志》,1923 年第 20 卷第 11 期

从予：《威尔斯眼中的新时代教育家》,《东方杂志》,1924 年第 21 卷第 9 期

王慎明：《威尔士的新民治主义论》,《现代评论》,1926 年第 8 卷第 189—
    190 期

楼桐孙：《威尔斯之不列颠政治现势观》,《东方杂志》,1927 年第 24 卷第
    24 期

汉南：《近代四大乌托邦著作家》,《革命周报》,1929 年第 91—100 期

勒德雷：《韦尔斯之生平思想及其著作》,郭大力译,《民铎杂志》,1929 年第
    10 卷第 3 期

赵景深：《又是威尔斯》,《小说月报》,1929 年第 20 卷第 1 期

山民：《英国大文豪威尔斯传》,《新纪元周报》,1929 年第 1 卷第 2 期

陈登元：《韦尔斯与基督教》,《一般》,1929 年第 8 卷第 3 期

羽仁五郎：《世界史的可能性与必然性：H. G. Wells 批判》,彭嘉生译,《萌芽
    月刊》,1930 年第 1 卷第 4 期

斯大林：《与英国作家威尔斯的谈话》,《中国青年》,1930 年第 11 期

雷海宗：《书评:〈世界史纲〉(英国韦尔斯著)》,《史学》,1930 年创刊号

汪倜然：《威尔斯讽刺当代政治》,《读书月刊》,1930 年第 1 卷第 1 期

杨昌溪：《威尔斯的非战论》,《青年界》,1931 年第 1 卷第 1 期

王嘉谟译：《太戈尔与威尔斯论民族主义》,《国闻周报》,1931 年第 8 卷第
    16 期

《萧伯纳、威尔士在世界的地位》,《青年界》,1931 年第 1 卷第 4 期

若：《威尔士论人类文明的崩毁》,《东方杂志》,1932 年第 29 卷第 2 期

燕尼：《十月的世界文学与文坛:威尔士的科学小说》,《读书中学》,1933 年第
    1 卷第 4 期

王少岑译：《韦尔斯论最近世界经济之衰落》,《时事月报》,1933 年第 8 卷第
    1—6 期

惠：《萧伯纳与威尔斯》，《行健月刊》，1933 年第 3 卷第 1—2 期

东辉：《H·G·韦尔斯在莫斯科》，《清华周刊》，1934 年第 42 卷第 8 期

樊仲云：《威尔斯与斯太林会见记》，《文化建设》，1934 年第 1 卷第 3 期

吴耀宗：《威尔斯与史太林论革命》，《华年》，1934 年第 3 卷第 46 期

《韦尔斯史丹林晤谈》，《时事旬报》，1934 年第 4 期

蒋弘译：《史塔林和威尔斯底谈话》，《文化》，1935 年第 2 期

华君译：《威尔斯、史太林舌战速记》，《章贡》，1935 年第 3 期

《韦尔斯访问斯丹林记：关于资本与社会主义之对话》，《苏联论坛》，1935 年第
　　1 卷第 1 期

《威尔斯与史太林的谈话》，《外交周报》，1935 年第 3 卷第 5 期

W. S. Phelps：《评〈威尔斯自传〉》，祖舜译，《世界文学》，1935 年第 1 卷第
　　5 期

黎君亮：《威尔斯的流行著作》，《中山文化教育馆季刊》，1935 年第 2 卷第
　　4 期

《威尔斯又一新书》，《时事类编》，1935 年第 3 卷第 14 期

罗家农：《英国文豪韦尔斯》，浙江省立图书馆，1936 年

罗家农：《英国文豪韦尔斯》，《图书展望》，1936 年第 2 卷第 1 期

方土人、林淡秋译：《韦尔斯自传》，上海：光明书局，1936 年

曼华：《现代作家：威尔斯》，《商务印书馆出版周刊》，1936 年第 196 期

《威尔斯氏人类历史年代表》，《宇宙旬刊》，1936 年第 4 卷第 1 期

郭子雄：《威尔士》，《逸经》，1936 年第 3 期

鲁继曾：《生路·译者牟言》，上海：商务印书馆，1937 年

鲁继曾：《生路·代序》，上海：商务印书馆，1937 年

陈之迈译：《书评：Experiment in Autobiography: Discoveries and Conclusions
　　of a Very Ordinary Brain by H. G. Wells》，《清华学报》，1937 年第 12 卷
　　第 2 期

东林：《西书介绍：威尔斯的〈神圣的恐怖〉》，《西书精华》，1940 年创刊号

白樱：《H·G·威尔斯：〈独裁者的一生〉》，《长风》，1940 年第 1 卷第 5 期

A. Maurois：《威尔斯论》，顾启源译，《西风》，1941 年第 59—60 期

巴奈斯苍：《威尔斯的〈世界史纲〉》，陈楚祥译，《晨钟》，1941 年第 2 卷第 2 期

D. Carnegie：《英国著作家韦尔斯》，静观译，《更生》，1942 年第 14 卷第 7 期

《学术文化消息：威尔斯新著〈人类之前途〉出版》，《国立华北编译馆馆刊》，

1943 年第 2 卷 第 1 期

蒋逸雪：《读韦尔斯〈世界史纲〉质疑》，《出版界》，1944 年第 1 卷第 11—12 期

张君劢：《威尔斯氏政治思想及其近作〈人权宣言〉》，《民宪》，1944 年第 1 卷
　　第 10 期

V. S. Pritchet：《论 H・G・韦尔斯》，许天虹译，《青年丛刊》，1945 年创刊号

顾慈祥：《科学家韦尔斯》，《科学大众》，1946 年第 1 卷第 1 期

罗家伦：《一代哲人威尔斯》，《读书通讯》，1946 年第 121 期

唐盛：《威尔斯逝世》，《新旗》，1946 年第 7 期

萧乾：《威尔斯去了!》，《粤秀文垒》，1946 年第 1 卷第 6 期

塔斯社：《罗果夫悼英国名作家威尔斯》，《时代》，1946 年第 33 期

斯大林：《与英国作家威尔斯的谈话》，《学习杂志》，1951 年第 3 期

徐克明：《威尔斯的〈隐身人〉》，《科学大众》，1956 年第 9 期

梁昊：《〈爱情和路维宪先生〉译后记》，上海：新文艺出版社，1958 年

梁昊：《〈爱情和路维宪先生〉・译后记》，上海：新文艺出版社出版，1958 年

克尔日然诺夫斯基：《俄罗斯之谜・俄文版序》，丛山译，北京：三联书店，
　　1959 年

丛山：《〈俄罗斯之谜〉・译后记》，北京：三联书店，1959 年

罗葆齐：《读〈俄罗斯之谜〉》，《读书》，1959 年第 4 期

马克尧：《威尔斯〈世界史纲〉评介》，《读书》，1982 年第 12 期

海恩斯：《科学对威尔斯世界观的影响》，汪长庚译，《国外社会科学著作提
　　要》，1983 年第 2 辑

侯维瑞：《赫・乔・威尔斯的现实主义创作》，《外国文学》，1985 年第 6 期

杨传鑫：《论威尔斯的科学幻想小说》，《中南民族大学学报（社科版）》，1992
　　年第 2 期

张禹九：《威尔斯小说创作的再认识》，《外国文学评论》，1993 年第 3 期

钟翔：《维多利亚文化精神与威尔斯小说概观》，《外国文学研究》，1993 年第
　　3 期

李建波：《"太白"推出"及时雨"——〈威尔斯科幻小说全集〉问世》，《出版广
　　角》，1999 年第 11 期

王松年：《论威尔斯"科幻小说"的虚构性：对沃尔夫〈论现代小说〉的思考》，
　　《南京邮电学院学报（社科版）》，1999 年第 2 期

殷企平：《威尔斯小说观浅析》，《外国文学》，2001 年第 2 期

肖昶:《奇人与奇书:韦尔斯及其〈世界史纲〉》,《中华读书报》,2001 年第 24 期

何德珍:《威尔斯:科幻小说界的"莎士比亚"》,《中国图书评论》,2003 年第 1 期

杜飞:《声音的诗学:〈时间机器〉的叙述视角和叙述效果评析》,《外语研究》,2005 年第 5 期

约翰·高尔斯华绥

沈雁冰:《华波尔与爵士华绥的同方面的新作》,《小说月报》,1921 年第 12 卷第 12 期

王靖:《高尔士委士的短篇小说〈觉悟〉的评赏》,《文学旬刊》,1921 年第 14 期

西滢:《高斯倭绥之幸运与厄运:读陈大悲先生所译的〈忠友〉》,《晨报副刊》,1923 年 9 月 27—30 日

上沅:《戏剧谈:读高斯倭绥的〈公道〉》,《晨报副刊》,1923 年 5 月 15—18 日

张嘉铸:《货真价实的高斯倭绥》,《晨报副刊:剧刊》,1926 年第 6 期

哲生译:《高尔斯华绥论托尔斯泰》,《东方杂志》,1928 年第 25 卷第 19 期

钱杏邨:《高斯华绥与劳动问题》,《小说月报》,1928 年第 19 卷第 5 期

刘奇峰:《高尔斯华绥的戏剧》,《晨钟汇刊》,1929 年第 221 期

刘奇峰:《高尔斯华绥的小说》,《晨钟汇刊》,1929 年第 224 期

傅东华:《戏剧庸言(英国高尔斯华绥)》,《文学周报》,1929 年第 4 卷第 251—275 期

春冰:《高斯华绥的〈流放〉》,《戏剧》,1929 年第 1 卷第 3 期

汪倜然:《最近的高尔斯华绥》,《读书月刊》,1930 年第 1 卷第 2 期

茫:《高尔斯华绥谈创作小说》,《东方杂志》,1931 年第 28 卷第 14 期

汪倜然:《高尔斯华绥论小说作法》,《现代文学评论》,1931 年第 1 卷第 4 期

山风大郎:《高尔斯华绥游旧金山》,《青年界》,1931 年第 1 卷第 4 期

赵景深:《高尔斯华绥续写大著》,《小说月报》,1931 年第 22 卷第 2 期

赵景深:《高尔斯华绥自述创作过程》,《小说月报》,1931 年第 22 卷第 9 期

郑镛:《高尔斯华绥评传》,《大夏期刊》,1932 年第 3 期

徐调孚:《高尔斯华绥得诺贝尔文学奖金》,《东方杂志》,1932 年第 29 卷第 8 期

黎锦明:《纪念高尔士华绥》,《再生杂志》,1932 年第 9 期

刘大杰：《高士华绥小论》，《现代学生》，1932 年第 2 卷第 4 期

苏汶：《约翰·高尔斯华绥论》，《现代》，1932 年第 2 卷第 2 期

惜蕙：《约翰·高尔斯华绥著作编目》，《现代》，1932 年第 2 卷第 2 期

赵三：《高斯华绥及其作品》，《国闻周报》，1932 年第 9 卷第 49 期

郑天然：《高尔斯华绥评传：一九三二年诺贝尔奖金的得者》，《之江》，1932 年
　　创刊号

黄河清：《论高尔斯华绥》，《社会与教育》，1933 年第 5 卷第 11 期

黎锦明：《纪念高尔士华绥》，《再生》，1933 年第 1 卷第 9 期

Canby：《高尔斯华绥论》，贝岳译，《黄钟》，1933 年第 29 期

H. Alexander：《戏剧家高尔斯华绥》，苏芹荪，《文艺月刊》，1933 年第 4 卷第
　　2 期

鉴平：《荣获一九三二年诺贝尔奖金的高尔斯华绥逝世》，《新垒》，1933 年第
　　1 卷第 2 期

曾今可：《纪念高尔斯华绥与乔奇莫儿之死并欢迎萧伯纳》，《新时代》，1933
　　年第 4 卷第 2 期

J. W. Cuncliffe：《高尔斯华绥论》，纪泽长译，《励学》，1934 年第 1 卷第 2 期

味橄：《高尔斯华绥的遗稿〈渡河〉》，《新中华》，1934 年第 2 卷第 4 期

J. W. Cuncliffe：《高尔斯华绥论》，纪承之译，《文艺月刊》，1935 年第 7 卷第
　　6 期

刘荣恩：《高尔斯华绥传记书信》，《国闻周报》，1936 年第 13 卷第 45 期

郭子雄：《高士华绥》，《宇宙风》，1936 年第 13 期

江：《萧伯纳、哥斯华绥、巴雷：不列颠三岛三个轿儿》，《清华周刊》，1936 年第
　　44 卷第 5 期

向培良：《高斯华绥的〈逃亡〉》，《商务印书馆出版周刊》，1937 年第 240 期

J·伊尔闻：《高尔斯华绥论其人及其作品》，《读书青年》，1944 年第 1 卷第
　　3 期

John Ervine：《高斯华绥论》，卫宁译，《新民声》，1944 年第 1 卷第 3 期

陈瘦竹：《高尔斯华绥及其〈争强〉》，《学生杂志》，1945 年第 4 期

徐百益：《高尔斯华绥的〈鸳鸯劫〉》，《家庭年刊》，1948 年第 5 期

徐百益：《高尔斯华绥的〈争强〉》，《家庭年刊》，1948 年第 5 期

周煦良：《有产业的人·译者后记》上海：新文艺出版社，1958 年

涅尔谢索娃：《高尔斯华绥和他的〈白猿〉》，侯华甫译，上海：新文艺出版社，

1958 年

伏洛帕诺娃:《岛国的法利赛人·跋》,陈维益译,上海文艺出版社,1959 年

周煦良:《骑虎·译后记》,上海:上海文艺出版社,1961 年

沈流:《关于〈银匙〉》,《银匙》,汪倜然译,上海:上海文艺出版社,1961 年

潘绍中:《剧本〈最前的与最后的〉的现实主义意义及其思想局限》,《外语教
　　学与研究》,1964 年第 2 期

辛未艾:《"福尔赛精神"的挽歌》,《福尔赛世家》,上海:上海译文出版社,
　　1978 年

包文棣:《略论〈福尔赛世家〉》,《文汇报》,1978 年 6 月 18 日

陈焘宇:《评高尔斯华绥的〈有产业的人〉》,《外国文学评论》,1979 年第 1 辑

廖可兑:《谈高尔斯华绥的〈最前的与最后的〉》,《剧本》,1982 年第 8 期

邵旭东:《在传统派与现代派之间——论高尔斯华绥小说创作的革新意义》,
　　《外国文学研究》,1986 年第 2 期

周锡山:《高尔斯华绥和他的〈最前的和最后的〉》,《名作欣赏》,1986 年第
　　1 期

石璞:《论〈福尔赛世家〉》,《外国文学研究》,1986 年第 4 期

毛敏诸:《论高尔斯华绥在英国文学史上的地位问题》,《外国语》,1987 年第
　　2 期

邵旭东:《步入异国的家族殿堂——西方"家族小说"概论》,《外国文学研
　　究》,1988 年第 3 期

邵旭东:《开拓:挑战面前的抉择——论高尔斯华绥的叙事艺术》,《华中师范
　　大学学报(哲社版)》,1989 年第 1 期

陈惇:《二十世纪现实主义的重要代表——高尔斯华绥》,《北京师范大学学
　　报》,1993 年第 3 期

陈焘宇:《论高尔斯华绥的中短篇小说》,《南京师大学报(社科版)》,1993 年
　　第 4 期

张晓明:《福赛特主义——评〈福赛特世家〉的主题思想》,《北方论丛》,1999
　　年第 1 期

秦文:《疏离·客观·公正——高尔斯华绥戏剧创作探魅》,《南京师大学报
　　(社科版)》,2000 年第 4 期

林亚军:《评〈福赛特世家〉中主人公的人物塑造》,《北方论丛》,2000 年第
　　1 期

朱焰：《新理论视野中的高尔斯华绥》，《外语研究》，2011 年第 3 期

阿诺德·贝内特

赵景深：《英国文坛杂讯：宾那脱新出小说〈偶然〉》，《小说月报》，1929 年第 20 卷第 6 期

班奈德：《艺术家与世人》，汪倜然译，《现代文学评论》，1931 年第 2 卷第 3 期

杨昌溪：《英国文学家宾那脱逝世》，《青年界》，1931 年第 1 卷第 4 期

赵景深：《英国小说家宾那脱逝世》，《小说月报》，1931 年第 22 卷第 6 期

赵景深：《宾那脱之死及其祭礼》，《小说月报》，1931 年第 22 卷第 8 期

赵景深：《宾那脱逝世后的怀念》，《小说月报》，1931 年第 22 卷第 9 期

奕珊：《班乃德评传》，《国闻周报》，1931 年第 9 卷第 19 期

奕珊：《论班纳德》，《大公报》，1931 年 5 月 18 日

费鉴照：《彭纳德》，《文艺月刊》，1931 年第 2 卷第 5—6 期

Edward Shank：《班奈德》，《现代文学评论》，1931 年第 1 卷第 4 期

Desmond Mao Carthy：《般涅特论》，鹿尼译，《大陆评论》，1933 年第 2 卷第 6—7 期

于佑虞：《白尼特的生涯与其作品》，《文艺月报》，1935 年第 5—6 期

阮炜：《〈五镇的安娜〉中视点技巧的运用》，《四川师范大学学报（社科版）》，1987 年第 4 期

阮炜：《温和的法国型写实主义者阿诺德·贝内特》，《深圳大学学报（社科版）》，1994 年第 3 期

阮炜：《贪婪与报应——对贝内特〈莱西姆台阶〉的思考》，《深圳大学学报（社科版）》，1991 年第 3 期

宋德伟：《论贝内特的男权话语矛盾》，《河南大学学报（社科版）》，2007 年第 5 期

康拉德

诵虞：《新近去世的海洋文学家——康拉特》，《文学》，1921 年第 134 期

樊仲云：《康拉特评传》，《小说月报》，1924 年第 15 卷第 10 期

赵景深：《最详细的康拉特传》，《小说月报》，1927 年第 18 卷第 10 期

梁遇春：《吉姆爷·译者序言》，上海：商务印书馆，1934 年

老舍：《一个近代最伟大的境界与人格的创造者：我最爱的作家康拉德》，《文

学时代》,1935 年创刊号

凌云:《康拉德的两部小说》,《华年》,1936 第 25 期

曼华:《康拉德——现代作家之二十》,《华年》,1936 年第 42 期

常风:《书评:两本翻译的康拉德小说〈黑水手〉、〈不安的故事〉》,《国闻周
　　报》,1936 年第 13 卷第 17 期

心谷:《书评:〈黑水手〉〈不安的故事〉》,《宇宙风》,1936 年第 18 期

袁家骅:《〈黑水手〉·译者序》,上海:商务印书馆,1936 年

袁家骅:《〈台风及其它〉·译者附记》,上海:商务印书馆,1937 年

柳无忌:《海洋小说家康拉德〈阿尔麦耶底愚蠢〉的绪言》,《长风文艺》,1943
　　年第 1 卷第 2 期

常风:《康拉德的〈黑水手〉》,《弃余集》,北京:艺文社,1944 年

张健:《论康拉德的小说〈间谍〉》,《文史哲》,1981 年第 5 期

赵启光:《康拉德作品主题——陆与海、文明与原始、俄国与西方》,中国社会
　　科学院外国文学研究所博士论文,1981 年

赵启光:《环绕康拉德的争论》,《作品与争鸣》,1982 年第 3 期

刘海平:《康拉德的中篇小说〈秘密伙伴〉简析》,《当代外国文学》,1984 年第
　　2 期

侯维瑞:《约瑟夫·康拉德的小说创作》,《外国文学》,1984 年第 9 期

胡壮麟:《谈康拉德的〈黑暗的内心深处〉中的库尔茨》,《国外文学》,1984 年
　　第 4 期

伍尔夫:《论约瑟夫·康拉德》,瞿世镜译,《文艺理论研究》,1984 年第 2 期

裘小龙:《〈秘密的分享者〉的秘密》,《读书》,1985 年第 9 期

章卫文:《试论康拉德的〈黑暗的中心〉》,《外国文学研究》,1985 年第 1 期

刘新民:《悲怆的生命之歌——评康拉德的主要作品》,《外国文学》,1986 年
　　第 3 期

阮炜、袁肃:《〈黑暗中心〉的思想剖析》,《四川外语学院学报》,1988 年第 3 期

张宁:《〈决斗〉和康拉德的海洋小说》,《外国文学研究》,1988 年第 2 期

高继海:《康拉德的人格与作品的二重性》,《河南大学学报(社科版)》,1990
　　年第 2 期

詹树魁:《〈吉姆爷〉与康拉德的艺术追求和道德探索》,《厦门大学学报(哲社
　　版)》,1991 年第 3 期

隋刚:《康拉德和艾略特的主题表现和意象运用的比较研究》,上海外国语大

学博士论文,1992 年

高继海：《马洛的"寻觅"与库尔茨的"恐怖"——康拉德〈黑暗的心〉主题初探》,《河南大学学报(社科版)》,1992 年第 2 期

詹树魁：《康拉德在"水仙号"上的道德探索和创作实验》,《外国文学研究》,1992 年第 3 期

刘象愚：《康拉德作品中的存在主义试析》,《北京师范大学学报(社科版)》,1993 年第 5 期

孟昭毅：《〈吉姆爷〉探得》,《外国文学研究》,1993 年第 1 期

刘珠还：《康拉德笔下的罪与罚》,《外国文学》,1993 年第 4 期

隋旭升：《〈黑暗的心脏〉中库尔兹和马洛的象征意义》,《外国文学评论》,1994 年第 2 期

徐晓雯：《康拉德与〈吉姆爷〉》,《外国文学》,1994 年第 2 期

王丽亚：《穿越〈黑暗中心〉的约瑟夫·康拉德——论〈黑暗中心〉的叙事技巧》,《四川外语学院学报》,1996 年第 3 期

刘立辉：《听众与谎言——〈黑暗的中心〉叙事结构与阅读效应》,《外国文学研究》,1996 年第 1 期

宁一中：《巴赫金的"狂欢化"理论与〈吉姆老爷〉解读》,北京大学博士论文,1996 年

赖辉：《论〈黑暗之心〉的叙述者、叙述接受者和"陌生化"》,《外国文学研究》,1999 年第 2 期

区鉷：《老舍——康拉德在中国的秘密分享者》,《纯文学》,1999 年第 4 期

宁一中：《吉姆之为"爷"——谈〈吉姆爷〉中的吉姆》,《外国文学评论》,2000 年第 3 期

殷企平：《论福特和康拉德的小说观》,《国外文学》,2000 年第 4 期

高继海：《从〈"水仙"号船上的黑水手〉及其序言看康拉德的艺术主张与实践》,《外国文学评论》,2001 年第 2 期

殷企平：《〈黑暗的心脏〉解读中的四个误区》,《外国文学评论》,2001 年第 2 期

虞建华：《读解〈诺斯托罗莫〉——康拉德表现历史观、英雄观的艺术手法》,《外国文学评论》,2001 年第 3 期

王丽亚：《批评理论与作品阐释再认识——兼与殷企平先生商榷》,《外国文学》,2002 年第 1 期

殷企平:《由〈黑暗的心脏〉引出的话题——答王丽亚女士的质疑》,《外国文学》,2002 年第 3 期

傅俊、毕凤珊:《解读康拉德小说中殖民话语的矛盾》,《外国文学研究》,2002 年第 4 期

陆建德:《一部想象之作的道德意义——读康拉德〈间谍〉》,《欧美文学论丛》,2002 年第 2 期

赵海平:《康拉德〈黑暗的中心〉与种族主义之争》,《外国文学评论》,2003 年第 1 期

张和龙:《理论与批评的是是非非——〈黑暗的心脏〉争鸣之管见》,《外国文学》,2003 年第 1 期

王松林:《康拉德在中国:回顾和展望》,《外国文学研究》,2004 年第 5 期

王松林:《当代文学批评语境下的康拉德研究》,《英美文学论丛》,2004 年第 4 期

胡强:《康拉德与英国》,《解放军外国语学院学报》,2004 年第 2 期

宁一中:《狂欢化与康拉德的小说世界》,北京语言大学出版社,2005 年

邓颖玲:《康拉德小说的空间艺术》,长沙:湖南师范大学出版社,2005 年

邓颖玲:《〈诺斯托罗莫〉的空间解读》,《外国文学评论》,2005 年第 1 期

殷企平:《〈进步前哨〉与"进步"话语》,《外国文学》,2006 年第 1 期

胡强:《一个"被上帝完全抛弃的人"——论康拉德〈在西方的注视下〉中的身份焦虑与认同危机》,《外国文学》,2006 年第 6 期

赵海平:《约瑟夫·康拉德研究》,北京:大众文艺出版社,2007 年

祝远德:《他者的呼唤——康拉德小说他者建构研究》,北京:人民出版社,2007 年

洪永娟:《心灵的明镜:从心理分析文学批评理论解读康拉德及其作品》,2007 年

胡强:《康拉德政治三部曲研究》,北京:中国社会科学出版社,2008 年

王松林:《康拉德小说伦理观研究》,武汉:华中师范大学出版社,2008 年

陈广兴:《约瑟夫·康拉德小说情节研究》,上海:上海外语教育出版社,2011 年

吉卜林

顾均正:《世界童话名著介绍:〈莽丛集〉(英国吉卜林著)》,《小说月报》,1926

年第 17 卷第 1 期

赵景深：《吉百龄开倒车》，《小说月报》，1929 年第 20 卷第 2 期

徐调孚：《〈如此如此〉附印题记》，上海：开明书店，1930 年

张梦麟：《吉百龄的思想》，《新中华》，1936 年第 4 卷第 7 期

贺玉波：《吉卜林的"野兽世界"》，《大光图书月报》，1936 年第 1 期

朱曼华：《最近逝世的吉百林》，《华年》，1936 年第 5 卷第 3—4 期

白文：《最近逝世的英国文豪吉卜林》，《图文》，1936 年第 2 期

华五：《吉百龄》，《文艺月刊》，1936 年第 8 卷第 3 期

学文：《吉卜林》，《华光》，1939 年第 1 卷第 6 期

陈伯吹：《吉百龄小传》，《华东联中期刊》，1940 年第 1 期

俞尔康：《吉卜林及其〈丛莽〉》，《新学生》，1946 年第 5 期

杨诚谦：《英国短篇小说家和诗人——鲁德亚德·吉卜林》，《世界文化》，
　　1985 年第 1 期

安德鲁·拉瑟福德：《青年时代的吉卜林和他的诗作》，王占梅译，《世界文
　　化》，1987 年第 6 期

文美惠：《论吉卜林的印度题材短篇小说》，《超越传统的新起点：英国小说研
　　究（1875—1914）》，北京：中国社会科学出版社，1995 年

陈兵：《丛林法则、认同危机与东西方的融合——论吉卜林的〈丛林之书〉》，
　　《外国文学评论》，2003 年第 2 期

陈兵：《〈丛林之书〉的多视角阐释》，《外语研究》，2003 年第 5 期

陈兵：《不同的人间、不同的荒野——评〈八足灵獒〉与〈荒野的呼唤〉》，《天津
　　外国语学院学报》，2003 年第 5 期

江弱水：《帝国的铿锵：从吉卜林到闻一多》，《文学评论》，2003 年第 5 期

陈兵：《帝国与认同：鲁德亚德·吉卜林的印度题材小说研究》，上海外国语
　　大学博士论文，2003 年

石义师：《评江弱水文：〈帝国的铿锵：从吉卜林到闻一多〉》，《江南大学学报
　　（社科版）》，2004 年第 2 期

尹锡南：《吉卜林与印度的心物关联及其创作中的历史缺席问题》，《南亚研
　　究季刊》，2004 年第 2 期

陈兵：《〈基姆〉：殖民主义的宣传还是东西方的融合》，《外国文学》，2005 年第
　　2 期

尹锡南：《吉卜林：殖民文学中的印度书写》，《南亚研究季刊》，2005 年第 4 期

陈兵：《吉卜林早期印度题材小说研究》，《外语研究》，2005 年第 4 期

陈兵：《吉卜林与英国短篇小说》，《山东外语教学》，2006 年第 2 期

陈兵：《帝国与认同：鲁德亚德·吉卜林印度题材小说研究》，合肥：中国科学
　　技术大学出版社，2007 年

宋朝：《吉卜林短篇小说的叙事策略与叙事伦理》，《世界文学评论》，2008 年
　　第 1 期

李秀清：《帝国意识与吉卜林的文学写作》，北京语言大学博士论文，2008 年

李秀清：《〈普克山的帕克〉中的帝国理想及英国性建构》，《外国文学评论》，
　　2009 年第 2 期

陈兵：《〈斯托凯与其同党〉对英国公学小说理念的颠覆与认同》，《外国文
　　学》，2009 年第 3 期

陈兵：《论吉卜林〈勇敢的船长们〉中的教育理念》，《外国文学评论》，2009 年
　　第 4 期

李秀清：《吉卜林的丛林法则》，《北京第二外国语学院学报》，2009 年第 6 期

李秀清：《吉卜林小说〈基姆〉中的身份建构》，《英美文学研究论丛》，2010 年
　　第 2 期

李秀清：《帝国意识与吉卜林的文学写作》，北京：对外经济贸易大学出版社，
　　2010 年

陈兵：《童真下的"帝国号手"：〈本来如此的故事〉》，《英美文学研究论丛》，
　　2011 年第 1 期

陈兵：《〈普克山的帕克〉与〈报偿与仙人〉："帝国号手"的焦虑与期望》，《外国
　　文学》，2011 年第 5 期

陈兵：《创伤、治疗与救赎：吉卜林一战题材小说研究》，《英美文学研究论
　　丛》，2013 年第 1 期

毛姆

《英国小说家像：S. Maugham》，《小说月报》，1929 年第 20 卷第 8 期

D. Carnagie：《英国作家莫姆》，荫槐译，《西书精华》，1941 年第 5 期

《英国颇着声望的作家苏马绥德·毛姆》，《国民杂志》，1942 年第 2 卷第 1 期

海砚：《毛姆谈创作》，《名作欣赏》，1981 年第 2 期

伊恩·塞雷利耶：《骚·毛姆和他的短篇小说》，姚志勇等译，《扬州师院学报
　　（社科版）》，1981 年第 4 期

毛姆：《论小说写作》，周煦良译，《世界文学》，1981 年第 3 期

毛姆：《明晰 简洁 悦耳》，宗白译，《文艺理论研究》，1981 年第 4 期

毛姆：《艾米莉·勃朗特和〈呼啸山庄〉》，杨静远译，《文艺理论研究》，1981 年
　　第 4 期

毛姆：《呼啸山庄》，杨苡译，《当代外国文学》，1981 年第 2 期

毛姆：《现象与实质》，潘绍中译，《外国文学》，1982 年第 1 期

明静：《英国现代文坛泰斗：毛姆》，《世界图书》，1982 年第 3 期

孙致礼：《威廉·萨默塞特·毛姆》，《译林》，1982 年第 3 期

潘绍中：《在国外享有更大声誉的英国作家——评萨默赛特·毛姆》，《外国
　　文学》，1982 年第 1 期

毛姆：《访问哲学家辜鸿铭》，《人物杂志》，1982 年第 2 期

王蜀：《毛姆论莫泊桑与契诃夫》，《文谭》，1983 年第 6 期

杨绍北：《威廉·骚姆赛·毛姆》，《当代外国文学》，1983 年第 2 期

潘绍中：《毛姆短篇小说选·序言——评萨默赛特·毛姆的短篇小说》，北
　　京：商务印书馆，1983 年

刘宪之：《毛姆小说集·译后记》，天津：百花文艺出版社，1984 年

毛姆：《论〈傲慢与偏见〉》，金国嘉译，《文艺理论研究》，1985 年第 3 期

E·W·特德洛克：《英国语言大师威·萨·毛姆》，力子译，《文化译丛》，
　　1985 年第 5 期

赵晓丽、屈长江：《毛姆与庄周》，《西北大学学报（哲社版）》，1985 年第 4 期

薛相林、张敏生：《毛姆——为民众写作的艺术大师》，《外国文学研究》，1986
　　年第 4 期

赵晓丽、屈长江：《"形式上的胜利"——〈刀锋〉的结构及其艺术价值》，《西北
　　大学学报（哲社版）》，1986 年第 4 期

赵晓丽、屈长江：《毛姆的审美理想与魏晋风度》，复印报刊资料《外国文学研
　　究》，1987 年第 9 期

吴晓宁：《张爱玲与毛姆》，《盐城师专学报（社科版）》，1989 年第 4 期

王丽丽：《天才的说谎者——论毛姆〈刀锋〉的叙述形式》，《湖北师范学院学
　　报（哲社版）》，1990 年第 1 期

陈春生：《挣扎中的迷茫——从〈人性的枷锁〉看毛姆早期的人生观》，《外国
　　文学研究》，1990 年第 1 期

陈春生：《在传统和现代之间探索——论毛姆小说的精髓》，《湖北师范学院

学报（哲社版）》，1991 年第 3 期

陈春生：《曲折·幽默·象征——毛姆小说魅力谈片》，《湖北师范学院学报（哲社版）》，1993 年第 4 期

李践：《毛姆〈人性的枷锁〉主题浅议》，复印报刊资料《外国文学研究》，1993 年第 2 期

陈春生：《论毛姆的精神探索及创作观》，《湖北师范学院学报（哲社版）》，1994 年第 4 期

黄水乞：《毛姆的创作生活图案——纪念毛姆诞辰一百二十周年》，《福建外语》，1994 年第 1 期

陈春生：《试论毛姆小说人物的类型化倾向》，《湖北师范学院学报（哲社版）》，1995 年第 2 期

黄水乞：《毛姆与〈世网〉》，《外国文学》，1995 年第 1 期

陈秋红：《"毛姆问题"的当代思考》，复印报刊资料《外国文学研究》，1996 年第 3 期

孙妮：《毛姆短篇小说艺术特色浅论》，《安徽师范大学学报（哲社版）》，1997 年第 3 期

鲁苓：《追寻自我的旅程——读〈月亮和六便士〉》，《外国文学研究》，1999 年第 1 期

古渐：《"锲入观察"与"隔离观察"的有机交合——毛姆长篇小说叙述艺术论》，《安庆师范学院学报（社科版）》，1999 年第 2 期

申利锋：《二十世纪八十年代以来的我国毛姆研究》，《外国文学研究》，2001 年第 6 期

葛桂录：《"中国画屏"上的景象——论毛姆眼里的中国形象》，《英美文学研究论丛》，2007 年第 1 期

秦宏：《毛姆作品在中国的译介与研究》，《广东外语外贸大学学报》，2008 年第 3 期

梁晴：《从毛姆的小说创作看画家高更对其影响》，暨南大学博士论文，2009 年

张艳花：《毛姆与中国》，复旦大学博士论文，2010 年

庞荣华：《"权威批评话语"在毛姆研究中的尴尬》，《世界文学评论》，2010 年第 1 期

庞荣华：《毛姆异域游记研究》，华东师范大学博士论文，2011 年

王丽亚：《论毛姆〈彩色面纱〉中的中国想象》，《外国文学》，2011 年第 4 期

E·M·福斯特

吴宓：《佛斯特〈小说杂论〉》，《学衡》，1929 年第 70 期

萧乾：《E. M. 福斯特》，《新路周刊》，1948 年第 1 卷第 14 期

谭黎：《浅谈〈印度之行〉的情节》，《国外文学》，1982 年第 4 期

丁明淑：《从景物描写看〈印度之行〉的创作思想》，《国外文学》，1982 年第 4 期

弗吉尼亚·伍尔夫：《小说的艺术——评福斯特的〈小说面面观〉》，瞿世镜译，《文艺理论研究》，1985 年第 5 期

畅广元：《小说理论研究中的"人学"——〈小说面面观〉给人的启示》，《小说评论》，1985 第 4 期

刘珠还：《福斯特〈印度之行〉的主题》，《安徽师大学报（哲社版）》，1986 年第 4 期

李辉：《福斯特及其〈野餐〉中的性意识描写》，《外国文学》，1987 年第 1 期

王家湘：《爱·摩·福斯特》，《外国文学》，1987 年第 2 期

伊丽莎白·布兹：《风格大师——E. M. 福斯特》，《文化译丛》，1988 年第 6 期

程爱民：《现实主义与现代主义的兼容并蓄——试论福斯特的〈一间可以看到风景的房间〉》，《南京师大学报（社科版）》，1989 年第 2 期

叶君健：《福斯特——现代小说的先驱》，《文艺报》，1989 年第 27 期

阮炜：《〈霍华兹别墅〉的文化人与生意人》，《外国文学评论》，1991 年第 2 期

李建波：《"联结"之荒诞——〈通往印度之路〉中的婚姻母题》，《外国文学评论》，1993 年第 3 期

司空草：《〈印度之行〉与福斯特的埃及之行》，《外国文学评论》，1994 年第 1 期

李建波：《美拉姆普斯之寻：福斯特两部小说的原型与主题》，《外国文学评论》，1995 年第 2 期

石海峻：《浑沌与蛇：〈印度之行〉》，《外国文学评论》，1996 年第 2 期

纪康丽：《主题与人物、情节的距离——评福斯特〈霍华兹庄园〉》，《国外文学》，1996 年第 1 期

李辉：《走进福斯特的风景——兼谈巫译〈看得见风景的房间〉》，《书屋》，1997 年第 6 期

阮炜:《几部英国小说中的知识分子形象——从〈霍华兹别墅〉到〈天意〉》,《外国文学》,1998 年第 2 期

李建波:《跨文化障碍的系统研究:福斯特国际小说的文化解读》,《外国文学评论》,2000 年第 4 期

殷企平:《福斯特小说思想蠡测》,《解放军外国语学院学报》,2000 年第 6 期

李建波:《福斯特小说的互文性研究》,北京大学出版社,2001 年

李新博:《〈印度之行〉:福斯特对人类及世界的探索之旅》,《四川外语学院学报》,2001 年第 1 期

董洪川:《走出现代人困境:"只有沟通"——试论福斯特小说创作中的人学蕴涵》,《重庆师院学报(哲社版)》,2001 年第 2 期

李建波:《互文性的呈示:E.M.福斯特小说主题概观》,《外语研究》,2001 年第 4 期

崔少元:《文化冲突与文化融通——〈印度之行〉:一个后殖民主义读本》,《英美文学研究论丛》,2001 年第 1 期

丁建宁:《〈印度之行〉的诗性和乐感》,《外国文学》,2001 年第 3 期

陶家俊:《文化身份的嬗变——E.M.福斯特小说和思想研究》,北京:中国社会科学出版社,2003 年

尹锡南:《论〈印度之行〉中的印度——"殖民与后殖民文学中的印度书写"研究系列之一》,《南亚研究季刊》,2003 年第 4 期

王丽亚:《E. M. 福斯特小说理论再认识》,《外国文学》,2004 年第 4 期

陈雷:《中产阶级与浪漫主义意象——解读〈最漫长的旅程〉》,《外国文学评论》,2006 年第 2 期

空草:《"反高潮"的〈印度之行〉》,《外国文学评论》,2006 年第 1 期

严蓓雯:《E.M.福斯特批评吉卜林的一份讲稿公开出版》,《外国文学评论》,2007 年第 4 期

萧莎:《作为批评家的 E.M.福斯特》,《外国文学评论》,2008 年第 4 期

朱望:《文学与文化之间——论〈印度之行〉跨文化的多重意义》,《英美文学研究论丛》,2008 年第 1 期

李建波:《拉康心理分析理论的变奏——〈最漫长的旅程〉中认识误区心理成因的呈现》,《英美文学研究论丛》,2009 年第 1 期

李建波:《福斯特小说的框架叙述及其文学动力机制》,《外语研究》,2009 年第 2 期

杨胜明：《文化旅行理论视野下的〈印度之行〉》，东北师范大学博士论文，
　　2011 年

许娅：《单一反讽还是双重反讽？——论〈霍华德庄园〉对自由人文主义全民
　　文化观的深层反思》，《国外文学》，2012 年第 3 期

张德明：《〈印度之行〉：跨文化交往的出路与困境》，《宁波大学学报（社科
　　版）》，2012 年第 4 期

李建波：《信念与价值观危机：福斯特小说内外的英国"更年期"》，《外语研
　　究》，2012 年第 3 期

奥尔德斯·赫胥黎

赵景深：《赫克胥黎的〈针锋相对〉》，《小说月报》，1929 年第 20 卷第 2 期

杨昌溪：《赫克胥黎和萧伯纳的戏剧》，《现代文学》，1930 年第 1 卷 第 1 期

杨昌溪：《赫克胥黎与戏剧》，《青年界》，1931 年第 1 卷 第 5 期

叶公超：《海外出版界：〈英勇新世界〉》，《新月》，1932 年第 4 卷第 3 期

费鉴照：《英国现代作家爱尔铎司·赫胥里》，《益世报》，1932 年 12 月 3 日

赫克思莱：《新的浪漫主义》，施蛰存译，《现代》，1932 年第 1 卷第 5 期

味橄：《赫克黎的作风》，《新中华》，1933 年第 1 卷第 20 期

赵家璧：《乌托邦》，《良友》，1934 年第 89 期

A. Maurois：《赫克斯雷论》，张芝联译，《西洋文学》，1941 年第 6 期

布鲁克：《赫胥黎：〈美丽的新世界重游记〉》，周煦良译，《现代外国哲学社会
　　科学文摘》，1959 年第 10 期

赫胥黎：《论艺术和艺术家》，孙铢译，《国外社会科学文摘》，1962 年第 2 期

阿尔德斯·赫胥黎：《悲剧与"完全的真实"》，杨绮译，《文艺理论研究》，1982
　　年第 3 期

王家湘：《阿尔多斯·赫胥黎》，《外国文学》，1987 年第 1 期

林青华：《逃避"乌托邦"——〈美丽新世界〉简介》，《书林》，1988 年第 3 期

王蒙：《反面乌托邦的启示》，《读书》，1989 年第 3 期

柯平：《奥·赫胥黎两部小说书名探源》，《译林》，1997 年第 6 期

陈丽：《〈美妙的新世界〉对乌托邦主题的解构作用》，《解放军外国语学院学
　　报》，2000 年第 6 期

王纪潮：《福山和赫胥黎的恐惧——读〈美妙的新世界〉》，《博览群书》，2002
　　年第 9 期

朱望:《现代化之后——A.赫胥黎〈了不起的新世界〉的后现代主义思考》,《国外文学》,2002 年第 1 期

吴修申:《从反乌托邦到乌托邦——奥尔德斯·赫胥黎思想研究》,北京师范大学博士论文,2006 年

吴修申:《奥尔德斯·赫胥黎西方研究综述》,《世界文学评论》,2007 年第 2 期

朱望:《论 A.赫胥黎的自由主义思想》,《思想战线》,2010 年第 6 期

许丽青:《沙龙与小说创作:奥尔德斯·赫胥黎与钱钟书比较》,《中国比较文学》,2010 年第 3 期

朱望:《论 A·赫胥黎的反法西斯主义思想》,《汕头大学学报(社科版)》,2011 年第 2 期

叶芝

沈雁冰:《近代文学的反流——爱尔兰的新文学》,《东方杂志》,1920 年第 17 卷第 6 期

仲雪:《夏芝和爱尔兰的文艺复兴运动》,《文学》,1921 年第 99 期

滕固:《爱尔兰诗人夏芝》,《文学旬刊》,1921 年第 20 期

王统照:《夏芝的诗》,《诗》,1922 年第 2 卷第 2 期

高滋:《夏芝的太戈尔观——太戈尔迦檀吉利集序》,《小说月报》,1923 年第 14 卷第 9 期

郑振铎:《一九二三年得诺贝尔奖金者夏芝评传》,《小说月报》,1923 年第 14 卷第 12 期

《夏芝的传记及关于他的批评论文》,《小说月报》,1923 年第 14 卷第 12 期

C. M.:《夏芝著作年表》,《小说月报》,1923 年第 14 卷第 12 期

仲云:《夏芝和爱尔兰的文艺复兴运动》,《文学旬刊》,1923 年第 99 期

王统照:《夏芝思想的一斑》,《文学旬刊》,1924 年第 22 期

和:《夏芝与爱尔兰文艺复兴的诗》,《文学旬刊》,1924 年第 22 期

王统照:《夏芝的生平及其作品》,《东方杂志》,1924 年第 21 卷第 2 期

俞之:《介绍爱尔兰诗人夏芝》,《东方杂志》,1924 年第 21 卷第 2 期

芳信:《加丝伦尼霍利亨》,《东方杂志》,1924 年第 21 卷第 7 期

赵景深:《夏芝的民间故事的分类法》,《文学周报》,1925 年第 237 期

鲁迅:《爱尔兰文学之回顾》,《奔流》,1929 年第 2 卷第 2 期

费鉴照：《夏芝》，《文艺月刊》，1931 年第 2 卷第 1 期

安簃：《译夏芝诗赘语》，《现代》，1932 年第 1 卷第 1 期

金素兮：《诗人夏芝》，《文艺月报》，1934 年第 1 卷第 2 期

宗遠：《叶芝的七十寿辰》，《人生与文学》，1935 年第 5 期

叶公超：《牛津现代诗选（1892—1935）》，《文学》，1937 年第 1 卷第 2 期

哥仑：《夏芝的伟大》，《改进》，1939 年第 1 卷第 2 期

周煦良：《叶芝论现代英国诗》，《西洋文学》，1941 年第 9 期

威尔逊：《叶芝论》，张芝联译，《西洋文学》，1941 年第 9 期

兴华：《两本关于叶芝的书》，《西洋文学》，1941 年第 9 期

陈麟瑞：《叶芝的诗》，《时与潮文艺》，1944 年第 3 卷第 1 期

明森译：《从夏芝说到民族文化》，《改进》，1945 年第 11 卷第 1—2 期

蒋星煜：《泰戈尔与夏芝的距离》，《文化先锋》，1946 年第 6 卷第 7 期

周珏良：《谈叶芝的几首诗》，《外国文学》，1982 年第 2 期

申奥：《爱尔兰诗人叶芝》，《外国文学研究》，1985 年第 2 期

刘爱仪：《叶芝的一九一六年复活节》，《外国文学研究》，1985 年第 3 期

王希苏：《叶芝诗歌的象征主义初探》，《南京大学学报》，1985 年第 1 期

刘爱仪：《叶芝和他的〈库尔湖上的野天鹅〉》，《武汉大学学报》，1986 年第 1 期

王佐良：《霍思曼·叶芝·艾略特》，《读书》，1987 年第 3 期

袁可嘉：《读叶芝的〈为吾女祈祷〉》，《名作欣赏》，1988 年第 5 期

丁宏为：《叶芝与东方思想》，《北京大学学报（哲社版）》，1990 年英语语言文学专刊

傅浩：《早期的叶芝：梦想仙境的人》，《国外文学》，1991 年第 3 期

丁振祺：《叶芝之后的爱尔兰诗坛》，《外国文学评论》，1992 年第 4 期

方杰：《叶芝"拜占庭"诗中的再生母题》，《外国文学研究》，1995 年第 3 期

傅浩：《叶芝诗中的东方因素》，《外国文学评论》，1996 年第 3 期

傅浩：《叶芝》，成都：四川人民出版社，1999 年

傅浩：《叶芝评传》，杭州：浙江文艺出版社，1999 年

傅浩：《叶芝的象征主义》，《国外文学》，1999 年第 3 期

傅浩：《叶芝的戏剧实验》，《外国文学》，1999 年第 3 期

傅浩：《叶芝的神秘哲学及其对文学创作的影响》，《外国文学评论》，2000 年第 2 期

何宁:《叶芝的现代性》,《外国文学评论》,2000 年第 3 期

何树:《叶芝与对立民族主义》,《外语研究》,2002 年第 1 期

李小均:《诗人不幸诗名幸——叶芝名诗〈当你老了〉中的张力美》,《四川外语学院学报》,2002 年第 4 期

杜平:《超越自我的二元对立——评叶芝对东方神秘主义的接受与误读》,《中国比较文学》,2003 年第 2 期

连摩尔、伯蓝:《叶芝:二十世纪最伟大的爱尔兰神秘主义诗人》,刘蕴芳译,上海:百家出版社,2004 年

刘立辉:《叶芝象征主义戏剧的伦理思想》,《外国文学研究》,2005 年第 2 期

傅浩:《创造自我神话:叶芝作品中的互文》,《外国文学》,2005 年第 3 期

区鉷、蒲度戎:《叶芝与陶渊明的隐逸世界》,《重庆大学学报(社科版)》,2005 年第 3 期

丁宏为:《叶芝:责任始于梦中》,《外国文学评论》,2005 年第 4 期

王珏:《叶芝中后期抒情诗中的叙述策略》,上海外国语大学博士论文,2005 年

蒲度戎:《生命树上凤凰巢——叶芝诗歌象征美学研究》,成都:四川人民出版社,2006 年

步凡:《简论叶芝与中国现代诗的发展》,《北京科技大学学报(社科版)》,2006 年第 2 期

吴则远:《借鉴与创新:穆旦之于叶芝》,《世界文学评论》,2007 年第 2 期

丁秉伟:《记忆恢复与历史重建:浅析〈乌辛漫游记〉》,《世界文学评论》,2007 年第 2 期

傅浩:《叶芝作品中的基督教元素》,《外国文学》,2008 年第 6 期

何宁:《希尼与叶芝》,《当代外国文学》,2010 年第 1 期

万俊:《从〈犁与星〉的演出骚乱看叶芝与奥凯西的文学关系》,《外国文学评论》,2010 年第 1 期

乔伊斯

土居光知:《詹姆士·朱士的〈优力栖斯〉》,冯次行译,上海:联合书店,1929 年

赵景深:《爱尔兰文学与朱士》,《小说月报》,1929 年第 20 卷第 9 期

赵景深:《朱士小传》,《读书中学》,1933 年第 1 卷第 3 期

费鉴照：《爱尔兰作家乔欧斯》,《文艺月刊》,1933 年第 3 卷第 7 期

蒋东岑：《茄伊丝与新兴爱尔兰作家》,《中国文学》,1934 年第 5 期

杨昌溪：《朱士的〈优勒色斯〉的重见天日》,《文艺月刊》,1934 年第 5 卷第 3 期

杨昌溪：《朱士著作之种种》,《文艺月刊》,1934 年第 5 卷第 4 期

吴精辉：《詹姆斯·朱士与穆时英》,《同文学生》,1934 年第 5 期

高陵：《詹姆士·乔也斯论》,《出版消息》,1934 年第 46—48 期

楚泽：《詹姆士·乔也斯的思想与作风》,《清华周刊》,1935 年第 43 卷第 6 期

周立波：《詹姆斯·乔易斯》,《申报·自由谈》,1935 年 5 月 6 日

朴伊德：《乔逸斯与新兴爱尔兰作家》,蒋震华译,《时事类编》,1935 年第 3 卷第 15 期

凌鹤：《关于新心理写实主义小说》,《质文》,1935 年第 4 期

梦轩：《朱易士》,《金陵大学砥柱文艺社社刊》,1937 年

土居光知：《现代文坛怪杰》,冯次行译,上海：新安书局,1939 年

吴兴华：《菲尼根的醒来》,《西洋文学》,1940 年第 2 期

吴兴华：《乔易士研究》,《西洋文学》,1940 年第 2 期

威尔逊：《乔易士论》,张芝联译,《西洋文学》,1941 年第 7 期

朱虹：《西方现代主义文学的开拓者——纪念詹姆士·乔伊斯百年诞辰》,《读书》,1982 年第 9 期

王佐良：《乔伊斯与"可怕的美"》,《世界文学》,1982 年 6 期

孙梁、宗白：《传统·真实·创新》,《都柏林人》,上海译文社出版,1984 年

金隄：《西方文学的一部奇书》,《世界文学》,1986 年第 1 期

王家湘：《詹姆斯·乔伊斯》,《外国文学》,1986 年第 9 期

慈继伟：《乔伊斯〈一个青年艺术家的画像〉：一部独特的自传体小说》,《外国文学评论》,1987 年第 4 期

伊丽莎白·布兹：《詹姆斯·乔伊斯——英国现代文学革新的先驱》,李自修译,《文化译丛》,1987 年第 2 期

姚锦清：《意识流的杰出代表——乔伊斯》,《国外文学》,1988 年第 2 期

丁洪英：《从徘徊庭院到登堂入室——〈尤利西斯〉在中国》,《天津师大学报》,1988 年第 5 期

江宁康：《对乔伊斯的误解》,《当代外国文学》,1989 年第 3 期

阮炜：《从〈尤利西斯〉看艺术再现论》,《外国文学评论》,1989 年第 2 期

彼得·科斯特洛：《乔伊斯》，何及锋、柳萌译，北京：中国社会科学出版社，
　　1990 年
江宁康：《论乔伊斯小说的艺术创新》，《外国文学评论》，1991 年第 2 期
郭军：《乔伊斯的"灵悟"美学及其在〈画像〉中的运用》，《外国文学研究》，
　　1993 年第 3 期
李梦桃：《乔伊斯的流亡美学与自我流放的实践》，《海南大学学报》，1993 年
　　第 2 期
陈恕：《〈尤利西斯〉导读》，南京：译林出版社，1994 年
金隄：《〈尤利西斯〉来到中国》，《光明日报》，1994 年 12 月 7 日
李梦桃：《"作家非个人化"的美学思想和创作实践》，《海南大学学报》，1994
　　年第 1 期
科斯特洛：《乔伊斯传：爱尔兰时期的文学与爱情》，林玉珍译，台北：九歌出
　　版社，1995 年
郭军：《〈一个青年艺术家的肖像〉：文本的"不连贯"与主题意象的"连贯"》，
　　《外国文学评论》，1995 年第 1 期
杨建：《〈尤利西斯〉人物原型批评》，《外国文学研究》，1996 年第 4 期
李梦桃：《乔伊斯的多媒体艺术世界——阐释乔伊斯的美学思想及其作品》，
　　《海南大学学报》，1996 年第 2 期
曾艳兵、陈秋红：《文学的"心灵现象学"——论乔伊斯的〈尤利西斯〉》，《文艺
　　研究》，1996 年第 3 期
刘象愚：《独特的赋格文体：论〈尤利西斯〉第 11 章中的音乐》，《外国文学评
　　论》，1998 年第 1 期
刘燕：《作为现代神话的〈尤利西斯〉》，《外国文学研究》，1998 年第 1 期
刘燕：《变形的神话——〈尤利西斯〉叙述文体的审美透视》，《广西师范大学
　　学报（哲社版）》，1998 年第 3 期
王友贵：《世纪之译——细读〈尤利西斯〉的两个中译本》，《中国比较文学》，
　　1998 年第 4 期
金隄：《乔伊斯的人物创造艺术》，《世界文学》，1998 年第 5 期
李维屏、杨理达：《论乔伊斯的美学思想》，《外国语》，1999 年第 6 期
刘象愚：《哲学与科学语境中的〈芬尼根守灵夜〉》，《北京师范大学学报（社科
　　版）》，1999 年第 3 期
袁德成：《詹姆斯·乔伊斯：现代尤利西斯》，成都：四川人民出版社，1999 年

戴从容：《乔伊斯与爱尔兰民间诙谐文化》，《外国文学评论》，2000 年第 3 期

李维屏：《乔伊斯的美学思想与小说艺术》，上海外语教育出版社，2000 年

司空草：《乔伊斯和乔伊斯研究者》，《外国文学评论》，2000 年第 1 期

李维屏：《论乔伊斯的小说艺术》，《外国文学评论》，2001 年第 1 期

伽斯特·安德森：《乔伊斯》，白裕承译，上海：百家出版社，2001 年

金隄：《三叶草与筷子》，香港：香港城市大学出版社，2001 年

马克飞、李绍强：《意识流大师的梦魇：乔伊斯与〈尤利西斯〉》，吉林：时代文
    艺出版社，2001 年

戴从容：《乔伊斯与形式》，《外国文学评论》，2002 年第 4 期

王友贵：《乔伊斯评论》，重庆：西南师范大学出版社，2002 年

袁德成：《论乔伊斯的语言观》，《四川大学学报》，2002 年第 6 期

艾德娜·欧伯莲：《永远的都柏林人：乔伊斯的流幻之旅》，陈荣彬译，台北：
    左岸文化，2003 年

王友贵：《〈为芬尼根守灵〉：语言碎片里的政治》，《四川外语学院学报》，2003
    年第 1 期

王友贵：《杂沓的现代音响：乔伊斯的〈尤利西斯〉》，《外国文学》，2003 年第
    3 期

袁德成：《乔伊斯小说的对话性——以〈一个青年艺术家的画像〉为例》，《四
    川大学学报（哲社版）》，2003 年第 1 期

戴从容：《自由之书：〈芬尼根的守灵夜〉形式研究》，《外国文学评论》，2004 年
    第 1 期

戴从容：《自由的言说——论〈芬尼根守灵〉的饶舌叙述》，《外国文学研究》，
    2004 年第 5 期

冯建明：《〈为芬尼根守灵〉的诗歌特征》，《外国文学研究》，2004 年第 3 期

郭军：《"历史的噩梦"与"创伤的艺术"——解读乔伊斯的小说艺术》，《外国
    文学评论》，2004 年第 3 期

郭军：《乔伊斯：反思与超越》，《外国文学研究》，2004 年第 3 期

袁德成：《女性主义批评视野中的乔伊斯》，《外国文学研究》，2004 年第 3 期

陶家俊：《爱尔兰，永远的爱尔兰——乔伊斯式的爱尔兰性，兼论否定性身份
    认同》，《国外文学》，2004 年第 4 期

戴从容：《乔伊斯小说的形式实验》，北京：中国戏剧出版社，2005 年

杨建：《乔伊斯研究在西方》，《外国文学评论》，2005 年第 3 期

杨建:《乔伊斯与易卜生》,《国外文学》,2005年第4期

郭军:《隐含的历史政治修辞:以〈都柏林人〉中的两个故事为例》,《外国文学研究》,2005年第1期

刘象愚:《乔伊斯与〈尤利西斯〉:从天书难解到批评界巨子》,《清华大学学报(哲社版)》,2006年第5期

李永毅:《德里达与乔伊斯》,《外国文学评论》,2007年第2期

杨建:《乔伊斯论"艺术家"》,《外国文学研究》,2007年第6期

文洁若:《乔伊斯在中国》,《鲁迅研究月刊》,2007年第6期

郭军:《知性美学:乔伊斯的艺术观与知识分子论》,《外国文学》,2010年第2期

吕国庆:《论自由间接引语与乔伊斯的小说构造》,《外国文学评论》,2010年第3期

郭军:《乔伊斯——叙述他的民族》,北京:外语教学与研究出版社,2010年

冯建明:《乔伊斯长篇小说人物塑造》,北京:人民文学出版社,2010年

范若恩:《帝国知识体系中的他者:论〈都柏林人〉中的阿拉伯及其他》,《外国文学评论》,2011年第4期

戴从容:《〈芬尼根的守灵〉的中文翻译》,《外国文学评论》,2011年第4期

郭军:《〈尤利西斯〉:笑谑风格与宣泄—净化的艺术》,《外国文学评论》,2011年第3期

杨建:《乔伊斯诗学研究》,武汉:华中师范大学出版社,2011年

伍尔夫

叶公超:《〈墙上一点痕迹〉译者识》,《新月》,1932年第4卷第1期

费鉴照:《英国现代散文作家华尔孚·佛琴尼亚》,《益世报》,1932年11月19日

彭生荃:《弗勒虚》,《人间世》,1934年第2期

石璞:《狒拉西·序》,上海:商务印书馆,1935年

石璞:《作者渥尔芙夫人传》,《狒拉西》,上海:商务印书馆,1935年

乌尔夫:《论现代小说》,瓦砾译,《时事类编》,1936年第4卷第1期

Katherine Manfield:《评维尔基尼亚·伍尔芙的〈植物园〉》,朱瑾章译,《辅仁文苑》,1941年第8期

莫蒂美:《伍尔芙论》,冯亦代译,《中原》,1943年第1卷第3期

伍尔芙：《论现代英国小说》，冯亦代译，《中原》，1943 年第 1 卷第 2 期

冯亦代：《〈论现代英国小说〉译者注》，《中原》，1943 年第 1 卷第 2 期

谢庆尧：《英国女作家吴尔芙夫人》，《时与潮文艺》，1943 年第 2 卷第 1 期

吴景荣：《吴尔芙夫人的〈岁月〉》，《时与潮文艺》，1943 年第 2 卷第 1 期

陈尧光：《吴尔芙夫人》，《文潮月刊》，1946 年第 6 期

常风：《小说家论小说》，《大公报》，1947 年 3 月 9 日

萧乾：《吴尔芙与妇权主义》，《新路》，1948 年第 1 卷第 20 期

萧乾：《吴尔芙夫人》，《大公报》，1948 年 4 月 18 日

赵景深：《吴尔芙的遗著》，《茶话》，1948 年第 6 期

罗曼·罗兰：《沃尔夫传》，白桦译，《时与潮副刊》，1948 年第 10 卷第 5—6 期

瞿世镜：《伍尔夫的〈到灯塔去〉》，《外国文学报道》，1982 年第 6 期

解楚兰：《现代文学批评家吴尔芙夫人》，《外国语》，1983 年第 4 期

瞿世镜：《〈达罗威夫人〉的人物、主题、结构》，《外国文学研究》，1986 年第 1 期

瞿世镜：《弗吉尼亚·伍尔夫的小说理论》，《论小说与小说家》，上海译文出版社，1986 年

王家湘：《维吉尼亚·吴尔夫独特的现实观与小说技巧之创新》，《外国文学》，1986 年第 7 期

瞿世镜：《伍尔夫·意识流·综合艺术》，《当代文艺思潮》，1987 年第 5 期

张烽：《吴尔夫〈黛洛维夫人〉的艺术整体感与意识流小说结构》，《外国文学评论》，1988 年第 1 期

瞿世镜选编：《伍尔夫研究》，上海文艺出版社，1988 年

瞿世镜：《意识流小说家伍尔夫》，上海文艺出版社，1989 年

杨静远：《弗·伍尔夫致凌叔华的六封信》，《外国文学研究》，1989 年第 3 期

韩世轶：《弗·伍尔夫小说叙事角度与对话模式初探》，《外国文学研究》，1994 年第 1 期

童燕萍：《路在何方——读弗·伍尔夫的〈一个自己的房间〉》，《外国文学评论》，1995 年第 2 期

林树明：《战争阴影下挣扎的弗·伍尔夫》，《外国文学评论》，1996 年第 3 期

葛桂录：《边缘对中心的解构：伍尔夫〈到灯塔去〉的另一种阐释视角》，《当代外国文学》，1997 年第 2 期

姜云飞：《"双性同体"与创造力问题——弗吉尼亚·伍尔夫女性主义诗学理

论批评》,《文艺理论研究》,1999 年第 3 期

申富英:《评〈到灯塔去〉中人物的精神奋斗历程》,《外国文学评论》,1999 年第 4 期

王家湘:《二十世纪的吴尔夫评论》,《外国文学》,1999 年第 5 期

伍厚恺:《弗吉尼亚·伍尔夫:存在的瞬间》,成都:四川人民出版社,1999 年

李森:《评弗·伍尔夫〈到灯塔去〉的意识流技巧》,《外国文学评论》,2000 年第 1 期

殷企平:《伍尔夫小说观补论》,《杭州师范学院学报》,2000 年第 4 期

柴平:《女性的痛觉:孤独感和死亡意识——萧红与伍尔夫比较》,《外国文学研究》,2000 年第 4 期

易晓明:《优美与疯癫——弗吉尼亚·伍尔夫传》,北京:中国文联出版社,2002 年

吕洪灵:《〈奥兰多〉中的时代精神及双性同体思想》,《外国文学研究》,2002 年第 1 期

盛宁:《关于伍尔夫的"1910 年 12 月"》,《外国文学评论》,2003 年第 3 期

王丽丽:《时间的追问:重读〈到灯塔去〉》,《外国文学研究》,2003 年第 4 期

李娟:《转喻与隐喻——吴尔夫的叙述语言和两性共存意识》,《外国文学评论》,2004 年第 1 期

高奋、鲁彦:《近 20 年国内弗吉尼亚·伍尔夫研究述评》,《外国文学研究》,2004 年第 5 期

吕洪灵:《走出"愤怒"的困扰——从情感的角度看伍尔夫的妇女写作观》,《外国文学研究》,2004 年第 3 期

申富英:《〈达洛卫夫人〉的叙事联接方式和时间序列》,《外国文学评论》,2005 年第 3 期

吕洪灵:《伍尔夫〈海浪〉中的性别与身份解读》,《外国文学研究》,2005 年第 5 期

杜娟:《死与变:〈达洛维太太〉、〈到灯塔去〉、〈海浪〉的深层内涵》,《外国文学研究》,2005 第 5 期

吴庆宏:《伍尔夫与女权主义》,北京:中国社会科学出版社,2005 年

郝琳:《伍尔夫之"唯美主义"研究》,《外国文学》,2006 年第 6 期

甄艳华:《伍尔夫的小说理念》,哈尔滨:黑龙江人民出版社,2006 年

袁素华:《试论伍尔夫的"雌雄同体"观》,《外国文学评论》,2007 年第 1 期

吕洪灵：《伍尔夫"中和"观解析：理性和情感之间》，《外国文学研究》，2007 年第 3 期

张中载：《小说的空间美——"看"〈到灯塔去〉》，《外国文学》，2007 年第 4 期

杜志卿、张燕：《一个反抗规训权力的文本——重读〈达洛卫夫人〉》，《外国文学评论》，2007 年第 4 期

吕洪灵：《情感与理性：论弗吉尼亚·伍尔夫的妇女写作》，南京师范大学出版社，2007 年

王丽丽：《追寻传统母亲的记忆：伍尔夫与莱辛比较》，《外国文学》，2008 年第 1 期

谢江南：《弗吉尼亚·伍尔夫小说中的大英帝国形象》，《外国文学研究》，2008 年第 2 期

高奋：《小说：记录生命的艺术形式——论弗吉尼亚·伍尔夫的小说理论》，《外国文学评论》，2008 年第 2 期

潘建：《伍尔夫对父权中心体制的评判》，《外国文学评论》，2008 年第 3 期

高奋：《论伍尔夫〈海浪〉中的生命写作》，《外国文学》，2008 年第 5 期

高奋：《批评，从观到悟的审美体验——论弗吉尼亚·伍尔夫的批评理论》，《外国文学评论》，2009 年第 3 期

吕洪灵：《〈幕间〉与伍尔夫对艺术接受的思考》，《外国文学研究》，2009 年第 3 期

李爱云：《逻各斯中心主义双重解构下的生态自我》，《外国文学》，2009 年第 4 期

高奋：《中西诗学观照下的伍尔夫现实观》，《外国文学》，2009 年第 5 期

杨莉馨：《20 世纪文坛上的英伦百合：弗吉尼亚·伍尔夫在中国》，北京：人民出版社，2009 年

潘建：《国外近五年弗吉尼亚·伍尔夫研究述评》，《当代外国文学》，2010 年第 1 期

秦海花：《传记、小说和历史的奏鸣曲——论〈奥兰多〉的后现代叙事特征》，《国外文学》，2010 年第 3 期

吴庆宏：《〈奥兰多〉中的文学与历史叙事》，《外国文学评论》，2010 年第 4 期

杨莉馨：《〈远航〉：向无限可能开放的旅程》，《外国文学评论》，2010 年第 4 期

高奋：《弗吉尼亚·伍尔夫生命诗学研究》，《英美文学研究论丛》，2010 年第 1 期

潘建：《女同性恋：主流文化夹缝中的呻吟者》，《国外文学》，2010 年第 1 期

申富英：《伍尔夫生态思想研究》，济南：山东大学出版社，2011 年

劳伦斯

赵景深：《罗兰斯的两性描写》，《小说月报》，1928 年第 19 卷第 9 期

赵景深：《罗兰斯翻译魏尔嘉》，《小说月报》，1929 年第 2 期

杜衡：《罗兰斯》，《小说月报》，1930 年第 9 期

华伦：《罗兰斯论》，赵景深译，《现代文学》，1930 年第 1 卷第 1 期

杨昌溪：《罗兰斯逝世：最近逝世的英国小说家》，《现代文学》，1930 年第 1 卷
    第 1 期

赵景深：《英国小说家罗兰斯逝世》，《小说月报》，1930 年第 21 卷第 5 期

华侃：《劳伦斯最近的小说》，《世界杂志》，1931 年第 1 卷第 2 期

孙晋三：《劳伦斯》，《清华周刊》，1934 年第 42 卷第 9、10 期

章益：《劳伦斯的〈劫特莱爵夫人的爱人〉研究》，《世界文学》，1934 年第 1 卷
    第 2 期

邵洵美：《读劳伦斯的小说》，《人言周刊》，1934 年第 1 卷第 38 期

郁达夫：《读劳伦斯的小说〈却泰莱夫人的爱人〉》，《人世间》，1934 年第 14 期

章益：《劳伦斯的〈却特莱爵夫人的爱人〉研究》，《世界文学》，1934 年第 2 期

林语堂：《谈劳伦斯》，《人世间》，1935 年第 19 期

南星：《谈劳伦斯的诗》，《文史春秋》，1935 年第 5 期

V. S. Pritchett：《劳伦斯研究》，华蒂译，《人间》，1946 年第 4 期

赵少伟：《戴·赫·劳伦斯的社会批判三部曲》，《世界文学》，1981 年第 2 期

王家湘：《劳伦斯之探索》，《外国文学》，1985 年第 1 期

弗吉尼亚·伍尔夫：《论戴·赫·劳论斯》，瞿世镜译，《文艺理论研究》，1986
    年第 5 期

弗吉尼亚·伍尔夫：《论劳伦斯》，瞿世镜译，《文艺理论研究》，1986 年第 5 期

毕冰宾：《畸形的爱，心灵的悲剧》，《外国文学评论》，1987 年第 3 期

周汉林：《文苑沧桑、谁主沉浮——论"劳伦斯热"及劳伦斯爱情观》，《贵州大
    学学报（社科版）》，1987 年第 1 期

蒋炳贤：《新世界的憧憬——评劳伦斯的〈虹〉》，《杭州大学学报》，1987 年第
    3 期

徐崇亮：《现代人的悲剧——论劳伦斯的〈白孔雀〉》，《外国文学研究》，1989

年第 1 期

蒋明明：《劳伦斯笔下的妇女》，《外国文学研究》，1989 年第 1 期

阮炜：《试论〈恋爱中的女人〉的主题》，《四川师范大学学报（社科版）》，1989 年第 5 期

吴笛：《诗中的自我 心灵的轨迹——评哈代和劳伦斯的诗歌创作》，《外国文学评论》，1990 年第 2 期

郭英剑：《探索心灵的轨迹——劳伦斯短篇小说论》，《外国文学研究》，1990 年第 1 期

叶兴国：《论戴·赫·劳伦斯的继承与创新》，《外国文学评论》，1990 年第 3 期

徐崇亮：《彩虹的艺术魅力——论劳伦斯的〈虹〉》，《外国文学研究》，1990 年第 4 期

郭英剑：《传统·劳伦斯·现代主义》，《河南师范大学学报（哲社版）》，1991 年第 2 期

叶兴国：《戴·赫·劳伦斯的继承与创新》，《外国文学评论》，1991 年第 3 期

傅光俊：《从"没落"走向新生的厄秀拉》，《外国文学研究》，1992 年第 1 期

徐崇亮：《爱与死的审美意境——〈恋爱中的女人〉形式论》，《外国文学研究》，1992 年第 3 期

周方珠：《试析劳伦斯的作品与表现主义的关系》，《河南大学学报（社科版）》，1992 年第 2 期

徐崇亮：《劳伦斯研究在中国》，《河南师范大学学报（哲社版）》，1993 年第 3 期

曾大伟：《回归宇宙本体——〈查塔莱夫人的情人〉真义管窥》，复印报刊资料《外国文学研究》，1993 年第 12 期

张怀久：《弗洛伊德、劳伦斯与心理小说创作》，复印报刊资料《外国文学研究》，1994 年第 8 期

叶兴国：《劳伦斯与〈圣经〉》，《国外文学》，1995 年第 2 期

高文斌：《哲理的开拓与心灵的烛照——劳伦斯小说的神话倾向》，复印报刊资料《外国文学研究》，1995 年第 2 期

漆以凯：《论戴·赫·劳伦斯的二元论》，《外国文学研究》，1995 年第 4 期

蒋炳贤：《劳伦斯评论集》，上海文艺出版社，1995 年

中国社会科学院外国文学研究所编：《劳伦斯评论集》，上海文艺出版社，

1995 年

冯季庆：《劳伦斯评传》，上海文艺出版社，1996 年

罗婷：《劳伦斯研究：劳伦斯的生平、著作和思想》，长沙：湖南文艺出版社，
　　1996 年

蒋承勇、灵剑：《论劳伦斯〈虹〉的多重复合式叙述结构》，《外国文学评论》，
　　1996 年第 1 期

蒋承勇、灵剑：《论劳伦斯〈爱恋中的女人〉的深度对话》，《外国文学评论》，
　　1997 年第 3 期

漆以凯：《荒原启示录——论〈恋爱中的女人〉》，复印报刊资料《外国文学研
　　究》，1997 年第 4 期

毛信德：《郁达夫与劳伦斯的比较研究》，杭州：杭州大学出版社，1998 年

高万隆：《劳伦斯与德国表现主义》，《文艺研究》，1998 年第 3 期

灵剑：《论劳伦斯诗歌的几个主题》，《外国文学评论》，1999 年第 3 期

灵剑：《论劳伦斯的诗学见解与创作得失》，《国外文学》，1999 年第 4 期

胡亚敏：《二十世纪的神话仪式——读劳伦斯的〈太阳〉》，《外国文学评论》，
　　1999 年第 3 期

朱婷婷：《〈虹〉：转喻和隐喻》，《外国文学研究》，1999 年第 1 期

董俊峰、赵春华：《国内劳伦斯研究述评》，《外国文学评论》，1999 年第 2 期

张中载：《独特的劳伦斯 独特的〈虹〉》，《外国文学研究》，2000 年第 4 期

刘洪涛：《D.H.劳伦斯的美国想象》，《外国文学评论》，2001 年第 1 期

黑马：《心灵的故乡：游走在劳伦斯生命的风景线上》，北京：中国社会科学出
　　版社，2002 年

蒋家国：《重建人类的伊甸园：劳伦斯长篇小说研究》，长沙：湖南文艺出版
　　社，2003 年

殷企平：《劳伦斯笔下的彩虹》，《外国语》，2005 年第 1 期

程心：《论劳伦斯反进化论的自然观》，《外国文学评论》，2005 年第 1 期

苗福光：《生态批评下的劳伦斯》，上海大学出版社，2007 年

刘洪涛：《劳伦斯小说与现代主义文化政治》，台湾：联经出版社，2007 年

刘洪涛：《荒原与拯救：现代主义语境中的劳伦斯小说》，北京：中国社会科学
　　出版社，2007 年

李维屏：《劳伦斯的现代主义视野》，《外国文学研究》，2008 第 4 期

田鹰：《比较视野下的张贤亮和劳伦斯性爱主题研究》，北京：中国社会科学

出版社，2009 年

冯羽：《表述未知世界的隐喻方式——论劳伦斯叙事文体中的"圣诗"》，《江
　　苏社会科学》，2010 年第 1 期

丁礼明：《隐喻认知视野下劳伦斯诗歌的实证研究》，《华东交通大学学报》，
　　2010 年第 1 期

秦苏珏：《〈虹〉的视觉化效果与空间解读》，《四川师范大学学报》，2010 年第
　　4 期

艾略特

叶公超：《爱略忒的诗》，《清华学报》，1934 年第 9 卷第 2 期

阿部知二：《英美新兴诗派》，高明译，《现代》，1934 年第 2 卷第 4 期

艾略特：《传统与个人的才能》，卞之琳译，《学文》，1934 年第 1 期

瑞恰慈：《哀略特底诗》，宏告译，《北平晨报》，1934 年 7 月 12 日

爱略特：《〈诗的用处与批评的用处〉序说》，周煦良译，《现代诗风》，1935 年第
　　1 期

威廉姆生：《T·S·厄了忒的诗论》，章克标译，《清华周刊》，1935 年第 43 卷
　　第 9 期

叶公超：《再论艾略特》，《北平晨报·文艺》，1937 年 4 月 5 日

竺磊：《艾略特新诗集》，《燕京新闻》，1939 年第 6 卷第 12 期

赵萝蕤：《艾略特与〈荒原〉》，《时事新报》，1940 年 5 月 14 日

邢光祖：《书评：〈荒原〉》，《西洋文学》，1940 年第 4 期

林焕平：《艾略奥脱的东方盟友、文学避难所》，《国民》，1943 年第 3 期

王佐良：《一个诗人的形成：哀里奥脱：诗人及批评家》，《大公报》，1947 年 2
　　月 23 日

王佐良：《诗的社会功用：艾略特五章》，《大公报》，1947 年 4 月 6 日

王佐良：《宗教的回旋》，《益世报》，1947 年 6 月 14 日

王佐良：《普鲁斯特的秃头》，《益世报》，1947 年 7 月 5 日

王佐良：《〈艾里奥脱：诗人及批评家〉序》，《平明日报》，1947 年 10 月

萧乾：《英国文坛三变》，《文艺复兴》，1947 年第 3 期

钱学熙：《T·S·艾略脱批评思想体系的研讨》，《学原》，1948 年第 2 卷第
　　5 期

袁可嘉：《〈托·斯·艾略特研究〉书评》，《大公报》，1948 年 5 月 23 日

沈济：《艾略特论诗》，《诗创造》，1948 年第 12 期

史彭德：《T·S·艾略忒的〈四个四重奏〉》，岑鄂之译，《诗创造》，1948 年第
  10 期

叶维廉译：《艾略特戏剧的精神中心》，《文学杂志》，1956 年第 3 期

袁可嘉：《托·斯·艾略特——英美帝国主义的御用文阀》，《文学评论》，
  1960 年第 6 期

阿伦：《艾略特的时代与地位》，舟斋译，《国外社会科学文摘》，1961 年第 5 期

周煦良译：《艾略特与传统概念》，《国外社会科学文摘》，1961 年第 5 期

袁可嘉：《新批评派述评》，《文学评论》，1962 年第 2 期

王佐良：《艾略特何许人也?》，《文艺报》，1962 年第 2 期

袁可嘉：《腐朽的文明、糜烂的诗歌——略谈美国"垮掉派"、"放射派"诗歌》，
  《文艺报》，1963 年第 10 期

海伦·加德勒：《艾略特时代的莎士比亚》，周煦良译，《国外社会科学文摘》，
  1964 年第 8 期

加德勒：《艾略特时代的莎士比亚》，周煦良译，《现代外国哲学社会科学》，
  1964 年第 8 期

邢光祖：《艾略特与中国》，《邢光祖文艺论集》，台北：大汉出版，1977 年

杨周翰：《从艾略特的一首诗看现代资产阶级文学》，《现代美国文学研究》，
  1979 年第 2 期

赵萝蕤：《荒原·前言》，《外国文艺》，1980 年第 3 期

袁可嘉：《从艾略特到威廉斯——略谈战后美国新诗学》，《诗探索》，1982 年
  第 4 期

蓝仁哲：《一首奇特的恋歌——释〈杰·阿弗雷特·普弗洛克的恋歌〉》，《外
  国文学研究》，1982 年第 4 期

赵毅衡：《〈荒原〉解》，《外国诗》，1983 年第 1 期

钟光贯：《从艾略特的〈荒原〉看象征主义的艺术特征》，《新疆师范大学学
  报》，1983 年第 2 期

裘小龙：《论 T·S·艾略特的"非个人化"理论和实践》，《外国文学报道》，
  1983 年第 3 期

郑敏：《从〈荒原〉看艾略特的诗艺》，《外国文学研究》，1984 年第 3 期

赵萝蕤：《〈荒原〉浅说》，《国外文学》，1986 年第 4 期

裘小龙：《艾略特的批评观》，《外国文学研究》，1986 年第 9 期

裘小龙：《卞之琳与艾略特》，《中州文坛》，1986 年第 1—2 期

王佐良：《霍思曼·叶芝·艾略特》，《读书》，1987 年第 3 期

何光：《西方文化的源泉——读艾略特〈基督教与文化〉》，《读书》，1988 年第
　　3 期

黄维樑：《欧立德与中国现代诗学》，《中国文学纵横论》，台湾：东大图书出版
　　公司，1988 年

辜正坤：《〈荒原〉与〈凤凰涅〉》，《北京大学研究生学刊》，1988 年第 1 期

张子清：《把握时代精神，开辟现代派诗歌道路——纪念 T·S·艾略特诞辰
　　一百周年》，《当代外国文学》，1988 年第 4 期

董悦：《艾略特诗艺的传统性和现代性》，《齐齐哈尔师范学院学报》，1988 年
　　第 6 期

赵晓丽、屈长江：《死之花——略论艾略特〈荒原〉的死亡意识》，《外国文学评
　　论》，1988 年第 1 期

吕文斌：《艾略特的早期诗歌创作》，《外国文学研究》，1989 年第 2 期

艾略特：《艾略特诗学文集》，王恩衷编译，北京：国际文化出版公司，1989 年

曾艳兵：《当代文学鉴赏的困惑——论艾略特的〈荒原〉》，《外国文学评论》，
　　1991 年第 2 期

陆建德：《破碎思想体系的残片——艾略特、多恩和〈荒原〉》，《外国文学评
　　论》，1992 年第 1 期

张炽恒：《智慧的映照——论艾略特的〈四个四重奏〉》，《外国文学评论》，
　　1992 年第 2 期

邹祖兴：《"非人格化论"》，《外国文学研究》，1992 年第 3 期

杨金才：《谈法国象征主义诗歌对 T·S·艾略特的影响》，《外国文学评论》，
　　1993 年第 4 期

刘崇中：《解读〈荒原〉与文学鉴赏的困惑》，《外国文学评论》，1993 年第 4 期

汪义群：《艾略特与英国诗剧传统》，《外国语》，1994 年第 4 期

周纪文：《艾略特的文学和批评理论》，《西北师范大学学报》，1994 年第 5 期

刘立辉：《生命哲学的诗化耗损：有关艾略特〈四个四重奏〉的新探述评》，《外
　　国文学研究》，1994 年第 1 期

张剑：《T·S·艾略特在西方：艾略特评论史述评》，《外国文学评论》，1995 年
　　第 2 期

杨金才：《艾略特诗学的气质与禀赋》，《山东外语教学》，1995 年第 2 期

刘锋：《从庞德和艾略特看美国现代主义诗歌对当代中国诗的影响》，《外国文学研究》，1995 年第 2 期

徐文博：《艾略特诗歌的用典败笔》，《深圳大学学报（社科版）》，1995 年第 3 期

张剑：《艾略特的炼狱——论〈圣灰星期三〉》，《外国文学》，1995 年第 3 期

张剑：《艾略特内心深处的〈荒原〉》，《当代外国文学》，1996 年第 1 期

张剑：《艾略特与英国浪漫主义传统》，北京：外语教学与研究出版社，1996 年

陆建德：《艾略特的反犹主义》，《外国文学评论》，1996 年第 3 期

杨金才：《艾略特的戏剧理论与实践》，《国外文学》，1996 年第 2 期

王誉公、张华英：《〈荒原〉的理解与翻译》，《外国文学研究》，1996 年第 2 期

傅浩：《〈荒原〉六种中译本比较》，《外国文学研究》，1996 年第 2 期

蒋洪新：《论艾略特后期诗风转变的动因》，《湖南师范大学社会科学学报》，1997 年第 6 期

蒋洪新：《艾略特〈四个四重奏〉与基督教思想》，《外国文学研究》，1997 年第 3 期

张剑：《充满喜剧效果的悲剧——析艾略特〈J.阿尔弗莱德·普鲁弗洛克的情歌〉》，《外国文学评论》，1997 年第 1 期

吴新云：《"非我之路"上的苦行者——〈荒原〉创作心理透视》，《外国文学评论》，1997 年第 1 期

蒋洪新：《走向〈四个四重奏〉——艾略特诗歌艺术研究》，长沙：湖南人民出版社，1998 年

郑树森：《〈荒原〉与中国文字的方法》，《文学地球村》，上海：三联书店，1999 年

黄宗英：《艾略特——不灭的诗魂》，长春出版社，1999 年

张松建：《艾略特"非个性化"理论溯源》，《外国文学评论》，1999 年第 3 期

李晓宝：《艾略特的〈荒原〉：英美现代主义文学的宣言书》，《外国文学评论》，1999 年第 1 期

陆建德：《"让完全陌生的人阅读"——艾略特的封存书简与小说〈档案保管员〉》，《外国文学动态》，1999 年第 1 期

陆建德：《艾略特：改变表现方式的天才》，复印报刊资料《外国文学研究》，1999 年第 11 期

何宁：《艾略特的美国性》，《当代外国文学》，2000 年第 3 期

侯晶晶：《荒原用典辩》，《淮阴师范学院学报》，2000 年第 4 期

蒋洪新：《英诗新方向：庞德、艾略特诗学理论与文化批评研究》，长沙：湖南教育出版社，2001 年

江玉娇：《探讨艾略特的"秩序"理论》，《外国文学评论》，2002 年第 3 期

刘燕：《穆旦诗歌中的"T·S·艾略特传统"》，《外国文学评论》，2003 年第 2 期

刘立辉：《艾略特诗歌中时间观念的嬗变》，《外国文学研究》，2003 年第 3 期

董洪川：《艾略特的"情歌"三种汉译本比较》，《外国文学研究》，2003 年第 3 期

董洪川：《叶公超与艾略特在中国的传播与译介》，《外国文学研究》，2004 年第 4 期

董洪川：《"荒原"之风：艾略特在中国》，北京：北京大学出版社，2004 年

秦明利：《论艾略特诗歌中的时间与意识》，上海外国语大学博士论文，2005 年

刘燕：《现代批评之始：T·S·艾略特诗学研究》，桂林：广西师范大学出版社，2005 年

江弱水：《苦功通神：杜甫与瓦雷里、艾略特诗的创作论之契合》，《外国文学评论》，2006 年第 3 期

张剑：《T·S·艾略特诗歌和戏剧的解读》，北京：外语教学与研究出版社，2006 年

李俊清：《艾略特与荒原》，北京：人民文学出版社，2006 年

虞又铭：《多维的棱镜——艾略特诗学思想研究》，华东师范大学博士论文，2007 年

陈庆勋：《艾略特诗歌隐喻研究》，上海：上海人民出版社，2008 年

杨莉馨：《灵魂的撕扯与艾略特小说的内在矛盾》，《外国文学评论》，2008 年第 2 期

高晓玲：《"感受就是一种知识！"：乔治·艾略特作品中"感受"的认知作用》，《外国文学评论》，2008 年第 3 期

刘立辉：《变形的鱼王：艾略特〈荒原〉的身体叙述》，《外国文学研究》，2009 年第 1 期

邓艳艳：《从批评到诗歌：艾略特与但丁的关系研究》，北京：中国社会科学出版社，2009 年

韩金鹏：《试论艾略特现代主义话语权的几个建构模式》，《国外文学》，2010

年第 3 期

江玉娇：《诗化哲学：T・S・艾略特研究》，上海：复旦大学出版社，2010 年

李永毅：《艾略特与波德莱尔》，《外国文学评论》，2011 年第 1 期

奥登

马耳：《抗战中来华的英国新兴作家——奥登、伊粟伍德》，《抗战文艺三日刊》，1938 年第 3 卷第 4 期

朱维基：《在战时・引言》，上海：国民书店，1941 年

吴兴华：《再来一次》，《西洋文学》，1941 年第 6 期

刘广京：《读奥登新年书信》，《自由论坛》，1943 年第 2 期

杨周翰：《奥登——诗坛的顽童》，《时与潮文艺》，1944 年第 4 卷第 1 期

刘芃如：《W・H・奥登的〈流亡曲〉》，《燕京新闻》，1944 年第 10 卷第 25 期

孙晋三：《奥登近况》，《时与潮文艺》，1944 年第 4 卷第 1 期

王佐良：《一个中国新诗人》，《文学杂志》，1947 年第 2 卷第 2 期

李旦译：《史本德论奥登与"三十年代"诗人》，《诗创造》，1948 年第 16 期

陈定闳：《奥登的〈了解社会〉》，《社会建设》，1948 年复刊第 4 期

卞之琳：《重新介绍奥顿的几首诗》，《诗刊》，1980 年第 1 期

冯亦代：《卡本特〈奥登传〉》，《读书》，1982 年第 5 期

王佐良：《燕卜荪・奥登・司班德》，《读书》，1987 年第 4 期

袁可嘉：《论新诗现代化》，北京：三联书店，1988 年

蒋洪新：《奥顿和衣修伍德的中国之行》，《外国文学动态》，1994 年第 1 期

王家新：《重读奥登》，《当代文坛报》，1997 年第 3 期

赵文书：《奥登与中国的抗日战争——纪念〈战时〉组诗发表六十周年》，《当代外国文学》，1999 年第 4 期

赵文书：《奥登与九叶诗人》，《外国文学评论》，1999 年第 2 期

朱涛：《一种使命，两类信徒——我眼中的奥登》，《外国文学》，1999 年第 5 期

黄灿然：《在两大传统的阴影下》，《读书》，2000 年第 3 期

赵毅衡：《奥顿：走出战地的诗人》，《作家》，2000 年第 9 期

江弱水：《伪奥登风与非中国性：重估穆旦》，《外国文学评论》，2002 年第 3 期

王家新：《诗的见证——重读奥登》，《红岩》，2002 年第 4 期

何功杰：《现代人是否自由？是否幸福？——赏析奥登的〈无名的公民〉》，《名作欣赏》，2002 年第 1 期

傅浩：《苦难的位置——〈美术馆〉和〈给奥登先生的备忘录〉的对比阅读》，《外国文学》，2003 年第 6 期

罗达十：《漫谈 W·H·奥登的爱情诗》，《西南科技大学学报（哲社版）》，2004 年第 3 期

张松建：《奥登在中国：文学影响与文化斡旋》，《当代》，2005 年第 8 期

黄瑛：《奥登在中国》，《中国文学研究》，2006 年第 1 期

罗达十：《从"纪念叶芝"看奥登的诗艺》，《西南科技大学学报》，2006 年第 2 期

萧莎：《奥登百年》，《外国文学评论》，2007 年第 3 期

黄瑛：《中西诗艺的融会与贯通——论"奥登"风与中国现代主义诗歌》，《中国文学研究》，2007 年第 4 期

吴忠诚：《〈悼念叶芝〉：从传统哀歌到现代智诗》，《名作欣赏》，2007 年第 16 期

黄瑛：《中西诗艺的融会与贯通——论"奥登"风与中国现代主义诗歌》，《中国文学研究》，2007 年第 4 期

马永波：《奥登与九叶诗派的新诗戏剧化》，《江汉大学学报》，2008 年第 5 期

盛宁：《诗人奥登的宗教信仰》，《外国文学评论》，2008 年第 2 期

马永波：《奥登与九叶诗派的新诗戏剧化》，《江汉大学学报》，2008 年第 5 期

蔡海燕：《"悲哀"之"消融"——试析威斯坦·休·奥登的诗歌〈寓意之景〉》，《江南大学学报》，2009 年第 3 期

邵朝杨：《论 W·H·奥登早期诗歌中的戏剧性》，《外国语文》，2009 年第 1 期

桑克：《奥登生平简述·晚期诗歌释读》，《诗歌月刊》，2009 年第 3 期

蔡海燕：《论奥登的乌托邦精神》，浙江大学博士论文，2010 年

蔡海燕：《近 80 年来英美奥登研究综述》，《英美文学研究论丛》，2011 年第 1 期

王家新：《奥登的翻译与中国现代诗歌》，《中国现代文学研究丛刊》，2011 年第 1 期

蔡海燕：《奥登："公共领域的私人面孔"》，《外国文学评论》，2011 年第 2 期

郑思明：《"我不知道他们说我什么"——英国现代诗人奥登西方研究述评》，《国外文学》，2011 年第 3 期

乔治·奥威尔

乔治·奥威尔：《关于本书的作者》，《动物农庄》，任稺羽译，上海：商务印书

馆,1948 年

高芬尼克:《〈一九八四年〉:从虚构到现实》,金同超译,《科学对社会的影响》,1983 年第 2 期

纳比坎:《奥威尔对 1984 年的世界的看法》,岳城译,《科学对社会的影响》,1983 年第 2 期

赫曼等:《1984 年:科学对社会的影响》,金同超译,《科学对社会的影响》,1983 年第 2 期

沃尔伯格:《1984 年——当代西方文化研究》,迪超译,《国外社会科学》,1984 年第 8 期

沈恒炎:《1984 年和西方社会——西方对预言小说〈1984〉的评论》,《未来与发展》,1985 年第 4 期

侯维瑞:《试论乔治·奥韦尔》,《外国文学报道》,1985 年第 6 期

方汉泉:《二十世纪英美政治小说初探》,《暨南学报(哲社版)》,1987 年第 1 期

王蒙:《反面乌托邦的启示》,《读书》,1989 年第 3 期

李辉:《乔治·奥维尔与中国》,《读书》,1991 年第 11 期

冯亦代:《奥威尔传》,《读书》,1992 年第 7 期

赵健雄:《读〈一九八四〉一得》,《读书》,1993 年第 3 期

方航:《奥威尔的政治观及其政治小说》,《暨南学报(哲社版)》,1993 年第 1 期

刘象愚:《奥威尔和反面乌托邦小说》,《现代主义浪潮下:1914—1945》,北京:中国社会科学出版社,1995 年

张中载:《十年后再读〈1984〉——评乔治·奥威尔的〈1984〉》,《外国文学》,1996 年第 1 期

孙宏:《论阿里斯托芬的〈鸟〉和奥威尔的〈兽园〉对人类社会的讽喻》,《西北大学学报(哲社版)》,1996 年第 3 期

齐萌:《亨利·米勒与乔治·奥威尔》,《世界文化》,1996 年第 3 期

朱望:《论乔治·奥韦尔〈一九八四〉的创作思想》,《中外文学》,1998 年第 12 期

董乐山:《奥威尔和他的〈一九八四〉》,《一九八四》,董乐山译,沈阳:辽宁教育出版社,1998 年

朱望:《乔治·奥韦尔的〈一九八四〉与张贤亮系列中篇小说之比较》,《外国

文学》,1999 年第 2 期

王岚：《〈1984 年〉中人性的探求》,《当代外国文学》,2000 年第 4 期

张桂华：《有关〈一九八四〉的版本》,《博览群书》,2000 年第 10 期

王卫东：《孤独的游魂：乔治·奥威尔与帝国主义》,《解放军外国语学院学报》,2002 年第 6 期

黑马：《使政治写作成为一种艺术（代译序）》,《一九八四、上来透口气》,孙仲旭译,南京：译林出版社,2002 年

杰弗里·迈耶斯：《奥威尔传》,孙仲旭译,北京：东方出版社,2003 年

王小梅：《从〈通往维根码头之路〉看奥威尔的政治观》,《外国文学》,2004 年第 1 期

止庵：《从圣徒到先知——读〈奥威尔传〉》,《博览群书》,2004 年第 3 期

贾福生：《〈1984〉的聚焦分析：自我的追寻与破灭》,《河南大学学报（社科版）》,2004 年第 3 期

王小梅：《女性主义重读乔治·奥威尔》,北京外国语大学博士论文,2004 年

王小梅：《〈一九八四〉中的男性中心论》,《当代外国文学》,2005 年第 3 期

汤卫根：《论〈1984 年〉中的权力运行机制》,《当代外国文学》,2006 年第 3 期

段怀清：《一代人的冷峻良心：奥威尔的思想遗产》,《社会科学论坛》,2006 年第 5 期

李锋：《在路上：一个特立独行的奥威尔》,《译林》,2006 年第 6 期

顾馨媛：《读奥威尔〈巴黎伦敦落魄记〉》,《译林》,2007 年第 3 期

泰勒：《奥威尔传》,吴远恒等译,上海：文汇出版社,2007 年

李锋：《乔治·奥威尔作品中的权力关系》,南京大学博士论文,2007 年

潘一禾：《小说中的政治世界——乔治·奥威尔〈动物庄园〉的一种诠释》,《宁波大学学报（社科版）》,2008 年第 2 期

陈勇：《试论乔治·奥威尔与殖民话语的关系》,《外国文学》,2008 年第 3 期

李锋：《从全景式监狱结构看〈一九八四〉中的心理操控》,《外国文学》,2008 年第 6 期

李零：《读〈动物农场〉》,《读书》,2008 年第 7、8、9 期

王晓华：《乔治·奥威尔创作主题研究》,山东大学博士论文,2009 年

华慧：《陆建德谈乔治·奥威尔》,《东方早报》,2010 年 2 月 7 日

朱平：《绝望还是希望？——〈一九八四〉中的反抗策略及局限》,《解放军外国语学院学报》,2010 年第 6 期

丁卓：《〈1984〉的空间解读》，《东北师大学报（哲社版）》，2011 年第 2 期

李锋：《奥威尔小说〈缅甸岁月〉中的种族政治》，《英美文学研究论丛》，2011
年第 2 期

杨敏：《穿越语言的透明性——〈动物农场〉中语言与权力之间关系的阐释》，
《外国文学研究》，2011 年第 6 期

许淑芬：《肉身与符号——乔治·奥威尔小说的身体阐释》，浙江大学博士论
文，2011 年

徐贲：《奥威尔文学、文化评论的政治内涵》，《政治与文学》，乔治·奥威尔
著，李存捧译，南京：译林出版社，2011 年

王晓华：《奥威尔创作中大众传媒主题解读》，《山东社会科学》，2011 年第
12 期

贝克特

董衡巽：《戏剧艺术的堕落——法国"反戏剧派"》，《前线》，1963 年第 8 期

丁耀瓒：《西方世界的"先锋派"文艺》，《世界知识》，1964 年第 9 期

朱虹：《荒诞派戏剧述评》，《世界文学》，1978 年第 1 期

萧曼：《盛行西方的一个戏剧流派——荒诞派》，《人民戏剧》，1979 年第 7 期

袁可嘉：《象征派诗歌·意识流小说·荒诞派戏剧——欧美现代派文学述
评》，《文艺研究》，1979 年第 1 期

蒋庆美：《贝凯特及其剧作》，《当代外国文学》，1981 年第 2 期

尹岳斌：《略论〈等待戈多〉及其它》，《湖南城市学院学报》，1983 年第 1 期

瞿世镜：《贝克特的"反小说"》，《外国文学报道》，1983 年第 3 期

陈嘉：《谈谈荒诞派剧本〈等待戈多〉》，《当代外国文学》，1984 年第 1 期

刘重德：《从反小说派作家贝凯特近著〈失败〉谈起》，《求索》，1984 年第 2 期

罗经国：《贝克特和〈等待戈多〉》，《国外文学》，1986 年第 4 期

洪增流：《二十世纪的席西佛斯神话——简论贝克特的〈等待戈多〉》，《安徽
大学学报（哲社版）》，1990 年第 1 期

李伟昉：《循环：〈等待戈多〉的结构特征》，《河南大学学报（社科版）》，1993 年
第 2 期

严泽胜：《荒诞派戏剧的后现代审美特征》，《外国文学研究》，1994 年第 2 期

卢永茂等著：《贝克特小说研究》，开封：河南大学出版社，1995 年

焦洱、于晓丹：《贝克特：荒诞文学大师》，长春：长春出版社，1995 年

洪增流：《〈等待戈多〉——语言形式和内容的高度统一》，《外国语》，1996 年第 3 期

陆建德：《自由虚空的心灵——萨缪尔·贝克特的小说创作》，《现代主义之后：写实与实验》，北京：中国社会科学出版社，1997 年

舒笑梅：《试论贝克特戏剧作品中的时空结构》，《外国文学研究》，1997 年第 2 期

马小朝：《意义的失落与回归——荒诞派戏剧语言探究》，《国外文学》，1997 年第 4 期

舒笑梅：《诗化·对称·荒诞——贝克特〈等待戈多〉戏剧语言的主要特征》，《外国文学研究》，1998 年第 1 期

侯维瑞：《寓真实于荒诞：试论塞缪尔·贝克特的荒诞小说》，《杭州大学学报（哲社版）》，1998 年第 2 期

仵从巨：《〈等待戈多〉：贝克特的谜语与谜底》，《名作欣赏》，2000 年第 5 期

王晓华：《后上帝时代的等待者——对荒诞派戏剧〈等待戈多〉的文本分析》，《深圳大学学报（社科版）》，2000 年第 5 期

舒笑梅：《电影语言在贝克特剧作中的运用——从〈最后一盘录音带〉谈起》，《南京师大学报（社科版）》，2002 年第 2 期

冉东平：《突破现代派戏剧的艺术界限——评萨缪尔·贝克特的静止戏剧》，《外国文学评论》，2003 年第 2 期

何成洲：《贝克特：戏剧对小说的改写》，《当代外国文学》，2003 年第 3 期

何成洲：《贝克特的"元戏剧"研究》，《当代外国文学》，2004 年第 3 期

曹波：《回到想像界》，上海外国语大学博士论文，2005 年

王雅华：《走向虚无：贝克特小说的自我探索与形式实验》，北京：北京语言大学出版社，2005 年

刘爱英：《贝克特英语批评的建构与发展》，《外国文学评论》，2006 年第 1 期

吴岳添：《贝克特——充满矛盾的作家》，《外国文学评论》，2006 年第 3 期

盛宁：《贝克特之后的贝克特》，《外国文学评论》，2006 年第 4 期

沈雁：《诗意的叙事——论〈克拉普的最后一盘录音带〉和〈动物园的故事〉中的嵌入式叙事模式》，《浙江师范大学学报（社科版）》，2006 年第 5 期

朱大可：《贝克特：一个被等待的戈多》，《中国图书评论》，2006 年第 10 期

刘爱英：《塞缪尔·贝克特：见证身体之在》，上海外国语大学博士论文，2007 年

沈雁:《贝克特戏剧的男女声二重唱——论〈克拉普的最后一盘录音带〉和〈快乐的日子〉》,《外国文学评论》,2007 年第 3 期

张士民:《贝克特的边界景观:退却的游戏》,北京:外语教学与研究出版社,2009 年

曹波:《贝克特小说的后现代精神分析》,北京:外语教学与研究出版社,2011 年

刘爱英:《塞缪尔·贝克特戏剧作品研究》,重庆:重庆出版社,2012 年

黄立华:《贝克特戏剧文本中隐喻的认知研究》,北京:中国社会科学出版社,2012 年

王雅华:《不断延伸的思想图像:塞缪尔·贝克特的美学思想与创作实践》,北京:北京大学出版社,2013 年

威廉·戈尔丁

陈焜:《人性恶的忧虑:谈谈威廉·戈尔丁的〈蝇之王〉》,《读书》,1981 年第 5 期

董鼎山:《一九八三年诺贝尔文学奖的风波》,《读书》,1984 年第 1 期

刘若端:《寓言编撰家威廉·戈尔丁》,《世界文学》,1984 年第 3 期

裘小龙:《传统神话的否定——评戈尔丁的一组小说》,《外国文学研究》,1985 年第 2 期

阮炜:《茫茫黑夜中的一线希望之光——戈尔丁〈黑暗昭昭〉初探》,《外国文学评论》,1988 年第 1 期

殷企平:《〈蝇王〉中的"人性堕落"问题和象征手法》,《杭州师范学院学报(社科版)》,1990 年第 1 期

阮炜:《理性为何被邪恶击败——〈蝇王〉》,《深圳大学学报(社科版)》,1993 年第 1 期

张中载:《〈蝇王〉出版四十年重读〈蝇王〉》,《外国文学》,1994 年第 1 期

行远:《〈蝇王〉的主题、人物和结构特征》,《北京师范大学学报》,1994 年第 5 期

于海青:《"情有独钟"处》,《国外文学》,1996 年第 4 期

陶家俊:《论〈蝇王〉的叙述结构和主题意义》,《四川外语学院学报》,1998 年第 3 期

李玉花:《泯灭的童心,泯灭的人性》,《外国文学研究》,1999 年第 1 期

田俊武：《同为荒岛小说 观念手法迥异——笛福、戈尔丁杰作之主题思想及艺术手法的反相对位研究》，《河南大学学报（社科版）》，1999 年第 2 期

胡蕾：《狄奥尼索斯的报复》，《山东外语教学》，2000 年第 2 期

周峰：《现代讽喻语境下的神话》，《山东师大外国语学院学报》，2000 年第 2 期

王卫新：《原始社会历史的滑稽模仿——评威廉·戈尔丁的〈蝇王〉》，《燕山大学学报（社科版）》，2001 年第 1 期

张少文：《漂浮的能指与语言的困惑》，《外国文学》，2001 年第 4 期

张和龙：《人性恶神话的建构——〈蝇王〉在新时期中国的主题研究与接受》，《中国比较文学》，2002 年第 3 期

彭阳辉：《无望的生活——评威廉·戈尔丁的〈金字塔〉》，《深圳大学学报（社科版）》，2003 年第 4 期

李霞：《自然乌托邦的破灭——戈尔丁〈蝇王〉新论》，《外语研究》，2004 年第 3 期

魏颖超：《〈蝇王〉与英国荒岛历险小说之变迁》，《外语研究》，2004 年第 6 期

王卫新：《从叙述学角度谈品彻·马丁的二度死亡》，《解放军外国语学院学报》，2005 年第 2 期

王卫新：《〈蝇王〉的女性主义解读》，《河南大学学报（社科版）》，2006 年第 3 期

沈雁：《〈黑暗昭昭〉的〈圣经〉戏仿》，《英美文学研究论丛》，2010 年第 1 期

王卫新：《向上喷的瀑布——戈尔丁〈教堂尖塔〉的生态寓言》，《当代外国文学》，2010 年第 1 期

肖霞：《因何而死——〈航程祭典〉中双重叙述的伦理悲剧》，《当代外国文学》，2011 年第 1 期

沈雁：《戈尔丁后期小说的喜剧模式》，上海：上海外语教育出版社，2011 年

多丽丝·莱辛

王蕾：《野草在歌唱·译者前记》，上海：新文艺出版社，1956 年

董秋斯：《高原牛的家·译后记》，北京：作家出版社，1958 年

孙宗白：《真诚的女作家多丽丝·莱辛》，《外国文学研究》，1981 年第 3 期

海西：《陶丽斯·莱辛及其作品》，《名作欣赏》，1982 年第 5 期

伊丽莎白·布兹：《多丽斯·莱辛——一位对非洲问题和西方文化中女权运

动颇为敏感的作家》，徐凡译，《世界文化》，1986 年第 6 期

王家湘：《多丽斯·莱辛》，《外国文学》，1987 年第 5 期

李福祥：《多丽丝·莱辛笔下的政治与妇女主题》，《外国文学评论》，1993 年第 4 期

李福祥、钟清兰：《从动情写实到理性陈述——论莱辛文学创作的发展阶段及其基本特征》，《四川外语学院学报》，1994 年第 1 期

李福祥：《试论多丽丝·莱辛的"太空小说"》，《成都师范高等专科学校学报》，1994 年第 2 期

刘雪岚：《分裂与整合——试论〈金色笔记〉的主题与结构》，《当代外国文学》，1998 年第 2 期

徐燕：《从"间离效果"看莱辛的〈金色笔记本〉》，《浙江大学学报（社科版）》，1999 年第 6 期

陈才宇：《形式也是内容：〈金色笔记〉释读》，《外国文学评论》，1999 年第 4 期

王宁：《多丽思·莱辛和她的〈简·萨默斯的日记〉》，《简·萨默斯的日记》，北京：外语教学与研究出版社，2000 年

李福祥：《八九十年代多丽丝·莱辛的文学创作》，《四川外语学院学报》，2000 年第 1 期

司空草：《莱辛小说中的苏非主义》，《外国文学评论》，2000 年第 1 期

夏琼：《扭曲的人性，殖民的悲歌——评多丽丝·莱辛的〈野草在歌唱〉》，《当代外国文学》，2001 年第 1 期

姜红：《有意味的形式——莱辛的〈金色笔记〉中的认识主题与形式分析》，《外国文学》，2003 年第 4 期

沈洁玉：《走向意识谬误的深渊——〈野草在歌唱〉心理层面分析》，《安徽师范大学学报》，2004 年第 2 期

王丽丽：《从〈简·萨默斯的日记〉看多丽丝·莱辛的生命哲学观》，《当代外国文学》，2005 年第 3 期

李晋：《发展中的女性自我建构：凯特·肖邦的〈觉醒〉与陶丽斯·莱辛的〈黑暗来临前的夏天〉》，《天津外国语学院学报》，2006 年第 3 期

王丽丽：《多丽丝·莱辛的艺术和哲学思想研究》，北京：社会科学文献出版社，2007 年

陈璟霞：《多丽斯·莱辛的殖民模糊性——对莱辛作品中的殖民比喻的研究》，北京：中国人民大学出版社，2007 年

王宁：《多丽丝·莱辛的获奖及其启示》，《外国文学研究》，2008 年第 2 期

王丽丽：《寓言和符号：莱辛对人类后现代状况的诠释》，《当代外国文学》，
　　2008 年第 1 期

王丽丽：《后现代普罗米修斯的悲剧——解读莱辛的小说〈本，在人间〉》，《英
　　美文学研究论丛》，2008 年第 1 期

肖庆华：《都市空间与文学空间：多丽丝·莱辛小说研究》，成都：四川辞书出
　　版社，2008 年

竹夕：《多丽丝·莱辛：超越女权》，《外国文学评论》，2008 年第 1 期

蒋花：《压抑的自我异化的人生——多丽斯·莱辛非洲小说研究》，上海：上
　　海外语教育出版社，2009 年

赵晶辉：《殖民话语的隐性书写：多丽丝·莱辛作品中的"空间"释读》，《当代
　　外国文学》，2009 年第 3 期

王丽丽：《后"房子里的安琪儿"时代：从房子意象看莱辛作品的跨文化意
　　义》，《当代外国文学》，2010 年第 1 期

朱彦：《人类起源神话与走上神坛的女人：解读莱辛的小说〈裂缝〉》，《当代外
　　国文学》，2010 年第 4 期

肖锦龙：《从"黑色笔记"的文学话语看多丽丝·莱辛的种族身份》，《国外文
　　学》，2010 年第 3 期

张和龙：《多丽丝·莱辛的女性主义思想》，《安徽师范大学学报（社科版）》，
　　2011 年第 1 期

肖锦龙：《从莱辛的〈金色笔记〉看她的小说创作理念》，《国外文学》，2011 年
　　第 3 期

哈罗德·品特

杜定宇：《英国戏剧家哈罗德·品特及其代表作》，《外国戏剧》，1980 年第
　　3 期

流扣：《品特对"沉默"的探索》，《上海戏剧》，1982 年第 2 期

张全全：《品特和他的戏剧》，《中国戏剧》，1987 年第 11 期

王舞：《返回家园后的奥德修斯——论品特"威胁喜剧"》，《戏剧艺术》，1991
　　年第 1 期

李容：《品特及其〈情人〉》，《上海戏剧》，1992 年第 6 期

敏捷：《品特和"威胁戏剧"》，《上海师范大学学报（哲社版）》，1994 年第 1 期

杨戈：《"房间"里的戏剧——品特剧作述评》，《当代戏剧》，1994 年第 4 期

方柏林：《哈罗德·品特的语言剧》，《戏剧》，1996 年第 4 期

马小朝：《意义的失落与回归——荒诞派戏剧语言探究》，《国外文学》，1997 年第 4 期

汪义群：《品特的〈背叛〉及其在中国的首演》，《戏剧艺术》，1998 年第 2 期

郑嵩怡：《胁迫：存在于荒诞与真实之中——试谈品特戏剧的艺术魅力》，《江苏社会科学》，1998 年第 3 期

李新博：《冷酷威胁的喜剧物化——〈静默的守候者〉赏析》，《山东外语教学》，2001 年第 1 期

王岚：《〈山地语言〉中的女英雄——兼评品特戏剧中的女性形象》，《解放军外国语学院学报》，2001 年第 4 期

袁德成、李毅：《从莎士比亚到品特——英美作家创作艺术论》，成都：四川大学出版社，2002 年

杨静：《品特戏剧中人物塑造的后现代特征》，《广东外语外贸大学学报》，2002 年第 3 期

胡宝平：《"品特风格"的颠覆意义》，《当代外国文学》，2003 年第 4 期

陈红薇：《〈虚无乡〉：品特式'威胁主题'的演变》，《外国文学评论》，2003 年第 1 期

刘立辉：《品特戏剧的伦理学批评》，《西南师范大学学报（社科版）》，2005 年第 6 期

邓中良：《品品特》，武汉：长江文艺出版社，2006 年

何其莘：《品特的探索真相之旅》，《外国文学》，2006 年第 2 期

牛鸿英：《"房间"里的"威胁"与"静默"——论"品特风格"》，《当代戏剧》，2006 年第 2 期

臧运峰、王颖吉：《破碎的寓言：试论品特的威胁喜剧》，《当代文坛》，2006 年第 2 期

祝平：《从〈送菜升降机〉看哈罗德·品特的"威胁喜剧"》，《名作欣赏》，2006 年第 2 期

李刚：《品特荒诞派戏剧中的现实主义探微》，《内蒙古农业大学学报（社科版）》，2006 年第 3 期

耿纪永、马艳彬：《陌生与熟悉之间：哈罗德·品特在中国》，《戏剧（中央戏剧学院学报）》，2006 年第 4 期

刘岩：《品特作品中边缘化的母亲》，《广东外语外贸大学学报》，2006 年第 4 期

王燕：《品特戏剧的色彩符号》，《外国文学》，2006 年第 6 期

韩征顺、李健鹏：《寓怪诞于现实，寄荒谬于情理——品特的〈看管人〉解析》，《外语研究》，2006 年第 6 期

王燕、谢柏梁：《从〈房间〉话语看男性霸权》，《山东外语教学》，2006 年第 6 期

仵从巨、司雯：《"房间"内外——读品特与〈看房人〉》，《名作欣赏》，2006 年第 17 期

杨德友：《封闭房间里的对话——哈罗德·品特及其〈升降机〉》，《名作欣赏》，2006 年第 21 期

戴新蕾：《暴力冲突：身份确立之途径——评品特戏剧〈回家〉》，《三峡大学学报（社科版）》，2006 年第 1 期

陈红薇：《战后英国戏剧中的哈罗德·品特》，北京：对外经济贸易大学出版社，2007 年

安东：《"他者"的世界——品特戏剧所揭示的人类生存现状》，《戏剧文学》，2007 年第 1 期

陈红薇：《试论品特式戏剧语言》，《外国文学评论》，2007 年第 2 期

胡志明：《"房间"：品特戏剧中的存在图像》，《山东师范大学学报（社科版）》，2007 年第 3 期

刘岩：《放逐到"阿拉斯加"的母亲》，《中国比较文学》，2007 年第 4 期

张亚婷：《性别空间身体政治——〈回家〉的女权主义地理学解读》，《四川戏剧》，2007 年第 6 期

袁德成：《论品特及其戏剧与政治的关系》，《当代外国文学》，2008 年第 4 期

王燕：《哈罗德·品特戏剧话语里沉默现象的语用文体学研究》，上海交通大学博士论文，2008 年

田民：《住满人的伤口：品特与莎士比亚》，《书城》，2008 年第 2 期

王燕：《论品特戏剧里的疾病》，《当代外国文学》，2008 年第 2 期

袁小华：《哈罗德·品特戏剧〈微痛〉中的"霍尼"现象》，《四川戏剧》，2008 年第 2 期

李永梅：《权力下的生存：哈罗德·品特剧作解读》，《宁夏大学学报》，2008 年第 4 期

宋杰：《品特戏剧的关联研究》，济南：山东友谊出版社，2008 年

齐欣:《品特戏剧中的悲剧精神》,天津:天津人民出版社,2009 年

孙琦:《流沙上的博弈——哈罗德·品特早期戏剧研究》,北京:外语教学与
　　研究出版社,2012 年

奈保尔

洋:《流浪作家奈保尔》,《外国文艺》,1980 年第 6 期

晓渝译:《伯吉斯谈奈保尔》,《外国文艺》,1985 年第 1 期

张中载:《沿着追求真善美的轨迹——读奈保尔的〈比斯瓦斯先生的屋子〉》,
　　《外国文学》,1986 年第 1 期

方开国译:《英国作家奈保尔谈创作》,《外国文学动态》,1988 年第 1 期

于晓丹:《因含蓄而愈显深刻——〈米格尔大街〉译本序》,《外国文学》,1993
　　年第 2 期

梅尔·古索:《"探险家"奈保尔》,钟志清译,《外国文学动态》,1994 年第 4 期

海仑:《奈保尔的新作〈世上的道路〉》,《外国文学动态》,1994 年第 4 期

钟志清:《维·苏·奈保尔》,《外国文学动态》,1994 年第 4 期

海舟子:《英国奈保尔的新作〈超越信仰〉》,《外国文学动态》,1998 年第 6 期

海舟子:《一部半个世纪后面世的珍贵文学资料——维·苏·奈保尔的〈父
　　子之间:家庭书信集〉》,《外国文学动态》,2000 年第 2 期

空草:《奈保尔的成长历程》,《外国文学评论》,2000 年第 2 期

梅晓云:《在边缘写作——作为"后殖民作家"的奈保尔其人其作》,《深圳大
　　学学报》,2000 年第 6 期

陆建德:《文学奖——奈保尔的作家梦》,《瞭望新闻周刊》,2001 年第 43 期

陆建德:《河湾·译序》,南京:译林出版社,2002 年

谈瀛洲:《奈保尔:无根的作家》,《中国比较文学》,2002 年第 1 期

邹颉:《后殖民作家中的佼佼者——评 2001 年诺贝尔文学奖获得者奈保尔
　　的创作》,《外国文学》,2002 年第 1 期

邹颉:《维迪亚达·苏莱普拉沙德·奈保尔其人其作》,《外国文学》,2002 年
　　第 1 期

周长才:《奈保尔的最新小说——〈半生〉》,《外国文学》,2002 年第 1 期

梅晓云:《无根人的悲歌——从〈黑暗之地〉读解奈保尔》,《外国文学评论》,
　　2002 年第 1 期

梅晓云:《处处无家处处家》,《读书》,2002 年第 1 期

罗小云：《从〈模仿者〉审视奈保尔的后殖民意识》，《四川外语学院学报》，
　　2002 年第 6 期

张德明：《〈米格尔大街〉的后现代、后殖民解读》，《外国文学研究》，2002 年第
　　1 期

雷艳妮：《奈保尔作品中的"模仿"主题》，《中山大学学报（社科版）》，2003 年
　　第 1 期

梅晓云：《文化无根——以奈保尔为个案的移民文化研究》，西北大学博士论
　　文，2003 年

祝平：《边缘审视——奈保尔创作述评》，《当代外国文学》，2003 年第 2 期

梅晓云：《从〈父子之间〉看早期生活对奈保尔文学创作的影响》，《西北大学
　　学报（哲社版）》，2003 年第 2 期

王守仁、方杰：《想象·纪实·批评——解读奈保尔的"写作之旅"》，《南京大
　　学学报（哲社版）》，2003 年第 4 期

梅晓云：《奈保尔：从未抵达的感觉》，《外国文学研究》，2003 年第 5 期

梅晓云：《文化无根：以奈保尔为个案的移民文化研究》，西安：陕西人民出版
　　社，2003 年

王辽南：《移民文学的文化多重性和世界主义倾向——解析奈保尔及其作品
　　的精神实质》，《外国文学研究》，2003 年第 5 期

邓中良：《奈保尔小说的后殖民解读》，上海外国语大学博士论文，2004 年

空草：《奈保尔与纳拉扬》，《外国文学评论》，2004 年第 2 期

梅晓云：《奈保尔笔下"哈奴曼大宅"的社会文化分析》，《外国文学评论》，
　　2004 年第 3 期

尹锡南：《奈保尔：后殖民时代的印度书写——"殖民与后殖民文学中的印度
　　书写"研究系列之三》，《南亚研究季刊》，2004 年第 3 期

张德明：《后殖民旅行写作与身份认同——奈保尔的"印度三部曲"解读》，
　　《外国文学评论》，2005 年第 2 期

孙妮：《种族、性、暴力、政治——解读奈保尔的〈游击队员〉》，《外国文学》，
　　2005 年第 4 期

杨中举：《既亲近而又疏离的二难文化选择——论印度故土文化对奈保尔的
　　影响》，《南亚研究季刊》，2005 年第 4 期

孙妮：《奈保尔〈模仿者〉的多重主题解读》，《安徽师范大学学报（社科版）》，
　　2006 年第 1 期

潘纯琳：《论奈保尔的空间书写》，四川大学博士论文，2006 年

高照成：《奈保尔笔下的后殖民世界》，苏州大学博士论文，2006 年

方杰：《奈保尔〈河湾〉中的悲观主义历史观》，《当代外国文学》，2006 年第
4 期

尹锡南：《奈保尔的印度书写在印度的反响》，《外国文学评论》，2006 年第
4 期

周敏：《后殖民身份：奈保尔小说研究》，河南大学博士论文，2007 年

孙妮：《V. S. 奈保尔小说研究》，合肥：安徽人民出版社，2007 年

潘纯琳：《V. S. 奈保尔的空间书写研究》，成都：西南财经大学出版社，
2007 年

王进：《文化身份的男权书写：解读奈保尔的小说〈河湾〉》，《天津外国语学院
学报》，2007 年第 3 期

周敏：《历史与叙述——对奈保尔〈世间之路〉的后现代解读》，《外国文学》，
2007 年第 3 期

方杰：《"社会喜剧"中的焦虑与渴望——论奈保尔早期的小说创作》，《外国
文学评论》，2007 年第 3 期

方杰：《创作·接受·批评——后殖民语境中的奈保尔》，《外语研究》，2007
年第 5 期

聂薇：《沿袭与超越——评奈保尔的小说〈半生〉》，《当代外国文学》，2007 年
第 4 期

严蓓雯：《奈保尔"看待和感受世界的方式"》，《外国文学评论》，2008 年第
3 期

王刚：《以"自我"为圆心的圆形流散》，《外国文学》，2008 年第 5 期

王刚：《漂游在现实与虚幻之间》，北京语言大学博士论文，2008 年

聂薇：《奈保尔小说〈抵达之谜〉辩证解读》，上海外国语大学博士论文，
2009 年

杨中举：《奈保尔：跨界生存与多重叙事》，上海：东方出版中心，2009 年

邓丽君：《奈保尔：母国之外的精神家园》，《长江大学学报》，2009 年第 4 期

周敏：《流散身份认同：读奈保尔〈世间之路〉》，《当代外国文学》，2009 年第
4 期

梅晓云：《举意与旁观——论张承志与奈保尔的伊斯兰写作》，《外国文学研
究》，2009 年第 5 期

王旭峰：《奈保尔与殖民认同》，《当代外国文学》，2010 年第 3 期

黄晖、周慧：《流散叙事与身份追寻：奈保尔研究》，杭州：浙江大学出版社，2010 年

周敏：《后殖民身份认同——奈保尔小说研究》，上海：上海外语教育出版社，2011 年

王刚：《圆形流散：奈保尔涉印作品的核心特征》，北京：经济科学出版社，2011 年

雷艳妮：《宗主国倾向和本土意识——以维·苏·奈保尔及其作品分析为例》，重庆：重庆大学出版社，2011 年

方杰：《多元文化语境下的虚构与纪实——奈保尔作品研究》，南京：南京大学出版社，2013 年

参考文献^①

梁启超：《饮冰室自由书》，《清议报》，1900 年

梁启超：《论中国学术思想变迁之大势》，《新民丛报》，1902 年
  第 4 期

马君武：《十九世纪二大文豪》，《新民丛报》，1903 年第 28 期

鲁迅：《摩罗诗力说》，《河南》，1908 年第 2 期

陈独秀：《现代欧洲文艺史谭》，《青年杂志》，1915 年第 3 期

林德育：《泰西女小说家论略》，《妇女杂志》，1917 年第 3 卷第
  12 期

胡适：《文学改良刍议》，《新青年》，1917 年第 2 卷第 5 期

魏易编译：《泰西名小说家略传》，通俗教育研究会，1917 年

周作人：《欧洲文学史》，上海：商务印书馆，1918 年

田汉：《诗人与劳动问题》，《少年中国》，1919 年第 1 卷第 8 期

郭沫若：《三叶集》，上海：亚东图书馆，1920 年

田汉：《新罗曼主义及其他》，《少年中国》，1920 年第 1 卷第
  12 期

昔尘：《现代文学上底新浪漫主义》，《东方杂志》，1920 年第
  12 期

蒋方震：《欧洲文艺复兴史》，上海：商务印书馆，1921 年

闻一多：《评本学年〈周刊〉里的新诗》，《清华周刊第七次临时
  增刊》，1921 年 6 月

厨川白村：《近代文学十讲》，罗迪先译，学术研究会，1922 年

---

① 本参考文献仅限外国文学与文艺思潮研究、学术史研究等部分书
  目及文章，未包括本书所引用的其他参考资料。

吴宓：《诗学总论》，《学衡》，1922 年第 9 期

谢六逸：《西洋小说发达史》，上海：商务印书馆，1923 年

Perry Bliss：《诗之研究》，傅东华译，上海：商务印书馆，1923 年

愈之等：《近代文学概观》，上海：商务印书馆，1923 年

蒋启藩：《近代文学家》，上海：泰东图书局，1923 年

徐调孚：《今年纪念的几个文学家》，《小说月报》，1924 年第 15 卷第 6 期

周春霆：《欧洲文艺复兴之研究》，《学生文艺丛刊》，1924 年第 7 期

黄忏华：《近代文学思潮》，上海：商务印书馆，1924 年

厨川白村：《文学思潮论》，樊从予译，上海：商务印书馆，1924 年

张资平：《文艺史概要》，武昌：时中书社，1925 年

梁实秋：《现代中国文学之浪漫的趋势》，《晨报副镌》，1926 年第 54 期

郑振铎：《文学大纲》，上海：商务印书馆，1927 年

郑次川：《欧美近代小说史》，上海：商务印书馆，1927 年

周全平：《文艺批评浅说》，上海：商务印书馆，1927 年

赵景深：《最近的世界文学》，上海：远东图书公司，1928 年

梁遇春：《再论五位当代的诗人》，《新月》，1928 年

梁实秋：《文学的纪律》，上海：新月书店，1928 年

本间久雄：《欧洲近代文艺思潮概论》，沈端先译，上海：上海开明书店，
　　　1928 年

韩侍珩：《西洋文学论集》，上海：北新书局，1929 年

张资平：《欧洲文艺史纲》，上海：联合书店，1929 年

虚白原、蒲梢：《汉译东西洋文学作品编目》，上海：真善美书店，1929 年

赵景深：《西洋文学的汉译》，《文学周报》，1929 年第 326—350 期

方璧：《西洋文学通论》，上海：世界书局，1930 年

陈衡哲：《欧洲文艺复兴小史》，上海：商务印书馆，1930 年

赵景深：《现代世界文坛鸟瞰》，上海：现代书局，1930 年

宫岛新三郎：《欧洲最近文艺思潮》，矍然译，上海：现代书局，1930 年

千叶龟雄等：《现代世界文学大纲》，张我军译，上海：神州国光社，1930 年

金石声：《欧洲文学史纲》，上海：神州国光社，1931 年

约翰·玛西：《世界文学史话》，胡仲持译，上海：开明书店，1931 年

傅东华：《现代西洋文艺批评的趋势》，《暨大文学院集刊》，1931 年第 1 期

范存忠：《孔子与西洋文化》，《国风》，1932 年第 3 期

高明：《一九三二年的欧美文学杂志》，《现代》，1932 年第 1 卷第 4 期

李则纲：《欧洲近代文艺》，上海：华通书局，1932 年

高滔：《近代欧洲文艺思潮史纲》，北平：著者书店，1932 年

孙席珍：《近代文艺思潮》，北平：人文书店，1932 年

任白涛：《西洋文学史》，民智书局，1933 年

吉江乔松：《西洋文学概论》，高明译，上海：现代书局，1933 年

弗理契：《二十世纪的欧洲文学》，楼建南译，南京：新生命书局，1933 年

高明：《一九三三年的欧美文坛》，《现代》，1933 年第 4 卷第 5 期

赵家璧：《帕索斯》，《现代》，1933 年第 4 卷第 1 期

曾觉之：《浪漫主义试论》，《中法大学月刊》，1933 年第 3—4 期

傅东华：《欧洲文艺复兴》，上海：开明书店，1934 年

吕天石：《欧洲近代文艺思潮》，上海：商务印书馆，1934 年

邵洵美：《现代美国诗坛概观》，《现代》，1934 年第 5 卷第 6 期

薛惠：《现代美国作家小传》，《现代》，1934 年第 5 卷第 6 期

朱光潜：《诗的主观与客观》，《人间世》，1934 年第 15 期

梁实秋：《文艺批评论》，上海：中华书局，1934 年

李长之：《现代美国的文艺批评》，《现代》，1934 年第 5 卷第 6 期

何东辉：《现代欧美文学概观》，《清华周刊》，1934 年第 9—10 期

茅盾：《汉译西洋文学名著》，上海：亚细亚书局，1935 年

方璧等著：《西洋文学讲座》，上海：世界书局，1935 年

吴云：《现代文学》，上海：世界书局，1935 年

茀理契：《欧洲文学发达史》，上海：开明书店，1935 年

吴宓：《吴宓诗集》，上海：中华书局，1935 年

赵景深：《西洋文学史概论》，《绸缪月刊》，1935 年第 1 卷第 7 期

陈受颐：《中国的西洋文史学》，《独立评论》，1936 年第 201 期

陈受颐：《再谈中国的西洋文史学》，《独立评论》，1936 年第 205 期

朱维之：《基督教与文学》，上海：青年协会书局，1941 年

徐伟：《西洋近代文艺思潮讲话》，上海：世界书局，1943 年

吴景崧：《现代欧洲艺术思潮》，上海：永祥印书馆，1945 年

柳无忌：《西洋文学的研究》，上海：大东书局，1946 年

王佐良：《一个中国新诗人》，《文学杂志》，1947 年第 2 卷第 2 期

袁可嘉：《诗与意义》，《文学杂志》，1947 年第 2 卷第 6 期

赵景深：《近代西洋文艺思潮》，《青年界》，1947 年第 4 卷第 2 期

赵景深：《西洋文学近貌》，上海：怀正文化社，1948 年

戚叔含：《西洋戏剧史》，北京：华夏图书出版公司，1948 年

董每勘：《西洋戏剧简史》，上海：商务印书馆，1949 年

弗里契：《欧洲文学发展史》，沈起予译，上海：群益出版社，1949 年

苏联莫斯科波乔慕金教育学院外国文学教研组编、东北人民政府文化教育委
　　员会编辑：《十九世纪外国文学史教学大纲》，穆木天译，沈阳：东北教育
　　出版社，1951 年

张月超：《西欧经典作家与作品》，武汉：长江文艺出版社，1957 年

北京师范大学中文系外国文学教研组：《外国文学参考数据(19 世纪—20 世
　　纪初部分)》，北京：高等教育出版社，1958 年

晴空：《我们需要浪漫主义》，《诗刊》，1958 年第 6 期

伊娃舍娃等：《十九世纪外国文学史》第 1 卷，杨周翰译，北京：人民文学出版
　　社，1958 年

阿尔泰莫诺夫等：《十八世纪外国文学史》，方闻等译，上海：上海文艺出版
　　社，1958 年

袁可嘉：《欧美文学在中国》，《世界文学》，1959 年第 8 期

卞之琳、叶水夫、袁可嘉、陈燊：《十年来的外国文学翻译与研究工作》，《文学
　　评论》，1959 年第 5 期

廖可兑：《西洋戏剧史》，中央戏剧学院戏剧理论教研室，1960 年

沈雁冰：《文学十年——新中国社会主义文化艺术的辉煌成就》，北京：作家
　　出版社，1960 年

中国科学院文学研究所图书资料室编辑：《全国报刊文学论文索引》，北京：
　　人民文学出版社，1961—1965 年

袁可嘉：《欧洲文学史研究中的一些问题》，《文艺评论》，1963 年第 3 期

杨周翰等：《欧洲文学史》(上)，北京：人民文学出版社，1964 年

中文系外国文学教研室编：《外国文学研究资料索引》，开封：开封师范学院，
　　1964 年

杨周翰：《欧洲文学史》，北京：人民文学出版社，1979 年

卢永茂等编：《外国文学论文索引》，新乡：河南师范大学中文系，1979 年

中国社会科学院外国文学研究所：《外国理论家、作家论形象思维》，北京：中
　　国社会科学出版社，1979 年

中国社会科学院外国文学研究所：《欧美古典作家论现实主义和浪漫主义》，北京：中国社会科学出版社，1980 年

石濂：《欧美文学史》，成都：四川人民出版社，1980 年

袁可嘉等编：《外国现代派作品选》，上海：上海文艺出版社，1980 年

裘小龙：《荒诞派戏剧》，《飞天》，1981 年第 1 期

张月超：《欧洲文学论集》，南京：江苏人民出版社，1981 年

中国大百科全书总编辑委员会编：《中国大百科全书外国文学》，北京：中国大百科全书出版社，1982 年

朱维之、赵澧：《外国文学史》，北京：中国人民大学出版社，1982 年

二十四所高等院校合编：《外国文学史》，长春：吉林人民出版社，1982 年

朱维之：《外国文学简编》，北京：中国人民大学出版社，1983 年

伍蠡甫：《现代西方文论选》，上海：上海译文出版社 1983 年

黄梅：《阁楼上的疯女人——女人与小说杂谈之三》，《读书》，1987 年第 10 期

《民国时期总书目·外国文学卷》，北京：书目文献出版社，1987 年

杜运燮等：《一个民族已经起来》，南京：江苏人民出版社，1987 年

周一良：《谈中外文化交流史》，《东西方文化研究》，1987 年

季羡林等：《外语教育往事谈——教授们的回忆》，上海外语教育出版社，1988 年

赵澧、徐京安主编：《唯美主义》，北京：中国人民大学出版社，1988 年

陈平原：《学术史研究随想》，《学人》，1991 年第 1 辑

靳大成：《关于现代学术史的思考提纲之一》，《学人》，1991 年 11 月

杨周翰、吴达元、赵萝蕤：《欧洲文学史》，北京：人民文学出版社，1991 年

袁可嘉：《西方现代主义文学在中国》，《文学评论》，1992 年第 4 期

梁廷枏：《海国四说》，北京：中华书局，1993 年

袁可嘉：《自传：七十年来的脚印》，《新文学史料》，1993 年第 3 期

吴元迈：《面向二十一世纪的外国文学——在中国外国文学学会第五届年会上的发言》，《外国文学评论》，1995 年第 1 期

孙致礼：《1949—1966：中国英美文学翻译概论》，南京：译林出版社，1996 年

谢天振：《译介学》，上海外语教育出版社，1996 年

陈平原：《中国现代学术之建立》，北京大学出版社，1998 年

李学勤主编：《中国学术史》，南昌：江西教育出版社，2001 年

韩毓海主编：《20 世纪的中国：学术与社会·文学卷》，济南：山东人民出版

社,2001 年

郑师渠：《在欧化与国粹之间：学衡派文化思想研究》,北京：北京师范大学出版社,2001 年

季羡林：《〈20 世纪中国学术大典〉序》,《光明日报》,2002 年 10 月 17 日

林则徐：《四洲志》,张曼评注,北京：华夏出版社,2002 年

陈平原：《中国文学研究现代化进程二编》,北京大学出版社,2002 年

王建开：《五四以来我国英美文学作品译介史 1919—1949》,上海外语教育出版社,2003 年

王忠祥、聂珍钊：《外国文学史》,武汉：华中理工大学出版社,2004

张立文主编：《中国学术通史》,北京：人民出版社,2004

吴元迈：《20 世纪外国文学史》,南京：译林出版社,2004 年

查明建：《文化的操纵与利用——以 20 世纪五六十年代中国翻译文学为研究中心》,《中国比较文学》,2004 年第 2 期

龚翰雄：《西方文学研究》,福州：福建人民出版社,2005 年

余三定：《学术史："研究之研究"——兼评北京大学出版社"学术史丛书"》,《北京大学学报（哲社版）》,2005 年第 5 期

陈平原：《"当代学术"如何成"史"》,《云梦学刊》,2005 年第 4 期

陈平原：《学术随想录》,开封：河南大学出版社,2006 年

陈建华：《中国俄苏文学研究史论》,重庆出版社,2007 年

叶隽：《德语文学研究与现代中国》,北京：北京大学出版社,2008 年

何云波：《学术史的写法——兼评〈中国俄苏文学研究史论〉》,《俄罗斯文艺》,2008 年第 3 期

贺昌盛主编：《中国现代文学基础理论与批评著译辑要》,厦门：厦门大学出版社,2009 年

周小仪：《从形式回到历史——20 世纪西方文论与学科体制探讨》,北京：北京大学出版社,2010 年

陈众议：《当代中国外国文学研究》,上海：中国社会科学出版社,2010 年

陈众议：《塞万提斯学术史研究》,南京：译林出版社,2011 年

陈众议：《外国文学学术史研究：经典作家作品系列——总序》,《东吴学术》,2011 年第 2 期

余三定：《当代学术史研究：新兴的学科》,《中山大学学报》,2011 年第 2 期

陈众议：《文学"全球化"背景下的学术史研究》,《当代作家评论》,2012 年第 1 期

后　记

　　本书囊括了近四十位英国重要作家的学术史专论，它们在篇目上独立成节，被安排在六大章的总体框架内，虽然从时间分期上看，未必都各得其所，但读者可以按图索骥，各取所需。本书既像是文集，但又不是文集。专论各自独立，但又关联成书——这一编写模式早已存在。著名的《哥伦比亚英国小说史》由40篇完全独立的文章组成，《哥伦比亚英国诗歌史》也由26篇专论组成，撰写者们视角不同，写法各异，造就成了独树一帜的类别史撰写模式。如此开放的文学史著作，方便读者打破传统的线性阅读程式，自由进入，不能不说是带有后现代编写理念的著述风格。编者不敢攀比圈内公认的学术名作，也无意拿"后现代"说事。再者，编者在每一章的开篇都增加了"总述"部分，念念不忘的仍然是传统的"整体性"。不管怎么说，任何学术著述都应该纲目清晰，层次分明，以利于读者理解与接受。本书采用"总述"与"专论"的编写模式，是否合适妥当，只能交由读者方家来评定了。

　　本书稿自启动至今，历经数年，脱稿后又反复修订，部分内容几度重写。拿到书稿一校样时，仍对个别小节进行了大幅修订或重写。尽管如此，编者仍然感到惶恐不安。这样一部由近四十位学者参编的著述，将不可避免地存在一些难以匡正的弊端，如行文不一，表述各异。从客观方面来讲，这样的学术史涉及古今中外知识领域，作家众多，内容庞杂，史料浩瀚，十分难以把握，非一己之力所能克成。学术界对学术问题向来是仁者见仁智者见智，不同的认识与判断也必然决定了各不相同的撰写思路，由此导致一些章节风格悬殊，反差较大。此外，撰写者中既有资深学者，也有初出茅庐的学界新手，学术功力高下有别，各章节的学术质量也难免参差不齐。从主观上讲，编者虽然设计了统一的撰写体例，在编撰的过程中不断增补、修改、润色、调整，力图抹平差异，以期"一统江湖"，让全书以整齐划一的步调走向读者，然而毕竟能力有所不逮，在整合时眼高手低，终究没能"如愿以偿"，内心的遗憾与惶恐自不必言。一些章节也因此保留着撰写者个性化的写作风格。这样一本合数十人之力完成的著述，难免挂一漏万，顾此失彼，肯定还存在这样或那样的舛误和纰漏，还请读者方家批评指正，以便将来修订与完善。

本书但凡有它或高或低的学术价值，应当归功于三十多位作者的共同努力，笔者在此深表谢忱！这些作者中，有的是笔者交往多年的师友或后学，有的至今缘悭一面，或只有一面之缘。没有他们的倾心襄助与戮力支持，本书是不可能完成的。笔者还要特别感谢李翼、闫琳、沈雅茜、蔡艳娇、王蕊、李磊、路璐、杨阳、宴凯、曹思宇、潘畅、刘启君等人。他们在格式统一、文字校对、查核材料、参考文献整理等方面做了大量工作。没有他们的无私奉献，要想完成这个繁琐的项目也是不可能的。此外，虞建华教授、李维屏教授、郑体武教授、查明建教授、吴其尧教授以及上海外国语大学科研处与学科办，曾为本书的完成提供了宝贵的支持，美国印第安纳—普渡大学的林力丹教授与安徽师范大学的孙胜忠教授曾为笔者查找过珍贵文献资料，特此致谢！上海外语教育出版社的孙静女士、两位匿名评审专家以及特约编辑陈广兴副教授，曾对书稿提过很多富有建设性的建议，也在此一并鸣谢！